茅盾文学奖得主

阿来作品

我的写作不是为了渲染这片高原如何神秘，渲染这个高原上的人们的生活得如何超然世外，而是为了祛除魅惑，告诉这个世界，这个族群的人们也是人类大家庭中的一员。他们最最需要的，就是作为人，而不是神的臣仆而生活。——阿来

茅盾文学奖得主
阿来作品

空山
机村史诗六部曲

A Lai

Empty Mountains

A Hexalogy of the Epic of Ji Village

阿来 —— 著

空山

机村史诗六部曲

阿来 ◆ 著

Empty Mountains

A Hexalogy
of the Epic of
Ji Village

A Lai

浙江文艺出版社
Zhejiang Literature & Art Publishing House

图书在版编目（CIP）数据

空山：机村史诗六部曲 / 阿来著. — 杭州：浙江
文艺出版社，2025.5（2025.6 重印）. — ISBN 978-7-5339-7900-3

Ⅰ. I247.5

中国国家版本馆 CIP 数据核字第 20258R5D85 号

策划统筹	曹元勇
责任编辑	胡远行　张苇杭
文字编辑	张嘉露
营销编辑	耿德加　胡凤凡
责任印制	吴春娟
校　　对	李子涵
装帧设计	@Mlimt_Design
数字编辑	姜梦冉　诸婧琦

空山：机村史诗六部曲

阿来　著

出版发行	浙江文艺出版社
地　　址	杭州市环城北路 177 号
邮　　编	310003
电　　话	0571-85176953（总编办）
	0571-85152727（市场部）
印　　刷	上海盛通时代印刷有限公司
开　　本	880 毫米 × 1230 毫米　1/32
字　　数	774 千字
印　　张	29
插　　页	4
版　　次	2025 年 5 月第 1 版
印　　次	2025 年 6 月第 2 次印刷
书　　号	ISBN 978-7-5339-7900-3
定　　价	139.00 元（精装）

目　录

人是出发点，也是目的地

一部村落史，几句题外话

空　山

机村史诗六部曲

第一部

随风飘散

一

那件事情过后好几年，格拉长大了。当恩波低着头迎面走来，直到两人相会，才抬起布满血丝的眼睛瞪他一眼时，格拉已不再害怕，也不再莫名愧疚了。这不，在起伏不定的从磨坊到机村的路上，远远地迎面走来一个人，先是戴着一顶毡帽的头从坡下冒出来，载沉载浮，然后是高耸的肩膀，之后，整个魁梧的身躯像魔鬼从地下升起，并迎面压迫过来。

开初，格拉总是感到害怕，总是感到莫名的愧疚。但现在不了。他抬起脸来，虽然心里仍然有些发虚，但眼里喷吐出仇恨的火苗，逼得那双布满血丝的大眼睛中仇恨的神色被犹疑所取代，然后，他的眼睛连同脑袋一起低垂了下去。

这一老一少的两个男人总是在这条路上相逢，每一次都有这样一番无声的交锋。最初，少年格拉是战战兢兢的失败者。如今情形有些逆转，轮到有些未老先衰的恩波，认命一般垂下脑袋，避开少年人锐利的眼光。

所有这一切，都是因为一个少年的死。这个少年小格拉四岁。这个少年是恩波的儿子。恩波儿子九岁时，在年关将近的时候给鞭炮炸伤了。因为伤口感染，过完年不久就死去了。

九岁的少年被一枚鞭炮炸伤，是一件寻常事情。当时一帮兴奋的孩子一哄而散，只留下那个受伤的瘦弱苍白的少年在小广场中央哭泣。这哭泣与其说是出于疼痛，还不如说是因为受到了惊吓。这个少年是容易受到惊吓的，他的绰号就是兔子嘛。兔子哭着回家去了。这件事情本该这样就过去了。但从汉历新年到藏历新年，兔子脖子上缠着的白布条一天天变脏，人也一天天委顿下去。村西头的柳林抽芽的时候，他虚弱地对奶奶说："我要死了。"

果然，那天晚上，他就死了。

兔子死前，村子里就起了一个隐约的传说：炸伤兔子的鞭炮是从格拉手中扔出去的。传说就是这样，虽然隐约，却如风一样无孔不入。格拉想，他们错了，我没有鞭炮，没有父亲，也没有哥哥给我抢来鞭炮。他隔着树篱问兔子的奶奶："你相信是我扔的鞭炮吗？"

老奶奶抬起昏浊的眼睛："你是和他一样可怜的孩子，不是你。"

但当他第一次看见兔子的父亲，看到对方眼中喷吐的怒火时，几乎快要相信是自己夺去了兔子的生命。声音细小的兔子，身体瘦弱的兔子，总是静静地跟着奶奶坐在阳光底下的兔子终于死去了，在火葬地那里化成了一股青烟，随风飘散，永远也不会出现在村中的广场上了。那个下午，天空中柳絮飘荡，格拉背着一小袋面粉从磨坊回家，在路上碰见了兔子的父亲恩波。

恩波少年时跟从在万象寺当喇嘛的舅舅江村贡布出家，又于新历一千九百五十六年和江村贡布一起被政府强制还俗，是村里少数几个识文断字的人。比他更有学问的人，只有喇嘛江村贡布。

江村贡布是一个有书卷气的先生。恩波因此也有着与其魁梧身材不太相称的善良眼睛和常带笑意的面孔。

但现在迎面走来的恩波，魁梧的身子被悲伤压弯，方正的面孔被仇恨扭曲了，清澈的双眼布满鲜红的血丝，那眼光像刀子一样冰，炭火一样烫。格拉停下来，喉头动了动，想说点什么，但恩波仇恨的双眼盯着他，让他的双唇怎么也张不开。他听见一个声音在自己肚子里说："奶奶说，兔子不是我杀死的。"肚子里的声音当然只有自己能听见。恩波走过去了。那天晚上，格拉躺在羊皮褥子上还感到心窝阵阵作痛。后来，他梦里出现了兔子苍白的脸，脸上挂着羞怯的笑容。兔子细声细气地说："他们冤枉你了，鞭炮不是你扔的。"

格拉呼的一下坐起来："那你说是谁？柯基家的阿嘎、汪钦兄弟，大嗓门洛吾东珠的儿子兔嘴齐米，还是……"

这真是一个奇怪的梦境，格拉每念出一个名字，兔子背后便出现一张脸，然后，那些带着强悍神情的脸便把兔子包围了，他们一起发出了声音："说！是谁？"

兔子的脸越来越白，越来越薄，像张纸一样飘走了。他叫了一声阿妈。但阿妈不在屋里。肯定是又到打麦场上去了。那些芬芳的干草垛，是男欢女爱的好地方。格拉的泪水哗哗地流了下来。

格拉不知道自己是否因为是一个私生子才备受孤立，以致遭受了这天大的冤屈。正因为如此，每当他在村子里看到两个还俗僧人眼里闪着和善的亮光，脸上带着平和的微笑，便感到亲近与温暖。江村贡布还俗时有五十出头了，回到村里也一直独身。格拉喜欢看到他单独碰见母亲桑丹这种"拴不紧腰带的女人"时那和善面孔上浮现出的尴尬神情。这种女人对一个僧人来说是充满邪恶的，是罗刹魔女。但这个魔女并不去勾引他，侵犯他。这个女人只是时常露出动人的痴笑，而且她的痴笑并没有特定对象。她也喜欢在嘴里念念有词，同样，她的这些絮叨也没有特定的对象。

格拉曾想象过那个还俗和尚恩波是自己的父亲。但是，恩波娶了漂亮的勒尔金措，生下了弱不禁风的兔子。兔子被一枚鞭炮取走了性命。人们都传说，这枚鞭炮是从格拉手里扔出去的。

格拉呼唤母亲，母亲出去了，到有芬芳干草垛的打麦场上去了。月光照进屋子，他把手伸到窗下，这手从来没有触摸过一枚包着大红纸的鞭炮，一枚会发出与其身量绝不相称的巨大声音的鞭炮。但现在，他真切地感觉到，在这恍惚的月光下，一枚鞭炮，一个事件，真的从他的指尖炸开了。他恍然看到血淌下来，一种锐利的痛楚，撕裂了肺腑。

二

勒尔金措漂亮，但村里好多男人都不愿娶她。她是细腰白脸的漂亮，不是机村占主流地位那种健壮的美。老人们叹息，说要是搁在解放前，这样纤弱狐媚的美丽，早引得不事生产的土司头人打马上门了。但在全体人民都下到庄稼地里，还担心填不饱肚子的年代，谁还能欣赏这样的美感呢？

"再不采摘，这朵花就要枯萎了。"恩波的母亲这样叹息。她自己也曾是个浓眉大眼的美人，她还俗的儿子不仅身材一派阳刚之气，源自其母的浓眉大眼更使他显得英俊孔武。

那年春天，恩波母亲再一次满怀怜悯地拉着勒尔金措的手说："再不来采摘，这朵花就要白白枯萎了。"

这时，勒尔金措的杨柳细腰已经像水桶一样粗壮了。只是老奶奶害了白内障，双眼不大看得清楚罢了。在机村，女人们到了五十岁以后，只有极少数人能变得更加火眼金睛，大多数心慈口软的，则日渐显得糊里糊涂。勒尔金措人长得纤细，神经也跟着纤细。当恩波母亲用一双老手抚过她的手背，发出粗糙的沙沙声，她感到有些害怕，便抽身跑开了。

老奶奶侧耳倾听，听到裙裾的窸窣声，还听到风吹动麦田，听到风送来杜鹃在春天深处的鸣叫。她笑了："这个害羞的孩子！"

她不知道，勒尔金措跑去一头扎进她儿子怀里，拧了，掐了，又哭了笑了："恩波啦，阿妈这么心疼我，快把我娶回家去吧！"

恩波心事重重地找到舅舅："师傅你打我吧。"

江村贡布说："我不是不想打你，是怕打你的时候，打死了你身上的虱子。外甥啊，你犯了戒条不能让我也跟着犯，这不是弟子之道啊！"

江村贡布说完，背着手穿过在风中起伏的麦地，往村子那边去了。他的妹妹，当年机村的大美人，坐在水泉边那丛老柏树下用昏花的眼睛向这边张望。当今的世事，大睁着一双好眼睛的人，识文断字的人都看不清，你又能看见什么呢？江村贡布心里这么叹息着，走向他的亲妹子，说："恭喜呀，好妹子，要抱孙子了。"

"恩波可是和尚，佛祖会降下惩罚吧。"

江村贡布望望幽蓝的天，小声说："放心吧，佛祖这些年上别的地方去了。"

说到佛祖的时候，她其实是有口无心的，但当她明白儿子真的跟勒尔金措相好了时，就哭晕过去了。这时，正要把这件事情向母亲大人禀报的恩波沿着麦田中央的小路走了过来。正在抽穗的麦子从两厢里弯着腰，几乎把整条小路都掩住了。魁梧的恩波急急地从中闯过，正在扬花的麦穗上，一片片花粉飞溅起来，在阳光下闪烁着细密的光芒。江村贡布还看见，麦苗深处的露水也被身材魁梧、像一头野兽般的光头男人碰得飞溅起来。这情景真是美好，让他感动得也要晕过去了。在寺院禅修，得到启悟时也无非是这样的喜乐吧。他趴在水泉上，含了一口清冽甘甜的泉水，喷在妹妹脸上。她打个激灵，醒过来，茫然望了一阵头顶笼罩着水泉的柏树的巨大树冠，又咧嘴要哭。江村贡布把她扶起来："好妹子，你看。"

于是，恩波母亲也看见了，儿子正急迫地迈着大步穿过麦田，他摆动的腿和一双大手，碰得扬花的麦穗上花粉四处飞溅，许多采集花粉的蝴蝶也给惊飞起来，高高低低地泊在风中。这情景的确有感染力，在她眼中，这个人脸孔方正，目光明亮，就像刚刚降临人间的天神一样。儿子刚走到跟前，她又哭起来："儿啊，给我把那个可怜的女人娶回家来吧。"

这时，远处传来了哐哐的锣声，有人在麦田边轰赶跟人民公社抢夺收成的猴子与鸟群。这是公元一千九百五十八年的夏天。这时，才四岁多的格拉正磨磨叽叽地提着一只装了一点糌粑的口袋走过来。他看见村里最和善的三个人坐在水泉边老柏树的阴凉下。他刚去磨坊，在那里，任随一家推磨的人，都会施舍给他一点糌粑。他阿妈桑丹不好好劳动，从生产队分到的粮食就少，夏天将尽，秋天未到，母子俩就已经断粮了。

江村贡布招招手，格拉吸溜一下鼻涕，走到三个人跟前。

恩波的母亲伸出手来，摸摸口袋："嗯，孩子，你今天运气不错。"

格拉笑了，恩波说："瞧瞧，笑得跟他妈妈一模一样。"

确实，格拉的笑容，就是乃母没心没肺、没羞没恼的无赖模样。

额席江——也就是恩波的母亲怜爱地抚摸着格拉的脑袋，说："可怜的孩子有什么过错呢？"然后，她从袍子深处掏出一块粘了麻籽的饼，掰下一小块，递到他手上，"可怜的孩子，等我的小孙子出世，我叫他跟着你玩，你就要有一个玩伴了，啊！"

格拉啃一口饼，笑着跑开了。跑到家门口的时候，桑丹正倚着门框，露着满口整齐的白牙，没心没肺地、没头没脑地、灿烂地笑着。

这年第一场雪下来的时候，兔子出生了。这消息就像雪一样清新洁净。雪花纷纷扬扬落下来，落在村东头那丛遮蔽着泉水的老柏树上，落在伸向更东边的起伏不定的磨坊路上，落到各家院落中落光了叶子的枝条遒劲的核桃树上，落在木瓦覆盖或黄泥铺成的屋顶上，落到村子的每一个角落。格拉望着漫天飘舞的雪花，心里回响着额席江奶奶的声音：你有一个玩伴了，你有一个玩伴了。

他咯咯地笑出了声。

母亲问他："好儿子，笑什么？"

格拉没有说话，依然咯咯地笑个不停，桑丹也跟着咯咯咯地笑了。这场雪来得快，去得也快，太阳随即钻出云层，稀薄的阳光降临大地。人群出来了，越来越多的脚印来去纵横，洁净雪地变成了脏污的泥泞。这时，人群中传开的消息使格拉的心情也像沾上泥的雪，变得脏污而沉重了。人们都在隐隐约约地传说，勒尔金措刚生下的儿子哭声细弱，连品咂奶头的气力都不够，怕是活不下来。整个冬天，一场场雪下来，这个消息一直在这样流传。他也注意到，恩波澄澈的大眼睛中出现了细细的血丝，他鼓足勇气走到这个男人面前，却什么也说不出来。恩波沉溺在自己的问题里，漠然地看他一眼，走开了。

机村的房子都是两层或三层的石头建筑。三层的建筑上两层供人起居，下一层是畜圈，而两层建筑的人家畜圈都在房子的外边，畜圈便建在树篱围出的院落里。牛羊都收归生产队以后，私人的畜圈里便只剩下允许自有的几头奶牛了。

恩波家便是这样一幢两层的石头房子。畜圈占去了院落的大半。院子剩下的一半种着两株苹果和一棵花红。树下有一畦茴香和一畦大蒜。冬天，果树的叶子落尽了，树下的土冻得泛白。但畜圈里铺满干草，阳光落在上面，暖和而柔软，太阳升得更高一些，奶牛留下的腥臊味蒸腾起来，使畜圈显得更加温暖。这时候，有些闲暇的人会坐到院中畜圈里的干草上，在阳光金黄的暖意中做些手工活。集体化以后，人们的闲暇越来越少，坐在畜圈里享受阳光的，只有一些老人了。格拉家靠着生产队仓库搭建起来的偏房没有院子，也没有自己家的畜栏。桑丹不好好下地劳动，常常跑到谁家没人的畜栏里，坐着梳理一头长长的油亮黑发。恩波家的院子是她常去的地方。因为恩波家院子里的阳光好，还因为如果到了午饭时她还不回家，人家会端点吃的出来给她。格拉也是吃百家饭的。有时，他混到中午如果还没有吃的，便会赶到那里，与桑丹一起，用恩波家的午餐。恩波的母亲额席江把一个木盘端出来，上面有两碗清茶、一块面饼和两三个烤土豆，不丰盛，量也不是太够，但至少够两个人对付到太阳落山回家用晚饭了。

但是这一年，恩波家有了新的女主人。女主人漂亮的脸上，常常对这不速之客摆出难看的颜色，桑丹便不再去恩波家的院子了。一天，格拉从恩波家路过，隔着树篱，额席江问他："孩子，你和你阿妈还好吧？"

格拉没有回答，机村不可能对他们娘俩特别好，他对所谓的好与不好没什么感觉。人们总是议论现在的日子过得好不好。一派人说，日子过得没有以前好，一派人说日子过得比以前好了很多很多。好日子派与孬日子派形成了一种分野，好日子派受到上面支持，永远占着上风。但格拉对此没什么感觉。额席江隔着树篱说："你等等。"然后，有些跌跌撞撞地回到屋里，把一块带着胶冻的熟牛肉放在他手上。她的神情、动作都显得老态龙钟了。

要在往常，格拉早对着牛肉下口了，但他这时只是呆呆地望着额席江。额席江张开不知什么时候掉了门牙的嘴笑了："你是看我老了吗？"

格拉这才咬了一口牛肉。

"我都当奶奶了，当了奶奶的人能不老吗？"额席江一半是认命、一半是心满意足地笑了。

格拉这一口下得更大，大得把自己都噎住了，但他鼓圆双眼，伸长青筋毕现的脖子，一使劲，把哽在喉咙里的牛肉囫囵地吞下去了。一夜之间，额席江就从一个壮健的妇人变成了老太婆。这在机村是一个普遍的现象。一个壮年的男人或女人，因为一件什么事情，突然就变成了一个老头或老奶奶。老头抽着呛人的烟袋，一口一口往墙角吐着痰。一个厉害的健妇，挺直的腰背一下佝偻下去，锐利明亮的眼睛也浑浊暗淡了。一代又一代的机村人，好像都是这样老去的。只不过面对额席江，少年人第一次发现了这样一个让他感到有些震惊的事实。但他的注意力很快就转移到了手里这一大块熟牛肉上。牛肉是隔夜就煮好的，上面带着一汪汪透明的胶冻，这是浓浓的汤汁凝成的。格拉一面往家走，一面吸溜着这些胶冻。这些胶状物在他嘴里化开，带着让人感到幸福的牛肉与香料的浓厚味道。

也正因为有了这些胶冻，格拉才没有在路上就把牛肉吃光。他母亲也才分享到了这份幸福。

三

这么一大块牛肉留下来的幸福回忆，足以促使格拉每天数次经过那个树篱围起来的院落。终于等到有一天，额席江出现在院子里了。

她安然地坐在金黄的干麦草上，怀里抱着那个婴儿。老奶奶摇晃着身子，把自己变成一个晃动不已的摇篮，摇篮里是那个幸福无边的婴儿。老太婆抬起头来，她的眼睛终于从婴儿身上离开，落在了格拉身上。格拉露出讨好的笑容，但老奶奶的眼光又收回去，落在了婴儿身上。她从怀里掏出一小块酥油，掐下一点，放在嘴里润化了，一点点涂抹在婴儿的额头上。她一边涂抹，一边从嘴里发出些音节含混、表示无限怜爱的声音："哦哦，啧啧，呵，呵呵。"

格拉推开树篱门走进院子，走到额席江身边。老奶奶嘴里还在哼哼不已。格拉的眼睛落在了她随手放在身边的那一块酥油上。酥油正在阳光下融化，洇湿了一小片干草，油润的干草散发出特别的香味。格拉出手很快，等老奶奶再来掐酥油的时候，他已经用舌头把那一小块东西在口腔里翻搅了好几圈，然后一伸细长的脖子，咕噜一声吞到了胃里。

老奶奶再来掐酥油，只是伸过一只手来，眼光仍然落在额头油光锃亮、眼睛骨碌碌转动的婴儿脸上。

老奶奶自言自语说："奇怪，酥油不见了。"

这时格拉已经矮着身子窜回树篱外了。

格拉含不住满口清香，咯咯地笑了。老奶奶耳背，没有听见孩子的笑声。但笑声却惊起了站在树篱上的一只老鸹。老鸹呜哇一声，呼呼地扇动着翅膀飞走了。老奶奶对婴儿说："哦，酥油被老鸹偷走了。"

格拉再次走进院子，老奶奶又对格拉说："老鸹把酥油偷走了。"

老奶奶又对他说："来，看看我们家的小兔子。"

格拉伸出手，指头刚刚挨到婴儿那涂满酥油的额头，便像被火烫着了一样飞快地缩回来。他从来没有接触过如此光滑、如此细腻的东西。生活是粗糙的，但生活的某个地方，却存在着这样细腻得不可思议的东西，让这个习惯了粗糙接触的四岁小孩被如此陌生的触感吓了一跳。

老奶奶笑了，把格拉的一个指头拉过来，塞到婴儿手边，婴儿那光滑细腻的手把这根手指紧紧抓住了。格拉不知道一个婴儿的手还有这样紧握的力量，还带着这样的温暖。他不习惯这样的柔滑与温软，一用力，把自己的手指挣了出来。婴儿哭了起来。婴儿的哭声像一只小猫在凄然叫唤。

"快把手给他，看我们家的兔子他有多喜欢你。"

格拉是个野孩子，架不住让人这么喜欢，一溜烟跑开了。

这个冬天，还有接下来的春天、夏天和秋天，他再没有跨进过这个院子。再次走进这个院子，已经是下一个冬天快要过完的时候了。过了又一个冬天，格拉又长大了一岁。

和往常一样，经过恩波家时，格拉眼望着院子，不觉加快了步子。还好，他告诉自己，老奶奶不在院子里，刚跌跌撞撞走路不久的兔子也不在院子里。他松了一口气，刚放缓步子，脚就碰到了一个什么柔软的东西。脚像被火烫了一样缩了回来。兔子坐在地上，张着嘴向他傻笑。他刚想抬腿溜掉，老奶奶就像从地底冒出来一样出现在院子里，一脸警觉："你这个野孩子，不能领着我家兔子到处乱跑。"

这下格拉也像兔子一样，张大了嘴巴露出一脸傻相。一个刚刚学会走路的孩子怎么可能跟着他这么一个野孩子四处乱跑？村里又有哪一家的大人会让自己家的孩子跟着一个野种四处乱跑？

老奶奶很快换上了一脸慈祥的笑容："好了，别发愣了，把弟弟从外面带回来。"

兔子先伸出小手，格拉犹疑地握住了。这手还是很柔软，但没有第一次接触时那么柔软了，更重要的是，这手不再像前次那样温暖，而是一派冰凉。格拉听见自己喉咙里发出了比那小手更为柔软的声音："来吧，弟弟，来吧，兔子弟弟。"

这天，在恩波家的院子里，老奶奶给了他一小块乳酪。

春天很快就来了，很快，春天又过去了。到夏天的时候，格拉真觉得兔子是自己的弟弟了。兔子长得很快，跟着格拉满村子跑。格拉第一次带着兔子出那院子时，老奶奶惊叫一声："格拉！你怎么能带兔子去那么远的地方？"

格拉带着兔子快快地往回走。

老奶奶却又收起了脸上惊诧的表情，挥挥手，说："去吧，去吧。"

走出院子就进了村。穿过一段曲里拐弯的巷子，经过两三家人的篱墙，天地豁然开朗，便到了村中广场。格拉的家，是依着生产队仓库厚墙搭出来的两间偏房，门正对着广场，不像别的人家有楼、有院子，也没有白桦木桩子竖起来，用柳条结结实实扎紧的树篱。将近中午，村子里非常安静，牛羊上山，大人们下地了，只有桑丹无所事事地倚在门口，慵懒地、迷人地坐在门口的太阳底下。看到格拉手中牵着兔子，桑丹的眼睛一下就亮了，尽管这样，她也只是懒懒地招了招手。格拉把兔子带到母亲跟前。桑丹抱着兔子就亲吻起来，嘴里同时发出了惬意的哼哼。她说："哦，让我看看，这么小的娃娃，哦让我亲亲，小小的娃娃。"

亲完了，桑丹脸上又浮现出慵倦的神情，挥挥手："哦，格拉，把这个娃娃带走吧。"

格拉问母亲："阿妈，大人们都下地了，你怎么不去劳动呢？"

桑丹定定地看着儿子，眼里慢慢浮起迷茫的神色，好像这是一个她自己也无法回答的深奥至极的问题。这是格拉第一次问自己的母亲这样的问题。这个问题藏在他心里很久很久，这回终于脱口而出了。格拉知道，妈妈要是下地干活，村里人会对他们娘俩更好一些，妈妈要是跟着村里人一样下地干活，就能从生产队分到更多的粮食，还能分到牛肉、羊肉与酥油。这些分配都是在仓库门口进行的，也就是在他们娘俩没有树篱遮掩的家门口进行的。生产队分给他们一些粮食，这已经是出于全村人的怜悯，如果还想分到肉，分到油，那就是这娘俩不该有的奢望了。

过了些日子，格拉带着兔子走得更远，到村子后面的山坡上，趴在森林边的草地上吃早熟的野草莓。两个孩子吃饱了草莓，格拉就问："兔子，跟格拉哥哥一起，好不好玩？"

兔子鼓着大眼睛，伸着细长的脖子，点了点头。

兔子一生下来，就长得很瘦弱。机村的孩子大多长得顽健，即便生下来很瘦弱，只要多吃东西，也能很快变得皮实强壮。但兔子不行，稍吃多一点东西，就拉稀拉掉了。兔子时常病恹恹的，整天显得没精打采，说话也像个特别害羞的女孩子一样细声细气。

格拉又说："那我天天带你出来玩。"

兔子这才细声细气地说："我要格拉哥哥天天带我出来玩。"

兔子有些累了，两个人在草地上躺下来歇上一会儿。两个小人一躺下去，草棵便高出了他们的身子，在脑袋上方迎风摇晃。风的上面，是很深的天空，偶尔有片云缓缓飘过，像一堆洗净了又撕得蓬松的羊毛。摇摇摆摆的草棵上，有许多虫子在上下奔忙。蚂蚁急匆匆地上到草梢顶端，无路可走了，便伸出触手在虚空中徒然摸索一阵，又返身顺着草棵回到地上。背着漂亮硬壳的瓢虫爬得高了，一抖身子，多彩的硬壳就变成轻盈的翅膀，从一棵草渡向另一棵草，从一丛花飘向另一丛花。草棵下面，有身子肥胖的蚂蚱，草棵上面则悬停着体态轻盈的蜻蜓。

格拉对兔子说："你闭上眼睛吧，闭上眼睛才能好好休息。"

"我想休息，可我不想闭上眼睛。"兔子额头上薄薄的皮肤皱起来，脸上显露出成人们常有的那种疑虑忧伤的神情，"但我累，我的心脏很累。大人都说我命不长。"兔子死去后，格拉总会想起兔子这天说话时成人般的神情。可兔子只是一个三岁的孩子，像女人一样细声细气说话的孩子。从这一天起，兔子的成长就定形了，长成了一个有着一颗大人那样容易受累的心脏、脖子细长、双眼像鱼一样鼓突的孩子。

一种很深的怜悯从内心深处泛起，那感觉升起来，升起来，冲到脑门那里，又折返向下，使格拉眼睛泛潮，鼻子发酸。他张开手掌，一边一只，把兔子的双眼罩起来，说："好朋友，你休息吧，这样也就像闭上了眼睛一样。"然后，他的口气从命令转向了乞求："我们做好朋友吧。我没有朋友，你也没有朋友。"

兔子细声说道："好，我们是朋友了。"

格拉自己感动起来了，他带着骄傲的神情领着兔子刚进村，便对倚在家门口的母亲喊道："阿妈，我跟兔子弟弟是朋友了！"

桑丹抱起兔子，猛烈地一阵亲吻："好啊，好啊，我家格拉有朋友了，有一个好弟弟了。"

兔子眼露惊惶，拼命蹬着一双小脚，要逃出这个女人的怀抱。但他哪里挣脱得出来，于是一张嘴放声哭了起来。这个太阳穴上总有暗色的脉管在突突跳动的孩子，说话时细声细气，哭声却哇哇的，像只大嗓门的乌鸦。桑丹一松手，兔子就从她怀里滑了下来，还是格拉眼明手快，抢先把兔子扶住了，他才没有摔倒在地上。他太阳穴上的脉管跳动得更剧烈了，好像就要冲破菲薄而又透明的皮肤，格拉感到害怕了，说话也带上了悲声："求求你，不要哭，不要哭了，你要是不想害死我们，你就不要哭了。"孩子慢慢收住了哭声，抽抽搭搭时，更加有了这口气下去、下口气不一定能上来的感觉。那蓝色的脉管鼓突得更高了，蜷曲在他苍白的皮肤上，像条令人恶心的虫子。孩子每艰难地抽咽一下，那条虫子就蠕动一下，每一下，都像是要从那薄薄的皮肤底下拱出来了。格拉这回是真的害怕了。要是这条虫子拱破皮肤，那一切就都完了。他腿一软，跪在了地上，双手捧着孩子的脸，一边哀求着，一边不断用嘴亲吻着那条虫子。这时，他那宝贝母亲却一个劲地傻笑着。

兔子终于平静下来，桑丹从屋子里搜罗出一切可以填进孩子嘴里的东西，把兔子的嘴巴塞得满满当当。桑丹放声大笑，兔子也跟着咯咯发笑。但格拉只感到身子发软，背靠在墙上一动不动。他只觉得这个脆弱的孩子令他害怕。他不要再招惹兔子了。

大人们从地里收工回来，兔子还没有回家。额席江奶奶靠着墙根睡着了。恩波把她摇醒，老奶奶脸上露出惊惶的神情："孩子，孩子呢？"

然后，兔子的父亲恩波、母亲勒尔金措、舅爷江村贡布都扑出了院子，急急地出现在广场上。勒尔金措呼唤兔子的声音，就像这个孩子已经死去，亲人正在叫魂一样。很快，兔子的表姐、表哥也加入了这支寻找孩子的队伍。桑丹抱着兔子从屋里出来，对着迎面向她跑来的这家人开心地笑着说："以后你们大人下地，就把他放在我们家，这个小娃娃太好玩了。"

她没有得到回答，孩子却被人劈手抢了过去。

然后，一大家子人簇拥着那个瘦弱的娃娃离开了。黄昏降临了，村庄上空炊烟低低地弥散。桑丹一个人孤独地站在广场上。有轻轻的风吹起，把一些细细的尘土从广场这边吹到那一边，又从那一边吹到这一边。

空中的晚霞格外灿烂。

桑丹回到屋子里，脸上还带着意犹未尽的笑容。她欢快地叫道："格拉，明天你早点领兔子来我们家。"

格拉没有说话。

桑丹拿出烙好的饼，盛一碗茶："好儿子，吃饭了。"

"阿妈你不要烦我，我不想吃。"

桑丹自己吃起来，吃得比平常都要香甜好多。其间，她一直都在说，那个娃娃真是太好玩了，太好玩了。格拉告诫自己，不能讨厌傻乎乎的母亲。但这样一个没心没肺、看不出别人神情中山高与水低的母亲，又确实是让自己的独生儿子感到讨厌的。但格拉知道，从来到这个世上的那一天起，自己就注定要与这个全机村的人都看低看贱的女人相依为命。所以，他在忍无可忍的时候，也只是说："阿妈，你好好吃饭，不要再说别人家的事情了。"

桑丹正鼓着腮帮嚼着一大块饼,听到儿子的话,她加速咀嚼,然后鼓着她那双好看却又迷茫的眼睛,一伸颈子把饼咽了下去。她张开嘴,想要说话,却打了一个很响的嗝。一团热乎乎酸溜溜的气息朝格拉扑面而来,差点就让他呕吐了。格拉生于贫贱肮脏的环境,却对各种气味天生敏感。这种敏感,让他对桑丹身上的一些气味,对于机村的许多种气味,都感到难以下咽——这些气味常常让他恶心不已,他常常在背人的地方哇哇地呕吐。

兔子的奶奶见过他这种莫名的呕吐,叹着气对人说,这种娃娃从来命不长。她说,这种娃娃在别的地方就是天赋异禀。"可是,你们知道我们机村是什么吗?一个烂泥沼,你们见过烂泥沼里长出笔直的大树吗?没有,还是小树的时候就在泥沼里腐烂了。知道吗?这就是眼下的机村。"没有人接老奶奶的话。没有人敢接这个话。

老奶奶的话跟工作组讲得不一样,跟报纸上讲得不一样,跟收音机里讲得也不一样。老奶奶的话引得一些更有资历与权威的人发出了叹息,他们说:"从这样糊涂的老奶奶的嘴里说出格言一样的话,不吉利呀!"

格拉母子从来不会听到机村的主流社会里流传的种种说法。他们只是活着而已,格拉只是时常莫名其妙地感到恶心而已。格拉时常克制着对桑丹不敬的想法,让她至少在家里有一个母亲的大致模样。

现在,她对着格拉的脸打了一个嗝,又打了一个嗝,一团团湿热酸腐的气息扑面而来,使他胃里十分难受。好在她终于不打嗝了。那块饼终于落到了胃的底部,她终于说话了,脸上带着十足的天真:"但那个娃娃确实好玩啊!"

格拉无话可说,只是无可奈何地叫了一声:"阿妈,我不想说话,我难受,我要吐了。"

这个没心没肺的女人翻了翻眼睛,说:"那你就吐吧,吐出来就舒服了。"

格拉奔到门外，弯着腰，大声地干呕几下，一股酸水涌了上来，涌到半途又退回到胃里，退回到身体的深处，继续在那里涌动着、咬啮着什么。格拉的泪水涌了上来，为了不让泪水流下来，他仰起脸看天，天上的星星因此晕化出了水汪汪的不确定的明亮镶边。

格拉无助地倚靠在门框上，看着满眼星光转动，母亲依然在背后的火塘边往嘴里填充着食物。这个女人真是天定了该生在饥饿年代的尤物，有食物的时候，她可以一直不知疲倦、没有饱觉地吃下去，没有食物的时候，她可以两三天粒粮不进，连人需要吃饭都想不起来。格拉在母亲的咀嚼声里，听见自己在心里默默地说："我觉得难受，我要死了。"

他这样在心里念叨，而且因为这念叨体会到了些许快感，此时，整个村庄在星光下寂静无声，一幢幢石头寨楼黑黢黢地耸立在夜色里。

格拉知道，自己这种莫名的悲伤在机村是不可能得到回应的。他现在觉得自己恨这个村庄。他恨自己的母亲，远山远水地从不知道什么地方流浪而来，突然出现在村人们面前，把他生下来，生在这样一个冷漠的村庄。他想问问母亲，她从哪里来，也许在那里，人们的表情和蔼生动，就像春暖花开一样，那里，才是他所不知道的故乡。夏夜里，羊皮褥子暖烘烘的，他躺在底下，像一个濒死的老人，想：我就要死在机村这个异乡了。

格拉睡着了。直到睡着以后，这个克制的娃娃眼角的两颗泪水才盈盈地滑落下来，落到了枕上。然后，他真的梦见了春暖花开，梦见一片片的花，黄色的报春，蓝色的龙胆与鸢尾，红色的点地梅。他奔向那片花海，因为花海中央站着他公主一样高贵，艳丽的裙裾飘飞，目光像湖水一样幽深的母亲桑丹。但他只感到眼前有一片强光闪过，桑丹一声尖叫，他醒了。他踢蹬着双腿，被人揪着胸口举在半空里，手电筒的强光直直地照着他的双眼。

强光后面，是一个咬牙切齿的声音："小杂种，你干的好事，你干的好事。"

小杂种，

小杂种，

小杂种，

小杂种！

小杂种！

格拉清醒过来了，他听出来了，这是兔子父亲恩波，那个还俗和尚的声音。

他吓坏了："我不是小杂种，是是，我是小杂和，叔叔把我放下来吧。"

但那个声音陡然提高了很多："我要杀了你！"

格拉的耳膜被这一声怒吼震得嗡嗡作响，接着却听见一声更加歇斯底里的叫声："不！"然后，桑丹像一只发狂的母狮扑了上来，把拎着格拉的人和格拉一起，重重地扑到了地上。手电筒滚到一边，照亮了很多条人腿，然后，母亲哭号着把格拉的脑袋搂到了自己的怀里，格拉感觉到了母亲柔软的乳房："我的儿子，格拉，是你吗？我的好儿子。"

格拉靠在母亲的怀里："阿妈，我在，我在这里。"

又一支手电筒打开了，射向躺在地上的这一对母子，和那个狂怒的气喘吁吁的还俗和尚。

"谁也不准动我的儿子！"桑丹歇斯底里地大叫，但人们看着她被手电光照亮的裸露的胸脯，哄然大笑起来。格拉仍然惊魂未定，紧紧地靠在母亲的怀里。但母子俩还是被那些人强行分开了。

四

这个夜晚，一轮大大的满月高挂在天上，朦胧的山影站在远处。这个夜晚，一向平静的机村疯狂了。全村的男女老少都从睡梦中起来，站满了广场。一群成年男人狂暴地推搡着格拉这个小小的、惊慌失措的娃娃往村外走，手电筒吐出的光柱左右晃动，刺穿黑夜，还有人在明亮的月光下燃起了火把。

格拉跌跌撞撞地走着，脚步稍微慢一点，就有横蛮的手掌重重地推在他背上。他不时跌倒，很快就被人提着领口从地上拎起来："小杂种，快走！"

很多声音从身后杂沓而起，都是有关他的各种称谓，小害人虫，小爬虫，小坏蛋，小魔鬼，从人们口中吐出来，在他头顶上炸响。格拉眼前晃动着一张张机村人的脸，先是一批比自己大一些的男孩子：柯基家的阿嘎、汪钦兄弟，大嗓门洛吾东珠的儿子兔嘴齐米。当然，还有担任着村里各种领导职务的他们的父兄的声音。那么多狂暴的声音，那么多又狠又重的手，将他推向村外的野地里。格拉突然想到了前些天公社电影队来放的一部电影，一个长胡子的坏蛋，就是这样被愤怒的人群推向了村子的外面，被从"肉体上消灭了"。他一转身，抱住了最为愤怒的兔子父亲的腿："阿妈呢？阿妈桑丹你快来救我！"

但他没有听到母亲的声音。

人群中爆发出一阵冷酷的哄笑，恩波劈手把这娃娃提了起来："没有人杀你，小兔崽子。你说，白天你带我们家兔子去了什么地方？"

格拉这才晓得，现在兔子正躺在自己的小床上抽搐着胡话不已，说是有一个花仙子告诉他人间太苦，要带他到天上去了。小兔子还说，自己本是从天上来的，现在想回美丽的天上去了。大人们一想，自然是那个有母无父的野孩子格拉把他带到野外，让什么花妖魅住了。

于是，全村人都为一条小生命而激动起来了。在这个破除迷信的年代，所有被破除的东西，在这个月光皎洁的夜晚一下就复活了。一切的山妖水魅，一切的鬼神传说，都在这一刻轻而易举地复活了。那些积极分子、民兵、共青团员和生产队干部，这一刻都沉浸在了乡村古老的气氛中，怀着对一个可怜的小娃娃的同情而疯狂了。恩波晃动着手电筒，那柱强光落向哪里，恩波就问哪里："你们碰没碰过这花？说！大声点，狗东西，老子听不见！"

手电光柱笼罩住一簇风信子，格拉带着哭腔说："是。"

单瓣的、红的、白的风信子被一群脚践踏入泥中。

手电光柱笼罩住一棵野百合，格拉带着哭腔说："是。"

喇叭一样漂亮的仰向天空的百合被众人的脚践踏为花泥。

还有蒲公英，还有小杜鹃，还有花瓣美如丝绸的绿绒蒿，那些夏天原野上所有迎风招扬的美丽，都因为据说有一个魅人的花仙寄居其中而被践踏为泥了。

格拉哭了，他再次抱住了恩波的双腿："叔叔，告诉花仙，不要带兔子走，让花仙把我书走吧。"

恩波似乎有些不忍，但人们还在鼓噪，于是，他用力一抬腿，叫声"去"就把那缠人的娃娃甩开了，继续用纸符镇那可能被践入烂泥的花之魂。后来，人们正如不知怎么就聚集起来一样，轰然一声又散开了。日后，不管格拉怎样回忆当时的情景，都觉得是这些人像鬼魅一样，轰然一下就散开了。剩下他一个人惊魂未定，浑身作痛，躺在村外被刻意践踏的草地上，火把的余烬渐渐熄灭，弥漫在空气中的烟火气散尽了。格拉躺在地上，四周无比寂静，这时的他真愿相信这个世界有花妖。同时，他又知道，这样美丽的神秘，这个世界上根本不可能有。一个连人都厌于居住的世界，神仙是不会居住的，妖精们既然能耐无穷，想必也不会愿意居住。

天上星汉流转，夜空深邃蔚蓝。世界上所有地方都在同样美丽的天空的笼罩之下，但为什么有的地方人们生活得安乐祥和，有的地方的人们却像一窝互相撕咬的狗？

格拉站起身来，吐掉嘴里的泥巴，骂道："杂种！"然后学着村里那些出身纯正的年轻人，那些当了基干民兵和共青团员的年轻人的样子，摇摇摆摆地往村里走去。走了一段，觉得自己走不出那种不可一世、横行霸道的样子，又骂了自己一句："小杂种！"就恢复到自己平常走路的样子了。

推开机村那扇唯一永远不锁的门，吱呀一声，一方月光就跟着溜进了屋里。这屋子就是有人，也显得空空荡荡。现在屋里没有了人，更给人一种冷清空寂的感觉。格拉倒在墙角的羊皮垫子上，往另外那墙角看了一眼。团成一堆的被子像一个人缩着肩头坐在那里，本来，这时那团被子应该展开了，紧紧地裹在那个可怜女人的身上。看着母亲无论春夏秋冬都紧裹着被子的样子，格拉知道那是因为她怕冷，也只有在这个时候，格拉才会心疼地觉着自己的母亲真是一个可怜的女人。

而在这个露气深重的夜晚，这个女人却不在屋里，她也受到了惊吓，在外面什么地方游荡去了。要是以往，格拉又要心疼了。但今天发生了这一连串的事情后，他的心变得麻木了。他只是觉得累，拉开被子盖上身子的同时就睡着了。早上醒来，那种麻木并没有稍稍减轻一点。

没有人烧茶，他自己拨开火塘里的灰烬，灰白的冷灰下露出几枚深红色的炭火，在上面搭上细柴，猛吹几口，火苗便蹿起来。格拉又往火塘里添上些粗柴，火苗便呼呼抽动，屋子里茶和糌粑的香气四处流溢。吃饱了东西，格拉喝着茶，等那一塘火慢慢燃尽，只剩下些通红的炭火，才用灰烬把这些炭火深埋起来。格拉直起腰出了门。他把门带过来，扣上铁丝绞成的搭扣，在锁眼里别上一根木棍，算是锁好了门，然后，便向村外走去。经过恩波家门外的栅栏时，看见屋顶上冒着淡淡的青烟，院子里没有人，苹果树上挂着亮晶晶的露珠。

格拉往前走，一些人家的女人正在挤奶。这些都不是格拉看见的。远远地看见有人，他就深深地垂下头去，为的是躲开别人投来的目光。但他听见了，在人手每一下用力的撸动下，新鲜的奶汁一股股猛烈地射入奶桶的声音。他还闻到了略带点腥味的甜蜜奶香。格拉从氤氲的奶香中穿过去，继续往前走。

格拉又走过一户人家，这家屋子旁边的自留地里种着蔓菁，地里没有花，但有几只早起的蜜蜂在嗡嗡地飞来飞去。格拉想到了蜜蜂们那排列整齐的干净房子，浅浅地笑了一下。

然后，他就来到围在几棵老柏树下的水泉边上了，水泉边上没有人，只有一汪冷冽的泉水轻轻地漾动在深重的树荫里，格拉感到凉气四起，便加快了步子走过水泉，走出那丛老柏树深重的荫凉。这就算是走出机村了。一条大路在明亮的阳光下通向前面渐渐敞开，又渐渐深切的山谷。

格拉在毫无准备的情况下，离开机村出门远行了。这一天，他没有遇见一个人。所以，当走到中午，树上有一只鸟聒噪个不停时，他以为这鸟是在劝他回机村去，才开口说："不，我不回去，我阿妈不在了，我要去找我的阿妈。'

说完这句话，他才清楚地意识到，确实，他阿妈从昨天晚上起就不见了。于是，一行热泪从他脸上流了下来。

在下一个路口，格拉遇见了一条流浪狗，格拉又对这狗讲："机村不是我阿妈的家，所以也不是我的家，我阿妈回老家去了，我去找她，找到她，我也就找到老家了。"

那只流浪狗眼光茫然看了格拉一阵，脚步轻快地朝机村的方向跑去了。格拉叹了口气，又上路了，背朝着机村的方向。

五

恩波家的兔子病好了，又由他奶奶带到院子里，坐在苹果树下的一小团阴凉里，这已经是格拉和他母亲同时从机村消失的好些天以后。

机村这么小，但两个无所事事的人从机村消失，不再在村子里四处晃悠了，最初却不曾被任何一个人注意到。也许有人注意到了，却假装没有注意到。也许还有更多的人都注意到了，却没有吱声。消失就消失吧。这样两个有毛病的人，在机村就像是两面大镜子，大家都在这镜子里看见彼此的毛病。

兔子的病好了以后，恩波和恩波一家人的心里都有些沉甸甸的。恩波原是一个出家人，如果不是形势所迫，如今还会在庙里一心向佛。现在，庙已经被平毁，金妆的佛像也被摧毁了。毁佛的那一天，已经还俗的僧人被最后一次召回庙里，和那些还顽固地坚持在庙里的僧人一起站在庙前的广场上。大殿的墙拆掉了，金妆的如来佛像上扑满了尘土，现在雨水又落在上面，雨水越积越多，一道一道冲开尘土往下流，佛祖形如满月的脸上已尽是纵横的沟壑了。

一个巨大的绳圈套在了佛祖的脖子上，长长的绳子交到了广场上这些还俗和未还俗的僧人们手上，有人手舞着小红旗，吹响了含在口中的哨子。这次，僧人们没有用力。已经脏污的佛像仍然坐在更加脏污的莲花座上。一个红衣的喇嘛被人从僧人队伍中拉了出来，戴上手铐，由民兵看管起来。吉普车前站着荷枪的士兵表情肃穆。

红旗再次挥动，口哨再次响起，僧人们闷闷地发一声喊，佛像脖子上的绳套被拉紧了，僧人们再声嘶力竭地发一声喊，佛像摇晃几下，轰然倒下了。扬起的尘土，即便像蕴着火的烟，也很快被细雨浇灭。摔烂的佛像露出了里面的泥，和粘着黄泥的草。僧人们跌坐在雨水里，有了一个人带头，便全体没有出息地大哭起来。据说，被铐起来的那个喇嘛很气愤，气愤这些人这么没有出息。但这也仅是传言而已。因为往后就没有谁再见过这个喇嘛了。

恩波每每想起那天的情景，心里就有些怪怪的感觉，特别是想起一群僧人在雨地里像女人一样哭泣，心里更是别扭得很。佛像倒下就倒下了，山崩地裂的事情并没有发生。作为僧人的恩波在心里一天天死去，一个为俗世生存而努力的恩波一天天在成长。

但是，发生了那天晚上的事情，恩波心里那种别扭的感受又回来了。这种别扭的感受甚至让他觉得，下雨天，坐在湿冷的泥地上，像娘们一样，像死了亲娘老子一样咧着嘴就哭，简直是一件有些幸福的事情。

过去，大家都觉得，这来历不明的一母一子留在机村，是一件好事。生活这么窘迫，有这两个可怜人做对照，日子就显得好过些了。人人都看不起这两个人，但是，从对待这两个人的方式上，机村也暗地里把人分出了高下。原来，恩波一家有两个还俗的僧人，还有一个善良的老妈妈，一个漂亮的勒尔金措，加上这家人从不欺负格拉母子，所以，用张洛桑的话说："这一家人好，在机村人心里那杆秤上，分量是很足的。"

听了这话的人都会说："瞧瞧，又拿他的宝贝东西来打比方了。"

对，张洛桑曾经是机村唯一一杆秤的主人。这杆秤曾经让他在机村享有很高的地位。但后来有了人民公社。人民公社做的第一件事情，就是建立了一个大仓库。并在仓库里挂上了一大一小两杆崭新的秤。张洛桑在机村的影响这才日渐衰微了，但他还是常常用他的宝贝秤打比方。而对恩波一家的比方是机村人公认最贴切准确的一个。

恩波知道再回到庙里已经不可能了，便力图把心里那杆秤弄得平平的，过自己的日子。但是，那天自己对格拉的狂暴使心里那杆秤不再那么平衡了。自己那样对待格拉一个小可怜，算是什么行为呢？

终于有人注意到，那个狂乱的招魂之夜后，格拉和他妈妈一起，都毫无声息地从机村消失了。机村那么小，机村的日子又那么了无生气，所以，一道谣言往往也像闪电一样，把晦暗的日子照亮，给平淡的日子增添一点生气。何况两个人的消失不是谣言，而是一个事件。从第一个发现者传到最后一个知道的人，最多不过半天时间。恩波心里那杆秤的一头坠下去，坠下去，最后，沉甸甸的秤砣重重地落在心底，震得腹腔生痛。

传言一遍遍在村里流转，流转时还绕着当事者打旋。人叽叽喳喳过去，又叽叽喳喳过来，像平地而起的旋风一样。这柱旋风就是不在当事

028 | 空　山

者那里停顿。但恩波当然晓得，人们的议论都针对着他。人们眼光里的意味也越来越深长了。那眼光无非是说，是他这个大男子汉把一对贫弱无依的母子逼走了。恩波在人前有些抬不起头了。他一个人去了广场边上那两母子所住的小屋。门没有上锁，门扣上插着一根草棍。他伸出的手还没摸到门扣，草棍就从扣鼻中滑下来，掉在了地上。门开的时候，咿呀一声响，像一只猫被踩痛时的叫唤。屋子里空空荡荡。火塘里的灰烬是冷透了的灰白色。回到家里，他长吁短叹。只有病弱的兔子依在他怀里的时候，他心里好过一些。他亲亲儿子，突然正色对妻子说："烙饼，多烙些饼，我要出门，也许是远门。"

舅舅说："去吧，佛的弟子要代众生受过。佛在尘世时，就代众生受过。"

恩波说："众生的罪过里也有我的罪过。"

妻子表情坚定地和面，烧热了鏊子烙饼，烙了一张又一张。直到上了床，女人的泪水才潸然而下，嘤嘤地伏在男人胸前哭了。哭完，又起身烙饼。

早晨天刚亮，他就背着一大褡裢的干饼子上路了。第一天，他走过了三个村庄。第二天，走过一个高山牧场。第三天，是一个满是汉人的伐木场。第五天头上，他就要走出这个县的边界了。边界是一条河，河上自然有一座桥，几个懒洋洋倚着桥栏的人把他拦住了。先是一个鸭舌帽扣得很低的人说："喂，那个人，站住。"

声音从帽子下面传出来，可能是冲他说的，因为除了他桥上没有别的行人，但他看不见那人的脸，所以也不敢断定话是冲他说的。他继续往前走。那几个懒洋洋的家伙一下子敏捷地冲了上来，眨眼之间，就把他的胳膊反扭到身后去了。褡裢掉到桥上，饼一个个从散开的袋口滚出来，在杉木桥板上滚得碌碌作响。受到惊吓的恩波一使劲挣扎，就从许多只手上挣脱出来。他迈开结实的双腿向桥的另一头奔跑。身后响起了清脆的钢铁的声音，他知道那是拉动枪栓的声音。恩波站住了，并且像电影里的敌人一样举起了双手。身后，传来一阵哄笑。笑声和着脚步声一阵风一样将他包围起来，一只有力的拳头重重地落在了他的鼻梁上，使他沉重的身体摔倒在桥上。

许多张脸自上而下向他逼来，发出同一个声音："还跑不跑？"

他想说，不跑了。但鼻子里的血流出来，把他呛住了。这是第五天头上的事情。第十天，他回到了村子里。他突然推开家门，一家人抬头看他，脸上露出了吃惊的神情。他讪讪一笑，在火塘边坐下来。妻子问："饼吃完了？"

他说："他们把我拦住了，我没有证明，没有证明的人不准随便走动。"

老奶奶突然说："那你的饼呢？"

"都滚到桥下，掉河里了。"

"你掉到河里了？"

"饼，饼子滚到河里了，"然后小声说，"聋子。"

老奶奶说："你小时候走路就爱跌跤。"

以后，机村的男人都会开玩笑说，他妈的，我真想出趟远门。马上就有人接嘴说，狗屁，你没有证明。人群中便爆发出一阵大笑。只有恩波不笑。通常，开这种玩笑的时候，是在村供销社门口。所谓供销社，就是生产队仓库隔出一间来，对着小广场开出一个有两扇木门的窗口。掌柜是汉人杨麻子。杨麻子过去是个溜村串户的小货郎，到山里卖点针头线脑，收点药材皮毛。货郎担上总是挂着一把铁珠子铁框的算盘。他也是机村来历不明的人物之一。机村人只记得，那年他前脚到这个村子，后脚解放军也来了。从此，一个人可以随意浪游世界的时代结束了。他就在这个村子里待下来，不走了。不想这一待就是十几个年头。

后来，公社要在机村建立一个供销社，要找一个会写字算账的人。村里的领导是属意于还俗喇嘛江村贡布的，但他并不愿意。有两个人出来竞争这个职位。先是有着全村唯一一杆秤的张洛桑。这是人们意料之中的事情。接着杨麻子拿着当年那把铁算盘出现了。结果张洛桑败给了杨麻子。从此，每个月，杨麻子坐着村里的马车去一趟公社，回来时，那个窗口的木门就敞开了，女人们从那里买回茶叶、盐、一点针头线脑。男人们则席地坐成一圈，享用每人一月二两的配给酒。过去，村里人都是自家酿酒，如今粮食都交了公粮，集中到仓库里，一马车一马车拉走，拉回来的，就是每月一人二两白酒。这么一点酒，不等拿回家，就让男人们围坐在广场上喝得一干二净了。恩波这个还俗僧人，既然结婚破了色戒，喝点酒解闷开心也是自然而然的事情了。恩波几口酒下肚，就满脸通红，那双剑眉下澄明有神的眼睛不一会儿就布满血丝，露出恶狠狠的光芒，不再像个佛家弟子了。开初人们都害怕他这种眼光。但他也无非语无伦次地说些醉话，露出些不明所以的傻笑而已。

　　这天正是每月里那个喝酒的日子，打到酒的男人们一个个在广场上坐下来，很快就围成了一个大大的圈子。把酒倒进一只只画着天安门的搪瓷缸子里，一圈下来就见底了。机村不大，二十多户人家，也就是那么三四十缸子酒。很多人喝到后来都是意犹未尽的样子。但对恩波来说，有十多口酒下肚，他已经醉了。上手的张洛桑把缸子传到他手上时，提醒他说："少喝点吧，反正都醉了。"但他又露出了一脸傻笑，仍然是深深的一大口。

　　张洛桑就说："妈的，醉都醉了，也不晓得少喝一口！"

　　恩波这段时间心情不爽，便收敛了笑容说："你少说一句，我就少喝一口。"

　　张洛桑劈手就把恩波的领口封住了，恩波也抬手封住了对方的领口。

　　下一圈酒转回来，两个人还坐在那里，咬牙较劲，表面上看纹丝不动，屁股却在泥地上蹭出一个小坑。酒一停转，大家才发现这两个人较上劲了。但是没有人来劝阻，要是两个人真想打上一架，劝阻是没有什么用处的。如果不想真打，那就更没有必要劝阻了。两个人就那样较着劲僵在了那里。还是出来续酒的杨麻子说："算了，算了。喝酒，喝酒。喝酒是高兴的事情嘛。"

杨麻子是汉人，藏语带着奇怪的口音，这种口音是机村人经常性的玩笑题材之一。

张洛桑大着舌头学着他说："算了，算了。"

恩波也夹着舌头说："喝酒，喝酒。"

两个人一起放声大笑，同时松开了对方。

杨麻子说："对了嘛，对了嘛，这样子就对了嘛。"

恩波突然瞪圆了双眼："麻子，你为什么不滚回你的老家去，嗯？"

麻子正用酒提往碗里续酒，听了这话，他的手僵住了。刚才还喧嚷不已的人们一下子安静下来。麻子脸上的肌肉抽动几下，但迅即恢复了平静。他又往下续酒，嘴唇还抖抖索索地说："二十八斤了。不，不，是二十八斤半了。乡亲们，二十八斤半了。"

恩波知道自己又说了错话了。总体来说，机村还是一个好客的村子，不然，机村就不会有这么些来历不明的人。

杨麻子还在斟酒："二十九斤，二十九斤半了。"

但大家还是不说话，各种各样奇怪的眼神紧紧逼视着那个说了错话的人。恩波感到自己的脑袋都快要炸开了。要是人们再这样紧盯着他却不开口说话，他整个人就要炸开了。其实，那句话才出口半句，他就已经后悔，但话还是出口了，他心里有个魔鬼把他牢牢控制住了。

终于，有人发出了声音。

是张洛桑开口说话了："今天机村的男人都在这里了，我要问一句话。是不是机村再也容不下走投无路的人了？大家晓得，我的父亲也是汉人，也是像杨麻子一样走到村子里就不想再走的货郎。"

大家都说，不，不，再说你的父亲还给我们带来了机村历史上很长一段时间里唯一的一杆秤。

"可是，有人把桑丹母子逼走了，现在又想把杨麻子逼走。"

大家都发出一致的声音：噢——

那意思是说，这话有些过分了。就在这个时候，一阵风起来，卷起了广场上的草屑与尘土，人们慌忙弯腰，伸手，做出掩住酒碗的动作，其实，只有一个人手上真正端着酒碗。大家都喝得有一些酒意了。风过之后，大家都为这个下意识的动作哄笑起来。突然砰的一声响亮，原来，是久不住人的桑丹家的木门自己脱离了门框，倒下了。

倒地的门扇起一阵风，吹起一点尘土和草屑，使人们又想起了离开机村已久的格拉母子。想起这对母子，大家的视线又集中到了恩波身上。恩波真想张大了嘴痛哭一场。能够眼泪一把、鼻涕一把地痛哭一场，是多么痛快的一件事情啊！但这除了徒然惹人耻笑之外，又有什么作用呢？酒碗传到他手上，他一仰脖子，把刚斟满的一碗酒全部灌进了嘴里。可是不等酒全部落下肚里，恩波就像一只立不稳的口袋一样倒在了地上。

恩波一倒地，人们埋怨的对象没有了，又有人想起了那扇莫名其妙倒地的门。这时天已黄昏，太阳一落山，傍晚的风中便有阵阵的寒意起来。突然有人说："有鬼吧？"

人们便觉得那寒意爬到背上了。

"这两母子死了？"

"他们的魂回来了？"

"呸！死了，魂还要回来？因为我们机村人对他们特别慈心仁爱吗？"

天慢慢黑下来。西北方靠着阿吾塔毗雪山的天上出现一片绯红明亮的晚霞，但在这山谷中的低处，夜色水一样由低到高掩了上来，把环坐在广场上的人们的身子掩入了黑暗，只有仰天向上的脸，还被远处霞光的一点光亮照着。酒还在一圈圈传递，那带着强烈辛辣的液体无法抵抗住随夜色一起升起来的寒意。何况这个时候还有人说起了鬼魂。鬼魂没有形体，至少人们从来没有见过鬼魂是个什么样的形体，但这会儿在广场上喝酒的这些男人却分明感觉到了它。这东西，它没有形体，有的是冰凉的爪子，随着寒意一起从每个人的背上慢慢升上来。

杨麻子把最后一提酒斟到酒碗里，很响地落上了供销社窗户上的铺板。然后，他把一双手背在身后，人们就听着他手里那串钥匙叮叮咚咚地响着走远了。

张洛桑狠狠往地上唾了一口："各位，回家去吧，酒没有了，妈的，这身子，酒也暖不过来了。"

这时，机村的男人们一个个身子异常沉重，像浸饱了水的木头。人们一个个撑起沉重的身子，习惯性地望一望阿吾塔毗雪山后面正烧成黑色的红霞，摇摇晃晃地回家去了。

张洛桑踹踹躺在地上的恩波："小子，起来，回家去了。"

但恩波昏睡不醒，张洛桑就说："妈的，一点酒能醉成这样，也他妈是种福气。"他还想再说什么，但看见人们正在走散，没有人想听他说话，他说话也就没有什么意思了，他也就摇晃着身子回家去了。

恩波依然满身尘土，沉沉地睡在地上。

六

天将半夜，就在家里人开始担心的时候，恩波回家来了。

听到院子的棚门被推开，额席江老奶奶盯着儿媳叹了口气说："酒醉的男人回家了，天哪，女人的命啊，先是等着丈夫回家，然后是等儿子，要是命再长一些，也许还要等着孙子回家。"

躺在奶奶怀旦的兔子抬起头来："不，我不会喝酒，我不让奶奶、妈妈和我的老婆在家里等我。"

奶奶爱怜地揉揉孙子的头发："哦，好孩子，你说你不喝酒，除非你不再长大。只要你要长大，你就会的，那是男人的命。"

勒尔金措说："哦，妈妈，不要对孩子说这些。"

这时，那个男人沉重的脚步响着上楼来了，但奶奶还是说："不要教训我，不要教训我，他们男人有自己的命运，就像我们这些可怜的女人也有自己的命运一样。记住，这些男人跟我们一样可怜。"

这时，一直对这些议论充耳不闻、只是专心捻动手中念珠的江村贡布沉沉地呻吟了一声："哦！"一直耷拉着的眼皮也抬起来，他的眼光把大家的目光都引向了楼梯口。

那里，一张被尘土和自己的呕吐物弄得脏污的脸，一张无论多么脏污都掩不住苍白与惊恐的脸正从楼梯口那里升上来。他走到火塘边，把一股寒气也带到了大家中间。

他妻子的脸一下子变得比他更苍白了："亲爱的，发生什么可怕的事情了？"

"对不起，舅舅，我想信佛不信鬼，但我确实看见鬼了。"

"哦，恩波。"

"我确实看到鬼了。"

"什么？"

"格拉走了，和他那弱智母亲四处流浪。"

"孩子，每个人都有自己的命运，也许流浪就是他们的命运。"

"可是，"恩波很费劲地抬起双手，捂住脸，泪水从指缝间涌出来，"可是，他们死在流浪路上了，他们没有食物，没有暖和的衣服，不友好的村庄会放狗追咬他们，孩子们会跟在他们身后起哄，扔石头，他们没有证明，连四处流浪的权利都没有。他们死在路上，无处可去的鬼魂只好回机村来了。"

"他们……你是说，桑丹和格拉，他们真回来了？"

"回来了，他们的鬼魂回来了。"

"桑丹和格拉的鬼魂像什么样子？充满了怨艾还是……"

"亲爱的舅舅，我没有看见。"

"那你看见了什么？"

"火。"

"火？"

"火。是的，我们喝酒的时候，门自己倒下了。我心里难过，喝多了，酒醉醒来，看见他们家熄灭很久的火塘里燃起了火。"说完这句话，恩波深深地叹了口气，掩在脸上的手慢慢垂下。他把乞怜的眼光转向大家。他的眼光每接触到另一个人的眼光，那深深的自责与恐惧就传达到每一个人心上。一家人如泥塑般定着，敛声屏息，火塘里的火苗伸伸缩缩，把每一个人的身影投放在墙上，放大，缩小，缩小，又放大。恐惧，像深夜的寒气一样，悄然爬上了背心。一家人就这样坐着，直到窗户透进灰白的曙光。

江村贡布撑起身子，收拾起一罐牛奶，一坨茶砖，一小袋麦面："如果真是鬼魂回来的话，鬼魂也是需要抚慰的。他们肯回到机村，说明他们在外面过得比在机村还要糟糕。"江村贡布看看脸色灰白的恩波："亲爱的外甥，走吧，给那两个可怜的人念几句超生的经文。"

两个人下楼时，听见背后响起了女人的啜泣声。走出院门的时候，兔子也跟了上来。恩波让他回去。兔子不干。恩波叹了口气，伸出手，把儿子冰凉的小手牵走来，一家三代三个男人向村子中央走去。刚走了几步，就隔着稀薄雾气，看见了桑丹隐约的身影。三个男人屏息跟了上去。隔着雾气，那身影隐隐约约，确有几分鬼气，但前面传来的嚓嚓的脚步声，却又不该是一个鬼影发出来的。

三个男人跟着那个身影走进广场。

走到小屋跟前，桑丹站住了。三个男人也站住了。桑丹弯腰把那扇不推自倒的门竖起来，然后，才慢慢跨进屋去。屋子里黑洞洞的，从外面看不见她进去后做了些什么。恩波只是听到桑丹发出一声欢快的惊呼，然后，响起了格拉的哭声，再之后，桑丹的哭声也撕心裂肺般地响了起来。机村人看惯的是她永远灿烂、永远傻乎乎的笑容，这回，是第一次听见她的哭声。

"鬼。"恩波怕冷一样颤抖着。

"不是鬼，我知道是格拉哥哥回来了。"兔子说。

恩波的大手把兔子的嘴巴捂住了。

这时，屋子里的哭声也止住了，恩波感觉他在捂住了兔子嘴巴的同时，好像也捂住了那两个鬼魂的嘴巴。三个男人就那样站在早晨的雾里，倾听着屋子里的动静。哭声止住了，两个人开始喃喃地说话，怕讲不上话一样抢着说，说得都像是有些喘不上气来了。但任外面的人怎么竖起耳朵细听，都听不清他们到底在讲些什么。在这对母子絮絮叨叨、争先恐后、含糊不清的说话声中，那口熄灭已久的火塘生起了火，越燃越大。这回，两张被火光照亮的脸真真切切地出现在了恩波一家三个男人眼前。桑丹的脸平静而深情，双眼紧盯着儿子，泪水在脸上潸然而下。格拉欣喜的脸上笑容灿烂，也有两行泪潸然而下。

然后，桑丹又大放悲声了。

恩波双手合十："佛祖啊，谢谢你的荫庇，让桑丹母子活着回来了。佛祖啊，洗清我的罪孽吧。"然后，泪水从他那双漂亮有神的眼睛里夺眶而出。

格拉也哭起来："阿妈，你这么些年上哪里去了？"

这回屋外的人能听清楚屋里人说的话了。

"我害怕。儿子，我害怕。"

"我到处找你，可是到处都找不到，才回来了。"

"我走了多少地方啊。我以为那些人把你杀死了，我害怕，我就到处走。但我已经无路可走了，就又回来了。想不到上天没有拿走我的儿子，上天把我的儿子还给了我。"

"上天也不会抢走我的阿妈，我到处找你找不到，自己也无路可去了，刚刚回来，睡了一觉，一睁开眼睛，阿妈就在眼前了。"

恩波显得很冲动，马上就想冲进屋子里去，但是，他刚一抬腿，就被江村贡布舅舅紧紧拉住了："让他们幸福一会儿吧。"

江村贡布把茶、盐和麦面放在门边，拉着恩波和兔子悄悄退后，退到足够远的时候，才转过身来。这时，他们才赫然发现，差不多整个机村的人都集中到广场上来了，在湿漉漉的雾气中静静地站着，甚至连恩波的妈妈和老婆都站在人群中间。当恩波转身过来时，勒尔金措把兔子紧紧地抱在怀里，嘤嘤地啜泣起来。

更多的女人发出了低低的啜泣。

村里每一户人家都带来了一点东西，同时也带来了他们歉疚的心情。他们悄悄地把带来的东西放在了门口，转身离开的时候，歉疚的感觉消失了一点，但没有完全消失，心里生出一点莫名的温暖。人群散开的时候，雾气也慢慢散开了一些。太阳升上了天空，穿过雾气的阳光带着稀薄的温暖。

这天整个村子的人都迟迟没有下地，小学校上课的钟声也迟迟没有敲响，散开的人群都从不同的地方关注着同一个地方，就是那两间整个机村最低矮简陋的偏房。

雾气完全散尽了，母子俩也终于从屋子里出来了。机村的阳光在几百天以后，又一次流淌在他们身上，照亮了他们的脸庞。他们身上的衣服很破烂，但机村的水已经把他们的脸洗得干干净净。格拉长高了很多，瘦了许多的脸上有了一种坚定的、甚至有点凶狠的神情。桑丹还是那么漂亮，看着她脸上依然挂着灿烂的没心没肺的笑容，大家都有些怀疑刚才是不是真的听见她伤心的哭泣了。

当她看见堆在门旁的那么多东西：茶叶，盐，酥油，麦面，旧衣服，碗，柴刀……甚至还有一盒万金油，一匣火柴，一瓶煤油，一把门锁，立即发出一声惊喜的欢呼，人们又听到了她无忧无虑的银铃般的笑声。她欢笑着，一趟趟把这些东西搬回屋子里："儿子，快来帮我啊！"

每搬一趟，她都对儿子叫上一声。但格拉慢慢坐在了门槛上，母亲每进出一次，他只是不情愿地倾侧一下身子。他只从那堆东西里拿起了那把锁，此时，他的目光第一次抬起来，扫视这个离开许久的村子。即便人们都离得远远的，被他目光扫到的人还是把目光避开了。整个村子都蹑手蹑脚，轻言细语，沉浸在一种赎罪的氛围中。

阳光不是很强烈，就那么暖洋洋地照耀着，把远处的群山罩在有点发蓝的、灰蒙蒙的光幕后面。阳光落在水上，水看上去变得有些黏稠了。阳光落在石头上，石头一动不动，好像正沉湎于自己的某种思想。阳光落在地上，甚至连细细的尘土都一动不动，被风吹得累了，终于躺了下来，要好好休息一下。

机村那簇石头房子，顶上覆盖的灰白色木瓦，也被阳光照耀着，闪烁着沉着而坚硬的金属的光泽。机村的上午好些年没有被这样的静谧光顾过了。这样一个变动不安的年代里，这样直抵人内心，在人内心深处发出些特别声响的静谧真是好多好多年没有过了。所以，生产队长也不敢站在广场中央来，劈开嗓子大喊："出工了！"

来自外乡的小学老师也没有站出来敲响上课的钟声。

通过敞开的门，可以看见他们往碗里倒满了茶，居然还垂首静默片刻，才开始往茶里化上酥油，从火塘边拿起烤热的饼，一口热茶，一口面饼，慢慢吃了起来。在这个过程中间，两个人居然还不时抬头相视微笑，轻声交谈，吃着百家施舍的饭食，却是一派从容高贵的感觉。

整个机村都屏息等待着他们慢条斯理地吃完他们重回机村后的第一顿饭。等到他们收拾好吃食站起身来，先是桑丹走出了屋子。虽然没有人知道她的确切年纪，但她应该还很年轻，不到四十岁，而她原先乌黑的头发已经全部变白了。使人感到怪异的是，她的脸还是像一个姑娘的脸一样光洁又红润。她走到门口，像从来没有离开过一样，不在意地往广场上打量一眼，就靠着墙坐下来，解开辫子梳头了。

格拉也走了出来，他吃力地把倒在地上的门板竖起来，慢慢挪动到门框里，想把它卡回门臼里去，但费了几次劲都没有成功。他试了最后一次，细瘦的胳膊终于吃不住劲了，门扇又重新重重地倒在了地上。格拉自己也跟着躺在了门板上。这时，他看见村里的男人们围了上来。恩波伸出手，格拉也伸出手，恩波轻轻一使劲，就把他拉了起来。男人们笑了起来，恩波露出雪白的牙齿，没有笑出声来，格拉也露出了满口的白牙，慢慢咯咯地笑出声来。

男人们七手八脚地装上了门板，恩波嘴里衔着几枚铁钉，光头在太阳下闪闪发光，挥动着锤子把一枚枚铁钉砸进门框，给这扇门装上了一副结实的铁扣。栓拉就在一边静静地看着他。

他转过头来看见比自己儿子大不了多少的格拉，说："好了，不要傻看了，把锁拿来。"

格拉返身取来了锁。

"试试。"

格拉就把门锁上了。

听到落锁的声音，桑丹突然回过头来说："不用上锁，我们不走了。"

格拉打开了锁，也低声说："是，我们不走了。"

恩波张开宽大的手掌，把格拉尖尖的头顶罩住了，嘴唇嗫动几下，艰难地开口："孩子……"

格拉却低低地欢叫一声，跑开了。因为他看见兔子打开了他们家院子的栅栏门，朝这边走了过来。格拉迎着跑了上去，把依然伸着细长脖子、额头上的蓝色冰管突突地跳个不停的兔子拦腰抱了起来。然后，两个孩子都咯咯地笑了起来。

恩波笑了，广场上的人们都笑了。生产队长这才放开嗓子大喊一声："上工了！"

小学校清脆明亮的钟声也敲响了。

人们都四散而去，只有桑丹还坐在那里，梳她一头雪白晶莹的头发。

江村贡布最后一个离开广场。这个还俗喇嘛拿着锄头像拿着禅杖，静静地站在那里，看着桑丹细细地梳完最后一绺白发，抬起那张永远年轻的脸对他粲然一笑，才转过身，往村西的地头走去。太阳从背后照过来，江村贡布看见自己仗锄的影子走在自己的前面，说："妖孽。"

他又跟着影子走出一段，回过头去看见白发晶莹的桑丹还在目送着他，又说："生逢浊世，天生妖孽。"

七

格拉母子在前年的夏天离开，第二年夏天没有回来，第三年夏天快要到来的时候，他们回来了。

他们不在的差不多两年时间里，机村的日子虽然一如往常，但给人的感觉是变得缓慢了。特别是对恩波一家，事实更是如此。如果你不去感觉，日子就依然白天黑夜地转换，但你一去感觉它，它就突然咯噔一下，像一台运转中的机器，被什么东西卡住了一样。黄昏时分，恩波一想到突然消失的桑丹母子两个，心里就会这么咯噔一下难过起来，这种说不出的难过弥漫在黄昏时分淡蓝色的山岚里，弥漫在灰蒙蒙的村庄上。日子就像一条绳子套住的腿一样，再也不肯前进了。

格拉母子回来了，恩波家笼罩在一派节日的气氛里。他们备好了从别人家用两斗粮食换来的一坛酒，锅里煮好了肉，肉汤里烹煮的豌豆和觉玛发出诱人的香气。肉煮熟了，额席江把切成大块的肉垛在盘子里，嘘嘘地往手上吹着凉气，眉开眼笑地吩咐："该去请我们的客人了。"

恩波两口子走到楼梯口，兔子叫起来："我也要去，我要去请格拉哥哥。"

勒尔金措有些担心地看着丈夫，恩波痛快地一招手，说："来吧，来吧，是你把人家吓走的，你去把他们请回来吧。"兔子一声欢呼，跑到父亲跟前。父亲一下就把儿子提起来，架在了肩头上。兔子先是发出了一声惊叫，随即又咯咯地笑了。

一家人穿过广场，快走到格拉家门口时，兔子在他父亲肩头上挣扎一下，恩波就把他放了下来。

那扇新修好的门关着，门板的缝隙里，透出通红的火光。恩波抬手准备叩门，看到妻子与儿子都躲到他身后去了。他心里暖暖的，冲他的亲人们笑笑，笃笃地敲门了。

桑丹前来应门，火塘里的火苗欢笑一般呼呼抽动着，通红的火光照亮了门前这个光头宽脸的男人。这个男人想说什么，却没有说出来，只是咕噜一声咽了口唾沫。桑丹脸上显出惊恐的神情。这个男人又咽了一口唾沫，还是什么都没有说出来。

但桑丹脸上已迅速换上了惊喜的神情，她欢叫一声："格拉，有邻居来看我们了。"话音未落，她的吻就落在了恩波脸上。恩波还没回过神，她的吻又依次落到了恩波家每一个人的脸上。恩波有些尴尬，擦了一把脸上并不存在的口水。这时，桑丹已经吻到了最后一个，吻到兔子那里了。她弯下腰，抖索着嘴唇，去够矮小的脸色苍白的孩子。她的嘴唇就要碰到孩子额头了，兔子怯怯一笑，躲开了。桑丹再次去够，兔子又让她扑了个空。

额席江拉住了她："桑丹啦，孩子害怕，算了吧。"

兔子看着走出屋门的格拉笑了，桑丹的脸上却布满了害怕的神情，她喃喃地说："害怕，他害怕什么？他是害怕我吗？"

说话间，她的身体就有些摇晃了，恩波一家人看见这情形，都僵站在原地，失去了反应。还是格拉上前来把母亲扶住了，说："阿妈，你不要害怕，没有人需要害怕我们，你也不要担心别人害怕我们。"

格拉这个孩子的声音沙哑，沉闷，甚至有点凶狠，非常接近成人的嗓音。这声音对桑丹很有抚慰作用，她的脸色又变得正常了："儿子，快请客人到家里坐吧。"

格拉眼光凶狠地瞪着恩波："阿妈，我们家又破又小，没有人想去坐的，是只配我们这样的人待的地方。"

恩波这才走到了格拉面前，他的眼光里混合着恼怒与羞惭："格拉，格拉妈妈，你们回来，我，还有我们一家都太高兴了，我们就是害怕你们不再回来了，害怕永远也不晓得你们两个去了什么地方。以前的事情，都是我的不对，我们一家专门赔礼来了。"

说完这句话，恩波像一个卸下重负的人，长长地叹了口气，眼里的神情又和缓下来。他伸出手抚摸着格拉的脑袋，嗓音也有些沙哑了："孩子，你们娘俩在路上肯定受过很多罪，我来赔礼了。"

恩波把腰深深地弯了下去，在他身后，他的一家几口，都把腰深深弯了下去。当他们直起腰来时，格拉的气一下泄光了，红着眼圈站在那里，不知道该说什么或干点什么了。

还是兔子磨磨蹭蹭地走到他跟前，怯怯地叫了一声："格拉哥哥。"

格拉这个野孩子的热泪终于夺眶而出，他把兔子紧紧抱在了怀里。但当他去吻兔子时，兔子把脸别开了："不，公社卫生院的医生说了，谁都不可以亲我。"

"兔子，医生把你的病看好了？"

"医生说，我没有病，就是身体不好，机村的人都不讲卫生，亲吻会把病传染给我。"

"兔子，你怎么没有长高？"

"我的身体不好，医生说等我身体好了，就可以长高。"

"那就快点长高吧。长高了跟人打架就不害怕。"

"我不打架，打累了对身体不好。"

格拉挺挺胸脯："好，以后我帮你打。"

兔子咯咯地笑了，苍白的脸上浮起浅浅的红晕。

江村贡布挺挺胸脯："呃，我说，现在该把客人请到家里去了吧。"

"对，对，"恩波做出恍然大悟的样子，"格拉，还有桑丹，家里做了一些吃的，你们务必要赏光啊！"

兔子已经拉着格拉走在前面了。

额席江走到桑丹面前，躬身，做了一个请的手势，桑丹也施施然回了礼。额席江伸出手来，但桑丹用手敛起衣服的下摆，躬躬身，示意主人走到前面，然后才挪动步子跟了上去。江村贡布和恩波夫妇三个人走到最后面。勒尔金措说："她那衣服还用牵起来吗？下面的镶边都没有，连脚脖子都遮不住，不牵也不会拖到地上嘛。"

恩波皱了皱眉头："人家爱牵就牵呗。"

勒尔金措意犹未尽："命贱得像畜生，还摆贵妇的架子。"

江村贡布说："别说，这个女人，这做派，还真像是贵妇出身呢。"

走在前面的桑丹好像听到了这句话，她的身体抖索了一下，显出立即就要委顿下来的样子，但她只是稍稍住了下脚，又挺直软下来的脖子，脸上浮出浅浅的笑容，提着并不需要提起的衣裾，施施然往前走了。

从此以后，机村就流传开一个说法：桑丹是一个逃亡中的贵族千金。同时，人们还注意到一个过去从来没有人注意过的细节，这个女人身上有一个包是从不离身的。人们想起她刚到机村的时候，这个包的四周是柔软的麂皮，中间是五彩的锦缎。但今天，皮子上的颜色磨掉了，锦缎也褪尽了色彩，整个包都变成了土灰色，有个角上还打上了蓝布补丁。人们都说，那个包里尽是上等的珠宝。不止一个人声称，看到过夜半三更的时候，那破房子的窗户上放射出了五彩的珍宝的光芒——是珍珠、玛瑙、珊瑚、猫眼石和海蓝宝石交织放出的光芒。

从此，桑丹再从人们面前走过，人们的眼睛就都落在这个包上了。

桑丹对此浑然不觉，脸上依然带着茫然的笑容，眼神空洞地施施然从人群中走过。只有少数几个过于好色的男人还能把眼睛停留在她漂亮的脸上，停留在她那好像从来没有黑过的光亮的白发上。其他人的眼睛，都落在那个包上了。

但没有人敢动这个包一根指头。

也不知道从哪张嘴里传出来的，说桑丹逃亡出来时，这些珠宝让巫师封过符咒，谁要敢动一根指头，这个指头就会得无名肿毒，最后齐根烂掉。

这年天气很奇怪。已经到了夜晚雨水淅沥，白天艳阳高照，四野里鲜花开放的时候了，但天空却让不知哪里来的有气无力的风吹成了土黄色的，每个人都感到脸、嘴和眼睛硌满了尘土。细细的尘土从天上落下来，把整个日子变成了土黄色。机村的日子虽然过得贫困，天空却总是蓝的，空气总是新鲜的。现在的空气却像是从陈年日子的缝隙里散发出来的，有一股呛人的味道。

这一年，机村人全都患上了眼病。早上醒来，很多眼屎把眼皮紧紧粘住，要吐一点口水慢慢润开，才能睁开眼睛。出了门的人们看见彼此，发现对方眼里都布满了血丝。每个人都在迎风流泪，每个人的眼角都开始溃烂。还是因为公社卫生院派发下来很多眼药水，人们的眼睛才又突然之间好了。医生下乡来讲解说，要是在这样的天气里，戴上一种特别的眼镜，就可以不得这种眼病了。医生自己就戴着一副这样的眼镜。人们排在这位把眼睛藏在玻璃镜片后面的医生面前，等着领取眼药水的时候，发现桑丹就在旁边看着，脸上还是带着那没心没肺的笑容，眼睛还是那样清澈澄明，好像什么都看见了，又好像什么都没看见。于是，她那从来都莫名所以的笑容，好像都带上深意了。

后来，人们就把医生所讲的"大家的眼病是前所未有的沙尘天气所致"的话忘记了。都说，给珠宝包封咒的巫师法力太强了，人们只是多看了两眼，就都得了毛病。令大家更为忧心忡忡的是，知道一个人背着那么大一包珠宝，谁又能忍住不去多看两眼呢！

这个情况甚至郑重其事地反映到了生产队干部那里。现在机村是人民公社的一个生产大队，有党支部、团支部，有贫协，有民兵，每一个组织都有本村人出来充任干部。本村的群众把这种担心反映给本村变成干部的那些人，其实人家也一样为此忧心忡忡。于是，人们去请教江村贡布喇嘛也就顺理成章了。村干部们也在等待一个说法。

江村贡布端着喇嘛架子："这个，新社会是反封建的，我已经不搞封建迷信了。"

恩波说:"乡亲们都为难呢,就替大家解解吧。"

"你没看见天上下沙子了吗?喊,这是什么世道,天上都下下来沙尘了。尘土是地生的,现在天上也生出尘土了。"江村贡布愤愤地说,"看看这是什么世道吧。"

兔子突然说:"我问过格拉哥哥,他也不晓得里面有什么。"

"喊,那里面有什么,让他打开看看不就晓得了。"

这时,天上滚远低沉的雷声,山上的树在风中起伏,流淌其上的阳光忽明忽暗,像海上的波浪。

好像是雷声使恩波恍然大悟:"奇怪,格拉也没得眼病啊。"

江村贡布说:"要是他再生双娇气的眼睛,那在这个世上,他就没有办法活下去了。"

恩波平常是很通晓事理的,这回,却让要救民于水火的豪气给撑住了,气昂昂地说:"看就看,大不了瞎了我这双眼睛。"甩开大步穿过广场,朝倚门而望的栲拉两母子走去。

又一阵子雷声中,大颗大颗的雨水落下来,砸在房顶上,砸在地上,溅起阵阵轻烟,从这烟尘里也可以看出那十多天里天上下下来了多少尘土。恩波撞开强劲的雨脚朝前走,雨水一颗颗在他头顶噼噼啪啪迸散开来,好像他是传说中从水底升上来的野兽一样。雨脚越来越绵密,把广场这边的人们的视线遮断了,而在广场那一边,桑丹正睁大了眼睛,看着那个孔武的光头男人撞开雨帘,走了过来。

桑丹摇摇格拉的肩膀,手指着前方:"看!"

格拉看见了,说:"雨水把尘土味道洗干净了。"

桑丹说:"看,那个人!"

格拉说:"哦,是兔子的爸爸。"

桑丹还在赞叹:"哦,天神哪,那个男人真是漂亮。"然后,桑丹向着雨中闯过来的那个男人张开了双臂,她的眼里闪动着令人目眩的神采，她自己也像是从天上降临下来的一样。但，就是这个动人的姿态，把那个男人吓住了。那个男人猛然止住了脚步，他停得那么猛，以至于站住后，身子还猛然摇晃了一下。他站住了，隔在一片雨帘的后面。雨水猛烈地落在他们之间，落在整个村子上面，洗去了尘土和尘土燥烈呛人的气味。

格拉说："阿妈，那是兔子的爸爸。"

桑丹只是喃喃地说："多么漂亮的男人，多么漂亮，你看他是多么漂亮。"

但她的神情恰恰使那个男人因为害怕而止步不前了。格拉奔跑过去，拉住了恩波的胳膊："叔叔，进屋里去躲躲雨吧。"

恩波说："不，我，我就不过去了。"

"那你来干什么？"格拉的眼里慢慢浮起了敌意，"那么多男人都来找她，你也是的吧？看，她已经在召唤你了，快去吧，你快去吧！"

"不，格拉，不是你想的那样。"

"看，你看看她的样子吧，你们不是都把她看成一条母狗吗？母狗的尾巴竖起来了，快去吧。"

恩波揪住了格拉的胸口，一下就把他提起来，举到跟自己平视的地方，说："你给我记住了，小子，你恩波叔叔跟那些男人不一样，你也不能这样说自己的母亲，就算她真是一条狗，也是你的母亲！"格拉细瘦的长腿蹬踢了两下，但一点用也没有，他还是给牢牢地举在空中，举在鞭子一样抽打着的雨脚里。密密的雨、明亮的雨从高高的天上降落下来。

格拉看到恩波眼光由凶狠变得柔和，最后，恩波几乎是悄声地说："记住，不要学着别人的口吻说你的母亲。"

要不是雨水正迅速地小下来，格拉就不会听到这句话了。

格拉的心也软下来，说："叔叔，你把我放下来吧。"

"我的话你记住了？"

"我记住了。"

恩波这才把他放下来。隔着越来越稀的雨脚，他又深深地望了桑丹一眼。桑丹呻吟一声，身子顺着门框柔软地滑下去，跌坐在了门槛上。恩波伸出宽大的手掌，抹一把头上的雨水，回身走了。

雨水说停就停，阳光落在满地水洼上，闪闪发光。恩波绕过一个个水洼，回到广场那边等候的人群里。

"你看见了？"

"真的有珍宝吗？"

"都是些上等货吧？"

只有他妻子说得与众不同："你真动了她的东西？让我看看你的手。"

恩波任勒尔金措拉起手来左右端详，笑而不答。他的目光抬起来，越过所有人的头顶，看着广场的那一边。其实他也没有真看广场那边的桑丹，他的眼光还要更高一点，看向还未化尽雪的阿吾塔毗峰，现在，一碧如洗的山腰正升起一道鲜艳的彩虹。

人们并不看彩虹。也没有看见恩波正在看彩虹，只是一个劲地问："你看见了吗？"

"真的有珍宝吗？很多珍宝？"

"都是些上等货吗？"

恩波喃喃地说："是的，很多很多，那个女人，她满怀珍宝。"

"漂亮吗？"

"很漂亮吗？"

恩波把注视着彩虹的目光收回来，说："漂亮，比那道彩虹还要漂亮。"

人们又变得忧心忡忡了，大家都把脸转向江村贡布："尊敬的喇嘛啊，这个女人真有珍宝，这可真是麻烦了。"

喇嘛含笑说："一个地方有珍宝聚集，说明上天还没有抛弃这个地方。"

"可是，可是……"

"可是，你还是想个办法，不要让我们再生眼病吧。"

"医生已经把眼病给我们治好了。"

"可是还会再生的。"

江村贡布只好拿来一块过去包裹经卷的黄布，缝成一个布袋，说是只要包裹在桑丹那个包外面，就不用担心什么了。"当然，"他说，"谁要真去动人家的东西，打开这个布袋，我就什么都不敢保证了。"

都说："眼睛都看不得的东西，谁还有胆子用手去动啊？"

江村贡布又说："不过，眼睛不看了，谁又敢保证心里不惦记？"

众人又问："那又会怎么样呢？"

江村贡布肃然说："也许惦记多了，会得心口痛的毛病吧。"

人们都肃然地叹道："天哪！"

八

格拉母子重返机村这一年，是机村历史上最有名的年头之一。

在机村人的口传历史中，这一年叫作公路年。也有讲述者把这一年称为汽车年。但一般认为，还是叫作公路年更准确一些。因为这一年，从初春开始，一直都响着隆隆的开山炮声。一条简易公路就从地图上称为成阿公路的主线上分出一个小岔，一点点向机村延伸过来。直到冬天，才有卡车开了进来。如果要叫汽车年，从这条公路修通到后来基本废弃的那些年头，才适合叫作汽车年。

开山炮声越逼近，机村的人们就越激动，就像每一个人从此都会开上一部汽车代步，就像汽车一到，这个被宣称已经发生翻天覆地的变化、人人都已经过上了幸福生活的时代就要真正到来了一样。生产队组织村里人去筑路工地上劳动。很多年轻人都穿上了节日装束，好像不是去劳动，而是去邻近的城镇街上闲逛一样。

看来还得在这里先讲讲机村的地理了。

和机村相邻的城镇有两个。三十里外刷经寺镇，属于另外一个县。统辖机村的公社所在地梭磨在五十里外。机村人常去的城镇是刷经寺，不仅是因为近，还因为这个镇子大，过去机村人崇奉的寺院也在这个镇的范围内。一条顺着大河的公路把这两个地方连接起来，但从机村去这两个地方，都要顺着流经机村的大河支流，走到河流交汇处，上了公路，向西北或向东南，去这两个镇子中的一个。

现在，那条顺着大河的公路，分出一个岔，向机村一天天伸展过来。

开山炮声隆隆作响，晴朗的天空下升起来一道道粗大的尘柱，村子里的人，山上的动物，都会跑出来看那些尘柱升起又消散。特别是环抱着村庄的山上，每到这个时候，猴子、鹿、獐、野猪、岩羊，有时甚至还有熊和狼，听到炮声，都会从隐身的密林中出来，跑到树林稀疏的山梁上，朝山下那频频作怪的地方张望。猴攀在树顶抓耳挠腮，鹿在深草中伸长颈项，熊总是懒洋洋地目空一切，蹲踞在高耸的岩石之上。

连山林中机敏警觉的动物们都这样好奇而兴奋，人们的兴奋也就更加顺理成章了。因为，人们不断地被告知，每一项新事物的到来，都是幸福生活到来的保证或前奏。成立人民公社时，人们被这样告知过。第一辆胶轮大马车停到村中广场时，人们被这样告知过。年轻的汉人老师坐着马车来到村里，村里有了第一所小学校时，人们也被这样告知过。第一根电话线拉到村里，人们也被这样告知过。电线很长，电话机却只有唯一一部，安在了大队支部书记家里，就像过去寺院里的菩萨一样被供了起来，黑色的机器身上盖上了一块深红色的丝绒，支部书记把电话摇把卸下来挂在身上，要用的时候，才插上去。电话装上已经两年多了，没有哪个村民使用过这部电话。村民也没有什么消息要传递到那些有电话人的耳朵里。他们的消息都在没有电话的人群里传递。电话偶然会响起一次，都是叫村干部去公社开会。

这部电话只传来过两次不是开会的消息。一次，村小学老师家里出了事，老师接了电话，就离开了差不多一个月，回来时整个人瘦了一圈。后来听说，是他在比刷经寺更大的城市里当老师的母亲自杀了。还有一次电话里传来消息，说是有台湾特务空降，机村能走动的人都上山去搜索，结果什么都没有找到。总之，那台电话里并没有传来天国的福音，或者类似天堂的福音。

而公路修过来时，上面的宣传和人们的感觉就像是从天上将要悬下来一道天梯一样。

并不是人人都在憧憬汽车到来的日子，并不是人人都在想象坐在汽车上迎风飞驰的美妙感觉。

格拉和恩波两个人对沉溺于美妙想象的人们嗤之以鼻。他们持这样的态度，当然是出于他们个人都有过离开村庄远行的经验。现在，这两个人因为这相同的立场而亲近了很多。或者说，过去的芥蒂，因为相同的不乐观的态度而彻底消除了。

恩波说："汽车，汽车，就是现在老天开眼，给你生出一对翅膀来，没有一纸证明，你也什么地方都去不了。"

格拉走过更多地方，学着外面那些决定一个人可以去哪里、不能去哪里的人的口吻说："呃，我就不明白，这些傻乎乎的蛮子，有什么必要四处走动，东张西望。既然什么都看不明白，不知道这些蛮子还傻乎乎地东张西望些什么？"

两个人这些玩世不恭的说法，惹得情绪高涨的众人不高兴了。但是，又没有人能出来反驳他们。大队长格桑旺堆出来制止，但是，这个人从来都不是机村的重要人物，即便现在当了大队长，他也不是机村的重要人物。机村的重要人物过去是工作组，现在是民兵排长索波。索波人年轻，纯洁坚定，满脑子新思想，不像大队长和支部书记两个上年纪的领导与村里人有那么多的人情世故。

索波对格桑旺堆说："大队长，这两个人满口落后言辞，破坏大家修公路的决心，应该制止他们。"

格桑说："他们就是嘴上说说，手上并没偷懒。"

索波哼了一声，自己走到恩波身边。恩波正搬动一大块石头，索波说："你站住。"

恩波没有站住，抱着石头慢慢挪动步子，一直走到新炸出的路基边，一松手，那块岩石滚下了高高的路基，在陡峭的山坡上，滚得越来越快，一路撞折了许多树木，还像犁一样翻开了草皮，把底下的黑土翻了出来。

索波说："我跟你说话呢，你没有听到吗？"

"你的话总是很有劲道的，"恩波拍拍手上的泥土，"你看，一路砸下去，碰上去什么，都死掉了。"

"汽车要来了，共产党给我们藏族人民造的福，你不高兴吗？"

"我高兴，以前我只看过一次汽车，是去找格拉的时候。本来，我还会看到很多汽车，但我没有证明，他们把我逮住了。"

"你对新社会心怀不满。"

"如果汽车开来了，载着我们到过去去不了的地方，人人都会很高兴。"

格拉走过来，拍打着双手，喊着："车票！车票！钱，钱，买车票！"那滑稽的样子，逗得人们大笑起来。格拉模仿着人们并没有见过的某种人物的做派，一脸傲慢："笑吧，露着你们的白牙，傻笑吧。想坐车吗？钱，傻蛮子，把钱拿出来。怎么？才五毛钱，傻瓜，一边凉快去吧。证件！证明！想上车的人把证件拿出来。怎么，没有证明？来人！把这个坏蛋抓起来！"

人们哈哈大笑，格拉笑了，恩波也笑了。

只有索波不笑。格拉说："报告排长，你看大家都很高兴，你也高兴一点吧。"

人们再次大笑。

笑过之后，人们都沉默下来，回味着什么。汽车要来是确实的，但是，他们没有钱，没有证明这个事实也是确实的。太阳开始落山了，开山炮炸下来的石头很快搬完了。机村人回村的时候，筑路队的工人背着炸药，手上挽着导火索来了，往岩石缝里装填炸药。人们离开工地不远，迎着夕阳在山坡上坐下来，看着点燃导火索的工人，嘴里含着铁哨，吹出尖厉的声音，跑开了。然后，屁股下的草地轻轻颤动一下，几道烟柱冲天而起，爆炸声猛然响起。岩石哗啦啦垮了下来，经过一天劳动，腾出的那段路面又被石头掩没了。

人们感叹炸药不可思议的强大力量。

索波总结性地说："这就是新社会的力量。"

其实，新社会的力量是人人都晓得的，因为早在开修公路以前，新社会就带着不可思议的力量降临了。

恩波拍拍索波的肩膀，索波的身体还不像真正的成年人那么结实，这一拍带着很大的力量，使他的身体摇晃起来，这让他不免有些尴尬。恩波笑了："伙计，没关系，你也会越来越有力量的。"

索波咬着牙从牙缝里发出了声音："你这个落后分子。"

"我落后有什么关系，反正有了汽车我也什么地方都去不了，你可要先进，将来不要说坐汽车……"

"还会有人派飞机接你上北京城！"

格拉接嘴说道。

"你这个野种。"索波切齿说道。

"人人都晓得的事情，还用你说吗？"格拉咧开嘴，嘻嘻地笑着。

知道跟这个野种纠缠下去，只能让自己大伤颜面，索波转脸威胁恩波："跟这种小流氓勾结在一起，没有什么好下场。"

恩波翻了翻眼皮，好像要抬眼看他，却只翻到一半，又把眼皮垂下去，懒得去看这个家伙了。

人们起身回村，格拉一个人高高兴兴地在众人面前奔跑，伸开双臂，斜着身子，做出巨鸟展翅盘旋的那种姿态，顺着青青的草坡往下跑，嘴里发出机器的声音："呜——呜呜——飞机来了，飞机来接人上北京了。"

有人笑骂道："这个小兔崽子。"

"这哪里是什么飞机叫，明明是饿狼的叫声嘛。"

"傻瓜，飞机叫是不换气的，你换气了！"

机村处在某一条飞机航线上，天气晴朗的中午时分，可以看到比五六只鹰还要大些的飞机，翅膀平伸着一动不动，银光闪闪，嗡嗡叫着慢慢横过头上的天空。

九

公路修通的时间一拖再拖，从当年十月国庆节，拖到十一月，再拖到天寒地冻的十二月，终于，在这一年的春节前，修通了。这个消息给正在准备过年的机村增加了一点节日前的喜庆气氛。

广场上，人们三三五五地扎在一起，东家向西家打听想不想自己悄悄酿一点酒。机村缺粮，私下酿酒原则上是被禁止的。也有人在商量，年关近了，要不要请刺嘛到家里念一念平安经消灾经什么的："虽然说新社会，破除封建迷信，但年还是旧的，小小地意思一下。"

这些事情，在这样一个时代里，不要说真的去做，就是小小地这么议论一下，因为违禁，便刺激得人生出一种很兴奋的感觉了。冬天的太阳懒懒地照着，那么一种气氛正好传达出一种隐秘的兴奋，一种类似偷情的感觉。人们继续三三五五扎在一起，交头接耳地议论，打探，商量，说的都是如何让这个年过得不那么平淡，无论是在物质上还是精神上都过得稍稍丰富一点的意思。而往往是这个时候，格拉家里平常都向着广场开着的门却关闭了。平常总是显得没心没肺的桑丹怕冷一样蜷在墙角里，很瑟缩的样子，一双眼睛不时骨碌碌转动着，惊惶又明亮。而且，她不要格拉看她。

儿子的眼光一落在她身上，她就哆哆嗦嗦地说："你不要看我，儿子，求求你不要看我，我病了。"

格拉就把头垂下去，垂下去，用吹火筒拨弄着火塘里的灰。格拉刚抬起头来，她又说："不要看我，我病了，不能出门给你找吃食了，你自己去吧，快过年了，各家各户都有好东西了。"

格拉从身后拉过一块什么东西，作为枕头，蜷起腿，侧着身子躺下了。他睁眼瞪着火塘里抽动的火苗，人有些恍惚了，感觉好像饿晕了一样。其实，格拉并不饿，年底，生产队刚分了粮食，村里人不是这家便是那家，隔三岔五地总要送些七零八碎的东西来。是广场上一天浓过一天的过年的气氛把这两个孤苦的人封在屋里出不去了。

格拉看着抽动的火苗，有些恍惚，这时听到母亲桑丹一声沉重的叹息。他动了动身子，嘴里梦呓一般发出了声音："阿妈。"

桑丹答应了。

格拉突然问："我外公像什么样？"

桑丹一下紧张得绷直了身子。但格拉仍然静静地蜷缩在火塘边上。其实，格拉心里已经吃了一惊，因为他一直不许自己去问母亲这些问题。他好像一生下来就知道他不能问母亲这些问题，而且也知道，即便问了也不可能得到答案。但今天，这些话就这样从他嘴里溜了出来。

格拉又听到自己问："人家都说你背着一大口袋珍宝，是真的吗？"

桑丹依然没有回答。

但她从墙角那里挪过来，坐下，把儿子头下的破东西拿掉，让他把脑袋枕在自己的腿上，她把手指插进格拉那一头蓬乱的头发中间，轻轻地梳理，格拉刚刚清醒过来的意识又有些恍惚了。母亲弯下身子，有很温软的东西顶在他肩头那里，他知道，那是哺育过他的伟大乳房。当母亲抖索的嘴唇落在他的脸颊上，大滴大滴的热泪也落在他的脸上。

母亲呜咽着，像一头带着烘烘热气的母兽："儿子，我的儿子。"

格拉没有应声，但他的眼角，也有大滴的热泪流淌下来，一颗又一颗，落在地板上，竟然发出了啪嗒啪嗒的声响。

这时，门咿呀一声响了。一个人悄无气息，像个影子一样飘了进来。格拉知道，是他在村里唯一的朋友兔子进来了。

格拉立即从母亲怀里挣出来，坐直了身体，说："兔子弟弟，你来了。"

这一年来，长高了一些的兔子，额头上还是像蚯蚓一样爬着的蓝色脉管，声音还是细细的，怯怯的："格拉哥哥，下雪了。"

格拉转脸就通过没有掩上的门，看见了外面阴沉的天空，风中，有些细碎而不成样子的雪花散乱地飞舞着。格拉就像一个大人一样说："把门关上，兔子弟弟，这雪下不下来。只是风吹得烦人。"

兔子掩上门，席地坐下来，很从容的样子，但一开口，又带着小姑娘般的羞怯了："格拉哥哥，你怎么不出去玩了？"

格拉总要在兔子面前做一副大男子汉的样子，他拍拍脑袋："这些天，这里面他妈的不舒服，休息几天，等你们过完年，就好了。"

兔子说："都说过年前汽车就要来了。"

"你听谁说的？"

"谁都在说，"兔子也在有意无意模仿格拉学大人说话的样子，"真烦人，人人都这么说，想不听都不行。"

那样子惹得桑丹咯咯地笑了。格拉抬眼看看母亲，桑丹像被噎住一样，突然就把笑声吞了回去。格拉发现，不知道从什么时候起，母亲有点害怕自己了。他有点心疼母亲，又有些得意于母亲对自己的这种敬畏。

"汽车来又怎么样？载着机村人进城吃酒席吗？"自从那次流浪回来，格拉一开口说话，总会很容易就带着一种愤怒的语气。

兔子有些害怕了："你为什么生气？"

"对不起，对不起，兔子弟弟，"格拉赶紧放缓了语气，"汽车要来就来吧。兔子，我告诉你，汽车要是拉这些人进城，也不是去吃饭！去干什么——你不晓得，以后带你出去走走，你就晓得了——他们开会，一天到晚开会！开完会游行，然后，各自回家。吃饭，想都别想！"说到这里，他气愤的语调又出来了。

兔子说："我不喜欢开会，人太多了。医生说，我不能去人太多太闹的地方，我的心脏不好。"

"可你还是忍不住要去人多的地方。"格拉语气中带着讥诮的意味。

"我一个人会害怕，跟奶奶一起待着也会害怕。医生说，我这颗心可能会突然一下子就不跳了。"

兔子可怜巴巴地说。

"哦，兔子弟弟，我跟你说着玩的，你跟我不一样，想到人多的地方去就去吧。只是不要让他们欺负你。汪钦兄弟、兔嘴齐米那几个坏蛋，还有那些跟着他们跑的家伙，要是他们欺负你，我去收拾他们。那几个家伙还是害怕我的。"说到这里，格拉自己也有些得意地笑了起来。

"可是我阿妈就是不想让我跟你玩。"

"那你阿爸呢？"

"阿爸，还有奶奶说可以跟你玩。"

"还有你们家那个喇嘛呢？"

"阿妈找阿爸吵，舅爷什么话都不说。舅爷不喜欢说话。"

格拉笑笑，没有说话。

"奶奶和阿爸还说，过年时要请你们到我家来，阿爸说，他对不起你们。"

"但是你阿妈不干。"

"阿妈是不高兴，但阿爸说，不能什么事都听女人的。"兔子把嘴巴附在格拉耳朵上，"阿妈哭了，阿妈说，阿爸喜欢上你的阿妈了。"

格拉咯咯地笑了："阿妈，兔子的阿爸喜欢上你了。"

闻听此言，桑丹就像寻常那样没心没肺地笑了。笑着笑着，她看着两个孩子，眼里露出了若有所思的神情，然后，她突然止住了笑声，一只手握成拳紧紧顶在嘴上，不再发出一点声音了。

兔子说："她不高兴了。"

格拉说："我倒是高兴她知道不高兴，我也高兴你阿爸喜欢上了她。"

兔子说："我不会告诉我阿妈。"

格拉说："他妈的。"

兔子也学着说："他妈的。"

格拉说："你说粗口了。"

兔子很开心地咯咯笑着："是，我说粗口了。"

格拉说："这下，你的喇嘛舅爷，你的和尚老爹要不高兴了。他们是识文断字的人，他们不喜欢人说粗口。他妈的，要是他们晓得我教你说粗口，你就不要想再跟我玩了。"

"他妈的。"兔子又说。

"闭嘴吧，你他妈的。"

兔子可不愿意闭嘴，不住声地说："他妈的，他妈的，他妈的。"越说越兴奋，苍白的脸腮泛起了红晕，额头上的蓝色血脉高高鼓突起来。格拉觉得那蓝色脉管再往高鼓就真要爆炸了。他害怕了，说："不要说了。"

兔子不听，他的眼里有什么光芒燃烧了起来，眼珠慢慢定住不动了，可他还在一个劲地念叨，一边念，还一边笑，弄得自己都要喘不过气来了。

格拉一跃而起，把这个着了魔一样的兔子扑在身下，手紧紧地捂在他嘴上。兔子咬住了他的手指，一股钻心的疼痛使格拉浑身发颤，嘴里咝咝吸着冷气，但他一点也没有松手。直到兔子不再发出支支吾吾的声音，不再弹动他那双细瘦的双腿，格拉才长吐一口气松开了双手。

这时，桑丹惊叫了一声，或者说，是刚刚惊叫出口，又把下半声强收回去了。她圆睁着惊恐的双眼，手捂在嘴上，浑身颤抖不已。

格拉这才看见兔子躺在地上，双腿紧紧蜷着，两手摊开，嘴边冒出些白色的泡泡，眼睛翻着眼白，昏过去了。

格拉俯下身来，摇晃他，拍打他，拍打他，摇晃他，亲吻他，咒骂他："兔子，我求求你醒过来，兔子，我求求你不要害我，你不要死，求求你不要死，要死也不要死在我们家里，他妈的，我求你起来，我求你滚起来，把你该死的眼睛动起来，他妈的，你阿妈说得对，你不该跟我玩，你该跟村里别的人去玩，他妈的，他妈的，你只要醒过来，我一定不再让你们一家人闹心，不再跟你玩了。"

但兔子一动不动，格拉瘫坐在地上，用哀怨、愤恨而又无可奈何的眼光看了母亲一眼，无声地哭了起来。

而桑丹只是摆出一副无辜的样子，楚楚可怜的样子，坐在那里，在命运之神的注视之下，像冬天还挂在树上的枯叶一样簌簌地颤抖着。

格拉仰起脸来，想看看神灵是不是在天上。但他连天空都没有看见，只看见被烟火熏得黑黑的屋顶，屋顶的一些缝隙里，这里那里，断断续续透进来一些光，一个将雪未雪的下午黯淡的天光。

这个时代，神灵已经远遁了。

这时，门被人敲响了。桑丹和格拉都一下坐直了身子。然后，门被推开了一点，风无形但有力的身子趁机往里拱，要把门完全打开，但敲门的人伸手把门带住了，只从那道门缝里探进半张脸。那是恩波的脸，这张脸上带着不太自然的笑容："请问，兔子在这里吗？"

屋子里的两个人都张大了嘴巴，却没有发出一点声音来。

好在从光线明亮的外面往屋子里看，一时间还看不清楚什么，屋子里的人却看见恩波本来就大的眼睛睁得更大了："请问，兔子到你们家来过吗？"

格拉把嘴合上，又把嘴张开，但还是什么声音都没有发出来。

"兔子告诉我，说要来找格拉哥哥玩，兔子，该回家了。"

格拉好像听见了兔子细弱的声音："我在，阿爸，我在。"

这时，格拉嘴里终于发出声音了，好像在跟那个声音争辩："不，他不在，恩波叔叔，兔子不在。"

同时，他觉得身子僵硬冰凉，像是鬼魂附体。

但是，恩波笑了，说："我知道你这个孩子喜欢开玩笑。"

躺在地上的兔子已经站起身来，死过去一次的兔子又活了过来，他绕过格拉，走到父亲跟前，声气细弱地说："阿爸，我跟你回家。"

格拉喃喃地说："恩波叔叔，以后我不跟兔子玩了。"

恩波腾出手，把兔子抱起来，风把门完全挤开了。很多光也随之挤进来。恩波高大的身子差不多把这扇门完全堵住了。他说："没有关系，你们可以一起玩，高兴一起玩，就一起玩吧。"

恩波转过身，带上门，把明亮的光线也一起带走了。格拉还听见兔子在对他亲爱的父亲说："阿爸，我告诉了格拉哥哥，你要请他们去我们家过年。"

格拉喃喃地说："不要，不要。"他抱着脑袋，听见自己在心里不断说，不要，不要，不要你们来玩，不要你们请我们吃饭。不要，不要，不要啊！

他挪到蜷在墙角的母亲那里，把回响着奇怪声音的脑子靠在母亲的怀里。

母亲的两只手，一只五指分开，插进了他蓬乱的头发里；一只轻轻地抚摸着他的脸颊。母亲只是说："我可怜的娃娃。我的好娃娃。"

然后，雪就下下来了。

雪下得那么绵密，天空一下子就暗了下来。雪一直在云层上累积着，直到天空再也承受不住，终于崩塌下来了。

格拉叹了一口气，紧绷绷的身子在母亲怀中慢慢软了下来。

十

雪整整下了一个晚上。

厚厚的雪被把整个机村悄悄地覆盖了。这个夜晚因此显得十分温暖。这个夜晚因此一点也不像要出什么不好事情之前的夜晚。

　　格拉很久没有睡过这么香甜的觉了，对即将到来的祸事没有丝毫的预感。甚至当太阳升起来，雪地上反射的干净光芒把屋子照得一片明亮时，他还安详而香甜地睡着。

　　把格拉惊醒过来的是小学校的钟声。

　　铛铛的钟声在这个雪后的早晨，在这个光线明亮，空气清新，四野在阳光下银光闪闪的早上显得那么清脆明亮。格拉像是受到了惊吓，一个打挺就坐了起来。

　　屋里的光线是这么明亮，亮得连火塘里的火苗都隐身不见了，只听见它们伸展抖动、吞咽空气的嚯嚯声音。机村人把这声音叫作火苗的笑声。火塘充分燃烧，火苗发出低嗓门的男人一样的笑声，从来都是一个吉兆。格拉翻身跑出门外，把脸埋在干净的雪里。当他看见自己的脸在雪地上留下了那么脏污的印子时，不禁咯咯地笑了。他捧起雪，在脸、脖子和手上使劲搓揉。捧起来，是洁白滋润的雪，雪在他肌肤上融化，变成脏污的水滴落在地上。

　　当钟声再次响起，格拉从雪地上直起腰来，那张脸已经十分地容光焕发了。格拉高兴时总有些饶舌。他说："奇怪，小学校已经放假了，谁还在敲钟啊？"

　　听到钟声，从围绕着广场的一幢幢房子的窗口上探出来一个个脑袋，对着广场的一道道门也吱吱扭扭地打开了。

　　人们看到，是民兵排长索波在敲钟。

　　格拉想都没想，舌头就在口腔里转动了："奇怪，能当民兵排长，就能当小学老师了？"

　　索波看村里人都被惊动了，便被村里那些半大的小孩簇拥着走到广场中央，口里喷着白烟，向村里人宣布一个重大的消息：今天，汽车就要进村了！索波喊一声："好消息，公社来了电话，汽车今天就要来了！"

　　孩子们欢呼着，簇拥着民兵排长向村口跑去。

当然，这群孩子中不会有格拉和兔子。

剩下的人们行动迟缓一点，但不到半个钟头，差不多全村的人都聚集在村口了。那旦原来是座煨桑的祭台，因为挡住了汽车进村的路，被平掉了。洁白的雪在人们的脚底咕咕作响，在阳光下开始融化。村子四周的雪野仍是一派耀眼的寂静，某一棵树上厚厚的雪被阳光晒开了，哗啦一声散开，落到地上。新修的公路顺着河谷蜿蜒着，静静地躺在雪被下面。人们静静地袖手站立，脚下融化的雪浸湿了靴底，还是一动不动。

融化最快的是路上的雪，山坡上，田野里，一条条小路黝黑的身影开始一段段现身。那条公路也很快显出身来，公路边的溪水也因为融雪水的汇入而显得混浊了。

人们就这样站到了中午，还没有见到汽车的影子，都慢慢踱回村子去了。格拉也慢慢回家去了。路上，兔子有些忧伤地说："格拉哥哥，汽车不会来了吧？"

"不来就不来吧。"在兔子面前，格拉常常装出大男人那种满不在乎的语气。

"我担心汽车不来。"兔子说。

"为什么？"

兔子说："我不知道，但我就是担心。"

格拉像个大男人一样，逼着嗓子嘎嘎地笑了："不来就不来吧。你等着瞧吧，来了，跟你，跟我，都不会有什么好处。"

兔子没有说话。

"你以为汽车会拉不要钱的棒糖，不要钱的钱来啊？"

然后，两个人就分手回了。这是格拉在兔子受伤前和他见的最后一面。事情已经过去很久了，格拉常常会回想这一天两个人分手的情形，每次都发现自己对接下来发生的严重事件毫无预感。中午时分，地上的雪化得差不多了，空气中充满了新鲜的水的气味，阳光也不再那么刺眼。兔子走开几步，又返身回来，叮嘱格拉："要是汽车来了，我没有听到，你要来叫我啊。"

格拉做出不耐烦的样子，挥挥手说："快回家去吧，我记住就是了。"说完，就径直回家了。回到家里，才发现桑丹绯红着脸，坐在火塘边上，一双眼睛亮亮的，松软的身子透着慵倦。这对格拉来说，并不是一个陌生的情形，又有一个男人到家里来拜访过了。格拉心里骂了一声，脸却像大男人一样什么也没有表现出来。"你没有和大家一起去等汽车吗？"

桑丹咔咔地笑了，娇气地说："你们不是什么都没等到吗？"

格拉有些恶心地想到，这娇气的笑声，是献给那个男人柔情的余绪与尾声。但他口里也只是淡淡地说："我饿了。"

桑丹这回的动作利索了，迅速起身，魔法一样变出一块新鲜的肉来。她嘴里快乐地哼哼着，用刀把肉片切薄，撒上盐，在火上烤。格拉狼吞虎咽地连吃了三大块。桑丹看着他一口口把肉撕开，嚼碎，咽下，那对待男人的柔情，才慢慢变成了对待儿子的母性的眼光。等儿子吃饱了，她自己才吃起来。格拉看着母亲的眼光里，充满了一种怜悯的味道，母亲也带着一种有点悲悯的眼光看着自己的儿子。这，也差不多就是一种类似于幸福的感觉了。

格拉听见自己笑出声来。

母亲把额头紧紧抵在儿子的额头上，也笑出声来。

两个人的笑声都动听，都带着没心没肺的苦中作乐的味道。

格拉突然感觉到自己特别想问母亲是谁，是一个什么样的男人送来了鹿肉，但他只是咯咯地笑着。这时，母亲说话了："儿子，还想吃更多的鹿肉吗？"

"要过年了，我想。"

"那我们要过一个有很多鹿肉的年了。"

母亲告诉他，有一个人打了一只鹿，藏在村后山上，总被黄昏的太阳照得更加猩红的巨大岩石旁边，一株熊做过窝的云杉的树洞里。格拉想，接下来，母亲就该告诉他把鹿肉藏在树洞里的那个人是谁了。但她没有再说下去，而是把一条口袋，一根绳子，一把砍刀塞给他。格拉带着隐隐的失望，出门上山去了。

每往上爬一段，他就停下步子，抬头望一望那块突出在林木中间的赭红色的巨大岩石。每当这个时候，那个疑问就会爬上心头：那个男人是谁？那是个什么样的男人？

每当心头浮上这个问题的时候，他的心头便浮出一个男人的形象。但很快，他摇摇头，把这个形象否决了。他这样摇头有两个意思：第一，他从来不允许自己想这个问题，但现在却老是想到这个问题，这成了他甜蜜的烦恼；第二，他真的不希望这些在脑子里过了一遍的男人是他的父亲。当他最后一次抬头仰望时，那个巨大的红色岩石已经在眼前了。这其实是大半山上一个宽敞的平台，岩石就矗立在这个云杉林环绕的草地中央。机杼没有人知道这个台地是数万年前冰川运动所造成的；也没有人知道，这块红色的岩石，是冰川从更高的山顶上运下来的。冰川变成洪水，涌向山下时，这块石头就像一个异类被永远留在了此地。格拉当然也不知道这个。他只是在走上这个台地边缘，看见这块红色岩石十分高大地矗立在眼前时，脑子里想到了最后一个男人。

他就是兔子的老爹！

格拉为自己这想法吃惊得差点失声叫了出来。

他又摇了摇头，把这个想法从脑子里甩出去了。草地上四布着水洼，格拉对着水洼中自己的脸露出了一个满意的笑容。能够随时随地把什么不好的不应该的想法从脑子里甩出去，是生活教给他的一个特殊的本领，正是这个本领使他能够比较快乐地生存下去。

比起这个本领来，在森林中找到一棵特别的树就不是什么大本事了。

树洞里并没有一整头鹿，但两条鹿腿也足够让他和母亲过一个很好的年了。把两条鹿腿装进口袋，扎好袋口，用背绳系在背上，准备起身下山时，恩波的形象又来到了格拉的脑子里。格拉笑了："我不相信，那时你在寺院里没有还俗呢，再说，你也是村里不会打猎的男人中的一个。"

说完，他就背起鹿腿下山了。

两条鹿腿的分量对一个少年人来说，太沉重了。他不断坐下来休息。只要他一坐下来，脱离了背上的重负，恩波就又钻到他脑海中来了。格拉说："老哥，不可能的，你不要来烦我了。我承认，我有点愿意你是我老爹，但你也知道我的老爹不会是你。"

"不，兔子弟弟，我喜欢你，但你不是我真正的弟弟。再说了，你阿妈不会喜欢。"

"恩波先生，谢谢你，请你走开，求求你了，请你走开，你不是我的老爹，我再说一次，你不是我的老爹。"

每一次坐下来休息，格拉都在心里争辩着。要不是他终于望见了村子，望见一个庞然的物体顺着新修的公路，正嗡嗡叫着向村子里移动，这种争辩不知会走向一个什么样的结果。

汽车！汽车真的来了。

他想往山下奔跑，但背上的东西太沉重了，使他无法加快步伐。他又一次把背上的口袋倚在一个土台上，开始休息了。这时，村子里的人们已经听到了汽车的声音，人们全部涌到村口，从高处望下去，一个一个的人影都变得扁平了。这些扁平的人影快速移动，迎面奔向汽车，又跟着汽车奔跑。汽车停在了村中的广场上，人们围着汽车打旋。看着这景象，那个冷静的格拉登场了。他有些疲倦地看着山下，想，他们一定很新奇，很激动，一定以为，有了汽车，明天的日子就是另外一种样子了。但他格拉小小年纪，却比好多成年人都见多识广。他见过很多汽车，也坐过汽车，但更多的时候，是作为一个无助的人，在流浪的路上，落在疾驰而去的钢铁巨兽后面，淹没在它巨大的、说不清是香是臭的燃油味道和弥天的尘土里。

格拉看见车头前面冒起了股股蓝烟，响起了密集的枪声般的声音。格拉知道，这是鞭炮的声音。在汉人的世界里，每当有什么喜庆的事情，人们都会炸响一串串的鞭炮。这下，机村的人们是大开眼界了。身后的树丛里，许多受惊的鸟飞了起来。格拉静静地坐在那里，一动不动，直到村子里的庆典结束。汽车又摇摇晃晃地开走了。广场上的一些人散开了，一些人仍然盘桓不去。格拉才又起身往山下走。这时，阳光离开了山下的低地，一点点往山上爬，林间的风准时起来了，轰轰的林涛声一波波传向远方，又重新从林间升起。这时，回望那块岩石，它已经没有那般高大，一身猩红却被夕阳染得更加浓重。

没有了阳光的村子，灰蒙蒙的没有生气，这里那里的背阴处，还留下一些斑驳脏污的残雪，让格拉心里一派凄凉。

格拉走进村子里的时候，夜幕已经降临了。

整个村子都包裹在鞭炮燃放后的硝烟味和雪后深重的寒意中。大人们都回家去了。只有那群孩子还处在兴奋中，无目的地尖叫，奔跑，互相厮打，不时地点燃一颗两颗鞭炮。格拉快走近家门的时候，他们就往他身前扔了一颗，那颗鞭炮蛇一样嗞嗞作响，喷吐着蓝色的火焰急速旋转，格拉刚刚转过脸去，那鞭炮就在他身前砰的一声炸开了。

格拉的耳朵被震得嗡嗡作响，那些本该可以是他朋友的孩子哄笑一阵，又带着他们莫名其妙的激动跑开了。

这个晚上，格拉和母亲一起把两条鹿腿上的肉剔下来，撒上盐，腌起来。剔出来的骨头，熬在大锅里，肉汤沸腾了，发出歌唱一般的声音，香气随之在低矮的屋子里弥散开来。喝下两大碗肉汤，连梦境都是温暖而安详的。半夜格拉醒来一次，觉得胃暖洋洋的，就想，明天要请兔子来喝这肉汤。

他一点都不晓得，兔子受伤了。鞭炮第一次在机村出现，就把兔子炸伤了。庆祝通车的鞭炮炸过后，留下的大堆纸屑里，还有许多未曾炸响的鞭炮，成了孩子们手中的玩物。一颗鞭炮不知从谁的手里扔出来，把兔子炸伤了。

鞭炮从天而降，落在了兔子脖子里，兔子吓傻了，站在那里一动不动，直到那枚鞭炮在他颈子上炸开了一道深深的伤口，他那张白脸被爆炸的白烟熏黑了，他依然一声不吭，摇晃了几下身子，便慢慢跌坐在地上，再一仰身子，倒在了地上。

无论以后的人们怎么描述当时的情景，这一点都是一成不变的，也就是说，自始至终，兔子都没有发出一点声音，鞭炮还没有爆炸，他就吓得魂飞天外了。

当格拉喝了一肚子鹿肉汤，差不多有些幸福地沉溺于温暖梦境时，吓昏了的兔子才刚刚把飞走的魂魄收了回来。

魂魄一收回来，他就感到疼痛了。

疼痛中的兔子看到阿妈漂亮的脸这时已经被仇恨扭曲了。她看见兔子清醒过来，发出了呻吟，说："好儿子，告诉我，是谁把你炸伤的。"

兔子摇摇头，用乞求一般的眼光看着母亲，细声说："你不要问我，我不知道，我没有看见。"

"不，儿子，你不能这样，你肯定看见了。"

兔子转过脸，把乞求的眼光朝向父亲："阿爸，我真的没有看见。"

恩波也说："要是看得见，他不就能躲开了吗？"

兔子吐一口长气，紧张的神情松弛下来。但他随即就听见阿妈对阿爸说："我肯定是那个野种。"

恩波说："我不想你乱说别人。"

兔子说："阿妈，求求你了，格拉哥哥一下午都不在。"

恩波说："我们已经对不起人家一次了。"

勒尔金措说："我看你们都中了邪了。"

这事情，就发生在格拉温暖安详的梦境边缘，但他却一点也没有感到正在逼近的危险。

第二天，阳光很好，格拉没有看见兔子。第三天，还是没有看见。这是新年前的最后一天了。虽然日子过得沉闷而又艰难，但新年将到时，总会带来一点微弱的希望，正是这点，会让人显得比寻常日子更加兴奋一些，这就是所谓新年的气氛了。更何况，今年，机村通往外部的道路开通了。从新的道路上开来了汽车，人们就有了双重的兴奋的理由。格拉也有些兴奋，他不是因为汽车，而是因为那两腿鹿肉，那两腿鹿肉后面藏着的那个神秘的男人。但他还是觉得这种兴奋是不完整的。这一年最后的阳光就要下山的时候，他才一拍额头想起来，他已经两天多没有看到兔子，看到兔子的家人了。

一问，人家才告诉他，兔子受伤了。一家人都带着这个宝贝上刷经寺镇看医生去了。

还有人开玩笑说："你不晓得吗？人家说是你扔的鞭炮炸伤了他。"

格拉笑笑，他习惯了机村的人没事拿他开心，也没有往心上去。他还饶舌说："好啊，谁说是我炸的，我把那张嘴也炸了。"

村里那群孩子：阿嘎、汪钦兄弟，兔嘴齐米，索波走了红后，他的弟弟长江也入伙了。长江父亲给起的名字叫多吉扎西，但索波领他到小学校报名的时候，就给他起了一个新的名字：长江。

大人们散去时，这群比他稍大一些的孩子就围了上来，恶狠狠地说："就是你扔鞭炮炸伤了兔子。"

他们跑开后，格拉打了一个寒噤，风从雪山上下来，吹在背上，带着深深的寒意。格拉摇摇头，笑了，自己对自己说，他们放鞭炮时，我到山上背肉去了，悄悄的，谁也不知道，我怎么会炸伤兔子呢？但这样，也并没有让他驱走背上的寒意。

新年到来的最后一个黄昏，格拉来到村口原来有一个祭坛、现在成了敞开的路口的地方，向着通向山外的路瞭望，直到夜幕落下，也没看到空荡荡的路上出现一条人影。

新年第一天，全村人都聚集在广场上喝酒歌舞，格拉和桑丹都关在屋子里没有出门。

第二天早上起来，桑丹烙了饼，就着浓酽的鹿肉汤。格拉喝得浑身暖洋洋的出门，这时太阳已经升得很高了。他刚刚打开门，索波的弟弟长江就冲到他面前，冲他龇牙咧嘴地一笑，高声喊道："是你炸伤了兔子。"

格拉猝不及防，被吓了一跳，辩解似的说："不，我没有，我不在。"

那么多张脸围过来了，从四面八方、上面下面看着他："说，你到哪里去了？"

"我，我到山上去了。"

"全村人都在等着看汽车，你到山上去了？你骗鬼吧！"

"说，你到山上干什么去了？"

"我……你们管得着吗？"

然后，这些孩子发一声喊，像炸了窝的马蜂，一下就散开了。他们手里端着木头削成的长枪短枪，嘴里突突突突模仿着枪声，学着电影里的战斗场面，向着假想中一群不堪一击的敌人掩杀而去。有人被石头绊倒了，却装出中了子弹的样子，喊一声共产党万岁，又从地上爬起来，呼啸着冲杀而去。

格拉突然感到一种清晰的痛楚，而且清楚地知道，这不是他自己的痛楚，他对痛楚已经十分习惯了，他是感到了兔子弟弟的痛楚。他问桑丹要一块最大的腌鹿肉。

桑丹说："你想烤着吃还是煮了吃？"

格拉说："我要去看兔子。他们用鞭炮把他炸伤了。"

"谁把他炸伤了？"

"鞭炮。"

桑丹哧哧地笑了："儿子骗我，鞭炮那么好玩，不会炸着人的。"

格拉说："我不想说了，你快取鹿肉吧，我要到刷经寺去看兔子，鞭炮把他炸伤了。他那么胆小一个人，肯定被吓坏了。"

桑丹把肉取来了。格拉接过来就想走，桑丹却用毋庸置疑的口吻说："先把这块肉洗干净。"

桑丹说这话时，脸上出现了一种很清醒明白的神情。就是这种从未有过的神情，让格拉不由得乖乖按她的吩咐做。格拉洗好肉，桑丹又吩咐他洗锅了。格拉依然照做了。洗锅洗肉的同时，格拉眼角的余光一直留在桑丹脸上，他注意到，她脸上一直就挂着这种清醒明白的神情，看他把肉、把锅洗得干干净净。

肉煮在锅里后，桑丹说："我知道你在想什么。"

格拉在想，新鲜就是干净，还用这么洗吗，整个机村都不会有人做这种事情，自己家里更是没有人干过这样的事情。但为了桑丹脸上那一本正经的神情，他妈的就干一次惹人笑话的事情吧。他故意说："你怎么知道我在想什么？"

"我告诉你，兔子的爸爸，舅舅，人家是识文断字的斯文人，什么事情都是有讲究的。"桑丹说，"如今哪，什么都不讲究，倒成了规矩了，所以你不晓得。所以我要教给你。你要记住，对有讲究的人，你还是应该讲究的，让人家晓得，你还是懂得规矩礼数的。"

格拉一边嘴里含混地答应，一边偷眼去看桑丹，见她脸上的神情不仅是清醒明白，而且是一派庄严。

一阵风把门吹开了，明亮的光线从门外涌进来，格拉抬起头来，看见太阳把大把大把金色的光线，从高高的天上向他抛洒。这是新年的第一天，他想，这一年或许是一个好的年头。桑丹或许就要从她那种懵懂迷糊的状态中清醒过来了，或者说，她已经清醒过来了。

锅里的肉煮开了，肉的香气、汤里花椒和小茴香好闻的气味在屋子里弥漫开来。

格拉希望母亲继续往下说，桑丹就如了他的期望继续说："如果讲究的话，汤里还该加上印度来的咖喱，或者是汉地来的生姜。煮好的肉要放在银盘子里，盘子摆在涂了金漆的木案上。"

格拉屏住了呼吸，也许母亲就要记起或者说出她出身的秘密了。

桑丹叹了口气："如今这些规矩都没有了，我们都变得像野人一样了。"她絮絮地念叨着，野人，野人。格拉心痛地看到，她的眼光又在这絮叨中变得迷离了。但她迅速又回复到清醒的状态，振作了口气说："好孩子，肉煮好了，带着它上路，去看你的好朋友吧。"

她还起身把他送到门前。

十一

格拉背着那块肉，走了三十多里路，来到刷经寺镇上。

不用打问，鼻子像狗一样尖的他，凭气味找到了医院。这是他在流浪的那一年多里养成的本事。他不识字，认不得招牌。那些小城镇就在乡野的包围之中，但小城镇中的人却对来自乡野的人十分傲慢。所以，他一般也不去向这些人打听什么事情。医院，是镇子上最容易用鼻子闻出气味的地方之一。那里具象的气味是消毒药水的气味。抽象的气味是死亡的气味。除此之外，镇子上的饭馆和加油站都有着同样鲜明的具象与抽象的气味。

格拉走进医院，却被告知，那个被鞭炮炸伤的孩子，昨天晚上包扎好伤口就走了。

格拉往回走的时候，已经黄昏时分了。他觉得肚子有些饿，便凭着一只好鼻子找到了饭馆。这家饭馆的格局和他去的那么多饭馆的格局一模一样。具象的气味是泔水的气味，抽象的气味是过了今天就没有明天那种慵倦而又厌世的气味。几张油乎乎的桌子，售票窗口，取菜窗口，一个凉菜与面点橱柜，油乎乎的推拉式玻璃窗上写着菜单与价格。一个拴着蓝布围裙的男人坐在玻璃后打盹。格拉敲敲窗户，对着那个惊醒过来的家伙微笑。那人推开了窗户，打了一个哈欠，格拉眼明手快，伸手抓出了一条卤牛舌，那人眼里露出了吃惊的神情，但他的哈欠还没有打完，嘴巴没有合上以前，他可伸不出手来，眼睁睁地看着格拉又从他眼下，抓出了两只包子。然后，那个野孩子才转身向门外跑去，快到门口的时候，还撞倒了一张椅子。等他咆哮出声，提着菜刀追到门外时，只看见夜色已降落在镇子空荡荡的街道上了。

格拉跑到镇子外面，放慢脚步，脸上带着狡黠的笑意，开始享用刚刚到手的东西。这个格拉和待在机村不动的那个格拉是不同的两个家伙。走在路上，有着丰富流浪经验的那个格拉又回来了。或者说，在机村待烦了的格拉又感受到流浪生活中最为快意的那一面了。他脚步轻快地走在大路上。天上星星一颗颗跳出天幕，他听见脚步嚓嚓作响。这样的路一直延伸下去，真就要走到缀满宝石般星光的天堂里去了。要不是兔子被炸伤了，这块鹿肉还没有送出去；要不是今天，那个一向稀里糊涂的桑丹突然显得清醒明白，开始像一个母亲一样教育自己的儿子了，格拉肯定就这样一直走下去，不会再回那个狭小贫困、让人心灵蒙尘的机村了。

回机村时，整个村子都睡过去了。看着恩波家黑洞洞的窗户，格拉想，兔子弟弟，我明天拿着新鲜鹿肉来看你。猎鹿的这个男人，肯定就是我的父亲呢。

回到家里，他又是很久不能入睡。这个年头岁尾，一切好像都预示着有什么重大的事情就要发生了。那个隐身多年的男人送来了鹿肉，桑丹又露出了好像会清醒过来的苗头。他梦里好像也老在思索这些事情。

大年初二，格拉就是满怀着这样一些对于未来的美好期待，怀着对兔子弟弟的温暖感情出门的。

但是，当他穿过机村广场，来到恩波家的院子里时，他却敲不开那厚重的木门了。他敲了一遍又一遍，但楼上的人却全像死去了一样，没有一点声音。他有了一种不祥的预感：兔子弟弟的伤势恶化了，或者，他已经死了。好像是为了驱除这突然袭来的恐惧，他大声地叫了起来："兔子，开门！兔子弟弟，开门！我来看你来了！"

"恩波叔叔，请开门！我来看兔子弟弟！"

但楼上没有一点声音。他又叫了勒尔金措阿姨，额席江奶奶，还学着兔子弟弟的口吻叫了江村贡布舅爷，但楼上依然不祥地沉默着。倒是村子里的人听着他先是着急，后来是有些悲戚的不断恳求的声音，围了好些人在这家人的栅栏外面。这些人越聚越多，沉默不语，像天葬台上等待分享尸体的鹰鹫一样。

这么多人围在一起，不是因为同情与怜悯，他们的日子太过贫乏，也太过低贱，并被训练得总是希望从别人的悲剧中寻求安慰。后来，那群孩子出现了：阿嘎、汪钦兄弟，兔嘴齐米，后入伙的索波的弟弟长江。他们因为十几年前新划定的出身，因为他们翻了身的父兄在村里横行，是一群更生猛的特殊年代哺育的鹰鹫。格拉每呼喊一声，栅栏外的他们就跟着应和一句。

开门！

开门！开门！

开门，开门，开门！

开门，开门，开门，开开开开门！

格拉绝望地感到，他本以为命运之门在这个新年对他露出了一道缝隙，其实它就像眼前这道门一样，依然对他紧紧关闭，而且任凭他千呼万唤，也永不开启。他把头靠在恩波家的门上。这门被太阳和煦的光照晒着，那温暖的感觉，本是阳光赐予的，却像是从木头内部散发出来的。但这曾经对他敞开的门又对他紧紧闭上了。他已经没有力量再叫唤下去了。即便这扇门背后就是命运之神本身，他也不能呼唤下去了。

但他不能停下来，这么多人毫不同情地站在那里，等待着他精疲力竭的那个时刻。这是他们心照不宣、不约而同的共同愿望。所以他不能停下来，他都想倒在地上，死在这些人面前了，但他还是把头抵在门框上，差不多只是在自言自语了："兔子弟弟，开门，我来看你了，我给你送鹿肉来了。"

"恩波叔叔，我晓得，肯定是他们告诉你，是我用鞭炮炸伤了兔子弟弟，但我那时候上山背鹿肉去了。"

"额席江奶奶，汽车来的时候，我在山上啊！"

他就一直这么嗫嚅自语着，阿嘎、汪钦兄弟、兔嘴齐米和现在叫了长江的多吉扎西还在他身后起哄："大声一点，你说什么我们听不见！"

"求恩波和尚原谅你吧，你炸伤了他的儿子。"

"嘿！楼上的人，听见没有，炸伤你们乖儿子的人，他请罪来了！"

格拉知道，他的心脏都要被仇恨炸开了，这时，他要是有那样有威力的东西，可以把这些人全部炸死，要是他有那种力量，就是需要把炸死的他们再炸死一遍。他也一点不会手软。但他没有威力无穷的武器。

现在是一只羊面对着一群狼。

还是桑丹把他从人群中救出来了。桑丹把他的脑袋紧紧搂在怀里，说："来，我们回家，我们回家。"

他不敢去看母亲的脸。

面对母亲，他羞愧难当。面对这冷酷的人群，他一样羞愤难当，连头也不抬，任由桑丹搂着回家去了。他只是喃喃地说："阿妈，你晓得我上山背鹿肉去了，我没有鞭炮，我没有炸伤兔子。"

桑丹说："闭嘴，闭嘴，你看这么多人，这么多人。"直到穿过了人群，桑丹才说："我晓得，我晓得，我晓得你的意思。"然后，母亲大滴大滴的泪水就落下，砸在他头上了。格拉仰起脸，桑丹还在说着什么，她的嘴唇哆哆嗦嗦地飞快地嚅动着，却发不出声音来了。她的嗓子像往常一样，一遇惊吓就喑哑了。

格拉的心像被谁撕扯着一样疼痛："阿妈，阿妈，你不要生气，不要害怕呀！"

桑丹的嘴唇还在哆哆嗦嗦地嚅动，刚刚露出些清醒明白神情的眼神，又变得空洞而迷茫了。

回到家里，桑丹还紧紧地攥着他的手，好像不这样，他就会永远消失一样。

起先，格拉还挣扎了一阵，因为他想回到现场，他要把那些可恶的人，那些把不实的罪名加在他头上的人，杀掉一个两个，甚至更多。虽然他内心知道，面对那个众多的、强大的，还有政府站在后面的人群，自己其实没有这样的力量。

他想，那么，就让我死掉算了。但母亲是那么紧张地攥着他，他的身子也就慢慢地软了下来。从昨天到今天，发生了这么一连串的事情，他已经太累太累了。他身子瘫软发麻，连动动手脚的力气都没有了，就瘫在母亲身上，睡过去了。

刚睡过去，不舒服的梦就来了。他睡得很浅，是因为实在太累了才睡过去的。但他紧张的神经并没有休息。所以，他甚至觉得自己还是醒着的。他甚至在想，梦见的情景到底是梦，还是正在发生的事情。他看见经过这一连串事情后疲惫至极的格拉瘫在地上，但意识清醒的格拉站起来，轻轻一下就把那扇叩不开的厚重木门推开了。恩波面容严峻，站在楼梯口上。他的眼神悲戚，眼白通红。看到他，他充血的眼睛里燃起了怒火。他伸出手来，一下子就把格拉举在了半空中。他说："你祸害了我的儿子。"

格拉嘴里唔唔地发不出声来。

恩波却把一双充血的眼贴上来："你为什么要祸害我家兔子？"

格拉依然发不出声音。

恩波又说："我们一家人对你这么好，结果，你还要祸害我的兔子。"

格拉挣扎着醒来，但疲惫的身体又把他带向睡眠，带向令人压抑的梦境。在这梦境中，那个谎言包围着他。恩波一家人都摆出有恩于他、而他却有负于这份恩情的样子，或者责问，或者什么也不说，只是把哀怨的、无辜的、愤怒的神情不断抛送给他。不要问鞭炮是不是他扔的，就是这种责问与神情，让格拉觉得自己是一个犯了滔天大罪的人了。

要让一个自诞生起便被视为贱民的人产生罪恶感，是再容易不过的事情了。

结果，睡眠中的他也得不到休息。这样连续折腾两天，格拉也生病了。他的身子紧紧地蜷曲着，分不清自己是醒着还是睡着。当他意识清醒一点时，桑丹把肉汤喂到他嘴里，这反而使他把肚子里更多的东西吐了出来。

他发烧了，额头烫得像块烙铁。

当他再陷入那可怕的梦境时，竟能发出声音了。他一直在高烧中呓语不止。一会儿哀哀低诉，一会儿亢奋地争辩，一会儿又在愤怒地咒骂。话题只有一个，人们放鞭炮时，他不在现场。就算他在，也不会去拿鞭炮来放，因为他认为汽车的到来也没有什么好庆祝的。再说，就算是他放了鞭炮，他唯一不会去炸的人，就是兔子弟弟。他不断翕动的嘴唇起泡了，泡溃烂后，又结成了痂。他再说话，把痂挣开，就渗出丝丝的乌血。

起初，桑丹紧紧地抱着他。直到连说话的力气都没有了，他便安安静静地躺在那里，脸色苍白，偶尔，空洞的眼睛里聚起一点亮光，那也是他心里仍然在争辩。

桑丹害怕他，远远离开儿子，蜷曲着身子缩在另一个墙角上，揪心地听着儿子粗重的呼吸。

又过了大半天，那粗重的气息也没有了，他的双眼也闭上了。

安安静静的桑丹，仔细倾听，却没听到儿子的呼吸声再响起来。她只听到门外人们走动、玩笑、歌唱、嬉戏的声音。就在这些声音里，格拉静静地躺着，就像死去了一样。

格拉依然躺在那里，一动不动，不言不语。甚至面孔上的污垢也无法掩住那灰色的苍白，一点一点渗透出来。

桑丹突然像被火烫了一样跳起来，蓬头垢面冲出门外。机村因为新年而无须为生产队干活的人们，大多无所事事地聚在广场上，懒洋洋地或坐或站，享受冬日的阳光。事后好多人都记得，桑丹闯到了他们中间，眼露凶狠光芒。她像一头绝望的母狼一样从荒芜的丛林中跳将出来，长声夭夭的控诉般的惨嗥把天空都撕裂了。

好多人都聚集到了他家门前。格拉躺在地板上，听到那么多声音，慢慢睁开了眼睛。看到这么多机村的乡亲围过来，格拉想，也许有人会发善心，把他送到刷经寺的医院里去，吃药，打针，抢救，甚至这些都用不着，只要让他闻闻医院里药水的味道，说不定他的病都会好起来。于是，他黯淡的眼里燃起了希冀的亮光。但没有一个人从屋外走进来，只是从门上、从窗口探进脑袋来，看上一眼，叹一口表示爱莫能助的气，就缩回去了。

或者说："哦，看样子，他病得不轻。"

"嘘，我看他要死了。"

"也好，死了就了了。"

"是啊，这个娃娃，是不该到这个世界上来的。"

"这个可怜的女人，不该带他到这个世界上来的啊。"

格拉的眼睛绝望地闭上了。他们说得对，他再也不想看见这世上的任何东西了。他闭上眼睛，就把外界射入的光明阻断了。但他的心脏还在跳动，脑海里还有意识的亮光，这个光是他自己不能关断的，只能看上天的意愿了。

他也不能关闭自己的耳朵，所以他能听见桑丹在喃喃地哀求："救救我的娃娃。"

"求你们发发善心，告诉他，兔子不是他弄伤的。"

"只要你们说不是他干的，他就会好起来。我的儿子跟我都是贱命一条，只要你们谁去告诉他，那事不是他干的，连药都不用，他就会好起来。"

但没有人回应她，人们一如往常保持着他们居高临下的沉默。

桑丹的口气变化了。

"你们中间有人自己晓得，是哪只脏手把一只鞭炮扔在了兔子的颈子上。我向上天保证，要天天诅咒这只手像一段树枝一样枯死，像一块臭肉一样烂掉。"

"我还要诅咒你们……"

她的诅咒把内心虚弱的人群驱散了。

这是新年的第四天。

四顾无人，平常无心无肺、无羞无耻的桑丹在这一天变成了一头凶狠的母狼，她蓬头垢面地冲进了恩波家的院子，大声哭骂。楼上依然静悄悄的，就像这家人一夜之间都变聋变哑了一样。在桑丹渐渐嘶哑的哭骂声中，这新年第四天的夜晚降临了。这一天晚上，整个机村都像死去一样沉默不语。

据说，村里每一个孩子在火塘边都受到大人的责问，但这种责问很有意思。没有人问鞭炮是不是自己家的孩子扔的，而是说，看来，这个可怜的格拉确实可能是被冤枉了："那么，你看见是谁扔出的那枚鞭炮吗？"

这些斗争年代成长起来的孩子们结成了坚固的同盟。这样子的责问不可能撬开他们的嘴巴。大人们心里有着的小小不安，因为他们曾经求证过了，也就消失不见了。

又据说，天黑以后，恩波家楼上有人下来了。有人说："是喇嘛江村贡布下楼来，对桑丹说，他们家并没有人说兔子是格拉炸伤的。但村子里的乡亲们都这么说，特别是村子里的孩子们都这么说，他们不能不信，也并不全信。只是以后，他们一家人真的不希望让这两个孩子在一起玩，这两个可怜的孩子是相冲相克的命。"

村里一直传说，江村贡布喇嘛还悄悄给了桑丹一粒珍贵的丸药，而且还是一个过去的活佛亲自加持过的。

就是这粒丸药把格拉的命救了过来。

传说嘛，有人传说就有人质疑。质疑的人又制造新的传说，他们说，那天下楼的不是江村贡布喇嘛，而是恩波。而且，恩波是被兔子催着下楼的。兔子这个善良孩子吓走的游魂在桑丹的哭喊声中回到了体内。他说："那鞭炮不是格拉哥哥扔的。"

勒尔金措说："那么，你看见是谁扔的？"

"我没有看见。"

"你没看见怎么肯定就不是他扔的？"

兔子哭了："阿妈，求求你不要这么说话，我害怕。"

勒尔金措看着孩子的父亲："听见没有，他害怕，这个世道，害怕的人，假仁假义的人，是活不下去的。"说这话时，这个漂亮的女人神情庄严，像个宣谕真理的女神一样。

这一刻，恩波对这个女人生出了敬惧之心。因为，她宣谕的真理不是佛说的真理，也不是一个举心向善的人应该信奉的真理，而这样的真理正在大行其道。

兔子撑起了身子，说："我起誓，要是格拉哥哥真扔了这枚鞭炮，不是我，就是他会死去。"

孩子的这个毒誓把大人们都惊呆了。传说，游魂刚刚归来的兔子站起来，对父亲伸出手，说："你跟我来一下。"

父亲便听话地站起身来。

"跟我下楼去一下，我要说句话给格拉哥哥的妈妈。"

恩波便牵着兔子下楼了。

据说，兔子脖子上缠着在刷经寺医院里上的白色绷带，靠在门框上，有气无力地对着桑丹微笑。

桑丹扑通一下对着兔子跪下了，说："你好就好，你好就好。"

兔子说："格拉的妈妈，你回去吧，告诉格拉哥哥，我晓得让我流血的不是他，他其实应该晓得，我不会相信是他。"

"可是我的儿子要死了。"

"不会的，我发过誓，他不会死。因为弄伤我的不是他，等我伤好了，我们还要一起玩耍。我爱他。"

听了这话，桑丹感动得涕泪纵横，抱着兔子的头一阵狂吻，直到兔子静静地说："格拉的妈妈，你回家去吧。"

恩波也说："不是我们做大人的狠心，大家都这么说，不由我们不信啊！既然孩子都这样说，你就安心地回去吧。"

桑丹从地上爬起来，回家传话去了。传说桑丹把这些话学给格拉听，格拉长长叹息一声，安心地睡过去，烧慢慢开始消退了。

有了这些传说，机村这个年就过得有些滋味了。以前过年，有庙会，有传统歌舞，但这些都是旧社会的东西，在新社会里，上面说，这些东西应该随旧社会消失了。于是，这些旧东西真的就消失了。新社会的新年就变成了纯物质的新年，年前来的汽车拉来了配给的每人半斤白酒、一斤花生和五十颗棒糖。这是这个纯物质的新年里机村人享用到的全部好东西。当然，还有因兔子不知为谁所伤而生出的谣言，以及因这谣言而生出的不同传说。机村看上去依然死气沉沉，但人心却在暗地里被这些传说所激动着。

大年初七，大病初愈的格拉扶着墙壁慢慢走到了屋子外面，有气无力地靠墙坐在羊皮褥子上。他的眼皮显得很沉重，一些人故意在他面前来来去去，他都好像没有力气把那眼皮抬起来一点。

就是这一天，又生出了一个新的传说。说格拉的病之所以好起来，不是因为恩波一家人原谅了他，也不是因为受伤的兔子本人发的毒誓。而是一天半夜，一个神秘的男人溜进了那间小屋。那个男人带来了一小块早已绝迹多年的鸦片膏。烟膏化了水，给格拉灌下去一点，他的心就安静下来，高烧也慢慢退去了。这是过去机村人对付一些小病小痛的常用办法。这个办法管用了。

这个男人是格拉的生身父亲是肯定无疑的了。

但这个男人是谁呢？人们都这样问。

这个传说真是太精彩了，人们的好奇心进一步被激发起来。但回答并不令人满意。据说，连桑丹自己也不晓得这个男人是谁。人们说，在桑丹床上来来去去的男人太多了，她又是呆呆傻傻的那么一个人，怎么弄得清楚哪个是哪个啊。更重要的是，那些男人去的时候，都是黑灯瞎火的，桑丹也不可能看清他们的脸。

初七一过，人们就该下地劳动了。本来冬天无事可干，但上面让把村后南坡上的树林伐倒，开荒种地。于是冬天人们也有事可干了。男人们把树一棵棵伐倒，女人们把这些树堆起来，架在火堆上猛烧。开春后，大地化了冻，把这烧焦的地犁上一遍，过去的林地就可以种上庄稼了。村里那群野孩子——阿嘎、汪钦兄弟，兔嘴齐米和现在叫了长江的多吉扎西，从伐倒的树木中间，捡到许多比篮球还大的鸟巢。他们把这些鸟巢倒扣在头上，脸上装出鬼怪恐怖的样子，呼啸而来呼啸而去。

机村安静下来了。

村后的山坡上传来斧子斫伐大树的声音。除了千年大树轰然倒地的声音，村子里就再也没有别的声音了。明亮的阳光倾泻下来，给冬天的日子带来一些稀薄的暖意。

格拉能够想象那些大树倒地时的情形。斧子锋利的刃口一下又一下砍进大树的根部，一块块新鲜的带着松脂香味的木屑四处飞溅。树身上的斫口越来越深，最后那点木质再也支撑不住大树沉重的身躯，那点木质发出人在痛苦时呻吟一样的撕裂声，树身开始倾斜，树冠开始旋转，轰然一声，许多断裂的树枝与针叶，还有地上的苔藓飞溅起来，一棵成长了千年以上的大树便躺倒在地上了，再也不会站在旷野里，呼风唤雨了。

十二

公路修通以后，上面的领导再来机村，就坐着吉普车了。

领导在机村毁林开荒的现场开了会。领导表扬了机村人的苦干精神，同时也指出，把这么好的树木投入火堆中一烧了之也太浪费了。伟大的社会主义建设需要这些树木。公路修通了，这些树木可以运到山外，为社会主义的雄伟大厦添砖加瓦。机村的男人们因此又多了一项沉重的劳动。他们把一段段的树木抬到公路边上，等待汽车来把这些沉重的木头运走。这是机村人八辈子都没有梦见过的劳动方式。现在，他们沉闷的嗓子哼着新学会的号子来协调步伐，汗流满面，把木头抬到可以坐上汽车运往山外的地方。

看来，有些悲观的论调所言不差，公路修通了，机村人还是用双脚走路，而且因为汽车的开通而担负起这从未有过的劳役。很多人的肩膀磨破了，流出些血水倒还没有什么，反正皮肉是可以重新长出来的。但脚上穿的牛皮靴子，在这极端负重的情形下，比平常费了很多倍，这个损失可没有人来帮他们补偿。

桑丹的眼睛更混浊了。她一个人总是坐在那里絮絮叨叨。但没有人听得出她到底在说些什么。连格拉也不知道。这天，格拉看见太阳出来了，便出来坐在羊皮褥子上晒太阳。他身上的气力在一点点恢复。但他心里却像一座空空荡荡的老房子一样。要是心里不是这样一种奇怪的感觉，他的身体还会恢复得更快一点。他还是连眼皮都懒得抬起来一下。连额席江奶奶带着怯生生的兔子走到面前了，他都没有发现。

直到兔子怯生生地叫了他一声，他才慢慢坐直了身子。

额席江奶奶躬身摸摸他的额头，说，好了，好了就放心了。格拉却感到那双皱巴巴手上的皮肤像纸一样沙沙作响。

兔子又叫了一声格拉哥哥。

格拉才抬眼去看他。奇怪的是，他没有料想中的激动。他看见兔子脖子上缠着的白色绷带又已油乎乎地很脏了。他懒懒地露出一点笑容，说："你的绷带脏了。"

兔子眼里却涌上了泪花："格拉哥哥受苦了，我知道不是你。"

格拉淡淡地说："你把这话告诉你家里人就可以了，现在，你奶奶也听见你说的这话了。我晓得不是我扔的。"

兔子说："我晓得你爱我。"

格拉眼里也有了些泪花："但是那些人他们不准，你家里也一样，他们也不准。"

说完这句话，格拉长吐了一口气，真正平静下来了。要是这病好不了，真要死去的话，他也把该说的话对最该说的那个人说出来了。

额席江手上皱巴巴的皮肤沙沙作响，又放在了他的额头上："可怜的孩子，你什么都懂。"她没有说他们一家人谁都不会怪罪于他，将来，他和兔子还是好朋友，而是顺着他的口气说："乖孩子，你也会懂得孩子的妈妈与爸爸的苦处的。"

而桑丹还在一边絮絮叨叨。

兔子问奶奶："格拉的阿妈在说什么？"

"我知道她在说什么，她说，都说新社会是好世道了，但人们吃穿都没变，要干的活却越来越多。"

桑丹看看额席江奶奶，眼里好像带上了一点会心的笑意，让人觉得是她对别人的破译表示同意。然后，她又自顾自地飞快地翻动着嘴唇自说自话了。

额席江点头说："我想我懂得她说的。她说，都说过去的社会是把人分上等下等的，怎么今天也有人什么都不干，修了这么宽的马路，坐着汽车来来去去，比过去的大人物骑在马上还要威风八面？"

格拉冷冷地说："好了，你们回你们自己家里去吧。她的那些话都是胡说八道。"

额席江又称赞了格拉一句，眼里随即露出惊慌的神情，说："兔子，格拉说得对，我们该回去了，大人们回来，看见我们在这里，又要怪罪我们两个了。"话音未落，她就拉着孙子的手，起身离开了。格拉看见兔子步子踉跄地跟着奶奶走，一边不断回头，一脸委屈与不解的表情。

这是格拉最后一次看见兔子。以后，再回想起来，眼前就会看见那张频频回顾的苍白小脸，和脖子上脏污的绷带。这挥之不去的回想总让他痛彻心脾。

而在当时，格拉觉得一件重大的事情已经了结了。村里人又看到他四处晃荡了。他在山上的林边安上套子，弄一些野兔啊、山鸡啊回去煮了，给母亲解馋。他对眼神混浊、絮叨不止的母亲大声说："看儿子也可以给你弄肉回来吃了！"

桑丹用混浊空洞的眼睛看他一眼，手里拿着大块的肉，又露出了没心没肺的笑容。

"以后，再有人送肉给你，都不能要了。"格拉大声喊道，"再有人送肉来，你就告诉他不要再送了，你的儿子长大了！"

桑丹把肉塞进口里，贪婪地咀嚼。

格拉又喊："你记住了！"

桑丹停住了咀嚼，好像在努力思索儿子这些话的真正意义，但好像什么都没有想明白，就又贪馋地吃了起来。

格拉并没有着急。看着这种情景，他有些悲哀，但他这样的人，不可能再因为一点悲伤的事情而愤怒了，照样上山猎取他有能力猎取的小猎物。在山上遇见恩波是在一个中午，在村里人伐木开荒的附近的树林里。那里，有一块小小的林间草地。在那块林地中间，常有一群褐马鸡出没，格拉注意那里已经很久了。这天，他准备到这块林间草地野鸡出没的灌木丛小径中下两个套子。但没想到，他会在那里看见恩波。中午时分，直射的太阳把林间草地上软绵绵的枯草照出金属般的光亮。他正弯腰下套子的时候，听见大野兽一样沉重的脚步响了过来。他仍弯腰在灌木丛中，但身上的肌肉与神经都绷紧了。一进入山林，他自己也像是一只机警敏捷的野兽。然后，他听见了一声沉重的叹息。

原来是一个人，原来是恩波。

这个被抬木头的重活弄得疲惫不堪的前和尚，一下就躺倒在草地上。有好长时间，这个身子瘫在草地上的男人一动不动，很久才又发出了一声无奈的叹息。然后，他坐起身来，晃动着右边那只还不习惯木头沉重分量的肩膀。他在温暖的阳光下，脱去一件外套，再脱衬衣时，发现衬衣和肩上的伤口黏结在一起了。

这个男人嘴里咝咝地倒吸着凉气,一点点把衬衣从伤口上揭下来。最后,他有些生气了,闷着嗓子哼哼了一声,把衬衣从肩上扯了下来。格拉看到了他的光头上渗出的汗水,因此感到了他的疼痛。他仰起脸,对着天空露出了对命运不解并不堪忍受的痛苦神情。要是上天真的有眼,看见这样的神情,也不会不动恻隐之心。

但人们说得对,就算天上真有神灵,也移座到别的土地与人民头顶的天空中去了。

格拉从灌木丛中直起身来,朝恩波走去,目光落在恩波正渗出脓血的肩头上。

看清了来人,恩波脸上吃惊的神情消失了。

他有些木然地看着格拉朝他走来。格拉对他笑了一下,但笑得很尴尬,很难看,很艰难。恩波也要回应一个笑容,但他还没有笑出来,就把笑容硬生生地收回去了。这一来,格拉已经到嘴边的问候的话也硬邦邦地哽在喉头,吐不出来,也咽不回去。两个人就这样默默对视着,脸上表情僵硬,眼里的神情却千变万化:自责、愤怒、同情、哀怨、委屈、无奈、怜悯和追问交替出现,相互包含。身子四周,披覆着深绿针叶的杉树耸立四周,阳光落在草地上,蒸发着水分的枯草发出细密声响。

恩波终于吃不住这种眼光了。他别开脸,飞快地穿好衣裳,飞快地穿过草地,有些跌跌撞撞的身影就消失在树林中了。

格拉觉得自己要流泪了。他向着天空仰起脸,在这个他妈冷酷无比的世道里流泪是没有什么用处的。那一圈用高大的杉树树冠镶边的天空中,有些稀薄的,被高天上的冷风撕扯和驱赶的很细碎的云彩飞过。格拉的泪水慢慢流回去了,你他妈的真有意思,眼泪说来就来了。格拉又走回灌木丛中,从浮土上看到马鸡在自己的小径上走时留下的印迹。他一下一下伸缩着颈项,脸上做出很庄重的神情,模仿着马鸡在林中悠闲踱步时特别的姿态,手上却一直忙活着,在正好是马鸡那一伸一缩的脑袋的高度上安好了柔软的绳套。这时，他像是被谁扼住了喉咙一样，低沉地哼哼一声，翻倒在地上。这是马鸡中了圈套的样子。他倒在地上，上半身微微抬起，头被假想中的绳套吊在树上，双腿猛烈蹬踢，双手像鸟翅一样痉挛般地猛烈扑扇。

最后，他很悲戚地在喉咙深处哼哼了一声，一翻眼白，身子僵住，死去了。他妈的，那只即将上套的马鸡和那些已经上套的马鸡，就是这样挣扎着死去的。格拉躺在地上，用手抚摸着自己的颈项，好像那个地方真的被绳套勒住了一样。他躺在地上，疯狂地笑了，一直笑到真像被绳套勒住了脖子一样喘不上气来了，直到笑得泪流满面，他妈的，笑出来的眼泪不算是对这个冷酷的世界的乞求与哀告。

恩波没有走远，听到格拉弄出那许多动静时，又不放心地走了回来。这个孩子那复杂的表情与眼神使他放不下心来。他走回来，正看见格拉安好了绳套，自己扼住自己的脖子，倒在地上模仿野鸡上套和死亡。跟格拉差不多大小的孩子，只知道害怕死亡，而这个孩子，已经把生命在死神逼近时的恐惧、挣扎，甚至意识到死神不可逃避时的放弃与解脱体会到这样一种程度，真是令人心寒。直到看到格拉流出了那么些眼泪，他才心里一松，就好了，好了，哭一哭就好了，这才一狠心，转身走出树林，回到治木头的行列中去了。

接下来的日子里，这两个人都互相回避着不要见面了。

只要这个人远远地看见了另一个人的身影，这个人就会选择另外的路径。

恩波一家，也都有意回避着格拉。

格拉也他妈的不再惦记他们了。有时，可以看到兔子怯生生地跟在那群野兽一样的孩子身后，脖子上依然缠着脏污的绷带。如果说那群总是粗野地呼啸而来又呼啸而去的孩子，像是一个旋风，那他总不在旋风的中间，他总是在边缘，像是被旋风从中心甩出来的一块杂物，零落而孤单。

十三

又一个春天来到了。

溪流上的冰盖融化了，土地解冻了，苏醒了，四野里流动着沃土有些甘甜的气息。树木也苏醒了，在刚解冻的土地里伸展开根须，拼命地吮吸，把尽量多的水分送上高处的树干和树枝，萧瑟了一个冬天的树林梢头泛出了浅浅的绿意。

这个春天开始的时候，格拉扔鞭炮炸伤了兔子的谣言好像也止息了。虽然说，格拉还会有意无意地听到兔子伤势起伏的消息。他的伤口化脓了，人发烧了。但过几天，这孩子又出现了，说是他的伤口又长好了，烧也退了。其实，就是没有这个伤口，他也经常发个烧啊，拉个肚子啊什么的。春天，树木啊，野草啊正恢复生机，但却是动物正孱弱的时候。就看村里那群现在由江村贡布喇嘛放牧的羊吧，经过一个冬天，这些羊都很瘦弱了，吃着刚露头的可口青草，胃又受不了，拉稀，加上春风一吹，冻得硬邦邦的骨头都酥软了，好不容易熬过了冬天的羊，走着走着，腿一软，跪倒在地上，再也起不来了。

在格拉眼中，兔子很像那些熬不过春天的羊。

要是他是格拉这样没人看顾的野孩子，早就曝尸荒野了。好在他有人看顾，奶奶、爸爸、妈妈和舅爷。一年四季都好吃好喝侍候着，都成长得这样吃力而艰难。

过一段时间，会从山外开来几辆卡车，把抬到公路边的木头拉走。这时，男人们还要肩扛背顶地把这些沉重的木头装上卡车。村里这群孩子，就围着卡车奔跑，尖叫，欢笑。兔子站在远一点的地方，静静地待着，站得累了，他就坐在地上。有风起来的时候，不放心的额席江奶奶就出门来寻，带他回家。

格拉站在别人都看不到他，而他看得到别人的更远的地方。

他整天在林间奔忙，搜寻着各种动物的足迹，得心应手地设置着各式各样的死亡陷阱。他自己差不多都变成一个野人了。每天，他只是从那些树林的间隙里，看着人们劳碌奔忙。至少在这样的时候，他比那些人幸福，或者说，至少有这样一个时候，他比所有的机村人都要幸福，因为眼下所干的事情，是他所想要干的，而且有着不断的收获。但那些人，被沉重的劳动压弯了腰杆，一天劳碌下来，只是由别人舔着笔尖，在一个小本子上记下几个工分。

砍木头已经成了村里的男人们一项经常性的劳动。

开荒地上的树抬完后，砍伐的对象变成了村东向阳山坡上，那些漂亮修长的白桦树。这片漂亮的树林是村里的神树林。村里那眼四近有名的甜水泉的水脉就来自那片白桦林下。

但现在，上面来人要机村人对这片树林动刀斧了。公社的、林业局的干部，还有来自更远更大地方的建设委员会的干部坐着好几部吉普车来到了村里，在广场上召开了全村的群众大会。这个大会像所有的群众大会一样，先斗争村里的四类分子。然后，听上面来的人念大张的报纸。然后，人们就知道上面又要让自己干些以前没有干过的事情了。

要是不干事情，或者只干过去干过的事情，那还是新社会吗？

这话是新一代的积极分子、民兵排长索波说的。新社会也真是厉害，谁也没有见过它的面，它从来不亲自干任何一件事情，它想干事情的时候，总能在机村找到心甘情愿来干这些事情的积极分子。据说，不只是机村，在机村附近的村落里也都是这样，甚至比机村附近的整个山地都还要广大许多的整个中国都是这样。那么，这个新社会是比旧社会人们相信的神灵都还法力强大了。

新社会派来的干部说，那些白桦树林要伐掉。

积极分子索波们都表示同意，说早就该伐掉了。大会中断了，拥护号召的积极分子被干部们召集到生产队的仓库里开一个小会。全村的成年人——也就是人民公社社员们继续坐在广场上。仓库里的小会开完了，干部们的吉普车屁股后冒一股青烟，继而扬起大片的尘土。吉普车开远了，转过几道弯，消失在峡谷深处了。送行的积极分子们还兴奋得满脸红光。转身，社员大会继续进行。大队长讲不清楚小会的内容，就由年轻的、能够更迅速领会上级意图的索波来传达那个小会的精神。

索波说，现在，在四川的省会城市，正在兴建一个肯定比所有的黑头藏民眼睛看到过，和脑子能够想象出来的宫殿都还要巨大的宫殿。这个宫殿，是献给比所有往世的佛与现世的佛都要伟大的毛主席的。

下面有人问："那就是说，毛主席就要住在那座宫殿里了？"

"不，"索波脸上露出了讥讽的神情，说，"你这个猪脑子，毛主席住在北京的金山上，那里有更加巨大辉煌的宫殿。他老人家怎么会住到一个省城里呢？"

"那为什么还要在那里盖一个大房子呢？"

"笨蛋，是宫殿。宫殿肯定是大房子，但不是所有大房子都是宫殿。"索波不但是一个积极分子，而且，在这些事情上，他是比机村这些蒙昧的人要懂得多很多，"那个宫殿，只是献给毛主席，祝他万寿无疆的，宫殿的名字就叫万岁宫！"

人群中嗡的一声，发出了树林被风突然撼动的那种声音。

"那不就是，那不就是封建迷信吗？"恩波从人丛中站起来，"不是说，相信人灵魂不死，说人能活比一百年还久的时间，都是封建迷信吗？"

人群中又嗡的一声，突然而至的风又撼动了密密的森林。

索波回答不了这个问题，但他也可以不回答这个问题。处在目前的地位上，他只需做出一个威胁性的神情就够了。于是，他睁圆了眼睛，扭一扭脖子，带着含有深意的笑意说："哦，看来还俗和尚有话要说，恩波同志，我请你再说一遍，刚才我没有听清楚。"

旁边有人伸出手来，拉着恩波坐下了。

索波清清嗓子，说："大家听清楚了，献给领袖的万岁宫里要有来自全省各地的最好的东西。我们有什么？我们要献上山坡上那些桦树！"他详细宣布了，这些桦木要切成整齐的段子，要光滑端直，没有啄木鸟啄出的洞，没有节疤，要一般粗细，口径太小与太大都不合规格。"毛主席喜欢整整齐齐的东西，知道吗，他喜欢整整齐齐的东西！"

第二天，村东头的山坡上，就响起了斧子的声音。斧子的声音打破了那漂亮树林的平静。一株株修长挺直的白桦树，吱吱嘎嘎旋转着树冠，有些不情愿地轰然倒下。一直为这些树捉虫治病的树医生啄木鸟飞走了。兔鼠们慌慌张张地四散奔逃，狐狸、喜鹊，还有胆小的林麝都挪窝了。一头被惊扰的熊愤怒了，向伐木人猛扑，被几发步枪子弹打倒了。有了一头大熊的肉，加上一点酒，对桦林开斧的那一天，就成了一个小小的节日。

这一天被机村人永远记住，还因为，就在开斧的这一天，有人奔上山来，然后，把慌慌张张的恩波叫下山去。

过了好多年以后，当时的人们都上了年纪，都会回忆说，我们对桦林开斧的那一天，恩波家头一个孩子就不行了。他们说，那个孩子是活不下去的，他是来收债的，收完债他就走了。他出生以后，他妈妈就没有再怀孩子，但他一走，半年不到，他妈妈的肚子就挺了起来。勒尔金措一口气在五年里生下来三个孩子，而这三个孩子——两个女孩一个男孩都身体强壮顽健无比。当然，这一切都是后话了。

话说这一天，兔子吃完了奶奶特意为他熬的滋补肉汤，就听见了窗外那群野孩子的呼哨声，他站起身来，准备下楼，好像又有些犹豫不决。额席江听见他用迷惑不解的声音叫了声奶奶。

奶奶没有抬头，她说："我晓得，你其实还是喜欢和格拉在一起，可我有什么办法呢？你跟我一样，都不想让你的妈妈爸爸不高兴。哎，他们心里都是很苦的，你，还有我这样没用的人，能做的就是不要让他们更加不高兴。"

兔子用吃惊的声音又叫了一声："奶奶。"

奶奶这才抬起头来。她看到孙子本就苍白的脸，这时更是白得像一张没有印字的纸。兔子的手把脏污的绷带扯下来，从伤口上抓下来一把什么，向她伸了过来。

不祥的感觉一下就把奶奶击中了。

孩子脸色白得像地狱里的鬼魂。这个鬼魂把无助的手向她伸了过来。兔子里面溃烂的伤口彻底爆开了。他把沾满脓血的手，向着奶奶伸来，整个身子也倒了过来。奶奶抱着倒在怀里的昏迷的孩子，连连呼唤天神与佛祖的名字。但她并不能听到回应。只有那个爆开的伤口，慢慢地溢出脓血。在这么长的日子里，那个外面已经合拢的伤口，却在里面腐烂。最后，像一枚成熟的果实一样，炸开了。

兔子又睁开了一次眼睛，又轻轻地叫了一声奶奶，他轻声地说，现在，他感到舒服了。

但奶奶知道，生命，正在离开这个孱弱的身体，这个从一降生就使自己和家人都饱受折磨的瘦弱的躯体。奶奶再次抬起头，向上仰望，但她什么也没有看见。没有看见来接引这个可怜孩子灵魂的神灵，也没有看到灵魂的飞升。她这才嘤嘤地哭了起来。

兔子将死的消息飞快地传遍了全村，但一个孩子来到人世与离开这个人世，从来不是一个什么了不得的事件。人们只是叹息一声，说："他的罪遭完了。"

"他家人的罪遭完了。"

除了恩波一家人匆忙地奔回家去以外，所有的工作都没停下来。恩波是最后一个回到家里的。兔子已经昏迷过去，一看那张脸，就晓得他再也不会醒过来了。勒尔金措好像害怕一样，远远坐在火塘的另外一边，一脸木然。江村贡布喇嘛坐在孩子身边，念诵着为灵魂超度的经文。恩波把孩子的手抓在手里，这小手是多么细弱而冰凉啊。额席江打来一盆水，恩波拿起毛巾，一点点把他的小手，他的小脸，擦拭干净。从擦拭干净的地方，从苍白的皮肤下面，正渗透出死亡的灰色。

这个时候，格拉还在林子中间奔忙。这段时间，他和母亲吃了那么多的野禽肉。他觉得自己在林中奔走，越来越灵巧有力，而他那疯疯癫癫的母亲，一张脸上，竟渗透出了好看的红润。这样健康的红润，在当今的机村就是从年轻姑娘脸上也难以见到了。有时，那与白发共生的红润就是格拉见了也有种不好的感觉。所以，村里人都说桑丹可能是个妖怪也就没有什么好奇怪的了。

兔子生命垂危的消息在机村传开的同时，那个谣言又复活了。

人们不说兔子要死了，而是说，看看，恩波家的兔子，终于叫那个妖怪生的小杂种害死了。

黄昏时分，格拉带着这一天的猎获物，从林子中回来时，他看见人们对着他指指点点，就知道有什么不好的事情发生了。他生着一只野兽般灵敏的鼻子，很快就嗅出了空气中的恶意，这种恶意使他非常不安。桑丹把野鸡开了膛下锅的时候，石头就砸在了他家的门上。然后，他听见了那群野孩子在唱："格拉，格拉，杀兔子的格拉！桑丹，桑丹，吃兔子的桑丹！"

格拉脑袋轰然一下，他知道是兔子出事了。

他一拉开门，好几块石头就飞了过来。一块石头击中了他的额头，他摇晃一下身子站住了。血从他捂住伤口的指缝间流了出来。格拉露出凶恶的神情。那群孩子呼啸一声跑远了。他们继续用整齐的调子唱：

> 格拉，格拉，
> 杀死兔子的格拉！
> 桑丹，桑丹，
> 生吃兔子的桑丹！

而那些成年人，都站在自家门前，对发生在眼前的事情熟视无睹。

愤怒之极的格拉去追打这些孩子，这些孩子见他追来就一哄而散。当他停止追击的时候，就又聚集起来，歌唱了。

　　这声音也传进了恩波家的石楼里，一遍两遍三遍。勒尔金措也开始随着这符咒的节奏念叨起来了："格拉，格拉；桑丹，桑丹。"

　　她这样念叨的时候，脸上惊惶的神情被仇恨替代了。本来，她不但自己坐得远远的，连眼光都躲避着这个方向。现在，她慢慢转过脸来，嘴里不停不息："格拉格拉，桑丹桑丹。"而眼光定定地落在恩波身上。那眼光很复杂，里面有着很多很多的话。勒尔金措的眼睛好些年没有这样说过话了。这让恩波恍然想起，以前，这个女人是一个美女。美女的眼睛都是会说话的。后来，这个美女嫁给了他，这个美女生了兔子，她的眼睛就不说话了。今天，她的眼睛又活过来了，但主调不再是爱与怜悯，而是仇恨与对他这个丈夫的埋怨。

　　窗外的人还在唱着散布怀疑与仇恨的歌。

　　一个人要走了，这个世道还要把仇恨与怀疑的种子作为临别的礼物，他们是要兔子把这带满了孽缘的种子带到另外一个世界去吗？恩波不断地摇着头。儿子正躺在他怀里，他可以清楚地感到生命的热力正离开兔子瘦弱的身体，但他心里竟有些宽慰。按过去的寺庙里学来的关于死亡的知识，兔子的灵魂这时已经离开身体了，把借助肉体的感官连接世界的通道关闭了。灵魂变成了一个只倾听自己的轻盈的自在的东西。所以，兔子已经听不见那些恶毒的诅咒一样的欢歌了。

　　想到这些，恩波终于把头抵在儿子还有着细弱心跳的胸前，泪水汹涌而出。就在这时，他感到兔子生命短暂的历程结束了。他慢慢收住了泪水，把儿子遗体轻轻放在地板上，屋子里一下就静了下来，看着他用一块布把兔子从头到脚盖起来。这块布一盖上，从此，有着骨肉亲情的人就永远阴阳相隔了。布盖到兔子脸上的时候，恩波的手慢下来，他把眼光转向了勒尔金措，但孩子的妈妈又把脸别开了。恩波就把那块布盖上了。

　　就在这时，一阵清晰的痛楚袭上恩波心头。那块布盖在兔子身上，就像下面什么都没有，布就直接盖在地板上一样。恩波的眼泪又涌出来："看，他是多么瘦小啊！也好，他活着也真是受罪，儿子，你来到我家，遭了大罪了，现在好了，孽债已了，找一个世道好的地方转生去吧。"

孩子的妈妈好像对儿子的离去浑然不觉，仍然跟着外面的人念叨："格拉格拉，桑丹桑天。"但那念叨已经变得越来越机械了。恩波抓住她的肩膀，猛烈摇晃几下，她才倒在恩波怀中，撕心裂肺地哭了。她边哭边念叨："恩波，我苦命啊，不苦命怎么会嫁给你。恩波，我苦命，不苦命怎么会生下这样的孩子。天哪，我苦命啊，不苦命怎么会让一个野种把我儿子杀死了！"

恩波想制止妻子，但这个可怜的女人，发泄一下也是好的。再说，兔子的死，格拉好像确实脱不了干系。恩波是和尚出身，相信命数，相信那枚鞭炮不是格拉有意扔的。如果真是格拉扔的，那也是冥冥之中的神秘力量叫他扔出来的。

安静了片刻的窗外，这时又响起了那帮孩子嚣张的歌唱。恩波站起身，推开了窗户，他要向这些人宣布兔子已经死了。他要对这些狼一样嗥叫的人说，死亡就是解脱和宽恕。这样的话，他不只要讲给外面的那些人听，也要讲给可怜的妻子听，同时也讲给自己听。但他的宽恕之道在如今这个世道已经没有什么力量了。他一推开窗户，就看见了暴行——由一群本该天真快乐的孩子集体施行的暴行。

他看见了那群歌唱的孩子。他们就聚集在他家院子的栅栏外面，摇晃着身子，入迷地歌唱着。这时，格拉像一头潜行的狼一样，出现在他们身后。隔着夜色，恩波不可能看到他满脸泪水，也不可能看到他眼露狼一样的凶光。但从那身姿上，就看到了一种凶狠的味道。格拉嘴里发出一声可怕的啸叫，一头就向他们撞了过去。好几个孩子被撞翻在地上，发出了痛苦而惊惧的叫声。但他们很快就站起身来，向格拉扑了过去，拳脚齐下。

这情景把想做宽恕宣谕的和尚恩波惊呆了。

额席江伏在另一个窗口上恸哭，枯干的双手举向上天，歌唱一般痛哭："可怜的兔子，上天告诉老天爷一声，如果这个下界不是他的下界，那就请他眷顾一下。我的兔子啊，你升天的灵魂，你问问老天爷，你一定要问他一问，他老人家总不能让所有人都堕入畜道吧！"

人们这才知道，兔子已经死了。

那群野兽一般的孩子住了手，气喘吁吁地抬眼去看那长声哭诉的老人。格拉从地上爬起来。他伸手擦脸，不但没把脸上的屈辱与愤怒抹掉，反而把溢出嘴角与鼻孔的血抹了个满脸。用鞭炮杀死他的好朋友兔子的那个人就在这群人中间，制造了最初谣言的那个人就在这群人中间。"兔子弟弟死了？"他问。那些人脸上真的露出了兔子就是他杀死的那种神情，人多力量大，这种统一的神情就是定论，就是宣判。他的愤怒消失了，众口一词的力量使他生出了自己是一个真正罪人的感觉，像罪人那样害怕，像罪人那样小心翼翼地问："兔子弟弟真的死了？"

"是的，是你杀死了他！"他们齐声向他喊。

"不，不是我，"他的辩解是那么无力，像一个真正凶手的辩解那样软弱无力，"不是我。"

"是他，是他！"这群孩子沉寂了片刻之后，又欢实起来了，他们对着现身在楼上窗口的恩波，用索波麾下的民兵训练时喊口令一样整齐的声音喊："是他，是他！"

格拉来到了恩波家的窗下，他仰起脸来，看见恩波正面无表情地俯视着他。格拉的犯罪感更强了。

他绝望地对着上面喊："恩波叔叔，他们说的是假话，你晓得他们说的是假话！"

恩波脸上没有一点表情。

格拉继续哭求："恩波叔叔，你开开恩，让我来看看兔子弟弟吧！"

恩波脸上依然没有表情，额席江奶奶却尖叫起来："不！你们这些催命鬼走开！"

愤怒使格拉抖得象一片冷风中的枯叶，一双看不见的手那么有力，狠狠地把他的喉咙扼住了，但他更感到害怕，他乞求般地喊道："奶奶，兔子亲口说的，鞭炮不是我扔的，你在场，你听见了！"

额席江本来耳朵就背，这时，在一片人声喧哗中，就更是什么都听不见了。格拉想把声音提高一些，但就像梦魇一般，有什么东西重重地堵在心口上，他嘴里发出的声音，连自己都快听不出来了。他想再喊，但楼上的人缩回了身子，把窗户紧紧关上了。

围观的人们，一部分上楼去守灵，剩下的就散开回家了。格拉就坐在恩波家的院子里，手脚像死人一样冰凉。

十四

第二天早上，兔子就被火葬了。

地点就在原来的天葬台旁边。机村已经好多年没有举行天葬了。天葬是一个人用躯体对这个世界进行的最后一次施舍，还包含着借鹰翅使灵魂升天的强烈愿望。不论施舍还是升天，都带着强烈的宗教色彩。而今，寺庙颓圮，天堂之门关闭，日子蒙尘。人们内心再也不相信这个世界之外还有什么美好存在了。

天葬的习俗也就无声无息地消失了。

汉地的土葬方式传来了，虽然人们都害怕死后被埋入黑暗冰凉的地下，成为蛆虫的食物，但连死去的天葬师都被埋入了地下，别人也就没有什么好说的了。火葬只是一种潦草的葬法，像兔子一样死因乖张的人才会被送去火葬。和一大堆干柴比起来，兔子的身躯实在是太小太小了。

天蒙蒙亮时，参加火葬完毕的男人们已经回到了村里。恩波在火塘边坐下时，感到家里压抑的气氛已然松动了。舅舅和老妈妈的脸色平静安详。勒尔金措甚至对他浅笑了一下。他把带到火葬地的陶罐从怀里掏出来，那本是家里的盐罐。

勒尔金措指指罐子，小声问："他，也回来了？"他们对那个离开的人的称呼已经改变了，是他，而不是兔子了。

恩波觉得自己也浅浅地笑了一下，说："不，没有回来，本来我是要带他回来的。"

平常难得说句话的江村贡布说："其实，这样最好。"

没有了兔子，一家人也就没有了需要特别照顾的对象，都安详地坐在那里，听恩波描述熊熊的大火是如何包围了高高柴堆上那个小小的身体的。他说，那感觉不是一个人的身体被焚烧，而是被呼呼抖动的火焰托举起来。火苗灼热的舌头伸缩一阵，那个可怜的身躯就变小一点，就像一个人被一件件脱去衣服一样。最后，当那个巨大的柴堆都烧得通红了，火堆塌陷下来的时候，那个躯体就消失了。

他们一直等到火堆燃尽。照例，他们会在灰堆里扒拉出来一些骨头的碎屑。但在这些灰烬就要冷透的时候，一阵风吹来，把这些灰轻轻吹起来，散布到四野里。吹尽了那些灰，风也停了。结果，地上除了烧成赭红色的硬邦邦泥土外，什么都没有剩下。

"真是奇妙啊！"恩波用这句赞叹奇迹的口吻结束了他的故事。

"上天把他带走了。"

"他那么善良，那么脆弱，那么敏感，本不是属于人间的啊。"

"他让我们忘了他，"江村贡布总结说，"那我们就忘了他吧。"

额席江把那个本来要装骨殖的陶罐又重新装上了盐，原先倒出来的盐，还没有找到一个合适的容器，就堆在一张谁也不认识一个字的《人民日报》上。把盐沙沙地倒回了罐子后，奶奶拍拍手说："好啦，上天把上天的人收走了。我们家会有健康的孩子降生了。"她故作轻松的语气里其实也有真正的轻松。

勒尔金措似有深意地看了恩波一眼，脸孔比往常生动了许多。

江村贡布又说："要是还想把这艰难的日子过得好一点，还要把那个扔鞭炮的人也忘掉才是啊。"

"不。"

"不。"

江村贡布的话音未落，恩波和勒尔金措都很坚定地说。说完，他们会心地望了彼此一眼，眼里都露出了无比坚定的神情。这个男人和女人同在一个床上睡觉，都好久没有这样彼此看过一眼了。失子的疼痛消失得比预想要快，但仇恨的种子一旦落到心里，就很难从里面取出来了。江村贡布在寺庙的时候，深研细究过很多佛教经典，里面都是劝善之道，但他现在知道了，仇恨的种子一旦埋进心里，那些教喻是多么空洞无力啊。

江村贡布并没有因向善教喻的无力而悲伤太久。当今之世，这些教喻正被新社会从生活中彻底清除，考究教喻本身有力与否还有什么意义呢。前喇嘛摇了摇头，就把自己解脱了。

因为家里死了人，生产队特意派了人传话来说，准他们几天假，休息两三天，缓过气来再去上工。

"羊倌一休息，羊群就饿死了。"江村贡布出了门，不一会儿，坐在屋里的人就听见他赶着羊穿过广场，杂沓的蹄声中传来羊们听上去总显得悲哀无助的咩咩的叫声。

勒尔金措轻声说："我累了，生产队准我不下地播种，我想睡一会儿。"说完，就一歪身子把头靠在了丈夫腿上。

恩波说："他们也准我不上山砍树，你就靠着我好好睡吧。"

奶奶看见这对多年来都像陌生人一样的夫妻又依偎在一起了。她双手合十，对着看不见的神灵做了一个感谢的手势，说："你们歇着，我出门去走走。"

她回到自己房间里，换了一身干净的衣服。

额席江出门时看见，喇嘛江村贡布放牧的羊群已经散开在山坡上了。她说："哦，我可怜的兄弟。"

出了村，她慢慢地往火葬兔子的地方走去。她知道，有一个人鬼影一样跟在她身后。她知道那个人是谁。但她没有心思理会。这个人虽然还生活在村里，但从此，跟他们就没有什么关系了。只是因为家里来了那个如今已经离去的人，这个人才走进了他们的生活。现在，那个人回天上去了，这个野种就跟他们没有什么关系了。走了一段，她感觉到这个人还跟在自己身后，就低声说："狗要跟在有骨头的人后面，跟在一个没用的老奶奶身后，有什么用处呢？"

她听到格拉在身后，沙哑着嗓子叫了一声奶奶。但她没有回头，因为她告诉自己什么都没有听见。在需要听不见的时候，她就是一个耳背的老人。这一天，她都坐在刚刚火葬了一个人的地方，看着那片烧成一片赭红的焦土。赭红的焦土周围，是一圈烤焦了的草。这圈草的周围，就是这个季节一片青绿的草地了。奶奶就坐在青草地上，看着那片红色的泥土，上面，确实像恩波所说的那样，没有一点灰烬，不管是木柴的灰烬还是那具躯体的灰烬。

她禁不住叹了一声："烧得真干净啊！"

额席江端端正正地坐在那里，出一会儿神，又赞了一声："走得真干净啊！"

她看看天空，再看看山下那个灰蒙蒙的村庄，那里一个个日子都蒙满了尘垢。她突然生出一个念头，不想再回到那种日子里去了。在她背后，一块突起的岩石就是原来天葬的地方。新社会还没来，她的丈夫就从那里离开了这个村子。也像他未曾谋面的孙子一样，走得干干净净，连一粒尘土都没有留下。她本来想对这个人说点什么，但这个人已经走了十多年了，她连他的大致模样都想不起来了。跟一个连模样都看不清的人说话真是太不可思议了。

那么，她就什么都不用说了。

本来，她出门的时候，换了一身干净的衣服，是因为到这样的地方，要对死者的灵魂表示敬重。但现在，她突然就不想回去了，她也要走了。早知道这样，她该把压了多年箱子底的首饰戴上一点。但没戴就没戴吧。好在她还带了一把木梳。本来，她是想，再也不用带一个病恹恹的孩子，自己要找一个清静的地方坐下来，好好梳梳头。

村里的老年人一个个都蓬头垢面，好像一个老年人就应该是这样的。这时，她感到那个孩子走到身后来了。她说："那么，你就过来，坐下来吧。"

格拉就从躲着的地方来到了面前。

"坐下吧。"

格拉就坐下了："奶奶，你知道，不是……"

奶奶竖起手指，嘘了一声，说："你看，他走了，干干净净地走了。你就不要再说了。"

格拉哭了起来："你也不相信我。"

奶奶说："兔子已经受完了他的苦，你的苦还没有受完。说这些是没有用的。兔子说不是你都没有用，我说又有什么用呢？"

格拉说："那我怎么办啊？"

"来吧，替我梳梳头，我没有力气把手举起来那么久了。"

格拉就替奶奶梳头，一下一下，每一下，都会拉断一些雪白的头发。奶奶把这些头发都收起来，仔细地缠绕在手指上，缠满了一根手指，又去缠另一根手指。纠结的头发慢慢松散，柔顺了，在太阳底下，闪烁着一点丝质的光芒了。奶奶说："我年轻的时候，头发很漂亮的。有些男人，只从背后看看我缎子一样闪光、瀑布一样悬垂的头发就爱上我了。"

格拉说："哦。"

"他们还编了关于我头发的歌呢。"

格拉还是说："哦。"

奶奶就有些生气了："哦，哦，你就只会说哑巴都会说的两个字吗？哦，见鬼，我也说这个字了，不怪你，不怪你，现在的人已经不会为眼前的事物赞美和歌唱了。我都要走的人了，还对你发什么火呢？可怜的格拉，我不对你发火了。"

"奶奶，为什么我不想惹人生气，人家却老对我生气呢？"

"我不知道。"

"为什么我不想干坏事，但坏事总是我干的？"

"我累了，孩子，不想再费脑子了。兔子，还有兔子的爷爷都干干净净地走了，你把我的头梳好，我也要干干净净地走了。"

格拉说："我也不想待在机村，但我没有办法走开，走开了也要让人给赶回来，再说，还有我的阿妈，如果没有她，我真的也要走了。"

奶奶呵呵地笑了两声，什么都没有说。她和格拉说的是两个意思。当年，恩波去寻找格拉母子，几天后，他狼狈地回来，说到处都有人把住路口和桥梁，没有一张纸符，就不允许去别的地方，她觉得那是儿子编出来的一个故事，一个让自己从不体面的事情中解脱出来的一个借口，如今听格拉说这话，才晓得这事情是真的。上天怜悯，在临走之前，心里存着的一个大疙瘩也解开了。

"那他们为什么不让人想去什么地方就去什么地方呢？"

"我想那些把守路口的人他们也不知道。"

"可怜的人。"

"但他们打起人来真狠啊！"

"可怜的人总是互相折磨的。"两个人都沉默着，梳子一下又一下，梳齿在头发间穿梭，使一切纠结的清爽，使一切夹缠的柔顺。奶奶叹了一口气："可怜的格拉。你要好好长大。"

"奶奶，我会长大的，等我长大了，我要把有些人杀了。"

"孩子，也许等你长大了，就不这么想了。"

格拉的额头皱起来，脸上露出很老气的神情："是他们逼我这样想。他们不会放过我的，我也不会放过他们。现在，我的力气还小，我还要照顾我阿妈。"

　　这时，头梳完了。格拉没有想到梳掉了那么多头发，奶奶头上还留下了这么多，本来他以为，等他把这个头打理完，上面就什么也不会剩下了。格拉说："你说你年轻时的头发很漂亮，现在我相信了。"

　　奶奶说："可惜没有一面镜子。"

　　格拉说："你回家时再照吧。"

　　奶奶望望天，伸出整整齐齐缠绕着银发的手指，在阳光下旋转，那些头发就闪出缎子一样的闪光。她咯咯地笑了，说："你看，这些头发血气还旺着呢。它的主人是可以再活的，可她不想活了。这个世道没有什么可以指望的东西了。"

　　格拉说："奶奶你等等，我下山去取一面镜子。"

　　奶奶说："你坐下。坐到我面前。"

　　看着格拉这个野孩子如此顺从安静地坐在她面前，额席江奶奶脸上露出了满意的笑容。她用手抚一抚光可鉴人的头发，挺直了腰身，把散开的衣裾敛到盘坐着的腿下，说："我有些话要告诉你。我要走了，我一走，就没有人告诉你这些话了。"

　　现在，格拉好像懂得了奶奶这句话的含义，大滴的泪水从脸上滑落下来。奶奶絮絮地交代了，就让他走，他就下山去了。

　　走到半路，他停了一下，他觉得，就是这个时候，不想再回到机村艰难日子里的奶奶离开了。

　　他记起了奶奶最后的交代，不要去告诉任何人，他们自己会晓得的。格拉就没有告诉他们。格拉还记得奶奶说："如果以后，还有人因为兔子的事情记恨你，你也不要感到太冤屈。至少，像我们家的恩波，他自己心里也是非常难过。"说完这个，奶奶又笑了，格拉觉得，额席江奶奶此时的笑容，跟桑丹那标志性的糊涂的笑已经很相像了。但奶奶说出来的话却前所未有地清醒，她说："兔子这样的人，不是白白来到这个世上的，他是来收债的，过去我们欠了他的债，我已经还清了，你，恩波，还没有还清。还有人正在欠下新的债。"

十五

奶奶的葬礼，格拉没有去参加。

自此以后，格拉就按照奶奶的嘱咐，从村子里隐身了。只要他不想见村里的人，村里自然没有人牵挂着他。他早出晚归。一清早，他就出门了，潜入了林中。他整天都在山林中追寻猎物，熟悉了兽踪鸟路，但凡在他下了套子的地方，没有一个过路的活物能够幸免。下好套子，他总是蹲伏在附近，直到猎物中了机关。他看着猎物在死亡的圈套里拼命挣扎。一旦钻进了套子，这样的挣扎就显得很徒然，只能使脖子上的绳套勒得更紧，只能使死神更快地降临。

每天，他都在林中进行这无声的猎杀。

他甚至想，这样不停手地杀下去，要不了多久，这些林子里就不会再有活物了。但他从春天杀到夏天，又从夏天杀到冬天，林子里野物也没有减少的迹象。随着他对森林秘密的洞悉，反而觉得可供猎杀的野物是越来越多了。好像是他的猎杀刺激了野物们的生殖力。只要他停下脚步，竖起耳朵，便能听到这里那里都有野物们的动静。一只野兔正在奔跑，三只松鸡在土里刨食，一只猫头鹰蹲在树枝上梦呓。而他，每天只要一只猎物就够了。

每天，他来到林中，天才慢慢亮起来。对他这样一个熟练的猎手来说，白天还十分漫长。他慢慢在林中行走，看看那群猴子里有没有产生新的猴王。有只鹞子的窝被风吹歪了。有窝冬眠的熊，洞口伪装得不是很好，他要加上一些东西，帮忙掩藏起来。等太阳出来，草地上的霜化开，他就该下套子了。下好套子，他就在附近等着。等待的时候，他故意把脑子停下来，腾空了，不去想别的事情。太阳把草地晒得暖和了，他就会倒在草地上睡过去。睡过去的时候，他也警告自己不要做梦，果然，他就不做梦。这些都是额席江奶奶临走的时候交代他的。凡是奶奶嘱咐的事情，他都照着去做，而且，都不费什么劲就做到了。

他想，既然人们把人死说成上天，那他相信，上了天的奶奶并没有走远，就在天上的某个地方关照着他。但他看看天空，却只看见天空深深的蓝，看见风驱赶着云，一会儿从东边飘到西边，一会儿，又从南边飘到北边。

这天，他又去看望那头鹿。那头鹿被一个大人下的套子夹伤了双腿。格拉把那个猎人的套子毁掉，救下了那头鹿。开始，他去看它的时候，它会害怕地跑开一段，又回过头来向他张望。但后来，人和鹿的距离一天天靠近了。直到有一天，他把手伸出去，那头鹿也没有跑开。鹿子水汪汪的大眼睛眨巴着，显出天空和天空中的云影，他再走近一些，就从鹿眼中看见了自己。一个蓬头垢面、眼神机警的野人。

鹿子温暖的舌头伸出来，舔着他的手，一股幸福的暖流贯通了他全身，他说："鹿啊，没有人做我的朋友，你就做我的朋友吧。"

从此，他就有一头鹿做朋友了。

他带去盐给鹿抹在嘴唇上，鹿很喜欢，他带去酥油，涂抹在鹿被套子勒出的伤口上，鹿也很喜欢。鹿一喜欢，就伸出舌头，舔他的手、他的脸，他也十分喜欢。喜欢那种幸福一般的暖流，从头到脚，把他贯穿。

这期间，桑丹又怀上了一个孩子，后来，她消失了几天。当她满脸苍白再出现时，肚子里的东西已经没有了。但格拉每天的猎物很快就把母亲滋养过来了。不到一个月，她的头发又有了光泽，脸上又有了红润，只是，他没有办法再让母亲眼睛里的光亮汇聚起来，使她对世上的事情表示特别的关注了。

格拉对母亲说："桑丹啊，你的眼神要这样就这样吧。奶奶临走的时候说，"说到这里，他看见桑丹歪起了头，好像在思索什么，眼神也好像要汇聚起来了，但只是片刻工夫，母亲脸上又显出茫然而又空洞的笑容，"奶奶临走的时候说，要是你不这样，也许你是整个机村心里最苦的人。"

母亲还是那样没心没肺地笑着。

不知不觉间，奶奶和兔子就走了一年了。

又一个春天到来的时候，正像奶奶对他预言的一样，勒尔金措生下了一个女儿。

那天，奶奶在坐化之前对他说："等到他们生下新的孩子，就会忘记对你的仇恨了。"

从这天起，格拉增加了猎物数量。每天夜晚，等天黑尽了，人们关上了朝向广场的沉重的木门，他才悄悄地潜回村子，把一只猎物挂在恩波家门口。有时，那幢透出一点昏黄光亮的屋子安安静静。有时，那个屋子里会传出婴儿啼哭的声音。这时，格拉就会在恩波家院子的树篱边多站上一会儿。这声音很像林子里总在悬崖觅食的青羊幼羔的叫声，也很像兔子小时候的哭声。

回到家里，格拉会对母亲说："奇怪，兔子降生时，我才是四岁大的孩子。这么大的小孩是记不住事情的。"

桑丹说："是啊。"

格拉又说："算了，不跟你说这些，反正我觉得我是记住了。"

桑丹眼里显出怜爱的神情，叫一声："格拉。"

"我的好阿妈，你还认得我就已经很不错了。"格拉很老气地说。

桑丹咯咯地笑了，就像一个混沌未开的孩子。

春暖花开的时候，生产了一个女儿的勒尔金措又下地劳动了。她和恩波这对曾经显得像陌生人一样的夫妻，现在又恩爱如初——比起新婚时节，这对夫妻的恩爱中还加进了一种深深的怜惜。在机村，人与人之间的冷漠与猜忌构成了生活的主调。所以，这对夫妻这种显得过分的恩爱使他们成了异类。但他们已经下定决心要不管不顾地过好自己的日子了。

有传言说，是前喇嘛，他们的江村贡布舅舅，运用法力，在他们身上下了一个凡人看不见的罩子，把他们和这个时代隔离开，从此，他们就生活在自己的世界里了。有嗅觉灵敏的人，感到了这种说法的恶毒。生活在罩子里就幸福，否则就不幸福，这就是对社会主义的恶毒攻击。但是，传言的特性就是，人人都听到过这种说法，人人都转述过这种说法，但谁都不知道那个始作俑者是谁。传言依然被人们津津乐道地传布着，从一个人到另一个人的嘴上，从一个人到另一个人的心里。

这就是机村的现实，所有被贴上封建迷信的东西，都从形式上被消除了。寺庙和家庭的佛堂关闭了，上香，祈祷，经文的诵读，被严令禁止。宗教性的装饰被铲除。老歌填上欢乐的新词，人们不会歌唱，也就停止了歌唱。但在底下，在人们意识深处，起作用的还是那些蒙昧时代流传下来的东西。文明本是无往不胜的。但在机村这里，自以为是的文明像洪水一样，从生活的表面滔滔流淌，底下的东西仍然在底下，规定着下层的水流。

生活就这样继续着，表面气势很大地喧哗，下面却沉默着自行其是。

听到那个关于罩子的传说，格拉感到高兴。他想，既然他们关在罩子里，既然罩子里就是一个自足的世界，既然罩子外面的事情与他们无关，那么，他的出现也就不会刺激到恩波与勒尔金措了。

也许，就像奶奶说的一样，当他们有了一个新的孩子，以前的事情，就应该被忘记了。

奶奶的预言很多都应验了。

那个罩子，再加上奶奶的预言，使格拉觉得自己去见恩波的时机成熟了。他是一个人，而不是一头野兽，不应该再每天都待在森林里了。他的头顶上有一个更大的罩子，那就是机村人集体的仇恨。奶奶说了，只要从恩波那里打开一道缝隙，这个罩子就可以打开了。

这时候，大地回春，四野已经一派新绿。地里都播上了青稞、小麦和豌豆。黑土地潮湿松软，等待着翠绿的新苗破土而出。太阳一出来，把土地照得暖烘烘的，黑土地醉人的略带甘甜的气味混合着水汽升腾起来。男人们还在为遥远的万岁宫砍伐树木。漂亮的白桦木一棵棵被放倒，每棵都只取最笔直漂亮的一段。男人们把这些木头抬到公路边，等待汽车进山，把他们砍下的木头拉到比他们所有人去过的地方还要遥远的大山的外边。

他们已经差不多砍去整整一面山坡的树木了，但汽车还不断开来，他们已经不去想象那万岁宫是一个多么巨大的宫殿了。自机村建立以来，所有砍去的树木加起来都赶不上为那个万岁宫所砍去的树木多。开初，索波那样的跟时代合拍的人总是充满深情地去想象那万岁宫。但树越砍越多，他们也就失去想象的能力了。

格拉设计了很久他重新在机村的白昼现身的时机，最后，决定在有汽车来装载木头的时候。机村人看到汽车已经不再惊喜不已了。但汽车每次来，村里的人还是会聚集起来。不是想看汽车，而是不看汽车的话，又有什么好看呢。

这天，他看到两辆卡车顺着公路开来了。等男人们把木头一段段抬上车，他就从山林里出来了。他装作顺便路过的样子，等待机村的人们发现他。第一次，从高高的路基上跳下来，吹着口哨从人群边上走过。但人们没有发出惊呼。不是没有人看见他，但人家只是抬了抬眼睛，又一脸漠然地把目光转到别处去了。格拉就木然地站在那里。他看见了一张又一张熟悉的脸，但那些人都没有看见他。他们把目光转到他身上时，也像是他并不存在一样，目光轻易就穿过他，落到他身后的草丛或石头上了。

格拉走开了，回到林中，又从林中出来，他要重新走上一遍，让机村的乡亲重新发现他。

格拉觉得前一次不被人发现，是他突然从林中出来的缘故。所以，这次他准备走得更远一些。于是，他就从村子的井泉那边过来。这样，他就要在空荡荡的毫无遮拦的大路上行走很长一段时间，这样，人们就有足够的时间发现他了。而且，这条大路还会与通往磨坊的路交汇一次，说不定，不等那些人发现，他就被迎面从磨坊来或者往磨坊去的人发现了。

果然，当他从那丛老柏树笼罩着的井泉边出来时，就看见一个人从磨坊那边的路上过来了。

而且，他直觉到这个人就是恩波。他不但记不起来刚才还在装车的地方看见恩波，反而觉得好长一段时间以来，他老在这条路上遇到这个家伙。他觉得在好多年里，他一直在这条路上遇到这个家伙。那件事情过后好几年，格拉长大了。当恩波低着头迎面走来，直到两人相会，才抬起布满血丝的眼睛瞪他一眼时，格拉已不再害怕，也不再莫名愧疚了。这不，在起伏不定的从磨坊到机村的路上，远远地迎面走来一个人，先是戴着一顶毡帽的头从坡下冒出来，载沉载浮，然后是高耸的肩膀，之后，整个魁梧的身躯像魔鬼从地下升起，并迎面压迫过来。

格拉屏住了呼吸，绝望而平静地等待着。他凝神静听着嚓嚓的脚步声逼近了，他甚至听到了野兽一样呼哧呼哧的粗重的喘息声。但那个人却在不远处停住了脚步。然后，脚步声又响起来，却越响越远了。格拉有一种恍若梦境的感觉，在这梦中一样恍惚的情景中，格拉睁开了双眼，环顾四周，从三个方向过来的路都空空荡荡。不远处的树丛中，有布谷鸟在悠长地叫唤。格拉晃了晃头，那情形真是一个梦境啊。他是有点害怕，但之所以避而不见，是因为听从了额席江奶奶坐化前的交代。奶奶说，等恩波和勒尔金措有了新的孩子，他们心里的猜忌与仇恨就消失了。

格拉端着肩膀，又晃了晃脑袋，就把那个梦魇般的情形甩出去了。

他一身轻松地顺着空荡荡的大路向前走去。很快地，他看见了装满了木头的卡车车厢上站着的人。大路一直往前，前方的卡车和人群就从他的视线里升起来。很快，他就走进了人群。但还是没有人看见他。但他把一切都看见了。他看见，勒尔金措用一条漂亮的兜布背着新出生的女儿，那个女儿眉眼间一点也看不出与兔子有一点相像的地方。他说："嘿，你真漂亮！"

孩子受到惊吓，哭了。

恩波听见哭声，过来哄他的孩子。他对恩波做了一个差不多算是谄媚的笑脸，但恩波好像没有看到一般。他又变了一张委屈的脸，恩波还是视若无睹。他有些担心了。走到卡车那里，看到桦木都整整齐齐地装好了。他摸摸那些新鲜的木头茬口，能感到木头的气味，但摸不到木头的质感。他有些害怕了。难道自己是一个鬼魂吗？好像是为了印证这一切，一个干部模样的人拎着一桶红色油漆走来，直接就穿过了他的身体。每一个圆圆的木头茬口，正好让他画上一朵鲜红的葵花。那个人在众目睽睽之下，先画上一朵空心的葵花，再在花的中央，画上一颗鲜红的心。他一口气画出了好几十朵相同模样的花，然后放下笔，拍拍手说："好了，这下，这些木头真正是献给万岁宫的木头了。"

格拉突然明白过来，那天，他已经跟着奶奶一道走了。

明白了这一点，他就感到魂魄开始消散。他勉力再次走到恩波面前，其间，脸上做出不同的表情，但恩波没有看见。勒尔金措也没有看见。只有他们新生的女儿好像看见了，对格拉露出了一个含义并不明确的笑靥。他想，奶奶说得对，他们已经把仇恨忘记了。

格拉还想看看母亲桑丹，但他只往前走了两步，就觉得脚步飘起来。然后，有清脆的鸟鸣随清风飘过来。他所有意识都消散了。

马　车

还是来说说马车吧。

此前机村有马，也有马上英雄的传奇，但没有车，没有马车。其实，哪里只是机村，方圆几百里，上下两千年，这个广大的地区都没有这个东西。

但是，有一天，突然就有马车了。这马车来得很不正式。那还是农业合作社的时候，社长去乡里开会，除了自己的坐骑，还备了好几匹马，并吩咐人都上好了鞍子。大家问："格桑旺堆社长，是不是你当了官，共产党要给你配一个新夫人哪！牵这么多马去，是不是还有很多的陪嫁呀！"

那时，机村的一些人，慢慢开始明白，共产党不是一个人。但还是有很多人以为，共产党是一个人，和毛主席加在一起，是非常了不起的两个人。

麻子保管员说："是毛主席要给我们发好东西了！"

什么好东西呢？桉麻子这个总要显得比别人聪明的人却假装出高深莫测的样子，笑而不答。

大家闲着无事，聚在一起，就等着格桑旺堆社长从乡上回来。这一等就是三天，但大家都没有一点不耐烦。

他们说："这家伙，想在我们都不耐烦等了，回到家里喝茶的时候突然出现，我们才不上这个当！"

这么一说，格桑旺堆和那几匹负重的马就出现了。好像他就藏在附近什么地方，想趁大家不注意的时候，突然出现在村子里。但大家都不上当，他也就只好现身了。几匹驮着重物的马脖子上的铃铎叮当作响，队列稀疏，步伐散乱。格桑旺堆的坐骑也驮上了东西，他袖着一双手，懒洋洋地走在后面。总之，从这情形，一点看不出有崭新事物降临的庄重意味。

马一匹匹走进村中广场，停下步子，喷两下响鼻，等人们上来卸去身上的重负。

大家七手八脚上去，把牲口背上的东西往下卸。格桑旺堆喊一声：小心！但已经有人把脚砸伤了。没人想到牲口背上的东西有那么沉，所以手上并没怎么用劲，一解绳子，东西沉沉下坠，就把脚给砸了。大家这才小心地把那些神秘的重物一样样从牲口背上小心翼翼地卸下来。

解去了鞍鞯的马抖抖鬃毛，咴咴叫上两声，奔到河边饮水，到泥沼里打滚去了。

大家就看着格桑旺堆，等他来揭开谜底。

格桑旺堆吸了一撮鼻烟，说："打开。"

马上就有心急的人上去，用刀把裹在那些奇形怪状的东西上的麻布挑开。一样一样的东西就从里面暴露出来。问题是，大家都看得一清二楚了，还是不明白这是些什么东西，更不明白这些东西能派上什么用场。人要不知道眼前是什么东西，这东西也就无法描述。所以，我只好按知道以后的说法来说。这些东西是几只橡胶轮子，以及支撑橡胶轮子的几只钢圈，再有就是能把两只大轮子连接起来的转轴、轴套里的滚珠轴承。除了那几只橡胶轮子，所有的铁件东西上，都满涂着散发着刺鼻气味的厚厚的油脂。简而言之，这是一辆马车最主要的部分。当然，这是我们这些已经知道车是什么的人的说法。那时，人们都小心地伸出手去触摸那些陌生的东西。他们都没有触摸到那些东西的实质，也就是钢铁部件那光滑而坚硬的部分。他们只是摸了一手钢铁构件表面上那黏稠的，气味也非常陌生的油脂。于是，他们都把眼光转向了格桑旺堆。

格桑旺堆作为机村领头人的权威也就是在这样一些特别的时候树立起来的。

他沉稳地笑笑，从怀里掏出一卷纸，叫人展开。上面就是一些交叉的线条，没有人能够明白。他把这张纸卷起来收好，再打开一张，又是这样一些横横竖竖的线条。最后，还是有木匠手艺的南卡说："我知道了！"

格桑旺堆问："知道顶个屁用，你能做出来吗？"

"我试试。"

"我不是叫你试试，我问你能不能做出来？"

"能！"

"那你明天就动手，要帮手就开口，我给你派。"说完，格桑旺堆叫麻子把这些东西一件件入了库，就走开了。

这时，大家才想起来问木匠南卡："这是什么东西？"

南卡张开了嘴巴，却说不出话来。

为什么呢？因为机村的土著语言中，没有他已经领会到的这个东西的名字。所以，他说不出来。

众人脸上露出了讥诮的神情。

木匠南卡大叫："我真的知道！"

"那你就说出来吧。"

南卡说："我知道，但我就是说不出来。"

众人再次大笑。南卡就对着格桑旺堆家的房子喊："格桑社长，告诉我这个东西的名字！"

格桑旺堆从窗口伸出脑袋："马车！"

他是用汉语说的。这时的机村的土著藏语中，已经夹杂了好多的汉语。这也是新加入的语汇之一。

南卡就对大家大声喊："马车！"

但大家还是不知道这是什么东西。奇怪的是，只要有了一个名字，即使这个东西还没有成形，还没有以名字指称的那个事物本来的样子呈现在人们面前，大家立即就相信了。大家都说，南卡要造马车了。

马、车。这两个音节在喉、舌和齿的联合作用下，艰难地从机村人的口中吐了出来，他们就相信这个名字所指称的东西是一个真实的存在了。每天，大家从地里回来，头一件事，就是去看南卡的工作进度。每到这个时候，南卡就把手里的工具放下来，不管是拿着凿子、斧子、刨子，还是别的什么工具，他都立即停下来，转而把格桑旺堆带回来的图纸铺开，眯缝着双眼细细打量。冷不丁的，他还会打出一个很响的嗝。但一天天，大家看到马车的部件一一呈现。先是两根后方前圆的车辕，接着，两根车辕被横木连接起来。往下，轮子和轴装配好了，车架也牢牢地固定在上面了。南卡打开最后一张图纸，按样子在车架上铺上木板，装上了驭手座位与货厢。

当这驾新马车以马车的样子呈现在大家面前，把钢铁机件上的黄油味和木头上新鲜的松脂味混合在一起的时候，大家就都知道马车是个什么东西了。

关于机村的马车，还有一个小花絮值得一说。马车造好了，却剩下一张图纸。大家也没有怎么理会，因为马车实实在在停在小广场上了。孩子们推着它，它的两个橡胶轮子真的转动起来，在广场上像一驾马车那样运动起来。于是，驯马，驯好马，试车。这时，大家才晓得那张图纸大有用处。因为这车没有刹车，结果连车带马冲进了河边的柳树林里。是乡上的人少给格桑旺堆发放了刹车部件。格桑旺堆又去了一趟乡上，取回了这些部件。然后，机村的马车就是一架真正的马车了。

瘸子，或天神的法则

一个村庄无论大小，无论人口多少，造物主都要用某种方式显示其暗定的法则。

法则之一，人口不能一例健全。总要造出一些有残疾的人，但也不能太多。比如瘸子。机村只有两百多号的人，为了配备齐全，就有一个瘸子。

而且，始终就只有一个瘸子。

早先那个瘸子叫嘎多。这是一个脾气火爆的人，经常挥舞双拐愤怒地叫骂，主要是骂自己的老婆与女儿是不要脸的婊子。他的腿也是因为自己的脾气火爆才瘸的，那还是解放以前的事情。他家的庄稼地靠近树林边，常常被野猪糟蹋。每年，庄稼一出来，他就要在地头搭一个窝棚看护庄稼，他家也就常常有野猪肉吃。但他还是深以为苦。不是怕风，也不是怕雨。他老婆是个腼腆的女人，不肯跟他到窝棚里睡觉，更不肯在那里跟他做使身体与心绪都松软的好事情。

他为此怒火中烧，骂女人是婊子。他骂老婆时，两个女儿就会哀哀地哭泣，所以，他骂两个女儿也是婊子。女人年轻时会跟喜欢的男人睡觉。婚后，有时也会为了别的男人松开腰带。但她们不是婊子，机村的商业没有发达到这样的程度。但这个词可能在两百年前，就在机村人心目中生了根，很自然地就会从那些脾气不好、喜欢咒骂人的口中蹦了出来。自然得就像是雷声从乌云中隆隆地滚将出来。

后来，瘫子临去世的那两三年，他已经不用这个词来骂特指的对象了。他总是一挥拐杖，说："哑，婊子！""哑，这些婊子！"

每年秋天一到，机村人就要跟飞禽与走兽争夺地里的收成。他被生产队安排在护秋组里。按说，这时野兽吃不吃掉庄稼，跟他已经没有直接关系了，因为土地早已充公，属于集体了。此时的嘎多也没有壮年时那种老要跟女人睡觉的冲动了。但他还总是怒气冲冲的。白天，护秋组的人每人手里拿着一面铜锣，在麦地周围轰赶不请自来的飞鸟。他扶拐的双手空不出来，不能敲锣，被安排去麦地里扶起那些常被风吹倒的草人。他扶起一个草人，就骂一句："哑，婊子！"

草人在风中挥舞着手臂。

他这回是真的愤怒了。一脚踢去，草人就摇摇晃晃地倒下了。这回，他骂了自己："哑，婊子！"

他再把草人扶起来，但这回，草人像个瘫子一样歪着身子在风中摇摇晃晃。

瘫子把脸埋在双臂中间笑了起来。随即，瘫子坐在地上，屁股压倒了好多丛穗子饱满的麦子，仰着的脸朝向天空，笑声变成了哭声。再从地上站起来时，他的腰也佝偻下去了。从此，这个人不再咒骂，而是常常顾自长叹："可怜啊，可怜。"

天下雨了，他说："可怜啊，可怜。"

秋风吹拂着金色的麦浪，咣咣的锣声把觅食的鸟群从麦地里惊飞起来，他说："可怜啊，可怜。"

晚上，护秋组的人，一个个分散到地头的窝棚里，他们人手一支火枪，隔一会儿，这里那里就会"嗵！"一声响亮。那是护秋组的人在对着夜里影影绰绰下到地里的野兽的影子开枪。枪声一响，瘫子就会叹息一声。如果很久没有枪响，他就坐在窝棚里，把枪伸到棚外，冲着天空放上一枪。火药闪亮的那一瞬间，他的脸被照亮一下，随即又沉入黑暗。但这个家伙自己连眼皮都没有抬一下。所以，枪口闪出的那道耀眼光芒他没有看见。还有人说，他的枪里根本就没有装过子弹。自从腿瘸了之后，他的火枪里就没有装过子弹了。那时，他在晚上护的是自己家地里的秋。机村人的耳朵里，还没有灌进过合作社、生产队、大集体这些现在听起来就像是天生就有的字眼。那次，在一片淡薄的月光下，一头野猪给打倒在麦地中间。本来，一个有经验的猎手会等到天亮再下到麦稞中去寻找猎物。机村的男人都会打猎，但他从来不是一个提得上名字的猎手，因为从来没有一头大动物倒在他枪口之下。看到那头身量巨大的野猪被自己一枪轰倒，他真是太激动了。结果，不等他走到跟着，受伤的野猪就喘着粗气从麦稞中间冲了出来。因受伤而愤怒的野猪用长着一对长长獠牙的长嘴一下掀翻了他。那天晚上，一半以上的机村人都听到了他那一声绝望的惨叫。人们把他抬回家里，野猪的獠牙把他大腿上的肉撕开来，白生生的骨头露在了外面。还有一种隐约的传说，说他那个地方也被野猪搞坏了。那畜生的獠牙锋利如刀，轻轻一下，就把他两颗睾丸都挑掉了。第二天，人们找到了死在林边的野猪，但没有人找到他丢失的东西。人们把野猪分剖了分到各家，他老婆也去拿了一份回来。一见那血淋淋的东西，他就骂了出来："呸！婊子！"

瘸腿之前，他可是一个好脾气的人哪。

脾气为什么好？就因为知道自己本事小。

瘸腿之后，脾气就像盖着的锅里的蒸汽，腾腾地蹿上来了。

那都是很久很久以前的事情了。

一来，这件事发生确实有好些年头了。二来，一件事情哪怕只是昨天刚刚发生，但是经过一个又一个人添油加醋的传说，这件事情的发生马上就好像相距遥远了。这种传言，就像望远镜的镜头一样，反着转动一下，眼前的景物立即就被推到了很远的地方。

这个事件，人们在记忆中把它推远后，接下来就是慢慢忘记了。所以等到他伤愈下楼重新出现在人群里的时候，人们看他，就像他生来就是个瘸子一样了。

　　我说过，一个村子不论人口多少，没有几个瘸子瞎子聋子之类，是不正常的。那样就像没有天神存在一样。所以，当瘸子架着拐杖出现在大家面前时，有人下意识就抬头去看天上。瘸子就对看天的人骂："呸！"

　　他还是对虚空上那个存在有顾忌的，所以，不敢把后面那两个字骂出口来。

　　后来，村里出了第二个瘸子。这个新瘸子以前有名字，但他瘸了以后，人们就都叫他小嘎多了。那年二十六岁的小嘎多，肩着一条褡裢去邻村走亲戚。褡裢里装的是这一带乡村寻常的礼物：一条腌猪腿，一小袋茶叶，两瓶白酒，和给亲戚家姑娘的一块花布。对了，他喜欢那个姑娘，他想去看看那个姑娘。路上，他碰见了一辆爆了轮胎的卡车。卡车装了超量的木头，把轮胎压爆了。小嘎多人老实，手巧，爱鼓捣个机器什么的，而且有的是一把子用不完的力气。所以，他主动上去帮忙。装好轮胎，司机主动提出要搭他一段。其实，顺着公路，还有五公里，要是不走公路，翻一个小小的山口，过三里路就到那个庄稼地全部斜挂在一片缓坡上的村庄了。

　　他还是爬到了车厢上面。

　　这辆卡车装的木头真是太多了。走在坑坑洼洼的路上，像个醉汉一样摇摇晃晃。小嘎多把腿插在两根粗大的木头之间的缝隙里，才算是坐得稳当了。他坐在车顶上，风呼呼地吹来，风中饱含着秋天整个森林地带特别干爽的芬芳的味道。满山红色与黄色斑驳的秋叶，在阳光下显得那么饱满而明亮。

　　有一阵子，他去的那个村子被大片的树林遮住了。很快，那个村子在卡车转过一个山湾后重新显现出来时，在一段倾斜的路面，卡车又一只轮胎砰然一声爆炸了。卡车猛然侧向一边，差一点就翻倒在地。但是，这个大家伙，它摇晃着挣扎着向前驶出一点，在平坦的路面上稳住了身子。小嘎多没有感觉到痛。卡车摇晃的时候，车上的木头错动，使他伸在木头之间的双腿发出了骨头的碎裂声。他的脸马上就白了，赞叹一样惊呼了一声，就昏过去了。

小嘎多再也没能走到邻村的亲戚家。

医院用现代医术保住了他的命，医院像锯木头一样锯掉了他半条腿。他还不花一分钱，得到了一条假腿，更不用说他那副光闪闪的灵巧的金属拐杖了。那辆汽车的单位负责了所有开销。这一切，都让老嘎多自愧不如。小嘎多也进了护秋组，拿着面铜锣在地头上哐哐敲打。两个瘸子在某一处地头上相遇了，就放下拐杖晒着太阳歇一口气。两个人静默了一阵，小嘎多对老嘎多说，你那也就是比较大的皮外伤。你的骨头好好的，不就是断了一条筋嘛，要是到医院，轻轻松松就给你接上了。去过医院的人，都会从那里学到一些医学知识。小嘎多叹口气，卷起裤腿，解下一些带子与扣子，把假腿取出来放在一边，眼里露出了伤心之色。老嘎多就更加伤心了。自己没有上过医院，躺在家里的火塘边，每天嚼些草药敷衍在创口之上。那伤口臭烘烘的，差不多用了两年时间才完全愈合。他叹息。小嘎多想，他马上就要自叹可怜了。老嘎多开口了，他没有自怨自怜，语气却有些愤愤不平："有条假腿就得意了，告诉你，我们这么小的杜子里，只容得下一个瘸子。你，我，哪一个让老天爷先收走还不一定呢！"

老嘎多说完话，起身架好拐，在哐哐的锣声中走开了。雀鸟们在他面前腾空而起，那么响的锣声并不能使它们害怕，它们就在那锣声上面盘旋。锣声一远，它们又一收翅膀，一头扎到穗子饱满的麦地里去了。

小嘎多好像有些伤心，又好像不是伤心，他也不会去分析自己。他把假腿接在断腿处，系上带子，扣上扣子，立起身来时，听到真假肢相接处有咔咔的脆响。假腿磨到真腿的断面，有种可以忍受却又锐利的痛楚。他没有去看天，他没有想自己瘸腿是因为天上有个老家伙暗中做了安排。但现在，看着老嘎多慢慢走远的背影，他想："老天要是真把老嘎多收走，那他也算是解脱出来了。"

他的心里因此生出了些深深的怜悯，第二天下地时，他怀里揣着小瓶子，瓶子里有两三口白酒。

到地头坐下时，他就从怀里掏出这酒来递给比他老的、比他可怜的瘸子。

整个秋天，差不多每天如此。每天，两个瘸子也不说话，老嘎多接过酒瓶，一仰脸，把酒倒进嘴里，然后，各自走开。

这样到了第二年的秋天，老嘎多忍不住了，说："妈的，看你这样子，敢情从来没有想过老天爷要把你收走。"

小嘎多脸上的笑容很开朗，的确，他一直就都是这么想的："老天爷的道理就是老的比小的先走。"

老嘎多也笑了："呸！婊子！你也不想想，老天爷兴许也有个出错的时候。"

"老天爷又不会喝醉酒。"

说到这里，小嘎多才意识到自己还很年轻，不能这么年轻就在护秋组里跟麻雀逗着玩。

从山坡上望下去，村里健全的劳动力都集中在修水电站的工地上，以至于成熟的麦地迟迟没有开镰。

他说："妈的，老子不想干这么没意思的活，老子要学发电。"

老嘎多就笑了，这是他第一次看见老嘎多脸上的肌肉因为笑而挤出了好多深刻的皱纹。于是，这一天，他又讲了好些能让人发笑的话。老嘎多真的就又笑了两次。两次过后，他就把笑容收拾起来，说这世界上并没有什么值得人高兴的事情。小嘎多心上对这个人生出了怜悯，第一次想，对一个小村子来说，两个瘸子好像是太多了。如果老天爷真要收去一个的话……那还是让他把老嘎多收走吧，因为对老嘎多来说，活在这个世上好像太难太难了。而自己还这么年轻，不该天天在这地头上敲着铜锣驱赶麻雀。

有了这个想法，他立即就去找领导："我是一个瘸子。我应该去学一门技术。"

"那个嘎多比你还先瘸呢。"

"那个笨蛋，你们真要送他去学发电，我也没有什么意见。"领导当然不能让那个笨蛋去学习发电这么先进的事情，小嘎多却是一个脑瓜灵活的家伙。他提出这个要求，就忙自己的去了。几天后，他得到通知，让他收拾东西，在大队部开了证明去县里的小水电培训班报到。

"真的啊?!"他拿着刚刚印上了大红印章的证明还不敢相信这竟是真的。他坐在地头起了这么一个念头，没想到过不了几天，这个听起来都荒唐的愿望竟成了现实。"为什么?"

领导说："不是说村里就没有比你更聪明的人。只不过他们都是手脚齐全的壮劳力，好事情就落在你头上了。"

小嘎多不怒不恼，临出发前一天还拿着铜锣在地边上驱赶雀鸟。不多时他就碰上了老嘎多。这家伙拄着一副拐，站在那些歪斜着身子的草人身边，自己也摇摇晃晃一身破烂，像一个草人。

小嘎多就说："伙计，站稳了，不要摇晃，摇晃也吓不跑雀鸟。"

"呸! 婊子!"

"不要骂我，村里就我们两个瘸子，等我一走，你想我的时候都见不着我了。"

"呸!"

"你不是说一个村里不能同时有两个瘸子吗? 至少我离开这半年里，你可以安心了。"说着，他伸出手来，说，"来，我们也学电影里的朋友握个手。"

老嘎多拐着腿艰难地从麦地里走出来，伸出手来跟他握了一下。小嘎多心情很好，他从怀里掏出一个酒瓶，脸上夸张地显出陶醉的模样，老嘎多的鼻头一下子就红了起来，他连酒味都还没有闻到，就显出醉了的模样，他伸出去接酒瓶的手都一直在抖索。老嘎多就这么从小嘎多手里抓过酒瓶，用嘴咬开塞子，"咕咚!"一声，好像倒进肚里的不是一口沁凉的水，而是一块滚烫的冰。

他就这么接连往肚子里投下好几块滚烫的冰，然后，才深深地一声长叹，跌坐在地上。他想说什么，但又什么都没说。他眼里有点依依不舍的神情，但很快，又被愤怒的神色遮掩住了。

两个瘸子就这么在地头上呆坐了一阵，小嘎多站起身来，假肢的关节发出叽叽的脆响："那么，就这样吧。反正有好些日子，机村又只有你一个瘸子了。"

老嘎多还是不说话。

小嘎多又说："等我回来，等到机村天空下又有了两个瘸子，老天爷看不惯，让他决定随便除掉我们中间的哪一个吧。"说完，他就往山坡下扬长而去了。他手里舞动着的金属拐杖在太阳底下闪闪发光。

等到小嘎多培训回来，水电站就要使机村大放光明的时候，老嘎多已经死去很多时候了。电站正式发电那天，村里的男人围坐在发电房的水轮机四周。当水流冲转了机器，机器发出了电力，当小嘎多合上了电闸，飞快的电流把机村点亮时，他仿佛看见老嘎多就坐在这些人中间，脸上堆着很多很多的皱纹，他知道，这是那个人做出了笑脸。

第二部
天　火

一

　　多吉跃上那块巨大的岩石，口中发出一声长啸，立即，山与树，还有冰下的溪流就肃静了。

　　岩石就矗立在这座山南坡与北坡之间的峡谷里。多吉站在岩石平坦的顶部，背后，是高大的乔木，松、杉、桦、栎组成的森林，墨绿色的森林下面，苔藓上覆盖着晶莹的积雪。岩石跟前，是一道冰封的溪流。溪水封冻后，下泄不畅，在沟谷中四处漫流，然后又凝结为冰，把一道宽阔平坦的沟谷严严实实地覆盖了。沟谷对面，向阳的山坡上没有大树，枯黄的草甸上长满枝条黝黑的灌丛。草坡上方，逶迤在蓝天下的是积着厚雪的山梁。

　　多吉把手中一红一绿的两面小旗举起来，风立即把旗面展开，同时也标识出自身吹拂的方向。时间是正午稍后一点，阳光强烈，风饱含着力量，从低到高，从下往上，把三角旗吹向草坡和积雪山梁的方向。

　　多吉猛烈地挥动旗子，沿着沟谷分散开的人群便向他聚集过来。

　　他挥动旗子的身姿像一个英武的将军。有所不同的是，将军发令时肯定口齿清楚，他口诵祷词时，吐词却含混不清。也没有人觉得有必要字字听清，因为人人都明白这些祷词的内容。

　　多吉是在呼唤火之神和风之神的名字，呼唤本尊山神的名字。他还呼唤了色嫫措里的那对金野鸭。他感觉到神灵们都听到了他的呼唤，来到了他头顶的天空，金野鸭在飞翔盘旋，别的神灵都凌虚静止，身接长天。他的眉宇间掠过浅浅的一点笑意。

他在心里默念："都说是新的世道，新的世道迎来了新的神，新的神教我们开会，新的神教我们读报纸，但是，所有护佑机村的旧的神啊，我晓得你们没有离开，你们看见，放牧的草坡因为这些疯长的灌木已经荒芜，你们知道，是到放一把火烧掉这些灌木的时候了。"

神们好像有些抱怨之声。

的确，旧神们在新世道里被冷落，让机村的人们假装将其忘记已经很久了。

多吉说："新的神只管教我们晓得不懂的东西，却不管这些灌木疯长让牧草无处生长，让我们的牛羊无草可吃。"

他叹息了一声。好像听见天上也有回应他叹息的神秘声音，于是，他又深深叹息了一声："所以，我这是代表乡亲们第二次求你们佑护。"他侧耳倾听一阵，好像听见了回答，至少，围在岩石下向上仰望的乡亲们从他的表情上看到，他好像是得到了神的回答。在机村，也只有他才能得到神的回答。因为，多吉一家，世代单传，是机村的巫师，是机村那些本土神祇与人群之间的灵媒。平常，他也只是机村一个卑微的农人。但在这个时候，他伛偻的腰背绷紧了，身材显得孔武有力。他混浊的眼睛放射出灼人的光芒，虬曲的胡须也像荆棘一样怒张开来。

"要是火镰第一下就打出了火花，"多吉提高了嗓门，"那就是你们同意了！"说完这句话，他跪下了，拿起早就备好的铁火镰，在石英石新开出的晶莹茬口上蒙上一层火绒草，然后深深地跪拜下去。

神灵啊！
让铁与石相撞，
让铁与石撞出星光般的火星，
让火星燎原成势，
让火势顺风燃烧，

让风吹向树神厌弃的荆棘与灌丛，

让树神的乔木永远挺立，

山神！溪水神！

让烧荒后的来年牧草丰饶！

唱颂的余音未尽，他手中的铁火镰已然与石英猛烈撞击。撞击处，一串火星迸裂而出，引燃了火绒草，就像是山神轻吸了一口烟斗，青烟袅袅地从火绒草中升起来，多吉小心翼翼地捧着那团升着青烟的火绒草，对着它轻轻而又深长地吹气，那些烟中便慢慢升起了一丛幽蓝的火苗。他向着人群举起这团火，人群中发出齐声的赞叹。他捧着这丛火苗，通了灵的身躯，从一丈多高岩石顶端轻盈地一跃而下，把早已备好的火堆引燃。

先是红桦白桦干燥的薄皮，然后，是苔藓与树挂，最后，松树与杉树的枝条上也腾起了火苗。转眼之间，一堆巨大的篝火便燃烧起来了。风借着火苗的抖动，发出了旗帜般展动的声音。

几十支火把从神态激越庄严的人们手中伸向火堆，引燃后又被高高举起。多吉细细观察一阵，火苗斜着呼呼飘动，标示出风向依然吹向面南朝阳，因杂灌与棘丛疯长而陷于荒芜的草坡。他对着望向他的人群点了点头，说："开始吧。"

举着火把的人们便沿着冰封峡谷向上跑去。

每个人跑出一段，便将火把伸向这秋冬之交干透的草丛与灌木，一片烟障席地而起，然后，风吹拂着火苗，从草坡下边，从冰封溪流边开始，升腾而上。剩下的人们，都手持扑火工具，警惕着风，怕它突然转向，把火带向北坡的森林。虽然，沟底封冻溪流形成的宽阔冰带是火很难越过的，但他们依然保持着高度的警惕。每一个人都知道，这火万一引燃了北坡上的森林，多吉蹲进牢房后，也许就好多年出不来了。

就因为放这把山火，多吉已经进了两次牢房。

今天，上山的时候，他从家里把皮袄与毛毯都带来了。有了这两样东西压被子，即使在牢房里，他也能睡得安安心心、暖暖和和了。大火燃起来了，从沟底，被由下向上的风催动着，引燃了枯草，引燃了那些荒芜了高山草场的坚硬多刺的灌丛，沿着人们希望它烧去的方向熊熊燃烧。来年，这些烧去了灌丛的山坡，将长满嫩绿多汁的牧草。

烧荒的滚滚浓烟升上天空，这大火的信号，二十多公里外的公社所在地都可以看到了。要不了几个时辰，公安就会开着警车出现在机村，来把多吉捕走。

这个结果，多吉知道，全村人也都知道。

眼下，大火正顺风向着草坡的上端燃烧，一片灌丛被火舌舔燃，火焰就轰的一声高涨起来，像旗帜在强劲的风中强劲地展开。这些干燥而多脂的灌丛烧得很快，几分钟后，火焰就矮下去，矮下去，贴着空地上的枯草慢慢游走，终于又攀上另一片灌丛，烛天的火焰又旗帜一般轰轰地高涨起来。人群散开成一线，跟着火线向着山坡顶端推进。用浸湿的杉树枝把零星的余烬扑灭，以防晚上风变向后，把火星吹到对面坡上的森林中间。

多吉还一个人留在峡谷底下，他端坐在那里，面前一壶酒已喝去了大半。他没有醉，但充血的眼睛里露出了凶巴巴的神情。人们跟着火线向着山梁上的雪线推进，很快，好些地方的火已经烧到雪线，自动熄灭了。正在燃烧的那些地方也非常逼近雪线了。那些跟踪火头到了雪线上的人完成了任务陆续返回谷底了。人们回来后，都无声无息地围在他的四周。他继续喝酒，眼里的神情又变得柔和了。

一场有意燃起的山火终于在太阳快要落山时燃完了。人们都下到谷底来，默默地围坐在多吉的身边。多吉喝完了最后一滴酒。他把空壶举到耳边摇摇，只听见强劲的山风吹在壶口，发出嘘嘘的哨声。多吉站起身来，环顾围着他的乡亲，大家看着他，眼里露出了虔敬而痛惜的神情，连大队干部和村里那些不安分的年轻人都是如此。他满意地笑了。

不管世道如何，总有一个时候，他这个知道辨析风向，能呼唤诸神前来助阵，护佑机村人放火烧荒，烧出一个丰美牧场的巫师，就是机村的王者。

他慢慢站起身来，马上就有人把他装着皮袄与毛毯的褡裢放在了毛驴背上，他说："公安还没来吗？"

大家都望望山下，又齐齐地摇头，说："没有！"

"他们总是要来的，我自己去路上迎他们吧。"然后，他就拍拍毛驴的屁股，毛驴就和主人一起迈步往山下走去。

人群齐齐地跟在他后面，走了一段。

多吉停住脚步，把手掌张开在风中，他还扇动宽大的鼻翼嗅了嗅风的味道："大家留步吧，想我早点回来，就守在山上，等月亮起来再下山回家吧。"然后，他眼里露出了挑衅的神色，说："如果要送，就让索波送我吧。"索波是正在蹿红的年轻人，任村里的民兵排长也有些时候了。"如果我畏罪逃跑，他可以替政府开枪。当然我不会跑，不然今后牧场荒芜就没人顶罪放火了。"

这个家伙狂傲的本性又露出来了，惹得民兵排长索波的脸立即阴沉下来。虽然能够感觉到阴冷的牢门已经向着他敞开了，但做了一天大王的多吉却心情不错，他对冷下脸去的索波说："小伙子，不要生气，也是今天这样的日子才轮着我开开玩笑，我不会跑，我是替你着想，公安来抓我，由你这个民兵排长把我押到他们面前，不是替你长脸的事情吗？然后，你把我的毛驴牵回来养着就行了。"

关于多吉当时的表现，村人分成了两种看法。

一种说，多吉不能因为替牧场恢复生机而获罪，就如此趾高气扬。

但更多的观点是，索波这样的人，靠共产党翻身，一年到头都志得意满，就不兴多吉这样的人得意一天半天。但这些都是后话了。

却说当下索波就停住脚步，扭歪了脸说："什么？！我答应把毛驴给你牵回来就不错了，还要我给你养着！"

索波话音刚落，人们的埋怨之声就像低而有力的那种风一样拂过了森森的树林："哦——索波——"

但索波梗起细长的脖子，坐在了地上，仰脸望着天空，一动也不动了。

"哦——"埋怨之声又一次像风拂过阴沉的树林。

多吉知道，自己沉浸在那挥舞令旗、呼唤众神、引燃火种的神圣情境中太久了。现在，那把激越的火已经烧过，山坡一片乌焦，这景象作为一种新时代的罪证赤裸而广大地呈现在青天白日下，这里那里，还冒着一缕缕将断未断的青烟。多吉终于明白，虽然放火的程序与目的都是一样的，在这个新时代里，这确乎是一种罪过了。

他叹了口气，从驴背上解下褡裢，扛上自己的肩头，对着大家躬躬身，独自向山下走去。

这时，警车闪着警灯，开进了村里。大家看见走出很远的多吉，向着正要上山的公安挥手，向他们喊话，说自己会下去投案，就不辛苦他们爬上山来了。几个公安就倚在吉普车上看着他一步步从山上下来。

多吉走到山下，公安给他戴上手铐，把褡裢装上车子，就开走了。

大队长格桑旺堆说："今天回去就写证明，大家签字，把他保出来吧。"

格桑旺堆又说："妈的，送保书的时候，可没有小汽车来接，只好我自己走着去了。"

有个年轻人开玩笑说："那你就骑多吉的毛驴去吧。"

结果那个年轻人被他父亲狠狠打了一个嘴巴。年轻人在县里上农业中学，眼下学校放了假，老师们关起门来学习批判，学生便都回乡村来参加生产。年轻人梗起脖子，想要反抗，但被更多的眼光压制住了。风把山坡上的黑色灰烬扬起来，四处抛洒。在这风中，黄昏便悄然降临了。

天一黑下来，正好观察山上有无余火。但一片漆黑中，看不到火星闪烁或飞溅。星星一颗颗跳出天幕，然后，月亮也升上天幕。山峰、山梁，都以闪光的冰雪勾出了美丽的轮廓，甚至连深沉在自身暗色中的森林的边缘，也泛出莹莹的蓝光。烧荒过后的地方，变得比夜更黑，更暗，就像突然出现在这个世界中央的无底深渊。

这片漆黑无光的地方，这片被火焰猛烈灼烤过的土地已经在严冬之夜完全冷却下来，不会被风吹起火星，把别的林地也烧成眼下这样了。于是，人们放心地下山回家。只等来年，被烧去了杂灌的牧场上长满丰美的青草。

这时，多吉已经被押到了公社，派出所所长老魏叫人开了手铐，让他坐在自己的桌子跟前。还叫人端来了一茶缸开水。

老魏叹口气："又来了。"

多吉有些抱愧地笑笑："我要不来，不成材的小树荒住了牧场，牛羊吃不饱，茶里没有奶，糌粑里没有油，日子不好过呀！"

"这么一说，你倒成英雄了。"

多吉笑笑，说："这样的事，做了，成不了英雄，不做，大家都要说巫师失职了。"

"那你可以不做这个巫师。"

"这是我的命，我爸爸是巫师，所以我就是巫师。"

"那你儿子也是巫师了。"

"你们共产党一来，没人肯嫁巫师。我没有儿子，以后，牧场再被荒住，就是你们这些共产党自己操心了。"他还找补了一句后来成为他恶攻证据的狠话，他说："你们什么都改造，该不会让牛羊都改吃树吧？"就为这句话，在这篇小说将要描写的那场大火烧起来的时候，会让老魏干不成公安，而带给多吉本人的厄运，更是他当时无法想象的。

这句话刚说完，就有年轻公安厉声喝道："反动！"

但老魏沉默半晌，说："真的，不放这把火就不行吗？"

多吉倒是很快就接上了嘴："就像你不逮我不行一样。"

老魏挥挥手，说："带下去，不要让他冻着了，明天一早送到县上去。"

多吉说："我还是多待一两天，大队的保书跟着就会送来，我跟保书一起到县上吧。"

年轻公安说："保书送来你就不蹲牢房了？"

"那怎么可以呢？在牢房里过年好，有伴。我想还是跟往常一样，开春了，下种了，队里需要劳力了，我就该回去了。"

老魏叹了口气："只怕今年不是往年了。"

多吉眨眨眼："冬去春来，年年都是一样的。"

年轻公安提高了声音："伟大的无产阶级'文化大革命'开始了！全国山河一片红，今年怎么还是往年！"

多吉摇摇头："又是一件我不懂的事情了。"

因为放火烧荒，多吉与老魏他们打交道不是一次两次了。第一次，他很害怕，第二次，他很委屈。现在，这只是到时候必须履行的一道例行公事了。当初对他也像现在这年轻人一样凶狠的老魏倒是对他越来越和气了。多吉带人烧荒，是犯了国家的法。法就像过去的经文一样明明白白地把什么能做什么不能做写在纸上。但这两者也有不一样的地方。一个人的行为有违经书上的律例，什么报应都要等到来世。而法却是当即兑现，依犯罪的轻重，或者丢掉性命，或者蹲或长或短的牢房。

机村人至今也不太明白，他们祖祖辈辈依傍着的山野与森林，怎么一夜之间就有了一个叫作国家的主人。当他们提出这个疑问时，上面回答，你们也是国家的主人，所以你们还是森林与山野的主人。但他们在自己的山野上放了一把火，为了牛羊们可以吃得膘肥体壮，国家却要把领头的人带走。

机村人这些天真而又蒙昧的疑问还真让上面为难。所以，每次，他们都不得不把多吉带走，关进牢房，但又在一两个月或者两三个月后，将这个家伙放出来。

每次，多吉都得到警告，以后不得再放火了。第一次，机村三年没有放火，结果第四个年头的秋天，没有足够牧草催肥的羊群在春草未起之前，死去了大半。这一年，母牛不产崽，公牛拉不动春耕的犁头，机村才又请示公社。公社书记曾在刚解放的机村当过工作队长，没有说可以，也没有说不可以。机村人便在他的默认下放火烧荒。多吉还是只关了两个月，但公社书记却戴上右倾的帽子，丢掉了官职。以后，多吉就连村干部也不请示，自己带着机村人放火烧荒了。

二

多吉想到自己一进牢房，就让好些上面的人为难，心里还有些暗暗得意。所以，在公社派出所临时拘留所的铁床上，他很快就睡熟了。第二天一早，他还睡得昏昏沉沉，就被塞到吉普车里了。

车开出一段了，多吉慢慢在清晨的寒冷中清醒过来。按惯例，老魏会等到全村人签名画押的保书送来，再一并送到县城的大牢里去。这已经是一个不成文的规矩了。

两个年轻公安一脸严肃，多吉喉头动了几次，终于问出声来："老魏呢？不是还要等保书吗？"

年轻公安脸上露出了轻蔑的神情："老魏？还是想想你自己吧。"两个年轻人还显稚嫩的脸上露出了凶恶的神情。这种神情比冻得河水冒白烟的寒冷早晨还要冰冷。

这使多吉心里涌起了不祥的预感。他不想相信这种预感，但是，他是一个巫师，是巫师都必须相信自己的预感。巫师的预感不仅属于自己，还要对别人提出预警：危险！危险！

但这个巫师不知道危险来自什么地方。

直到吉普车进了县城，看到不知为什么事情而激动喧嚣的人群在街道上涌动，天空中飘舞着那么多的红旗，墙上贴着那么多红色的标语，像失去控制的山火，纷乱而猛烈，他想，这大概就是他不祥预感的来源了。他不明白，这四处漫溢的红色所为何来。吉普车在人流中艰难穿行。车窗不时被巨大的旗帜蒙住，还不时有人对着车里挥舞着拳头。这些挥舞拳头的人的一张张面孔向着车窗扑来，又一张张消逝。有的愤怒扭曲，有的狂喜满溢。

两个年轻公安很兴奋，也很紧张，多吉一直在猜度这巨大的人流要涌向哪里，但他没有看到这股洪水的方向。更让他看不明白的是，他们的愤怒好像也没有方向，就像他们的狂喜也没有一个实在的理由一样。

多吉把心里的疑问说出来："为什么一些人这么生气，一些人又这么高兴？"

两个年轻公安并不屑于回答一个蒙昧的乡下人愚蠢的问题。

多吉也并不真想获得答案。所以，当牢房的铁门被哐啷啷关上，咔嗒一声落上一把大锁后，他只耸了耸肩头，就一头倒在地铺上睡着了。他睡得很踏实。在这个拘押临时犯人的监房里，人人都好像惊恐不安。只有他内心还怀着自豪的感觉。他没有罪。他为全村人做了一件好事。这件好事，只有他才可以做。正因为这个，他才是机村一个不可以被小视的人物。特别是到了今天，很多过去时代的人物——土司、喇嘛们都风光不再的时候，只有他这个巫师，还以这样一种奇特的方式被机村人所需要。

他就像共产党干部一样，也是为人民服务的。

连续几天，他睡了吃，吃了睡。醒了，就静坐在从窗口射进来的一小方阳光里，安详，而且还有隐隐的一点骄傲。对同监房那些惊恐不安的犯人，他视若不见。

这种安详就是对那些犯人的刺激与冒犯。

但是，第一个对他动手的家伙，一上来，就被他一拳打到墙角里去了。然后，他第一次开口说话："不要打搅我，我跟你们不一样，不会跟你们做朋友。"

他只要把这句话说出来，人们就知道他是谁了。在这个他来过数次的拘留所里，他已经是一个故事里的人物了。

每次，他进到监房里，都只对犯人说同一句话。这句话是他真实的想法，但再说就有一点水分了。他说："我来这里，只是休息一些时候，平时太累，只有来这里才能休息一些时候。乡亲们估摸我休息得差不多时，就来接我回去了。"

传说中，他是一个能够呼风唤雨的巫师，犯人们自然对他敬而远之了。

醒来的时候，坐在牢房里那方唯一的阳光里，他很安详，但他的睡梦里却老有扰动不安的东西：不是具象的事物，不是魔鬼妖精，而是一些旋动不已的气流，有时暗黑沉重，有时又绚烂炽烈。多吉在梦里问自己，这些气流是什么？是自己引燃的遍山火焰吗？是想把火焰吹得失去方向的风吗？他没有想出答案。

拘留所就在县城边上，高音喇叭把激昂的歌声、口号声隐隐地传进监房。过去，最多三天，就有人来提审他了。警察们也在天天开会，天天喊口号，这些执法者中间，也躁动着一种不安的气氛。

为了抗拒这种不安的情绪，多吉闭上眼睛，假想警察已经来提审他了。他们给他戴上手铐，把他摁坐在一张硬木椅子上。

面前的桌子后面，坐着两个警察，一个人说话，一个人写字。

问话的人表情很严肃，但说话已经不像第一次那么威严了："又来了？"

"我也不想来，可是杂树长得快，没办法。"

"看来你还是没有吸取教训。"

"我吸取了，但那些杂树没有吸取。"

"那你晓得为什么来了？"

"我晓得。护林防火，人人有责，可是我却放火。"

"你又犯罪了！烧毁了国家的森林！"

"可是……"

"可是什么?!"

"可是,你们的国家还没有成立这些森林就在了呀。"

"胡说!中华人民共和国没有成立以前,这里也是国家的!"

"是,我胡说。但你的话我还是没有听懂。"

"笨蛋!"

"是,我笨,但不是蛋。"

"你烧了国家的树林,而且,你是明知故犯。你知罪吗?"

"我晓得你们不准,但不烧荒,机村的牛羊没有草吃,就要饿死了。我没有罪。"

然后,他又被押回监房。如是几次,审问,同时教育,执法者知道这犯法的人不能不关一段时间,以示国家的利益与法令不得随意冒犯,但是,这个人又不是为了自己而犯罪,机村的全体贫下中农又集体上书来保他。于是,就做一个拘留两三个月的宣判。宣判一下来,他就可以走出监房,在监狱院子里干些杂活了。他心里知道,这些警察心里其实也是同情他的。所以,他干起活来从不偷懒耍滑。

这一回,他在半梦半醒之间把自己弄去过堂,觉得上面坐着公社派出所的老魏。老魏苦着脸对他说:"你就不能不给我们大家添这个麻烦了吗?"

多吉也苦着脸说:"我的命就是没用的杂树,长起来,被烧掉,明明晓得要被烧掉,还要长起来,也不怕人讨厌。"

"可现在不一样了!现在有国家有法!"

"其实也一样,牛羊要吃草,人要吃肉吃奶。"

老魏就说:"这回,谁也保不了你了。"

他醒来,却真真是做梦了。

梦刚刚醒,监房门就被打开了。两个警察进来,不再像过去那么和颜悦色,动作利索凶狠,把他双臂扭到背后,咔嚓一声就铐上了。手铐上得那么紧，他立时就感到手腕上钻心的痛楚，十个指头也同时发胀发麻。接着背后就挨了重重一掌，他一直窜到监房外面，好不容易才站住了，没有摔倒在地上。

他们直接把他扭进了一个会场。

他被推到台前，又让人摁着深深弯下了腰。口号声中，有年轻人跳上台来，拿着讲稿开始发言。发言的人一个接着一个，他们都非常生气，所以，说话都非常大声，大声到嗓子都有些嘶哑了。多吉偷眼看到派出所的老魏垂头坐在下面，一副担惊受怕的样子，他想问问老魏，有什么事情会让这么多人都这么生气？

这时，他没有感到害怕。

虽然，每一个人发言结束的时候，下面的人就大呼口号，把窗玻璃都震得哐哐响。

他感到害怕，是老魏也给推上来了，站在了他这个罪犯的旁边。当初他手下的年轻警察上来发言时，讲到愤怒处，还啪啪地扇了老魏两个耳光。老魏眼里闪过愤怒的光芒，但当声震屋瓦的口号声再一次响起来时，老魏梗着的脖子一下就软了。

再后来，这个拘留所的所长也给推了上来。造反的警察们甚至七手八脚地动起手来，扯掉了他帽子和衣服上的徽章。所长低沉地咆哮着挣扎反抗，但他部下们的拳头一下一下落在他身后，每一记重拳下去，所长都哼哼一声，最后口鼻流血，软软地倒在了地上。

所长和老魏的罪名都是包庇反革命纵火犯，致使这个反革命分子目无国法，气焰嚣张，一次一次放火，向无产阶级专政挑战。多吉被从来没有过的犯罪感牢牢地抓住了。他一下子跪倒在了老魏与所长的面前。他刚刚对上老魏绝望的双眼，什么也来不及说，什么东西重重地落在了他头上，嗡一声眼前一片金花飞起，金花飞散后，他就什么都不知道了。

再次醒来时，他先感到了头顶的痛，手腕的痛，然后，是身下一片冰凉的水泥。屋子被刺眼的灯光照得透亮。他晓得自己是被关进单间牢房了。他算是这个拘留所的常客，知道关进这个牢房来的人，如果不被一枪崩了，这辈子也很难走出这牢房了。

他非常难过，不是因为自己，而是因为老魏与所长。他难过得觉得自己就要死了。他不吃不喝，躺在地上，等待死神。两天后，死神来没有来临，神志反而越来越清醒了。他想站起来，但没有力气站起来。于是，他爬到监房门口，用额头把铁门撞得咣咣响。门开了，一个警察站在他面前。他说："老魏。"

"住口！"

他说："是我害了老魏吗？"

那个警察弯下腰来，伸手就锁住了他的喉头："叫你住口！"

多吉的喉头被紧紧锁住，但他还是在喉咙里头说："老魏。"

警察低声而凶狠地说："你要不想害他，就不准再提他的名字！"

那手便慢慢松开了。多吉喘息了好一阵子，身子瘫在了地上，说："我不提了，但我晓得，你和老魏都是好人。"

警察转身，铁门又咣啷啷关上了。多吉想晓得这个世界突然之间发生了什么变故，使警察们自己人跟自己人这么恶狠狠地斗上了。他绝望地躺在冰冷的水泥地上，泪水慢慢沁出了眼眶。泪水使灯光幻化迷离，他的脑子却空空荡荡。

他又用头去撞那铁门，警察又把门打开。

多吉躺在地上，向上翻着眼睛说："我犯了你们的法，你们可以枪毙我，但你们不能饿死我。"

警察又是咣啷一声把铁门碰上，到晚上，真有水和饭送进来了。

时间慢慢流逝，有一天，悬在牢房中央那盏明亮刺眼、嗡嗡作响的灯，一声响亮炸开了。牢房里随即黑了下来。牢房里刚黑下来的时候，多吉眼前还有亮光的余韵在晃动，然后，才是真正的黑暗，让人心安的黑暗降临下来。多吉紧张的身体也随即松弛下来。他想好好睡上一觉。

但脑子里各种念头偏偏蜂拥不断。多吉这才明白，原来是那刺眼的灯光让他不能思考。这不，黑暗一降临，他的脑子立即像风车一样转动起来了。

如今这个世界，让人看不明白也想不明白的变化发生得太多太快，即使他脑子转动起来，也想不清楚眼下正在发生的事情。这个世界上发生的事情，早在一个寻常百姓明白的道理之外，也在一个巫师自认为知晓的一切秘密门径之外。多吉利用熄灯的宝贵时间，至少想明白了这样一件事情，也就不再庸人自扰，便蜷曲在墙角，放心睡觉了。

他不晓得自己这一觉睡了多长时间。看守进来换坏掉的灯时，他还是睡着的，但那灯光唰一下重新把屋子照得透亮，他立即就醒过来了。人一认命，连样子都大变了。他甚至对看守露出了讨好的笑容。

看守离开牢房时说："倔骨头终于还是软下来了？"

送来的饭食的分量增加了，他的胃口也随之变好。刚进来的时候，他还在计算时间，但在这一天亮到晚的灯光下，他没有办法计算时间。到了现在，当他已经放弃思考的时候，时间的计算对他就没有什么意义了。

三

这是一千九百六十七年。私生子格拉死去有好几年了。

所以在这个故事开始时，又把那个死去后还形散神不散的少年人提起，并不包含因此要把已写与将写的机村故事连缀成一部编年史的意思。只是因为，这场机村历史上前所未有的大火，是由格拉留在人世的母亲桑丹首先宣告的。

这场毁败一切的大火，烧了整整一十三天。

格拉死后好久，他那出了名的没心没肺的母亲并不显得特别悲伤。

人们问："桑丹，儿子死了，你怎么连一滴眼泪也没有呢？"

桑丹本来迷茫的眼中，显出更加迷茫的神色："不，不，格拉到林子里逮兔子去了。"

"我家格拉到山上给林妖喂东西去了。"

人们问："不死的人怎么会跟林妖打交道呢？"

桑丹并不回答，只是露出痴痴的，似乎暗藏玄机的笑容。

她的这种笑与姣好的面容依然诱惑着机村的男人。有时，她甚至还独自歌唱。人们说："这哪是一个人，是妖怪在歌唱。"

这个女人，她的头发全部变白了，却像少女黑发一般漾动着月光照临水面那种令人目眩神迷的光泽，让人想到这些头发一定是受着某种神秘而特别的滋养。她的面孔永远白里泛红，眼睛像清澈而又幽深的水潭。褴褛的衣衫下，她蛇一样的身段款款而动，让人想起深潭里传说中身子柔滑的怪物。就在机村背后半山上松林环绕的巨大台地中，的确有这样一个深潭。那个潭叫作色嫫措。

色嫫是妖精，措是湖。色嫫措就是妖怪湖。

两个地质勘探队来过，对这个深潭有不一样的说法。一个说，这个深潭是古代冰川挖出来的深坑。另一个说，这个深坑是天上掉下来的石头砸出来的。

地质队也不过顺口一说罢了，他们并不是为这个深潭而来。

那个时代，机村之外的世界是一个可以为一句话而陷入疯狂的世界。当然，这句话不是人人都可以讲的，而是必须出自北京那个据说可以万寿无疆，因此要机村贡献出最好桦木去建造万岁宫的人之口，才能四海风行。

这两个地质队，一队是来看山上有多少可以砍伐的树木，另一队是来寻找矿石。他们只是在收起了丈量树木的软尺和敲打岩石的锤子，以及可以照见地面与地底复杂境况的镜子时，站在潭边顺便议论一下而已。

这些手持宝镜者都是有着玄妙学问的人哪。

起先，机村有人担心，这些人手中的镜子会不会把色嫫措里金野鸭给照见哪。他们好像没有照见。但是，湖里的宝贝有没有受到镜子的惊吓，那就谁也不知道了。

这才到了这个故事真正开始的这一天。

这个机村历史上前所未见的干旱的春天。

机村的春天本该是这样到来的。先是风转了方向，西北方吹来的风缩回冷硬的锋头，温暖温润的东南风顺着敞开的河谷吹拂而来。在这一天比一天暖和的风的催促下，积雪融化，坚冰融化，冻结一冬的溪流发出悦耳的声音。暖暖的太阳光下，树木冻得发僵的枝干日益柔软，有一点风来，就像动情的女人一样，摇摇晃晃。土地也苏醒了，一点点地潮湿，一点点地松软，犁头把肥沃的土地翻开，种子从女人们的手里撒播下去，然后，几场细雨下来，地里庄稼就该出苗了。

但是，在这前所未见的干旱春天，地里的庄稼虽然出了一点苗，但天上降不下来雨水，老是高挂着明晃晃的太阳，那些星星点点的绿意便无力连缀成片。有风走来的时候，庄稼地里不见绿意招摇，反倒扬起了股股尘烟。

绿意不肯滋蔓，日子仍像庄稼正常生长的年头一样流逝。播下种子后，就该是修理栅栏的时候了。机村庄稼地靠山的一边，都围着密实的树篱。林子里的野物太多，要防着它们到地里来糟蹋庄稼。

修理栅栏的时候，间或会有人把手搭在额头上，向着远处的来路张望。有时，这个张望的人还会念叨一句："该是多吉回来的时候了。"

这一天，有一个人正这样念叨时，远远的河口那边高高地升起一柱尘土。尘土像一根粗壮的柱子升起来。升起来，然后，猛然倾倒，翻滚的烟云在半天中弥漫开来。但却没有人看见。

央金站起身来，一手叉着对这个年纪来说很粗壮的腰，一只手抬起来，很利落地在额头上做了一个擦汗的动作，然后喊："看，汽车来了！"

人们哄笑起来。因为胖乎乎的央金的这个动作像她的很多动作一样，都是刻意模仿来的。她模仿的对象是报纸上的照片，是电影里的某个人物，或者宣传画上的某种造型。

央金不管这个，不等人们止住笑声，她已经往公路上飞奔而去了。她的身后，扬起了一股干燥的尘土。更多的人跟着往山下跑，在这个干旱的春天里，扬起了更多的尘土。

往汽车上装桦木的男人们还记得，那天的桦木扛在肩上轻飘飘的，干旱使木头里的水分差不多都丢失干净了。

汽车一来，全村人几乎都会聚集到那里。这和以前那些日子一模一样。甚至还有人问司机："你看到多吉了吗？"

那个时代的司机派头比公社干部还大，所以，这样的问题他根本懒得回答。

头发雪白、脸孔红润的桑丹也痴痴地站在人群里。不一样的是，这时，人们头上，好像有一股不带尘土味道的风轻轻地掠过去了。人们都抬了一下头，却什么都没有看见。天上依然是透着一点点灰的那种蓝，风里依然有着干燥的尘土的味道。只有桑丹细细地呻吟一声，身子软软地倒下了。

有人上去掐住她的人中，但她没有醒来。

还是央金跑到溪边，含了一大口水，跑回来，喷在她脸上，桑丹才慢慢睁开眼睛，说："我的格拉死了，我的格拉的灵魂飞走了。"

央金翻翻白眼，把脸朝向天空："你终于明白过来了。"

桑丹眼睛对着天空骨碌碌地打转，说："听。"

央金说："桑丹，你终于明白你家格拉走了，你就哭出来吧。"说着，她自己的泪水先自流出来了。这个姑娘跟她的妈妈一样好出风头，心地却不坏，爱憎分明，但又头脑简单。她摇晃着桑丹的肩头："你要明白过来，你已经明白过来了，你就哭出来吧。"

桑丹坚定地摇着头，咬着嘴唇，没有哭出声，也没有流下一滴泪水。然后，她再次侧耳倾听，脸上出现了似笑非笑的表情。这种神情把央金吓坏了，她转过脸去，对她母亲阿金说："你来帮帮我。"

"你能帮她什么？"

"我想帮她哭出来。"

阿金说："你们都小看这个人了，谁都不能帮她哭出来。"

桑丹漠然地看了阿金一眼，阿金迎着她的目光，说："桑丹，你说我说得对吧？"桑丹紧盯着她的眼睛里射出了冷冰冰的光芒。天上的阳光暖暖地照着，但阿金感到空气中飘浮的尘土味都凝结起来了，她隐隐感到了害怕。但这个直性子的女人又因为这害怕而生气了。共产党来了，新社会了，人民公社了，虽说自己还是过着贫困的日子，但是穷人当家做主，自己当了贫下中农协会的主席，过去的有钱人弯腰驼背，也像过去的穷人一样穷愁潦倒了。这个神秘的女人据大家推测，也是有钱人家的大小姐，她都落到今天这个地步了，自己干吗还要害怕她呢？

于是，她又说："桑丹，我跟你说话呢，你怎么不回答？"

桑丹又笑笑地看了她一眼："我的格拉真的走了？"

"嘁！看看，她倒问起来我了！告诉你吧，你的格拉，那个可怜的娃娃早就死了。死了好，不用跟着你遭罪了！"

"是吗？"桑丹说。

"是吗？难道不是吗？"

桑丹漂亮的眼睛里好像漫上了泪水，要是她的泪水流下来，阿金会把这个可怜的人揽到自己怀里，真心地安抚她。但这个该死的女人仰起脸来，向着天高云淡的天空，又在仔细谛听着什么。她的嘴唇抖抖索索翕动一阵，却没有发出悲痛难抑的哭声，而是再一次吐出了那个字：

"听。"

而且，她的口气里居然还带着一点威胁与训诫的味道。

阿金说："大家说得没错，你是个疯子。"

桑丹潭水一样幽深的眼睛又浮起了带着浅浅嘲弄的笑意，说："听见了吗，色嫫措里的那对金野鸭飞了。"

她的声音很低，就像是在自言自语，但在现场的所有人都听见了。

"桑丹说什么？金野鸭飞了？"

"金野鸭飞了？"

"她说色嫫措的保护神，机村森林的保护神飞走了。"

"天哪！"贫协主席阿金脸上也现出了惊恐的神色。

央金扶住了身子都有些摇晃的母亲说："阿妈，你不应该相信这样的胡说！"她还对着人群摇晃着她胖胖的、指头短促的小手，说："贫下中农不应该相信封建迷信，共青团员们更不应该相信！"

"你是说，机村没有保护神的吗？"

"共产党才是我们的救星！"

"共产党没来以前呢？机村的众生是谁在保护呢？"

央金张口结舌了："反正不能相信这样的鬼话！"

大家都要责问桑丹怎么会说出这种话来。

央金和民兵排长索波这帮年轻人要责问她为什么在光天化日下宣传封建迷信。

更多的村民是要责问她，机村人怜悯她收留了她，也不追问她的来历，而她这个巫婆为何要如此诅咒这个安安静静存在了上千年的古老村庄。传说中，机村过去曾干旱寒冷，四山光秃秃的一片荒凉。色嫫措里的水也是一冻到底的巨大冰块。后来，那对金野鸭出现了，把阳光引来，融化了冰，四山才慢慢温暖滋润，森林生长，鸟兽奔走，人群繁衍。现在，她却胆敢说，那对金野鸭把机村抛弃了。

怒火在人们心中不息地鼓涌，但他们又能把这么一个半疯半傻的女人怎么办呢？只能眼睁睁地看着她带着悲戚的神情离开了人群。

人们看着她摇摇晃晃的背影。而且，全村的人都听到了她哀哀的哭声，她长声呜呜地哭着说："走了，走了，真的走了。"

不知道她哭的是自己的儿子还是机村的守护神。胸膛被正义感充满的年轻人想把她追回来，但是，从东边的河口那边，从公路所来的方向，一片不祥的黑云已经升腾起来了。

黑云打着旋，绞动着，翻滚着，摆出一种很凶恶的架势，向天上升腾。但相对于这晴朗的浩浩长空来讲，又不算什么了。

本来，这种柱状的黑云要在夏天才会出现。夏天，这云带着地上茂盛草木间氤氲而出的湿气，上升上升，轰隆隆放着雷声，放出灼目的蛇状闪电，上升上升，最后，被高天上的冷风推倒，轰的一声，山崩一样倒塌下来，把冰雹向着地上的庄稼倾倒下来。

问题是，现在不是夏天，而这个春天，空气中飘浮着如此强烈的干燥尘土的味道，地面上怎么可能升起来这样的云柱呢？人群骚动一阵，慢慢又安静下来了。虽然心里都有着怪怪的感觉，但是，看到那柱黑云只在很遥远的河口那边翻腾，并没有像夏天带来冰雹的黑云，那么迅速地攀升到高高的天空，然后群山倾颓一样一下子崩塌下来，掩住整个晴朗无云的天空。

装满桦木的卡车发出负重的呜呜声开走了，人们回到村子吃过午饭，再懒洋洋地往山坡边修补栅栏的时候，抬头看看，那柱黑云还在那里。黑云的底部，还是气势汹汹地翻卷而上，但到了上面，便被高空中的风轻轻地吹散了。晴朗的天空又是那么广阔无垠，那黑云一被风吹散，就什么都没有了。水汽充盈的时候，天空的蓝很深，很滋润，但在这个春天里，天空蓝得灰扑扑的，就像眼下这蒙尘的日子，就像这蒙尘日子里人们蒙尘的脸。

太阳落山时，深重的暮色从东向西蔓延，那柱黑云便被暮色掩去了，而在西边，落山的太阳点燃了大片薄薄的晚霞。这样稀薄而透亮的晚霞，意味着第二天又是一个无雨的大晴天。

老人们叹气了。为了地里渴望雨水的庄稼，为了来年大家的肚皮。这种忧虑让人们感到从未见过的那柱黑云包含着某种不祥的东西。望望东边，夜色深重。

夜幕合上的时候，那柱黑云就隐身不见了，就像从来就没有出现过一样。

四

多吉再次被提出牢房时，双腿软得几乎都不会走路了。

高音喇叭正播放着激昂的歌曲。这是多吉不会听的歌。对于一个机村人来说，歌曲只有两种，或者欢快幸福，或者诉说忧伤。而这些歌曲里却有股恶狠狠的劲头，好像要把这世界上的一切都抹去，只让自己充斥在天地之间。

但这显然又是很难做到的。这不，多吉只是掀了掀鼻翼，就闻到了春天的气息。树木萌发的气息，土地从冰冻中苏醒过来的气息。他想象不出，在那没日没夜的灯光下，他已经待到春天了。往年的这个时候，他已经回到机村了。

他不沾地气已经很久了。现在，他双腿抖抖索索地站在阳光下，温暖蜂拥而来，地气自下而上，直冲肺腑与脑门，使他阵阵眩晕。好几次，他都差点倒下。但他拼命站稳了，久违的阳光与地气使他渐渐有了站稳双脚的力量。

犯人一个个被提出牢房，一个个被双手反剪，用绳子紧紧绑了起来。

绑起来的犯人每两个被押上一辆卡车。车厢两边贴上了鲜红的标语，刚写上的大字墨汁淋漓。多吉数了数，一共有八辆卡车。一前一后的两辆汽车上，站满了全副武装的军人和臂戴红袖章的年轻人，这些年轻人同样全副武装。装着犯人的卡车上，是戴上了红袖章的警察。每一辆汽车都发动了。发动机轰鸣着，喷射出呛人的气味把来自脚下土地和四周山野的春天气息完全淹没了。

多吉在押着犯人的第二辆车上。

第一辆车上的两个犯人背上，插着长长的木牌。多吉的木牌更宽大，不同的是这木牌是沉沉地挂在胸前，挂牌子的铁丝勒在脖子上，坠着他的头深深地低了下去。

戒备森严的车队沿着顺河而建的街道往县城中心开。他又见到了被押来县城那天所见到的标语与旗帜所组成的红色海洋。躁动的、喧腾的愤怒中夹杂着狂喜，狂喜中又掺和了愤怒的红色海洋。过去，他多次来过县城，从来没有见过这样多的人蜂拥在街上，也从来没有见过这么多的人同时亢奋如此，就像集体醉酒一样。这情景像是梦魇，却偏偏是活生生的现实。

一路的电线杆子上都挂着高音喇叭。喇叭里喊一声："无产阶级'文化大革命'万岁！"那一根电线上串着的喇叭因距离产生延迟效应，造成一个学舌应声的特别效果："岁！岁！岁！岁！岁！"

喇叭排到尽头的地方，是黛青色的群山发出回声："万岁——岁——岁——岁——！"

广场上更是人山人海，翻飞的旗帜还加上了喧天的锣鼓，他们好像是在一个巨大的庆典上。犯人一押上台子。上面有人声音洪亮地振臂一呼，下面，唰一片戴着红色袖章的手臂举起来，口号声响得恐怕连他们自己都听不明白自己在喊什么。

他们又唱了非常激昂、非常愤怒的歌。

然后，宣判就开始了。多吉不太懂汉语，但他听到了一些很严重的词：反革命，反动，打倒，消灭，死刑。

听到死刑两个字的时候，下面又是林涛在狂风中汹涌一样的欢呼。他看到旁边的那个犯人腿一软，昏过去了。他也跟着腿软，架着他的两个人一使劲，他才没有瘫坐在地上。场子上太喧闹了，他听不清楚谁被判了死刑，谁被判了无期，谁被判了有期。

他的脑子里已经一片空白了，但他还是嚅动着干燥的嘴唇，问架着他的人："我也要死吗？"

"你们这些反革命都该死!"

这时,下面整齐地唱起歌来。犯人在歌声中被押上汽车。这回,一路上的高音喇叭停了。几辆新加入车队的吉普车上拉响了凄厉的警报。车队没有开回监狱,而是向着野外开去了。

多吉想,真是要拉他们去枪毙了。车队出了县城,在山路上摇晃很久,开到了一个镇子,在那里停下来,人们立即就聚集起来了。这里,没有人喊口号,人们只是默默地聚集在车队周围,带着一点好奇,带着一点怜悯,看着车上被五花大绑的犯人。多吉突然开口说:"我要尿尿。"

"就尿在裤子里吧。"

多吉就不再说话了,但他也不能尿在裤子里,要是这样的话,将来就是死了,也会留下一个不好的名声。人们会说,机村那个巫师临死之前,吓得尿在裤子里了。

他想,那我就拼命忍住吧。果然就忍住了。

车队又拉响警报,上路了。在下一个镇子,等警报声安静下来,尿意又来了。多吉又说:"我要尿尿。"

这次,人家只是白了他一眼,懒得再回答他了。

车队又呜呜哇哇往前开了。多吉突然想到,这样忍下去,也许到真正枪毙他们的时候,子弹穿进头颅的那一瞬间,意识一松,肯定就尿在裤子里了。这样,在他身后,人们仍然会说他是一个胆小鬼,这消息肯定还会传回机村,那么,他这一世的骄傲就彻底毁掉了。

所以,他一路都在说我要尿尿,我要尿尿。尿得干干净净的,就可以体面地上路了。开始他低声恳求,后来,他便愤怒地大声吼叫了。车队停下来。一大团布塞进了他的嘴里。他就拼命挣扎,用头去撞人,撞车。结果,他被人一脚从车上踹了下去:"你尿吧!"

但他的双手被紧缚在背上,他无法把袍子撩起来,也无法把裤子解开。

"怎么，难道要老子替你把鸡巴掏出来？"

他嘴里呜呜有声，拼命点头。这么一折腾，他真是有些憋不住了。

那些人也被这漫长的、无人围观的游行弄得有些疲惫了，正好拿他醒醒神。他被揪着领口推到公路边的悬崖上，下面二三十米深的地方，是流畅自如的河水，翻腾着雪白的浪花。一个人把他往前猛一推，他一下双脚悬空，惊叫出声。人家又把他拉了回来。

惊魂甫定的他，听到这些人说："这下尿出来了！"然后是轰轰然一阵大笑，盖过了河水的咆哮。

多吉脑子里也是轰的一声，暖乎乎的尿正在裤子里流淌，而且，他止不住那带着快感的恣意流淌。

他怒吼一声，嘴里的布团都给喷吐出来了。这巨兽一般的咆哮把这些人都惊呆了。然后，多吉回头看了这些人一眼，纵身一跃，身体便在河风中飞起来，他感到沉重的肉身变得轻盈了，那浪花飞溅的河水带着久违的清新之气扑面而来。

等那些人明白过来，多吉已经纵身跳下了悬崖，消失在河水中了。他们一齐对着河水开枪，密集的枪声过后，河水依然像什么事情都没有发生一样，翻涌着雪白的浪花。

多吉在河里消失了。

有人抬手看了看表，时间是上午十点半。

这也是机村大火燃起来的第一天。

五

这一天，还发生了一件奇怪的、让索波和央金这批年轻人非常气愤的事情，也值得一说。

大队长格桑旺堆病了。他发病时正是做饭前祷告的时候。

饭前祷告是一个很古老的习惯。

因此祷告也是一个很古老的词，只是在这个新时代里，这个古老的词里装上了全新的意思。

这时祷告的意思，已经不是感谢上天与佛祖的庇佑了。本来，村里每一家火塘上首，都有一个神龛，里面通常供有一尊佛像，一两本写着日常祈祷词的经书，有时还会摆着些需要神力加持的草药。当然，那都是好些年前的事情了。这些神龛都空了好些年了。但人们过了太久有神灵的日子，上头发动大家破除封建迷信时，很多人只是搬掉了龛里的菩萨，但龛还留在那里。这就像什么力量把你心里的东西拿掉了，并不能把装过这些东西的心也拿掉一样。人们看着这龛就像看着自己空落落的心一样，所以，总是盼着有什么东西来把这空着的地方填上。

人们这一等，就是好些年。

"文化大革命"开始不久，空了许多的神龛便有了新的内容与形式。

神龛两边是写在红纸上的祝颂词。左边：伟大领袖万寿无疆；右边：林副统帅身体健康；中间，是一尊石膏塑成的毛主席像。上面还抽人去公社集训，学回来一套新的祈祷仪式。

仪式开始时，家庭成员分列在火塘两边，手里摇晃着毛主席的小红书。程序第一项，唱歌："敬爱的毛主席，敬爱的毛主席，你是我们心中的红太阳。"等等，等等。程序第二项，诵读小红书，机村人大多不识字，但年轻人记性好，便把背得的段子领着全家人念："革命不是请客吃饭。"

老年人不会汉话，只好舌头僵硬、呜噜呜噜地跟着念："革、命，不是……吃饭！"

或者："革命……是……请客……"

程序第三项，齐诵神龛对联上的话，还是年轻人领："敬祝伟大领袖毛主席万寿无疆！"

摇动小红书，合："万寿无疆！万寿无疆！"

领："敬祝林副主席身体健康！"

摇动小红书，合："永远健康！永远健康！"

最后，把小红书放回神龛上，喝稀汤的嘘嘘声，筷子叩啄碗边的叮叮声便响成一片。

大队长格桑旺堆就在这时犯病了。先是面孔扭曲，接着手、脚抽搐，然后，他蜷曲着身子倒在地上，翻着白眼，牙齿嘚嘚作响。

在机村人的经验中，这是典型的中邪的症状。赤脚医生玉珍给他吃了两颗白色的药片，但他还是抽搐不已。玉珍又给他吃了一颗黄色的药片，还是没有效果。新方法没有效果，就只能允许老方法出场了。这就像没有新办法解决牧场荒芜的问题，只好让巫师出来呼神唤风，用老办法烧荒。

老办法其实也是改良主义的。

格桑旺堆被扶坐起来，主席小红书当经书放上头顶，柏树枝的熏烟中，又投了了没药、藏红花和醒脑的鼻烟末，然后，从红经书上撕下带字的一页，烧成灰调了酒，灌进了病人的嘴巴。格桑旺堆猛烈地打了几个喷嚏，身体慢慢松弛下来，停止了抽搐。

这是暂时的缓解之计，根本之道还是要送到公社卫生院去打针吃药。马牵来了，但筋疲力尽的大队长根本坐不稳当。月光凉沁沁地从天上流泻下来。格桑旺堆软软地像一只空口袋一样，从马背上倒下来。

清浅溪水一样的月光泻了满地，他就躺在这凉沁沁的月光里，嘴里呜噜呜噜地，一半是呻吟，一半是哭诉："哎哟，我要死了，我要死了！"

格桑旺堆是一个好人，也是一个软弱的人。他是一个好人，所以机村人才拥护他当机村的领头人。他是一个软弱的人，所以，一点点病痛会让他装出十分的痛苦模样，更不要说现在本已病到八九分的时候了。只要有力气，他就会一点都不惜力地大声呻吟，把自己的痛苦告知世人。眼下，大家倒真担心他这么叫唤会用尽了对付病痛的力气。于是，他的妻子俯下身子，亲吻他的手，她的女儿也俯下身子，亲吻他的额头。这个人很不男子汉的地方就是：在痛苦的时候就需要这样的安抚。

他终于安静下来了，脸色苍白，眼神无助而绝望。

他用耳语般的声音说"痛"。

他说痛不是感觉，而像是说一个名字："痛，它在走，这里这里，这里，这里。"他的手指着自己一个又一个关节，一会儿是脚踝，一会儿是脖子，再一下，又到了手腕。好像那痛是一只活蹦乱跳的精灵。

猛一下，他握住了自己左手的一根手指："这里！"

然后，如释重负地长吐一口气："我捉住它了！"

有人忍俊不禁，低低地笑出声来。

人们把他扶上了担架，抬起来，往河口敞开的方向，公社所在地去了。

送行的人们走到村口，还看到他抬起身子，向着村民们挥了挥手。

担架慢慢走远，消失在远处雾气一样迷茫的月光中了。这时，人们又注意到了几乎已经忘记的那片不祥的连天黑云。现在，那片黑云还停在那里。黑云的上端，被月光镶上了一道银灰的亮边，而在黑云的底部，是一片绯红的光芒。

传说中，对于不祥之物，最好的办法就是装作不知道它，看不见它。那片黑云也是一样，这么久没人看它，它就还是下午最后看它时那副样子。现在，这么多人站在村口抬眼看它，那片红光便闪闪烁烁，最后抽风一样猛闪一下，人们便真真切切地看到，大片旗帜般招展欢舞的火焰升上了天空，把那团巨大的黑云全部照亮了。

那片红光使如水月色立即失去了光华，落在脚前，像一层稀薄的灰烬。

人群里发出一阵惊呼。

然后，人们听到了一阵奇怪的声音。不是自己惊呼的回声，而是驴的叫声。是多吉那头离开主人很久的驴。它站在村口一堵残墙上，样子不像一头驴，而像是一头孤愤的狼，伸长了脖子，长声叫唤。

这个夜晚有如不真实的梦境。

在这似真似幻的梦境中，那头驴跃下墙头，往河口方向跑去了。不久，驴就赶过了担架。人们在它背后大声呼喊，叫它停下，叫它和同村的人们一起赶路，但它立着双耳，一点也不听这些熟悉的声音亲切而又焦灼的招呼，一溜烟闯入前面灰蒙蒙的夜色里去了。

人们都很纳闷，这头驴它这么急慌慌地要到哪里去呢？要知道，眼下这个地方，已经出了机村的边界，机村的大多数人都很少走出过这个边界，更不要说机村的牲畜了。这头驴为什么非要在深更半夜闯到陌生的地界里去呢？这事情，谁都想不明白。

但现在不是从前，随时都有让人想不明白的事情发生。所以，眼下这件事情虽然有些怪诞离奇，但人们也不会再去深究了。

但担架上的那个病人却有这样的兴趣："什么跑过去了？是一头鹿吗？我听起来像鹿在跑。"格桑旺堆是村里数一数二的好猎手，拿着猎枪一走进树林，他就成了一个机警敏捷而又勇敢的家伙，与他平时在人群中的表现判若两人。

"是多吉的驴！"

"多吉的驴？"

"是多吉的驴。"

病人从担架上费力地支起身子，但那驴已经跑得无影无踪了。病人又躺下去，沉默半晌，突然又从担架上坐起身来，说："肯定是多吉从牢房里放出来了！"

"不是说他再也回不来了吗？"

格桑旺堆说："我们不知道，但这好畜生知道，它知道主人从牢里出来了！"他还想再说什么。但那阵阵抽搐又袭来了。他痛苦呻吟的时候，嘴里发出羊一样的叫唤。机村人相信，一个好猎手，命债太重，犯病时口中总要叫出那些野物的声音，眼下这羊叫一样的声音，就是獐子的声音，是盘羊的声音，是鹿，是麂，是差不多一切草食的偶蹄类的野物垂死的声音。一个猎人一旦在病痛中叫出这样的声音，就说明死神已经降临了。

病人自己也害怕了："我要死了吗？"

人们没法回答这样的问题，他们只是把担架停下来，往格桑旺堆嘴里塞上一根木棍，这样，他再抽搐，就不会咬伤自己的舌头了。

担架再上肩时，行进的速度明显加快了。病人的抽搐一阵接着一阵，突然他大叫一声："停下！"

担架再次停下。

"放下！"

担架慢慢落在地上。刚才还抽搐不已，仿佛已经踏进死亡门槛的病人哆嗦着站了起来："我看见多吉了！"

他的手指向公路的下方。

格桑旺堆的手指向对岸："那里！"

那里是一片草地。草地上除了几丛杂灌黑黑的影子什么都没有。草地边缘，是栎树与白桦混生的树林。侧耳倾听，那些树木的枝干中间，有细密而隐约的声响，毕竟是春天了，只要吸到一点点水分，感到一点点温暖，这些树木就会拔枝长叶，这些声响正是森林悄然生长的交响。

多吉不在那里。

但病人坚持说，他刚才确实看见了，多吉和他的驴，就在那片草地的中间。然后，只有在狩猎时才勇敢坚强的病人自己躺在担架上，像一个娘们一样哭泣起来："我看见的是鬼魂吗？多吉，我看见的是你的鬼魂吗？我也要死了，你等着我，我们一起去投生，一起找一个好地方投生去吧！"

"多吉兄弟，我对不起你，机村也对不起你，你却现身让我看见，是告诉我不记恨我是吗？"

"多吉，我的好兄弟啊！你可要等着我啊！"

喊完这一句，他就晕过去了。

这时，东方那片天空中闪闪烁烁的红光又爆发了一次，大片的红焰漫卷着，升上天顶。人们的脸被远处的火光照亮，而地上，仍是那失去光泽的月色，仿佛一切都被焚烧后只剩下灰烬般倾洒在万物之上。

六

第二天，格桑旺堆才在公社卫生院的病床上醒过来。

他睁开眼睛，脑子里空空如也。

只看见头顶上倒挂着的玻璃瓶里的药水，从一根管子里点点滴下，流进了自己的身体。这可是比巫术更不可思议的法子。流进身体的药水清冽而冰凉，他想，是这冰凉让他清醒过来。

他知道自己再一次活过来了。他让自己发出了声音，这一次，是人的叹息，而不是野物的叫声。

看护他的人是他的侄子，招到公社来当护林员已经两年多了。他父亲给他的名字是罗吾江村，"文化大革命"一开始，很多汉人开始更改自己的名字，他也把名字改成了汉人的名字：罗卫东。

罗卫东俯下身子问他："叔叔你醒了？"

格桑旺堆笑了："我没有醒吗？"他还伸了伸不插胶管的那只胳膊，感到突然消失的力量正在回到自己的身体。

"我是说你肯定自己是真正清醒了吗？"侄子的表情有些忧心忡忡。

格桑旺堆想，可怜的侄子为自己操心了："好侄子，放心吧，我好了。"

侄子的表情变得庄重严肃了："听说，你看见多吉了？"

"我看见了，可他们都说没有看见！你有他的消息吗？"

"叔叔，领导吩咐了，等你一清醒，他们就要找你问话。"

"是老魏吗？不问话他也会来看我。"

侄子看他一眼，什么也没说，转身出去了。又走回来，兴奋地说：

"我进专案组了！"

"什么？"

罗卫东什么也没有说。

格桑旺堆当然不晓得，老魏已经被打倒了。罗卫东出去搬来两把椅子摆上，然后，两个一脸严肃的公安就进来了。两个人坐下来，一个人打开本子，拧开笔帽，说："可以了。"

另一个便架起了二郎腿："你叫什么名字？"

"我是机村大队的大队……"

"问你叫什么名字！"

"格桑旺堆。"共产党的工作干部，对他这样的人，从来都是客客气气的，但这两个人却不是这样，想必是他们不晓得自己的身份，"我是机村大队……"

"这个我们知道！问你什么回答什么！"

"你生的什么病？"

"中邪。"

"胡说，是癫痫！你不是大队长，不是共产党员吗？怎么相信封建迷信？"

"我……"

"昨天，你碰到什么事情了吗？"

"昨天？对了，昨天，肯定有什么地方的森林着火了，机村都能看见火光，还有很大的烟。"

"还有呢？"

"还有就是我中……不对不对，我生你们说的那个病了。"

"癫痫！还有呢？"

"还有……还有……没有了。"

"有！"

"我不敢说……"

公安脸上立即显出了捕获到重大成果的喜悦，那个人他俯下身子，语调也变得亲切柔和："说吧，没关系，说出来。"

一直闷闷不语的罗卫东也面露喜色："你说吧，叔叔。"

格桑旺堆伸伸脖子，咽下了一大口唾沫："你们又要批评我，说我信封建迷信。我不该信封建迷信。"

"说吧，这次不批评。"

"我看见了一个游魂。"

"谁的游魂。"

"巫师多吉。"

"为什么你说是游魂？"

"他一晃眼就不在了，而且只有我这个病人看见。病人的阳气不旺，所以看得见，他们年轻人身体好，阳气旺，所以就看不见。"

"真的是多吉？"

"是我们村的多吉。请你告诉我，公安同志，你们是不是把他枪毙了？"

公安没有回答他的话，而是叫护士拔掉了输液管，说："只好委屈你一下，跟我们到你看见他的地方走一趟！说说情况，回来再治病吧。我们保证把你的病治好。"

"可是他的病？"进了逃犯缉捕专案组的侄子还有些担心叔叔的身体。

"走资派都能推翻，这点小病治不好？"

格桑旺堆差不多从床上一跃而起："走，我跟你们去！"

两个严肃的公安都忍不住笑了起来。

吉普车顺着昨天晚上的来路摇摇晃晃地开去了。格桑旺堆一想起多吉，又变得忧心忡忡了："同志，多吉是不是死了？"

对方没有回答。

他又问："你们把他，毙了？"

"你说呢？"

"他有罪，搞封建迷信，但他搞封建迷信是为集体好。"

这个公安是一个容易上火的人，这不，一句话不对，他的火腾一下就上来了："你这是什么话！你还像一个共产党员吗？替纵火犯说话！告诉你，他跑了。要是真把他毙了，他还能跑吗？才判了他六年，他还跑，这样的人不该枪毙吗？"

被训得这么厉害，格桑旺堆一点都没有生气，他倚靠在软软的座椅上，长出了一口气，说："该杀，该杀。"

他使了一个小小的计谋，喊停车的地方，并不是在昨晚看到多吉那个地方。但跟昨晚那地方非常相似，也是一块草地，一面临近奔流的溪水，三面环绕着高大挺拔的栎树与桦树的混生林地。

吉普车轰鸣着，闯过清浅溪流，开上了那片林间草地。

一回到山野，格桑旺堆身上便充满了活力。他眼前又出现了多吉和他忠诚的毛驴站在草地中央，站在月光下的情景。原来，那不是鬼魂，他从监狱里逃回机村来了。他站在草地中央，跺跺脚，十分肯定地说："我看见他就站在这里！"

但是，这松软的草地上，除了倒伏下去的去年的枯草，和从枯草下冒出头的今年的青草芽，没有任何人践踏过的痕迹。

两个公安四周转了围，没有看到任何可疑的形迹。

格桑旺堆看着他们困惑不解的眼光，用脚使劲跺跺草地，草地随之陷下去一点。但当他抬起脚来，草地就慢慢反弹回来，恢复成原来的样子。

公安自己也用力跺了跺，草地照样陷下去，又反弹回来。

他们又坐上吉普车，车子朝着来路开去。这时，迎面便是那片巨大深厚的黑云耸立在面前的天幕上。格桑旺堆说："这么大的烟，该要多大的火啊！"

专案组的人都不说话。

"要烧燃了真正的森林才会有这么大的火。"

他们还是不说话。

格桑旺堆也想住嘴，但就是管不住自己的嘴巴："我们烧荒也会有好大的烟，但风一吹，就什么都没有了。"他其实想说，多吉没死，我太高兴了，多吉悄悄回来了，让我看见，我太高兴了。

但他只是说："我们烧荒都是冬天刚到的时候，这个季节，把一片片森林隔开的冰雪化了，烧起来就止不住了。所以，我们只在冬天烧荒。"

"你的话也太多了。国家的森林烧了你很高兴吗？"

这句话把格桑旺堆问住了，他惭愧地低下头。只要烧的是森林，不管它是不是国家的，他都不会高兴。森林一烧，百兽与众禽都失了家园，欢舞的火神用它宽大的火焰大氅轻轻一卷，一个兴旺的村庄就会消失不见，大火过后，泉眼会干涸，大风会没遮没拦，使所有的日子尘沙蔽天。

"有没有人去扑灭那大火？"格桑旺堆想起来，离开公社的时候，看到很多人聚集在小学校的操场上开会，听人在高音喇叭里讲话，于是他又问："那么开会的人，他们没有看到大火燃起来了吗？"

"那是国家的事情，国家的事情要你来操心？"

"你们呢？你们也没有看见？"

"我们的任务是抓那个逃犯。"他们的脸又沉了下来。

格桑旺堆不想再说什么了。

多吉不就是放了一把只有好处没有坏处的火吗？他们都这样不依不饶，为什么对正熊熊燃烧的大火却视而不见？

他打了一个冷战，好像看到令人不寒而栗的结局清清楚楚地摆在了他的面前。他好像看到了机村遭受覆灭的命运。无论如何他也不肯随车回去治病了。他要回到村里，做好迎接大火的准备。他是这个村的大队长，如果这个劫难一定要来的话，那他就要和全村的人共渡难关。

公安把车停下，说："这会儿看你，又像个有觉悟的共产党员了。"

强劲的风从东边的河口吹来，风中带着浓重的烟火味道。黑色的云头再次高涨。早先黯淡下去的红光，这时又抽动着，升上了天边。

格桑旺堆说："天哪，灾祸降临了。"

说完，转身便往回机村的路上去了。

他不想回头，但不回头也知道，背后，黑烟要遮蔽天空，火焰在狞笑着升腾，现在，连周围的空气都在为远处火焰的升腾与抽动轻轻颤抖了。

他猛走一阵，毕竟是刚刚走下病床，那股气一过去，他的腿又软了下来。这个人，一有病苦，就自怨自艾。这不，他一想到双腿发软是因为刚刚离开病床，便叹息一声，一屁股跌坐在地上了。

后来，他想这是天意。

溪流对面，正是昨天夜里多吉与他的驴出现的那片草地。一个好猎人熟悉山野里每一个地方。山野里有很多相像的草地，只有这一块，靠着溪流有一眼温泉。因为温泉常常掩在溪水下面，很少有人知道。但林子里的鹿都知道这个地方，它们受了伤，就会来到这里，它们知道温泉里的硫黄会杀死细菌，治好伤口。

格桑旺堆笑了，看来，多吉这个家伙也知道这个地方。那么，他也受伤了，不然，他从监狱里逃出来，干吗不先回村里，却到了这个地方？想到多吉一个人回到自己的村子，只有一头驴跑去接他，格桑旺堆的泪水就流下来了。

他大喊了一声："多吉！"

对面的山岩响起了回声。

他又站起身来用更大的声音，大喊了一声："多吉。"

那片草地依然空荡荡的，没有多吉，也没有他那头忠诚的毛驴出现。

现在，他的双腿又有了力量，他站起身来，又喊了一声："多吉，机村让你遭难了！"

喊完这一嗓子，他就转身急急地往机村去了。他痛痛快快地流着眼泪，痛痛快快地念叨："多吉，我该在这里等你，但你看到了，机村要遭大灾了，我得回去了，我得和乡亲们在一起，机村只好对不起你了！我昨天晚上看到你，以为你死了，以为是你的游魂回来了，但你没有死，你是好样的，你一定要活下去啊！"

多吉确实没有死，他就躺在林子里一个山洞里。

他跳入湍急的河水后，就什么都不知道了。恢复知觉时，发现自己躺在一个宽广的沙滩上。他跳下去的那个地方，河水很深，因此没有伤了性命。但随着河水一路冲下去，身上撞出了许多伤口。他忍着痛苦，在锋利的岩石上弄断了绳子，这才发现，一只手臂断了。解开绳子时发出椎心的痛楚。但是，除非死去，不然他就得忍住。

他忍住了，所以，他活了下来。感谢这河水。他站起身来，发现河水居然把他冲到了跟机村流出的溪流交汇的点上。他挣扎着顺着溪流往村子方向走。路上，公安的车拉着警报来去好几次。但他在树林里，十分安全。因为林子太大了，所以，这些人只能在窄窄的一条公路上来来去去。以这样的方式，他们永远都不可能找到他。

当他躺在林子中间松软的落叶上休息的时候，看见了天空中升起滚滚的浓烟。他想：难道县城里那些翻卷不已，火焰一样炽烈的旗帜像真的烈火一样冒出浓烟了吗？

风带着呛人的烟火味吹过来，树林摇晃起来。树林的摇晃都带着深深的不安。这气味让他确切地知道，是什么地方的森林失火了。

他甚至为自己颇带幽默感的联想感到自责了。那些人吃饱了饭，不干正事，像中了邪魔一样去摇晃那些旗帜，那是他们自己的事情。这些森林，已经在这片土地上存在了千年万年，失去这些森林，群山中众多的村庄就失去了依凭。好在这天太阳很好，身上的衣服很快就干了。但他的身子依然没有停止颤抖。这是因为冷，更是因为饿。但他没有吃的东西。他用锋利的石片在桦树上砍出一道口子，含糖的树汁就慢慢渗了出来。每年春天，大地一解冻，树木就拼命地从地下吸取水分与营养，然后才能展叶开花并结出种子。在这众多的树木中，唯有桦树的汁水富含糖分。但是，今年天旱，树干里的汁液也没有平常的年份那么丰富。这没有什么关系，他只要在两三棵树上多弄出些口子来就可以了。

喝饱了桦树汁，身子暖和过来，他又弄下一圈坚韧的柳树皮，把自己的断臂包裹起来。然后，在阳光下迷迷糊糊地睡了一觉。太阳落山后，他就往村子的方向前进了。天黑下来，他干脆走到了大路上。

刚开始走动时，伤口被扯得十分疼痛。但他必须趁夜走回村子里去，趁夜去取回一些必需的东西。快走不动时，他想，要是毛驴在身边该有多好啊。就这样一想，前面就传来了毛驴嘚嘚的蹄声。他觉得可能是自己意识不清了。经过了这么些乱七八糟难以理喻的事情，一个人没有疯掉，已经非常不错，听到点稀奇古怪的声音又有什么值得奇怪的呢？

和格桑旺堆相反，多吉是一个乐观主义者。

但这世事十分奇怪，上面那些人，相信自己无所不能，所以应该喜欢他这样的乐观主义者，但是，他们偏不。他们把未来看得十分美好，而把当下看得万分险恶，所以，他们喜欢那些喜欢怨天尤人的家伙。

蹄声嘚嘚地由远而近，最后，毛驴真的站在了他的面前！

多吉感动得像一个老太婆一样絮叨着："是你吗，真是你来接我了吗，我的好孩子，我的好朋友。"

毛驴掀动着鼻翼，喷出温暖的气息，嗅他的脸，嗅他的手，嗅他的脚。他把手插在毛驴脑门上那一撮鬃毛里，感受到了它脑门下面突突跳动的血管。然后，他跨上了驴背。不用说话，毛驴就转过身子，往村子的方向去了。他稍稍安下了心，人立即就昏昏沉沉了。

毛驴停下脚步的时候，他清醒过来，听到了由远及近的脚步声。刚刚避到对岸的草地上，还没有进入树林，那些人就到了。稀薄的月光下，凭着朦胧的身影，他看出那些人是自己村里的乡亲。他听见了格桑旺堆虚弱的声音。担架停下来时，他和毛驴遁入了树林。

他嗅到了温泉上硫黄的味道。这真是治伤的好地方，但他现在不能停留。他催着毛驴，回到沉睡的村子，摸回自己家里，取了一件皮袄，一些吃食，草药和刀具。然后，回到那片草地。他嘱咐毛驴白天要在林中，不能在草地上现身，然后，自己先在温泉里洗净了伤口，回到山洞，燃了一小堆火，吃了东西，就沉沉地睡去了。

听见叫喊声醒来的时候，他一下握紧了手中的刀子。

要是有人要抓他回去，像昨天一样折腾自己，那他一定要拼个你死我活。他很快就听清楚了，那是格桑旺堆在叫他。但他没有出来回答。然后，他动都没动一下，不知为什么，他相信，这个人和别的村干部不大一样，不会跑来加害于他。

他并不知道，格桑旺堆把公安引到一个错误的方向上，暗中保护了他。

他只是翻了一个身，又沉沉地睡过去了。

七

第三天，远处的大火已经烧得更厉害了。

大火起来的时候，必有大风跟着起来，与火场还隔着好几座山头的机村也感到风越来越大。风还吹来了树木与草被烧焦的碎屑。这些黑色的，带着焦煳味的碎屑起先还是稀稀拉拉的，到下午的时候，就像雪片一样，从天空中降落下来了。

这些碎屑有一个俗名：火老鸹。

火老鸹飞在天上，满天都是不祥的乌黑，逼得人不能顺畅地呼吸。火老鸹还有一个厉害之处。这些被风漫卷上天空的余烬中，总有未燃尽的火星，这些火星大多都在随风飞舞的过程中慢慢燃尽，然后熄灭。但总有未燃尽的火星会找到机会落入干燥的树林，总会有落入树林的火星恰好落在易燃的枯叶与苔藓上，也总会有合适的风吹起，扇动火星把枯叶与苔藓引燃。

所以，在当地老百姓的经验中，当一场森林大火搅动空气，引起了大风，大风又把火老鸹吹向四面八方时，这场森林大火就已经失控了。接下来，要烧掉多少森林，多少村庄，那就只能听天由命，由着大火自己的性子了。

机村和许多群山环抱的村庄一样，非常容易被火老鸹引燃。

干冷的风吹了一个冬天，村庄的空气里已经闻不到一点点水的滋润味道，接踵而来的这个春天，也没有带来滋润的空气与雨水。灼人的阳光直射在屋顶的木瓦上，好像马上就要冒出青烟了，这时，要是有一点未熄的火星溅落其上，马上就会腾起欢快的火苗。更不要说，村子中央的几株巨大的柏树和杉树枝杈上，还挂着许多风干的青草。这个冬天雪下得少，牛羊天天都可以上山，所以，剩下许多的饲草。那正是四处飞舞的火老鸹非常喜欢的落脚之地。

格桑旺堆赶回村子，看到果然没有人采取任何防范措施。

孩子们聚在村口，看远处天际不断腾起的火焰。

而大人们都聚集在村子中央的广场上开会。

现在，机村人遇到什么事情，没有工作组也会自己聚起来开会了。格桑旺堆想，这么大的危险逼近的时候，大家开会，商量商量也是应该的。但他没有想到，大会根本没有讨论他以为会讨论的内容。

民兵排长索波见大队长回来了，才不情愿地从权充讲台的木头墩子上下来："大队长你来讲吧，公社来了电话，两个内容：第一，多吉这个反革命纵火犯脱逃了，全村的任何一个人，只要发现他回来，立即向上面报告！第二，"索波把手指向正从河口那边燃过来的大火，"大家都看见了，国家的森林正在遭受损失，上面命令我们立即组织一支救火队，赶到公社集中，奔赴火场！"

有人看不惯这个野心勃勃的家伙："你不是让大队长讲吗？自己怎么还不住口呢？"

"多吉是为了机村犯的事，我们怎么可以把他又交给公安！"

这些话，索波根本就充耳不闻。他说："大队长，扑火队由我带队，机村的年轻人都去，多吉就交给你了，一定不能让他跑掉！"

格桑旺堆皱了皱眉头，脸上却不是平常大家所熟悉的那种忧心忡忡的表情。他伸手在空中抓了一把，真的就扑到一只火老鸹。他把手掌摊开在索波面前，那是一小片树叶的灰烬。然后，他提高了嗓门："乡亲们，这个，才是眼下我们最要操心的！"

下面立即有很多人附和。

"现在，男人们立即上房，把所有的木瓦揭掉，女人们，把村子里所有的干草都运出村外，树下的草，还有羊圈猪圈里的干草，都要起出来，运出村外！"

人们闻声而动，但索波却大声喊道："民兵一个都不准走！"

好些年轻人站住了，脸上的表情却是左右为难。

索波又喊："央金，你们这些共青团员不听上级的指挥吗？"

索波的父亲上来，扇了他一个耳光，人群里有人叫好，但他的第二个耳光下来的时候，老人的手被他儿子紧紧攥住了。索波一字一顿地说："你这个落后分子，再打，我叫民兵把你绑起来！"

他父亲被惊呆了，当他儿子去集合自己队伍的时候，还抖索着嘴唇说不出话来。他知道，自己在这个村子里，不会再有做一个男人的脸面了。

民兵队伍，还有共青团的队伍集合起来，但老人们一叫，又有些年轻人脱离了队伍。

索波语含威胁："你们落后了，堕落了！"

他又冲到格桑旺堆面前："你要犯大错误了！"

格桑旺堆也梗着脖子喊："你就不怕大火烧到这里来吗？"

索波冷笑：“火在大河对岸烧！你见过会蹚过大河的火吗？谁见过火蹚过大河？”

格桑旺堆有些理屈，又现出平常那种老好人相。

张洛桑却接口说：“我见过。”

“你这个懒汉，我问你了吗？”机村有两个单身男人，一个是巫师多吉，一个是张洛桑。巫师是因为他的职业，而张洛桑是因为，懒。一个人吃饭，不用天天下地劳动。

张洛桑淡淡一笑，懒洋洋地说：“你又没有说懒人不准答你的话。”

索波惹得起大队长，却惹不起这样的人。

还是激动得脸孔发红、发际沁汗的胖姑娘央金过来喊：“排长，队伍集合好了！”

索波趁机下台，带着他的队伍往村外去了。走到村外的公路上，他们唱起了歌，歌声却零零落落。但他们还是零零落落地唱着歌，奔着烧得越来越烈的火场去了。

格桑旺堆看着年轻人远去，寻常那种犹疑不决的神情又回到脸上。

张洛桑走上前来，说：“老伙计，干得对，干得好！”

“那大家快点干吧！”

机村的中央，小树不算，撑开巨大树冠，能够遮风挡雨的大树共有五棵。两棵古柏，三棵云杉。几棵大树下干燥的空地上，就成了村子里堆放干草的地方。妇女们扑向这些干草堆的时候，绕树盘旋的红嘴鸦群聒噪不已。远处的火势越来越烈，还隔着几道山梁呢，腾腾的火焰就使这里的空气也抽动起来，让人有些喘不过气来。妇女们抱着成捆的干草往麦苗长得奄奄一息的庄稼地里奔跑，那些受到惊吓的红嘴鸦群就跟随着飞过去，女人们奔回树下，鸦群又哇哇地叫，跟着飞回来。

男人们都上了房，木瓦被一片片揭开，干透了的木瓦轻飘飘地飞舞而下，露出了下面平整的泥顶。机村这些寨子用木瓦盖出一个倾斜的顶，完全是为了美观，下面平整的泥顶才具有屋顶所需的防水防寒的功能。人们还在房子的泥顶上洒了很多水，摆上装满水的瓷盆、木桶和泥瓮。

忙完这一切，格桑旺堆直起腰，脸上露出了满意的笑容。这时，黄昏已经降临了。但这个黄昏，蓝色的暮霭并没有如期而至。那淡蓝的暮色，是淡淡炊烟，是心事一般弥望无际的山岚。这个黄昏，人们浮动在暮夜之中的脸和远处的雪山都被火光映得通红。平常早该憩息在村中大树上的红嘴鸦群一直在天空聒噪、盘旋。格桑旺堆吩咐每一户都要在楼顶上安置一个守夜的人，如果发现飞舞的火老鸹让什么地方起火了，就赶紧通告。

这天晚上，机村的每个人家，都把好多年不用的牛角号找出来了。

解放前，山里常有劫匪来袭，报警的牛角号常常吹响。解放后，这东西已经十多年没有用场了。人们把牛角号找出来，站在各自的房顶上呜呜哇哇试吹了一气。

格桑旺堆站在广场中央，刚当上村干部时的自豪感又回来了。这感觉使他激动得双手都有些微微发颤。可惜，那种自豪感在他身上只存在了最初三五年，接下来，他就不行了，老是跟不上形势的发展。形势，形势。他现在都怕听到这两个字眼了。让人想不明白的是，地里的庄稼还是那样播种，四季还是那样冬去春来，人还是那样生老病死，为什么会有一个看不见摸不着的形势像一个脾气急躁的人那样心急火燎地往前赶。你跟不上形势了，你跟不上形势了！这个总是急急赶路的形势把所有人都弄得疲惫不堪。形势让人的老经验都不管用了。

老经验说，一亩地长不出一万斤麦子，但形势说可以。

老经验说，牧场被柔灌荒芜了，就要放火烧掉，但形势说那是破坏。

老经验说，一辈辈人之间要尊卑有序，但形势鼓励年轻人无法无天，造反！造反！

但是，现在，格桑旺堆看着天际高涨着呼呼抽动的火焰，看着刚摊开手掌就飘落其上的火老鸹，看着那些森林被焚烧时，火焰与风喷吐到天空的黑色灰烬，非常满意于自己采取的这一切措施。

忙活了整整一天，格桑旺堆这才想起已经潜逃回来的多吉。多吉那所空了许久的房子静悄悄趴在村边。院子的栅栏门已经倒下了。地上隐隐有些开败的苹果花瓣。格桑旺堆一伸手，沉重的木门咿呀一声应手而开。一方暗红的光芒也跟着投射进来。

格桑旺堆差点要叫主人一声，但马上意识到主人已经不在家里很久了，伸手在柱头上摸到开关，电灯便亮了。

他轻轻在屋子里走动，立即就看到了地上浮尘中那双隐约的脚印。他在心里得意地说："老伙计，你不晓得我有一双猎人的好眼睛？"

那串脚印上了楼，他笑笑，跟着上楼，看到火塘旁边的一只柜子被人打开过，盐罐被挪动了位置，他还看到墙上挂刀的地方空出了一块，这个人还拿走了床上的一块熊皮，一套打火的工具。

格桑旺堆放下心来了，一个机村的男人，有了这些东西，在山林里待多长时间都没有问题。

他又回家拿了一大块猪油，一口袋麦面，还有一小壶酒，如果多吉真的有伤，这酒就有大用场了。山里有的是七叶一枝蒿，挖一块根起来，和酒搽了，什么样的跌打瘀伤，都可以慢慢化开。他拿着这些东西，往村外走去。走出一段，他又折了回来。

回头的路上，被火光映红的月亮升起来，他把手背在背后，在暗红的月光下慢慢行走。在这本该清凉如水的夜晚，他的脸颊已经能感到那火光辐射的热度了。他想，灾难降临了。他想，在这场灾难中他要把机村保全下来。在这个夜晚，他像一个上面下来的干部一样，背着手庄重地走在回村的路上。

四周的一切，都是那么不安。树林里的鸟不时惊飞起来，毫无目的在天空盘旋一阵，又落回巢里。一些动物不安地在林子里跑出来，在暗红的月光里呆头呆脑地看上一阵，又窜回林子里。连平常称雄于山林，总是大摇大摆的动物，都像乱了方寸。狼在月明之夜，总是久久蹲立在山梁上，对着空旷的群山歌唱般嗥叫。但今天晚上，狼却像饿慌了的狗一样，掀动着鼻梁，摇晃着尾巴，在空旷的大路上奔走。熊也很郁闷，不断用厚实的手掌拍打着胸腔。

溪流也发出了很大的声音，因为大火使温度升高，雪山上的融雪水下来，使溪水陡涨。大火越烧越大，一点也看不出派去打火的人做了点什么。火烧到这样一种程度，恐怕人也很难做什么了。大火，又爬上了一道新的山梁。

格桑旺堆就在这时发下誓愿：只要能保住机村，自己就是献出生命也在所不辞。发完这个愿，他的心就安定下来了。他还对自己笑了笑，说："谁让你是机村最大的干部呢？"

他已经忘记，因为老是跟不上形势，他这个大队长的地位，正受着年轻人的巨大挑战。再说，他要是死了，他们也就用不着跟一个死人挑战了。

他还是放心不下多吉。回到村子，他敲开了江村贡布喇嘛家的门。

他儿子恩波起来开的门，格桑旺堆只是简短地说："请喇嘛下来说话。"

江村贡布下来了，格桑旺堆开门见山："我要请你去干一件事。"

"请讲。"

"多吉回来了。"

江村贡布眼睛亮了一下，没有说话。

"他是逃跑回来的，公安正在到处抓他。他恐怕受伤了，我要你去看看他。"

江村贡布说："喇嘛看病是封建迷信，我不敢。"

格桑旺堆说："你是怨恨我带人斗争了你。"

江村贡布眼睛又亮了一亮，还是没有说话。

"那你就怨恨我吧。但多吉一个人藏在山里，我放心不下，我不敢叫赤脚医生去，我信不过这些年轻人，只好来求你了。"然后，他自己笑了起来，"你看，我斗你是因为我是机村的大队长，求你也是因为我是机村的大队长。"

江村贡布转身消失在黑暗的门洞里，格桑旺堆等了一会儿，这位还俗的前喇嘛又下来了。他加了一件衣服，还戴了一顶三耳帽，肩上还多了一副小小的褡裢。

两人默默地走到村口，江村贡布停下脚步，说："该告诉我病人在哪里了吧？"

格桑旺堆说："答应我你什么人都不告诉，连你家里的人。"

江村贡布点点头。

格桑旺堆把自己备下的东西也拿出来，交给江村贡布，告诉了他地方，并说："去吧，要是有人发现，你就把责任推到我的头上，正好泄泄你心里对我的邪火。"

江村贡布郑重地说："你肯让我做这样的事，我已经不恨你了。"说完，转过身就上路，他的身影很快就消失在夜色中了。

这天晚上，格桑旺堆睡得很沉。

快天亮的时候，他做了一个梦。在这个梦中，他有两个角色。起初，他是猎人，端着猎枪，披着防水的粗牛毛毯，蹲在一个山口上，他在等待那头熊的出现。他已经有好几次梦到这头熊了。因为，这是他猎人生涯中，唯一一头从他枪口下逃生的熊，而且，这头熊已经连续三次从他的枪口下逃脱了。现在，他在梦中，蹲伏在树下，绑腿扎得紧绷绷的，使他更觉得这双腿随时可以帮他在需要的时候一跃而起。接着，那头熊出现了，这次，它不躲不闪径直走到他跟前，像人一样站起来，郁闷而烦躁地拍着胸膛说："伙计，大火把空气烧焦了，我喘不过气来，你就给我一枪吧。"

格桑旺堆说："那不是便宜了你吗？我想看着你被大火追得满山跑。"

大熊就说："那就火劫过后再见吧。"

格桑旺堆来不及回答，就在梦中变成了另外一个角色。准确地说，是在梦中变回了他大队长的身份。梦中的大队长焦急万分，因为他看到村里那帮无法无天的年轻人身陷在火海当中了。索波，央金，还有好些村子里的年轻人，他们脸上狂热的表情被绝望和惊恐代替了。他们的周围，是一些高大的树木，火焰扑过来，那些树从下往上，轰的一声，就燃成了一支支烛天的火炬。焦急万分的他要扑过去救他们。但是，一棵满含松脂的树像一枚炸弹一样砰的一声，炸开了。一团火球迎面滚来，把他抛到了天上。

他大叫一声，醒了过来。先是听到床垫下的干草絮语一般索索作响，然后感到额头上的冷汗正涔涔而下。他睁开眼睛，看到射进窗户里的阳光像是一面巨大的红色旗帜在风中抖动！

八

一夜之间，大火就越过了大河，从东岸烧到了西岸！

大河从百多公里外的草原上奔流下来，本是东西流向的。到了机村附近，被大山逼着转出了一个巨大的弯。河水先北上一段，再折而向南，又变回东西流向。

大火，就起在这个巨大的弯弓似的转折上。

河的南岸就是那个半岛，半岛顶端森林茂密。半岛的后半部靠近县城。县城周遭的群山经过森林工业局一万多人十多年不休不止的砍伐，只剩下大片裸露的岩石，和泥石流在巨大的山体上犁出的宽大沟槽了。所以，大火起来的时候，忙于史无前例的伟大斗争的人们并没有十分在意。反正有弯曲的大河划出了疆界，那大火也烧不到哪儿去。烧过的树林，将来砍伐的话，连清理场地的功夫都可以省去了。但是，森林毕竟是国家财产，谁又能不敢做抢救的样子？

这个时代，把人组织成整齐队伍的效率总是很高。很快，一队队整齐的队伍就唱着歌，或者乘车，或者步行，奔失火的地点去了。而且，这些队伍还不断高呼着口号。但没有一句口号是有关保护森林的，那样就没有政治高度了。

提出的口号是：

"捍卫无产阶级'文化大革命'！"

"捍卫无产阶级司令部！"

但这上万人的救火大军并没有开进森林，而是一卡车一卡车拉到森林没有失火的大河这一边，沿着公路一线展开，眺望对岸的大火，并且开会。

这场山火起因不明，一个干旱的春天，任何一点闪失都可以使山林燃烧起来。

但所有的会议都预先定下了调子：阶级敌人破坏！人为放火！

所有会议都只有一个目的：把这个暗藏的阶级敌人揪出来。

据说，有三个人因为具有重大嫌疑被抓起来，押回县里，投进了监牢。一个，混在红卫兵队伍里，却没有一个人认识他；他自己声称是从省城大学里来的造反派，来这里是为了传授造反经验，但没有人相信他，因而被断定是空投下来的台湾特务。那些年头，确实有降落伞或者大气球不时从天上落下，但是，除了一些传单、收音机甚至糖果会随之落下，从来没见过有人跟着掉下来。这些东西，也确实是从台湾升上天空，一路顺风飞行，飞到这里，风遇到高大的雪山，无力翻越，降下山谷，这些东西也就跟着降落下来了。

还有一个人，好多人都知道是个疯子。这个养路工人，老婆跟一个卡车司机私奔，他的脑子就出问题了。他是一个打过仗的转业军人，时时都有想干一番惊天动地的大事的想法。一部卡车翻了，他会声称，是他推到河里去的。一段泥石流下来，淹没了公路，他会声称，是他把山最后一点可以支撑这些累累泥石的筋脉挖断，才导致这样的结果。公路一阻断，卡车堵到好几公里长。他会对着这长蛇阵呵呵大笑。会还没开，看到上千人聚集在平常没有几个人的道班，帐篷把所有空地都占满了，他又乐得哈哈大笑，宣称是自己放了这把火。全道班的人都来证明他是一个疯子，但没有用，疯子还是被一绳子绑了，让几个戴红袖章的人押走了。

更没有人想到，公社林业派出所的老魏也在这三名纵火嫌疑犯之列。这个指控是他手下造反的警察提出来的。他的纵火嫌疑是推论出来的。第一，他数次对机村的纵火犯多吉的罪行进行包庇与开脱，这是前科。而近因是他对无产阶级"文化大革命"有严重抵触情绪，对运动中失去了所长职务心怀不满。

起初，老魏坚决不承认这个指控。但是，当他要被带走时，他提出如果让他留在火场，他就承认这个罪名。他说："我懂得这些山林的脾气，又常跟当地老百姓打交道，也许能对你们有什么用处，来减轻我的罪过。"

这样，他才在火场留了下来。

这时，大火距离他们只有两三座小小的山头了。灼热的气流一股股迸射过来，所到之处，人掩面而走，阔叶树上刚刚冒出的一点新芽立即就萎缩成一个乌焦的小黑点，参天的老松树树干上凝结的松脂滋滋融化。看到这情景，留下来的老魏提出建议："看见了吧，对面坡上，那些老松要赶紧派人砍掉！"

"故弄玄虚，山里这么多树，为什么只砍那些松树？"

老魏指指身边这些吱吱冒油的松树："就为这个。"他要来一把斧子，对准一个突起的树瘤，狠狠地砍了下去。融化的松脂立即涌了出来。老魏说："这样的松脂包就是一个炸弹。"

但没有人听他的。

他又提出了下一个建议："请你们把那个多吉找出来。"

"那个反革命畏罪自杀了！"

"我想他没有死，只要给他平反，宣布无罪，他就会从山林里走出来！"

"让他出来干什么？"

"虽然我们有这么多人，只有他最知道山风的方向。"

"山风的方向？"

"就像毛主席指引运动的方向，火的方向是由山风指引的。"为这句话，老魏挨了造反派两个重重的耳光。

河对岸的大火轰轰烈烈。河这边紧锣密鼓地准备召开一个誓师大会。河边排开了百来个新扎的木筏，只等誓师大会一完，人们就要乘着木筏冲过河去，迎战大火。山坡上很快挖出了一个巨大的土台，土台前面竖起的柱子不为支撑什么，而是为了张贴大红标语。标语一左一右，十六个大字："与天奋斗，其乐无穷！与地奋斗，其乐无穷！"

土台旁边，几辆并排的卡车顶上，高音喇叭播放着激昂的歌曲。这时，大火越过最后几个小山头，扑向了河岸边的山坡。大火从小山背后起来之前，曾经小小地沉寂了一下，浪头一般耸动翻卷的火焰沉入山谷里看不见了，空气被火焰抽动的声音也好像消失了，灼人的热度也降低了一些。但这种寂静只维持了很短一段时间，然后，轰的一声，火焰陡然从小山背后升了上来，高音喇叭里的歌声消失了，应和着火焰抽动的节奏发出刺耳的滋啦声。火焰升上去，升上去，升上去，一直升到火焰的根子就快要离开树梢了。火焰要是再这样继续上升，就会飘在天上成为霞光，慢慢消散了。人们都屏息静气，看着烈焰升腾上升，那毁灭的力量里包含的宏大美感很容易跟这个动乱时代人们狂躁的内心取得共振。人们禁不住为那狂欢一般的升腾发出了欢呼！

上升的火焰把低地上的空气都抽空了，缺氧的轻度窒息反而增加了肉体的快感。人们先是伸长脖子，然后踮起脚尖，也要一起往上，往上，在一种如痴如醉的氛围中，脸上的表情如梦如幻。

但是，正像这个时代的许多场景一样，这种欢腾不能永远都是轻盈的飞升。火焰自身所带的重量就使它不能永远向上，它就像一道排空的巨浪在升高到某个极限时崩溃了。一股气流横压过来，滚烫，而且带着沉沉的重量，把踮脚引颈的人群压倒在地上了。

空气更加剧烈地抽动，霍霍作响。

火焰的巨浪崩溃了！落在河岸边大片依山而上的树林上。那些树不是一棵一棵依次燃起来了，而是好几百棵巨大的树冠同时燃成了耀眼的火球。然后，才向森林的下部和四周疯狂扩展！

大火烧得那么欢势，狭长谷地里的空气迅速被抽空，以至于大火本身也窒息了。火焰猛然一下，小了下去，现出火舌舔舐之后的树木。那些树木的顶部都被烧得焦黑，树木下部的枝叶，却被烈焰灼烤出更鲜明的青绿。大火小下去，小下去，好像马上就要熄灭了。被热浪击倒在地的人们慢慢缓过气来，但随着新鲜空气的流入，火焰又轰然一声，从某一棵树上猛然炸开，眨眼间，众多树木之上又升腾起一片明焰的火海！不要说树林，就是空气，也热得像要马上爆炸开来了！

人们都像被谁扼住了喉咙一样喘不过来了，再次被强大的气浪压倒在地上。

有人勇敢地站起来，要像战争电影里那些英雄一样振臂一呼，但那手最后却没能举向空中，而是捂向自己的胸膛倒在了地上。

人群顺着公路，往峡谷两头溃散了，直到空气不被大火吸走的地方才停下脚步。这时，大火已经从树冠上端烧到河边。大火又把自己窒息了一次。再燃起来的时候，已经没有茂盛的树冠供它疯狂舞蹈了。于是，火龙从空中转到了地面。一棵又一棵的千年老树从下而上，燃成一支支巨大的火炬。大火的推进变慢了一些，显得更从容不迫，更加势在必得。一棵又一棵的树自下而上燃烧，大部分的树烧光了枝叶，就熄灭了。树干饱含松脂的松树枝叶烧光后，巨大的树干却燃烧得更加猛烈。

那些树干里面还像埋藏着火药一样，噼噼啪啪的，不断有火球炸开。耀眼的火光每闪耀一次，都有熊熊燃烧着的木头碎屑带着哨声四处飞舞。间或有一次猛烈的爆炸，便是火球本身飞射出来。松树的爆炸越来越猛烈，有火球竟然飞越过了三四十米宽的河面，引燃了河岸这边的山林。

最初的几个火点，被奋不顾身冲上去的人们扑灭了。但是，在那么稀薄的空气中，大多数人都躲在很远的地方，真正的勇士都倒下了，像一条条离开了水一样的鱼张大了嘴，拼命地呼吸。

老魏也躺在这些人中间，在这次喘息和下次喘息之间念叨："我提醒过的。我提醒过的。"

人们这才记起，眼下这局面，他确实是提醒过的。

好几双手同时伸出来摇晃着他："现在该怎么办？"

他无奈地摇摇头："还能怎么办，不要管我，大家逃命吧。"

老魏被人架起来，大家一起逃到了安全的地方。

山谷里沉寂了片刻，燃烧的老松再次猛烈爆炸，把一个巨大的、在飞行中一分为三的火球抛到了茂密的树林中。本已燃到尽头的大火又找到了新的空间，欢快地蔓延开来。

老魏被召到那台充当临时指挥部的救护车上，本来问罪于他的领导现在需要他的意见了。

老魏是打过仗的老兵，他说："灭火不能打近身肉搏战。后撤吧。"

"后撤？那不是逃跑吗？"

"不是逃跑，你们也看到了，这么大的火人是近不了身的，后退，找合适的地形搞一个防御带，把大火的去路阻断。"

"后退到哪里？什么样的防御带？"问话者不再是气焰逼人的审问式的口气了。

躺在椅子上缓过气来的老魏坐直了身子，说："怪我说得不清楚，防御带的意思就是人工把连绵的森林砍出一条空地，让火烧不过来。我晓得你们的意思是这需要多少人，需要砍多少树木，但只有这么一个办法，再说借一点地势，溪沟呀，湖水呀，山岩呀，草坪呀，耕地呀，这样，可以少费很多工夫。"

"可是，一条大河都阻不住……"

"防火带还要避开有这种松树的地方。"说着，说着，老魏又支持不住了，重新躺在了长椅上。

"这条防火带该在哪里？"

"这要满足两个条件，一个有地形可以依靠，再一个，靠距离赢得时间。"

"你干脆说个你认为合适的地方吧。"

"机村。"老魏又说，"还有，打防火带，要请林业局的工程师指导。"

"这些反动权威都打倒了。"

老魏苦笑："那就像我一样，戴罪立功吧。"老魏还想进一步提出要求，"要是让老书记也……"

"你想把所有被打倒的人都请回来，趁机复辟是吧？"

老魏只好闭嘴不说了。

医生来给老魏服了药，输上液，在车上参加了指挥部部署几千人的扑火队伍如何开往机村的会议。

黄昏时分，第一支队伍开进了机村。

大火就在河的两岸继续猛烈燃烧。

九

大火越过了河流这道天然屏障后，就烧到了机村东南面巨大的山峰背后。离火更近的机村反而看不到高涨的火焰了。大片的烟雾几乎遮住了东南面的全部天空，穿过烟尘的阳光十分稀薄，曙光一样的灰白中带一点黯淡的血红，大地上的万物笼罩其中，有种梦境般离奇而荒诞的质感。

空气也不再那么剧烈地抽动了，但风仍然把大火抛向天空的灰烬撒落下来，就像一场没有尽头的灰黑细雪。还不到两天时间，机村的房顶、地上、树上，都覆盖上了一层稀薄的积尘，更加重了世界与人生都不再真实的质感。

庄稼地里最后的一点湿气都蒸发殆尽，快速枯干的禾苗反倒把最后一点绿意蒸发到了枯叶的表面，所以，田野反而显得更加青翠了。

格桑旺堆伸手去抚摸那些过分的青碧，刚一触手，干枯的禾苗就碎裂了。面对此情此景，格桑旺堆感到自己还笑了一笑。但他并没有因此责怪自己。中国很大，这个地方粮食绝收了，政府会把别的地方的粮食运来。他也只是因为一个农人的习惯，因为担心才到庄稼地里来行走。他担心村里出去的年轻人的安全，他特别不放心索波，这是个冒失而不知深浅的家伙，他被鼓动起来的野心更会让他带着伙伴们不顾一切地冒险。十几年前，他也是索波一样的积极分子。那时，共产党刚刚使他脱去了农奴的身份。和索波一样，他最初当的也是民兵排长，然后是高级合作社社长，公社化后，就是生产大队的大队长了。共产党帮助他这样的下等人翻了身，造了土司头人的反。但索波这样的年轻人起来，却是共产党造共产党的反，这就是他所不明白的事情了。

他想，自己是爱共产党的，但现在人家好像不如当年那样喜欢他这样的人了。他想，他们只是永远喜欢年轻人吗？想到这里，他竟然又笑了一下，这回是因为心里的迷茫与失落。

他明白，在这样的情形下，索波们其实早就不需要他来操心了。

但他还是共产党培养的领头人，理所当然地要担心机村能不能平安渡过这场劫难。

格桑旺堆自己也知道，他并不是一个聪明的人。但他总是能够让各种各样的人都来支持他。

关于机村的森林，他倚靠的向来就是两个人。一个，是公社派出所的老魏；一个，就是会辨别山间风向的巫师多吉。现在，老魏被人造了反，多吉逃出监狱藏在山里，再也不能抛头露面。他决定还是要去探望一下多吉。在这样的时候，有一件事情可干，他的心里反而可以安定一些。

一路上，他不断因为口渴而停下来，趴在溪边大口地喝水。大火还没到，空气已经被烤灼得十分干燥了。当他跪在溪边潮湿松软的泥地上，高高地撅起屁股，把脸贴向清凉的水面，听见清水咕咕地流进喉咙，把一股清凉之气沁入肺腑时，没来由地幻想自己正从山林里出来，举起猎枪，瞄准了这头在溪流边上痛饮不休的熊。没想到在这样的时候，这些水酒一样让他产生醉意，恍然中，都不知道自己是一个猎人还是一头熊了。

这让他感到更多的不祥，他马上焦躁地起身上路，直到干燥的空气使他胸膛着火，逼迫他在溪流边再次俯下身来。同时，他灵敏的猎人耳朵也听得出来，就在四周的林子之中，许多动物不是为了觅食，也不是为了求偶，而仅仅是因为与人一样，或者比人更加强烈地感到不安，才四处奔窜。

动物们有着比人更加强烈的对于天灾的预感。

多吉洗了温泉，在伤口上用了药，躺在干燥的山洞里。见到大队长也不肯抬起身子，脸上还露出讥讽的笑容："看你忧心忡忡的样子，天要塌下来了吗？"

平常，他对多吉的这种表现心里也是不大舒服的，但今天，看见这个逃亡中的家伙还能保持他一贯的倨傲，竟然感到喝下清凉溪水时一样的畅然："我放心了，多吉啊，你还能像这个样子说话，我就放心了。"

多吉并不那么容易被感动："牧场上草长好了，肥的是人民公社的牛羊，那是你的功劳，罪过却是我的。你是怕我死了，没人替你做了好事再去顶罪吧。"

"你的功劳我知道，机村人全都知道，上面的领导老魏他们都知道。"

多吉猛地从地铺上坐起身来，但脸上倨傲的神情却消失了："老魏，老魏被打倒了！我呢？他们想枪毙我！"然后，他又沮丧地倒在铺草上，"我看你这个大队长也当不了几天了。"

"但我今天还是——人民政府任命的大队长！"

"咦，你这个家伙，平常都软拉巴叽的，这阵子倒硬气起来了！"

格桑旺堆的眼睛灼灼发光："机村要遭大难了！我要让机村躲过这场大难！"

"你是说山林里的大火吗？你还没有见过更厉害的大火。县城里那么多人疯了一样舞着红旗，要是看到那样的大火，你就没有信心说这样的话了。"

"……"

多吉沉入回忆，脸上浮现出恐惧的神情，他喃喃地说："山林的大火可以扑灭，人不去灭，天也要来灭，可人心里的火呢？"他摇摇头，突然烦躁起来，"你走，操心你自己的事情去吧，不要再来找我了。机村的多吉已经是一个死人了。"

格桑旺堆坚定地说："我没有时间久待，但你要给我好好活着。为了机村的平安，我会来找你的。想死，还不容易吗？只要机村平安度过了这场劫难，我愿意跟你一起去坐牢，一起去死。"

然后，他头也不回走出了山洞，说到死，他心里一下变得一片冰凉，在这呼入胸膛的空气都像要燃起来的时候，这冰凉让他感到一种特别的快感。他这样不说声告别的话就走出山洞，是不想说出自己的预感。他最近才犯过一次病。每次犯病，他都会看到死神灰白的影子。这次，突然而来的大火使满天弥漫起如血的红光，使他更加坚信死期将至的那个梦境。那头熊蹲踞在梦境中央。那头熊是他多年的敌手。这样的敌手，是一个猎手终生的宿命。

和这头熊第一次交手，他就知道，自己遭遇猎人宿命般的敌手了。那一次交手，那头熊挣出了他设置的陷阱。正常情况下，逃出陷阱的野兽一定会慌忙地逃之夭夭。但这头熊没有。格桑旺堆从空洞的陷阱中捡起几根熊毛，打量着一点浸湿了泥巴的血迹时，听到了熊低沉的叫声。抬起头，他就看到了那头熊，端端正正地坐在头顶老桦树的树杈上。

格桑旺堆呆住了。

那头熊只要腾身一跃，就会把他压在沉重的身子底下，他连端枪的机会都没有。但那头熊只是不懊不恼地高坐在树上，小小的眼睛里射出的光芒，像冰锥一样锋利而冰凉。这对猎人来讲，是一个更严重的挑衅。所以格桑旺堆不望逃走，他只能站在那里，等着熊泰山压顶般压下来。死于猎物之手，也是猎人善终的方式之一。

熊却只是伸出手掌，拍了拍厚实的胸膛，不慌不忙地从树上下来，从容地离开了。这段时间，猎手都站在熊的身后，他有足够的时间举起枪来，把这猎物杀死十次八次。但格桑旺堆却只是站在原地。他已经死去一次了。他没有看到熊的离去，而是恍然感到时间倒流一样，看到已经被身躯庞大的熊压成肉饼的那个人像被仙人吹了口气，慢慢膨胀，同时，把挤压出身外的那些血，那些乱七八糟的东西都吸回体内，骨头嘎巴嘎巴复位，眼睛重新看见，脑子重新转动，但那头熊已经从容消失于林中了。

时间一年又一年过去，他又与这头熊交手几次，因为仇恨而生出一种近乎甜蜜的思念。本来，这个猎物与猎人之间的游戏还要继续进行下去，最后成为这个村落中英雄传奇中的一个新的部分。但现在，这个故事看来必须仓促结束了。

当他做了那个梦，就知道，熊已经向他发出最后决斗的约定了。看来，山林大火让熊像所有的动物一样，感到了末日来临，所以，它要提前行动了。格桑旺堆只能接受这个约定。只是，这个故事如此仓促地走向结局，在机村传奇里就只是非常单薄的一章了。

走在回村的路上时，格桑旺堆才对不在身旁的巫师说："多吉，我看你跟我都躲不过这场劫难，还是想想为了保护机村，我们最后还能做点什么吧。"

这时，一辆又一辆的卡车从后面超过了他，卡车扬起的尘土完全把他罩住了。机村的公路修通以来，还从没有一次来过这么多卡车。他这么想着的时候，卡车还在隆隆地一辆辆从身后开过去，机村的公路修通以来，就没来过这么多卡车。

长长的车队开远了，格桑旺堆却觉得脚下的地皮还在颤动不已。他加快了脚步，卸空了人货的长长的车队又迎面开回来了。

赶回村里时，广场上已经搭好了几个军绿色的帆布帐篷。大的那座在中央，几座小一点，呈一个半圆拱卫着最大的那座。最大的那一座上面还竖起了一面鲜艳的红旗。格桑旺堆在帐篷门口站了一会儿，以为会有人来请他进去。但那么多人表情严肃地进进出出，绕过他，就像他是一根木桩。

然后，索波来了，也像一根木桩一样和他站在一起。同样也没有人理会索波。

索波是个容易生气的年轻人。站了不一会儿，他果然就生气了，并把怒气转移到了大队长身上："请问，有人招呼过你，让你站在这儿傻等吗？"

格桑旺堆慢慢摇摇头："没有，我只是想，也许领导需要我们帮点什么忙也说不定。"

索波从鼻子里哼了一声，说："害得我也跟着站在这里傻等。"

说完，索波就径直钻到帐篷里去了。不一会儿，就和一个领导一起出来了。领导打量一下木桩一样站在那里的格桑旺堆："原来你是大队长，我还以为是一个看稀奇的老乡。"

索波挺挺胸："我是基干民兵排长，请领导分派任务。"

"还是年轻人灵光一些，好吧，你把民兵组织起来，分成几个小组，准备好给上山的队伍带路吧。"

格桑旺堆想说，带路的事情还是年纪大些的人稳当，但他还没开口，领导就率先走在头里，很快他们就走到了村口："我们一定要把火堵在这里，还要来很多人，比你们一辈子见过的人加起来还要多，还要搭很多帐篷，"领导又着腰一挥手，把村外那些青苗稀疏的庄稼地都划了进去，"帐篷会把这些地都搭满……"

"可是地里都长着庄稼。"

"不要操心你的庄稼，来那么多人都有吃的，怕你村里这么点人没吃的？我们这么大个国家！你只管多准备干草铺床，多打灶。"说完，领导就回到大帐篷里去了。

领导说得没错，多少年后，人们都还会津津乐道，大火期间机村那非常短暂热闹非凡的好时光。那段时光，物资供应充足，有电影，还有歌舞团的表演。索波说，将来共产主义到来后，就每天都是这个样子了。

卡车队每开来一次，都卸下许多人、许多帐篷。这些人跳下车，都站好整齐的队伍，唱一阵歌，这才奔向已经用白灰撒出一道道整齐方格的地方，搭起新的帐篷。机村所有人都出来了，跟在这些人后面，看他们唱歌，架好漂亮的四四方方的帐篷，大家又一起唱着歌，把帐篷里地面上的浮土踩实了，铺开机村供应的干草，再在干草上铺开被褥。这还不够，又在帐篷里拉开一道绳索，挂上干干净净的毛巾，几块木板又很快变成一个长架，上面一字摆开了搪瓷面盆，盆子里还有一只搪瓷茶缸，和一只闪着银光的铝饭盒。这天下午，差不多所有的机村人，都忘记了正渐渐逼近的大火——不是因为有了这些人，机村人就觉得有了倚靠，而是这片以难以想象的速度建成的帐篷城，建成这个帐篷城时所弥漫的那种节日般的气氛，把习惯了长久孤寂的机村人全部牢牢吸引住了。那情景可真是壮观呐，同时挖成的几十口大灶，都吐出了熊熊的火舌。又大又深的锅架上去，不一会儿就热气腾腾，弥漫开大米、热油以及各种作料的香气。整个机村都因此沉醉了。

这么新鲜盛大的场景，让机村人短暂沉迷一下，实属正常。

快吃饭时，首先是什么东西都归置得最为整齐的解放军排好队唱起了歌。然后，是戴着红袖章的红卫兵队伍。然后，是头戴着安全帽盔，穿着蓝色工装的伐木工人的队伍。他们唱歌，手持银光闪闪的铝饭盒，走到饭锅前，盛满热腾腾的米饭，走到菜盆前，又是一大瓢油水充足、香气四溢的好菜。一些胆大的孩子，飞跑回家拿来的家伙，也装得满满当当。

黄昏降临了，白昼的光芒黯淡下去，饭菜香味四处飘荡，沸腾的人声也暂时止息了。

直到这时，仿佛是轰的一声，烛天大火的红光又从东边天际升腾起来。好多人都差一点让饭给噎住了。那片红光，当人们都抬头去看它时，却又慢慢黯淡下去了。大火好像是慢了下来，不像刚爆发时那么气焰嚣张了。

晚饭过后，很多台汽油发电机同时发动起来，所有帐篷里面瞬时灯火通明。同时有三个地方挂起了银幕，开到机村扑火的工人、红卫兵和解放军排好各自的方队，坐在中央，四周便是机村的百姓。电影里人们正常活动一会儿，就有风吹动银幕。于是，故事里的所有人都跟着幕布飘动起来。风一停止，那些人又变得端正庄严了。

电影里的战斗正在激烈进行，却突然变成了哑剧。机关枪喷吐着火舌，冲锋的人们大张着嘴巴，却没有一点声音。这个时代的人，很容易就会处于愤怒而兴奋的状态，下面立即响起尖利的口哨声。这时，喇叭里传来一个人轻轻的咳嗽声。然后，用平板板的声音说了两个字："通知。"

骚动的人群立即就静默了。只有电影机里胶片一格格转过去的吱吱声。

那平板的声音又说："开会通知。"

然后是一长串名字。念到名字的人就从观众中站起来，集中到一起。通知最后提到了机村的人。那个人没有念他们的名字，而是念出了大队长、支部书记、民兵排长、贫协主席和妇女主任这些职务。

所有这些人集中到指挥部的大帐篷里开会。会上说，明天，每一支队伍都要开上山，从山脚的河边开始直到山上的雪线，各自负责一段，砍出一条防火道。会上说，估计大火烧过来还要三四天时间。要抢在这段时间之前，把这条防火道砍出来。工人、解放军和红卫兵，一共有十八个中队，每个中队都要求机村派出两到三名向导。民兵排长索波挺身出来领受了这个任务。格桑旺堆说："也许，我该派些年纪大的人，他们对火更有经验。"

但是领导说了："我想，还是民兵们更精干一些。你看山上那么多人，你还是多组织人往山上送饭吧。"

散了会出来，电影已经散场了。远处的天际仍然彤红一片。格桑旺堆停下脚步对索波说："那火说来就来，还是年纪大的人更有经验。"

索波从鼻子里哼了一声，说："队长是说放火的经验吧。"

格桑旺堆不是一个坚强的人。他之所以当上大队长，不是因为他有多么能干，而是因为解放的时候，他是机村最穷困的人。使上面失望的是，这样一个人却没有这个时代所需要的足够的仇恨。仇恨是这个时代所倚重的一种非常非常重要的动力。但这个人内心缺少这样的力量。不只是格桑旺堆，机村那些从旧社会过来的穷苦人，都缺少这样的力量。但现在，具有这种力量的年轻一代成长起来了。索波就是其中最惹眼的一位。

索波的父亲一直身体屏弱，年近五十时才得了这个儿子。所以，儿子也就如父亲一样身体虚弱，稍微用点力气额头上就青筋毕现。但索波父亲脾气是好的，索波却常因为一点什么事情看不顺眼就动气，一动气额头上也青筋毕现。

按老的说法是，这样的人要么不得善终，要么就会祸害乡里。所以，直到今天，哪怕索波都当了民兵排长，这家伙要是老不回家，他那风烛残年的老父亲还是会咳着喘着，拄着个拐杖来找他。

这天晚上，这老家伙已经吭哧吭哧地在村里转了好久了。他听到儿子语含讥诮地问："队长你是说放火的经验吧。"

以往遇到这种质问，格桑旺堆是会退缩的，但这回他没有。他说：

"放火的经验也是防火的经验。"

"是吗？那为什么上面要把多吉投入牢房呢？"

"你……你……"格桑旺堆都气得说不出话来了。

"你这个畜生！"索波的父亲举起了拐杖，但他那点力气，已经不在年轻人的话下了。拐杖落在身上时，索波只把手轻轻一抬，老家伙就自己跌坐在地上了。

"你这个样子还想打我？"年轻人扔下这句话，气哼哼地走开了。

格桑旺堆赶紧去搀扶老人，但这老家伙坐在地上，不肯起来。他先是骂自己那不孝的儿子，骂着骂着话头就转到了格桑旺堆身上："共产党让你当了机村的头人，可你，你有半点过去头人的威风吗？看看你把机村的年轻人都惯成什么样子了。"

格桑旺堆不吭气，把老家伙扶起来："我送你回家吧。"

老家伙拐杖也不要了，任由他扶着跌跌撞撞往家里走。一路上，他都像个娘们一样哭泣："看吧，年轻人成了这个样子，机村要完了。"

"机村不会完，年轻人比我们能干。修公路，修水电站，他们那么大的干劲，他们学会的那些技术，我们这些人是学不会的呀。"

"机村要完了，谁见过大火燃起来就停不下来，你见过吗？你没有见过，我没有见过，祖祖辈辈都没有见过。雷电把森林引燃，烧荒把森林引燃，打猎的人抽袋烟也会把森林引燃，但谁见过林子像这样疯狂地燃烧。机村要完了，机村要完了。"

"是没有见过，但你见过公路修到村子里吗？祖祖辈辈见到过汽车，见到过水电站机器一转，电灯就把屋子和打麦场照得像白天一样吗？"

"不要对我说开会时说的那些话，我听不懂，我只看见年轻人变坏了，我只看见大火燃起来就停不下来了。"

"大火会停下来的，你没有看见吗？来了那么多的人，他们是来保卫机村的。"

老家伙止住了哭泣，在这被火光染得一片暗红的夜色中，他的眼睛闪闪发光："扯鸡巴蛋，护佑机村森林的那对金鸭子已经飞走了。机村要完了。"

"谁也没有见过金鸭子……"

"你不要假装不知道山上湖泊里的那对金鸭子，你不要假装不知道是你们把那些漂亮的白桦林砍光了，金鸭子才飞走的。"

没有人在村子里见过那对金鸭子，但人人都晓得村后半山上的湖里住着一对漂亮的金鸭子。这对金野鸭长着翡翠绿的冠，有着宝石红的眼圈，腾飞起来的时候，天地间一片金光闪闪。歇在湖里的时候，湖水比天空还要蔚蓝。这对护佑着机村的金野鸭，不是用眼睛，而是用心看见。它们负责让机村风调雨顺，而机村的人，要保证给它们一片寂静幽深的绿水青山。

但是，机村人没有做到这一点，机村人举起了锋利的斧子，日复一日，月复一月，年复一年，不是为了做饭煮茶，不是为了烤火取暖，不是为一对新人盖一所新房，不是为丰收的粮食修一所新的仓房，也不是为新添的牲口围一个畜栏，好像唯一的目的就是挥动刀斧，在一棵树倒下后，让另一棵树倒下。让一片林子消失后，再让另一片林子消失。所以，金野鸭一生气，拍拍翅膀就飞走了。

刚开始砍伐白桦林的时候，机村人就开始争论这些问题了。

索波说："扯鸡巴蛋，一对野鸭要真这么厉害，还不晓得这些木头砍下来是送到省城修万岁宫吗？"

这个话题不是寻常话题，所以马上就有人挺身质问："那你是不相信有金野鸭吗？"

还有人说："是机村人都相信有金野鸭。"

虽然这对野鸭的存在从来就虚无缥缈，即便如此，就是索波这样新派得很的人也不敢在这个话题上跟大家太较真了。其实，他更不敢在心里跟自己较真，问自己对这对野鸭子是真不相信还是假不相信。

但他相信国家的需要是一种伟大的需要，却不知道砍伐这些树木会引来什么样的后果。老年人爱说，村子四周的山林开始消失的这些年里，风吹得无遮无拦了，但风大一些有什么关系呢？老年人还抱怨说，砍掉这么多的林子，一些泉眼消失了，溪流也变小了。但机村就这么一点人，连一眼泉水都喝不了，用不完，要这么多的水干什么呢？再说，老年人总是要抱怨点什么的，那就让他们抱怨好了。在索波们看来，这些老年人更为可笑的是，他们居然抱怨砍掉了林子后，村子以及村子四周的荒野没有过去美丽了。索波们听了这种话，都偷偷暗笑。"美丽"，这些面孔脏污的老家伙，连自己家院子里和村道上的牛粪猪粪都懒得收拾一下的老家伙们，嘴里居然吐出这样的词来。

索波的父亲就是这样一个老家伙。

这老家伙哭泣着走到了家门口，最后收了泪很严肃地对格桑旺堆说："你是一个好人，但你不是机村的好头领。"

"这个我知道。"

"那就让别人来干吧。"

"你的儿子？"

老家伙哼哼地笑了，笑声却有些无奈的悲凉："他倒真是日思夜想，说梦话都想，可他是那个命吗？你格桑旺堆不行，是你没有煞气，镇不住人，但大家都晓得你心肠好。可是，我家那个杂种，想要抗命而行，这样的人没有好结果，没有好结果的！"

说完，老家伙推开了房门，一方温暖的灯光从屋里投射了进来，但老人的话却又冷又硬："所以，我恨你！"

然后，房门关上了。光亮，与光亮带来的温暖立即就消失了，格桑旺堆独自站在别人家的院子里，身心都陷入了黑暗。

十

山火没有在人们预料的时间到来。

而且，那疯狂的势头也减弱了不少。不要说白天，就是晚上，也几乎感觉不到远处火焰的热力与光芒了。

大火扰乱了春天的气流，使山野里刮起了风。风从高处，从机村所处的峡谷深处，从那些参差的雪峰上吹下来，挡在火前进的方向上，使火不断回溯，不断回头去清扫那些疯狂推进时烧得不够彻底的地方。这有点像正在进行的政治运动，开初轰轰烈烈的场面慢慢平静下来，但这并不意味着运动过去了，它转入了深处，在看不见的地方继续进行更有效的杀伤。大火快速推进的时候，差不多是脚不点地的，只是从原始森林的顶端，从森林枝叶繁盛的上部越过。大火还想继续那样的速度，但曾经帮助其推进的风现在却横身挡在了前面。风逼着大火返身而回，回到那些烧过的森林，向下部发起进攻。下部是粗大的树干，再下面，是深厚的干燥了一冬的苔藓，当火从树干上深入地下，在那些厚重的苔藓与腐殖层中烧向盘绕虬曲的树根之网时，这片森林就算是真正地毁灭了。

如果不是人们老是开会的话，这风的确为保住机村的森林赢得了时间。

机村守旧一些的人们会叹息一声说，金野鸭已经飞走了。却没有人问一问，野鸭怎么可以从一片冰冻的湖上飞出来。追逐新潮的年轻人们却为前所未见的场景而激动着。

老派的人，如还俗喇嘛江村贡布之类叹息说，看吧，人一分出类别来，世上就没有安稳的日子了。他的这种说法有一个远古传说的来源。这个传说，其实是大渡河上游峡谷地区的部族历史。流过机村的河流，正是大渡河上游重要的支流之一。所以，这个传说，也是机村人的历史。这个传说，一开始就用了一种叹息而又忧郁的调子。说，那时，家养的马，与野马刚刚区别开来，然后，因习得了驯服野马与调教家养马的技艺，人也有了智性与力量的区别。这是人除了男人与女人这个天造的分别外，自己造出的第一种分别。自从有了这种分别，人世便失去了混沌的和谐，走向了各种纷纭的争讼以及因此而起的仇恨与不安。

按那个传说的观点看来，所谓人类的历史，就是对人实行不同分别的历史。过去，是聪明或者愚蠢，漂亮或者丑陋，贫穷还是富有，高贵还是低贱，后来，是信教或者不信教，再后来，是信这个教还是那个教，到如今，是进步还是落后。而叹息的人们总是被新的分类分到下面，分到反面的那一堆人。

分到正面的人，年轻，有朝气，有野心，只为新鲜的东西激动，而不为命定要消逝的东西悲伤。

风压住火的时候，那些叹息的人仍然在叹息，说，天老爷都来帮忙了，还不赶紧上山，把宽宽的防火道打出来。

其实，那条防火道的下半部已经打出来了。

卡车运来了一辆辆比卡车更沉重的推土机。机村的山坡，下半部较为平缓。这些推土机扬着巨大的铁铲，吼叫着，喷吐着黑烟，铁铲所过之处，草地被翻出了深厚的黑土，灌木林被夷为平地。一棵棵被伐倒的大树，也被巨大的铁铲推下山涧。山坡的上部，森林最为茂密的地方，有着巨大力量的机器却上不去了。在机村年轻人眼里，这些机器便是新时代的象征。是这些机器使他们在始终压迫着他们的老辈人面前挺起了胸膛。索波把这些年轻人分成小组，带着打防火道的队伍上山。这些队伍伐树不用斧子，他们用机器驱动的锯子。一棵棵大树，被锯倒时，都做出非常不情愿的姿态，吱吱嘎嘎地呻吟着，还在天空下旋动着树冠，好像这样就可以延迟一点躺倒在地的时间；但是，最终还不是轰的一声，枝叶与尘埃飞溅，倒在了地上。然后，锯子斧子齐上，这些大树被肢解，被堆放在一起放火烧掉。

要是就这样一口气干下去的话，后来的一切都不会发生。

但人不会这样。

连老天爷都来帮忙的时候，人却来自己为难自己了。

上山开工就因为开誓师大会迟了半天。

每一个人也都显得很焦急，很为祖国宝贵的森林资源忧心忡忡的样子，但没有人说我们不是来开会的，我们要拼命护住这片森林。

还是每天都要停下工来开会。

而且，那会开得比砍防火道更加郑重其事。要在没有台子的地方搭个台子，台子要有漂亮的顶篷，顶篷下要挂上巨大的领袖画像，台子两边还要插上成列的红旗。有风时，红旗嘭嘭啪啪展开，没有风的时候，红布就软软地贴着旗杆垂下来，像是两列小心静立的侍者。开会前要唱歌，唱完歌坐好了，要拿出小红书来诵读毛主席语录。然后，领导才开始讲话。领导讲话和平常人讲话不同，字与字之间有很大的间隙。这个间隙中，喇叭里会传出风吹动麦克风时的嗡嗡回响。而句与句之间的停顿就更长了，可以听到讲话声碰到对面山壁后激起的回声。其间还不断有人站起来，领头三呼万岁，四呼打倒。群众也跟着山呼万岁与打倒。机村的人围在会场四周。索波手下一帮青年民兵，却编入了工人的队伍。会场上呼口号的时候，本来只有领口号的那个人会站起身来，群众只是坐着应和而已。但机村这帮年轻人——柯基家的阿嘎、汪钦兄弟，大嗓门洛吾东珠的儿子兔嘴齐米，当然还有胖姑娘央金，却都站起身来，声嘶力竭地呼喊着。喊完坐下前，还都得意地扫视一下场外围观的同村的乡亲。这样的时候，围观与参与其事，的确是非常非常重大的分别。

开会，开会。

先是前面说到的誓师大会。接下来，还有总结会，反革命分子批斗会，学习会。所有会都大同小异。都是喊口号，唱歌，集体诵读语录，都有人在台上，领导是讲话，反革命分子是交代。

防火道越往上，队伍花在上山路上的时间就越多。索波觉得上了山就不下去，不是可以多干活吗？他把这个想法说了出来。结果，工人老大哥们都睁大了眼睛瞪着他："这么冷的天，连床都没有，住在山上？你疯了。"

索波露出殷勤的微笑，急切而耐心地用不利索的汉语解释："有山洞，烧大堆火，叫山下送吃的来。"

"这样就可以了？"

他拼命点头："是的，是的，我们打猎的时候，就是这样。"

听完这句话，领队的躲到一边去了。一个同样年轻的工人放下手里的锯子，脱掉手套，走过来，说："你可以，我们就可以吗？"

这种口气里也显示了人的分别。那是工人与农民的分别，更是文明与野蛮的分别。

他其实是机村最早意识到这种分别，并且对这种分别十分敏感的年轻人。他也明白，这种分别不会取消，一个人可以做的，就是通过努力，把自己变到分别的那一边去。

尽管他心里明了这一切，但对方的这种表现仍然让他十分难过。

还是一个好心人安慰了他："年轻人，林子烧了还可以再长，再说，这林子又不是你们家的。"

索波想，机村就是靠这片林子的佑护安静地存在着。但他又觉得自己不应该这么想，因为，机村人世世代代都是这么想的。但不这么想，他的脑子里又能想起些什么呢？

"你是想，这林子是你们村的，是吧？不对，只不过你们村恰好在这片林子里。这些林子都是国家的。"索波何尝没有听说过这种说法。林业派业所的老魏一天到晚都在人们耳边来叨咕这句话。机村人说，这些林子是我们祖祖辈辈看护存留下来的。但老魏严肃地说不对，林子是国家的，不只是林子，天上地下所有的一切，只要国家一来，就都是国家的财产。老魏说，以前你们觉得这些林子是你们的，是因为国家没有来。现在，国家一来，一切都是国家的了。况且，老魏已经被打倒了。

索波眼前的这个人，也是一个被打倒的工程师。平常他都沉默不言，眼神空茫悲伤，这时却激动起来："再说，这个国家都要毁掉了，你真以为还有人会在乎这片林子吗？"这时，他模糊的眼镜片后的双眼射出了灼人的光芒。这个来安慰别人的人，自己倒激动得不行了。

索波说："你，你，不准你说反革命话。"

那人眼镜片后的光芒更加灼人，他逼过来，说："你看看，大家是开会认真，还是干活认真？"

索波不得不承认大家还是开会更加认真。

"想想你自己，是干活认真还是开会认真？"

索波想了想，的确，自己也是开会时更加认真投入。想到这里，他对自己有点害怕了。要是那人再追问下去，不知会是一个什么样的结果，但那人只是得意地一笑，到一边干活去了。这一天，索波干得特别卖力。而他知道，这样干的目的，是因为那个人几个问题一问，他一向自认清晰的脑子，有些糊涂了。

因为干得过分卖力，不多一会儿，他就大汗淋漓了。这样干活是为了不想思考，但脑子其实是停不下来的。他越是拼命干，就越发现大多数人干活都是懒洋洋的。索波是个容易对别人不满意的人。眼下，他就对那些不拼命干活的人感到不满意了。但他们是工人，是干部，都比他身份高贵。那些人不好好干活，不为就要烧过来的大火着急，也没人注意到机村的民兵排长在拼命干活。索波渴了，感到嘴里又涩又苦。

他觉得自己该停下来了，但他已经做出了这样拼命的姿态，所以不知道怎样停下来才算合适。他希望胖姑娘央金来心疼他一下。但这个平常总是围着他转，像只花喜鹊一样叽叽喳喳的姑娘，却被那些穿蓝工装的年轻工人迷住了。这会儿，她正把工人的安全帽戴在头上，脸上露出幸福的表情，把她的同村乡亲，平常总让她春心激荡的民兵排长忘记了。索波从来没有真心喜欢过她，但她现在的这副模样，却让他嘴里苦涩的味道去到了心上。

太阳越来越高，慢慢爬到了天空的中央。自从大火燃起以后，炽烈明亮的太阳带上了一种暗红的光芒。而且，那种暗红的中间，还有一片片闪烁不定，忽隐忽显的黑色晕斑。

终于有人大喊一声："送饭的来了！"

大家便都扔下了手里的工具。刀、斧、鸭嘴撬、手锯、电锯立即躺满一地。索波也长叹了一口气，和手里的斧子一起躺倒在地上，躺在一地刚从树上劈下的新鲜木茬上。白花花的茬片散发着新鲜木头的香气，索波就躺在这些香气中间，嘴里又苦又涩，呆看着太阳上面飘动着的黑色晕斑，耳朵边还响着央金跟别人调笑时银铃般的笑声。央金人不漂亮，但身体长得火爆，声音也非常好听。

山下果然传来了尖利的哨声，的确是送饭的队伍上来了。哨声是让上面停止工作，以免倒下的树、滚下的木头把人砸了。

所有人都有了真正的兴奋，都站起身来向着山下引颈张望。

送饭的任务都分派给了机村人，现在他们就背负着食物，由一个手里摇着绿色三角旗、口里吹着尖利哨子的穿蓝工装的人引领着上山来了。

蓝工装吹着哨子，摇晃着手里的小旗走在前面，机村人躬腰驼背，身背重负沉默着跟在后面。有大胆的机村人问蓝工装，为什么他什么东西都不背。蓝工装得意地一笑，说："我的责任大，我是安全员。"

提意见的人是张洛桑："那也可以多少背一点。"

其实，张洛桑也不是真对这个蓝工装有意见，在机村，他算是一个见多识广的人物，所以，见到合适的机会，他总要把这一点显示出来。

蓝工装不以为怪："革命分工不同嘛。都是为了保护国家的森林财产。"

格桑旺堆碰碰张洛桑，意思是叫他闭嘴。他却更来劲了，瞪大了双眼，故意提高嗓门："我们这不是给他们的人送东西吗？"

蓝工装站下了，严肃了表情说："这位农民兄弟，这位少数民族兄弟就不对了，如果硬要分一个彼此的话，我们不是来替你们保护森林的吗？我们来替你们扑火，该你们请客对不对？可连吃带睡的东西都是我们自己带来的。就让你送送吃的，还这么多屁话。"

　　这一大通道理绕下来，张洛桑就答不上话来了。一来，这林子一会儿是国家的，一会又变成了机村的，权属有些问题。二来，张洛桑虽是机村汉语好的人，但水平也没有高到可以顺溜地把这一大通复杂难绕的道理讲出来。张洛桑都做了哑巴，何况其他人在汉话面前，本来就形同哑巴。于是，汉语轻易取得了胜利。机村人复又陷入外界人常常感到的那种沉默。

　　蓝工装说声："走。"

　　大家又身背重负喘着气，默默地跟在了他的后面。

　　哨声又响起来，刺耳，而且明亮，而且得意扬扬。

　　很快，就可以看到工地上那些停下活计，站在山坡顶上往下引颈张望的人了。但蓝工装却坐在了草地上，说："呀，太阳把这草地晒热了，屁股真舒服啊！休息一下。"

　　看见下面停下来，上面开始着急地呼喊，但蓝工装再次示意，大家都把背上的东西靠住山坡，坐下来休息了。阳光落在深蓝色的冷杉林上，落在林间的草地上，落在潺潺流淌的溪流上，安静，深长。阳光落在人们背负的食物上，热力使那些食物散发出香气。烙饼的香气，馒头的香气，煮鸡蛋的香气。敏锐的鼻子还能嗅到其中盐的味道、糖的味道和肉馅的味道。山下，王不断从山外拉来整卡车整卡车的食物。机村靠着水泉的庄稼地边上，挖出的几十口土灶，从晚到亮，火力旺盛，热气蒸腾。

　　当上面不再呼喊的时候，蓝工装起身了，把一直挥动的绿旗别在腰上："这下他们真累了。干活没有累着，喊饭倒是喊累了。走吧。"

十一

　　工人们一面抱怨吃食的单调，一面往嘴里塞着烙饼，一听听的罐头也打开了。除了牛羊肉，打开的罐头里那些水果、鱼和蔬菜，机村人梦里也未曾见过。索波也在风卷残云般吃着。其他的机村人见了那些东西就反胃、打嗝。这些日子，机村提前进入了共产主义，所有人家都在大食堂里吃饭。吃完，还夹带着不少的东西回家。这些东西里，首选的目标就是这些稀罕的罐头。在家里，他们不停吃这些罐头。

央金嘴里也塞满了东西，她鼓着腮帮大嚼，却也没有忘了关照乡亲们："你们怎么不吃，吃吧。"

大家都摇手。刚才就因为胃胀，所以爬起山来，前所未有地吃力。这会儿，见人们这么大吃大嚼，就觉得胃里更是满满当当了。

只有张洛桑还愿意说话："不管我们，管你的索波哥哥吧。"

索波却把央金递上来的一块饼挡开了，气哼哼地坐到格桑旺堆身边去了。

格桑旺堆笑了，说："又生气了。"

"我生什么气，看她犯贱，我心里难过。"

那边，那帮工人又跟央金调笑开了。央金银铃般的笑声又响了起来。

"丢人！"索波恨恨地说。

"年轻人，打打闹闹一下有什么嘛。"

索波转了话头："我们机村人往家里偷了那么多东西，你不管？"

"不是偷，是公开搬的。东西拉来了，工人们都不想卸车，我们的人不惜力气，只是每一回都要带点东西回家。"

索波还是气呼呼的，但他知道，自己心里并没有人家看上去那么气。就像这些天来，跟这些工人混在一起，他才发现自己并没有过去工作队说的那么重要一样。这时，山下又有急促的哨声一路响上来。人们都站起身。下面喊话说，请机村的民兵排长赶紧下山，到指挥部报到。索波复又扬眉吐气了，挺胸昂首地下山去了。

山外的世界真是太大了，已经来了那么多的人，还有人源源不断地开来，拉来了那么多东西，还有东西整卡车整卡车地被拉来。

对于惊奇不已的机村人，有人出来做了通俗的解释，说："你们不是不知道什么是国家吗？这就是国家！"

但机村人又有了不够明白的地方，既然国家已经有了这么多的东西，为什么一定还要人来宣布说机村这片除了保佑一些飞禽走兽，除了佑护一个村子风调雨顺之外，并无特别用处的林子也是自己的呢？

想不明白这些道理的机村人，卸车时，把整箱整箱的罐头扛回家里也没有人理会。国家的东西真是太多了。地上到处都是人们没吃完扔掉的东西。机村那些猎狗吃饱了这些剩饭剩菜，肚子胀得溜圆，一动不动躺在路上，被人踢了也只是很惬意一样哼哼几声，动也不动一下。后来，连羊群都不肯上山了，只是游荡在村里村外，从这片帐篷到那片帐篷，从这个食堂到那个食堂，学习尝试新鲜的食物。和狗比起来，羊们总是小心翼翼的样子，先翕动粉红色的鼻翼，嘘嘘地嗅上一阵，才慢慢下口。所以，没有被辣椒一类刺激的东西呛得凄凄哀叫的事情发生。羊也很文雅，也就是说，它们不像人跟狗那么贪婪，知道食物越多，越要适可而止。所以，它们总是行有余力，吃得饱饱的，还三五结伴，在景观大变的机村散步。从这个会场到那个会场，把一些刚用新鲜糨糊贴上墙的标语、大字报撕扯下来，一点点舔舐纸背上那些糨糊来消磨因为无事可干而显得漫长的时间。人们并不把这些羊赶走，因为这样可以很方便地随时把它们抓进厨房。

吃食不但从山外运来，几天下来，机村的牛羊，也被杀掉好几十只了。每次杀了牛羊，救火指挥部都会通知村里去领钱。领钱的时候，总是有两个人在，他们坐在格桑旺堆和村会计面前，空着手的那个人掏出毛主席的小红书摇晃一下，说："伟大领袖教导我们，不拿群众一针一线，买东西要付钱。"然后，另一个挎着一个小书包的人，才从里面拿出钱来。三头牛，两只羊，还有打坏了谁家的一只水桶。点点、签字，不会？小书包里又拿出了印泥盒子，那就按个印吧。每回，都让格桑旺堆感叹："呀，毛主席真是了不起，这么多人都这么听他的话。"

走出指挥部后勤部的帐篷，格桑旺堆再次感叹："唉，要是这火不烧过来，机村人又开了眼，那可真是有福气了。"

一个熟悉的声音在身后响起："天下没有这样的福气。"

格桑旺堆像遇见了鬼："老魏！"

"是我。"

"你不是被，被……"

"被打倒了？我是被打倒了。但我还要来救火。"老魏脸上显出了一点得意的神情，"他们把我打倒了，但这种事情，他们不懂，还得我来出点主意。"

格桑旺堆笑了："你的主意就是天天开会？要不是这两天风压住了火头，火早就烧过来了。"

老魏看看头上晴朗的，却有风疾速掠过的天空，忧虑的表情来到了脸上："风并不总是给你帮忙的。打防火道的工作推进得太慢了。"

"那你们还老是开会，开会。"

老魏长叹一声："马上又要开会了。"说着，老魏脸上浮现出神秘的表情，把格桑旺堆拉到一边，压低了声音，"告诉我一句老实话，多吉是不是跑回来了？"

沉默半晌，格桑旺堆摇了摇头。

老魏着急地说："如果你知道，就把他交出来。这对机村有好处。"

"什么好处？"

"这样就可以不开会，不然整个工地都要停下来了。"

格桑旺堆怕冷一样袖了手，说："我真不知道。"

"那江村贡布往林子里是给谁送饭？"

格桑旺堆身子一震："老魏，都什么时候了，你还用那一套东西对付我们？"

格桑旺堆这么说是有来由的，以前，寺院关闭后，老魏就用跟踪的办法，捣毁了机村百姓悄悄设立在山洞里的一处神殿，并把喇嘛江村贡布连斗了三天。也是用这个办法，在大跃进的时候，机村曾经瞒藏了一些应该交公粮的麦子，结果也被他找到了。为此，机村付出了一条人命。如果不是那个负责看管粮食的人上吊自杀，让老魏临事手软，更多的人才没有遭殃。格桑旺堆也是更多的人中的一个，而且是非常重要的一个。

老魏苦笑："以前做得对不对，我现在也想不清楚了。但这次我是真想救下这片林子。"

格桑旺堆却来了情绪："今天烧光，跟明天叫人砍光，有什么区别吗？"

"有。可我说不明白。我只要知道，多吉到底回来了没有？"

"我不知道。"

"告诉你吧，江村贡布已经给抓起来了。"他指指另外那个帐篷，"里面正在审着呢。索波也在，因为是你们机村的人，指挥部请他也来参加。"

太阳明晃晃地照着，一阵凉意却爬到了格桑旺堆的背上："为什么我不参加？我是大队长。"

"你是嫌疑人。"

格桑旺堆舔舔嘴唇："那就把我也抓起来好了。"

老魏耐着性子，说："我来告诉你事情的首尾吧。"

老魏说，这两天逆向的风把火头压住了，本来，这是一个自然现象。火烧到这个程度，抽空了下面的空气，峡谷尽头的雪山上的空气就会流下来，这就是风，就是这个风把火头压住了。但这只是局部的小气候。如果更大的范围内，有不同方向的风起来，这个作用就没有了。现在是春天，正是起东南风的时候，说不定哪天，东南风一起，顺着峡谷往上吹，火就得了风的帮助了，就会扑向这片林子了。但是，这几天，村子里就有传言起来，把这自然之力说成是巫师多吉的功劳。说他跳河没死，而是逃回村子里来了。是他不断作法，唤来北风神，把火头压倒了。

格桑旺堆知道，这几天，在那个隐秘的山洞里，多吉肯定在日夜作法。但有谁会把这话传出来呢？他一个逃犯，不可能跑到大庭广众中来宣扬吧。正像格桑旺堆想的一样，这个人就是江村贡布喇嘛。这个人还俗后便破了酒戒。这个平常持身谨严的人，酒一多，嘴上就没人站岗了。

那天，江村贡布去山洞里给多吉疗伤。那人手持金刚杵用功作法，一刻也不肯停下。他说，要让风连吹十天。让火回身，烧尽了烧过的林子，就再也不能为害四方了。这个人逃走的时候带了内伤。江村贡布带了些自配的止血散，让他服下。他知道，受了内伤的人需要静养，但这个人拼了大力敛气作功，内腔里的流血再服什么药也止它不住。

江村贡布就请他静养。

多吉说："你没有看见风已经转向，压住火头了吗？"

"你不静养，我止不住你里面的血。"

"止不止得住是你喇嘛的本事。至于我，"多吉凄然一笑，"横竖都是个死。活着出去，死在牢里。不如作法累死。那对金鸭子不是飞走了吗？要是保住了机村，我以后就是机村森林的保护神。"

多吉还说，他孤身一人，死了，没有人哭。要是大火烧过来，那就是灭顶之灾。一个没人哭的人死，换家家不哭，值。喇嘛江村贡布心里一直是瞧不起这个巫师的。这并不因为两个人之间有什么过节，而是庙里的僧侣总是以正宗自居，这一类人都被看作邪门外教。但眼下他如此的表现，却让喇嘛心生敬重之情。

多吉说这些话时，已经喘不上气来了。他紧抓住江村贡布的胸襟，眼睛里闪烁着狂乱的光芒，说："我只求你，用你的医术，让我再活五天！我想看到风把那火全部压灭。是我唤来的风啊！"

江村贡布只好点头，走出山洞时，他想，这个人最多还能坚持两天。

　　回到村里，正碰上一帮上山送了饭回来的人，开了花生和熏鱼罐头在溪边林前喝酒。江村贡布也加入进去了。格拉死后，村里人都有些怪罪他们家，与大家的关系都有些生分了。而他儿子心里苦，又不肯低头。只有他来放低了身段，与大家往还。希望大家早点忘了两个死去的孩子，乡邻之间回到过去那种状态。所以，这种场合，不要人邀请他也会加入进去。何况人家远远地就招呼了他。

　　一路走来的时候，他一直都在长吁短叹，为了心里那很深的感动。再说，他受了大队长的重托，心里头还揣着一个天大的秘密。有感动有秘密的人，是很容易喝醉的。他一副心事重重的样子，酒碗转到面前，他都喝得很深。这种样子喝酒的人，总是想告诉人们点什么。这一点，全机村会喝点酒的人都知道。大家并不问他什么，只是越来越频繁地把酒碗递到他手上。

　　然后，江村贡布就呜呜地哭了。

　　还是没有人问话。

　　然后，他就直着舌头说话了。他说："我太感动了。"

　　"其实你不用这么感动的。"

　　"我们家兔子死了，格拉也死了。大家还对我这么好。"

　　这个话题勾起了很多人的叹息："其实，大家都有错，我们都可以对那个孩子好一点。"

　　这话让江村贡布哭得更伤心了。他说："好，好，你们对我们家这么好，我也不瞒你们了。"说出这句话，他立即就收了哭声，脸上浮现出神秘的表情，"但是，你们谁也不能告诉。"

　　大家都看着他不作声。

　　他说："你们也不要害怕。"

　　大家都齐刷刷地摇头，意思是我们干吗要害怕。

　　"那我就说了？"

　　大家一齐点头。

"好，我说了。"

然后，他就把多吉如何藏在山洞，如何作法都说出来了。他还说，这些天压住了火头的风，可能正是多吉作法的结果。他说着这一切的时候，那么多身子倾过来，那么多双眼睛瞪着他的眼睛，使他感到特别畅快。最后，他说："要是多吉累死了，我们要封他为神。"

说完这一切，那种畅快使他浑身困乏，便一歪身子睡过去了。

醒来时已是黄昏，他步履踉跄回家时，关于多吉作法的事，已经在村子里流传了。第二天，这话便到了村子之外的人的耳朵里。很多秘密，本来在机村都是公开的事情，但外界的人，却不得与闻。这次这件事情，要不是老魏的出现，仍然只会是机村的一个秘密。但有老魏在，情形就大不一样了。

老魏做过些招机村恨的事，即便如此，机村人仍然认为老魏是一个好人。这次，老魏下来，又没有了过去的威风，整天忧心忡忡的样子，看了让人可怜。过去，机村人不肯干上面布置的事情，就派老魏下来。老魏不下命令，老魏说："你们想犯错误，那我也来跟你们一起犯。"

机村人不肯上交公粮，老魏来是这么说的。

机村人放火烧了荒，每次来带人去拘留，带不到人的时候，老魏也是这么说的。

机村人最初不肯砍树，老魏来动员，也是这么说的。

这回，老魏显得怨气冲天，说："叫你们不烧荒，你们烧了。让多吉老老实实，他不干，要跑，这下把我害惨了，我再也帮不上你们的忙了。"

他这么说话，足以叫机村人感到忧心忡忡。上面的意思千变万化，机村人难于应付与理解，老魏，一个派出所所长，官不大，却是机村与上面的一个桥梁。老魏对机村很熟悉。他很快就感到了秘密的存在。他也不打听，最后那传言终于还是落在了他的耳朵里。告诉他的人说："这事，你千万不要告诉别人，在我们村里，索波和他手下的那些民兵我们都不敢告诉。"

老魏是忠于组织的，很快就把这件事情报告了。

这才有了当下这一幕。

老魏对格桑旺堆说："明人不做暗事，这件事我一听说，立马就报告了。"

"为什么？"

"谣言止于智者。不能再让谣言流传了。"

"真的怎么是谣言？"

老魏笑起来："看，你已经招认了。"

"我没有招认。"

"我的大队长，你不是说这事是真的吗？你不就等于是招认吗？行，我要的就是你这句话。"

说完，他拉着格桑旺堆钻进了帐篷。江村贡布垂首坐在一圈人中央。格桑旺堆对他一跺脚："你坏了我的大事！"

索波则对着他冷笑。

格桑旺堆说："好吧。人是我藏起来的。"

领导马上发话："马上发通知，阶级斗争新动向，有人趁国家森林遭受巨大火灾之机，宣扬封建迷信，破坏史无前例的无产阶级'文化大革命'！"

老魏叫起来："不行啊，防火道工程千万不能再停啊。坏人已经挖出来了，交给专政机关买处理吧。"

领导阴阴地笑道："专政机关，老魏你就是专政机关的吧？过去你就是管着这些地方的吧？看看，搞封建迷信的坏人猖獗到如此程度，就是过去的专政机关执行刘少奇修正主义路线的结果！你还什么专政机关！"

老魏争辩道："过去我有错误，可现在专政机关不是都换人了吗？"

上面一拍桌子："你话里话外，是对'文化大革命'心存不满！"

老魏从来没有在机村人面前如此失过尊严，他梗着脖子还要争辩，格桑旺堆悄悄拉拉他的袖口。虽然他听不太明白他们那些文件上的大道理，但他看出来，老魏在这种时候还是向着机村的。

不想平常慈眉善目的老魏涨红了脸，冲着格桑旺堆，还有索波跟江村贡布三个机村人爆发了："我这是何苦呢？我这是何苦呢？你们机村人总恨我出卖了你们，现在你们看看，领导又是怎么对待我的。"

老魏反常的举动使大家都有些吃惊。好半天，大家都看着他一言不发，没有任何反应。要是有人反驳，老魏的怨愤就会继续高涨。但大家都只是一言不发地看着他。三个机村人是因为震惊，而那些和老魏一样的干部们，大多都用讥诮的神情瞧着他。这种安静，把老魏自己也弄得手脚无措，他的脸由红转黑，抱着头，慢慢蹲到了地上。大家还听见他低声咕哝："对不起，我又犯错误了。"

又是一声拍桌子的脆响，"大火当前，你还要认识到这是什么性质的错误！"

"我同情落后势力。"

"不是同情，你的立场早就站歪了！"

老魏又昂起了头，再次开始申辩："没有那么严重，我只是不该同情这些人！"这回，他用手指着这几个机村人的时候，眼里的确喷出了仇恨的火星。

"那你说斗争会该不该开？"

"该！该！"

突然有人大笑。大家一看，却是刚才还缩在墙角里索索发抖的喇嘛江村贡布。然后，他口舌伶俐地吐出了一大串藏话。说完，他再次放声大笑。

领导发话了，问这个人疯了吗？

格桑旺堆说："疯了。"

但索波他说："这个人没疯。"

"那他念经一样，说些什么？又在这里公然搞封建迷信活动吗？你，把他的话翻过来给我们听听。"

索波说："领导不该相信他的胡言乱语。"

"叫你翻过来听听。"

这时，老魏感到周身关节酸痛，就举手说："报告领导，我身上的天气预报准得很，天要转阴，要下雨了。"

领导只想听索波翻译江村贡布的话。

江村贡布大笑说，你们在这里为一些虚无的道理争来争去有什么劲呢？多吉已经死了！不管是不是封建迷信，也不管他的作法是不是有效果，但他的确是为了保住机村的林子，发功加重内伤而死的。这样的人你们都要斗争吗？如果需要，我马上去背负他的尸体回来。或者，你们不想斗争死人，那就把我当成那个死人来斗争吧。我们只是迷信，你们却陷入了疯狂。

等索波翻译完了，江村贡布再次大笑，这回是用汉话一字一顿地说："我看，你们全都疯了！"

然后，背着手仰脸出门去了。

领导一拍桌子说："给我抓回来！"

这时，有三个影子一样的人现身了，这正是追踪多吉的专案组的那三个人。这些日子里，他们悄无声息，但又好像无处不在。其中一个，跑到领导耳边压低声音说了句什么。领导便挥了挥手打消了刚才的念头。

三个人便影子一样飘出去，在喇嘛身后跟踪而去了。

十二

这件事，火灾过去好多年后，机村人一直都还在津津有味地传说。

传说，多吉就是江村贡布发话时，心肺破裂而死的。传说江村贡布出门就直奔山洞而去。见了多吉的尸体依然大笑。而且，这个总是脑瓜铮亮的喇嘛，从这一天起开始蓄发，直到满头长发如巫师一般随风飘洒。

传说，被这些乱七八糟的事情弄糊涂的指挥部领导一拍桌子，大吼道："都给我滚开！"

大家正好趁机脱离险境。老魏走出帐篷时，揉着酸痛的肩，有些讨好地对紧锁眉头的格桑旺堆说："天要下雨了，只要雨下下来就好了。"

格桑旺堆却只觉得嘴里发苦，心中悲凉。他不想理会老魏。他也没有抬头看天。却听见索波说："咦，老魏你的天气预报挺准的，天真的阴了。"

格桑旺堆这才抬头看天，看见蓝中带灰的晴空已经阴云密布，而且，大火起后，一直十分干燥的空气里，带上了淡淡的湿润之气。

传说，这时天空滚过了隆隆的雷声。索波高兴地说："这下机村的林子有救了！"

格桑旺堆这回却变得咄咄逼人了："你什么时候觉得这些林子是机村的林子？只要对你有好处，你可以把整个机村都卖了。"

索波梗起了脖子，但终于把到嘴边的话咽回去了。对这个野心勃勃的年轻人来说，这也是很难得的事情了。

这一年春天的雷声再次响起来，从头顶的天空隆隆滚过。大家只注意到雷声，而没有发觉风向已经变了。这个只要看看树木的摇动就可以知道。树枝和树梢，都指出了风的方向。

格桑旺堆连雷声也不在意，他说："我相信江村贡布的话，多吉已经死了。我要去看他。你，还有你，可以去告发。可以让他们开那个没有开成的斗争会，来斗我。我告诉你们，多吉是我藏在山洞里的，是我让江村贡布给他送饭疗伤，但他不想活了，他作法把自己累死了。我现在要去看他。"

老魏拉住了他："你不能去。斗争会也不能再开，再开会，防火道耽搁下来，大火过来，这些树林就保不住了。"

格桑旺堆说："没有人肯为机村死，索波不肯，我也不肯，多吉什么都不是，但他肯。我要去送他。"

格桑旺堆走到村口，就被警察拦回去了："你不能走。"

于是，他又重新把人带到了一个帐篷里。而且，老魏与江村贡布已经先一步把人带到这里看起来了。

老魏问自己过去的手下，会把自己怎么办。

他的手下懒洋洋地回答："明天先开你们的斗争会，以后会怎么样，我就不知道了。"

老魏把头深深地埋在裤裆里头不说话了。

雷声还在震响，变了向的风也越来越强劲了。看来盼望已久的季雨终于就要来了。

每年这个季节，强劲的东南风把丰沛的雨水从远方的海洋上吹送过来。风浩浩荡荡，推动湿润的云团，一路向西向北，掠过河流密布的平原，带上了更多的水分，掠过一些山地时，这些水分损耗了一些，但风经过另外的平原时又把水分补充足了。然后，东南风顺着大渡河宽广的峡谷横吹进来。大渡河的主流与支流，尽管在崇山峻岭间显得百回千转，但最终都向着东南方敞开。风吹送进山谷时，雨水就降落下来。

正是有了这些湿润的风，才有这西部山地中茂盛的原始山林绵延千里，才有众水向着东南的万里沃野四季奔流。正是有了这些森林、这些奔流东去的众水，每年，东南方吹送而来的风才会如此滋润而多情。

但是，大火起来的这一年，不要说是一个小小的机村，而是天下所有地方都气候反常。一个老人，坐在深宫里盘算。那个深宫太深了。算着算着，他自己就算出了很多危险。传说，有时候，他也会偶尔从宫里出来一下，对着广场上大群的人挥动帽子。广场上的人是整个国家人民的代表。与机村相邻的村子有个农妇也稀里糊涂地被上面送到过那个有十万个机村广场那么大的广场上。她亲眼见到，到处都挂着他相片的那个老人从深宫里出来，站在他们家的门楼上，对着下面的人山人海挥动那顶帽子。他喊一声，下面的人就山呼海啸。农妇听不大懂汉语，特别是从喇叭里喊出来的汉语。但她猜出来了。那个老头说，谁要我的帽子。下面人都想当帝王，都想住到深宫里去日夜盘算。所以，都跳起来，山呼海啸地喊："我要！我要！"

那么多人都同时想要一种东西的时候，那情景真是非常可怕。本来就水土不服的农妇都给吓出病了。要不是回来得早，她就客死异乡了。她去得那么远，死了游魂都找不到路回家。

农妇对来和他谈心的干部说："我还会好好劳动，但我不要当积极分子了。"

农妇还说，结果谁也没有得到那顶帽子，人家把帽子戴回自己头顶，下楼，走了。而好多没有得到帽子的人，都哭得伤心死了。

多少年后，机村人还在传说，多吉一死，风就转向了。

这当然是一种迷信。其实只是这一年气候大异常中的一个小异常。往年，东南风起时，雨水会同时到达。但这一次，事情有了例外。风先起，而雨水后到。其实，雨也就晚来了不到两个小时，但东边的大火早就借着风势掉过头来，浩浩荡荡地向着机村这边推进了。大火被压抑了这么久，一起来就十分猛烈，好像这期间真是聚集了许多的能量，在这一刻，都剧烈地释放出来了。不一会儿，就在东边天际堆起了一道高高的火墙。机村的空气好像都被那道高高的火墙抽空了。

所以，当雨水终于落下来时，已经无济于事了。大部分的雨水未及落地就被蒸发。少量的雨水落到地面，已经被大火的灰烬染黑。这些稀疏温热的雨点落在地面，只是把干燥的浮尘砸得四处飞扬。

整个机村，叫声一片。

烛天的火墙慢慢矮下身子，不是为了怜悯苍生而准备就此熄灭，而是深深地运气，来一次更加辉煌的爆发！

大火与天相接。

夜晚一到，模糊了天地的界限，那情形就仿佛天降大火一般。

天火说，一切都早已兆示过了，而汝等毫不关心。

天火说，汝等不要害怕，这景象不过是你们内心的外现罢了。

天火还对机村人说，一切该当毁灭的，无论生命，无论伦常，无论心律，无论一切歌哭悲欢，无论一切恩痴仇怨，都自当毁灭。

天火说，机村人听好，如此天地大劫，无论荣辱贵贱，都要坦然承受，死犹生，生犹死。腐恶尽除的劫后余晖，照着生光日月，或者可以于洁净心田中再创世界。

机村人明白了？或许，可能。但无人可以回答。他们只晓得惊恐地喊叫。他们仍然是凡尘中的人，因惊恐而兴奋，因自然神力所展现的奇景而体会到莫名的快感。野兽在奔逃。飞禽们尖叫着冲上夜空，因为无枝可倚，复又落回巢穴里，然后，惊恐使它们再次尖叫着向着夜空高高蹿起。

那火像日珥一样辉煌地爆发了，火墙倾倒下来，整个夜空像放满了庆典礼花一般火星飞溅。火头贴向地面，在几座山冈和谷地间拉开一个长长的幅面，洪水一样，向着机村这边从容不迫地席卷而来。

现在，大家好像才真正明白过来，大火是真的要烧过来了。

已经变成了巨大营地的机村像一个炸了营的蜂巢。所有的喇叭都在叫喊，所有的灯光都已打开，所有的机器都在轰鸣，所有人都在跑动。队伍又集合起来。广播里传出来指挥部领导的叫喊。

而在帐篷里，几个警察还在看守着老魏他们。

格桑旺堆听着那种叫喊有些耳熟，就说："我好像听见过人这样讲话。"

江村贡布翻翻眼，说："电影里面，最后时刻，当官的人就这么讲话。"

几个表情严肃的警察忍不住笑了。这一笑，帐篷里的空气才稍稍松动了一些。老魏说："你们还守在这里干什么？还不上山救火！"

他曾经的部下，收起了笑容，一动不动。

"你们放心，我保证不跑，请报告领导，请组织在这危急时刻考验我。我也要上山救火！"

这些人还是不为所动。

老魏说："这样吧，我去救火你们不放心，那把这两个人交给我看守，你们赶快上山去吧，多一个人多一分力量。"

江村贡布又长笑一声，自己站起身来，往帐篷外走去。一个警察就从腰上抽出枪来。江村贡布回过头来，笑笑，嘶哑着声音说："年轻人，我活够了，想开枪你就开吧。"

"站住，回来。"

"我不会回来，我不能让多吉一个人悲凉地躺在山洞里，我不能让一个一心要救机村的人，死去之后，灵魂都无人超度。"江村贡布掀开门帘，通红的火光把他照亮了，他带着挑衅的口吻说，"告诉你们吧，我要去给那人念些度亡的经文。"

举枪的人擦了把沁上额头的汗，把枪插回了腰间，说："这个人疯了。"

没想到江村贡布又一掀门帘走了回来："我还有句话没有对大队长说。"

江村贡布对格桑旺堆说："多吉的事你放心，你把他交给我算是找对人，你当上大队长以来，很少做过这么对头的事情。多吉的后事，你一个俗人不懂得他，也帮不了什么忙。"

江村贡布这一回是真的走了，警察也没有再掏枪。一直沉默的格桑旺堆突然像一头野兽一样咆哮起来："放我出去！"

警察都拔枪在手，格桑旺堆说："我要救我的村子，你们想为这个打死我吗？"

几个警察扑上来，有人锁他脖子，有人拧他的胳膊，但他怒吼着，像一头拼命的野兽一样挣扎了一阵，几个警察便都躺在了地上。老魏示意那几个警察不要动，自己想上前来安抚这个狂怒的人。他吧嗒着嘴唇，模仿着机村人安抚骚动的家畜的声音，但他刚刚凑近身子，就被格桑旺堆重重地掼在了地上。这回，格桑旺堆拉着一个警察，直接冲进了正在作最后部署的指挥部的帐篷。他替那个警察把枪掏出来，拍在了领导的桌上，他说："如果我有罪，你就叫他枪毙了我。如果没有，就放了我！我不能眼看着大火烧向我的村子，而坐在那里什么也不干！"

"猖狂！我以县革命委员会的名义，以救火指挥部的名义，撤了你的职！"

"我不要当什么大队长，我只要你们准我救火。"

"把这个人拉出去，我们在开会！"

格桑旺堆发了蛮力，把前来拉他的索波和另一个都摔倒在地上了，他嘶声喊道："开会！开会！少开几个会，就轮不到现在这么紧张了！"

"把这个人给我绑了！"

差不多是所有人同时发力，把野兽一样狂怒的格桑旺堆扑倒在地上，绑了起来。格桑旺堆还在大叫，一张毛巾把他的嘴给结结实实地堵了起来。这时，远处的火墙又升起来，每一次火焰的抽动，都在抽动帐篷里本来就紧张的空气。所有人的感觉都是快要喘不上气来了。在这个会上，索波被宣布为机村的大队长。大队长上任的第一件事情，仍是派人带队伍上山。

黑夜里，机村的向导就真是向导了。走错一步，可能整支队伍一整夜都会在老林子里走不出来。这么些年来，索波都觉得格桑旺堆是一个无能的人，都觉得自己应该取而代之，但他从来没有想过会是在这样一个时刻。这个时刻到来的时候，他对好多事情的看法都有了一些改变。但这个时刻却在他最没有准备的时候降临了。他明白，这个时刻，把一支支队伍派往夜晚幽深的山林，很可能大火逼近时，一个人也逃不出来。

看来指挥长自己也明白这个道理，但他更不敢冒着看大火推进却无所作为的风险。他走下铺着地图的桌子后面的那个位置，手重重地拍在索波的肩上："队伍能不能安全地拉出去，又安全地撤回来，就全看你手下的向导们了。"

除了格桑旺堆，这里面只有索波最清楚现在开队伍上山所包含的巨大风险，但他不能，也不会反对指挥部的命令。指挥长说了，你这个年轻人前途未可限量，只是一定要在关键时刻经受住考验。

帐篷外面，就像电影里的场景一样，一支支队伍正在集合。这些人都穿着一样的服装。工人戴着头盔，腰里都挂着一只搪瓷缸子。手里拿着一样工具的人站在一组，显得军人一样整齐雄壮。然后，是干部与学生的队伍，他们都穿着一样的草绿色服装，戴着红袖章，背着军挎包，排队看齐时，挺胸昂首，碎碎移动的脚步溅起了很多的尘土。倒是刚刚从救火现场撤下来的解放军队伍显得衣衫不整，疲惫不堪。再没有人手了，连老魏也作为向导派给了解放军的队伍。

说时迟那时快，转眼之间，一支支队伍都消失在夜晚的树林中，队伍开出村时，手电光晃得人眼花。但当他们进入森林时，那些光芒就显得稀落而黯淡了。

整个机村只剩下那些空空荡荡的帐篷、一些余烬未消的空灶和一些老弱妇幼了。

火光时而明亮，时而黯淡，空荡荡的机村的轮廓一会儿模糊，一会儿清晰，就像某种奇异荒唐的梦境一样。

山下，稍微平缓一些的地方，都被机器施展了神力。陡峭的高处，它们是无论如何也上不去了。剩下那些地方，树又大又高又密，只好让人用双手来干了。夜晚的森林显得无边无际，伐倒一棵树，至多也是透进一点天光。何况树不能只是伐倒了事，还要堆积起来，放火烧掉。时间紧迫起来时，才知道放倒一棵大树，需要太多的时间，而把这些树烧掉，需要更多的时间。要在这样茂密的森林里，砍出一道防火线来，不可能是今晚，也不可能是明天。大火只要以眼下的速度推进，要救下这片森林几乎是不可能的了。从指挥长到普通工人，任何人都明白这一点，但没有人把这一点说出来。整个救火行动开始以来，机村就被视为关键部位。绝大部分的人力物力都投放在了这里。谁要是把这话说出来，就可能成为整个行动失败的替罪羊。经过这么多一次比一次更加残酷的运动，每一个人都可能是告发者，每一个人也都可能被别人告发。所以，整条防火线上人人都在拼命干活，整个夜晚，满山遍野都是刀斧声一片。就这样一直干到天亮，看看一整夜的劳动成果只是在无边的森林中开出一个个小小的豁口，没有一个人感到胜利在望。

开了那么多的会，并未从芸芸众生身上激发出传说中能够拯救世界的英雄的力量。

每一次开会，会场上都会拉起一道标语："人定胜天！"

每一次开会结束的时候，都要山呼三遍："人定胜天，人定胜天，人定胜天！"

但现在，每一个人都明白，再多的人，再多的人山呼海啸一般的呼喊，那大火也会像一点都没听到一般。天人相隔，天行天道，人，却一次一次在癫狂中自我欺骗。

天仍然阴沉着，太阳升起来，只是阴云之后、烟雾之后，一个黯然模糊的亮点。高天之上，被大火冲乱的气流里，或许有些纷乱的雨脚，但是，未及降落到地面，就被蒸发干净了。除了刚刚到达那一阵子，东南风不是太大，却一口长气匀匀地吹着。它赶了成千上万里的路，飞掠过了那么宽广的大地，没有个三天五天，是收不住脚步的。湿润的东南风，在掠过了大火宽大的区域后，水分被蒸发得干干净净，自己也变得万分焦渴，就带着一身呛人的烟火气降到下云头，贴地而行。这个季节，每一棵树都拼命吮吸了一点水分，输送到每一权枝头，输送到每一个叶苞处，准备返青，准备舒展开新绿，但这点水分被带着一身烟火气的东南风劫掠了。那些开始生动与柔软的枝条又重新变得僵直了，所有因萌动着新叶与花朵而显得饱满滋润的芽苞与蓓蕾，也在这本应湿润、本应催生新叶与春花的东南风过处迅速枯萎了。只有刚刚从厚积的枯黄中泛出新绿的草地，在一夜之间被那热风吹绿了。而且，过去要在接下来的大半个月中才会渐次开放的白色的野草莓花和黄色的蒲公英都在一夜之间同时开放了。

以前，机村人解梦，花开总是吉兆，但大火过后，谁要是梦见一夜花开，这个人自己就会担惊受怕。大火过后，连机村人详梦的说法都有了变化。不过，那已是后话了。

且说，一队队开上山的人马，在森林中各包一段，拼命干了一个晚上，天亮了一看，就明白要抢在大火前面开出一条防火道来，几乎没有任何可能。又累又饿的人们，一下就瘫坐在地上。掠过火头的风暖烘烘的，好多人背一沾软和的草地，就很快沉入了梦乡。本来就焦急狂躁的索波急火攻心，嘴唇都起泡开裂了。他说："你们不能停下，你们不能停下。"

但每一双快要闭上的眼睛，都只漠然地横他一下，就顾自合上了。每一个闭上双眼的人，都会非常惬意地吐出一声叹息。而那些野草莓，那些蒲公英细碎精巧的花朵，就从那些躺上的身体的四周探出头来，无声无息，迅速绽开花蕾，展开花瓣，只是轻轻地在干热的风中晃动一阵娇媚的容颜，便迅速枯萎了。而在那些加速生命冲刺，在开放的同时便告凋零的花朵之间，是一些摊开的肢体，是一张张形态各异的脸。这种情形，怎么看都像是一个可怕的梦魇。

索波看着这景象，嘴里不断地说："不能停下，不能停下！"然后，他冲到队长面前，说："告诉他们不能停下！"

队长看看他，笑了："谁告诉他们都没有用。不过，你要干，我就跟你一起干吧。"

队长和索波开始合力砍一棵大树。

沉闷的斧声在清晨的森林中显得空旷而孤单。

一些人起身加入进来。这些加入的人要么是先进的人物，要么是在运动中总是不清不楚的人物。他们加入进来，不是为了保住森林，而是为了在森林毁灭后，保护好自己。而大多数人躺在地上睡着了。索波看到有人没有老实睡觉。这些天，机村的胖姑娘央金迷上一个白净脸的蓝工装。这个蓝工装雪白的衬衫领口围着一个颀长的脖子，说话时，喉结很灵动地上下滑动。这个人总是一副什么事情都让他打不起精神的懒洋洋的派头。就是他这派头把胖姑娘央金迷住了。

大火没来的时候，央金一看到索波就目光虚幻。现在，一个有着特别派头的年轻人出现在她的面前。于是，央金的目光开始为另一个男人虚幻了。

那个人滑动着喉结说了句什么，央金都要拍着胖手说："呀，真的呀！"

索波就说："呸！"

但胖姑娘被迷得不轻，连一向敬畏的索波的话也听不进去了。

索波咬牙切齿对她说："你喜欢什么人是你自己的事，但你不要在这么多人面前犯贱，你这是给机村人丢人现眼！"

央金哭了。

但央金是那种太容易认错因此也太容易重复犯错的人。转过身，只要那个人对她火爆的身材看上一眼，她就像一身胖肉里裹着的骨头发痒一样，扭动着身子凑上去了。

这天早上，索波看到，睡了一地的人当中，也睡着央金和她那个蓝工装。别人的脸都暴露在阳光下，但这两个并躺在一起的家伙，脸上却都扣着安全帽。但只从安全帽没有遮住的下巴与耳根，都看得出来，两个人正暗自窃喜。因为什么？因为两个人的手都不安生，都伸到对方身上去了，在敏感处游走。

看到此情景，索波嘴上烧出的泡有两个裂开了，血水慢慢地渗了出来。那边还在悄无声息地暗自欢喜，这边这个人却又做出了副受难者的表情。

受难者把嘴唇上渗出的血水吐掉："呸！"

但是除了他自己，没有人听到。

这时，有些地方响起了爆炸声。之后，幽深的林子还有烟雾腾起。大家正在纳闷之时，老魏还有格桑旺堆领着一支这次救火行动中人员最为杂乱、着装最不整齐的队伍出现了。老魏说，解放军用炸药开防火道，速度比人工砍伐快多了。老魏向指挥部建议推广这个方法。指挥部还把往每个分队工地传达这个命令，同时输送炸药的任务交给了他。是他建议指挥部放了格桑旺堆将功折罪。因为这支队伍基本上是前些天送饭队伍的班底，只是还加上了指挥部机关临时精简出来的工作人员，甚至都抽了十多个炊事员补充到这支队伍里来。

央金的蓝工装就脱口而出："那就没有人送饭了！"

被打断了话头的老魏，灼人的目光亮起来："谁？谁说这话？"

下面没有人应声。

老魏说："大敌，不，大火当前，就想着自己的肚子，觉得有道理就站出来说话。"

于是，包括刚刚小睡醒来的那些人，都做出同仇敌忾的样子。蓝工装一吐舌头，掩嘴后退，三两步，就消失在合抱的大树后面了，央金也学样，吐一下舌头，相跟着掩身到大树背后，从人们视线里消失了。

前些年修公路的时候，索波就学会了爆破。现在，这个本事又用上了。他扯根藤条把两管炸药绑上树身，给雷管插上导火索，拔出腰刀，在炸药管上扎出一个小孔，插进雷管。对老魏挥挥手，说："大家散开。"

大家就都遁入林中，只留下老魏跟这个分队的队长还在身边，索波又伸出手，说："给我点根烟。"

一根点燃的烟就递到他跟前。索波接过来，猛吸一口，点燃了导火索，一阵蓝烟腾起，导火索冒出了火星，他才说："快走！"

三个人急急遁入林中，转过七八棵大树，刚在树后蹲下，轰的一声爆炸，头顶上树挂、枯叶簌簌地震落下来，那边，被炸的大树才轰然倒下。这一次演示，也是爆破速成。这个时代的人，对建造什么的鲜有信心，毁坏的方式却学得很快。

下一次炮声响起，就是好些人同时操作，同时点火，连珠炮响过后，倒下了起码一个排的大树。

老魏满意地点头，对格桑旺堆说："年轻人真是能干。"

格桑旺堆平淡地说："我耽误了机村这么多年，机村总算有一个能干的领头人了。"

索波对格桑旺堆说："我把央金也派到你的队伍里来。"

"好，该年轻人来负责。"

索波就恨恨地说："我不能留她在这儿给机村人丢脸，派给你送炸药去！"

但没有人看见央金，她跟那个蓝工装不知在什么时候一起消失不见了。

索波脸阴沉下来，哑着嗓子说："你们走吧，幸好山那边不是台湾，不然她就跑到敌人那里去了。"

老魏说："你不要生气。"

索波说："我生气？我为什么要生气？我为她生气？"

"但你确实生气了。"

格桑旺堆说："男欢女爱，我们机村的风俗，你是知道的。"

索波说："那是落后，要移风易俗，再说，这是男欢女爱的时候吗？"

格桑旺堆笑了："不是男欢女爱不是时候，而是天灾来得不是时候！"他把炸药背上身，又说，"如今，你是机村的领头人了，央金的事交给我，但还有好多事你得管，江村贡布又去找多吉了，你也得知道一下。"

"为什么不早告诉我！"索波愤怒得要大叫了。

格桑旺堆摇摇头，背上炸药，往另一个分队去了。

十三

央金和那个蓝工装潜入了树林。现在，她的身体也像眼下的森林一样，被烤得冒烟了。唯一不同的是，把森林烤得冒烟的是大火，而把她身子烤得冒烟的，却是蓝工装那好像漫不经心，同时又充满欲望的眼光。

更不要说，相互的抚摸已经使她总是被衣服紧紧捆缚着的身体马上就要爆炸了。

那人离开人群转过了一棵大树。她也昏昏然相跟着转过一株大树。脚下，是厚厚的松软苔藓。每一脚上去，都有一点微微的下陷，然后，又有一点微微的反弹。这增加了他们林间追逐时梦境一般的感觉。有意无意间，他们一会儿把对方弄丢，一会儿又把对方找到。要是换一个男人，她早就被扑倒在地上了。这个男人却不慌不忙。她转着一棵大树绕圈时，一小方天空就在头顶上围着树冠旋转。

有两次，他们抱在了一起，央金呼吸急促，头上沁出细细的热汗，但那个美男子懒洋洋的眼神只是间或闪亮一下，那种闪亮里有欲望的表达，同时，还对自己的欲望含有一种讥诮的锋芒。这样的两次拥抱后，央金的上身已经没有了衣裳。她的上身很短，两条手臂也很短促，就像做工稚拙的陶俑。但是，那对那么丰硕那么沉甸甸的、突出而不下垂的乳房，以及有着缎子一样质感的暗褐色的健康皮肤，使这个女性躯体闪现出夺目的光芒。

蓝工装抚摸那缎子一样的皮扶，亲吻那对乳房，这时，央金像一只母兽一样被快意挟持，喘息就像野兽发怒时低低的咆哮。

就在这时，爆破声此起彼伏地响了起来。

在他们周围，不时有被逼近的大火弄得十分警觉的动物奔逃而去。

蓝工装受到惊吓，央金紧紧把他搂住，他的脸就深埋在了她浑圆的双乳之间。先是几只猴，从头顶的树冠上飞越而过，接着是慌张的野兔和林麝，然后，是一只猞猁，和一头临产的母鹿。林子里应该还有更多的动物在慌张奔逃，但央金只看到了这一些。

央金的手松开了男人的脑袋，伸到了男人的裤子里，握在手里的东西，是那样的坚挺、滚烫。央金惬意地叹息一声。但她手里握着的东西随即就软了。她睁开眼，看见一头熊正从他们上方，从容地缓缓而行。男人一直都懒洋洋的眼神这时是真正紧张起来了，但下面却湿乎乎地松软了。

熊走几步，看看这对男女，再走几步，又懒洋洋地打量一下这对男女。这只熊一只耳缺了一块。两人相交以来，一直都是那男人居高临下，但现在，这个城里来的男人却被熊吓坏了。这时，央金轻松地笑了："你不要害怕，这是格桑旺堆的熊。"

这头熊已经数度与村里数一数二的猎人格桑旺堆交手，缺掉的半拉耳朵就是它们交手的纪念。就凭这个，机村每一个人都可以认出它来。机村人都相信，当这样一头熊，与一个猎人数度交手后，就会像英雄相惜一样念念在心，对别的人就没有任何兴趣了。

央金拍着蓝工装的脑袋说："不害怕，这是格桑旺堆的熊。"

"我们还是离开吧，这里不安全。"

他眼里令央金着迷的懒洋洋的神情被紧张所代替，颤动的喉结传达出他内心的恐惧。央金把手从裤子里缩回来。她把手举到两个人的眼前，上面黏呼呼的液体，说明他的雄鸡在吓缩了脖子的同时，把那点使他无故激越的东西吐出来了。

这个自感优越的白面男人，脸一下红到了耳根，低下头说："走吧，走吧，这里不安全。"

但接下来的问题是，他引领这个笨拙天真的异族姑娘，把前戏玩得如醉如痴，即便央金这时已经清醒过来，在这暗无天日的森林里也不辨东西了。所以，他们走出树林，看见大片天光的时候，却没有见到他们分队的人。砍伐的声音、爆破的声音在远处激荡。

当直泻无碍的天光笼罩住他们的时候，跟林子里不一样的寂静同时将他们笼罩住了。这巨大的寂静让他们一下止住了脚步！一大片湖水，就在他们眼前微微动荡，不要照耀，也能在自身梦一般的漾动中微微发光！

央金没有来过这个地方，但这个地方已经在机村人一代又一代的描摹中，使每一个刚听懂话不久的孩子都烂熟于心了。

是的，这就是那个传说栖止着一对金野鸭的色嫫措。

带着妖魅气的色嫫措是机村的神湖。

太阳模糊的轮廓落在湖里，湖水闪着一点点金光。央金捂住了自己的嘴巴。她以为自己真的看见了传说中的金野鸭。过去，他们这些反对封建迷信年轻人曾经拿这对传说中的鸭子与老年人说事。

央金自己就挺胸出来问过："你们说金野鸭，金野鸭，请问是指金色的野鸭还是金子的野鸭？"

她知道自己这个问题问得非常机智，所以，在她倾慕的机村先进青年领袖索波面前，兴奋得两腮绯红，眼动星光。

人家的回答是："当然是金子的野鸭。"

央金大笑着继续发问，眼睛却急切地朝向索波："金子那么重的东西会飞起来吗？那不是鸭子，是飞机！"

但她到底还是一个机村人，一旦置身于这种自然环境中，一旦置身于这种不是靠别人灌输的思想，而是靠自然启示说话的时候，不要任何理由，她就已经相信金野鸭是真的存在了。她紧紧地抓住了蓝工装青年的手："嘘，小声！看，保佑我们村的金野鸭！"

"哪里？"

她短促多肉的胖手指向了湖中黯淡太阳的影子。

蓝工装笑了："你们是把太阳叫作野鸭吗？"

一旦脱离开了依靠本能的情景，回到需要智性对某件事物进行判断的状态下，这个男人的自信与优越感就立即恢复了，他说："你的汉话不行，我又不懂你们的语言，所以，我要问你，你们是把太阳的倒影叫作野鸭吗？"

央金摇头。

"对，你们的语言虽然单调，也不至于把这不相干的事物拉扯到一起。那么，你们真的认为它就是……就是……"蓝工装脸上的表情变得生动丰富，他伸开双手，做出拍打翅膀的动作，从雪白衣领里伸长了颈子，模仿鸭子的声音，"这个东西，鸭子。"

央金又被这个恢复了生气的人迷得目光虚幻了，只剩下拼命点头的份了。

蓝工装指指天空阴云与烟雾后面的太阳隐约的影子，又指指湖里的倒影说："明白了吗？"

央金明白了，而且，立即就为自己那片刻的不先进，为自己片刻间就被封建迷信迷住心窍而惭愧了。

两个人围着湖边走了一圈。湖水静悄悄地敛息不动，只有湖中太阳模糊的倒影相跟着，也在湖里绕了一圈。

他们来到了湖的出口，溢出的湖水越过自然生成的堤岸，从脚下的山崖上飞垂而下，绿玉般的水一路落下去，落下去，在崖壁的巨石与孤树身上碰成白雾一片。站在湖水出口处的崖顶，铺展在群山间的机村谷地尽显眼前。从这里还可以见到正在逼近的大火。白天，不像夜晚看得见那么多的火光，火头推进处，只见烟雾弥漫。风一会儿把烟幕高高堆起，一会儿又将其一下推倒，吹拂着四处飘散。而在悬崖下面，撞得粉身碎骨的水重新汇聚起来，穿过山林，顺着沟谷向着山下流淌。溪流所经之处，正在设计出来的防火道上。从湖边望下去，防火道基本成形，而往上，从这湖泊以上，还有好几百米才到雪线，这里，还一棵树都没有动过。这一段，林子虽然稀疏了一些，但都是树皮树干中包含了更多松脂的冷杉，想必大火过来，烧起来更加快速便当。

蓝工装突然一拍脑袋，说："有了！"

他从悬崖边往湖边走，一边走，一边数着自己的脚步。走到水边，他用命令的口吻对央金说："你走过来，不对，太快了，回去，慢一点，一步一步走过来，好！开始！"

这个人懒洋洋的时候，身上有一股魔力，让女人不能自已。现在，他显得紧张而决断，焕发的魔力同样不可抗拒。央金昏昏然依令而行。走到湖边时，她差点就靠在了这个男人的怀里。但他把她扶住了，说："好，你的步子是八步，我的步子是七步！有办法了！"

他从工装口袋里掏出笔，同时掏出一封皱巴巴的信，他抽掉信纸，把信封拆了，翻出来，很快写下一篇字交给央金："现在，我要交给你一件任务，赶快下去，找到老魏，他明白该怎么做。"

"那你呢？"

"我饿了，再说，走山路，你快。我在这里等，见了我的信，那些大人物他们都会乖乖地上这里来！"

央金领命上路，回头看时，这家伙已经倚着一棵巨大的桦树，躺在松软的草地上了。

十四

一离开那个蓝工装，央金就清醒多了。

对于清醒过来的央金来说，在林子里行走，就像是在自己心里行走一样。一进入林子，光线就黯淡下来。那些若隐若现的小径在她眼中都清晰无比。在这条小径与那条小径汇合之处，或者说，是脚下的小径又分出新的小径的地方，她只稍稍停留一下，就做出了正确的选择。老辈人说过，在这样的时候，可以问草，也可以问停在树上的鸟。她确实看见了草，也在停留的时候，看到了很端庄地停在树枝上等她发问的鸟。

但她什么都没有问，就做出了正确的选择。这一路上，她奔跑不停，额头上、身上都沁出了细细的汗水。这些汗水把她肌肤的味道带出来，连她自己都觉得，这是山林里头野兽身上才有的那种生动的味道。她呼哧呼哧大喘着气奔跑、跳跃，浑身发热的时候，就脱下了外衣。她忘记了，里面的小衣已经在刚才的游戏中被蓝工装剥掉了。她把外衣提在手上，赤裸着上身，饱满的乳房在身上跳荡不已。

她觉得内心轻盈，像一个林中的精灵。但她那么肉感的身子，看上去更像一头刚刚成年的小母兽。

她都没有想到那么快就遇到了老魏。那是在一片林中草地上，她什么都还没有感觉到，就冲进了林中草地，奔跑的人关注的只是脚下若断若连的蜿蜒小径，而不是两边的风景。她只觉得一下就闯进了一片炫目的光亮中间。然后，是很多人一声惊叹，像一堵透明的墙陡然而起，立在她面前。

她看见了草地中央那些身背重负的人，看见了一张汗涔涔的脸，看见了他们惊异的表情。这种表情，让她一低头就看见了自己饱满的乳房。她自己惊叫一声，双手捂在了自己双眼之上。

央金就这样惊叫着冲进了人群才收住了脚步。

老魏和他的人都转过身子，把眼睛望向天空。

机村的人们却开心大笑，然后，央金自己也大笑起来。直到格桑旺堆说："笑够了，就穿上衣裳。"

央金才把衣裳穿上。

格桑旺堆说："好久都没有听到这么开心的笑声了。好姑娘为何而奔忙。"话说到一半，格桑旺堆用的已经是机村人十多年没有再听过的藏戏里带韵的文雅腔调了。

但央金不懂得这个，她又喘息了一阵，喘匀了气又吃吃地暗笑了一回，才说："那个人派我给老魏送信。"

老魏表情本来就一本正经，读那信时，脸上的神情变得更加严肃。

看完，他挥动着信纸，在草地上踱了几步，又把信看了一遍，脸上的表情更加阴沉，说："央金，格桑，你们陪我赶快下山。其余人原地待命。"

下了山，老魏又说："央金，你原地不动，待命，等我叫你。"然后，就和格桑旺堆钻进帐篷里去了。

央金说："我要喝水去。我口渴。"

"你，还有汪邦全工程师，干了一件大事，所以，你不能动，等着。听见没有？等着。"

她说："我们是两个人，不是三个人。"

老魏不耐烦地说："什么两个人三个人，傻姑娘，等着吧。"转身就拉着格桑旺堆钻进指挥部帐篷里去了。

央金掐着指头又算了一遍。汪邦全工程师，六个字，汉人名都是三个字，六个字不就是两个人吗？她想想也就明白了。因为看来这件事是好事，所以，老魏把他自己的名字也算上了。但想想又糊涂了。老魏，老魏，他的名字是两个字，那么那个人是谁呢？

不一会儿，里面果然出来人传她进去。进去还没有站定，铺着地图，放着电话的大桌子后面，那个领导抬起头来，亲切地笑了一下："你就是那个送信的女民兵吗？"

格桑旺堆一脸笑容说："是，她叫央金。"

领导说："哦，央金，是你送的信吗？"

央金拼命点头。

"这信是谁写的？"

央金脸红了，有些扭捏地说："他。"

"他？"

老魏赶紧站出来："就是汪邦全工程师。"

央金赶紧说："不是两个人，是一个人。"

领导想想，明白过来，哈哈大笑，说："好，好，小姑娘很单纯很可爱嘛。"然后，他把脸转向了格桑旺堆，问："那个地方真有一个湖吗？"

"有。"

"好，那就依汪工程师的建议，炸了它！兵来将挡，火来水淹！好计！咦，工程师怎么在伐木队里？"

"反动权威，打倒了。"

领导挥挥手："这个人我知道，新中国自己的大学生，有什么错误也是人民内部矛盾。现在，我宣布，这个人火线解放！"

老魏抓住机会："我也是人民内部矛盾。"

领导背着手沉吟了一阵，话却很有分寸："我们注意到你这一段时间工作主动，表现不错。"领导又指着格桑旺堆说，"对你的处理可能重了一些，但你要想得通，要总结经验教训。"

格桑旺堆嗫嚅半晌："你们是说，要把那湖炸了？"

领导用指关节敲着地图，没有回答。

"不能炸啊，那是机村的风水湖，是所有森林的命湖。这湖没有了，这些森林的生命也就没有了。"

领导一拍桌子："什么鬼话！下去！"

格桑旺堆不动，老魏去拉，他还是不动，好几个人一齐动手，把他推到帐篷外面去了。

老魏小心说："机村人就是这样认为的，消息传出去，他们可能会……"

"可能会，可能会，可能会什么？专政工具是干什么的？！你还是派出所所长，说出这种话来的人，能当派出所所长吗？"老魏低下头，不再多嘴了。接下来，领导宣布，依照汪工程师的建议，所有打防火道的队伍，上移到湖泊以上的地段，马上成立前线指挥所，地点就在爆破实施点。领导自己亲任前线指挥所的指挥长，央金的蓝工装是前线指挥部的副指挥长，老魏任联络员，领导说，"等等，还有本地那个民兵排长，也是联络员，机村人再神啊鬼的，出了问题，我就找你们两个是问！"

格桑旺堆出了帐篷，却不敢离开。但人们风风火火行动起来的时候，早把他忘记了。只有央金走到他身边，说："我看见你的熊了。"

格桑旺堆叹了口气，说："看来，我跟它，我们这些老东西的日子都到头了。"然后，他头上的汗水慢慢渗了出来。肚子里，什么东西又纠结夹缠在一起，疼痛是越来越频繁了。他说，"我估摸着，它该来找我了。"

肚里的那阵绞痛又过去了，格桑旺堆这时却很想说话，而央金恰好又在身边，于是他说："知道吗？多吉死了。"

"多吉不是抓走了吗？"

"他回来了，可是他死了。"

"你看见他了？"

"我看见他回来，那时他还活着，他说他要救机村，后来就没有再看见他了。"

"你没看见他死？"

"没有，但我知道。"

"你没有看见，就是不知道。"

格桑旺堆说："是啊，也许他还没有死，只是要是死了呢？"然后，他就神情恍然地走开了，央金待在原地不动，所以接下来，他咕咕哝哝说些什么，她都没有听见。他说："也许他还留着最后一口气，等着机村有人去看他一眼，也许，他睁着眼睛没有闭上，等着机村的乡亲去替他合上。那个人就是我了。也许，我的熊还等在那里，它会说，老伙计，林子一烧光，我就没有存身之地了，只好提前找你了结旧账。"

格桑旺堆就这么一个人咕咕哝哝地念叨着，恍恍惚惚地迎着大火烧来的方向出村去了。

与此同时，从指挥部里分出一干人，结成大队，带上电台、地图、军用帐篷、马灯、手电、信号枪、步枪、冲锋枪、手提喇叭、行军锅、粮食、罐头，往色嫫措去了。同时，口哨嘤嘤吹响，红红绿绿的三角旗拼命摇晃，一支支队伍也接到了最新命令往湖泊上方转移。片刻之间，除了指挥部里的电报机还在嘀嘀嗒嗒响，几个大灶头上还炉火熊熊，平底锅里翻出一张张烙饼外，热闹了好多天的机村，机器轰鸣、人满为患的机村立即变得空空荡荡。风，旋起一股股尘土，吹动着五颜六色的废弃的纸张，在帐篷间穿行。有时，风还在帐篷里出来进去，进去出来，使帐篷不断鼓动，发出的声音好像一个巨人在艰难喘息，或者是一群巨人在同时此起彼伏地艰难喘息。

央金跟着大队上山时，还回过头，往村口那边看了看。她没有看见格桑旺堆的身影，心里掠过一点隐隐的不安。但队伍里激越的气氛，很快就感染到她。她的心兴奋地咚咚跳动起来。更何况，领导还把她叫到身旁，问她关于湖泊的情况。

领导说："那个湖里应该有很多水吧。"

她说："很多很多。"

领导问："湖里有鱼吗？"

她摇摇头，说："我不知道。"

"那你听人说过里面有鱼吗？"

她还是摇摇头："都说里面有一对金野鸭，保佑机村和森林的金野鸭。"

老魏扯一扯她的袖口："这是封建迷信！"

领导说："对，这是封建迷信，新时代的青年不能相信这个。"

央金挺挺胸膛，说："我向毛主席保证，破除封建迷信！"

山路越来越陡峭，领导只能呼哧呼哧地喘气，不再说话了。领导一不说话，央金就想起传说中湖里的金野鸭，心里就觉得有些害怕。刚刚提高了一下的觉悟，立马又降低了。

半路上，遇到索波带了村里一帮行动利索的年轻人来接应，把所有人大包小包都放在了自己的背上。领导喘得说不出话来，用力拍拍索波的肩头。索波就雄赳赳地走到队伍前面去了。

央金追上了他，问："湖里真的没有金野鸭吗？"

索波翻了她一眼，没有回答。

央金再问，索波说："你见过吗？我没有见过。"央金觉得索波讲出了一个很大的道理，被另一个男人引走的柔情又回来了，她放低了声音说："要是真有野鸭，全村的人就恨死我了。"

索波从牙缝里逼出咝咝的冷气："你害怕了？你要是害怕，就母狗一样撅起屁股让他干就是了，带那个杂种到湖边去干什么？"

央金都要哭出来了。

但索波还不肯放过她："那个人那么干净，你是不是觉得要把自己洗干净了才配得上他？"

央金的泪水立即就涌出眼眶来，但索波依然穷追猛打："大火一过，这些人都会离开，那个人答应了带你离开吗？要是没有，你这样的下贱货，在机村是没有人要了。"

央金就这么一路哭着，到了湖边。这时，她都要骂自己是一个贱货了。她一看到蓝工装，就赶紧给他铺排吃的。这个男人一看就是不经饿的，她怕这个白净脸的男人已经饿坏了。

她这么忙活的同时，也感到背心发凉，不用回头，也知道索波用怎样的眼光看着自己。更让她心里发凉的是，从始至终，蓝工装都没有正眼看他一下。吃完东西，他一拍双手，把食物的碎屑，还有一个姑娘美好的情意都拍掉了。他看看她，对索波说："这里的事情她也插不上手，还是派她到原先的队里去吧。"

央金离开的时候，眼里旋转着泪水。索波要过她，但没有喜欢过她。从前她跟村里别的年轻人相好的时候，甚至她跟一个给万岁宫拉桦木的卡车司机相好时，索波都毫不在意。所以，她永远也不明白，为什么他对眼下的事情却这么在乎。她更不明白，蓝工装对她变脸，为什么只是在这转眼之间。她回过头来，不知道想再看一眼的是这两个男人中间的哪一个，但泪水迷离，她连一个都没有看见。

如果湖水里的金野鸭是一种美好向往，那她心里的金野鸭不知怎么也已经远走高飞了。

现在，她相信湖水里曾经有过一对金野鸭，也相信，这对金野鸭在机村人最需要它们佑护的时候，真的悄然飞走了。

十五

一路走去，格桑旺堆遇见了很多逃命的动物。

他这才想起，自己没有带上猎枪。但再想想，他自己就笑了。大火正逼近过来。灼热的空气熏得森林好像自己就要冒烟燃烧了。鹿、麂子、野猪、兔子、熊、狼、豺、豹，还有山猫和成群的松鼠，都在匆匆奔逃。它们都成群结队地从他身边过去了。过去，一个猎人出现在林中，所有动物都会有所警觉，但在灭顶的洪水一样逼近过来的大火面前，一个猎人就不算什么了。更何况，这个猎人神情恍惚，而且没有带枪。种类更多的飞禽们，却不像走兽那样沉着，它们只是惊慌地叫着，四处奔窜。刚刚离开危险的树林，来到空旷地带，又急急地窜回林中去了。因为，无遮无拦的旷野，给它们一种更深重的不安全感。

格桑旺堆想，也许会碰见自己那头熊。但那头熊没有出现。他这才想起胖姑娘央金告诉过他，那熊已经走到防火道的那一边去了。格桑旺堆笑了，说："真是一个聪明的家伙。"他下意识摸了摸那熊在他身上留下的抓痕，眼前浮现出那半拉耳朵的老朋友，在林中从容不迫行走的样子。

他又说："你还在，但多吉不在了。"

这么说的时候，他已经离多吉隐身作法的山洞很近了，所以，他真的感到多吉已经死了。

他的感觉没错，多吉在更多死亡降临机村之前死去了。

就在山洞口上的那点平地上，江村贡布喇嘛架起了一个方正而巨大的柴堆，盘成坐姿的巫师高坐在上面，脸上盖着浸湿的白纸。白纸下面，巫师眉眼的轮廓隐隐约约显现出来。从这样的轮廓看不出死人最后的表情，所以，格桑旺堆等于是没有听到他对这个世界的最后看法。当然，只要揭去这张白纸，他就可以看到多吉最后是怀着怎样的心情和这个世界告别的。但这张白纸是一个禁忌。这是一个破除禁忌的时代。不能砍伐的林子可以砍伐，神圣的寺院可以摧毁。甚至，全体机村人都相信可以佑护一方的色嫫措，他们都可以炸毁。所以这些禁忌都破除完毕的时候，旧时代或许就真的结束了，落后迷信的思想也许就真的消失了。

格桑旺堆对江村贡布说："谢谢你。"

"谢谢我什么？"

机村没有人不知道，江村贡布喇嘛一贯自诩出身于正宗的格鲁巴教派，从来都把巫师一类人物视为旁门左道，水火不容。

"谢谢你肯屈尊为他超度。"

"不存在什么屈不屈尊了，现今的世道，我与他一样，早已失了正派身份，堕入了旁门左道。唉，今天，他走，还有我惺惺相惜，前来相送，我走的时候，可是连护度中阴、早入轮回的经文都听不到一句了。"

"我没有来得及看多吉最后一眼……"

"我也没有听到他最后一句话，但我相信他的脸，他去得很是平安吉祥。"

而在格桑旺堆想来，这个名字就叫金刚的人，如果真是一个金刚，那也是个愤怒金刚。格桑旺堆看着他在这个小村庄走过一生，想起他的任何时刻，都联想不出这个人脸上一派平和吉祥是个什么模样。

江村贡布这时换上了喇嘛庄严的派头，用训谕的口吻说："这便是变化之规，一切纷乱向着秩序，一切喧嚷向着静默，一切爱恨情仇，向着寂灭的庄严。再说，你看，他的头。"多吉果然是一个和尚头。格桑旺堆知道，他一头纷披的长发是在监狱里按照牢规剃掉的。

江村贡布笑了，说："既然有人帮我把他剃度了，我就不怕麻烦再替他好好收拾了一番。"

格桑旺堆这才注意到，他真的把净头的铜盆和剃刀都搬来了。事情不止如此，这个江村贡布，把当喇嘛时的全套行头都搬来了。全本的《度亡经》，全套的法器，质感厚重的紫红袈裟。

想起巫师这样一个藏族人中少有的敢于公开蔑视佛门的人，就这样被剃度了，格桑旺堆不禁身上发冷。刚才江村贡布那一番话和那套久已不见的行头让他生起的敬畏之心没有了。他有些愤怒，说："他们在监狱里剃他的头，那是他们的事，但你不该对多吉这样！"

江村贡布毕竟不是真的喇嘛了，格桑旺堆一生气，他还真的有些害怕了："我让他光光鲜鲜上路，不好吗？"

格桑旺堆真的感到心里发冷。说到底，这些喇嘛和工作队，和老魏这样一些人又有什么分别呢？他们都是自己相信了一种看不见摸不着的东西，就要天下众生都来相信。他们从不相信，天下众生也许会有自己想要相信的东西，天可怜见，他们相信自己心里的东西时，还会生出一点小小的喜悦。一前一后，这些人，都是要把这个世界变得一模一样。所以，他们都说毁灭即是新生，而不是真实世界让人们看到和相信的生中有死，死中有生。所以，当大火烧过来的时候，江村贡布内心其实是高兴的。看他有些疯狂的眼神就知道，他那其实有毒的心灵在歌唱："毁灭了！毁灭了！"

他在不同的人，比如索波的眼中，还有一些天真的孩子的眼中，也看到了这种歌唱般的神情。只不过大灾当前，他们只是拼命压抑着这心中的歌唱罢了。想到这里，格桑旺堆提高了声音："你们为什么盼望把什么东西都弄得一模一样！这样的想法让你连一个死人的脑袋都不肯放过！你们高兴罢，大火来了，把什么都烧光，树林再生长出来，是不是都要像经文里说的，躯干像珊瑚，枝叶像祥云，除此之外，连树也不会再有别的模样！"

在这瞬息之间，格桑旺堆感到紧闭的脑子上一道门打开了，透进了天光。他这么一思想，至少明白了自己。这么多年，他都在做人家要求他做的先进人物，就像是要他长成一棵躯干像珊瑚、枝叶像祥云的树。而早在此之前，他在机村的水土中，已经长成自己的模样了。他最终被逐出了先进人物的行列。沐浴着新时代风雨成长起来的年轻人才能真正成为时代需要的人物。他还以为，前进不了的人，被时代淘汰下来的人，就只好回去，回到以前，把身躯重新匍匐在菩萨面前。刚才，江村贡布喇嘛用宣谕的口吻说话的时候，他就差点匍匐在地上了。但现在他明白，他也不会再变回一个虔敬的佛教徒了。

这一天，这一个时刻，格桑旺堆差一点就成了机村历史上机村级别的思想家。

但这个时代，怎么会在一个蒙昧的偏僻乡村里造就这样一个人物呢？

所以，当江村贡布说："格桑老弟你不要生这么大的气，我把多吉剃度了，同时，我也发了誓，活着一天，就要替他蓄起长发！"

这一来，泪水一下冲上格桑旺堆的眼眶，滚烫地转动，他头顶上透进一点天光，那门就悄然关闭，世界又是千头万绪的一片混沌了。

格桑旺堆又看了看柴堆上高高盘坐的人一眼，说："什么时候举火？"

"这时举火，你想当纵火犯吗？你想成为另一个多吉？"

格桑旺堆摇摇头，江村贡布说："那大火必然要烧过来，那样，整个森林都算是为他火葬了。你见过这么壮观的死法吗？"

格桑旺堆忽然心生羡慕，想到这个人的躯体端直庄严地坐着，整个森林都在他四周欢笑一般呼呼燃烧。他肯定在天上的某一处，看着留在世间的皮囊矮下去，矮下去，而烛天的火焰欢呼一般升起来，升起来。然后，月起灰冷，风一阵阵吹过，一个人在这个世界上从此无踪无迹。

两个人，又绕着柴堆转了几圈，然后，双手合十，举到胸前，与他作别。

回村的路上，好些年来都步履蹒跚的江村贡布走得十分轻松，他说："你马上去找老魏，报告他，找到他们的逃犯了。"

格桑旺堆也觉得步履轻快："但是他已经死了。"

江村贡布停下脚步，严肃了表情，说："这样，你或许可以官复原职。"

格桑旺堆笑了："你们不是都讨厌我吗？"

"有些时候，你的确十分讨厌，但我相信，大家都会说，这个坏人领导我们，比索波那个坏人领导我们要稍稍好上那么一点点！"

一路上，他们都看到，溪流浑浊了，所有浑浊的溪流都在上涨。还是春天，溪流已经是夏天的模样了。大火正在迅速融化山顶的积雪。这时，两个人都感到从背后推着他们往前走的热风消失了。倒是一股清凉之气扑面而来。风又转了一个方向，从雪山上扑下来，再次迟滞了步步进逼的火头。

十六

色嫫措以上的冷杉林长得相对稀疏，木质也不如下半部山林里的云杉、铁杉以及阔叶的桦树、栎树、鹅掌楸、山麻柳那么粗壮，间杂其中的高山杜鹃木质更加松脆，粗不过碗口，砍伐起来十分容易。

虽然那风只回头了多半天，湖泊以上的防火道还是在大火到来之前如期完成了。指挥部并不担心下面。色嫫措到山坡边那七八步宽的堤岸底下，斜着打进去了一个洞子，整箱整箱的炸药直接填了进去，电线从里面牵出来，直接连到了一台小小的机器上面。只等大火一到，机器上的机关一动，湖里的水就会决堤而下，一切就大功告成了。

转了向的风，吹开了天上的乌云与烟雾，暖洋洋的阳光重新降临到大地上。

前线指挥部一派轻松的气氛。大家都心情愉快，坐在阳光下，吃干粮，喝茶聊天。还不时有人起身眺望远处的大火。大家都长吐一口气，巴不得那大火早点烧过来，然后，就可以离开这个鬼地方了。

蓝工装更加轻松自如，他居然只穿着一条裤衩，拿着块香皂下到了湖里。虽然冰冷的湖水不断让他从湖水里跳起身来，但他只在太阳下稍稍暖和一下，就又下到湖水里去了。

与这轻松气氛不相容的只有两个人。一个是索波。他早已习惯了时时处处使自己显得重要。但是，大火的危险一消除，他就因为没有用处了，在这些人的眼里就显得不重要了。领导再来拍他的肩膀的时候，下达的是这样一个任务，说："有些事情，你还是要管一管，不要对你的村民放任自流。"

村民们吃饱了东西，正在光天化日之下大肆偷窃。什么时候起，机村的百姓就变得如此贪婪了呢？他们已经偷偷地搬回家很多吃的东西，即便如此，他们还在继续把可以入口的东西揣进宽大的藏袍里。一般人很难想象，这些藏民，能在袍子里藏进那么多的东西。除了吃的东西，他们揣进怀里的还有短把的斧头、手锯、锉刀、手电筒、马灯、半导体收音机。好多人把宽大的袍子里都塞满东西后，差不多一动也不能动了，就坐在原地，看着别人呵呵地傻笑。

有一个家伙，居然趁人不备，钻进帐篷把电话机也揣在了怀里。他刚刚钻出帐篷，电话机便响了。所有的人都捧腹大笑。这个人把电话机从怀里掏出来，放在地上，细细端详，直到人有过来，把他推开拿起了电话，他才遗憾地摇摇头，十分不舍地走开了。

更为喜剧的是，蓝工装下到湖里洗澡，把一个白白的身子搓得通红，嘴里惬意地哼哼着从水里出来时，发现脱在岸上的衣服不见了。

人们再次大笑。

但索波却气得浑身哆嗦，他说："丢脸，丢脸，太丢脸了。"他说，贫下中农在工人阶级面前把脸都丢尽了。

胖姑娘央金一直都跟在基本原谅了她的索波屁股后面，心里不无委屈地应声说："真是丢脸，真是太丢脸了。"

但看见蓝工装身体通红站在湖边找不到衣裳，她的脸一下就白了。那些人只是大笑，没有一个人送件衣服给他。这时，蓝工装的身体就由红转紫了。虽然蓝工装出了那么大的一个主意，但央金看得出来，包括老魏在内的那些人，并不真正喜欢他。人们很高兴他从一个足智多谋的英雄变成一个笑料。而且，蓝工装因为怕冷而在湖边蹦跳的时候，脚又被一块锋利的砾石扎出了一道长长的口子。蓝工装从脚上摸到了血，举着沾血的手，大叫起来。

这个转眼之间就骄傲起来、变得冷若冰霜的男人，现在，只是一个受到惊吓的胆小的大男孩了。

央金饱满的胸膛下，一阵暖意冲撞，泪水立即哗哗流出了眼眶。她从一个人身上抢下一件军大衣就跑过去，张开大衣，紧紧地把这个受了冻、更受了惊吓的男人紧紧抱在怀里。她自己紧闭着双眼，沉醉了一般，说："不要害怕，不要害怕。"感觉这个男人就像一个婴儿一样，在她的怀抱里了。

耳边传来一阵更厉害的哄笑。

她睁开眼睛，就知道自己再次错了。无端冲动的爱意让她做出了令自己更加难堪的事情。

睁开眼睛，她就明白，这个世界，除了无可救药的自己，没有一个人需要拯救。她的身体也远没有她心中的爱意那么高大宽广。她张开大衣冲过去，只是到蓝工装腰部以上一点点，大衣也只围住了顾长的双腿，使得她矮胖的身子像是难看地吊在那人身上。

蓝工装清醒过来，一把就把央金推开了。他穿好大衣，走到帐篷门前，又恢复了自信的神情，大叫一声："卫生员！"

卫生员拿出药水与雪白的绷带为他包扎伤口。他端坐在那里，微微皱起眉头，目光越过所有的头顶，游移在远处的什么地方。羞愧难当的央金，无论如何也没有勇气从湖岸边站起身子，走到人们视线底下来了。

索波抖索着嘴唇，气得说不出话来。

还是张洛桑怀里揣着沉重的赃物，慢慢挪过身来，对他说："队长，叫女人们回去吧，洁净的神湖边上，女人不能久待。"

索波伸出手指："你，你还在，还在胡说什么神湖！"

"他们眼中，这个湖不是神湖，所以，他们可以炸它。但在我们眼中，它还是神湖，不能让不洁的女人玷污了，还是让他们走开吧。"

索波咬着牙说："好吧，叫她们走，免得在这儿帮不上忙还添乱！"

队伍里女人不多，只等他这句话，便扑到湖边，拉起央金，小跑着离开了湖边。转眼之间，身影就遁入林中看不见了。这时，大家都听到了央金摇曳而起的哭声。

在这母兽咆哮一样的哭声里，蓝工装刚刚恢复正常的脸色立即就白了。

索波也像被锥子扎破了气囊，咝咝漏完了气，慢慢蹲下泄了气的身子。

所有的人都被这伤心绝望的哭声震住了。而在哭声止住的时候，远去的女人们的美丽而悲情的歌声在林中响起：

> 我把深情歌声献上的时候，
> 你的耳朵却听见诅咒；
> 我把美酒献上的时候，
> 你的嘴巴尝不出琼浆；
> 我的心房为你开出鲜花的时候，
> 你却用荆棘将我刺伤。

　　下午的阳光落在湖上，转了向的风吹动了湖水，所有人都满眼金光。

　　听着这歌声，老魏深深叹息。索波站起身来，一步步走到蓝工装面前，手就紧压在腰间的刀上。蓝工装嗫嚅着说："我怎么会想到她这么认真呢？要是早知道她这么认真，我就不会去招惹他了。"

　　老魏把索波拦腰紧紧抱住，嘴巴却在他耳边轻轻说："这么关键的时候，你怎么可以这样，你不要前途了吗？"这样的话真是管用，索波的身子立即软了下来。老魏又对领导说："这样的做法，严重影响藏汉关系、工农关系。"

　　领导厉声说："随意冒犯少数民族兄弟的风俗习惯，你要深刻检讨！"

　　事情提到这个层面，蓝工装心里的愧疚便消失了，只觉得一身轻松，有些油腔滑调地说："是，我检讨，深刻检讨。"

　　下午的山风吹在身上很有些凉意了，领导等得不耐烦，说："既然我们都做好了准备，大火最好在天黑前过来。"

　　这时，离天黑最多还有三个小时，看看远处的大火，反倒不像往常那样咄咄逼人了，这时正从容地爬上对面的山冈。看那样子，一定是要磨蹭到半夜才肯到达。

　　老魏说："你忙的时候，它急，你真做好了准备，它倒慢下来了。"

　　蓝工装又检查了一遍装上炸药的洞，和从炸药上引出来的线，说："其实，它就是晚上过来，也没有什么。只是半夜里就看不见大水决堤，飞泻而下的奇观了。"

　　这段时间，本来比较沉默寡言的他，一直喋喋不休地说个不停。在这么高的山上，他本来就有些缺氧，他再这么不停顿地说啊说啊，自己都有些喘不上气来了。他知道自己不想停下来。他要从内心深处把对那个胖姑娘的愧疚之心赶走，忘掉。他听不懂那歌词唱的是什么，但他听得懂那妙曼歌声中的悲伤与绝望。他听不懂那词：

我的心房为你开出鲜花的时候，

你却用荆棘将我刺伤。

　　他听不懂那歌词，那歌声照样像荆棘一样将他刺伤了。他一个劲说啊说啊，终于弄得所有的人都逃离了，只有一个大好人老魏还留在他身旁。他说："不是说这些人他们都是随随便便睡觉的吗？我只是跟她开开玩笑，摸了她几下。"

　　老魏是这些人中间的山里通："问题是她不是只想跟你睡觉，她对你动感情了。这些人我也弄不懂。他们真的可以嘻嘻哈哈乱玩笑乱睡觉，但一动情，那真不得了，杀人放火的事情都干得出来！"

　　"明明是她在勾引我嘛。"

　　"可是汪工你自己也没有经得起考验嘛。你这样的人是要干大事情的，可你们知识分子就是不容易经得起考验。"

　　这时，专案组那三条灰色的影子现形了。

　　在机村人多年后的传说中，这三个人是突然之间就获得了隐身术的。但在当时，他们只是十分坚定地投入到自己扮演的角色之中，所以，身上的光亮与色彩都一点点消退。人之所以引人注目，靠的就是那种生命亮光与色彩。他们好像找到了身体内部的某个神秘阀门，轻轻一拧，生命的热力便低下去低下去，然后，把自己变成了三个时浓时淡的阴影。执行跟踪与窃听任务时，那灰影几乎淡到看不见。到了某个时段，那种灰色就凝聚起来，变成人形，准时出现在领导身边，开始汇报工作进展。

　　现在，这三个人又现形了。

　　和往常一样，没有人注意到他们是从地上，还是从天上来的。总之，就像他们平时出现时一样，一下就在人们眼前了。心里有鬼的人，一看到他们总会感到身上发冷，手脚发麻。但这一回，他们显形显得很鲜明实在。好像从此以后，就不再需要隐身潜行了。

　　这回，他们不是贴到领导身边悄声耳语，而是双脚并拢，举手敬礼，声音洪亮地说："报告！我们追踪到那个逃犯了！"

领导就喊："把这个反革命纵火犯带上来！"

他们脸上身上鲜明的色彩又开始往灰色过渡："报告，他已经死了！"

"活要见人，死要见尸，死人也要带来！"

"可是，可是，那个地方已经烧起来了。"

确实，大火旦已点燃了那片林子，着火的林子又把江村贡布喇嘛布下的火葬柴堆点燃了。机村历史上，还没有整片林子都来为一个人火葬的纪录。这时，大火已经把那片林子烧成了一片焦炭。巫师多吉和那个烧得很透的柴堆变成的灰烬正在慢慢变冷。风打着旋，一撮撮地把灰吹散开来，又扬到天上。火从多吉盘坐着的身体下部往上烧，所以，他下面的部分被烧得干干净净，但头盖骨却完完整整地陷落在灰烬中，风把那些灰烬轻轻拂开，那曾被烧得滚烫的头盖骨就慢慢浮现出来。骨头遇风冷却，铮铮响着，开出一条条裂纹。像多吉那样的巫师，可以从这头骨的裂纹上，占卜未来的休咎。但他自己就是最后一个巫师了。不但那裂纹再无人来猜详，就是这裂纹起处，那金属般的铮铮鸣响，也只有空山听见。甚至空山也不能听见。因为满山火焰走过后，那么多的岩石都在遇风冷裂，都发出铮铮琮琮比小溪奔流还要好听的声响。

领导说："这个人就这样逃过无产阶级专政的铁拳了吗？"

三个灰影贴上了领导的耳朵，四周的人只听见他们最后一句："他们居然还给他送葬！"

"这两个坏人就交给你们了！"

"是。"

三个人又变成影子，隐入黄昏，消失不见了。

十七

然后，大火就燃过来了。

大火将到的时候，一直阴着的天幕上，竟然一颗一颗跳上来些疏落的星星。星星是种奇怪的东西，它们一出现在天空里，就引得那么多人都抬头去张望。在人们张望的时候，更多的星星好像受到鼓励，又一齐跳上了天幕。星星一出来，四野好像就安静下来了。

所以，一点点推进过来的大火终于抵达防火道的时候，就像巨浪撞到坚硬的石壁一样，直捣人们的耳鼓与心脏。整条防火道上，人们都发出了欢呼。

就在那轰的一声中，大火翻过了最后一道低矮的山梁。有一阵子，高高的火焰只是狂舞着冲天而起，发出巨浪一般轰轰的声响。大火爬坡爬累了，这会儿要好好地舒展一下腰身。所以，才在山梁上狂舞了一阵，然后，一弯身子，顺着溪谷里的防火道扑了下来。

山顶的距离相对窄小，所以，大火先是扑向色嫫措以上的冷杉林。烧到防火道边上，火焰的浪头一次次想冲过防火道去，却都够不到对面的树木。一棵大树燃烧一阵就轰然倒下，溅起更明亮的火焰。偶尔，有风把火星吹到防火道对面，引燃一点枯枝与苔藓，也被在防火道这边严阵以待的人们就地扑灭。大火烧到湖边的时候，一棵棵燃烧的大树就从山崖上倒下来，落进湖里。不一会儿，湖里就像是开锅一样沸腾起来。许多无鳞鱼翻着肚子浮上了水面。在呛人的烟火味中，一股浓重的腥气弥漫开来。大火也把林子里最后一些野兽驱赶出来，它们满山乱跑，平常那些对人警觉万分的动物差点就跑到人群里来了。野兽奔跑出来，人们立即齐声发出恐吓的吼声，吓得野兽又返身往火海那边跑去。但那带着热力的风，又驱使着它们跑回来。人是聪明的，他们用水打湿了毛巾捂在口上，一有动物跑过来求一条生路时，他们就拿掉捂嘴的毛巾大声吼叫。终于，火舌伸过来，伸到了那些动物的身上，轻轻一舔，这些动物自己也就变成了一个旋动不已、哀叫不已的火团。

也有胆子更小的动物，在人与火之间来往几下，自己倒在地上，一命呜呼了。也有凶猛动物，真就横冲直撞，硬生生从人群中冲过去，逃出生天了。

这一阶段的几个伤员，都不是被火烧伤，而是被野兽冲撞所致。

大火到来的时候，防火道上会上演如此具有娱乐性的一幕是谁都没有料想到的。提供这种娱乐性的还有林中的各种飞禽。林中的很多飞禽，有很多种类其实都不善飞翔。这时都惊慌地聒噪着，上升，上升，爬到了最高的树上，火头扑过来时，它们都展翅起飞了。火头带过来的气浪，让它们飞得比平常更高更轻盈。但它们没有本事一直往上直达天堂。在降落的过程中，火焰已经恶龙一样腾身而起，一下就舔去了它们借以飞翔的羽毛，使它们变成一团肉，直直地落到火海中去了。

湖泊下方茂密的阔叶林混交、乔林与灌木还有竹林混交的林带中，更大的火势逼到了防火道上。那是整个森林更富生命力的地带，那里，有更多的走兽在哀号，更多的飞禽拼死一搏，做出此生中最后一次最高的飞翔。

领导的手挥了下去："起爆！"

轰的一声。泥土，石块，湖水，还有湖水里的鱼都飞上了天空。有一阵子，人们的耳朵什么都听不见。只看见被火焰照得通红的湖水中央，起了一个漩涡。这个漩涡由小到大，由快到慢，把水面上密密的死鱼，甚至还有通明的火光都一下吸到了深处。这时，人们的耳朵才恢复了听力，听见漩涡深深吮吸的声音，感到毛骨悚然。但水并没有像人们希望的那样，以比大火更为猛烈的气势奔下山冈。

那个漩涡转动的同时，整个湖泊的水面都向下陷落了。

更多的水，十分神秘地消失在地下了。

而决坝而出的水流量并不太大。虽然临时又胡乱扔了些炸药包到缺口上，但也没有起到多大的作用。从以后的情形看，就是湖里的水全部都下去，恐怕也不能阻断大火。道理其实很简单，下面的防火道上还有许多树高高地站着，而水下去，只会贴地奔涌，即便山势再陡峭，也不可能掀起几十米的树一样高的浪头。水决堤而出，轰轰然跌下山崖，像一条猛龙奔下山去了。大水遇到火头的时候，不是一下把火烧灭，而是把火头带着枯枝败叶一起高高抛起，火依然贪婪地大口吞噬，再想落地生根时，就落在水上，灰飞烟灭了。更为壮观的是，大水的锋头不是咆哮的巨浪，而是浪头推动着，高举着大堆燃烧着的杂树，以比火还快的速度向着山下奔跑。

这个景象也进入了机村关于大火的传说。说是水神怕看不清道路，就强使了火神自己举着火把在前面领路奔跑。水神为什么能够驱使火神呢？机村人是不问这样的问题的。因为对他们来说，这个太理所当然了，因为这水是从色嫫措里奔泻而出的，虽然说，那对金野鸭已经不知所踪了。

可以肯定的是，面对水火相搏的壮丽景象，人们都瞠目结舌，整座山上几千人都张开了口，就是没有发出一点声音。至少没有人记得自己或别人在那一时刻发出过一点声音。可惜的是，因为湖面神秘下降，狂泄的大水马上就要后继乏力。但大火好像害怕以后人们说，它是等水势过去才重新得势的。所以，它在大水带着最初爆发的力量，威风凛凛地在树林下部冲刷涤荡时，还欲退还迎地挣扎着，帮着把大水灭火的场景上演得威武雄壮，如梦如幻。与此同时，却分出身来，欢跃而上。当地面上火焰的根基被大水涤尽时，大火的身子已经腾挪到了树林高处，轻轻巧巧地渡到防火线对面去了。大水还在林子下面奔涌，吞没掉一片片火焰的时候，却有很多火苗攀到了林子的上面，脚踩一个个华美的树冠，漫步云间。招摇的火焰过身之处，把一个一个庄严的树冠，变成了一支支巨大的火炬，步态轻盈，身形飘忽。

就是这样，大火以人们未曾预见的方式，轻易穿越了人们构筑的防线。

所有人都变呆变傻了。

机村人从来没有想到过神湖会消失，但眨眼之间，轰的一声爆炸之后，神湖真的就消失了。他们当然也就想通了，为什么那对久居神湖的金野鸭会在一个早上无缘无故地突然飞走。

指挥部的人是因为没有预见到大火会如此这般轻易冲破大水的封锁。更加出人意料的是，湖底竟出现了那么巨大的一个漏斗。

汪工程师脸色惨白，拉住身边的每一个人辩解："要是没有那个漏斗，火头是过不去的。"

湖里更多的水，卷成一个巨大的漩涡，在尚未破堤而出之前，就神秘消失了。而且没有人知道这些水去了哪里。汪工程师知道是石灰岩的湖底塌陷了，水面也跟着塌陷下去了，但他需要一个更神奇的答案。也许，一个更神奇的说法才可能使他得到拯救。所以他紧紧拉住了索波："告诉我，湖里的水去了哪里？"

索波是不懂得一点科学道理的。看到湖中出现那神奇的一幕，机村所有关于这个湖泊的神秘传说都在这个夜晚来到心头。他是先进青年，他不愿意相信那些离奇的传说。但他也面临这样一个问题，这些湖水到哪里去了呢？现在，湖水差不多流光了，只剩下一个黑洞洞的深陷的湖盆，烛天的火光落进去，也被悄无声息地吞没了，那幽深的黑暗里好多鱼，或者是一些看不见的神秘生物，它们垂死扑腾的声音听上去让人心悸。

索波抖抖索索地说："我也想问你同样的话，我想你这样的人才会明白这其中的道理。"

汪工程师摇摇头，说："我不明白，我怎么就会明白偏偏这湖底会有一个大漏斗呢？"

指挥部的领导铁青着脸，看着越过防火线的火又从点到面，很快就拉开了浩大的阵势，向着比夜色更为幽深的原始森林漫卷而去，咬着牙说："你是真不明白还是假不明白？"

"我真不明白。"

"你明白！"领导高声叫道。

"我不明白。"汪工程师呻吟一般说。

"明白！"

"我真的不明白。"

然后，汪工程师就昏过去了。

"同志们，我们中了阶级敌人的缓兵之计。现在，他还想继续蒙骗我们！大家说，我们应该怎么办？"

照例，那个年代最常用的两个字从一些人的口里吐了出来。他们眼里张望着越烧越高的火头，握得并不太紧的拳头举起又落下，喊：打倒！打倒！

那个已经吓坏了的人早就倒在地上了。

稀稀落落的口号声喊起来时，专案组的隐身人又恢复了实在的形状。他们身上挎着硬邦邦的手枪，从裤带上拉下来一副亮锃锃的手铐，咔嚓一声，把昏倒在地的工程师铐上了。手铐一响，汪工程师就醒来了。他想自己爬起来，但铐住的手，不能帮他寻找支撑，结果，他被人拎着领口提了起来。他看看手上的铐子，反倒很快就镇定下来了。他甚至对着大家笑了一笑，说："走吧。"说完，就径自向着下山的路上跌跌撞撞地去了。专案组的人从枪套里拔出枪，端在手里，跟了上去。这一刻，大家都看到，这几个的身影再也没有变灰变浅，以至于你稍不注意就像突然隐身一般消失不见。这会儿，他们彻底显形了，眼里射出洞悉一切的光，走动起来的时候，身体放出热气，每一道衣服皱褶都发出清晰的声音。他们押着汪工程师走出了一段，其中一个又返身回来，对领导意味深长地说："这里发生的一切，我们都会如实向上汇报。"

领导连连点头，说："当然，当然。"

等那人一转身，他就一屁股坐在了地上。领导脱下头上的绿军帽。大家都看到，一股雾气，从他头上蒸腾而起。

老魏叹口气说："这下完了。"

索波也叹口气说："是完了，这把火一过去，机村的林子，就彻底完蛋了。"

老魏笑了："我说的不是林子，我说的是人，你还看不明白吗？"

索波想了想，说："那个工程师他是罪有应得！"

"唉！看来你还是没有明白。"

索波再问，老魏却说："我不想对你说什么，我信不过你。我可不想惹祸上身，你是机村的聪明人，你自己看吧，你会看明白的。"

在这通红的火光把四野照得比月夜还要明亮的夜晚，索波感到自己的脑子里也有雾气萦绕而起，本来清晰的想法，也慢慢模糊了。

他越来越觉得老魏这个人真不简单，正想同他再谈点什么，却见指挥部领导招手叫老魏过去，神情萎靡地说："我想听听你的意见。"

"下撤吧，接下来如何，只有明天看看形势再说。"

领导就挥挥手，说："好，下撤！"然后，就自己拄一根棍子，胸前吊着望远镜头里走着，下山去了。大家也迅速收拾了东西，随后紧紧跟上。路一转入山沟，黑暗便掩杀过来了。在上面，在高处，熊熊的火光耀如白昼，但那只是在高处的轩敞之地。而在这低洼的山沟里，依然是深重夜色的统领之地。而且，路都被决堤的湖水冲刷得一片泥泞，湿滑难当。更可恶的是，大水还把许多枯枝朽木冲到了路上，虽然，队伍里很多人都带着手电，但下山比上山还要艰难。当终于看到机村大片的灯火时，大家都长出了一口气。这里，是直泻而下的山沟里的又一处台地。大水在这里已经失去了力量，把从山上带下来的东西：石头，从地下翻掘起来的盘曲的树根，燃烧过又熄灭的树木的枝干，焦炭，甚至还有动物的尸体，通通被遗弃在了这里。而在这些堆积物的旁边，是一片被火光照得若隐若现的草地。

领导说："老魏，在这里休息一下吧？"

老魏就说："那就休息一下。"

没有人发布正式的命令，但大家都坐下来休息了。

这时，有夜风吹过，掠过沟里少许没有过火的树木枝头的时候，发出瑟瑟的低语。风刮过去，到了正在推进的火线那里，风猛然发力，火焰轰一声升腾而起，像一道闪电一样，明亮的光芒从各怀心事的人脸上掠过。火光一闪而过，刚把一个人的脸显现出来，又迅疾地掩入了黑暗，使每一张脸都来不及清晰显现，就像每个人都看不清别人的心事一样。

这些天，步步进逼的大火使人们斗志高昂，准备要与火魔大战一场，但是，现在大火就这样十分轻易地越过了他们构筑的防线。转眼之间，他们就已经在不断推进的火线背后了。这时，就像听见自己内心的呻吟一样，有人听到痛苦的哼哼声。

然后，所有人都听见了低沉的哼哼声。

好几道强烈的手电光交织起来，投射到那个声音所来的方向。

然后，有人发出了低低的惊叫。在大火遗弃的堆积物中，恍然蜷曲着人的躯体！大家一齐动手，从枯枝败叶中扒出来一个，那身体已经僵硬了。再扒，又出来一个，也是死的！不一会儿，就扒出来五具尸体。三个是机村的妇女，还有两个，是穿着蓝工装的工人。然而，那微弱的哼哼声还在继续。最后，从一大堆腐叶与烂泥中间，胖姑娘央金被救了出来。索波从她嘴里、鼻孔里抠出一些污泥。胖姑娘甚至还挤出了一点笑容，轻声说："不要害怕，我不是鬼，我还活着。"

索波也笑了一下："放心，我会救你的。"

说完，便把手电筒衔在嘴里，背起她，向着山下奔跑而去。

剩下的人们沉默着，机村的人认出了那三个丧命的妇人，而那两个蓝工装的工人一时还认不出来。五具尸体都摆在草地上，每人脸上扣上一顶安全头盔，队伍就静静下山去了。而山下的村子此时静悄悄的，被山火晕染出一层绯红的光芒，看上去是那么恬静安详，一点也没有显出要准备迎接噩耗的样子。

大火刚起的时候，整个村子都曾激动地久久眺望，孩子们甚至爬到高岗上，不断通报大火推进的消息。现在，大火真正抵达的时候，这个激动了许久的村庄却安安静静地沉入了睡乡。

十八

大火一旦越过耗费了那么大人力物力开出的防火线，它自己也像是因为失去敌手，而失去了吞没一切的汹涌势头。

其实，这也只是大多数人的看法，更准确地说，是大多数人同意的看法。大多数人的看法常常是少数人提出来的。

还有更少数人认为，大家觉得大火失去了势头，只是因为它轻而易举就把我们抛在了身后，使人不能再看到杀气腾腾、气焰嚣张的正面罢了。

机村是这个满覆森林的峡谷里最后一个村庄。从此以后，大火便真正深入无人之境了。除了那些沉默无语的参天古树，除了那些四散奔逃的飞禽走兽，再没有谁等在前头，准备与之决一死战了。

这是一个容易激情澎湃，但也更容易虚脱的时代，这不，大火刚刚到达机村，我们认为故事刚刚到达高潮的时候，那高潮其实已经过去了。峡谷里铺满了因空气污浊而显得懒洋洋的昏黄的阳光。

那是虚脱的阳光。

虚脱的阳光照着因失去目的而虚脱的人群。

虚脱的人们看着劫灰覆盖的山冈、田野、牧场与村庄。

雄健的风替大火充当先锋，剩下一点散兵游勇，这里吹起一点尘土，那里卷起几片废纸与枯叶，也仿佛虚脱了一样。

只有卡车还在不断到来，拉来面粉、大米、猪肉、牛肉、鸡肉、糖和五花八门的罐头。

只有供应几千人吃饭的锅灶还显得热气腾腾。机村人从来没有吃得这么饱过，也从来没有像现在这样，吃饱了，还往嘴里塞着各种东西。蓝工装与绿军装们也是一样。而所有吃饱了的人，目光更加缥缈迷茫，虚脱得好像马上就要昏迷过去了一样。

吃剩的东西丢得四处都是，鸡、猪、羊、牛吃得撑住了，呆呆地站在村道中央一动不动。

连机村那些细腰长腿、机警灵敏的猎犬，也无法抗拒这些吃食的诱惑，肚子都撑得像大肚婆一样，睡在大路中央，难过地哼哼着，毫无一只猎犬应有的尊严，任由无数双陌生的腿在他们身上跨来跨去。

这也算是天降异相，这么多吃食把平常勤快的人跟狗都变懒了，倒是最为懒惰的桑丹一刻也不休息。她专门捡拾丢弃的馒头与烧饼，切成片，在太阳下晒干，又用讨来的面粉口袋一袋袋整整齐齐地封起来，码在屋里。据说，几天下来，屋里的馒头干已经快码成一堵墙了。

物质如此丰富的时刻在人们没有任何准备的时候一下就到来了，村代销店门前没有一个人影了。杨麻子的老婆是被火烧死的三个机村女人中的一个。即便如此，这天早晨他还是来把代销店门打开，坐在太阳底下，叹息一声，说："简直就是共产主义了嘛。"

休息一会儿，他又关上门，依然叹息一声，说："简直就是共产主义了嘛。"

然后，他背着手，驼着背走到摆着五具尸体的帐篷里，还没有走到他老婆的尸体跟前，他的清鼻涕就流出来了。他走到自己女人的跟前，说："看嘛，刚刚赶上好时候，你就走了。"

有人问他好时候是什么意思，他说："想吃什么有什么，而且不用掏一分钱，简直就是共产主义了嘛。可是，我的女人命苦，只差一脚，没有迈过好日子的门槛。"

然后，他的泪水就流下来了。他的泪流很细，流到每个麻子窝里都停留一下，好半天，也没有流到下巴底下。

杨麻子因为这句话被人警告了。

杨麻子一哭起来，就像是跑在下山路上，老是收不住脚。所以，警告他的人才向索波发出了不满的责问："你们村的人怎么这么反动？"

索波把杨麻子拉到一边："不要再哭了，要不是看在牺牲的婶子的面子上，你都被当反革命给抓起来了！"

杨麻子的泪水立即就止住了。

因为抓人的事即使不是经常发生，也的的确确是发生过的。大火没有起来的时候，巫师多吉被抓走了。昨天晚上，大队长格桑旺堆跟江村贡布喇嘛也被抓走了。正在说话的当口，又有吉普车拉着警报呼啸而至，直冲指挥部的帐篷，把指挥部领导和一直被看在那里的汪工程师抓走了。本来，不管是有人死去，还是有人被抓起来，都是最能让人兴奋的事情，但现在，人们却像是什么事情都没有发生一样。人们无声地聚集起来，看着两辆吉普车呜呜哇哇地开过来，停下，车后的尘土散尽后，几个臂戴红袖章、腰别小手枪的人面无表情从车里钻出来，站在帐篷门口，里面，指挥部领导和汪工程师被专案组的人带出来，塞进吉普车里。警报器又呜呜哇哇地响起来，屁股后又吹起一片尘土，风一般开走了。

人群还没有散开，指挥部帐篷的门帘掀起来，使大家都看到了神秘的内部，电报机闪着红灯嘀嘀作响，同时吐出一张长长的纸条。几个人围着那长纸条叽咕一阵，描画一阵，一张文告就出来了。

这张文告宣布，暗藏在工人阶级队伍中，贫下中农队伍中，革命干部队伍中的反革命分子暴露了。这些跳梁小丑，自绝于人民，飞蛾扑火，自取灭亡！同时，文告宣布灭火抗灾指挥部的权力全部移交给当初清查火灾起因的专案小组。专案小组那三个在机村传说拥有隐身术的灰色人，这时穿上了没有帽徽领章的新军装，崭新的面料在阳光下闪烁着金属般的光芒。机村至今有人叹息，说，奇怪，他们的法术一下就消失了。专案组来了一个年轻的新领导。新领导走到大家跟前，脱下军帽，一头干净顺滑的黑发一泻而下，人们才发现，这人不但年轻，还是个女领导。她决定，专案组扩大，老魏，甚至索波都扩大到这个新班子里去了。

新领导看都不看正在慢慢离机村远去，正在深入原始森林的大火一眼。她只是督促人们一张张抄写这篇文告，贴满了机村所有可以张贴东西的地方。她还走进广播站，亲自宣读这份文告。她亲自念了三遍，才让专门的播音员来播报。索波的名字在这份文告正文的最后。当今机村还有好几个人，能够惟妙惟肖地模仿高音喇叭念出的最后一个名字，在树林中，在山岩上，在河谷里激起的不同回响。

"索—波—波—波波波—"

"索—波—波—波波波—"

"索—波—波—波波波—"

过火后的树林回声暗哑，山崖的回声响亮，河谷的回声深远悠长。

有史以来，机村好像都没有出过什么了不起的人物。即便有过什么了不起的人物，他的名字也一定没有被奇妙的机器，被山，被水，被树木这么如歌唱一般念叨过。

所有人都以为，索波会被这个自命伟大的时代造就成机村历史上一个空前伟大的人物。又是很多年后，当索波老了，当年那帮小孩正当壮年，还能吹口哨一般噘起嘴唇，惟妙惟肖地模仿出四野对高音喇叭里念出的那个名字的回声。索波也只是淡然一笑，不置可否了。

夜幕降临后，专案组的新成员们反倒忙碌起来，四散开去完成各自的调查工作。调查方向有两个：一、大火起因，必是有反革命分子破坏，要把罪魁祸首挖出来；二、救火期间，又发生了一系列的反革命活动，必须深挖细查，务必把一切新老反革命分子暴露在光天化日之下。

一切部署完毕，女领导由索波和老魏陪着去充作灵堂的帐篷里看望烈士家属。本来，那些人只是无声地沉默。领导一露面，两个工人的家属就痛哭出声了。但机村的人依然只是沉默着。杨麻子算是见过世面，他拉着新领导的手说："她也值得了，机村人世世代代都没有见过这么热闹的场面，她见到了，值得了，值得了。"

新领导强忍着才没有笑出声来。

接下来，是艰苦谈判。工人家属提出的问题都跟钱相关。在机村人这边，这个问题轻轻巧巧地就过去了。但困难却还是出来了：关于三具遗体的处理问题。领导的意思是，举行一个隆重的追悼大会，然后，几具尸体一起土葬。这在机村历史上是从来没有过的葬法。依旧俗，这种不得善终的横死之人也不能天葬，而要火葬，一把火烧个干干净净。一个汉族人会把这样的场景看得十分野蛮残忍，更不可能把这个过程放在一个郑重其事的公共仪式上去完成。但在一个藏族人看来，死亡不过是灵魂离开了肉身。对一远去的灵魂来说，这个肉身最好彻底消失。所以，他们同样不能理解汉族人为什么还要把一具躯壳封闭在厚厚的木头棺材里，再深埋地下，慢慢腐烂，变成蛆虫，变成烂泥，在冰冷与黑暗中，背弃了天光。正常死亡的藏族天葬是把肉体奉献给高飞的鹰鹫，但这些暴死的人的躯壳，只能让火来化解，让风雨来扬弃了。

谈判艰难地进行着。

领导不能在停着尸体的灵堂久留，索波只好在两个帐篷间来回传话。

直到夜深人静，新领导红润光洁的脸变得憔悴而苍白。谈判在不知不觉间，已经导入藏汉两族对肉身最后去处的不同理解。

死人家属那边传话来说："灵魂知道曾经寄居的肉身埋到地下，见不到天光，还喂给了蛆虫，会一路哭泣！"

女领导在灯下梳理长发，说："告诉这些人，没有灵魂，反封建迷信这么多年，他们还相信这个。"

杨麻子总是像影子一样跟在索波后面，这时，他小声说："报告领导，平时，大家都说，这一世的灵魂交给了共产党，现在，灵魂要去下一世了，最后就只好相信一下了。"

索波说："你这是什么意思？谁让你胡乱说了？"

领导梳理好头发，整个人都焕发出新的光彩，转过身来时，把好多人的眼睛都看直了。她举起手，微微一笑，说："慢——！这位老乡的意思是说，这些灵魂是要去党管不着的地方？"

这句话一出，当然是暗伏杀机的，连索波都松了一口气，埋在土里，就埋在土里吧，他并不确切知道人到底是有灵魂还是没有灵魂，而且，他也不想知道。他只知道，这种争执早点停止，他就可以不在两个帐篷之间来回奔波传话了。

好个杨麻子，他躬下身子，说："这灵魂也不是都变成人，他们命贱，也许变猪变狗，往生到哪里，就真是说不清楚了。"

领导被这句话给噎住了："你，谁叫你进来的，嗯，谁允许你进来的？"

杨麻子就被赶了出去。

老魏上去附耳对领导说："请领导当机立断，不然，绕来绕去，就绕到他们的话里去了！"

女领导便挥手让大家下去，只留老魏在帐篷里："我想听听你的建议。"

老魏便一二三四五六七要言不烦地讲了。

女领导听后，沉吟一阵，眼睛生光，提笔在本子上唰唰写了。然后把专案组成员以及死者家属都召集起来，宣布了最后决定：一，执行党的少数民族政策，尊重少数民族的风俗习惯，遗体可以火化；二，同时也要反对封建迷信，移风易俗，火化也要用先进方式，把遗体拉到县城火葬场火化；三，骨灰盒运回来，跟两个牺牲的工人同志一起土葬；四，把格桑旺堆、江村贡布喇嘛、走资派总指挥和汪工程师拉回来，在追悼会后，在救火前线现场召开批斗大会；五，那个麻子，虽然是烈士家属，骨子里颇为反动，听说是解放前夕才潜入藏区的汉人，却扮演成当地土著为民请命，用心恶毒，来历神秘，要控制，要查，弄不好是潜藏的国民党特务；六，那个幸存的女民兵，要树为红色标兵。

女领导锋利的目光扫视一眼下面，说："这是最后的决定。不同意者，可视为存心与人民为敌！"

杨麻子当即双腿发软，汗如雨下。

索波当即就把生产队仓库与代销店的钥匙从他腰上扯了下来。

有人拿出毛主席的小红书，念了一段，最后一句是："扫帚不到，灰尘照例不会自己跑掉。"

这句话，也让愚昧的机村人给曲解了。他们说："毛主席也说人要变成灰尘嘛，不烧把火，肉身怎么变成灰尘呢？"但那也是之后好久的事了。当时，谁也没有再说什么，就默默地退出去了。漂亮女人严厉起来的时候，自有一种难以抗拒的威严。那些本来就威力强大的词语从她漂亮的嘴里，用好听的声音吐出来，更加充满了力量。

死者家属们退出帐篷外，马上凄凄楚楚地哭起来。这回，三个机村死者的亲人也加入进去了。哭声起来的时候，风也慢慢起来了。哭泣者渐渐远去，风把他们的哭声拉长了，袅袅娜娜仿佛无字的歌唱。

风稍大一点，哭声就消失了。

风再大一点，帐篷就被鼓起来，风换气的时候，帐篷又瘪下去，这一起一落之间，发出呼哧呼哧的声音，仿佛一个巨兽正费力地吞咽吐纳。这声音给人的感觉，就好像帐篷里的这些人，都是在这只巨兽的口里，他们所以安然无事。只是这个巨兽现在还不想吞咽，或者说只是这只巨兽一时间忘记了吞咽而已。人人心里都有些惶恐不安，但人人都在强自镇定。帐篷顶上晃来晃去的电灯更增加了这莫名的不安。

那三个隐身人回来了。

三个人悄无声息地钻进帐篷，整个身子隐在暗影中，几条影子迅速爬到大家身上时，所有人都感到一股冷冰冰的东西从背脊中央直窜到脚底。

好在三个人迅速脱去了隐身衣，把身子的轮廓、兴奋闪烁的眼睛显现出来，大家都有些尴尬地笑了。其实，机村人传说中的隐身衣不过是带帽子的雨衣。雨衣面子是细密的帆布，里子刷上了一层暗黑的防水材料。几个人只是把这雨衣反穿，立即就与夜色浑然一体了。这跟索波带领民兵抓盗羊贼时，反穿了皮袍，把自己装成一只羊的手法是一模一样的。只不过，这些年不断有从未见过的新东西出来，让人有些应接不暇而已。

他们把一个包裹放在了摇晃不定的灯光下，说："我们终于把那个逃犯缉拿归案了。"

说完，他们都退到了一边。

"逃犯？带进来！"

"已经进来了，就在这个包裹里面。"

好像有一阵寒气在帐篷里弥漫开来。

女领导毕竟太年轻了，她的声音都有些哆嗦，说："一个人？在包裹里面？"

"是，这就是那个逃犯。"包裹打开了，露出了一块灰白色的浅碗一样的东西。这是大火过后，巫师多吉留在这个世上的最后一点物质。

"这是他没有烧光的头盖骨。"

"他被火烧死了？"

"不，有人把他当一个了不得的人火葬了！"

"谁？"

"就是已经被我们抓起来的两个人，一个喇嘛，一个是机村的大队长。这两个人反动透顶，还放出话来，说是让整片森林毁灭，来为这个反革命分子举行最大的火葬！"

这个说法对索波来说也是闻所未闻，但江村贡布喇嘛确实传了这样的话，听到这话的两个机村民兵，立即就报告了。三个隐身人也是两个民兵带到那个隐秘火葬地去的。大火早在一天多以前就已经从那里掠过了。森林和江村贡布喇嘛精心布置的火葬的巨大柴堆，都变成了一片正在渐渐冷却的灰烬。他们找到那里的时候，一股股的小旋风正把那些尘土卷起来，想往别处挥洒。

以往一个人被烈火化成了灰烬，风一到来，把这些尘埃四处播撒，在树丛，在草上，在花间。片刻之间，就只有涧鸣与鸟唱了。可是，现在满眼都是劫后的余灭，漆黑的流水上覆满了焦炭。风能做的，只是把这里的尘埃和那里的尘埃混合起来。把树，把草，把人劫后的余烬搅和在一起罢了。大树的所有枝叶都烧光了，只剩下高大焦黑的树干，散发着呛人的焦煳味。有些太老的树，中心早已腐烂，于是，还有火钻进了树的里面，慢慢燃烧。这种燃烧看不到火焰，也听不到声音，只是不断吐出浓浓的黑烟。当火焰终于从大树的某一处猛然一下喷射而出时，这棵不得善终的老树也轰然倒下了。而更多青年的壮年的树却只面目焦黑地站立在那里，默然不语。它们内部的木质还坚实紧密，唯其如此，那种静穆中有一种特别悲伤的味道。

多吉剩下的那块骨头，就躺在这些树下，半掩在灰烬中，余温尚存。

当这块骨头暴露在指挥部灯光下时，已经彻底冷却了。起先大家或多或少有些害怕，但过了一阵，看它在那里，的的确确也就是一块了无生气的骨头罢了，便都渐渐靠近了，要看个仔细。女领导拿起地图前闪闪发光的金属小棍，拨弄一下那块碗状的头骨，仰放着的头骨就轻轻摇晃起来，骨头与桌面摩擦处，还发出了轻轻的辘辘声。大家都不约而同退后一步，又迅即用笑声掩饰住了尴尬。金属棍越来越频繁地拨弄，骨头就摇晃得更厉害了，同时，那辘辘声也大了起来。

这回，大家是由衷地笑了。

这印证了一个真理，一个人死去也就死去了，不存在什么神神怪怪的东西。这个时代，是一个人人似乎都可能掌握真理的时代。所以，通过一件事情印证一个真理，是一件非常庄严神圣的事情。如果人死去真有灵魂在，多吉知道自己未被烧尽的骨头还能派上这样的用场，给人这样的开示，想必也会感到有些许的得意吧。

但多吉好像不愿意这样，当大家沉湎于印证了真理的喜悦之中时，骨头在摇晃的同时，慢慢挪动，最后，便从桌子上跌落下去了。和地面相触的时候，发出一声沉闷的声音。就像一个重物击打在柔软的人体上发出的声音一样。

骨头自己把自己粉碎了。

骨头每一个碎块都比人们想象的要小很多，每一个有棱有角的碎块都在灯光下反射出一种灰色的、不是要放出来而是想收进去的奇异光芒。

每个人都暗抽着冷气，但又不敢明显地表现出来，发现真理的喜悦与自豪顷刻间就无影无踪了。索波与两个立功的民兵更是吓得退后了好几步。还是老魏蹲下身来，口里低低地念念有词，把那些碎块都归拢，重新包裹起来，说："拿走，拿得远远的，扔掉！"

两个民兵问扔到哪里？

从来都不叹息的索波这回却叹息了一声，说："风吹不走，就扔到河里去吧。"

两个民兵在前，三个隐身人在后，迅速消失了。大家走出帐篷，看着黎明铅灰色的沉重光芒正慢慢照亮大地。风又起来了。头顶的天空中突然滚过了隆隆的雷声。天幕还低低地压在头顶，不知是阴云还是大火引起的烟雾。风吹过，雷滚过，那低沉的天幕依然一动不动。只有间或，上面闪过一阵红光，那是正在烧向远处的大火，被风鼓动腾身而起时发出的光焰。

眼下已是四月了，雷声响过之后，春雨下来，春天才算真正到来了。

春天已经迟来许久，春天实在是该到来了。

大家仰起脸来，张望，同时倾听，雷声却消失了。只有风一阵松一阵紧，煽动起来的火焰的光辉，一阵阵把低沉的云脚照亮，像是闪电一样，只不过，是一种很慢很慢的闪电罢了。

十九

听到雷声，对大火几近麻木的机村人都离开了床铺与房子，跑出来，向着天上张望。

甚至昏昏沉沉地睡在临时医院里的胖姑娘央金也出来了。

这短短的几天里，她的世界真是天旋地转，先是因莫名的爱情而激情难抑，继而又被抛入深渊。这还不够，从色莫措涌出来的湖水差点夺去她的性命，当她从死神手中挣扎回来，躺在临时医院的雪白被单中，从那一生也没有睡过的那么干净的床上醒来的时候，已经是救火战场上涌现的女英雄了。她母亲来看她的时候，一路哀哀地哭泣不已，回去时高高兴兴地走得脚底生风了。这女人还顺手把病床前的搪瓷痰盂塞进了宽大的袍襟下，日后，这东西成为她们家盛放酸奶的专用器皿。

胖姑娘央金死而复生，第一次出现在乡亲们面前。她手上缠着绷带，额头上也缠着绷带，加上架着的拐杖，真正就是电影里那些英雄的样子了。她的身后，还有两个护士，一个高举着输液架，一个高举着药水瓶子。

机村人慢慢围拢过来，这个总是显得天真无邪，总容易因一个男人而双眼现出兴奋而迷离光彩的胖姑娘央金脸上现出的，却是一种大家都感到陌生的表情。她神情庄重，目光坚定，望向远方。也是这个时代的电影、报纸和宣传画上先进人物的标准姿势。

一个时代，有很多很难领会与把握的东西，但是，一个时代也有着好多一个笨蛋也能轻易学会的东西。谁要想使一个新时代显得与众不同，就要有更多的这种容易从外在模仿的程式。女领导出现了，做出电影里那种首长深情爱惜自己无畏战士的似嗔还怨的样子："央金同志，你现在的责任就是好好休息！"

女领导还说："越早把伤治好，就越早到省里干部学校去学习！"

这句话使人群骚动起来。人人都知道，这意味着：胖姑娘这一去，回来就是国家干部，就是领导了。

两个新涌现出来的先进民兵，带着后进要追赶先进的欣羡神情，把央金扶回病房里去了。

更多的人把复杂的眼光投向了索波。

索波脸上的神情便有些落寞，心里充满一种从未有过的酸涩感觉。这感觉让他这些年一直紧绷着的心情有些松懈了，身心的疲惫立即把他充满。这些年，都是他在后面追赶，并超过一个又一个人，现在，他刚刚越过了最后一关，从格桑旺堆手里夺过了机村的最高权力，却突然一下，有人跑到他前面去了。当大队长并不是他最终的目标，也不是每一个机村年轻人力争先进的根本目标。他们的目标，就是因此被上面选调，送去学习，从此走出机村。此前，每一批的年轻人中都有人这样走出去了。索波一直是当下这批年轻人中最接近这一目标的那一个。不只是他自己，所有机村人也是这么认为的。但这场大火一来，事情就不再于原来的框架中演进与变化。后面的人，差不多一点力气没有使，就把他超过了。

这天早晨，阴云与烟雾遮掩着天空，他却突然看到了自己的前程已经到此为止。他对领导说："我也想学更多的东西，为人民服务。"

索波是个瘦高个，女领导比他矮很多，但还是居高临下地拍拍他的肩膀，说："实际工作也一样锻炼人，何况，一场大火，暴露出机村的阶级斗争形势还很复杂，这个岗位也很重要啊！"

这一天，雷声一阵阵滚过，但雨水一直没有下来。

大火依然在往远处推进，但所有的人都好像将大火忘记了。即便这天晚上，风使大火燃烧得那么猛烈，而且，风还把过火之后的山林的余火重新吹旺，四野里都是余火闪烁，但没有谁再因此焦虑，也没有人因此而激动。晚上，电影照例在好几个地方同时上映。但已经没有什么观众了。所有人都早早躺在了床上，很快进入了梦乡。

人人都在传说，人已经不可能扑灭这场大火了。上面的上面，已经决定要派飞机来轰炸。机村人从这个传说中还知道了一个科学道理。这个道理说，火的燃烧就像人的呼吸，靠的是空气。如果没有这个东西，人会死去，火也会自己熄灭。许多炸弹从天上丢下来，爆炸的时候会抢着把火需要的空气吃光。火就窒息而死了。对这传说，所有人也就在将信将疑之间。机村人将信将疑，是因为这道理远远超出了他们的经验世界。另外那好几千救火者，大部分都是伐木工人。从他们的眼光来看，这些林子早晚都是要伐掉的。从这个角度看，这场大火，国家并没有损失什么。大火也是形式主义，搞运动一样气势汹涌，气焰嚣张，只顾往前疯跑，结果只是把灌木、杂草和森林繁芜的树叶烧光了。真正需要采集的树干，大部分都还好好地站立在那里。如果森林还想活下去，那么这场大火是致命的。但在此之前，这些森林的命运早已被决定，不是寂灭于大火，就是毁弃于刀斧。一个工程师闲着无事，在纸上演算出来，大火只让森林损失了不到百分之十的好木材，与此同时，大火却预做了清理场地的工作，使今后的采伐工效提高两倍以上。

从这个意义上说，大火的扑与不扑，都是无所谓的。所以，这场大火与轰轰烈烈的救火行动，都像是为我写下这篇机村故事而进行的。因为这些着过火的树林在接下来的十来年里，真的被砍了个一干二净。

大雨是第二天下来的。

头天晚上，机村死去的三个人的骨灰已经装在石头盒子里运回来了。另外那两个死去的工人也装殓到了新做的松木棺材里。天刚蒙蒙亮，送葬的队伍就出发了。死者亲属的哭声响起来，但很快就被从高音喇叭里传出来的哀乐声所淹没了。哀乐声里，还不时穿插进朗诵毛主席语录、欢呼革命英雄主义的口号声。天大亮时，几个新鲜的坟头，就出现在平缓峡谷中唯一有着一段险峻崖壁的河岸上。岩缝中间，有一片虬曲的青松和更多的杜鹃。大火当然没有烧到这些树木。墓地就在这片向河壁立的崖顶的草地上。这几个坟头，也是机村从未出现过的新生事物。

当然，还有坟头前面那么多的花圈与墨汁淋漓的挽联。

送葬的队伍回到村里的时候，村口的公路上传来了警车呜里哇啦的声音。警报声立即冲淡了悲伤的气氛。警车在前开道，后面两辆卡车上绑着四个罪犯：格桑旺堆、江村贡布喇嘛、汪工程师和三天以前还是救火总指挥的那个领导。卡车开到机村广场上，人群里立即响起了口号声。

就在把四个罪犯押往露天会场的路上，有硕大的雨水从天上稀稀落落地砸落下来。

雨水重重落下，落在地上，溅起了一片尘烟。

雷声隆隆地在低压的云层后滚过。

雨水也暂时停止了一下。好像是在等待更大的雷声。这时，闪电撕开了云层，蜿蜒着越过天顶。巨大的，比所有人的愤怒加在一起还要愤怒十倍的雷声轰然炸开。硕大的沉重的雨水就密密麻麻地砸下来。

雨水污黑肮脏，而且带着一点温暖，把大火期间升到天上的所有尘埃灰烬又带回到地上。雨脚强劲猛烈，倾盆而下。人们只在夏天见过这么猛烈的雨水，但现在这雨水就这样倾盆而下。集会的人群四散奔逃。墙上的标语被冲刷下来，人们手里摇晃着的彩色纸旗扔得满地都是。

大会自然是开不成了。

就这样一直到下午，大雨才下得不再那么猛烈了。但缓下来的雨水，却给人一种从容不迫的感觉，摆出一副要持续下去的样子。天上降下来的雨水慢慢变得清洁冰凉了。但落在机村四面山坡上的雨水，慢慢汇聚起来，把山上大火过后的灰烬、焦炭、残枝断木都冲刷下来。每一条小溪都在暴涨。过去，再大的雨水落下来，都被森林和森林下面深厚的苔藓化于无形，慢慢吸收了。但是，现在，这些雨水毫无遮拦，带着大火制造的垃圾奔流而下。满山都是水声在暴烈地轰响。

运动是暴烈的，大火是暴烈的，连滋润森林与大地的雨水也变得暴烈无比了。

指挥部部署的批斗与公捕大会最终没有开成。下午，高音喇叭里播放了这四个人的逮捕决定，又播放了一阵口号，警车又呜呜哇哇地响着，押着那四个罪犯带回城里的监狱里去了。

大雨继续下着。

天气放晴，是在三天后的下午。雨脚慢慢收住，天空上的云层升高，从裂开的缝隙里露出明亮夺目的阳光。一道一道的阳光从云层的缝隙中悬垂下来，仿佛一匹匹明亮的绸缎。当这阳光使走出屋子与帐篷的人们目眩神迷的时候，天顶的云层已经散尽了。

明亮的太阳当顶照耀。劫后余生的鸟们转喉鸣唱。狂烧掉那么多森林的大火也熄灭了。大雨把大火的余烬与味道都荡涤干净了。只有那些仅剩下粗大树干的大树，被阳光照亮时，乌黑的树身上还泛出一点浅浅的金属光芒。

这天下午，防火指挥部宣布撤销，女领导还有很多随从，都登上了吉普车，头上还缠着绷带的央金也登上了吉普车，坐在指挥部领导的身边。她的母亲为即将远行的女儿哭泣。吉普车发动了，雨后新鲜的空气中立即就有刺激的汽油味弥漫开来。

最后，央金又从吉普上下来，跑到索波跟前，她灿烂地笑着，用头碰了碰他的胸口，说："你要继续努力啊！"

这时，大队的汽车开动了。一个机村人永远都会念想的、最为热闹辉煌的日子就结束了。然而救火队伍中有上千的伐木工人没有撤离，他们都要留下来，就地组建一个新的伐工场。车队很快就消失在人们视线的尽头。现在的机村是一个机村人也要慢慢适应的陌生的村庄了。

跟到村外的人群慢慢散去。只有索波一个人慢慢走向村外。他看见，溪流边、草地上，杜鹃、野草莓、迎春、蒲公英、太阳菊，都争先恐后地开放了。在这片劫后的大地上，这些花朵甚至比阳光还要耀眼明亮。他摸摸眼睛，感觉眼睛有些湿润。然后，他听到一声哞哞的牲口叫唤，是巫师多吉的那头毛驴正在草地上吃草。村里人叫那驴的时候，也叫他主人的名字。于是，他听到自己叫了一声多吉，那驴就慢慢踱过来，抬起水汪汪的眼睛看他，掀动着鼻翼来嗅他，热烘烘的鼻息一下碰着他心里一个很柔软的地方，他的泪水一下子就悄无声息地流出来了。

事物笔记

报　纸

报纸刚到机村头一二年，那可是高贵的东西。

那时，机村人眼中，报纸和过去喇嘛们手中的经书是差不多的。

不管你识不识字，能够拿起报纸来，一张张打开，那就真是机村有头有脸的人了。那时，工作组白天下地和大家一起劳动，要到晚上，或者下雨天，才把大家召集起来开会。念报纸可是会议最重要的内容。

工作组的干部从不亲手把报纸带到会场上来。会场不是在仓库就是在小学校的教室里。煤气灯把会场照得透亮，来开会的人各自找好了安置自己屁股的地方，女人转动手中的纺锤，捻纺羊毛。男人们掏出烟袋，在划火柴和敲打火镰的声音中，烟雾腾腾地升起来，灯光就显得浑浊了。

这时工作组才走进会场。大家都抬起刚刚安放下去的屁股，干部把手往下按按，大家的屁股才落回原处。干部坐好了，笑着环顾会场一周，伸出手，指了一个人，说："你！"

被指的多半是一个年轻人，那个年轻人受宠若惊地站起来："我？"

"对，你！去拿报纸！"

这个人立即就跑开了，一眨眼工夫又气喘吁吁地跑回来了。把一摞报纸放在干部面前。不能说是机村每个年轻人，但可以说至少是百分之九十五的年轻人都希望得到这个机会。工作组很知道大家的心思，有时连着两三次叫一个人去，当这个人几乎把拿报纸的差事当成工作组对自己未来的一种承诺的时候，他们又换人了。这个差事因此在机村上进的年轻人中间造成了猜忌与竞争。

那时的村里有两份报纸：《人民日报》和《四川日报》。

机村的报纸不是天天来的，因为那时机村跟外面相距遥远。上面替村里订了以上两份报纸。邮政只把报纸送到乡上。那时的工作组一两个月就来一次，每次都把机村的报纸顺便带来。报纸是日报，就是天天都有的意思，但那时却是十天半月才来上一次。来了，是包在邮政专用口袋里重重的一大捆。纸本是羽毛一样轻盈的东西，一点点风就能让一片纸飞扬起来。但捆扎在一起，就变得像石头一样沉重了。

会开起来，首先就是念报纸。早前有篇念过好多次的报上的文章，叫作《谁说鸡毛不能上天？》。

工作组说：谁说鸡毛不能上天？鸡毛就是能够上天！讲话的人小心地从报纸上撕下来小小的一角，举到汽灯热气蒸腾的上方，一松手指，纸片就歪歪斜斜地向上飞扬。直到飞到屋顶，这里那里飘浮一阵子，才从墙角落了下来。有眼明手快的年轻人追过去，不等报纸落下去，就一把抓到手里，赶紧交回到工作组手上。

工作组举着那片纸："看见没有，不要说鸡毛，要是没有那屋顶挡着，这纸片也能飞上天！"

工作组见这么好的比喻居然没有什么效果，就叫这个年轻人再用机村话翻译一遍。下面还是没有太大的反映。

于是，他的讲话就直截了当了："只有集体主义的道路，才越走越宽！"

那时，小学校也教学生们一段童谣："单干好比独木桥，走一步来摇三摇！"

当村里唯一一个单干户石丹巴孤独地出现在村外的时候，一大群小孩子赶上去，在隔着一段距离的地方停下来，唱道："单干好比独木桥，走一步来摇三摇！"

不是石丹巴不愿意走集体主义道路，只是他有麻风病。虽然麻风病院给他开出了病愈的证明，但大家还是害怕，不让他加入集体中来。

　　人民公社成立后，机村除了生产大队，还有了党组织、团组织、民兵排和贫下中农协会，干部全部是这么些年工作组在大运动和小运动中、在机村本地人中培养起来的。从那以后，工作组就一年比一年来得少了，机村人也有了好些会自己看报纸的人了。十天半月，总有人去公社一趟，带回成捆的报纸和偶尔会有的几封信件。虽然说，单张的纸片也能像鸡毛一样被风卷起，但成捆的纸，却像石头一样沉重。所以，后来，生产队要给几个工分，人家才肯把报纸从公社带回来了。也就是说，因为沾手报纸而使自己区别于他人的日子已经过去了。如今的报纸就是印着字的纸了。何况，机村成年人基本上都是大字不识三个的文盲。即便有人念出来了，听起来也似懂非懂，报纸的神秘感也就慢慢消失了。男人们开始用报纸卷烟。他们说，报纸卷烟好，不遮。不遮什么呢？不遮烟草的味道。刚开始用报纸卷烟的时候，他们小心翼翼的，注意不要撕到有字的部分。但后来，一场会开过，刚刚念过的报纸就被撕得差不多了。

　　既然报纸可以卷烟，也就有人敢用它来包裹东西了。

　　也有向往美好明天的人，把报纸上的图片剪下来，贴在墙上。虽然机村还是用牛耕地，但报纸上天天谈农业机械化，所以，也有很多拖拉机耕地，收割机收割的照片。贴图片的人相信，那种场景，就是机村不远的明天。那时的报纸上，有越南女民兵的照片，也有中国女民兵的照片。

　　谁也想不到，报纸居然把一个人送进了监狱。

　　这个人真是倒霉透了。那已经是大家都不把报纸当成报纸的时候了。夏天分群的鸽子在冬天又聚集起来。太阳刚刚出来，鸽群就在天空中盘旋。阳光从山口那边斜射过来，把高一些的斜坡地照亮，没被阳光照到的低洼之处，阴影就越发浓重了。鸽群上下翻飞。一会儿，整个鸽群都倾斜着身子，斜刺刺地飞入了浓重的阴影，转瞬之间，它们又欢快地振翅飞进了阳光中间。飞翔的鸽群使阳光更加干净明亮。晴朗冬日里的每一个早晨，鸽群就这样一直在机村的天空中飞翔。太阳越升越高，所有的地方都被阳光照亮，冰冻的土地开始散发着一点温暖的气息。这时，鸽群就降落下来了。

它们降落在庄稼地里，在那些剩余的麦茬中寻找食物。

鸽群最繁盛的时候，能有两三千只之多。它们从天上飞过的时候，落下的影子像是稀薄的云影，可以遮住整个村庄。但那都是更早期的机村记忆之中的情形了。后来，机村人对什么东西都能开枪了，对这么漂亮的鸽群也不例外。村里甚至出现了一种从来没有过的猎枪。这种枪名字就叫作鸟枪，火药在枪膛里爆发，发射出去的不是一颗铅弹，而是一团细小的铁砂。这种枪没有准星，不能瞄准。只要抬起枪口，对着鸽群的方向，轰然一声，一团铁砂子喷射而出，就会有好几只侧身飞翔的鸽子从空中跌落下来。鲜血从身上的某个地方渗出来，染红了白色的羽毛。

这件事情发生的时候，地里的庄稼刚刚收割完不久。谷地里下着雨，山上却积起了雪。一场秋雨一场寒，雪线也一天天降低下来。等雪下到谷地里那一天，鸽群也要飞临了。

札西东珠很兴奋，因为有人替他弄到了一枝鸟枪。鸟枪带来的兴奋是双重的。一重，自己也像村里大多数男人一样，终于有了一支自己的枪；再一重，得到这支枪，还有一种犯禁的刺激。政策有很多禁止的事情，但在实际的情形中，并不是犯禁的事情都不能做。能做不能做，犯了禁后受惩处或不受惩处，是一个微妙的空间。进入这个空间的人，都会有一种探险的刺激。除了民兵，政策也禁止其他人持有枪支。扎西东珠的眼睛总是迎风流泪，一双眼角被泪水里的盐渍得通红。他也不大看得清楚远处的东西。这个人怎么可能成为民兵呢？怎么可能成为一个猎人呢？

但鸽群来的时候，像一片云彩飘来飘去，他还是看得见的。而一支不用瞄准的鸟枪，对他来说，就再合适不过了。他想要一只鸟枪可不是想了一天两天了。终于到了美梦成真的这一天。一支鸟枪来到了他的手上，弯弯的枪把，冰凉的枪管。扳动枪机，击发声清脆响亮。他把枪口唰一下顺向前方,前方的景物影影绰绰。他是第一次拥有自己的一支枪。但他知道,一支新的鸟枪到手,都要试一试枪。试试枪的准头,试试成团的铁砂射出去,在有效射程内会覆盖多大的面积。行话叫作看看这枪"团不团砂"。今天,他很高兴,遇见一个人就举举手里的枪,说:"走,去看看这枪团不团砂。"

当他从村子里走到村外的时候,身后已经跟着十多个无所事事的人了。

他往枪里灌火药和铁砂,有人在一道土坎上画出了一个圆圈。当他举起枪来,只看见泥土的颜色从土坎上面浮出来,虚虚的,像一片光,那个圆圈却无法看见。沮丧至极的他,连把自己没用的眼珠掏出来踩碎在地上的心思都有。就是这个时候,有人说,靶子应该是跟鸽子一样的白色。于是,一叠从公社拿回来还没有打开过的报纸被当成靶子放在了五十米开外的地方。现在,扎西东珠看见了。他对着那张报纸轰然就是一枪。

有人跑向了那张靶子,扎西东珠站在原地,枪声震得他耳朵嗡嗡作响。嗡嗡声一响,整个人就像跟这世界隔了一层什么东西一样。他隐隐听见自己在喊:"打中了吗?"

隐隐传来回答:"打中了!"

"打中了!"

有人把那摞报纸举到他眼前,近处的东西他是看得很清楚的。他清楚地看到报纸偏左一点,被那团铁砂打出了十几个小孔。但那些人的声音却还是隔得很远:"打中了!"

"稍稍偏了一点。"

他手里拿着枪,想,偏这么一点有什么关系?一个鸽群比一百张报纸还大。

有人在翻动报纸,然后,不是一个人,而是好几个人同时发出了一声惊叫。

接着，人群就轰的一声跑开了。只剩下他提着枪呆呆地站在阳光下。而被枪击穿的报纸，躺在他脚边的地上。他看看那些跑远的人影影绰绰的背影，蹲下身子，他甚至什么都没有看得清楚，就觉得血一下冲上了脑门。耳朵又嗡嗡地响起来。他捡起了地上的报纸，慢慢往村里走。泪水又从他烂红的眼角流了出来。

慢慢地，他也弄清楚发生了什么事情：夹在里面的一张报纸上，有张领袖照片。铁砂子从这面穿进去，把领袖的下巴、额头和腮帮子都打坏了。

他慢慢往家里走，碰到一个人就说："求求你，打我一枪，我胆小，自己下不了手。"

不等人家回答，他又说："算了吧，我这不是害了自己还想害你吗？"

他是第二天被带走的。警察骑着挎着一个车斗的三轮摩托来了。他们宣布的两项罪名，一项叫反革命恶攻，一项是非法持有枪支。奇怪的是，这个人被带走后，就再也没有了消息。他回来是十多年后的事情了。他被逮去，扔在拘留所里，就再也没有人来过问了。直到有一天，已经穿着跟过去不一样服装的警察打开牢门，宣布他可以回家的时候，他都不想回家了。在这个地方，什么都不用干也有饭吃。天气好的时候，还可以放到院子中间去晒晒太阳。但这个地方，他确实是不能再待下去了。

但就这么离开，他有些不甘心，他说："我有罪。"

警察就笑了："你他妈有什么罪，回去跟家人好好过日子吧。"一边说，好心的警察还替他收拾东西。警察顺手扯张报纸，把他一点零碎的东西包裹起来。

他一下惊得脸色发白，说："报纸！"

警察笑笑，说："不用报纸，你这点破东西，还想用什么金贵的包装啊！"

秤　砣

真的，还在故事起始处，秤和主人就已经苍老了。

秤的主人有好几个子女，一大堆亲戚，身上却带着孤人才有的冷飕飕的萧索味道。让人觉得，除那杆孑然的秤，他就没有别的亲人与伙伴了。在人们印象中，这个人从来没有年轻过。大家想想，这个人真是从来就是这样吗？所有人皱起眉头，做出打开了脑子里专管记忆的机关的样子，静默好一阵子，才有人开口说，是，一直就是现在这个样子。

要是他是一个修行的人，就可以宣称自己已经一百，甚至是更大的岁数了。但他不需要这样的神秘感，他对每一个对他年龄感兴趣的人都说，五十六，我今年五十六岁零二十七天了。他喜欢准确的数字。其实，他也是个马马虎虎的家伙，但是，自从那杆秤来到他身边，他就喜欢准确的数字了。

秤本来是头人家的。大概有两百年的时间吧，整个机村就只有两把秤。一把大秤，一把小秤。大秤称的是粮食啦、药材啦这些大宗的东西。大秤把老百姓家里的这些大路货秤过去，小秤把头人家从远处运来的值钱的东西称出来：茶、盐、糖和一些香料，有时甚至是银子与宝石。但宝石总是难得一见的，更多的还是茶与盐。糖和香料出现的次数比茶盐少得多，又比宝石多得多了。过去，机村的日子是很缓慢的。就是远处的一个什么消息，在这个人口里沤上几天，又随另一个捎话人在什么地方盘桓一阵，真比天上缓缓飘动的云彩还要缓慢。

但一解放就不一样了。

被打倒的头人叹气说，共产党里都是些急性子的人哪！

为什么这么说呢？因为头天晚上得到通知，剥削阶级的财产要被没收。但他没有想到，第二天早上，工作组就带领着翻身的积极分子把他们一家子从高大轩昂的屋子里驱赶出来了。那时候，自己家里连一点细软都还没有来得及收拾。不是头人不爱财，而是按照机村的老节奏，越是重大的事情越要来得缓慢。这天早上，头人还准备和家里人讨论一下怎么样能够尽量不失体面地搬出这座大房子，去住一幢下人的小房子，工作组和翻了身的下人就已经涌起来，把连早饭都没有吃完的一家子赶出去了。很多年过去，头人对此还耿耿于怀，他说："妈的，最后一顿当老爷的饭也不让人吃好。"头人顾念的不是他的财产，而是他的面子，是他做老爷，做人上人的最后一顿饭。一座大房子里是有不少财产，但架不住给那么多户人家一分，分到每一家就没有两样了。就说头人家的两杆秤吧。大的一杆，归了生产队。曾经称金分银的小的这一杆，就到了现在这主人的手上。他主动要的这杆秤。为什么呢？他说了一句古老的谚语，这句谚语给了秤另外一个名字，叫公平。

他说，所以要这把秤，就是让它当得起公平这个称呼。

而有人引用了另一则谚语，这个谚语里把秤叫权力，说想要秤的人就是想掌握权柄。那时，他的脸上就是很沧桑的表情了——私下里，大家都在议论，说："这家伙以前就是这种表情吗？"奇怪的是，没有人想得起他以前是种什么样的表情了。倒是他有话说，权柄，那杆大秤才是权柄。是啊，交了多少公粮，是那把大秤说了算，每人每户分到多少麦子与洋芋，也是那把大秤说了算。而他那把小秤呢？用时兴的话说，不过就是称量一些小农经济的尾巴。这家人有远客来了，从那家人借一斤油；那家人有件喜庆的事，请客，需要集中每户人家那几两配给的酒。都是从这把秤上过的。这秤过去在头人家里称过金银、宝石与鹿茸。到了他的手里，也就是这么些村民之间互相倒换救急的茶叶盐巴之类的东西了。秤有没有因此抱怨，人并不知道。但这杆秤的新主人确实没有因此抱怨过什么，他只是说："越是这样，就越是要公平啊。"

村子里传说，他认为自己得到这杆秤也是不公平的，所以，要用加倍的公平来对待它。

在以斤以两论进出的交易中，秤的公平就体现在秤杆的平旺上。这一点，他对自己都没有太大的把握。终于，有一天，他想到了一个办法：把秤固定在一个地方悬挂起来，就在他家东南向的窗户跟前，每天，一个固定的时候，太阳光会透过窗户照射到屋子里。当最初的太阳光照射进来的时候，就把秤——更重要的是秤杆投影在墙上。他把秤杆在水平的状态上固定住，然后，把投影的位置刻在了墙上。以后，有人再要淘换东西找他过秤的时候，就一定得是晴天，一定得是最早的阳光投射进他们家窗户的那个时候。他对一把秤的公平这么孜孜以求，人们虽然不以为然，但还是不想冒犯他。但凡一个人过于认真地对待一样事情的时候，别人都会小心一点，不要冒犯他。但久而久之，面对这样一种仪式，前来称量东西的人也会生出非常虔敬的心情。

称东西的人总是提早到来。

他就把东西放上秤盘，然后，一起坐下来，静等着阳光透进窗户的那一个瞬间。

这个时候，有人会赔着小心说："经常这样，真是太麻烦你了。"

他那张紧巴巴的脸松弛了，露出了笑意，嘴里说出很诗意的话来："来吧，太阳出来了，看我们眼前是多么敞亮。"

但他这样的话并没有多少人理解。这么斤斤计较的人怎么可能让人心里温暖又敞亮呢？

太阳光照耀进来，他抿紧嘴唇，细眯起眼睛，一点点拨动那枚油浸浸的秤砣，直到秤杆的投影和墙上的刻痕重合在一起。

那个时候，每个工作组进村来都是分散了住到村民的家里，叫作"同吃、同住、同劳动"。记不得是第几个工作组进村了，秤砣家里也驻进了一个。这是个在会上热情坚定，而私下里却有些腼腆的年轻人。年轻人在会上大讲秤砣，如此这般地使用一杆秤，对于破除小农经济思想，对于建立一大二公的社会具有多么多么重要的作用。他讲出来的意义太多，弄得秤砣自己都睡着了。

回到家里，秤的主人那张严肃的脸显得更严肃了，他说："工作同志，以后，你不要再并我这杆秤了，弄得人家都来笑话我。"

"你不是很坚持原则的人吗？为了坚持原则不是从来不怕人说三道四吗？"

"我做的我受。不要因为别人说我的好话，来让别人笑话我。"

这弄得年轻人当时就无话可说了。接着，他有些艰难地开口了："工作同志，你是不是还欠我粮票？"

"我欠你粮票？"小伙子惊得差点就从地上蹦起来了。

按秤砣的算法，小伙子真的是差他粮票。差多少？三两。那个年代，工作组是不会受人招待的。他们住在农民家里，每天都按标准向主人交一定的钱和粮票。这次工作组的标准是每天五毛钱，一斤二两粮票。十天半月，就跟主人家算一次账，按标准如数交上钱粮。其实不是小伙子少交了粮票，而是秤砣算错了账。算错账的根子还在那杆宝贝秤上。

那杆秤是十六两一斤。

秤砣当然也就认为天下所有的东西都是十六两一斤。工作组的年轻人给的是十两一斤，农他的年纪，也根本不知道世界上还有十六两一斤这回事情。第一次算账，秤砣就发现年轻人少交了二两，但他没有说话。他不好意思把这么小的一件事情说出来，当然，他更怕说出这样的事实会让犯错的对方感到尴尬。第二次，又少了三两。他继续隐忍不发。第三次，对上了。他想，年轻人已知错了。但是，这回，这个平常沉静羞怯的小伙子却在会上夸夸其谈，太多的好话让他成了别人眼中的一个笑柄。他并不想从任何一个地方得到表扬。他只是觉得，这么一杆秤落在自己手里，而不是随便哪个阿猫阿狗的手上，那他就要像一杆秤的主人。他甚至觉得，既然树有树神，山有山神，一杆秤这么重要的东西也应该有一个神。他甚至想让庙里的画师画一幅秤神的像供在家里。这样离奇的想法让画师吃惊不小。关于各种神像的度量经上从来没有出现过这样的说法。秤砣走了，画师又是上香又是诵经，因为这样荒谬的想法把他只听清净之音的耳朵污染了。一杆秤让他获得了人们的尊敬，他所做的一切都是为了不失去这份敬意。但是，这个年轻人那些让人半懂不懂的话，让他成了笑柄。他很生气，但他又找不到一个表示自己不高兴的有力的方式。于是，他终于忍无可忍把这样一个不公正的甚至关涉到人性中贪欲的事情说了出来："你差我三两粮票。"

粮票的数量很少，但是关乎一个人的品格，特别是当一个人能在很小的东西上赋予很多很多崇高意义的时候，这个问题绝对不是一个小问题了。

"我怎么会差你粮票？"

看到年轻人涨红了脸，急急地反问，他慢慢伸出了三根指头。像他这种个性，说出人家欠自己东西，而且是区区三两粮票也很伤自己面子。俗话说，再重的鼻子也压不住舌头。但他常常就是鼻子压住了舌头。但要不动舌头，把话压在心上，自己多少还是感到有些委屈。他有些不好意思，又很高兴终于能够向别人指明自己吃亏在什么地方。于是，他总是一片死灰的脸上涌起了彤红的血色，并且坚定地伸出了三根手指。

年轻人掏出自己的笔记本，把记在某一页上的账目细算了一遍，笑了："我没有欠你的粮票。"

"你欠了。"

年轻人又算了一遍，更加肯定自己是正确的。但他还是坚持说对方错了。他脸上一点犹疑的神色都没有，只是坚定地说："你才算了两遍，告诉你吧，我在心里都算了一百遍了。"

"那把你的算法让我听听看。"

他就算了一遍。然后，是那个年轻人惊叫起来："什么，你说一斤是十六两！"

"难道一斤不是十六两！"

秤砣把年轻人拉到那杆秤的前面，指着已经显出木纹的秤杆上一枚枚的金花，一一数来。年轻人长了知识，过去是有一种秤，一斤就是一十六两。年轻人明白过来，也不想解释现在的秤早已经是十两一斤了，就大笑，说："对，对，我错了，我马上补给你三两粮票。"

秤砣眼里露出了满意的神情："你这个孩子，谁要你还几两粮票。我只是要你不要算错了账。"他那张潮红的脸更加潮红了。这么一算，他在心理上就对这个人取得了某种优势。年轻人则意识到趁着他这股得意劲，正好做些启发性的工作："秤砣大叔，这秤到了你的手里真是公平，可过去在头人手里就未必公平吧？"

秤砣陷入了沉思，脸上的潮红也慢慢褪去了："已经倒霉的人，就不要再提了吧。"接着，秤砣改换了话题："好了，我要到镇上去一趟，我用豆子去换些大米，给你……咦，你们是怎么说的？'改善改善伙食'。"

临出发的时候，年轻人把一斤粮票交给他。秤砣找不开。年轻人心里忽然涌上一个想法："零头不用找了，你就到馆子里吃顿饭，粮票算我请的。"

他没有想要接受年轻人的馈赠，他只说："那我反欠你一十三两了。"

年轻人洒脱地挥挥手："我说过不用找了。"

秤砣就带着些豆子，还有他那杆秤上路了。这天，他的心情很好，他想，这也不是个不学好的年轻人。而今天，自己已经给这个年轻人很好的教训了。秋天的太阳把地上的一切都晒得暖洋洋的。他一步步走过那些干净温暖的石头、草丛、木桥，穿过落尽了叶子的桦树投在地上的稀疏的影子，那些豆子在袋子里互相轻轻碰触着发出愉快的声响。好像没走多久，就走出了几十里地，就看到了镇子在太阳下闪耀着的白灰的墙与青瓦的顶。真的，秋天里，世上的一切事物都显得那么干净，那样的从里至外，闪闪发光。

镇上吃国家配给粮的人喜欢机村的豆子，这些豆子干炒过后，蓬松酥碎，是很好的零食，最适合看露天电影时揣上一把。当然，如果和肉炖在一起，又是另一种风味。镇上的人喜欢从配给的口粮中匀出一点大米，换几斤机村的豆子。有露天电影时，豆子是孩子们的零嘴，下大雪的日子，旺旺的火炉上翻腾着一锅肉与豆子，也是日子过得平和的象征。

秤砣来到镇上，敲响了一家人的房门。主人打开门时，他已经称好了三斤豆子，手里稳稳地提着秤站在人家面前。主人也不说话，拿个瓷盆出来就倒豆子，倒是他提醒人家："看秤。三斤。"

主人头也不回："不看，不看，你的秤，放心！"返身又端了米出来，倒在秤盘里。秤砣称了，倒回去一些，再一称，平了，这回，还不得他开口，主人就说："谁不知道你的秤，不用看，不用看，放心！"

秤砣的脸上又泛起一片潮红，细细的眼缝里透出锥子般锐利的光。遇到热心的主人还会搬出椅子，端出热茶，和他坐在太阳底下，闲话一阵乡下的收成。这一天也是这样，因为他去的都是相熟的人家：开照相馆的一家，裁缝铺的一家，卫生所的医生一家，手工合作社的铁匠家。铁匠老婆说："你来，就跟走亲戚一样。"

他也差不多就怀着这么一种心情，走在从这一家到那一家的路上。

最后，他走到了镇子最西头的一个院落里。那是他每年用豆子换大米的最后一家。那家的主人是邮局的投递员。门口停着那辆驮着绿色邮包的自行车。

最后，他来到了镇上的人民食堂。他坐下来，掏出了一斤粮票。点了肉菜，还点了三两米饭。这是年轻人欠他的三两。算账的时候，麻烦出现了。按他一斤十六两的盘算，人家该打他四斤十三两的票。但他点了三遍，心里就有些急了，人家居然只找了他四斤四两。他当然不知道粮票都是按新秤的计量，都是十两一斤。按十六两一斤算，人家确实少找了他。于是，在结账的柜台那里，就起了争吵。看热闹的人们围拢过来，听清了事情的原委，相与大笑。

秤砣拿出了他的宝贝秤，冲到柜台跟前，一声一声数那老秤杆上的金色星星。数到十六的时候，他头上汗水都出来了。但好奇的人们爆发出了更大的笑声。血轰轰地冲上了头顶，他狂吼一声掀翻了齐胸高的柜台。然后，举起秤就往那个收款员的身上砸去。没抽到几下，细细的秤杆就折断了。于是，他举起了那个光滑油腻的秤砣，连续几下，砸在了那家伙挂满自以为是表情的脸上。直到警察出现，叫人把那个满脸血污的家伙送到医生那里，他才慢慢清醒过来。

他对警察说的第一句话是："他少找我粮票。"

人们才齐声说："老乡，你错了！"

"我错了？"

"一斤早就不是十六两，而是十两了！"

因为他不骗人，主持公道，所以知道不骗人的表情是什么样子。他环顾四周，所有人的表情都不是骗人的表情。

"一斤东西怎么可能不是十六两呢？"

有人把一杆新秤拿到他面前，给他细数上面的金色星星。是十颗，而不是十六颗。他把乞求的目光转向警察。警察忍住了笑说："跟我们走，秤早就是十两一斤了。"

秤砣就举着自己的秤给警察押着往派出所去了。他突然说："那是我多要了他三两粮票。"

"你说什么？"

"那这个年轻人为什么不告诉我？"然后，他举起了那个秤砣，对准自己的额头重重地拍了下去，然后，就晃晃悠悠地倒下了。他觉得自己就要死了，不能当面再问那个整天宣扬新思想的年轻人为什么不告诉他普天下都换成了十两一斤的秤了。当然，他没有死成。只是从此再也不给人称秤，也不觉得能给什么人主持公道了。而那个年轻人，也因为这个错误，不等他出卫生院，就调离机村了。

从此，他就是机村一个再普通不过的老人了。又是十多年过去，伐木场礼堂里上演过一部彩色电影。里面有一个情节是：一个反革命，用一个秤砣干掉了一个人。人们给这部电影起了一个名字，叫作《难忘的秤砣》。说起这个名字时，人们突然想起多年前机村自己的秤的故事，再看见他时，就有嘴巴尖刻的人说一句："难忘的秤砣。"

但秤砣自己并没有什么反应，一脸平静地做着自己该做的事情，后来，当新的流行语出现，人们也就把秤砣这事给彻底忘记了。

第三部
达瑟与达戈

序　篇

达瑟，我将写一个故事来想念你。

达瑟，你曾经居住在树上。

达瑟，你曾经和你的书——那些你半懂不懂的书居住在树上。

达瑟，你曾经是所有猎人的朋友，然后，你又背叛了他们。

我决定写你的时候，是在一个叫作印第安纳的地方。你的那些书里或许讲过这里的荒野，你的书里可能有过这地方的树木和野兽的图片，但我肯定，你从来就不曾知道这个地方。一个叫作谢里的美国人，一个汉语讲得比我们当年还要好的美国人，陪我来到这个地方。清晨，我们坐飞机从东方的大海边出发。那里，李树正在开花。中午，我们降落在这片大平原的中央。这里的李树也正在开花；这些李树，比我们机村的那些野桃树还要高大，还要亭亭如盖。就是这个时候，就在有人提醒我好好"看看美国"的时候，我却突然想起了已在传说中远去的你，达瑟。还想起你的猎人朋友。那个到了机村就被叫作达戈的猎人。那时，你们在我这样的小男孩心目中是多么神奇呀！在这个遥远而又陌生的地方，在一个租车行空旷的停车场上，我突然想起你。你的名字像是箭镞一样还在闪闪发光。那时侯，我不知道你名字的意思。现在我知道了，达瑟的意思就是一支利箭。而你的朋友，那个精干厉害的家伙，我们机村人偏偏把他叫作达戈——也就是傻瓜。看看，我们那些得过且过的乡亲啊，怎么就把这样的人看成了傻瓜？

　　我们租了一辆车，从 67 号公路再到 37 号。一路掠过很多绿树环绕的农场。一些土地正在播种，而一些土地轮到休息。休息的土地上开出了这年最早的野花。是的，总是有些花开得早，有些叶落得晚，这应该和我们的机村一模一样。汽车不断飞驰，我望着不断涌来的天，不断涌来的云团与云团之间耀眼的光芒，一个名字突然就撞进了心里，达瑟，你的名字，和机村那块有着大片废弃建筑的遥远的谷地的名字一样！

　　这些日子，你的名字真的就像锋利的箭镞一样，突然之间就射进了我的心房。

　　那时，在机村没有人知道那两个字的意思，就像没有人太懂你那肤浅而又意味深长的笑容一样！就像没有人知道那块与你同名的、遥远谷地中的废墟的由来一样！

　　达瑟，你曾经那么忧伤绝望。

　　达瑟，然后你找到那么多的书，和它们住在一起。

　　达瑟，和那么多的书住在一起，让那些书里机村人从来不想的意思，钻进了你的心房。

　　达瑟，我就在这个地方想起了你。心里被深深的怀想充盈，就像眼里一棵异国巨大的李树开满了洁白繁盛的花朵一样！

　　我开始写你，在刚刚住进的大学旅馆里。一楼到二楼，很多不同国家不同种族的学生在走廊里看书，他们散坐在楼层的各个地方，捧着不同文字的书本，皱着眉头思考，微笑，亲吻。我穿过他们，住在 3 楼22 号房。租来的汽车停在楼下一棵巨大的枫树下面。刚刚还是满目耀眼的阳光，现在风吹来了大堆的乌云，也摇动着那棵枫树上刚刚展开的翠绿新叶。而我的心中，是你的树屋旁边，那株同样开满洁白花朵的樱桃树，所有的叶片都在风中翻拂，辉耀着阳光哗哗歌唱。

　　我吃了好大一块喷喷香的面包，没有菜肴，只是就着一杯茶。达瑟，我走得这么远，可这个世界竟然有一样的麦子的香味，麦麸的香味。达瑟，我就想起了我见过的寻常的你，想象着传说中奇异的你。

达瑟，在为机村书写历史的时候，我想起了你，想起住在树上、住在树上屋子里的平常而又奇异的你！

达瑟，我在遥远国家一个又一个的大学、一个又一个的图书馆，抚摸一本又一本书，和一些讲英语或讲别的什么语的不同国家的人坐在一起，讲着我们机村的故事，讲那里的人与事，季节与地理，但我的心里却不断地撞进你的名字。我没有讲你。

因为，我还没有写下你。

以后，也许仍然不会讲你，因为我已经从今天开始，一字一句，要来写下你。之前，我把旅馆房间的百叶窗打开，让风摇动树叶的声音充满了房间。我要把心打开，让墙壁消失，就像这个城市一样，高坐在旷野的中央。

我住得离一条川流不息的高速公路不远。那里，道路上汽车呼啸着来来去去，好像跑得比时间还快。而我停留下来了，跟慢下来的时间待在一起，看见那么多车载着那么多人，一辆接着一辆，一个紧跟着一个，都想跑到时间的前面。而我停留下来，在一间大学旅馆里，院子里有一株大树，正在长叶，正要开花。

然后，我在电脑上写下你的名字。然后，在我心里对自己发出命令，说：现在开始……

就像我要在图书馆里、在讨论会上对着不同国家的人说话时，翻译谢里问我：可以开始了吗？

我点点头，说：好吧，现在开始。

一

队上的拖拉机从公社带回来一个牛皮纸信封。

那个年头，谁要是收到一个这样子底下印着一排红字的牛皮纸信封，多半就是好运临头了。

信还没到呢，一个电话又从公社打来了。电话里说，叫达瑟等着从公社送来的这封信。

一封信从上面寄下来，又加上这么个郑重其事的电话通知，肯定是天大的好事要降临到一个人身上了。

机村人都知道，一封信叫云彩托着从天而降，意味着这个人从此就是干部、工人或解放军了。总之，以后就是拿着国家薪水，不用胼手胝足日日从土里刨食的上等人了。在这个年代，对一个机村人来说，最大的好事就是永远离开机村，就是一个农民往后不再是农民。

所以，大队部电话一响，有向往的年轻人都会激动而紧张。这天是索波接的电话，说："是我，是我，到村口等信?! 哦，我是谁? 我是……哦，不是找我，叫……谁? 达瑟?! 错了吧? 没错! 好，哦……好，好。"

那时，"文化大革命"还没有开始，那场大火还没有光临机村，民兵排长索波正在天天向上。

他捂住话筒，气急败坏地叫起来："达瑟! "

没有人回答。

这个达瑟恰好和索波相反，从不盼望遇上这种好运。机村的大多数年轻人并不奢望好运会如一朵祥云一般飘飞到他们头上。他上过学，就上了三年小学，书也念得懂，家里也不反对他上学。但他早就不上学了。和很多不想上学的人一样，一个生来种地的人上那么多学干什么呢? 为什么要用那些并不需要弄懂的东西来难为自己的脑子，为学校里教授的空洞的跟自己生活没什么关系的汉语来难为自己的舌头? 另外还有一个原因是属于他个人的，这家伙个子偏高。不知为什么，他的个子就是一个劲地往上蹿，坐在教室里还好一点，做广播体操的时候，戳在一大群矮小瘦弱营养不良的小孩中间，他身材高大而动作笨拙迟缓。这也是他最引人注目的时候，就因为这个，他也不想再上学了。高兴了，跟着大人下地劳动几天。大多数时候，就什么也不干，一个人在林里水边四处转悠。他有一个特别的功夫，能在树上睡觉。不管桦树杉树，只要有撑得住人体重量的树枝，他就可以安睡在上面。问他这样睡觉是什么感觉，他只是嘿嘿一笑。他睡在树上，不是要玩引人注目的惊险动作。他真能在晃晃悠悠的树枝上睡着。有时，风刮进林子，使整株树都摇晃起来，这时，他就会从树上掉下来，摔疼摔伤，他也不声张，一瘸一拐地自己回家去了。但要不了几天，女人到林子里采几朵蘑菇，男人到林子里下一个套索什么的，听见一个人在树上咕咕哝哝，抬头见他又躺在摇摇晃晃的树枝上了。

还有人看见他呆呆地跟着树，跟着树上栖息的鸟，跟着树荫下睡觉的狐狸，唧唧哝哝地说话。

有时，他也懒得走远，太阳一好，又有点小风，就爬到村子里晾着干草的树上，躺在一捆捆干草中间，那可就舒服多了。

好运气来的那天，索波捂着电话听筒没好气地喊："达瑟！"

大家就一迭声地朝着树上喊："达瑟！"

他却从广场上聚集的人群中慢慢站起身来。人们才发现，这个人就在大家中间。咦！今天他怎么没到树上去呢？他慢慢站起来，拍拍袍子上的尘土，好像早就做好了准备，不慌不忙地说："来了。"

在众人好奇的目光中，他举着听筒，听着，一言不发，放下了电话。然后，脸上迟缓地绽开笑容："我的叔叔，让我去上州里的民族干部学校。"

二十多年前，土司还统治着机村，共产党还没有来解放这个地方，达瑟的叔叔就已经出走了。一个铁匠来到村子里，他叔叔迷上了铁匠的手艺，每天都蹲在铁匠忽忽悠悠地抽动着蓝色火苗的炼铁炉前。铁匠重铸了铁铧，新打了镰刀，收拾好家什离开的时候，达瑟的叔叔也跟着铁匠浪游四方去了。一去就再没有回来。十年后传回消息，这个人参加解放军，立了战功，现在已经是一个领导了。但他还是没有回来。这个人只是在每一个新年，给家里寄一封信，一个包裹，里面是给家里那些他在时就有的人，和他走后才有的人，每人一件新衣裳。

奇怪的是，这些衣裳单看起来漂亮，穿在别人身上也很漂亮，但穿到他们家人身上，却总是有种滑稽的效果。这弄得村子里那些追逐时髦的青年人愤愤不平。有人说，那个远走的人，想让机村人看见这些漂亮衣裳就想起他来，可惜，他们家的人穿上什么都形象模糊，所以，他的愿望并不能真正实现。达瑟的叔叔出走已经很久很久了，现在，机村人偶尔想起"达瑟的叔叔"，也是面目模糊。

但这个面目模糊的人，隔着很远的时间，隔着很远的空间，往机村打来了那个电话。

达瑟，你就这样离开了我们的村庄。

都说命运真不公平，那些年轻人那么奋力向上，好运却奇怪地落在了浑浑噩噩的达瑟头上。他摇晃着与他年纪不相称的瘦长身子，不慌不忙往村口走去，等待手扶拖拉机从公社把那个牛皮纸信封带来。这件事情让上进青年心生怨气。但看到达瑟像平常一样不悲不喜，他们也就尽量不去想这样的好运气该不该自己得到，不徒然地埋怨命运不公了。

达瑟枯坐在村口。

没多久，那封神奇的信就到了。

他又喜又悲的母亲，哭了又笑，笑了又哭，他只是轻吻一下她的额头，就使母亲安静下来了。

他又往树林里去了，阳光很好，给所有东西跟心情都镶上了一道明亮的金边，他就怀着这样一种边缘闪着暖烘烘金色光芒的好心情高睡在树上。风刮过茂密森林的边缘，那些努力伸到林子外面来的树枝便晃动起来。勤快的树医生啄木鸟在这些摇晃的树枝间起起落落。风升高了一些，去摇晃那些高大的树冠，下面的树枝便静止下来。啄木鸟还在树枝间起起落落。这些树的医生，翅膀上的花纹很特别，使它们飞行的时候，翅膀看上去不是在扇动，而像是两只小风车，在身子两边轻巧地旋转。

　　他是拿到通知的第三天走的。这是他第二次离开机村，第一次，是去二十多公里外的公社，坐的是生产队的胶轮马车。那时还没有拖拉机，拖拉机是后来才有的。那次坐马车去公社，到了，也没看清楚这些房子与人。每个人把袖子高高挽起来，排队走到医生面前种牛痘。种完也不走开，挤在一边看医生给别的人种牛痘。然后一窝蜂跟着几个医生从卫生院来到公路边，看他们上了救护车，关上车门，隔着窗户对大家挥一挥手。汽车扬起的尘土散尽后，流动医疗站已经转过山弯消失不见了。他又坐着马车昏昏欲睡地回来了。

　　这回，他第二次出门，一走就要到几百公里开外的自治州州府去了。

　　达瑟是一个人走的。天还没有亮，家里人都没有醒来，他就肩着一个大褡裢悄然出门了。只有邻家警觉的猎狗叫了几声。但他轻轻拍了拍自己的嘴唇，说："嘘。"狗就乖乖地收声了。然后，就只有月亮一路跟随着他。他穿过村中小方场时，那轮弯月跟随着他。他踩着深重的夜露，经过村头柏树丛中的井泉时，月亮消失了。当他走出那些老柏树的暗影，月亮又跟了上来。月亮就这样一直伴随着他，直到天透出曙色，林子里的鸟们此起彼落地叫起来，月亮才慢慢从天空中隐去了。

　　达瑟停下脚步，若有所思地望了一阵天空，确信送行的月亮也只到此为止，便甩开长腿，摇晃着身子向远方去了。他的脚，他甩动的手臂，碰到了草与树，上面清凉的露水就滚落下来。

二

　　在镇上，当达瑟拿着牛皮纸信封走进公社宽敞的院子时，正碰到一个人从里面出来。两人在并不宽大的院门里错身而过，他们的肩膀撞在了一起。那个人一身旧军装，个子不高，眼睛炯炯有神。达瑟一脸木然，没有反应。那个人很灿烂地对他笑了一下。

在文书那里办了户口迁移，又拿了一张印着大红公章的介绍信，文书伸出手来，说："祝贺你，以后我们都是同志了。"

达瑟就跟他握了握手。这是达瑟第一次跟人握手。机村的人天天见面，用不着这么郑重的礼仪。好久不见的人，才互相碰一碰额头。但达瑟握手时那漫不经心的样子，就像他是一个天天跟人握手的领导一样。

凭着这张介绍信，达瑟住进了镇上的旅馆。

旅馆的房间在楼上。楼下，泥地上摆着十几张油漆过的饭桌。下午时分，阳光斜射进来，把一个空间分成阴阳两半，不大的饭馆显得空空荡荡。达瑟坐下来，给自己要了两种牛肉，他不能要米饭。他还处在从农民到国家干部的过渡阶段，手上没有可以在饭馆随便吃饭的粮票。

他要了两种牛肉：一份粉蒸的，一份红烧的。端着牛肉往刺眼阳光照射不到的桌子那里去。走到荫凉处，被阳光刺得发花的眼睛暂时什么都看不见了。暗影里一个人笑了，说："嗬，没有粮票，就拣有粮的菜买。"

乡下的农民进城，进饭馆都点这两样菜。因为蒸的牛肉里拌了面粉，红烧的牛肉里有多半是土豆。

达瑟的眼睛适应了光线的变化，先看到暗影里的桌子，然后看到桌子对面的人。那人面前摆得菜是菜，酒是酒，饭是饭。

那人说："我们已经见过面了。"

两个人刚在公社只开了半扇的院门前撞了一下肩膀。

那人拍了拍桌子，声音在空荡荡的饭堂里显得很响亮。他又要了一大碗饭和二两烧酒："你自己有菜，我就请你酒和饭吧。"

那人举起了酒杯，说："来，认识一下。我叫华尔丹，我的老家在惹觉。你就叫我惹觉·华尔丹吧。"

达瑟差点给酒呛住了。好在他手快，把一筷热菜很快送进嘴里，咽下去，才把正要猛烈喷发出来的咳嗽压下去了。达瑟拍拍胸膛，长舒了一口气，这才对着这个把自己介绍得这么郑重其事的家伙笑了。

他说："惹觉？"

对方点头，说："对。"

"华尔丹？"

"惹觉·华尔丹。"

达瑟又喝了一口酒，酒劲那么猛烈地上冲，他的头就有些大，说："你的老家在惹觉，到这里来干什么？来当干部吗？"

那人炯炯有神的眼睛里闪过一丝迷茫，说："不，不。"

达瑟又喝了一口酒。这是他平生第一次三口就喝完了二两烧酒，酒劲上到脑袋里，有东西很欢快地在脑袋里旋转起来。达瑟笑了："你骗我。我们村里的年轻人，都想当解放军呢，当过解放军就不用再当连粮票都没资格有的乡下人了。"

这是达瑟说得最清楚的一句话，然后，他趴在桌子上，看华尔丹坐在桌子对面滔滔不绝地说话，看他把一条精瘦的黑狗唤起来，对着达瑟把狗嘴掰开。达瑟脑袋嗡嗡作响。隐约知道这是叫他相一相这条猎狗。相马看牙，相狗看的是舌头。但他没有看清楚舌头，黑狗刚把舌头伸出来，他就什么都不知道了。

公社文书把他从旅馆床上摇醒，已经是第二天早上了。公社所在地没有班车。很多运木头的卡车来来去去，大家出门总是搭乘这些卡车。文书帮他找了一辆顺风车。他起来，昏昏沉沉下楼，文书跟在后面喋喋不休："你这个小同忘，高兴了喝一点是可以的，这事也确实值得高兴，但喝这么多，我就要进行同志式的批评了。"

达瑟还有些恶心，呕了一下："呃。"

卡车摇晃出去十多公里了，司机说："喂，没有哪个搭车的不讨好老子的，你这人是傻的吗？一句好听的话都没有。"

达瑟却在自己出神，说："那条猎犬叫，叫追风吗？"

"你他妈的说什么？"

"我想起来了，那条猎犬是叫追风。"

"谁？"

"那个把我灌醉的人，他叫惹觉·华尔丹。"车窗外，一些美丽风景飞掠而过，一些更阔大的风景又迎面扑来。达瑟一下变得神清气爽，笑着说："我想起来了，我想起来了。"

本来没好气的司机也跟着笑起来，自己掏出一支香烟来点上。

达瑟有些贪婪地闻了闻烟草散发出来的芳香，说："我也想抽一支。"

司机认真看了看他："我他妈看你不像是开玩笑，搭顺风车还要抽老子的烟？知道吗，该你给老子敬烟！"司机把一支烟戳到他嘴里。"不过，你这小蛮子他妈的看起来有点好玩，"司机用力拍着他的肩膀，笑着说，"真的，你小子他妈的有点意思！"

达瑟笑笑，要过火柴，把烟点上，很快就陷入自己的心事里去了。

这是一九六三年。从机村历史上说来，私生子格拉已经死了。那场大火还没有起来。大火之后的伐木场还没有建立。就是这一年，达瑟发达了的叔叔一个电话就把达瑟从机村召走了。换句话说，一个叫达瑟的人就从机村消失了。机村人再说起这个人，也就是一个叫作达瑟的名字了。解放后，差不多每一年都有人离开机村，去学习，去当干部，当工人，当解放军，但他们不管去到多远的地方，就是去了北京，住在离毛主席最近的地方，都要回来看看，一来了却自己思乡的心愿，二来这也是光耀门庭的事情啊。

但是，达瑟一去就不再回来了，这就像他的叔叔一样，只是在偶尔有人提起他时，他家里人才会说起一点他的消息。

"达瑟跟他叔叔一样走了就不再回家了。"

"他在学校里读书。"

"别人家读书的孩子不是都回来了吗？"

"他不是跟老师读书。他叔叔来信说，学校里有一个大房子，里面全是书，他老是读不完那些书。"

　　他的母亲流泪了："我可怜的孩子，他想读完那些书，可他的脑子不好使，他怎么读得完那么多书啊！"

　　"没准这孩子，将来比他叔叔当的官还要大呢？"

　　"我的孩子我知道，他那样子能有什么出息？我怕那些书把他弄傻了。"

　　"那他叔叔呢？那时人们都小看他，现在不是当上大官了！"

三

　　啊，一九六三年！

　　在机村人记忆中，可是黄金般的岁月！

　　解放！

　　推翻土司统治！民主改革！穷苦人翻身！

　　合作社！人民公社！大跃进，打着火把深翻土地，所谓三年自然灾害时还算风调雨顺。只是上面老叫多报产量，结果，打下来的粮食大都交了公粮。分到家的粮食就少多了。好在每家都有些过去的存粮，加上林子里的野东西，两三个年头也比较容易就对付过来了。达瑟妈妈病后将息，还有肉熬成养分丰富的肉汁，听说汉人地方有好多人饿死。达瑟妈妈一边喝着肉汁，一边落泪叹息。

　　一九六二年，那些催交公粮的干部下来检讨了错误，机村史上的黄金岁月就来到了！一九六三年，达瑟离开时，村里的水电站已经动工了。平整的晒场上挖了一个大坑，县里来的工程队要给脱粒机打下一个牢固的水泥基座。好多年后，机村人嘴巴里还会发出啧啧的感叹声，说，啊，一九六四年，一九六五年，要一直那么过下去，肯定早就走进那个叫共产主义的天堂了。每种神佛都有自己命名的天堂，共产党的神是长着大胡子的马克思，是没有长胡子的毛主席，马克思和毛主席把他们的天堂叫作共产主义。一九六三，一九六四，一九六五，要就这么消消停停地一路过下去，差点都要走到天堂门槛跟前了啊。大家都相信共产主义这个天堂比喇嘛们那个天堂好，因为那个天堂要你死了才可能去到，而这个共产主义天堂，在活着的这一世就可以走到了。

人们不知道，但凡是天堂，都不肯那么容易就让人走到。

于是，运势一转，劫难就到来了。到一九六七年，机村这样的僻远之地也像传说中的北京和省城一样陷入了疯狂。轮回之中的世界立即就陷入魔障之中了。大火烧掉森林，巫师多吉死去，机村的老共产党员格桑旺堆和还俗喇嘛江村贡布坐了监牢。后来，回想起那些年头的日子，大家的眼光都悲伤而迷茫，说："奇怪，我们还是像过去一样天天劳动，但地里为什么长不出庄稼，却要长出那么多扯不完锄不尽的杂草？"

大家都摇头叹息。

也有人说："为什么？心田都荒芜了，哪里不是长满了乱草？"

就机村历史来说，是"文革"的疯狂引来了那场大火。但从纯粹物质的角度来看，接下来，机村因为这场大火，还有两年好日子过。大火一过，夏天就来到了。而这时，达瑟正摇晃着瘦长的身子，走在回机村的路上。以后的日子里，总有人来问他："达瑟，那些年你在城里干些什么呀？"

达瑟懒洋洋地回答："念书呀！"

"天哪，一个人好不容易到了城里，就不会干点别的，你就整天念书呀?！"

达瑟的眼睛垂下来："叔叔就是让我念书去的嘛。"

"念完书干什么呢？"

"吃饭。睡觉。"

"然后呢？"

"念书。"

"你不去看漂亮女人？"

他不说话。

"你不去酒馆喝酒？不打架？不看电影？不在百货公司里闲逛？"

他还是不说话。

"后来你当官的叔叔……"

他立即抬起低垂的眼睛，坚决地说："请你不要提我的叔叔，让我独自在心里想念他，尊重他。"

还是说大火刚过的那个夏天吧。大火刚刚过去，久盼不来的雨水就下来了。大雨一直下了十几天。开初，雨水把大火的余烬从山坡上冲下来，堆积在山谷里，空气里浮满了焦煳的味道。但雨水一直下，一直下，就把空气与山野，把这个烧焦的世界都清洗干净了。

太阳就在这样一个下午突然露出脸来了。

那天下午，雨水突然停了。大片的乌云山崩一样翻滚着，突然，就像神话传说里世界诞生时的情景一样，乌漆漆的天顶突然现出了一个巨大的缝隙。强烈明净的光，瀑布一般从裂隙中倾泻下来。光明照临了大地，四野沉默了一阵。突然之间，众鸟就亮开嗓子欢唱起来。

达瑟，我愿意这个情景出现时，你已经回到了机村。但这时你还和你雇来的那辆马车，拉着你满满的一车书走在回家的路上。那个时候啊，光明突然降临，众鸟突然开始欢唱。所有人都涌到了村中广场上，看见天顶的裂隙越来越宽，越来越多的光如瀑布一样倾泻而下，劫后的大地一片片被重新照亮。感谢那不止息的大雨，把蒙在大地上的劫灰冲洗干净了。转眼之间，卑微而又顽强的野草使劫后的大地四处都泛出了浅浅的绿意。水面闪闪发光，岩石闪闪发光。大树被烧尽了枝叶，剩下粗壮的树干默默矗立，阳光落下来，它们沉默着闪烁着金属般喑哑的光芒。

是啊，大地没有死去，世界还存有生机，绿意还在顽强滋蔓，众鸟的嗓子还会歌唱！

有人喊一声："上天保佑啊！"

所有人的声音都响成了一片："上天保佑我们！"

立即，所有人都齐刷刷跪下去了。老人、妇女、小孩、壮年人、青年人，都一个个跪了下来。达瑟，你离开机村时碰到的惹觉·华尔丹也跪下了。他不是最后一个跪下的，但他是最后几个跪下去的人之一。有女人感动地哭了起来。但马上有人喊：

"乡亲们，不要哭，让我们的美嗓子色嫫唱一个吧！"

色嫫跪在泥水里，早已泪流满面。她任泪水欢畅地流着，她打开了金嗓子曼声歌唱。她的歌声让那些被久违阳光照亮的事物闪烁出别样的光芒！

> 高的风吹开了天顶，
> 低的风吹动了心房。
> 世上有妖魔在吗？在，他来了，又走了。
> 心里有神灵在吗？在，他在过，可他离开了。

这是关于机村所属的部族起源故事中的一段咏叹。一场血腥的部族大战后，部族的英雄首领面对血淋淋的战场这样悲情而怜悯地歌唱。大家都快把这样的歌忘记了。这些年，外面传来的新歌里只有欢乐或仇恨。有点小来由的欢乐与仇恨，以及更多什么来由也没有的欢乐与仇恨。没有悲伤，更没有怜悯。在机村久远的歌唱传统中，怜悯是很重要的。怜悯自己的同时，也怜悯别人，怜悯所有同类的时候，也怜悯了自己。

所有人都跟着那明亮的歌声唱了起来：

> 心头有妖魔在吗？在，他走了，又来了。
> 天下有神灵在吗？在，他曾经不在，现在又在了。
> 世上还有人在吗？在，花曾经谢过，却又再次开放了。

歌声仿佛雨水，仿佛那明亮的天光，和着每个人眼里奔涌而出的泪水，把蒙尘的心灵也清洗干净了。这时，开启的天顶又合上了。隆隆的雷声再次滚过天顶。雨水再一次淅淅沥沥地落下来了。人群慢慢散开。又过了好些天，雨水慢慢收住了势头。太阳出来的时间越来越多。每天，太阳一出来，大家就自发地来到广场上歌唱。那些天里，大家唱了那么多的歌，唱的都是那些古老的充满美丽悲情的、意蕴深长的歌谣。每一次，美嗓子色嫫都站出来领唱。色嫫会唱的老歌不多。所以，每个夜晚，都有那些老去的过去时代的歌手，把那些老歌教给她。第二天，她又把这些老歌带到广场上，带到灿烂的阳光下面。

色嫫歌唱的时候，眼光却停留在惹觉·华尔丹身上，热情万分而又万分幽怨。惹觉·华尔丹眼里浮现出让很多人看了都有些害怕的狂热眼神，嘴里祷告一般说："我的女神，等着吧，再有一年，我就可以堂堂正正让你做我的新娘了！"

色嫫猜都能猜出他的说辞，捂着脸，哀哀地哭了。

色嫫哭着说："你知道你在说谎！你知道你是在骗自己！你知道你是一个想害我一辈子的妖怪！"

惹觉·华尔丹眼神狂乱迷离："我的妙音天女，你最终会是我的女人！"

有年轻人过来把他的妙音天女拉走了。所有人热烈鼓掌，让色嫫唱一首新歌，歌颂毛主席共产党的歌，歌颂新生活的歌。色嫫就唱了起来。唱着唱着，里面幽怨低回的情愫就消失了。她明亮的歌声里，有老歌里对造物的感恩，也有老歌里少有的新生的激情与欢欣。色嫫参加过公社和县里的群众文艺演出，她把这些混合着新歌与老歌唱法的歌带到了舞台之上。她站在耀眼的灯光下，歌喉一亮开，下面的观众便觉得有一川浩荡的清冽河水迎面漫开。

而下面瀑布轰鸣般的掌声响起时，色嫫浑身震颤，那种新鲜刺激的感觉，比惹觉·华尔丹给她的初吻还要强烈，还要持久。那时，色嫫就知道，与爱情相比，自己更加难以抗拒的是舞台上的这种诱惑。所以，每当看见对这一切浑然不觉的惹觉·华尔丹，她就悲从中来，她这一辈子能够遇上的最好的男人就是他了。但是，她想要站在更大的舞台上，在更炫目的灯光下，去对着千万人如痴如醉地歌唱。不只是她自己心里这么想，每出去演出一次，耳朵里就装满许多这样的预言。更有那些有权势的男人向她保证，一定能将她送上她梦想的舞台，让她成为一个谁都知道她名字的歌唱家，像那些在电影里的歌唱家一样。

所以，她每次见到惹觉·华尔丹那副痴心模样，就悲从中来。但只要有人要她唱歌，唱着唱着，她就把这种忧伤忘记了。

这样的歌唱持续了差不多一个星期，直到天完全放晴了。那天早晨，所有人推开门窗都看见了霞光满天。在这样的歌唱中，人们的眼睛明亮了，混浊的溪流清澈了，蓬勃萌发的野草把整个山野也都绿遍了。

这个时候，达瑟正坐着马车摇摇晃晃，走在他回乡的路上。

也是这个时候，当年请他在旅馆里喝酒的那个惹觉·华尔丹正在渐渐远离他前来机村投奔的美丽爱情。

这是一个一切都变得粗粝的时代，浪漫爱情也是这个时代遭到损毁的事物之一。

当年，达瑟还没有离开机村，解放军野战拉练曾在机村停留过一个晚上。惹觉·华尔丹正是那支部队中的一员。就是那个晚上，他爱上了机村的美嗓子色嫫姑娘。军民联欢会后，他吻了那个在他怀中拼命挣扎的姑娘。第三个吻后，机村的美嗓子姑娘就不再挣扎了，她的双手紧紧地缠绕在了他的脖子上。那是夏天，任何一片草地都柔软无比，都有鲜花芬芳。但是，他没有得到这个姑娘。因为，从部队的宿营地传来了悠长的熄灯号声。

他喘着气说："等着我，等着我，我只要你等我一年。我就到机村来娶你，你要做我的新娘。我是一个好猎手，我要让你做这个村子里最幸福的女人！"

　　第二天一清早，部队就踩着草地上晶莹的露水出发了。色嫫背着水桶等在水泉边上，长长的行军行列从她面前蜿蜒而过。当她看到昨晚吻她的那个军人的时候，脸上浮起了羞怯的红云，像每个意乱情迷的姑娘一样，她痴痴地把手指含在嘴里。那个吻她的家伙，那个用吻使她嘴唇、乳房、大腿、心房都燃烧起来的家伙却肩着自动步枪目不斜视从她面前走过去了。

　　泪水浮上了色嫫的眼眶。

　　但是！那个人绷着脸走过去一段后，把枪塞到一个伙伴的手头，离开队列跑了回来。这双有着魔鬼般力量的手，轻轻捧起了她娇羞的脸。他轻轻擦去她涌到眼眶边上的泪水，脸上露出痛惜的表情。他咬破了一根指头，把一大滴鲜血摁在她的额头中央，轻轻地说："好姑娘，这是你未来丈夫终生之爱的誓言。"

　　他就说了这么一句话，跑步撵上队伍走了。

　　色嫫被这咒语般的誓言施了魔法，脚步一动也不能动，身子却像迎风的树叶颤动不已，灼热的泪水像断了串线的珠子滚下脸颊。长长的行军队列转入了深深的蓝色峡谷。队伍还没有走到峡谷尽头，太阳就升起来了。早晨，斜射的光瀑加上轻舞的山岚，像一道蓝色的幕布把她的视线阻断。

　　色嫫把背水的桶都忘在了水泉边上，飘飘然走回家中时，面容苍白，眼光迷离，见到家人时，她就伏在母亲肩头痛哭起来。三天后，他的父亲带着许多礼物和沉重的表情，去邻村退掉了订下多年的婚约。

　　但是，这个有着吉祥天女一样美丽嗓子的女子，有幸生在这样一个时代，怎么可能永远属于一个猎人呢？即便这个人是机村最好的猎人。只是这个美嗓子姑娘自己不知道，这个好猎手也不知道罢了。

　　惹觉·华尔丹遇到美嗓子色嫫时，已经当上班长了。他的枪法很好，比这更重要的是，这个人有个大多数藏族士兵没有的灵动脑瓜。团长下部队视察，听说了这个人，晚上便带着他去查哨。他走到团长前头，不出一点声息，半个小时就摸掉了三个游动哨。团长刚刚离开，那三个身高马大的家伙，就把他狠狠地揍了一顿。他们把马蹄铁包在棉手套里，一下一下打他的肚子，打得他连哼哼声都发不出来。

他对达瑟说过这事："妈的，那些家伙下手真狠，把那些哼哼声都揍成了乌血块，三天后我才在厕所里吐了出来。"

他还告诉达瑟说，事后，排长把那三个家伙告到了连长那里。连长是打过狠仗的老英雄，他把打人的人和被打的人都叫去了。连长背着手，拉着汉族的外省腔说："说说吧，你们乡里乡亲的，怎么就干上架了？"

惹觉·华尔丹挺挺胸脯说："我们没有干架！"

"好，有种！不过，这就等于是说你们排长撒谎了？"

那三个也挺着胸脯上来，说："不是干架，是教训他！"

惹觉·华尔丹也挺着胸脯说："他们只打了我吃饭的肚子，没打我的脑袋，所以，不算。"

"那我倒要听听你的说道。"

"肚子只保证吃了东西长身体，反正我的身体也长不过他们，我就是脑袋好使，他们不打我的脑袋，就还是我的好乡亲。"

那三个不服气，大喊："打了！"

连长大笑，说："你们都能成好军人，回头我告诉你们排长，这事就不再提了，好，立正！解散！"

团长还对连长说，这家伙才是个班长的料，就准备提他当干部了。这是当兵第三年的事。第四年，"他妈的那一年，就遇到这个要命的女人了"。

他讲到他大有前程的军人生涯结束的那段经历时，还是几句对话。

团长派人把他叫到团部，说："我就要转业到地方搞建设了，但和平年代也需要好军人。你是一个好军人的苗子，留在部队，好好磨炼吧。"

因为惭愧，他的头深深埋了下去："我爱上了一个女人。"

"爱上了一个女人，谁说一个好军人就不能爱上一个女人，但愿她是一个好女人，一个有福的女人。"

"她是一个仙女。"

"哈，仙女，"团长哈哈大笑，"看来你这个聪明脑子里还有迷信。"团长走近这个他期望甚多的好军人，放低了声音，说："不过，我这个人脑子里也有些迷信，你要不要听听。"

惹觉·华尔丹深深点头。

"仙女不一定是好女人，好女人是有旺夫命的女人！这个你不懂。"

"我们藏人的说法是，仙女就是定你命运的女人。"

"我告诉你了，你的命运就是做一个好军人！"

他抬起头来，直视团长的眼睛，摇摇头："要是打仗，我会是一个好军人，我做不来不打仗的好军人。"

"那我就带你去地方吧。我喜欢你这种机灵鬼。"

"不，我要去她的村庄娶她，我从小就梦见自己是一个好猎人。参军后，我就不做那个梦了，可见到她的那个晚上，我就又做那个梦了。"

"梦？"

"我的仙女说，我是一个好猎手，只一枪，我就把她的心房洞穿了。"

团长拍拍大腿说："唉！立正！解散！不，你给老子回来，不是解散，你给老子滚蛋！"

就这样，达瑟去上学的时候，才在旅馆里碰到一身旧军装的惹觉·华尔丹。当时，他正一腔热血要去机村兑现他的爱情诺言呢。现在，离开几年的达瑟要回来了，惹觉·华尔丹的爱情却越来越像个虚无缥缈的梦幻。

话说当年惹觉·华尔丹穿着一身旧军装出现在机村时，美嗓子色媒不在村里，她参加县里组织的宣传队演出去了。村里人都说，美嗓子姑娘这一走，也许就不会回来了。惹觉·华尔丹并不理会这些话，只管在自己选定的地方造他的房子。过了两个月，色媒果然从宣传队回来了。惹觉·华尔丹已营造好了暂时的栖身之所。华尔丹设想了一千种和她重逢的情形，而两人真正相见的情形却是他未曾想到的第一千零一种。这个女人穿着有点舞台风味的艳丽长裙施施然走来时，华尔丹就迎着她冲了上去。但是，还没等他近身，色媒脸上那种惶然的表情使他停住了脚步。

他站住了，指着杉树皮苫顶，柳树条编成四壁的棚屋说："这是真正的猎人房子。"

色媒不明所以地笑了一下，没说什么。

他有些气馁了。

"这是临时的，等着吧，我要盖一所机村最漂亮的房子给你！"

色媒像是在自言自语："你真的来了。"

他想不出什么话说，默默地把她带到了门前。

是她推开了房门。然后，她闻了闻推过门的手，说："真香啊！"

华尔丹眼里燃烧着火苗："进去，进去，你就会陷到整座房子的香气里。"

色媒就进去了。果然，整个人就沉陷到造就这座新屋的柳条与杉树皮混合的清香里了。

华尔丹还喃喃地说："姑娘，听说你要回来，整座房子我都用新鲜的柏枝烟熏过了。"

色媒的泪水下来了，呻吟一样哼了一声："达戈啊！"

达戈就是傻子的意思。她这一叫，这个机灵人确实就有些变傻了。有什么东西把他聪明灵动的脑子给蒙住了。这一来，他的脑子就有些发木，就真是一个傻瓜的脑子了。

她走进这狭小整洁的屋子，芬芳从四面袭来，她又叹息了一声：

"达戈啊！"热泪便盈盈地浮上了她的眼眶。

"你怎么不好好起步，当个军官，就在部队上等我啊！"

"傻姑娘，那样的话就太久了，你看，我不是马上就能得到你了吗？"说着，华尔丹张开双臂要把她揽入怀中，她却浅浅一笑，退到了门口。

华尔丹再往前来，她伸出手，用齐腰的栅门将两个人隔开了。

"为什么？"门里边的男人问。

她倚在门框上，定了定神，说："你说收音机里那些歌声好听吗？"

"好听。"

"比我唱得好听？"

"没你唱得好听。"

"那为什么她们可以在收音机里唱，在舞台上唱，而我要一辈子都住在乡下？"

"你想离开？"

"我为什么不该离开这个死气沉沉的村庄？"

"我爱你！"

她把门打开，自己投到了男人的怀里："既然你要我，那个晚上你就不该离开！那个晚上，你就应该要了我！"

华尔丹用双手捧起了姑娘的脸，叉开双腿把身子紧紧贴了上去。色嫫呻吟了一声，身子就软了下来。两个人的嘴唇贴到一起的时候，华尔丹的手已经探进了她的怀里，摁住了她结实小巧的乳房。他陶醉了，嘴巴贴在姑娘耳边悄声说："好像一只乖乖的兔子啊。"他的手压紧了一些，这下，他把乳房后面怦怦跳动的心也摸到了。

他又说："天哪，这小兔子的心跳动这么快。"

色嫫只是面色潮红，呼吸急促，脸上浮现出来的却是痛苦的表情。

他的身子更紧地贴向了色嫫，说："好姑娘，你的猎人要出枪了。"

说着，他把色嫫的手拉向他那个地方。那个地方坚硬，而且滚烫。

色嫫姑娘真像是被一根烧红的铁棍烫着了一样甩开手，低低地尖叫一声，从他怀里挣出去了。

他还想再扑上去，但色嫫慢慢蹲下身子哭了起来。华尔丹站在原地呆住了，刚才她叫他傻子时那种脑子被什么东西蒙住的感觉又回来了，两只耳朵也在嗡嗡作响。一个干涩的声音问："为什么？"他晓得这个没有得到回答的声音应该是从自己嘴里吐出来的。但那声音却隔得有些远，从身后的什么地方传过来，还带着一些空洞的回声。

"为什么？难道你不相信我是个真正的神枪手，你不相信我是最好的猎人？"

色嫫泪眼迷蒙："我相信，我相信。"

华尔丹的声音提高了："那又是为什么？"他提高的声音像一把锋利的刀子，把蒙住他脑子使他感觉迟钝的东西挑开了，周围的世界又是原来的样子了。于是，他提高了声音，问："那你是为了什么？"

"达戈啊，世道变了。一个好猎人能够帮助我成为歌唱家吗？"

"歌唱家"这个词，色嫫是用汉语说出来的。想想，机村的藏语方言中还真没有这样一个词。这种方言里只有"歌"，"唱歌"，"那个人在歌唱"，"那个唱歌的人"，那是描述人在某种时候的一种状态，那是人人都可能具有的状态，而不是指一种光耀的职业。

现在，这个特指一种光耀职业的专用词以汉语的方式从美嗓子色嫫嘴里蹦了出来，这个词好像有着咒语般的魔力，她因悲伤而晦暗的脸泛出奇异的光亮。

华尔丹本是个天资聪颖的年轻人，在部队已经学得一口很好的汉语了。他当然懂得这个词是什么意思。

他说："色嫫啊，我在部队听过歌唱家的演唱，你不会唱那些歌，他们那样的歌你怎么会唱?!"

"我学得会，我已经学了好多了。"她说这话时，脸上泛出了更明亮的光彩，并且立即就唱了起来：

"毛主席的光辉，嘎啦呀西若若，照啊到了雪山上，依啦强巴若若！"

这歌中的藏语也是远方的藏语，而不是机村的当地方言。

华尔丹捧着脑袋蹲在了地上："求求你，停下来，不要唱了。"

色嫫一唱歌，人就兴奋起来，她又唱了一首才刹住了兴头。然后，两眼放着晶晶的亮光问："我唱得比收音机好听吧？"

她看到蹲在地上奉着脑袋、痛苦万状的男人，才回到当下的现实情境中，双眼重又黯淡下来。

这回，是她痛惜地捧住了那个傻瓜男人的脑袋，哭了。

然后，她突然站起身来跑开了。

华尔丹跟着她跑了几步，突然又停下来，好像是突然忘记了这样跑动到底是要追索什么。他站在门前的草地上，呆呆地望着虚空，脸上浮现出痛苦而又茫然的神情。

色嫫提着艳丽的长裙，跑过草地，跑过了草地中央那株鹅掌楸巨大的荫凉，翻过房子前面的小山丘，从他眼里消失了。

机村的人都说，其实，那个机灵的惹觉·华尔丹在那一天就死去了。之后，是脑子不开窍的叫达戈的那个人从同一个身子里长出来了。

全机村的人都听见过美嗓子色嫫美妙的声音在不同的情境下叫着这个抛弃了美好前程来投奔爱情的傻瓜男人："达戈啊！"

心情愉快的时候，她叫："达戈！"

愁绪难遣的时候，她叫："达——戈！"

更多的时候，她的心情在这两极之间徘徊不定："达戈啊！"

村里人也跟着叫起他这个名字，人们慢慢地就把那个曾经属于一个英武军人的名字忘记了。达戈天天上山打猎，机村山林中的猎物也太多了，他从来没有空手而归的时候。人们叹息，说："这个人身上杀气太重了。"

"唉！当今之世，非但人逃不过劫难，林子里的猎物也与人一样，同有一劫啊！"

有一个小孩子，混在大人堆里，每每看到达戈肩扛着猎物从山林里出来，那只蛇一样滑溜、鹰一样机警的猎犬跟在他后面，见大人们都这么长吁短叹，就说："那你们为什么不把他杀了？"

引得人们吃惊地看他。

"你们不是心疼林子里的野物吗？杀了他，那些野兽就不会遭殃了！"

大人们脸上现出奇怪的神情，说，从古到今怕还没有一个孩子这么说话，然后便叹着世风日下，摇着头慢慢散开了。

留着这个小孩独自立在广场中央，喊道："要是不敢杀人，至少可以把狗给他干掉啊！"

但是，这个小孩连这只狗也无法干掉，他的年纪太小了，连上小学的年纪都还没有到嘛。

那个时不时要语出惊人的孩子就是我。

四

后来，达瑟自己算过日子。

他对达戈说，自己离开民族干部学校的那个日子，正是机村大火烧起来的时候。

他说，早两个月，就传来了叔叔被批斗关押的消息。

当时他正走在大街上的游行队伍里，他从喇叭里那一大串打倒的人里听到了叔叔的名字。达瑟那一遇事就要慢下来的脑子立即就慢了，而且比平常慢得更多。他自己都还没太明白是怎么回事呢，就被同学们从队伍里揪了出来，红卫兵袖套也被扯走了。他觉得心，还有身上别的地方很痛。等到他喘过气，从地上爬起来，游行的队伍已经走远了。几个灰头土脸的闲人看着他，他才明白，自己的好运气到头了。

他在学校宿舍的那张床上躺了几天。

风在屋外的树梢上哗哗吹动，不时把焚烧书籍文件的焦煳味吹送过来。高音喇叭一天到晚哇啦哇啦响。他想就这么一直睡下去了，一直睡到不再醒来。他不怎么饿，却渴得实在受不了，只好从床上起来了。

达戈说："你还不是真想死嘛。"

"我就那么躺着，也没想到死。就想那么一直躺下去，但后来确实是太渴了，"达瑟有些不好意思地笑了，"真的，饿都不怕，就是渴让人受不了。书上说了，一个人的身体三斤里头两斤都是水，所以，我怕渴不是没有道理的。"

达戈赶紧说："朋友，我还有事，回来再听你说吧。"

但已经晚了。达瑟从骑坐着的树杈上翻身下来，扶着他的肩膀说："你坐下。"

达戈就乖乖地坐下了。

达瑟说："书上说了，不单是人，而是天下的一切动物、植物、微生物身上一多半都是水。"

"什么是微生物？"

"微生物就是看不见的生命，"他皱着眉头想了一阵，补充说，"就是些虫子一样的生命。"

达戈笑了："去你妈的，达瑟，看不见又存在的东西是鬼，不是生命。"

"微生物是微生物，鬼是鬼。微生物用显微镜看得见，鬼用再大的显微镜也看不见。"

"鬼也跟我们一样，身上一多半都是水吗？"

达瑟答不上来了。怔他说："我回去查查书上是怎么说的。"问题是，他那十几箱子的书，每本他都看过三遍，从中再也榨不出什么新鲜的东西来了。

达瑟回乡的时候，带回来了十几箱子书：学校发的课本和参考资料，中国小说和苏联小说——后来，这些书对他越来越没有什么用处。

他真正觉得有用的书是硬皮封面的，是大开本的辞典，是《百科全书》。在他眼中，这些书才是真正有学问的书。现在想来，就是为了得到更多真正有学问的书，他也该在城里多坚持一些时候。但在当时，他觉得到手的书已经够多了，要是可以用一辈子来看书，这些书也看它不完了。像他这样常常脑袋发木的人，就是两辈子也看不完了。

得到那些书，是他从床上起来后的第三天。

打从被赶出游行队伍那天起，轰轰烈烈的革命运动就与他无关了。无所事事的他袖着手在校园里闲逛。这天他看见几辆卡车停在图书馆门前，那些人把图书馆里的书像垃圾一样，乱七八糟地扔上卡车，拉走了。搬运过程中掉在地上几本书，没人肯费力将它们捡起来，躺在图书馆宽大冷清的台阶上，上面印着一只半只的脚印，一页页，一沓沓被风掀开，又兀自被风合上。

达瑟把它们捡起来，带回了宿舍，随手放在床头。早上醒来，他眼皮突然猛跳不止，心里想起了叔叔。在别人眼中，达瑟是个特别没心没肺的木头脑壳。即便在同一个城里，几年中他也只去看过位高权重的叔叔两次。这天，他却想叔叔想得厉害。以前，他也并不爱看书，但这天，纯粹是为了不再想叔叔，便慢慢把最厚的那本书打开了。读了这么多年书，他也只是多识了一些字而已，对书里的内容并不能真正领悟多少。

但是，从这一刻起，这个人真正爱上书了。

那是本多半黑白小半彩色的植物图谱。打开书，他看到画在黑白图片上的松树、杉树。接下来，是一株巨大的杨树。一株顶冠巨大的杨树。他的眼睛在这株杨树身上停留下来。在纯自然的条件下，杨树总是蹿得很高，以至于杨树总是容易被风吹倒。因为它们一个劲地往上蹿，却忘了往下面把根子扎得尽量牢靠。只有村子中间的杨树，一次次被人砍去顶梢，向上的劲头往四周蔓延开去，才形成图片中这种巨大的树冠。

他抬眼去看窗外的杨树，春天已经来了。这株杨树就站在窗户跟围墙之间逼仄的空间里，上面新鲜的叶片被阳光照着，那么翠绿，宝石一般晶莹有光，顿时使人神清气爽。

就在这一刻，这个木讷的家伙中了书本的魔法。

书对自己的命运是有感知的，当它们知道大难将临时，为了延续它们的生命，就会迫不及待把魔法降临在一些人的身上。有些时候，它们来得及挑选接受这个魔法的人，但是有些时候，它们真的就顾不上了。这个年代，烧书的劫火来得多么猛烈啊。烧书的人正是那些读书的人。如此一来，遭遇大劫的书降下魔法时，都来不及选择对象了。

就是在这样的时候，只有达瑟出现在了图书馆门前。那时，造纸厂的卡车刚刚开走。这些卡车还会再次开来，把一本本藏着思想与知识的书运走，倒进化浆池里，用碱水、用化学药品泡软，用机器搅烂。本来每本书里都藏着一个悄声细语冥思苦想的聪明人，但从那池子里一出来，那些纸浆除了水和一些碱就什么都没有了。

就是在这个时候，达瑟出现在图书馆门前。

那本砖头一样厚的书，布面精装的书，上面烫着金字的书，就在他脚前，横躺在图书馆门前的台阶上。他把书捡起来，用袖子擦去了封面上大半个脚印，这时，书的魔力还只在空中飘荡，不能降下。但当他把这本书打开，看着熟悉的图片有所思索的时候，书的魔力叹口气，只好降临在他身上了。

不然，这魔力本身在空中飘荡太久，也要魂消魄散了。

着了魔力的达瑟，隐隐感觉情形有些不一样了。看了一会儿杨树，他就又袖着手来到了图书馆门前。

卡车又开来了。

达瑟就袖着手站在那里，看着那些人从伙房拿来装白菜土豆的筐子，装满了书，一筐筐倒在车厢里。有人叫他帮忙，他笑笑，身子却一动不动，人家也就不再理会他了。好像是他的笑容很特别，一笑，就像张开了一件隐身衣，把自己藏起来了。装满书的卡车开走了。五级宽大台阶上图书馆双扇玻璃门还在那里开开合合好一阵子才消停下来。达瑟把脸贴着玻璃往门里看，里面没有灯，高窗上透进的一点光，照着狭长的巷道，显得神秘而幽深。书们已经倒霉到这个地步了，但留下的那点气味，仍然能造成一种很是幽远神秘的气氛。书们留下的隐约气息，让他止住了冒失的步子。他把装车时散落在地上的书捡了回去。

卡车在图书馆拉了几天，他就在那里收捡了几天。

捡回去就躺在床上看，看饿了就拿饭票去伙房吃饭。

卡车一次次来，图书馆里的书终于给清空了。这天，他还是袖着手在旁边闲观，又有人喊他帮忙。他就拿着装白菜的筐子进了书库。一个个厚重高大的木头架子变得空空荡荡，这跟他此时心里那空落落的感觉非常相像。他用手摸摸一束束从高窗上照进来的光，但那光摸到了也没有什么感觉，就跟什么都没摸到一样。

他把手伸进光束里，猛捞一把，收回手来，伸开，手掌上依然空空荡荡，没有一点点光把他堕入阴影里的心情照亮。

多年后，他在树屋下对达戈讲起这些往事时，那家伙哈哈大笑，说："我还以为你小子是现在才变傻的，原来那时就已经变成傻瓜了。"

达瑟也是在好多年后，才想对一个人说说这往事，至于人家作何反应，他并不关心。达瑟不认为自己是聪明人，也不在乎自己是不是个傻子。他只是中了书的魔力罢了。如果不是如此的话，他就不会爬上卡车，和图书馆里最后那半车书一起，给拉到造纸厂去了。

卡车开到纸厂，自动升降的车厢升起来，把他跟那些将要化浆的书一起倒进了仓库。他还从来没有跟那么多书在一起过。夜幕降临，厂区里稀疏的灯光使夜色显得稀薄。开始的时候，他有些害怕，好像每一本书里都有一个灵魂在悄然絮语一样。风把高音喇叭里的激昂的声音吹送过来。他慢慢从书堆里挣出身来。这座房子所有的窗户都向着厂区，他只好把仓库背墙上的木板撬开。第一天，他空手从这里出来。第二天晚上，他从这个口子进去，搬回来一大捆书。他是晚上去的，回到寝室，一看，全是刘少奇写的同一本书。这个人已经被打倒了。这本书是写给共产党员看的，他不是共产党员，就把这捆书扔掉了。下次再去，他把时间提早了一些，当他看到一些书的名字时，心就别别地跳起来。他从老师和同学的口中听到过这些书的名字。运动当中，很多人说起这些书的名字时，都有些兴奋，也有些心惊胆战。他就挑了几本这样的书。这些书使他晚上的梦境也有些不安。下次再去，他就不挑这种书了。他只挑有图片的书，特别是关于树的图片、山的图片和动物图片的书。当然，他不知道这样的书叫《百科全书》。百科全书里面不但有动物与树的图片，甚于还有大海里鲸鱼和星球的图片。最后一次去的时候，他还没有钻进仓库，就晓得里面什么都没有了。但他还是钻进去看了一下，里面确实是什么都没有剩下。

他就躺在宿舍里看书，看到熟悉的动物与植物的图片，就想起机村来了。恰好是这个时候，他的饭票与菜票都用完了。本来，饭菜票每个月都会发放一次。但这次，发饭菜票的人也跟他的同学们一起，参加革命大串连，到北京见毛主席去了。于是，达瑟叹口气，想该是自己回家的时候了。

他在城里四处搜罗箱子。

这在平时可不是件容易的事情。那个年代，人们没有多少个人财物，财富的象征就是几只箱子。商店里空出来的包装纸箱，也被随时收捡，成为个人财富的一种象征。造反开始后，不但公家的房子可以随便打开，私人的房子也可以随便闯入。这样，很多空空如也的箱子就来到了房子外面。

他很容易就找到了十几口差不多一般大小的结实箱子。里面装满书，用绳子捆得结结实实。他上街等了好半天，才等到了一辆马车。他雇下这辆马车，把那些箱子运到汽车站。但是，汽车站上的人不接受这些货物。人们都疯了一样四处走动，去往任何一个方向上的汽车都挤满了人，根本没有地方来装这些沉重的箱子。

达瑟坐在马车上发呆，赶马车的师傅说："发什么呆啊，给人家说说好话嘛。"

"……"

"虽然看起来希望不大，但你还是该去试试。"

"……"

"嗬！伙计，你还是个挺爱面子的家伙。"

达瑟觉得眼睛有些发潮。

马车师傅发了会儿呆，说："你要去的地方不会在几千里外吧？"

达瑟说："五百公里。"

"不远，可也不近，人和马，都是要吃东西的啊，还有运费，这个运输合作社有标准。"

达瑟收了泪，脸上立即绽出开心的笑容，他打开一口箱子，打开一本厚书，那些彩色的图片中间，夹着红红绿绿的钱。他一到这个学校念书，国家就管吃饭穿衣，临了，还要发一些现金作为补助。这几年的补助都被他攒下来放在一起，现在居然就派上了用场。

马车立即就上路了。

达瑟坐着一辆运输合作社的胶轮马车，马车上拉着他的十几箱子的书回到机村了。

他回来的时候，大火过后的山林已经被大雨清洗过好多次了，草地和灌木林正在返青。空气中仍弥漫着淡淡的焦糊味。这在城里是烧书的味道，在这偏僻的乡村里烧的是什么呢？他这么想着的时候，道路两边大片大片烧焦的松林就出现了。直到胸腔里堵满令人窒息的焦糊味，他才注意到被洪水一样的大火洗劫过后的森林。大树都还笔直地站立着，却通体焦黑，再也不会生长出新的叶片了。他也看到那些不与整个森林连成一气的独立的林子没有被火烧，这其中，包括了村子井泉上方那片仍然宽广无边的树林。这片林子的下方是村庄，上方是并肩而立叫作色嫫与达戈的晶莹雪峰，林子的两边，是美丽的山地草场。看到那片混生着白桦、红桦、椴树、楸树、松树、杜鹃、柏树和杉树的林子，达瑟松了口气。只要这片林子在，机村就还是他达瑟念想的机村。

马车离村子还远着呢，一群孩子就飞奔而至，他们看到马车上坐着一个似曾相识的陌生人。达瑟离开村子其实也没多少年，但读书生活已经使他的神情与眼光都发生了很大的变化，这样，一张熟悉的脸也变成了陌生的脸。

马车驶进了村中广场，所有人都看着这个熟悉而又陌生的人，没有人迎上来，所有人都呆住了。

倒是达戈从人群中冲出来，摇晃他的肩膀："你走的时候，我请你喝酒，记得吗！"

达瑟脸上木木的，没有表情。他跳下车，拉开蒙在车上防雨的帆布："一路上老是下雨，这些书都潮了，要好好晒晒。"

"嗬！你这个家伙，认不得我了？"

达瑟说："这些书要好好地晒一晒。"

几乎所有的机村人都认为，脑子本来就不清不楚，小时候就喜欢整天待在树上而不是人群里的达瑟，已经疯掉了。虽然，他除了爱那些书，除了像没有离开村子前一样喜欢待在树上，也看不出有什么不正常的地方。再说春天已经到来了，树枝一天天伸展，树叶一片片展开，经过了那么大一场火灾过后，人人都能觉出春天里绿荫一日日深重的树的美丽了。

因此，一个人喜欢待在这样美丽的树上，也就不是件太不可理喻的事情了。

五

达瑟也不是每时每刻都待在树上，要是村里人不好奇地打听他怎么会回到村子里来，可他运这么多书回来干什么，问他叔叔怎么还不回来，他也喜欢到人群里四处走走。但总有人喜欢提起这些话题，有人还特别喜欢在人多的时候提起这样的话题。

"达瑟，为什么放着好好的干部不当，拉一马车书回来？"

这样的问题，达瑟从不回答，离开人群，出了村子，到大树之上跟他的书待在一起了。他不得不待在家里吃饭睡觉，但他坚决把书放在树屋之上。

他们还问："达瑟，不是你叔叔把你弄走的吗？你叔叔不管你了吗？"

达瑟还是不回答。被问得不高兴了，他就不下地干活，而是跑到树上睡觉，跟他的书待在一起。

他可以不吃不喝待在树上很长时间，这时，他年迈的母亲就会到树下来哀哀哭泣，求他从树上下来，求他回家吃饭。

达瑟才怏怏地从树上下来。

还有人会这样问："达瑟啊，能告诉我们书上都说了些什么吗？"

这时，达瑟的眼光便变得缥缈起来，穿过那些人的身体，看向远方。

这样的眼光叫问话的人有点害怕，一害怕就不再言语了。也有脾气大的人，会为这没来由的害怕而生自己的气，就会说："你也不知道那些书里说了什么吧？"

没有人会想到达瑟会开口，但他开口了。仅仅是他开口这一点，就可以把人吓上一跳，更别提他说的那些话了。他诚诚恳恳地说："有些我不懂，有些我能看懂。"

"你看懂了什么？"

"书上说天作孽，犹可活，自作孽，不可活，你这就是自作孽了。"

"你是在诅咒我吗？"

"书上说，别人不能诅咒你，是你自己诅咒了自己。"

然后，他的眼睛把你从头看到脚底，被看的人，就像被宣判了一样，一股冷气从头顶贯通到脚底。这样，慢慢就没有人有事没事来招惹他，拿他开心了。

他下地干活，回家吃饭，睡觉。说不定什么时候，他就从干活的人群中消失了。大家都明白，这家伙到树上去，看那些他并不真正懂得的书，去想那些他并不真正懂得的事情去了。

那个时代，不参加集体劳动的行为是很难被原谅的，但他偏偏就可以。因为每一个人想起他捧着厚厚的一本《百科全书》，却木着一张长条脸，眼睛也黯淡无光的样子，就忍不住要笑出声来，因此也就原谅了他。

却有一个人，觉得他的行为里有深意存在。

他说："你们不懂，一个人并不会白白像这样子，一个人这样做事是有道理的，只是我们不懂罢了。"

这人就是猎人达戈。

达戈来到这个村子已经好些年了。他和美嗓子色嫫的爱情起起伏伏，越来越像是见不到结局的样子。他这么一说，马上就有人回应："有很多事情我们都不懂得。我们就不懂得一个人好好的军官不当，要跑到这个村子里来干什么？不仅我们不懂，就是美嗓子色嫫怕也不能懂得。"

美嗓子色嫫岂止是不懂得，简直就恨死这个人了。

色嫫被抽调到宣传队几次了。就是去宣传队，让她生出了成为一个歌唱家的美好希望。但是每一次，短则一两个月，最长也不过半年时间，宣传队就会解散。

当这个家伙真的脱下军装，来到这乡下，她简直恨死他了。要是他还是一个军官，早一点娶了她，这眼下的一切起起落落都不会发生了。

在这件事情上，机村人的同情都在色嫫一边，觉得达戈是个奇怪的人。达瑟从民干校 ① 回来后，机村又多了一个奇怪的人。机村人大多不

_____

① 民干校，即民族干部学校的简称。——编者注

喜欢这两个奇怪的人，不是因为这两个人干了什么令人讨厌的事情，而是他们的行为有违常理。

有人会跑去问达戈："也只有你这种奇怪的人才会懂得他吧。"

还有人问："达瑟，你懂得他吗？"

大多数时候，达瑟都不说话。但每次，达戈替他辩护的时候，人家都要拿这话去问他。每每在大家都以为他不会说话的时候，达瑟却开口了，虽然有点答非所问："我喜欢他这个人，我不喜欢他做的事。"

"什么事？你不喜欢他死皮赖脸想娶美嗓子色嫫？"

"他杀死的动物太多了。"

众人大笑，说："一个猎人不杀动物，你叫他去杀人吗？"

"可是他杀得太多了。"

"因为他是一个好猎人。"

"杀光了动物，他就做不成好猎人了。"

达瑟一说这种从书上看来的话，就惹得人们哈哈大笑。达戈却从来不这样对待他。达戈的这种表现，也是机村人所不能懂得的。这个骄傲的家伙，却像条忠实的猎犬一样苦苦地爱着美嗓子色嫫，就像一个贱民匍匐在女王的脚前。色嫫天生一副美丽的嗓子，在不同的舞台上上下下，在有权势使她在不同舞台上上下下的男人身边来来去去。这样复杂的经历，使她身上焕发出一种特别的魅力。高兴的时候，她是美丽的；哀伤的时候，她更显得分外美丽。这个女人，无论什么样的东西，好像都不能把她的美丽杀伤。

"文化大革命"到来后，一个承诺要给她一纸音乐学院通知书的领导被打倒了，在她的感觉中，成为歌唱家的梦想，可能就此永远破灭了。还有好些给过她不同承诺的男人，比如一个文工团的男高音，一个部长，一个政委的儿子，这些人都奇怪地消失了。只有那个为她放弃了前程的达戈，还不时在她视线里出现。

她不恨那些男人，她恨的是身边这个人。

每一次，当她独自走在村里某个地方，这家伙就悄无声息地出现了。他说："我昨天晚上梦见你了。"

"那你就梦吧。"

"我爱你。"

"我恨你！"

"我想，你已经没有那么恨我了。"

"我一辈子都恨你。"这时的色嫫，泪光充满了眼眶，深重的哀怨使她双腿发软，"下一辈子还是会恨你。"

达戈却不正面回应，他的声音嘶哑，眼里却燃烧着欲望的火焰："跟我来吧。"

色嫫站着不动。

达戈伸出了他有力的手。

他出手很快，不要说是一个身子发软、心房发颤的姑娘了，就是快如闪电的狐狸，也会被他牢牢抓到手上。

他等着姑娘挣扎。要是姑娘挣扎不已，他就会叹口气松开手："要是有别的男人要你，帮你，帮你走上唱歌的舞台，那你就去吧。"这样的情形，已经重复上演过很多很多次了。

但是，这一回，姑娘没有挣扎，而是身子一瘫，温温软软地靠在了他身上。色嫫叹了口气，泪水潸然而下，她说："要是我就是做一个猎人老婆的命，那你就把我带走吧。"

"猎人真的就这么低贱？！"

色嫫摇着头，说："我不知道，这样的问题你去问你的新朋友达瑟吧。我天生一副美妙的嗓子，我想当一个歌唱家。一个猎人不能让我成为一个歌唱家。"

"谁能使你成为一个歌唱家？"

"那个英俊的有前途的军官。"

"你在这里也能歌唱。"

"你是说，不是在收音机里，不是在唱片上，也不是在舞台上？而是对着山里的猴群歌唱？"

色嫫姑娘身不由己跟着他往前走。

在村庄与大片树林之间的那座小山冈后面，坐落着这个家伙自建的新房。这已经不是他刚来的时候，带色嫫去过的那座散发着新鲜树木香气的房子了。这些年来，他一直都在侍弄他那座房子。他对人说过，色嫫就是传说故事里高贵的公主，公主需要一个宫殿。有人壮着胆子批评他，说公主啊宫殿啊都是封建的东西。他说："闭嘴吧，我当过解放军，比你懂得所有这些鸡巴说词。"他从枪管下抽出探条，把那柔软冰凉的钢条顶在那多嘴小子的下巴上："闭嘴吧，小子，我会这些鸡巴词的时候，你的鸡巴上还没有生出毛来呢。"

没人想到这个热情的家伙会这么冷冷地说话，没人想到他这么说话时，那目光，比枪口泛出的冷光还要冰凉。

如是两三次后，真就没有人招惹他了。

这一来，他就能一心一意为他的公主修筑宫殿了。

色嫫每次从解散的宣传队回来，达戈都会谦恭地请她去参观正在进行的漫长工程，色嫫每次都紧咬嘴唇拒绝了他。但色嫫也没少听人有意无意地在她耳边说起那座好像永远都不会完工的房子。

这一次，在这个人已经来到这个村子五年以后，她终于没有力量拒绝他了。但她脑袋发晕，身子发软，路也走得跌跌撞撞。当那座房子的铁皮顶子亮闪闪地出现在面前时，她实在迈不开步子了。

"达戈，我……"

这个猎人的手脚真是利索，她还等着他说点什么，却发现自己已经伏在他背上了。这时，他才说："好的，好的，我背你回家。"

姑娘感到心里发冷，但渴望男人的身子却阵阵发烫。

他一口气冲上一片长长的缓坡，穿过缓坡上稀疏的林子，直到那株冠盖巨大的鹅掌楸下。达戈一松手，色嫫从他背上滑下来，跌坐在柔软的草地上。那座盖了五年，还在不断修改的房子就出现在她面前了。

达戈看了她一眼，她明白那意思："公主，请看献给你的宫殿。"

她仔细看眼前的奇特建筑。这座房子全是一根根圆木垒起来的，不像机村这种两层三层的寨子都是用石头垒起来的。房子样式既不是机村寨子这种方正高耸的样子，也不是城里砖墙瓦顶的一长条的平房。这座木头房子像传说中的堡垒。下面像是一朵蘑菇，从椭圆建筑的中央部分，升起了一座塔楼。塔楼顶上，是亮闪闪的铁皮。从村子里可以望到的亮闪闪的部分，正是这塔楼的屋顶。塔楼的下面，窗户小得像一个个碉堡上的枪眼。但在塔楼上，却大开着轩敞的玻璃窗。

达戈说："楼上，就是你的房间。楼上窗户对着机村最漂亮的风景。"

色嫫一言不发，只觉得脑子嗡嗡作响，这个人动着嘴，她却什么都没有听见。

达戈又说了些什么，她还是没有听见，只是用无助的眼神呆呆地看着他。

达戈叹了口气，说："求你别用这样的眼神看我，我受不了。"

这回她听见了。

她的耳朵里不再有一大群蚊子嗡嗡地叫个不停了。她突然听见了鹅掌楸巨大的树冠上，那么多的鸟儿发出清脆的鸣叫。这些好听的鸟叫甚至使她脸上显现出浅浅的笑意，她说："达戈，你说什么啊？"

达戈说："这就是我为心上姑娘所造的房子。我知道你并不想进去，但我还是要让你看上一眼。现在，你已经看到了……我晓得，这不是你想要的。我以为你会喜欢，但你并不喜欢。我并不懂得你这样的女人，现在，色嫫啊，你可以走了。"

"我想成为歌唱家。"

"我知道，我不怪你。"

色嫫站起身来，整了整衣裳："可是，歌唱家都倒霉了，没有人想当歌唱家了。我……我也不想了！"

说完这句话，她就自己往那座房子走去了。走到草地中间，她回过头来，脸上已然挂上了明媚的笑容，她说："怎么，这座宫殿的男主人他不来吗？"

达戈这才跟上去了。

"那个时候我就知道自己又一次犯下大错了。"达戈后来对达瑟这样说。

但这都是后话。当时，一听这话，他就激动得心血沸腾，忙不迭地跟了上去，虽然他心里的感觉却并不如预想的那样热烈与美妙。

他无数次地预想过此时的情境，他的公主进入这个城堡的时候，他要把柔软珍贵的兽皮像地毯一样从门口一路铺到楼上的卧榻之前。他还问过达瑟，公主进了屋子后该不该还穿着靴子。达瑟却语焉不详。这个想法在达瑟还没回来的时候，就在达戈脑子里无数次预演过了。所以，靴子的穿与不穿并不能改变他的这个想法。唯一没有考虑到的是，色嫫会在他的前头走进这座房子。

他跟在后面说："不。"

色嫫听见了，想，自己让这个男人害怕了。这个男人在关键的时候害怕了。她在宣传队跟那么多急色的男人打过交道，已经非常懂得男人的心思了。

他还在后面说："请你等一等。"

她回首，嫣然一笑，咿呀一声，推开了沉重的木门，走进这个人为她所造的宫殿里去了。达戈刚从阳光里走进房子的荫凉中，脖子便被她柔软的手臂缠绕住了。他也不知道为什么还挣扎了一下，但身子马上就软了下来。他还不无悲戚地想到了一个比方：这样的挣扎就像是一只猎物跌进陷阱，还想挣扎脱身一样。这种方法是达瑟教给他的，他说，对想不清楚的事情，你就去想一个比方。

他的身子在燃烧，脑子里却在想着那个比方。色嫫口中温暖芳香的气息就在他耳边吹拂："我知道你是真想要我的。"

他拼命点头，并觉得眼睛发热。

那气息继续在他耳边吹拂："那就带你的公主到宫殿上面去吧。"

他当过兵，还在草原上与叛匪打过仗。这个建筑的下面一层，曲里拐弯的有些易守难攻的掩蔽部那种味道。他的手里紧握着那只温软的手，走上了一道阴暗的楼梯，上到塔楼，那里可就是另一种景象了。宽大的玻璃窗户上，瀑布一样泻进来明亮的阳光。整个屋子就是一个各种柔软的长毛兽皮做成的窝。

地上是兽皮，卧榻上是更加柔软幼滑的兽皮。

他希望这个女人一走进这个安乐窝就发出由衷的赞叹。但她只是蹬掉了脚上的靴子，温软的气息又一次吹拂着他的耳朵："那你今天就要了我吧。"

说话间，她已经解开了腰间长裙，当她走到床边时，已经是一丝不挂了。

达戈这时真的变傻了。

对这一刻，他有过无数次的想象。而在所有的想象中，所有的美妙过程都是由他这个男子汉来主导的，但眼下的情形却反过来了。他就呆呆地站在门边，看着这个仙女一件件脱光了衣裳。这个脱去衣裳的仙女，比他想象中还要美丽百倍。她的头发披散在浑圆的肩上，当她抬起两只手臂，从背后，从她的两胁间望过去，可以看到两个乳房微微向外突出的一点边缘，然后，是收束的腰，是腰以下猛然的宽大与浑圆……然后，她转过身来，小腹之下，那神秘之地，卷曲而油亮的黑色阴毛，像是一只小兽蹲伏在一片悬崖的阴影之下……

达戈听见自己喉咙里咕咕噜噜地发出了野兽的声音。

他觉得自己像是林中的熊一样威猛高大。有时，熊在秋天吃多了山麻柳的果子，这些果子在胃里发酵成酒，把熊醉倒。现在，他就是那头迷醉的熊了。他扑向了床上兽皮中间那个闪闪发光的躯体。

那个躯体也迎向了他，她缠绕在他腰间的手臂，她伸进他口中的舌头，像林子中的长藤缠住了他！而整个铺满兽皮的柔软卧榻像一个深渊就要吞没了他。

他感觉临近那个深渊了，看到那深处，有那么多的光透射进来，不具任何确切的形象，却又摇曳多姿，令人目眩神迷。

他想，我要进去了。他想，我要掉到深渊里去了。

色嫫流着眼泪，把整个身子都向着这个男人打开了。

她从来就相信，这个世界上，没有一个男人会这样地爱着自己。要是自己没有生就一副美妙的嗓子，就真是这个世界上最最幸福的女人了。为了不辜负自己的美嗓子，这个身子已经给过好几个许诺能够让她成为歌唱家的人了。她并不恨这些男人。这几个男人也不等她来恨，就被"文化大革命"给打倒了。此情此景中，色嫫所哭的仅仅只是，自己为什么不在这些男人之前把干净的身子给他。

"你要我吧，要了我吧。"她用她最美妙的声音说。

但这个时候，达戈却从她光溜溜的身子上滑下去，躺在一边抖索不止。

"达戈啊，你不想要我？"

他不说话。

"你肯定知道别的男人已经要过我了。但是你要吧，我不要你娶我。"

在她身边，达戈抖得那么厉害，让整张床都颤动起来了。

泪水大颗大颗地从色嫫眼里流淌下来，她把他抖索不止的手抓在手里："老天爷，看我把一个真正男子汉的心伤成什么样子了。"

达戈这时其实是想喊的，但他喊不出来了，突如其来的猛烈的颤抖像一个魔鬼把他控制住了。他想说，你救救我，救我。但是，嘴里发出了动物般哀叫的声音。他是一个杰出的猎人，他知道自己嘴里发出的声音，是那些最没有反抗能力的动物，像是鹿啊，獐子啊，麂子啊，这些羊一样柔弱的动物发出的哀叫声。

直到这时，色嫫才发现情形不对。翻身起来一看，这个男人像是被什么看不见的东西紧紧扼住了喉咙。他的眼睛翻白，牙关紧咬，口里不断涌出白色的泡沫。他的身子紧紧蜷曲起来，四肢抽动不止。按机村人的眼光看，这个人是让他杀死的那些动物的冤魂纠缠住了。她抓起一张兽皮遮住身子就往外冲，失去约束的乳房在胸前跳荡，撞得她心中生痛。

"老天爷，救救他，救救他吧。"

她刚刚把房门打开，就看见达瑟隔着青碧的草地站在那株鹅掌楸下。她还记得，那巨大的树冠在微风中叶片翻动，落在上面的阳光动荡成一片水光，而树下的那个人身上也就披上了一种特别的光彩。

她双腿一软，跪在了阳光下的草地上，凄声叫道："来救救你的朋友吧！"

这声叫喊使树上停着的好几只鸟惊飞起来。

达瑟不慌不忙地走过来，说："这么漂亮，真像是林中仙女啊！"

"求你救救你的朋友！"

达瑟木然的脸上肌肉动了一下，但他脸上最终还是没有做出来一种生动的表情："可是，可是……他只是看起来有点伤心罢了。"

达瑟还抬手指了指她的身后，色嫫回头看见达戈已经走到门口来了。他身子软软地倚靠在门框上，平时炯炯有神的眼睛这时却黯淡无光。

他想笑一笑，却最终未能笑出来。他扶着门框的手还在轻轻颤抖。

达瑟先开了口："这株树越来越漂亮了，比我书里那些图片还要漂亮。"他咽了一口唾沫，费了好大劲，才又加了一句。"色嫫也很漂亮，比所有漂亮的树木还要漂亮。"

他对色嫫说："你不要哭，这个人看上去是有些不对劲，也许看看书，会知道是怎么回事情。"说完，就转身慢吞吞地走开了。

色嫫手里遮羞的兽皮掉在地上，浑身赤裸着扎进了达戈怀里。费了好大的劲，虚弱至极的达戈才稳住了身子，没有被她撞倒。她把他扶到床上，达戈慢慢喘息均匀了，说："好了，这下，我不会再幻想一个仙女的爱情了。你可以放心地当你的歌唱家了，我知道自己再也配不上你了。"

"我不是仙女，我也当不成歌唱家。"

"但是，我病了。告诉你吧，我爸爸就有这种病。他发病的时候，从马车上掉下去，被轧死了。"

"但你没有……"

"我并不想当兵，我从小就害怕得上父亲的病，得上我们家祖传的病。我不想当兵，只是想不花钱检查一下身体，可他们说我身体很好，是当兵的材料，我不想当兵，只想当一个好猎手。"

"那你也不该到我们机村来啊！不，我不该这么说，你是为我到机村来的。"

"就是不遇见你，我也不会回自己的村子里，那里的树林早就被砍光了，野兽没有了存身之地，早就绝种了。过去林中的好多泉水都干涸了。"

色嫫紧紧地把达戈抱在怀里，心房滚烫。

"但我不想你把我得病的事告诉别人。"

"我不告诉别人，你的病会好起来的。我要嫁给你。"

六

没过几天，达戈又犯病了。

就在大庭广众之中，他嘴里吐着白沫，口里发出羊一样咩咩的哀叫声，身体剧烈地痉挛着，非常丢脸地倒在了一地尘土中间。

大家都避开了，害怕附着在他身上的鬼魂跑到了自己的身上。只有从卫校停课回家的学生巴桑一个人不害怕。她把一根小木棍插在他嘴中，还说了一个谁也不懂的词："癫痫。"

这是个谁也没有听到过的字眼。大家只知道，这是杀了太多猎物的人必遭的报应。山神允诺了要给山里人一些猎物，但总有人因为贪心取得太多。这一来，山神就要不高兴了。不高兴的山神什么都不用干，只需放出一些野兽的鬼魂出来，不时附在这个人身上来折磨折磨他就是了。

现在，这家伙那么难看地倒在地上，嘴里发出他所杀死的那些动物哀叫的声音，这就是山神严厉的警告。以前的人上山打猎，无非是为了取得一点充饥的肉，一点御寒的皮，如果卖了一点钱，也是为了换一点生活必需品，比如不可或缺的茶与盐。但是，这个家伙居然靠打猎来为自己心爱的女人建造公主才配的宫殿一样的房子。

达戈倒在地上抽搐的时候，大家都在喃喃地说报应，报应啊！偏偏卫校的女学生巴桑镇定自若地吐出了陌生的字眼"癫痫"。她说："不要再说那些封建迷信的话了，这是一种病，癫痫。"

达瑟，你认识这个姑娘，她是我亲爱的表姐。

达瑟，后来，这个姑娘短暂地爱上过你。她刚爱上你的那些日子，脸腮总是红扑扑的。她把我揽在怀中，有些羞怯地问："告诉表姐，你又跟他看书去了？他让你到他的书屋上去了？"

我说不是的时候，她会叹息，脸上会显出很夸张的失望的表情。于是，我总是说："是的，表姐，是的。达瑟让我到他的书屋上去了。他让我摸他的书了。"

"那些书很好吧？"

我想，这是一个很蠢的问题，对一个五岁多的孩子来说，怎么会懂得判断一本书的好坏。

但我知道，表姐不想我说那些书的坏话，我就说："它们很好，静静地躺在箱子里，看起来，它们过得很好。"

这时，她就会把我更紧地揽在怀中，用亲吻弄湿我的脸："我爱你！你是个好孩子，我爱你！"这时，干干净净的表姐身上散发出成年女人们身上常常散发的某种暧昧的味道。

那天，表姐一本正经地吐出了那两个很有分量的汉字。听到这两个字，达戈就像一个等待宣判的罪人，挺直紧绷的身躯一下就松弛了。好像他体内的病魔听人叫出了名字，就像一个打输了架的家伙羞愧地走开了。达戈长叹了一口气，鼓得溜圆的眼睛慢慢闭上了。

表姐伸手扒开他的眼皮，看了看他碌碌乱转的眼球说："好了，过去了。"

达戈吃力地坐起来了。他的脸上沾满了尘土，这正好遮住了他羞愧的神情，但他额头上的汗水却涔涔而下。

他跌跌撞撞地走开了，望着他的背影，表姐喊道："哎，你回来！"

达戈站住了，但没有转过身来。

表姐说："以后发病，拿根木棍塞到嘴里，免得你把自己的舌头咬掉。"

达戈恨恨地看了她一眼，没有说话。

表姐得意地环顾四周，不想却有人说："巴桑姑娘，你还是回到城里上学去吧。"

"你们这些离开的人就不该回来！你们既然已经离开了机村，偶尔回来待上些日子就该离开了，可为什么偏要待下来不走！是你们想干什么，还是老天爷真想干点什么不一样的事情啊？看看这个家伙，还有他的朋友达瑟吧，你要再不离开，也要变成跟他们一样的人了。"

"机村已经有了两个有史以来最奇怪的人了，可不要再添个疯疯癫癫的姑娘！"

其实巴桑和这两个人不一样，她是多么想回城里去上学啊。上完学，她就是一个胸前挂着听诊器的神气活现的医生了。但是，学校无限期停了课，她就只好回到村里来了。

七

这一年，是机村历史上少有的丰收年。

　　大火过后，过去曰森林覆盖的腐殖土都裸露出来。厚厚的土层那么疏松透气，连翻耕都不用，只消直接把种子播下就可以了。村里人把能找到的所有种子，蔓青的种子、油菜的种子、土豆的种子和豌豆的种子都播进肥沃的黑土中了。夏天，在一片枯焦的大树中间，盛开了金灿灿的油菜花。黄色的菜花刚刚开过，苗壮茂盛的土豆苗中，又开放出了白色与紫色的铃铛般的花朵。豌豆花就更漂亮了，微风吹来，豆苗起伏，那些精巧的花朵，仿佛大群迎风飞舞的蝴蝶一般！

　　只恨种子太少，更多的松软的黑土裸露在天空下面。一场大雨下来，漫山遍野都往山下流淌着泥浆。要不是看到这么多的泥石流，机村人都要改口说，那场大火是千载难逢的好事了。

　　其实，机村已经有人在这么说了。

　　大火过后，大队长被专了政。外面的世界正陷入疯狂的运动中，机村被人遗忘了，紧张的气氛一下就松弛下来了。阳光静静倾泻，河水哗哗流淌，寻常的寂静里有一种懒洋洋的味道。人的眼神都如梦境一般有点恍然，有点不明所以　又有点欣喜。日子真的就这么松弛下来了。连村子西头新建伐木场盖房子的工地上，咚咚的打夯声，也像是一下下打在人们松弛的关节上，是要让人更加松弛一样。轻风送来缓缓的打夯声，四野袭来的花香摊在阳光下，发闷发软。没有干部管理，集体的庄稼反而侍弄得很好。集体化这么多年了，大家都知道，只有弄好了集体的庄稼，才能腾出手去侍弄私播在过火地里的庄稼。

　　索波从失意中慢慢振作起来，当人们从那些盛开的油菜花、土豆花和豌豆花上，看到一个丰收年景的来临时，他却突然醒悟过来了："妈的，老子还是机村的民兵排长嘛。"

　　他要出头管管一些该管的事了。

　　说干就干，他发通知要开一次社员大会，议题是讨论如何把那些私种的过火地收归集体。

　　本来，人们都聚在村中小广场上。到了开会的时间，人们都四散走开了。只有达瑟和达戈还留在那里。达瑟看书。达戈用钢锉打磨兽夹上锋利的尖齿。

达瑟说："得了，达戈你停手吧，那锉子像是锉在我牙齿上一样。"

达戈说："豌豆花那么漂亮，你那些专写花的书上怎么没有这样的花呢？"

索波发布命令了："我说你们两个，去通知开会！"

达戈放下锉子，手里把尖齿锋利的钢环，咔咔地一开一合，笑笑说："你这样做就把全体人民都当成敌人了。"

他蹲下身来，咔嚓一下，把那个钢环套在了索波的脚脖子上，转身拍拍达瑟肩膀："书呆子，我们走。"

达戈还没忘了回头告诉索波："不能动，千万不能动，这个东西，你一动，它就用钢牙咬你。"

索波不信，一动，那锋利的钢牙咔咔响着往肉上逼去。他真的就一动也不动了。

达戈说："伙计，我晓得你是排长，我也差点当上排长。你是民兵，我是正规军。你要好好想想，伙计，地里长出这么好的庄稼，是为了让老百姓高兴，而你一开会，乡亲们就要不高兴了。你要想找事做，就跟我上山打猎去吧。"

说完，达戈就扶着达瑟的肩膀，两个人一起往他放书的树屋里去了。身后，传来索波的怒骂："你这个羊癫风！"

达戈转过身，阴沉的脸上慢慢绽开了笑容，眼里却露出比铁还冷还硬的光芒："我一发病，咬伤自己舌头的时候，这个东西也会把你的腿咬断！"

达瑟回来，围着索波转了一圈，又停下来，端详一阵咬在他脚上的钢环，摇摇头，说："不怕，他吓你的，这个捕兽夹上没有遥控机关。"

达瑟跟达戈走开后，散开的村民们都走回来，有胆子大的，还围着脸色苍白的索波走了一圈。

"啧啧，捕兽夹怎么把个大活人套上了？"

"达戈的捕熊夹子怎么把我们机村的大人物套上了？"

大火过后，林子里少了吃的东西，常有饿慌了的野兽到村子里来。吃草的家伙祸害庄稼，吃肉的家伙祸害牛羊。现在，连家家户户的鸡，都能很警觉地闻到潜行的狐狸与狼的味道，吱吱嘎嘎地扑扇着翅膀，跑到稍稍安全一点的房顶上。每一次，野兽进村，都会有一阵惊慌与狂喜。村里有十多支猎枪，很少有野兽能吃饱肚子再走在回山的路上。达戈的夹子，专门用来对付晚上进村的大家伙。黄昏的时候，他把这些兽夹分布出去，天一大早，又收拾干净了。兽夹上都有特别的机关，开启与关闭，达戈都不容别人插手。这是他的独门绝技。

今天，他用这个东西来对付这个野心重新萌发的家伙了。

索波见过被这夹子捕到的熊和野猪。每次，捕到大猎物，达戈都会请人按村里的户数平均分好。这些肉也进过索波的口，他当然也该晓得这夹子的厉害。

"我要到上面去告你。"索波一个人自言自语。

但是，只有他一个人站在太阳地里，孤立无援。

到后来，太阳晒得他身子开始摇晃，他声嘶力竭地大叫："达戈！"

可是人群已经散开了，小广场上一个人影也不见。

"达戈！"

广场四周那些坚固沉默的石头房子把他的声音挡了回来，他听见自己气急败坏的声音：

"达——戈！戈！戈！戈！"

他抬起头来看天，深蓝的天空中浮动着几缕浅淡的云彩，额头上的汗水顺势流进了他的眼睛："天哪！老天爷啊！"

他突然把自己的嘴巴捂住了，革命进步这么久，一到关键时候，封建的东西怎么就脱口而出了。但是已经迟了，一个人正笑笑地看着他。

"你干什么？你怎么在这里？"

这个人是生产队的保管员兼代销店主任杨麻子："啊，我好像听见革命青年叫天老爷了。"

他揩掉了迷住眼睛的汗水，看清他瘦脸上每个坑里都泛出了兴奋的红光："你，你胡说！"

杨麻子嘿嘿一笑，说："你不要怕嘛，革命青年的老天爷不是封建迷信，革命青年喊老天爷就是喊共产党毛主席。"

"对，对，共产党毛主席就是我们的老天爷！"

得到解脱的人差点就蹦了起来，但是，就在要蹦起来的那一瞬间，他想起了脚脖子上的捕兽夹，人马上又委顿下来了。

"但是，旧的老天爷没人见过，新的老天爷我想你也看他不见，眼下，还是把脚上的东西弄下来才是啊！"

索波又仰起头来看天。

索波的母亲也来了："大家就想肚子里多一点东西，你的肚子就跟大家不一样吗？"

杨麻子说："一样的，一样的，就是脑子不一样罢了。可他的脚跟寻常人却是一样，看看，已经被铁牙齿咬出血来了。"

索波一动，钢齿真的咔嚓一声咬进去一扣，血慢慢从钢齿间渗出来了。他忍不住大叫起来："快，去给老子叫那个家伙！"

"村子里能叫得动他的，就只有美嗓子色嫫了。"

索波的老母亲亲自出马，央求到色嫫头上，才在天黑前解开了索波脚上的捕兽夹。

从此，达戈在机村就是一个受欢迎受尊敬的人了。甚至有人提议，要让他顶替坐牢的格桑旺堆的大队长位置。但他只是对前来说项的人说："再说，我的羊癫风又要犯了。"

结果惹得大家为他又叹息一回。

消失许久的老魏骑着他的摩托车，又出现了。他带来了公社革命委员会的决定：索波同志出任机村第二任大队长。宣布了这个任命以后，出乎大家意料的是，索波并没有打主意把大家私种在过火地上的庄稼归公。

他知道，但凡要做什么事情，都要先想出一个名目。如果想要消灭一种东西，那就要给这东西安上一个不好的名字，他想到了一个词"无政府"。但心里又拿不太准，想来想去，就去找看书很多的达瑟。

达瑟正高坐在树上看书。

索波招手让他下来。

达瑟就下来了。

索波说："妈的，看你从树上下来的笨样子，就不是个机灵的人。"

达瑟说："我没假装自己是个机灵鬼。"

"不过，你的书里肯定有些新鲜的说法。"

"对我们这样的笨脑子来说，这些书里全是新鲜的说法。"

"那……书上说没说，私种庄稼叫个什么名堂？"

达瑟郑重其事地说："我的书上不说这样的事情。"

索波骂了一句。

达瑟已经转身往树上爬了。爬到半途，他回身对树下提了这样一个问题："你原来想毁掉那些庄稼，是为了当大队长。现在你是大队长了，为什么还一定要毁掉这些庄稼？"

索波当时就站在树下，猛拍一下脑袋，立即就明白过来了。

当然，既然当了大队长，他总还是要做一些事情。他做的第一件事情就是带着拖拉机到公社去了一趟，拉回来许多电线与喇叭。从此，机村广场边竖起了一根高高的旗杆，上面飘扬着红旗，红旗下面，是三只分别朝着不同方向的高音喇叭。每户人家里，也装上了一只四方的木头盒子，盒子上开着一个圆孔，圆孔上蒙着黑色的纱布。这也是一种喇叭，只是嗓门没有那么大，但里面说着与高音喇叭同样的话。

秋天，生产队还没有开动员秋收的会，社员们私下已经开过一次了。会议一致决定，要等人民公社地里的庄稼全部收割后，才能去收拾自己私种的东西。

新上任的大队长不知道这些，他兴冲冲跑到广播站，通知大家开会动员秋收。他刚关掉机器转身从广播站出来，人们已经在广场上站得满满当当了。所有人手里都拿着刚开了齿的镰刀，腰里都扎着一圈背粮食的绳子，每个人脸上开心的笑颜使得那一天的阳光显得分外灿烂。

这种情形使总是阴沉着脸的新任大队长也受到感染，笑容在他脸上慢慢绽开了。

有人喊一声："他笑了！"

随着这一声喊，所有的笑脸都朝他转了过来，那么多闪烁着笑意的脸真能把一个人的里里外外都照得亮堂堂暖烘烘的。

索波的脸笑得更开了："乡亲们，今年，是我们机村的丰收年！"

"不用讲话了！你也比我们多讲不出什么道道来，就发一声话，下地开镰吧！"

索波举起手中的镰刀，想喊句什么，但他刚张开口，人们就发声喊，呼呼啦啦涌过他的身边，奔向成熟的麦地开镰了！

广场上就剩下几个人了。

达戈说："怎么，你以为自己是工作组的脱产干部？"

杨麻子腰里挂着大串哗啦啦乱响的钥匙，笑着说："你还不下地，领导落在群众后面了。"

"那你怎么不下地？"

杨麻子晃晃手中的扫帚："仓库里那么多耗子屎，我要好好打扫一番！"

"我们机村人怎么一下子这么积极了？"

"哪有农民见了庄稼丰收不高兴的道理？"

达戈倒是直截了当："收了集体的，才好忙自家的嘛。"

"我说嘛，这些人的觉悟一下子提得这么高了。"

"难道大队长还要把这点积极性打下去？"

索波那张青脸上挤出了一点点笑容："眼下我脚上可没有什么捕兽夹，我也不害怕你。要是需要，我倒可以让你害怕我，我是大队长不是吗？"

他这几句话，倒把达戈给呛住了。他就那么呆呆地立在那里，好半晌才回过神来，相跟着下地去了。

达瑟笑了，说："有意思，有意思啊。"

"有什么意思呢？"

达瑟说："其实我也不晓得，就是觉得有意思罢了。"

"书呆子！"我跑到离他远一点的地方，像村里别的孩子一样嘲骂他，"你这个呆子！"

他一点也不恼火，村里没什么事能让他感到恼火，他有些茫然地看看我，说："有意思，这个从来不骂人的孩子也开始骂人了。"

那个收获季的机村阳光灿烂明亮，充满了欢声笑语。

成熟的麦子与青稞低垂着硕大饱满的穗子，沉甸甸地铺展在明亮的阳光之中，波浪一样起伏在和风下面。收割的人弯下腰去，一丛丛的麦子便齐刷刷被镰刀割倒。他们直起腰，大把的麦子在手中旋舞，转眼之间，就扎成了整齐的麦把。小学校老师跑到城里搞运动，放了假的学生们都下到地里，一群群候在大人们身后，把捆好的麦子收拾起来，摆成一个个整齐的麦垛。在人群背后，鸟群在风中起起落落，尖尖的长嘴叼起散落的麦穗。当衔山的夕阳刚把西边天空的云彩燃烧得一片彤红时，月亮已经升上东边的天空了。等大家收工回家吃完晚饭，月光已经给大地镀上了一层银光。人们又下到地里，忙着把白天割下的麦子运回晒场。

从地里到晒场，看到的不是人，而是他们背上一垛垛的麦捆在移动。运回晒场的麦子还要晾上一段时间才能打场。高高的木头晾架垛上了一捆捆的麦子。麦捆子一层层垛上去，都快垛到月亮上去了。

　　不要任何人动员，过去要一个多月才能干完的活，这回只用了半个月时间，生产队地里的庄稼就收完了。即便是这样，谁也不敢第一个先下到私种的过火地里去收获。全村人都集中在晒场上，所有人都带着一个木槌。要打场了，经过一个春夏日晒雨淋的晒场上，绵实的黄土早都疏松了，要用木槌细细捶打得严实才可以打场。往年，这只是几个老人的活。但现在，全村人都聚集在这里了。而就在此时，播在那些过火地里的油菜籽成熟了，一个个饱满的籽夹正在啪啪爆裂，满含油汁的细小菜籽四处飞溅；埋在地里的土豆，正把一只只野猪喂得膘肥体壮。大家都忍住心里的焦急，全部聚在这里，就等着索波发一句话，或者，有哪个胆壮的家伙率先开镰。

　　但索波这个家伙一连两天都阴沉着脸，一言不发。第三天一大早，全村能下地的人又都聚到晒场上来了。眼看着太阳慢慢升上来，把麦垛上的霜花全部晒化，把一张张脸慢慢晒出汗来，索波他才抬眼看了看大家，马上就有人喊："注意，大队长要讲话了！"

　　索波却把扫视大家的眼睛垂向了地下，说："我要走了，公社这么长时间没有开会，我想该开开会了。我去看看他们开会不开。"

　　我那上卫校的表姐是个傻帽儿，她说："大队长，这还用你亲自去吗，大队部有电话，打个电话问问不就……"她的话还没说完，达瑟狠狠踩了她一脚，这姑娘抱着脚跳了起来。人群里因此爆发出一阵哄笑，索波也很难堪地笑了一下，招呼了拖拉机手，跟他一起走了。

　　表姐冲到达瑟面前："你是真踩啊！你以为我像你一样是个不知冷热的呆子啊！"

　　拖拉机声音还没有消失，人群就已经四散开去了。片刻之间，集体就消失了，分成一家一户的人群迫不及待地奔向了私种地里急待着收获的庄稼。拖拉机没有开到公社，大概是开到一半光景的时候吧，索波叫拖拉机手停下车来，他抬头看看太阳："时间还早，我想慢慢走一段，你还是快点回去吧。"

拖拉机手心里虽然焦急，却也不好意思把大队长就这样丢到半道上："我还是把你送到公社吧。"

索波说："放心吧，没有人等着我去。"

"那我们就一起回去吧。"

索波一脸的落寞："你这是真话吗？全村能找出一个盼我回去的人吗？"

拖拉机手调转车头，索波举起手，说："等等，我想你是有酒的。"

八

村里只有三个人没有下地。

一个是达瑟，一个是达戈。达戈看不上从地里刨出来那点东西。达瑟回村不久，学校居然还给他寄来了每个月的津贴，既然干部身份还在，村里跟家里就都不肯安排他干活了。

还有一个人是我的表姐。表姐不下地的原因也跟达瑟一样。

三个人在村头上闲坐，表姐一眼一眼地看着达瑟的时候，拖拉机开回来了。

达戈就问拖拉机手是怎么回事。拖拉机手就把路上的事情说了。

"你真的就把酒给他了？"

拖拉机手说："奇怪，他举手的时候，真有点大官的架势。"

"你就乖乖地把酒给他了？"

"给了。"

拖拉机手的酒其实来路不正。供销社每月定量配给的酒，都是他拉回来的。每一回，他都会在半路上打开酒桶，给自己灌上一水壶，锁在拖拉机的工具箱里。起先，这事情他一个人运酒时才干。习惯了以后，就是拖拉机上有搭车的人，甚至代销员杨麻子亲自押车，他也会停下车来，灌上一壶。

"原来你偷大家的酒是为了讨好领导？"

其实，索波以这种方式默许大家把私种地里的东西收回家里，好多人心里已经有些不忍了。

达瑟慢悠悠地说："达戈啊，你算了吧。就让全村人把一个月的配给全部给他，大家都愿意。"

达戈也觉得自己有些过分了，但还是梗着脖子："看看你的书，看书上说没说一个人的心肠一下子就会变好了？"

达瑟摇摇头，说："我的书上不说这种事情。"

"那你的书说些什么屁事？"

"我的书告诉我漫山遍野花的名字、草的名字，还有飞禽与走兽的名字，不谈心里看不见的事情。"

他这么一说，真把达戈给唬住了，他还真以为书上不会说这样的事情。

在大家眼中，达戈其实是比达瑟能干百倍的人。大家常常看到达瑟像个影子一样跟在达戈身后，而对这样的情形最不高兴的就是我的表姐。所以，看到达瑟把他那自以为是的朋友镇住，她就特别高兴。第二天，这个消息就在全村传开了。

索波收敛了自己的威风，大家是高兴的。

达戈自以为是的气焰被达瑟打压了一下，大家也同样高兴。但有愿意动脑子的细细一想，就马上想起来从学习会上听来的东西："放屁，工作组读的书上，毛主席说，身边躺着一个什么晓夫，他睡不着，这不是说心里的事情吗？"

对达瑟这种说法，喇嘛江村贡布也大摇其头，他说："要是书都无关人心，那还有什么用处呢？"

达瑟反驳："这是科学，而不是……不是……形而上学！"

大家又都叹气，这个人真是读书读傻了，专拣自己不懂的话说。

达瑟更加认真了："我读我的书，发我的呆，关别人什么事！"

说完，他便离开人群往树林子里走。

我也悄悄地跟在他身后。

走了一段，他回过头来，脸上现出很烦乱的神情，对我狠狠地挥手："去！去！"

我只是咧着嘴，现出洁白的牙床，对他一个劲地傻笑。我想，我是在尽力模仿他平常那呆头呆脸的傻笑。但他只是漠然看着我，看了一阵，就转身走开了。

等他走出一段，那些矮树丛就要遮住他的身影时，我又跟了上去。当那些矮树完全把他瘦长的身影遮没时，我就完全直起腰来，快步跟了上去。

我想："这家伙真是一个呆子。"

就在我这么想着的时候，我却从一丛矮树旁栽进了另一丛灌木中间。挣扎的结果是，我的脑袋，连带着整个上半身，更深地陷入密集的树丛里，一只脚连带着下半身却让一个绳套吊在了半空。

我不敢睁开眼睛，不然，不等断气，双眼就要叫那些乱七八糟的树枝给刺瞎了。

"哈！"

我听见了一个得意的声音。

"哈，哈哈！"

达瑟一把就把我从灌木丛里拉出来。我仰面躺在草地上，看见他俯身向我，说："这个绳套最多只能对付野鸡与兔子，想不到套住了这么一个大家伙！"

他把套在我腿上的活扣解开，但我被灌木划伤的脸，火辣辣地痛。即使这样，我也不想哭，但泪水却一点也不争气，哗哗地流出了眼眶。这使我更加羞愧难当。

于是，我干脆放声哭了起来。

看一个孩子这么伤心地哭泣，达瑟马上就手足无措了，他说："哭什么呢？哭什么呢？我又不是婆娘，你一哭我就可以掏出奶子来哄你。"

我一个跟头就从地上翻了起来，擦去泪水，郑重宣布自己是大孩子，不是还要扎在女人怀里吃奶的小东西了。

"是的，是的，要是你是一个小东西，"达瑟蹲在了我的面前，把挂着绳套的树枝拉下来，又一松手，野蔷薇强劲的枝条"呼"一声就弹回去了，"看看，你要真还是一个小东西，套子就把你高高挂在树上了。"

他拍拍我的屁股："好了，你不是小东西，但还是一个小家伙！起来吧。"

我就从地上爬起来了。

这时，达戈也出现了。

达瑟说："你不是说要下地去帮忙吗？"

"我眼皮子跳，想是套子里上东西了。这不，"达戈拍了拍我的屁股，"真有东西上我的套子了。"

天哪，屁股被这人拍打的感觉是多么惬意啊！在机村，这个家伙是所有孩子心目中最神气的男人。潜行在林子里的所有动物，只要他愿意，就能手到擒来。更何况，胸脯高高的美嗓子色嫫还是他的女友。现在，他那么亲热地拍打着我的屁股。一股热气从他的掌心，蹿到我的屁股上，又从那里直蹿到心窝，之后，还要一路向上，差点把我的天灵盖都顶开了！

这股热气，差点又把我的眼泪给顶出来。

等我再睁开眼睛时，达瑟已经不在了。这就像是传说里林子中一些神奇的野兽一样，它们想在的时候，就在那里；想不在那里，只要脑子里动一下念头，就消失得无影无踪了。

"达瑟？"

达戈笑着说："走了。"

我还想再问，但他脸上的神情变得严肃了："小家伙，你跑到这里干什么来了？"

"我想看看达瑟的书。"既然他那么亲昵地拍过我的屁股，我就用不着那么敬畏他了。

达戈就喊："达瑟。"

达瑟从他的树屋上下来，又站在了我的眼前。

达戈说："又来了一个想看书的呆子。"

"我想看看你的书。"

一提到书，这个跟屁虫脸上现出的可不是虫子的表情，他的眼睛闪过一道亮光，脸上的神情也庄重起来，我有点害怕了："要是你不想……"

"妈的，你的脸划成这个样子，我们来治一治你的脸吧。"

他牵着我的手，在草丛里寻摸一阵，就找到一种草药。灌木丛里到处都有机村人从来没有命名过的这种草。这种草茎秆柔软透明，采下来轻轻一挤，便有乳白稠醇的浆汁从指缝间冒出来。达瑟嘴里轻轻地嘘着气，把这些乳浆涂在了我的伤口上，脸上火辣辣的感觉立即消失，一股清凉之气在脸上舒服地弥漫开来。

我知道，我已经是他的朋友了。我脸上沁凉，心里却暖洋洋的，这就是有了一个大朋友的感觉吧。这种感觉弄得我像是要晕过去了一样。我傻笑着，转动着身子，周围的树林，头上的天空就在四周旋转起来了。

然后，我听见他对我说："来。"

他伸出手来了吗？

就在那个村边浑圆的小山丘，那个靠近村子背后白桦、椴树和枫树的混交林边的小山丘顶上行走的时候，我还摔了好几跤。每次摔倒，我都没有感到疼痛，都只感到身子下面的草地的柔软与阳光的热量，就努力把脸仰起来向达瑟傻笑。

我最后的一跤摔在翻过小丘顶部，山脚下的村子从视线里消失的时候。

这次，达瑟真的伸出手来了。他站在一株大树下，仰起脸来，看着巨大的树冠，说："到了。"

他把我背在背上，爬上了他的树屋。

在离地十多米高的地方，他在大树粗大的枝丫上搭上了厚实的地板。上面，是杉树皮盖的顶。地板和顶棚之间，是编织紧密的树篱。树篱后面，是油布蒙着的木箱。我的眼睛看着那些木箱，再看看他，分明是问："书？"

他点点头，说："对，书。"

使我深深失望的是，他没有慷慨地打开那十几只木箱中的任何一只，他只是从一块油布下面抽出一本又厚又大的书来。

"《百科全书》。"他说。

我抚摸着那本书细布蒙出来的棕色封面和上面黯淡的金字：百科全书。

显得这样神圣的事物的名字必得用我还不熟练的汉语来念，所以，我学舌学得相当拗口。这样的拗口更增加了我第一次面对一本《百科全书》时新奇与神秘的感觉。

用了好大的力气我才把那本厚书搬起来，如果不是赶快抱在怀里，这本神圣的书就掉在地板上了。几只野画眉在头顶的树冠里叫出了沁人心脾的声音，使周围的世界显得无边无沿。

"好重啊！"我说。

"这个世界那么多事物都在里边，怎么不重？"

"我可以打开吗？"

达瑟看着我。我的眼里闪着星星点点的光。

他在蒙着棕黄的油布的木箱上面，铺开一张柔软暖和的狐皮，这才把书放在狐皮上面。他又用衣襟擦擦我的手，然后才轻声说："打开吧。"

我就把书打开了。

书上，那么多的字密密麻麻整整齐齐，一下子就把我的眼睛涨满了。他说："找找你认识的字。"

我找了一阵，找到了一个"一"，两个"木"，一个"花"，还有很多个"的"。还有几个字似曾相识，但我不敢肯定自己真的认得。我还傻乎乎地说了一句："没有毛主席，没有共产党，也没有万岁。"

他笑了。

我说："也没有打倒。"

达瑟先是无声地笑，然后就笑出声来了。笑够了，他才伸手翻动书页，说："我们来看看这个。"摊开在眼前的是一幅差不多与整张书页同样大小的彩色图片。图中是一棵巨大而孤立的树。

"认识吗？"

"就像一个见过很多面，又没有说过话的人。"也就是说，我叫不出这种似曾相识的大树的名字。

"妈的，也许你真是个聪明的小家伙。"

风一阵阵吹来，吹得头顶的树冠哗哗作响。几只停在树上的鸟飞出去，迎风悬停在空中一阵，又落在了摇晃的枝头上。它们悬停在空中的时候，奋力地舞动翅膀甚至爪子，以便在风中稳住身子。

达瑟张开嘴，被一段灌进嘴里的风给噎住了。他转过身子，把背朝向风，把被风吹起的书页用手摁住，大声说："我们就在书里的这种树上！"

是的，我们就坐在这种树的半腰处搭出来的小屋里。表皮粗糙的巨大树干在地板下面，从我们和这些书箱置身的地方大树开始层层分权，层层往上，在广大的空间里尽情伸展，形成了头顶上这个巨大的树冠。风一阵阵吹来，周围的树都在摇晃，但这株树不动，只有我们头顶上的树冠发出瀑布一般的声响。

机村的山野里植物众多，但全村所有人叫得出名字的种类不会到五十种。而且，好些名字还是非常土气的。比如，非常美丽的杓兰，叫作"咕嘟"，只因这花开放时，一种应季而鸣的鸟就开始啼叫了。这种鸟其实就是布谷鸟。五月，满山满谷都回荡着它们悠长的啼声，但人们也没有给它们一个雅致的命名，只是象其鸣声，叫作"咕嘟"，然后又把杓兰这种应声而开的花也叫了同样土气的名字。现在，一本《百科全书》在我面前打开了。我置身其上而看不到全貌的树在我面前，显示出了它完整的全貌。同时，还有一些环绕着大图的小图呈现出了这树不同部位的细节，以及它在不同季节的情状。书本真是一种神奇的东西，它轻易地使一件事物的整体与局部，以及流逝于时间深处的状貌同时呈现出来了。

我问："书上把这种树叫什么名字？"

达瑟握着我的右手，让我伸出食指，一一地摁向画幅左上方的三个大字："鹅——掌——楸！"

这三个字不是我的舌头所习惯的偏僻乡村的藏语方言，而是我们在小学校刚刚开始学习的汉语。

我嘴里发出的含混而奇怪的音节让他哈哈大笑。

他又念了一遍。

这回我学得好了一些。而且，念完以后还感到最后那个音节在脑门四周留下好听的余音，像一只蜜蜂在左右盘旋。风吹过我置身其间的这株树，而我正在用另外一种语言，郑重其事地念出它的名字。尾巴上带着好听余音的名字。我念得有点过于庄重，好像是我首次为它进行命名一样。虽然，在机村，是达瑟首先念出了它的名字，然后才是我。而且，我念它的名字的时候，还带着机村人那种浓重的使一切音节听起来都有些含糊的口音。

但是，最最重要的是，我叫出了一株树的名字。

我从一种事物的命名知道这世界上所有的事物都有着他们庄重的名字。特别是当它们有了一个书上来的名字的时候，特别是这种事物的名字是由另一种语言念叨出来的时候，这个世界好像呈现出来一种全新的面貌。

我把这种感觉告诉了达瑟："为什么树有了名字就跟没名字时不一样了？"

达瑟用他那宽大的手掌重重地拍打着我的脑袋，说："对呀！对呀！这个道理我想了很久，你怎么一下子就明白了。"

我哪里知道这是为什么，只是一个劲地冲他傻笑不止。

"那么，书上会把所有这些树啊草啊的名字，"我的短短的手臂使劲伸出去，好像想把整个山野和整个山野里的全部事物都揽进怀里一样，"都告诉我吗？"

达瑟使劲点头。

"那么，这些名字都在你的这些书里吗？"

达瑟脸上浮现出忧伤的神情，他慢慢地摇头，说："我的书太少了。我想多读书，我想自己有很多很多书，但是，已经不能够了。"

"为什么？"

他笑了一下："你不要问我这个问题，我脑子不好，我不知道。"

我还想问点什么，但对一个机村的小屁孩来说，你还能对这个复杂的世界提出什么样的问题呢？

达瑟脸上已露出了大人脸上惯有的对小孩子那种不耐烦的神情："你该回你妈妈那里去了。"

"我还可以来看你的书吗？"

他坚决地摇头。

好猎手达戈爬上树来，他看见了我，看着他的朋友达瑟惊奇地说："咦？"

达瑟说："你上来干什么，还是回家去吧。"

达戈把手指向树屋外面："嘘……嘘！"

那神情，好像树下有什么猎物出现了。

顺着他的手望去，却见美嗓子色嫫嘴里哼着歌，湿漉漉的头发上别着一把红色的塑胶梳子正穿过树下的草地。在那条小路尽头，一片野生的樱桃树旁边，便是那座猎人的房子。从树上看下去，这座房子比平常看见的要矮小多了。这座有些奇怪的房子，从一层到二层再到三层，由一些曲折的楼梯和并不必要那么复杂的回廊所连接。特别是最高的那一层，完全像是一个堡垒，堡垒的铁皮尖顶亮光闪闪。这个闪着得意扬扬亮光的铁皮屋顶新换上不久，铁皮的来源据说是村子旁边正在新建的伐木场物资仓库。达戈为每一块铁皮都付出了比之大几倍面积的珍贵皮草：可以做背心与帽子的狐皮，可以做裤子的熊皮，可以做靴子与手套的鹿皮。但对于机村差不多是史无前例的好猎手达戈来说，这些皮子又算得了什么呢？

不止是这座房子，就连把美嗓子色嫫打扮得漂漂亮亮的那些衣服，那些五颜六色的头巾与靴子，也都是达戈用猎物交换来的。

很多人估计，这个只穿着两身旧军衣，带着一条猎狗来到机村的家伙，现在可能比过去的地主还要富裕很多了。

达瑟说："回去吧，人家看你来了。"

达戈脸上浮现出痛苦的神情，捧着头慢慢蹲了下来。

色嫫走到了屋子跟前，她没有拍门，熟练地弄开了一些复杂的猎人机关，进到屋里去了。我们几个待在树屋里，呆看着太阳落向天边，看着黄昏降临到山谷中间。风停了。淡蓝的炊烟从树下的屋顶上冒出来，升到树林上面的烟岚中，便消失不见了。

我身上有些冷。他们用一根绳子把我坠到地上。我站在草地上解开腰间的绳子，抬眼再看，猎人屋已然隐去，只在那些野樱桃树丛后面，透出来温暖的灯光。抬头看看上面，树上黑黝黝的，只有一个巨大树冠的轮廓，笼罩在闪着点点晶莹星光的夜空下面。

刚走到村头，就遇见了表姐。她已经串了好几户人家，找我回家。她当然要问我上哪里去了。

我没有说话。从今天起，我心里也有一点秘密了。我多么想把今天的经历说出来啊。但是，一说出来，我的心里就没有秘密了。我不知道秘密有什么用处。但有一个秘密藏在心头，感觉是手里攥着好多糖果。只要愿意，随时都可以打开手掌，伸出舌头，品尝一下那透心的甜蜜。

我还在想，为什么达戈建了那么漂亮的房子，房子里亮着那么温暖的灯光，他却要与达瑟一起待在黑灯瞎火的树上？

九

在公社，索波让一群工人造反派打了。

这些伐木工人臂箍红袖章，头戴藤条盔，卡车顶上装着吵翻天的高音喇叭，从一个镇子窜向另一个镇子。他们在小学校操场上烧书，在一个又一个镇子上把公社书记、卫生院长和林业派出所所长之类的人物拉出来批斗或毒打。他们窜到镇子附近的村寨里，把庙里金面泥胎的菩萨掀翻。当然，他们最重要的革命目标，是每个小镇都叫作"人民食堂"的饭馆，饭馆里的酒、肉和大米饭。他们腰里插着锯短了木把的斧头与铁锤，气度不凡地一路走州过县。他们在饭馆里呼啸不止的时候，卡车帮子上常常还铐着一个血肉模糊、气息奄奄的人。

这景象让索波大为不服。

他对老魏说了些很生气的话。他说，毛主席不是说工人阶级和贫下中农都是革命的主力军吗？他们怎么就可以这样？

老魏问他是不是也想吃饭不给钱？老魏说，现在社会主义革命不是还没有成功吗？三大差别不是还存在吗？这些家伙，就这样白吃白喝撑死了，国家还要给安葬费和抚恤金呢！"所以啊，"老魏说，"伙计，村里人在过火地里种点东西，就让人家收回家算了。"老魏虽然也戴着红袖章，穿着旧军装，但一边说话，一边拍他肩头，一点没有一个革命干部的样子。

说完，老魏骑上他那辆飘着一面红色的三角小旗、挂着一个空斗的摩托，突突地开走了。

索波在公社镇子上无所事事地晃荡累了，抬头看看不论人世间发生什么惊天动地的事情都一样瓦蓝瓦蓝的静默的天，想村里人该把私种的庄稼收完了吧。他一个人没有力量阻止全村人的意志，但他作为代理大队长也不能看见他们把庄稼收回家。他想，他们肯定觉得自己害怕了。等着吧，我索波有让你们害怕我的时候。心里这么想着，他的双脚已经带着他往没有粮票吃不到米饭的"人民食堂"去了。

食堂经理一脸惊惶垂手站在门外，里面吃免费餐的工人造反派闹翻了天。

看见索波，食堂经理脸上谄媚的笑容立即就消失了："不行，本食堂在接待革命造反派！"

索波心头有地下阴火一样的东西在蹿动，他没有说话，一掌就把这个把一张脸吃得油腻腻的家伙推到一边。他猛一下推开门，食堂里一下子安静下来。那些手里把着酒把着肉的人，都把脸转了过来，眼里立刻射出了凶光。从这一刻起，索波知道了自己其实不是一个胆壮的人。在这些凶狠眼光的交叉注视下，他整个身子变得僵硬而冰凉，但他退不回去了。他试着往前走了一点，那些人没有动弹。他再往前走一步，那些人却又回过头去，对付酒肉去了。

他长吐了一口气，转动脑袋，摇动肩膀，使紧张的身体与神经一起松弛下来。他把身上仅有的几块钱全部掏出来，要了酒菜。很快，他就喝醉了。

酒一醉，他的胆子就大了。他走到那伙人跟前："你们这些家伙实在是太吵了。"

他的脸上立即落上了重重的一拳，但他笑了，他说："毛主席不是说工农一家吗？为什么你们吃饭不给钱，我们农民光给钱还只能喝酒，吃不要粮票的饭？为什么国家给你们粮票，不给我们？"

那伙人都笑了。

索波自己给他们提供了酒足饭饱后的余兴节目。他们一边笑一边拳脚相加，把他从这张桌子底下打到那张桌子底下。

那伙人散去之后，他自己爬到食堂楼上的旅馆床上，睡了整整两天。他羞愧地回想当时的场景，自己缩在桌子底下大喊："我是贫下中农！我是机村的大队长！"

他的喊声只是招来了更多的哄笑与拳脚。

现在，他酒已经醒了，一个人躺在床上，感到孤独的同时，也深深感到后悔与羞愧。为什么要那样喊叫，难道就不能一声不吭忍受下来？

在机村以外的世界，亮出在机村并不一般的身份，不过是自取其辱罢了。也许再这么想下去，他都要流泪了。这时，房间的门被人咿呀一声推开了，一个脑袋从门缝里伸进来，小心翼翼地说："我找大队长。"

"哪个大队长？"

"机村大队的大头长。老魏叫我来的。"

"你是什么人？"

那人这才闪身进门，站在了他的床前："我是木匠。我还会榨油。老魏说在你的地盘能找到活干。"

他问这个手艺人叫什么名字。他说："我姓骆。"

他连说了几次"骆"，但是，索波还是无法发出这个汉语的奇怪音节来。索波说："有些汉人的名字真是奇怪。"

姓骆的家伙笑了："汉人听藏人的名字也一样啊。"

索波起了身，说："走吧。"

这个姓骆的家伙就两手空空地跟着他上路了。

两个人只是埋头赶路，走长路时人脚下很快，都顾不上说话。走到半途，休息的时候，索波才问："你就这么空着双手？"

骆木匠摊摊手，说：'我带着我的手艺。"

两个人再次上路，直到机村出现在眼前，看见伐木场新建的一大片
铁皮顶的房子在太阳下闪闪发光，索波才又开口："老魏是你亲戚？"

骆木匠莫测高深地笑笑，说："就算是吧。"

"那他怎么不给你找个好工作？"

骆木匠还是那样莫测高深地微笑："这就是他给我找的工作。"

这个家伙，看起来谦恭的笑容背后，有种倨傲的味道，让人感觉不
是十分舒服。

索波没有想到的是，他人还没有回来，但在镇上挨了毒打的消息
早就传开了。当着那么多人，老母亲哭着扎进他的怀里，拉开藏袍的前
襟，亮出了他胸口上青紫的伤痕。这叫他把脸面丢尽了。

我表姐一副热心肠总放不对地方，她居然拎来红十字药箱要给大
队长治伤。她竟然学着人家母亲的样，举着一瓶紫药水去拉大队长的衣
襟，却被索波一掌推倒在地上。

一些人发出哄笑，另一些本就看不惯他做派的人则骂了起来。

那些精力旺盛的小伙子们，嚷嚷说，我们的人让砍树的汉人打了，
说着就要冲到伐木场从另一批砍树的汉人身上打回来。

索波提高了嗓门，却还是没有办法把那喧嚷的声音压下去。他只
好掏出了过去召集他的民兵排集合的哨子。哨声一起，人群立即就安静
了，准备聆听他发表长篇大论。

但他只是说："我带回来一个木匠，谁家有活，就领他回去吧。"

大家的注意力就转移到了这个匠人身上。

这可是个机灵的家伙，他未曾说话就露出满口白牙笑了："谢谢各
位乡亲，我姓骆，骆木匠。以后，就靠大家赏饭了。"

木匠这个词，一听就懂，一念就会，可前面那个奇怪的"骆"，只
有上过学的达瑟之类的家伙才念得出来。但念出来，意思还不明白。

"骆？什么意思？"

"就是姓嘛！"

"这么怪？没听说过。"

木匠是多么机灵的人啊："哎呀，就是骆驼的那个骆嘛！骆驼，一种牲口嘛，一种比牦牛还大的牲口嘛。"

他这一说，达瑟就拍拍脑门，慢吞吞地说："对，我的书上有这种动物。"

"那你就说说呀！"好奇心马上就都转到达瑟身上来了。

总是不温不火的达瑟这时也激动得面孔潮红，拍着脑袋想怎么向乡亲们描述这种动物。

"对，这种动物，有点像马跟骡子，但驮东西不要鞍子！"

人群发出失望的声音："呵——"

达瑟急得脑门上的青筋都鼓起来了："这东西生下来身上就有一副肉鞍子！"

"呵——"

"不信你们问他自己！"

大家的眼光齐刷刷转向了新来的木匠。

木匠说："嗨！你们晓得驼背吧？"

大家笑了，怎么连驼背都不晓得呢？不就是生下来就让一个大肉球压得腰都直不起来的苦命人嘛。

"对了，对了，"把自己的名字比作一种牲口的木匠拍掌叫道，"这就对了嘛，这种畜生生下来就背着两个驼背，一个，下来一点，又是一个！这就成了一副肉做的鞍子嘛！"

妈的，这家伙这么一七一划，大家都看出来，他比机村这些倔头倔脑的年轻人可都机灵多了。意识到这点的人，包括木匠自己，都有些不大自在了。

索波说："这么说来，你就是那种畜生啰？"

木匠赔着笑脸："是，大队长说我是什么，我就是什么！我一个手艺人，能找口饭吃，就心满意足了。"

　　就在他这么笑着的时候，索波又感觉到那笑容背后藏着一个倨傲的家伙。

　　接下来的几天，骆木匠都没有等到雇他干活的人家。但一到吃饭的时候，他就大大方方地走进随便一户人家，坐在火塘边的客座上面。在每一户人家，他都会说这样一句话："不用对我太客气，就把我当成机村人一样。"

　　他在村子里转悠好多天，好像没有发现什么有意思的东西。最后，他跑到溪边的磨坊跟前，看中了两扇正待开齿的沉重石磨。

　　他对索波说："我要造一个机器。派几个年轻劳力给我帮忙吧。"

　　索波感到这个人是在支使他，而不是在求他帮忙。但他还是给他派去了几个帮手。

　　这个人也还真是能干。他把一扇石磨架起来作为底座，然后，用粗壮的松木搭起两个三角形的架子。三根木头相交处，榫口紧紧咬合在一起。他只说了一句还要一点铁丝，村里的野孩子们就从建筑伐木场的工地上拿来了大盘的铁丝。这些铁丝，又被他用一根铁棒撬着，紧紧箍在了三脚架相交的部位上。就是这两个三脚架，把另一扇磨子吊起来，扣在下面的石磨上。加上一个好几根麻绳合成的绞盘，他制造机器的工程就宣告结束了。

　　大家都问达瑟，这算是一台机器吗？

　　达瑟说："运用了杠杆原理。"

　　达瑟从来没有在榨油作坊的现场出现过。于是，当大家都想起要让达瑟来评判这是不是一台真的机器时，我就带着大家的疑问飞奔而去。从溪边跑到他的树屋底下，仰起脸来喊："他们想知道，那个东西算不算台机器。"

　　达瑟想了半天，才说："运用了杠杆原理。"

　　这句话太拗口了。一句话有多半是汉语。我连学了三遍，才开始从树屋下面向着溪边的磨坊那里飞奔。一边飞奔还一边念叨："杠杆原理，杠杆原理。"

然后，我大叫："达瑟说，运用了杠杆原理！"

没人能听懂这句话，但都明白这句话多半是肯定的意思。

骆木匠坐在太阳底下，满脑门都是汗水，满脸都是笑容，对着围观的人们说："好啦，乡亲们，把你们的油菜籽背来吧。让我来替你们榨出香油吧。"

人们迟迟疑疑地把刚从过火地收获的油菜籽背来了。

他就通过那个几根麻绳和几根木棍组成的绞盘，自如轻巧地操纵着那扇沉重的石磨，很快，清亮黏稠的菜油就从石磨之间一个小孔中不断线地流出来了。很快，一口袋一口袋的菜籽就把磨坊前的空地堆满了。

这些天，机村临时的榨油作坊成了最热闹的地方。达瑟待在他的树屋之上，关心的还是榨油作坊。骆木匠动工的那一天，达瑟从树屋的门口伸出脑袋，对树下的我喊："你现在是我的侦察兵，去看看那个自作聪明的家伙在干些什么？"

从那一天，我就来来回回不断向他通报情况。直到土机器初具雏形，他才垂下一根绳子来，把我吊到了树上。我还没有站稳，他就说："妈的，你真是一个笨嘴娃娃，你说了半天，我还是不懂他造了一个什么东西。"那神情，好像他是一个多么伶牙俐齿的家伙一样。

他搬出一本厚书来："来，指指，像这些机器中的哪一个。"

我们把这本书从头翻到尾，也没有看到一个与骆木匠装置大致相同的机器。但我却猜出来了一些东西，比如火车头和抽水机。想不到，我们在一本专门讲刑具的书里发现了相同的东西。那是一种用来夹断人的四肢的装置，小的可以夹断手指，大的可以挤碎大腿。于是，达瑟笑了："妈的，杠杆原理。"

从此，达瑟也就不再给我布置侦察任务了，但我还是把一件事情向达瑟报告了。

木匠会画画！

这对于因为拥有那些书而显得神秘又权威的达瑟来说，好像是个严重的挑战。连达戈也感到了这一点，他说："会榨油是一种手艺，就像我会打猎。可是，会画画就不一般了。"

榨油坊工作了几天后，就只有一些孩子和老太太在那里守候了。在生产队被称作全劳力和半劳力的人都去干活了。集体的麦子要早点打完，晒干，进仓。过火地里私种的油菜收上来了，土豆还大多埋在地里。深秋时节，天气一天比一天晴朗，早晨的霜冻也一天重过一天。地里的洋芋要不赶快挖回来，谁都不知道深秋里最后的晴天是哪一个晴天，之后一场大雪下来，所有东西就都冻在地下了。

这时，木匠画了好些电影里的人物在他榨油机器的结实的木头横架上。

我再次受命前去侦察，看看骆木匠到底在榨油的木头架子上画了些什么。

这件事情之所以这么郑重其事，是因为骆木匠这手艺已经使村子里漂亮的和自认为漂亮的姑娘们都激动起来了。她们商量着要请这家伙画像。木匠当然不敢造次，一个也没有答应。但他越是拒绝，姑娘们越是显出迫不及待的样子。达戈说："妈的，母猴子发情时就是这副叽叽喳喳莫名其妙的样子。"

更让达戈愤怒的是，曾经四处演出，见过大场面，还被好多大官紧握过小手的美嗓子色嫫也混在这群发情的母猴子里头。色嫫甚至摆出十分娇艳的样子，问他："达戈，我叫木匠画我这个样子好不好看？"

达戈不予理睬。

我白天去侦察，看见木头横架上一字排开，画着电影里我们已经见过十遍八遍的那些英雄人物：《南征北战》里的人，《平原游击队》里的人，《打击侵略者》里的人。这些人从电影里走出来，整整齐齐地站在了一起，好像他们是同一个班的战友一样。

而且，都像连环画上的人一样大小。

我带回情报，达戈皱起了眉头，他问达瑟："为什么都是这么一般大小呢？"

达瑟想了半天，说："他就喜欢整齐，就画成一般大小了呗。"

"那么，为什么又只有一种颜色呢？在部队上，就是画个黑板报，也是五颜六色的。"

达戈说："我想是他没带颜料吧。"

从这一问一答就看出来，达瑟喜欢思考，但脑子来得慢。倒是达戈，这个被人叫作傻瓜的家伙，脑子转得快，一下就觉出了骆木匠画中那么多的蹊跷。

甚至连我都提出了一个问题："谁都不知道他是怎么画上去的。"

达戈猛拍大腿："达瑟老弟，听见这个聪明的问题了吗？你的脑子嘛，老想问题却提不出问题。"

达瑟很深沉地摇头："我想的不是你们这样的问题。"

每天，木头横架上的英雄人物都在增加，但没有人看见他是怎么画上去的。晚上，骆木匠就一个人住在磨坊里。已经有姑娘晚上跑到磨坊外，坐在星光下对他唱歌了。

这个消息，是色嫫专门跑去告诉达戈的。

达戈没有吭气。

色嫫说："要是我去一唱，这个家伙肯定就出来了。"

达戈正把从伐木场捡来的空牙膏管融化在小小的生铁勺子里，牙膏皮慢慢变软，斑驳的漆皮下金属融化了，锡汁流到勺底轻轻动荡。同时，漆皮焦煳时发出一股刺激的气息，在这个四壁张满兽皮的屋子里弥漫开来。

色嫫说："你的手在发抖，其实你喜欢我。其实你现在就想要我。"

"我有病，配不上你了。"

"你不要我，却还要管着我。"

"……"

"你爱我！"

"……"

"你还爱我！"

达戈眼里露出了凶光，他扔下手里的勺子，融化的锡淌在铺在地上的熊皮上，熊皮上马上冒出了青烟，焦煳味升起来，压过了融化牙膏皮的陌生的化学物的味道。他一把就把姑娘揽到了怀里："这还用你告诉我吗？我怎么到这个村子来的，难道这世上还有谁不知道吗？要不是这样，我堂堂的惹觉·华尔丹怎么会被人叫成达戈了，你说，老子真是一个傻瓜吗？"

色嫫叫了一声，说："你弄疼我了！"但她马上又咯咯地笑着，躺在了达戈怀里。她的身子微微发烫，声音也含着一种迷迷糊糊的味道："我也爱你！"

达戈的怒气上来了，把钩在他脖子上的双手猛一下拉开："我不相信！"

色嫫还是咯咯地笑着："我知道以前的错了，我伤了你的心，人家就是想当一个歌唱演员嘛！再说，我不是没有当上嘛！"

"你对那些当官的摆出那副下贱样子，我连想都不愿意想。"

那双蛇一样的手又环到达戈脖子上了，她的眼睛里闪烁着迷离的光芒："那么多男人都想占我的便宜，你却不想要我？"

她胸口的衣襟已经敞开了，达戈的双眼落在了她露出多半的浑圆的乳房之上。色嫫把他的手轻轻放在了自己的乳房之上，色嫫呻吟了一声。不想，达戈发出了更大的一声呻吟。色嫫从他怀里抬起身子，把嘴附在了他的耳边，呼呼的热气立即使他整个脑袋都膨胀起来了："你真的不想要我？"

达戈为自己难听的呻吟感到难为情了，他绷紧了肩背，紧咬着牙关，不使自己再发出声来。色嫫伸出手，轻轻掠过他的发际，喃喃地说："看，你都出汗水了，色嫫姑娘不好，色嫫姑娘让我们的好猎手受委屈了，把我们堂堂的惹觉·华尔丹先生变成达戈了。"

她的手指，从他的额际滑向耳轮，再从鼻梁向上，一直游走到眼窝里，正好遇到大滴的泪水从达戈的眼里流出来了。眼泪无声地源源涌出，为了忍住不哭出声音，达戈整个身子都在颤抖。这时，色嬷却轻轻地啜泣起来。她是天生美嗓子，所以，啜泣的声音也嘤嘤然像一只蜜蜂在盘旋飞翔。

"我知道没有男人会对我这样，我知道没有男人会对我这样。"

不知什么时候，已经不是达戈揽着她，而是男人被她揽在怀里，热烈地爱抚着了。

她把他轻轻推倒。他倒下的身子正好躺在整张熊皮的中央。他的脑袋下面是熊的脑袋，熊的四肢是他四肢的延长。火塘里的火静静燃烧，散发着干透的木柴上淡淡的松脂香。

达戈还在哭泣："我不能让你当上歌唱家。"

"我当不上歌唱家了。"

"我有病，我配不上你了。"

她的手在他温暖的下腹那里游走一阵，毅然决然深入下去，把他坚挺着的男人的东西握在了手里。达戈挺着身子又是一阵颤抖。

"你不要闭着眼睛，睁开眼睛看着我。"

达戈睁开了眼睛，对着俯向他的那张面孔说："色嬷，你的眼睛比宝石还亮堂。"

色嬷再次咯咯地笑了："你看，这回你就没有发病。我问过老年人，他们都说，你只要少杀生，少杀一些猎物，山神不生气，你的病就会好起来。"

说话的时候，色嬷把他的袍子解开，他结实的胸膛起伏得非常厉害。然后，他的裤子也被褪下去了。她俯身下去，看着他的眼睛，柔软的双手却一直在下边温柔地抚摸。

她喃喃地说："我爱你，达戈，我爱你。你对我笑一个吧，你好久都没有对我笑过了。"

达戈咧开嘴了，但不是笑，而像前次犯病一样，双眼紧紧闭上，嘴巴咧开，身子像濒死的动物一样颤抖不已。接着一股像鲜血一样黏稠而滚烫的东西一下一下喷到了她抚摸的手上。然后，这个男人，像走了一千里路终于得到休息机会的人一样，发出一声长长的叹息，整个身子也松弛下来了。这时，他的眼角，他的眼眸才露出了温柔的笑意。色嫫也侧着身子，紧靠着他躺在了熊皮上。这时，整个世界都消失了，只有这张熊皮悬浮着，飘浮在消失的世界上面。

"达戈。"

"嗯。色嫫。"

"达戈。"

"色嫫。"

她的手指划过他结实的胸膛："我要过你了，你可是还没有要过我。"

达戈刚要张口说点什么，但她滚烫的双唇一下贴上来，他只能发出点咿咿唔唔的声音了。

可是，达瑟来了。

"达瑟，该死的达瑟啊！"

从那天晚上开始，色嫫就常常这么叫他了。

十

色嫫这么叫他时，往往都有达戈在场。她说："达瑟，该死的达瑟啊！"眼睛却盯紧了达戈的眼睛。

因为，那天晚上，达戈把心里的什么事都忘记了，就要要她了。可是，就在这个时候，达瑟来敲门了。

"谁？"

"我。"

"谁?"

"达瑟!"

"哎,这个该死的书呆子达瑟!"

他在外面却把门敲得更急了:"达戈,我知道那小子是怎么画上去的了!"

达戈在火塘边的熊皮上清醒过来,那些令他不快的事,又丝丝缕缕充塞到心头。他动作起来真是麻利,色嫫还没有把披散的头发拢好,他已经周身整齐前去开门了。色嫫只好敞着怀躲到了另外的房间。这时已经快半夜了,刚刚升上天际的月亮把月光薄薄地铺在地上,仿佛若有若无的清霜。就在月亮升起之前,骆木匠爬到横架上,提着一只马灯,开始作画。他从怀里藏着的小人书上撕下来一页,背后衬上一张复写纸,照着小人书上的图形描上一阵,一个新的人物就从小人书上走下来,到了吊着沉重石磨的横架之上。

这回,他被人看见了。

骆木匠的魔法一旦被拆穿,立即就失去了对姑娘们的吸引力。

人们曾经讥讽过他一阵子。小孩子们模仿他的作画方法,把小人书上的人画得到处都是。但很快,也就兴味索然了。

这个秋天特别天朗气清,机村完全沉浸在好多年未曾经历过的丰收喜悦之中。

那些过火地的黑土真是肥沃极了。打下来的油菜籽颗粒硕大饱满,里面包含的油汁也特别丰富。机村人把空置了多少年的坛坛罐罐都搬出来,装满了香喷喷的菜油。白天,晒场上连枷声阵阵,新鲜的麦香四处飘荡。黄昏时分,空气里便飘满了用菜油烹炸食物的芬香。有人家刚刚磨出了几十斤新麦面,立即用新鲜菜油炸成了馓子,用木盘托着,给每家送去尝鲜。过了这么多年匮乏的集体生活,这样的方式在机村差不多都绝迹了。见消失多年的旧礼复苏,感动不已的喇嘛江村贡布引经据典："仓廪充实，而礼仪具足啊！"

　　机村的好运气还没有用完。伐木场的后勤科长到正在开挖的洋芋地里转了一圈，然后宣布：挖出来的洋芋和没有挖出来的洋芋，他统统收购了。村里人只当是他说大话。那些从外面来到机村的人说了多少从不兑现的大话呀。不要说这些手里有权有势的家伙，就是来个木匠不也装神弄鬼地显自己本事大嘛。但第二天，就有卡车开来，一袋袋的洋芋现场过称，现场付钱，装满一卡车拉走一卡车。后勤科长说，要不是机村这些洋芋下来，这片大山里，十几个伐木场全部都断菜了。他说，"文化大革命"好是好，就是吃饭没有蔬菜，洗衣服没有肥皂。这样的话，是那些年头最刺激的笑料。大家哄然一笑，就等着后勤科长给大家数钱了。票子拿到手里，是厚厚的一沓子，所有的机村人里，除了达戈之外，从来没有一个人摸过这么多属于自己的票子。当最后一辆拉着洋芋的卡车开走，榨油坊的工作也宣告结束了。沉浸在丰收喜悦里的机村人开始请木匠打造家具了。山里有的是木头，这家要打一个柜子，那家要打一张伐木场的人睡的、镇上人民旅馆里放的那种床，还有像我表姐那样的年轻人，要打一口木箱，安上金属的锁扣，刷上棕红的油漆。应接不暇的工作使骆木匠整天身陷在一大堆锯末与刨花中间。

　　这人刚来时，面黄肌瘦，过不久，就面现红润了。这个外乡的可怜人真是赶上机村的好时候了。

　　收获季一完，一直显得相当激越的机村一下子就安静下来了。

　　灿烂的阳光落在原野上，正变得草枯水寒的原野拼命吸吮着热量，不再像夏天一样，把多余的热量反射给天空。大火过后被烧尽枝叶的杉树与松树，经过一个春夏风雨的洗刷，深重沉默的焦黑中泛出金属的光泽，站满了山坡。村子东南面是敞开的河口，只是在西南面，村子背后的山坡上，还覆盖着连绵不绝的森林。

　　大火以后，猎人的活就轻松多了。

　　过去，猎物都四散在村子四面的森林里，大火过后，只剩一面山坡上连绵的树林可以存身，劫后余生的野兽都挤到那里去了。机村迎来久违的丰收，林子里却闹起了饥荒。常常有饿慌了的野物窜到村子里来。村子里常常响起枪声，那就是猎人们在迎接这些可怜的畜生了。

收获季一结束，整个机村就都静下来了。

大家都在等待那一天。等待每一年里都会有的那么一天。

这一天，是冬天与秋天之间一个明确的界限。

这一天，天空在一年四季中最为碧蓝，空气在一年四季中最为透明；光，不只是阳光，而是所有的光线，明处的光线，暗处的光线，都最为明亮。

是的，每年，老天爷总要给委顿在尘世里的机村这么亮光闪闪的一天。

这一天，每一样事物被从天上下来的光线照亮的同时，也被自身内部焕发出来的光芒所照亮。就像是新擦拭过的铜器与银器，每一样东西都带着喜悦在悄然絮语。好像在说：

"瞧，多么明亮，这一天多么明亮，我们自己也多么明亮啊。"

老天爷在每一年，都要给机村人这么一天，所有事物都亮光闪闪，所有亮光闪闪的事物都发出声音，都可以让他们用心听见。让他们的心情也跟他们的眼睛。他们的面孔一样闪闪发光，也一样喜悦而感恩地说："天啊，这个世界是多么明亮啊。"

就这样，风轻轻地吹过来，掠过收割后的田野，搅动了庄稼地里暖洋洋的麦茬的芬芳。风吹过草坡，搅动了更多芬芳的同时摇落了野草饱满的籽实。风吹过树林，摇动了那些落叶的乔木与灌丛，搅动了镀在上面的金黄阳光。

这一天，所有粮食都已收回谷仓。它们深藏在一幢幢房子幽暗的深处，却向外面悄然散发着内心喜悦一样的芬芳。

是的，这一天，秋风在村外的树林和收割后的庄稼地里来来去去，明亮的河流蜿蜒穿行，向东向南。村民们沉静安详，每家的院子都明亮安详。女人们在铜盆里濯洗长发。男人们呢，狩猎季转眼就到了，正在收拾刀枪与索具。

刀本来就很快，再磨，只是为了让它发出更耀眼的光亮。枪好长时间不用，有些机关都锈住了。把它们拆开，卸下来在油里浸泡一阵，再装上去，又像一个年轻人的关节一样，轻巧灵便，扳动一下，又咔吧吧脆响了。从地里收上来的麻，剥下皮，在水里慢慢浸泡，又细细地捣过，梳掉杂质，制成了黄灿灿的纤维。这些纤维一绺绺捋好，分成三股五股，摊在腿上，往宽大的手掌上吐口唾沫，一掌搓下去，麻纤维旋转蜿蜒，转眼就变成了结实匀称的绳索。这是为皮毛金黄的狐狸备下的。皮毛漂亮的动物不能让枪弹留下难看的孔洞。

一年四季，只有深秋里这短暂一段日子，林子里的野物最是膘肥体壮，连骨头缝里，都攒满了丰厚的油脂。秋天的动物啊，皮毛被光梳理，漾动着水一样、宝石一样的光芒。这段时间，机村的每个男人都从农人变成猎人。

这一天，家里的每一个成员都有权向猎人提出一个愿望。

患关节炎的老人，希望有一块熊油，这样就可以在严寒的冬天里，在火塘边把僵冷的关节揉热揉烫。女人希望正在缝制的袍子上，有一道漂亮的獭皮镶边。而猎手自己，可能需要一顶用整只狐皮做成的威风凛凛的帽子。达戈问色嫫想要什么。达戈已经给过色嫫很多东西了，她都不知道再要什么好了。所以，她摇头，眼睛却热辣辣地说："我要你！"

达戈说："山上出了一只白狐，我打来给你做顶帽子吧。"

"白狐是狐狸里头的妖怪，你可千万打不得啊！"

狐狸毛都是在灰色上泛着金黄，白狐可是难得的意外。传说，白狐是可以随时变身成一个漂亮女人，四处作祟的。

达戈使劲擦枪，说："那些传说都是封建迷信。"

"那为什么你生病的时候，呻吟声会像你打死的那些鹿子一样？"

达戈笑笑，说："你戴上那样雪白的帽子，站在舞台上会很好看的。"

"我们说好不说这个了。"

达瑟出现了，走到她跟前，说："事情总是变化的。你从舞台上下来了，还会走到舞台上去的。他们还是需要人去唱歌的。"

"该死的达瑟，回到你的树上去吧。"

达戈却示意他坐下来。

达瑟慢吞吞地坐下，叹口气，说："等他们四处开枪，到处都在给可怜的动物开膛破肚的时候，我就只好回到树上去了。"他一派老气横秋的样子，说："哎，血腥的场景，我不想看见。"

他对色嫫说："会有人来叫你去唱歌的，就是坐在云端里头的神老听不到歌声也会不高兴。我在城里上学的时候，就有专门学习写歌的。他们写啊写啊，被开了斗争会还要写，写那么多干什么？就是为了跑到北京献给毛主席嘛。谁去献呢？你见过写歌的人自己去献吗？都是你这样的美嗓子的漂亮姑娘去献嘛！"

低头擦枪的达戈，不时偷觑着色嫫的表情。

色嫫咬咬嘴唇，立场很不坚定："我才不相信你的这些鬼话呢，你这个该死的达瑟。"

达瑟却转了话题。"看着吧，林子烧了，伐木场一盖好，他们就要对山上的林子动斧头了。再看我们整个村子，哪个男人不在磨刀擦枪？等到林子砍光，猎物打光，"他做了一个自己用刀抹脖子的动作，"嚓，接着就该机村的人完蛋了。"

色嫫说："你就像个不吉利的巫师一样。"

大家都不说话了。静默了好一阵，色嫫突然开口说："我还真想要一样东西。"

"什么东西？"

色嫫说："电唱机。"

"什么电唱机？"

达瑟说："我晓得她想要的那东西。放一张唱片上去，它就自己唱歌。"

"有这样的东西？我在部队里怎么没有见过？"

"你以为什么好东西都全在部队里？"

达戈不理达瑟，把脸转向了色嫫："你要这个东西干什么？"

"学唱歌。"

达戈笑得有些难堪："看，你还是想离开啊！"

色嫫想分辩几句，但看到达戈眼里那失望凄凉的神情，任心里有什么话，也给逼回去了。

难堪的沉默降临了，一种很痛楚的东西，回荡在这两个人中间。

就在这时，整个村子都躁动起来了。先是村子里的猎狗们开始兴奋地吠叫，然后，人们奔跑的声音从四面八方响了起来。

达戈端坐不动，抬头看了看天。深蓝的天空中只浮着淡淡的几缕白云。他说："是这一天了。"

"这一天是哪一天？"

十一

这一天，猴群下山来了。

每年这一天，猴群都会下山。猴子跟熊啊野猪啊不一样，它们是林子里最聪明的家伙。它们知道下山太早，机村人会担心还没有收回去的庄稼，会用猎狗和枪来驱赶它们。猎犬威猛灵巧，很难对付，猎枪就更是威力无比了。但庄稼收获后，还会有许多麦穗散落在麦茬子中间，猴子灵活修长的前臂，捡拾这些麦穗，比人手还灵巧。

猴群这个时候扶老携幼下山，还能让刚出生的小猴们熟悉人类这个伟大的邻居。机村的存在据说有一千多年了，那么，猴子与人做邻居也有一千多年了。

猴群欢腾着，聚集在那些五彩斑斓的树冠上。它们呼朋引伴，从一棵树摆荡向另一棵树，顺着山坡连绵而下。机村的田野和房舍在望的时候，猴群在森林边缘停留了一会儿。老猴子们蹲坐在高大的树冠上，叽叽喳喳的小猴们追逐嬉闹。猴群还派出了精干的前哨。本来，每年有一天到机村的田野里去是不用前哨的，这是一个惯例。关于这一天，机村人与猴群之间，有一个长达千年的默契。

但猴群去到哪里，都要派出几个前哨，这也是一个习惯。

从半山坡上的林子边缘望下去，机村的田野显得空旷宽广，田野环抱的村庄宁静安详。

猴群的出现惊动了机村，睡着了一样的机村清醒过来。人群开始在村庄里跑动起来，喜欢热闹的年轻人和孩子们都跑到了村口，大人们慢慢走上了石头寨子的屋顶。

人和猴群互相观望了好长时间，然后，猴王从居中的树冠上直起了上身。整个猴群便跳梁腾挪，直奔山下而去了。将近晌午时分了，当顶的阳光直射下来，猴群过处，红的树，黄的树，绿的树都动荡起来。而猴子光滑的皮毛，这时更显得一片金黄。

狗吠声大作。

猴群再次停下来，停在了树林中断的地方，也就是达瑟树屋所在的那个小山丘边上。从村子里望上去。所有树上都停满了猴子。猴子每年都来，从村子周围不同的方向，但今年，猴群只能来自这个方向了。过火后的森林，除了一些臭烘烘的黄鼠狼，一些飞快爬行的蜥蜴，差不多没有别的动物存身了。所以，今年的猴群比任何一年都要巨大，它们足足有三四百只。过去，一群猴子数量过百就是超大的猴群了。

猴子蹲满了树顶，被狗叫和人声惊扰的小猴们都紧紧地趴在了母猴的背后。这些红脸青脸的胡须飘飘的家伙，这会儿都屏息静气。风来了，摇晃了树，它们也就随着树悠然地摇晃。

而在村子这边，每一家屋顶上，人们静静观望着，还是村口那些群聚的孩子发出了不耐烦的声音。那些吠叫不止的猎狗，被主人紧紧地牵在手里。而且，男人们手里都没有带枪。

猴王放心了，机村还是过去那个机村，虽然，在村庄的另一头，增添了那么多簇新的房子，房子旁边，站着那么多蓝色的人。但总体来说，机村仍然是原来的机村。

猴王一声呼哨，皮毛金黄的猴群就齐刷刷地从树上下来，到了庄稼地里。机村人都笑着说："猴子会发现，今年地里的麦穗太多了。"

往年，收割过后，老人和小孩都会下到地里，把散落的麦穗捡拾一遍。今年，机村人忙了集体的收成，又忙私人的收成，再加上这么个丰收的年景，地里的麦穗就懒得收拾了。大火烧去了那么多林子，多给鸟雀们留点食物也是理所当然。

现在看来，要是地里没有留下那么多的麦穗倒好了。

没有人会想到，机村人对动物邻居毫无节制的屠杀就是从这一年的这一天开始的。

没有一个人打算过要破坏人与动物间长达千年的默契，但屠杀就在毫无预谋的情形下发生了。

猴群下到地里，忘乎所以地喧闹开来。对于猴群这种嚣张的行为，村子里的猎犬们都非常愤怒，但链子紧紧攥在主人手中，它们也就是声嘶力竭地狂吠不已罢了。伐木场那些穿着蓝工装的人群也出现在地头。工人们没有枪，但他们有开山的炸药。几个家伙爬行到猴群的前方，点燃了一个炸药包。猴群靠近时，他们点燃了导火索。导火索冒出缕缕青烟，大多数猴子都避开了，两只好奇的小猴子不知深浅，一下就扑了上去。喷火的导火索把小猴的爪子烫着了，两只小猴子发出夸张的惊叫，远远地跳开了。就在这个时候，炸药包轰的一声爆炸了。麦茬，土坷垃，烟雾，升上天空，又噼噼啪啪掉下来。敏捷的猴子早就跳到了爆炸圈外。当爆炸的烟雾散开，惊散的猴群慢慢聚拢了。爆炸在庄稼地里炸出了一个浅坑，浅坑的浮土硝烟的味道是猴子们从来没有闻到过的。差不多每只猴子，都抓起一点土，放在鼻子边上，使劲地闻着，这种刺激的味道使好多猴子脸上露出了傻乎乎的兴奋的表情。

只有几只老猴子抓耳挠腮，不安地在远处徘徊。最后，猴王半直起身子，嘴里发出了凄厉的警告声，猴群才慢慢聚集起来，走在回山的路上了。大部分的猴子，都不断回头，流露出一股恋恋不舍的劲头。

索波看了这情景，说："看，老猴王的话不大管用了。"

达戈马上接过话头："那么，你认为自己就是新猴王吗？"

达瑟说："大队长尔要去告诉伐木场的人，猴群再下来，他们不能放炸药包了。"

索波这里正没有好气呢，见达瑟这种古怪人也对他指手画脚，火气就上来了："我去告诉？还是你去吧！他们是工人阶级，你去对工人阶级下命令吧！你也配给老子下命令，你他妈的这个大傻瓜！你爱下命令，就该留在城里当干部，跑回来装神弄鬼，你以为你是谁啊。"

达瑟皱起了眉头，但很快又舒展开了。他等索波咆哮完了，只是淡淡地说了一句："你是一个聪明人，但是聪明人就一定不是傻瓜吗？"

索波冷笑："他妈的，你整天装模作样地看些破书，就是为了说这种自己都不懂的话吗？"

这句话使达瑟脸上露出了难过的表情，也许，他整天看那些书，整天想书上写的那些话，也许，他自己也不大弄得清楚，这些书里说的到底是什么意思吧。

"好吧，好吧，老乡们！烟是和气草，大家都来抽支烟吧。"

伐木场的后勤科长满面笑容钻进了人群里，手里拿着一包刚启封的香烟，给每一个男人都敬上一支。机村没有人不喜欢看他那张笑脸。就是他把机村的洋芋都收购了，机村每一家人都有了自人民币流通以来最大的一笔现钱。他还说，看啊，看啊，每张票子上都有天安门的相片，毛主席就住在天安门里面，拿着这样的票子，就像把他老人家请到家里来了一样。

"科长又有什么好消息啊？"

王科长说："有啊！有啊！"

很多人都围了上来："请你快说啊！"

王科长只把话说了一半："那些猴子……"

"猴子？"

"对，猴子！它们还会下山来吧？"

"会的，不过，如果不放那个炸药包的话……"

王科长笑了："猴子可一身是宝啊。皮子那么漂亮……"

大家就都点头，那金黄的颜色确实漂亮。

"肉那么好吃……"

大家都露出吃惊的神情，齐齐摇头。吃跟人差不多的猴子的肉，那人不是都变成魔鬼了嘛。

"骨头泡酒……"

"咦——"

王科长说："那是最好的补药！"

所有人都缩拢肩膀，倒吸凉气。

王科长说："猴子再下山，你们就开枪，我收购，现钱！"

所有人都走开了，没有人想驳他的面子。这个人可是为机村做了大好事的人哪！但是，他居然要让人向猴子开枪，吃猴子的肉，穿猴子的皮，还要把猴子的骨头泡在酒里。照老的说法，这样的人简直就是魔王转世了。好多人都惊诧地吐出了舌头，睁大了眼睛躲开了。只有达戈端然不动。他没有打过猴子，但他在部队的时候，看到过战友向猴子开枪，他也知道这些人打下猴子来派什么用场。要是有人塑造一个财神的形象，王科长就是最合适的模特。他稀疏的眉毛里永远含着和蔼的笑容。他的蓝色中山装口袋里永远装有东西。见到孩子，他有透明塑料纸包着的水果糖；见到姑娘们，他包里有五彩的橡皮筋；

见到男人，他的口袋里有香烟。一个人一个人散过去，散完一包又掏出一包。最后，自己叼上一支，啪一声打火机点燃。随着一口烟，嘴里吐出叫人高兴的话来。

这回，这一招一点用处也没有了。所有人都躲开了，只有达戈一个人脸色铁青站在那里，一双眼睛却不知在看什么地方。

王科长掏出烟，送到达戈面前："莫非机村最好的猎手，还看得见林子里的猎物？"

达戈不说话。

"那些猴子居然连人都不怕，要是你打，还不一枪一个。"

达戈转头看了他一眼。那眼光阴沉坚定。

达瑟对我说："咦，我担心达戈会揍这个家伙。"

我有点想看两个男人干上一架。

达瑟走上前去，说："达戈，王科长开玩笑，他怎么会想到杀这些猴子呢？大家都走了，我们也回去吧。"

达戈把伸出去拉他的手拂开来，阴沉的脸上露出了笑容，对王科长说："你过来。"

王科长走近了一点。

"你知道什么是电唱机吗？"

王科长哈哈大笑："你不知道什么是电唱机吗？"

达戈说："我想要一个电唱机。"

"你打猴子，我给你换！"

"我马上就要！"

王科长笑了，他摇摇头，说："要是那些猴子不再下山了怎么办？"

"它们还会下山来的。"

"那好，明天，我就把电唱机搬到这里来等着你。"

听了两个人的对话，达瑟好像给魔鬼吓蒙了一样，看看王科长，看看我，最后把眼光定定地落在了达戈身上。他说："达戈，你知道自己在说什么吗？"

达戈脸色铁青，口气像在下午的冷风中的枪管一样冰凉："我知道自己在说什么。"

王科长跟达戈握手："一言为定。"

"烟。"

王科长掏出烟来，达戈劈手把整包香烟夺了过来。然后，他转过身来，快步离开了。

达瑟腿长，很快就赶上了他。

我们一直走到达瑟的树屋下面，背靠着粗大的树干默默地坐在那里。达戈一支接一支抽那包香烟，黄昏慢慢降落下来，烟头上明灭的火光不时把达戈阴沉的脸照亮。这个黄昏，周围的树林里充满了不安的声响。冰冷明亮的星星一颗颗跳上天幕的时候，达戈终于把自己抽醉了。他伛偻着腰呕吐不止，吐出的东西难闻至极。

达瑟冷冷地开口了："你最好吐远一点，臭味升上树，把我的书熏脏了。"

达戈扑过来想打一直守着他的朋友，但达瑟坐着不动，一伸手掌就把他推了个趔趄。他就摇摇晃晃地回自己那堆满了兽皮的屋子里去了。达瑟和我又坐了一阵，我看到他脸上流下了泪水。

我问他："你为什么要哭？"

他没有说话，脸上挂下了更多映射着星光的泪水。他站起来，一抬手，我就骑坐在他的肩膀上了，他说："小孩子该回家了。"

回到家里，所有人都在兴奋地议论猴子的话题。每年这个时候，猴子都会下山。村里的人们很少议论它们，即便有议论，也是在遇见猴群的现场。惊讶他们多毛的脸，脸上生动的神情与我们这些人是如此相像。有些多愁善感的人，甚至为人有这样的亲戚一辈子风餐露宿于树上而唏嘘不已。这些家伙，它们和我们是同一个祖先啊！关于我们族群起源的传说中说，人与猴子是同一个母亲。因为父亲不同，我们才从树上下到了地上。但是，要是明天猴子再下山来，就会发现，远房的表亲们要对它们弄刀动枪了。

那天晚上，达瑟留下来和我们一起晚餐。在机村，达瑟是一个孤独的游魂，从来不在别人家里吃饭。但是，因为我的关系，这已经是他第二次坐在我家火塘边喝着热茶与大家一起闲话了。

他的坐姿看上去有些奇怪：腰板那么挺直，但背部接近肩头的地方却伛偻下去，所以，他支撑着脑袋的颈项看起来就非常吃力。他就那样端着一碗茶，脸上浮现出心不在焉的笑意，端坐在那里。而我表姐的嘴巴闲不下来："达瑟，以后你还回学校去吗？"

达瑟摇头，说："我不知道。"

表姐笑了，说："看啊，他说'我不知道'时就像个傻瓜一样！"

但大家都知道表姐不是这个意思。

表姐说："我是要回去的，我走的时候，老师就说了，等形势好转，就叫我们回去。"

"那你就回去吧。我就不回去了。我读书不行，读不过人家。我不想回去读书了。"

他这话让大家都吃了一惊，这个从城里拉了一马车书回来的人，这个整天在树屋上守着那一箱箱书的人，居然不想读书！

"那你为什么整天还在看书？！"

达瑟像是狗才从水里钻出来那样晃动着脑袋，狗这样做是为了把皮毛里的水甩掉，他这样是想把脑袋里的什么东西甩掉呢？

"你还没有回答我们的问题呢！"

"我就是喜欢书嘛。"

"那你又不喜欢上学？！"

达瑟有些羞涩地笑了。好像是为自己成了一个困扰别人的难题而感到抱歉。

"明天你会去打猴子吗？"

“不会。”

“你的朋友呢？”

“他会。”

“你不劝阻他？”

“劝不住。真正要做什么事的人都是劝不住的。”

有一阵子，大家都在对付嘴里的食物，没人说话。还是达瑟先开口了：“不只是达戈，猴子再来，大家都会动手的。”

“那是为什么？”

“全世界的人，到处都会对猴子动手。这些对猴子动手的人，曾经跟我们一样，也不打猴子的。可是后来，他们都动手了。”

“也许他们不像我们，不认为猴子是人的亲戚。”

“越是对猴子动手的人，他们越是知道。他们干脆就认为，猴子就是人的祖先。”

“就是这样他们也动手？”

达瑟点了点头。

“你是从什么地方知道这些的？”

达瑟脸上浮现出满足的梦幻般的神情，说：“书上。我的那些书上。”然后，他站起身来，也不向大家告辞，就是走到楼梯口那里，也没有转身向大家示意一下，就下楼离开了。表姐起身追到楼梯口，往下面喊道：“喂，告诉你的朋友，不能再打猎了，不然，他的癫痫病会要了他的命！”

下面没有回应，院门咿呀响过以后，我父亲感叹说：“这个人，要是在以前，在寺院里读经，可是能得道的人啊！”

表姐却说：“神经病！”她说出各种病的名称的时候，声音总是干脆而响亮。那种斩钉截铁的味道里，有着过去要活到七八十岁的老人才有的那种权威感。

“猴子要是真像我们人一样聪明，明天就不要下山来了。”父亲说。

但是母亲不同意这一点："猴子不聪明却不干什么傻事，人这么聪明，却怎么老干傻事呢？"

一个女人怎么可以这样冒犯男人的尊严呢？所以，父亲马上梗着脖子，鼓起了眼睛。

但是爷爷发话了："她说得对，说得对啊！"

十二

天气晴朗。

晴朗的天空下，第一声枪响是那么清脆，电光一样掠过田野，掠过守护着田野的这个孤独的村庄。

枪声把嬉戏的猴群震呆了。它们都收起前肢，半直起身子，呆立在田野中央。接着，是第二声，第三声枪响。枪声立即就响成一片了。好在机村人手里拿的都是原始的猎枪，第一排枪响过，他们必须停下来装火药、铅弹、扣上引信，然后，才能再次举枪击发。没有中枪的猴子，一下子就炸窝了。但它们不是立即向山上奔逃，而是在惊惧中寻找同类。它们在田野中央挤在一起。

于是，引来了第二阵排枪。

猴子又倒下了一批。

这时，猴群才从最初的震惊中清醒过来，在猴王的带领下向着山上奔逃。身后，是祖祖辈辈就与之和平相处的人群，与之订立了沉默契约的人群。这些人这时都在莫名地鼓噪，因为兴奋，因为紧张，也许还因为羞愧。他们发出的声音，比起惊恐万分的猴群还要疯狂。而在它们的回望中，好几十只伙伴，已经躺在收割后的麦地里，汩汩流淌着猩红的鲜血。这时，早就在猴子逃命的路上选好居高临下位置的达戈迎着猴群开枪了。

他开的第一枪，好像比刚才不知是谁对着猴群开出的第一枪还要响亮。

枪声响起的同时，挥动着长臂愤怒咆哮的猴王便蜷缩起身子，慢慢倒下了。

因为失去了领袖，聚拢的猴群再次炸开了。

这就给了那个老练的猎手充足的时间。他手上装药填弹，同时眼睛搜寻目标。等他再次举枪时，目标早已锁定了。

又是一枪。

又是一枪。

又是一枪！

每一响从容的枪声过后，就有一只皮毛颜色漂亮的公猴重重地从树上摔落下来。达戈一个人就变成了猴群退回森林的鬼门关！猴群疯狂地穿越他一个人的阻击线，而他就那样从容不迫地一枪又一枪击发着。枪声一下比一下更沉闷，就像重重的擂木撞在人心上。喇嘛江村贡布喊道："天哪，如果他不是妖魔下界，如果他是一个真正的猎手，那他就该住手了。"

大家只听得见枪声，却看不到他的人影，于是，人人都看着美嗓子色嫫："请他住手，请他住手吧！"连那些刚才还对猴子开枪的人也围了上来，对着色嫫乞求。

达瑟脸色惨白，却对这些人说："他犯的是他的罪过，他的罪过你们也同样犯过了。"

色嫫跑过来，拼命地摇晃着达瑟的肩膀："求求你，只有你能让他住手！求求你，让他住手吧！"

达瑟摇摇头，说："你知道，谁也不能让他住手。"

枪声仍然响着。每当经过足够的间歇，大家以为再不会有枪声响起的时候，枪声偏偏又响了。每一声枪响都使人心头打战！每一声枪响都引发出叹息与诅咒。

他一共开了一十六枪！

一十六枪，一十六只猴子！

人们都陷入了一种绝望的情绪之中，好像这枪声再也停不下来了。这时，最后一只猴子的身影遁入树林，消失了。达戈的身影从田野与森林之间显现出来。所有人都中了咒语一样呆立着，看他慢慢走近。他把枪口朝下的枪夹在腋下，手指仍然扣在扳机上面。下午的太阳迎面照着他，他半眯着眼睛，拖着长长的身影向我们走来。他脸上没有一点表情，只是在走过我身边的时候，嘴角轻轻地抽动了一下。当他迎着村人们谴责的目光走去的时候，眼睛眯缝得更厉害了，他细细的眼缝里透出轻蔑的冷光。

就这样，他走到了伐木场那些兴奋地观看着这场屠戮的蓝工装中间，走到了王科长的面前。王科长带头鼓掌，蓝工装们兴奋地起哄叫好。但他只是冷冷地说："我来拿电唱机。"

"你不是还没把猴子弄到我跟前来吗？"

达戈拿着枪的手有些发抖："你说什么？"

"我看到你打倒了那些猴子，但是，你得把皮剥下来，把内脏掏干净，这才算完，之后我马上就把电唱机给你。这才是我们全部的交易。"

达戈夹在腋下的枪一下抬起来，枪口刚好顶在王科长的下巴上，枪口还散发着火药爆发后的余温，但他的口气却冰一样冷硬："那些猴子你自己去收拾！马上把电唱机给我！"

"我马上去拿！"

"不，你就在这里，叫人送来。"

在等待电唱机送到的时间里，那枪就一直顶在王科长的下巴上。电唱机来了，达戈才把枪口垂下。达戈把枪背在背上，端起电唱机，让人安好唱片，上足了发条，把传出了咿呀歌声的喇叭冲着前面，朝美嗓子色嫫去了。人们以为，面对这情景，色嫫肯定会逃之夭夭。她好像也准备逃跑了，但是当电唱机在达戈怀里发出了声音，一个女人曼声歌唱起来的时候，她就再也迈不开步子了。

达戈怀抱那个歌唱着的机器，一步一步向她走来。她眼里的泪水像檐口上的雨水一样，大颗大颗地淅沥而下，她身子颤抖着，向着走来的达戈张开了双臂。达戈把歌唱着的机器塞在了她的怀里，然后，一言不发地走开了。

在这个背着枪的沉默的男人身后，人们的议论声嗡嗡地起来了。电唱机的发条走完了，这个世界上就只剩下了满耳的苍蝇一样的嗡嗡声。色嬷紧抱着她的机器，大叫了一声："不要脸啊！你们！"

很多张脸凶狠地逼向了她。

"你们，你们比他还先开枪，你们杀死的猴子比他还多！只不过，那些猴子是你们共同杀死的罢了！"色嬷声嘶力竭地叫喊着。

人们转移到达戈身上的愤怒与不安，又回到了他们自己间，推诿良心不安的企图被简单的事实无情粉碎！

所有人都沉默下来了，慢慢走向躺在地里的那些猴子。风吹动的时候，死猴子身上金黄的毛翻动起来，好像那些猴子已经活了过来。风一停，浓烈的血腥味就弥漫开来了。很多人转身离开了。那些开枪的人却不能离开，有一个强大的力量使他们站立在原地，一动也不动。王科长闻到空气中紧张的气味，早就躲开了。索波拿着枪，但他并没有开枪。不知道他是不愿意向猴子开枪，还是因为觉悟高，不贪图小利，反正他没有开枪。但这时，他却开了一枪，对一只还在眨巴着眼睛的猴子。猴子脑袋一歪死去了。然后，他开始把那些四散在田野中的死猴子拖到一起。拖了两三只之后，他骂了起来："他妈的你们这些家伙，真以为自己有多了不起，干了什么捅破天的大事了？他妈的，给老子把这些死东西拖回去，剥皮剔骨，该干吗干吗，老子就看不惯敢做不敢当的人！"

就从这一天，大家在心里把索波真正当成大队长了。他说得对，不管做得对与不对，但要敢做敢当！

不就是杀了几只过去不杀的猴子吗？猴子跟过去杀掉的鹿、熊、狐狸和獐子又有什么两样呢？过去杀猎物是为了吃肉，是为了穿上保暖的皮毛，现在是为了挣钱，这有什么两样呢？

索波轻而易举地就把大家的想法扭转过来了。

大家开始动手去收拾那些死猴子时，他长长吁了口气，身子一松，差点跌坐在地上。自从大火过后，他对过去相信的东西也有怀疑了。他也清楚，自己差不多就是机村人的敌人。即便是当上了生产大队的代理大队长，他不能扬眉吐气已经很久了。直到这些软骨头的家伙自己把自己吓坏了。想不到现在他一声断喝，就使他们乖乖就范了。

偏偏在此时，大半年来，憋在心头的那么多委屈都翻涌上来，难以遏止。

为了掩饰内心的波动，他在死猴子身上狠狠踩了两脚：“不就是几头野物吗？打死的又不是人！”然后，背起手来离开了那些家伙。

而他满意地知道，那些人正从后面，以崇敬的眼光注视着他。他带到机村来的骆木匠在旁边探头探脑，他叫道：“骆木匠！”

木匠就屁颠屁颠地跑过来了：“大队长！”

“听说你的生意很好啊！”

“报告大队长，油已经榨完了。我现在给大家做床，做柜子。”

“好。”他背起了手，模仿着老魏对自己说话的口气，说，“好，好，好干！”

“谢谢大队长关心！”

他发现，木匠比自己会说话。每当领导拍自己肩膀的时候，他舌头就打结，涌到嘴边的话也讲不出来了。他挥挥手，木匠说：“那我就帮他们收拾猴子去了。”

索波又对我钩钩手指，我想，这是叫我过去。我过去了。我的脑袋只到他屁股上面一点点地方。他说：“你一个小家伙到处窜来窜去干什么？”

我的表姐讨厌他，所以我也不想理他。

"小崽子，我在问你话呢。"

我说："不干什么，到处看看。"

索波今天心情不错："让我猜猜，你一定是在找你的朋友。"

"你猜不到我的朋友！"

他哈哈一笑，说出了达瑟的名字。我觉得这个人真是了不得，他的眼睛都看到我心里去了。我说："我才不去找达瑟呢！"

他显出从未有过的豁达："小子，我知道你要去干什么。去吧，去看望你的大朋友吧，他肯定要莫名其妙地为死猴子们伤心，为他的好朋友达戈伤心了。"

我就到树屋去看达瑟。

在我背后，敛气屏息了这么久的猎狗们突然吠叫起来，加重了这个下午不安的气氛。我经过一些人，他们看着我一言不发。当他们落在我背后的时候，我听到他们在议论我的背影："看，还是一个屁大的娃娃，走起路来就像背了多重的东西。"

"不是背上，是脑壳里，像那个达瑟一样。"

"喔，本来往脑子里装东西是为了让自己聪明，达瑟却是为了让自己变得像个傻瓜。"

"伙计，说得对，可这个娃娃还要学他的样子。"

"让他学呗，让他整天去琢磨那些狗屁事情吧。"

我走远了，他们的声音听不见了。这些话让我心里生出一种奇异的感觉。从此，我走起路来，脑子里，一些诸如"聪明""傻瓜"之类的词就开始浮现。有时，我也学着这些人的腔调骂这些词是屁，臭屁，是黄鼠狼打的最臭的屁。但更多的时候，我就任凭这些词像达瑟树屋上的鸟雀们一样停在脑子里，有些时候，它们安静地停在树枝间，只随着风的摆动而摆动。有时，它们突然惊飞起来，兴奋地叽叽喳喳地叫个不停。

达瑟，以至于到了现在，我想象自己的脑子里面成堆的东西时，它就是一株大树的样子，是你修建了树屋的那种大树的样子。只是里面叽叽喳喳的雀鸟越停越多，而且，为了能停下更多雀鸟般的词语，这棵树也越发地枝繁叶茂了。

达瑟，现在，我又看到了那个深秋里艳阳高照的下午，遭到机村人血腥屠戮的猴群遁入了深山，却把浓重的血腥味和一种从未有过的惊恐不安的气氛留在了村子里。

一个存在了千年的契约被解除了。

达瑟，这时的天空好像裂开了一条口子，只是没有人看见那个口子罢了。你是看到那个口子了？或者，你曾经感到那个口子，就像闪电一样穿过身体的痛楚？

达瑟，我又看见了机村人悔约后的那一天，童年的我，正装出一副大人的样子，穿过村子，到你的树屋去。我的背后，那些中枪的猴子，那些该死的自己跑下山来引诱人犯下罪行的猴子，被高高地倒挂在树桩上。本来，它们从枪伤处流出的血已经在风中凝固了。现在，被一刀又一刀地剥皮开膛之后，它们身上，又淅淅沥沥流淌出无尽控诉一样的鲜血。血腥味再次在村子里弥漫开来。

我来到那棵大树下面。每一阵风吹来，都有许多经霜的黄叶脱离枝头，旋舞而下。

绳子从空中降下。我已经学会了怎样把绳子系在腰间，怎样打成一个易解的活扣。从飞旋的落叶中间，我的身体悬空，上升，我的脑袋有些轻微的晕眩。我睁开眼睛时，达瑟的双手已经卡在了我的腰间。

他说："嗨！"

我什么都没有说。西斜的太阳把树屋照得一片透亮。

"他们不害怕了？"

我点点头。

"他们说什么？"

"他们说，这些猴子虽然长得像人，却是假装的人类亲戚，其实，它们也就是一些畜生，和野猪狗熊一样的猎物。所以，人不应该害怕杀死猴子。"

他的嗓音变哑了:"可是书上说,这些猴子真的都是我们的亲戚。"他打开一本书,气冲冲地一页页翻动,每一个页面上,都有站立在不同种类树上的猴子。翻到后来,不要说那些猴子的样子我没有见过,就是它们栖止其上的树也成了梦都没有梦到过的奇形怪状的样子。但那么多不同的猴子从书里看着我,那眼光,却与刚被杀死在田野中的猴子一模一样。我坐在那本厚书面前,心里有些害怕,不敢伸手去动那些书页。好在有风,哗啦哗啦把书翻过去,又哗啦啦地翻将回来。猴子们就像电影里一样动了起来。然后,有一家猴子,有的手里拿着果子,有的拿着棍子和石头,齐刷刷地站立起来。达瑟伸手把那一页摁住:"这就是我们的祖先,从猴子变过来的。"

停了一下的风又起来了。整棵树,以及包括了这棵树的整个森林都发出激流般的哗哗声响。

我问他:"你想什么?"

达瑟说:"算了,不想了,其实我这脑袋也想不清楚什么。反正人都可以杀人,为什么就不能杀像人的猴子呢?猴子是什么?很远很远的亲戚罢了。"

我趴在树屋的栏杆边上,从这里,可以看到达戈像堡垒一样的漂亮房子。夕阳下面,铁皮屋顶闪烁着刺眼的光芒,但整个屋子却静悄悄的。屋子的回廊上,好几只竖立着漂亮大尾巴的松鼠蹿上跳下,好像那屋子的主人不是一个满身杀气的凶手。

"我表姐说,他杀了那么多猴子,肯定会再犯病。"

"你不要再对我提这个人的名字。"

"也许,他已经犯病了。"

"还好,你没有说出他可恶的名字。"

"也许,达戈已经死了。"

"他是自己要死的,你就让他死吧!"达瑟对我喊起来,他腾一下站

起来，脸上露出凶狠的神情，他飞快地把绳子缠在我的腰间，"你提了
这个该死的名字．你走！"

很快，我就被从半空里降到了地上。

我走到那幢安静而孤立的房子跟前，我拍门，然后侧耳静听，屋子
里安静极了，没有一点声响。我再拍门时，门轻轻地开了。我没有看到
人，火塘里也没有火，只有铺在地上挂在墙上的兽皮闪烁着幽微的光，
一种很多东西在窃窃私语一样的光。这光走过那些兽皮上的毛尖时，发
出了阳光走过秋草一样的细密声响。

我窃窃地叫了一声："达戈。"

本来，我对达戈和达瑟，都该叫叔叔或者哥哥，但我从来都只叫他
们的名字，他们都爽快地答应。村里人却把这个也当成了这是两个怪人
的有力证据。当然，我至少也就成了机村怪人队伍的后备力量。

我再叫一声："达戈。"

兽皮上的光都惊散了，絮语声也随之消失。

我穿过屋子，在后门那里发现了躺在地上的达戈。他用那些躺在
田野里的死猴子那种惊惧而不甘的眼神定定地看着我。他照表姐教他的
那样，把一根什么动物的光滑胫骨紧咬在嘴里。而且，双脚与双手，都
用绳子紧紧绑起来了。他就那样静静地躺在地板上，一副听天由命的样
子。他的癫痫已经发作过了。我替他取下嘴里的胫骨。他长吁了一口
气，一脸的疲惫中浮起浅浅的笑意："达瑟。"

我转身，看到达瑟眼里满含泪水，站在我身后。

达戈说："我把自己缚起来了。"

达瑟依然站立在那里，像段木桩一样一动不动，我可是懂得达戈猎
人这一套东西。他用绳子先把双脚缚紧，然后，蜷起双脚，再在双手上
打一个活扣。闪电一样抽打他的癫痫一来，他一伸腿，绳子一抽，他的
双手就被紧紧捆起来了。他把在林子里下套子对付猎物的方法用来对付
自己了。我们没有看到病魔袭来时，他被绳子捆着痛苦挣扎的样子。但

是，天可怜见，这家伙苍白虚弱地躺在地上，冷汗淋漓的样子竟然比他刚刚杀死的那些猴子还要无助，还要孤独。

他伸出手来，对达瑟说："我想起来，请你拉我一把。"

达瑟说："我可以拉你，我是拉一个病人，但我要郑重宣布，不再跟那个残忍杀手说话！"

"但你已经说话了。"

达瑟对我说："你扶着他的那边，我们把这个活尸首弄到屋子里去。"

这个人整个身子就像没有骨头一样沉沉下坠，我们费了很大劲，才把他弄到火塘边的兽皮上躺下。有一阵子，他的脸陷在阴影中看不见了。当火苗从火塘中央升起来时，他的脸又从阴影深处浮现出来了。

他躺了一会儿，有力气替自己辩解了："它们不过就是一些猴子。"

达瑟不说话。

"我知道你想说什么。你想说我又不穿它们的皮，不吃它们的肉，也不能取鹿茸麝香一样治病救人的药。"

达瑟一直把脸朝向别处，却忍不住看了他一眼。

"我说得对吧？"达戈是个容易得意的人，就因为说出了达瑟心里想说的话，他就得意起来了，他的脸上露出了我也常常会讨厌的无赖的神情。"是啊，我就是想用它们的皮、肉、骨头，还有血，换钱，换东西！我有最好的猎人才有的枪法，但我不守猎人起码的规矩，我没有好猎人该有的慈悲心肠！"

达瑟对我说："也许你该去拿一块猴子肉，给这个病人熬一锅滋补的汤。"

我知道他的意思。很多兽肉就挂在火塘上方。但我坐着不动，我竭力装出大人的老成模样，学着达瑟的腔调说："这是女人的活，该去请个姑娘来熬汤。"

达戈扭过头去，把脸埋在兽皮里哭了。他说："朋友们，你们知道的呀，色嫫她把我这辈子都毁掉了。要是你们再说女人，就请你们杀了我吧。"

我赶紧说："我不是说她，我是想去请我的表姐。"

"住嘴！你这个没良心的小崽子！你表姐他妈的算什么？"

我表姐算什么？我的表姐懂得医术，知道他所害的病的名字，知道他发病的时候嘴里要插上一根棍子，这样，他的舌头还好好地长在嘴里，使他可以毫无良心地胡言乱语。

我说："那我去叫你的美嗓子色嫫。"

他把手伸向了天空："我爱这个姑娘！而在过去，她也是爱我的。所以，我才来到了这个村子。"

这时，房门被推开了，色嫫手捧着那部电唱机泪流满面出现在门口，她喃喃地说："达戈，我爱你。达戈，我也知道你有多么爱我。"

"我不想你再到这里来了。"达戈从地上坐起来，支撑着虚弱的身子做出一副刚强的姿态。

姑娘哭了起来。

达戈脸上却露出了笑容，他说："不要哭，为什么要哭呢？请你用机器放一首歌给我听听吧。"

色嫫在火塘的下首坐下来，一张唱片映射着暗淡的火光在机器上旋转，然后歌唱。这是一个藏族女歌唱家的声音。藏族人的嗓子，藏族人讲汉语时那种含糊的口音。歌颂解放军，歌颂毛主席，歌颂共产党，歌声仿佛大地一样广袤无边。很长时间以来，美嗓子色嫫不再唱流传于机村的民歌了，她总是拼了命地唱着这位歌唱家的歌。

第一首歌响起来：

"喜马拉雅山呀，再高也有顶哟，雅鲁藏布江啊，再长也有源啊，藏族人民的生活，啊啊啊啊啊，再苦也有边啊——共产党来了苦变甜啦，苦变甜啦——"两个女人的声音交替着扶摇而上，哀怨的时候也能那么高亢，真是出人意料。歌唱变成了一种攀越声音险峰的比赛。

唱到高处，美嗓子色嫫的声音变得尖厉了，像是要把我们的脑袋从中间，从里面劈开。

唱到第二首，色嫫已经完全沉溺到音乐里去了。她因内疚而低垂的眼睛抬起来，目光越过我们的头顶，盯着某处虚空，仿佛看见天堂一样闪闪发光。她一扭脖子，像电影里那些革命青年一样把搭在胸前的粗黑辫子甩到背上，和着电唱机里的歌声开始新的歌唱了：

> 唱支山歌给党听，
> 我把党来比母亲，
> 母亲只生下我的身，
> 党的光辉照我心！
> 旧社会，鞭子抽我身，
> 母亲只会泪淋淋，
> 共产党号召我闹革命，
> 夺过鞭子抽敌人。
> 夺过鞭子，夺过鞭子，抽敌人！

歌曲到了后半部，欢欣的，仇恨的情绪纠缠交织，再也没有前一首歌那种与她当下心境有些契合的自爱自怜了。很显然，她从歌声里去了一个我们所不知道的世界。那个世界的景象才能使她两腮绯红，眼睛与额头闪烁玉石一样的光芒，使她出了汗的身体散发出原野上花草的芳香。要不是电唱机先停下来，她是不会自己停下来的。一个人要是能够拥有这样一个如此美妙的世界，那她确实没有必要停顿下来。

达戈早在她歌唱的时候就坐直了身子，他苍白的脸上泛出了血色，黯淡的双眼漾动着灼人的光芒。

色嫫擦去额头上的汗水，还有些遗憾："我觉得才刚刚开始呢。"

达戈哑着嗓子说："那你就唱下去，一刻不停地唱下去吧。"

"可是……"

"可是什么？好姑娘，没什么可是！这么好听的嗓子，你会一直唱到舞台上去的！"他脸上出现了梦游般的神情，伸出手来摇晃着达瑟的肩膀，说："伙计，她的歌声是那么好听！不是有人说她是一个妖精吗？也许世上只有妖精才能这样动人地歌唱！"

"可是，等我唱到舞台上，我就回不来了。"

"你出名了，成歌唱家了，还回这个该死的地方来干什么？姑娘，这个地方已经失去神灵的佑护了。"

"人家会不准我回来看你。"

"人家？人家是谁？"他刚把话问出口，就已经明白了色嫫的意思。"我不该问这样愚蠢的问题。虽然人们叫我达戈，但我并不是真正的傻瓜。好姑娘，这个电唱机是我对你最后的帮助了。你想穿着拖地的长裙，站在耀眼的灯光下，对着成千上万的人歌唱，我就帮不上忙了。让那些手握重权高高在上的男人，比我当年的团长还大的首长帮助你吧！"他有些哀怨地叹息了一声。"你那么想当歌唱家，只有那样的人才能帮你。"

"可是……"

"不要可是了，我已经做了一个猎人从来没有做过的事情，一枪一个，我打死了那么多只猴子，天要罚我了！"他又虚弱地躺在了地上的兽皮中间，"色嫫和达戈——一个妖精、一个仙女，怎么会和一个傻瓜在一起呢？"

色嫫这个词，本来就包含着妖精与仙女两个意思。

色嫫低下头坐了半晌，然后，突然抱着电唱机站起身来，说："要是有来世，我就做一只皮毛美丽的狐狸，那时，请你毫不犹豫地开枪杀死我吧！"

后来我想，其实当时所有人，我，达瑟，还有达戈，都暗暗希望她郑重宣布，她只要做机村的美嗓子姑娘，因为世世代代，机村一定也有过跟她一样的美嗓子姑娘,犹如野花一般,自开自落。但她抱着电唱机走了。走到门口,她停了一下,但她并没有如我们期望的那样回过身来。她坚定地捋了捋头发,扭了扭脖子,便从我们眼前消失了。

那个晚上,村子背后,达戈雪峰和色嫫雪峰默然相对,矗立在钢蓝色的天空下,沉默不语。也许,连它们都厌倦那个几百年来一成不变的爱情故事了。这个故事说,一个住在天上的叫色嫫的寂寞仙女,看上了下界密林深处的猎人达戈,看中了他的勤劳与善良。于是,仙女偷渡到下界来与猎人共过人间生活。这引起了某个天神的愤怒,最后,天神把这对誓死不肯分开的坚贞男女化成了永远遥相对望的两座雪山。

这两座分别叫作色嫫与达戈的雪峰在机村人的眼界中耸立了千年,这个故事也流传了千年。也许,那个烂熟的故事从此要有一种新鲜但有些残酷的讲法了。

那个夜晚,整个村庄都笼罩在屠杀者们的不安中。

那个夜晚,美嗓子姑娘一直在歌唱,美妙的歌声并未使内疚的人们受到安抚,反而使人感到深深的绝望。

十三

大雪下来了。

早起的人发现一行深深的脚印,穿过村子,走向了村外。

这行脚印是达戈留下的。达戈在这天早上悄悄离开了机村。机村没有人太在意他的去留,他才走没有几天,人们说起他的时候,已经当成是一个遥远的故事了。他的故事正慢慢与那两座叫作达戈与色嫫的山峰的爱情故事重叠起来。只有我跟达瑟常常去看看他的房子,他在房门和窗户上都钉上木板。风吹在窗洞里,呜呜作响。

达瑟蹲下身子,让我骑在他的肩膀上。他说:"我起来了。"

我说:"你起来干什么?"

达瑟笑起来，猛一下站起身子，达戈这堡垒般建筑上高高的窗户就在我眼前了。从窗户缝里望进去，被那些猎获物塞得满满当当的屋子已经空空荡荡。

我问达瑟："他真不回来了？"

他说："告诉我你看见什么了？"

"房子里没有东西了。"

达瑟慢慢蹲下身子，把我放下来。他说："真的什么都没有了？"

我问他："他不想回来了吗？"

达瑟却问我："他回来干什么呢？"

我当然答不上来。于是，我学着达瑟的派头，耸动一下肩膀。

他笑骂道："妈的，这个家伙。"

这是一句没有什么意思的话。离开那座房子的时候，没有热量的阳光落在我们背上，脚下的积雪咕咕作响。我们抬眼去看达瑟的树屋。树屋顶上压着雪，栏杆边挂着晶亮的冰凌。屋子前那些曾经满树繁花的野樱桃只剩下光秃秃的黝黑枝杈。

经过树屋下面的时候，我又说："要不要上去看看？"

"那些书也像熊一样冬眠了。"达瑟轻声笑着，把嘴凑到我的耳边，说，"我用达戈的皮子把那些书紧紧包裹起来，它们暖和着呢。那个傻瓜，他走时都忘了向我讨他的皮子了。"

"他是想送给你吧。"

"你认为除了色嫫姑娘，他会送给别人东西吗？"

他又问了我一个难以回答的问题。这个家伙，他读了那么多的书，却从来不能像别的读书人那样解答别人的问题，他的本事是问出谁也无法回答的没头没脑的问题。

我说："你读的书跟别的人不一样吗？"

他伸出双手，摇晃一下我的肩膀，说："嗯，你在考虑有意思的问题了。"

达瑟依然没有给我一个明确的回答。

这个冬天,一场又一场的雪下得铺天盖地。山峰、沟谷、河流和田野,都被厚厚的积雪覆盖了。晴天,大风从山峰之间那些豁口中直扑下来,打着旋,把落地的积雪重新扬起,天地间苍茫一片。过去风被四野的森林遮挡,冬天的记忆,就是落在雪野上没有热力的明亮阳光。现在,大部分森林都被大火吞噬了,大风就直扑向谷底的村庄,静谧的冬天变得无比狂暴。

变化的还不只是天气,对猴群的屠杀使机村人突破了最后一点禁忌,人心也变得更加狂暴了。失去森林庇护的动物们只好下到村庄附近来搜寻食物。大人们对付大的家伙,我们这些小孩子欢天喜地去对付那些成群结队的松鸡。饥饿驱使着它们急急忙忙地下山来了,我们只要在早已设计好的地方,扔上一些脱粒干净的麦秸,它们就急不可耐地扑上来了。这时,孩子们大呼小叫地倾巢而出,扑向被包围的松鸡。这些松鸡退化的翅膀,只能往下飞行。要向山坡上逃命,就只能靠那两只纤细的双腿了,而这两只腿,怎么能跟我们修长结实的双腿赛跑?

何况这一年,充足的食物使我们的双腿充满了力量。没有任何来由,我们都在满地奔跑,更不要说眼前奔跑着这么多惊慌失措的猎物了。我和所有的孩子一样疯狂地奔跑。扑面的冷风灌进嘴里,灌进胸口,呛得人喘不过气来。眼前,雪地中间,松鸡尖叫着,伸出没有实际用处的翅膀拼命逃窜。我紧跑几步,腾身扑了下去。雪尘和着鸡毛飞溅而起,松鸡却嘎嘎惊叫着窜了出去。这是我们这些野蛮的孩子所喜欢的刺激的游戏。听着自己粗重的喘息声,奔跑,扑腾,看着松鸡绝望地奔窜,心里充溢着强烈的快感。最后,松鸡终于被扑在身子底下了。我的手指穿过茸茸的羽毛,抓住了松鸡瘦骨伶仃却又十分温暖的身子。

紧抓着扑腾不已的松鸡站起身来,看见青碧的天空在它突出的大眼中旋转,手掌心中,是那颗惊恐的小心脏在飞快跳动。这跳动从手心传到心房,自己的心脏也跟着加快了跳动。然后,你就听到自己疯狂的叫声响起来，然后，不知是声音还是寒气，玻璃一样破碎了，落在雪地上。再叫一声。依然是一些看不见的东西在碎裂。最后，大家玩累了，就把松鸡脖子像拧一段绳子一样拧上两圈。那东西就在你手里剧烈挣扎，痉挛，战栗，最后一切都静止下来。松鸡大眼睛上粉红色的眼皮垂挂下来，遮住了倒映在眼球上的天空与冻云。自己的心跳声一下一下大了起来，双手却颤抖不止。

这个时候，如果达瑟在场的话，他就会抓住我颤抖不已的双手，说："你是想吃它的肉吗？"

至少这个冬天，我并不想吃自己亲手杀死的这只瘦骨伶仃的野鸡的肉。

"那么，你是想把它们的羽毛织成衣裳？"

雄松鸡的羽毛确实漂亮，但用羽毛织成的七彩大氅只有传说里的神仙才穿过。所以，我依然摇头。

这个只提出问题的家伙说："那你杀死它们就只是为了好玩？"

我不想回答他的问题，而且也有点像其他人一样，觉得他真是一个讨厌的家伙。我手里提着身子迅速僵冷的松鸡离开了他。他仍然站在雪地中间，紧皱着眉头，思索自己提出的那该死的问题。使他显得更为可笑的是，他自己好像也想不出来这些问题的答案。

要是我们共同的朋友达戈没有离开，我就可以提着刚刚杀死的松鸡，向他炫耀一番了。可他连告别的话都没有说上一声，就离开了我们，也没人知道他去了什么地方。

该死的达瑟，使我对伙伴们烤食的野味失去了胃口，他该死的问题常常使人失去快乐。

母亲缝补我破烂的衣服时，一边穿针引线，一边狠狠地说："孽债。"

打完补丁，缝完最后一针，用牙把线咬断，吐出嘴里的线头，她又狠狠地说："呸！孽债！"

母亲不开心时，总是用这两个字来形容我与她之间的关系。当然，她也知道，这个债务关系是因为前一世的因果造成的，而不是现在我硬从她那里拿走了什么东西。所以，她也有爱我的时候。这时候，她就把我搂在怀里，不断的亲吻弄得我腮帮子湿漉漉的："可怜的孩子，可怜的孩子。老天啊，你看，你让他长这么大个脑袋，一双眼睛转个不停，我孩子的脑袋一刻不得休息，真是可怜！"

她说："告诉我，孩子在脑袋里想些什么？"

"你不再把我的脸弄湿我就告诉你。"

又一个湿湿的吻贴到脸上："快告诉我！"

我坐直了身子，把脸上的唾沫擦掉："阿妈你说，我跟达瑟也有孽债吗？"

母亲柔软的眼光一下子变得凶狠了："他欺负你了？"

我笑了，骄傲地说："他是我的朋友！"

母亲又紧紧把我抱在怀里："可怜的孩子，他做的事情我们不懂，是不是天降慈悲，让你可以懂得啊！"

我就在这个时候提出了我的问题："阿妈你老说孽债，我是不是跟他也有孽债啊？"

这次，母亲的亲吻弄湿了我的额头："这个可怜人他让你想他那些谁都不懂的事情了？"

我咯咯地笑起来："他假装考我，可我知道，他自己也不懂得那些问题！"

"你就好好跟他玩，那些问题让他自己去瞎琢磨好了！"

母亲并不知道，我不能做到的正是这一点。我不太快乐的原因也在这里。达瑟提出的那些问题，总像小兽一样蹲在我脑海里。我睁开眼睛，能够感到它们沉重的分量，闭上眼睛，见到它们得意地眨巴着明亮的眼睛，一副得意的神情。达瑟有一个问题是这样的："为什么大家都知道不该杀死那些猴子，却偏偏要对它们痛下杀手？"

当时他责问达戈："你为什么要杀那么多的猴子？难道你不知道……"

达戈阴沉着脸："你给我闭嘴！你以为就你聪明？你以为我不知道不该杀死猴子？告诉你，我们知道！每一个动手的人都明明白白地知道！"

于是，问题就定型了："为什么大家都知道不该杀死那些猴子，却偏偏要对它们痛下杀手。"

面对这个问题，达戈气得面孔紫胀，手脚哆嗦："闭嘴，你这个故作高深的愚蠢家伙！"

达瑟对达戈的过激反应显露出吃惊的表情，口气依然不紧不慢："那为什么聪明的人尽干愚蠢的事情，愚蠢的人却问出了聪明的问题？"

这样的问题当然也没有人回答。没人愿意回答的问题都成了一些小兽钻到我的脑海里蹲伏下来了，使我行走的时候，越发显出惹人耻笑的老成样子了。想想看吧，一个不满十岁的小孩，背着手，脑袋向前深深地低垂着，一步一陷，在雪地里行走是怎样的情景。

我下过很多次决心，不再理会达瑟了。我不理他，他是绝对不会来找我的。这个冬天，大人们用枪，用猎狗，用各种套子与陷阱对付饥饿的野兽，孩子们都在雪地里玩追逐、屠戮松鸡的游戏。经过这个冬天，每个人的心肠都变硬了，每个人的眼神里都多了几丝刀锋一样冷冰冰的凶狠。所以，我还要去找他，因为他的眼睛里没有凶光。他的眼光迷茫，惆怅，若有所思。他的目光并不直接呈现温暖，却又让人感到丝丝的温暖。

玩了一个冬天追杀松鸡的游戏。再去找他的时候，冬天已经快过去了。中午时分，升到天顶的太阳已经有了相当的热度。地上的积雪开始往下塌陷，雪的下面，是融化的雪水涓涓流淌。冻僵的原野与树木开始散发出生命存在的气息。我打了一个嗝，然后我闻到自己体内喷射出来野兽尸体的味道。一个冬天，机村人杀了那么多野兽，吃了那么多野兽，以至于自己都像是变成了野兽。好在此时我正行走在太阳底下，强烈的太阳光芒正一点点把身上这种可怕的味道驱散。

这一天，我没有找到达瑟。

我蹚过积雪，一直找到了他的树屋底下。四野里静悄悄的，树下的雪地里，只有我自己留下的一串脚印。树屋檐口上挂着的长长冰凌往下滴答着硕大的水滴。树屋下横斜的大树枝上，蹲着两只乌鸦。它们的眼睛骨碌碌地转动着，莫测高深地看着树下的我。

我说："我找达瑟。"

它们并排蹲坐在那里，一言不发。

我说："看见我的好朋友达瑟了吗？"

它们伸开翅膀，叫了两声："哇！哇！"

乌鸦唤来了风，风摇动树上的积雪，纷纷飞扬起来的雪被阳光照得透亮。我望望树屋对面堡垒般的房子，依然了无生气，房顶上有一块地方，被厚厚的积雪压得塌陷下去了。有句谚语说："没人住的房子好比没人爱的姑娘。"达戈离开仅仅一个冬天，这房子就显出一副被遗弃多年的破败相了。

回家路上，我遇见了美嗓子色嫫。她包着一块鲜红的头巾，头巾的一角，不时被风轻轻地掀起。在机村，只有她，每一天都精心梳洗，把自己打扮得整整齐齐。她站在那里，注视着我慢慢走近。我想，她肯定希望我跟她打声招呼。当我走到她的跟前，就垂下了眼皮。我闻到"百雀羚"浓重的香味。

她说："你站住。"

我就站住了。

她蹲下身来，拍打拍打我身上的碎雪与尘土："小崽子你也不想理我，"她还用她温暖的手揪一下我通红的鼻子，"是不是啊？"

她的气息那么温暖芬芳，她的声音那么柔婉动听，她妖女般的味道使我倍感伤心："达戈的房子就要塌了。"

红头巾的妖女跪在雪地上，把我紧紧地抱在怀里："我对不起他，天哪，你说我跟他前世结下了什么样的孽债啊！"

我听到又一个人把当下无从解决的事情推给了前世的什么缘故，这个缘故就叫作孽债。

我依然说："雪把他的屋顶压垮了。"

"上辈子他欠过我，这辈子我又欠了他。"她扳起我的脑袋，让我的眼睛对着她的眼睛。'记住我说的这句话，要是他还回来，把我这句话告诉他。"

这时，达瑟的声音在背后响起："这些话你该自己告诉他。"

"不！也许等他回来时，我已经走了。告诉他，我这一走，就再不会回来了。既然天生我一副好嗓子，就让我活在舞台上吧。这个道理，你们，还有整个机村都没人懂得，但他是懂得的。这个男人他是懂得的！"她摇晃着我的肩头。"我的话你记住了吗？"

我使劲点头。

但她美丽的脸上露出了轻蔑的神情："看你恍恍惚惚的样子，我可不敢指望你能记住。但是当你们从广播喇叭里听到我的歌声，就会记起我的话，那时，你们就会把我的话告诉他！"她的表情变化真是太快了。她自己话音未落，就像听到自己的歌声从喇叭里响起一样，马上精神抖擞地站起身来，沉醉于自己想象的歌唱中了。

达瑟说："也许，你还没有走，他就回来了也说不定。"

"不！"她自信满满。"不会，我等不到他回来了！"说完，她就提起裙摆，扔下我们扬长而去了。

我问达瑟："她为什么要这样走路？"我不明白走路为什么要把裙摆高高提起来。

达瑟说："哦，唱歌的女人都是这样上台和下台的。"

不一会儿，机杼傍晚的天空下，就响起了歌声。先是电唱机里的歌声响起来，然后，美嗓子色嫫的声音就响起来了：

阿哥，你何须说，何须说——

且听我为你唱歌——

我只能唱一支无字的歌——

为了我的歌，你也要在人世上生活——

十四

春天来得好快啊！

融雪水使村里村外的道路变得一片泥泞。走不出几步，鞋上就裹满了黏稠的泥浆，使脚步变得沉重缓慢。但只要待着不动，马上又感觉到初春天气的美好了。阳光带来越来越多的暖意，积雪飞快地融化，所有地方，都有潺潺水流的声音，空气里充满了湿润清爽的水汽。

代理大队长索波开了一个会。在会上他讲，今年春天来得快，正好趁这出不了门的时间收拾收拾家具，雪一化完，地里干爽一点，就该春耕播种了。

下面有人笑骂："妈的，这么多老庄稼把式坐在下面，这种事情用得着你个毛头小子来吩咐。"

索波也不像过去那样容易气恼了，他笑着说："要是大家都知道，那就更好了。"然后，他就喊了一声："散会！"

等他立起了身，下面却坐着不动。

他又喊了一嗓子："散会了！散会！"

"大队长你不讲点什么？"

"我不是讲过了吗？收拾好农具，准备春耕！"

"就是以前开会讲的那些！工作队也讲过！就是报纸上广播里也在讲的那些！你是大队长，你不给我们讲一讲吗？"

索波挥了挥手，说："今年雪这么大，工作队下不来，没有新文件新精神，让我给你讲什么！"

大家轰的一声笑了。有人故意说："这个家伙，只要不中邪，还是一个好当家人呢！"

索波听了，很受用地一笑，拍打拍打屁股上的灰尘，戴上帽子，起身走开了。

达瑟从来不参加这样的会议。散了会，我急忙赶去向他通报会议内容。他说："把你小耳朵里听到的都从嘴里倒出来吧。"

这时，他正在树下造一架梯子。

一根修长的杉木被剥去了皮。树干的一面已经用锛子修削平整了。他正用斧子在树干的另一面，开出一个个间距相等的下平上斜的缺口。砍好缺口的树干竖起来，就是一架可以登上树屋的梯子了。这是他每年春天里例行的工作。冬天，他精心藏好书本，用很多的树皮与藤条封闭好树屋后，就把楔在树身上的脚蹬——毁掉。开春了，要想重新上到树屋，就必须先造一架梯子，才能重新在树身上楔上脚蹬。他的梯子只用一次。然后，他会亲手把这架梯子劈成一堆木柴，背回家里。这也是他在一年里主动为家里做的唯一一件事情。

他示意我帮他把地上四散的木屑收拾到一起。他终于说："他又讲那些谁都不懂的道理了？"

"其实你的道理才谁都不懂。"

是那个女人，她突然就在我们背后发话了。这么泥泞的时候，她的脚上却套着一双红色的小羊皮靴子。色嫫现在天天藏在屋子里唱歌。演员需要雪白的脸蛋，所以，她已经不肯轻易出门在太阳地里随意行走了。如果出门，身上总有一些鲜艳的红色。头巾、披肩、腰带，总有一样红色的东西。今天她身上的红色是一双小羊皮靴。

她摆出一种姿势，像电影里的美人一样向着我们微笑。

"呃……"达瑟舌头有些发僵，"我在造一架梯子。"

色嫫笑了，跟着电唱机练习那么久唱歌，连笑声也变得那么迷人动听了："谁都知道你在造一架梯子，而且又会马上把它毁掉。"

这句话里包含的讥笑的意味使达瑟清醒过来，不再被她的美色所迷惑了。他说："你来这里干什么？那个人为你造的房子都要塌掉了。"

的确，对面房子四壁木头上温暖的棕色开始褪去，泛出一种带着寒意的惨白。屋顶也塌陷进去好大的一角。门廊那里，被旋来旋去的风堆积起了好多的枯枝败叶。

那个中午，达瑟一斧一斧造他的梯子。色嫫坐在枯草地上，呆呆地看着那所曾经无比漂亮的房子。曾经，这所房子的铁皮屋顶在太阳下闪闪发光，而在房子的里面，铺满了柔软而温暖的兽皮。坐了一会儿，色嫫一下子站起身来，大声说："你们不懂，他就是要让我走上舞台！"

达瑟说："我给你讲个舞台的故事吧。"

色嫫说："真的？我看你不像会讲故事的样子。"

"我不会编故事，但见过的事情总还讲得清楚。"

"那你就快讲吧。"

"不要催我，你又不是下一刻钟就要上台表演。"

达瑟的故事就发生在他曾经就读的民族干部学校的礼堂里。舞台是在礼堂的前部凭空架起来的。学校里常常举行晚会，都是有文娱爱好的学生换了漂亮的舞台装上去表演。舞跳到高潮时，姑娘们飞快地摆动裙子，小伙们使劲跺着双脚，这时，舞台的地板便有了空洞的回响，像是大鼓的声音，而架空的舞台下面，就有激起的灰尘，从地板缝里升上来，以比舞台上沉醉的人更为轻盈的姿态飞舞着，被强烈的灯光照亮。

达瑟说："我闻不得那些尘土，它们一飞起来，我就忍不住咳嗽。"

色嫫十分不满："这算什么故事。"

"我不是还没有讲完嘛。"他说，不是舞台上的人而是那个舞台地板下空洞的部分引起了一些同学强烈的兴趣。每有晚会，便有人预先潜入，直到晚会结束时，才从里面灰头土脸地出来。

"他们看见了什么？"

"有人说，从地板缝里往上看，看到跳舞的姑娘裙子底下什么都没穿。"

"达瑟你去过吗？"

达瑟说，他也去过。第一次，上面刚刚开始跳舞，下面的灰尘就呛得他喘不过气来。下一次进去，他戴上了两只口罩。这次，灰尘没有再呛住他。他从地板缝里往上看，只看到一些飞快挪动的鞋底和一刻不停晃动着的腿，除此以外，就没有什么好看的了。达瑟承认，在下面不但直不起腰来，还得小心横七竖八的支架碰着了脑袋。色媪说，她以后上台要在裙子底下穿三条裤子，看那些家伙能看见什么。

达瑟说："要是人家自己愿意脱下来呢？"

色媪双手捂在胸前，做出一副吃惊的表情，说："那怎么可能？"

达瑟笑笑说："反正我是亲眼看见过。"

他说，当他猫腰在舞台底下的时候，曾经苦苦思索一个问题，如果下面看到的就是这么一些东西，那些同学为什么一而再再而三地要到地板下面来呢？最后，他在舞台深处找到了答案。猫着腰穿过舞台下面，音乐声小下去，地板缝里漏下来的灯光也不那么明亮了。他还听到了姑娘们压得很低，但仍然掩不住兴奋的嗤嗤笑声。他从地板缝里看上去，是姑娘们在气喘吁吁地换衣裳。腿、腿间的幽暗、晃动的乳房、赤裸片刻又被衣服遮掩的肌肤，他的心咚咚跳动，就像有人用拳头猛砸地板。他移向舞台的左边。这里是男子们的更衣室。漏到地板下面来的是烟头上的火星，是粗话与口痰。他们脱去衣服，那软软悬垂着的男人的家伙从下面看上去更加硕大也更加难看。讲到这些的时候，达瑟没有加以一点掩饰，但色媪却没有一点诧异的表情。

达瑟清清嗓子，说，他又往右移，回到女生的更衣室下面，再往右移，却发现了一个更小的房间。

"那就是独唱演员化妆的地方！"色嫫骄傲地宣布。

"我可没有看见什么独唱演员，"达瑟依然不紧不慢地说，"我看见两个领导坐在里面抽烟，学校领导和一个更大的领导。更大的那个领导就是我叔叔。"达瑟在那里停留下来，两个领导就那样坐着慢慢吸烟。舞台上一个什么节目演完了，舞台下响起一片掌声。掌声还在噼里啪啦响着的时候，最漂亮的那个女演员进来了。学校的领导却消失了。

舞台上面，鼓声，男子齐舞时的雄健的吼声一阵高过一阵。上面，叔叔跟女演员的谈话声却断断续续。只有零零星星只言片语从地板缝里掉下来，被他捡拾在记忆深处。漂亮。好漂亮。不要嘛。摸摸。不嘛。推荐。歌舞团。出名。要。不要。不要。好了。好了。不要哭。好消息。等等，等等。他亲眼看到叔叔抚弄姑娘的乳房。看到他像牲口交配那样，趴在姑娘背上。然后，那个姑娘真的就离开学校，成了文工团员。

听着这个故事，色嫫的脸红了，又白了。然后，她就伤心地哭了起来。达瑟很笨拙地想去擦掉姑娘脸上的泪水，但她却起身给了达瑟一个重重的耳光："你叔叔该死！"

达瑟漠然笑笑："他不是被打倒了吗？"

"你也该死！"

达瑟更加漠然地说："那就来打倒吧！"

色嫫哭着慢慢从我们身边走开。达瑟对着她的背影摇了摇头，转过身来对我说："就是那个到了文工团的姑娘，后来在批判会上，把我叔叔打得好狠啊！吱哇乱叫像个发情的母猫！"

听到这话，已经走开的她回过身来，说："活该！"这时的她已经破涕为笑了。然后，她的身影便转过小山丘消失了。

达瑟继续做他的梯子。木茬大片大片地从斧子下飞溅而起，把新鲜的松香气布满四周。这时，色嫫又跑回来了。她喊道："来人了！"

达瑟拉着我扔掉斧子跑到小丘顶上。我们先看见的不是汽车，而是安静的村子骚动起来。整个冬天，机村都像被外界遗忘了一样，没有一个人来。过去，一到冬天，工作队就进村来了。几个月时间，村民们无事可干，正好集中学习、斗争和批判。但恰恰是在"文化大革命"的高潮中，机村度过了一个安静无比的冬天。连旁边正在修建伐木场的人大部分都撤走了，剩下几个留守人员也安安静静的，什么都不干。

看看下面村子里一下子就骚动起来的人群就知道，机村人早就被这么长久的安静弄得不耐烦了，机村人已经不习惯这种亘古而来的宁静了。有一个古老的故事说，几百年前，机村曾经遭到其他部落的围攻。这些围攻的部落人数众多，占据了机村四周的山野。但机村人当时的头领非常富有智慧。他让人数有限的机村人一刻不停地在村子里四处奔走，交替着不断出现在不同的地方，这样就造成了一种士气高昂人多势众的印象。然后，再通过和谈解除了围困。现在，从村外的小山丘顶上看下去，村子里的情景正像是这个故事在重演。差不多所有的人都在奔跑，聚集又散开，散开又聚集，跑到高处张望，又从高处下来向下面的人传递消息。

但是，远处的道路上，还是没有人影的出现。

达瑟问色嫫："你看见鬼了吧？"

"我听见下面有人喊山外来人了！"

"你在等接你去歌舞团的人吧？"

色嫫没有说话，但她眼里焦渴的目光，要是一直投射在一个地方，比如一株树上，一定会使那株树都燃烧起来。

而从山上看下去，我们的机村像一个受到惊扰的蜂巢。

终于，在斑驳萧瑟的雪野尽头出现了一个踽踽独行的身影。当那个身影出现在大家视野里的时候，整个村子都安静下来了。而这个人影也在望得见村子的地方停留下来了，他站在公路接近村子最后一个弯道弧度最大的那个地方。有些西斜的阳光从他背后照射过来，使他的身影显出一种特别孤单的味道。阳光的勾勒使人可以看出他肩上挂着一副褡裢，右手挂着一支细长的棍子。他站立了好一会儿，又迈开步子往前走动了。他的身影，他的步态，看起来都太熟悉了。

达瑟一副郑重其事的样子："是惹觉·华尔丹回来了？"

色嫫问："谁？"

"就是那个爱你爱成了傻瓜的达戈啊！"

色嫫一下子脸色发白，坐在了地上。她说："不。不。他这样的男子汉做了事情就不会回头。"

说话间，那个蹒跚的身影已经走近了村口。在那里，他再次停留下来。这时，村子里的人突然向村外涌去。他们喊叫出了一个人的名字。

"格桑旺堆！"

"大队长回来了！"

大队长回来了！格桑旺堆回来了！达瑟一屁股跌坐在地上。他说："好人好报，好人好报，格桑旺堆大叔回来了。"然后，这个平时对任何事情都一副事不关己模样的家伙两只手紧攥着被融雪水浸润的枯草，通红的眼里慢慢溢满了泪水。他说："妈的，他们也知道他是好人，把他从牢里放出来了。"

色嫫的眼睛也泛起了泪光。她说："达瑟，你说，达戈也会这样子走回来吗？"

达瑟的心情突然就好起来，他说："你不能问我这样的问题。在民干校的时候，哲学课老师说，哲学就是提出问题而不是解决问题，晓得吗？我就是那个哲学。"

说到这个他自己也似是而非的话题，达瑟自己是很得意的。

这天晚上，冷落许久的格桑旺堆家门庭若市。但是，除了少数几个人，没有人能走进格桑旺堆的家门。他刚刚走到村口，望见那么多人向他奔跑而来的时候，就摇晃着身子倒在地上，昏过去了。从那个时候，差不多全村的人都聚在了他家的庭院里，等候屋子里传出这个人的消息。但屋子里除了他家里女人又悲又喜的哭声不时响起外，还没有传出任何消息。黑夜降临了。屋子里亮起了灯光。屋子外面寒气四起，白天融化的冰雪又重新上冻了。黑压压的人群也像被冻住了一样沉默不语。终于，索波和几个老人走出了屋子，他袖着手，对着大家说："都放心吧，大队长醒过来了。"

大家还是一动不动。

和他们一起出来的，还有我的表姐。

我对达瑟说："看，表姐。"

达瑟哼哼了一声，我不太明白他是什么意思。

我又叫了一声："表姐。"

我叫得太胆怯了，她没有听见，她大声对大家说："他就是太饿，太累，现在缓过劲来了。"

接下来，机村人川流不息，带来各种礼物，堆满了格桑旺堆家的门廊。传统的礼物是茶、盐、猪膘，还有酒，而在这个丰收年里，更是多了成罐的菜油、用土豆从伐木场换回来的大米与白面，甚至有人家把去年大火时偷藏起来的戒箱的罐头都搬出来了。每个人都放上了自己的一片心意。

这时，格桑旺堆下楼来了，看着站满自己家院子的乡亲，看着堆满门廊的礼物，他把头紧抵在墙上，带着哭腔说："我恨过你们，怨过你们，乡亲们，你们这样对我，我觉我不该怨恨哪！"

这种情形下，有女人马上就哭出声来了。

但有人马上高声制止："乡亲们，这个时候，该高兴才是啊！大家应该喝酒歌舞啊！"

这时，表姐眼睛看着达瑟，嘴里悄悄告诉我："达戈！达戈也回来了！"

"你怎么知道？"

"格桑旺堆说的。他们两个一路回来的。"

我把这个消息告诉了达瑟。

达瑟正在为自己拿不出礼物而羞愧，听了我的话，便在人丛里寻找："达戈，达戈在哪里？"

没有人告诉他在哪里可以找到达戈。

这时，美嗓子色嬷唱起来了，她唱的还是最爱的那一首：

　　　阿哥，你何须说，何须说，

　　　且听我为你唱歌。

　　　我只能唱一支无字的歌。

　　　为了我的歌，

　　　你也要在人世上生活。

歌声里，人们手拉手，绕成了一个圈子，跳起了舞蹈。色嬷歌唱，人们舞蹈。直到月亮从东山边上的薄云后升上天顶。人们好久没有这样欢舞过了。现在，大家都手拉着手，节奏悠缓的时候，所有人的身体像被风吹拂的树那样轻轻摇晃，吟咏一般的歌声像朦胧的月光行走在树梢之上。然后，脚步越来越快，心跳也跟着快起来，所有相互牵引着的手心里都沁出了汗水，都传导着温暖，舞蹈的人们时不时憋不住发一声喊，这时，映在井泉里的月亮会颤抖一下，真的月亮却依然一动不动高挂在明净的天上。

刚从监狱里释放出来的格桑旺堆身体虚弱，面前摆着一碗热酒，倚在门廊上，一脸微笑地看着欢舞的人们。

达瑟离开欢舞的人群，踏着月光去找他的朋友。他说："我晓得你这个家伙去了哪里。"

达瑟赶到时，见达戈正动作利索地撬掉钉在门上的木板。

门打开了，稀薄的月光先于两个人进到了屋里。月光只是进去了一点点，走到火塘下方就停住，不再往里面去了。达瑟往月光那边的黑暗里伸了伸脚，但很快就缩了回来。他转过脸来看着达戈。达戈一伸脚就走进去了。

在黑暗里边，他说："进来吧。"

达瑟伸出脚，在空洞的黑暗中试探一下，也进去了。

"坐吧。"

"我没地方坐。"

"将就一点，直接坐在地板上吧。"

"连块垫屁股的皮子都不给我？"

"这屋子里连半块皮子都没有了。"

"你把它们弄到哪里去了？"

"全都卖了。"

"换钱了？"

"换钱了。"

"你他妈的要那么多钱干什么？"

"你他妈连一无所用的书都要那么多，钱这么有用的东西为什么不该越多越好？"

两个待在黑暗中的人都不开口。屋里太安静了，静到可以听到屋子外面的旷野重新上冻的声音。白天，在阳光下融化的雪与冰重新凝结时发出喊喊喳喳的声音，好像有很多人或动物正轻手轻脚从四面八方朝这个屋子走来。屋子里，只有达瑟粗重的呼吸声。而达戈只要愿意，连呼吸都可以屏住很久，像一个没有生命的木头桩子一样。

"奇怪，我怎么有些害怕呢？快把火生起来吧。"达瑟说，"妈的，你像一根冰柱一样散发着冷气！"

火苗从火塘里升起来，达戈侧过被火照亮大半的脸："你说我是个死人？那我就算是个死人吧。哎，伙计，你的书上谈过这些事情没有。"

达瑟伸出手来，拢在火苗上："春天来了，我明天就上树打开书屋，我给你翻翻看。"

达戈笑了："拉倒吧。你那些书只把世上有的东西画在上面，一点也没有人不知该怎么办时想要的道理！"达戈笑着，把被火光照亮的脸又转向黑暗。"伙计，我走的时候，以为自己不会再回来了，结果我又跑回来了。"

"回来就好，你的房顶都塌了。"

"回来就好，你以为一个人还能回到原来的样子吗？"他猛然一下转过脸来，火光再次把他的脸照亮。达瑟看见了他凶恶的眼光，扭曲的脸孔。

"你的脸？"

"这么有学问的人连这个都看不出来吗？"

他的左脸颊上，一道刀疤从鼻梁旁一直斜向耳垂下面。达戈举起右手，右手背上交错着几条刀疤。他张开手，两根指头没有了。

达瑟声音沙哑："谁干的？"

"你是想要帮我报仇吗？你没有这个本事，还是不问这种没用的话吧。"达戈的脸变得冰冷僵硬了，他的语气里充满了嘲讽。"好伙计，要不要脱下衣服看看我身上其他地方的伤？"

"在这里好好的，你跑出去干什么？我们不是都从外面回来的吗？"

"我是来找我的爱情！你拿他妈些破书躲回来，能跟我比？你拿着几本破书，这个不能，那个不能。不能打猎，不能砍树，不能杀那些该死的猴子！告诉你，我惹觉·华尔丹都干了！老子什么都敢干！"

达瑟只感到背上发冷："你干了什么？"

那张被刀疤扭歪了的脸朝他逼过来："你真的想知道？"

达瑟眼睛一眨也不眨，点了点头。

"我弄不懂你他妈是个什么人，该害怕时你又不害怕了。你不害怕也就用不着告诉你了。"

"你干什么了?!"

达戈笑了，伸手抱住了他朋友的肩头，使劲摇晃："好伙计，老子什么都没干，告诉我，你想念我吗？"

"我以为你不会回来了。"

达戈语含悲凉："要是我没有死，不来这里又能去什么地方呢？"

"那你为什么要离开？"

"哦，要是色嫫不离开我，我就一直待在这里。但她想在舞台上，想在收音机里，想在电影的新闻简报里唱歌，我就没有办法了。我只好把别的事情了结了。要是这个世界不把最好的东西给我，那我就至少该把最坏的事情做个了结。"

"你肯定干了什么。"

"反正你的木头疙瘩脑袋喜欢琢磨事情，那就慢慢琢磨吧。"达戈的心情转眼间又好起来了，他说："看来，这个屋子需要好好收拾一番了。问题是，现在我们有什么好吃好喝的？"

这个屋子空空荡荡，风在屋顶上呼呼地来来去去。显然没有他所说的那些东西。达瑟想起，树屋上不仅藏有书，而且还有一些肉干，甚至还可能有一瓶酒。肉是达戈送给他的。酒是在城里上学的时候，叔叔送给他的。叔叔说："外国酒，你看看这是外国的白兰地酒！"

达瑟说："可是我的梯子还没有造好。"

达戈说："不是每个人上树都要一架梯子。"

但达瑟坚持要把梯子竖起来。这并不难办。但他上到一半，上面，就没有踏脚的梯级了。他停在半空中，看着达戈盘着腿，从树干上直接上去了。达戈扒开封住树屋的树皮与枝条，冰雪噼里啪啦掉下来，打得达瑟站在梯子半腰吱哇乱叫。已经站到树屋上的达戈把绳子垂了下来，把达瑟吊了上去。

达瑟不要达戈动一指头自己的东西。肉干就在书堆中间。但找出那瓶白兰地酒，却是颇费工夫。直到打开最后一只箱子，才把那瓶酒从书堆底下扒了出来。

回到屋子里，两个人差不多都冻僵了。但这带着陌生而奇怪味道的酒，加上火塘里的火很快就使两个人的眉眼重新生动起来。烤肉干的香气更增添了两个人的愉快心情。

"达瑟，我给你带来了两个好消息。"

达瑟把一口酒含在嘴里，反复品味，脸上的表情却懒懒的："对我来说，无所谓好消息，也无所谓坏消息。"

"不想听？"

"你叔叔又当官了。"

"他就是当官的人，不当官他能干什么？"

达戈把一口酒咽下肚子里去，说："嚯！还有一个消息你肯定爱听！我发现一个地方有书！"

"什么地方？"

"镇上。他们开了一个书店！"

"我没有钱。"

"谁说要钱了，你这个木头脑壳。"

达戈回到村子前一天，在镇上闲逛，正无处可去，发现书店背后一间房子窗户上没有玻璃，洞开的窗户中有野猫出入。他钻进去，发现是书店的库房，里面堆的全是书。他把这事跟书店的人讲，一个女人坐在柜台后面，眼皮也不抬，说："里面要是吃的穿的，你来报告就对了。书，在这个鬼地方，谁稀罕！"

"里面堆了好多崭新的书！"达戈强调说。

不想，达瑟却淡淡地说："你以为什么东西都是新的好？你没看过我的藏书吗？我可是没有带回来一本崭新的书。"

"什么东西都是新的好，难道书偏偏要旧的？"

达瑟露出了有些狡狯的笑容："伙计，这话可是你自己说的。这句话很反动，要是有人斗争你，可不要揭发是我教你的。"

达戈的脸阴沉下来，像是一块沉重的铅，话锋像门外屋檐上挂着的冰凌一样闪着寒光："斗争？你想斗争我吗？"他左手一抬揪住了达瑟的领口，同时，右手已然从腰间拔出佩刀，凉津津的刀尖顶在了达瑟的下巴上，嘴里呼出的气息却如火苗拂过达瑟的脸颊。"斗争？斗争？谁要斗争我？你们不斗争人就不能活吗？你们就是为了斗争人才降生到这个世上的吗？"

他的眼里闪烁着前所未见的陌生而疯狂的神情，好像眼前这些人，这些事，都属于一个他从未涉足的陌生世界。而在达瑟看来，他的眼睛一旦换上了这样仇恨而疯狂的光芒，他整张熟悉的脸，连同他嘴里呼出的气息，都变得无比陌生了。达瑟很奇怪自己并不害怕，自己的口气也变得冰冷："你想杀死我吗？"

他恍然觉得，自己是在用某本书里一个人的口吻在说话。在那个故事里，他是一个有很多学问的人。而那些拥有刀剑的人总是害怕他。所以，这个人常常需要用超常冷静的口吻问那些人："你想杀死我吗？"在这本书的故事里，这个人的问话常常是连着的两句，下一句是："你们以为能把我跟我心里的想法一起杀死吗？"

但是达瑟脑子不好，喜欢书，又不能读懂太多，所以，他记不起这个故事是从哪本书里看来的，更记不起这样的问话一共有两句。但他觉得自己像是一个故事里的智慧人物那样问出那一句话时，达戈的身子轻轻颤抖了一下，颤抖使刀尖轻轻扎破了达瑟的皮肤。那种凉爽的，又有些灼热的感觉非常奇妙。然后，一条细细的血流便顺着刀上的血槽，慢慢淌出来了。

达瑟感到自己流血了。

流血使达瑟感到非常快意。而在他的脑子里，一本一本的书页在自己翻动，寻找与眼前情形相对应的场景。最后，他叹了口气，脑海里一本本翻过的书中没有相关的描写。血还在慢慢顺着刀身流淌，他背上有些发凉。

血流过刀身，流到达戈手上。他的手像是被烫着了一样，刀子咣啷一声掉在了地上。

他清醒过来了。看到达瑟脖子上的血迹，他害怕了："我知道是我干的。"

本该鲜红的血在灯光下却那么乌黑，血流如虫子般慢慢蠕动，但达瑟并不去管。他显然找到了书中那些贤哲一般的感觉，他说："是啊，我看见了，就是你干的，可是现在你害怕了。"

达戈拿起刀子来，用衣袖擦去了上面的血迹，他说："我不是害怕杀人，但如果杀了兄弟你，我才会害怕。"

"那你是为了什么？"

"因为我只杀该杀的人，你这个书呆子脑子糊涂但心地善良，我杀你干什么？"

说完，达戈撕了件衣服替达瑟扎住了伤口。

包扎伤口时，达瑟手上沾上了一些自己的血。他把沾血的手举在自己眼前，有些虚弱地说："我好像要昏过去了。"

达戈说："那你就昏过去吧，反正我担保你死不了。"

达瑟说："我有点喘不上气来。"

达戈笑了，说："你去死吧。"

达瑟用一只手拉着缠在脖子上的布条，确实觉得喘不上气来。他放在树屋上，装在四角包有铁皮的结实木箱里的那些书，在脑海深处又噼噼啪啪翻动起来。他在里面找到了一句话，这句话是一些了不起的人在临终前常说的一句话：我宽恕你。他看到了那一行字，甚至看到自己蘸着口水翻书时，脏指头在这行字上留下的印迹，但到他口中一说，却变成了："我不怪你。"然后，就一歪脑袋昏在了达戈的怀里。

达戈坐在火塘边，四野里静悄悄的，再仔细倾听，四处正在传来白天融化的冰雪重新上冻的细密声响。

十五

达戈出现在舞会上时，人群中起了一阵轻微的骚动。

他改变了的脸让人们害怕。最害怕的是正沉醉于歌唱的色嫫。但是达戈只是径直走到了格桑旺堆的面前。

格桑旺堆问："是它吗？"

"我跟了它好长一段时间，直到它回过身来，让我看清楚了，是它。"

"你没有伤它吧？"

达戈笑了："我手痒啊，但它是你的，你的事情我不会去了结。"

格桑旺堆说："谢谢。"

索波已经听出个大概了，但还是问："谁？"

格桑旺堆说："你们不知道我要回来，它倒知道，在半路上等我呢。"

好多人听不明白格桑旺堆这句没有头尾的话，但索波知道，格桑旺堆的那头熊又出现了。那头在大火起来之前，曾经与它的老对手照过面的熊，又出现了。

格桑旺堆笑笑，说："它应该是知道我又饿又没有力气才没有动手，不过，我跟他决斗的日子快了。其实，它不来我也要去找它的，再拖下去，我的身子就要完全垮掉了。"

要是在平常，这可是达戈最有兴趣的话题，但今天不同，他径直走向舞圈中央，不知他要干什么的色媄的歌声开始颤抖，但是，达戈径直从她身边过去了，拉起了我表姐的手就走。

表姐在挣扎。

达戈说："我请你给人看病。"

"我还没有毕业，我要毕了业才能给人看病。"表姐都背上了药箱，嘴上还在说："要是我犯了错误，就是你逼的！"这样的话，她过去可从没说过。她以为不可能再回去上学了。可是，前些日子，她又接到了回学校去"复课闹革命"的通知。她已经收拾好了所有的东西，随时都可以回城上学去了。所以，才在乎起自己是否具备行医资格这样的问题了。看到倒在地上的达瑟，表姐立即就像个真正的医生了，她手脚利索地把扎在达瑟脖子上的脏布条解下来。

她用酒精给伤口消毒时，达瑟轻轻地哼哼起来。当伤口敷上药，脖子上扎了圈雪白的绷带，达瑟甚至有些容光焕发了。

达戈骂道："又在装电影里的样子了。"

达瑟认真地说："不是电影里，而是书里的人的样子。"

达戈轻蔑地吐了口唾沫："呸！"

表姐用别样的眼光久久看着达瑟，她说："我接到通知，就要回学校上课了。"

达瑟鸟一样转动着脖子，说："唔。"

"你没有接到通知吗？"

"接到了。"

"那你什么时候回城去，你回去的时候要来看我啊。"

"我不回去了。"

"不回去了？！"

达瑟平和地笑了，说："不回去了。"他这句话使我的表姐眼含泪花。但这个没肝没肺的家伙说："你要多留一点绷带给我。"

表姐生起气来，说："你这个愚蠢的家伙，你去死吧！"但临别，还是把药箱里一大卷绷带都留给了他。表姐离开的时候，表情愤怒而又悲伤。但是过了这个晚上，表姐就又兴高采烈了。毕竟，再次离开她以为一旦回来就再也不会离开的机村，该是多么叫人高兴的一件事情啊！然后，表姐就走了！

大家都想，哪一天达瑟也要离开了。但他自己却一点没有这样的意思。他脖子上扎着一圈雪白的绷带，得意扬扬地用他认为是某本书中的某个了不起的人物的姿态在村中行走。

村里人都不读书，不晓得他在是模仿书中某个不确定的角色。但大家都见过林子里的野鸟，把脖子伸得长长的寻找食物，或者为了求偶而不停鸣叫的样子。所以，从这个时候起，他又有了一个外号：鸟脖子达瑟。有一天伐木场放一场露天电影，新闻简报里突然出现了机村没有的一种叫作驼鸟的大鸟的时候，很多人同时叫起来：鸟脖子达瑟！

有时，人们会追在他后面问："达瑟，你的叔叔官复原职了？"

"你什么时候动身呢？"

他先转过身子，再转动脖子和脖子上的脑袋，看那人一眼，然后，又把脖子、脑袋和整个身子转回去，一言不发，背着双手，先把脖子伸出去，然后，才迈步慢慢走开。

他真是懒得跟这些人理论，他正在往公社所在地的镇上去。无论如何，他想要去看看达戈所说的那个新开的书店，他还要在饭馆里去吃一次饭，在那里竖起耳朵，听听外面近些日子发生了些什么稀奇古怪的事情。而其中的一件两件，说不定正跟样子大变的达戈有关。

还有人拦在他面前说："你喜欢看书，城里不是有更多书吗？"

他撇撇嘴，绕过这个人，什么也没说。他想，这个从没去过城里的人怎么知道城里的图书馆都搬空了，烧光了？怎么知道树屋上的藏书有多么丰富呢？想到此，他已经行走在村外的公路上了。回头望望村子背后小丘背面那棵大树，树把大半个身子连同他的那些书，藏在小丘背后，只有巨大的树冠伸展在阳光底下。

自从回到机村，他还从来没有去过镇上。二十多公里的路，他走了很长时间。汗水浸到伤口上，有针刺一样的痛感。太阳暖洋洋地照着，使他脑袋发晕，倒是伤口的刺痛让他保持了清醒。终于，风送来高音喇叭里高亢的歌唱声，他抬眼看到了镇子上错落房顶上那些灰色瓦片和飘在这一片灰色上的几杆红旗。

他直接就去了书店。

书店门口上方竖着四个铁皮镶成的红色大字：新华书店。每个字都有半个人的身量，几个字互相又站得很开。他晓得，这几个大字是毛主席写的。所以，下面的店面也就不能窄于这几个大字所占的宽度。但是店里很多架子都空着。架子上的书大概也有四五十种。主席的红色的书。马恩列斯烫着金字的棕色的书。他从这个门进去，没有稍停一下脚步，就从另一个门口出去了。踩着泥泞的街道，他绕到了书店的后面，果然看到了达戈所说的洞开的窗户。他个子高，只是稍稍踮了踮脚，就把脑袋伸了进去。他看到了很多的崭新的书，窗户下面那方阳光里，那些书面上的金字闪闪发光，和摆在店里的那些书一模一样，他缩回脑袋，嘴里不明所以地哼了一声。这么多一模一样的书，在这样一个地方三百年也不会卖光。

他说："呸！"这是在骂替他带来关于书本消息的达戈是个傻瓜。

然后，他按事先的计划到饭馆里去喝上一杯。

当年他离开的时候，在那里被达戈灌得烂醉。如今，他也多少有些酒量了。再说他也不全是为了喝酒，而是为了像那些酒鬼们开脱自己时常说的那样，"支起耳朵，听点消息"。食堂中央烧了一个大铁炉子，整个人却还是像掉进了冰窖一样，但他还是坐了下来。他甚至自顾自地哼哼着："听点消息，听点消息。"每哼哼一声，他的口里就冒出一团白烟。有一个围着一张僵硬而脏污的围裙的家伙过来了："快说，要点什么？"

达瑟还在摇头晃脑："听点消息，听点消息。"

"什么什么？"

"哦，酒，有肉的菜。"

"有钱吗？"

"有。"他掏出两张五元面值的钞票。

"还有米饭。"他又掏出了粮票。迄今为止，他还算是国家的人。还有人从学校给他寄来每月的津贴与粮票。

酒菜上来了，酒精使血液在暖和过来的身体里畅快地奔跑起来。他的心情与身上的器官都变得轻盈而敏锐了。他端坐在那里，耳朵却在捕捉来自别处的声音。饭堂里除他之外，只有两张桌子上有人。一张桌子上是十多个伐木场的造反派，他们兴高采烈，话题都是斗人、烧书的经历。这伙人不时地哄然一声，爆发出一阵狂暴的大笑。

再一桌只有三个人，牛毛织成的褡裢放在旁边，三个来自附近村寨的乡下人，沉默不语，他们喝酒，只是想使心头与身子都暖和一点。

达瑟自己喝了一口酒，笑笑，想："看来没有他的消息。"这个他就是达戈。他相信达戈在离开机村的这段日子里，肯定干下了什么惊天动地的大事情。他可一直为朋友悬着心呢。

门又被推开了，几个卡车司机闯了进来。看那几个家伙被店堂里的冷气弄得身体猛然战抖，同时脸上现出猝不及防的吃惊神情，达瑟忍不住哈哈地笑了。

冰冷的空气加强了笑声里的突兀感，所有人都把目光朝向了他。

他看到自己的笑声并没有飞到那些人跟前，飞到半路，就结成冰跌落下来，碎了一地。

他坐下来，脸上浮上了他招牌似的漠然表情。

那些人齐齐地看了他一阵，看得木然无趣，回头又忙着鼓捣自己嘴巴上的事情去了。

那几个卡车司机一要了酒菜，开始交换各自在长路上的见闻。他们换了一个又一个话题。他们说得很热闹，但没有什么是他感兴趣的。于是，他的耳朵差不多都关闭起来了，就像一只猎犬准备睡觉时，那支棱着的耳朵就软软地垂下来，半掩住了敞开的耳洞。但就在这时，他半睡的耳朵敏锐地捕捉到了一个村子的名字：惹觉！

他一下就惊醒了。他恍然回到几年前，就在这个饭馆里，那个一身旧军装的生气勃勃的家伙对他伸出手来，热烈地说："认识一下，我叫惹觉·华尔丹。"

听那个故事的时候，他又处在那种漠然的，跟这个世界隔着层什么东西的状态中了。听完故事，他出了饭馆就往回程的路上走。只是来时的那种劲头没有了，他的脚步慢了下来，好像不是他的脑袋而是他的双脚在思考。太阳下山了，群山浓重的阴影投射下来，他也没有加快脚步。风嗖嗖地吹起来，林涛声轰轰然涌动着，他想把伸长的脖子缩短一点，但脖子被那圈绷带托住了。

他好像听到有人问他为什么不走快一点。他大声地说："走那么快干什么？"话刚到嘴边，就给强劲的风吹走了。

他又大声喊起来："你们要那么快干什么？"

这一声，他没有喊完，一股风灌进嘴里，和那些声音一起倒灌进肚子里去了。

当星星一颗颗跳上天幕的时候，风停了下来。安静的夜降临了。四野里声音四起：鸟在巢中挪动身子的声音，流水的声音，解了冻的树拼命向地下吮吸水分的声音，树木正在膨胀的身体撑裂树皮的声音，河边的柳树芽苞破裂的声音。在这些细密的声音中，他的脚步加快了。不知不觉间，他就走进了村口，甚至没看到有一个人站在他面前。那个人说："多好听的声音啊。"

"是，好听的声音。"他口里下意识地应和着，脚步却没有停下。

那个声音又说："好小子，还真有点派头啊！"

这个声音听起来有些陌生，正是这份陌生让他停下了脚步。他站在原地，转了转缠在绷带里的脖子。那人打亮了手电，光圈从他头顶滑下，最后停在他的绷带上。那人笑起来："年轻人，这东西该换换了，再脏，你就神气不起来了。"

他认出这个人是谁了："格桑旺堆。"

"很好，你是唯一一个直接叫出了我名字的人。他们都不知道该叫我大队长还是叫我名字，就连索波这个过去那么厉害的年轻人也是一样。"

达瑟说："你明明就当不成大队长了嘛。"

格桑旺堆笑了："说得是啊！"

接下来，至少达瑟觉得没话要说了。要是这时候非要没话找话，他就会脑门子发紧，口里发干。他拔脚准备离开，但格桑旺堆一把攥住了他："年轻人，等等，我听说你不打算回去复课上学了？"

达瑟说："是，我不想回去了。"

"你不是喜欢读书吗？"

"我喜欢读书，我在学校里已经学会自己读书了。"有一句话，他觉得不值得说出来，那就是回到学校也没有什么真正的书好念。但他想，格桑旺堆又没念过书，怎么对他说得清在学校还没书可念是什么道理呢。于是，他带着一种颇为骄傲的心理缄口不言。

格桑旺堆说："你该放心回去，你的叔叔已经解放了。"

叔叔这个字眼，让他想起一个穿干部服的胖子，这个人就是他的叔叔，但无论如何，这个人都是一个无法熟稔起来的形象。他刚进民干校的时候，星期天，叔叔派勤务员开着吉普车把他接到家里。叔叔灿烂地笑着，把他推到一个又一个人跟前：婶婶、姐姐、哥哥、妹妹。婶婶好一点，姐姐哥哥妹妹摆着高傲的表情，只等介绍完毕，就一哄而散，蹿到别的房间里去了。剩下他冷冷看着尴尬地微笑着的叔叔。

叔叔曾经说："妈的，管一家子人，比管十个县还麻烦！"

接下来的记忆，就是叔叔站在台上，满头汗水一脸惶惑接受批斗的样子了。达瑟照照镜子，发现自己脸上常常也是那样一种茫然空洞的神情。他说："妈的，真是一家人啊！"

他的脑海里浮现出这些场景的时候，格桑旺堆又对他说："你不知道你的叔叔已经被解放了。"

"解放？我们不是早就被解放了吗？他自己也是解放军，解放军还要别人解放吗？"

格桑旺堆叹息一声："他又当官了！我能放出来，多亏他说了好话！你什么都不用怕，可以放心回城里读书去了！"

达瑟没说什么，呵呵笑笑，说声晚安，就要离开了。这时，山上的林子里隐约传来野兽的咆哮声。两个人都侧耳倾听。先是听到四野宽广无边的寂静，然后，那个苍凉而愤懑的咆哮声再次响了起来。这回，两人都听清楚了，这是一头熊的声音。

格桑旺堆身子颤抖了一下："我听出来了，那是我的冤家熊。"

机村人都知道格桑旺堆和那头熊的故事，他曾经打过这个熊两枪，但这两枪只是把熊变成了一个瘸子，而没能取掉它的性命。从此以后，这头熊多次跟格桑旺堆在林子里照面，他也都没能取掉它的性命。这样，一头猎物与一个猎手之间，一种奇特的关系就形成了。这种奇特的关系，机村人名之为冤家。在这种关系中，猎物成为英雄，而猎人从此把这猎物看成自己宿命的一个象征，永远背负的一种不祥之感。

格桑旺堆说："妈的，老子刚刚回来，它就出来了。"确实，这头熊的冬眠结束得太早了一点。

"你那头熊总端着那么大的架子，不会急急忙忙第一个跑出洞来。"

格桑旺堆叹息一声，说："它老了，身子骨不行，熬不住了。"他那口气，像是在说一位老朋友一样。熊又叫了两声。达瑟注意到，熊每叫一声，格桑旺堆的身子都要跟着颤抖一下。

达瑟刚张开嘴，就觉得自己说了错话，但他还是让自己把这句话说完了。他说："大队长不要害怕。"

格桑旺堆叹口气："我不害怕，只是我知道，我的日子近了。我在监狱里就想，这位冤家不知要等我多长时间，我都怕它熬不到我回来。看来，它确实熬不了多少时间了。"

然后，格桑旺堆冲着被星光勾勒出隐约轮廓的山坡与树林，嘴里发出了熊的咆哮声。那声音，同样显得苍凉而愤懑。但林子里没有传来那头瘸腿的熊回应的声音。

格桑旺堆说："年轻人，晚安。"

"我想跟你说说达戈……"

格桑旺堆挥了挥手："哦，有些人有些事，就是天神下降也不能帮他。"然后，他就转身消失在黑暗中了。

达瑟呆立在冷风中，觉得脸上有滚烫的东西流下来。他想，干什么要流泪呢？这么一想，更多的泪水流了下来。哭什么呢？他真不知道。他就这样流着泪水，径直穿过村子，爬上了树屋。他端坐着一动不动，满耳都是土地与树林从漫长的冬天的冰冻中苏醒过来的声音。那是紧密的东西松弛开来的声音，是万事万物共同发出的细微却普遍的声音。他没有打开那些紧锁了一个冬天的箱子。这时，他做出了决定，要去城里看看。他下了树屋，推开了达戈的房门。他告诉了达戈自己准备回城的消息，达戈眼里燃起了特别的亮光。

"那就是说，你再也不会回来了？"

达瑟摇头，说："我不知道。"

达戈有些激愤地说："你知道，你怎么不知道？你这个家伙，装出一副老实巴交的样子，说是回来了，回来了，结果还是要离开了！"

达瑟还是不说话。本来，他想对达戈说："你回家的时候，杀了人了！"但是，他没有把这话说出口来，他只是说，"我说不定也会回来。跟你一样，你不是也回来了吗？"

达戈的眼里露出了凶恶的光芒，声音变得像铁一样坚硬而冰凉："你是说我不该回来？"

达瑟笑笑，走了出去。

走出一段，达戈追了上来："伙计，都说你叔叔官复原职了，求你让他帮忙，把色娘招到文工团去吧！"

"好吧，"达瑟没有转身，他说，"反正你也得不到她了。"他的意思是说，你这个伙计的日子长不了了。想到这里，他攀住了扶在他肩膀上的手，说："好，你等着吧。"

"我等着！"

达瑟想，这个家伙还没有懂得他的意思。

"你真的要等着我从城里回来？"

"我等着你的好消息！"

"我怕你等不到啊！"达瑟觉得自己都要哭出来了。

他肩膀上的手抖了一下，随即，那手很重很重地在他的肩膀上按了一下，他晓得朋友懂得了自己的意思："只要你还回来，我无论如何都等！"

达瑟再说话时，已经带了哭腔："妈的，你这个家伙！那我现在就出发了！"

说完，他转身就往村口那在星光下有点发白的大路上去了。

达戈追上来，说："伙计，有件事情，我该让你晓得。"

达瑟转过身来，伸出手指竖在嘴上，说："等我回来吧。"

"那你要快点！"达戈这么说时，感到滚烫的热泪就要冲出眼眶了，达瑟却头也不回，很快就从他眼前消失了。迷蒙的星光像一匹轻纱悄然无声地悬垂下来，轻纱后面，才是夜那无边的黑暗。

十六

达瑟走在星光下的脚步越来越轻快了。

刚离开村庄的时候，他的脚步是沉重的。走到下半夜，脚步却变得轻盈了。有时，银河在头顶上和峡谷保持着相同的走向。当峡谷转过一个大弯，银河就变短，横切在峡谷上面。达瑟觉得自己的脚下，像是充满了气一样，越来越轻盈，他感到再这样下去，整个身子都要飘起来了。

这种好玩的感觉，让他忍不住嘿嘿笑了两声。只是，他觉得这笑声有些傻气，就屏住气不笑了。这一来，双脚就好像真是离开地面了。但他整个人还像平常一样，前倾着身子，两条长腿不停甩动，行走在虚空之中了。他走得越来越高越来越高，后来，就差不多直走入银河的灿烂星光中去了。

行走在天上的人是多么神清气爽啊！

他刚觉得一个人有些孤独，于是，他身边立即就出现了一些人。他想，这些人可能就是神仙。但是，当这些人超过他走向前面，他发现这些人不是神仙，还是孔村的人。是达戈、格桑旺堆、索波、我的表姐，当然还有美嗓子色嫫。他想，也许是这些人都变成神仙了。这个想法让他吃了一惊。他感觉身子往下沉了一下，他想莫非自己也成了神仙。这个想法，把他自己结结实实吓了一跳。

结果是自己狠狠地跌了一跤。

原来，他走着走着，就走到梦境里去了。现在，在梦境中摔倒的他躺在地上，明亮的银河高悬在天上。达瑟笑了。他没有听到自己的笑声，但他知道自己的确是开心地笑了。他又起身继续往前走，直到银河从背后沉落下去，直到太阳从面前的天空冉冉升起。

他搭上了一辆卡车，在热烘烘的驾驶台一坐下来，身子就变得沉重起来。他睡了一觉。他想自己会再做那个梦。但他醒来的时候，司机笑骂道：“你他妈的是头猪，流了那么多口水。”

他说：“我饿了。”

“搭老子车的人都是拼命讨好我，你他妈的却像个大人物一样，可是大人物又不坐这样的车！”司机扔给他一包饼干。“说说你他妈是个什么人物吧！”

“什么人物？”

“你是干什么的？”

“我什么都不干。”

“一个人总要干点什么。”

“我看书。”

司机大笑：“你他妈这个傻样，看书?! 你笑死我了。”

他很认真地说：“我有好多书，我有一个图书馆。”

司机继续大笑。

　　达瑟不说话了，埋头把饼干吃完，然后说："我再陪你一段吧。"

　　他这么大的口气真的把司机给激怒了。结果，达瑟给赶下了车。看着正在西沉的夕阳，听着黄昏里正在晚风里激荡起来的轰轰林涛声，达瑟又一次领略到那种神清气爽的境界了。他用了一个晚上走路，但这次，他只是望着头顶上的银河，而没有能够再走入银河里去。因为这个缘故，快要天亮的时候，他的脚步已经非常沉重了。但他继续往前走，当东方天际被一片霞光染红的时候，他的头脑有些昏沉了。恍然之中，他看见了达戈。那是达戈拿着锋利的刀子紧抵在自己脖子上的凶狠的样子。他知道，达戈在老家，肯定是杀了人了。

　　太阳升起来的时候，他走进了县城的汽车站。买了票，等待发车的时间，他在一个早点铺子里坐了下来。高音喇叭里激昂的歌声从四面八方向他逼来，这让他十分心烦。更让他心烦的是，喇叭里的歌声让他听不清邻桌上几个长途汽车司机的交谈。好在等车的时间比较长，使他第二次听到了那个故事。

　　这个故事的主角就是达戈。

　　他回到那个叫作惹觉的村子时，真的杀了人。而且杀的不止一个人，他杀了三个人。他家成分不好，在村里一直受欺负。"文化大革命"一来，这种欺负更是变本加厉了。他在机村打猎挣了不少钱，这些钱大多寄回了老家。他要给留在老家的父母和妹妹盖一座好房子。但是，村子里几个新掌权的人，居然把这些钱都抄走了。事情还远远不止这些。他的妹妹长得漂亮，这样事情就更恶劣了。总之，达戈回了家。当天，村里的掌权人就恶狠狠上门来了。结果，达戈就把这三个人都放倒了。当然，这三个人也不是好对付的，他们也把他伤得不轻。杀掉了恶人，整个村子都肃静了。这个杀手很猖狂，他对全村宣布，他还会回来对付村里新出的恶人。

　　他还杀死了一条狗。

　　据说，这是一条名声很大的猎狗。

达瑟听见自己问："你杀一条狗干什么呢？"

如果他还能对自己的好朋友提出疑问，就要问他这个问题。长途班车启动的时候，他说："达戈，我一回来，肯定马上就要问你这个问题。"然后，他就歪着脑袋睡过去了。清醒过来的时候，他已经站在曾经就读的民干校门口了。高音喇叭仍然聒噪不止。盯着空荡荡的校园，他想，电真是个不怕累的东西。风把糊满墙壁的标语跟大字报撕扯下来，满世界飘飞。本来，这些纸片是可以乘风高飞的，但涂在上面的墨汁和糨糊，使这些纸片不再轻盈，只是被风推动着从这个墙角翻动着跑到那个墙角。他到图书馆去看了看。那双扇门上的玻璃碎了一地，走廊里落满了灰尘。他放轻了脚步走进了图书馆。过去，走进这个地方，他都是这样屏住了呼吸，放轻了脚步。但脚步声还是在四壁间激起了回响，因为脚下的地毯和整架整架的书都没有了。东倒西歪的书架上结满了蛛网。达瑟生气了："妈的，复课闹革命，一本书都没有，怎么上课？"

达瑟不生气则已，一旦生起气来，就无法自控了。

他不停地骂道："妈的，妈的！"

他在靠近厕所的地方滑倒了。厕所漫出来的水，在走廊里结成了大片的冰凌。他就仰面滑倒在了这片坚硬的冰凌上面。后脑勺重重地磕在冰上，他觉得脑袋里那些脑浆全都晃荡了一下，在两个耳朵深处激起了嗡嗡的回声。他躺在那里，一动不动，整个身子都被疼痛和寒意浸透了。

他看到了一面有好多裂纹的镜子。

他看见一个脸色灰白的倒霉家伙出现在镜子里，每一块破碎的镜面里都有一个人，所有这些人都是那个倒霉的家伙。然后那个家伙在镜子里哭了。他躺在冰上咧着大嘴哭泣的样子，像是一个任性的孩子。这个家伙咧着嘴，就像是大放悲声的样子，嘴里却没有发出一点声音。就这样哭了好一阵子，他才意识到，镜子里哑然悲泣的那个人正是自己。

于是，他的嘴里发出了声音，那是他在咒骂自己。

图书馆是学校里最高大轩敞的房子。过去，那么轩敞高大的房子叫一本本一架架的书塞得满满当当。可惜，那些书都消失了，只剩下一些东倒西歪的木头架子。过去，一旦有人走进这地方，书的魔力马上就令人敛气屏息了。而眼下，一个又一个肮脏的字眼从自己嘴里滚滚而出，却激不起一点回响。空旷房子深处的阴影把他吐出的声音立即吞没了。

这个过去他非常热爱的地方现在却因为无声的哑寂让他感到害怕。

他从地上爬起来，慢慢走到门外。

刚才咒骂自己时那些消失的声音开始在脑袋里回响："你这个狗东西！骗子！反革命！你到处告诉别人，什么事情都会好起来。牛奶会有的，面包也会有的。土豆会有的，牛肉也会多起来。日子一定会一天一天地好起来，一点一点地好起来。就像乡亲们犁地，一块一块地好起来！虽然革命不是请客吃饭，但日子会像吃饭，就像这一口比那一口好吃一样地好起来！可是，你说的是一堆狗屁，难怪别人看你像个傻瓜。事情是一天比一天糟糕了！"

他下定了决心，要把自己这个新的认识告诉给别人。他下定了决心，马上回去把自己的这些想法告诉给大家。

达瑟又上路了。

他的长腿不断甩动，很快，满城正在一一亮起的灯火就都在他的背后了。当他甩动着长腿登上了一个小山冈时，终于停下了脚步。风吹来，振动着他身上略显单薄的衣衫。曾经也有一个这样的黄昏时分，叔叔跟他一起散步来到了这个小山冈上，那时，这个城市还没有这么大。那是一个夏日的黄昏，是他刚刚进城的第一年，叔叔从小汽车上下来，说，我们一起散散步吧。

灰色的小汽车无声无息地跟着并肩散步的叔侄两个，一路从学校大门出来，经过百货公司，经过长途车站，经过负责乡间运输的骡马运输社，经过一片高大的杨树林，就上到了这个山冈上面。两个人坐在小山冈上，看着下面的小城灯火一点点亮起来，叔叔说："我们刚来的时候，这里就是一个荒草滩，现在，啧啧！你看看，多么漂亮的灯火啊！"

达瑟觉得一股热流直冲脑门。

他想说点什么，但是在这个叔叔面前，他又说不出来。叔叔是领导，像个比他本身担任的职务还要大一些的领导，就是他的这个做派让他说不出话来。叔叔伸出手来，拍了拍他的肩头："好好念书，以后，当这个城市变得更大更美的时候，你就是她的主人了！"

那一次，叔叔说了好多话，但他一句也没问机村，没问机村的人，没问家里的人。他只是描绘未来。他的这些话，达瑟从书里念过，从报上看过，从广播里听过，从这个端着大人物架子的叔叔嘴里吐出来，却有了令人特别感动的力量。

他说："我记住了。"

叔叔站起身来，拍拍粘在手上的草屑，说："光记住可不行啊，要相信啊！只要你相信，就会努力干出样子来！"

他站在寒风中，眼前闪现那个温暖的夏日黄昏里，把叔叔载走的小汽车滑行在下坡路上，屁股上红灯不断闪烁的情景。眼下，那条冻得灰白的路空空荡荡。叔叔重新出山，做了革命委员会的副主任，现在，也许正在某一盏灯下看他永远看不完的文件吧。

叔叔对这一点很得意，说："老子一天学没上过，也会念文件。"

大家都说叔叔是个了不起的人，但他说："你会认那么多字，为什么不看书？"

容易生气的叔叔却不以为忤："你倒是说说，我又不是学生，看书干什么？"

"书里有那么多道理。"

叔叔哈哈大笑，拿起桌上的一沓子红头文件摇晃着："道理？天下的道理，书里的道理，都写在文件里。我的好侄子，告诉你，书里的道理都是按文件上写的！"

他摇头表示不能同意。

叔叔友善的表情中含着一点威胁的意思："你脑瓜子里的想法不好，要是你在书里念出跟文件里不一样的意思，你就犯错误了！晓得吗？那些右派那些臭老九就是这样子犯错误的！"

"那毛主席的书呢？"

"毛主席的书不一样，那是文件的文件！"

过去，他不敢质疑叔叔的大道理，现在，他明白叔叔所说的是个巨大的谎言。他对着城里某一盏叔叔正坐在下面的灯光，对着一颗颗跳出来缀满了夜空的寒星说："文件上说，形势大好，但老天知道，形势不好。叔叔，我不想回来念跟文件一样的书了！"

说完这句话，他对着灯火闪烁的小城转过身去，走上回机村的路了。风从背后吹来，他把衣服的领子竖了起来。可惜的是，这时的衣服，领子都很矮，翻起来也起不了什么作用。但他还是把那领子竖起来，甩开长腿，往树上有许多箱子书的那个方向去了。

走了很长时间，他想起达戈要他求叔叔给美嗓子色嫫求情的事，但他这个时候已经非常洒脱了。他说："朋友，我不能替你做这个事。这个女人，想顶着最亮的灯光在台子唱歌，就让她自己折腾去吧！"

这个晚上他一路走去，真是走得痛快淋漓啊！他说："唱歌？唱吧，唱吧。"然后，他就唱了起来："无产阶级'文化大革命'就是好，就是好来就是好来就是好！"

"天上布满星，月牙儿亮晶晶，生产队里开大会，诉苦把冤伸！"

"雪山啊闪银光，雅鲁藏布江翻波浪……"

他唱了一首又一首，都是憋着嗓子，学着色嫫的嗓音，直到憋得嗓子发干，弯着腰猛烈地咳嗽起来。然后，他笑了。他看到那个妖女这么猛烈地咳嗽着从台上下来。如果自己在场，他一定会问："你不是说唱歌很舒服吗？"

她累得气都快喘不过来了，却还是不明白："达瑟啊，这些歌唱得怎么这么累人呢？"

达瑟哈哈大笑。

美嗓子色嫫浑身亮光闪烁，她说："我想问问你……达戈他好吧？"

达瑟说："死了！"

这句话一出口，眼前的明亮灯光，明亮灯光中的色嫫都消失不见了。只有冰冷的星星缀满了天幕。死了。两个字像冻得硬邦邦的石头梗在心头，口中真切地涌上了苦涩的味道。这种味道似曾相识。但他脑子又遇上转不开的时候了。他又走了很久，脑子这才慢慢转开，让他想起这味道就是机村人对下山的猴群大开杀戒时空气中充满的那种味道。

他的脚步越来越快了，心中充满了不祥的预感。

十七

日后，美嗓子色嫫真成了一名歌唱家，只是，她学唱的那些歌很快就不时兴了。她就只是自治州文工团的一位歌唱家罢了。当她随文工团下乡演唱时，人们已经不喜欢她的歌了。她永远在学唱别人的歌，而忘了早年间她自己唱得最好的那些歌。

达瑟，就在去年吧，我曾经在一个政府的招待会上看见了色嫫。她跟在自治州领导后面，一桌一桌敬酒，领导喝酒，她就唱歌，唱老的祝酒歌，唱新的祝酒歌。她不在舞台上演唱已经很多年了。领导把酒杯举起来，她就开始歌唱。她脸上挂着职业性的笑容，眼神却空洞而涣散。她不认识我。我看见了她，我就想起当时的人与事。这些人，这些事，在机村，早都成了故事，成了遥远而虚幻的传奇。

人们说，多亏了美嗓子色嫫，达戈才没有被人忘记。

这个世界，一个人被忘记，不再被身后人记起，是多么容易的一件事情啊。我想，事情并不尽如此。

但是，达瑟啊，至少在我的心里，就从来没有把你和你的好朋友达戈忘记。我总是在一些与机村毫不相干的地方，毫不相干的时候，突然就想起了你们。我总是先想起你，然后，马上就想到了你的朋友。你们这两个人突然出现在心头，没来由地出现在心头，那就是我想起家乡的时候了。

这个世界，好像人人都有思乡病。

这个世界，人人患思乡病的时候，都把家乡描绘成天堂。如果事实真是如此，那么我们这个国度就是天堂。鸟语花香，韵致悠长。可事实并非如此。中国人怀乡的时候，习惯把对天堂的梦想转移到对家乡的描绘上。叔叔从位置上退下来，口述了一本回忆录，里面也不谈真实的东西。但我想起家乡的时候，心里却总是饱含着痛苦。我希望像所有那些撒谎的人说的一样，我的家乡就是天堂。但在这个世界上，有谁的家乡就是天堂？

达瑟，你说我们共同的家乡就是天堂吗？

我想，你会摇摇头，说："现在不是，但她会一天一天变成天堂，共产主义的天堂。"

那是你刚从外面回到机村来的时候反复告诉大家的。

大家都说："这个人说得跟工作队一模一样。"

他们还说："嘿，什么人出去一下，回来就都变成工作队了。"

"那达戈不是也出去过吗？他还当过解放军！"

"他是我们机村人吗？他不算，他不是机村人，他不是叫作惹觉·华尔丹吗？他是从惹觉地方来的！"

也有人说："咦！达瑟还是跟工作队不一样吧？"

当然不一样了！达瑟，你拿着那些书，说："世界要变成天堂，就必须遵守书里的规矩。"

而书里很多道理与工作队照文件宣讲的话，却是完全不一样的。书上说，为了绿水长流风调雨顺，树木不能砍伐。但是文件下来却说，为了支持社会主义建设，每一个地方都要奉献出每一匹瓦，每一块砖；如果是英雄，还要流尽身上的最后一滴血。达瑟，你从图书馆救出来的书上说，不要杀那么多动物，因为动物也是天地创造的生命，生命之间要互相怀着慈爱之心。但是，高音喇叭和报纸上都在喊：斗争，斗争！都在提醒记住阶级仇，灵族恨。

达瑟，你把本来就糊涂的机村人，弄得更加糊涂了。有时，他们会说："奇怪，这个家伙脑子里怎么有那么多不一样的想法？"

"嗤！他能有什么想法，还不是从书上背下来的。"

"总还亏得他背了那么多书。机村有过背下这么多书的人吗？"

"过去的和尚喇嘛，不也就是整天背书吗？"

"他叔叔当那么大的官，这家人出人物啊。"

"那他也没有必要这么鸟一样住在树上，他以为自己是个神仙啊！"

"也许，这样的人，真是什么下凡的神仙啊！"

"那就找喇嘛江村贡布来问问，没有达瑟以前，他可是机村最有学问的人哪！"

老喇嘛来了，听了乡亲们的问题，脸上挂出了莫测高深的笑容。这笑容吊足了大家的胃口。他终于开口了："这种人嘛……"

"什么人？"

"这样的人嘛……是要几百年才出一个啊！"

这句话把大家吓了一跳，工作队照着文件宣讲时，也常说谁谁是几百年才出一个，那可说的是伟大领袖毛主席和他亲密的战友林副主席。"你想犯错误了？这样的话是随便说的吗？"

喇嘛江村贡布做起身状，说："是你们一定要让我说的。我得说真话呀。"

"……那你说吧。"

"邪见，邪见！"喇嘛江村贡布跌足说，"那些稀奇古怪的想法，把一个年轻的好脑子毁掉了。"

大家都为他这话大感吃惊。因为在大家混沌的意识中，都隐约觉得达瑟的道理可能是正确的。但在这个时代，唯一正确的，只能是文件上的话。但在大家混沌的意识中，对此也有着隐约的怀疑。所以，大家才请来喇嘛江村贡布，请他给予明断。

喇嘛预料大家应该露出被震慑而叹服的神情，但他失望了，看到这些无知的人露出吃惊的神情，他的面容一变而显得孤愤。他说："要是你们心里本来就向着他，那就向着他好了。我晓得你们这些愚昧的家伙是让他那种架势唬住了。你们以为凡是学问都是好的吗？"

这时，天色暗了下来，而呼呼吹着的风停了。冷冽干燥的空气变得有些湿润，有点温暖。

大家都抬头看看天，说："要下雪了。"

是的，是该下大雪的时候了。

后来，这些家伙常常对人说，那天他们的话音刚落，如絮的雪花就从天空深处遮天蔽日地降落下来了。

但在当时，大家只是看了看天空，又继续等待喇嘛的宣示。

喇嘛心里很生气，他的脸上又转换成悲天悯人的表情："正确的声音已经进不了你们的耳朵了，你们这些可怜的人。"

大家都受到了这句话的打击，他们脸上都显出无可奈何的表情："喇嘛息怒，我们是想听你的话，可是所有能说上话的人，都说自己说的话是唯一正确的，你，工作队，还有达瑟……"

"他的道理不都是从书上来的吗？他看了那么多书。"

这时，喇嘛突然觉得情形不好，这些人正引诱着他把藏在内心深处的话说出来。他们先是叫他说达瑟，现在，却突然一下子就把工作队啦，文件啦什么的都说出来了。大火过后，他和格桑旺堆一起给抓起来，送进了监狱。他有文化，识得出人家要他谈认识，谈改造心得时，话里有没有陷阱，所以，只关了两年就出来了。但格桑旺堆是死脑筋，总是把心里想的话老老实实地讲出来，所以在牢房比自己多待了好多年。他说："我不想跟你们这些家伙讨论这些问题了，我只告诉你们，像达瑟这样脑子里总有邪见的人，要是在过去，就会像魔鬼一样被放逐！"

喇嘛背着手气哼哼地走了。

这时，雪花就像天空突然塌陷一样，铺天盖地飘落下来了。

稠密的雪花中，隐隐传来美嗓子色嫫跟着电唱机练习歌唱的袅袅声音。和着这声音，还有村子里的狗们奔突着汪汪狂吠的声音。这样的声音交织在一起，渲染出一种非常不安的气氛。

大雪铺天盖地下着，达瑟正走在回村的路上。他很高兴。经过镇上的时候，风刮得正紧，很硬的风头裹挟着呛人的尘沙。他打算到书店里避一下，等这猖狂的风头过去。但是，他只站了不到十分钟，就被服务员赶出来了："要买书就买，不买就出去！"

他出去的时候，那女人还对同伴说："看样子也不是个会买书的人！"

达瑟很得意。这个无知的女人这样说话，激起了他心中很高傲的感情。这种感情给了他勇气，使他很大度地回过头去对那女人笑了一下。

女人脸上露出了被强奸一样的表情，但达瑟已经出门去了。

他想大笑，笑这个世上的人其实都是睁眼瞎，笑这个女人那么明亮的一双眼睛，其实也是一个睁眼瞎。他想大笑，但一张开嘴，就被风给噎住了。他绕到书店后面，书库那个破窗口还没有封上，他就腾身钻了进去。当他倒在成捆的书本中间时，才把风灌进嘴里的沙子吐了出来。

"呸！呸呸！"

然后，他放松了身子，背倚着一大垛书躺了下来。他闭上眼睛长长舒了一口气，说："妈的，书。妈的，谁知道老子睡在这么多书中间。"

他不知道自己是不是在书堆中间睡着了一会儿。这些天来，他在路上走得实在是太累了。但他很快就睁开的眼睛一一从那些书上掠过。那些精装的书都码放得整整齐齐，而随意堆放的这些书却显得粗糙简陋，都在白色的封皮上印着单调的红字，都是那种按文件里意思说话的书。但是，他那双与书有缘的眼睛捕捉到了一点异常的东西。他看到了一些白色封皮上出现了黑字。这些字不像红色的字那么大，那么耀眼。这些黑色的字有种鬼鬼祟祟的味道。

那些字落在眼里的时候，他身上有种过电的感觉。这是接触到某种不能接触的秘密的人通常会有的感觉。那些黑字小小的，一个个自己往他眼睛里跳："内部资料，仅供大批判使用，禁止外泄！"

禁止外泄！

禁止外泄！

他在叔叔的文件柜里，看到过这样的书。叔叔说，那不是书，是机密文件。他说，是书，他想借去看看。

叔叔说这样的书，看了会中毒。

但他叔叔却没有显现一点中毒的症状。他把这个疑问说了出来。叔叔说，我是领导。他明白了，领导除了拥有很大权力，再就是看了有毒的书也不会中毒。这些书有好多捆。一本，是《苏修反对中国共产党的反动言论集》；另一本，是《刘少奇的反党罪证》。过去在学校的时候，他们学过刘少奇的书，那时就觉得，这个人说的话，也跟文件里说的差不太多。但苏联那些人骂中国的话，看上去可真是吓人啊！他打开书，看了两句，心脏就跳个不停。他只好把书合上了。

苏修帝国主义骂中国共产党的话，真是恶毒啊！

我们这个共产党说苏修不是真正的共产党。苏修却说自己才是真正的共产党，而中国的这个不是真正的共产党。

他不敢看这本书了。

这时，风停下来。他把书揣进怀里上路了。一路上，怀里的书使他兴奋而紧张。当他忍不住从怀里取出书来想再偷看一眼里面的内容时，雪却纷纷扬扬地下来了，天色也变得晦暗无比。他把书掖到了怀抱的更深处。

雪无声地从天空中飞坠而下，在他脚下咕咕作响。

快到村子的时候，雪慢慢停了。云层散开，天空中的星星显露出来。星光与地上的雪光交相辉映，就像弥散着的稀薄月光。达瑟看到远处有一个高大的黑影在行走。即便是在这样的夜晚，也不止他一个在路上行走。越走得近，那黑影越显得体积庞大。怀里那本书弄得他像个高烧病人一样脑子迷迷糊糊。他根本没去想这可能不是一个人，而是想，妈的，这个人这么高还这么胖，行走起来还这么大派头地摇摇晃晃。

咦！这个人！他想。

这个家伙摇晃着硕大的脑袋和屁股，径直向他走来。黑脸白眼的家伙伸出手来，按住了他的肩头。这手掌很沉，刚按下来，他就有些站不住了。但这家伙没有更使劲，他终于撑住了，没有一屁股跌坐在雪地里。

他觉得有些不对劲，说："伙计，你怎么是这副模样。"

那个家伙咧开嘴来："唔。唔唔。"达瑟想笑，因为这声音听上去就像是牛反刍时磨痛了牙床。但是一股浓重的热乎乎的血腥之气扑面而来。他打了一个冷战，清醒过来："熊！"

"嘿。"那边咧开嘴，露出一口森森的白牙。

"你……拦住我干什么？"

熊仍把毛茸茸的手掌按在他的肩上，他一矮身子，想从它腋下钻出去跑掉。但熊的手掌跟着降落下来，仍然沉沉地按着他的肩膀。这下，他半屈着腿连身子都挺不直了。汗水一沁出额头，立即变得一片冰凉。

一人一熊就僵持在雪地里了。

达瑟从怀里掏出书来："我不该拿禁书？"

熊不吭气。

他把书揣进怀里时，突然恍然大悟："我知道你是谁了！"

熊松开手掌，退开一步好像是为了让他能看清自己到底是谁。

达瑟倒吸了一口冷气，说："你真的是头熊啊。"

熊有些不耐烦了，用手掌重重地拍击着胸口。

但他还是不能明白熊的意思。于是，他就看到熊的眼睛里有吓人的绿火幽幽地闪烁起来。他说："老兄，老子看过书，你不是吃人的那种熊，你是黑熊。黑熊不吃我，老子不，不……害怕你！"

熊不吭气。

达瑟笑了："哈哈，这么大的雪，熊正在冬眠呢，你该不是达戈裹着张熊皮来吓我吧？"

熊一掌掴过来，把他扇倒在雪地上。他来不及想书上说得是否正确，就昏过去了。熊抬腿从他身子上迈过去，摇摆着庞大的身子从谷底攀上小山冈，对着山谷里沉睡的村庄发出了低沉而愤懑的吼声。村庄里闻到了血腥气狂吠不止的狗们，都被这一声怒吼给镇住了。这个漫天皆白的世界立即沉静下来。熊回身钻进一个小小的岩洞，它躺下来，显出很厌倦很厌倦的样子，什么都不想再看见一样闭上了双眼。

熊睡过去的时候，达瑟醒了过来。他睁开眼睛，看到天空正从墨蓝转成天亮前的灰白色，身下的雪滋润温软，村子里的狗狂吠不已。

达瑟爬起身来，熊已经不在了。

但地上巨大的脚印告诉他这头熊真正来过。而且，熊的脚印是从村子里来的。一头熊没到冬眠结束就出来活动，而且半夜去到村子里转悠，这样的事他的书里没有说过，但是，他的猎人朋友达戈肯定知道。格桑旺堆也肯定知道，在达戈没有来到机村以前，他就是机村最好的猎手。

这场铺天盖地的大雪过后，春天就要来了。

书上说，这时太阳已经从南方反身回来，太阳反身回来的时候，能使风转向。一个冬天，都从陆地吹向海洋的风也掉转身来，从温暖湿润的海洋，吹向干燥寒冷的陆地。暖风过处，降下淅沥不止的春雨。只是机村身处高原，淅沥的雨水都变成了纷纷扬扬的雪花。

十八

在他离开的这段时间，达戈的房子大变样了。

过去，这座房子只是看起来像一个堡垒，但在这段时间里，他把这座房子变成了一座真正的堡垒。

达瑟在黎明时分，从自己的树屋下穿过时，踩在了一条绊索上。绊索牵动了一些铃铛。他看到达戈窗户上有光晃了一下，随即就熄灭了。

达瑟踩着脚下咕咕作响的深雪往前走的时候，额头上有虫子爬着一样的灼热而酥麻的感觉。达戈告诉过他，这就是一个猎物被枪瞄着，将被夺命时的感觉。那个时候，你的身子其他地方一片冰凉，但那个即将被子弹钻通的地方，却又热又痒。

他从怀里掏出书来，在黎明的光线里对着朋友摇晃。那座屋子里灯光亮起来。达戈喊道："是达瑟回来了？"

达瑟懒得回答这种愚蠢的问题，只是摇晃着手里的书。

达戈又喊："你是来看我吗？"

他依然摇晃着手里的书："我回来了，我再也不走了！"

"那你慢一点，慢慢走过来。"

达瑟明白了，这个家伙在从机村消失的那段时间，真的是杀了人。他回到老家的村庄去杀了人了。那些路上听来的传说都是真的了。这家伙下手真狠，一次就干掉了三个。达瑟把双手举起来："我过来了，你不要害怕。"

达戈提着枪出现在门廊上："不要直接过来，往左边，再靠左一点，绕回来，对了，这下可以照直过来了。不要踏那两级楼梯，把手给我，对了，一、二，上来！"

他一使劲，把达瑟拉上门前低矮的台阶。

然后，两个分别有一阵子的朋友就口吐着白雾，面对面地在黎明的光色中站在门廊上了。

达瑟笑了："你看我拿来的书！"

"去你妈的书，"达戈把达瑟紧紧拥在怀里，"好朋友，我以为再也不会见到你了！"

"我想知道……"

达戈立即制止："好朋友，什么都不要问，真的什么都不要问。要是你听说了什么，我就告诉你那件事是真的。你在外面行走，那么大的事，不可能一点都没有听说。如果你听到了，那我告诉你，那件事是真的。但我不会再多说什么了。"

达瑟就闭口不问。

"我惹觉·华尔丹行不改名，坐不改姓，做下了那么痛快的事情，就等着他们来抓我！看看我怎么收拾他们！"

房子的一些要害地方，他用粗大的木头加固了。光是门口就机关重重。院子里有陷阱，门廊的楼梯变成了牵动弩机发射的机关。窗户旁安着铰链，控制着门廊上方吊着的檑木。他还往酒瓶里装进了汽油或炸药，制成了燃烧弹与手雷。他让达瑟看完了他所做的这些杀气腾腾的准备，他说："现在你可以走了。"

"我遇见了一头熊，它打了我一巴掌。"

"熊？还打了你一巴掌？"

达瑟嘿嘿地笑了。一笑，才觉得半边脸生生地痛，一摸才发觉已经肿得老高老高了。

"熊一巴掌才把你打成这样？"

"嘿！看我在书店仓库里找到的书！"

"书？你已经有很多书了。"达戈眼里依然燃着凶光。"我让你找你叔叔说说色嫫的事情，他怎么说？"

"我没有去找他，"达瑟静静等了一会儿，见达戈没什么动作，才接着说，"有什么用处呢？过去我老是说，一切都会慢慢变好，什么事情都会一天天好起来，可是，现在我所以急着赶回来，就是来告诉你，我错了。"

达戈哈哈大笑："你以为有谁真正相信了你的话吗？还要急着赶回来告诉！"

"我知道你不相信，可书上说过，人要对自己说过的话负责任。别的人我可以慢慢告诉，但我怕回来晚一点，他们把你抓走，就来不及了。"

"我不会让他们把我抓走的。"

达瑟笑笑，觉得这没什么好说的。

"你不怕我？"

达瑟摇摇头，笑了。

达戈突然紧紧地抱住了他。然后，他觉得两张贴在一起的男人脸之间，有热热的泪水柔软地穿过。

之后，两个人分开了一下，达戈再次伸手把达瑟拥进了怀中："好兄弟！好兄弟！"

达瑟架不住这样亲热，从他怀里挣出来，呜呜地哭了。

达戈说话时也带上了哭腔："好兄弟，连你都说世界真是一天天变坏了，那就真是没有救了。可是，这到底是为了什么呀？好兄弟，你能告诉我吗？"

"我不知道。"

"你不是说书上什么道理都有吗？"

"可是，人都不按书上的道理行事了。"

"那你还傻乎乎站在外面冲我摇晃一本书干什么？"

这么一问，那种因为看到那本书而无端接触到巨大秘密所产生的兴奋感立即就消失了。

那本书立即就变得一钱不值了。知道这种秘密又能对眼下的情形有什么帮助呢？达瑟把那本书掏出来，扔到了地下。

达戈流泪了，他把书从地上捡起来，塞到朋友手中："我不要你像我一样什么都不相信，人一这样，就什么都完了。你不像我相信的是女人，你信的是书。"

达瑟把这本书扔进了火塘，片刻之间，两个人的脸就被腾腾的火苗照亮了。

"我说的话你不信？"

"我相信，才把它烧了。这样的书看了，就真是什么书都不相信了。"

"还有这样的书？里面说了什么。"

"两个人吵架。"

"吵什么，要真过不去，就真正地动刀动枪，像我一样。"

说话间，外面的天已经大亮了。两个人坐下来吃了早饭。达瑟说："我该上树去扫扫雪，这么厚的雪要是把树枝压断，树屋就要塌下来了。"

达戈走到窗前，往外张望一阵，才把门打开。

"我还会回来看你。"

达戈脸上却一派孤寂，仿佛已经被整个世界所遗弃，他的声音有些嘶哑了："他们就要来了，我知道，他们就要来了。"

达瑟不忍离开，觉得自己是在没话找话，并为此而恨着自己："下雪了，路不好走。"

"你真是一个好心人，我真想永远记住你，但是，"达戈用指头顶住自己的额头，笑了，"只要有一颗子弹穿过这里，我就什么都记不住了。"

达瑟绕过那些暗设的机关，快走到树屋下面的时候，达戈喊道："你该给你的书找一个新的地方。以后，这里就是一个闹鬼的地方了！"

达瑟回望着朋友重设上为他而解除的机关，回到屋里关上大门，感觉就像是这个人就此已经从这个世界上消失了一样，泪水滚滚而下。他就这么踩着雪一路往村子里走去的时候，泪水依然像泉水一样涌流不已。

他碰到了一个人，泪水使他辨不出那个人是谁，但是，他说："对不起，我以前说的话是错的。"

他碰到站在井泉边咿咿呀呀练声的美嗓子色嫫。他想告诉她，她自己的美妙嗓子不是这样的。这样咿咿呀呀的唱法，妙音天女赐她的天生美嗓就白搭了。但是，至少是今天，他不想费这样的口舌，何况她还是一个执迷不悟的家伙。他说："色嫫，我要告诉你，我以前说世间的一切都会越变越好，现在我要收回这句话。"

色嫫说："你疯了？大清早跑来说这种话。"

"我收回那句话了。"

"你疯了！"

他笑笑，走开了。

他又碰到了一个人，又说了同样的话。

他又碰到了一个人，又说了同样的话。

见一个人，他重复一遍同样的话。直到泪水慢慢干了。但是，这时太阳出来了，强烈的反光使他打开了闸门的泪腺又热流涌动了。

与此同时，一个消息在这个早晨如闪电一样传遍了全村："达瑟疯了。"

达瑟的母亲哭泣着在村子里四处找他。

他看到了骆木匠，他想，对这个人说说那句话，但想到，自己并没有对这个人传达过书上那些美好的话，就把吐到嘴边的话咽回去了。

倒是骆木匠说："你去看你的朋友去了？"

达瑟说："是的，我看我的朋友去了。"

"你连家都不回，就看你的朋友去了。"达瑟觉得，骆木匠说话的时候，不再像过去那么小心翼翼了。骆木匠说："跟我来，有人找你。"

他把达瑟带进小学校里去了。小学校没有开学，老师回了他很远的老家。屋子的火炉里生着旺旺的炭火，火炉旁边丢满了烟屁股。这些烟屁股使几个干部模样的人嘴唇干裂，脸色焦黄。达瑟认识的就是老魏、索波和格桑旺堆。平时，这间房子是老师批改作业和找学生谈话的地方。

索波的口气居高临下："说说吧，你上哪儿去了？"

达瑟还没有明白过来，他的脑子还停留在原来的思绪里，他对索波说："我从没有跟你说过认真的话，我也就不用收回那句话了。"

格桑旺堆却口气和缓："大家都知道，你半夜就回来了，你是看你的朋友达戈去了吗？"

"说话要准确，我是黎明时分进村的。"

那些黄面孔中的一个扔掉手里燃着的烟屁股，斜着身子抖抖披在肩上的衣服："我们就不绕弯子了，你朋友他在干什么？"

达瑟看看那个人，在他腾出的板凳上坐下来，眼睛又转回到格桑旺堆的身上，说："我在村口遇见了一头熊。它抓住我的肩头，让我看它的脸，它还像是想跟我说话，我不明白，它一生气，一巴掌把我打倒了。"

达瑟把被熊打肿的脸转向了格桑旺堆。

格桑旺堆把他拉到门口，摸他的脸，然后，从他肩头上捡起了一根棕里带灰的毛。他的手里慢慢地捻着那柔软的毛，脸色却慢慢变得苍白了。

"是它，我的老伙计。"

现在，达瑟的脑子慢慢转开，记起机村人人知道的格桑旺堆与那头冤家熊的故事了。

他说："我想，它就是你那头熊。"

屋子里静下来，雪地上反射的阳光把屋子照亮。

老魏扔掉了手里的烟屁股："除了那些不着四六的话，你没有正经话要告诉我们了？"

达瑟眨巴着眼睛："我不会回民干校去了。"

"说！你那个朋友藏在屋里干什么？"

"他在自己屋里，怎么是'藏'？"

"他是罪犯！"

"罪犯"这两个字在这样的年代终究还是很严重的字眼，连达瑟这样没心没肺的人听了也有些害怕，他低下头去，不再说话了。

"那么……"

"可是这个人有枪，而且穷凶极恶，为一条狗就杀人，他决不会坐以待毙。"

达瑟吃惊了，问道："他杀人是为了一条狗？"

"对，一只狗。"

"我不相信。"

格桑旺堆说："是一只狗，但那不是普通的狗。他一家人在当地因为上辈子的事忍声吞气，他才来到了我们村子。"

"他不光是为了色嫫？"

"你等我把话说完行不行，我不是个多嘴的人，我跟惹觉·华尔丹一样，再不说就没有机会了。他来机村当然也是为了色嫫，也是出于猎人的天性。在他的村子里，山上早就没有了林子，也就没有猎物可打了。那里的人，就靠世代相传培养猎犬的本事维生。他的父亲培养出来一条绝世的猎犬，只要一个猎物出现过，不管它过了三道河，还是过了一个星期，留下那点气味都逃不过它的鼻子。"

"妈的，这个时候还有闲心说故事！"抽烟人中有一个人恶狠狠地把烟屁股扔在了地上。

格桑旺堆一下变得惨白的脸上现出凶狠的表情，汗水从他发际间一颗一颗地渗出来，他的手紧紧握住了斜插在腰带上的刀子。

扔烟屁股的家伙避开了他愤怒的目光，重新点燃一支烟，坐了下来。

格桑旺堆仰起脸来，长吐了一口气，说："我跟你们要去逮捕的那个人一样，我的大限也快到了。请不要威胁一个大限将到的人，我对人客气了一辈子，现在请你们对一个大限将到的人也客气一点。"

然后，他慢慢地转过身，对着达瑟艰难地笑了一下："孩子，你看到了那头熊，你知道我跟那头熊的故事吗？"

达瑟深深点头。

"这个时候，熊都在冬眠，但它提前出来，是要跟我做该做的了结了。"

达瑟眼睛中天生就天神一样的悲悯神情又浮现出来了。

格桑旺堆说："老天爷，你是通过这孩子的眼睛看着下界吗？老天爷，当一个连树都不长的偏僻乡村的老农终于培养出一条绝世猎狗，捎信让他儿子去带回那条猎狗的时候，出于嫉妒的邻居，把那天赐神物杀死了！达戈走进家门就是去领回这只猎犬！"

说完，格桑旺堆就径直出门去了。

老魏在他背后喊："你回来！"

格桑旺堆回过身来，慢慢摇了摇头。这时，他的脸色恢复了平静。他失去血色的脸上浮现出淡淡的笑意，说："老魏，这次我不听你的话了。我的老朋友来了。"

达瑟也跟着迈开了脚步，但背后传来一个声音："你不准走！"

十九

这个暗含着某种不安的清晨村庄是多么寂静啊！

雪深厚的覆盖，使蒙尘世界变得清新洁净。阳光辉映在四野滋润的积雪上，使这新的一天，像是刚刚擦拭过的银器一样耀眼明亮。

照例，厚厚的积雪把在山林里找不到食物的松鸡们压迫到山下来了。但这个早晨真是奇怪，没有一个孩子带着疯狂而快意的表情兴奋地尖叫着去捕杀那些脆弱美丽的生灵。松鸡们越来越大胆，越来越欢快，四处寻食的时候，脖子伸得越来越长，胆怯小心的咕咕低鸣变成了欢快的鸣叫。

如果机村一些人认为的深藏于达瑟那种悲悯眼神中的天神真的存在，那么，这时高居天上的他，应该看到，这种景象正是对天下众生浩荡汹涌的悲欢的一种荡涤。那他就应该让这样的时刻延长一点。

也许有天神，但天神没有看见，也许天神看见了，却没有这样做。天神为什么不这么做呢？有人说，因为我们没有信仰天神供奉天神了。如此说来，天神他老人家这就生气了。真正的天神应该是人干什么都不生气的呀！天下的卓民，真是谁都得罪不起啊！

天神不再眷顾，日子里美好时刻虽然时时出现，却总是那么短暂！

就在这个平静安详的早上，这个因四野晶莹的积雪而显得洁净明亮的早上，机村人最难忘的一天开始了。

瘸子羊倌穿过村子，去村口的羊圈，脸上因为多睡了一会儿而显出心满意足的神情。

但他刚刚从大家眼前消失，又大呼小叫地出现了。这时，格桑旺堆正拿了火枪，身上披挂了火药袋与铅弹袋从家里走出来。

"羊！羊！"瘸子拉住了格桑旺堆。

格桑旺堆就跟着他去了，一个力量巨大的家伙把羊圈的木板门拍得粉碎。这个家伙，还捧死了好几只羊。这些死羊毫无声息地四散在墙根下，墙上的石头上溅开了大片的血迹。墙根下一共有五只死羊。这个致羊于死命的东西，还从窗口上把墙扒开了，从扒开的墙头上看出去，雪地上一行歪歪斜斜的脚印一直往村外去了。

格桑旺堆铁青着脸，分开聚拢的人群，走到达瑟跟前，摸摸他被熊打肿的脸："我那老冤家是叫你给我报信啊！"

格桑旺堆把他扯进羊圈，看到墙根下的死羊，还有达瑟的脸，他立即就明白了："孩子，你平常说的不是书上的话，你说的是天神要说的话，熊都不对付你，你不要害怕。"

达瑟笑笑说："我不害怕。"

从熊掌下逃得余生的紧挤在羊圈深处的羊们这时才骚动起来，发出颤抖不已的咩咩叫声。

"看来，我不用上山去寻找我的老伙计了。"

达瑟说："看来是用不着了。"

两个人帮着瘸子羊倌把羊赶出了羊圈。吓坏了的羊群怎么也不肯上山，虽然头羊仍然走在上山的路上，但吓破了胆的羊们再也不听从引领了，它们很快就四散在田野里啃食冒出雪被的麦茬。白色的羊散落在洁净的雪野上，显得肮脏灰暗，有种特别的悲情。而村子里的积雪，在莫名躁动的人群的践踏下，已经化为了一片泥泞。格桑旺堆带枪爬到羊圈的高屋顶上，告诉跟在身后的达瑟说："我就在这儿等它。也许它一会儿就会出现，也许要等到晚上，但它肯定晓得我在这里等它。"

"这么居高临下，你还不一枪就把它解决了。"

"我跟它的事情，没那么容易了结的。"

说完这句话，格桑旺堆抬头看天，早上晴朗无云的天空中这时被风吹来了大片的云彩。阳光一变得稀薄，冷风就嗖嗖地吹起来了。

格桑旺堆说："要是你朋友想走，我这里一响枪，他就可以走掉了。"

达瑟说："我可以去把你的话告诉他吗？"

格桑旺堆说："我只是说假如，但他不会走开的。再说，从这里走开，他又能去哪里呢？"

达瑟想了想，一个人其实真的没有什么地方可去。

两人分手时候，达瑟走到楼梯口又走回来，说："我还有一句话。"

格桑旺堆笑了："大家都说你这个人要么不说话，一说就说很多听了让人糊涂的话。"

"我只收回一句话。"

"全世界的人都知道你要收回那句话了。你到处讲那句话时，我还在坐牢。不过，我看你还是不要收回，就算这句话眼前不能实现，也是我们大家共有的一个善愿吧。"

"可是我知道我说错了。"

"你没有错，请相信我，也许我活不过今天了，我真看不到这个世界变得美好了，但我还是要祝愿你们这些年轻人啊！"

"那我又要收回那句已经收回的话了吗？"

格桑旺堆大笑："快去办我要你办的事情吧。"

达瑟下了楼，人群中正在哄传，格桑旺堆的熊来收他老命来了。但等了好久，熊还是没有出现，阳光却越来越稀薄，风也越来越强劲。泥泞的地重新上冻，变得坚硬了。达瑟转了身往树屋的方向走。他想再去看看达戈，把格桑旺堆的话带给他。

就在这时，一声枪响打破了寂静。

鸟群惊飞起来。枪声在雪后清新冷冽的空气中显得清脆而尖厉。

所有人都往羊圈那边奔跑。达瑟知道枪声不是从他们去的方向打响的。他甩开一双长腿向着响枪的地方奔跑。跑到树屋下面的时候，他摔倒了。是趴在地上持着长枪短枪的干部与民兵中的某一个把他绊倒了。他刚站起身来，就清楚地看见了一切。他看见索波贴地趴在距离陷阱不远的雪地上。达瑟想，他肯定被达戈打死了。

屋子里传出了达戈的喊声："不要再往前了，再往前，掉到捕兽陷阱里你就没命了！"

于是，脸贴地趴在地上的索波才敢抬头并支起了身子。

看他一动，身后的人却喊起来："往前冲！冲啊！"索波站起身来，刚迈开一条腿，屋子里又响了一枪，子弹钻进他脚下的地里，溅起了一些雪沫与碎土。索波摇晃一阵身子，险些没有倒下。

"我已经警告过你们了！我不想杀跟我没有冤仇的人，你们不要逼我！"从达瑟树屋底下，好几支枪同时响了，对着传出达戈喊声的那个窗户，打得窗框上的碎木屑四处飞溅。

这边枪声刚停，对面房子里立即就射来了一枪：一个家伙有些吃惊地看着自己手中的枪落地上，看着自己手臂上很快就冒出大股的血来。这时，那个家伙才大叫一声，吓晕过去了。

"哈哈！刚才我不朝人打，有人以为是我枪法不好吧！"

接下来，两边就在无声的静默中僵持住了。

这时，格桑旺堆那边的枪声才响了。在融雪正在上冻的清冷的下午，枪声传出一段后，反而显得更加清脆与尖厉。枪响了一声。静默了一会儿，枪声又响了起来。尾随着枪声，还传来了人们发出的一声欢呼。达瑟这个闲人，又拔脚往格桑旺堆那边跑。这时，堡垒般的屋子里响起了他朋友的声音。这个人死到临头了，还是那么镇定："达瑟，我看见你了！你是来帮这些家伙抓我的吗？"

达瑟跑回来，一直冲到屋子前面那个雪被下面的陷阱跟前，说："那条狗真是一条那么了不起的狗吗？"

"是！"

"那些人为什么要杀了它？"

"我也想拿这个问你呢。"

"好吧，我来，是格桑旺堆说，看在你也是一个好猎手的分上，让我给你捎一句话。"

"他说什么？"

达瑟环顾四周，看到四周的林子里都伸出冰冷的枪口，看来，他们早把这儿变成了一个巨大的陷阱，自己今天早上误闯了陷阱还不知道。他哭了："告诉你有什么用呢？没有什么用处。你出不去了。"

他哭了几声，仔细倾听，屋子里再也没有了任何声息。

而在村子的那一边，又一声清脆的枪声撕裂了清冽的空气，传到了他的耳边。传到他耳边的，照例还有众人的欢呼。

他朝静悄悄的屋子喊了一嗓子："格桑旺堆的熊来找他了！"

身后响起了拉动枪栓的冷冰冰的声音："想站在那里挡枪子吗？滚开！"他感到背上有好几只蚂蚁在爬动，这感觉让他止住了泪水，他转过身来，那几只蚂蚁又爬到他胸口上来了。他笑了。背对着那房子喊道："你等着，等那边有了结果，我会来告诉你的。"

喊这一嗓子时，他已走出了包围圈，于是，他向着羊圈那边奔跑起来。平常，他走路总是慢吞吞的，奔跑起来的样子显得特别吃力难看。当他攀上羊圈的屋顶时，格桑旺堆正在念念有词地往枪管里灌装火药。

"听枪声，我想是他们试着冲了一下。"

"你的熊呢？让我看看！"

"我的话你带到了吗？"

"他们有那么多人，他跑不掉的。但他会坚持住，等我把你这里的结果告诉他。你的熊呢？"

"我看不见它，这个阴险的家伙，它正躲在什么地方看热闹呢。不过，我的老朋友既然不好好睡在洞里，这么早出来，一定又冷又饿吧。"

"那你在对谁开枪？"

好像是为了回答他的问题，人们一起发出了惊呼。这时，他才发现，这窄窄的屋顶上也挤上来了十多个人。

格桑旺堆端着枪冲到墙边，枪口随着眼光转动。达瑟知道，要发现猎物，最好的办法就是眼睛随着猎人的枪口移动。枪口横着扫过去，他看到那些瑟缩在冷风与恐惧中的毛色脏污的绵羊。枪口定了定，往上抬了一点，再横着往回扫。这时，出现在眼界中的是地边歪斜的树篱与栅栏，羊顺着栅栏散开，啃食栅栏脚下比别处旺盛的枯草。枪口对着一丛枝条光秃的柳树定住了。咔嗒一声，猎手扳起了枪机。这时，仿佛闪电一般，一个动物从柳树后面飞射而出。这生灵的动作真是优美而敏捷，它紧团着身子从柳树后面飞快地跃出，然后，在空中修长地舒展开了。腰身、四肢、笔直的尾巴都是那么刚劲而修长。当它停止在空中的飞行，后肢刚刚着地，张开的大口，准确地咬在了一只羊的颈上。

豹子！多么漂亮而威风的生灵啊！

枪响了，但子弹只在它刚刚跃过的地方溅起了一片雪沫与冻土。

豹子一甩脑袋，叼在嘴里的羊就抛飞起来到了它背上。又是一眨眼间的事，豹子背负着那只羊潜入一片灌木丛中。人声再起，一半是为豹子敏捷漂亮的动作欢呼，一半是为格桑旺堆的失手感到惋惜。

豹子收紧了舒展开的身子，潜入灌丛，从人们眼界里消失了。

这只豹子在众目睽睽之下，用同样干净利落的动作，杀死三只羊了。它是动物里的高级杀手。它不吃肉，因为这样身手的豹子不可能饿着肚子，跑到枪口下犯险不止是为了一口果腹的肉。它只是冷了，要痛饮一翻热血使身子变暖。

有人喊："格桑旺堆老了，不行了，还是叫达戈来干吧！"

格桑旺堆正忙着往枪里装填弹药，他的手脚还是那么利索，但他自己叹了一口气，他叹气的时候，刚才装填弹药时那自信而镇定的神情消失了。他的脸上现出了疲惫的神情，这神情使他顿显无力和苍老。

"豹子那么漂亮，你是不想杀死它吧？"

"谁说一个知道安慰人的达瑟是一根筋，你说得对，要是我身心都年轻的时候，真还舍不得打死它，"他扫了一眼下面雪野中那些在冷风与恐惧中颤抖不已的羊，"而现在我真想一枪就把它毙了，可我怎么也快不过它。"

达瑟的眼神又开始变化了。

格桑旺堆说："求你不要看我，是的，我们都很可怜，天神看我们，就像我们从这里居高临下地看着那些可怜的羊一样。是的，我，你的朋友达戈，还有美嗓子色嫫，甚至所有机村你喜欢和不喜欢的人，要是用你眼中那样特别的眼神去看的话，就都是那群可怜的羊。所以，你用那样的眼光去看羊吧，不要看人，你再看，我们这些人就更可怜了！"

但是，那豹子也太张狂了。在人们一片惊呼声中，它又威风凛凛地现身了。也许肚子里喝下的那么多热血冲上了头顶，也许是它太骄傲了，它的动作依然那么威风，但明显有些迟缓了。

它又一次凌空飞跃，并在空中伸展开身子，再一次在落地的同时，把锋利的牙齿刺进了羊的颈项。也许，是热血喷涌进嘴中的情形太让噬血的它沉迷了，它再次跃起的时候，稍稍迟缓了一点。楼顶上的枪响了。虽然旷野中的空气还是那么冷冽，但枪声却显得有些沉闷，有经验的人都知道，只有放空了的枪，声音才会那么清脆响亮，而击中了活物的枪声总是沉闷甚至是喑哑的。

枪弹的力量加上豹子本身的力量，使它在空中停留了更长的时间。但落地的时候，动作中那轻盈感消失了。它沉重的身子重重地摔在了地上，再也起不来了。

人群中竟全然是一片惋惜之声。

人群奔向了那只中弹的豹子，但人们只是拉开了一个大圈，没有人敢走近那只漂亮而威猛的豹子。即便是一股轻风吹来，豹子身上的皮毛漾动一下，人群都要发出一声惊呼，惊惊乍乍地退出去好远。直到格桑旺堆穿过人群，提着枪走到豹子跟着，人们才跟了上去。精干的小伙子们都被索波带去包围达戈的房子了。那些半大的小子们兴奋地把死去的豹子举起来，带动着激动的人群，向着村子里去了。

格桑旺堆累了，把身子倚靠在栅栏上。

他把枪竖在身边，长吐了一口气，说："好威猛的一只豹子！死在我的枪下，可惜了。"

"你的熊呢？"

"回去吧，它自己会出现的。如果我能对付得了这头豹子，我就对付得了它！它已经老了。"

格桑旺堆回到他的守望点上去，达瑟却往另外一个方向走。

一阵猛烈的枪声突然爆响。看来，那些包围房子的人终于等得不耐烦了，向房子发起了进攻。达瑟一路跑一路哭了起来："达戈啊，你又要杀人了，你不能杀人了。"

枪声就像突然响起时一样，又突然停了。

寂静像一个巨大的罩子从天空中降落下来。欢呼的人群，惊恐无助的羊，聒噪的鸟，甚至是摇动着树与草的风，都一下子失去了声音。这样的寂静，总是预示着更严重的事情发生。

浓烟从那个小山丘旁升了起来。刚才，干部带领着民兵对着房子突然一齐开枪，趁这机会，有人悄悄地上去，把房子点着了。房子从外面燃起来，火焰抖动着，从墙根往上爬。达瑟上气不接下气地跑到那里，正看到爬到墙上的火舌一条条地从窗户，从木头墙壁的缝隙往屋子里钻。

达戈大骂："有本事我们比试枪法，这算什么本事，你们这些人太卑鄙了！"

老魏大笑："到这时你还嘴硬，还是乖乖出来投降吧！你当过兵，晓得党的政策！"

达戈冲着这边胡乱放了一枪："老子干了那么痛快的事，你们以为我还会想活吗？"

整个屋子差不多都被火舌包围严实了，火舌如蛇一样，从每一个缝隙往屋子里钻。很快，屋子顶上就有很浓重的烟冒了出来，看那架势，好像钻进屋子里的火都变成了烟。屋顶上的烟越来越浓重，倒卷下来，把屋子外面明晃晃的火焰都压下去了。

房子周围有很多人，但只有达瑟一个人站在明处。火焰抽动时发出流水一样很欢实的曛曛声，他脸上的肌肉也随之抽动。他的笨脑子要冒出点想法，本来就慢，被这曛曛的火焰声抽动一下，彻底变成一片空白。他只是呆呆地站在那里，被烟呛得有些喘不过气来。而潜伏在他四周，潜伏在他房子四周的人，正把枪举在面前，像平时训练一样，慢慢向前爬行。前面一批人往前爬行的时候，后一批人举枪向房子瞄准。前面的人停下来，举枪瞄向房子的窗户和门，后面那些人又开始爬行了。

达瑟在学校里参加军训时，做过同样的课目。但此时，他只是呆呆地看着这一切，而想不起来这些人到底在干什么。他的耳朵嗡嗡作响。而且，那响声还带着力量，在脑子里不断膨胀，不断膨胀的力量好像随时会轰的一声从他两只耳朵深处砰然而出。

他捂着要炸开的脑袋，大叫了一声他朋友的名字。

"达戈！"

就在他这一声喊里，充斥着浓烟的房子，轰的一声从屋顶迸出了旺盛的火苗。火苗同时从门，从窗户，从每一道缝隙中，喷射出来。

连潜伏在屋子里的杀手达戈，也跟着那火焰一起，让那巨大的力量带到了屋外。达戈手里举着枪，头上冒着烟，从掀开的门里，随着一团喷涌的火焰跌跌撞撞地跑了出来。

达戈大张着口，慢慢跪倒在地上，脸贴地喘了一阵，这才猛烈地咳嗽起来。当他稍稍喘息过来，想要举枪的时候，几支冰凉的枪管顶住了他的脑袋。他颓然看了达瑟一眼，手里的枪掉在了地上。他的身子软下去，躺倒在地上，张大了嘴拼命呼吸。

枪托重重地砸在他身上："起来！"

但他仍然只是张大了嘴，把脸贴在雪地上，拼命呼吸。

还是老魏说："让他缓过气来。"

于是，干部和民兵围成一圈，十多支枪齐齐地指着蜷缩在雪地上的艰难喘息的达戈。在距他们很近的地方，那座曾经那么漂亮的堡垒般的房子正在熊熊燃烧。大火辐射出来的热力使他们脚下的积雪飞快融化。刚才还烟雾腾腾的达戈转眼就一身泥水了。

他对老魏说："我跟你没有仇。"

老魏说："缓过劲了就起来！"

"你开枪吧，我跟你没有仇，你打死我，我也不记你的仇。"

"起来！"

达戈起身的时候，很多支枪的枪口又顶在了他身上。

他慢慢站起身来，看到了站在人圈外一脸木然的达瑟。达戈对他笑了笑："我就想死得漂亮一点，你看，临死了，他们还要叫我这么难看。"

这个人，他不怕死，只是想选择一个体面的死法。

但现在，他真的是非常难看。头发与眉毛，都被火灼焦了。身上的衣服被撕扯成碎片。刚才趴在地上，使他烟火味浓重的身上和脸上，都沾满了泥水。他站起来，又弯腰猛咳了一阵，再直起腰来时，血从他的鼻孔和嘴角流了出来。他说："我真的不想死得这么难看。"

他对达瑟这么说。

他对老魏这么说。

他对民兵排长索波也这么说："只要一枪，我就解脱了。我不想在人前这么难看。"

索波把脸转开了。

他的形象，他的说法，在围观的村民和那些伐木场工人中，引起了一片唏嘘之声，甚至引起了一片赞叹。

一个嘴上总是叼着一根香烟的家伙喊一声："绑起来！"

达戈的手，就被扭到身后，被结结实实地绑起来。绳子在他身上缠了一道又一道。最后一道，勒在他的脖子上。绳子往后一拉，他的脸就面向了天上。他的头不能动了，但他的眼珠还在拼命转动，在人群里寻找什么。他的眼光最后还是和达瑟定在了一处。他说："不要叫她来，不要叫她看见我这个样子。"

"死到临头了，还这么多话，走！"枪托重重在他身上捣了几下，他被押着往前走了。

达瑟晓得他还记挂着他的旧情人，但达瑟并没有在人群里发现这个美嗓子姑娘。

达瑟喊道："你就忘了她吧！"

达戈被绳子勒着脖子，所以只好仰脸看天。这个不信天的人，这时却是一副陷入绝境后徒然呼唤苍天的样子。听见好朋友达瑟的喊声，他微微侧过脸来，说了句什么。

达瑟以为自己懂得了，他是在说："伙计，我忘不了她！"

他脑子里终于明明白白浮现出来一句话。他觉得这是一句重要的话。达瑟脑子虽然慢，但任何一句话，只要经过他的脑子想清楚了，就会觉得十分重要。他冲上去拉住了老魏："我有一句话对他讲！"

老魏举起手，大家就都停下了脚步。老魏看了他半晌，笑笑："依我看，你说的也不全是疯话，有什么话你就说吧。"

达瑟这才近身到朋友的跟前："达戈。"

达戈低不下头来，就垂着眼睛看他。

他又叫了一声："达戈。"泪水便涌出了眼眶。

达戈就跪在了地上的泥水里，仰脸看着他。达戈哑声说："朋友，亲我一下。"

达瑟弯下腰下来，嘴唇在他额头上碰了一下。他放低了声音说："你不要恨她，她也是个苦命的人。"

"可怜。"达戈喃喃地说。

后来，大家都说，这样一种情景，放在过去，达瑟就是一个使人解脱的活佛，而达戈则是一个需要忏悔与开悟的罪人。达瑟说："是啊，大家都是苦命的可怜人啊！"

达戈让朋友扶他起来，站直了身子，他笑着说："妈的，你又在说书上的话了。"

他又被押着往前走了。

有人问达瑟，两个人悄悄说了什么话，是不是那家伙把他藏钱的地方告诉他了。

达瑟整整零乱而肮脏的衣衫，脸上现出庄重的神情："我要他相信书上说的话！"

这时，在人群前往的那个方向，在村子的那一头，靠近通向公社那个镇子，通向县城、通向自治州首府的那条公路旁边的庄稼地里，山谷向着东南方向渐次敞开的地方，清脆的枪声再次响起来。听到枪声，押解着达戈的那些拿枪的人，有好几个动作麻利地趴在了地上。

人群中发出了一阵哄笑。

这几个人，直到前面又响了一枪，判明了枪响不是冲着他们才站起身来。人群开始向着响枪的地方奔跑起来，在那个地方格桑旺堆刚刚干掉了一只动作敏捷的身姿漂亮的豹子。人群奔跑着向着枪声重起的地方跑去，把押着达戈的这些人还有达瑟落在了后面。

"不是说格桑旺堆打死了豹子吗？"老魏问道。

"他等的是他的熊，不是豹子。"

"他又在打枪，真是他那头熊来了吗？"老魏常常声称，他早已是半个机村人了，他知道格桑旺堆跟那头熊的故事。

有跑到前面去的人跑回来，叫道："熊！来了，熊！格桑旺堆的熊！"

于是，落在后面的这群人也向着响枪的地方奔跑起来，直到看到了在羊群中像个巨人一样缓缓地顺坡而下的熊，才停下了脚步。那熊只用后脚着地，站起身来，就像是一个披着熊皮的巨人。这个巨人动作相当迟缓。而提着枪与他决斗的那个人，却动作灵敏利索。这时，黄昏已经降临到山间。化雪的大地重新上冻。熊与人的身影都有些模糊了。

格桑旺堆对着正顺坡而下的熊又开了一枪。熊摇晃一下，重重地倒在地上。格桑旺堆丢下枪，抽出腰间的长刀。这些带枪押解罪犯的人，也向着那个地方跑去，都要去看猎人与他宿命中的那头猎物的最后一搏。

格桑旺堆挺着长刀冲上去，熊躺在地上不动。

格桑旺堆围着这家伙转了一圈。它躺在地上一动不动，被枪弹洞穿的伤口，正汩汩地涌出绯红的鲜血。伤口上除了鲜血之外，还翻涌着一串串气泡。只有击穿了胸膛的伤口，才会冒出这么多的气泡。看来，这家伙这次是死定了。

但是，格桑旺堆不敢掉以轻心，他被这家伙装死欺骗过一次。这次欺骗，不仅让自己差点丢了性命，还让这个畜生升级为一个猎人的宿命级的猎物。

他用刀背拍击熊的脑袋，熊一动不动。只有风吹来，使它身上的毛微微翻卷。格桑旺堆看看围拢过来的人们，说："这就是我的那头熊。"

他说得十分平静，没有决斗获胜该有的狂喜。

他离开了熊，走到了被五花大绑的达戈面前，作为一个好猎人，只有另一个好猎人才懂得这胜利的所有意味。"我的熊，我本来想用刀跟他搏斗一番，但只挨了一枪，它就倒下了。看来，林子一烧，找不到吃的，它一下就变得很老了。"

达戈笑了一下，但他的眼睛，却越过他的肩头，一直停留在熊的身上："它没死。"

格桑旺堆猛地转过身去。

熊已经站起来了，它低沉地嗥叫了一声，拖着沉重的身躯蹒跚向前，向着举刀向他冲来的人张开了双臂。格桑旺堆也没有一点回避的意思，他举刀正面向上，迎向正从山坡上顺势而下比他高大粗壮许多的熊。

人群发出了一阵惊呼。

格桑旺堆依然挺刀向上。有点经验的人都知道，对一个猎人来说，这是一种最为骄傲的方式。这也是一种玉石俱焚的方式。当猎人的刀从正面刺向猎物心脏的同时，猎物粗壮的手臂也会紧紧拥抱住他的身体。熊最后奋力的一抱，足以使一个人粉身碎骨。

过去，有过这样的猎人故事，但都没有观众，这样的故事在高山密林中孤独地完成。

今天，多少年来的猎人故事中最动人的传奇，就要在所有人面前，像电影一样上演！

这时，一声怒吼在格桑旺堆身后响起。

只有双脚没有被绳子捆住的达戈奔跑起来。身后那些回过神来的人，一个个咔咔地拉开枪栓时，他的身影已经和格桑旺堆的身影重叠到一起，如果他们开枪，就会把格桑旺堆也打倒在地上。

　　达戈又狂吼了一声，从斜刺里插过去，站在了格桑旺堆和那头身躯巨大的老熊之间。熊继续往下，他往上，把身子撞进了熊张开的怀抱。然后，熊低吼一声，有力的双臂合拢来。他听到自己骨头碎裂的声音。头，软软地靠在了熊涌流着鲜血的温暖胸口上。熊的身躯旋转着倒下，达戈看到了黄昏光线中，他的房子燃烧到最后，弥漫在小山丘和达瑟树屋后面的一抹红光，他还看到，格桑旺堆手里冰凉而锋利的长刀，飞快地插入熊的后背。熊抱着他倒下。

　　他看见天空在头顶旋转。

　　他对着天空笑了，自己总算没有死得过于难看。

　　笑容很快就被冷风冻结在了他的脸上。

不是终篇

　　达戈，你是机村最后一个与猎物同归于尽的猎人。

　　从此之后，猎人的武器越来越好。枪是可以连发的步枪，没有什么野兽能够连挨五枪还能冲到猎人的面前。下在兽颈上的套子，是韧劲十足的钢丝，没有什么野兽能够被套住了脖子还能挣脱性命逃回林中。伐木场的工人大动刀斧，伐掉了那些被火烧过的林子，然后，刀锋一转，没被大火烧死的林子也一片片倒伏在刀斧之下。林子里的飞禽与走兽都被驱赶出来，而机村所有的男人，都参与了对这些猎物无节制的猎杀。

　　那些年，捕猎也成了我们这些野孩子最寻常的游戏。鹿、熊、羚牛、野羊、麂子、林麝、野猪、狐狸、猴子、猞猁、豹子、狼，那是大人们对付的东西。我们这些小孩也呼喝着猎狗四处追逐，野兔、松鼠、刺猬、总是慌忙逃入洞中的旱獭，甚至还有那些个头稍大的蜥蜴。我们手里没有枪，但我们有锋利的长刀、结实的棍棒和无情的绳索。我们喜欢猎物无处可去时潜入洞中，这样，我们就可以在洞口堆上许多木柴，争抢着去把柴堆点燃。我们不要火燃出欢快的火苗，而是让火"生闷气"，生闷气的火冒出很多呛人的烟。

我们吹着口哨呼唤风，脱下衣服把烟扇进洞里。里面那些猎物发出惨叫时，我们这些野孩子，会发出欢声一片。

老师说："你们这种样子，哪里像正在念书识字的人啊！"

老师还说："你们本来就是野蛮人，想不到你们愿意越来越野蛮！"

但我们为此骄傲得不行。我们把熏死在洞中的猎物掏出来，在它脖子上套上绳子，拖着它在村子里奔跑，鼓噪。

达戈，没有猎人喜欢我们这样的做派。

但是，机村已经没有真正的猎人了。你死了。格桑旺堆的熊一个紧紧的拥抱，你的身子虽然还完完整整，但里面的骨头，全部都碎裂了。

达戈，你死后不久，格桑旺堆的一只腿就坏掉了。他成了羊倌之外的第二个瘸子。当我们拖着猎物的尸体在村子里莫名鼓噪的时候，他就追上来，想用拐杖敲打我们。但是，我们像小兽一样麻利而灵敏。

我们跑得多快啊，一头肮脏纠结的头发被风吹起来的时候，扯得头皮生痛。但我们喜欢的就是这样的感觉。

格桑旺堆远远地站在我们后面跌足叹息。

我很久不去达瑟的树屋了。有一天，我在路上碰到了他。

达瑟说："格桑旺堆死了。"

我说："人总是要死的。"

我说的是学校里背诵过的伟人语录中的一句。

这样的话，从我的嘴里吐出来，使达瑟非常吃惊，他问我："你们一定要这样冒犯生命吗？"

这时，跟我一道的几个孩子转过身子，对他拍打着自己的屁股。他们一齐喊道："傻瓜！傻瓜！"

达戈，在那一刻，我看见，达瑟总是没有表情的脸慢慢由白变红，又由红变白。

他说："他一死，达戈才算是真正死了。"

达戈，我大声对他喊叫。真的是大声喊叫，喊叫的时候，连鼻涕都飞溅起来了："达戈早就死了。"

于是，达戈，我又看见了你死去的样子。那时，你的脸色也像是达瑟站在我面前时那样越来越青的脸色一样。那天，格桑旺堆的熊抱着你倒在地上，你的嘴角上浮出了一点浅浅的笑容。然后，脸很快就变青了。我不记得你的眼睛是睁开的还是闭上的，但格桑旺堆还是用双手在你额头上做了一个为你合上双眼的动作。

那天晚上，我在梦中看见熊背负着你在山林中行走，而你不断在它背上指点着路径。

我还梦见格桑旺堆大叔在哭泣。

我从不认为这些梦有什么深意，现世中人心与世事的秘密都不能穷尽，何谈来关心梦境意味着什么。但我的确梦见了你。

第二天早上，我们再去那个地方，只有那头熊还躺在那个地方。达戈，你的身体被扔在卡车上运走了。从此，没有再回到机村来。达戈，你倒下的时候，最后看了一眼机村吗？那时，黄昏的光线中，一切都模糊不清了，这样的景象进入眼中，只能使眼光更加浑浊。第二天早上，格桑旺堆带着人，把那头死熊弄到河边。他们在一丛柳树和一丛杜鹃之间的空地上挖了一个坑。把熊沉重的身体推到坑里。从此，那个小地方，有了一个名字：熊的坟地。

春天里滋润潮湿的新土掩住了熊的尸体，这时有人问："达戈呢？"

没有人回答。

大家继续堆土，新土堆积起来，有了一个坟墓的形状。格桑旺堆挥挥手，说："你们回去吧。"

说着，他就在新鲜的土堆前坐了下来，他说："你们走吧，我跟达戈说会儿话。"

但是，土堆里面是那头熊啊！

　　所有人都悄悄地走开了。格桑旺堆就坐在那里，太阳从背后升起来，他坐在那里。太阳升到头顶，他坐在那里。太阳到了他面前，一点点西斜的时候，他还是坐在那里。

　　黄昏时分，他该回家了，但他再也站不起来了。从那一天起，他的腿就瘸掉了。这个瘸子，每年，达戈，你跟熊同归于尽的那一天，他都会在那个土堆前坐上半天。每一年，风和雨都把那个土堆削低一些。格桑旺堆死去后，那个土堆终于消失了。

　　我问过达瑟："达戈呢？"

　　达瑟说："以后有机会，你可以去查找档案。"

　　达戈，我现在当然知道怎么查找档案，但我知道，我永远不会去查找那些档案。

　　这时，我好像听见你在发问："达瑟呢？"

　　达戈，到此为止，达瑟的故事还没有完结。只是在你和格桑旺堆离开我们以后，机村就再也没有真正的猎人了。

　　达戈，又是一个春天了。我在离家乡很远的一个城市里写你。又是春天了。这个城市春天的郊外山冈上，白的李花和粉红的桃花正在次第开放。每年这个时候，我们都会到郊区的山上去栽下一些树木。我们把山坡上的红土刨出一个个大坑，栽下高齐胸部的小树：樟树、杨树、水杉和松树。其中，只有松树是机村已经消失的森林中有过的树木。达戈，机村也有人栽树，不过，不是机村的人。那些人四处收集杉树的种子，把这些种子像麦子一样播种在地里。这些种子长得多么缓慢哪，三年四年的头上，才长到可以移栽的程度。春天，这些人就背着树苗上山了，他们用镰刀割开荒草与荆棘，用锄头挖开深坑，栽上这么一棵棵小小的树苗。这些栽树的人都是伐木场那些砍树人的后代。

　　写完这个故事的时候，我回到机村。从我居住的这个城市，车子要跑整整两天。每次从省城回家，我都要在自治州的首府，达瑟曾经读书的那个城市住一个晚上。第二天再继续出发。我继续上路，回到机村，没有跟人谈论你和达瑟。也没有人想跟我谈起你们。我去了那个曾经有过一个堡垒般的房子和一个神奇树屋的地方。那里，当年的一切都已渺无踪迹。机村人把这里开辟成了新的良田。那些栽树人，他们也在那里把杉树的种子、松树的种子播进黑土。这些种子长成的幼苗是那么青翠，微风过处，发出轻轻的絮语。

一个正给树苗松土的姑娘向我微笑。这个姑娘是当年那些伐木者的后代，但她脸颊上被高原阳光灼出的红晕，已然跟一个土著的机村姑娘一模一样。

这时，一架飞机嗡嗡作响，飞临到了峡谷的上空。

飞机顺着峡谷飞行，屁股上喷出一条长长的白色烟雾。我知道，那些烟雾是更多的树的种子：松树的种子，桦树的种子。各种高大树木的种子。这些种子纷纷扬扬从天而降，散播在一个更为广大的范围。达戈，飞机就这样慢慢横过天顶，恍然之间，我觉得你，还有达瑟，与我并肩而立，我们的情思，渐渐升到了天上。

水电站

他们真是些神气的家伙。

特别是在机村孩子们眼中，地质勘探队的这些家伙比工作队还要神气。

工作队也很神气，但是，他们的神气是在眼睛里。他们脸上所有的部分都在笑，但眼睛里却满含着骄傲的神气。他们像军人一样背着背包，来到村子里，开过会后，又一一分住到贫下中农的家里。他们说："毛主席教导我们与你们同吃同住同劳动，与你们一起建设社会主义新农村。"

但地质勘探队就不一样了。

他们自己带着一队骡子，驮着帆布帐篷、可以折叠的床、桌子和椅子，还有各种各样的尺子与镜子。他们出现了，看见机村这么大一个村庄，但就像没有看见一样。他们赶着背驮各种稀奇东西的骡子队直接就从村子中央穿过去了，对这么大个村庄视而不见，完全是一种见过大世面的样子。每次来的地质队都是这样，径自穿过村庄，一直往河的上游走，一直走到转过山弯，把营地扎在比磨坊更远的林边草地上。不要看他们这些人大多都戴着眼镜，但他们什么力气活都会干：从林子里砍伐小树，扎成能撑起帐篷的支架；用铁锹在地上挖坑，转眼之间，里面就烧起火来，埋锅烧饭；有人甚至耐烦用斧子劈出一般高矮厚薄的白桦木桩子，做成漂亮的栅栏，把那几顶帐篷围在中间。这些事情，机村的男人都会，工作队的人是不大会干的，但这些人会。

还有一些就是机村人没有见过的了。他们伐倒粗壮的杉树，用粗壮的树干搭起一个结实的平台，在上面安装上一些机器。有点风尾巴就摇摇晃晃，风稍大点就滴溜溜转个不停的东西是风向标，用这东西是要看出风的大小与方向。他们还在一个箱子里装上一些漂亮的玻璃容器，每天，都有人爬到上面，在一个厚厚的本子上记下瓶子里装了多少雨水或露水。他们还把一把长长的铁尺插在水里，每天记录水涨水消时贴着水面的尺子上的刻度。

然后，他们就上山下涧了。用锤子在岩石上叮叮当当地敲打，用不同的镜子去照远山，照近水。太阳好的时候，他们就把折叠桌子打开，铺开纸，把记在本子上的数字，变成一张张线条上下不定、曲里拐弯的图。

他们就这样忙着他们的事情，对近在眼下的机村不管不顾。偶尔，伙夫会去到村里采购一点蔬菜或牛奶。

可能就是因为他们太神气了，在他们眼里机村就像不存在一样，大人们都尽力不到地质队扎营的地方去，也假装做出一副视而不见的样子。但我们这些小孩子可是克制不住自己的好奇心，我们总是偷偷溜到那里去。停停转转的风向标下面的营地尽是新奇的事情。那些神气家伙，任我们聚在栅栏外面探头探脑。直到有一天，老师突然宣布，地质队邀请机村小学全体学生前去参观，还要为我们组织一个科学主题日。我们头一天得了这个消息，人人都念念有词：科学主题日，科学主题活动日。第二天，这个词在我们嘴里就很顺溜了。但是，老天爷呀，看看我们这群面孔脏污、衣衫破烂、乱发上粘着草屑与尘土的孩子吧，哪里有点能跟科学沾上边的样子啊！

但是，我们去了。老师让我们排成两列纵队，前面打着一面红旗。老师依然吹着他那只口哨，指挥我们迈出整齐的步伐：

一！一！一二一！

一！一！一二一！

他的口哨闪闪发光，口哨声也一样闪闪发光。

开始的时候，我们的步伐是整齐的，整齐的步伐使弯曲的村道上扬起了尘土。可是，转过山湾，过了磨坊，看到地质队营地上飘扬着的那些彩色的三角旗后，心立即咚咚乱跳，大家的步伐立即就零乱了。

他们把总是半开的栅栏门完全敞开了，把一群小兽一样慌张而又激动的野孩子迎了过去。那天，我们看他们画图，看他们给岩石标本编号建档，学习使用那些不一样的尺子，学习辨识那些收集雨水的瓶子上的刻度。每一处地方，都有一个人出来讲解，但我必须说，光是可以亲手摸摸那些东西，就让我的心跃动不已，至于那些解说，我可一句都没听进去。最后，他们把折叠的桌子排成一溜，请我们坐下，桌子上面摆上了花生与糖果。除了特别馋嘴的人，大多数人都没有勇气把糖果上漂亮的玻璃纸剥开，把那甜蜜的彩蛋融化在嘴里。但是，我们出手的确是太快了，手从宽大的藏袍袖子里像蛇吐出信子又收回信子一样，飞快伸出，抓到一颗糖果又飞快地缩回。糖果，一颗颗像是某种秘密的欣喜藏进了袍子里。

那些人他们笑了。这种很平淡的笑容，让我们紧张激动的心情终于松弛下来。但是，到这个时候，科学主题活动日已经到了结束的时候了。

在老师的口哨声中，我们排着队一二、一二地迈着步子，离开了地质队的营地。当我们走到磨坊附近，队伍里突然有人哭了起来。为什么呢？没有拿到糖果吗？不，这个孩子哭着说，他们说的科学我一点都没有听懂。这一来，好几个孩子都被触动，都伤心地哭了起来。我也想哭，但我摸到了怀里揣着的糖果。我吃了一颗，立即，我就不想哭了。直到现在想起来，那一天的回忆是多么甜蜜啊！

以后，不论我们什么时候出现在那里，地质队营地的栅栏门都会为我们而敞开。

这天晚上，每一个去过营地的孩子都为家人分发了糖果。我们还带回去了一个消息：地质勘探队要为机村设计一个水电站。

水、电、站！

水电站能让每一家人的房子都亮起电灯！

水电站能够让很多我们没有听说过更没有见到过的机器飞快地旋转！

那是来到机村的最后一支地质勘探队了。最初的那些地质勘探队，都是赶着骡队来的。后来，公路通了，有两支地质勘探队是开着自己军绿色的卡车来的。卡车停下来，和那些帐篷排在一起，也成为营地的一个部分。我们带回那个消息的第二天早上，地质队营里的栅栏外边就堆满了各家各户大人趁天没大亮送去的东西，白菜、萝卜、土豆、腌肉、新鲜牛奶，还有整捆的劈柴。那段时间，机村人与伐木场的关系非常紧张。机村人不高兴他们的斧锯那么快地吞噬着森林，所以，两边常常为一些鸡毛蒜皮的事大起冲突。这种冲突本是因树而起，但至今还被描绘为汉人跟藏人的冲突。因树而起的冲突是可以消弭的，但一到两个民族的层面，就好像是与生俱来的了。但是，工作队也是汉人为多啊！工作队没来以前，机村也是有汉人的。保管员杨麻子也是汉人啊。肯为机村的孩子举办科学主题活动日的勘探队也是汉人啊，他们还要为机村设计水电站！

那支勘探队留给机村是多么美好的记忆啊。

他们把宽边的白色帽子背在背后，扛着仪器顺着河边往上游走出半里。在河边打上了几根木桩，又用红色油漆写上数字和字母，那是引水渠的进口。他们就在那里打开三脚架，支起科学的神奇镜子。他们用这些镜子去找另一些人从岩石边、从浅树林里伸出来的三角彩旗和可以伸缩的高高的尺子。然后，就把写着红色数字与字母的木桩一路钉进地里。当他们忙完了这些事，就回到营地里画图去了。这一天，机村人全体出动。沿着那些木桩芟掉荒草，砍去灌木与箭竹丛，在荒地中开出了一条笔直的通道。通道横行一段，马上急转而下，直跌到营地旁边的洼地上，大家都懂得这是一条水渠。机村的磨坊也是这样引水来冲转沉重的石磨的。勘探队的大部分人把收集的标本装箱，整整齐齐装上卡车，拆除那些测量风与水的仪器。只有几个人还在大张的纸上画图，他们弯着腰趴在桌子上，耳朵上夹着铅笔，手里拿着圆规与不同形状的尺子。

那天，机村的大人们也忘记了该在这些神气的家伙面前保持自己的矜持，差不多都来到了勘探队的营地。勘探队的人并没有因此摆出要与机村人特别亲近的意思，他们顾自忙着自己的事情。中午时分，最后一个帐篷拆下来，折叠好的帆布用结实的绳子捆扎起来，抬上了车厢。卡车隆隆地发动起来。这时，机村的水电站在最后两张桌子上诞生了，一张桌子被叠起来装车。

机村几个头面人物围在最后那张桌子四周，听画图的人指点进水口的水闸，水渠后端的蓄水池，安装水轮机的泵井，泵井上面的房子和房子里的发电机。

原来，勘探队送给机村的是一座画在纸上的水电站。

勘探队的几辆卡车开远了，剩下机村人站在空空荡荡的营地里，面对这座纸上的水电站，弄不清自己的心情是高兴还是失望。

看人家那么利索，那么井井有条把营地收拾得干干净净，机村人不得不叹服："这些人他妈的有资格神气。"

此外，他们就说不出什么别的感受了。

又过了三年，机村真的修起了水电站。而且，用的真就是勘探队留下的那套图纸，水电站安置的发电机房，就在原来的营地之上。而在旁边那个洼地上，被水轮机飞转的翼片搅得粉身碎骨的水，变成一片白沫飞溅出来。黄昏时候，发电员打开水闸，追着水渠里奔跑的水流小跑着回来，这时，水轮机飞转，皮带轮带着发电机嗡嗡飞转，墙壁上的电流表电压表指针颤动一阵，慢慢升高。到了那个指定的高度，发电员合上电闸，整个机村就在黄昏时分发出了光亮。

从此，勘探队再也没来过机村。

那些穿着整齐、举止斯文又神气的人设计了这座电站，所以，机村人在下意识里就觉得，一定也是那样一种人才能让这座电站运转起来。所以，当村里的发电员穿着说不上多肮脏，但也绝对算不得干净整齐的袍子，用一双从来没有写下过一个字母的手合上了电闸，并把整个机村的黑夜点亮时，大家都有一种如在梦境的感觉。

可这真是有史以来，从未有过的光亮。

马车夫

通常的乡村图景中，马车与马车夫都是古老的意象。但在机村，情形并不是如此。

车的关键是轮子。且在机村不可考的漫长历史中，轮子是有的，但可能是没有宽阔大道的缘故吧，很有历史的轮子只与宗教相关。手摇的、水冲的、甚至被风吹动的轮子里面，填满了整卷整卷写满简短的不断重复的祝诵的经文。还有一种轮子固定不动，装置在寺院最高的顶上，金光闪闪。

一直到了五十年代——外面是柔韧的黑色橡胶，里面由坚固的钢圈形成支撑，用于使物体移动的轮子才来到了机村。最不可思议的是，在轮子里外之间的那个空间里，只是充满了经过压缩的空气——橡胶与钢结合时，产生了一种特别的魔法，使虚无缥缈的空气也变得无比坚硬了。

从古到今，轮子就是奇妙的东西。就说那些经轮吧，不管是用什么方式推动的，一旦转动起来，大的经轮隆隆作响仿佛雷霆滚过，小的经轮嗡嗡出声仿佛蜜蜂飞翔。就这样，里面那些经文，不是一字一字、一句一句读诵出来，而是轮子转动一周，里面全部的经文就被整体地呈现一次，同时，也被上天的什么神灵笼统地领受了。

就是说，轮子转动的时候，上天的神就已经听见了。那么多的字符紧巴巴地挤在一起，嗡一声就飞上天去，神都能逐字听见，仅此一点，也可知其神通绝非一般。

但是，人没有听见。踟蹰于尘世中的人感觉早已被区隔，只能领受一字一字、一词一词的祝诵了。谁也听不见那么多轮子嗡然一声转动起来的一瞬间释放出来的字符与声音。依照佛在佛经中所说，正是这种浩大无边的无声之声才能被称为"大声音"，只有大声音才能上达天庭。而辗转于尘世中的人们早已失去了天听，他们只能听到轮子转动的声音。

所以，当轮子以车辆部件的形式出现时，人们感到了一种很新鲜的刺激，轮子提供的价值不再过于缥缈虚无了。当第一辆马车由崭新的车轮支撑着出现在人们眼中的时候，还不等它运动起来，人们就意会到一种能够更快、更多地运送物品的运载工具已经出现了。

这个工具叫作"车"。

古歌里出现过这个词。古歌里车的驭手是战神。

现在，车出现在凡世，凡夫们谁又能成为它的驾驭者？因为这车与马相关，所有人立即就想到了最好的骑手。

骑手的形象与通常的想象大相径庭。这个人身材瘦小，脸上还布满了天花留下的斑斑印迹，但他就是机村最好的骑手。机村人认为，这样的人用马眼看去，会有非常特别的地方。怎么样的特别法呢？人生不出马眼，所以无从知道，这跟各种轮子的诵经声凡人的耳朵不得听闻大概是相同的道理。

试驾马车的那一天，麻子一副事不关己的模样。人们扎成一圈，村里的男子汉们费尽力气想把青鬃马塞进两根车辕之间，用那些复杂的绊索使它就范。这时，麻子骑着一匹马徘徊在热闹的圈子外边，这个人骑在马上，就跟长在马背上一样自在稳当。折腾了很长时间，他们也没有能给青鬃马套上那些复杂的绊索，青鬃马又踢又咬，让好几个想当车夫的冒失鬼都受了点小伤。

人们这才把眼光转向了勒马站在圈子之外的麻子。

在众人的注视下，他脸上那些麻坑一个个红了。他抬腿下了马背，慢慢走到青鬃马跟前，他说："吁——"青鬃马竖起的尾巴就慢慢垂下了。他伸出手，轻拍一下青鬃马的脖子，挠了挠正呼出滚烫气息的鼻翼，牲口就安静下来了。这个家伙，脸上带着沉溺进了某种奇异梦境的浅浅笑容，开始嘀嘀咕咕地对马说话。马就定了身站在两根结实的车辕中间，任由麻子给他套上肩轭和复杂的绊索。中辕驾好了，两匹边辕也驾好了。

人群安静下来。

麻子牵着青鬃马迈开了最初的两步。这两步，只是把套在马身上那些复杂的绊索绷紧了。麻子又领着三匹马迈出了小小的一步。这回，马车的车轮缓缓地转动了一点。但是，当麻子停下了步子，轮子又转回到了原来的地方。

"走啊，麻子！"人们着急了。

麻子笑了，细眼里放出锐利的亮光，他连着走了几步，轮子就转了大半圈。轮箍和轮轴互相摩擦，发出了旋转着的轮子必然会发出的声音：

——叽——

像一只鸟有点胆怯又有点兴奋地要初试啼声，刚叫出半声就停住了。

马也竖起了耳朵，谛听身后那陌生的声音。

他又引领着马迈开了步子。

三匹马，青鬃马居中，两匹黑马分行两边，牵引着马车继续向前。转动的车轮终于发出了完整的声音：

——叽——吭！

前半声小心翼翼，后半声理直气壮。

那声音如此令人振奋，三匹马不再要驭手引领，就伸长脖颈，耸起肩胛，奋力前行了。轮子连贯地转动，那声音也就响成了一串：

——叽——吭！

——叽——吭！——叽——吭！——叽——吭！

麻子从车头前闪开，在车侧紧跑几步，腾身而起，安坐在了驭手座上，取过竖在车辕上的鞭子，凌空一抽，马车就蹿出了广场，向着村外的大道飞驰起来。

从此，一直蜗行于机村的时间也像给装上了飞快旋转的车轮，转眼之间就快得像是射出的箭矢一样了。

这不，马车开动那一天的情景好像还在眼前，那些年里，麻子一脸坑洼里得意的红光还在闪烁，马车又要成为淘汰的事物了。因为拖拉机出现了。拖拉机不但比马车多出了四只轮子，更重要的是，一台机器代替了马匹。拖拉机手得意地拍拍机器，对围观的人说："四十匹马力。什么意思，就是相当于四十匹马。"

人群里发出一声赞叹。

拖拉机手还说："你们去问问麻子，他能不能把四十匹马一起套在马车前面？"

其实，拖拉机手早就看见麻子勒着手里的缰绳，骑在他心爱的青鬃马上，待在人圈外面，那情形，颇像是第一次给马车套马时的情形。但他故意要把这话让麻子听见。麻子也不得不承认，拖拉机手确实够格在自己面前威风。不要说那机器里憋着四十匹马的劲头，光看那红光闪闪的夺目油漆，看那比马车轮大上两三倍的轮子，他心里就有些可怜自己那矮小的马车了。

拖拉机电门一开，机器的确就像憋着很大劲头一样怒吼起来。它高竖在车身前的烟筒里突突地喷射一股股浓烟，那得意劲就像这些年里麻子坐在行驶的马车上，手摇着鞭子，嘴里叼着烟头喷着一口口青烟时的样子。看着力大无穷的拖拉机发动起来，麻子知道马车这个新事物在机村还没有运行十年，就已经是被淘汰的旧物了。

麻子转过身细心地套好了他的马车，他要驾着马车让所有想坐他马车的孩子们都坐上来，在路上去跑上一趟。过去，可不是随便哪个人都能坐上他的马车的，他是一个不太喜欢孩子与女人的家伙，加上那时能坐马车也是一种身份的象征，所以很多人特别是很多孩子都没有坐过他的马车。但他驾着马车在村里转了两三圈，马车上还是空空荡荡的，那些平常只能爬到停着的马车上蹭蹭屁股的孩子们，这会儿都一溜烟地跟着拖拉机跑了。拖拉机正在人们面前尽情地展示它巨大的能耐。村外的田野里，拖拉机手指挥着人们摘掉了挂在车头后面的车厢，从车厢里卸下一挂有六只铁铧的犁头。熄了一会儿火的拖拉机又突突地喷出了烟圈，拖着那幅犁头在地里开了几个来回，就干下来两头牛拉一套犁要一天才能干完的活了。村里人跟在拖拉机后面，发出了阵阵惊叹。只有麻子坐在村中空荡荡的广场上，点燃了他的烟斗。

过去，他是太看重、太爱惜他的马车了，要早知道这马车并不会使用百年千年就要"退出历史舞台"，那他真的就用不着这么珍重了。明白了一点时世进步道理的他，铁了心要让孩子们坐坐他的马车。第一天拖拉机从外面开回来时，天已经黑了。第二天一早，他就把马套上了，但人们还是围着拖拉机热热闹闹。他勒着上了套的马，一动不动地端坐在马车之上。人们一直围着拖拉机转了两三个钟头，才有人意识到他和马车就在旁边。

"看，麻子还套着马车呢！"

"嗨，麻子，你不晓得马车再也没有用处了吗？"

"麻子，你没看见拖拉机吗？"

麻子也不搭腔，他坐在车辕上，点燃了烟斗。

这时，拖拉机发动起来了，昨天就已经预告过了，拖拉机要装上自己拉来的那个巨大的铁铲，一铲子下去，够十几个人干上整整一天。

拖拉机的吸引力真是太大了，麻子想补偿一下村里的孩子们，让他们坐一趟马车的心愿都不能实现了。他卸了马，把马辔和那些复杂的绊索收好，骑着青鬃马上山去了。这一上山，就再也没有下山。还是生产队的干部上山去看他，领导说："麻子，还是下山吧，马已经没有什么用处了。"

他反问："马怎么就没有用处了？"

"有拖拉机了，有汽车了。"

"那这些马怎么办？"算上拉过马车的马，生产队一共有十多匹马。"不是还要人放着吗？那就是我了。"

第一个马车夫成了机村最后的牧马人了。机村人对于那些马，对于麻子都是有感情的。他们专门划出一片牧场牧马，还相帮着在一处泉眼旁边的大树下盖起了一座小屋，那就是牧马人的居所了。时间加快了节奏飞快向前，新人新事不断涌现。同时，牧马人这样的人物就带上了一点悲情，隐没于这样的山间了。每隔一段时间，麻子从山上下来，领一点粮，买一点盐，看到一个人，他那些僵死的麻子之间那些活泛的肌肉上浮起一点笑意，细眼里闪烁着锐利的光，就算是打过招呼了。当马车被风吹雨淋显出一副破败之相的时候，他赶着他的马群下山了。每匹马背上都驮上了一些木料，他给马车搭了一个遮风挡雨的窝棚。

机村终于在短短时间里，把马车和马车夫变成了过去，一种属于过去的形象。这种形象，不在记忆深处，马车还停在广场边一个角落里，连拉过马车的马都在，由马车夫自己精心地看护着。马和马车夫住在山上划定的那一小块牧场上，游走在现实开始消失、记忆开始生动的那个边缘。

拖拉机的漆水还正鲜亮，那些马就开始老去了。一匹马到了二十岁左右，就相当于人的六七十岁，所以马是不如人经老的。第一匹马快要咽气的时候，睁着一双水汪汪的大眼。麻子坐在马头旁边，看见马眼中映出晚霞烧红西天，当彤红的霞光消失，星星一颗颗跳上天幕时，他听见马的喉咙里发出像马车上的绊索断掉一样的声响，然后，马的眼睛闭上了，把满天的星星和整个世界关在了它脑子的外边。麻子没有抬头看天，就地挖了一个深坑。半夜里，坑挖好了，他坐下来，抽起了烟斗。尽管身边闪烁着这明明灭灭的光芒，马的眼睛再没有睁开。他熄灭了烟斗，听见在这清冷的夜里，树上草上所起的浓重露水，正一颗颗顺着那些叶脉勾画的路线滴落在地上，融入了深厚而温暖的土里。深厚的土融入了黑夜，比黑夜更幽暗，那些湿漉漉的叶片却颤动着微微的光亮。

他又抽了一斗烟，然后，起身把马尸掀进了深坑，天亮的时候，他已经把地面平整好了。薄雾散尽，红日破空而出，那些伫立在寒夜中的马又开始走动，掀动着鼻翼发出轻轻的嘶鸣。

麻子下山去向生产队报告这匹马的死讯。

"你用什么证明马真的死了？"

他遇到了这样一个从来没有想到的问题。

"埋了？马是集体财产，你凭什么随便处置？皮子，肉，都可以变成钱！"

他当然不能说是凭一个骑手，一个车夫对马的疼爱，他却因此受了这么深重的委屈。但他什么都不说，就转身上山去了。其实，领导的意思是要先报告了再埋掉，但领导不会直接把这意思说出来；领导也是机村人，不会真拿一匹死马的皮子去卖几个小钱。但领导不说几句狠话，人家都不会以为他是个领导。麻子这个死心眼却深受委屈，一小半是为了自己，一多半还是为了死去的马和将死的马。从此，再有马死去，他也不下山来报告。除了有好心人悄悄上山给他送些日常用度，他自己再也不肯下山来了。

这也是一种宿命。在机器成了新生与强大的象征物时，马、马车成了注定退出历史舞台的那些力量的符号，而麻子自己，不知不觉间，就成功扮演了最后一个骑手与马车夫、最后一个牧马人的形象。他还活着待在牧场上，就已经成为一个传说。

从村子里望上去，总能看到马匹们四散在牧场上的隐约的影子。那些影子一年年减少，十年不到，就只剩下三匹马了。最后的那一年冬天，雪下得特别大，一入冬就大雪不断。马找不到吃的，又有两匹马倒下了。那一天，麻子为马车搭建的窝棚被雪压塌了。当年最年轻力壮的青鬃马跑下山来，在广场上咴咴嘶鸣。

全村人都知道，麻子死了，青鬃马是报告消息来了。人们上山去，发现他果然已经死去了。他安坐在棚屋里，细细的眼睛仍然隙着一道小缝，但里面已经没有了锥子一样锐利的光。

草草处理完麻子的后事，人们再去理会青鬃马时，它却不见了踪迹。直到冬去春来，在夏天，村里有人声称在某处山野里碰见了它。它死了还是活着？活着？它在饮水还是吃草？答案就有些离奇了：它快得像一道光一样，没有看清楚就过去了。那你怎么知道就是青鬃马？我也说不出为什么，但我就是知道。就这样，神秘的青鬃马在人们口中又活了好多个年头。到了"文化大革命"运动，反封建迷信的声势那么浩大，那匹变成传说的马，也就慢慢被人们忘记了。

第四部

荒　芜

一

　　刚刚解放，驼子就成了机村党支部书记。因为他当过红军。

　　红军长征经过附近草原时，驼子负伤流落下来。他在草原上流浪了一些时候，很快，深秋的寒风就把他从草原逼向稍微暖和一点的山区。隆冬时节，他流浪到了机村，从此就在这里待了下来。他并不是天生的驼子。当年，他左边肩胛被炸伤了。受了伤，又没有地方治疗。伤口溃烂，化脓，长蛆。直到冷天来临，寒冷使细菌们不再活跃，他的伤口才慢慢愈合了。

　　跟人们在电影里看到的那种个个英勇坚强的红军不一样，他是一个特别经受不住疼痛的人。

　　他的驼背也跟自身的软弱有关。他歪着脑袋，走路时小心翼翼地佝偻着腰，为的就是不牵扯到肩胛上的伤口。伤口愈合后，长拢的肌肉牵扯着，使他的身体永远保持着那样一种奇怪的、让人看起来十分吃力的姿态。这个可怜人，他的伤口里还残留有炸弹的碎片。天气不好的时候，这些碎片常常使他肩背红肿疼痛。每到这时，他就会可怜巴巴地，像一个女人一样大声呻吟。

　　机村人一直都把驼子当成他正式的名字。

　　但从过去土司的领地上成立了乡政府，他也成为机村支部书记那一天，谁再叫他驼子，他就不爱答应了。他第一次对机村人说出自己的大名：林登全。也是从那天起，他随身多了两样东西：半截削好的铅笔夹在耳朵上，贴身的旧军装口袋里装着个小本子。有人再叫他驼子，他就露出不高兴的神情，一把拉住人家，把铅笔放在舌头上舔舔，每一笔都写得非常使劲，最后小本子上终于出现三个歪歪斜斜的汉字。他把本子伸到人家鼻子跟前："我的大名叫林登全！"

大部分机村人都叫不好这个汉语名字。

于是，大家就叫他新得的官衔。官衔加上姓也不好叫，就叫书记。这么一叫，驼子听了，可真是眉开眼笑。他一笑起来，平常总含着担心或提防神情的眼睛里，就会露出孩子般天真的喜气洋洋的神情。

就是看了这个眼神，机村人都说，其实，这个人是个心地不坏的人啊。

解放前，他在机村老老实实做人，从来不提自己的经历，现在解放了，做了村支部书记，情形总还是有些不一样了，看到地里庄稼长势好，天气也不错，伤口不作怪，他的心情就好，他就会吹吹牛了："知道我为什么当红军吗？就是为了当家做主。"

他的意思是，机村如果是个家，他就是这个家的主人了。

但是效果往往适得其反，他一提起这个话头，机村人倒把这个人当初那可怜巴巴的、连魂魄都快聚拢不到身体里来的样子记起来了。他来到机村那么多年，先是给头人家当马夫，侍弄那些漂亮的骏马。修理蹄铁，刷洗皮毛，晚上起来，往马槽里添料加草。某一年，头人从土司官寨议事回来，给他带回来一个汉族女人。这个女人叫骆氏，在土司官寨附近那个夏天聚拢冬天消失的帐篷市场上帮着丈夫打理一份小生意。夏天，他们进山到藏区来，深秋，又回到汉区去。但是，这一年，流年不利，她丈夫生意受了大损失，躺在帐篷里不吃不喝，死了。这个女人，安葬了丈夫，却不敢回乡，因为出来做生意，本钱都是借来的。于是，这个叫骆氏的女人就随头人来到机村成了驼子的老婆。女人年纪比驼子大。具体大多少，并没有人去深究。一男一女合在一起过日子，年纪的大小不是一个太值得关心的问题。

　　真的，要是驼子不说那些什么早就想着要当家做主的话，大家都不会讨厌他。但他不小心露出这么一种得意来，倒让大家把这个可怜人的一切都记起来了。

　　大家记得，驼子到机村不久，伤口就愈合了。他盘旋着死神灰色阴影的脸上，慢慢泛出了红润的光芒。他也慢慢学会了机村的语言。当他磕磕巴巴地回答主人的询问，和村里别的人的问候的时候，他脸上的红润，仿佛是种羞怯的光色。机村这一带地方，人们见了面，除了互相问候，都要做一个"告诉"。这个"告诉"相当漫长。两人从上次见面到本次见面之间这段时间都做了什么事，碰到了什么样人，都要一一历数。这个人说，那个人听。这个人说完了，又听那个人说。

　　驼子在做"告诉"与听"告诉"的时候，总是特别耐心。这样的耐心是一种特别的礼数。所以，他有一个好名声，就是听"告诉"时，礼数特别周全。当然，他做"告诉"有些单调。他会讲本地话，但那些本该生动的话，经他的舌头讲出来，就成了一种没有表情的东西。他的"告诉"内容也特别单调。他不走亲戚，不做小生意，不上山打猎，不到别的村子去游走，也不跟任何人发生任何纠葛。他"告诉"的内容，永远是牲口，还有土地。他谈土地，是头人给他带回来一个女人以后的事情了。

　　开始，他拒绝头人给他的女人。

　　头人想，这可能是出于汉人某种客气的缘故。头人听说，汉人也是像藏人一样很讲客气的。客气也是他们的重要的礼数。但头人想错了，这个一向低眉顺眼的家伙在合适的时候提出了接受这个女人的条件："要这女人可以。那我要自己的地。"

　　"地?! 难道你替我做事，而我作为主子没有给你吃喝吗? 难道不是看着你可怜才给你找来一个同族的女人吗?"

　　他提出这样的条件，使一心以为自己是个好主子的头人感到了委屈。

但他第一次显出他的坚定："反正没有土地就不能要女人。"

头人也接受这样的道理，却没有现成的地可以给他。

"我不要你给我，我只要你答应我开荒，开出自己的地来。"

头人哈哈大笑。

"我还要一座房子。"

头人说："我既然给了你一个女人，当然也会给你一座房子。"当然，给下人的房子低矮窄小，跟机村其他那些高大气派的寨楼无法相比。但是，一个马夫，还能幻想些什么呢？

驼子庄重地说："不，我是说我会自己造一座房子。"

这时候的驼子模样已经不太像是下人了。他发胖了。侍弄十几匹马，实在是一件轻松的事。大多数时候，他闲着无事，吃得也不坏，就只好长肉了。要不是伤口的疼痛时时来折磨他，他都能胖得像个老爷了。

头人看看天，又看看激动得脸孔一片潮红的他，说："妈的，好吧，你想怎么样就怎么样吧。"

驼子立即就开始行动了。

冬天，他砍掉一丛丛的灌木，堆积起来。大地解冻的时候，他就放起一把大火，把这些灌木烧成一片灰烬。他挥动着一把沉重的锄头，一整天一整天地开垦土地。他不是个身体强壮的人。但不管刮风下雨，他都会下到地里，有些吃力地挥动着锄头，翻开那些黑油油的森林黑土。黑土松软而肥沃，下面盘曲纠结的树根却太难对付。与这些树根的搏斗使他变得黝黑而消瘦。他本不是个坚强的人，春天正是他伤口容易发作的时候，要在过去，他早就躺在马棚边的干草堆里哼哼唧唧地自怨自怜了。但现在，不管伤口肿胀成了什么样子，他手里的活却并不停下。他咬牙挥动着锄头，把深埋土中盘曲的树根刨出来，用斧子砍断。一边砍，还一边哼哼，那痛苦的呻吟中，未尝没有包含着一些快意的成分。

有人开玩笑说："驼子有了女人，学会像女人一样哼哼了。"

就这样，他居然赶在播种之前，开出了一块地。播种时节到了，他没有耕牛也没有犁杖，在他第一次播种时，他只有女人和麦种。

驼子用锄头在地里刨出一条浅沟，他的女人相跟着，弯着腰从手指缝间，把麦种细细地撒播到沟里。他们播完了一条沟。他又开了一条沟，开这条沟时，刨出的浮土正好把上一条沟的麦种薄薄地盖住。他们又播了一条沟。突然，他双腿一软，跪在松软肥沃的潮润黑土中，放声哭了起来。他哭道："老天爷，这么肥的土，这么肥的土啊！"

女人怜惜地抱住他的头，他就把头埋在了女人的两腿之间，他又很放任地哭了一阵，他仰起脸来，眼窝里蓄满了泪水："我参加红军是为了土地，他们说要分地给穷人。要早知道这里有这么多地，我就自己找来了。那样就不用打仗受伤，遭这份大罪了。"

这个女人倒是有点男人气的，眼睛只是浅浅地湿了一下，说："这不就有自己的地了吗？"

他还把头人请到地头。

头人说："啊，真开出一块地了。"

"我要你保证这是我的，而不是别人的地。"

驼子说话从来没有这么斩钉截铁过。头人看看他，再看看他，看见他眼睛里甚至放出了从未有过的凶狠的光芒。

头人挥起鞭子，重重地抽了他一下，说："妈的，这个地面上的事情，还不是老子说了算吗？"

鞭子抽在身上火辣辣地痛，但驼子破天荒没有因为疼痛而哼哼。他跪下去，趴在地上，说："我，还有你赐我的女人，感谢主子的厚恩。"

爬起来，又拿起锄头，继续和女人一起播种了。

播完种，他休息了一段时间。据说，也是这段时间，他才真正接受了头人赐他的女人，让女人怀上了他们的第一个孩子。青青麦苗出土的时候，机村人看到，每天驼子一侍弄完主子的牲口，马上就扛着锄头下到地里去了。他以刚刚播种的麦地为起点，继续开垦。

不知飞到什么地方去过冬的布谷鸟又飞回来了，暮春深密的树荫深处，传来了它们悠长的叫声。

咕——嘟！

咕——嘟！

机村人相信，每年第一次听到布谷鸟叫时，你在干什么，那么，在这一年里，你几乎都会一直干这件事情。如果这时你心情不错，那么，这一年你也会过得很好。

因此，过路的人说："驼子，这一年你会很辛苦啊。"

驼子直起腰来，脸上挂满了汗水，把手放在额头上，遮住阳光，望着站在坡上边那个身影答道："可是我的心情很好啊！"

"驼子啊，你的主子心肠好，给你饭吃，给你衣穿，你这么辛苦是为了什么啊？"

驼子往手心里吐口唾沫，又握住锄头挥动起来。每一锄下去，都有新鲜的黑土翻涌起来，一股肥沃土壤才有的醉人气息也同时涌起。那个人影走远了，听不见了。驼子才直起腰来，说："我想自己有很多很多的土地。"

夏天，又一块地开出来了，这时，再种麦子已经来不及了。女人提议种一些蔬菜。此前，机村人种植的蔬菜最多不超过五种。女人还说，要种这里没有的蔬菜。女人居然拿出了番茄和莴笋的种子。驼子大感吃惊。女人说："驼子，我也跟你一样是苦命人，我没有想过来这里享福，我是来跟你一起吃苦过日子的。"

驼子伸出手，怜惜地抚摸女人的脸，这是他第一次对自己的女人有这样亲昵的举动。虽然女人肚子里已经有了他的孩子，但这是他第一次抚摸她的脸。女人笑了，但眼里的泪水唰唰地落下。

驼子说："不要伤心，庄稼人，地就是命，有了地，就什么都有了！"

一向坚强的女人这时却多愁善感起来："驼子啊，我给你多生几个儿子，他们大了，你就是老太爷，让他们种地开荒！"

这个前景让驼子幸福地沉醉了："天呀，这么宽的地方，你就是生一百个儿子也有开不完的地啊！"

当他老婆肚子大起来的时候，红红的番茄挂在了藤蔓之上。他老婆腆着肚子，走到每一家人面前，从撩起的围裙里拿出红彤彤的番茄，放上几个。这种果子真比秋天结出的苹果还要好看。她说："请乡亲们尝个鲜，多谢你们，多谢你们了！"

她走出院门的时候，背后就有人夸她，说："她男人闷声不响，这女人倒是个热心肠哪！"

骆氏都走出去一段了，又反身回来，说："要是大家喜欢，就来我家取种子，让驼子教你们怎么侍弄吧。"

机村人尝了番茄，有人喜欢，也有人不喜欢。但没有人想到去要种子，要试着自己播种一些。他们的土地是土司的，村里的头人也不过是替土司代管，到时收取佃粮与税银罢了。没有人想过自己开出一块地来，种一些骆氏带来的那些新鲜的东西。

还有人替驼子担心，说："你不要再开地了，你再开，土司就要不干了。"

驼子很可惜地说："这么多的地，就是再活十辈子也开不完啊！"

说这话的时候，哪里会想到，仅仅过了不到三十年，机村会没有足够的土地，而且有的土地也打不出足够的粮食，要到别的地方去寻找出路了。

也没有人想到驼子有一天会一字一顿地告诉机村的乡亲们他的大名：林，登，全！

二

没有想到的事情还多着呢。没有人想到开荒地开到解放时，差一点把自己开成了地主。

准确地说，要不是他流落红军的身份，他就是机村的地主。

机村的土地，除了相距遥远的土司所有，剩下的，都要归在驼子的名下。快解放的那些年里，驼子已经在机村开出几十亩土地了。没有人明白这人病弱的身子里怎么会藏着不可思议的巨大能量：他开出了那么多的地，那么多地里的庄稼都是自己来侍弄，他地里的庄稼长得比机村所有的庄稼都好。

当他停止开垦荒地，又张罗着要盖一座属于自己的房子了。

他从山崖边，从河岸上，背回来一块块石头。没有人觉得这个人能自己弄回来足够盖一座房子的石头。但什么事情也架不住一个人天长日久地干。不晓得过了两年还是三年，他背回来的石头，已经堆得高过他居住的小屋很多很多了。大家不忍看他一边负着重，一边痛苦地哼哼唧唧的样子，都说可以了，足够盖一座跟大家一样的房子了。但他看看那些大家让他当成标准的房子，眼里闪烁着坚定而又骄傲的神色，转身又去寻找石头了。

大家有些不满了："妈的，难道这家伙想盖一所比头人房子还大的房子？"

有一天，土司突然巡游到机村来了。在土司辖地上，机村是一个偏远的地方。已经有三世土司没有来过了。但这个土司突然就来了。土司是个年轻人，他去看了驼子准备盖房子的巨大的石料堆，又去看了他开垦出来的土地，看他土地上侍弄得很好的庄稼。土司抬眼看一下躬身垂手站在面前的这个歪斜着脑袋，佝偻着腰杆的家伙，垂下了眼皮，说："知不知道未经允许开我的土地，是什么罪？"

他喃喃地小声低语，梦醒了一般问自己："什么罪？"

"那你说，是砍头还是斩手之罪？"

"那是你的王法，你说了算吧。"这个家伙居然抬起了头来，用自己的眼光去碰土司的眼光。

土司也碰了碰他的眼光，然后，看着远山，转了话题："听说，你是当年的红军？"

"是。"

"那支队伍很多都是些跟你一样固执、一样不怕死的人哪！"

"那个队伍里的好多人跟我一样，不怕死，就怕没有自己的土地。"

"现在你有地了。"

"可你要杀死我，要是没有地，我不如死了算了。我这么大把岁数，就是有人再闹红军造反，我也走不了那么远的路了。"

骆氏哀哀地哭着，挤进人群，跪在了土司面前。她牵开围裙，拿出一只坛子，打开，里面是银圆和一些散碎的银子。她说："那些土地都是我们家驼子替土司开的，这些银子，就算是这些年该缴的税银吧。"

土司没有说可以，也没有说不可以。土司只是说："你这驼子，命好，摊上个这么懂得事体的女人。"

这些银子让机村人，还有头人都大吃了一惊，靠那些土地，驼子竟然攒下了这么多的银子！

土司待了两天就离开了。土司本来还想去探访一下机村南面山口外那个传说中有着一个古王国遗迹的觉尔郎峡谷，但连日大雨，山口浓雾密布，土司就带着大队的侍从，打道回府了。这两天，驼子待在家里，躺在火塘边上，什么都不干了。他在等待。天放晴的时候，头人派人传他来了。他出门时，女人和两个女儿在屋子里哭起来。

驼子背着双手快步行走，没有回头。

头人说："驼子，你连牲口也不来侍弄了，这两天。"

驼子惨然一笑，说："我劳累一辈子，要死了，也该休息两天。"

"土司开恩，让你继续种好那些庄稼。"

驼子双腿一软，坐在了地上，泪水顺着脸颊潸然流下。

"土司还吩咐了，以后，你也不必来我这里当差了，好好盖你的房子吧。"

头人没有对他说的话是，土司说："看看这个人吧，看看这个人有什么样的心劲，你就知道，共产党为什么要取胜了。这些人，一个个看起来都不算什么，合起来可就了不得了。他们就要坐天下了。他们的人就要回来了，你还是继续善待这个人吧。"

土司还说："妈的，汉人这种劲头真叫人害怕。"

头人就讲这个人如何缺少一个男子汉的风范，如何因为一点陈年伤痛就哼哼个没完，如何当着人不知羞耻地张开嘴像个孩子一样哭泣。

土司有些生气了："妈的，你是猪脑子吗？但他有哪一刻停下来不劳作吗？你说，这是软弱还是坚强？"

"他就是那个劳碌的苦命吧，可能他不那样干，背后就有鬼撵着他。"

土司提高了声音："心劲，我们那些唯唯诺诺的百姓，谁有一点这样的心劲吗？"

山外世界震天动地的巨变，机村人却一点也不得与闻。解放军却来得很快，土司巡游回去才一年多一点，那些去掉了领章与帽子上的红五星，还穿着解放军衣服，背着四方背包的工作组就进村来了。驼子的房子没有来得及盖起来。如果他的房子盖起来，说不定，他就真是机村的地主了。

更关键的是，全村人都可以证明，土司的确收走了那坛银子。那就可以理解为，驼子辛苦开出的土地，所有权已经收归土司了。

工作组把土地平均分配给了村里人。驼子只得到了他开出的那些土地的一部分。驼子还得到了头人的房子。头人一家，作为被打倒的对象，搬进了驼子一家住了多年的那座马夫的矮房子里。

据说，每天晚上，驼子的老婆等到夜深人静后，悄悄下楼出门，把头人房子里一些值钱的东西悄悄送回给头人一家。她送回去的东西有敬佛的纯金灯盏、银汁书写的经书、一些上等的瓷碗。头人家大部分值钱的东西早就被工作组抄走充公了。但那么大一座房子，这里那里，总还有些遗漏，骆氏都还给了原来的主人。

驼子当上了支弓，带着村里人，用他备下的那些石料，在村里广场边上盖起了一座新房子。那座房子最初只是用来开会。开动员群众的会，开清算旧社会罪恶的会。合作社成立以后，那里就变成了合作社的粮仓。后来，又从那座房子辟出一角建起了供销社，收购社员们的药材与羊毛，出售盐、茶叶、铁制农具、白酒和香烟。

共产党来了，把天地打了个颠倒，把最下面的翻到上面，把最上面的翻到下面。机村人都当作命运接受下来。他们说，这就是命运啊。当这个字眼被所有人轻易说出口来的时候，所有的变化都能逆来顺受了。驼子还和工作队一起，努力培养村子里的年轻的积极分子。合作社社长格桑旺堆就是他看中的人选之一。

工作组担心，这个人什么都好，就是有些软弱。

他说，这个地方民风淳朴，并不需要那种性格硬邦邦的家伙。

私下，他把格桑旺堆叫到家里来，他不开口，他的女人骆氏说："工作组那么说话是应该的，但你做了社长的人，要对乡亲们软和一点，可不要伤了大家的心啊！"

格桑旺堆本是个心里绵软的人，所能做的就是拼命点头。

女人又对男人说："林登全，现在你是机村的头人了，机村人待我们不薄，可不敢干忘恩负义的事情啊！"

林登全说："那我就带着人多开荒地，给国家多交公粮！"

格桑旺堆说："我带年轻人上山多挖药材，支援国家，得来的钱，年底还能多分一些给社员。"

林登全说："好呀，再给每家女人扯一身洋花布，做点漂亮衣裳。"

"那两年，嚯！"机村人说起合作社刚成立的那些时候，总是用这样的口气赞叹。那两年，机村因为垦荒，土地增加了一百多亩，上缴公粮后，新建的仓库里还堆满了麦子。每当打开粮仓，一片奇特的香味就飘逸开来，那些堆积在幽暗的仓房深处的麦子发出甜蜜梦境一样窸窸窣窣的细密声响。合作社的牧场经营得也不错，风调雨顺啊，母牛好像都能多产奶，母羊好像都能多产羔。每年药材的收入也有好几万。分到每家人，除了吃不完的粮食，那么多的肉和酥油，还有几百块钱。

不要说普通的老百姓，就是晚上开会斗争头人的时候，这个心中一直不服的家伙也说："共产党能耐大，我们过去就是没有这样的想法和本事，服了。"

林登全满意地点头，这两年日子过得顺，舒心，连他的伤口都少有发作了。上面还把他弄进城去检查过一次。检查结果证明他的伤口真的是要疼的，因为炸伤他肩膀的炮弹的三个碎片还在里面。那是三块棱角锋利的铁啊。听说他因此还会得到国家每月几块钱的补助。

林登全说："服了就好。我们共产党就是以理服人，以事实说话。"

但头人心里还有不服：你凭什么就住了我轩敞的高屋呢？

有年轻人比林登全敏锐，在下面喊："你是口服心不服，时刻梦想变天。"

头人也喊："我服，也有不服！但我没有想变天。天是想变就能变得了的吗？"

每次斗争会都是这样的结果，头人终于又给自己弄了一顶抗拒社会主义改造的帽子戴在头上。

头人便自己弄一顶毡帽戴在原来的帽子上，他就这样时不时顶着两顶帽子四处走动。

驼子见了，看四近无人，一把给他拂到地上："你这是做给谁看？！"

"你！"头人委屈万分地喊。

驼子把他拉到僻静处："老天爷，你不要怪我，这都是党的政策。"

头人气咻咻地喊："我不相信你不救我。"

驼子跺脚骂道："只有自己才能救自己！"

头人就骂开了，骂了很多难听的话。驼子也没有还口，最后，他冷静地说："我最后叫你一声头人，这么多年，我护着你，不叫人家太为难你，就是念在你收留我，让我开荒地的情分上。现在，这份情已经还完了。好死还是赖活，就是你自己的事情了。"

以后，再有工作组下来，再有激进的年轻人要在斗争会上发狠，驼子就走开，不再阻拦了。头人的反抗因此越加强烈。弄到后来，终于让几个民兵和公安押解着离开了机村。这一去，就再也没有回来。过去，头人家看起来是个六家庭，但一解放，仆人们解放了，帮闲们一哄而散，这一家也就孤零零的三个人：夫妇俩，加一个什么都不会干也不想干的十多岁的小公子。头人一被押走，那女人穿着盛装把自己吊死在一株梨树上。那个小公子立即衣食无着，后来，叫邻村的一个亲戚接走了。

机村人再说起头人一家的命运，就像提起上天的一种教训。他们暗自叹息，并且觉得是驼子对不起头人。骆氏就四处找人哭诉，申明是头人自己害了自己，而不是他们家的驼子。但这样的事情有谁肯相信呢？真的是谁也不肯相信。倒是工作组找驼子谈话了："你是害怕同阶级敌人展开阶级斗争吗？"

驼子有些生气，看着这些穿着旧军装的年轻人，想起要是自己不负伤掉队，如今该是多大的首长了，哪轮得上这些晚参加革命很久的家伙来教训自己。他说："我怕阶级斗争还会参加红军？"

人家不在这样的问题上跟他纠缠，而是单刀直入，说："那你老婆就不要四处申辩了。不就是抓了一个反革命，反革命的老婆上吊自尽了嘛。"

"你干革命不能搞灯下黑。"

"你该管管你的老婆了。"

等等，等等。

那天晚上，机村人又听到了驼子自怨自怜的呻吟声。大家想想，有两三年没有听到这种声音了。驼子的伤口又红肿发炎了。他背靠着卷起来的棉絮，半倚在火塘边上。女人给他涂抹用熊油拌和的草药。虽然在屋子里望不到天空，他还是把脸仰起来，长声哎哎地呻吟：

"哎呀——哎呀——呀——"

"哎呀——反动派呀，哎呀——呀——"

"哎呀——哎呀——呀——"

"哎呀——反动派呀，害死人了呀！哎呀——哎呀——"

油膏止不住伤痛，骆氏差大女儿从河边沼泽边的树丛里，捉来几条蚂蟥。这些软叽叽的虫子可是些贪婪的东西，爬上他红肿的肩胛上就拼命吸血，干瘪的身子很快鼓胀起来，在火光的映照下，反射出湿漉漉的光。吸饱了血的蚂蟥松开吸盘，落在地上。他们又把这些虫子包在一张菜叶里，送回沼泽。在驼子的肩背上，蚂蟥叮过的地方，流出了乌血与黄水。

驼子扭头去看这些乌血与黄水，看到后，更是要长声吆吆地呻吟。过去的呻吟是："老天爷呀，你造的人是多么可怜呀！"

现在，他的呻吟不同了："千刀万剐的蒋该死啊，你的大炮把老子打得这么惨，你狗日的倒好——哎呀呀——你狗日的倒跑到台湾享福去了！你狗日的蒋该死刮民党啊！"

女人用一块毛巾来揩那些乌血与黄水，他又呻吟着骂起来："你想害死我啊?! 你不害死我你不甘心啊?! 你不是好心人吗？你好心怎么想害死自己的男人啊?!"

无论如何，肿胀的伤口里的乌血与黄水放出来后，那种火辣辣的胀痛立即就减轻了。他骂人的声音慢慢小下去，脑袋慢慢歪到火光照耀不到的阴影里，睡着了。

女儿悄悄对母亲说："工作组叔叔说，爸爸不坚强，不像个红军。"

骆氏狠狠地往墙角上啐了一口："呸！"

"妈妈，你生气了。"

骆氏不回答，又狠狠往墙角吐了一口，说："不是人话！"

她那宝贝女儿却是个实心眼，说："我要告诉工作组叔叔。"

骆氏给了她一个重重的耳光。

机村人并不知道这家人发生了什么事情，当驼子停止了呻吟，他们说："这个家伙，怎么像个女人一样啊？"

过去，无论他怎么呻吟，他们都说："啧啧，这个可怜人啊！"

到了"大跃进"的时侯，林登全支书就差不多成了机村人的敌人了。他去县上开会，开会回来，带回来两首歌——

一首歌这样唱：

> 总路线鼓干劲！
> 争取亩产到三万！

这首歌，也是上面定下的亩产指标。他一传达，会场上瞪着他的那些眼睛都泛出了绿光，他的感觉就像是自己落入了狼群一样。

但他镇定一下自己，叫跟他去开会的年轻的副社长教大家唱另一首歌：

> 咚咚锵！咚咚锵！
> 苦干苦干再苦干，每人积肥六十万。

驼子说："有多少肥料，就有多少粮食，现在地里打粮食少，就是肥料少。"

社员们说："种了一辈子地，你见过庄稼需要那么多肥料吗？这不跟人把油当成水喝一样吗？"

他打开一张报纸，给大家看一张照片。照片上，地里的什么庄稼，穗大粒大不说，长得那么密实，一个人咧着合不拢的嘴，露着一口白白的牙齿，站在那些密实的穗子上面，脚板却一点都没有下陷。

人人都啧啧称奇，传看这张照片。没有人相信自己的眼睛。驼子就站起来喊："晓得这一亩地打多少粮食吗？"

人们都仰起脸来看他。

驼子的脸涨得通红，他伸出手，张开全部的指头："十万！十万斤啊！"

大家一起坚定地摇头。其实，他的心里也没底。但他不可能把这种担心说出口来。

恰好下面有一个人看着照片说："说不定，这是个有法力的喇嘛穿上汉人衣服照的。"

社员们都为这种没头没脑的想法哄堂大笑了。

这个人正色道："因为有些法力高深的喇嘛，脚下什么都没有就可以站在虚空里！"

说这话的是协拉顿珠，一个老实的庄稼人。他不相信地里可以长出密到插不下脚的庄稼。所以，他想到了喇嘛们的法术。他觉得这张照片使用了喇嘛的法术。这个时候，聪明一点的人都知道把真正的想法藏在心里，即使要说点什么，也要四面八方仔细看清楚了才卷动自己的舌头。口舌之罪也是一种罪过啊。放在土司时代，那是要被利刃割去舌头的呀。麦其土司的书记官就两次被割去了舌头。

但是，过去那个时候，却没有一个小老百姓因言获罪。能够因言获罪的，都是书记官那种喇嘛里的异端。但现在，这种可能性却出现了。后来，有人搜集了一下协拉顿珠平常的言论，发现他还有议论呢。他说，看来新社会人人平等也不都是好事啊，以前上等人的福咱们还没有享到，但他们领受的罪，可是要降临到我们这些下等人的头上了。

因此，他被揪起来斗争了好几个晚上。

驼子真的是很恨这个人。"大跃进"的时候，时兴晚上打着火把下地干活。驼子是个苦干的命。过去，他就喜欢乘着月光开自己的荒地，背修房子的石头。但那只是他个人自己的事情。而现在只要他举着火把，把肥料送到地里，所有人也就都得举起火把，把肥料送到地里。协拉顿珠说出了这些反动言论，晚上开会，可就耽误了往地里送肥的工夫了。上面讲只要地里有足够的肥料，再有足够的阳光照耀，那些肥料就可以变成丰收的粮食。上面说那是科学。共产党相信科学，驼子是共产党的支部书记，也愿意相信这样的科学。协拉顿珠其实不常说话，他没有那么快的脑子。但是，这个脑子却常常冒出些奇怪的想法。这些想法说出来都像是格言警句。而且，他的嘴巴是直接跟脑子连着的，无论什么想法，刚刚在脑子里想起，嘴巴就已经说出来了。

甚至于，他说这一句的时候，脑子里还没有把下一句该说什么好好地想起。

斗争会开始了。

他那些没有深思熟虑过的话，让人越分析就越像是想了十天半月才说出来的一样。

而这些晚上，下地还不用打火把，天空晴朗无云，月光把大地照得一片明亮。这可真是干活的好时候啊。驼子看着弯腰站在火堆边的那个人，心里气得要命。前面人发言和喊口号的时候，他就已经因为舍不得时间而气得浑身发抖了。而那些发言的人，却继续在那里滔滔不绝，社员们也乐意这会就这么永远开下去，天天这么舍命干活，人真是太累、太累了。他们都在会场上闭着眼睛，打起了瞌睡。

这种情形，真把驼子给气疯了。他冲到协拉顿珠面前，抬手就是一个响亮的耳光。这是他平生打出的第一个耳光。虽说他扛过枪，打过仗，但这么面对着面，打人耳光，在他真是开天辟地的事情。耳光响起的时候，他自己都怔住了。那仅仅是一瞬之间的事情，他骂道："你这个破坏分子，你就是想让大家天天开会斗争你。你这个阴谋分子，你就是想用这种办法不让大家下地劳动，破坏生产！"

协拉顿珠的女人很伤心地哭起来了。女人一哭，他那几个都叫作什么什么协拉的孩子也哭了。孩子们一哭，亲戚中的那些女性和孩子也都跟着哭了起来。很快，整个会场就哭成了一片。

哭声中，就有骂人的话说出口了。那么多人哭得都变了声，有一个止住了哭声喊驼子的名字。

驼子答应了。

下面就骂道："要不是机村人发善心收留你，你的骨头都化成泥巴了，可你这个没良心的，现在对付起人来，像条疯狗一样！"

驼子听闻此言，好像身上又中了一颗子弹，摇摇晃晃，他本来就有些仰着的脸，仰得更厉害了。但他最终还是站稳了脚跟。这个家伙，他也愤怒了："总路线知道不知道！三面红旗知道不知道！共产主义知道不知道！"

他那么声嘶力竭地一喊，下面立即就鸦雀无声了。

驼子又喊："老子也觉得这么开会没有意思，现在散会！下地积肥！"

那年积肥，真把机村来了个大扫除。每家人圈里的粪都起得干干净净，起完，还用扫帚细细扫过一遍。合作社请人算过，每人积六十万斤，机村的土地上差不多要铺整整一尺厚。圈里的粪肥没有了。机村那些小巷子里的土也被揭去了一层，送到了地里。这些土也黑黑的，里面也有人和牲畜们随意拉在路上的大小便。到了雨天，村里泥泞的小巷子就变得臭气熏天。除了这些污秽的东西，每家人屋子后面多少年的垃圾堆也给清理干净了。这些含有肥力的东西都给送到地里去了，把机村所有的土地都覆盖上了。

协拉顿珠被斗争了那么多次，仍然管不住自己的嘴巴。

那天，他把背上的肥料倒在驼子跟前，驼子把肥料细细地扒散了，匀匀地摊开。协拉顿珠脑子里又升起了一个想法，而且，一如既往地，这想法马上就从他嘴里冒了出来："这么多肥料，会把麦子烧死。"

驼子抬起头来看他，眼里射出很凶的光芒："你他妈是打好主意要说刺我心窝子的话？"

协拉顿珠用手捂住自己的嘴巴，一个劲地摇手。

"你他妈是庄稼把式，老子就不是好庄稼把式？"

协拉顿珠背着空粪管跑开了。

驼子慢慢蹲下身子，眼里浮起了忧虑的神情。最后，他站起身来，四顾无人，便把手叉在腰上高声骂道："协拉顿珠，我日你妈！"

三

不管每个人积肥是不是到了六十万斤，经过一个冬天的奋战，机村角角落落里的肥料，都给送到地里去了。

机村的角角落落里，几百年积攒下来的脏东西都清除得一干二净了。

工作组表扬说，先不说积肥任务完成没有，就是通过积肥运动把一个村庄打扫得这么干净，也该得一面爱国卫生运动的先进锦旗。

机村确实变得干净了。年关将近，暖烘烘的太阳光里，这个村子散发出来的味道跟以前大不相同了。过去那些脏东西，太阳一晒，就散发出一种叫人昏昏欲睡的味道。现在，这些味道都消失了，构成这个世界的那些基本的东西——水、泥土、石头、树木，还有干草的味道就弥散开来。

在这种清新味道四处弥漫的时候，忙碌差不多一个冬天的机村，终于可以停下来，喘一口气了。

驼子袖着手，在村子里到处走动，遇到每一个人都露出热情的笑容。他想，自己可能会因为带着大伙把机村收拾得前所未有地干净，而收获一些感激的话语。但没有谁有停下脚步来与他交谈片刻的意思。过去，人们无论在哪里相见都会停下脚步，用很客气的方式彼此问候。最后，还是口无遮拦的协拉顿珠站在了他的面前。但他只是笑笑地看着驼子，并不说话。

"好太阳啊。"驼子说。

协拉顿珠也说："是，好太阳。"

驼子就掀掀鼻翼，意思是村子里的气味可是好闻多了。他跟大多数人一样，有想法，在心里默一默就行了，不一定要说出口来。但是协拉顿珠不行，他已经听出驼子的意思了。于是，话就从他口里冒出来了："村子干净了，人背了一辈子都没背过的那么多脏东西，可是要倒霉了。"

"那就把自己好好洗洗干净啊！"

协拉顿珠皱起了眉头："温泉那么远，整整两天路，你来我们这里都这么多年了，见过冬天洗温泉的吗？"

驼子没有说什么。

既然没有什么话说了，协拉顿珠就迈步离开，都迈出两三步，又有话要往外冒，他回过头来，说："哎，你告诉我，你们汉人是不是就像夏天的蚂蚁跟蜜蜂一样，总是做事做事，想不到坐下来，想想心里的事情？"

"心里的事情？一个小老百姓，心里需要想些什么事情？"

协拉顿珠把手伸向天空，懊恼地说："哈！"转身就要走开了。

这时，驼子却发话了："这些事情都是上面号召的。上面也是为了老百姓过上好日子，为了早一点到共产主义。"

"上面，上面上面，上面是谁？"

"共产党。"

"共产党，共产党，共产党长得什么样子我们都没有见过，却要管我们的事情？"

驼子猛然吃了一惊，想自己怎么跟着这个没头没脑的人，陷到这样危险的话题中来了。于是，他转过身，急急地迈着步子，走开了。

协拉顿珠站在那里，想了一阵，也明白过来什么了，用手捂住了自己的嘴巴。

这是驼子一家在机村的最后一年。

这一年，驼子过得非常悲伤。地里堆积了那么多肥料，结果，播种下去的麦子，刚刚冒出嫩芽就给全部烧死了。在这个风调雨顺的年头，地里不见一点青碧，夏天的烈日直端端地照在干燥的土地上，有小旋风卷起来时，就有一股尘土被高高地扬到天上。人们都带着悲哀的神情，看着不见一丝青碧的土地。每一个人都一言不发，但驼子知道每一个人都在责问："你不是那么爱土地吗？你不是好庄稼把式吗？怎么不知道肥料会烧死庄稼？"

他心里在哭泣："我知道，我知道呀。可是上面说，科学一来，老经验就不管用了。"

他也不再催促人们下地了。

这时的他，伤口又来捣乱，也不再呻吟了。他一袋一袋从河滩里往地里背沙。他还把地边上多年积累下来的肥沃的腐殖土挖开，把下面没有一点肥力的生土深翻出来。挖出了那么多的土，他带着从合作社正副社长变成人民公社下面孤村大队大队长和副大队长两个帮手，一个人一个人地去求大家下地，把那些瘦土运进地里，好减掉土壤里的肥力。

而工作组每天晚上还召集村子里的积极分子，开他的会。

因为他这个人软弱了，没有革命的进取性了。

他在会上哀哀哭泣："后悔啊，后悔啊。"

"你是为了自己的软弱而后悔吗？"

他不答话，只是哭泣："后悔啊，后悔啊！"

"那你是为了响应号召付出了一点小小的代价而后悔啦？！"

他还是不答话，还是哭着："后悔啊，后悔啊！我有罪，我有罪，我认罪。"

每天，这样的会都开到很晚。但天一亮，他已经出现在地头上了。挖土，背土，把背进地里的生土和施了过多肥料的土搅和匀净。干活的时候，他又像过去一样痛苦地哼哼了，让人担心这个人随时会倒下。他却一直没有倒下。大家又叹息，说："唉，这个人真是可怜啊！"

大家又都跟在他后面下地劳动了。

这样，所有的土地终于都补种上了萝卜、蔓菁和荞麦。萝卜下来的时候，他又教大家怎么样制作萝卜干，怎么样挖地窖，储存一些新鲜的萝卜。荞麦即将收割的时候，他终于病倒在床上了。他叹息一声，说："这样，就不会饿死人了。"

他不再出门，每天晚上，整个村子又都听得见他发出长声吆吆的呻吟声了。

驼子再出现在大家面前时，手里挂上了一根拐杖。他对每一个人说："我不行了，活着也没有什么用处，我再也干不动什么活了。"

女人们会在这时用袖口去擦眼中的泪水，有些男人会点上一锅烟，把一脸忧戚藏在不断喷出的烟雾后面。但更多人还是恨他怨他，给他白眼。那一年，机村人靠一肚子的萝卜与荞麦度过荒年。吃得不好，打屁都没有臭味。机村人就开玩笑说，驼子真有能耐，把村子给打扫干净了，没有了臭烘烘的味道，还怕我们身上脏，如今，我们身上也散发不出臭味了。所以，当他哀怨地诉说时，也有人会回应说："你已经把我们里里外外可以发臭的东西，都清理干净了。你还需要再干什么呢？你什么都不用干了。"

以后，就是外面天气再好，他也不肯出门了。

就在这年冬天，上面一纸通知下来，驼子林登全一家，就离开机村了。

接到通知时，他们一家人都痛哭了一场。第二天，就把家里的坛坛罐罐、破衣烂衫装上马车，离开机村了。

驼子一家，去了一个叫作新一村的地方。

那地方离机村也就几十里地，原先也是一个有着十来户人家的小村庄。好几十年前吧，一场瘟疫过后，那个村庄就再没有人了。周围的人，也忌讳去那样一个地方。解放后，国家陆续安置了一些流民去那个地方开荒生产。从此，那个地方有了一个新的名字：新一村。意思大概是，这样的村子还可以二号三号地排列下来。这一地区刚刚解放时，突然出现了许多汉族流民。一些因为战争破产了的小生意人，国民党的散兵游勇，更有些说不清来历的、身份可疑的人。国家就把这些人集中收容了，安置在那个地方，让他们开荒种地，自食其力。那个地方也面临一个棘手的问题，从那样的人群中产生不出值得国家信任的人来担当基层领导。

所以，上面想到了流落红军林登全。

因为他声称，在革命进程中所以软弱，所以不坚定，都是因为机村人当年于他有恩，使他坚定不起来。领导马上就问："是不是换个地方你就能坚定？"

驼子立即挺起胸膛，说："能！"

上面的领导就下定了决心，让他这个前红军战士在另外一个不需要背负着历史旧账的地方继续革命。正式找他谈话时，他又提出了一个条件。

"我不再积那么多肥了，我领导大家开荒地，多开些地，一样多打粮食！"

这个条件真让人有些啼笑皆非。新一村正在安置一些释放的劳改犯，这些人，都是国民党时期的军人和政府里的小官员，因为一个旧政权的覆灭蹲了监狱，在里面脱了胎换了骨，现在要成为自食其力的劳动者了。领导说，要的就是有人领着他们继续改造。

"怎么继续改造？"

领导伸出双手，说："劳动，劳动，多开地，多盖房。"

这在驼子听起来，是个多么美好的差使啊，又当领导，又能不断地在山林中开出肥沃的土地，种出穗子硕大的麦子，而且，那些人只知道他当过红军，不知道他在机村那些并不扬眉吐气的事情，他也不欠其中任何一个人的情，想干什么都能放开手脚了。

驼子笑起来："只要让我换个地方，只要让我不断开荒种地，我就不会再软弱了。"

就这样，机村的马车拉着他，拉着他一家，在一个早晨离开了。除了几个生产大队的干部，机村人只是远远地看着，看着他们把那些并不值钱的家当装上马车，看着驼子脸上闪烁着喜气洋洋的光芒，看着他女人哭泣着不断回望，看着马车驶出了村庄。

然后，这一家人就消失了，就像从未在机村出现过一样。此前消失了的头人一家，也像是从未出现过一样。

剩下那座机村最高大的漂亮的房子，矗立在那里。没有一家人想去拥有那座巨大的房子。没过几年，那座房子顶上就长出了瓦松，甚至是大丛的荨麻。房子里面，雕花的栏杆，曲折的楼梯，拼出图案的地板开始朽烂。冬天，西北风穿过这所窗户空洞的房子时，发出野兽或鬼魂哭号一样的呜呜声响。

也就两三年时间吧，在这座房子里住过的两家人都变成了一个故事，一个有些缥缈的传说。人们口传一个故事的功夫真是巨大。冬天，西北风呼呼吹过屋顶，吹过封冻的河面，人们说起这些过去的人与事。明明是昨天才发生的，已经像一百年前一样遥远，而说起一百年、一千年前的故事，又像是昨天刚刚发生那样的切近。

那感觉，真不知今夕何夕、斯年何年！

就在这短短几年间，森林差点被大火烧光，机村建起伐木场，满山的树林被砍伐殆尽。

其间，有一件事情与这个故事还有点关联，就是头人被邻村亲戚接走的儿子穷若又回到村子里来了。

穷若长成了一个壮实的沉默不语的小伙子。机村人不招惹他，他也不招惹别人。除了刚回来时，他曾引起人们话说当年旧事的一些感叹，日子一长，他就跟没有回来一样。甚至大家聚会时讲起当年头人与流落红军的故事时，他也是一副与己无关的样子，坦然地坐在一边沉默不语。

协拉顿珠拍拍他的肩膀："你想什么啊？"

他有些羞怯地笑笑，埋头玩弄手中的绳子。他手里总是有一段牛毛绳子。他的手指总是不断地翻动，把那段绳子打结，打出不同的花样。

"你比一个猎人还喜欢绳套，是想把谁勒死吗？"

这话让这个壮实憨厚的年轻人脸上露出吃惊的神色，翻动的手指也停了下来。他若有所思地盯着绳子看上一阵，好像是在问自己别人提出的那个问题。想必是也没有想出什么结果吧，他停了一阵的手指，又下意识地翻动起来，绳子又在他手指间旋转，扭动，又结出各式各样大小不一的绳套来。

本来，这是一个小孩们玩的游戏。夏天，那些茎干细长柔软的草长起来后，孩子就会用那样的草来玩这样的游戏。他们比赛，看谁的绳套结得快速，光滑，而又漂亮。那也是这些孩子成人后谋生时一个重要的技能。把牲口从山上牵回来要结绳套，架牛犁地要结绳套，在野兽来往穿梭的路上设置陷阱要结绳套，就是秋天收获时，把割倒的麦子捆成把子也要会结不同的绳套。

这是一个重要的游戏，但没有人把这个游戏玩到这么复杂的程度。

有一天，协拉顿珠做了一个梦。

他说，他梦见自己祖先的那个王国了。

这家伙梦见祖先坐在高高的黄金宝座上。从此，机村人又开始讲那个湮灭许久的王国的故事了。这个家伙，他居然拿出了一把多年没有发出过声音的六弦琴，说："让我来唱唱，我们荣耀祖先伟大王国的故事吧。"

他拨动琴弦，琴弦发出暗哑的声音。一段引子后，他仰着脸孔开始低沉地歌唱。协拉顿珠的歌喉，比那琴弦还要暗哑。

四

协拉顿珠的歌可不是胡编乱造的。

他的祖先创造的那个王国就在那场大火曾经想烧过去，但终于没有烧到的那个地方。

在村外的人看来，机村就已经是这道峡谷的尽头了。其实，更准确地说，机村只能说是这道峡谷里最后一个有人烟的地方，再远，就只是猎人们才偶尔涉足了。

协拉顿珠歌里唱的那个地方叫"觉尔郎"。

"觉"的意思是山沟。"尔郎"拼出来一个短促的声音，就是"深"的意思。从机村出发，往这个峡谷的更深处去，就是协拉顿珠歌里唱的，一年四季里三个季节都有鲜花飘香的地方。

这片群山所有的沟谷全都一点点向着西北方抬升，抬升过程中，雄峙的山脉变浅变缓，在海拔三千多米的高度上，最终化入了连绵宽阔的草原。但觉尔郎这个地方却有些奇异之处。在那里，一路升高的峡谷突然下陷，下陷处的断崖上终日云遮雾绕。针叶林下方重又出现幽深无比的阔叶林带。丛林间的草地上，长满了奇花异草。古歌里传说，数百年前，那里曾经是一个神秘王国的腹心。传说，那个王国的人精通各种奇怪的药方。这个王国鼎盛时，其藤甲兵也曾威震四方。但是，这个王国终究是消失了。

现在的机村有好些人家，比如协拉嘎波家和协拉琼巴家的人，眼含绵羊眼睛一样的迷惘而哀婉的淡褐色，据说就是那个王国人种的遗存。

协拉琼巴像他爷爷协拉顿珠一样，眼睛也是灰褐色的，但没有他们家人共有的那种近乎哀婉的迷茫。

他的眼神里更多的是一种接近于坚定的狂热。

这是这个时代年轻人眼中标准的眼神。

协拉琼巴在村子里上小学时，眼神还是那样哀婉而迷惘，但打从县农业中学回来，眼神就是今天这个样子了。农业中学在机村东南方三百公里开外。那个地方，峡谷越来越幽深，河流越来越浩荡，野外生长的阔叶树和阔叶树间的藤蔓，就跟青年突击队将去开垦的那个觉尔郎峡谷一模一样。

他是机村最早的三个中学生中的一个。他那两个同学，一个当了兵，一个保送去了省里的民族学院。但他却因为爷爷的什么问题留在了村里。他爷爷的问题就是用带韵的典雅语体，吟咏那个早已消失了的神秘王国的故事，而且把那个旧时代的王国描绘得过于美好。在古歌里，那里树冠高耸宽阔的幽深林子上，永远飞翔着五彩的鸟群；王国的山溪流淌着金子与玉石，还有甘甜的蜂蜜。当然，这样的故事里还少不了勇敢而又仁慈的英明国王。甚至那个国王的灭亡也是因为那个国王过分的仁慈。照时下的说法，除了现在，怎么可能存在那样一个美好时代？只有现在，才是黄金般的时候，才是人民觉得生活在蜜糖中一样甜蜜万分的时代。

老人有一把六弦琴。他们要把六弦琴毁掉，协拉顿珠就宣称，他自己早把六弦琴扔到河里去了。

过去，闲来无事或者有特别郑重的事情，大家都习惯了请老人唱上一段。老人还把那个漫长的说唱，分成了一些段落，在不同场合与不同情境——比如节日，比如婚礼，比如下雪天，比如悲伤时，比如怀想时——来演唱。因为在那个故事中，那些古人也经历着与今人差不多同样的事情。

但是，现在就是有了大致相同的情境，激起了心中类似的情怀，人们也不敢再请他来歌咏了。

可他并不因此作罢，村里不能演唱了，老人自己带上干粮，往峡谷深处去独自歌唱。他并不走进觉尔郎峡谷，他只是在能够看到觉尔郎峡谷氤氲雾气的地方，坐在岩石上，展开早已嘶哑的嗓子曼声歌唱。歌唱到声嘶力竭的时候，他就倒在一棵老松下睡上一觉，再回到村里。

他的孙子受了他的影响，被推荐去当兵、去上大学，都被政治审查刷下来了。

协拉琼巴说："爷爷，你能不能不唱那些歌了?!"

爷爷说："我老了，是把这些歌教给你的时候了。"

"你想我像一棵没有脚的树一样朽烂在这山谷里吗？"

老家伙指着被砍伐得满目疮痍的山坡："树能朽烂在山谷里，是树的命好。你没看到现在的树想烂在山里也不能够了吗？"

这个老家伙，他是机村敢于对伐木场这么毫无节制地砍伐树木公开表达不满的人物之一。

伐木场刚刚开始采伐的时候，他好几次溜到山上，藏在林子里等工人们完成一天的工作下山休息。这时，他就从林子里现身了。他把伐木工人放在山上的斧把砍断，用石头砸掉锯子锋利的钢牙。伐木工人太多了。他们的工具也很多。有时，夕阳刚下山，伐木工人的背影还没有完全从山道上消失，他就动手了，但直到天黑，他的破坏工作往往也只完成了很少一点点。

第二天，他就守在山下瞭望，看看自己的破坏造成了什么样的效果。

但是，山上的劳动号子仍然此起彼伏，参天的大树仍然在热烈的号子中旋转着站立了千百年的庞大身躯，轰然倒下。

他看到山上跑下人来，从仓库里领出更多的斧头与锯子。他跟到仓库边上，看到那么大的房子里，整齐地排列着一个个高高的木架。木架的每一个格子里都塞满了斧头和锯子，塞满了磨斧头的油石与给锯子开齿的锉子。

协拉顿珠知道，自己不可能毁掉这么多的东西。

但他还是上山去，继续他徒然的破坏工作。直到有一天，他被埋伏下来的工人抓住了。他们把他一双手扭在身后，半推半扶地弄下山来。走到村外路口的时候，天还没有黑尽，他们绕了好大一个弯子，把他偷偷地押进了伐木场。

他很奇怪，他不害怕，反而觉得轻松下来了，以后，再也不用上山去徒劳地破坏了。他的脸上因此出现了轻松的笑容。他的脑子里甚至回响着那首漫长古歌的片段：

他们举起了火把，

他们火镰上黑色的铁亮出了刃口。

黑的铁撞上了白的石，

撞啊，撞啊！一直都在撞啊！

火星就飞起来了。

树冠中的鸟群被惊飞起来，

树枝上的鸟巢被震落下去。

倒下了，倒下了。

那些喷喷香的柏木，

那些树叶哗哗响如银币的椴木。

国王要造一座宫殿，

国王要造一座城市。

可是，宫殿燃烧起来了，

城市燃烧起来了，

国王檀香木的宝座也燃烧起来了。

协拉顿珠没有唱，只是那歌自己在他脑子中响着。工人们把他推到伐木场领导面前时，他脸上还挂着浅浅的有些讥讽的笑容。不是他想讥讽什么，而是这歌所带的讥讽意味使他脸上显现出了这样的笑容。他没有想到的是，那个领导并不气恼，笑嘻嘻地看他半天，说："老乡，你知道不知道国家有多大？"

协拉顿珠说："很大很大。"

"你说对了，国家想砍一点树搞建设，还怕你弄坏几把斧子吗？"

协拉顿珠知道，他们仓库里有他毁不完的斧子。但他没有说话。

领导说："老乡，我就让你参观一下我们有多少斧子吧。"

协拉顿珠说："我知道，你们仓库里有很多很多的斧头和锯子。"

走在头里的领导回身看了看他，手叉在腰上大笑起来："妈的，你这个老头真是好玩得很，知道毁不完我们的东西你还要去弄。"

协拉顿珠说："其实我也不想弄了。"

他说这话是真的。他弄坏那些斧头是想叫这些人没有办法砍树，但他们有三辈子人也使不完的斧子，他再上山去弄，自己都觉得自己是个傻瓜。

领导还是要叫他开眼。他叫工人拿来新式的锯子。这东西锯木头的部分是一盘旋转的链齿，后面是一台汽油发动机。一拉绳子，机器就呜呜地叫起来，带着那盘链齿唰唰地飞转。片刻之间，一阵碎末飞溅，一根粗大的木头就被截成了两段。领导说："你看吧，我们有新家伙了。我们要机械化，那些旧东西我们也不想要了。"

协拉顿珠伸手摸了摸那台安静下来的机器，手被烫了一下。他猛然一下缩回手来，自己有些尴尬地笑了。领导特别宽宏大量，说："老人家，你回去，好好种你的庄稼吧。工农一家，知道吧。"领导举起两只手，伸出两个大拇指，并在一起，不断晃动，说："工农是一家，团结起来建设社会主义啊。"

协拉顿珠蹒跚着脚步，慢慢回家。

好多天，他都在村子里向人述说那台脾气很大的厉害机器。

年轻人对他的宣传有些不屑："那是油锯，不是什么有脾气的机器！"

其实用不着他来宣传，不久，满山谷里都是这种机器的声音了。

没过多少年，机村周围的山坡就一片荒凉了。一片片的树林消失了，山坡上四处都是暴雨过后泥石流冲刷出的深深沟槽，裸露的巨大而盘曲的树根闪烁着金属般坚硬而又暗哑的光芒，仿佛一些狰狞巨兽留下的众多残肢。围绕着村庄的庄稼地，也被泥石流糟蹋得不成样子，肥沃绵软的森林黑土消失了，留在地里是累累的砾石。凶猛的泥石流还两次冲进了村子，推倒了好几户人家的房屋。有两户人家，墙背后堆积着砾石与杂乱的树根，墙的正面，用很多树干支撑着，才没有倒下。

因为很多土地被泥石流毁掉，机村现在的问题是，每年打下来的粮食不够吃了。

国家因此免掉了应该上缴的公粮。但是仅仅过了两三年，一到雨季，洪水从失去遮拦的山坡上一泻而下，毁掉更多的土地与庄稼，即使是免掉了公粮，机村人打下的粮食还是不够吃了。

还在初夏时节，机村人的粮柜就空了。

地里的麦子正在抽穗扬花，许多机村人拿着空口袋，行走在去往别的村庄借粮的路上。匹近村子里的人就嘲笑说："他们勤劳的驼子支书一离开，正该侍弄庄稼的时候，机村人就出来四处闲逛了。"

"大跃进"那一年，过多的肥料烧死了麦苗，机村人都度过了荒年。但现在，被泥石流冲毁的土地越来越多，机村的人口却在慢慢增长。粮食够吃的时候，人们想多生养两个孩子都不能够。现在，没有粮食了，孩子却一个接着一个来到人间。

有人甚至开始怀念驼子支书了。

其实，连怀念着驼子的人也都知道，他就是留在村子里也是白搭，他不可能到那些砍光了树林的山坡上去开垦土地；只要一场大雨，那些斜挂在山坡上的浮土就都被冲到大河里，流到远方去了。

大家都愁眉不展的时候，协拉顿珠却又拿出了他的六弦琴，开始曼声吟唱：

> 雄鹰乘上旋风向下，向下，
> 在觉尔郎峡谷，
> 就像看见天堂，
> 看见了国王的城堡，
> 看见了寺院的金顶，
> 看见了溪水缭绕，

看见了鸟语花香，

看见了，看见了，

在我眼睛看得见的地方，

我看见祖先们高贵的容颜，

在我眼睛看不见的地方，

我的心看见了觉尔郎峡谷的美景，

就像看见梦中的幸福一样！

五

协拉琼巴听着爷爷歌唱，不再那么愁眉不展了。

他母亲让他拿一只空空的口袋去邻村的亲戚家借粮，他面子薄，不去，把空空的口袋垫在屁股下，坐在门口的台阶上，听爷爷歌唱。那么漂亮的歌，让他干瘪的嗓子唱得那么忧伤而绝望。

这种忧伤与绝望，击中了这个年轻人的心房。

他问："这个世界上真正有过这么一个美丽的地方？"

"这个世界上？瞧瞧你说的，年轻人，你是不相信这个世界上就应该有这么一个美丽的地方？"

"就像故事里说的一样，这个美丽的地方就在山口那边的云雾里边？"

"那是我们祖先王国的中央，那是我们悲伤记忆的源头。"协拉顿珠意识到自己说出了这么韵律谐和的句子，得意地笑了。

协拉琼巴拍拍屁股离开了他。他是机村上学最多的人，但在这个时代，恰好是上学很多的人学会了蔑视文雅的东西。更何况，这样协于音律的话语出自一个衣衫褴褛的农人之口，正好对文雅本身形成了一种强烈的讥讽。协拉琼巴离开他爷爷的时候，就做出满口的牙齿都被酸倒的难受的表情。

刚走出院门，他就碰到了骆木匠。骆木匠看着他难受的表情，拍掌道："让我猜猜，发生什么事情了？"

"猜个屁，还不是我爷爷唱歌。"

"又唱峡谷里的故事？"

"那他还会什么？"

骆木匠拍着协拉琼巴的肩膀在村子里闲逛，逛了一阵，突然说："我们该去看看那个地方。"

协拉琼巴有些吃惊地看了他一眼。

骆木匠说："怎么，你害怕吗？"

一件后来在机村变得很大的事情，就在这一刻，在两个年轻人突发的奇想中开始了。协拉琼巴说："就我们两个？"

骆木匠举起手，说："等等，让我想想。"他摸着下巴，往左边走出几步，又往右边走出几步，那样子，有点像电影里英雄人物寻思什么事情时，早已成竹在胸，还要表演一下自己在思考的那种样子。说实话，协拉琼巴并不喜欢谁摆出这个样子。当然，如果是他自己摆出这种样子的话，那就另当别论了。骆木匠放下了摸着下巴的手，说："走，找索波去商量商量。"

不知道为了什么，这人说话的口气是越来越大了，跟大队长讲事情也是商量商量。

但协拉琼巴还是跟着去了。他是村里的积极分子。大多数时候，积极分子都是他们这样的角色。他还知道，别人看自己，也是自己看骆木匠这种不舒服的感觉。他知道这是进步，但有些不明白的是，进步青年为什么会给人怪怪的感觉。

进步的人，不是坏人，但也好像从不被人归到好人堆里去。

他把这个感觉对骆木匠说了。驼木匠站住，仔细想了想，摇摇头，说："我没有这样的感觉。"说完，又扭头往前走。走了几步，突然站住了，回过身来。这回，他细细地看着协拉琼巴，盯着他的眼里浮出了怪怪的神色。然后，他笑了，他的笑意里有种掌握了别人内心秘密的欣然与得意。

就这一眼，就在这片刻之间，骆木匠从一个协拉琼巴看不起的人，变成一个使他害怕的人了。

路上，他们遇到了赤脚医生卓央，骆木匠一把就把她抓住了，说："走，我们去见大队长！"

卓央也是进步青年，但她并不喜欢这两个家伙，进步青年们彼此依靠，但并不互相喜欢。所以，她还是相跟着走了。

两个小时后，黄昏降临，三个人从索波家出来。各自走开时，协拉琼巴因为心里有了那个秘密而大胆的计划而激动不已。回到家里，母亲因为他不肯出门借粮而一直埋怨个没完。他笑了，说："没有吃的，我怎么上路呢？"

母亲叹息："要是家里还有吃的，我还要你出去借粮？"

"要是你儿子饿死在路上了呢？"

母亲说："那你就该早早上床，明天早早起床上路吧。"

他睡在床上，侧耳听到母亲从什么地方取出了面粉，在案板上和面，在平底锅里烙饼。当麦面饼子散发出香味的时候，他就在这麦饼的香味里进入了梦乡。早上，他出门的时候，母亲流着喜悦的泪水不断地对父亲、对爷爷说："我说我们家儿子会懂事的。看，他现在肯出门借粮，他懂事了，他不再想着要离开我们到很远的地方去了。"

协拉顿珠叹着长气，说："可怜的女人，可怜的女人。"

协拉琼巴心里觉得特别酸楚，他抓起空粮袋赶快逃离了家门。按母亲的逻辑，懂事，就是一辈子守在这穷乡僻壤，不懂事的人才去到海阔天空的外面的地方。他甚至有些迷信地想，自己没有能跟其他两个同学一样离开机村，也许就是因为母亲要把儿子留在身边的愿望过于强烈了。

他走到村外，知道背后有人看着，便径直往东边去了，但一走出家人的视线，就绕了一个圈，走到村子西头通向山里的路上去了。急急地赶到约定的地方，骆木匠和卓央早就到了。他没有料到的是，索波也背上行李站在那里。

他把询问的目光投向了骆木匠。本来，昨天说的是三个人组成一个青年突击小组，去那个传说中的峡谷打探一番，目的是寻找适合开垦的土地。但现在，索波却也置身到这件事情中来了。这个人一参加进来，如果此行真有收获，账可都要算在他头上了。

骆木匠哼哼了一声没有说话，他不满的神情也溢于言表。

索波故作爽快地哈哈一笑。

骆木匠这才开口说话："大队长你不该去，你一去，事情还没有开始，就人人都知道了。"

索波认为，他们往党尔郎峡谷去，是为了寻找新的可以耕种的土地，是正大光明的事情。而且，因为有了大队领导参加，这件事就更是光明正大了。

骆木匠还是不同意，说这应该是一次秘密的行动。"等我们回来，带回来好消息让所有人都大吃一惊是什么效果？"骆木匠说。

骆木匠还说："万一我们两手空空地回来呢？"

这一下他的说服力就很强很强了，因为准备工作是悄悄进行的。

连带去那里的东西，都预先藏在村外了。他们出村的时候，除了卓央身上赤脚医生的红十字药箱外，要带的东西早都藏在村外了。他们从岩洞里取出了早就准备好的东西：对付密林中藤蔓和猛兽的锋利长刀，降下陡峭山崖的绳索，好几盒分包在塑料布里的火柴，还有干粮与白酒，每人一块披毡，白天可以防雨，晚上裹在身上，睡觉用的被子与褥子就全都是它了。把长刀横插在腰带上，背上东西，他们就出发了。远远地，就看见那山口上升起薄薄的雾气。长年累月，山口上每天都有云雾升起。机村人从那片云雾的浓淡厚薄就能判断天气的好坏。这天，那里升起的云雾非常稀薄，轻盈地一直向上，很快就化入了蔚蓝的天空。

这就是说，等着他们的是一个大晴天。

走到中午时分，他们停下来打尖的时候，还是没有看到那个山口，那片稀薄的云气依然悬浮在蓝天的背景下。直到黄昏时分，他们才望见了那个山口。山口的外面是平缓的山梁，山梁上是宽阔的草甸，草甸间一汪汪的水洼被夕阳照出一片耀眼的明亮。而在山口的那一边，明亮的光线像是瀑布一样跌落下去了。阳光只是照亮了上面的空气，还有稀薄的山岚中盘旋着的飞鸟。

在那光瀑跌落的虚空下面，是一片黑暗的深渊。

四个人站在那里，夕阳从右前方照过来，把他们站在山梁上的影子拉得越来越长。前方的山口，潮湿的云气正嗖嗖地漫卷而上。

在他们驻足瞭望的时候，夜晚降临了，他们生起了好大一堆篝火。在这样的旷野中，这么大堆的火，其实并没有照亮什么。既不能驱散这片荒野的黑暗，也不能把火堆旁的几个年轻人的内心深处照亮，使彼此能够看见。他们拼命靠近火堆，火光投射到脸上、手上和胸膛上的那点灼人的明亮与温暖，反而使他们更清楚地感受到火光照耀不了的更宽广的逼人寒气与内心深处的黑暗。

他们是这个时代造就的追求光明的年轻人。但他们一辈子都想不明白，为什么在这样一个过程中，内心会同时产生这么多的寒冷和黑暗。就像他们看不清楚山口下面那个黑暗的深渊中潜藏着什么一样，他们也看不清楚彼此的心灵。

卓央喃喃地说："冷。"

骆木匠说："干脆说你害怕就是了。"

索波就说："咦，我才想起，你不是机村人啊。怎么连户口都没有就在机村待了这么多年，还像领导一样对人说话？"

骆木匠在那年大火过后来到机村。没有人知道他来自哪里。他离开机村的时候，也没有人知道他去了哪里。但大家知道，这是一个有来头的人物，因为他每次来到机村，公社领导都给村里打招呼，要好好待他。每年，他都到村里来做一段时间的木工。最近两三年，他根本就没有再离开了。大家都弄不清楚，他怎么就在小学校里像老师一样，有了一间自己的屋子。机村人觉得他是个外人，但他自己一点也不见外，对机村的很多事务，比机村人更加地当仁不让。

现在，他马上就把索波的话顶了回去："我是中国人，只要是在中国，我想待在什么地方就待在什么地方，除非你敢说机村不在中国，那我现在马上就离开。再说领导也不是天生的，你当得大队长，别人未必就当不得大队长。"

人们也弄不明白，过去那个殷勤小心的家伙是从什么时候起习惯了用这么大的口气说话。

在说话方面，村里的年轻人，很少有人能胜过他。他只会汉话，不会藏话，要跟他对话，就必用汉语。这样，机村人在口齿是先自输了一着。再说了，这个时代人说话口气一大，就有了放眼世界的意思，那气势就很壮大了。大部分时候，遇到这种情况，输家总是气咻咻地忍受了。也有忍受不了的，就要动手打架。可只要一动手，这小个子的家伙，自己就先躺倒在地上，把整洁的衣服滚上许多尘土："救命，救命！打死人了！"

这样的行为，让大家对他既感鄙薄又有些害怕。

有人因为害怕而对自己感到愤怒，最终却发现，愤怒并不会克服这种害怕。

索波也怀有这样矛盾的心情。此时此刻，他又对自己感到愤怒了。其实，这个人才是最不应该参加到这支队伍里来的，就是自己当时不假思索，就把这个人当成了这支队伍里一个当然的成员。要知道，这支队伍承担着的使命是多么的光荣啊！如果真是像传说中的那样，那个云遮雾罩的神秘谷地中，真的存在过一个王国，那么，那个谷地里肯定就有足够多的可以开垦的土地。机村那些被洪水被泥石流毁掉的土地，就可以在那里得到恢复。传说中说，那个小王国向四方征讨的军队都葬身于他乡，没有回来，然后，那个炎热谷地中的老鼠们传播了一种可怕的疾病，绝大部分人都让可怕的瘟疫给消灭了，只有少数幸存者逃出谷地，迁移到了机村和邻近的几个村庄。几百年后，轮到机村人为了生计又要向那个地方转移了。

这样一次伟大的回归，怎么会让一个来历不明的家伙参加进来？想到这里，索波真的愤怒了："你说什么？你说这么大的中国，你想去什么地方就去什么地方？你是不受户口管制吗？一个人长时间在户口不在的地方生活，就是犯法，你不知道吗？"

骆木匠涎着脸笑了，说："好，好，看来我跟卓央姑娘说话你生气了，我不该跟你喜欢的姑娘说话。"

要在以往，索波也就借坡下驴了。但这次他不。他意识到了这次任务的重要性，心里因为一种使命感而增加了十分的底气："我告诉你两件事情。第一，回去我要看看你的户口，如果没有，就请你永远离开机村；第二，明天早上，你就给我滚蛋。"

说完，他裹上牛毛披毡，在草地上躺下了。

卓央也裹紧披毡找了一个地方躺下。

骆木匠把讨好的笑脸转向协拉琼巴，但协拉琼巴抬起了头，仰脸去看天上的星光。灰蓝色的冷凛天空中，奶白色的银河带着那么多星星悄然而缓慢地旋转。清冽的光，从天空深处倾泻下来，把起伏绵延的旷野勾勒出一个隐约的轮廓。

"妈的，你不想理我是吧？"

协拉琼巴一家特有的灰色的眼睛，本来就含着一种悲戚的味道，在这暗夜里，这种味道加深了。他从天上收回了目光，定定地盯着骆木匠看了好一阵子，说："我真的不喜欢你。"

"你肯定没有想过，有一天你会落在我的手上。"

协拉琼巴扭头去看不断有雾气涌起的那个深渊，回过头来时，眼里的神色更加迷惘，悄然自语一般说："那又怎样？"

骆木匠提高了声音："大声一点，不要像个胆小鬼一样跟自己嘀嘀咕咕。"

"那又怎样？"协拉琼巴又说了一遍，但他还是没有能把声音提高。不知因为什么，当他一来到爷爷反复吟唱的这道深邃的峡谷跟前，一种莫名而起的悲哀就把他牢牢地控制住了。这个年轻人的内心还从未产生过类似的情感。现在，悲哀使他不想说话，即使张口说话，也无法提高声音。这个家伙，却一直得意扬扬。他把脸逼过来了，他张开的口里，正在吐出挑衅的语言。于是，协拉琼巴的拳头猛然一下，击打在那张还在逼近的脸上。

骆木匠像女人一样尖叫一声，仰面倒下了。倒下之后，他不再出声了，在火堆旁蜷起了身子。协拉琼巴把披毡扔在他的身上，自己又往火堆里添了一些柴，睡了。

火堆暗下去，高旷的星空下，起伏绵延的山峦间，响起了野狼的嗥叫声。

早上醒来，索波好像已经把昨晚所下的驱逐令忘记了。

骆木匠好像也把昨天晚上的一切都忘记了。虽然他的鼻梁旁有协拉琼巴拳头留下的一块青肿。吃过早饭，他收拾起过夜的东西来，真是比一个女人还要利索。而且，他迎向每个人的表情都是那么自然松弛，反而是索波跟协拉琼巴，脸上的表情显得僵硬而紧张。

太阳升起来，高处的旷野一片明亮，可在山口前面，猛然下沉的峡谷，浮满了蓝色的山岚。

索波深吸了一口气，率先往前走了。协拉琼巴也跟了上去。卓央挡在骆木匠的面前，一动不动。骆木匠在她背后站立一阵，绕过她往前走。她紧走几步，又拦在了他的面前。

但骆木匠又从旁边绕到前面去了。

卓央就跌脚喊道："索波队长！"

索波没有回头，也没有停下步子。

骆木匠笑着对卓央说："你生气有什么用，大队长心里是同意我去的。"

卓央也就不再拦着他了。

六

刚靠近山口，风就呼呼地扑面而来。

风很强劲，像是一双无形的大手要把这几个冒险的年轻人推离山口。身材矮小的骆木匠走到了队伍的前头，他弯下腰，弓着腿，一步一步地往前走。大家也学着他的样子弯下腰，风的推拒就没有那么有力了。当他们越过那个狭窄的隘口，风立即就消失了，水汽很重的空气像件半干的衣服，一下子就紧裹在了身上。生活在山里的人，眼睛总是习惯性地往上，看见树木、岩石与山峰，但在这里，当眼睛依然习惯性地向上，视野里就只剩下空阔蓝天，眼光猛然一下失去依凭，双脚下面立即生出来悬浮的感觉，感到身子正在往某种虚无的空间里慢慢下陷。

卓央甚至低低地尖叫了一声。

然后，他们小心翼翼地垂下了眼睛，看到双脚实实在在地站在柔软的草地之上。再往前好几步，才是峡谷深切的边缘。边缘下面，壁立着赭红色断崖。断崖之上，有些小小的平台。上面长满了树冠巨大的乔木。断崖上的树也与机村山坡上那些树大不相同。

骆木匠显得十分轻松："该让达瑟也来，让他告诉我们这些树木的名字。"

其他三个人站在绝壁边上，不禁头晕目眩，感到只要稍大一点的风吹来，身子就会像一片轻盈的羽毛一样飘荡起来，坠入深渊。

骆木匠在悬崖边上走来走去，表情轻松，他说："有点头晕是吧，坐下适应一会儿，我们就可以出发了。"

三个人都听话地坐了下来。

骆木匠又说："不要闭上眼睛，还得看，往下看，越害怕越要看。"

三个人忍住背梁上阵阵发冷发麻的感觉，往下望去。目光一点点往下，看到悬崖上，雪白的瀑布从一个巨大的山洞里钻出来，飞坠而下。一群羽毛在阳光下闪烁着彩虹般艳丽光芒的鸟盘旋在断崖之间。盘旋的鸟群，不是上升，而是下降着，下降着，终于牵引着他们的目光下到了断崖消失的地方。

那里，深谷陡然下降的坡度一下放缓了，连绵的森林仿佛一片汪洋，顺着山势逶迤而下，终止在谷底那亮闪闪的湖泊岸边。这个深深下陷的谷地没有出口，四面的溪流都向着那个湖泊汇集。

索波问协拉琼巴："古歌里提到过这个湖泊吗？"

"众水汇流而永不满溢，底下的孔道通到南瞻部洲的大海！"协拉琼巴直接引用歌词来回答。

"那就好。"索波说。

那意思好像是说，只要是古歌里唱过的，那就是真实的存在，不然，美丽的湖泊就是一个虚幻映象了。骆木匠脸上挂着有些夸张的轻松表情，还在悬崖边走来走去。起先，三个人看着他这样行走，都有些头晕，现在，这种感觉已经过去了。他们站起身，走到了悬崖边上。索波找到一块突出的坚固岩石，往上面缠绕绳子。意思是他们要从这里顺着绳子降到第一个长满松树的平台上去。

协拉琼巴说："不用 应该有一条道路。"

他知道，古歌里唱过，那个遥远王国的人们最初因为躲避战乱进到了这个山谷，几十年后，出产丰富的山谷使部落强大，他们的藤甲兵开始征伐四方。藤甲兵出征的时候，队伍走在新开出的栈道上，特别地威武雄壮。协拉琼巴想，这条栈道应该就在离山口不远的地方。果然，他很快就在一片特别茂盛的杜鹃林中找到了那条古道的口子。陡峭的岩壁上，现在还可以看见盘旋而下的道路的隐约痕迹。用脚蹬开荒草，踢开因风化而破碎松动的岩石，一道一道的梯级显现在脚下。中午时分，他们来到了第一个平台上。

抬头望望，上面是壁立的岩石，岩石上面的天空中是被劲风吹拂着的旗帜般的云彩。望望下面，谷底的云雾升起来，在他们脚下不远处平展展地弥漫开来。

平台上，巨大的松树下平铺着厚厚的松针，松针间，是松树露出地面的虬曲的根子四处盘绕。当他们进入林中，头顶的天空和猎猎的风声都消失了。林子里寂然无声。阴暗干燥的空间里流溢着松脂的香味。那香味如此浓烈，让人以为整个林间的空气就是一大块透明的松香。他们在这遮天蔽日的松林间钻来钻去，整整两个小时才找到再次向下的路口。他们在裸露的树根上砍下新鲜的印迹，标示出这个出口，才继续往下。这时，悬浮在谷上的浓雾散开了。但日暮时分那晦暗朦胧的光线正在淹没谷盆的底部，并从那里慢慢升高。他们离下一个台地还有一半的时候，那从谷底慢慢升上来的晦暗光线就水一样把他们淹没了。

但这并不是真正的黑夜。他们还能看见。被脚蹬掉的风化的浮石坠落下去，与岩壁碰撞着，发出巨大的声响。一些已经栖息到岩上的大鸟惊飞起来，愤怒地尖叫着在天空中盘旋。

因为身陷在那晦暗的既不是白天也不是夜晚的光线中，大家都有些着急。骆木匠就差点随着脚下的浮石一起跌下山崖。是索波飞快地伸出手紧紧地攥住了他。骆木匠张开四肢，蜥蜴一样紧贴在山崖上，苍白的脸上很久都没有一点血色。

卓央后来说，那时他的脸像是一张纸剪的月亮。

他们到底还是在真正的黑夜降临之前下到了第二个平台上。

平台上照例是密集的树林。他们好不容易才找到了一块可以望见天空的空地过夜。这时，骆木匠已经从刚才的惊恐中平复过来了。坐在火堆边上，他对索波说："你不要用那样的眼神看我。"

索波确实在用含有某种意思的眼光不断看他。

他说："我要是掉下去，会有人追认我是烈士，而你却要负一定的责任。我没掉下去，你也就没有一点责任了。要是我是为了自己，我会感激你，但这是为了整个机村，你不要以为我会感谢你。"

这话听起来特别地无情无义，但想想也不是没有一点道理。

大家想不明白的是，这人刚来村里的时候，逢人就是一脸谦恭的笑容，现在却时不时地口吐狂言了。让人更想不明白的是，大家心里居然都隐隐地有点怕他。这个家伙，他也非常清楚这一点，他为此感到非常得意。他还悄悄对卓央说："你用不着像他们一样怕我。"

卓央说："我为什么要怕你？"

骆木匠说："问题是我不要你怕我。我喜欢你。"

卓央觉得这样一个没有来由的人说出这样的话来，简直是对自己一种深重的侮辱。所以，她说："呸！"

去县城里受过赤脚医生培训，学过消毒与包扎，学过怎么使用日常药品，学过怎么用听诊器听腹腔里各种声音，能够用银针扎到人身上数十个穴位的卓央姑娘心旦喜欢的是索波。她爱上了机村这个并不招大多数人喜欢的先进青年。而这时，总是意志坚定的索波却有些神情恍然。

卓央举起手来在他眼前摇动，但他的眼光好像穿过了她的手掌。卓央在城里接受赤脚医生培训时，在医院里看到过一种机器，这种机器可以穿过衣服，穿过皮肉。卓央还做过一次教学模型，医生让她站在那台机器面前，只听得"咔哒"一声，医生说，完了。第二天，老师带来一张黑色底片，后面用手电筒一照，说："看，卓央的手！"

那是一只没有皮肉的手，只剩下白生生骨头的手。

下面发出一声声惊叫。胆大的都扭头去看卓央。血色充盈肌肉细腻的卓央同学活生生地坐在大家中间。

老师又说："这也是我们大家的手！"

下面响起了有些迟疑的笑声。

卓央把手伸到索波面前摇晃时，想起了把自己的手照成一把骨头的那张 X 光片。但这个家伙，他的眼光却连这些骨头都不存在一样地穿过去了。峡谷里从下往上，湿漉漉的热气蒸腾而上。协拉琼巴沉默不语，眼光比索波还要沉静迷离。骆木匠说："疯了，要把人热疯了。"脸上却没有半点要疯狂的迹象。

"嗨！"卓央再一次把手伸到索波的眼前去摇晃。

索波猛一下掉过头来："什么？"

"你问我？是我问你在想什么。"

索波脸上还是一派恍惚迷离的神情："花，太多了，那些花。"

是的，在这么黏稠的蒸腾而上的暑热里，那些蓬勃密集的灌木枝条上，一簇簇，一穗穗，盛放着那么多的鲜花。沉甸甸的花朵压弯了枝条。沉甸甸的花香就像一块湿布一样，紧贴在鼻子上。索波说："太多了，这么多花。"

协拉琼巴喃喃地说："真像是梦境一样。"

"谁的梦境？"

村子里都传说，凡是叫什么协拉的这些人，都会在某个时候，在梦境中见到祖先们在峡谷中生活的情景。

"你梦到过这些花？"

协拉琼巴没有回答。他说："我们不该在这里过夜，下面的热气还要上来，这里热死了。下去，下面凉快一些。"

骆木匠叫起来："伙计，你疯了！"

索波的表情犹疑不决："下面真的会凉快一些？"

协拉琼巴点了点头。

骆木匠说："你没有去过下面，你怎么知道？"

协拉琼巴没有回答。

索波说："可是，晚上什么都看不见。"

协拉琼巴不说话，他的眼光四处逡巡，然后，脸上浮起神秘的笑容："来，你们跟我来吧。"

大家就都跟着他动身了。他走在前面，身体僵直而脚步虚浮，那姿态仿佛梦游的人一般。他并没有埋头看脚下，但在这悬崖峭壁上，他每一脚都找到了一个平坦而空旷的地方，每一脚都踩在坚实的岩石之上。甚至，他们感觉自己的双脚踩在相当平整的岩石梯级之上。协拉琼巴的声音在前面："不要四处看，手摸着岩石，一步一步，就像走在家里的楼梯上一样。不要看上面的天空，也不要看下面的大地，夜半三更，反正什么也看不见。对，对了，就像这样，一步一步，一级一级，就是这样，我说了，就像走在自己家楼梯上一样，只是这楼梯很长很长……"

他们的脚步也就一步一步踏在坚实的梯级之上。

索波想看看四周，真的就像协拉琼巴说的，什么都看不见，上面，闪闪的星光消失了，下面，辉映着星空的宝镜一样的湖泊也消失了。甚至连风声都消失了，四周只有浓重的黑暗，还有黑暗中协拉琼巴巫师一样的声音："不要张望，因为你什么都看不见……"

协拉琼巴用他父亲吟咏古歌的腔调念叨："那条路，不在眼前，而在心上。那条路，不通往地狱，也不通往天堂，通往我们伟大的故乡！"这情形，恍然间犹如梦游一般。就这样，恍恍惚惚地走了半夜，草木的清香又扑面而来。协拉琼巴说："好吧，睁开眼睛吧！"

大家都不太记得此前是不是一直闭着眼睛的，但现在，他们非常清楚地又看见了满天星光，看见自己站在一株巨大的松树跟前。树高举着巨大的树冠，也没能遮去满天星光。大家都长吁一口气，坐在了满地绵软的松针之上。没有人说话，所有的屁股都很舒服地沉陷在绵软的松针里面。协拉琼巴端直地坐着，打起了轻轻的鼾声。卓央推他一把，他就倒下去，鼾声更加顺畅而响亮。

卓央轻轻笑了一声。咕咕的笑声像是树上那些野鸟的梦呓。她也倒在香喷喷的松针毯子上沉入了梦乡。

七

除了协拉琼巴，谁都不敢去想他们自己怎么能摸着黑从那悬崖峭壁上走了下来。

迷离恍惚的协拉琼巴说："那有什么，先人指路。"

"仙——人——指——路！"卓央不禁叫了起来。

听到那惊怪诧异的声音，协拉琼巴抬头看看悬崖，又看看峡谷上方空洞洞的蓝天，莫测高深地笑笑，只是说："不是仙人，是先人。以前在峡谷里的先人。"

骆木匠说："你看见了你家的先人？"

"反正，我看见了一个人走在前面，反正我听见了他对我说，来，跟着我来吧，不要害怕。反正，我在前面跟随着他，你们也就跟着来了。反正，他对我说，踩着我的脚印走，我也这样对你们说，踩着我的脚印走。结果，我们就平安地下到谷底了。"

卓央喊叫起来："不要讲了，我害怕！"

骆木匠却是水上的野鸭，心头软了，嘴巴也不会软："我不相信！"他这么说话，说明连他都明白，自己多少有些相信了。

还是索波因为承担着更多的责任而保持着清醒："下倒是下来了，可是回去呢？"

往上望去，赭红色的峭壁几乎就向着他们的头顶倾压下来，真不像是可以自己攀缘上去的样子。崖缝间虬曲着一些稀稀落落的松树，松枝间隐隐约约飘浮着淡淡的雾气。而在山谷的底部，植物疯长。好些树的叶片大得不可思议，合抱粗的虬曲树干上苔藓潮湿松软。苔藓与树干之间是四处蔓延的藤蔓。还有一种花朵，竟然大如人面。

三个心中不安的家伙，透过那些长相奇异的巨大树冠之间的缝隙，不断去回望身后高高的崖壁，即便悬崖上的来路也充满神秘，但只要知道归路在那里，也能使他们感到心安。

协拉琼巴脸上浮现出浅浅的笑意，再一次说："跟我来吧。"

他在齐腰深的茂盛荒草中蹚出一条路来，走出一段，回过头来说："我带你们去一个地方。"平常他们家特有的灰色的黯淡无光的眼睛这时焕发出一种特别的光彩。他转身走在前头，双脚不断地踏倒一丛丛荒草，手起刀落，悬挂在身前的藤蔓纷纷落地。四周的树林中，有野鸡惊飞起来，还有一些奔逃的野兽在林木深处弄出了更多的响动。潮湿闷热的空气，黏糊糊，把汗湿的衣服粘在身上，这种感觉就像是被某种不愉快的东西纠缠住了。

每个人都想快点走出这令人窒息的处境。

但是触眼处尽是疯狂生长的荒草，是硕大的花朵，是纠结不清的藤蔓，是林中受到惊动后四处奔逃的动物。那些受惊奔逃的动物影影绰绰的影子在阴暗的树林深处晃动。

"快到了吗？"

"快到了吧？"

协拉琼巴带着他们在暗无天日的林子中穿行的时候，他身后的人总在发问，但是协拉琼巴只是挥动着手里锋利的长刀，一路向前，偶尔转过身来，却不答话。受惊的动物依然在林子中央奔跑。一种隐身在巨大树冠中的大嗓门的鸟发出人一样的声音："来了！"

一只鸟这么一叫，其他的鸟就发出同样的应和：

"来了！"

"来了！"

卓央终于把心里所想说了出来："我害怕。"

协拉琼巴停下了脚步，回身说："不用害怕，故事里讲过，这里就是有会说人话的鸟。"

这个故事，骆木匠这个不明来历的人可能没听说过，但索波与卓央是知道的。很多年前的王，不知道是这个山谷古国的第几个王，得到一只特别会说人话的鸟。这鸟四处飞行，晚上回到王宫，就把白天听来的人话学说给宫里的国王听。国王以此为据拔擢或除掉手下的臣子。这个王因此成了一个公正的王。

回味这个故事的时候，密不透风的树林前方透进了明亮的天光。天光尽头，一处高耸的小丘上，巨大的树木消失了。他们加快脚步向亮光那里去了。这回，索波端着枪走在了前面。

协拉琼巴想越过他，但索波一旦甩开了他的长腿，就没有哪个机村人能够赶上他的步伐了。他只好在背后喊："要是看到狼，不要开枪！"

索波转过身来："看到狼还不开枪，要枪干什么？"

"故事里说，那不是狼，是不甘心的王子。"

话音未落，一只狼真的就出现了。它在小丘的顶部站立着，整个身子的侧面对着这几个陌生的闯入者。修长的身躯，灰色的皮毛光滑明亮，它站立在那里，以整个小丘主人的姿态。它听到了这几个陌生来客的动静，却没有转过脸来，这个家伙只是抖动着尖尖的耳朵。索波举起了枪。而狼的要害部位几乎都暴露在枪口下面：脑袋、颈子、肋骨下的胸腔。

没有人说得清楚，是枪响在前，还是狼的消失在前。

枪声并不巨大，使枪声显得巨大的是小丘四周突然呼啦啦腾身飞起来的五彩的鸟群，是五彩鸟群同时腾身时搅动了空气的声音。鸟群飞腾而起，数百只五彩鸟同时被阳光照亮，焕发出夺目光彩那一瞬间，也仿佛在空中炸开了一声巨大的声响。

这些古歌中的五彩鸟真的曾经向过去的人学舌过，它们盘旋在天上，还在惊叫："来了！来了！"

它们的聒噪声震得人脑袋嗡嗡作响。

见多识广的骆木匠笑了："妈的，鹦鹉！"

"鹦鹉？"

"我从来没有看见过这么漂亮的鹦鹉！"

鹦鹉们并不特别善于飞翔，它们又慢慢降落到树上。

天空中没有了它们的影子，树林里也没有了它们的声音。巨大的寂静又笼罩住了这梦境一般的地方。

这时，大家才想起那头漂亮的狼。

狼早已消失不见了。

"狼呢？"

索波说："上去看看，肯定倒在草丛里，死了。"

骆木匠就往小丘跟前奔去了。协拉琼巴却笑了："你是等它跑开才开枪的。"

"胡说！"

协拉琼巴眼里闪烁着迷离恍惚的神情，脸上浮现着莫测高深的笑容，嘴上却不再争辩。但索波心里知道这个灰眼睛的家伙说得对，他确实不可能打中那狼。他也知道这不是因为害怕，那么，又是因为什么呢？因为那狼太漂亮，太威风凛凛了，那狼太像狼了。所以，当他手指搭上枪机的时候，心头却犹豫了。就在那片刻之间，狼就是一道光一样闪烁一下，就很快消失了。的的确确，顺枪管指出的方向，从眼睛到缺口再到准星这三点一线瞄出去，即将被射杀的猎物身上都披着一层好看的光晕，特别是有太阳光笼罩的时候更是如此。猎人禁不住都要在心里赞美一声：多么漂亮啊！然后，轰的一声，美丽生灵终究还是被击倒在血泊中了。但是，索波知道，这一回，他的确犹豫了更长一点的时间。枪响之后，那美丽的光晕不是轰的一声炸开，而是闪电一样飞掠而过，从什么地方消失了。

大家都登到了小丘顶上，果然，在狼应该倒下，倒在一汪血泊中的地方，没有狼的影子。阳光落在丘顶的花上、草上与杂树之上。

他们发现，脚下不是一座天然的丘岗，而是一个建筑的巨大废墟。脚下，尽是规整与不规整的石头，石头上面长满了苔藓与青草，石头缝中，那些姿态虬曲的树怕也生长了两三百年，甚至更长的时间了。

现在，这几个年轻人都相信，古歌中怀想的那个古老王国是真正存在过了。

更重要的是，几个人待在这高大的废墟上，心里竟然没来由地感到了隐隐的害怕。好像那些遮蔽了阳光的幽深的树影中，真有遥远缥缈的身影在无声穿行。当他们来到废墟下方，看到一块石头，干干净净，没有长草也没有长树，上面赫然刻着一头狼的图像。协拉琼巴眼里的神情更加迷离恍惚："刚才那头狼不是真的，而是狼神的魂魄。"

大家互相看看，都不言语，只是加快脚步要从这废墟里走将出去。走下这片小丘是容易的，但是，小丘并不是废墟的全部。这片废墟那么广大，从中走出去，真还费了他们不少的工夫。那么多的杂树与藤蔓，那么多苔藓丛生、又湿又滑的石头，还有树冠深处那些聒噪不休的鹦鹉，一直在叫着："来了！""来了！"

传说中，这些鹦鹉偶尔有一只是王者的奸细，更多的是王族的奴仆。王者一旦走动，它们就振翅飞翔，盘旋在所有臣民的头顶，喝令他们开道或回避。而一旦有面孔陌生者出现，它们更是大声聒噪。立即，王座深垂的帷幕后，侍卫已然刀枪在手了。但现在，只有他们几个人沉默着走在大片建筑倾圮留下的大堆石头中间。那鹦鹉们是在向过去的亡魂通报什么吗？

协拉琼巴有些害怕了："它们为什么一直这么叫？它们这么叫是想叫谁听到？"

骆木匠笑了："叫鬼听到！"

卓央用手指塞住耳朵："你们都不准说话！"

这是七十年代的某一天，无产阶级"文化大革命"正在进行，这场伟大的革命运动一开始，就宣布了所有鬼魂神灵都是不存在的。现在行走在这林间的都是这场运动中成长起来的新青年，都不再相信虚无的鬼魂与过去供在庙里的偶像，而且，庙里很多偶像就毁在他们戴着红袖章的手上。但他们毕竟还是机村人，机村人在这个山谷王国的传说中浸染了几百年。一到这种情境之下，内心那些他们以为早已消灭干净的东西一下子就复活了。

复活的标志，就是他们都感到害怕。

害怕使他们对时间的消逝感到麻木。他们只是汗流浃背地往前走，一直走到阴森的树林终于落在了身后，鹦鹉们的叫声也沉落在浓重的树影中间，他们都没有感到已经走出了古代王国的废墟。直到清新的风扑面而来，把林子中的腐木败萱的气味一扫而光。他们才发现已经来到了从绝壁上方曾经望见的碧草如茵的草地上，远处，碧蓝的湖水在阳光下微微鼓荡。

四个人都腿一软，跌坐在草地之上。

湖畔，几只鹿听到了异样的动静，伸长了脖子，竖起了耳朵顺风凝神谛听。骆木匠突然伸手抓过索波的步枪，但他还没有来得及向鹿群举起，那些鹿就甩开四蹄跑开了。

鹿群并没有跑远，它们顺着湖岸跑出一段就停下来了。依然停在湖边那些青碧的草地中间。

卓央说："太漂亮了。它们太漂亮了。"

机村的人都看到过鹿，但是那些鹿常常在猎人的枪口与陷阱的威胁之下，外出寻食时总是一副惊惶的模样。而且，经过多年的猎杀，特别是经过了机村的森林大火，机村早就没有鹿群了，偶尔出现在人们视野里，也是形只影单。而在这里，鹿群因为一点异常的动静就机警地跑开，但是它们跑出去不过百步之遥，就停下来安详地饮水吃草。骆木匠又想举枪，但被协拉琼巴举手摁住了。

鹿群也没有再受惊奔逃。

大家的目光都掠过风中起伏的草浪奔向那群安详的鹿。

协拉琼巴说："鹿苑。"

"什么？"索波皱起了眉头，"你又在瞎叨咕什么？"

"我说鹿苑。古歌里唱的鹿苑。"

大家就想起来了，古歌里确实唱过，这个王国没有鹿，出征草原部落时，打了胜仗，战败的王敬献了鹿，他们班师回朝后，就有了鹿苑。梅花鹿苑。这几个机村的年轻人没有见过梅花，因为此花本地不产。但远远看去，那些鹿棕褐的身躯上密布圆形的黄白色斑点，的确像是某种开放的花朵。鹿在他们视野中低头吃草，甩动着短短的尾巴，渐行渐远，最后，走入一片阔叶的树林，消失不见了。

卓央说："太美了。"

骆木匠说:"以后来开荒的人,只是带上粮食。肉,这里有的是。"

索波起身,在距湖边不远的地方找到一个有泉眼,还有几株野生刺梨树的地方,挥动长刀,芟去地上的野草。然后,他用劲踏踏松软的黑土:"房子就建在这个地方。"

协拉琼巴看看湖,再看看树林那边,在树林深处,古国王宫倾圯形成的小丘隐约可见。他笑了笑,相跟着动手干起活来。其实,他们并没有真的建起一所房子。他们芟掉一块草,然后学了修公路和水电站的样子,在将来应该建上房子的地方,打上一些木桩。木桩砍去了外皮,露出白生生的木质,修公路和水电站的人打下木桩后还会用红色油漆在上面写下编号与简单的文字。但他们没有红色油漆,也不懂得那样编号有什么意义。索波还让大家以此为中心,四散着走开,走完一千步,在那里挖掘一些泥土带回来。大家带回来的都是黑油油的肥沃泥土。协拉琼巴从他带回的泥土中,还拿出了一块坚硬的陶片。

索波把这些泥土郑重其事地分装好,说:"以后,机村人不会饿肚子了。"

这时,黄昏降临了。湖上闪烁着夕阳最后一抹金光。吃东西的时候,协拉琼巴一口也没吃,他离开大家,把捏好的糌粑抛往林中废墟方向,然后,他起身去到了湖边,他蹲下身子,抱住了脑袋,像他爷爷一样开始轻轻吟唱。

骆木匠愤怒了:"队长,这个人一直在装神弄鬼,你要跟他斗争。"

索波用一根棍子拨弄眼前的火堆,他每动一下棍子,许多火星就飞舞起来,飞蹿上夜空,抬头望去,那些火星很快熄灭了。

"斗争?"索波用疑问的口气重复了一遍在这个环境中听起来有些陌生,也有些唐突的词,"跟谁斗争?走了这么几天,你还不累?"

"我想,队长是不想回去了。"

索波很认真地看了一眼骆木匠,长叹了一口气,在草地上躺了下来。深蓝的天空仿佛一个巨大的帐幕笼罩在头顶,上面挂满了一颗颗闪烁的星星。他又长叹了一口气,说:"我真是不想回去了。"

这话要是让卓央听见，卓央就要心疼了，但卓央不在，她到水边清洁自己去了。她来到水边的时候，协拉琼巴停止了歌唱。一停止歌唱，寂静立即就降临下来，然后才是湖波轻轻拍击湖岸的声音，回荡在两个人中间。两个人站得很近，但那声音一分隔，他们像是隔得很远很远。协拉琼巴扭头要往回走，这时，卓央却说："你站住。"

协拉琼巴就站住了。

"你不能走，你走了我害怕。"

协拉琼巴就回过身来。

"你转过身去，不准看。"任何时代，这些漂亮姑娘在某种情境下，对于任何男人都有任性的权利。

"好，我不转过身来。"

卓央没有再说话，协拉琼巴站在原地，听见身后一片水声响亮。后来，水声停了。后来，水声又响起来。协拉琼巴回头，是一片朦胧的肉光。他转过身子，那水声在脑子里打雷声一样轰然作响。

不知过了多长时间，卓央站在他面前，露出一口白牙，笑吟吟地说："你很听话，我们走吧。"那口气比索波队长的口气还要理所当然。但是，一回到火堆旁，她的灿烂笑容就朝向索波队长了："我们明天就回去吗？"

"回去，回去了我们还要再来。"

"但是，这些悬崖我们怎么上去呢？"

"睡吧，回得去也要回去，回不去也要回去。"

八

"觉尔郎！"

"觉尔郎！觉尔郎！"

说起这个名字，机村的年轻人就脸上放光，犹如阴霾的天气从云缝里漏出的一线阳光正好投射在了他们身上。过去，粮食充足的时候，人们总是抱怨美好的夏天过于短暂，但现在，因为青黄不接，大家都只盼着秋天快点到来，这个夏天就显得太漫长了。夏天的白昼长，这对饥饿中的机村人来说，漫长的夏天差不多是该诅咒的了。而且，这个夏天还没有过完，人们已经在担忧怎么熬过以后的夏天。

但是，现在，情形不一样了。那个传说中土地肥沃、气候温煦的地方真的存在！

索波带着几个人神秘地出走，又神秘地归来，证实了古歌中那个辉煌王国的确存在过，尽管王国已经消失了，但那个比机村土地更肥沃，气候更适合作物生长的地方确实存在！

那样一个鸟语花香、土地肥沃的地方使因为饥荒而绝望的机村人又看到了一线生机。这使他们想起一些古老的传说，想起这些古老传说是为了想起一个久已遗忘的词：迁移。这个地方被人自己糟蹋掉了，他们可以迁移去另外一个地方。在传说中，机村人曾经数次迁移，以至于他们都不知道最初究竟是从哪里出发，以至于没有人能够说出他们到底有过多少个故乡。那些传说不像写在书上的历史那样清楚明晰，只是留下一些隐约的线索，告诉机村人，在来到机村之前，他们的先辈曾经为了生存数次迁移。因为战争，因为天灾，因为瘟疫，因为不同的宗教派别对于宇宙与生命解释中微妙的差别。现在，人毁灭了机村周围的森林，自然之神伸出报复之手，要来毁弃这个村庄了。按照古老的传统，迁移的时候，寻找新的家园的时候快要来到了。

这样的时候，也是产生英雄般的领袖人物的时候。一群羊没有一只威武沉着的头羊的带领，去不到一个水草丰美的草滩；一盘散沙的百姓，各怀私心的百姓，没有一个英雄般人物的率领，不可能有决心背弃一个遭到天谴的家园，更不可能找到一个被神祝福并加以佑护的家园。

那个古老的旧王国，也可能成为机村美丽的新家园！

这种可能性使年轻人感到欢欣鼓舞，但是，年纪大的人们，生活阅历丰富的人们，对新社会总是半信半疑的人们，迅速跌入了绝望的深渊。因为他们想遍了机村的每一个人，都看不出有这样一个人具有这样的领袖气质。传说中有一个领袖因为做王的兄长懦弱而多疑，不能临机决断，毅然杀死了他，带领全族走出了绝境。还有就是那个古国最后一个王。陷入敌军重围时，他让一批年轻男女突围，而自己带领老弱残兵战斗到最后一息，最后，自己点燃宫殿火葬了自己。

但是，如今的机村，或者说如今的时代已经不是产生这种人物的时代了。这个时代，人们只是生活在绝望的心情中，并不是生活真就到了无路可走的程度。

这不，就在几个年轻人带回来好消息的同一天，上面派发的救济粮到了。运粮的卡车停在村中小广场上，差不多整个村子的人都出动了，去领取每人三十斤的救济粮。随着救济粮下来的，还有一个工作组。工作组在发放了救济粮的当夜就召开了全体社员大会。但是，工作组并没有看到期望中那种感激涕零的场面。人们依然愁容满面，整个会场被一片沮丧的气氛所笼罩。工作组长讲了一大篇话，讲完了，期待着下面有所反应，但被大瓦数的电灯照耀着的人们都把脸埋在自身的阴影中间。又沉默了一阵，大家就都抬起屁股来，纷纷走散了。

很快，人群就走光了。剩下一些灰尘，一些夏天里总是非常活跃的蛾子飞舞在明亮的灯光中间。

那些沉默的人，他们坐在下面时，阴郁的表情和深色的衣服吸掉了很多光线。现在，他们沉默着走开了，把吸收掉的灯光还给了会场。于是，空荡荡的会场中光线变得异常刺眼。

"为什么？"工作组长问。

"什么为什么？"代理着大队长职务的索波反问。

"党和政府这样关心他们，他们为什么没有一点感激之情？"

索波叹了一口气："没有人想吃不是自己种出来的粮食。"

组长冷笑："问题是你们没有自己种出够自己吃的粮食。"

索波说："我们种得出够自己吃的粮食。"

组长站起身来，合上笔记本，拍打着落在自己身上的尘土。灰尘把索波呛住了，他猛烈地咳起来。组长笑了："看看，我们机村的代理大队长让自己说的大话呛住了。"

索波把咳嗽憋了回去："不是我们种不出粮食，是泥石流毁掉了土地。要是不毁掉森林，泥石流就不会毁掉我们的土地。"这些话出口的时候，索波自己也感到吃惊了。因为平常村子里人们抱怨的话竟然从他口里冒出来了。机村不会有人相信他会说出跟大家一样的话。他索波从来说的都是和上面一致的话，而从来不愿跟村里人保持一样的想法。

"你说什么？你再说一遍，我没有听得太清楚。"

索波只是吃惊，但他并没有感到害怕。他说："如果换一个地方，我们还能种出很好的庄稼！"

"换一个地方？"

"就是迁移。"

"迁移？谁要迁移？你？"

"不是我，是我跟大家！"

"你说说清楚，大家是谁？"

这步步逼问显示出一种压迫人的力量，方法是熟悉的，但那力量并不因为熟悉这种方法而减轻，索波中气有些不足了："就是……机村。"

工作组长大笑："你是要我给机村全队开一张迁移证明？"

听了这句话，索波心里涌起一股绝望的情绪，他应该知道，这个时代已经不是一个人人都可以随意走动的时代了。村里只要有人要走到公社管辖的范围之外去，就要在他那里交上一张申请，批准后，还要拿到公社审批，加盖上一个鲜红的印章。这张证明上还要注明出走的路线与回归的日期，如果证明的持有者逾越了路线或超出了归期，就是一种危险的行为了。人不是牛羊，随自己高兴就可以走到有水有草的地方。人要守各种各样的规矩，老的规矩和新的规矩。新规矩当中最最重要的一条，就是人不能随便走动。而他竟然脑子一热，想出来这么一个主意，要全村几百号老小像传说中那些人一样，离开旧的地方，走向新的地方。

索波听到自己在为自己辩解，而且还特别地理不直气不壮："那样，我们就不用坐等国家的救济了。"

就为这个，工作队接管了机村大队的领导工作，宣布代理大队长需要学习学习。索波去县城学习这天，人们都出来送行了。索波没有说话，人群默默地相跟着走在他后面。他们走出了村中的广场，走过了伐木场新建的那一大片房子，走过泥石流毁掉的土地上新建的储木场，那些堆积成山的杉木在太阳下散发出浓烈的松脂香气；人群又走过了许久没有磨过面粉的磨坊，木闸口，被拦住的水流溢向两边的分水口时，因为强劲的冲力撑开一个亮晶晶的扇面，就像是水晶做成的开屏孔雀。

索波站住了，跟在身后的人群也站住了。

他走到那水扇跟前，觉得脸有些发烫，脑子也在嗡嗡作响，伸手捧了些清凉的水在脸上，他感觉舒服多了，索性把整个脑袋伸到了飞溅而起的水沫中间，让一股清凉之气笼罩了自己。后来，机村人说，那一天索波第一次在乡亲们面前显出了可爱的样子。他像牲口一样打着喷嚏，他摇晃着脑袋，水花从头发里四散开去时，像是一匹刚从重轭上解下来，痛饮了山泉的牲口。

送行的人们看到这情景都露出了笑容。

索波回过身去，带着笑意，对送行的人群挥挥手，上路走了。

那些说这个时代不会有英雄出现带领众人走向生境的人，揉揉发花的眼睛，看着这个年轻人远去的背影，心上已经再度疑惑了：咦，难道他就是那个人吗？

那个人瘦高细长的背影在他们眼前摇晃着远去，那种摇晃里的确有种承担了某种使命，却还有些不堪重负而犹疑不决的样子。因此，那个背影也就多少暗含着一些悲情的色彩。英雄的传说中总是饱含着这样的悲情，就像带来雨水的云团中必然带有蜿蜒的闪电一样。

盯着索波的背影，一些觉得自己感悟到了点什么的人，眼中涌上了闪烁不定的泪水。

但是，他一去两个月竟然没有一点消息。

工作队在村子里领着大家苦干。干什么？农业学大寨。先治坡后治窝。泥石流不是毁坏良田吗？与天奋斗其乐无穷。那就拦住洪水猛兽，人定胜天！办法十分简单。在那些已经暴发过泥石流的沟壑上垒起一道厚厚的石墙。泥石流冲来的滚滚砾石正好作了修建石墙的材料。有人担心，石墙抵挡不住威力巨大的洪流，这样的人立即就会在大会小会上被"帮助"。这样的帮助并没有太大的效果。怀疑的论调依然在四下蔓延。直到一件事情的发生，才使人们紧紧地闭上了自己的嘴巴。

伐木场的一个工程师不请自来，拖着长长的卷尺把所有砌起的石墙都丈量了一遍。然后，他对着围拢来的人们露出讥讽的笑容。他摇着头说："上面是什么？"

"山！"

机村的年轻人学着小学校里学生回答老师的腔调整齐地回答。

那个工程师脸上也露出了老师一样，觉者一样的笑容："对，山，但是这些山没有了树木的遮蔽，还有什么？"

"泥巴！"

"石头！"

下面的回答踊跃，而又纷乱。

"是随时都可以来到山下的泥巴与石头。现在，这些东西没有下来，因为它们在等待雨水。雨水一来，它们就会一泻而下。"工程师伸手拍拍齐他胸高的石墙，脸上讥讽的神情更加鲜明了，"一道墙怎么可能挡住整座山？"

他慢慢摇动手里那个圆盘上的手柄，把长长的尺子一点点收进那个圆盘，把一群像被施了定身法一样的机村百姓扔在身后，扬长而去了。

当这个人身影消失时，所有人都一脸茫然地坐在了地上。

机村人都长在山里，谁又不知道山的力量？在过去的宗教故事里，就常常出现这样的情形。大群的生灵被外来的魔力或内心的鬼魅所迷惑，所牵制，茫然劳作，徒然相爱或仇恨，不明目的地吃喝拉撒，直到云头上出现一个圣人，大声断喝，这些人才猛然醒悟，觉察到自己可笑的处境。

这一个晚上，整个机村都在议论这个人，整个机村都在热烈的议论之后陷入了深深的沉默。

但是，没有一个人知道别人心里是不是想了些什么。

达瑟用询问的眼光看着协拉琼巴。

协拉琼巴说："不要那样看着我。以祖先的名义发誓，没有人喜欢你这样的目光。"

达瑟笑了。他的笑容里有着胜利的意味："你说什么？用祖先的名义起誓？"

这个时代，已经很久很久没有人用神啊祖先的名义起誓了。他们起誓的时候也不说起誓了。他们说保证，向毛主席保证。这是最流行的誓言。

协拉琼巴说："我向毛主席保证，我没说什么。"

达瑟笑了。

协拉琼巴也跟着笑了起来。

两个人相与大笑。但是，笑过之后，沉默又降临到了两个人中间。这时，达瑟又说话了："你真的看见了？"

"看见了什么？"

达瑟说："你知道你自己看见了什么。"

"是的，我看见了。要是你去了，也许会看到更多。"

"那么，下次你们会带我去吗？"

"我不知道。也许索波才知道。"

那该死的沉默又降临了。它像一块巨大的石头横亘在两个人中间。他们看不见它，但知道这个东西就在那里，在两人之间，使两颗心的距离仿佛远隔了万水千山。协拉琼巴说："伐木场那个人疯了。"

第二天，伐木场那个人又出现了。

这回，他被五花大绑，被伐木场全副武装的民兵押着站在一辆卡车顶上。卡车从伐木场开出来，停在机村的广场上好一阵子。人们都围了上来，工作组举手喊了几句打倒什么什么的口号，响应声却相当寥落。协拉琼巴也跑到广场上去了。卡车重新启动的时候，车上那个人奋力挣脱了压住他脑袋的手，抬起头来，目光对着下面的人群扫视一圈，白刷刷的脸上浮现出了惨淡的笑容。然后，卡车就开上了驶往县城的大路，带着这个破坏农业学大寨运动的反革命分子走了。人们四散开去，协拉琼巴还呆呆地站在原地。卓央上来推了他一把："嗨！"

协拉琼巴脸上又浮现出恍然的笑容，他说："他看见我了，他的眼睛在对我说话。"

卓央一脸正经："告诉你，在那里，你神神鬼鬼的没什么，但现在我们已经回到村子里来了！"

协拉琼巴说："这里和那里，难道有什么不一样吗？"

卓央说："那里，什么人都没有，有的就是过去的传说，像是做梦一样，但是，在这里，我们都该醒过来了！"

协拉琼巴觉得自己可能醒不过来了。卓央问："索波大哥为什么还不回来？"这个姑娘并不要人回答她的问话，她只是因为思念而在自说自话："他们说他回不来了。"

九

索波觉得自己在学习班上过得不错。

他曾是一个内心躁动的家伙，但在这个基层干部的学习班上，一起学习的那些人一个个愁眉不展，他的心情却空前地平静。

班上都是跟不上形势发展的基层干部，据说，他们都有"革命到头"的思想，"都躺在了过去的功劳簿上，放松了学习，失去了继续革命的雄心与斗志"，因此需要到这里来，在组织的帮助下自己对自己"展开无情的思想斗争"。这斗争是人人过关，被上面认为斗争通了，就打起被盖卷回到乡下继续革命。每天上午，大家都集中在一个会议室里学习文件，下午，是小组讨论，在县里干部的引导下开展批评与自我批评。这样还不起作用，觅要接受一对一的帮扶教育了。

索波心情坦然，他主张机村来一次大迁移，正是为了带领机村人继续革命，但是，正因为他坚持认为自己没有错误，他才成了这个学习班冥顽不灵的典型。

领导恨铁不成钢，说："你曾经是一个多么意气风发的有为青年啊！"

第二天下午，他就被通知单独接受一对一的帮助教育了。

一对一只是一种说法，其实是三对一。三个人坐在桌子后面，他就那样默然地站着。窗外，强烈的日光落在水泥地上，泛起一片白花花的光。那些光暗淡了一些的时候，桌上那个嚓嚓作响的钟上的时针已经转了大半圈。

这时，桌子后面发话了："看来，你是准备顽抗到底了？"

索波当了多少年的基层干部，当然知道这个词的严重性，一旦用上这个词情况就真的严重了。果然，桌子后面又发话了："你这是在向党示威！知道吗？这样一来，矛盾的性质就要转化了。"

这之前，他们曾经用两个半天听一个人讲一本叫《矛盾论》的书。这其中的最最重要的意思，索波是听明白了。那就是天下的任何事情，任何人群里，都能分出好坏。这就是矛盾。更可怕的是，即便天下只有你一个人，你的内心里面也能产生出好与坏的对立，进步与落后的对立。进步与落后，是人民内部矛盾。好与坏，就是敌我矛盾了。所以，索波明白，他们的意思是，他再不有所表示，那就要从同志变成敌人了。学习班上有一个大队党支部书记，就因为这种矛盾的转化，半夜里在窗户上用腰带把自己吊死了。

他说："我不是阶级敌人。我想干好工作。"

"没有无产阶级先进思想做指导，工作是想干好就可以干好的吗？"

在这一刻，从这些夸夸其谈的人身上，索波明白了自己在机村人眼里其实也是这样一种形象。唯一不同的是，他会干活，但这样不着边际的话，自己并不明白的夹缠不清的话，他这些年可没有少说。村里有老人说过他，说这年轻人是个能干的人，就是心里生出了一个爱说大话的恶魔。他母亲也相信这样的话，趁他睡着了，悄悄找了人来作法，要驱走寄生在儿子心中的恶魔。他白天干活很累，晚上睡着了，那些自己半懂不懂但听起来总是义正词严的话总在脑子里打架，弄得他在梦中也烦恼不已。这天，他好像听见一个声音说："让心魔离开吧！"

他还呻吟着回应了："他们太吵了，他们不肯离开。"

后来，他醒来了，看见屋子里烟雾腾腾，仿佛房子着火了一般，烟雾还散发着强烈刺激的柏枝香。他母亲正念念有词挥动着衣服往窗口的方向驱赶那些烟雾。他又闭上了眼睛，他从来没有问过母亲为何要请了人来燃着这些柏枝作法驱邪，他也从没有表示过自己发觉了这件事情。

现在这些空洞无物但又义正词严的话，同时从审判台一样的桌子后面那几张嘴里喷射出来，反倒产生了一种驱邪仪式也没有的效果。这些话写在报纸上、文件上，由高音喇叭放送出来，从早到晚，在这个两山夹峙之间的县城上空回荡。现在，他们口沫四溅，涨红了脸孔试图把他笼罩在那个巨大的谎言形成的罩子里。天空中滚过了隆隆的雷声，听到这雷声，索波开口了："这些话能让机村不被新的泥石流淹没吗？"

"毛主席说：'要奋斗就会有牺牲！'"

"饿着肚子的人宁愿为什么事情马上牺牲，却又没有机会去死。"

索波有点被自己的话吓住了。他下意识地做了一个缩回舌头的动作。因为对自己说出的话感到恐惧，他感到舌头上掠过一道清晰的痛楚。犯了口舌之罪的人会下到割舌地狱。他过去学着说这些人对他说的这些话，在机村人眼里是该下到这个地狱中去的——当然，如果真有这样一个地狱的话。而现在，他口里居然吐出了机村那些他一直与之斗争的落后分子口中才有的话。这在领导的眼中，也是该下割舌地狱的罪行了。

那么，自己要因为不同的立场而两次下到同一个地狱吗？他笨拙地替自己辩解："我是说，我不怕牺牲，但怕吃不饱饭。"

他的话使来帮助他的人脸上露出了吃惊的神情。他的害怕是在心里，这几个人的惊惧，却明明白白地摆在脸上。他们叫起来："反动，反动，太反动了！"

几声惊呼之后，那几个家伙从他面前消失了。

他们给这个房间上了锁，但敞开的窗户却忘了关上。索波并不想逃跑，他慢慢滑坐在地上，背靠着墙，闭上了眼睛。他心里有着淡淡的悲哀。与此同时，他感到平时总是悬着的心这时却稳稳地放下了。外面的天空慢慢黑下来了。高音喇叭里播出的高昂的歌曲和那些空洞的话依然在整个县城，在所有人的头顶上盘旋，然后被风吹散。半夜里，那些喇叭也休息了。索波感到了口渴。但他并没有想去找水喝，后来就睡着了。他梦见身下的水泥地裂开了。他就这么一直下坠，下坠，很久都没有落到一个具体的地方。刚开始坠的时候，他是害怕的。但这么一直不到底，这么一直把人置于惊恐之中，使他终于愤怒了。

他大吼一声醒过来。

这时，天刚蒙蒙亮，县城里那些悬挂在高楼、大树、电线杆子上的喇叭又响了。早晨的峡谷里有强劲的风吹过，把高音喇叭里传出的声音撕扯得七零八落。他笑笑，又闭上了双眼。他感到时间的迁延是因为感到了饥饿。已经是中午时分了，仍然没有人出现。夜晚降临的时候，他又醒过来了一次，胃饿得有些痛。他觉得，这是把悬浮着的心放下来必须付出的一点代价。然后，他就不太记得时间了。

索波恍然听到一个熟悉的声音喊："喂，伙计！伙计，喂！"

他醒过来，露出迷糊不清的笑容。然后，他脸上的笑容僵住了："老魏？"

"我是老魏。"他的面前绽开了熟悉的笑容。

"你不是也犯错误了吧？"

老魏的声音就愤然了："我犯什么错了？搞生产就是不革命？搞团结就是不革命？"

索波对老魏说："我脑子刚刚清楚一点，你的话让我的脑子又要糊涂了。"

老魏叹口气："要是我把所有知道的东西都告诉你，你可怜的脑子就要更糊涂了！不说了，我请你喝酒。"

索波不走："那些干部没有回来，我不能走。"

老魏笑了，说："看来，解铃还须系铃人，要让你彻底放下包袱，我让他们来请你。"说完，就背着手自顾自地走了。

索波又靠着墙懒懒坐下，这回，他没有闭上眼睛，他抬眼去看窗外，看到窗户外宽宽的屋檐，上面悬挂着些细细的蛛网，网上一些小小的虫子在微风中摆荡。屋檐外面，是一株高大的白杨，宽大肥厚的叶片闪烁着蜡光。这些密集簇拥的、在风中哗哗作响的叶片后面，是淡蓝的天空。

然后，那三个人又出现了。这些家伙，依然表情严肃，说："魏副主任让你前去谈话！"

"你要向魏副主任好好地检讨你的错误！"

"站起来，跟我们走。"

他们出了院子，穿过了一个很大的操场，进了一座灰色的楼房。上了几折楼梯，又穿过一道光线昏暗的楼道，索波进到了一间敞亮的屋子。老魏响亮地笑着，从里面一间屋子里走出来，拉着他的手一阵猛烈地晃动。"索波同志，搞糊涂了吧。"不等索波反应过来，他又转身喊，"勤务员，上茶！去伙房搞点吃的！不，回来！先搞点饼干，再去伙房，我的老伙计肯定饿坏了！"

老魏按着索波的肩头，在沙发上坐下来。热腾腾的茶水来了，表面粘着砂糖、里面嵌着花生仁的饼干来了。老魏没有陪索波坐下来。他不断进到里间屋子里去跟人说话，屋子里没有人了，他又在电话里跟人大声说话。在这些间隙里，他会来到索波身边，用力地按按索波的肩头，说："吃吧，吃吧。"

完了，他又一头扎到里间屋子里去跟人或电话大声说话。老魏在机村大火后不久，也被关到一个什么地方学习去了，因为他犯了什么温情主义的错误。索波刚刚觉得自己的脑子清醒了，面对这种情形又有些糊涂。伙房送来了饭菜，甚至还有一瓶白酒。这座闹哄哄的楼也安静下来了，老魏终于坐在了他的面前。

老魏和他干了一杯酒，看他木然的样子，说："哈，看样子，机村人的犟脑袋还没有转过来吧。"

是的，索波那机村人的脑袋，就像是拖拉机上掉了滚珠的轴承，无法转动了。

老魏靠拢了身子："不要操心，不要操心，形势变化得我都有些招架不住了。知道吗？我从学习班里放出来，一下子就是县革命委员会的副主任了。知道这是多大的官吗？就是以前的县委副书记！还是常务的。"

索波猛吃了一阵，举着筷子呆呆地等他说出下文。

"你想知道为什么？其实你知道。林副主席从飞机上掉下来，摔死了，知道吗？"

"知道。"

"邓小平同志又出来工作了，知道吗？"

"开会说过。"

"我就是随着小平同志一起出来的。"老魏说这话时表情很严肃，很郑重其事，"现在要整顿，要搞生产，要改正过去那些乱弹琴的东西！"

要在过去，虽然并不真懂得上面传达的种种精神是什么意思，但只要是上面传达一种新的东西，索波一定会感到欢欣鼓舞。现在，他却意兴阑珊，没有一点兴趣了，倒是把摆在茶几上的东西塞满了嘴巴。老魏拿来两只小茶缸，倒上酒，本来要说上几句祝酒话的，索波却已经把酒倒进了嘴里。

兴头上的老魏有些恼火了："你不高兴？"

索波点头。

"他们乱弹琴，这不是已经把你放出来了，我不是正在纠正过去工作中的错误吗？"

"那你能把伐木场搬走，不让他们再砍机村的木头吗？"

老魏叹息一声："看来，你的思想真有问题了。整顿工作以后，很多停顿的建设工作开展起来，木头不是多了，是少了，怎么可能停下来？"

索波也叹息一声："那机村就完了。"

"什么话？机村怎么会完？"

"树还没有砍完，泥石流已经快把土地冲光了。机村人都开始饿肚子了。"

"人家说你造谣，说你在群众中煽动不满情绪我还不相信，现在看来并不是空穴来风啊！"老魏现在就不只是扫兴，而且是生气了，"泥石流，泥石流，比起我们建设起来的新城镇，牺牲一个机村算什么？再说，国家发放了救济粮，我亲自批的，机村有人饿死了吗？"

索波在他的声声责问中头慢慢地低下去。老魏满意地长吐了一口气，咣一下把一大口酒倒进口中。这时，索波猛然一下抬起头来，已然是满眼的泪光："你们以为只要有点救济粮让我们不饿肚子，机村人就什么都不想干了吗？"

这句话真的就把老魏给噎住了。眼前这个固执的家伙的话有些道理，但他的确也太不给人面子，太让刚上任不久的领导下不来台了。老魏口风一转，已经柔中带刚："你这样的思想，这样的情绪，难怪人家不让你从学习班出来。"

索波差一点腾身站起来，但他终于没有站起来，血却阵阵上涌，口里低声说："那我就不出来。"

他这种有点惧怕的栏子让老魏感到满意了："那就谈谈你的想法嘛。"

"只有一个办法，迁移。"

"迁移？"

"机村过去也是迁移好多次才到现在这个地方的。现在，森林毁掉了，泥石流会冲光土地，那就让我们迁移吧。我一定带着大家把这个工作做好！"

老魏缓慢而坚定地摇晃着脑袋。

"那我不想当大队长了。"

老魏说："看来，你也不适合当这个队长了。"

"那我带上村里的年轻人去那里开荒！"

老魏沉吟半晌，说："名不正言不顺，要叫青年突击队，农业学大寨这么久了，你连青年突击队这个名字都没有学会吗？"

索波腾一下站起身来："那我就连夜回去了！"

"等等，你要去哪里开荒？"

"你听说过那个地方。"

"你们偷偷在歌里唱的那个地方？"

"我已经带人去勘查过了，机村有些人家确实是从那个地方迁移过来的。我愿意带人去那个地方。"

老魏沉吟半晌，说："我看你还是再学习一段时间。"

十

机村人传说，那天索波离开后，老魏独自喝酒，有些醉意了，说："妈的，你小子想把我拖下水，我才不上你的当呢。我好不容易解放出来，我还想好好工作呢。"

还是机村人传说，那天老魏继续喝酒，终于把自己灌醉了，说："妈的，一直批他们那些歌是封建迷信，原来真还有这么一档子事情啊！"

就没有人问一句，既然老魏是独自一人喝酒，谁又能听见他说了些什么呢？

没有人提出这个问题。

索波又在学习班待了一段时间。回到机村时已经是秋天。磨坊里的石磨又转动起来。舅舅上磨坊守夜的时候，带着表姐，也带上了我。低矮阴暗的磨坊里沉重的石磨嗡嗡转动。石磨每转动一圈，都有一些新麦粉从出面的槽口流泻出来。麦香仿佛心中暗暗的喜悦充满了低矮幽暗的空间。舅母一直有病，舅母没病以前，因为特别吝啬并不招村里人喜欢。舅舅在舅母面前忍气吞声，而且，对所有人都特别和气，因此，又特别招村里人的喜欢。这回，舅母又病倒在床上了。所以，舅舅才能悄悄地把我也带到了磨坊。

我们闻了一阵麦面香，舅舅就一手带着一个，把我跟表姐推到了磨坊外晴朗的天空下面："这么明亮的天空，我们就高高兴兴地待在它下面吧。"

十四岁的表姐在草地上坐下来，在下午的阳光下拿起针线，替家里人补缀衣衫，这些本是舅母的活计。表姐也长着舅舅一样的安静的长脸，而舅母常带着怒气与病色的脸却方方正正让人害怕。我拿起一根细长的草茎，从一丛草上接引了一只漂亮的虫子过来。我把虫子举到表姐的鼻子跟前。通常，像表姐这么大年纪的女孩，看到虫子就会一惊一乍地尖叫。但是，表姐只是停下了手中的针线，看了一会儿逼到眼前的虫子，用很老成的样子叹了口气："弟弟，你也该懂事了。"

舅舅正在盆里和面，看着他稚气女儿那老成的样子，笑了，然后，叫我挖点野葱的根子。

秋天，百草正在枯萎，野葱却还带着点绿意，但叶与茎都很老了。

我挖来了野葱的根子，袁姐拉着我在磨坊白沫与凉气四溢的水槽下洗去了葱根上的泥土。

表姐说："阿爸要给我们做一个好吃的新麦馍馍。"

黄昏的时候，馍馍做好了。一共两个。舅舅在馍里揉进了切碎的葱根、酥油和一点点的盐，还在火边烤着的时候，我的胃里就已经要伸出手来了。于是，我转头去看被夕阳烧得通红的晚霞。

喷香的馍馍做好了。舅舅给我们在磨坊门前的草地上铺开柔软的褥子，把面前的火堆替我们拢好，说："吃吧，不是别人施舍的陈粮，是我们自己种出来的麦子，好好吃吧。"

然后，他就揣上了另一个馍馍往黄昏中正在亮起稀疏灯火的村子里去了。他说："我去看一看他。"

我拿着馍馍就要往口里送，但表姐把我的手摁住了。这样，一直看着舅舅在小路上摇晃着的背影消失在我们的视线里，表姐才说："饿死鬼，吃吧。"

我就狼吞虎咽地吃起来。葱香、油香和麦香在口里弥漫，同时充溢了黄昏中这个小小的世界，就像幸福温暖的感觉充满了心房。这个小小的世界，我和表姐安坐在中央。太阳落山了，夜晚稀薄的黑暗降临在四周，火光就爬到了我们脸上。

馍馍把我噎住了。

表姐拍打着我的背，抚揉我的胸口，好一阵子我才缓过劲来。这时，我才发现，表姐只是尝了很少的一点。表姐说："你吃吧，我这一份给阿爸留下。"

我为自己面对好吃的东西无法自制而羞愧难当。

表姐笑了，四周没有一个人，但她还是俯过身来，在我耳边说："知道吗？阿爸是看望索波哥哥去了。"

表姐还说："为了我们大家，他犯错误了。大人们都说，他变了，是一个好人了。"

　　舅舅回来后，好一阵子，坐在火堆边上，点着一袋又一袋的烟，为了索波长吁短叹。表姐劝舅舅高兴一点。舅舅收起烟袋，说："你们小孩子不懂得，这么复杂的世道人心，你们小孩子怎么懂得？"

　　我说："我不懂，但是表姐懂。"

　　舅舅就笑了，用怜爱无比的眼光看一眼女儿，眼里那些忧虑的神情就一扫而光了。他的眼睛就像晴朗夜空一样，那么多的星星在悄然絮语一样闪闪发光。表姐也高兴了，她猛然抱住了我的脑袋，在我脸上狠狠亲了一口，她的嘴里咻咻地喷吐着热气："你让阿爸高兴了，奖励你一下！"

　　这时，舅舅已经在火堆边为我们铺好了床，让我跟表姐脚冲着火，脸朝着星空并排着躺下。

　　过去，我在被子下面碰触到表姐的身体时，她会咯咯地笑个不停。但现在，她刻意和我保持着距离，我也不敢轻举妄动了。舅舅说："你们都在长大，今晚以后，我不会再让你们睡在一起了。"

　　我们又静默了一阵，心里突然生出一种很哀婉的情绪。我没有作声，表姐突然一下伸出手来，把我揽到了她的身边。她的头发，搔着了我的颈子与耳根，那种痒痒的感觉让我忍不住笑了起来。表姐对舅舅说："我长大了，但是弟弟还没有长大。"

　　表姐又说："我也要参加青年突击队，到觉尔郎去开荒！"

　　舅舅没有说话，他坐在夜空下面，瘦长的身子高耸在我们脑袋的上方。他又点燃一袋烟，陷入了沉思中，烟火在烟袋锅儿里明明灭灭，和天上闪烁的星星混在一起。后来，我成人后，每每听到一个严肃的字眼——思想，眼前就会出现星星的光芒。

　　而在四周的草木之上，夜露已经下来了。

　　半夜里，舅舅把睡梦中的我和表姐摇醒，他让表姐背上新磨的麦面，离开了磨坊。磨坊门前，新去磨面的人家挂起了一盏明亮的灯。舅舅回过头去，久久望着那团耀眼的灯光，说："好久都没有吃这么新鲜的麦子了，让每家人都先尝上一点吧。"

这句话里，暗含了机村人的一点抱怨。国家发放的救济粮都是在仓库里放了好多年的粮食，吃起来与新鲜的粮食比起来，口味上自然差了很多。所有人肯定都愿意吃新鲜的粮食，愿意吃自己亲手种出来的新鲜粮食。更让机村人委屈的是，不是自己种不出来粮食，而是没有土地来亲手收获自己种出的麦子。

机村人因为贡献出森林而失去了土地，因为泥石流毁掉了土地，种不出果腹的粮食而感到屈辱与愤怒。

这种愤怒很快就转移到了伐木场工人的身上。机村的农民和伐木工人之间——也有人一定要把这说成是汉人和藏民之间——大大小小的冲突越来越多了。

十一

索波回来才几天，就遇上了这样严重的冲突。

那些天里，磨坊里一刻不停地磨着新麦面粉，人们心中都暗含着喜悦。孩子们整天都在流经磨坊的溪流上下玩耍，因为在那里，人人都能感染到一种喜悦的气氛。村子里已经好久没有像这样，有这么喜悦的气氛，在天朗气清的日子四处荡漾了。

那是伐木场的星期天。为什么要说是伐木场的星期天呢？因为每星期七天中有一天的假日，农民并不能享受，享受这天假期的是砍树的工人。工人是比农民高一等的人，所以，他们每七天就有一个不用做工的星期天。他们每七天就有一个可以去到镇上下饭馆喝酒的星期天。他们每七天就有一个可以把脏衣服在河边洗得干干净净的星期天。他们每七天就有一个可以上山打猎或下河钓鱼的星期天。为什么要有一个星期天呢？伐木场那个被抓走的工程师讲过一个故事。他说，有一个叫上帝的人创造天地万物，创造形形色色的人。到了第七天，现在世界上所有的一切都造好了，他就规定，这一天他就休息了，他还规定，这一天大家都要休息一天。

"上帝为什么叫伐木工人休息，但不叫机村人休息？"

这个看似天真的问题把好心的工程师难住了。他因此有些难过，最后，他对我们这些爱听稀奇故事的孩子们说："村子里不是有学校吗？你们要好好念书。念好书的人以后就有星期天了。"

我们拿这个问题去问在树屋上放了很多书的达瑟。达瑟看着我们，脸上没有一点表情，不肯说话。

我们逼问得急了，他说："我们不是上帝创造的！我们是猴子变过来的！"

那个星期天，我们一群孩子从磨坊顺着溪流而下，采摘经霜风变软变甜的野刺梨，遇到了两个在溪流上垂钓的伐木工人。

他们把肥硕的蚯蚓穿上鱼钩，抛到水里，不多一会儿，就有肥硕的裸鲤频频上钩了。大人们总是告诫我们要远离这些钓鱼人。这些钓者被看成冷血而残酷的人。鱼族生活在水中，当地人从来没想过要把这柔软而哑默的一族当成猎取的对象。老人们说，流落红军驼子刚到机村不久，曾下河捕鱼烤食，结果被同情他的机村人当成妖魔驱逐。只因他一直在村外徘徊哀求，人们心生怜悯才让他又回到了机村。

现在却没有一个人敢于把一个食鱼者驱离机村了。

这不，那个戴顶宽大草帽的钓鱼人，一使劲，把一尾鱼从水中拖了出来，他一甩手中的竿子，鱼在空中飞过，然后，啪嗒一声掉在了河边的草地上。鱼落在地上，不断地翕合着冒着血沫的大嘴巴。看着那鱼，不只是我，整个这群机村的野孩子都感到脊梁发麻，都发出了恐惧的叫声。

我们刚到的时候，那个人还对着我们微笑不已，听见我们的叫声，正蹲在地上从鱼嘴里扯出鱼钩的他脸色一下就变了："滚，滚！把鱼给老子吓跑了！"

　　本来，不用他驱赶，我们自己也要逃跑了。但他这一说，我们的胆子里就生出些别的东西了。大家都站直了身子。不要说我们是群孩子就什么都没有想过。我们想，这么残忍地对付柔软而无声的东西的人，肯定是一种妖魔。我们还想起大人们私下里常常说的话，就是这些人——这些不知畏天敬地的家伙毁掉了机村的森林，毁掉了我们肥沃的土地。于是，一颗一颗的石头被我们投到河里。坏事情总是这样，一旦开始就很难收场了。一颗颗的石头在水里溅起一朵朵水花，水底下胆怯而灵活的鱼早就逃得无影无踪了。我们的心里也绽开了快意的花朵。面对我们这群脏兮兮的野孩子，那个家伙眼里露出了胆怯的神情。

　　他都准备离开了。他收起鱼竿，从水里拎出用柳条串着的十多条鱼来。柳条从鱼鳃穿进去，从嘴里拉出来，那十多条鱼一被提出水面，我们嘴里又发出了惊惧的叫喊，一齐跑开了。那人又笑起来，而且，笑容里有了一种很具威胁性的含意。他说："妈的，你们这些野人，连鱼都害怕！"

　　我们不害怕鱼，我们害怕如此冷酷对待柔弱无声的生命的人！

　　他也看出了这一点，他提着手里流着稀薄血水的鱼来追赶我们。这情景确实太恐怖了。猴子一样善于奔跑跳跃的山里的野孩子，都因为这莫名的恐惧而一个个跌倒了。这个人哈哈大笑。突然有两个孩子一猫腰从地上爬起来，狗一样嗥叫着向他扑去，把这个人给扑到水里去了。

　　看上去浅浅的溪水竟然把这个家伙冲出去好长一段。

　　我们又一次感到了害怕，但是，看到这个人终于从水里爬出来，脸上还挂上了淋漓的血迹时，我们都松了一口气，欢呼着跑上了山坡。

　　我们不知道，很快，伐木场就集合起一帮人，来村里捉拿我们这帮为非作歹的野孩子了。

　　闯下祸事的我们不在村里，我们在山坡上追猎野兔。

　　前面说过了，上帝造的人有星期天，而猴子变来的人没有星期天。青壮年们正在山坡上修筑阻挡泥石流的石墙。

这些闯进村里来的家伙认为，一定是那些在家门口晒太阳打发余生的老人把我们这些野孩子藏了起来。老人们自然无法把我们交给这些感觉受到了严重冒犯的愤怒的家伙。于是，他们的怒火升级了。他们认为这是一个事先谋划的阴谋，是对工人阶级崇高地位的蓄意挑战。

他们因此带走了两个老人。

消息传到工地上，人们心里正窝着火呢。一者，明知道这些石墙无法挡住滚滚洪流，还要徒费精力去修筑；二者，要是那些人不来砍伐树木，机村怎么会落到如此地步？愤怒的人们呼啸而去。一大群人跑过收割过后的土地，在身后留下大片弥漫的尘土。

等我们也在身后掀起一片尘土，跑到伐木场的时候，一场混战已经接近尾声了。面对有组织且数量占优的工人阶级，机村的乌合之众已经受伤甚多，成溃散之势了。问题是，在这时候，要想成功逃离也不容易了。伐木场有上千人众，百分之九十都是身强力壮的男人。他们一拥而上，几个人对付一个，村民不是头破血流，就是乖乖就范，束手就擒。

那些家里没有我们这样野孩子的人家不干了，他们要求交出我们来平息事端。

惹下祸事的孩子们都吓得哭了起来。

一直在阻止这场冲突发生的索波挺身而出了。他说："我是机村的大队长，不要抓不懂事的娃娃，要抓，就把我抓起来吧！"

穿蓝工装的家伙们立即一拥而上，利利索索地把他绑了。有棍子重重地落在他身上。他摇晃几下身子，终于还是慢慢倒下了。刚才呼啸而来的男人们没有了一点声音，退回了村子里，女人们的哭声响成了一片。

这个凄凉的夜晚，我们这几个惹下祸事的孩子，都被拖回家，受了一顿饱打。

当夜，伐木场的人开上汽车，机村人开上手扶拖拉机上县里告状去了。

第二天，几辆吉普车开进了村中的广场。一群公安和几个穿着军大衣的领导从车里钻出来，很久不见的老魏也在这些领导中间。有个领导发表了讲话，讲的是工农联盟，藏汉一家。然后，索波被伐木场的工人带过来了。老魏亲自解开了他身上的绳索。鼻青脸肿的他摇晃几下身子，昏了过去。

处理的结果，让机村人感到自己取得了胜利。公安把那个钓鱼的家伙抓起来，塞进了吉普车里。领导们要的就是这个结果，他们开着吉普车离开了。如今已经是县里头头的老魏多留了一些时候，他一直等到索波清醒过来。

他说："我有些话要跟他商量。"

老魏走后，大家问索波，老魏对他说了些什么。索波并不回答。对他当大队长，机村人是并不认同的，经过了这件事，大家都争着称呼他的官衔了。他笑笑，说："我以前对不住大家，可是，大家再这么叫我，就是乡亲们对不住我了。"

可一个称呼一叫起来，要收口却不容易了。索波干脆说："告诉你们吧，我不是大队长了，我犯了错误，我不是大队长了！"

机村人看他不像是在说假话，于是又心生忧虑了："没有大队长，我们该怎么办啊？"

索波笑了，但他什么都不说。说他什么都不说也不对，他对卓央说："妈的，人都是贱骨头，没有人管着还不舒服了！"

他对达瑟说的更有意思："看看那些羊吧，有头羊带着时总想四处乱走，没有头羊了，又可怜巴巴地叫唤，看着脚下的路都不敢迈出步子了。"

你猜猜达瑟这个傻瓜是怎么说的？他说："你不要假装说书上那种有哲理的话。"

索波说："什么叫哲理？"

"所以我叫你不要随便说有哲理的话。"

"好吧，算你有道理。妈的，好像机村随便哪个人都比我有道理，我真成了机村的罪人了。"

达瑟似笑非笑地看着他，没有说话。这个人，跟书本有关的时候，他会说些似是而非的话，但是，任何话题只要不跟书本发生关系，他就无话可说了。

索波换了话题："我带你去一个地方，你敢不敢去？"

他还是笑而不答。

"你听过唱觉尔郎峡谷的古歌，那些传说你在书上看到过吗？"

"我记了一些在本子上……"

"那有屁用。"

达瑟挺直了身子，一脸庄重："那就是以后的书。"

索波表现出了前所未有的耐心，与达瑟争论两个问题：第一，达瑟写在本子上的字算不算书；第二，达瑟有没有写一本书的权利。因为在这个时代，没有印刷的书都是叫手抄本，而手抄本往往就是反动与阴谋的代名词。说到最后，索波自己都害怕了："达瑟你不能再写了，再写你就是反革命了！"

达瑟并不害怕，他说："再去觉尔郎，就带上我吧。"

"我需要干活的人，而不是看书并且发呆的家伙。"索波还说，"不过，那里的树真大，建一个书屋的话肯定更加漂亮。"

"当然了，古歌里说，在那个辉煌的时代，护佑那个王国的神灵们都住在树上。那些神灵，他们从来脚不沾地，就从一棵树上飘到另一棵树上。"

"你再这么说，我可真不敢要你了。"

"好，好，我就说神灵们都住在牛圈里行了吧。"

这时，骆木匠来了，提醒索波大队长要抓一抓当前的主要工作。索波笑了："你是说怎么修那石墙吧？"

"对。"

索波问达瑟："你说修那石墙能挡住泥石流吗？"

达瑟的回答很简单："我的书上没有写过。"

索波这才转脸对骆木匠说："还是等老魏回来安排吧，他会回来把一切都安排好的。"

骆木匠着急了："人家是县里的领导了……"

"你跟驼子支书是什么亲戚吧？"

骆木匠反问："这有什么关系？我来到这里把他抬出来过吗？"

"没有，没有。"索波招招手，骆木匠就把头凑近了，听索波贴着他耳朵说了句什么，然后，他就失声叫起来："真的？怎么我一点都不知道?!"

索波把指头竖在嘴边，说："这事，暂时就你我两个人知道。"

"那你怎么办？"

"你就带着人修那些石墙，我要去那个地方。"

"我不干，谁都知道，明年山洪一来，那些石墙……嘿！到时候上下都不讨好，我不干！"

索波眼里出现了一种冷冰冰的讥诮的神情："伙计，到时候你会干的。"

"你怎么知道？你是巫师，能掐会算？"

"你就像早几年的我。要是早几年，我什么都会干！"

"你以为我也跟你一样是他妈个笨蛋？"

"我不是笨蛋，你也不是，所以，你会去干！"索波的口气斩钉截铁，同时有种曾经沧海的悲凉意味了。

十二

没过几天，老魏确实又坐着吉普车在机村出现了。

老魏一到，人们都自动聚集在了广场上。如今，上面的干部下来，能躲起来的人都会躲起来。但老魏毕竟是老魏，他是机村人的老朋友，是机村人眼中的好干部。何况，老魏时来运转，当上大官了。

老魏就说："好啊，乡亲们，既然大家都来了，我就讲几句，免得再找时间开会耽误农业学大寨，还是干活要紧啊！用两片嘴皮种不出粮食来，更不能战胜自然灾害，我就抓紧时间说几句。"老魏停顿了片刻，眼光环视广场半周。

下面响起了掌声。

"我晓得大家有情绪，所以，掌声都不如老魏我过去来村里的时候了。"

掌声就热烈地响起来了。

老魏这才满意了，看着一干围着他的生产队干部："国家建设需要砍伐森林，机村有那么多森林贡献给国家，这是大家的光荣啊。现在遇到小小的自然灾害，大家都想不通了。索波同志到现在也没有想通嘛！听说好多人对战胜自然灾害没有信心了，毛主席说，人定胜天。就是人一定能战胜老天爷！但是，有些人不这样想，社会主义建设刚刚开了个头，大好的日子还在后头，但他们的革命斗志就松懈了。山上涨了一点水，冲下来一点泥巴和石头，自己就吓坏了。我还听到更不好的消息呢，有人因此想要搬迁了。把机村人全部搬走。理由呢，是机村过去也不在这个地方，也是从别的地方搬来的。但是，我要提醒大家，那是旧社会。那不叫迁移，那叫作什么？那叫作逃难，因为那是黑暗的旧社会！那也叫逃跑主义，这是毛主席说的，因为害怕困难。索波同志在学习班的时候，我就跟他谈过这个问题了。我说得对不对，索波同志？现在你也该想通了？"老魏讲到这里，停顿了一阵，他的问题是对索波提出来的，但他并不去看索波，而是用炯炯有神的眼睛把面前的人群扫视了一遍。

站在他身边的索波没有说话。

"我看，他已经想通了。他还提出了一个非常好的建议，让县里安排你们的老支书、我们的老红军战士回来继续领导大家！"

与会所有的人都把眼光投射在了索波的身上。嘲讽的眼光，惊诧不解的眼光，还有一些带着怜悯的眼光。

过去，索波是不害怕这些眼光的。但现在，他觉得这些眼光像是梦魇时覆盖下来的那种沉重而又不具形体的东西，让他一时间都喘不上气来了。于是，他说："老魏，你讲啊！不要让他们这样看着我。"

"索波同志的好建议还不止这一条，他还提出让老支书带领大家在机村与自然灾害斗争，他自己担任青年突击队队长的职务，带领一队年轻人，到觉尔郎去开垦荒地，为国家多打粮食！"

老魏号召大家向索波学习，并要索波也讲几句感想，但索波摇手不讲。老魏说："那我就再讲几句。"

他这几句可是好大一篇话。

机村人说："老魏以前不多话的，现在也这么能说了。"

"索波这小子，整天想的就是邀功请赏，现在怎么了？明白过来了，还是糊涂了？"

这样的问题，连索波自己都还不够明白。老魏临走时还宣布，在老支书没有回来之前，生产队的一切事情，还是索波临时负责。老魏坐进吉普车，车屁股后面扬起一阵尘土，等尘土散尽时，吉普车消失不见了。

人们还是站在广场上没有散去，他们都以为索波会说点什么，但索波什么也不说，看上去有些神色恍惚。

于是，就有人喊了："索波你讲几句吧。"

索波说："那么，就从修墙的工地上抽几个有泥水匠、木匠手艺的人，把驼子支书的房子修整一下吧。"

驼子一家离开已经好些年了，那座大房子早就显出了倾颓之势。墙头，甚至有些窗户上长出了茂盛的瓦松与苔藓。没有人想到，就在老魏在村子里讲话时，驼子一家已经乘着县上从伐木场借来的一辆卡车，在回机村的路上了。

但他没有在白天进村。

在望得见机村的山弯上，他让卡车停下了。

司机看着他，他一言不发。他的家人看着他，他也一言不发。他坐在驾驶室里一动不动，向晚的夕阳晃着他的双眼，机村就在夕阳投下的钢青色的光幕后面，使他心情复杂。当太阳落下山岗，在黄昏降临之前，曾经森林茂盛的山坡伤痕累累裸露在眼前，围绕着村子的成片的土地，已经被纵横的沟壑弄得破碎不堪了。这一天，他只说了两句话。一句话是黄昏降临前说的："我开下的地已经被洪水冲光了。"

然后，夜降临了。硕大的星星一颗颗跳上了深蓝的天幕，他又说了一句："以前的星光是水淋淋的，现在都干巴了。"他叹了一口气，然后说："我们可以回去了。"

第二天的太阳升起来，照亮了新的一天，索波安排来修缮这所老房子的人们来到时，才惊讶地发现，驼子正站在门口，像以前一样吃力地挪动着身子，正在修理朽腐的大门。听见脚步声，驼子直起腰来，像从来没有离开过一样，笑着问候："今天天气很好啊。"

木匠边巴摊开手，说："天气早就不好了，我们连喂饱自己的粮食都种不出来了。"

驼子的女人闻声来到门口，看见多年不见的乡亲，这个女人眼泪立即就下来了。她撩起围裙捂住了眼睛，哭出声来："驼子当年开的地，一点都没有了呀！"

消息闪电一样传遍了全村，当所有人都聚集在驼子支书门前，索波已经带着几个人，走在去觉尔郎的路上了。他们一行还是四个人，只是骆木匠换成了达瑟。秋天的阳光通透明亮。回望山口下面的村庄，人们正在奔向驼子支书的家。

索波知道，老魏讲话的时候，驼子支书已经在回来的路上了。驼子支书回来是县里的安排，而不是他索波的建议。老魏说是他的建议，说明老魏是个好人，愿意顾及他的面子。他想不出怎么迎接驼子支书的归来，于是，连夜叫上这几个人，天不亮就已经走出村子了。现在，他坐下来，回望村庄。佑庇人们许多许多年的群山变成了狰狞怪兽。一道道泥石流在山坡上冲出的巨大沟壑，利爪一样从四周逼近安静的村庄。只等某个时间一到，那些沟壑在村子所在的地方交汇起来。那时，这个村子也就消失了。

看到这种情形，索波笑了。

卓央说："你那样笑，我不喜欢。"

达瑟说："他觉得自己是个英雄。"

协拉琼巴一到这种情境中就有些神情恍惚："一个人不能自己觉得自己是英雄。英雄都是后来的人唱出来的。"

索波说："肯定有很多人会说我带了几个机村最没用的家伙，但我看你们都很聪明。"他看着山口下面正面临着灭顶之灾的村庄，真的觉得自己可能就是能够拯救机村的英雄。要真是这样的话，卓央、协拉琼巴和达瑟也都不是寻常人物了。不然，卓央怎么懂得治病？协拉琼巴怎么会唱那么多被禁止的古歌？达瑟怎么会不当自己想当都当不上的国家干部，守着一些深奥的书本，把自己扮成一个先知的模样？

他脸上又出现了那种孤高而又固执的表情。这种表情使他的眼神看上去有些凶狠。

在他心中，刚听说驼子要回到机村时那种茫然、失落的情绪消失了。他说："你们谁能看到那道拦阻泥石流的石墙？"

的确，从这么高的山口看下去，就有了一种超越时间的视角，好像已经看到了一个故事的结局——村庄的毁灭。他起身上路了，并且回过身来叫大家一起上路。他的口气中又带上了他那该死的自以为是的口吻。人家刚刚忘记他那该死的强加于人的口吻，但这种该死的东西又在他身上复活了。

他也觉得自己强横的口气让这几个傻瓜心生不快了，于是，他放缓了口气说："走吧，伙计们，让驼子领着他们修那没有用的石墙吧，我们去干更有用的事情！"

达瑟走到索波刚才站过的地方去看山下的村庄，他说："一模一样啊！"

"什么一模一样？"

"你看到的跟我们看到的一模一样，但你却摆出一副看见了不一样东西的样子。"

不用索波开口，卓央已经开口了："要是人人看见的东西都跟你看见的一模一样，那这个世界早就疯掉了！"

达瑟笑了："姑娘，你说得对。队长你摸摸自己的额头吧，想想是什么东西让你发起烧来了。"

协拉琼巴突然放声大笑。

索波一拍他的肩膀，他就把后半段笑声吞回肚子里去了。索波站住了，回头说："我们这次的任务，就是在山崖上搞出一条可以下到山谷的道路来！"

"路？我们不是下去过了吗？"

"你再说那种神神鬼鬼的东西，那就请你向后转！"

的确，前一次，他们是怎么就从悬崖上下到谷底去，又怎么从深谷中出来的，至今想起来，脑子里还是恍恍惚惚。协拉琼巴当然说，是他们王族祖先之灵护佑的结果。索波不愿意顺着这条思路去想这个问题。在这个所有神祇都从记忆中删除的时代，这样的思想方法比从无所依凭的悬崖下到深谷还要危险。

他们在黄昏时分赶到了壁立在觉尔郎深谷的悬崖上。生起火堆，烧开的茶水顶得壶盖噗噗跳荡时，星星跳上了天幕。卓央为大家煮了一锅用野葱作佐料的肉汤。他们在火堆边铺开毛毯准备睡觉时，协拉琼巴去到了悬崖边上。他站在那里，对着下面的峡谷曼声歌唱。过去，他的歌唱里只有怀想，但现在，他的歌唱里有了新的内容：恳请与祈求。他喊起来："祖先啊，你们成了伟大的神灵住在天上，要是没有奇迹发生，你们的子孙就无处可去了！"

他们好像听见了悬崖，或者说悬崖下面，起了回应的声音。

达瑟跑过去了。卓央也心生好奇，但叫索波拦下了。

过了一会儿，被山风吹得瑟缩起身子的达瑟回来了。

"你看见什么了？"

"我看见了那个峡谷。"

"屁话，你不看见峡谷也在那里。我是问你看见什么古怪的东西了吗？"

"我想看见，但他们肯定不想让我们看见。"

索波骂了声什么，用毯子把身子裹紧，翻身睡了。

他们是十多天后回到村子里的。

回到村子里那一天，驼子在村口就把他们迎住了。好多年不见，老支书还是那种有点病痛就哼哼唧唧的样子，他抓住索波的手说："对不住你了，这一身病痛不肯收了我的老命，让我来挡年轻人的路了。"

索波站在路中间，觉得有什么话哽在喉头上，却终于没有说出来。

驼子支书爽快地拍拍手，说："好吧，你真的想要组织青年突击队去那个地方？好多人都想报名啊！但你要把稳住啊。"

听这话的意思，他并不想索波把太多的年轻人带去那么远的地方。

索波说："老魏支持我们。"

驼子拍拍索波的肩膀："老魏，老魏，老魏也是犯过错误的啊。"

索波的犟脾气起来了："老魏怕犯错误，我不怕。"

驼子又拍拍他的肩膀："看来你真的认为机村没有救了。我们的农业学大寨运动挡不住泥石流？"

话说到这里，索波突然觉得一种前所未有的困倦压住了他的舌头，使他没话可说了。两个胼手胝足的农夫，站在太阳底下，嘴里吐出诸如

"运动""错误"和"突击队"这样一些庞大空洞的词汇，真是一件非常古怪的事情。农人的词汇是"种子"，是"天气"，是"收成"，是"天灾"或"人祸"。那些空洞的词，自己并不真正懂得意义的词所造成的压力使索波感到力不从心，感到困倦万分。他想再说点什么，但连舌头都发麻发木，于是，他只是懒懒地挥了挥手。

一个小村庄新旧领导的会面，就这样出乎意料地结束了，使好事者大失所望。

索波拖着沉重脚步往家走。他想起来，在觉尔郎峡谷的边缘，他还是在用这样一些让人头大的词对人说话。终于，沉默不语的达瑟说话了："队长，为什么你们喜欢用这样的腔调说话。"

达瑟步步紧逼："你真的懂得那些词语的意思吗？'主义'是什么？'先进'是什么？'革命'是什么？你懂得吗？"

就是从那一刻开始，他就知道这些年来身心俱疲的根源了。

"你也用了很多词，你也懂得吗？"

达瑟露出了骄傲的笑容："我没用你们那些词。而且，我一直在思考。"

回去，索波就倒在了火塘边的地板上，那种深刻的倦怠真的把他压垮了。他母亲心疼地流着泪，却又显得很高兴："老天爷开眼，让我儿子善心发动了。"老太太弄来皮褥子垫在他身上，又弄来了软软和和的枕头塞在他的脑袋下面，老太太用她干燥的双唇碰触着儿子蓝色脉管突突跳动的额角。"你就好好躺着吧，我给你弄好吃的东西，让你的身子和心都缓和过来。"

老太太在一只小锅里煎油，在滚油里倒进剁成碎块的新鲜牛肉，锅里的油扑溅开来，蹿起了蓝幽幽的火苗，老太太把一瓢汤倒进了锅里。不久，沸腾的浓酽肉汁就顶得锅盖噗噗作响了，香气在屋子里弥漫开来。

索波的眼角沁出了泪水。

老太太假装没有看见。老太太说:"肉汤还要一阵才好,你就放心睡吧。就是世界塌下来了,石头啊木头啊都会落在大家身上,而不是你一个人身上。就是泥石流下来了,我们家的房子也是最后一个被冲倒的。"这天下午,老太太坐在火塘边对着儿子絮絮叨叨。他们在机村是没有根底的人家。在这个倚着向阳缓坡而建成的村庄里,他家的房子处在村子的底部,泥石流最先威胁的,都是那些上风上水处的人家。

索波喝了滋补肉汤,又倒在临时的地铺上,他闭上眼睛,说:"泥石流是驼子的事,我管到觉尔郎开荒。"

老太太说:"那也不是你该管的地方。机村有那么多户人,祖先是从那里逃出来的。现在,要回去,那也是他们的地盘。"

母亲翻的是过去的老账,现在是新社会了,什么样的账都有了新的算法。但他不想反驳母亲,再说,关于新的算法,他也并不真的懂得。肉汤弄得他的胃、他的整个身体暖洋洋的,他很快就睡过去了。早上,他从酣睡中醒来了一次。但他母亲轻声说:"睡吧,睡吧,你才睡了一小会儿,天都还没黑呢。"

他又睡过去了。

老太太坐在儿子身边,又流了一小会儿泪水,用毯子遮了窗户,带着缝缝补补的手工活,坐在院子门口。号令上山砌那道石墙的钟声敲响了。人们扛着工具从家门口路过,老太太举起拐杖,露出威胁的表情,要他们小声说话,要他们走路时放慢脚步。老太太说:"小声,小声,我儿子累了,让他好好睡觉。"

村子里终于安静下来了,太阳照在老太太身上,她坐在门槛上,出一会儿神,缝补一会儿衣裳。

一只狗跑来了,她挥舞着拐杖把狗赶开。

几只乌鸦飞来了,落在树上大声聒噪。她再次挥舞拐杖,压着嗓门叫道:"你们走开!让我儿子好好睡觉!"乌鸦又呱呱地叫了几声,听话地飞走了。老太太脸上露出了迷惘而又满足的笑容。

　　远远地，一个人拖着一条懒洋洋的影子踱过来了。老太太不太认识村里的年轻人，不知道他就是怪人达瑟。这个人一点声音都没有发出来，就已经站在了她的跟前，所以，她没有驱赶他，而是拍拍门槛示意他坐下。

　　达瑟说："我来找索波。"

　　"你们要找的不是我儿子，你要找的是寄居在我儿子身体里的怪人。那个人已经离开了，年轻人你上别处去找吧。"

　　达瑟笑了，说："我是达瑟。"

　　老太太警惕地看着达瑟："那个和书住在树上的？"

　　"书天天住在树上，我并不天天陪着它们。"

　　他这句话说得很聪明，老太太咻咻地笑了起来。这笑声让他觉得这老太太身体里也寄居着一个好玩的怪人。老太太很快收住了笑声，说："你那些书上说过一个怪人怎么钻进另一个人的身体吗？"

　　达瑟提高了一点嗓门，在老太太耳边说："不是钻进别人的身体，是传播思想！"

　　老太太用手遮住了耳朵："我耳朵好着呢，可是你刚才说什么？"

　　"传播思想！"这四个字还没有完全从口中吐出，达瑟已经后悔了。这几个字他是用汉字讲的，因为当地藏语中，并没有这样抽象的词汇。

　　这下轮到老太太提高了嗓门："什么？"其实她听清楚了，但她嘴里无法发出自己并不懂得意义的陌生音节，也就跟没有听见是一样的。

　　"我的脑子也被一个陌生人占住了。"达瑟说完就懊恼地起身离开了。

　　卓央来了。

　　老太太把拐杖横在院门上，不让她走进院子。她想对老太太说，不能把一个有为青年关在屋子里。但老太太先说话了："姑娘，你是喜欢索波本人，还是附体在他身上的怪人？"卓央听不懂老太太的疯话，叹口气离开了。

这时，传来了隆隆的雷声。这是一件奇事，深秋时节，与狂暴的夏天不同，雨水并不要震天的霹雳与夺目的闪电作为前驱，只要阴云聚集起来，冷风一起，冰凉的雨水就淅沥而下了。但这天雷声大作时整个天顶却蓝汪汪的，只在东边天际有些颜色并不那么晦暗的云团。雷声就这么时大时小、时断时续地响了好一阵子。直到中午，人们吃饭的时候，乌云一下就布满了天空。老太太上楼给沉睡的儿子煨好了肉汤，但他没有醒来。老太太并不担心什么。屋子里光线黯淡，她把挂在窗户上的毯子取下来，天光照在儿子脸上。他的脸容平静安详，额上的抬头纹舒展开来，紧绷绷的皮肤有了润泽的光芒。

老太太自己吃了一点东西，再次下楼守在院门口时，已经是乌云压顶，漫天翻卷了。老太太仰起脸，冰凉的雨点重重地击打下来，落在地上，溅起了细细的尘埃。尘埃一落到地上，就再也不能乘风轻扬了，它们刚刚升起一点，就被更多更猛的雨水砸回地面，化为糊涂的泥浆。雷声在乌云上面隆隆滚过。老太太冲回楼上，想用毯子堵住窗户，不让雷声惊扰了儿子的睡眠。但是索波已经醒来了。他沉着脸站在窗口。看到母亲，他的脸上绽开了温顺的笑容。他说："我饿了。"

老太太赶紧给他端来了滋补肉汤，外加一个麦面馍馍。

吃完之后，他把一直紧盯着他的母亲的肩膀揽进怀里，用嘴唇碰了碰她的额头，穿上雨衣就下楼去了。

十三

索波是两天后回来的。

在雨水里浸泡了两天两夜的索波走进家门的时候，形销骨立，摇摇晃晃。母亲一动不动，坐在火塘边上，火边的陶罐里依然煨着煮好的滋补肉汤。母亲身子动了一动："我不想走到窗前看你回来，我不想看见。"

索波脸上的泪水下来了，他的嗓音因为连续两天大喊大叫显得那么嘶哑："阿妈，我们的村子完了。"

"我已经老了，不想活了，可你们年轻人还要生活下去啊。"

索波走到窗前，取下堵在窗口上的毯子，明亮刺眼的阳光一泻而入，照亮了整个房间："阿妈，我要去觉尔郎了。如果不去那里开出荒地，机村人以后就没有地方种下果腹的庄稼了。"

他喝了一些肉汤，再次在火塘边躺下。他听到自己松动开的骨头关节，还有内心里松动开的不知道什么东西在嘎嘎作响。新建房子的木头收缩时，发出的就是这样的声响；春天到来的时候，河上的冰面化开时发出的也是这样的声响。母亲仍然入定一样端坐在身边。索波隐隐然听到协拉琼巴父子喜欢吟唱的古歌回荡在耳边。他又沉入了睡眠的深潭。但他睡得并不踏实，梦中依然暴雨倾盆。

山坡上每一处沟壑，都有泥石流汹涌而下。山上刚刚伐下的木头成了泥石流的帮凶，那道机村人砌起在山边的蜿蜒石墙，被泥石流轻轻一推，累累的乱石自身也成了泥石流的一部分。沉重的木头和砾石裹挟在泥浆中间，载沉载浮，缓慢而顺畅地流动，覆盖了土地，推倒了房屋。

驼子和索波带着机村人在泥石流未曾到达的前方，拼命挖掘沟渠，为的是要把泥石流引向不会推倒房屋、不会毁灭更多土地的方向。但人力真是有限，泥石流涌来了，顺着他们挖出的沟渠流淌一阵，很快，乱木与石头还有泥浆就把仓促挖成的沟渠填满了，满溢出来后，泥石流就由自身的重力与惯性引领着，涌向了人们不希望它们去到的地方。最后，人们放弃了抵抗，只是在泥石流到达以前，把圈里的牛羊，把房子里的人和财物转移到安全的地方。雨一直下，下了一天一夜，又下了一个白天，直到黄昏时分，在人们都认为这雨水再也不会停止，认为老天爷要用泥浆与乱石覆盖了整个世界时，雨水却突然停下来了，而且立即就天朗气清，把一轮冷冰冰的皎洁月亮挂在了天上。

月光照亮大地，让人们看到大地劫后的洪荒景象。

索波在睡梦中不得安生，早早就醒来了。好容易等到天大亮了，他敲响了挂在小学校门口那段铁轨，清脆的钟声在这个霜降的空气冷冽清新的早晨传到了很远的地方。驼子也睡不着觉，听到钟声他第一个来到广场。驼子的腿瘸得更厉害了，但是，这个一向软弱的家伙第一次没有显出哼哼唧唧的模样，他血红的眼睛里露出了坚定的神情。他说："收拾摊子的事情交给我吧，你该带着年轻人出发了。"

索波说："我会抓紧准备的，现在马上开会报名。"

驼子到底是支书，他对索波说："国家会来救济我们，国家也会支持我们生产自救，你就放开手脚好好干吧！"

钟声的余音还没有散尽，村里的人们都聚集到广场上来了。而且，年轻人都已经收拾好了口粮、被褥、工具和锅碗瓢盆，每个人都把不规则的巨大包袱背在背上。民兵们还带上了步枪与有限的子弹。

沉默无声的人群把即将出发上路的年轻人紧紧围在中间。早晨清冽的空气中充满了泥石流带来的淤泥的气息。那是来自大地更深处、从未生长过植物、从未被植物根须盘踞过的生土和雨水混合在一起的气息，这种味道生涩腥重，是这个世界在洪荒时代刚刚开始时的那种气息。

索波的母亲拄着拐棍出现了。索波弯下瘦长的身子，对母亲说："阿妈，我想停下来好好陪你，但是我不能够了，我要到远处去了。"

老太太捧着儿子的脸，用干枯的嘴唇一次次亲吻他。

"阿妈，原谅我，又有一个东西附在儿子身上了。"

"我喜欢这个人，这是古歌里唱过的救命神！你去，去吧！"

队伍出发了。

队伍穿过了村中掩映着水泉的柏树林，转过一个山弯，就要走出送行者视线的时候，妇女们哭了。她们压抑着哭声，不想让远行的亲人们听见。直到远行的队伍消失在山野中间，广场上的哭声才响成了一片。驼子再一次敲响那段铁轨。他脸上堆上了笑容，却又嗓音哽咽："乡亲们，社员们，哭又有什么用？大家知道这没有用！要让年轻人们走得放心！怎么样才能让他们放心？特别是家里倒了房子的年轻人也到远方寻找生路去了！而且，我们的仓库已经空了。今天，大家就相帮着把这些遭灾的人家搬到仓库里去住。吃的、用的，将来国家会管，但国家还没有来的时候，大家尽量帮助一点！"

驼子刚回来时，发现自己在老乡亲们面前说话已经没有以前那样的作用了。可在这个早上，他又找回了机村人对他的敬重。这次讲话，他没有讲革命，没有讲主义，他只是提了一两次国家。而国家已经在路上了——如果县里和公社就是国家的话。电话线断掉了。伐木场的电报机发出了消息。这次，老天爷很公平，没有因为伐木工人是有星期天的选民而对他们另眼相看，伐木场也遭到了泥石流大规模的袭击，"造成了财产与人员的巨大损失"。

暴雨刚停的那个早上，国家的救援卡车队已经在路上了。车上装满了衣物、帐篷和粮食、药材，更有成车的锄头与铁锹，有辆车上还装了许多捆毛主席的书。但是，在离机村还有几十公里的地方，车头上插着红旗、车厢上贴着新鲜的红色标语的车队就被泥石流阻住了。对森林的大规模砍伐不止是在机村，整个公社、整个县，甚至是整个自治州、整个国家都在普遍地进行。受到泥石流冲击的也不止机村一个地方。车队甚至带着电台。带队的革委会副主任老魏让电台给伐木场发去了电报，指示伐木场要发扬工人先锋队的模范作用，在自身做好抗灾工作的同时，要尽力给机村的少数民族农民兄弟一些支持。伐木场院子里摆着好多具尸体，施工场地也亟待修整，但他们还是打开仓库，筹措了一些粮食，动员工人们捐出了一些旧衣服旧被褥，来到了相隔不到两里路的机村。但是，他们期待中的工农一家的融洽场面并没有出现。在机村人眼中，正是他们的工作毁掉了机村的美丽田园。伐木场工人进入村子时，远去垦荒的队伍刚刚出发不久，人群聚集在广场上还没有散开。但他们一到，人们就四散开去了。他们带去的都是令久处贫困的机村人眼馋的东西，可在这个刚刚被泥石流前所未有地蹂躏过的村庄，没有人再对他们带去的东西看上一眼。他们怨恨的眼光都落在这些人的脸上了。这些人把带去的东西放在驼子跟前："这些东西就交给你了。"

驼子说："这里的老百姓什么都不要，就想听你们一句两句抱愧的话。"

伐木场的人本来就有着很强的优越感，这回热脸贴到冷屁股上，再听驼子支书这么说，火气就上来了："我们也是给国家建设做贡献，我们也是国家分配的工作！道歉？凭什么？"

驼子支书叹口气："既然如此，请带着你们的东西回去吧。"

工人们就抬着他们的东西原路回去了。

驼子目送这些人一步一滑在泥泞的道路上走远了，转身把双手背在身后独自往村外去了。既然泥石流已经无可阻挡，既然砌那长长的石墙也是徒劳无益，只好在泥石流冲刷不到的地方开垦荒地了。他慢慢挪动着腿僵腰硬的身体，他知道自己要去什么地方。尽管他刚刚回到机村，但机村的山山水水，都深刻地留在他的记忆之中。在新一村时，他常常梦回故乡，但这个故乡竟是机村，而不是他十几岁时就跟上红军队伍离开的那个故乡。那个故乡的记忆在机村的遮蔽下已然面目模糊了。现在，他走在灾后机村的土地上，就像在梦中行走。灾后的空气里水汽饱和，使这个秋天上午呈出一种特别的阴冷。他不想去看庄稼地，去看那些未及收割就被掩埋到泥水底下的粮食，他一颗农民的心经不起强烈的难过。他只要像现在一样，怀着发现新垦地的希望，去看那个不用去看也已经了然于胸的地方。然后，他登上了达瑟建有树屋的那个小小的山岗。这个浑圆山岗耸立在村庄的左后方。本来，这是村后山体的一个部分。但是，山坡俯冲而下后，像一个人一时站立不稳，把怀中抱着的包袱跌落地上，于是，在村庄和庞大的山体之间，有了这样一座小小山岗。山岗上丛生着一些灌木，一些大树。夏天，灌丛里和灌丛间的草地上会生出许多蘑菇。解放前，驼子刚开始准备盖自己的房子时，一度选址在这个地方。但他发现，这个地方太高了。如果盖一座房子，这座房

子将高踞于整个村庄之上。他知道，自己没有资格把房子盖在这样一个
地方。

他努力让自己沉浸在对往事的回忆中，这样就不用老去想机村灾后
的种种惨状。他慢慢往山岗上挪动身子，他知道，山岗后冒出巨大华美
树冠的那株树，一个叫达瑟的年轻人藏了许多书籍在上面。他终于爬到
了岗顶，站在达瑟的树屋下，看见了一座房子的遗址——石头墙基围出
来的一个长方形的方框。墙基的里外，散落着一些被火烧过、正在腐烂
的木头。那些腐烂的木头之间，长出了许多荒草：牛耳大黄、接骨草、
臭蒿和果子上带着无数粘毛钩子的牛蒡。这类牛羊不食的杂草总是在曾
经有人活动过的地方生长得十分疯狂。原来房子的主人是一个聪明人。
他把房子暗藏在山岗与庞大山体相连的马鞍状的缓慢起伏上方一点，让
自己的房门朝向整个美丽的山岗和东南方向的太阳。他听说过那个复员
军人的故事。但在今天这样一个日子，他并不想特别感伤。他来此，不
是要感时伤怀，他是要为机村寻找一些新的耕地。正如他清楚记得的情
形一样，庞大山体和山岗之间那个马鞍状的小小起伏，正好把倾泻而下
的泥石流阻断了。泥石流下来，顺着山体通向山岗隆起的余脉，分流到
两边去了。驼子喃喃自语，但没有人听见他的话。他自己恐怕也没有经
心地听听自己在叨咕些什么。他坐下来，听藏在绿树丛中鸟儿的欢叫。
阳光笼罩着他背后和面前的枝叶茂盛的树木。起风了，所有树都摇晃起
来，哗哗作响。

驼子的手指深深地插入身边的土地，把一丛草连带着肥沃的泥土从
地下挖了出来。他立即就闻到了肥沃熟土的芬芳气息。他把黑土放在手
指间慢慢捻过，又凑到鼻尖上贪婪地嗅闻，样子像一条在山林里寻找野
物气味的猎狗。

"当然了，那是一条高兴的狗。"

他仔细地把泥土里的草根和小石子都捡干净了，然后，猛然一下，
就把有四五撮鼻烟分量的土喂进了嘴里。嘎吱嘎吱，他听见了自己咀嚼

泥土的声音。感到泥土硌在齿缝之间，引起身体将要痉挛的感觉。他在这种感觉中沉浸良久，然后，伸长脖子把这些泥土咽了下去。

他不记得，自己已经吃掉了多少土。

但他记得，自己第一次吃土，是从红军队伍里负伤掉队以后，那是因为饿得实在没有办法了。他尝出第一撮土的美好滋味，品尝到泥土带给人的踏实感觉，是他得到头人恩准，在机村开出第一块土地的时候。在那个光线金黄的傍晚，他突然就把抓在手中的沃土塞进了嘴里。他悄无声息地哭了，一边流泪，一边拼命地咀嚼嘴里的黑土，直到把这些土咽进了肚子里，这样，他才有了真正占有了一块土地的真实感觉。

泥土一落下肚，冰凉的胃立即就暖和了，空落落的心立即就有了着落，死灰色的脸上泛起了些许生气，他站起身来，听一身不灵活的关节嘎巴巴响过，就开步往村里走了。

驼子支书走到村中小广场上，小学校正在上课。他敲击小学校前悬挂着的那段铁轨时，先走到窗户跟前，示意老师继续上课，然后，他站在阳光下敲响了铁轨。村里人迅速聚集起来了。

多年后，回忆那场机村历史上最可怕的灾害，人们都会记起驼子当时奋臂敲钟的形象。他总是佝偻的身子比平常挺直了许多。他的脸上、眼睛里，甚至是手上的肌肤都放射着一种光芒。"那样的闪光，就是神灵附体。不，不是附体，而是神灵直接现身了一样。"

"那钟声听起来也大不一样，就像十万只蜜蜂在振翅飞翔！"他们那是形容钟声的余韵，钟声的余韵的确长久地在空气中嗡嗡激荡。

驼子对着聚集起来的人们说："当年，我流落到机村的时候，心里比现在难过多了。但是，乡亲们收留我了。老天对机村也像机村当年对我林登全一样！"那天的驼子嗓音洪亮，他挥手指向那座浑圆山岗，"年轻人去了觉尔郎开垦新地，我们也不能闲着。等他们回来，我们这些老东西，也让年轻人大吃一惊吧！"

当天午饭过后，机村的垦荒队伍就开上了山岗。没有人说话，平缓的山坡上锄头此起彼落，每个人脸上汗水都涔涔而下。据说，那天小学校里学生们诵读课文的声音也特别整齐响亮。下课时间一到，老师就带着学生们一起上了山岗。他们都是农民的孩子，不要人安排，就能找到适合自己的活路。他们把铲掉的灌木、草皮与树根堆积在一起，等这些东西干透了，点一把火，剩下的灰烬是很好的肥料。这些黑土太肥沃了，如果不施些碱性的草木灰中和一下，庄稼一个劲疯长，都会忘记结出果实了。孩子们归置好树枝与草皮，又把挖出的石头搬到地边。直到天黑得看不见了，人们才扛起锄头回家。大家的心里，灾后的悲伤消失了，而且，每个人都能感到，人与人之间因为运动、因为斗争而消失的温情又在回到人间。这天晚上，每一家都倾其所有，做了好吃的东西。每个人家都把好吃的东西匀出一点，盛好了，放在漂亮的木托盘里给驼子家送去，给索波家送去。

这天晚上，机村人都听到了驼子老婆歌吟一般的哭声。

她长声吆吆地哭诉着："老天爷啊，为什么你降灾难的时候，我们心中温情的水流才四处泛滥？"

这不是她想出的说辞，而是关于觉尔郎的古歌里的唱词。这些唱词在她嘴里复活了，却不再是缅怀的调子，歌颂的调子，而是控诉造物之神不公的说辞了："老天爷啊，为什么你总把人逼到悬崖的边缘，才让我们感到人世的温暖？"

驼子喝了很多碗乡亲们送来的肉汤。肉汤里放了小茴香，放了祛寒湿的生姜，浓酽的肉汤都漫到脖子那里了，但是，他说："我再喝一点，他们不会天天送肉汤，送来了，我就多喝一点。"

结果，肉汤真的从他的口中满溢出来，弄得他那正因为感动而哭诉的老婆破涕为笑了。

"背时的驼子，一点肉汤就把你弄成这个样子了！"

驼子揩干净嘴巴，脸上慢慢布满了阴云："你以为乡亲们天天都会给我们送来肉汤？我来到机村多少年了？我当两个村子的党支书多少年了？这样顺所有人的心，也就今天这一次吧！"

这话真把他老婆给问住了。

他继续往下追问："要是上面不高兴我们这样干怎么办？"

十四

第二天，第三天，天气都非常晴朗，大家也都干劲十足，没有一点灾后怨天尤人的情绪。元不灭机村，营造机村地势的时候，就预留了这样一个宜于开垦与种植的独立山岗。

老魏带领的救灾队伍从伐木场转来一份电报，对机村人在大灾前表现出来的乐观与坚定表示充分的肯定。

驼子更加干劲十足了。

第四天，老魏带领的救灾队伍终于来到了机村。使机村人感到有些失望的是，救灾队伍先去了伐木场，过了半天，老魏才带着一辆卡车来到了机村。那辆卡车上几乎装载着机村人盼望的一切东西：粮食、衣服与被褥、搪瓷的碗与盆、成捆的锄头与铁锹、药品，甚至还有一些孩子和老人都喜欢的糖果。机村人真是干劲十足，就是在广场上分配救灾物品的时候，大人们都没有停下手里的活路。老魏看着老人与小孩慢慢往家里搬运东西，对驼子说："看来，调你回来的决心是下对了，机村人不是没有觉悟，需要的是把他们的觉悟激发出来！"

驼子知道，老魏的话有些走题，但老魏满意眼前的情形就让他感到放心了。这些年，运动来运动去，斗争来斗争去，他明白了一个道理：他不是国家干部，他是一个农民。农民要听上面的话，但农民也不能忘了农民办事的规矩。以一个农民的智慧来看，老魏说这些离谱的话，他也不去当真，只是很恭顺地听着。

老魏拍拍手，说："怎么样，去看看灾后恢复生产的工作？"

驼子按着场面上需要的话说："请领导检查工作。"

驼子和老魏走在头里，身后一干下来救灾的干部不远不近地跟着。看着开垦荒地的人群，老魏连说了几声不错。然后，他从随从手里接过一双帆布手套戴上，挥起一把锄头猛干了一气，当他出了一头汗水，脱下干部服，挽起衬衣袖子还要再干的时候，大家把他劝住了。驼子带头鼓掌，围拢过来的机村人都跟着鼓掌。老魏说了一席鼓舞干劲的话，大家再次拍手。这时，就是领导该离开的时候了。

驼子陪着老魏一行从工地上下来，穿过残留的大半个村庄时，老魏回头看了一眼正在开荒的山岗，说："林登全同志啊，我提个建议好不好？"

驼子立即就有点紧张了。

老魏笑了："你不要紧张。为什么领导一发话你就要紧张？"

驼子不答话，一双眼睛忧心忡忡盯住了领导的嘴巴。

老魏说："说实话吧，我这个建议真不怎么的，但你真的要这么干才行！你先答应我一定得这么干！"

"你说吧。"驼子心里非常惶惑不安。

"你就搞点形式主义，在新开的荒地下面砌一道墙！"

"那里不会有泥石流，再说，墙也挡不住泥石流啊！"

"农业学大寨，农业学大寨！"老魏有些不耐烦了，"大寨的地是什么样的？"

"楼梯一样？"

"对了，大寨田就是楼梯一样，你要拦上一两道石墙，截高填低，把坡地整平，不就是梯田了？"

驼子想告诉老魏，这个山岗浑圆，坡度很小，不必一定弄得过于平整。但他还没有开口，老魏又说："我懂得种庄稼，你却不懂政治，不懂得我的难处，你就这么办吧，这对大家都好。"

驼子当支书的二十多年，第一次听见上面的领导对下面诉苦，说自己如此这般是因为也有难处，而不是出于"主义"和"革命"的大道理。

说这些话的时候，老魏脸上真切地出现了愁苦的神情。

驼子当下就猛然点头。

老魏却还有话说："还有，我还真要批评你几句。老同志了，伐木场来慰问，你们拒绝。伐木场也遭了灾，牺牲了十几个人，好几个人的尸体都还没有找到，机村怎么能没有一点表示？工农联盟，那是我们的立国之本啊！"

说这话时，老魏脸上的忧心忡忡的神情又加重了几分。驼子想说什么，但没有说。他觉得，自己想说什么，老魏其实是知道的。然后，老魏就带着救灾队赶赴另外的地方救灾去了。驼子知道，老魏把很麻烦的事情留给了自己。驼子禁不住掌了一下自己因为一点情面就张不开来的嘴巴。

驼子知道，这几天众人合力、团结一心的好日子就要结束了。果然，当他传达了修建石墙，把新垦地建成标准的大寨田指示时，那些短暂消失的怨气又冒头了："为什么我们刚刚好一点，你们这些当官的又来胡乱指挥了？"驼子真是哭笑不得，在群众眼里，他是干部，在干部眼里，他无非就是一个农民的头头。他的感受，与这些挥舞着锄头开垦荒地的任何一个人没有什么不同，但他不能说出自己的感受。

人们高涨的情绪一下就变得低落了，而且不只是低落那么简单，这种低落中潜行着隐忍不发的怒火。驼子感到嗓子发干，但他还是就地把大家召集起来，开会。新翻出的肥沃黑土浓厚的气味四处流荡。他感到自己嗓子发干，他复述那些这些年听惯了也讲惯了的，自己并没有任何切身感受的空洞字眼。讲这些话的时候，他觉得自己像是一个空空的皮囊，里面没有血肉也没有灵魂，只是被风吹着，发出呜呜的声响。多少年后，他还想，要是自己不那么着急，等到晚上很正式地传达这个指示的话，乡亲们心里就没有那么重的怨气，后来的事情是不是就不会发生呢？

但他也只是想想罢了。驼子不是历史学家。刚解放时，社会主义建设事事顺遂，他是一个前红军战士，是一个共产党员。后来荒唐事越来越多，使他变成了一个宿命论者。在一个谎言甚至盛行于历史学家的口头与笔下的时代，倒是一个乡下老头的宿命感叹更接近事物的本质。驼子是怎么感叹的呢？暂时按下不表。会没开完，骆木匠就站到了他跟前："支书，我有事要跟你谈谈。"

这个人是在他迁到新一村时突然出现在他们家里的，是他老婆家乡的一个亲戚，在家乡生活不下去了，跑来投奔他们。在新一村那个环境里，这个突然出现的侄儿大有主人翁气概，给他的工作惹了不少麻烦。他把村里搞阶级斗争深挖出来的一个国民党军的前上校逼得上吊自杀。后来，还是老魏帮助四处找些木工活计，不断挣来的钱让这个躁动的家伙安静下来。是老魏把他带到机村，托付给了索波。驼子没想到，回到机村，这个不安生的侄儿又在这里等着他了。

驼子说："如果你把自己算成机村人，那你不该跟我们这些老东西在一起，年轻人都到远处去了。"

"我正想跟你谈谈这个问题。你应该把青年突击队撤回来。"

驼子轻轻地摇了摇头，然后转身走开。

这个手脚利落的年轻人一下绕到他前面，堵住了他的去路。年轻人一脸怒火中烧的样子站在他面前，冲着他喊叫："你再也不能允许他继续这样下去了！"

"你在说谁？"

"索波！还能是谁？他已经不是原来那个索波了，他的革命意志已经消退了，他不想继续革命了！"

"继续革命"，这是这一两年中报纸上广播里越来越多提到的话。驼子其实一直不太懂得这种新说辞到底是什么意思。但他知道，这样新的说法一出来，一个什么运动又要开始了。他有非常不好的预感。每一种新说法出来，都会紧跟着一个运动，一个运动一来，总要有些人背时遭殃。这就像天气，乌云积聚就会带来风雨，风雨之后就是泥石流毁掉良田村庄。驼子问："农民革命难道不是种好庄稼？他带人去开辟荒地，生产自救，这有什么错？"

"他搞封建迷信！"

"他怎么搞封建迷信？"

事情出在那条从断崖的高处下到谷底的路上。那条路在古歌里被赋予了一种神秘色彩。索波带着一干人数次往返，都是在夜里，而不是在白天。那个地方，白天看到的都是断壁悬崖，没有路，晴天是飞鹰、阴天是云雾悬停在绝壁的半腰。协拉琼巴却有本事带着大家在夜晚平安上下。这个人确实有些装神弄鬼：不能在白天，也不能打开手电或点亮火把。他把这说成是那些消逝许久的先人的指引。被批判被禁止了这么多年的封建迷信就这样大模大样地复活了。

驼子有点害怕这个因为虚无的正义之火升腾而怒气冲冲的年轻人。面对这样的情形，他真的不敢肯定自己是站在正确的立场上。

他当过红军不假，也是机村的党支部书记不假，但在他内心深处，真正懂得的还是农民的道理：有土地就让土地生长庄稼，没有土地就开垦土地。他说："好，等他回来我会批评他！"

"等他回来，怎么能等他回来？那时，他把每一个人的思想都搞变了！"

"现在我走不开，我要带着大家在封冻前多开地，才赶得上明年春季种上庄稼！"

"开地，开地，开地就是一切吗？索波也是用开地来堵所有人的嘴巴。你们都是修正主义，反对继续革命的修正主义！"

驼子想起来，自己家这个亲戚并不是机村的正式村民。用干部们和文件上那套话说，他是一个流动人口。他在机村没有户口。他的户口在一个更加多灾多难的地方。一个不在户口所在地生活的人就是一个流动人口。驼子说："要是我们都是修正主义，那你就该回到你不是修正主义的地方去了。"

"你相信上下悬崖要闭上双眼……"

"那你就睁开眼睛!"

"你相信一条路上下非得是在半夜三更?"

"那你自己为什么不在白天上下?!"

"白天看不到路!"

"晚上你就看见了?"

"晚上也没有看见什么路!"

"那你怎么下去又上来的?"

骆氏看了自己的晚辈竟然当众与丈夫顶嘴,在众人面前感到万分的羞辱,她捂住脸嘤嘤地哭了。

协拉顿珠来到他们的面前,说:"我怎么听不懂你们的话?你们自己懂得吗?"

驼子叹口气说:"我的脑子稀里糊涂的,也不太懂那些话。"

骆木匠冷笑:"这些道理是人人都可以懂得的吗?上级不是常常说,理解要执行,不理解也要执行!"

协拉顿珠说:"自古以来,靠嘴巴生活的上等人总要说些让人听不懂的话,但下等人是要靠地里长庄稼才能过活啊!"

骆木匠不想与这些人再争辩了,他冷笑道:"我要向上级反映,你们这些修正主义的言论太危险了!"

众人不太觉得这个人可恨,这种人这种事大家已经见怪不怪了。年轻人,发病一样发作一阵也就慢慢懂得世道运行的道理了。索波已经是个榜样,所以,这个年轻人无非也是在热病的发作阶段,过上两年三年,事情也就过去了。这种情形倒让大家觉出驼子的可怜与不易,所以也就原谅了他。

这时,从伐木场开来了一队人。他们一脸庄重的神情,一直开到了这个机村人正在开垦的小山岗那浑圆平坦的顶部,从活动的圆盘里拉出长长的软尺丈量,之后,又一队人扛着镐头来了。

驼子说:"社员同志们,工人老大哥支援我们来了!"

村民们也信以为真，以前遇到农忙时节，工人老大哥到了星期天，他们的共青团啊，工会啊就会组织义务的支农劳动。驼子赶忙派人回去准备热茶送到工地上来。过去，前来支援的工人不会吃农民兄弟的饭，他们可以接受的就是谢意与热茶。

"且慢，"领头的蓝工装说，"以后我们会来支援你们，但这次不是。"

这一来，马上就有人很警觉了："你们也要开地吗？这地方是我们的。"伐木场也开了不少地，种植蔬菜。他们的蔬菜地也让泥石流毁掉大半了。

"我们的领导会来跟你们讲，我们嘛，只是照安排出来工作。"

村民们已经激动起来了。这个时代的人们普遍都传染上了一种狂躁的气质，就像天空中蓄满了水分的云彩，只要稍稍扰动一下，就会有雨水倾盆而下。就在那个小山岗顶上，村民们马上就把那一队工人包围起来。他们砍光山上的树木，致使泥石流年年暴发，毁掉了机村人赖以为生的良田，在机村唯一一块不会遭致泥石流袭击的地方，机村人刚刚举起开垦的锄头，他们也扛着镐头来争夺了。"国家给你们拉来一车车的大米白面，为什么还要又跟可怜的机村人争夺这么一小块土地？"

那队蓝工装都是一些青壮年男人，机村这边，只是些半老的男人和多嘴的妇女，仅仅是数量上占着一点优势。一旦真的打起架来，伐木场还有上千人可以支援，机村有的，就是小学校的学生和一些行将就木的老人了。但是，在这类争执中，伐木场一边总会表现出更多的克制。他们表示，只要领导发一句话，他们马上就离开。

大家的目光就都落在了驼子身上，驼子转身迈开蹒跚的步子往伐木场去了。

十五

在路上，驼子心中的怒火不断上蹿，但一进伐木场，情形就变化了。

他被臂绕黑纱、表情悲壮的工人引领着走进了礼堂。礼堂中央，一排架子上并排躺着十几具白布蒙着的尸体。礼堂压抑的空间中哀乐低回，音乐造成的效果，好像天上所有的乌云都堆积在这屋顶之上。他被带到正在守灵的伐木场领导面前。领导默默地和他握手。有人上来，在他胸前别上了一朵白花，在他手臂上缠上了黑纱。

领导嗓音低沉："谢谢。谢谢机村的农民兄弟。"

他被带到了那排尸体跟前，跟着人鞠躬，跟着人默哀，完成了这一系列动作时，他已经把来这里要交涉的事情完全忘记了。他完全被自己深深的羞惭把心揪住了。既然自己是前来致哀的，怎么可以两手空空就出现在这里呢？说不定，那躺在白单子下面的工人老大哥，也曾经来过机村，帮助耕地的男人扶过犁杖，拿着镰刀帮着收割过机村的庄稼，山洪暴发时，帮助机村抢救过水电站的堤坝。驼子的眼睛真的就湿润了。

后来，他被领导请到了场部的办公室。这里气氛一下就轻松了。

领导叫人给他奉上热腾腾的茶水："刚才那些烈士，都是为了抢救国家财产牺牲的，他们都是为抢救储木场的木材而牺牲的。"

驼子感叹："过去打仗的时候，死了人，好多都来不及埋掉。现在好，共产党坐了天下，牺牲的同志也像个烈士的样子了。"

领导又一次说了感谢机村农民兄弟前来慰问的话，这一来，驼子又羞愧得想钻到地里去了。天下哪有这样怒气冲冲、两手空空前来吊丧的呢。他低下头，使劲摇着双手。

领导过来在他身边坐下，俯身对他说了些什么。他能做的就是拼命地点头。但即便是这样，也不能使他的羞愧减少半分，以至于他都弄不清楚自己是怎么昏昏沉沉地从伐木场回到村子里来的了。

走进村子，冷风一吹，他的脑子慢慢清醒过来。他马上就要下一个命令，宰几只羊送去，还要扎一些白花，请伐木场懂文墨的人写一副挽联。把这些事情想了一过，他心里就像这事已经做了一样，感到释然而轻松了。

这时，他才想起了伐木场领导在他耳边说的话。

他一个人走在路上立即就叫了起来："不行！机村就那么一点地方了！"他蹲下身来，用手捶打着胸口："天哪，机村就指着这么一点地方种点活命粮了！天哪！烈士们是不会要我们那宝贵的地方作为坟地的！"

是的，坟地。伐木场领导说的是要建一个烈士陵园。

"他们都是为了抢救国家财产而牺牲的，但是，现在，一定要有一个永久的陵园安葬他们。"

驼子知道，陵园就是坟地的意思。他也知道，烈士们应该有一个永远让人看见、永远让人记得的地方，但这叫他回去怎么向村里人交代！村里人不会理解一排死人怎么非得要永远睡在那漂亮的山岗上面。机村人更不会懂得为什么要用十几个人的性命去换那些木头。农民没有工人阶级先进，所以，农民算出来的账是一个人的命也比几十上百根的木头值钱。在农民看来，那些死去的人是些傻瓜。

那队蓝工装见驼子没有能够带回新的指示，看看快要落山的太阳，再也不能等待，就动手挖起坑来。农民兄弟是一定要上前阻止的，所以，两下里真的就动起手来了。这一动手，无论驼子怎么阻止，都没有什么作用了。在场所有的机村人都扑向了那队蓝工装。而且，双方心里都带着仇恨，再不只是拳脚相向。一上来，手中的铁制工具就飞舞起来了。驼子转身又往伐木场跑。半路上，迎面就有怒火中烧的工人前往机村增援。驼子很想快一点，但腿软得都要迈不开步子了。跑到了伐木场，有人把他领到办公室，然后去找领导来见他。在他一生中，从来没有什么时候比这段等待的时间更为漫长。就是长征中他负了伤，躺在地上，血泪泪流淌，感到死亡的阴影一点点逼近，也没有这么焦急，这么害怕，没有因为焦急和害怕而觉得这段时间比整个一生都要难熬。他不知道自己等待了多长时间。他半躺在椅子上，看着下午明亮的天空变成一片灰白。

那片灰白就是末日的颜色。

终于，几张故作沉着的脸衬着那片灰白浮现在他的眼前。

驼子说："出事了，你们，求求你们快去救人啊！"

领导不慌不忙，说："没有那么严重，群众心里有情绪，就发泄一下。"

驼子一着急，居然昏过去了。

其实，这会儿，伐木场派出制止冲突的队伍已经出发了，甚至连医生都派过去了。驼子醒过来时，伐木场领导告诉他，冲突已经停止了。而且，"基于革命的人道主义，对机村那些做出了抗拒纪念革命烈士的反革命行为的人也施行了救治。"领导话锋一转，"你就好好在这里休息，明天早上，跟我们一起安葬革命烈士吧。"

驼子发出了悲伤而绝望的呻吟。

"你说什么？"

"不！"软弱而且胆小的驼子哭出声来了，但他还是听到自己在喊，"不——！"

"你也反对纪念革命烈士？"

"我不反对，但你们就给机村留一块好地吧。"

这是一九七五年的秋天，老魏亲自率领一个工作组下到机村。但机村人众口一词，说一点也不反对牺牲的烈士，他们只是希望在巨大的灾害过后，还有一块荒地可供开垦。他们还说，农业学大寨也要一个合适的地方。机村有十多个人被抓进县城关了一段时间，回来后，又在全村大会上被批斗了几次。每一次大会，驼子都要率先做出深刻的检查。老魏作为县革委的副主任亲自表态，把那些烈士全部安葬在县城旁边的烈士陵园。深秋的雪一下来，喧腾的世界又归于了寂静，事情差不多就这样平息了。

驼子的老伤又犯了，躺在家里，但呻吟的声音足以让全村人听见。

他的呻吟中增加了新的内容，他喊："继续革命，继续革命！我革不动了，我的手，我的脚，我的背都痛啊，我打国民党，打江山受的伤，我革不动这个命了！"

然后，他转而咒骂机村的乡亲："我欠了你们什么，我不欠你们什么了，告诉你们，我早就把欠你们的还清了！你们怎么敢像对付敌人一样对付工人老大哥？你们都以为我软弱胆小，哼！"驼子居然从床上爬起来，走到大开着的门前，"我知道你们都在听着，那你们就竖起耳朵，你们去打听打听，老子在新一村是怎么当支书的，老子对什么事情手软过！要是不信，明年一开春，看老子怎么收拾你们！"

大家感到惊奇，这个好人口中怎么吐出了这么多恶毒的言语。但大家对这些恶毒的言语并不在意，有聪明人说："继续革命就是不断往前跑，就像我们拿着鞭子，让牛拉着犁头，一直抽打，不让可怜的畜生停下来喘气一样，这个可怜的家伙真的是拉不动身上的犁头了。"

雪一直下个不停，劳碌挣扎了一年的机村终于停下来，可以喘口气，可以回味一下这一年经过的种种事情了。年轻人都还在远处的垦荒工地上，如果不是每家屋顶上还飘荡着淡蓝的炊烟，整个机村就像死去了一样。

骆木匠跟着工作组留下的几个人走家串户动员大家出来参加会议，大多数人都守着温暖的火塘沉默不语。

也有人开口说话："世上所以有冬天，就是天老爷也疼人，知道累了一年的庄稼人要休息一下了。不是连我们老支书也犯病了吗？"

骆木匠说："那是他的革命意志消退了！"骆木匠在这户人家还喝了一些酒，那家人一边给他酒喝，一边却与他争吵。好多年了，那些陌生的词语是他的护身符。只是他嘴上一挂上那些来自上面、来自文件上的词语，人家就害怕，就闭口不言了。但是，今天，也许是这些人借酒壮胆，和他针锋相对，不肯退让了。他从这户人家走出来时，已经带着浓重的醉意了。在飘飞的雪花后面，他恍惚看见了几个模糊的影子。他笑了："不要装神弄鬼，告诉你们，我什么都不害怕，我一点都不害怕。"

然后，那几个朦胧模糊的影子就撞上来了。

　　骆木匠躺在雪地上，心里已经有些害怕了。他想喊救命。但一个影子山一样压下来，他就什么都不知道了。第二天，他努力回想，想起有人在他耳边说了一些威胁的话。但他又想不起来，那些鬼影具体说了些什么。

　　他哆嗦着对工作组的人说："你们要相信我，他们真的说了什么！"

　　工作组的人对他也并不那么耐烦："那你就说出他们是谁！"

　　"不是鬼，是村里人装的鬼！"

　　"那他们到底说了什么样的话，我们才好有线索组织清查！"

　　但他实在是想不起来了。工作组的人替他想，想了一句又一句，他觉得这样的话用在自己身上是对的，但他的确又不敢肯定。工作组的人冷笑："那说明，你他妈的得罪的人太多了，我们总不能把全村人都看成阶级敌人吧？"

　　"我是在斗争！我是响应党的号召！"

　　"那也不能把全村人都当成阶级敌人！"

　　第二天早上，机村老男人们组织了一个送粮的队伍去觉尔郎探望村里的年轻人。骆木匠提出，工作组应该去那里检查一下抓革命促生产的情况。到这时，他才感觉到，不只是机村人，甚至工作组的人革命意志都消退不少了。老魏早就回到了县里，工作组那些家伙，守着温暖的炉火，看着外面覆盖了山野的大雪，没有一个人动窝。最后，他们做出一个决定："那你就代表工作组吧。等你回来，今年的招兵开始，我们就推荐你参军。"

　　"可是，我还没有当地的户口，你们能不能先把我的户口从老家迁来？"

　　大家都袖手不说话了。村里那些背负着粮食的人还冒雪站在外面，工作组就拿了一些报纸给他们："让索波多组织大家好好学习。"

　　那些沉默不语的人就出发上路了。

村里远行的人还没有回来，一天早晨，人们忽然从伐木场的高音喇叭里听到哀乐响起。低回的哀乐轰轰作响，把河边，把小山岗上，把泉眼边那些孤立的树木上纷披着的积雪都震落下来。天空很蓝，天气很冷。风吹着雪花在蓝空下慢慢飘散。看来是伐木场又出烈士了。村里人因此又紧张起来。驼子正哼哼唧唧地站在门口眺望天空，他老婆坐在门槛上缝补一双靴子。他说："天哪，又出事了，他们不会再打我们新垦地的主意吧？"

他老婆说："你听，你听，喇叭里在说什么？"

驼子却不在听。他还在忧心忡忡地喃喃自语。

这时，他看到每一户人家的人都从屋里出来了，慢慢向着他家院门这边聚集过来。老人，孩子，还有没派到觉尔郎送粮的老男人们。他看到人们都走得跌跌撞撞，人们都茫然地望着天空，又把那茫然的眼光落在他的身上。他还看到，一些人张着嘴巴无声地哭泣。

然后，前大队长格桑旺堆走上前来，伸出双手摇晃他的肩膀："驼子啊，周总理，周总理死了！"

周总理死了！

对于机村人来说，周总理是一个熟悉而又遥远的名字，一个神灵一样的名字。现在，这个名字竟然与"死"这样一个字眼联系起来了。驼子的眼神也变得茫然了。他叫人打开了村里的广播站，墙上的喇叭里吱吱嘎嘎的尖利杂音响过，然后，传出了庄重肃穆的声音。这个声音正在宣布一个来自遥远地方的消息。广播里没有说死，而是说逝世。但谁都知道，那就是死的意思。哀乐说的是这个意思，那个沉重庄严的声调说的也是这个意思。然后，驼子就张开嘴哭了出来。他一带头，女人们就紧跟着哭成了一片。

逝去的那个人相距那么遥远，名字听了千遍万遍，却又从未见面，但大家真的是悲从中来。一种让人心里变得更加空空荡荡、无所依凭的悲伤。已经变得陌生的世界好像正在发生着更快的改变。世界跑得太快，以致它的表面失去了鲜明的颜色，蒙上了一层浓重的灰色。总之，那一年的好些日子在驼子的印象里都恍若梦境一样。

新的口号又来了。

这回叫作"化悲痛为力量"。

过去，是说把仇恨化为力量，把热爱化成力量，现在，是把悲痛化为力量。

这个村庄是那么偏僻，如此遥远地深藏在大山的皱褶中间，即便是最有见识的人，所获得的经验也不会远过村子三道以上的山梁。而左右村庄的力量从来就来自很近的地方，百十来里的土司，还有距离更近的寺院。但是，红军的队伍走过了才十几年，一切就都改变了。现在，一个偏远村庄的命运是由一些他们并不懂得的口号、政策与运动所左右的。他们见过了许多掌握权力的人，但他们都不是最后那个人。他们背后，还有一个又一个随时可以改变他们命运的人，那最终的人像是一个无所不能的神，而不是一个人。而在过去，不出百里，他们就能找到那个掌握最终权力的人。如果说机村人在原始的经验上又积累了什么新的经验，那就是：每当一个口号写上了报纸，一个新的运动就又要开始了。运动几乎就是这个时代最鲜明的特征。运动不是一个实在的东西。但是运动可以把相关与不相关的人都卷入其中，随意决定这些人的命运。命运就像是一阵旋风，没来的时候什么都没有，但从虚空里一下就卷起来，把地上的尘土与枯枝败叶都卷入其中，那么强力，那么恣意地飞舞一阵，又从虚空里消失了，只是所经过地方的面貌都已然改变。

那场叫作"反击右倾翻案风"的运动又袭击到了山里。那风一路吹来，把一些大大小小的人物推倒在地上。这风刮到县城，老魏倒下了，他的罪名是某个人的"复辟路线代理人"。

风当然还会刮到机村，驼子也被打倒了，因为他是老魏在机村的"资产阶级黑线代理人"。

好在农业学大寨运动还要深入开展，垦荒才得以继续下去。村民们也不得不认真对待老魏亲自交代过的那道本身可有可无的石墙了。这一年，机村可供砍伐的森林已砍伐殆尽，伐木场开始往森林尚未砍伐的地方搬迁。

机村一时间选不出新的合适的领导，就由工作组临时负责。骆木匠好好表现了一番，但是，他没有户口，他不跳出来还好，一跳出来，在这个所有人都要被户籍钉死在一个地方的时代，他面临的结局是，将被清理回原籍。他长期滞留机村竟然成了老魏与驼子的又一条罪状。

骆木匠离开了机村。

他并没有走远。他在伐木场里找到了活干。工人们在机村待了这么多年，一旦要上路了，发现栖止多年的简陋木屋里也积攒下了不少东西。差不多每个人都要做一口两口木箱来盛放这些东西。骆木匠替工人做下一口又一口木箱。往年，骆木匠在伐木场干的活可不一样，那活路是做棺材。每年伐木场都有工人死在自己亲手伐倒的树木之下，或被倒下的树砸死，被滚下山的树撞死，被从木把上脱落的斧头砍死，被绞盘机上断了的钢索抽死。以至于后来伐木场预先就订了下生产多少木材伤几个人死几个人的指示。现在好了，虽然他手头做的东西还是一种木头匣子，但不再是用来装殓血肉模糊的尸体，而是盛放个人的财产了。骆木匠天天做那些木箱，难免不想到自己折腾了这么些年，除了两个肩头端着的一张嘴，真的是身无长物，不禁就有些感伤。

感伤的结果，当然也是对自己的所作所为产生了深深的怀疑。

十六

索波得到工作组的通知，让他回村来协助工作，但他没有动窝，他带着机村的青年突击队，一口气开出了几十亩荒地。深冬季节，冰冻三尺，机村的开垦只好停了下来。而在觉尔郎峡谷，气候温和得多，开荒的锄头一直没有停下。

突击队整体撤回来是在这年的秋天，因为毛主席他老人家去世了！

在悼念伟大领袖的时候，机村一直处于对立中的工农在巨大的悲痛中终于消弭了前嫌。伐木场的大部分工人都已经转移了，只留下很少一点人看守着一大片空荡荡的房子。在那个空荡荡的礼堂里，伐木场的留守人员和机村人一起建起了一个巨大灵堂。纷披着黑纱的大幅遗像。排列成行的花圈。低回不已的哀乐。眼神空洞面容悲戚的人群。故意卸掉一些灯泡而显得阴暗的空间。秋天渐起的凉意。一个人待着还好，要是两个人以上聚在一起，你看着我，我看着你，大家都神情哀戚。这种哀戚的神情彼此感染，看着看着，泪水就都沁出了眼眶，最后，就免不了低咽着哭出哀声来了。

青年突击队从觉尔郎带回了他们新垦地里第一批收获的东西。

毛主席在世时，老人家与山沟里这些老百姓相距是那么遥远。那时，他是一个称谓，是一个法力无边的神灵。但现在，他去世了，他的灵堂布满了这些偏远大山深处每一个有人烟的地方。这时，老人家反而是很切近的存在了。

这话听起来有些荒唐，但的确是机村人真实的感受。

从远方得胜归来的青年突击队把带回来的收获物每样都选出一点供在灵堂：未脱粒的麦穗，籽粒暗红的亮晶晶的油菜籽，土豆，金黄的玉米和一株株翠绿的蔓菁叶子。他们还在领袖遗像前保证，明年，他们的新垦地里将收获更多的东西。

人们都因为什么而感动了。这感动本来是可以化为由衷喜悦的，但在灵堂这样一种特殊的场合下，感动化成了一种柔情，柔情反过来加重了悲戚。于是，那些感动都化成了哀哀的哭声。

驼子因为平常时时夸张呻吟打下的底子，哭声比那些多愁善感的女人还要动人。就是协拉顿珠用他曼声歌唱的底子哭泣，也比不过驼子。老头因此很不服气，但又有什么办法呢。哭不过就是哭不过，他只好花比驼子更多的时间在灵前哭泣。孙子协拉琼巴劝他回家，他也不肯。

但驼子却从灵堂里出来了，他擦干了眼泪，长吐一口气，对索波说："我不哭了，我受不了了，再哭我就喘不上气来了。"

索波看着他，眼里慢慢浮出了一点笑意，没有说话。

驼子意识到了什么，说："你知道，我有病，再哭，我的身体就要垮掉了。"

索波一下笑出声来，但他也马上警觉地收了声。

驼子说："你们带回来那么多东西，可我们也没有闲着。"他拉着索波来到村后小山岗上那片新开的地上，那里，成熟的麦子还没有收割。假人们披着破衣烂衫站在麦地里在风中摇晃着身子，但鸟雀们并不害怕，乘着微风在麦地里轻盈地起落。驼子说："你回来吧，机村不能没有领头的人啊。你看看，伐木场搬走了，山林还能恢复元气，机村还有希望，就差一个大家服气的头了。"

但是索波慢慢摇头，说："不。我就喜欢待在那个地方。"

听着远处灵堂那边传来的隐约哀乐声，驼子说："该结束了。再不结束，地里的庄稼就收不上来了。"好在，这天晚上，收音机里传来了第二天天安门广场将举行隆重追悼大会的消息。驼子的心就放下来了。

第二天，伐木场的、村子里的喇叭全都打开了。村子里却空空荡荡。人们齐聚在灵堂里，随着北京传来的声音在遗像前默哀、鞠躬，在新领袖的讲话声中最后一次哀痛地哭泣。

历史上第一次，机村的大会在北京传来宣布结束的声音中结束。

人们走出光线黯然的灵堂，来到秋天明晃晃的阳光下，都有些睁不开眼睛。伐木场的工人们聚集在操场上，久久没有散去。对于他们当中的大多数人来讲，这是他们在这个地方的最后几天时间了。他们将去到一个有更多森林可以砍伐的地方。从这一天开始，他们将拆掉这个巨大的礼堂，拆掉大部分的房屋。他们中只有少数人会留下来，在那些砍伐过的土地上营林，栽种很难想象什么时候才能长成参天大树的幼小稚嫩的树苗。但机村的人就不同了，他们慢慢走出了灵堂，在回村的路上渐渐加快了步子。先是几个心急的人加快了步子，然后，所有人的步子都快了起来。很快，几乎所有人都下到了地里，开镰收割地里的麦子。

人们都沉默着，所有的力气都灌注在挥动锋利镰刀的手上。直到天黑尽了，天幕上缀满了晶亮的星星，意犹未尽的人们才离开了地头。

这一年，机村人每一家都分到了足够的粮食。机村已经连续六年没有上缴过公粮了。也是这一年，机村的手扶拖拉机突突地往返，往公社拉去了机村上缴的公粮。

没有多久，北京把"四人帮"抓起来了。机村人长出一口气，原来，这些年那么多的灾难是由于妖魔乱世啊。这个消息一出，工作组就从机村撤走了。不久传来消息，被打倒的老魏平反了，当上县委书记了。第二年夏天，山上又暴发过一次泥石流，但那规模比起往年来，却是小了很多。不是雨水比往年小，而是砍伐一停止，山上马上就长满了荒草，许多灌木也在蓬勃生长。不要小看这些荒草与灌木，只用了一个春天，它们就给光秃秃的山坡披上了一层绿装。正是这些荒草与灌丛，大大地减轻了泥石流的威力。下来视察工作的魏书记用了一个词：再生能力。

这是一个机村人不太懂的词，但这个词和过去运动中那些词不一样，魏书记解释一下，他们就都懂得了。魏书记说，这些山只是遭到了一次破坏，所以，还有很强的再生能力。马上就有人懂了，这就跟一个人生了一次病，即便是一场大病，很容易就能复原过来，要是常常生病，那情形就不是眼下这样了。明年，这些山上还会长出更多的荒草与树木。魏书记还说，秋天的时候，要派飞机来从天上往这些荒山上播撒无数的树种。这些种子落下来，让枯萎的荒草与掉落的树叶掩藏一个冬天，来年，在融雪与春雨的滋润下，就会发芽抽条，最终，它们会重新蔽日遮天。

"我等不到那天了。"驼子却发出了这样的哀叹。

驼子不止一次地对人哀叹："真的，我等不到那天了。"

"好日子已经来了，大家都该好好地生活下去。"

"不，我没有那个心劲了，撑不住了。"说到这里，驼子竟然笑起来，"这一辈子啊，好多次我都觉得撑不住了，撑不下去了，但我不甘心，伤得不行了，饿得不行了，病得不行了，但心劲还在。现在我的身体还是好的，但是我累了，心劲没有了。我等不到那一天了。"

他真的就连地都不下，也不为旧伤口发炎而不断地哼哼了。现在，他公开地在腰间上悬上一个烟袋。里面装的可不是家种的烟草，而是泥巴，心里空得难受的时候，他小小地捏上一撮，放在口中慢慢咀嚼，然后像走了长路的人一样叹息一声，靠着被阳光晒暖的墙壁，脑袋一歪，睡过去了。

伐木场最后一批人就要撤走了，也要随他们远走的骆木匠跑到村里来辞行。这个家伙脸上不是刚来新一村投亲靠友时那副可怜巴巴的神情了。他说："虽然你们讨厌我，但无论如何，我还是要来告个别。"

"上面领导不是让你回老家吗？"

"不，死我也不会回去，老家太穷了。再说，也是老魏发善心让我留下来的，他知道，在外盲流多年，回去我也没有好果子吃。"

驼子说："可是现在不搞斗争了。"

"那我也不会回去了，我要跟伐木场去新的地方。"

"那你就好好地做你的手艺活，不要掺和别人的事情了。"

照理说，经过了这么些年的折腾，这个年轻人应该知道自己是什么样的人了，但他嘴上是不会服输的："我要早跟着伐木场的人做事就好了，就是光做箱子也能过得比机村人强！"

"那也只是现在，过去，他们也只是找你做几口棺材嘛。"

骆木匠说："也许哪一天，我成了伐木场的工人也说不定啊。"

话说到这个份上，驼子一家也就只能祝他好运了。

伐木场最后一批人撤走那一天，村里人差不多是全村出动前去送行，但驼子还是坐在太阳底下一动不动。那是夏天将到时的事情了。那天隆隆的雷声伴着雨水响了一个晚上。但泥石流也只是小小地暴发了一下，山上下来的洪水只是把公路淹没了一段。洪水从那段通过洼地的路面上漫了过去，等到洪水一退，路面又会现身出来供人们驱车行走。

伐木场一撤走，有没有这条公路都没有什么关系了。

这天，伐木场的人，还有新做箱子里的东西很早就装上了卡车。仿佛是为了回应大家急于上路的心情，那一长溜卡车早早就发动起来，汽车屁股后面冒出的蓝色轻烟雾气一样贴地弥漫。不知因为些什么事情，人们又忙乎了好一阵子，那队卡车才摇摇晃晃地从木头房子围成一圈的那个操场上开了出来。因为人早就一天天减少，宽大的操场不少地方已经长出了浅浅的青草。骆木匠高高地坐在卡车上，坐在他亲手做成的木箱上，向着站在路两边他熟悉的机村人招手。他的身上也穿上了伐木工人们一样的洗得泛白的蓝色工装，那神情俨然就是一副每七天可以休息一天的工人模样了。卡车摇摇晃晃地慢慢开动，机村人稀稀落落地站在公路边上，站在绿油油的正在抽穗的麦地旁边，站在过去曾经是一个巨大储木场的湿漉漉的空地上，站在前些年被泥石流搬下山来的巨大的青色砾石之上。骆木匠举起手，向着他们挥动。他很遗憾，机村的年轻人索波、卓央、协拉琼巴、达瑟，等等，这些人都不在送行人中间，他们还在遥远的觉尔郎开垦荒地。当他意识到这些人并不在人群里的时候，他的手就放了下来。卡车渐行渐远。机村熟悉的风景与人从他眼前一一滑过，他突然有些感伤，有些留恋。要是机村的田野，特别是这些机村人再不从他眼前消失，他的泪水就要涌上眼眶了。但是，机村也就那么一点人，很快，路边就再也没有他们的身影了。现在，在这个阳光灿烂的早上，前路一片光明，他已经上路了，将随伐木场工人们去一个新的地方。

就在这时，卡车队停下来了。

他从车上跳下来，跑到了卡车队的前面，发现车队停在了那段被昨晚下来的山洪淹没的公路跟前。水淹没了路面，弄不清水下是什么情况，车队就停下来了。看那几个对此行负有责任的人的意思，是想退回去，等洪水退了再走。但骆木匠不想回去。他好像觉得，这一回去，他自己就走不了了。刚才坐在车上，他还有些恋恋不舍，现在心里却急得不行，他差不多喊起来："不！应该马上出发！"

领导和工人都扭头看着他，脸上露出惊奇的神情。什么时候轮到这个人这么大声说话呢？

骆木匠意识到了这一点，他说："我去探路！"

他从车上抽下来一根勘测用的标杆，转身就用那根上面标着尺度的一截白一截黑的杆子探索着下到水里去了。

"你回来，犯不着冒这个险！"

"我路熟，不怕！"

他很快就在那段被洪水淹没的公路上探了一个来回。就是站在路上的人也可以看出来，水深处也就淹到他的膝盖。他走回来，脸上又闪烁出他那该死的得意的光彩，他挥挥手，提高了嗓门："没有问题，过吧！"

领导也挥挥手，车队又启动了。他又爬上了自己乘坐的那辆卡车。只要卡车往前开动，不再返回机村，他就放心了。他脱掉湿淋淋的鞋子，把里面混浊的水倒在车厢外面。背倚着一个箱子半躺下来。就在这时，卡车摇晃一下，停在了水中。是前面一辆卡车偏离了公路，一边的轮子开到路基外面去了。

跳下车来看见这情景的骆木匠脸色一片惨白，身子摇晃得比那即将倾覆的卡车还要厉害。如果车子出了事故，那就是他的责任了。

大家都从车上跳下来，看那辆车慢慢地向着路基外面倾斜。车厢里堆得高高的箱子一只只掉到水里，载沉载浮，随着流水漂去。本来，卡车只有一只轮子掉到了路基的外面，但早被浸软的路基在卡车的重压下开始崩溃。大家都清楚，再过十几分钟，卡车就会翻倒，从好几米高的路上跌进河里。司机从驾驶室里跳了出来。就在这时，骆木匠抱着一段木头冲向了卡车。所有人都在他身后喊叫，但他已经听而不闻了。所有人的喊声加起来，都不会有一个人哑默的命运发出的指令声来得响亮。他冲到了汽车跟前，这才回头看了看大家，然后把那段木料一头塞到卡车下面，一头扛在了自己的肩头之上。但他已经什么都不能改变了。洪水在他的身边打着漩涡。路基就在漩涡下面飞快地塌陷。卡车就那样一点点倾覆过来。人们眼睁睁看着他在卡车的重压下，身子一点点矮下去，当混浊的水流猛烈地在他脸上飞溅开来的时候，卡车整个倾覆了。

轰的一声，卡车翻转着身子，跌下了路基。然后，是卡车上满载的东西漂满了河面。卡车，还有骆木匠都消失不见了。

后来，人们发现，在伐木场空荡荡的仓库中，留下了一具没有用完的棺材。这难免让机村人又感慨唏嘘了好一阵子。如果说是骆木匠命该如此，上天让他给自己亲手打了一个棺材，但他在这世上却连一个布片都没有留下。

十七

谁都想不到这样过了几年，驼子却挺了过来。

这几年里，机村也是一样，像是一个大病一场的病人，也一点点缓过劲来，恢复了生机。

驼子又慢慢走出家门，拄着一根拐杖，在村子旁边的庄稼地边游走。这些年，土地又重新分配到每家每户。虽然眼见整天在地里干活的人少了，庄稼却长得齐整茁壮。虽然时间刚过去三四年，说起当年地里打不下来粮食的事情，仿佛只是件在一个不愉快的梦境里发生过的事情了。

庄稼一分到户，大部分的年轻人都从觉尔郎撤回来了。只有索波死不回头，还带着最后几个同样死心眼的人坚持在那个地方。据说，他们已经不再开荒了。早先开出的地因为人手不够，有一部分都重新荒芜了。还听说，他和达瑟一起在那些正在抛荒的地里试种野生药材。

而驼子只是梦游一般在麦穗饱满的地头上行走。

庄稼正在成熟。鸟雀们飞来了，在天空中盘旋时，被微风吹得微微倾斜着身子。它们就这样绕着那些插在麦地中的草人飞翔。看那些草人除了在风中摇晃身子外什么都不能干，它们就放心地收起翅膀降落下来，啄食麦粒了。驼子举举手杖，但只是举了两三下，他就再也没有力气了，只好佝偻着身子站在地头叹息。

金黄的阳光下，风摇晃那些成熟的麦子，那些沉重的麦穗被风从茎秆上摇落，他伸手接住一个麦穗，但更多的麦穗落在了地里。他也只能摇头叹息。

他弄不明白，这一村子的人都是刚刚吃了几年饱饭的农民，却对地里的庄稼不管不顾了。

他想拦住一个人问个明白，这到底是为了什么？

但整个村子，除了院子里坐着几个比他脑子还要糊涂的老年人之外，没有一个可以说话的人在。他问："人们都上哪里去了？"

那些坐在院子里树荫下的老人要么根本没有听见，即便听见了也只是仰起茫然的脸，眼睛里发出同样的疑问："为什么村子里的人都不见了。"

驼子停下来，从腰间的烟袋里掏了一撮泥巴，细细地嚼了，又往小学校去了。学校里也没有人。教室空空荡荡。他又回到家里，问问家里人，但他已经忘了，家里人一早起来，告诉他要晚上才会有人回来。于是，他坐在自家的门口，想不起来自己接下来该干些什么了。晚上，等到家里人、村里人都回了家，他坐在火塘边，头深深地垂在胸前，已经睡着了。

其实，他早就问过家里人为什么不下地收割庄稼，家里人都回答过了。

"不会有人再饿肚子了，你放心吧。"这是女儿的话。

儿子说："你不是想盖一座大房子没有成功吗？你好好将息着，挣够钱了，我给你盖一座！"

驼子闻言，开心地笑了。笑过，垂下脑袋睡着了。睡了一阵，睁开眼睛，又回到了他的老问题上："你们为什么不收割庄稼？粮食可是不敢糟蹋。"

"如今没有生产大队，也没有人民公社，你自己也老了，就不要操这份心了！"

"你们为什么不去收割庄稼，把那么多的粮食糟蹋了？"

孩子们都笑了，连他老婆骆氏也跟着笑了。家里人告诉他，如今饿不饿肚子，已经不是指靠着地、指靠着地里的那些粮食了。再说，如今也不是饿不饿肚子的问题，而是能不能发财，有没有钱，有没有很多钱的问题了。但是驼子的脑子已经转不过来了。他已经不会思考这些需要在脑子里转上好几圈才能明白的事情了。他也记不住家里人告诉过他好多次的事情了。

所以他才一再发出那个疑问："你们为什么不去收割庄稼？"

家里人耐心地告诉他，男人们卖木头，女人和孩子们上山采集松茸。木头是上千块钱一车，一公斤的松茸也要卖到两三百块钱。一个人一天挣几百块钱，可以买回来比一亩地粮食还多的大米与白面，而且，不用收割，不用打场，也不用背到磨坊经历那么多的麻烦。买回来直接煮在锅里就可以了。他听了半天，还是摇摇头说："农民不种地，不收割。你们疯了。"

每天，他都把这些问题重复一次，每天都得到同样的回答。天亮时分，家里人已经出门了。他吃了热在锅里的东西，想起昨天晚上好像做了很多梦，但他只想起一些依稀的轮廓，依稀的影子。不过，他闻得到田野上飘来的那种能令一个农人心满意足的秋天的气味。于是，他就拄上拐杖出门，循着这种气味的指引来到了地头。他会看到阳光照在过熟的麦穗上，看到起风的时候，整个麦地起了波浪，波浪中间，一些不起什么作用的草人也在轻轻摇晃。

　　这个时候，机村的男人们正在过去泥石流形成的一个又一个冲积扇下挖掘。只需要把砾石与泥沙稍稍翻开一点，就有大量被掩埋的木头：剔去了枝杈，切成一样长度的杉木与松木。现在是开放搞活的时候了，收购木头的商人四处游走。几个人一天可以弄上一车，每天都可以到手几百块钱。而松茸就更神奇了，过去那满山没人要的东西，现在可以坐飞机到日本，这边人上山去，下边就有人拿着秤与钱等着，就是老人和小孩一天也能采上半斤一斤的，更不要说那些眼明手快的人了。这么一来，真是没有人顾得上地里的庄稼了。

　　这天，驼子又来到了地头。麦子成熟得太久太久了。没有一点风来摇动，麦粒就簌簌地掉落。驼子伸出手去，那些饱满的麦粒就这样一颗颗落在了自己手心里。他慢慢地揉去了麦粒上的包皮，把麦粒全部送进了嘴里。他就站在那里慢慢咀嚼，满口都充满了新鲜麦子才有的微微甘甜与清香。

　　咀嚼麦子的时候，他从脑子里面，而不是外面听到了自己咀嚼时牙床咯咯错动的声音，他丕笑了一下："像牛吃东西一样。"

　　他只是这么想了一下，这声音就在脑子里面响了起来。

　　好在他脑子转得慢，他侧耳听了一阵，里面都没有声音再次响起。这时，他已经离开小路，站在麦地中间来了。他感到起风了，麦子们都在眼前晃动起来。

　　驼子听到，驼子从脑子外面听到，没有人收割的地里麦粒降落在地上的声音，像是越下越大的雨响成了一片。然后，脑子里也有声音响起来了。但是里面和外面的声音并织在一起，他听不清楚。

　　这些声音越来越大，轰轰作响。驼子扔掉了拐杖，抱着自己就要炸开一样的脑袋，跌跌撞撞地又在麦地里走出几步，就扑倒在地上，倒下的时候，他伸出了双手，把很多的麦子揽到了自己的怀里。他扑倒在地上，怀里麦子被太阳晒得暖洋洋的，身子下面的土地也柔软而温暖，驼子长叹了一口气，这个因为没有土地而参加了红军的大巴山农民林登全，这个当了多年村支书都没能让地里长出令自己满意的庄稼的驼子，终于倒下了。他听见心脏贴着柔软地面咚咚跳动，听见血流在靠着温暖麦草的脑子里轰轰作响。

恍然之间，他看见有人招手，但已经看不清那是风吹着草人在摇晃。驼子长长地吐了口气。他人生一世吐出的最后一口气息，犹如一声长叹，说不清是疲惫、满意，还是痛惜。然后，他的眼皮就像两扇大门，慢慢合拢，一点一点地把这个世界关在了外面。

脱粒机

　　水电站建成的那一年，县里下来的工程师带着村里喜欢新事物的年轻人一直在晒场上忙活，并且预言：这个秋天的粮食收上来，脱粒的时候，就再也不用那么多人拿着连枷前前后后进进退退地反复拍打了。

　　他们在平整的晒场上挖出两个深坑，然后，水泥就出现了——不，水泥这种东西在修电站时就已然出现了。机村人已经知道，这种特别的泥巴的出现就意味着机器的出现。水泥是用电驱动的机器的先声。看不见的电真是一种不可思议的东西。小小的一个开关，啪嗒一声打开，它就飞快游走，窜到电灯里放出光明，窜到机器里让所有轮子飞转。啪嗒一声关上，电流就飞快地缩回去，顺着电线缩回到最初的那台母机里去了。是的，母机，机村人是这么叫那台被激流冲得飞转，并发出了电流的那台机器的。你看吧，当轮子飞转，机器里嗡嗡作响，你要不把开关合上，不让电流飞快地跑到很远的地方，把电灯点亮，让喇叭歌唱，让另外一些机器飞转，那它就像一头母牛被源源不断的奶水憋住了一样，会浑身抖动着嘶叫不已，甚至能愤怒地从牢固的水泥底座上挣脱下来。捆绑奶牛的是绳索，捆缚机器是许多的螺栓。但愤怒的机器真的能把那些钢铁的螺栓一一挣断，使得机毁人亡。电站刚建成时，机村的男人们含着烟袋，为摸清"机器的脾气"，在发电房里围着机器蹲成一圈，看机器嗡嗡地飞转，仪表盘上表示电流电压的指针越抬越高，先是装在发电房里不同颜色的灯泡发出了亮光。从县上接受了半年培训的发电员戴上了白色的手套，握住了总开关说："快去看，电要到村子里去了。"

这些家伙马上起身往外跑，跑到发电房外，但是，发电房在低处，而村子在河谷的台地上面，没有人能从发电房外看到村子。他们大叫："我们看不见！"

发电员却喊："预备——起！"他在发出最后一个音节的同时合上了电闸，然后，大家都看见了。在村子所在的上方的天空里，仿佛一道闪电亮起——不，不是闪电，闪电稍纵即逝，瞬间的明亮后是更深的黑暗。而这时在他们眼前的亮光，只是在刚出现的时候，像是闪电一样炸开，但随即就变弱了一些。那片光慢慢成形、慢慢收敛，最后，变成一轮日晕一样的光，罩在了村子上方，中央明亮，在扩散向四周夜空的时候逐渐黯淡。在机村人的经验中，除了有些时候，太阳与月亮周围会带上这样的光圈，再就是庙里的壁画上那些伟大的神灵头上，也带着这样的光圈——但这光圈出自画师的笔下。但今天，每一个人都看到机村被罩在了这样一个美丽的光圈下面。

人们赞叹一阵，发电员拉下了开关，那个光圈就立即消失了。人们眼前又是一片黑暗。明亮过后的黑暗是比没有明亮的时候更深的黑暗。于是他们又拥回到机房。那台被憋住了的机器越转越快，机器里面发出的嗡嗡声变成了尖利的嘶喊，而整个机器也在剧烈地颤抖，仪表盘上的指针疯狂摇摆，发电员再次合上了电闸，电流又飞蹿出去，重新把机村点亮，重新把机村放置在了那个日晕一样闪烁的光罩之下。机器喘了一口长气，然后，浑身的颤抖慢慢平复，从高潮上跌落下来。

这时，一个人说出了那个跟科学命名一样的名字："母机。"

人们静默了一会儿，轰的一声，爆发出了会心而欢快的大笑。这些男人们又在机器边坐了一会儿，发电员带着得意的神情，给带动机器的皮带打蜡，拿一个长嘴壶往机器身上的一些小孔加润滑油，然后，自己也无所事事了。有人想起"母机"这个名字，忍不住又笑了几声，但大部分人已经觉得没有什么意思了。这时，那机器平稳运行的嗡嗡声听起来都有些昏昏欲睡的味道了。

发电员说："大家回家吧，看看你们被电灯照亮的屋子吧。"

他们便收起烟袋回家。走上河岸，到了村口，这时，他们看见的就只是每家每户的窗口都放射出明亮的灯光，但抬头时，因为自己就在那光罩下面，就看不到那个光罩了。他们还在村口碰见了一些野物，譬如狐狸和狼。它们蹲坐在地上，也在好奇地打量眼前这个因为这不寻常的光亮而变得陌生的村庄。因为这光亮，每家人的窗户前都飞舞着比寻常多出很多的蛾子与蚊虫，以这些小生物为生的蝙蝠乱了方寸，在明亮的光线中瞎飞乱撞。

电给机村送来了前所未有的光亮，人们仍然对为安装机器而在平整的晒场上挖出深坑相当不满。但是，新事物总是要出现的。而且，在新事物没有真正呈现出它全部的面目，并展现出全部的功用时，就预先把这种不满表达出来，是相当不明智的举动。这是新旧思想的问题。思想问题都是天大的问题。于是，人们都隐忍不发。该到从一个专门的地方取来细腻的黄泥，用青冈木槌把晒场平整得一平如镜的时候，没有人说话。这是一个农耕的村庄一年中最为美妙的时光。庄稼地早已追过了最后一次肥，除过了最后一遍草，麦子和青稞正在扬花灌浆，轻风拂过，所有日渐饱满沉重的穗子都在缓缓摇晃。麦田像是深沉黏稠的湖，阳光在上面很有质感地动荡。五月，人们修补栅栏；八月，秋风渐近时，人们用可以制陶的细腻黄土修补晒场；十月，地里的庄稼收割下来，在高高的晾架上吹干了，将麦子和青稞从晾架上抛下来，平铺在修整得一平如镜的晒场上，被越升越高的太阳照着，一地的麦草发出絮语般的细密声响，干草香也在空气中弥漫开来。然后，男女们排成相对的两行，在有节奏的打麦歌声中挥舞起连枷：啪！啪！啪啪！

"水边的孔雀好美喙牙！"

啪！啪啪！

"光滑美羽似琉璃呀！"

啪！啪啪！

连枷是看得见的，孔雀也是看得见的。但是，现在看不见的电出现了。水冲转了那个巨大的轮子，轮子飞转，用皮带带着那台"母机"嗡嗡旋转，电就造出来了。电不只是用电灯把机村点亮，电不只是让喇叭发出声响，电还能让一台机器出现在机村的晒场上，不用那么多人用连枷来来去去、前前后后、进进退退地反复拍打，就能把粮食从穗子的包裹中脱粒出来。现在，麦子还在地里灌浆，几个巨大的箱子已经运到了晒场上，箱子上还苫着防雨的帆布。箱子旁边，深坑已经掘好，从坑底往上竖起了钢筋。工程师正带着人把搅拌好的水泥灌进那个坑里，给飞快旋转的机器一个牢固的基座。

基座浇注好后，工程师就回县里休息去了，把等着要看看机器是什么模样的人搞得好不心焦。机器就放在晒场上，用防雨的帆布苫盖着，每天都有民兵在旁边看守。白天还好，民兵们干着手里的活，只是留心着不让人在机器旁边停留盘桓。到了晚上，那就不一样了，"为了防止公开的和暗藏的阶级敌人破坏农业机械化"，两人一组的民兵，枪膛里推上了子弹，端着打开了枪刺的步枪在机器四周不断巡逻。阶级敌人当然没有胆子在那里出现。于是，那些夜晚，总是村子里好奇的孩子与春心萌动的姑娘在民兵们四周出没。直到开镰收割了，工程师才回来安装机器。第一天，他把那些木箱一一打开，跟过去来自城里的东西一样，那些钢铁部件上都涂着厚厚的油脂。工程师指点精心挑选出来的助手用汽油洗去那些油脂。第二天，他才开始在水泥基座上安装机器。第三天，工程师又指挥发电员牵来一根专门的电线。第四天，他"将息一下"，享用生产队新杀的一头肥羊。第五天，他亲手把电线接到机器上，一合上电闸，那台机器就飞快地旋转起来，上面栽着许多铁齿的滚子在一个铁罩下面旋转不停。机器空转的时候，那铁罩子都被震得要飞起来了一样，晒场上细细的黄尘四处飞扬。工程师拉下了电闸，那机器还转动了好一阵子，才不情愿一样停了下来。

工程师拿着扳手最后紧了一遍机器上所有的螺丝，指挥着大家排成一排，形成一条从晾架到机器跟前的输送线。这回，他站在一边，点了点头，说："开始。"

这回，是他的助手合上了电闸，机器开始转动的同时，一捆捆的麦子向着机器跟前输送，最后递到了他的手上。他把麦子塞进了脱粒机的喂料口，机器的那一边，细碎的麦草飞扬起来，从一道铁筛上推向了一边，而一粒粒金灿灿的麦粒，从那铁筛间落下，归到了一个狭长的铁槽里。他往机器里连喂了十来捆麦子，然后一挥手，助手拉下电闸，人们挤到停下来的机器跟前，看到片刻之间，就有那么多麦子被脱粒干净了。

工程师拍拍手，说："看清楚了，就这么干！"

人们就按着他的样子干下去。

工程师又嘱咐："小心！不要把手也喂进机器嘴里！"

过去，这么多的麦子，如果用连枷拍打，不知要多少的人挥舞着连枷拍打多少遍。于是，人们再次惊叹：

"机器！"

"电！"

这个收获季，机村人的确只用了很少一点人力、很少一点时间，就把往年需要很多时间、很多人力的活干完了。电流从裹着一层胶皮的电线里飞速而至，只要一合上电闸，机器就飞快旋转，把麦草和麦粒分开。机村用脱粒机都两三年了，时不时还有人叹服电力的神秘与机器力量的巨大。又过了些年，好多人都会给机器上点润滑油、换个保险什么的时候，也有人发现这机器的噪音太大。打下一年的新麦时，也不能像过去用连枷打时，男男女女，此起彼伏，应和着那整齐的节奏曼声歌唱了。轰轰然的机器飞转着带齿的滚轮斩碎麦草的声音把一切歌唱的欲望都压制住了。

机器用震耳欲聋的声音与力量塑造了自己压倒一切的形象。

人们被机器那巨大的胃口驱使着，身上也像是过了电一样地奔忙，手脚稍微慢一点，空转的机器就会发出怒吼，一副要挣断那些粗大的螺栓，从水泥底座上蹦跳起来的样子。要想休息一下，只好拉下电闸，让机器停下。其实，这机器不能随意停下，这里一停下，电流没有出去，又要把水电站的"母机"给憋住了。

机器只会在规定好的时间停下。这时，围着机器忙乎的人们四散开去，让疲惫的身子躺进干燥的麦草堆里。身下的草堆很软和，耳朵里却还回荡着机器的声响。阳光从蓝色的天空中一泻而下，稍稍抬起头来，可以看见积雪的山顶，看见收割后显得疲惫而又松弛的田野。耳朵里隐约地响起了过去那整齐的连枷声，还有应和着那节奏的诙谐喜悦的歌唱。

脱粒机出现三年后的某一天，大家在草堆里躺上一阵，又走到脱粒机前等待。合上电闸后，机器开始飞快地旋转。一个人还沉浸在自己对往昔的遐想里，机器都在嗡嗡转动了，这个人抱着一捆麦子竟然哼出声来了：

"水边的孔雀好美喽呀！

"光滑美羽似琉璃呀！"

于是，空转的机器发出了怒吼，他还在哼唱，机器差点就从水泥底座直蹦跳起来时，他才惊醒过来，结果忙乱之中，他把麦子连同自己的一只手一起喂进了机器的口中。这个人立时就昏迷了。

自愿被拐卖的卓玛

机村的女人，有好多个叫卓玛。走在林中小路的，是每天都高高兴兴，无忧无虑的这个卓玛。

卓玛走在春天的路上，林子密些的时候，路上晃动着一块块太阳的光斑，林子稀疏一些了，树上那些枝丫曲折的影子就躺在地上。她在路上走动，身上带着一股懒洋洋的劲头，那些光斑，那些阴影交替落在她身上。要是你在路上遇见了，她的屁股、胸脯，她那总是在梦境与现实边缘的闪烁眼神，会让身体内部热烘烘地拱动一下。真的是春天了：什么都在萌发，在蓄积，在膨胀，都有些心旌摇荡。

一个屁股和胸脯都在鼓涌着什么的姑娘走在路上，万物萌发的山野在她身后展开，就像是女神把一个巨大而美丽的披风展开了拖在身后一样。卓玛不是女神，就是机村好多个卓玛中的一个，身上带着牛奶与炒青稞的味道，带着她在春天苏醒过来的身体的味道。林子里的小路曲折往复，总是无端地消失，又总是无端地显现。这样的小路并不通往一个特定的地方。走在路上的人，心里也不会有一个特别要去的地方。

卓玛和村里的女人们循着小路在林子里采摘蕨菜。

机村的树林曾经遮天蔽日，如今再生的林子还显得稀疏，树叶刚刚展开，轻暖的阳光漏进林中，使肥沃松软的土变得暖暖和和，蕨菜就从土中伸出了长长的嫩茎。过去，蕨菜抽薹时，人们也采一点来尝个鲜。那并不需要专门到林子里去，就在溪边树下，顺手掐上几把就足够了。

这两三年，蕨菜成了可以换钱的东西。山外的贩子，好像闻得到山里冻土融解、百草萌发时那种醉人的气息。蕨菜一抽薹，他们的小卡车上装着冷气嗖嗖的柜子，装着台秤，当然，还有装满票子的胀鼓鼓的腰包，就来到村前了。

幸好伐木工人砍了那么多年，没有把机村的林子砍光。幸好那些曾被砍光了的山坡，也再生出了稀疏的林子。林子下面长出很多东西：药材、蘑菇和蕨苔之类的野菜。现在到了这样一个时代，不知道哪一天，山外走来一些人，四处走走看看，林子里什么东西就又可以卖钱了。过去，机村人是不认识这些东西的。外面的人来了，他们也就认识了林子里的宝贝，还用这些东西赚到了钱。先是药材：赤芍、秦艽、百合、灵芝和大黄。然后是各种蘑菇：羊肚菌、鹅蛋菌、鸡油菌、青杠菌、牛肝菌和松茸。居然，草一样生长的野菜也开始值钱了。第一宗，就是蕨苔。将来还有什么呢？女人们并不确切地知道。但她们很高兴做完了地里的活路，随便走进林中，就能找到可以赚钱的东西。男人们呢？伐木场撤走了，他们拿着锯子与斧子满山寻找生长了几百年的大树，好像他们不知道这山上已经很难找到这样的大树了。更重要的是，砍木头换钱还是犯法的。但是，男人们就喜欢挣这样既作孽又犯法的钱。即使盗卖木头的时候没有被警察抓住，这些钱也回不到家里来。他们会聚集在镇上的饭馆里，喝酒，然后，闹事，最后，还灰溜溜地蹲在了拘留所里。女人们不懂男人们为什么不愿意挣这稳当的钱。卓玛却不必操心这样的事情。她的父亲年纪大了，已经没有四处闹腾的劲头了。卓玛也没有哥哥或弟弟。两个姐姐一个已经出嫁，一个生了孩子，也不急着要孩子父亲前来迎娶。这些年的机村，没有年轻男人的人家里倒可以消消停停过点安稳日子。

卓玛走出林子的时候比别的女人晚了一些。不是她手脚没有人家麻利，而是这阵子她常常一个人出神发呆。蕨苔采得差不多了。她坐下来，用抽丝不久的柔嫩柳条把青碧的蕨苔一把把捆扎起来。捆一会儿，她望着四周无名的植物发一阵呆。不知哪一天,其中一样就有了名字,成了可以换钱的东西。想着想着,她自己就笑了起来。刚收住笑,心中空落落的感觉又出现了。

这东西,像一头小野兽蹲在内心某个幽暗的角落里,只要稍一放松警惕,它就探出头来了。卓玛不喜欢这个东西,不喜欢这个感觉。可自从这东西钻进了心头,竟再也赶它不走了。

卓玛摇摇头,说:"哦……"那鬼东西就缩回脑袋去了。

她把一捆捆的蕨苔墼齐地码放在背篓里,循着小路下山。走出一阵,忍不住回头,要看那小兽有没有从树影浓密处现身出来。其实她知道,小兽不在身后,而在心头。林子下方,传来伙伴们的谈笑声,还有一个人喊她的名字:"卓玛!"

她没有答应,停在一眼泉水边上,从一汪清水里看着自己。以水为镜,从那张汗涔涔的脸上也看不出心里有什么空落落的地方。女伴们叽叽喳喳地走远了。她加快了脚步,不是一定要追赶上女伴们,再晚,收蕨苔的小卡车就开走了。但她在路上还是耽搁了一些时候。她在路上遇到了喜欢她的一个小伙子。

刚刚走上公路,她就看见那个小伙子耸着肩膀,摇晃着身子走在前面。小伙子们无所事事,在山上盗伐一两棵木头,卖几百块钱,在镇上的小饭馆里把自己灌醉,然后,就这样耸着肩膀在路上晃荡。这是故意摆出来的样子,小伙子们自己喜欢这种样子,而且互相模仿。这是喝醉了酒的样子,显示出一种满不在乎的态度。但他们怎么能对什么都满不在乎呢?比如,当他们面对卓玛这样身材诱人的姑娘。这个人一直懒洋洋地走在她前面,意识到身后林子里钻出来采蕨苔的卓玛姑娘时,他把脚步放慢了。虽然心里着急,但卓玛也随之放慢了步子。但是,那家伙的步子更慢了。于是,卓玛紧了紧身上的背篓,在道路宽阔一些的地方,加快了脚步要超过他。

这时是中午稍过一点,当顶的太阳略略偏向西方,背上的蕨苔散发出一股热烘烘的略带苦涩的清香气息。卓玛低下头，急急往前走，没看那个人，只看到自己的影子和那个人的影子并排了，然后，自己的影子又稍稍冒到了前面。

这时，那人开口了："嗨！"

卓玛就有些挪不动脚步了。

小伙子从怀里掏出了一大把糖。他拉开她长袍的前襟，把那一捧糖塞进了她的怀里。他有些羞怯地避开了她的眼睛，但手还停留在袍子里，放下糖果后，有意无意地碰触到了她的乳房。

卓玛姑娘有些夸张地惊呼一声，那只手就从她袍子里缩了回来。卓玛却又咯咯地笑了。小伙子受到这笑声的鼓励，手又直奔她的胸脯而去。但卓玛笑着跑到前面去了。两个人这样追逐一阵，看见收蕨菜的小卡车停在溪边树冠巨大的栎树下面，小伙子就停下脚步了，他在身后大声说："晚上。记住，晚上。"

来到流动收购点跟前，站在浓密的树荫下，胸脯上火焰掠过般的灼热慢慢消退了。先到的女人们正在说些愚蠢的话来让老板高兴。比如对着装在车上的台秤，说那是一只钟，不是一杆秤之类的疯话。只要老板笑着说一句"你们这些傻婆娘"，她们就疯疯癫癫地笑起来，然后回骂："你这个黑心老板。"

"我黑心？遇到黑心的家伙把你们都弄去卖了！"

"卖人?!"

老板做一个怪相："不说了，不说了，要是有人真被人拐了，人家还疑心到我头上！我可是正经的生意人哪！"

这下，机村的女人们就真是炸锅了。不光是林子里越来越多的东西可以买卖，连人都是可以买卖的。

卓玛说话了。她说："那就把他们卖了！"

"他们？"

"偷砍树的男人们，有了钱就在镇上喝光的男人们！"

她一说出这话，就好像她真的把那些讨厌的家伙都卖掉了一样，好些人都从她身边躲开了。

只有老板重重地拌拍她的屁股："屁，谁买男人？人家要的是肉嘟嘟的女人。"

说笑之间，老板就付了钱，把蕨苔装进冷气嗖嗖的柜子里，约了明天的时间，开车走了。女人们又在树荫下坐了一阵。那个男人一离开，女人们就安静下来了。最后，还是卓玛开了口："你们说，真有人要买女人吗？"

没有人答话，坐着的人深深地弯下腰，把脑袋抵在膝盖上摇晃着身子，和卓玛一起站着的人都皱起眉头看着远方。不远处，三四列青翠山梁重叠在天空下。在最远的那列山梁那里，天空上停着几朵光闪闪的云团，视野在那里就终止了。卓玛去过那道山梁，下面山谷里，就是离村子三十多里的镇子——过去的公社，今天的乡镇。从山上望去，镇子无非就是簇拥在公路两旁的一些房子。一面红旗在镇子中央高耸的旗杆上飘扬。那些房子是百货公司、邮政局、照相馆、卫生院、补胎店、加油站、旅馆、派出所、木材检查站、录像馆和好几家代卖烟酒的小饭馆。镇子对机村多数人，特别是女人们来说就是世界的尽头。再远是县、是州、是省，一个比一个大的城市，直到北京，然后就是外国了，一个比一个远，但又听说一个更比一个好的国家了。就这么沉静地望着眼前青碧的山梁时，卓玛心头涌上了这些思绪，跟着大伙往村里走时，人如大梦初醒一样有些怅然。

她从怀里摸出一颗糖来，塞进嘴里，满嘴洇开的甜蜜让她想起了那个小伙子，但随即她就被呛住了。糖里面包的是酒！而她讨厌酒。她把包着酒馅的糖吐掉了，紧走几步追上了回村的队伍。

家里人都下地干活去了。向西的窗户上斜射进来几柱阳光，把飘浮在屋子里的一些细细的尘埃照亮了。那些被照亮的尘埃在光柱里悬浮着，好像在悄然絮语一样。卓玛掏出今天挣来的钱，把其中的二十块钱放进全家人共用的那个饼干筒里。剩下的三十块钱,她带回自己的房中,塞到了枕头里面,然后,躺在了床上。她小房间的窗户朝向东南边。这时不会有阳光照射进来。但她躺在床上,眼光从窗户里望出去,看到一方空洞的蓝汪汪的天。她躺在床上,解开袍子的腰带时,怀里揣着的那些糖果都掉在了床上。她塞了一颗带酒馅的糖在嘴里。这回,甜蜜的表层破开后,里面的酒没有呛着她。细细的辛辣反倒使口中的甜蜜变得复杂起来,就像她被腰带拘束着的身子松开了,有点骚动,更多却是困乏。她吃了一颗,又吃了一颗。吃到第三颗时,她警告自己不能再吃了。

但警告无效,最后,当窗户里那块蓝汪汪的天空变成一片灰白,黄昏降临下来的时候,她的脑袋在嗡嗡作响,一直都困乏而又骚动着的饱满身体从意识里消失了。

卓玛带一点醉意睡着了。

家里人从地里回来,母亲进来摸摸她的额头,说:"有点烫手。"然后,去菜园里采了几枝薄荷等她醒来熬清热的水给她喝。姐姐看到了她放在饼干筒里的钱,对父亲说:"还是养女儿好,不操心,还顾家。"

父亲抽他的烟袋,不答话,心里并不同意女儿的说法。不操心,你不把自己嫁出去,还弄个小野种在屋里养着,敢情你妹妹倒成了他爸爸?但老头子没有说话。

晚饭好了,卓玛没有醒来。那个给了她酒心糖的小伙子在窗外吹响约会的口哨时,卓玛还是没有醒来。她做梦了。先是在林子里踩着稀薄的阳光在采蕨苔。然后,一阵风来,她就飘在空中了。原来,是她自己飞了起来。她就嗖嗖地往前飞,飞过了村子四周的庄稼地,飞过了山野里再生的树林,飞过了山上的牧场,然后,就飞过了那个镇子。她嗖嗖地越飞越快,越飞越快,最后,自己都不知道飞到了什么地方。正在慌乱的时候,她醒了过来。这时,已经半夜了,窗口里那方天空有几颗凉津津的星星在闪烁。她躺在床上一动不动,努力回想梦中情景,但她并没有看清什么景象。只有身子像是真被风吹了一样，一片冰凉。一颗热乎乎的泪水从眼角沁出来，滑过了脸颊。她自己想起了一个比方，这颗泪水，就像是包在糖里那滴酒一样。

她脑子不笨，经常会想出来各种各样的比方。

卓玛翻身起来，从枕头里掏出了一小卷一小卷的钱，一一数过，竟然有两千多块。她把这些钱分成两份。一份揣在自己身上，一份，装进了家里公用的饼干管里。早上，和平常一样，一家人一起吃了饭，她就背上采蕨苔的背篓出了门。母亲说："再晚一点，等太阳把林子里的露水晒干了。"

她只笑了笑，就下楼出门去了。卓玛这一走，就再没有回来。后来的传说是，她让那个收购蕨菜的老板把她带走，在远处卖掉，她自己还得到了出卖自己的三二块钱。其实，这时的机村人并不那么缺钱，至少并不缺那么三五千块钱。那她为什么要把自己卖掉，就问谁都不知道了。

机村人大多对这样的问题不感兴趣，他们更愿意议论的是，她到底把自己卖给了一个什么样的人，在一个什么样的地方。

第五部

轻　雷

一

　　拉加泽里来到双江口时，镇上没有这么多房子。当时就一个木材检查站，一个十多张床位的旅馆，外加派出所执勤点和一个茶馆。茶馆老板姓李，对茶水生意并不上心，整天捧着个大茶杯面无表情。偶尔，西山落日烧红漫天云彩，东方天空的蓝色越来越深，月亮从那深深蓝色中幻化而出，李老板拿出一把二胡，给弓子抹上松香，琴声未动，先就沉吟半响，等到琴声响起来，反倒不如那无声的沉吟有诱人的滋味与吊人胃口的玄想。

　　正在县城上高二的拉加泽里回家休了暑假，就决定不再返城上学了。他从机村已经转移到别处的伐木场没有拆尽的旧房子上拆下来一些旧木料，请拖拉机拉到双江口镇上，盖他简单的房子。

　　大型的国营伐木场亡走，不是说每一株树都砍光了，只是残剩的森林"不再具有规模化的工业开采价值"。到了八十年代，改革开放了，木材可以进入市场自由买卖，那些残剩的森林，对当地政府和机村的老百姓来说，如果只是沦钱，还有上亿上十亿的价值。

　　于是，整个地区都为这木材买卖而兴奋，甚至有些疯狂了。

　　双江口这个从诞生到消失，一共不到二十年时间的镇子，就是这个时候出现的。镇子建立五年后，高二学生拉加泽里拉来一些废弃的旧木材，盖一座低矮的房子。拉加泽里是机村人。机村旁边的伐木场撤走已经好些年了，废弃的建筑上好多木料还没有朽腐。十八岁的拉加泽里请拖拉机把这些木料拉到镇上，盖自己的房子。

他的建房工程刚刚开始，就停顿下来。

一个姑娘来了，守在他身边无声地啜泣。姑娘是他的同学，也是他的情人。姑娘哀哀地哭泣，想以此阻止他这简陋的工程，跟她回到学校去继续学习，实现他们共同的大学梦想。

拉加泽里铁青着脸，没说一句话。

姑娘哭了足足小半天时间，没有什么效果，就用头巾掩着红肿的眼睛离开了。

第二天，拉加泽里坐在那些修房子的木料堆上，整整一天，没有说话。太阳快落山时，茶馆李老板走上前去，问了他一句话："年轻人，你想停下来吗？也许你真该停下来，看你让那个姑娘多么伤心啊。"

这是镇上第一个跟他讲话的人，拉加泽里笑笑，说："要是我跟她一样有父亲把家里照顾得妥妥帖帖，不用她劝，我也跟她回去上学去了。"

李老板喉里发出他的胡琴一样模糊而悲切的声音，转身走开了。

答过这句话，拉加泽里又开始动手建他的房子。

木材检查站站长罗尔依来了，他用脚蹬蹬地上那些废旧的木料，说："喂，小子！这些木料你办过手续吗？"

拉加泽里说："这是人家扔了不要的，废料。"

罗尔依站长提高了声音："不要绕弯子，回答我的话。"

"什么手续？"拉加泽里铁青着脸反问。后来，跟镇上的人混熟了，人人都要对他说："那天，你的眼神真是把人吓住了。"他是什么眼神呢？惊恐？是的，惊恐。愤怒？是的，愤怒。仇恨？是的，仇恨。悲哀？是的，悲哀。当所有这些情绪都出现在他那困兽一般布满血丝的眼睛里，检查站长罗尔依也被镇住了。

拉加泽里又接着追问了一句："什么手续？"

罗尔依站长稳住了神："什么手续？现在保护森林了，动一块木料也要林业局的审批手续。"

全镇的人有一多半都围了上来，有人希望这不知深浅的小子被狠狠收拾一下，有人希望因手握大权而没人敢招惹的罗尔依丢一次脸。

"你就说到底要干什么吧。"

"回你们机村打听打听，哪个小伙子在我面前不是规规矩矩的。"

"我不用打听，我就是用这些废木料来盖个小房子，你就明说，让不让我盖吧。"拉加泽里停下手上的活，眼里的光芒比他提在手里那小斧子上的光芒还要可怕。

这时，倒是罗尔依显出了退缩的意思。他环顾着四周，说："看看，大家看看，我不过是依法办事，这小子倒……"他的眼光跟李老板的眼光碰到了一起。李老板哈哈一笑，走上前来："罗站长消消气，念这小子刚刚丢了那么好的女朋友，可怜可怜，抬抬手，放他一马。走，走，到我那儿喝口茶，顺顺气吧。"

罗尔依就扔下句狠话，跟着李老板去了。

围观的人们都没有看到期待中的好戏，就像失去了垃圾的苍蝇，轰然一声，四散开去。

拉加泽里站在原地，麻木的身体慢慢恢复了知觉，天气并不太热，要不是李老板适时出现，他都不知道这事会怎么收场的。把手里的斧子劈到那个可恶家伙的脸上？如果这样的事情真的发生了，那他关于以后的种种打算就全部化为乌有了。如果不劈下去又会怎么样？让检查站没收了木料，或者来一大笔罚款，对他来说，也都是毁灭性的结果。他之所以来这个镇子，就是冲着检查站来的。木材市场开放后，一夜之间，很多人都靠这个生意发了财。检查站就像是地狱与天堂之间的一个闸口。过了那个闸口，就合了法，木头就可以换来大把的金钱；过不去，那就违了法，想靠木头发财的人就要被沉重的木头压得粉身碎骨了。

这个法是什么？

不是巫师们法术的法，也不是僧侣们佛法的法，而是法律的法。

　　在这个镇子上，法就是检查站办公室里一些特殊的纸片，纸片上印着表格，表格很多地方都填满了，只要把笔在墨水瓶里蘸蘸，往空着的地方填上些数字，这张纸就开始产生魔力了。内心的欲望与实在的木头眼看着就要变成诱人的金钱。纸片从这张桌子上飞起来，从另一个窗口飘进去，飘到另一张桌子上，那里有一个更有魔力的东西，一只手里有一枚印章。那枚印章饱蘸了颜色，"啪"一声响亮，表格里那些数字立即就发出了金子的光芒。拉加泽里做过很多这样的梦，也是因为这个梦境的驱使，最有可能成为机村第一个大学生的拉加泽里抛弃学业与爱情来到这个镇子上，为的其实就是依靠地利之便，最终靠近那个关口。他真的多次梦见过那景象，看见那有魔力的纸片填上了咒语一般的数字，敲上印章之后立即变得金光闪闪。这个罗尔依站长就是使抽象的法变得实在，变得富有魔力的那个人。他来到这里，是为了亲近那法，为了接近那掌握法力的人，但是，一切都还没有来得及展开，他就已经把这尊神灵激怒了。

　　看热闹的人们都四散开去，他一个人站在那里，深深的绝望像一只有力的手，紧紧地攥住了心脏。他从来不曾知道，绝望会有如此巨大的力量。他还没有出生，父亲就去世了，对此，他没有这么绝望。很多人都说，现在好了，凭考试而不是凭推荐上大学了，把书念出头，一家人就时来运转了。但是，对他们家来说，哥哥和母亲都在唉声叹气，因为随着改革开放来到的凭本事上大学也并不是什么好事情。分地到户需要比较多的劳动力，市场开放需要很大的胆子，这两样，他们家都不具备。他们家就一个性格懦弱的哥哥，一个总是抱怨命运的嫂子，一个沉默不语的母亲。他从初中上到高中，一直都是班上的尖子，但是，每一次放假回到机村，就看到跟木材生意有关的人都一个个发了起来，好些人家盖了新房，好些人家买了崭新的卡车，再不济也买了一辆手扶拖拉机代替又要放牧又要饲养的牲口。而自己家里，哥哥还在为自己下学期的学费长吁短叹，嫂子话里的话和搭配在一起的脸色就更是不堪了。

"未来无限美好，现实却无比残酷。"他在最后一次作文中写下这样的句子，然后，离开了学校，来到这个正在机村旁边兴起的镇子上。看到哥哥终于得以解脱的神情，他多少还是有些伤心。

嫂子说："不念书了，以前那些钱就白花了。"

他没有说话，他只是看着无言地深垂着脑袋的母亲，感到心里隐隐作痛。失去丈夫以后，这个女人就只是默默地劳作，在家务事上早就一言不发了。

嫂子又说："这下好了，在这个机村，人前人后，我们更要抬不起头了。以前抬不起头是因为穷，以后，人家又要说我们不让你上大学了。"

拉加泽里没有说话。嫂子刚嫁到他们家时，身上带着特别的芳香，眼睛，甚至脸上滋润的皮肤里面，都往外洋溢着笑意。那时，她和哥哥都是生产大队的积极分子，都是在全县大会上戴过大红花的共青团员。现在，她已经憔悴不堪，飞速变化的社会和沉重的生活使她的眼神满含着怨毒，哥哥的眼神则常常是一片犹疑与茫然。

暮色降临山间，气温骤降，空气强烈对流，风催动了林涛。森林已经残破不堪，但所有的树都在风中发出了声响。

他在心里说"你要坚强"，泪水却从冰冷的脸上潸然而下。

风卷起马路上的尘土猛扑在他的脸上，泪水犁开那些尘土，在他脸上留下了两道清晰的印迹。他不知道在那里站了多久，直到山谷里的气流重新平衡，风慢慢停下来，浩荡的河流一样轰然作响的林涛也停下来，聚在茶馆里的那些人也散尽了。他又挥动起手中的斧子，把一根根长长的铁钉敲进厚厚的木板。无论将来怎样，眼下，一座简陋的房子正在自己手下渐渐成形。第一天，他搭好了架子。那是现成的架子，只是换一个地方重新拼装起来。剩下的事情就简单了。第二天，他给房子盖了顶。第三天，他给房子装好了门框与门。现在是第三天的晚上，夜深人静，在星光之下，他挥舞着斧子，给房子装上窗户。他干得很慢，因为光线黯淡。整个镇子正在睡去，只有他叮叮当当的敲击声一下一下响在那些人梦境的边缘。

他想，他们听见自己了。

他自己也因此听见了自己，虽然不是十分准确有力，但一下又一下，都决绝无比。

这时，茶馆突然大放光明，不仅里面的灯打开了，连外面走廊上的灯也打开了。强烈的光漫射过来，把这个小小的工地照得一片透亮。李老板抱着那个大得有些夸张的茶杯，披件大衣站在门前。他没有朝这边看，他的眼睛像平常那样，看着什么都没有的地方。现在，他的眼光就投向那些光与夜色相互交织并最终消失的地方。

拉加泽里觉得眼底再次发热，但他止住了自己莫名的感伤，更加用力地挥动起手中的斧头。

后来，人们都开玩笑说："妈的，小子，那一夜，我们的枕头都差点叫你砸扁了。"

连日渐熟悉的罗尔依站长也说："你小子想用钉子把我的做梦的脑袋钉穿！"

二

一晃眼，这都是两年前的事情了。

两年后的这天，双江口镇上的老居民拉加泽里要回机村一趟。因为镇上有大事发生，因为这大事的影响，他觉得自己的步伐特别轻快。

走出镇子，来到木材检查站关口，警察老王笑吟吟地说："嚯，今天很高兴的样子嘛。"

老王站在昨晚出事的现场，拉加泽里当然要绕开这个话题："看，杜鹃花开了。"

五月天，在这海拔三千米的地方，空气中弥漫着树叶萌发、沃土苏醒、河水奔腾、鲜花开放时那种醉人的味道。

这味道使得警察老王绽开了笑脸："是啊，都没注意到，好像一个晚上，这些花都开了。"

远处山梁上还堆积着斑驳残雪，但在峡谷低处，沿着河流两岸生长的杜鹃花都开放了，一直沉浸在深重绿色中的丛丛杜鹃树突然一下就绽开了繁多硕大的花朵，河里奔泻的水流声也特别响亮。

"你看，这事是谁干下的？"老王突然开口。

拉加泽里有些猝不及防："什么事？"

老王用手里的警棍指指细细的白粉勾勒出的一个人形，人形中两处地方，干燥的泥土被血浸湿。老王的警棍再一指，是被冲关的卡车撞断的关口栏杆。

"就这个事！"

"早上起来，我才听说。"

"你就没听到点动静？"

"不操心的人，睡觉沉。"

老王笑了，把警棍别回腰间，口气淡淡地问："回村去？"

"吃的东西没有了，回家取。"

"走好啊！"拉加泽里走出了一段，老王又叫道："小子，耳朵支着点，听到什么动静回来报告！"

拉加泽里回头笑笑，轻快的脚步却没有停下。

他脚步轻快并不仅仅因为杜鹃花开了，并不仅仅因为五月的空气中充满了万物复苏、生机萌发的气息，还因为警察老王说的那件事。昨天半夜，双江口木材检查站有辆卡车闯关，撞飞了检查站的闸口栏杆，连带着还把验关的检查站长罗尔依撞成了重伤。刚才老王用警棍指出的那个白灰描出的人形，正是罗尔依站长飞起来又落地的地方。最新消息是，这个人现在躺在医院里深度昏迷，除了啼啼哭哭的家人外，守在床边的当然还有警察，只等他醒来，一切也就真相大白了。问题是传来的消息说，这个人多半是醒不过来了。

这是清晨时分的消息。

整个早上，拉加泽里不断变幻着脸上的表情在镇子上游荡。看到执勤点的警察和检查站上的人，他也和他们一样做出了严肃的表情。见了因这个消息兴奋的人，他也会心地释放出很节制的笑意。他不再是刚到镇上的那个毛头小子了，他已经历练得沉稳老练，虽然人称镇上最小的老板——生意最小，一个"加气补胎"店；年纪也最小，十九岁多一点，要吃二十岁的饭，还要等上大半年光景。

中午时分，两辆警车闪着灯从县城开到了镇上。拉加泽里对自己说，我要做一下选择题：A. 罗尔依醒了，说出了作案人，警察来抓人了；B. 他死了，警察等不到口供，自己来破案了。

他选了 B。

其实，不是他选了 B，而是希望是 B。为什么希望是 B？不要以为他仅仅只是作为一个旁观者，出于看热闹的心理暗自希望事情更大一点，更复杂一点。不，他是觉得，假如眼下的事情变得更大更复杂，也许就有他的什么机会了。为了这个机会，他在这个镇上已经耐心等待了整整两年。看到刑警们从车上往执勤点搬运行李，他知道自己的选择题做正确了。他们是要扎在这里，破案来了。

他问李老板："这么说，罗尔依死了？"

李老板说："没死，但醒不过来了。"

"还是你消息灵通啊！"

"这消息有什么用，换不来钱也换不来饭。"李老板叹息一声说，"看吧，这下，要紧张一段时间了，唉，和和顺顺地挣钱多好，偏要斗狠使气。"

现在，拉加泽里就带着这个消息走在从双江口镇到机村那十五里的路上。

他很高兴在这杜鹃花开的日子里做一个带着好消息的信使。他真的是想起了这么一个字眼：信使。能想起上学时学过的这样一个新鲜的字眼，让他觉得神清气爽。是的，应该说是信使，而不是送信的人。信使是史诗里的典雅字眼，送信的人，是粗鲁时代的大白话。

古老的史诗里说，信使传送好消息时，会采摘野花编成花环戴在头上。想到这些，拉加泽里甚至停下了脚步，站在一丛花朵还在缓缓绽放的杜鹃面前，但他嘴角马上就露出了自嘲的笑意：“妈的，现在是什么时代了！”其实，他自己也说不清楚现在是个什么样的时代，只是肯定现在不是一个带着好消息的信使会戴上一顶花冠的时代。要是哪个男人敢戴上一个杜鹃花环，肯定就是一副小丑的模样，甚至连他带回去的消息也不会有人相信了。

机村出现在眼前了，包围着庄稼地的树篱上丝丝缕缕的柳絮飞坠而下，让若有若无的风推动着，四处飘荡。但这宁静的景象下面，村子里却明显有一种不安的气氛在游荡。在这个自小长大的村子，拉加泽里能敏感到每一丝微妙的变化。这证明了他的猜想：双江口镇上发生的事情果然与机村人相关！

村子中寂然无声，但他知道，好些窗户后面，都有人向着公路上张望。刚走到村口，就有好些人迎了上来。把凑热闹的小孩与半大小子除开，只消看看迎出来的主要是哪几家的人，他立马就明白，那件疯狂的、但也让人解气的事情是哪些人干下的了。

他是来送信的，却并不急于开口。他可不是一个很和气的人，但好心情使他有耐心堆起满脸笑容，和需要打招呼的人打过招呼，却对他们急切投来的询问的眼神视而不见，径自回家去了。在他身后，那些急切中聚集起来的人群又快怏地散去了。

这两年，曾经对他抱着很多希望的哥哥已经对他深深失望，觉得他跟自己一样不会有什么出息了。哥哥一声不吭，嫂子给他续上茶，母亲依然一如既往地慈爱有加，问他是不是走得很累了。

他没有说话，拿出一包糖果，放在母亲跟前。

这时，楼梯响起来了。

"来人了。"

哥哥语带讥讽："难道是来找你的？"

"今天肯定是来找我的。"

果然，来人对家长强巴视而不见，而对拉加泽里露出了笑容，问候他路上走得是否辛苦。

"杜鹃花开了一路，不觉得累就回到村里了。"

"修车店的生意可好？"

"就是给你们的车补胎加气，糊口的生意，能有什么好坏。"

哥哥想说什么，终于没有开口，只是深深地叹着能让他听见的气。

来人是更秋家六兄弟中的老三。以前，村人们只要提起更秋家，就说：一对夫妻竟然一共生下了六个儿子六个女儿。叫村人们感到惊奇的是，这些娃娃一直处在半饥半饱的状态，却一个个长得身强体壮。如今，改革开放了，六个身强力壮的儿子长大了，而且一个个胆大包天，只要是赚钱的事情，都能抢在全村人前面，短短几年间，他们家已经是机村首富了。

更秋家老大常说："过去，土司是土司，头人是头人，几百年就当定了上等人家。还是共产党政策好，风水轮流转，几年就翻一个底朝天！"话里话外的意思，他们已然是机村的上等人了。因为什么？有钱！怎么来的钱？饿死胆小的，撑死胆大的，盗伐盗卖木材挣的钱。就地卖，一卡车赚两三千，要是能买通检查站，过了关卡，运到外地，一卡车就上万！于是，几兄弟家家盖了新房，还买了六辆卡车，传说银行里的存款还有好几十万。风水一转，只有别人上他们家门，他们早就懒得登别人的家门了。但今天大不相同，不一会儿工夫，这几兄弟除了老四与老六，都到齐了。

拉加泽里笑了，说："你们几兄弟一来，把我胆小的哥哥吓着了。"

强巴确实害怕了，害怕跟自己一样没出息的兄弟什么地方得罪了这几兄弟，现在是兴师问罪来了。

老三开口了："你在镇上没有听见什么消息吧？"

拉加泽里说："人还没有到齐吧？"

话音未落，楼梯又响起来，接连又来了三四个人，都是村里时常跟更秋兄弟混在一起的年轻人。

拉加泽里点点头："这下到齐了。"

这些平时总端着架子的家伙，都不自然地笑了。急性子的老二露出了不耐烦的神色，拉加泽里见好就收，开口道："你们可真是胆大，做下这么大的事情！"

老二愤然说："怪他太狠了，吃我们的，拿我们的，还没有喂饱他，居然要没收老三的卡车，加上一车木头，十万出头了！"他这话出口时，老大老三想要制止已经来不及了。

"可也不能往死里弄啊！"

"死了？！"

"早上说死了，中午又说没死。我来时，又说是深度昏迷。反正镇上来了两车警察。"

"就想警告他一下，想不到这家伙这么不经撞。"

拉加泽里哈哈大笑，说："不打自招啊，这可是你们自己说出来的啊。"

几兄弟脸立时就白了，口气却冰冷而坚硬："怎么，想告发我们？"

拉加泽里也眼露凶光："别那么看我，我没有盗伐盗卖木材，也没有大钱落在口袋里，也没有干什么坏事，我不害怕，再说了，就算做了什么事，我也不会这么害怕。"

大家想想，这家伙真没为什么事情害怕过，但是，既然没有做过什么出格的事，在双江口镇上开个破修车店，又有什么好害怕的呢？

沉稳的老二挪动屁股坐到他跟前："你也是我们的兄弟嘛。"

拉加泽里笑笑，未置可否，说："你们不就是想让那家伙知道，要是下手太重，就会跟他拼命吗？但你们也用不着下手那么重，要是人缓不过来，真就要找到你们头上了。"

老五冷笑："老子什么都不认，他口说无凭，没有证据。"

"我也可以是证据，不是吗？这屋子里并不都是你们更秋家的亲兄弟，说出这事还可以立功受奖。"

屋子里一时鸦雀无声，更秋几兄弟也该后悔自己平常太不把其他人放在眼里了。

"你们放心吧，要是有那个心，我还会回来把这些话说给你们听吗？听说那家伙可能醒不过来，脑子撞坏了，要成植物人了。"

"植物人？"

"植物，就是跟树啊、草啊一样，活着，却什么都不知道，什么话都说不出来了。"

"真的？"

"真的！"

老三上来揽住他肩膀，说："以后，你就是我们的亲兄弟了。"

拉加泽里没有答话。他站起身来，说："我要回去了。对了，有什么新消息，我会让你们知道的。"说完，他就起身要回去了。走到楼梯口，又回来，说："我不能这么空手走，我对警察说，我是回来拿吃的东西。不拿点东西，要说我是专门来通风报信了。"

然后，回头就下楼去了。

三

走出村子不远，后面就有人追上来了。

拉加泽里没有回头，但他听出那是两个人的脚步声。于是，他放慢了自己的脚步。是更秋家老三和刀子脸甲洛。他们给他送来了肉、面、油还有一条红塔山香烟。拉加泽里也不客气，只说："有什么消息，我会告诉你们的。"

这时，峡口前方的太阳正在落山，斜射的阳光晃得他有些睁不开眼。他在一个峡口前放缓了脚步，峡口中央，一道湍急的溪流喧哗着奔腾而下，穿过公路下面的桥洞，汇入了从机村流来的大河。

他上了桥，在桥栏杆上坐下来，点燃了一支老板们才抽的红塔山香烟。

他看到了停在溪流边的拖拉机，看到了溪流被人引到一边去冲刷淤积的沙砾，他在桥上站住了，捡起两块石头扔到桥边的潭水中央，喊一声："藏着了脑袋露出了屁股，你们还是出来吧！"

下面有些动静，但没有人出来。

他又喊一声："是我！"

这回，躲到桥下的那些家伙们听清了声音，绽开笑脸，从桥孔下面钻了出来。

镇子上那个小心翼翼的拉加泽里大大咧咧地说："妈的，也不动动心思，警察会像老子一样走路来抓人吗？"

"你是说我们做贼心虚吗？"

"没出息，在山上弄了几根木头，就把自己当成贼了！"

"我们祖祖辈辈靠山吃山，在林子里取点木头换钱，怎么就是贼了！"

拉加泽里走下公路，来到伙伴们中间："那干吗要藏起来？"

大家都沉默不语。

"在林子里取木头，你说得轻巧，有胆量真去取几棵来试试，不要自己上纲上线，你们这是在土里刨木头，伐木场丢了的木头！"

"只要没有过关，就是犯法的木头！"

"只要是木头，粪坑里刨出来也可以换钱！"这话，引起大家一阵得意的哄笑。

当年，伐木场把漫山遍野的树木伐倒切段，直接就从陡峭的山坡上放下山来。沉重的木头冲下陡峭山坡，一路铲倒小树，犁开荒草，大雨一来，泥石流从失去遮蔽的山坡上飞泻而下，好多木头就深埋在了堆聚的砂砾之下。国营伐木场的工人才懒得从泥土里头把那些木头挖掘出来。山上是伐不完的大片森林，谁会去理会深埋在泥巴里的木头？

国营伐木场迁移去了别的地方，砍伐却没有停止。每年，林业部门都会派发采伐指标。木材市场开放了，指标落到地方政府、公司和个人的手上。林业部门当然还会指定采伐这些木材的地方，但实际情形中，拿到指标的人，在什么地方收购和砍伐木头，差不多就是随心所欲的事情了。运往内地的木头，只要有那一纸批文，就能在检查站畅通无阻。木材生意就这样起来了。

以前，森林是国有资源，只有国营伐木场开采。而今开放搞活，不只是木材，差不多所有的东西都变成了指标与批文。个人可以开采黄金了，只要你有一纸批文。个人也可以采挖天然药材了，但你必须拿到一张采挖证。老百姓说，那些过去在工作组的干部学聪明了，不搞运动了，不下乡了，舒舒服服待在城里，坐在椅子上，往一张纸上啪一声盖一个公章，那张纸就身价百倍，变成不得了的东西了。

啪！盖一个章，可以挖多少千克黄金。

啪！盖一个章，可以进山采二十天虫草。

最厉害的是林业局的章子，"啪"一下，一个章子盖在一张纸上，那就是指标，你搞木头就不是乱砍滥伐——有了这张纸，哪还用你上山去砍木头，随便走到一座有好木材的山前，老百姓一眼就能看出你是不是个有路子的老板。有路子的老板不一定夹一个小黑皮包在腋下，小皮包也不一定膨胀得要把里面的钱呕出来的样子。真有路子的老板衣着平常，小黑皮包在年轻马仔手里，而且不鼓胀，为什么要那么鼓胀呢？里面就是几张木材指标的单子嘛，每张纸上都有林业局的大红鲜章。有路子的老板出动，有时还有乡政府的、区政府的人陪在身边。

这样的人一来到村前，整个村子马上就动起来了。手提利斧的男人们立即就把这个老板包围起来，过去那些反感伐木场大面积采伐森林的当地村民如今都成为技术娴熟的伐木人了。砍一方的木头可以挣到几十块钱，苦干一天，两三百块钱就到手了，那差不多是庄稼地里一年的收成了。这种情况下，想要他们遵从祖祖辈辈敬惜一切生命，包括树木生命的传统是没什么作用了。

拉加泽里路遇的这几个人，算是机村的规矩人。他们嘴上不说，但还守着一条：不直接提着利斧伐倒那些在这片土地上站立生长了上百上千年的树。他们愿意多费些劲，把伐木场遗弃的木头从沙砾下挖出来，晾干了，等待一个捏着指标的老板出现。

拉加泽里说："朋友们，回家去吧，不会有老板来了。今天不会有，好多天都不会了。等不来老板，等来了警察就麻烦了。"

"风声紧了？"

"我在镇上，什么事情都能听到一点。"说完，拉加泽里就上路往双江口去了。很快，镇子上稀疏的灯光就在黄昏中闪现在眼前。

拉加泽里来到检查站前，被撞坏的栏杆已经修复，地上那个白灰描出的人形也模糊不清了。回到店里，还没把东西放下，他突然发现老王和县上下来的刑警一左一右把他夹在了中间。他悚然一下打了个冷战："怎么了？"

老王还是笑嘻嘻的："我等你大半天，等你的消息。你回去时我跟你打过招呼的。"

"我没听到什么消息。"

老王看了那个刑警一眼，从他胸前的牛仔服口袋里掏出了那包只抽了一支的香烟："哟，红塔山，你小子抽上老板烟了。"然后，他又看见了那整条的老板烟："看看，看看，这小子发了什么横财了？"

"看来要请你到我们那儿坐坐了。"

说话间，刑警就把电警棍顶在了他的腰间，手指已然放在了开关上。拉加泽里乖乖地迈开了步子。他的手心和背心都汗湿了，心脏打鼓一样咚咚作响。他害怕，同时还有点不好意思，心跳的声音大得恐怕两个警察都听到了。

老王还是那么和颜悦色："不要害怕，只是请你到我们那里坐坐，说会子话。"

"我不害怕，我为什么要害怕。"拉加泽里觉得自己很下贱地赔上了一个很难看的笑脸。他没有想到公安执勤点会有这样一个冷冰冰的房间。穿过办公室兼饭堂，穿过摆了几张行军床的卧室，就到了那个冷气凛凛的房间。这个房间没有窗户，除了几只凳子再没有别的东西。除了水泥黯然的灰色再没有别的颜色。

老王好像知道他心里在想什么，他说："是，没人知道有这个房间，但来过这个房间的人，一辈子也忘不了它。"

拉加泽里说："我们还是在外面屋里谈吧。"

在镇上这两年，他从未见到老王的脸上显出这么镇定冷峻的神色，口气也前所未有地柔和："聪明的小子，你说我们谈点什么？"

"两三年了，天天低头不见抬头见，可我不知道你要跟我谈什么。"

老王笑笑，没有说话，扶在他肩上的手慢慢收回腰间，猛然一下，握紧的拳头狠狠地冲向他的肚子。拉加泽里的脑袋猛然摇晃一下，眼前的灯光立即就黯淡了，然后，才感到一阵剧痛从肚子那里向着全身猛然扩散。他慢慢倒在地上，听见自己很吃惊很迷茫地说了一声："老——王——？"

"是，我就是老王。"

这张常常因为患着哮喘、吸不到足够氧气而憋得像猪肝的脸此时却焕发出了闪闪的红光。

"为什么？"

老王弯下腰来，没有一丝一毫的怒气："吃惊了吧，小子，对不起了，这是我的工作。"

"可是……"

"什么可是，老子叫你把耳朵放尖，打听消息，你听到消息了，却不告诉我。这打是你自找的。"

说着，当胸又是重重的一拳。拉加泽里眼前当即金星一片，嘴里一股血腥味道，又痛又急，又恐惧又委屈，当即就昏过去了。但他年轻的身体比他想象的还要棒，很快，他就睁开了眼睛："我什么都没听到。"

这个可能比他一生都要漫长的夜晚就此开始了。他们搬来两条板凳，把他抬起来横放在上面，一条在颈下，一条在屁股下面一点，只要他身子一软，注在身上的警棍立即通电。失禁的尿液打湿了裤子，淅淅沥沥漏在地上，洇开了好大一摊。一时间，他麻木的身体没有感到疼痛，但强烈的自尊使他感到羞愧难当。

老王对这一切熟视无睹，平静地从他胸前的口袋里掏出那盒香烟，抽出一支，给自己点燃。两个刑警又把他以那个难以忍受的姿势放在板凳上面，老王说："你也不要不好意思，人人都是这样。只要是人都会这样。"

身体的感觉恢复了，疼痛差不多是从每一条骨头缝里迸发出来，眼泪也涌上了眼眶，随即涌上心头的是强烈的仇恨。要是有一丝力气，他会生吃了这个家伙。

这个平常看上去貌不惊人的老王，却能看透他的心思："恨我？不要恨我。我就不恨你，我只是在工作。破案。验关员是国家的执法人员，居然有人敢开着卡车要撞死他。我在破这个案。我想，你可能有什么话没有告诉我吧。"

"我只是回家取粮食去了。"

"那我告诉你，你一个月取一次粮食，对不对？你不是说我们在一起两三年了吗？你多久取一次粮食我这个老警察不知道？说！怎么这次刚过一个星期就回家拿粮了？"

无论怎么咬牙，怎么努力，拉加泽里悬在两根板凳上的身子软下去，软下去，终于触到了地上，电警棍再次让他身体痉挛。

老王弯下腰来，几乎把他那张平静里掩不住兴奋的脸贴在了他的脸上："你肯定知道案子是谁犯的？"

"不是……我。"

"当然不是你。要是你还用费这么大劲？"老王的面孔上有了些许狰狞的表情，但语气仍像平时那样平和安详。

"我不知道。"

"看来你还想尝尝别的玩法。反正这个夜晚还长。"

拉加泽里用尽全身力气，把一口血沫吐在老王那张熟悉而又陌生的脸上。

四

拉加泽里第三次从短暂的昏迷中苏醒时，他们才住了手。

老王自己也累得够呛，往喉咙里喷了些药水，在床上躺下了。拉加泽里被铐在外间的沙发上。坐在他对面沙发上的警察也睡着了。而在里间，老王又从审讯室里的魔鬼变回平常那个被哮喘折磨的老头。他在睡梦中常常喘不上气来，被剧烈的咳嗽弄醒过来。醒过来的他像任何一个有病的老家伙一样哼哼着，在床上翻来翻去，弄得床吱吱嘎嘎响个不停。

看守拉加泽里的警察让这响声弄醒了，好像对着他，也好像没对着他说："这老家伙真是讨厌。"说完，关了电灯，又坐回沙发上睡过去了。

拉加泽里昏昏沉沉地坐在沙发上，浑身的疼痛让他无法安然入梦。闭上眼睛，就看见那个平常熟悉的老王：一身从来没有挺括过的警服，敞着油垢的领口，因为哮喘和高海拔缺氧而憋得乌青的脸上挂着平和的笑容。每次碰面，他都会伸出手来，抚抚拉加泽里的肩膀，嘴里还会含混不清地问候一句什么话。但这次，和善的老头变成了魔鬼，狞笑着伸出拳头，迎面猛击过来。拉加泽里猛然惊醒过来，冷冷的汗水湿透了背心。窗户外面，深蓝的天幕上一颗颗星星闪烁着冰凉而刺眼的光芒。

拉加泽里悄无声息地哭了。哭和善的老王转眼就露出如此残暴的面相。哭自己看人家弄木材赚了大钱，不等上完高中就回来蹚这场浑水，把同班读书的女友也失去了。哭前女友已经考上了大学，而自己在这因木材生意而起的镇上，连这红火生意的边都没有挨上。前女友上大学走的时候，哭着对他说："你成绩比我还好，你回去念书考大学，我等你。"他没有回去。他还是待在这个只有二十多所房子的小镇上，等待机会来临。泪水越沉越多，他哭了个痛快。哭自己父亲早逝，哭自己辜负了懦弱而又辛劳的兄嫂的希望。来双江口镇上这么长时间，却一事无成，人前人后，还得装得从容平静跟无事人一样，早就该哭上这么一场了。只是在这个晚上，警察们一顿严刑拷打，终于让他哭出了身上的疼痛与心中的忧伤。

泪水汩汩涌流，滑下了面颊，滑过脖子的时候，使新增的伤口生发出新的痛楚，滑到胸前时，却让他感到一掠而过的温暖。他慢慢平静下来，听到河岸下面，河水相激发出的轰响。

早上醒来，警察们早就起来了。老王正在往手腕上贴一剂膏药，他眼睛没有看铐在沙发上的拉加泽里，嘴上却说："你小子骨头硬，把我的肌肉拉伤了。"

一个刑警过来打开了手铐："你出去该四处说警察打人了。"

"我不敢。"

太阳出来的白天，他们脸上的魔鬼表情都消失了，那个警察很灿烂地笑了，甚至还伸出手来拍了拍他的脑袋："懂事。"

这家伙把手指比画成手枪的样子，顶顶他被电警棍捅得伤痕累累的腰眼："没你的事了。"

"没事了？"

"滚吧。"

拉加泽里就往门口挪步，他步子迈得很小，他不相信这件事情就这样过去了，他提心吊胆地等着背上袭来更重更狠的击打，直到他走到门口了，一片灼目的阳光，眼前出现了院子里发出了新芽的白桦，他才相信，可怕的梦魇真的过去了。

"等等。"老王在身后说。

那声音刚刚响起，拉加泽里禁不住全身颤抖，但他很快稳住了身子。老王从背后走上来，又走过身旁，然后，站在了他的面前。这家伙脸上挂着他平日那种浅浅的笑容，眼睛里却有种过去没有看出来的冰凉神情，盯着他看了半晌，这才挥挥手，口气柔软地说："忙你的去吧。"

一身伤痛的他还能忙什么呢？回去，他就想放倒身子躺在床上。但他没有。他咬着牙打开了店门，把用红油漆写着"加气补胎冲水"字样的牌子放到路边，每挪动一步，每做出一个动作，都会牵扯到某一处肌肉或关节，发出剧烈的疼痛。但他不让自己脸上有任何表情，嘴里也不发出一点点声音，脑门上因此沁出了细密的汗珠。他咬牙挺着，拿起胶皮管子，清水从他紧捏住的管子里呈扇面迸散开来，喷射向面前干燥的路面，冷冽的清水喷射出去，尘土味消失了，吸进胸膛的空气清新凉爽。

有人经过时，他甚至还能对他们挤出一丝镇定的笑容。

做完这一切，小店就算开门了。店的前半部分，摆放着补胎加气的工具，然后，是摞成了半堵墙的旧轮胎，轮胎墙后，就是他的床铺和锅灶。当眼睛看到了床，他的脑子就有些不清楚了，他再也支撑不住的身子沉沉地倒在了床上。真不知道该说他是昏迷过去还是睡着了。这一天，只有几辆重载的卡车在山路上刹车太多，轮胎和刹车发烫，停下来用水管淋着降降温。司机招呼不醒老板，就自己把活干了。一个司机留下了两块钱，一个司机没有零钱，留下了半包香烟；也有霸道的家伙，见店里没人出来，自己骂骂咧咧地把活干了，就轰然一脚油门，在排气管吹起的尘土中扬长而去了。早上喷洒在路上的清水早已被强烈的高原阳光蒸发干净了。但凡有卡车驶过，这个安静得像个梦境一样的镇子，这个浮尘铺在阳光下一动不动的镇子马上就被浮云一样的尘土掩没了。卡车渐行渐远。尘土又和阳光一起缓缓落下。

一些灰尘钻进屋子里，落在床上那个死去一样的人的脸上。

就是警车上的尖利的警报声打破了镇子梦魇般的寂静，床上的拉加泽里也没有醒来。

两辆警车相跟着从店门前经过，又卷起大片的尘土，依然有一些尘土钻进了大敞着门的小店，落在昏睡不醒的拉加泽里脸上。他没有听见两辆警车嘶叫着驶出执勤站，驶过木材检查站的关口，驶过镇外的大桥，一头扎进山沟，往机村去了。晚上，警车从机村带了两个人回来。一个是更秋家老三。另一个半大小子，提着斧子正在上山砍树的路上，顺便就给提溜到车上来了。那个夜晚，这两个家伙的经历可以想见。拉加泽里却对这些事情一无所知。新一天太阳升起来，他才慢慢醒来。跟前一天相比，身上也轻松多了，正拿着水管喷洒路面，就看见老三和那半大小子从执勤点出来了。老三扶着腰，一脸坚毅的神情，但那半大小子，一见他这个同村的乡亲就咧开嘴哭了起来。

老三对他说："让他在你床上缓口气，定定神。"

他把那小子扶到床上躺下，老三咬着牙说："妈的，这晚上可真难熬啊。"

拉加泽里笑笑："我还不是这么熬了一个晚上。"

老三埋下头沉吟半晌："你不像你哥哥那么胆小，有种。真的，以后你就是我们的兄弟了。"

这时，老王又带着笑容从执勤点出来，看到这两个人，脸上还是一副什么事情都没发生的样子。他一手把拉加泽里拉到自己这边，眼睛却看着老三："你不要跟这种人混在一起。"

"你不是把我当成跟他一伙的吗？"

"我这么说过吗？"

"那你那么狠毒！"

老王收起笑容，很重地拍拍他的肩膀，压低了声音："我正要夸你有出息呢，怎么就显出无赖的样子来了？"

"我已经是坏人了。"

"你是好人。"

"好人会被警察打？"

"妈的。"老王骂道。

拉加泽里从店里搬出唯一的一把椅子放在太阳底下："你们两位谁坐？"

"我实在是站不住了。"老三坐下了。

老王走开前，还指着拉加泽里说："记住我的话。"然后，他又折了回来，指着老三说："要钱不要命，这我懂。但你要知道，被撞的人躺在医院里，有最好的药，最好的医生，一醒过来，什么事情都清楚了。"

"那你还费那么大的劲对付我。"

老王走回执勤点，背着的手上竖起一根手指，轻轻摇晃："警告。一个小小的警告。"

这时，坐在太阳底下的老三快要撑不住了，他眼皮都抬不起来了，嘴里的口气却还凶狠："水。妈的，老子想喝水。"但说话间，这家伙已经连椅子带人翻倒在地上，昏睡过去了。拉加泽里搬他不动，正好茶馆的李老板过来才帮着把老三弄到了床上。

李老板掏出手绢，掸去身上的尘土："被老王他们招呼了？"

拉加泽里点点头："我也被他招呼了。前晚上。"

"为什么？"

"他说我知情不报。"

"不能报。"

"我不知道，咋报？"

"你是说，知道就会报？"

拉加泽里笑了："知道也不能报。"

"对头！"李老板一掌拍在他肩上，并不十分用力，一股疼痛却从腰眼闪电般地掠到背上。他的身子禁不住晃了几晃。

"怎么了？"

拉加泽里稳住了身子："我饿了。"

李老板叹了口气：'来吧。"

他跟着李老板往茶馆走时，连头都抬不起来了。他只是看着前面那条拖在尘土里的影子挪动着步子。汗水从他额头上渗出来，涔涔而下。都在茶馆里坐下了，他趴在桌子上，什么地方都不敢看。他恍然听见李老板在叱骂："一碗？五碗！"

吃到第三碗方便面时，他缓过点劲来了。这才把脸抬起来："真是五碗。"又风卷残云般把剩下的两碗给消灭了。这才腾出手来挽起袖口去擦满脸的汗水。

耳朵却听见李老板叹息一声："可怜。"

李老板手捧着罐子一样的大茶杯，斜倚在窗前，又叹一声："可怜。"

"我不要人可怜。"

"我是说人为财死，鸟为食亡，可怜。"

"你发了财，就说我们没发财的人可怜。"

"你要不是想发大财跑到这里来瞎混，该是考上大学了。"

"是。"拉加泽里不是故意要博人同情，但提起这话头，他的笑容里自然就带上了几分凄楚的味道，"那时候，我的女朋友天天听我讲数学题，她考上大学，就不要我了。"

李老板笑起来："你再说，我要心软了。"

镇上的人都知道，李老板在这里哪是开什么茶馆，他有路子，从林业局，从些稀奇古怪的渠道搞得到木材指标，除了茶馆门上几个大字——"茶水面点"，还有"信息洽谈"几个字贴在窗玻璃上。但他不上山收购木材，也不雇卡车把木材长途贩运到山外，整日里就抱着个大茶杯倚在门口，遇见人问候说恭喜发财，也是一点不上心的样子："财神住在你们家，我这里嘛，小财，小财。"听说这人文化高，因为文化高当过右派，坐过监牢。平反不久就到了退休年龄，退了休就到这镇上做生意来了。

拉加泽里就要张口求他。但这张嘴长在了他的身上，要说出求人的话来真是千难万难。这时，李老板叹口气："唉，年轻人，话都递到你嘴边了，求个情都这么千难万难，这混沌世道，你还想发财？"

拉加泽里就要开口了，但检查站的两个验关员走了进来，看拉加泽里一脸难受表情，说："让老王折腾够了，莫非你李老板还要开堂审问人家？"

"我是教他。"

"教他什么？来，坐过来，小子，老王你都不怕，更不用怕他。"

拉加泽里磨磨蹭蹭地坐过去了，没有忘记给两人一个敬上一支香烟。

"我教他不要老想来蹚这里的浑水，下水容易上岸难啊！"

"容易，"拉加泽里终于接过话来，"容易你就帮我一把。"

李老板叫服务员给两位上了好茶，也过来坐了，对着检查站上的两个验关员："除非我们一起帮。"

刘副站长和本佳都起端杯子喝茶，并不答话。

"我……"拉加嘴巴张开了，却还是说不出求人的话来。

还是刘副站长开口了："你来这镇上两年多了吧？"

"是。"

"两年就守着一个破店？看人家大把大把赚钱，连旅馆里当小姐的都倒过几车木头。你，有耐心。"

拉加泽里笑了："不算白过，看门道嘛。"

"看清楚了？"

"差不多吧。"

"老王下手重吗？"

"不是一般的重。"

"怕了？"

"不怕。"

"好。"

但接下来，他们就换了张桌子压低了声音说自己的事情去了。他守在那里半天，再也没有人理会他了。委屈的情绪又涌上心头，要再继续被人家撂在一边，他的眼泪又要下来了，只好独自走出门来。往自己那破店里走的时候，他把刚才张开了嘴却没有说出来的话说出声来了："刘站长，本佳哥哥，求你们给我开张通关条吧。李老板，求求你，分点指标给我吧。"

除了自己，没有人听见这些话，而自己是不用听见的，因为这些话他已经在肚子里说过百遍千遍了。因这些说不出口的话，他伸出手来狠狠抽打了自己死要面子的脸。心里更是把"自尊"那字眼恨了千遍万遍。

五

也是因为怀揣着这样的情绪，回到店里，看见从床上挣扎起来的老三又说我们是兄弟时，拉加泽里发火了："老子没那么多兄弟！"

他本以为这家伙会跳起来的，但对方反倒见怪不怪，又倒在床上睡过去了。于是，他回到店门口，眯缝着眼睛看西斜的太阳。这一天，他是前所未有的感伤，并深深感到了前途的迷茫。要是这时，过去的女友阿嘎来牵牵他衣袖，他肯定立马就回学校读书去了。但是阿嘎已经考上了医学院了，也不再是他的女朋友了。

拉加泽里恍然听见阿嘎说："你的英语怎么总是有机村的腔调啊！"他还听见阿嘎说："老师说你的脑壳是个数学脑壳！"

如今，这些声音好像都是前世的事情了。阿嘎还说："小时候在机村，怎么没看出来你会这么聪明啊！"

分手的决定阿嘎是不忍心告诉他的。分手决定是阿嘎的父亲崔巴噶瓦告诉他的。老人专门从村里来了一趟他讨厌的这个镇子，坐在他店里一袋袋抽烟，从太阳当顶直到太阳落山。老人把烟袋插回腰间，走到店门口，背对着他说："这么好的娃娃，偏来这乱七糟八的地方，你伤了阿嘎的心了。"

"我心里想的她都知道。我告诉她了。"

"年轻人就怕把路子想歪了。"

"开放搞活，大家都来做木头生意，我走歪了！那这镇上做生意的都是坏人？"要是在今天，拉加泽里就不会对老人提高了嗓门。

老人转过身来，指指四周山上砍伐得这里那里一点点残存的再也无法连缀成片的树林："小子，这些人发完木头财就拍屁股走人了，我们这些人却要在这里祖祖辈辈待下去的呀！"

"你比中央领导想得还远？"

老人涨红了脸，却把到了嘴边的骂人话咽回去了，他叹息一声："以后，你要恨就恨我吧，不要恨我家阿嘎。"

那时，他以为，只要自己发了财，阿嘎就会知道自己错了。但事到如今，他知道是自己错了。

老三从床上起来，掏出两支烟含在嘴里，一并点燃后，才插了一支在他的嘴上。

老王披着大衣从执勤点朝这里踱来，老三见状就躲到一边去了。老王过来了，说："你最好不要跟他们搅在一起。"那平和的声音里甚至还能听出一丝丝关切。老王提高了声音故意要让躲进店里的老三听见："他几兄弟不会有好下场！"

李老板、刘副站长和本佳从茶馆里出来，也走到这边来了。李老板说："老王忙啊，又在调查案子啊？"

老王涨紫了脸："我在教育这小子，让他不要跟坏人混在一起！"

"你不是已经把他当成坏人整了吗？"

"我是让他长点记性，记住我老王是干什么吃的！"

刘副站长也插上话来："可是，作案的人你抓住了吗？"

"你不相信专政机关的力量？"

刘副站长语含讥讽："不要紧的，等医院里的人醒过来，开口说话，专政机关抓人就是了。"

老王脸上的紫色更加深重："妈的，吃多了黑钱的人，撞死了也活该！"

大家在黄昏里各自散开。接着，迷蒙的夜色就笼罩下来了。

拉加泽里打开店里的灯，两个在他床上躺了一天的家伙已经悄悄离开了。他连店门都懒得关上，就在床上躺了下来。怎么也想不到，他转运的日子是从这一天开始的，以至于他用锉刀在板壁上刻下了这个日子。本来，依上学时爱写东西的习惯，他甚至还想刻上四个字：杜鹃花开。但他自嘲地笑笑，把锉刀哐啷一声扔在了放着各种型号扳子的工作台上。

转运时刻的到来真是一点预兆都没有。伤痛使他久久不能入睡，他不想想什么事情，让自己脑子空空如也地躺在床上。这时，有人进来了，然后，一个身影遮断了灯光，说："小子，坐起来。"

他就坐了起来。他没有看清那人的脸，甚至也没听出来是谁的声音。那人的手伸出来，手上有一张晃动的纸："给你。"

"信？"

"做梦吧，谁给你写信？拿着！"

"李老板！真的是……木材批件？"

"你听过，却没见过，还问什么真假？"

"假的没用啊！"

"假的没用？你不是想做生意吗？生意场就是真真假假。"

拉加泽里忽有所悟，突然笑了："你就像学校里的老师说话。"

"这就算你的恭维话？算了，好听的话也是真真假假，你不说也罢。这里是五个立方的木材指标，老子不念你可怜，倒念你读过几天书，拿一票给你，试试是不是做生意的料。"

"只够半车呀！"

"你不是说在这镇子上两年，什么门道都看清楚了吗？真想发财，你就弄一车木材，拉出山卖掉。要是不行，光指标，每个立方可以卖几百块钱，就这镇子上就可以卖掉。要是找不到买主，我按市场价买回来！"说完，李老板就扬长而去了。

拉加泽里在背后着急得大喊一声："钱，我哪来那么多钱！"

李老板都走到灯光照不到的地方去了，又走回到灯光下面："我不要你的钱，这批件白送给你。"

"天下哪有白送人的东西?!"

"那就看是一次还是很多次了。如果是一次，天下就真有这样的事情。你在镇子上这么久，我让你尝尝木头生意的甜头，小小的甜头。如果你想长久做下去，那就肯定要感谢我是不是？"

"那你要什么？"

李老板在椅子上坐下来："孩子，听我一句劝，尝尝木材生意的味道，就回学校念书去吧。"

拉加泽里缓缓摇头："我的心野了，回不去了。"

"真的铁了心？"

"不铁心能在这镇上补两年轮胎？"

"一下水就什么都要干了。"

"干！"

"有人要落叶松，你敢弄吗？"

"落叶松！"

"对，就要这个东西！"

落叶松是珍稀树种，砍这个树，可不是一般的盗伐林木。拉加泽里知道这个，李老板何尝又不知道。他问："你叫我弄这个来卖？"

李老板缓缓摇头。

"你说嘛！"

"小子，你是个嘴严的人，但我也不方便告诉你。"

"做什么用？"

"棺材。"说出这个字眼时，李老板嗓音喑哑，脸上了出现了忧戚的神情，他叹口气说，"算了，就算我什么都没有说过。"

机村人死后是不睡棺材的。但拉加泽里知道棺材的样子。前些年，国营伐木场还在的时候，每年都有因公死亡的指标，每年都要预先做些棺材。做棺材都用口径最大的木材。木材口径大，做出来的棺材就宽敞气派。木材口径大，说明这树已经生长了好几百年。好多树长到这个份上，内部大多都开始朽腐了。森林虽大，找到上好的棺木并不十分容易。他们把那些最好的树伐下来，锯开晾干，再请来木匠，做成一副副棺材，整齐地摆放在一间僻静的房子里。拉加泽里记得，村里曾经有个胆大的孩子，偷偷钻进那个房子，睡在棺材里去。房子建在山坡边，那墙里边高外边低，迸去容易，出来很困难了。这孩子在棺材里睡了一会，就有些害怕了。等到发现不能从里面出去，而大声喊叫却没人来开门时，就更加害怕了。从此，这个人就有些神经了。

拉加泽里对李老板说，他知道棺材是什么东西，知道棺材要用上等的木头。他还给李老板讲了那个小孩让棺材屋吓傻的故事。告诉他看见过伐木场的老师傅一遍遍给棺材刷上一层层漆，使之发出一种闪烁不定的幽暗光亮。

李老板还是哑着嗓子："是啊，人只死一次，死了，什么都带不走，只好带一副好棺材了。"

"要死的是你的好朋友？"

李老板并不答话，自顾着叹息一声："可是躺不躺好棺材又有什么意义呢？"

这个拉加泽里并不知道。藏族人关心死后灵魂的去处，对肉身的安置并不特别上心。

"嗨！我对一个年轻人说这个干什么？！"

一阵微风吹起，又是一股一股的杜鹃花香气送到鼻腔里来，但他已经没有感觉了。房子背后，河岸下面，轰轰奔流的河水他也没有听见。星空灿烂，河水轰鸣着在星光下奔向东南。而芬芳温暖的春风之中，这片群山里，一片片的杜鹃正从山脚的河岸，由低到高，开向山岗。再有一个多月，现在山顶积雪的那些山梁，将变成杜鹃的海洋。

从三十年前开始，采伐的利斧挥向成材的高大树木：杉树、桦树、松树和柏树。到如今，伤痕累累的群山上那些成材的树再也不能连缀成片，倒是这些枝干虬曲，木质疏松的杜鹃生机勃发，使沟壑峰峦一片绚烂。在学校作文课上，拉加泽里曾经用很漂亮的文字写过杜鹃。

他写杜鹃的文字，最让老师赞扬的是说：这些杜鹃初放之时，他不是看见，而是听见。现在他却对扑鼻而来的浓重香气都没有了一点感觉。他的心思已经全部沉浸在李老板刚刚给他的那张纸头上去了。他出了店门，看见检查站的关口上还亮着灯光，沉闷的脑子里也透进了一丝亮光。他往检查站走去，一下下迈开步子时，腰眼上被电警棍击伤的地方放电一样窜出一股股尖锐的痛楚，闪电一样蜿蜒而上，直到脑门顶上，凝聚的灯光迸散开来，变成许多晃动不已的光斑。他尽力稳住身子，深吸一口气，但他仍然未闻到杜鹃花香。那些光斑消失了，只是在耳朵里留下了嗡嗡的余响。

他走进检查站时，刘副站长已经有些醉意了。站长被撞伤，要是出不了医院，锁着验关章和神奇表格的柜子钥匙就由他来掌管了。

风从敞开的窗户吹进来，屋子中央满是苍蝇屎的白炽灯摇晃不止，致使围着桌子的检查站这些人，一张张脸神情不定，忽明忽暗。检查站七个人，一正一副两个站长，五个验关员，轮流值守关卡，余下的也无处可去，就在屋子里打牌喝酒。

拉加泽里进屋的时候，又有人举起了酒杯："刘站长，我再敬你一杯！干！"

"站长在医院！"

"所以，你现在就是站长！"

"至多也就是代理站长！"

"代理也是站长！"

"这话倒也在理，好，我……咦？这小子，什么时候溜进来的？"

拉加泽里尽量使自己的笑容自然而灿烂。

"来，替我喝了这杯！"

拉加泽里接过来一饮而尽。

"妈的，你……干什么来了？"

"我想请你看看，这单子是真的还是假的？"拉加泽里拿出了那一纸批件。

一个人大笑："疯狂了，补轮胎的小子都拿着批件做生意，真是疯狂了！"

几个醉了的家伙就把那张纸头抢来抢去："我看看！"

"我看看！"

"给我也看看！"

他们不是要看这纸头是不是真的，这东西他们见得多了，但这么一张纸头从这个天天见面、不吭不哈、围着个橡皮围裙修补汽车轮胎的毛头小子手上拿出来，就有些稀奇了。

"咦，居然是真的。"

"该不是哪个木头老板皮包里掉出来，你捡到的吧？"

"小朋友，捡到东西要交给警察叔叔知不知道？"

拉加泽里急了，伸手要从别人手里去抢，纸条就围着桌子在醉汉们手里传来传去，拉加泽里围着桌子跑了两圈，惹得他们纵声大笑，而他围着这长条桌子跑动时，牵动了腰上的伤处，一阵尖锐的疼痛使他脸上出现了很可怕的表情。他这表情，把检查站夜宴桌边纵情的笑声立刻冻结了。每张脸上都露出了惊诧的神情，都像被施了传说中的定身魔法。纸条正好传到本佳手上，他举着纸条就再没有往下传递了，他的眼睛落在被痛楚弄得一脸怪相的拉加泽里身上。

他问："你怎么了？"

疼痛像闪电一样，猛抽他一鞭，又在倏忽之间消失了。闪电袭来，炫目的光使他眼前一片黑暗。闪电消失，他又看见了。看见了那张公家人可以开会也可以围着喝酒吃饭的长条桌子，看见所有人都紧盯着他，惊诧的目光里也多少包含着一点关切的意思。

而本佳手里举着那张纸，眼神里流露出更多的关切："你怎么了？"

拉加泽里尽力使自己因疼痛和屈辱而扭歪的脸恢复正常，让肌肉不要紧绷，让牙关不要紧咬，让眼睛里不要流露出怨恨的光芒，不要让这张脸告诉别人自己是如何感到愤怒与羞耻。果然，他回归到正常位置的五官相互配合着做出了一个需要的表情，他装作满不在乎地说："妈的，没想到老王下手那么重，这腰一阵阵痛得要命。"

刘副站长这才开口："这小子倒是条硬汉，连老王都说你是好样的。"

拉加泽里这才伸出手，从本佳手里去夺自己的批件。

本佳笑了："好小子，你扯呀，用劲呀，我不松手，撕成两半，这张纸就什么都不是了。"

拉加泽里就松了手，嘴里却溜出来甜蜜的称呼："好哥哥，你就还给我吧。"

有人提议："看你敢跟警察硬抗，坐下，喝酒。"

一杯酒当即推到了他面前。是喝茶的玻璃杯子，二两有余。

拉加泽里喝过酒，但没喝过这么好的酒，更没一口喝过这么多的酒。他问本佳："喝了就还我？"

本佳笑而不答。

他端起杯子一饮而尽，一股清冽的酒香从嘴巴，到鼻腔，直上脑门，一团火焰却掠过了喉头，在胃里燃烧。

本佳说："好了，拿去，这是真家伙。"

但纸头被人劈手夺去了："再喝一杯。"

如是往复，拉加泽里喝到第四杯的时候，纸头到了刘副站长手上。他想走到刘副站长跟前，却不敢迈开步子了，只要动一动，他知道，自己会立马栽倒在地上，那就再也站不起来了。他的舌头也僵直了，说不出话来，只是对着刘副站长傻笑。

"傻瓜。"刘副站长又说了一次，"傻瓜。"

拉加泽里知道这是说自己，他残存的意识里知道这话里有不忍的意味。他的笑容更加憨直了。他一手扶着桌子，一手撑着不得劲的腰眼，支持着不要倒下。眼前的灯光在虚化，面前的脸孔在模糊，但他还是听清了刘副站长说："为了五个立方的批件，就把自己弄成这样，弟兄们，我想帮这小子一把。"

"帮他一把……"

这句话让他听到咚的一声响，提着的心重重地落回到肚子里。然后，他自己也弄出这么一声闷响，昏倒在地上了。

六

从检查站会议室兼饭堂的长条椅上醒来时，拉加泽里感到头痛欲裂，却没有自己睡在什么地方的恍然之感。醉倒过去前刘站长的那句话还回响在耳边，使他前所未有地感到神清气爽。太阳已经照亮了山头，峡谷里是那么寂静，整个镇子还酣睡未醒。警察老王、检查站刘副站长、本佳，还有茶馆李老板、旅馆里的客人与小姐，以及贸易公司分理处漂亮的业务经理，都还在自己的床上。甚至那些盛开的杜鹃，在露水清凉的这个时刻，都把盛开的花瓣稍稍闭合起来，停止散发芬芳的香气了。

拉加泽里穿过镇子时，身体依然疼痛，心却几乎要歌唱。他回到店里，开了门，把工具一一摆放好，这样，店主不在，司机们自己也能鼓捣好重新上路。他还往工具旁边的白铁皮盒子里放了些五块两块的零钱，这招对吝啬的人没用，但对粗心的人是个提醒：用了东西要给点钱！这几年在镇上的经历已经使他心细得很了。心细的他想起更秋家几兄弟送给自己的软包红塔山，抽了一包，还有九包。他在没开门的茶馆门前给李老板放了一包；出镇子时，六包烟放在了昨晚醉了酒，现在只是杯盘狼藉的桌子上。剩下两包，揣在身上往机村去了。

检查站修在两条公路交会处，宽的一条，从更深更广阔的山里来，那些山里还有两三个县，很多的林场。天气干燥的季节，满载木头的卡车弄得整条公路尘雾翻滚。公路通过一座百多米长的大桥，与过了一座小桥向机村方向蜿蜒而去的支线相汇，然后来到检查站，来到镇子跟前。一大一小两条河流在訇然奔流中撞在一起，在镇子下边陡峭的崖岸下腾起一片迷蒙的雾气和沉雷般的声响。

只有几年短暂历史的镇子因了这两条河两条路的交会而有了一个名字：双江口。群山的皱褶里，森林吞吐哺养的山水四处奔流，任何一个峡口都有水流相逢，但这些相逢地都处于无名状态，因为没有路的交会。一旦有路出现，命名的人也就接踵而至了。

地名办公室的人下来，在这镇子上住了一个夜晚，趴在桌子上拿着放大镜跟尺子，在地图上比画一阵，在表示河流的蓝线和表示公路的红线交接处打上一个小点，叹口气，说："双江口，双江口，这张图上已经有好几个双江口了，这个时代连停下来想一想，给一个地方取个好名字的心思都没有了！"

拉加泽里也在场看稀奇，今天之前，他一直是双江口镇上的一个看客。这个看客忍不住发表自己的意见："那就想个不一样的名字。"

那人放下放大镜与尺子与铅笔，说："约定俗成，约定俗成，懂吗？我们只是记录，而不是改变。"

这个想建言献计的家伙当下就无话可说了。他本来想说，这个地方本来就有自己的名字。哪来的名字？祖祖辈辈进出这个河口的机村人起的："轻雷"。是的，过去，因为没有公路，没有公路上来来往往的汽车，这个世界比现在寂静，几里之外，人的耳朵就能听见河水交汇时隐隐的轰响。现在，这个世界早已没有那么安静，人的耳朵听了太多声音，再也不能远远地听见涛声激荡了。

这个早晨，拉加泽里在水泥桥栏上坐下来，河水在桥下轰响，腾起的水雾中一股清冽之气直冲脑门，桥栏湿漉漉的，扎根在岩缝间的杜鹃开得蓬勃鲜艳。这的确像是个一切可以重新开始，一切将要重新开始的早上。

拉加泽里感觉到了这一切，他想起自己曾经忘记告诉那个记录地名的人，机村人为这个地方所起的名字是"轻雷"。

在镇上，人们不用藏语交流，现在，他独自一人用当地的藏语喃喃地念出了这个名字，然后，就起身往机村去了。

此行的目的非常简单，收购一卡车最好的木头：匀直的树干上很少节疤，紫红的皮，纹理清晰，木质紧密。

中年树。

美男子树。

> 红脸膛的卷发汉子，
> 挺拔的身躯像笔直的铁杉，
> 在断开的截口上，
> 看见你的心湖，
> 仿佛年轮一圈一圈均匀又圆满！

年轻人已经不会吟唱的民歌里吟唱过这样的树。拉加泽里也不会吟唱。李老板就曾经说过："问你藏族的什么事你都不懂，都不知道，那还叫那个麻烦的名字干什么？取个汉人名字你就是汉人了嘛！"

李老板还半开玩笑地说过几次："我给你取个汉人名字，你就是我的儿子了！"

这是他不能接受的事情。他从来不知道做一个父亲的儿子是什么感觉。现在，他已经长大了，不再需要这样的感觉。

他父亲死得早，早到自己连父亲是什么样子也不知道，早到提到父亲这个字眼时，他心里只有漠然而空洞的感觉。父亲是什么时候死的？他不知道。在机村，一个人去了，就成了一个记忆中的人。而他什么时候去的，并不重要，也不会有人提起。所以，他也就不知道父亲是什么时候死的。他只听到过隐约的传说，说父亲在他出生前就不在人世了。他得了一个什么病，正当壮年的人就日渐羸弱，最后在人们都把这个出不了门的人渐渐淡忘的某个晚上，悄无声息地走了。他记得小时候还有人叫自己是"怀了十二个月的娃娃"。

今天在他是一个重要的日子，在往机村走的路上，这两天的经历所引起的激动在心头渐渐平复了。他想到了这种平时不想的事情。怀了十二个月的娃娃，什么意思？两个意思。一个，他不是那个死人的儿子，另有一个男人是他真正的父亲。还有一个呢？能在娘胎里不慌不忙坐上十二个月的人，肯定不是一个普通人。传说中，有个当了王的家伙，在娘胎里待了三年！他这个"怀了十二个月的娃娃"，从小就看见，母亲对哥哥的恭顺超过别的妇女对丈夫的程度。在人民公社时代，哥哥虽然就是一个普通社员，还是意气风发的。总是对他这个小弟弟说："念书，好好念书，将来你当了干部，就是我们一家子的出头之日！"那时的哥哥不是如今这个总是在抱怨与叹息的哥哥，也不是这个眼红人家发财，自己却什么都不敢干的哥哥。不过，今天回家，如果他知道自己怀里揣着的这张纸头，应该会高兴一点了。

但走到家门口时，他却被人叫住了。

那是更秋家老三在叫一个不熟悉的名字："嗨，钢牙！"

拉加泽里转过身，要看看爱给人起外号的更秋兄弟们又给谁起了个这么样的名字，但是明晃晃的太阳底下，只有他和老二老三老五面对面站着。

老二走过来，拍拍他的肩："伙计，就是叫你！"

"警察撬不开的牙就是钢牙！"

他揽着拉加泽里的肩膀就往他们家去了。去了，没出门的几兄弟自然聚起来，一起喝酒吃肉，讲些弄木头时和警察及检查站那些人打交道的惊险故事。几兄弟都说："想发财就跟着我们干！"

"不要不说话，想跟我们干的人多得是，可我们看不上！"

要是以往，拉加泽里肯定就受宠若惊了，但现在不一样了，所以他不说话。

"不要想让他说求人的话，他是钢牙！"

"读书人，人家是读书人，读书人死要面子活受罪。"

拉加泽里只是笑笑，叹息一声："我该回去了，回去听我哥哥唉声叹气了。"

"你跟了我们，他就该高兴了。"

"那他又该担惊受怕了。"

果然，回到家里，人还没有坐稳，哥哥埋怨开了："出了那件事，警车一天到村子里来转三次，人人都躲着他们，你倒黏上去了。"

拉加泽里淡淡地说："说不定以后，他们要黏着我了。"

嫂子不满意小叔子了，就会用一种特别的眼光看他丈夫，于是，哥哥就向天举起双手："老天爷，听听我兄弟说些什么没头没脑的话！"

老母亲见这场景，吃力地撑起身子，躲到一边去了。一边离开，一边说："没事情你回来干什么？"

"我有事情。好事情。"

哥哥接过话头：“你有好事情？”

“我来拿钱。”

“老天爷，来拿钱是好事情？”

“哥哥，是好事情。”拉加泽里这才笑着从衣袋里掏出了那张已经变得皱巴巴的批件，“我找到做木头生意的路子了，我拿到了指标。”

“真的?! 人家把这么宝贵的东西给你！凭什么？”

拉加泽里冷冷一笑：“凭什么？我是钢牙。”

“钢牙?! 什么意思？”

他不想回答这个问题，哥哥就是个老实巴交的农民，只懂得侍弄地里那点不生钱的庄稼，木头生意里那些复杂的门道，说了他也不懂，反倒会把他给吓着。

“我每月都把挣到的钱交回来了，我算过，该有七八千了吧，我就要三千。”

“三千?!”

“还不够呢，这笔生意不算大，但也不小。”

嫂子又拿那特别的眼神去盯哥哥，哥哥就忧心忡忡地问：“亏了怎么办？”

“亏了怎么办？”拉加泽里又好气又好笑，“有了这张纸，包赚不赔！”

“你等着，”哥哥兴奋地说，“明天我就上山去，这钱不能让别人赚了！”

“不怕警察抓你？”

“你不是有指标吗？”

拉加泽里只是苦笑：“照规矩，指标也要在指定的地方才能使用，所以，你，还有我，都不能去干这个事，这个事要让别人去干。你只要出去转上一圈，说你兄弟手里拿着木头指标就可以了。”

拉加泽里走了十几里的长路，电警棍留在腰眼上的伤痛时隐时现，当然还有这几天来一些事情使他高度兴奋，现在回到安静的家里，兴奋劲好像有些过去了，只觉得困倦不堪。他往屁股下垫上了厚厚的卡垫，背靠着墙壁，面朝着火塘，准备要休息了。

但是，哥哥刚出门，又慌慌张张地回来，一副担惊受怕的样子：
"警察又来了！"

"办你的事，他们不是为你来的！"

"还是明天再说吧。"

拉加泽里撑起身子："要是将来我成不了什么事，因为胆子小，哥
哥嫂子也不能怪我了。老话是怎么说的？一根柴上冒不出两样的火焰。"

"我让你读书，读书！"哥哥又恼火了，"不是让你来干这个！"

拉加泽里把难听的话、难看的表情、难受的情绪都留在身后，出门
去了。

七

刚走到村中广场上，倚在警车门边的警察就向他招手。

"我？"

"对，你！"

拉加泽里笑笑，过去了。他知道，从自己可以看见的地方，从自己
看不见的地方，有很多双眼睛看着自己。所以，他的脸上露出了笑容，
他本身就很困倦，很容易就摆出混世的年轻人爱好的那种拖着脚步的懒
洋洋架势。中途，他还停下来，给自己点上了一支香烟。然后，他站到
了警察跟前。是跟老王一起打他的那个警察。

他站在了警车跟前，等着警察发话。警察不说话，用以为他会害怕
的眼光紧盯着他。他回敬以满不在乎的、掺杂着凶狠气焰的眼光。他让
那凶狠的带着恨意的眼光越烧越旺。警察的眼珠错动了，眼光溜走了。

他得意地想到了一个词：早泄。于是，他的嘴角露出了浅浅的笑容。

"怎么又回来了？"

"这是我的村子。你们不是爱管户口吗？我的户口在这里。"

"那在双江口镇上就没有户口。"

"我在那里开店，我有工商执照。"

警察大笑："补破轮胎，给人家跑热了的汽车降降温度，那么个破生意，还工商执照，听口气像开了多大的公司！"

拉加泽里心里知道自己是不应该激怒这个警察的，但是，这是在机村，将要开展的生意需要自己在众人面前用这种挑衅的口气跟警察说话："破不了案子，用多大口气说话都是没有用的。"

他说出这种话来，一面因为从四周围拢来的人群的赞叹声中感到了快感，一面，因为警察表情的变幻而心惊胆战。

"你在向老子叫板？"警察咬着牙，压低了声音。

拉加泽里也把声音放柔和了："我就在村子转转，是你招呼我过来的。"

警察出手很快，把他一只手扭到身后："还想尝尝请你过夜的滋味？"

"我的腰！"一股剧烈的疼痛从腰眼那里直升上脑顶，并在眼前炸开了一片金花。

警察手松了一点，却没放开："小子，装什么英雄，人都是肉体凡胎！"

这时，有人发话了："都是肉体凡胎，凭什么有人打人，有人被人打?!"

"谁？"

"我。"

机村唯一还留着一根辫子，辫子里还编织着红色丝绦的男人从人群里站了出来。这个人是拉加泽里从前恋人的父亲崔巴噶瓦。他走过来，伸手扼住了警察的手腕，他手上没有动作，只是越来越紧地扼住警察的手腕。警察的脸色慢慢变了，手也松开了。

崔巴噶瓦说："警察先生，我们自己的孩子我们自己管教。谁让你穿上了这身衣服，就把不能随便打人的规矩都忘了？"

"你! ……"

"看你的皮肤与眉眼，也是我们一样的黑头藏民吧，你这么做，你的父母该担心你死后要下地狱了。"

然后，他对拉加泽里说："跟我走，我给你弄弄身上的伤。"

拉加泽里很不好意思，因为老人是自己过去恋人的父亲。过去的恋人已经是医学院的大学生。自己却被一个靠一身衣服提高了身份的警察欺负。所以，他站立不动。老人又回过头来，说："来吧。"

他就往前走了。

而警察在他身后叫道："回来！"

他没有回头，仍然往前走。他心里头不怕警察，但他的身体害怕，他一身的肌肉和神经都绷紧了，准备承受背后袭来的警棍的击打。带着强烈电流的警棍不仅击打肌肉，还能击打骨头与神经。但他走出了围观的人群，那警察还倚着警车没有动弹。让一群被激发出敌意的村民围着，那警察也不敢动弹。他脸上依然摆出凶恶的表情，心里却焦急地等待入户调查的两个同伴早点回来。其实，当他举手招呼时，心里并没有什么恶意。两个伙伴去寻找线索，他给分配了守车的无聊任务，看到曾被"留置"在执勤点一个夜晚的拉加泽里，只是想叫他过来说会子话，打发掉这无聊的时光。是对方眼睛里那坚定的目光惹恼了他。自己是警察。一个警察出现了，就该让所有人都感到害怕。但这个家伙不害怕！

拉加泽里跟在崔巴噶瓦身后，隔着有十来步的距离，他觉得很不对劲。在回村的路上，他一直想象着自己怀揣着一纸批文，像那些有路子有来头的老板一样来收购木头，该是何等的风光。不想，一出门就遇上了这个拿欺负人寻开心的警察。那个难挨的夜晚，他们那么折腾他，他心里都没有什么。因为这是破案。但从今天开始，他心里就带着对警察的恨意了。他跟老人的距离就越来越远。他不想自己狗一样跟在别人后面，他的脚步更慢了。前面的老人却停下脚步，转过身来露出关切而探询的表情，用父亲对儿子一样的口吻说："孩子，来吧。"

拉加泽里就跟上去了。

两个人都没有说话，仍然一前一后相跟着。崔巴噶瓦家不在村子里。原先，机村人的房子都紧挨在一起。两次泥石流把三分之一人家的房子都推倒了。加上改革开放分地到户，一些人家就把新房子修到村外去，靠近自己家承包地旁边了。崔巴噶瓦夫妇就一个独生女儿，日子一直比较好过。村里分地的时候，大家都要好地，崔巴噶瓦却挑了离村子远，靠近树林的一块地。那块地是机村人口增加后，砍伐了一片桦树林后开垦出来的。地边上丛生着刺梨、红柳与亭亭玉立的白桦。像机村的每一块土地，那块地也有一个名字，叫"兔子"。这不单是说这块斜卧在山坡林边的地像一只褐色的兔子，还是说这地刚开出来，年年嫩绿的青苗差不多都被野兔吃光了。如今，这也只是一个名字了。虽然那块地边上还站立着一些稀疏的林子，但里面早就没有兔子们的藏身之处了。

走兽随着茂密的林子一同消失了。

两个人一前一后相跟着出了村子，过了一道溪流上的木桥，上了一段缓坡，来到了崔巴噶瓦家门前。整齐的栅栏围出一个干净的院子。栅栏边上，一株刺梨盛开着雪白的繁花。编栅栏的一些柳树棍，年年发叶抽枝，已经是一排整齐紧密的小树。

干干净净的院子里，石板缝中，伸出了牛蒡肥厚的叶片。

从阳光下走进这石屋，眼睛一时什么都看不见，但他的鼻子闻到了一股干净整洁的味道。干净整洁是什么味道？就是这种味道。

老人咳嗽一声，说："有客人了。"

屋子就在他眼前慢慢亮堂起来。火塘里温和抽动的火苗。锃亮的茶壶。光滑的地板。整齐的壁橱。一个和颜悦色的比想象中年轻的妇人。

拉加泽里一时不知怎么称呼。

崔巴噶瓦用了开玩笑的口吻，脸上却一点都不动表情："是不好称呼，因为她差点就是你妈妈。"

"不要为难孩子了。坐下吧。"

女主人把酒渍的刺梨和茶水端到他面前。他喝下一口茶，却是喝了酒的效果。一时间百感交集。

崔巴噶瓦说："你脑子里东西太多了。"

女主人就叹气："从小没有父亲，可怜的孩子，你就不要再让他不开心了。"

"好吧，孩子，把衣服脱掉，让我看看你的伤。"

"你怎么知道我有伤？"

"看你走路的样子。"

拉加泽里脱去上衣，露出腰眼上一圈圈乌斑。崔巴噶瓦取来草药捣碎了，用酒和油脂调成膏状，一股沁凉的感觉丝丝缕缕地渗到皮肤里去了。他惬意地叹息一声，神情就有些恍惚了。他用有点可怜的口吻说："好累呀。"

那口吻让女主人流出了眼泪。

他一边后悔自己用这么可怜的腔调说话，却止不住自己的嘴巴继续用这种腔调喃喃地说："我瞌睡。"

女主人拿来一条毯子，他闻到了那条毯子上熟悉的气味。远去恋人的气味。他喃喃地念出了从前恋人，主人女儿的名字。女主人说："是她的东西，你知道她是个爱干净的姑娘，不然，怎么会想去当医生呢。"说完这话，女主人又抹起眼泪来，说："当年，两个年轻人是多么般配的一对啊！"

崔巴噶瓦道："没爹教的娃娃，可怜！"

可他什么都没有听见，药力和这房子里安详的气氛使他从里到外松弛下来，沉入了睡乡。

中间，他醒来一次，屋子里悄无声息。看看窗外，一镰弯月已经从黝黑的山梁背后升上了天空。他翻了一个身，又沉沉地睡去了。再次醒来时，天已经亮了。女主人正在重新点燃火塘。崔巴噶瓦拿上了砍刀、绳子，只对他说了一个字："来。"

他就起身相跟着去了。用屋子后面的泉水洗了一把脸，他感到神清气爽。也许是走出了房子，没有了那种特别安详气氛的笼罩，他马上为曾经露出的可怜相而后悔了。崔巴噶瓦好像总能猜到他的心思："想走了？不行，你得帮我干点活还我的药钱。"然后，把一把砍刀塞到他手上。

夜露浸软的路潮润平整，转过一个山弯，就到崔巴噶瓦家取薪柴的地方了。后来，有人问说："老头不记恨你吗？"

拉加泽里也才认真想了一下这个问题。的确，这个倔老头为什么对自己女儿过去的男友这么心平气和，慈爱有加？回答这个问题的时候，他半真半假地做出一副满不在乎的态度："他给我用催眠术，然后教育我。"

"教育你什么？"

"拿他自己做榜样，教育我不要砍树！可是，我怎么会去砍树呢？"

村子里的人都说，崔巴噶瓦老头好久都不在村里现身了，看来是专门来会拉加泽里。这个，不常在村里的拉加泽里并不知道。但老头真是拿他自己做榜样。走在山道上，老头随手指指某个地方，这里，那里，伐木场大规模砍伐过后还残存的小片林子都在木材生意起来之后，被机村人自己给砍伐了。

"钱就那么有用？什么东西都弄光了，这辈子活了，下辈子人还活不活了？!"

"你又没有下辈人在机村了，操这个心干什么?!"

转眼间就来到了进行课外教育的地方。这面南向的山坡，隔着小河正与机村遥遥相对。满坡是不能成材，但烧起来火力强劲的青杠树。这样的青杠树林在村庄附近有好几片。过去，虽然满山遍野都是茂盛的森林，机村人烤火做饭，采伐薪柴从来都固定在这几小片林子。那时山林没有权属的概念，但约定俗成，哪几家人砍哪一片青杠林作为薪柴，都有一定之规。这还不是规矩的全部。青杠树在当地算是速生树种，采伐薪柴时，都是依次成片砍伐。从东到西，从下到上，十来年一个轮回。最早砍伐的那一茬，围着伐后的桩子抽出新枝，又已经长到碗口粗细了。后来，工作组来下乡，小学生们在教室里过冬天，需要像城里人一样在不出烟不扬灰的炉子里烧木炭，村里也是在这薪柴林边开了窑口，一年一窑，也是几片林子轮流来过。

当人们可以随意地对任意一片林子，在任何一个地方，不存任何珍爱与敬畏之心地举起刀斧，愿意遵守这种古老乡规民约的人就越来越少了。到了今天，机村传统上的几片薪柴林也被砍得七零八落。只有这片林子，因为有一个倔老头还固执地遵守着这个规矩，人家也就不好任意下手，还能一茬茬长得整整齐齐。这片面积广大的群山里，除了不能成材的杜鹃树林，这是唯一一片整齐漂亮的林子了。

崔巴噶瓦当然知道这全是因为自己，所以他骄傲地说："看，我的林子。"

"不是你的，是国家的。"

"国家的，国家的！什么东西都是国家的。国家是个多么贪心的家伙哪！他要那么多看顾不好的东西干什么？什么东西一变成国家的，就人人都可以随意糟践了！"

"你这话，你这话……"拉加泽里本想说这话太反动了，但他也明白这个时代不大时兴给人扣上这样的罪名了，"你不怕犯错误吗？"

崔巴噶瓦朗声大笑，响亮的笑声把在林子里面觅食的一对斑鸠都惊飞起来了："犯错误？小子，总想去靠什么谱的人才会犯错误！什么是错误？靠得不准就是错误。我什么都不靠，犯什么错误！"他的眼睛里出现了怜悯的神情，"小子，你离开学校，还有我那聪明的女儿，那就是一个错误。"

拉加泽里低下头去，用自己听上去都不太清楚的声音说了声："对不起。"

崔巴噶瓦摇了摇头："哦……老话说，一个男人一生最多可以犯三次错，小子，你一次就同时犯了两个，再犯就是第三次了。"

他依然用底气不足的声音说："我不会了。"

"我看见你，你害怕警察。"

"我没有犯法，我不怕。"

"我看得出来，你害怕。"老头慢慢摇摇头，"犯过法的人怕，将要犯的人也会怕。"

老头子说这些话时，拉加泽里一直在向山的高处张望。他知道自己看的是什么。是那些在十月间在一地白雪与灿烂阳光中针叶一派金黄的落叶松。这种树木，只生长在针叶林带将尽未尽的地方，而且数量稀少。深秋时节，它们落尽了金灿灿的针叶，光秃干硬的枝杈伸展在蓝天之下。现在这个季节，即便是在雪线附近，树木冻住的身子又活泛起来，冰冻的脉管打开，水沿着这些脉管，上升，上升，使那些坚硬的树枝变得滋润柔软。僵住的枝条开始在微风中飘荡。而从远处看去，枝头爆开的密集绿芽，竟氤氲成一树翠绿的薄雾。

他不禁叹道："那些落叶松真是好看。"

"到底是念过书的人啊！"老头感叹道，"看得到美丽的东西！这些树多半的时间雪里生雪里长，干净！"

拉加泽里突然以一种很漫不经心的口吻转换了话题："我在镇上听说，有人喜欢用这树做棺材。"

"哦！"老头像被什么东西撞击了胸膛一样叫了一声，"那树是要站在高处的，人都埋在土里了，还要糟蹋那么好的木头！这些汉人怎么有这么古怪的念想！"

"藏人也一样啊！"

"哦，我死后可不要埋在土里沤成一堆蛆虫，我要火葬，一把火烧得干干爽爽！"

"可是，你看庙子里，那些活佛烧成灰了，还要用那么多金银和宝石做成宝塔来安放！"

老头真也就回不上话了。但拉加泽里还要找补一句："所以，汉人也就想死后睡一副好木头的棺材。"

"呸！看一大清早，我们说些什么话。我们还是回去吧。"走了一段，老头回过头来，看见拉加泽里还不断抬头去望山高处，雪线上那些氤氲着绿雾的正在萌发新叶的落叶松，心下就有些狐疑："小子，走路时好好看着脚下，不要踩空了。"

这样的话听起来，就像上学时喜欢抄在日记本上的格言警句。这使拉加泽里心生惆怅，真正的生活一经开始，任是什么样的格言警句都没有什么作用了。他走在老头的身后，眼睛突然就有些湿润，生活只是像个念头一样差了那么一点点，不然的话，他会从很远的大学里走回来，学一个女子叫这个倔强的老头做父亲。

这一趟出来，并没用带出来的砍刀，拉加泽里明白，老头子就是想跟他说说这些话。老头子把他当成一个男人，不愿意在女人面前教训他。问题是，任何教训都没有什么用处了。

吃过早饭，拉加泽旦心里有事，正想告辞，崔巴噶瓦拿出昨天调好的药膏："带上这个，我最多留你三天五天，不能留你一辈子，忙你自己的事情去吧。"

女主人却抻开袖口揩起了眼泪，她说："孩子，想跟老人说说话，就来找你大叔吧。"

拉加泽里走出这个院子，突然有很悲伤的情绪涌上心头，要是他继续上学，那这个倔强的老头真的会成为他的父亲，但这一切不能挽回了，他冷冷地在心里说："大叔，我也顾不得你那些道理了，我一次就把三个错误犯完了！"

八

拉加泽里刚进村就碰上了刀子脸。

刀子脸也用搞木头赚的钱买了东风卡车。村里人靠着这木材生意，已经有十多辆东风卡车了，乡长说，县里可能要给机村挂一块运输专业村的牌子。人们叫这家伙刀子脸，并不是说他脸上有什么陡峭锋利的意味，而是他脸上总有一种青幽幽的颜色。那是一种鞘中刀子上常有的颜色。

刀子脸一看他出现在村口就迎了上来："妈的，听说你当上老板了？钢牙，雇我跑你的第一趟车吧。"

拉加泽里知道，哥哥已经把消息散布出去了。这时话还没说完，又有人迎过来了。刀子脸拍拍他的肩膀："兄弟，说定了，运输的事情就是我了！到时候别忘了，你的第一铲金子是我帮你挖的！"

话还没有说完，外号叫铁手的小伙子也摇晃着身子走过来。刀子脸说："看，我干运输，这个是砍木头的，机村的木头生意，一条龙服务！"

拉加泽里就对铁手笑道："我知道你要让我看你的木头。"

"都知道你有门路了。"

他沉稳地笑笑，并不言语。

"这么多年，这么多人搞木头赚钱，盖房子，买汽车，存银行，你一点都不动心……这一出手，就……"

"我不动心？我都急死了。"他用开玩笑的口吻说出了真实感受，但人家会认为这是胸有成竹的人常开的那种自嘲的玩笑。

"都说你是要成大气候的，以后要木头可要想着我啊，钢牙。"

"还是看看你现在有什么货色吧，铁手。"这些年，机村年轻一点的男人们都互称外号了。好像如此这般，某种隐晦不明、心照不宣的特别情愫才能得到畅快的表达。铁手不是有什么特别的武功，就是十根指头比起别人更坚韧，不用任何工具，三刨两爪，就能扒下杉树厚厚的树皮，让木材老板验看木头里面的质地。

他伸出手去，把好几个迎面挡道的人推开："钢牙答应先看我的货！再挡道，你的衣服与皮肉可是没有树皮结实啊！"

大家就闪开一条道，在两人身后一阵哄笑："钢牙，铁手，好嘛，都配成对了！"

铁手听了这话，更加来劲："嘿，是个好兆头！"

拉加泽里却沉默不语，一直走到铁手隐藏他存货的地方。铁手是个老手了，存货就堆在公路上面一点点，平铺两根过桥木，木头直接就可以平移到卡车上了。这堆货整齐地码放在一丛正在盛开的杜鹃后面，从任何一个地方都可以看见，就是坐着警车来来去去的警察从公路上无法看见。更绝的是，这堆货上还罩着一张军队用的伪装网，货主人在面向公路的一方插上了许多新鲜的树枝。

铁手解嘲说："游击战嘛！"

"有添头吗？"

铁手揭起伪装网的一角，说："有！"

在那堆五六十公分直径的木头堆里，还有五六根二十公分上下的木头。这些小口径的木头就是"添头"。"添"在哪里？这是木头生意里一个公开的秘密，很多卡车的车厢都经过了改装，下面有一个夹层，正好塞进一排直径二十公分上下的木头。与木材检查站有默契，这些添头就在允许出关的指标之外了。但为了这些添头，伐下来的都是未成材的树。铁手还真的伸出如铁的指头，扒下木头上粗粝的厚皮："看看里面！这是我最好的货色！"

两个人坐下来抽烟，并且议定了价格，木材等级一定，价格也有行情摆着，没什么好商量的，只是由于拉加泽里不是现款，每个立方加价三十块钱。这，也是行规。然后，用皮尺一根根丈量了每根木头的直径与长度。每量一根，铁手都用计算器算出结果。尺子量完，木头也量完了。一共是十二个立方，外加"添头"的零点八个立方。

"钢牙，我铁手的木头是好木头吧？"

"下回，我要指定地方！"

铁手狠抽了一口烟："只要时间来得及！"

"真的指哪里你就砍哪里吗？"

"老板就是上帝，就是老天爷，就是总司令，指哪打哪！"

"那就好。"

接下来的事使拉加泽里更加像是将成为大老板的样子，他从身上掏出一个小本子，还有一支笔，写了一张条子，撕下来，交给铁手："拿着，这是欠条。你看看数字对不对。"

他这个举动弄得铁手有些不自然了："嗨！钢牙，你觉得我信不过你吗？"

"我的生意，一开头就要立个好规矩。"

铁手讪讪地接过纸条，说："钢牙，知不知道，你做事情……总是要做得跟大家不一样……为什么？读书多就要跟别人不一样吗？"

这话让拉加泽里不高兴了："不要跟我说读书的事，读书多的人会贼一样跟你混在一起？"

"那倒也是。"

"时间还早，我们去找找我想要的木头。"

"你嫌我的木头不好？我的东西都是一级品！"

"你刚才不是说我就是要跟别人不一样吗？"

"那你还要什么？"

"落叶松。"

"知道那是什么吗？那是上了什么，咦，叫什么？"

"《珍稀植物保护名录》。"

"那你还要?!"

"要。"

"钢牙，现在这种生意，不是我胆子大，是因为大家都做，警察也顾不过来，再说，就是抓住了，也就是罚点款，在拘留所待上一阵子，不会真正有事。你这么干，可是在玩火。算了，我们的生意做不成，你的胆子太大了。"

"你坐下。"

"你在我屁股下放了燃烧的炭火，还要我坐下，我不怕把屁股烧焦了？"

"你多虑了，我不是整车整车地要，我只要一棵就够了。"

"一棵？能干什么？"

"礼物。"

"礼物？"

"有人稀罕这个。"

"给你开路子的人？"

"给我开路子的人，也就是给你开路子的人。"

"妈的，我只好干了？"

"也可以不干。"拉加泽里的语气带上了李老板对自己提落叶松时那种疲惫的无可无不可的劲头，"伙计，你会干，我也会干。我们不干，别人会干，对不对？"

为了什么？钱。当然是钱。但只是钱本身吗？好像也不全是。好多东西，人家没有自己没有时，谁都不会觉得有什么缺憾。但人家有了，大多数人都有了，你没有，就要日思夜想，不得安宁了。

"有钱了，我先买卡车，东风牌，最新型号的，你呢？"

"我不知道。"

"你不知道？！"

"哥哥养我长大，他眼红人家都在盖新房子，那我就帮他盖一座新房子吧。"

"帮他？那不也是你的房子吗？"

拉加泽里说："等我们挣到了钱，我请你到镇上，在李老板的茶馆里慢慢扯这些闲篇！"一个上午，拉加泽里就把事情搞定了。木头订下了。车也雇下了。自己荅了顺路的拖拉机回镇上去了。

九

一回镇上,他直接就到了检查站。

拉加泽里找到本佳,也不说话,把他拉到屋子里,将装在信封里的八百块钱塞进他口袋,压低了声音:"你跟刘站长是什么时候的班?"

在他想象中,这种时候,应该有点做什么不能见天的事情时那种诡异的味道,却没有想到眼下这事情却像在百货公司买东西一样的正大光明。本佳手按着塞进了钱的上衣口袋,把头伸出窗外:"帮我看看值班表,我是不是晚上的班!"

过一会儿,窗口上伸出一个脑袋:"是晚上,怎么?有朋友过关?"

本佳没有答话,只是挪开身子,隐在他身后的拉加泽里就暴露在了这人面前。那人说:"嚯!我那天晚上的酒都还没有醒干净,你就已经打点妥当了。行,是个要干事的人。"说完,那人就回去忙自己的事情去了。

本佳要忙自己的事情,他的桌子上摆着一大摞的复习资料。他正上着什么大学的函授课程:"学历,学历,没有学历的人在单位没有前途。"

拉加泽里想,一个人因为一种身份,把着这么个关口,天天都有钱落在口袋里,还要什么样的前途呢?拉加泽里没有愚蠢到会把心里的疑虑去问人家。他只是有点不相信,对他来说天一样大的过关的事会这么简单。他以为本佳还会交代点什么。本佳从书本上抬起头来时,却说:"你傻了?还站在这里,影响我复习功课了。"

"我是想……要不要去……看看刘副站长?"

"他不在,上县医院去了。站长不是还躺在医院吗?"

"我晚上几点来?"

"唉,我说你怎么婆婆妈妈的,几点?怎么不跟我对对表?你以为是在干什么惊天动地的大事情!"本佳不耐烦了,"不要太早,等镇上人差不多睡了。也不要太晚,太晚,我要睡觉了。"

拉加泽里走出门去,还不敢相信事情竟然这么轻而易举,忍不住又返身回来,拿出给刘副站长的那份钱:"这是⋯⋯刘站长⋯⋯"

本佳头也不抬:"他的东西你自己给他。"

他都转身走到门外了,本佳却叫道:"回来!"他又转身回去了。

本佳沉下脸来:"我教你一条规矩,你要感谢谁,不管是拿东西还是拿钱,就只给他本人,不要跟第二个人照面!"

拉加泽里这下心里踏实了,刚才看本佳一副大大咧咧的样子,他觉得自己的事情人家并没有放在心上。那张满不在乎的脸一沉下来,说明他是在乎的。于是,他那一脸感激的笑容再也不是装出来的了。感情一到位,嘴里那些好听的感激话想都不用想就溜出来了。在镇上,人们都说这很少说话的小子是个倔骨头的家伙。但在此之前,他既没有与这些人平等的机会,也没有通了关系在一起做点什么,一个人微言轻的人,对这个世界又有什么好说的呢?现在,他心里踏实了,好听的话自己就涌到嘴边了。

这些话听得本佳脸上浮起了笑容:"小子,不知为什么,我就想教教你,免得刚入得门来,地皮都没有踩热,犯了行内的忌讳,又被踢出圈外补轮胎去了。"

这么推心置腹的话,更是让他感激莫名。更多的话,就像泉水一样涌出嘴巴了。

"行了,行了。到时候就来吧。"

回到修车店里,他在床头上的镜子里看见自己还挂着一脸笑容。很开心的笑容。含着谄媚之意的笑容。而在此之前,他心里痛恨那些脸上总是挂着这种笑容的人。在镇上这两年多里,跟同在镇子这几十号人相遇,他也会微笑。但那笑容总显得落寞而空洞。在别人看来,这也是一种孤傲的表现。但是,一旦有了一点机会,这种动人的谄媚笑容就浮现在自己脸上了。他躺在床上，身体很累，脑子却很新鲜。又从床上起来。店里也没什么事，他就往茶馆去了。

李老板仍然抱大号茶杯，安坐在店子里。

看见他出现在店里，李老板脸跟眼睛一丝不动，也不招呼服务员上茶。拉加泽里脸上那未经训练就自动出现的略带谄媚的笑容就僵住了。

"李老板好。"

"有何见教？"口气平淡得有些冷漠。

"事情办妥了！"

"什么事情？你的木头装了车，通了关，运到山外的市场上赚到了钱？"

"这个，准备好了，今天晚上就过关。"

"那，不要对我说事情办好了。"

拉加泽里有点委屈了："我是说你要的那落叶松，棺材料，我找人去弄了！"

李老板不听这个还好，一听这个，猛然一下把那大茶杯蹾在桌子上。顿时，茶杯里面那些漂亮的绿中带点点微黄的茶芽翻卷起来，青碧的茶汤立即就混浊了。他背了手走到门口，站了一会儿，又回来："算了，你个小娃娃，我跟你生什么气！你要想发财，不能走你们村里那些人的野路子，要耐住性子，我就是看你耐得住性子，可怜你也算知书识礼，才想帮帮你，想不到也是个见点钱就心浮气躁的主！嗜！再说，你还才见到钱的影子，真钱的味道你还没有尝到呢！"

"我……就是……有点高兴。"

"有点高兴？脸都快笑烂了，有点高兴？我看是高兴坏了！算了，那几米木材的指标我白送你。以后，你也不必来找我了。"

轰的一声，拉加泽里的头一下就大了。命运之门刚刚在面前打开一道缝隙，让他看见了天堂里的一丝金光。他本以为，这门会越开越大，现在，却在一个不可能预想到的地方要訇然关上了。于是，他听到哀求的话从嘴巴里滚滚而出。本来，他可能会有更下贱的表演，但是李老板把他止住了："少说这些自己都不爱听的话，还是先把眼下的事情办好吧。"

他还想表示点什么，李老板又抱起大茶杯，回复到平平淡淡的神情与语气："其他的事情以后再说。"

拉加泽里知道，现在再说什么都没有用处了。他还是松了口气，至少，那门没有完全关死。或者说，关上了，却没有锁上门栓。刚才还兴奋得想唱出来的心情一下子变得忐忑不安。几分钟前，身子像鼓胀的气球轻飘飘的像是要飞起来了，现在，他往回走，沉重的脚步拖在马路上沙沙作响。

在没人的地方，他狠狠打了自己两个耳光。因为用力过猛，挥动手臂时，腰上的伤又被扯动，疼痛又像一条鞭子落下，从腰眼直掠到后脑勺上。费了很大劲，他也定不下神来。这时，一辆重载的卡车开来了。把两个爆裂的轮胎摆在了他的面前。要在十分钟前，他可能不会接这活儿了。他会提供工具让司机自己来干。但在这心神不定的时候，这份活来得正好。他系上围裙，戴上手套，用铁撬棍把钢圈和胶轮分开，坐下来修补轮胎。小小的店里，熟悉的铁锈味和橡胶味弥漫开来，使他慢慢安定下来。这时的他，把平常觉得简单枯燥的事做得津津有味，不用揣摸别人的想法，不用机关算尽，不用忐忑不安，锉刀一下一下拉在富于弹性的胶皮上，有种很舒服的起伏不定的手感，每一锉下去，效果都清晰可见：光滑的橡皮表面的光泽消失了，起毛了，起了更多的毛，更大面积的毛，可以涂上胶水了。强力胶水气味强烈，而且令人兴奋。胶水把两片被锉刀拉毛的橡胶紧紧黏合在一起了。

老王背着手从店前走过去，他没有抬头。但他知道是老王走过去了。

李老板也抱着茶杯从店门前路过，他也没有抬头。李老板还在门口站了一站，看他忙活自己的事情。

他也没有抬头。

补好轮胎，卡车重新开动，黄昏已经降临了。巨大的黑暗从每一个有阴影的地方——从树影下，从岩洞里，从镇上那些房子的某个角落，甚至是人心的内部某个地方——渐渐弥漫开来。那辆重载的卡车呜呜嘶叫，出了镇子，进入盘山道上，在这样的路上爬行四十公里，越过海拔将近五千公尺的山口，再急转而下，顺着峡谷，转到东南方的出山的路上去了。看看地图就知道，这是一条很绕的路。如果地理只是一张纸，那么，打开这张纸，从这些出产木材的群山，从这个自治州的腹地，或者说青藏高原东北部通向四川盆地的地方划一条直线，那么，这条公路并不需要绕这么大一个圈子。如果公路照这个方向走，那就不是在机村装载了木头的卡车要往这镇上来，而是公路到了这双江口镇上后，不上山，直接往机村去，然后，经过机村往风景美丽的觉尔郎峡谷去。但是，机村与觉尔郎峡谷那急降了上千米的悬崖把这条路封断了。在那个地方修路，需要很多钱，也需要更高的技术。已经有好几支设计队勘察过这条路线了。共同的结论是从机村开始，打一条隧道，长五到八公里，那条高等级公路穿觉尔郎风景旅游区（规划中的）而过，这样，汽车可以在危险的盘山路上少跑近百公里路。再说这也是最危险的翻越雪山的路段。在这近百公里路上，冬天的冰雪，夏天随时爆发的泥石流，时常导致车毁人亡的事故。但现在是五月，是这条道路最为畅通与安全的季节。

拉加泽里站在店门口，看那辆卡车前大灯两支光柱交叉在一起，左右摇摆，从远处看去，像是蜗牛慢慢爬动时头顶上那对细细的触角。不是车灯不够强劲，实在是这大山里的夜色太宽广无边。很快，卡车晃动的光柱就被大山的暗影完全吞没了。

心里头那股兴奋劲被李老板打下去，身体困倦就袭来了。身体刚沾到床，他就睡过去了。猛然一下惊醒过来时，心里不禁惊叫一声，完了！脑子里闪过可怕的念头：睡过头了！而且一时间还想不起这么一下跳起来冲出屋子是为了什么事情。他站在夜色中，头顶上的天空缀满了闪闪烁烁的星星。稀薄的昙光像一片冰冷的水哗一声淋透了全身，他清醒过来，转身就往检查站跑。跑到那扇灯光明亮的窗口前时，看见检查站的人都没睡觉，他们大呼小叫地围着一桌麻将。本佳也在。他冲进去，拉住本佳，问："几点了？"

本佳很奇怪地看着他，用嘴朝他的手腕上努努："你戴着表嘛。"

的确，那只伸出去紧抓着别人的手腕上，金属表壳在灯光下闪闪发光。时针才指向十点。有人和牌了。桌面上马上有两三百现金往来。本佳也兴奋地叫一声："中了！"

他也收到了与和牌那人一样多的钱。这是刚兴起不久的一种玩法。麻将一桌四人。多出来的人，可以跟定桌上任何一家，人家输多少，你输多少，人家赢多少，你也赢多少。

"嘿，小子，你也来跟一家！"

拉加泽里哪见过这样钱不像钱，就像纸一样在桌上飞来飞去的场合，连忙往后退缩："下次，下次吧。"

"小子，该学学这些东西了，要在场面上混，这些可都是必需的功夫啊！"

本佳却说："我撤了。"转身把拉加泽里带到自己屋子里："来，我有道习题解不开，听说你在学校是高才生，帮我看看。"那题就是高一年级的水平，三下两下，拉加泽里就把题解开了，并随手把每一个步骤都写在了纸上。本佳也不是个笨人，题还没有解完，他就已经明白过来了。他说："你他妈真是个高才生啊！"

拉加泽里点点头。

"那你真是个傻瓜，为什么不继续念书了？"

一句话，立即就把他做题时脸上那自得的神情抹掉了。他有些茫然地重复着本佳的问题："我为什么不念书了？"

这真是一个问题。虽然说不念书是自己的决定，但好多时候，心里头对为何做出这个决定还是感到一片茫然。

"你这么厉害，为什么不念书了？"

他说："我的女同学都上医学院了。"

"女同学？"

"女同学。"

"忘不掉？"

拉加泽里无话可说，只能尴尬地笑笑。

"她也喜欢你。"

"现在不喜欢了，我们吹了。"

本佳有些动容了："想不到你小子还有这些故事。可我想不通，你为什么不好好上学了。"

就像电影里到了很关键的时刻那样，他脑子里响起了一段很忧郁的旋律，那是乡村里古老的民歌：

> 在翻过高高雪山的时候，
> 我的靴子破了。
> 靴子破了有什么嘛，
> 阿妈再缝一双就是了。
> 可是，雪把路也淹没了，
> 雪把方向也从脚下夺去了
> ……

他要对人讲，是因为看了别人，比如更秋兄弟弄木头发了大财，村里那么多人家买了卡车，盖了新房子，所以，他就离开了学校，那几乎是一个笑话，因为迄今为止，他并没有挣到钱。那段诱使人倾诉不幸的旋律还在脑子里回响着，但他不想把什么都说出来。说什么呢？说他从小就失去了父亲。说自己摊上了一个懦弱的、总在怨天尤人的兄长。上学时，他学习好，兄长忧心忡忡，为了当下的学费，更为了上大学后需要的更多的钱。说母亲因为生下自己而惭愧终生，在家里从来不言不语；惭愧把她身上对儿子的爱也夺走了。母亲在家里只是一个影子般的存在。

拉加泽里不想说话，但他的眼里却有泪光漾动了。

本佳说："好了，好了，干脆，你就跟我一起读自考大学吧。"

拉加泽里缓缓摇头："你是国家干部，你读自考有好处，我读自考干什么？"但他想说一句更快意更决绝的话："我已经把自己毁掉了。"但他没有这样说，他用哀戚的口吻说："本佳，你要帮我。"

本佳说："我已经在帮你了。"

桌子上的麻将还没有散去，卡车前灯明亮的光柱已经横扫过来了。

车上的木材有十多个立方，他的指标单上只有五个立方，但是，本佳连看都没看，就收了他那张纸头，另换了一张硬纸卡片，在空格里填上数字，盖上一个蓝色的方块印章，就在屋子里按动电钮，关口那根栏杆就慢慢升起来了。

他感谢的话还没有出口，本佳挥挥手，说："回来后你要帮我复习。"

"一定！"

重载的卡车又开动了，雪亮的前灯打开，光柱随着车子的移动横扫过镇上那些蹲伏在夜色中灰蒙蒙的砖墙瓦顶的房子。强烈的灯光照出了房子上那些平常并不留意的尘土。坐在车上经过这个镇子和待在这个袖珍的镇子里的感觉是截然不同的。在汽车强烈的车灯照耀下，这不过是一个像是因为被遗忘而渐渐沉陷的地方。但是，在木材盗伐者、长途汽车司机、木材老板以及警察和林业系统相关人员心目中，这可是一个大名鼎鼎的地方；而且，这个利益链条上的每一个人，都不会想到，从现在开始，还有十来年时间，这个地方就会被人迅速遗忘。镇上因为各种因缘而风云际会的人物，四散开去，消失在茫茫人世中，不复相见。只留下这些房子还矗立在荒野之中，颜色日渐黯淡，房顶慢慢坍塌，只剩下一些断壁残垣爬满了荒草与藤蔓。现在，这个镇子外表昏昏欲睡，而在内部，在里边，却是另一番景象。警察在大瓦数的灯光下询问"留置"的嫌犯；检查站的人围坐在麻将桌前；茶馆里，一些生意人在交流信息；旅馆的床上，长途汽车司机已经沉沉睡去，还有一些身份暧昧的家伙百无聊赖地对付着整箱的啤酒；而在某个贸易公司新开的办事处里，装饰得颇有大城市酒吧风格的包间里，那几个漂亮的公关小姐正在陪客人痛饮 XO。贸易公司办事处那种张扬豪华的风格使低调的李老板不屑的同时，也深感不安。上个星期，他应邀参加了办事处的开张典礼。那么响的鞭炮，裙子那么短又那么大方的公关小姐，那么多的洋酒，床一样宽大的沙发都让他不安。尽管如此，那天他还是喝高了。李老板是个很节制的人，但是，他一脸紫红，站在修车店前说："妈的，那些姑娘就敢一屁股坐在你身上，妈的，还喝交杯！"他缓缓摇头，轻轻叹气："妈的，这个世道，这个世道！"

拉加泽里嘴上不说，但心里却嘀咕："这个世道是什么世道，大家都挣得到钱难道不是好的世道？"

那天的暮色中，李老板搬出了难得一拉的二胡，坐在门前深俯下身子拉动弓弦，那低缓犹疑的沉吟声注满了黄昏里渐渐逼仄的视觉空间，如泣如诉，似悲还喜。

十

卡车很快就驶出镇子，开到往山口攀升的盘山路了。

刀子脸看了看拉加泽里。拉加泽里却没有看他。

这家伙还沉浸在自己坐在卡车上经过镇子时的那种疏离感中。他有些吃惊，这个置身其中这么长时间的地方却显得如此陌生，好像跟自己没有丝毫的关系。就像这些天来，事情说开始就开始了，比他想象的要容易，因此有种恍若梦境的味道。

刀子脸说："想什么哪，钢牙？"

拉加泽里这才回过神来："就这么一路去省城了？"

"那怎么去？"

拉加泽里有些尴尬地笑了："我不是这个意思。"

刀子脸有些不高兴："你是要押车去省城？"

拉加泽里意识到自己其实没有认真想过这个问题。

刀子脸干脆把车停下来，说："现在你是老板，你得告诉我去还是不去？"

"什么意思？"

此刻，这张脸上讨好的笑容消失了，真的是闪着清冷的刀光："我想该有人告诉你路上的规矩。"

"我已经竖起耳朵了。"

"你在木材市场上有看定下的买家？"

"没有。"

"我想你也不认识他们。"

"不认识。"

"那就要靠我来联系买主，讨价还价。"

"你联系，我是老板，我讨价还价。"

刀子脸笑了，他竟然伸出手来拍了拍拉加泽里的脸，语气里也带上了揶揄的味道："同学，我不能说这条道是黑道，但说它半黑不白也不算吓唬你。这条路子也不是一天两天就能蹚出来的。"拉加泽里也听说过，在省城附近的木材市场上，大公司的东西直接就交到木材厂或火车站了，他们不在市场上数钱。在市场上零卖的，其实都是卖给几个霸住了市场的帮派，然后，他们再在市场上集中发售。

他没有去过省城，但这么些年来，却打听到不少那个木材交易市场的情况。他甚至想到，第一次怎么去会那些好勇斗狠的帮主。他没想到的是，一过了检查站的关口，离省城的交易市场还很远很远，刀子脸就跟他翻脸了。

刀子脸关掉了车前灯，四面大山里深重的夜色立即紧逼过来。两个人在黑暗中静坐了一会儿，刀子脸啪一声打开驾驶室的顶灯，同时把一万块拍在他面前："这一车，你净赚这么多。剩下的，我有买主，除了运费，也该赚个一千两千。钢牙，生意就是生意。等你有了本钱，我会帮你介绍在市场上说得起话的朋友。"

他说这话时，就像紧逼过来的夜色，多少有些强迫的味道。

拉加泽里拿起那一万块钱，塞进口袋，想了想，又点了五百块出来，伸到刀子脸面前。

刀子脸问："给我？为什么？"

"买票。"拉加泽里笑了，"我们的生意已经成交了，我还没有去过省城，我想去看看。"

刀子脸紧绷绷的脸松动了，终于露出了一点笑容："钢牙，我说你是不是太急了一点？"

"我不着急。我就是没有去过省城。"

拉加泽里心里怀着委屈，所以眼睛没有看刀子脸。看他的眼光，好像正盯着车外某个很遥远的地方。但窗外便是四合而来的黑暗，不可能看见什么。刀子脸摇摇头，打开车灯。即便如此，除了两道交叉的光柱照亮的一段上坡路，路边的岩石和丛丛灌木，并不能看见什么。车子上路了。看着车前晃动的光柱随着道路的变化，一会儿朝向星光依稀的天空，一会儿探向深不可测的山谷，拉加泽里突然想起一个电影里的形象：笨拙的巨人，挥舞着僵直的机械手臂，在跟看不见的什么东西搏斗。

很快，他就随着车子有节奏的摇晃，睡着了。

醒来时，天已经大亮了。卡车正行驶在他从未见过的风景之中。五月，机村的庄稼刚刚出苗，沿河两岸，杜鹃刚刚开花。这一路上却见农民收割成熟的麦子。那些农家小院里，碧绿的树上结满了鲜红的樱桃。山还在，但变得轻浅了。空气湿漉漉的，开阔的谷地中散布着稠密的村庄。他们出发的那个山间小镇已经很遥远了。拉加泽里睡眼惺忪，问是到某某地方了吗？

一脸倦容的刀子脸嗓音都沙哑了："你不是没有来过吗？又怎么知道这是什么样地方。"

拉加泽里懒洋洋地笑笑："在机村，在双江口镇上，就是你们这些人谈这一路上的事情，谈得我都不想听了。"

"给我点根烟，困得不行了。"

"那就休息一下。"

"再挺挺吧，顺利的话，再有两三个钟头就到了。"

"这么宽这么平的路，还有什么不顺的？"

刀子脸低低咒骂了一声，拉加泽里就看见前面公路上几个戴大盖帽的人设下的临时关卡。卡车停下，他们也不说话，递上一张单子来，刀子脸交了五十块钱，摇上车窗。两个穿白衣服的人背着喷雾器，对着车子滋出一股股灰白色的雾水。

拉加泽里问："这是干什么？"

"消毒！"刀子脸大声喊道。

"我们有毒吗？"

刀子脸启动了雨刮器，刮去喷在车窗上的乳白色药水，指指外面。拉加泽里看到了停在路边的车上"防疫"的字眼。这一段路，公路平整宽阔，但车却跑得并不顺利。到达目的地之前，卡车又遇见了几次大盖帽设下的关卡，每一次，都是交钱过关。有一两处，有装模作样的检查，大多数地方，交了钱就过关了。

拉加泽里运感叹：'光收钱，不认真检查！"

"闭嘴，幸好人家今天情绪好。他们要一认真，随便挑你一个毛病，那就倒霉了。乡巴佬，这就是进城。乡巴佬不是都想进城吗？这是城市在欢迎我们！"

那个巨大的城市出现了。

但不是电影里看到的那个样子，也不是画报上的样子。电影和画报里那些闪闪发光的高楼只能从光线迷蒙的天际线上隐约看见。而眼前的景象却肮脏而混乱。那么多高低不一的房子簇拥在一起，人流在拥挤不堪的街巷间涌动。那么多人，茫然而又焦灼。这些人是城里人，还是乡下人？还是他这样的异族人？他不知道。表面看来，城里人跟乡下人，这个民族跟那个民族的人，并没有太多的不同。他们在这尘世上奔忙，目的与心情都没有两样。是一万个拉加泽里加上一万个刀子脸，如此而已。拉加泽里心头隐隐感到被噩梦魇住般的窒息感。穿过涌动的人流，穿过那些曲折的街巷，卡车终于开到了市场。市场当然也不会是拉加泽里想象中的模样。这里比那些曲折的街巷更混乱、更喧嚣，出没沉浮的人们脸上都带有一点凶狠的神情。因为这个地方有一个人人都揣在心头的字：钱！

刀子脸跳下车，眼里又现出了那种凶巴巴的神情："看好车，我去找人看货。"

他穿过货场上堆积的大堆木材，一辆辆载重卡车，一团团、一簇簇搅缠纠结的人群，从拉加泽里眼中消失了。

他看到人们把木头装上一节节火车车厢，听见不远处，隔着一列并不特别高大的水泥建筑，火车汽笛呜呜地鸣叫。这些过去只从书上看到，内心非常向往的东西，此时，却一点也不令他激动。

混乱的情景只是使他感觉迟钝，麻木不堪。

刀子脸跟着几个表情横蛮的人回来，验货，谈价，抽烟，开玩笑，称兄道弟。他却坐在驾驶室里流汗，犯困，没有动窝。交易完成了，那个人称老大的家伙，还拉开车门，仔细地把拉加泽里打量了一番，转身对刀子脸说："这里还有一段木头嘛。"

刀子脸挥挥手，没有说话。

　　直到卸完了货，在一个带着巨大停车场的旅馆住下来，吃了饭，睡觉。起来，又吃饭，喝了不少啤酒，刀子脸带他去洗了澡，又倒头睡到第二天早上，换上新买的单薄清爽的新衣裳，拉加泽里才恢复了感觉，能够开口说话了。

　　刀子脸心情不错："说吧，想上什么地方去玩玩。"

　　从别人嘴里，他知道这城里很多地方的名字。公园，百货公司，电影院，舞厅，酒吧，有小姐的宾馆。他也知道，医学院就在这个城里最漂亮的地方。他还想起了一个地方：万岁宫。他听驼子啊，索波啊这些正在老去正在过时的一帮人说过，机村最初砍伐树木，就是为了在这个城市的中心建一座万岁宫。那时，不是成片砍伐，而是在森林里寻找那些最漂亮的树——桦树，柏树，杉树，落叶松。索波他们说，那万岁宫肯定是城里最高大雄伟的地方。他不像刀子脸那样什么都喜欢向爱理不理的城里人打听。他从一个香烟摊子上买了一张市区地图，但手指在上头划拉半天，都没有找到万岁宫三个字。还是刀子脸从一个戴眼镜的老头那里打听到了："年轻人，那是过去的事情了！"老头从拉加泽里手里拿过地图，指出了那个地方。那地方就在图的中央，位置倒是符合想象。

　　"时代变了，如今叫这个名字！"老头手指很用力地戳向图上那几个字，差点把地图都捅破了。老头和善的脸上也浮起了凶巴巴的表情。

　　两个机村人前去那个地方。

　　两个机村人都有些心情激动，要去看看机村森林最初奉献出来的木材造就了一座怎样辉煌雄伟的宫殿。钻进出租车，刀子脸说："这下，我们两个回去就有牛皮可吹了！"

　　没想到那个地方却是那么令人失望。那方正敦厚的建筑灰扑扑的，远没有竖在楼顶的那些广告牌色彩亮眼，更不像邻近几幢玻璃幕墙闪闪发光的新楼那么神气活现。两个机村人进到这座建筑的里面。除了宽大曲折的楼梯，深棕色的栏杆，厚重的门，他们没有看到什么木头。他们看到的是水泥的墙，石头的柱子。万岁宫里也没有住着什么大人物，也没有进行着什么决定很多人、很广大的地方命运的那种神秘而伟大的事情。现在，这个叫展览中心的地方，其实就是一个巨大的商场。二楼，是羊毛衫展览。全中国造毛衣的工厂都在这里支起一个摊子。全国各地不同的羊毛纺成的线都织成了毛衣，全部悬挂在了这个地方。一楼，是家具展览。全国各地的森林里采来的木头，甚至还有外国的木头、人造的木头，造成差不多的家具：衣柜、书柜、碗柜、鞋柜、床头柜、文件柜、古董陈列柜、双人床、单人床、婴儿床、沙发、椅子、饭桌、麻将桌、书桌、办公桌……展览馆场地都不够用了，又在外面原来是广场的空地上搭起了很多临时性的房子，那些床、椅子、桌子、柜子同样充塞满溢了那些地方。

有好些摊位，特别把原木家具作为卖点。为提高可信度，还标出了原木的产地。这两个机村人所来的那片地区的很多地名，都出现在了这个展销会上。两个人都没有说话。出了乱哄哄的展销会，坐在展览馆前领袖塑像基座宽阔高旷的台阶上，看着下面广场上熙熙攘攘的人潮，拉加泽里突然说："可惜我们机村的木头了。"

"是啊，现在不管他们用木头来做什么，我们还能换几个钱，那时候，却是一分钱也没有换到。"

"你说，要是让以前那些老家伙，驼子跟索波他们来看看这个地方，他们怎么想？"

刀子脸站起身来："他们怎么想关你什么事？那时候他们一分钱都不挣就砍了那么多树，说明我们赶上了好时候，那就抓紧挣钱吧！"

拉加泽里笑了："我猜你嘴上说的跟心里想的不一样。"

刀子脸弯下腰，脸上又显现出凶巴巴的神情："我看你只要弄清楚自己心里怎么想就阿弥陀佛了。"

两个机村人在那里坐了很久。身后身量巨大的领袖塑像正对的方向，一条宽阔的林荫大道延伸到视线的尽头，街道边的建筑，街道上的车流，越过江水桥梁，已然符合了拉加泽里对于这个城市的想象。这是画报上的城市，是电影里的城市。从手里那张市区地图上，他知道，有一个从机村走出来的姑娘所上的大学，就在这条繁华漂亮的街道之上，而这个姑娘是他曾经的恋人。想起这个，他不禁黯然神伤。

十一

一个乡巴佬，第一次进省城，而且赚到了钱，却心情沮丧，这是拉加泽里自己没有预想到的。

李老板却因此有些高兴，他说："这就对了。"

"不高兴就对了？"

"人当然该高兴，也要看为什么高兴。"

拉加泽里拿出赚到的九千五百块钱放在桌上："我不知道该付你多少钱。"其实，他知道行情，知道该付多少钱，但他还想听到李老板再说句"这就对了"。

可是李老板没说这句话，也没有碰放在桌子上的钱，他说："小子，你不动脑子时很可爱。记住，做生意做事情，不要太动脑子。太动脑子，人家就不喜欢你了。"

他不喜欢这句话，但他点点头，说："我记住了。"

平时和颜悦色的李老板这一天冷峻得要命："不是记不记得住，而是做不做得到。有多少话我们记住了却不会去做。"

"什么话？"

李老板脸上露出了有些讥讽的笑容，指指对面房子上白漆刷成的大字标语："多得很，比如说那些话！"

标语是：保护森林资源！严禁乱砍滥伐！

"这句话人人都记得，可谁会去做？"

话说到这个份上，就没有再说下去的余地了。拉加泽里笑了："我来付你钱，乱砍滥伐得来的钱。"

李老板没接这个话茬："这笔钱够你回去读完高中了。"

"我回不去了。"拉加泽里深吸一口气，缓缓地说道。

"那就是说，你一定要在这条路上走下去了。"于是，李老板从那撂钱里点出自己那一份，从腰上解下钥匙，打开柜子，端出一只铁盒子，从里面又取出一纸批件。拉加泽里一看那数字，不禁吓了一跳，是一张一百二十立方的大单！虽然李老板提醒过他不要太动脑子，但他脑子飞快转动起来。做好这张单子，再依靠检查站的关系，做点手脚，至少可以赚到十万元钱。

"算清楚了？这回，可不是卖指标，这是我们两人的合伙生意，你跑腿，搞收购，我出本钱跟指标。"

拉加泽里心里的阴霾一扫而光，他爽利地说："你是我老板！"

"记住，不能对人说指标的来处。"

"老板还有什么吩咐？"

"和气生财，做生意，特别是我们这种人人都做，其实并不合法的生意，不要跟人斗气，不要跟人结怨。"

"记住了。"

李老板摇摇头："小子，你答应什么事都太快了。"

"因为我愿意听你的。"拉加泽里这句话是非常由衷的。李老板也因为这句话的真挚诚恳而有些感动："我相信这是真话，但我还是那句话，真要做到就不容易了。"

"我会……"

李老板摇手，打断了他："今天晚上，我请老王喝酒，你来作陪，怎么样？"

"……"

"看看，有问题了吧。小子，其实只需要记住你是在做生意就可以了。"

"我去。"

"这就对了。"

出了门，拉加泽里去找本佳。他已经把本佳当成朋友了。他在省城给本佳买了一套英语听力磁带。到了检查站，他心上却有些忐忑，自己把人家当成朋友，但人家也会把自己当成朋友吗？毕竟身份的差异是巨大的。一个是修补破轮胎的小店主，一个是手握检查大权的国家干部。果然，本佳见了他表情平淡，但一切都在他拿出那套英语磁带时改变了。

"我给好几个木头老板打了招呼，让他们买，都没有买来，录音机倒送了好几部！"

本佳当即把一台没有开封的录音机送给了他："你拿去用吧。"

他只想到自己应该送检查站的人钱，没想到人家还要送东西给自己："我要付你钱。"

本佳抬头看他一眼："妈的，这个地方，他妈时时刻刻都是钱。记住，朋友，不要时时刻刻都说钱。"

拉加泽里听了这话，真是开心得要命，他咧开嘴笑了："妈的，好像每个人都想教育我，都对我说记住这个，记住那个。"

本佳拿出这几天做过的题："又有两道不会解。"

"我来试试。"

"你解有屁用，要讲讲是怎么解的！"

"我又不是老师。"

"你就是我的老师嘛！"

这次解题，可真是愉快。人一愉快，时间就过得快了。还是本佳说："妈的，饿得不行了。"

拉加泽里这才猛然想起要去陪老王喝酒："李老板要我去跟老王喝酒。"

"这只老蜘蛛。"

“什么意思？”

“蜘蛛干什么你不知道，就是结网子呗。”

“我去不去？”

“妈的，人家吃肉，你也不能光闻肉香，要吃肉就要结网子，怎么不去？”

“我不知道……该不该……你不知道他打我有多狠。”

“你恨他？”

“当然。”

“你不能恨他。”

“当然。我怕他恨我。”

“他恨你干什么？”

“那他打我那么狠。”

“那是工作！小子，工作，你懂吗？他打你就是工作，跟你锉那些胶皮差不多。”

“胶皮不痛，胶皮不是人。”

“那时候，你他妈就是胶皮。去吧。”

“那怎么去？要不然，买点什么意思意思？”

“拉倒吧，小子，你太爱动脑子了。”

拉加泽里就去了。果然，老王见了他，很随意地说：“小子，别装好人样子规规矩矩站着，坐下。”

喝酒的地方是在那个贸易公司办事处的包间里，暗红的灯光，让身子陷下去的沙发。喝的是洋酒，很冲，口味很怪。老王很能喝，李老板也不差。老王喝酒有警察需要的舍生忘死的气概。他心肺功能不好，在这氧气稀薄的地方，他本来就喘不上气来，一大口酒喝下去，他就深陷在沙发里，往上挣扎。终于，他吐出一口气，说：“啊，太他妈痛快了！来，小子，跟我干一杯吧！”

因此，拉加泽里相信了，他那么狠心地痛殴自己时，那只是他在工作。而现在，喝酒的时候，他才是喘不上气来的老王。他说："活着也不容易，妈的，一醉解千愁，干吧。"

老王醉了，他伸出手来摸摸拉加泽里的腰："小子，这里还疼吧？"

"不疼了。"

老王笑了："不疼？不疼你个十天半月才怪。不过，这下你在你们机村人眼里，算是有种的家伙了。听说他们都给你起好新名字了？他们怎么叫你的？"

"我没听说。"这家伙竟然这么随随便便提起对别人的伤害，而没有感到丝毫的不安，使拉加泽里心里真的泛起了一股怨愤之气。但他没有露出丝毫的不满，不是他害怕老王，而是因为李老板一直在观察着他。

"钢牙！钢牙！"老王笑起来，转身去拍李老板的肩膀，"朋友，有了那一次，村里那些毛头小子，就尊称他为钢牙了！嗨，小老弟，你喜欢这个名字吗？"

"也有人叫我胶反。"

"胶皮？"

"修车店里的胶反。"

"唔，更像一个大人物的名字。"

"你不能再喝了。"

"听听这小子叫我什么？'你'？告诉你，小子，论年纪，你该叫我伯伯。"

伯伯？管一个把自己打得伤痕累累的人叫伯伯？

"叫不出口吗？就因为我调查案子捅了你几棍子？"

拉加泽里把眼光转到李老板身上，李老板靠在沙发上，闭上眼睛，一副对任何事情都充耳不闻的样子。于是，他叫了："伯伯。"

"再叫一声。"

"伯伯。"这第二声叫起来，就轻易多了。

"好吧，小子，作为一个奖励，我告诉你一个秘密。你再把这个消息告诉机村人，等这个消息确实了，他们就要对你另眼相看了。"

"什么？"

老王先是叹了口气，接着又笑了："让你们机村那些干了坏事的人放宽心吧，案子不会再追下去了。"

"案子不追了？"

原来是县里要开一个很大的会。什么会？老王也说不清楚："现在新玩意太多了，那会的名字我叫不上来。"总而言之，这是一个县里从来没有开过的会，也是比以前开过的所有的会都要盛大很多的会。"听说光是一个晚上的焰火就要放掉二十万元。这些天，抽调了武警，训练怎么把焰火放得好看。"

"开会跟这案子有什么关系？"在拉加泽里内心里，并不希望这案子停下来。虽然警察不能从他嘴里得到一星半点的线索，却不意味着他不希望有牙口松的人透一点消息给警方。更秋几兄弟本是穷得没有办法，铤而走险挣到了钱，非但没有一点收敛的意思，反而在机村这个小天地里作威作福了。

"当然有关系。开幕式上，主席台上要坐很多上面的领导和来投资的大老板，县里要把全县的三百辆个体户的汽车排成队列开过他们面前。"

李老板这才慢慢睁开眼睛，说邻近的县开类似的会议时，是把几百辆牧民的摩托排成方阵开过主席台前。李老板问老王："关于这个，上面是什么说法？"

"说是要创造一个宽松的环境，要充分展示改革开放的成果。这样的案子就先放一放了。"

"会开过了再追查？"

"那时，就没有人提得起这个兴头了。你以为警察就想没事找事，抓乱砍滥伐还不是上面布置的任务。"

如果警察这面一松，更秋家几兄弟一活跃起来，他刚刚打开的顺畅通道，也就没有那么稀罕，那么令人刮目相看了。

于是，他说："其实，你猜都猜得到是谁干的。"

"我当然猜得出来，可是办案不是猜出来，而要靠证据说话！"接着，老王摇摇手，"算了，不说这个了，多一事不如少一事，上面不让办，我们就不办了。"

拉加泽里却怒起心头："妈的，那我不是白挨了你们的打！"

老王看着他，给自己倒了一大杯酒，一仰头喝干了，说："难道你还想打回来？"

李老板狠狠瞪了拉加泽里一眼："送老王回去。"

拉加泽里也觉出了自己的冒失，赔着笑脸搀起了老王。人还站在门口，背后的灯光，已经把两人的身影投射到了外面的马路上。

两个身影摇晃不定，相互叠加着，显得那么亲密无间。

酒醉了的老王更是被憋得喘不上气来，但他还是说："小子，与其跟我斗气，不如趁这警察都泄了气的好机会，抓紧干点自己的事情。"

十二

第二天早上，拉加泽里早早起来，看到执勤点前的两部警车已经不在了，只在泥地上还留着清晰的车辙，空气里还弥漫着淡淡的汽油味道。他走到窗前，见屋子里那几张床上，被褥也都收拾了。

他对李老板说："老三说的是真的。"

李老板抱着大茶杯没有说话。

他又说："昨天我太冒失了。"

李老板这才重重地把茶杯蹾在桌上，口气却平静："你就受不得一点委屈？知不知道老子坐了多少年牢？"

他想说几句抱歉的话，一时却不知从何说起。

李老板挥挥手说："你都知道自己错了，我还生什么气呢？你是个聪明人，觉得该干什么就赶紧去干吧。"

拉加泽里巴不得马上就赶到机村搜罗木头，装车，发运。李老板给他的单子足足有十卡车的木头。他不会规规矩矩就弄十卡车。规规矩矩的生意赚不了几个钱，但他至少可以用这指标作掩护，弄出至少二十卡车木头去。就靠这一张单子，他至少要赚到十万块钱。机会来了，胆子大一点，下手狠一点，这钱也就到手了。他心头虽然兴奋着急，想着马上就奔往机村，但他还是打开店门，把招牌摆到店外，把来往司机补胎要用的剪子、锉刀、旧橡皮、胶水一一摆好，甚至还接通电源，看充气泵运转是否正常。这一切都妥帖了，他又把水管拉到空地架好，看胶皮管子里涌出的清水成扇面散开，清芬的水气立即就把干燥呛人的尘土味压下去了。

忙乎着这一切的时候，他心里的焦灼也给压下去了。

李老板又抱着他那架二胡拉起了一支悲切的曲子。早上的阳光特别明亮耀眼，拉加泽里看不见李老板的脸，只是在那好像可以触摸的一簇簇光线背后，看到他拉琴的影子。拉加泽里想象不出来，这个那么有来头，让那么多人羡慕不已的人，拉出的琴声却如此寂寞悲苦。仔细想想，他真的从没见过李老板眉宇之间有过真正高兴的神情。在检查站，他本来只是想跟本佳联系一下过关的时间。本佳不说话，只是朝墙上努努嘴，他就看到了一张本周的值班时刻表。他笑了："就这么明明白白地写着？"

在双江口镇上，来往的木头贩子，卡车司机，凡是要过关的人，都会打听，检查站上的谁谁在什么时候当班。没指标的，需要内线；有指标的，也多多少少会超出指标，需要人高抬贵手。就算是指标手续全部合法，也担心过关的时候被挑刺，被刁难，即便什么关系没有，也希望遇上一个性情温和、好说话的主。这也是双江口镇上茶馆里，旅馆酒席上，小吃店饭桌上最经常说的话题。

拉加泽里说："就像学校里学生做清洁值日一样。"

"对，就像清洁值日。"本佳把听录音的耳机摘下来，"问题是，谁能进到这间屋子。"

"我进来了。"

"所以，你的财运来了。"本佳还给他拦了一辆往县林场去装料的车回机村去。县林场是伐木场撤出机村之后由县政府建立起来的，就在过了机村，往峡谷更深处去，往觉尔郎方向去的地方。为此，还从机村开始修筑了一条简易的林区公路。据说，这条公路是依照着规划中的觉尔郎风景区的设计图修的。县上的干部下来讲，将来，再修往觉尔郎风景区的路，只要稍稍拓宽一点，就可以行驶旅游大巴了。县林业局的人所以来机村讲这些话，是因为新公路要占去机村十几亩庄稼地，还要从几户人家背后的山坡上通过。公路会斩断从高远处的山脉一泻而下的"气"，坏了这些房子的风水，对这种情形，老百姓是很不高兴的，但是，机村人也愿意有一个美好未来。对于机村人来说，唯一可以看作美好未来标志的，就是那个规划中的觉尔郎风景区。差不多每个机村人都知道上面那个规划。知道有一天，通往省城的公路将不再从双江口镇子那里上山，而要从机村经过，然后，一条隧道将穿过大山的腹部，使觉尔郎峡谷封闭至今，让所有人视为畏途的那些悬崖不再是天堑。那时，那些悬崖前会竖起高高的观光电梯。只消几分钟时间，电梯就升到悬崖顶端，让游客从高处天和一样俯瞰这个美丽的峡谷。看峡谷里的美丽湖水，奔跑的鹿群，还有古王国的废墟。机村人甚至听说，有个设计师甚至设想把那架观光电梯设计成一座佛塔的形状。这样一来，觉尔郎峡谷除了自然景观与古代遗迹，这座世界第一的佛塔本身就成了世界第一的人造景观。没有哪个机村人不在盼望那个计划的实现。他们盼来过一些规划中的东西，比如水电站、拖拉机和人民公社这样的东西，也有一些东西只是传说，而没有真正出现。比如六十年代机村森林大火时传说中要派来灭火的轰炸机，比如农业机械化，再比如曾经传说过一阵的，一所大学要把机村变成一个综合性的农场兼实验基地。为什么会有这么一个规划呢？因为十几年前，一个会跳朝鲜族舞蹈的大学老师当过一任工作组长，他在机村山上采到过几种野草，说用这些野草跟麦子嫁接可以培养出高产的良种。这个组长还是唯一一个去过觉尔郎峡谷的干部，他说，那个峡谷是一个科学宝库。现在，机村人还传说，当年那个大学老师就是将来风景区管理局的局长。

当然，更让机村人无话可说的是，已经是县委书记的老魏亲自带人来到村里。他没有马上开会。他让跟来的人待在广场上。自己只带着秘书，这家人吃碗茶，那家人喝点酒，几家人走下来，他才对林业局局长说："你可以开会了。"

拉加泽里记得，老魏也去了他们家。

照例，老魏是可以不必去他们家的。老魏先去的那几家，都是在机村能说上话的。但老魏说："我得去，要是有时间，每一家都应该去。修路也要影响到这家人，我得去。"

拉加泽里不认识老魏。但机村很多人会不断说起他。这也是他见到的第一个听见过很多次，但却第一次见到的人物。他觉得，听见过很多次，但却不能见到的人物，就是伟大的人物。

老魏拍拍他的头，说："小鬼，我在机村时，你还没有生出来吧。"

拉加泽里当然不知道自己有没有生出来，哥哥听了这句话已经激动得不行了。哥哥一激动，嘴唇就要哆嗦不止："我们都知道书记向着我们机村，我们也不给机村添麻烦。要修路就修吧。"

老魏像在自己家一样坐下来，端着茶碗，话说得语重心长："这条路不光是砍树，也算是为将来开发风景区做的前期准备。"

拉加泽里想，哥哥其实并不真懂得县委书记的这句话，但仅仅只是堂堂县委书记亲自来做说服工作这件事，就让他感动不已了。哥哥说："那些说法都是封建迷信，县上需要砍那些木头，就修吧，我没有意见！"

老魏说："那些木头都是十多年前大火烧过的，再不伐下来，烂在山里也可惜了。县里给干部发工资，给老百姓办事，也需要钱哪！但我们的原则是：只砍伐过火林木。"

但谁都知道，那些林木过火已经快二十年了，早已经朽腐不堪，而新建的县林场瞄准的是旁边那些没过火的林子。应该说，那是机村唯一一片完整的森林了。但对机村来说，老魏作为县委书记亲自出马，这已经非常非常有面子了，还有什么事情不能答应？

那天，老魏还对哥哥说："有什么困难，就对政府提出来。虽说政府也困难，但总比老百姓好过多了。"

哥哥连连表示没有什么困难。

老魏来到会场还对手下的那些干部感叹："我们的老百姓真是好说话！"林业局局长眨眨眼，没有说话，他遇到的麻烦事情多了，没有感觉到有一个老百姓是好说话的；同样，除了老魏这样的老干部，在机村人眼中，今天的干部，也没有一个好心肠的。但无论如何，这条路修成了。路一修成，县政府所属的林场也顺利建立起来，正是因为有了那个林场，也才有了双汇口的木材检查站。正因为如此，机村人也才大面积地干了上盗伐林木的营生。在这个县，没有林场，也没有检查站的地方，即便有大片森林，盗伐木材的人一下就被发现了。但在机村，林场的生产是盗伐的最好掩护，而且，不管什么来路的木头，只要经过检查站，在一张卡片上盖上个蓝色印章，就是合法的木头了。

拉加泽里回到村里，再也不用叫人放话出去了。马上就有人找上来，要拉他去看自己的木头。他看了几处，依据材质定了等级跟价钱。而且，他也跟那些木头老板一样，随身的包里带了一根卷尺与一本材积表。卷尺量了木头的长度和截口的直径，不用摁计算器，一翻那本材积表，上面已经有现成答案了。不用半天时间，他就收了五十多立方的木材。这就是五车料了。其中两车是铁手的。分手时，铁手紧追着问："钢牙，告诉我下次你要多少？"

他停下脚步，反问："你有多少？"

铁手就大笑："反正都是这个价，下次你也不用四处跑，我来替你办。"

其实，拉加泽里等的也就是这句话："真的？"

"真的。"

"那就好，修车店的生意也不能天天停着，以后，我给你每个立方加价十块！"

铁手大笑："你都混到这份上了，还看得上那补轮胎的生意！"

拉加泽里觉得无须回答这愚蠢透顶的话："丑话说在前头，要是你耍什么小动作，那我就再不要你的东西了。"

回家吃饭时，有车的司机们就自己上门来了。先是刀子脸上门来的。他也提出可以代理所有的运输事务，拉加泽里却懒懒地说："反正有你的活路，都是乡里乡亲的，我们也不该把别人的财路都算计完了。"

更秋兄弟当然也找上门来，照例是老二开口，而且，一开口就有点兴师问罪的味道，当然是问为什么不给他们活干："你那几车料，我们家一趟就拉了，还找那么多人干什么？"

拉加泽里满脸堆笑："小生意，帮朋友一点忙，人家不想张扬，我就是跑跑腿罢了。没有大单，怎么敢跟你们开口。"这话说得几兄弟脸上立即就松动了。他们并不特别在乎这样的生意，他们在乎的是有人不把他们放在眼里。拉加泽里话锋一转："再说，那件案子的风头不是还没过去吗？以后，我真能有什么生意了，还能不请你们帮忙？"

就这样把他们堵回去了。

老三脾气最暴，还要追问一句："他妈的是哪路神仙，把这么好的差事交给你办？"

拉加泽里竖起手指举到唇边："既然是神仙，名字还是不说为好。"

几兄弟动手拉他去喝酒，他有些真切也有些夸张地叫道："哎哟，我的腰！"提起这茬，弄得这几个家伙脸上浮起了惭愧的颜色。他这才扶着腰慢慢站起来，跟他们去了。哥哥跟着跑到院门口，叮嘱不要喝得太多了。

那天，他喝多了。但是，喝多一些又有什么关系呢。要做的事情虽然刚刚开始，但已经非常非常容易了。他从来没有想过自己日思夜想的事情会变得这么容易。就在十来天前，这几兄弟在他面前是多么趾高气扬，现在他们表面上还放不下机村首富的架子，在里面，那骨头已经软下去。他们想知道自己那些木材指标的神秘来路。拉加泽里以酒遮脸一言不发。他们更关心执勤点上那个专案组的动向。但拉加泽里没有告诉他们专案组已经撤离的消息。回到家里的时候，他真的是醉了。他对哥哥说，可以准备盖新房子的事了。他说："备料啊，请匠人啊，是你的事，钱，是我的事。"

哥哥说："也不是一定要盖一座新房子，这房子还可以住。我以前说人家都盖新房子，是想让你也做点事情。你不像我，是有本事有心气的，不能补轮胎补一辈子。"

然后，铁手来了，说几车料都已经备好。他留了铁手在家里吃饭。他还用李老板对他说话那种口吻对铁手说："吃肉，吃饭，但我不请你喝酒。喝酒误事，做这些事情的时候，更不能喝酒。跟我一起等司机们来。"

铁手笑了："但钢牙你已经醉了。"

这一说，全家人都笑了。总是忧心忡忡的哥哥，总要抱怨什么的嫂子，还有一回到家里就想离开的自己，都笑了。连平常影子一样的母亲也不明所以地看看这个，看看那个，张开没牙的嘴，笑了。

这笑声使拉加泽里心里充满了温暖。他说："铁手，我不常在村里，哥哥盖房子时你要帮忙啊。"

天黑不久，刀子脸就和其他司机们前后脚来了。拉加泽里写了一张条子给刀子脸，说："五辆车一起过关。"他又转脸对其他人说："过了关，就各走各的吧。上次，刀子脸一车给我一万，我上下打点，也不容易，大家就照此办理吧。'

于是，五万块钱很轻松地就落进了他的口袋。

这个价钱不是太公道，但想到可以毫无风险通过关口，最终还是有钱可赚，大家也就没有多说什么。

送走这些人，哥哥小心地问："生意就成了？"

"成了。"

"你的木头生意跟更秋兄弟不一样。"

"他们那钱赚得担惊受怕，怕被警察抓住，挣到手的钱又飞了，怕一不小心就玩到监狱里去了。"

这话倒是真的，更秋几兄弟，还有机村的好些人，都曾被警察抓去，但一般在拘留所关上几天就回来了。只有他们家老四，因乱砍滥伐罪，判了两年，也不用坐牢，监外执行。这是老百姓发财必然要付出的代价。而且，并不十分认真的法律让他们付出的代价比预估的要小。倒是采伐和运输木材的过程充满了更大的风险。在这个小小村庄里，有一个人砍树时，被木头撞碎了肩膀，残了；一个司机在半夜里连人带车翻进深深的峡谷，车和人都没有再回到村子里来。拉加泽里去省城回来，特意让刀子脸停车看了看那个地方。在峡谷深处，荒草中还依稀可见卡车蓝色的碎片，而在路边，机村人为亡人竖立的招魂幡已经褪尽了颜色，被风撕扯得丝丝缕缕，再过一段时间，就什么都没有了。刀子脸往峡谷里洒了一瓶酒，拉加泽里点燃两支烟，香火一样插在路边松软的浮土里。

十三

发完那几车木料，拉加泽里就下地干活了。

他提出要跟嫂子下地干活时，哥哥显得非常不安。

哥哥一直跟在他后面，叫他回去好好休息。哥哥说，他的那些事都是很费脑子的，费脑子的人该待在家里好好休息。但他心情很好，天气也很好，所以一定要干点什么。哥哥劝他不住，就回去了。他已经很多年没有在地里侍弄过庄稼了。杜鹃花正从河谷往山顶次第开放，轻风中柳絮四处飞扬。天上淡淡云彩，地上薄薄阳光。麦苗闪烁青翠光芒。他跟着嫂子在麦地里松土。松过这遍地，再施一次化肥，麦子的成长就更畅快旺盛了。这些年，已经很少有人这么侍弄庄稼了。一亩地多打少打一两百斤粮食，都是无关痛痒的事情了。一斤粮食几毛钱，上山随便弄一棵树，也是几百上千块钱。但拉加泽里下地干活了。锄头松开肥沃的泥土，一股暖烘烘的土香味直扑到脸上，让人心里生出一种特别踏实的感觉。他想起小时候，帮母亲在地里劳动的情景，心里有些温暖，有些感伤。眼下，这种感伤与温暖，都让他感觉特别舒坦。

如果不是电警棍捅伤的腰隐隐作痛，这种感觉会更加美妙。

嫂子不时看他一眼，眼里充溢着满意的微笑。他也回报给嫂子同样的微笑。刚干了不久，嫂子就感到不安了："你哥哥说了，你干着玩的。干一阵就可以了，回去休息吧。"

拉加泽里直起腰来，看见村口聚了很多人，向这边张望。他环顾四周，连缀成片的青翠麦田中，只有他和嫂子两个人在劳作。那些人闲着什么也不干，只是聚在村口向这里张望。他知道，这些人是在看自己。看一眼已经成为老板的人怎么还下地侍弄不值钱的庄稼。

嫂子说："弟弟你回去，那么多人看着，我不习惯。"

"他们不是看你，是看我。"

"可是看你的时候就看到了我。"

他不理会，又弯下腰，挥动锄头松开成行的麦苗之间有些板结的泥土。他跟嫂子不一样，他愿意全村人都看着自己给麦子松土。他愿意他们发出惊诧的感叹，愿意他们感到不解：一个人成了挣大钱的老板还会这么细心地来侍弄庄稼。他知道，村里人会把这当成一个话题，在家里，在井泉边，在砍伐木头休息时，谈上个十天八天。他愿意自己身上有很多村里人看不懂的地方。

但是，劳动是不能被人参观的。手里做着事情，一被人观看，心里想法就多了。刚下到地里，扑面的泥土香，翠绿麦苗的清新感，手握着光滑的锄头木把那种沁凉的手感都慢慢消失了。

嫂子再催他离开时，他就顺坡下驴，扛起锄头回家休息去了。

这一次，他在家里连待了好几天。那五辆卡车从省城回来了。铁手又替他张罗货源，司机们也等着活干，这些都不需要他特别操心。待在村里，除了跟更秋兄弟喝酒，他也无事可干。就是再回镇子也不需要他徒步行走了。村里的拖拉机，卡车都争着送他。回到镇子上也无事可干。李老板进城去了。本佳值完班还是忙着复习功课。他继续让店门开着，补充些胶水之类的东西后又回村子里去。那天，他遇见了从前的驼子支书。老家伙拄着拐杖，眼睛那么干涩，却又迎光流泪。老支书叫不出他的名字，却用青筋毕露的手拉住了他："你是谁？"

拉加泽里没有回答，只是笑笑，看着他。

"你是哪家的娃娃？"

他还是不说话。

驼子自己回答了："你就是那个当了老板还肯下地侍弄庄稼的年轻人？"

拉加泽里没有说话。

驼子也不要他搭理，老人只是心中不快，要自说自话："现在的村干部，呸！当农民的不爱种庄稼，光想砍树挣钱，呸！"

拉加泽里扶着老人，慢慢往前挪动步子，驼子突然问："年轻人，你入党了吗？"

"我没有。"

老人非常不满地瞪了他一眼："你写一份申请书，我当介绍人，入了党，你来当村支书！"

"？！……"

"我就为你还能想着侍弄庄稼。"

拉加泽里觉得这是个可怕的话题，他希望记性不好的老人赶快把这个话题给忘掉了。他把老人扶到柳荫里坐下，想找个借口就离开。可是这借口也不是一下子就可以找到。他招手叫站在远处观望的几个小子过来，但他们都摇着手，嘻皮笑脸地躲开了。驼子生气了，他把含在嘴里嚼着的草根吐在地上："呸！你也跟那些人一样，不想跟我这老朽待在一起，那你就走吧。"他眨巴着迎风流泪的眼睛，自说自话："这么好的天气，这么好的政策．机村人，不爱种庄稼了！"

这时，一辆卡车开进了村里。这辆车一身的军用迷彩，拖着一门多管火箭炮。

驼子说："起来，去看看。"

但他挣扎着努力了好几次都没能站起身来。拉加泽里本是伸手扶他，没想到竟然一下子就把他整个身子都提起来了。老人厚重的衣衫下的肉身怕是只有一个孩子的重量。就是这样一个人还在操心机村的庄稼，而那么多身强力壮的人，却是一点也不操心这样的事情了。

他说："驼子叔叔，我还是送你回家休息吧。"

驼子站稳了，舞动一下手中的拐杖："我说去看看。"

他们看到车上的人．给火箭炮脱去帆布罩子，开动机关，并排的炮管便上下左右运动了一番。

驼子说："要搞演习？可你们不是解放军。"

"不！人工降雨！"

"什么？"

"人——工——降——雨！"

驼子笑了，他记起来，十几年前，还是他当支部书记的时候，机村大旱过一次，两个月没见一场透雨。上面就派人来搞这个人工降雨。据说派来的也是一种火箭炮。电话通知说，火箭炮来了，村里马上安排劳动力给将要来的火箭炮平整一块地方。但是，火箭炮还在路上，安放火箭炮的场地还在平整，乌云就裹挟着沉闷的雷声，从天边向机村的天顶席卷而来。这弄得机村人很遗憾，雨再晚下半天，他们就看到真的火箭炮了。但改革开放这些年，机村却是风调雨顺，驼子拉住别人说：

"感谢上级关怀，机村难得天旱，今年也是好年景，用不着人工降雨。"

"老乡，不是给你们降雨。"

"咦，那是给谁降？"

车上的人一看就知道，他们的道理是无法给眼前这个老人讲清楚的，再说，给这样一个形貌猥琐，眼角烂红的老人就算讲清楚了也没有什么用处。他们也没有向这些人解释自己行动的必要。他们只需要捕捉到天上含雨的云层，测准了高度，把含有催雨剂的炮弹打到云层中轰然爆开就可以了。地上的蒙昧百姓没必要知道天上的事情。如果要讲，就要挑一个人。这个人是蒙昧人群中的精明者，而且有领袖状。而在这群围观的人群中，拉加泽里有这样的气象。

其中一个跳下车来，走到拉加泽里跟前，掏出烟来，说："朋友，有火吗？"

拉加泽里掏出打火机，两人点上烟，在草地上坐下来。

"这一路的杜鹃花开得真是好看。"

"你们好像不是来看花的。"拉加泽里想起日本人的旅行团，偶尔会在这样的季节出现，导游手里舞动着一面小三角旗，上面写着某某雪山花之旅的字样。

"我们来人工降雨。"

拉加泽里指指不远处麦地里苗壮生长的青翠麦苗，而且，昨天晚上还下过一阵小雨，土地潮湿润黑，空气中漾动着雨水淡薄清芬的味道。

"不是给这里降雨，是给下游降雨。"

"下游？"

那人告诉他，因为大量砍伐森林，上游这些河流水量年年减少，现在正是平原上庄稼需要大量灌溉的时候，水量不够，除了在当地采取措施抗旱，还需要到上游来人工降雨，增加河流的水量。说到这里，那人有些忧心忡忡，说："朋友，你们不该再砍伐这些森林了。"

这话使拉加泽里有些触动，同时又让他不太高兴。他想说："我们才砍了多少？真正让这些森林消失的不是我们。"但说这些话有什么用处呢？大片的森林早就消失了，湿润的空气变得干燥，过去淹没在水底的滚滚砾石，曾经长满细密的水苔，石头之间的空隙与通道，是许多洄游鱼群的乐园。现在，这些砾石都从河底显现出来，暴露在强烈的高原阳光下，闪烁着灼目的金属光泽。拉加泽里笑了，他的笑容里有些悲伤，也有些挑衅的味道，他说："我刚去过你来的地方，要是那里的土地需要这里的水，那你们那些地方就不应该收购这么多木头。"

降雨人伸手挠头。

倒是拉加泽里，心里突然升起无名的怒火，他站起身来，脸上浮现出凶狠的表情："你们不能又要木头，又要水，还要因为没有水怪罪我们砍了木头！"

降雨人伸手来拉他："嗨，朋友，你怎么生气了？"

拉加泽里很认真："我凭什么不能生气？"

"天哪，砍树也好，降水也好，这些事情都不是你我能决定的，生气有什么用啊？来，再抽支烟吧。"

拉加泽里想想也是，解嘲般笑笑，又坐了下来。

一支烟没有抽完，天顶上的云团便慢慢降低，颜色也渐渐加深了。几个身穿迷彩服的降雨人立即登上炮位，调整方向，确定标尺，然后，开炮。火箭弹拖着长长的尾巴钻进云层，沉闷地爆开，不到一支烟的工夫，雨水就噼噼啪啪地砸了下来。这里下着雨，不远的地方，却是大片明亮耀眼的阳光墙一样壁立在雨幕的后面，使所有雨脚都在闪闪发光。很快，带雨的云团挂着晶莹透亮的雨脚飘走了。天空中一泻而下的是更加透亮的阳光。麦苗上挂满了晶莹的露水。降雨人开着拖车追逐着云团离开了。这么一点雨水下来，片刻之间就被大地吸收得干干净净，并没有汇集起来，汇集到低处，使河水上涨。黄昏时分，从机村还可以看见，在十几公里之外，降雨人还在向晴朗天空中小团的乌云发射催雨的火箭。

拉加泽里从不多话的母亲有些激动，终于不能自制，开口道："儿子，你不能跟那些降雨人说话，雷要打死这样的人。"

"妈妈，雷不会打死他们。他们懂得科学。他们用避雷针把雷电的愤怒引入土里。"

老太婆不但激动，还有些愤怒："避雷针也是太聪明的东西吗？人太聪明神会发怒的。"在机村，有些顽固的老人，把一些新发明归类为"太聪明"的东西。电话太聪明。发电机太聪明。收音和录音机太聪明。降雨的火箭当然也太聪明了。他们不真正讨厌这些东西，但害怕"太聪明"的东西多了，神灵会被忘记，害怕人太聪明，神灵就会生气，因而降下灾难。拉加泽里告诉母亲说，在很远的地方，神灵老不给那里的农民下雨，他们无法种下果腹的庄稼，我们这里下了雨，多一些河水流下去，那里的人就可以浇灌他们的庄稼了。

老太婆因为自己一下对长大的儿子说了这么多话而感到不安了，她的声音低下去："真是这样吗？"

拉加泽里说："妈妈，正是神灵看顾不到，人只好聪明起来，不然就活不下去了。"

哥哥和嫂子都来劝阻他："那么大声讲这些道理，妈妈不会明白的。"

母亲却小声抗议："我明白。"

"妈妈，我们自己也应该聪明起来。"

母亲笑了："从小就有人夸你是个聪明的孩子。"

第二天，拉加泽里坐降雨车回到镇上。拉加泽里说："雨是催下来一点，可是河水并没有上涨。"

降雨人承认效果并不理想。因为森林砍得太多，不但地面无法涵养水分，空气的潮湿度也太低了。拉加泽里说："妈的，你们不能两样东西都要，必得在水跟木头之间选一样。"

路上，他们还停下车来，对着天空中小团的乌云发射火箭，催下来的那么一点雨水，迅速渗入地下，而河床上，水流枯瘦的身子仍然未见丰满。

拉加泽里离开镇子不到一周时间，这些降雨人已经在镇上扎下根来。检查站在镇子东头，他们在镇子西头搭起了一长溜活动房屋。门口还钉上了一块牌子：双江口水文站。降雨人告诉他，他们拉着火箭炮到处跑，只是临时措施，解决根本问题，要在河上建水库，调节水流。拉加泽里参观了水文站，其实也很简单。在双江口两条河流交汇处竖立固定的标尺，一天三次记录读数。他们还在两江之上架起了一道钢索，靠一个手动也可电动的绞盘，把测量仪降在河心的水中，获取水流量与流速的数据。活动房子中一台发报机把录得的数据发送出去，同时，也存在水文站自己的计算机里。宽大的桌子上，计算机蓝色的屏幕在大叠大叠表格之间闪烁着幽幽的光芒。伸手动动键盘上任何一个键子，屏幕上的蓝色隐去，现出来的依然是一些填满数据的表格。

那天，他跟降雨人一起吃饭。

降雨人告诉他自己的名字。但他笑笑说："我喜欢就叫你降雨人。"

"为什么？"

"喜欢。"

"为什么叫降雨人？"

"我不知道。以前，这里没有降雨人，只有驱雹师。他们是喇嘛或巫师。他们对着聚集的乌云念动咒语，用手中的法器指出方向，让冰雹降到没有庄稼的地方。"

降雨人想想，笑了："你是说我们也跟驱雹师差不多。"

拉加泽里也笑了："我母亲担心雷电会劈到你们。"

降雨人仍然每天开着他们涂着迷彩的卡车，牵引着火箭炮四处寻找含着雨水的乌云，但从淡薄云朵中轰下来那么一点雨水并未使河水有所增加。这个季节，群山里沉睡了一个冬天的树木都苏醒过来，每一棵树都在拼命伸展地下的根须，都在拼命吸吮，通过树身内部的每一根脉管，把水分送到高处，送到每一根重新舒展的柔软枝头，供给每一片萌发的绿叶，供给每一颗绽放的花蕾。溪谷里的水因此显得枯瘦清浅。

不到半个月时间，李老板给拉加泽里的单子就用完了。但他还没有从城里回来。茶馆服务员也不知道老板一点消息。拉加泽里算算，竟然赚到手十好几万。他送了打点检查站的钱去。本佳不收："你是要长做这个生意了，你不能每次都这么干。"

他请本佳指点。

本佳不说自己，他说："人家刘副站长都代理站长了，是真心帮你忙，也不是为了这么收你的钱。"本佳话说得很在理。检查站的人都是拿国家工资的国家干部。工资不高，但每个月都有。不能这么拿别人的钱。本佳说："你要有心感谢刘站长，就到银行用他的名字开个户头，折子放在你手头，他有什么事情了，盖房子嫁女之类，就把这个给他，朋友之间嘛，互相帮忙。"拉加泽里立即就领会了，他押货去了一趟省城。刀子脸去卖木头，他找一家银行给本佳与刘站长各开了一本存折。他还买了两张地图，把那家银行所在的地方在地图上勾画出来。

看到存折本佳没有什么表示，看到那张标注了存款银行的地图，本佳哈哈大笑。

刘副站长却感动了，把那地图放在手里抖得哗哗作响，连说："很天真，也很用心，能这么用心不容易，不容易。你刘叔叔没什么大本事，只要把着这关口栏杆的升降，就有你吃饭的地方。"

回头，拉加泽里对本佳说："刘站长说是我叔叔。"

本佳拍拍他的肩膀："汉人想当你的叔叔伯伯，是疼爱你的意思。"

"他没有自己的侄子吗？"

"妈的，你不是叫钢牙吗？钢牙的嘴能这么碎吗？"

"钢牙？"

"这不是你的新名字吗？"

"你怎么知道？"

本佳拍拍椅子，叫他坐下，脸色变得严肃了，说："你真以为你们机村就是铁板一块，干了什么事情外面什么都不会知道？说老实话，现在这些事情，没他妈一件合理合法，只不过大家都这么干，法不责众……总而言之，你要名副其实，就得做个真正的钢牙。"

这一切，都给拉加泽里加入了某种秘密社会的特别感觉。从检查站出来，他穿过镇子，经过修车店门口，他居然没有停留，第一次没有自己就是这小店主人的感觉。从这个小店门口走过的人，在十几天时间里，就变成一个腰间缠着十几万元的木头老板了。他径直从店门口走过去，在饭馆里要了菜，要了酒，又叫服务员去水文站叫降雨人来。

跟降雨人聊天，是很轻松的事情。

喝了半瓶白酒，他问降雨人："你喜欢这个镇子吗？你喜欢我们这地方吗？"

降雨人说："老实话还是漂亮话？"

"老实话。"

"我喜欢这里的山，水，河，这么漂亮的杜鹃花，都喜欢。但我不喜欢这个镇子。"

"当然没有省城热闹了。"

"不是这个意思，怎么说呢？这个镇子有种……怎么说呢？这么说吧，好像这个镇子总有些什么事情是藏着掖着的，这些藏着掖着的事情，大多数都心照不宣，连这些端盘子上酒的服务员都略知一二，但我们这样的人永远被隔着，永远都不会知道。"

"难怪你是跟驱雹巫师差不多的降雨人，一下子就把这味道闻出来了。"拉加泽里在这个镇上两年多，对这种气氛当然是再熟悉不过了。

"还是你说得好，闻出这种味道，对，这个镇子就是这样的味道。"降雨人俯身过来，"这个破镇子上到底有什么巨大的秘密？"

酒喝得人头大起来，身子与意绪都有些漂浮，但他很满意地听见自己口齿十分清楚地说："我是钢牙。"

这时，老王慢慢踱进了酒店，带着他故作阴沉的警察表情，说："喝酒呢？"

"你也来上一杯。"

老王有些喘不上气来，说："这花香弄得我更喘不上气来，不敢喝了。"老王眼里跟脸上的警察表情消失了，又是那个时时被哮喘与肺气肿折磨的老头子了。

即便如此，拉加泽里内心并不可怜他，而是带点挑衅意味地说："他闻出了这镇子的味道。"

老王的眼光又变得警惕了："什么味道？"

降雨人不想说，但老王又逼问了一句，降雨人这才开口："老是搞秘密勾当的味道。"

老王问拉加泽里："小子，你知道吗？"

"我不知道。"

老王坐下，端起降雨人面前的酒杯，一口干了，一字一顿地说："朋友，有些从上面下来的人总爱说三道四，也许十天半月就会离开，也许待上一年两年，这个我不管，我只想劝你不知道的事情不要胡说八道。"

十四

李老板在镇上消失已经十多天了。

他是这个镇子最老资格的居民，有检查站那一天，就有了他的茶馆。之后才是旅店饭馆加油站。他一走，十多天没有一点消息，于是，谣言四起。大家没事可干，就议论他的事情。他留在店里的话是去一趟城里。大家首先就猜他去的是县城、州府，还是省城——至少没有人猜他是去了首都北京。大家的种种猜测还跟他神秘的经历有关。据说这个人读了很多书，因此把自己读成了右派，劳改了二十多年。有人说，他出生在大城市很有钱很有钱的人家。有人说，他在城里有漂亮老婆。坐牢前有一个，坐牢后，又有一个。也有人说，他就是孤身一人。劳改那么多年，几番死去活来，男人的武功全废。就这么有一天是一天地活着，挣钱，挣很多钱，都不知花在什么地方。木头老板们在他茶馆里赌钱，再大的赌注，他都抱着碧绿的茶叶浮浮沉沉的大杯子，一脸落寞地坐在窗前。喝酒，也是很少一点。有时，镇上各色人等唱卡拉 OK，旅馆里的女服务员涂了口红，换了衣服过来陪酒调笑，他也安然坐在那里，面色平静，偶尔喂上一曲，还是用外国语演唱。唱《红河谷》用英语，唱《莫斯科郊外的晚上》用俄语。但从不喜形于色，从不让那些嘴唇猩红的小姐坐在自己的腿上，更不去抚摸她们饱满的屁股与乳房。

李老板不在，激起的只是别人的丰富想象。对拉加泽里而言，李老板是他的财神。他不能象神灵一样刚刚显现真容就从眼前幻化掉了。

拉加泽里坐在店里，却心神不宁。每有车在镇上停下，他都以为是李老板回来了。可从车上下来的都不是他盼望的熟悉身影。晚上他都睡在床上了，竖起的耳朵又听到了有汽车停下。他披衣起来，站在门口，那辆停下的汽车重新发动，从他面前轰轰驶过。镇子被强烈的光柱照亮，随即，又沉入了比被照亮前更深的黑暗。

只有检查站上，一扇扇窗户上都相继亮起了灯光。

没人想到，被撞伤的检查站长罗尔依回来了！他是搭昨天半夜那辆卡车回来的。天亮不久，他已经脑袋上缠着绷带，胳膊下架着拐杖在镇上走了两三个来回。大家都很吃惊。刚受伤时，都说他可能活不过来了。后来，又说他变成了植物人。一周以前，有人去医院看他回来，还说他依然昏睡在床上。但这个早上，他突然精精神神地出现在了大家面前。

大家都热情地向他招呼，他也热情地向人问候。

他能认出一些人，也有些熟悉的人他好像不认识了。他跟降雨人热情握手，说："老朋友，老朋友，我差点就见不到你们了。"

到了拉加泽里跟前，他也伸出手，说："好啊，年轻人，好，好，好，你叫什么名字？"

"修车店的拉加泽里！"

"修车店？哦，对对，这里很多车，总有些需要修理一下。"

中午，一辆救护车突然出现在镇上，大家才知道，罗尔依站长是自己从医院里跑出来的。医生说他一醒过来，就开始念叨检查站上的事情，所以，在县城里找了两圈找不到，就径直追到这里来了。但他无论如何也不肯再回医院。于是，林业局的小汽车载着局里的领导来了，劝说一阵，却只是增加了他的固执。医生认为，对这种奇迹般苏醒过来的病人来说，这种他喜爱的环境也许更有利于他的进一步康复。

听检查站的人说，局里领导和医生一走，罗尔依就张罗着开会。大家也就坐到会议室，装出他还是站长的样子。但他刚要讲话突然就大汗淋漓，副站长叫人扶他回房间躺下。然后，检查站才真正开了一个会。局领导已经明确，由刘副站长主持工作。他就睡了两个多小时吧，又精神焕发地出现在大家面前。

但会已经开完了。

警察老王出现了，坐在他面前，要他回忆一下被闯关的卡车撞伤的过程。但他什么都记不起来了。他紧抓住老王的手："你们一定要把那些违法犯罪分子抓出来，我是工伤！"

"你仔细想想，卡车从机村那边过来，你肯定看见了是谁的卡车。机村那些人你都认识嘛，想想是谁开的卡车？"

"机村，我知道啊！"

"对，你肯定看到了是谁开着车来撞你的。"

罗尔依手捧脑袋，脸上浮现出痛苦的表情："我头痛，你不要说了。"当他抬起头来时，已经换上了一脸坦诚的笑容："过去我对自己要求不严，以后要好好工作，严格执法！老王，对，你就是老王，我要请你监督我的工作。"

老王走出房间时，对所有人摇头叹息："这个人神经了。"

"人家要求你严格执法有什么错？"

老王突然一下愤怒了："老子讨厌平常说话也跟开会一样！"直到走出检查站，老王心头这突如其来的怒气还没有平复，把罗尔依的话学说给别人听，结果却受到了奚落。

"那有什么不好。检查站的人一严格，你就该好好养养身体，不用再去破那些破不了的案子了！"

老王当时就气得喘不上气来，那也只怪他找错了说诉的对象。这人是石油公司加油站的国家职工，不是旅馆老板，怕他查没有结婚证的男女在一间房里睡觉，更不是跟木头生意相关的人，总有些什么不清不楚的事情，怕他为难自己。老王气得喘不上来了，还说："你……你……"

"我怎么了？我又没有半夜把人关起来朝死里打。"

老王捂着胸口跌跌撞撞回到执勤点，躺在床上好半天，才慢慢顺过气来。老王这个人是时常要为什么事情生气的。过去，罗尔依站长也常常生气。那是因为觉得人家没有把他当站长来尊敬。但出院回来就变成个乐呵呵的人了。医生说那一撞，把他脑子里好多过去的记忆都撞掉了。结果是没有撞掉的那部分会变得分外清晰。奇怪的是，他失掉的只是那些想起来糟心的东西，倒把验关员职责条例啊，森林保护法规的相关条文啊，记得清清楚楚。

轮到他值班时，虽然还拄着拐杖，但他尽量把衣服穿得齐楚，把皮鞋擦亮，每过一辆车，他都仔细核对单据，仔细丈量过的木材是否与报单相符。而且，毫不留情卸下超量的部分，予以没收。受了损失的木头老板或是求情，或是暴跳如雷，他还是一脸和气的笑容。拿出封面印着国徽的小本子，仔细讲解相关的法规条文，完了，他会说："念你是初犯，教育为主，下次再有类似行为，处理起来就不是这么简单了。"

常要过关的卡车司机们开玩笑说："最好把检查站每个人都撞成这样，这个地方就要清静很多了。"

话当然也传到了检查站那些验关员的耳朵里。

没想到靠他们松松手才混出点名堂的这些家伙不但不对他们心存感激，反而暗怀着这么恶毒的想法，结果，大多数满载木材的卡车都在关口受到严格的检查，现实情况是的确没有一辆车能够经得起这样的检查。让人想不到的是，又一个好运气因此降临到了拉加泽里头上。

这天，刘站长差本佳来叫他。他立即就去了。

刘站长神情有些严厉："你听没听说过那句话？"

拉加泽里当然立即就明白那是什么话了。他的心脏一阵狂跳，心想，他们肯定在追查那句话的来源，而他自己也跟着人们半开玩笑地传说过这些话。他在心里暗骂自己多嘴多舌，枉让人家给自己起了名字叫作钢牙。好在他也有这样的本事，内心慌张，做出来的表情却是一派茫然。

好在，刘站长并不要他回答，他说："哪一辆车没有超出的部分？都给老子卸下来！"

就两三天时间，检查站关口两边，卸下来的木头已经堆积起来有好几十立方了。

刘站长说："天天卸木头，我的人受不了了。这活包给你，你找几个人来干！"

拉加泽里回到机村找人，机村没人肯干。他又带口信去了另一个村子，这个村子深藏在不通公路的山窝里，一年到头就只能侍弄庄稼，对能靠弄木头发财的机村人羡慕不已，有人来招呼去干这样的活计，一下就来了十多个人。拉加泽里只留下一半。这一半人把活干得热火朝天。一辆车来了，停在关前，验关员严格核表、丈量，用粉笔在要卸载的木头上随手画个圆圈，这些家伙就拿着撬棍一拥而上。几天下来，检查站前的空地都堆放不下了。检查站又付钱让他们把木头一根根抬到镇外空地上码放整齐。

检查站上，罗尔依神气和蔼地向刚被没收了木材的人宣传森林保护的有关法规，惹得人家气恼不已地对着他大喊："你这个假正经！神经病！"

罗尔依摸摸头上的绷带，神情非常无辜而天真："我不是神经病，医生说我是失忆症，说我记不得以前的事了。喂，伙计，以前我们认识吗？"

人家想说，那时只要你高兴，往你手里塞几百块钱，你一抬手，我就过去了。要是塞钱也过不去，那是遇到你特别不高兴的时候了。但是，说这些有什么用处呢？

但他还要追着人家问："真的，我失忆了，以前我们认识吗？"

人家只好苦笑着无奈地摇头。

刘站长摇头，说："他把大家都弄疯了。"不等拉加泽里回答，他又说话了："没收的木头越来越多，应该处理一下了。"

"怎么处理？"

"怎么处理，砍下来的树难道还能栽回去？卖掉。你先发几车走，这是手续。"

"干脆全部发走！"

"全部？小子，不要太贪心，先发几车，剩下的怎么处理，还要请示，看局领导是什么意见。"

拉加泽里也知道，剩下的木材怎么处理，刘站长还要看看自己处理这些木头的手法。他连夜包车装载，揣着合法手续，亲自押车去了省城。当然，最后出手的活也都让给刀子脸来干。他自己在低海拔地方的暑热中昏昏沉沉地躺在旅馆床上。刀子脸回来时欢天喜地。因为双江镇检查站风声紧，这里木材的价格立马应声上涨了，而且涨了好大一截。这一次，刀子脸把一包钱全部交到他手上，说："你小子行，以后我就跟你干，钱全部在这里，你高兴给多少就是多少！"

"你也知道了老子的厉害？"

"心服口服。"

"那好，你自己拿你该得的，剩下就是我的。"

连夜回到双江镇，他也把一大包钱放在本佳跟刘站长面前，说："请老大发话。如何处置。"

刘站长让他先拿三万多交到检查站兼职财务手上。这个兼职财务就是本佳。本佳开了处理次品多少立方的发票，叫他收好。就这样，还剩下了五万多块。"干什么呢？没有想好，你先收起来，大家都动动脑子。"

十五

太阳刚出来，机村组织起来去参加县里商贸洽谈会开幕式的车队就驶到检查站关口前了。

身体迅速康复，失忆症依然如故的罗尔依把这当成一件大事，他已经扔掉了拐杖，脑袋上的绷带也解除了。他还换了白衬衣，打了红色领带，戴上大檐帽，来到关前。车队一出现，他就按动开关，升起了栏杆，然后，从屋子里碎步跑出来，立正站好，手中一红一绿两面小旗舞动得唰唰作响，手臂伸得笔直，把绿旗指向了公路通往县城的方向。

车上的司机们暗笑他是个傻瓜，而他自己不只是眼睛，连脸上的皮肤都在焕发着光彩。罗尔依说："看，你们去完成这么光荣的任务，检查站一点也不会为难你们，而且，还为你们大开绿灯！"

就是眼下车队中的一辆车把他撞成这个样子的，但他已经没有这个记忆了，只是，开车的不是撞他的那个人，更秋兄弟再胆大妄为也没到如此的程度。

这辆车到了罗尔依跟前，他却满脸笑容，喊道："排好队，注意安全！"

机村所有的卡车都打理干净了，破旧一点的，还新喷了漆，喷了漆不够，还喷上了许多富于宗教色彩的图案：带飘带的海螺、金刚橛、宝伞……飘逸的云纹。先富起来的机村集中起来二十多辆卡车，由一个副乡长带领，排好队列往县城出发。时间是掐算好的，几百辆运输个体户的卡车从远近不一的村庄出发，他们将在同一个时间到达县城，车帮子上贴满标语，车顶上插满了彩旗。那时，县城广场上领导与来宾已经讲过话了，也对天空放过鸽子与气球了，"少数民族群众"也敬献过歌舞，该是展示农村改革开放后欣欣向荣景象的时候了。于是，这些卡车排成一行，跟在载歌载舞的游行人群后面，轰轰然驶过广场上的主席台前。完了，在指定的地方停好车，大家都被招呼到一个巨大的宴会厅里吃饭。

席间，还有领导举着酒杯对这群汽车司机讲话。

更秋家六兄弟，就有五个享用了这盛大的酒席。县领导讲过话，乡镇企业局长、副局长还下来一桌桌敬酒。敬到机村这两桌，局长说："不错啊，机村，今天的卡车，机村占了百分之十还多。听说，还有一家人，六兄弟人人都发财致富，人人都有一台卡车？"

领队的副乡长就把几兄弟介绍给局长。

局长举着酒杯说："乡亲们，干得好！现在国家政策好，支持老百姓发财致富，这个机遇可是要好好抓住啊！"

局长说这些话的时候，县里电视台的记者就跟在身后，拉加泽里也跟了车队来县城看热闹，听到局长这话，一时间心绪复杂，并不像别的机村人那样欢呼踊跃。局长跟更秋几兄弟亲切交谈，电视台都拍了下来。就在电视台的摄影机跟前，局长把外来的老板领到了机村人的桌子前。老板给认字不多的机村人散发名片，坐下来，讲不该直接出售原材料，要深加工，要争取更多的附加值，等等。大多数机村人听得一头雾水，都把眼光转向拉加泽里。拉加泽里笑笑："这位老板的意思是不要直接卖原木，而要把原木加工了，再卖，这样就能赚到更多的钱。"

老板也笑了："难怪局长要把我介绍给你们这个机村，不光致富的人多，而且，还这么聪明！"

吃完这餐饭，有几辆车留下来去茶楼打牌，剩下的都打道回府了。路上，还有人议论了那个老板几句，之后就把这件事抛在脑后了。更秋兄弟都留在县城，人在打牌，心思却在县城才能看到的县电视台的节目上面。包房里电视机一直开着。电视里播了会上领导的讲话，他们从电视里看到自己的卡车从主席台前一一开过。甚至看到驾驶室里自己模糊的身影。也看到了采访别的专业户、别的来投资的老板，偏偏没有看到局长跟他们亲切交谈的场面。这使他们大失所望。

后来才知道，那采访当天中午就播出了，但电视台马上就接到林业局的质疑电话。第一，机村的致富方式有问题；第二，节目报道的那几个人至少是有犯罪嫌疑。电视台答复，这是乡镇企业局的推荐。林业局答复更加简洁，政府不同部门各管各的，那个局要成绩，但他们不掌握林业局掌握的这些情况。结果，那条新闻在晚间节目就被拿掉了。

更秋兄弟也不是没有收获，回来时，他们带着那个要搞木材深加工的老板，他们打算跟这个老板共同投资在双江口镇上建一个锯木厂。因为那条新闻的缘故，乡镇企业局与林业局较上了劲，偏偏要在更秋几兄弟身上下功夫，做扶助农民投身乡镇企业的工作。

在机村附近山野里转了一圈，老板说，那些扔得漫山遍野的不合规格的残次木材都是宝贵的加工原料，但来到镇上，他还是对检查站没收来的那些成品木材表现出更大的兴趣。老板去检查站拜访，刘站长知道那些关节，避而不见。关了门听拉加泽里讲县城的见闻。罗尔依对来客热情万分，却又听不出老板很多弦外之音的话，讲了一大篇不着四六的领导们在会上讲的那些话，弄得那老板好不扫兴，找个借口溜了，就再没有回来。

这一来，双江镇上很快就有了两个木材加工厂。一个，是乡镇企业局支持外地老板和更秋几兄弟合股开办的；另一个，林业局出面，林业局下面的一个什么公司出了本钱，他们也可以扶持农民搞乡镇企业，也要找个农民身份的人来挂个副厂长。刘站长问拉加泽里愿不愿意。他不去参加，理由很简单，他闭上眼想想，要是李老板在，去问他参不参加，李老板会缓缓摇头。再说了，他自己对此也有疑问，这就是工厂吗？至少，这不是他想象的工厂。或者说，这个工厂并不符合他对于工厂的想象。厂房不像，几根柱子撑起一个铁皮的屋顶四面透风。机器就是几台平锯，稍微复杂的就是几个大小不一的齿轮，和连接着这些轮子的皮带。动力来自水。就像建一个磨坊一样，把高处的一股水引入新挖的渠中，闸门一干，水流哗啦一声，推动了第一个轮子，皮带把动能传导给下一个轮子。经过两三次转换，轮子带动锯子水平运动，由工人推动一个带轮子的平台，把上面的木头喂到锯口下，根据事先画好的墨线，把原木加工成不同厚度与宽度的木板。就是这么简单？就这么简单。很多场面上说得很玄奥的事情其实就是这么简单。

因为简单，所以，除了大门上的牌子写着木材加工厂的字样，所有人都把这叫作锯木厂。一个锯木厂的投资也就十几万。

因为简单，不到一个月，两个锯木厂都先后开工了。

林业局做后盾的厂，来料充足。相邻的那个，吃了上顿没有下顿，自然生意清淡。更秋兄弟他们的厂，那个投资的老板只挂董事长的头衔，董事长不出钱，出销售渠道，更秋几兄弟出了全部资金。老二是名副其实的总经理，却没有什么事情可干，就到检查站去，在失忆的罗尔依跟前走来走去，看看他见到自己是否会想起点什么。那事情不是他亲自干的，但几兄弟相似的身姿与相貌，可能会让他想起什么。正精神抖擞工作的罗尔依会突然停下来，就像羊看见鹰投射到地下放大的身影一样，眼里突然一下闪现出恐惧的神情，但这种神情转瞬之间就消失了，代之以一种迷惘的、沉思的眼神。

当他这种眼神出现的时候，老二都吓得要命，他看不见自己的眼睛，但知道，里面的恐惧神情一定比罗尔依眼里闪现出的更强烈，更持久。

他对拉加泽里说："妈的，你看他那样子，好像马上就要醒过来了。"

拉加泽里嘴上说："他醒不过来了。"心里的声音却是："妈的，他为什么就醒不过来呢？"

老二这时显现出真正的惊恐："或许他早就醒过来了，只是装作还没有醒来。"

拉加泽里已经问过："那他为什么要装？"

"录像片里怎么说的，放长线钓大鱼，把机村的事情全挖出来。"

拉加泽里想过，要真是这样的话，大网收起来，自己应该也会挂在网眼之中的。哪怕只有万分之一的可能，那也是一种不祥的预感，涌现心头时，会有一种难以承受的沉重感。他说："你要不想自己吓自己，就去录像站看录像吧，我忙，不陪你了。"

他的确忙，这段时间，木材检查一天天松动了，除了特别不走运的，都能顺利过关。拉加泽里和检查站的关系，在机村已经人尽皆知了。有车出了问题，卡在检查站了，乡里乡亲的，他们会找拉加泽里去站上求情，拉加泽里也就会跑上一趟，话有时管用，有时也不管用。有一个验关员甚至说："你尽管来说，每三次我答应你一次。"

老王一天几次，在老二开工不足的锯木厂转来转去，毫不掩饰地对老二说："农民企业家？屁股上那么多屎都没有擦干净，还农民企业家。"

这也让更秋兄弟忧心忡忡。

有什么事情，他们愿意来找钢牙。明里不说，其实是要他帮忙的意思。

拉加泽里却说："钢牙是什么意思？就是知道了什么不该说的事情，死也不说出去，就这么大个本事，其他，就帮不上你们什么忙了。"

他们想请拉加泽里把检查站的朋友请来，吃饭、喝酒、打牌、叫小姐唱歌："如果他们嫌这儿的小姐土，烦，我们也学那些大老板，直接去省城高价请几个新鲜漂亮的。"

拉加泽里说："我哪有这样的面子，他们只是看我开个补胎店，穷，发了善心，给我随便找点活干。"

"找点活干？那是承包工程！"

拉加泽里也笑了，那算什么工程呢，修几百米一段路，这算个工程。锯木厂盖好后，可以往外发运加工过的木材了，这时，才突然发现，两个锯木厂都在检查站关口的外面。这样，重新装车发运的木材就失去监控了。检查站打了报告，上面就拨下一笔专款，把两个锯木厂圈起来，留一个出口，再修一条便道，贴着山脚，又重新绕到检查站关口里面。路的工程量是本佳算的，上报了二十万的工程款，打点折扣也批下来了整整十八万。这工程非常简单。砍掉一些树，把山根的斜坡削下一点，填到外面的小沼泽中，再在松软的森林黑土中垫些碎石，卡车来往碾压几趟，这段路就成了，用不了那么些钱。十八万的工程款，拉加泽里只收了十三万，也差不多赚了对半。那五万不是给某个人，而是给检查站，检查站拿来发了一回奖金。大家一高兴，拉加泽里才提出能不能把修路时砍的树批给他。检查站派人专门回了一次局里，结果批下来的数量是修路所砍数目的两倍。拉加泽里又发了一笔。李老板留下的指标更让他大发了一笔。也就是两三个月时间，这个一年苦挣六七千块的补胎店小老板手里一下就有了好几十万元，快一百万了。

这让他想起一个词：百万富翁。想起这个词，他的脑袋就有点像喝多了酒一样嗡嗡作响。

刚做这工程时，更秋兄弟又请他喝了一次酒，酒过三巡，老三把两万块钱拍在桌子上，拉加泽里懂这意思，这是要入伙的意思，但他假装不懂。他心里还是怕这几兄弟，但想起他们发财时并没有关照过自己和自己那可怜的兄长，他说："要是你们早点给我这两万块钱，早点帮我一把，我就考上大学了。"

更秋兄弟面面相觑，想不到这小子心里还藏着这样的心思。

老三却是最最无情的，狠狠推他一把："他妈的挣了大钱还假装可怜！你要装，我就明说吧，这是垫付的工程款，你那个工程，我们也算一份！"

他是想答应的，因为这几兄弟的确让人害怕。但他又为自己心里那害怕对自己有些愤怒，因为这愤怒而拒绝了更秋兄弟的要求。几兄弟阴沉着脸从桌子四周起身离去，拉加泽里想，全机村没有一个人会相信，这几兄弟在他一个人面前丢了脸了。

他也知道，他与这几兄弟结下梁子了。

十六

晚上，检查站开了牌局，大家都让拉加泽里上。话说得很直接："我们严格执法，油水到了你的手上，你也滋润滋润大家。"拉加泽里没有赌过钱，但老板怎么跟有权的人打牌的故事却听过很多。他不看人，给桌子每边先放上两千。刘站长去睡了，本佳当班，还要复习功课，也回自己房间去了。拉加泽里自己上了桌子，又输了六千。拍拍还有钱的口袋，笑着说："输完了，下次再跟各位大哥学吧。"

大家就拍他的肩膀，说他人小鬼大，懂社会，会历练出来。

回去时，看见茶馆的灯亮着，消失多日的李老板站在窗前。他那张平静的脸上的神情比往常更加落寞。他想问候几句，但是不等他开口，李老板就举手制止了他："看来你干得不错。"

"我……我跟检查站的人打牌去了。"

"赢还是输？"

"输了。"

李老板只说了简短的一个字："好。"

他终于还是把自己这多日来的担心说了出来："我向每一个见到的人打听，都没有你的消息。想去找你，又不知道该去什么地方。"他那急切的语调和神情让李老板有些动容，但他动了容也没多说什么，只是说："你坐下。"

李老板还是沉默着站在窗前。夜已经很深了。大颗大颗的星星，散发出一簇簇光的芒刺，直射到窗前。静默。拉加泽里好像听到星星的光碰在窗玻璃上叮叮作响。这使他感到非常不安。李老板背对着总想说点什么的拉加泽里。每当拉加泽里想说点什么，他就举起手，做一个制止的手势。后来，还是他自己坐下来，声音低沉地说："看来，我要离开了。"

"我知道你并不喜欢这个地方。"

"这个世界和我，我们相互讨厌。"

拉加泽里注意到了两人话中"地方"和"世界"的区别。

"本来，我都不打算回来了。"

"你到什么地方去？"

"我不到什么地方去，你肯定在背后听到过别人说我的故事，那你就知道我没有地方可去，我要做的是悄悄地消失。"

"告诉我发生了什么不好的事情。"

"我病了。"李老板抬起垂下的头，盯着他的眼睛说，"绝症。"同时，一丝古怪的笑容掠过了他的脸庞。

面对这么严重的话题，拉加泽里无话可说，他飞快跑回店里把挣来的钱全部放在桌上。他还很年轻，看到那么多捆扎得方方正正的钞票，脸上禁不住显露出满足的笑容。

"你喜欢？"

"我喜欢。"

李老板叹息一声："比我好，我并不喜欢，我拿钱没有什么用处了。"

"治病啊！上最大的医院，找最有名的医生！"

"那太累人了。人一辈子这么累，我不要最后还把自己累死在医院的床上。"他笑了，"死了，又在冰柜里冻得硬邦邦的，像猪一样。然后，一把火烧掉，这倒不错，变成烟，变成灰，飞在天上。"

一直想说话的拉加泽里还很年轻，面对这些他从未思考过的东西，真是无话可说。

沉默又降临在两个人中间。冷冽的星光铺满了窗前。

还是李老板开口了："你来。"

然后，他们两人就来到李老板的卧室。

"关上门。"

关门。

"开灯。"

开灯。

李老板把床头边柜子上的台灯挪开，揭去蒙在上面的台布，露出来的不是柜子，而是一只深绿色的保险柜。柜门打开，拉加泽里看到了码放得整整齐齐的钱。还有好多个存折。李老板不说话，但他脸上的神情在说，他连这些钱都花不完，他不想花了。

他"累"了。

李老板从柜子里拿出几张批件，说："还有好几百方呢。不过，这是最后一批了，都给你吧。"

"我要跟你清清前次的账……"

"不必了。知道这次我进城干什么去了吗？我就是跟人清账去了。"李老板说，"人家可以欠我，但我不能欠了人家。"

拉加泽里的泪水终于夺眶而出："那我欠你的了，只差一点点，我就是百万富翁了，但我什么也不能还你了。"

李老板又是长长一声叹息，说："小子，我一个孤老头，还没死就有人哭我，知足了，知足了。"

这下，拉加泽里哭出声来了。

李老板端坐不动，说："小子，知道我为什么帮你吗？"

"你看我可怜。"

"是我自己可怜。我无儿无女，孤人一个……要是不生这病，我想让你做我的干儿子。你不要说话。哎，事到如今，一个没几天活头的人，再干这样的事情就真是蠢到家了。天不顾我，一生不顺，但我至少不是个蠢人。"

"我已经上山看过，找到上好的落叶松了。"

"干什么？"

"我要给你做一副最好的棺材！"

李老板叹口气："我是给你提过这事，其实，哪有什么朋友，就是想给自己弄的。那阵子刚查出病，不知怎么就想到睡一口好棺材。真是好笑。不必了。今天的事不要跟别人提起，我不在了也不要人找我。当然，也许会有人来这镇上找我。你把我的东西胡乱埋一个坟，说我就在里面。这件事，你要答应我。"

"我答应。"

"再答应我一件事。"

"我答应。"

"这挣钱的事要早收手，收了手，再去读书。人有点钱就读不进书了，这个你要向本佳学。"

拉加泽里点头时，仿佛身在梦中。身体沉沉下坠，灵魂却飘在天花板下，观看着下面。

"这个店也交给你，本来茶水生意嘛，是从古至今的，只是木头生意不会长远，这个镇子，这个茶馆自然也不会长远。"最后李老板说，"我是没有子孙的人，这木头生意是把子子孙孙的饭都吃完了，必然是天怒人怨！"

拉加泽里说："我要好好安葬你，用最好的棺材。"

李老板缓缓摇头："真的不必了……"

"那我把你的二胡埋在里面！"

李老板就取来二胡，在手中摩挲，拉加泽里又说："唉，我早该知道你得病了。"

"你怎么知道？"

"你拉的曲子呗！"

"你听得懂？"

拉加泽里笑了："上学时音乐课上听过啊，《二泉映月》《听松》。还有，就是你常拉的《病中吟》……"

第二天早上醒来时，他发现自己趴在茶馆的桌上。窗前的阳光亮得刺眼。小镇正在苏醒。某个地方，录音机里在播放流行歌曲。有人拖着脚步在马路上行走。有人在大声咳嗽。窗户在打开，门在打开。他看见李老板躺在里间的床上，他捋起衣袖的胳膊上还缠着胶管，一只针管落在地上。拉加泽里以为他已经把自己结果掉了。但他没有。只是注射了些遮掩住他肉体疼痛和内心迷茫的药物，他放松了身体，沉沉地睡去了。他的面容枯瘦而安详。拉加泽里以为自己会伤心地哭泣，但他没有。他走出门去，走到阳光下，心里有了些深沉的感觉。与一个连死都觉得"累"的人做梦一样相处那么一段时光，他就不再是昨天黄昏走过镇上马路的那个拉加泽里了。这种感觉使他挺起了胸膛，这种感觉使他眼里闪烁出傲人的光芒。

十七

他捎了口信回村给铁手，说该看看那个地方了，让他去那个地方等他。

带信人问："哪个地方？"

"你废什么话，他知道是什么地方。"

"什么时间？"

"哦，你这个猪头，他铁手自己知道是什么时间！"

他去饭馆里盯着做了软而清淡的饭食，端到李老板床前，吩咐茶馆的服务员等李老板罤了就热了给他。

这个大胸的服务员挨过来，用丰满的胸脯蹭他："这么孝顺，你就像他儿子一样。"

要是自己真有这么个活到这么大年纪的父亲，那真是自己的福分。问题是这个人再好，也不是他的父亲。

服务员用胸蹭了不够，又伸出涂红了指甲的手来摸他的耳朵，他年轻的身体对这些刺激都有着强烈的反应，但他还是把这热乎乎软绵绵的手坚决推开了。镇上这些服务员大多都做些别的工作，这个他是知道的。检查站那些朋友都说，他这个小公鸡还没有打鸣，什么时候，要找个好小姐让他开叫。但他还对过去的恋人未能忘情。他甚至想，自己的境况也已今非昔比，一个百万富翁配个大学生想必不会有人说不般配。

"你是不是以为我是李老板的人哪！告诉你，我不是。"服务员笑了，并把整个温软的身子靠上来，在他耳朵边吹出温软的气息，"我听有姐妹说，坐牢那么多年不用，他那东西都废掉了。"

说话间，那手就蛇一样游向了他的胯间："你这里该不是也有问题吧。"

拉加泽里一个耳光重重地落在了她的脸上。他掏了一沓钱来拍在桌上："我只要你照顾好李老板，回来，我还有重赏。"

见到这么多钱，那姑娘就破涕为笑了。

他准备回村里去了。先在店里布置好过往车辆可能会用的胶水、胶皮、剪刀、钢锉和其他工具。正在把这些东西耐心地一一摆放好时，却听见了外面的喧闹声，出门一看，一群人在新建的水文站前，把催雨的火箭炮车围了起来。原来，是一贯作威作福蛮不讲理的更秋兄弟缠着降雨人一定要开几炮玩玩。降雨人拒绝了。那几兄弟就出手打人了。

几个人一拳拳从降哥人肚子开始一直往上，这时一记重拳正直奔降雨人面门，拉加泽里一步跨过去，他个子比降雨人高，那拳头就重重地落在了肩膀上面。他身子猛然一歪，双手扶住了背后的炮车，才没有摔在地上。另一拳过来时，他侧着身子，那拳就重重地击在车帮上，当即就把老五的脸痛歪了。

老五大叫："钢牙！让开，不然连你一起打了！"

"你敢！"

老王提着警棍站到了老五面前："你敢！"同时，还伸手去摸腰间的手铐。拉加泽里一掌推开老王，拉起降雨人，转身就往锯木厂去了。

这几天，更秋兄弟的锯木厂也开工了，跟林业局的厂子一样干得热火朝天。那个他们合股的老板往县里汇报，企业局找了县委，说林业局如此搞法，不利于招商引资环境的形成。县里专门开了协调会。会一完，更秋兄弟的锯木厂就会料充足了。高高的水头冲下来，水车旋转如飞，锯子唰唰地飞快来回，每一下，锋利的锯齿都从木头内部拉出很多的锯末，锯末四散飞溅，木头潮润的香气满溢了狭窄纷乱的空间。

老二是锯木厂总经理，此时正手拿一把米尺，踱来踱去，神气活现。

"县里为你们的厂专门开了会！我听说了！"拉加泽里在隆隆的机器声中在老二耳边喊。

老二用了更大的声音回答："老魏亲自主持的！"

"什么，听不见！"

老二挥挥手，差一人跑上山坡关掉水闸，让这些轰轰然的声音停下来，正色说道："老魏亲自主持的，这回你听清楚了！你来就是问我这个？"

"你要管管你的兄弟！"

老二用米尺敲打着降雨人的肩膀："他们就想打打炮，这家伙一点面子都不给。"

拉加泽里挡开他手里的尺子："欺负一个外地人算什么本事，人家有规章……"

老二已经变脸了："规章？那我倒要请你这个有学问的人讲讲什么

是规章。"

老大一直在旁边看着，这时才笑着走上来，把他弟弟推到一边："这位兄弟怎么称呼？对，降雨人，降雨人。你真的不用害怕跟我们交朋友，我们拿你的雨水没有用处，雨水换不来钱，你不用像我们这位乡亲，离我们远远的，那是因为钱。我们交你这个朋友，你也不用害怕，我们不要雨水。雨水是什么？到时候，自己就从天上落下来了。放心，没有人再要打你的炮了。"

拉加泽旦松了口气，对降雨人说："老大一说话，几兄弟都不会乱来了。"

"说得对！钢牙是聪明人。聪明人是来告诉我们，为了不挣钱的事情去坏规矩不值得。不过，要是能挣来钱，那就是另说了。"

降雨人惊魂未定，但也知道顺坡下驴，马上邀请大家一起吃饭。

老二哈哈大笑，一行人也就去了饭店。

从酒桌子上下来，拉加泽里上路，脑袋晕晕乎乎的。席间，老二学说着企业局领导转达的县委书记老魏的话："机村的事情嘛，我知道。更秋兄弟，五个？六个。对，六个。这家人娃娃多，都小，吃不饱，看见吃的东西眼睛就像狼一样放光。想挣钱，贪心，我相信，穷怕了嘛。但有些反映把他们说得那么坏，那么无法无天，我不相信。我从基层上来的，我了解这些人。现在的干部，脱离群众，不了解群众的心思了。这是问题啊！"

拉加泽里冷笑："老魏再下基层，再在机村多待一阵，就知道你几兄弟是什么货色了！"

"也知道你是什么货色！"老大老二一起大笑，"你也去反映试试，看老魏相不相信！"

听了林业局和公安局的汇报，老魏说："这样的问题，即便是真的，那首先也是管理部门有问题，同志们，老百姓要富起来，过程中有问题当然应该管，主要的手段还是教育与疏导嘛！"

老大还揽住了拉加泽里的肩膀："钢牙，我们的锯木厂生意这么红火，你也入一股，我把副总经理的位子让给你，不要你入股的钱，我们也想跟林业局搞好关系！"

拉加泽里无话可挡，只好岔开话题："李老板要我回去上学。"

"上学？！"老二听了哈哈大笑，"老子小学二年级都没上完，不一样发财当老板，你不是不上学了才发的财吗？还要去上学？"

老大不笑，脸上的表情慢慢冷下来："看来，我们是没有缘分了，钢牙。"

话到这个份上，拉加泽里也不肯示弱："我回来差不多三年，真有缘分早就有了。"

出了门，降雨人十分不安，说："我给你惹下麻烦了。"

拉加泽里咬牙说："那也是早早晚晚的事。"

降雨人又问："老魏是谁？"

"我们的县委书记。"

"他怎么不认真调查调查？"

拉加泽里摇摇头，说："疯了。"

直到回到村里，上了山，在半坡上跟铁手会合了，去挑选漂亮的落叶松时，他还对铁手说："疯了。"

"什么？"

"疯了。"说这话时，他心里有着强烈的不安。

这个时节，挺拔的落叶松枝条上又长满了新鲜嫩绿的针叶。旁边，从河谷里一路开上来的杜鹃在这高处也开始凋零了。一朵朵开败的花落在地上，使四周的空气带着浓烈的腐败的甘甜。可这些树真是漂亮，鱼鳞状的树皮闪着暗红的光泽，笔直匀称的树干引领着人的目光一直往上，一直往上，直到看见树顶上面的幽深的蓝色天空，看见天空上*丝丝缕缕*的洁净云朵随风飘荡。

铁手说："这么漂亮，真舍不得砍它。"

拉加泽里何尝没有同感，但他说："这话听起来像是我哥哥说的。崔巴噶瓦也会说这种话。"

"他们是会说这样的话。"

"你说这种话，是像我哥哥一样胆小，还是像崔巴噶瓦一样高尚？"

"除了崔巴噶瓦自己，机村没有人能做崔巴噶瓦。"

拉加泽里紧逼一步："想清楚，砍这树跟砍别的树不一样，这是珍稀植物……"

"凭你的关系，我怕什么！你就说什么时候要吧。"

"马上。"

"我没带家伙！"

"那就明天。我不在这里收货，你把材料送到锯木厂，他们知道加工成什么尺寸。记住不是更秋兄弟那家。"

下山后，他先回家了一趟，家里没有人，哥哥，嫂子和外村请的几个帮工还在外面忙活，为新房子准备石材和木料。拉加泽里喝了母亲端上来的茶，坐一会儿，也没有什么话说，就出了门在村子里四处看看。村子里也没什么人，都到什么地方干自己的事情去了。他就信步往村外走。走到河边，又沿着河边慢慢往上游走。经过被去年夏天洪水冲坍的河岸，经过水电站和槽口长满厚厚苔藓的磨坊，然后，就来到了那座木桥跟前。过了这座桥，抬眼就看见掩映在一片苍翠林子后面的那座安详的房子。那是过去恋人的家。不久以前，他还在那座房子里安睡过一个夜晚，那个夜晚多么安详，崔巴噶瓦给他捣药疗伤。那个早晨多么清新，崔巴噶瓦带他去看那些仍然整齐生长的青杠树。他站在桥栏上，清澈河水中浪花起处一股清凉之气扑面而来。在他和那座房子之间的山坡上，杜鹃已经凋谢。但那些野樱桃却开出了如轻雾一般的白色繁花，而再过些日子，就是香气浓烈的丁香的花期了。一个人影出现了，他走到房子前面的篱墙前，手搭在额头上向这里张望。拉加泽里知道，他就是崔巴噶瓦。

很快，他就推开篱墙中央那柳条编成的栅门，走进了那个安静的院子。

"年轻人，你是坐下呢，还是就这么一直站着？"崔巴噶瓦的口气不如以前那么和善。

"阿姨不在家？"

"她去摘些野菜，腌了，女儿想念家乡味道了。"

"做好了，下次我进城可以捎给她。"

老头没有答话，把手中那些红红绿绿的经幡编结成串。

拉加泽里深吸一口气，把心里的话说出口来："我想进城时去看看她。"

"不，发了财的年轻人，我的女儿不要糟蹋了家乡森林的人去看她。"崔巴噶瓦坚定地摇头，"孩子，你也一样。你跟她完全是两样的人了。"

拉加泽里心中响起一阵悲切的声音，恍然就是李老板对着晚风拉起的二胡声了。

崔巴噶瓦摇着头深深叹息："我们老两口一死，我们家在机村就没有人了。可是，你们可是还要在机村祖祖辈辈生活下去的。"

"我有钱了！叔叔，有了钱就可以在城里买房子和户口，不一定再回机村来了！"

"你走了，你哥哥一家呢？你家祖先的魂灵呢？"

关涉到这个话题，拉加泽里心里有了底气："人死了就死了，没有魂灵！"

老人更大幅度地摇晃脑袋："可怜的孩子，上了那么多年学，你就学到这么点东西吗？知道吗孩子，你们把那些大树砍光，祖辈们连寄魂都没有地方了。"

拉加泽里知道，老人编结好手头这些东西，就要去找一些大树挂上，挂上了这些五彩经幡，对于逝去的人来说，那就是寄魂之所，对于活着的人来说，那是命息所在的地方。所以，那样的大树就叫作寄命树或寄魂树。听老辈人说，过去，这样的树就矗立在村前，矗立在地头。后来，砍伐森林了，"文化革命"了，这些树就消失了。顽固守旧的老人们便在深山里寻找到古老的树，把这些印满了祈求灵魂有所皈依的经幡挂在树上。那样的树像一座座绿色的高塔，无风的时候，蓄满了清丽的鸟鸣，风起处，所有的枝叶随之摇晃，鸟群像被一只巨手抛撒出来一样，弹射向空中：是鸥鹆，是斑鸠，是鹦鹉，是特别聒噪的红嘴鸦。

老人又说："要是你愿意，明天跟我上山，活人我管不了，可那些飘荡的游魂该好好安抚一下了。"

"我去，可……"

"可是去了你也不相信？"

"我不相信。"其实，他并不确切地知道自己相信还是不相信。

轻风吹来，那些结成一串的彩色布条微微翻卷，布条上印着的字母和图案不断浮现，一时间，使他的心思阵阵恍然。他不相信，因为时代已经把诸如此类的东西放逐到了视线之外，要是天天都看见这样的东西，他想自己可能就信了。他问道："挂在什么地方？"

老人有些艰难地站起身来，走到篱墙边，往山上张望。顺着他的视线，拉加泽里看到了一条砾石累累的深深沟壑。对于他这个年纪的人来说，那是一个传说。因为那是他出生以前的事情了。是年，机村大火。为了灭火用很多炸药炸开了半山上的湖岸，那道沟壑就是当年决堤的洪水留下的遗迹。据说，当年洪水中死去的村民也睡了汉族式的棺材。后来，那几座坟墓被山洪冲刷，朽腐的棺材从泥土中显现出来，露出了里面白生生的遗骨。机村人请来喇嘛，念了经，一堆大火把朽腐的棺材跟骨殖都烧了个干干净净。在安葬死人的方式上，机村人始终未能移风易俗，又回到原来的方式上去了。

看拉加泽里有些走神，崔巴噶瓦说："变成个爱想事的人了？"

"那上面真的有过一个湖吗？"

崔巴噶瓦叹口气，说："有过，就在那些落叶松下面一点。"

拉加泽里稍稍抬起一点眼光，就看到那些落叶松了。现在，太阳正在从西北方落下，下午特别明亮的阳光把那片东南向的山坡上那些树——准确地说，是那些落叶松的绿色照耀得玉翠般水嫩透亮。

"湖的根子还在，那些树才能那么漂亮。"

"湖的根子？"

崔巴噶瓦笑了："就是藏在地下的泉眼。"

拉加泽里突然明白了，这个固执的老家伙要把这些经幡挂到那些落叶松上。果然如此，崔巴噶瓦有些得意，说："我晓得，国家也要保护那些树，再把经幡挂上去，就没有人敢动它们了。知道吗？孩子，那时湖边有很多泉眼，后来它们都缩回地下了，看看那些水灵灵的树，我知道，他们就藏在那些树的下面。等到人们不作孽了，山上又长树长草，那些泉眼里又要冒出甜甜的泉水了。也许你真的应该跟我上山看看。"

他知道，自己不能干这件事情了，赶紧回村去找铁手。

十八

拉加泽里刚走到村口，就见嫂子慌慌张张地向他跑来。

这个平时总是慢吞吞的女人这时双手提起长袍的下摆，脏污的脸上满是汗水，气喘吁吁地向他跑来。

他的脑袋开始膨胀，一个声音在里面说："出事了，出事了。"

果然，嫂子跑到他面前，如果不是一手被他扶住，就瘫在他面前了："救救你哥哥，求你救救你哥哥。"

"告诉我怎么了?!"

嫂子从地上爬起来，喉咙里是困兽般的呜咽，拉着他又跌跌撞撞地跑向河边。差不多整个机村的人都聚集到了那个地方。哥哥站在离岸并不太远的河水中间。湍急的河水在他身子四周打出一连串的漩涡。他一脸惊恐与绝望的表情，张大嘴无声地哭泣，手里还提着一把亮闪闪的斧头。看见他就像遇见了救星，大喊："弟弟，救我！"

更秋家老三却在冷笑："自己跑到河中间去要自杀，现在又要人救他。"

人们真的在救他，一次次向他抛去绳索，绳索抛到身边，他却任流水冲走，不肯伸出手去。他还在喊："弟弟救我！"

但就是他亲弟弟抛出的绳索，他也不肯去接。冰凉的河水不断冲击着他，他已经有些站立不稳了。拉加泽里再次把绳子抛到他身边，但他仍然没有伸手，他哭着喊："弟弟，救我！"

"抓住绳子！我就救到你了！"

老三却带着几个人在旁边起哄："你弟弟不行，还是让警察来救你吧！"

拉加泽里的脑袋嗡嗡膨胀，就想抓起斧子来跟他拼命，但他忍住了。哥哥还站在凉冷的河水里，他听老三这么一喊，又往河水深处走去。水漫到了他的胸部，他回过头来，又喊一声："弟弟，我没有出息，给你丢脸了。"

他的身子再也无力抗拒水流巨大的力量，慢慢地歪倒在河水中间了。河上那些起伏的波浪间，浮起来的是他鼓胀起来的背部的衣衫。拉加泽里跳入了河中，相跟着，有好几个人跳下去了。才冲出去几十米，就给捞起来了。拉加泽里抱着水淋淋的哥哥走上了河岸。回到家，换上干衣服，灌了些热茶和蜜酒，他才止住了颤抖，乌紫的嘴唇有了些些的血色。他又哭起来："警察就要来了。"

拉加泽里这才有时间听人们细说原委。

就在他听取崔巴噶瓦教训的时候，他哥哥提着斧头去砍一株桦树，盖房子时总需要一些零碎的木料。他哥哥并没有多少砍树的经验，控制不了树木倒下去的方向。于是，树倒下时砸断了经过机村的长途电话线。不知道从哪里来，也不知道到哪里去的电话线一直伴着公路干线延伸，但双江口镇翻越雪山那段路线太绕了，电话线就从镇上离开了公路，为抄几十公里捷径而穿过了机村。

哥哥喝了些蜜酒过后，竟然晕过去了。可能是惊吓过度而虚脱了。

晚上，他醒了，看看四周，又开始低声哭泣。他抓住弟弟的手："家里的人就托付给你了。妈妈、侄儿、侄女，还有你嫂子，警察一来，我就要走了。"

拉加泽里忍不住笑了。

"你不要笑。我不害怕了，刚刚出事时，我很害怕。我想死，可是，我还是害怕。"

"哥哥你不用害怕。"

"现在我不害怕了，我只是舍不得你们。"

拉加泽里知道，他心里还是害怕。倒下的桦树把电线砸断时，他只是坐在那里发愣，后来，村里人来了，有人开始吓唬这个胆小的可怜虫。更秋家老三说，这一根电线里有很多人说长途电话，电线一断，一个钟头光是赔邮电局的钱就要几十万元。听到这个，他哥哥就开始哭泣了。他爬到电线断头那里，想接上那些电线，但有人喊有电，又把他吓回来了。这时居然还有人进一步威胁他，让他回忆过去某些时候，国家有什么大事要发生时，为了电话的畅通，每一根电线杆下都要派民兵们通宵站岗。更秋家老三说，这是国防线路，要是耽误了解放军的消息，那就不是赔线，而是"反革命"，是要掉脑袋的事情了。

这一下，这个懦弱胆小的人就只好跑到河里去了。河水不深，他想一死了之，却又没有勇气倒下身去。他是抵抗不了河水的力量才被迫倒下的。

拉加泽里紧抓着哥哥的手，想起哥哥那不堪忍受的惊恐无助，心里阵阵生痛，不由得掉下泪来。他告诉哥哥，用不着担心，真的用不着担心，这些架在电线杆上的明线已经废弃两三年了。现在，人们打长途电话，是通过前两年埋在地下的光缆了。

"你知道的嘛，前两年不是有施工队来，挖沟，埋进去这么粗的光缆吗？"

哥哥小声说："我还去工地上打过工呢。"

拉加泽里大声说："对了，那才是现在用的电话线，你打断的那个，早就不用了。"

"警察不来找我了？"

"人家很忙，顾不上你这个事。"

"真的？"

"真的。"

哥哥长吁了一口气，苍白的脸上慢慢泛起了血色。他说："弟弟，你怎么什么事情都懂。"

"我上过学嘛。"说到这个，拉加泽里心头又掠过一股针刺般的痛楚，差一点又落下泪来。

看他的样子，哥哥又紧张了："你这么难过，是在骗我吧？"

本来，提到上过学，又想起哥哥至今还要受人家的欺负，他心里真是五味杂陈，替自己，也替兄长感到深深的委屈："你这样任人欺负，我心里难过。"

哥哥就深深地低下头去了。

拉加泽里回到自己的房间，从床底下拉出两只木箱，拿开上面摆得整整齐齐的中学课本与课堂笔记，下面更加整齐的是一扎一扎的钱。他从屋子里出来，把差不多半箱子钱，倒在了地板上，堆在哥哥面前："老三几句话就把你吓晕了，他凭什么吓你，觉得自己有钱，那你弟弟也挣了很多钱！哥哥，以后，见了他们你不准再害怕！"

但是，就是他这些钱，又让哥哥害怕了。他的脸色又变得纸一样苍白。

怒火从拉加泽里心头升腾起来，他抛开对着一堆钱发呆的家人，下了楼，气咻咻地奔更秋家去了。因为愤怒，因为急促的脚步，他差点都要喘不上气来了。到了他家门前，他想高声叫骂，却气喘得一个字都喊不出来。他一个人站在这家人宽敞的院子里，听见灯光明亮的屋子里笑语喧哗。他终于喘过来，喊出了声音："老三，你出来！"

他胸腔里已经准备好一大堆义正词严的责问的话，只等那坏人一现身，就会劈头盖脸泼洒在他身上。

大门打开了，拉加泽里就站在从门里流泻而出的那方明亮里。没想到的是，先于主人，是一只狰狞的恶犬扑了出来。好在拉加泽里手上已经有了一根从院门上拔下的栎木门杠。他就像录像片里的棒球手一样，抡圆了门杠横击出去，腾身而起的恶犬猫一样哼了一声，像只口袋一样摔到那方灯光外面，落地时发出沉闷的声响。然后是老三怒吼一声，拔出了腰间的刀子，但他明显有些胆怯，有些迟疑不前。

挥出了那呼呼生风的一棒，拉加泽里心中大快："你这个杀人犯！你差一点杀了我哥哥。"

这个无赖竟然笑得出来："我只是吓吓他，是他自己往河里跳，跟我有什么相干。"

"你还差点撞死了罗尔依站长！"

老三立即举刀扑了上来，拉加泽里早已牢牢地分腿站好，侧身挥臂，同时一声呐喊，沉沉的木棍先是击中了老三的肩头，然后，轻轻弹跳一下，又落在了他的脑袋上。被击中的人哼出了声音，又把下半声吞回到肚子里，慢慢地倒在了地上。虽然他背着灯光，但是拉加泽里还是很快意地看到他脸上惊恐而又痛苦的表情。这六兄弟，四个在镇上，剩下两个犯了事的心虚躲在家里，却还在祸害乡里。老六又扑了上来，这时，拉加泽里已经有些清醒了，下手就没有那么重了，他只挥棒打飞了他手里的刀，从手腕那里把他的骨头打折了。

那个生了这几兄弟的老妇人从屋子里哭出来，拉加泽里说："阿姨，你不要伤心，我是替机村人清除祸害了。"

消息像闪电一样照亮机村。全村人都聚集到了这个地方。人们发动汽车，把两个伤者抬上去，急火火地往县城去了。临上车时，拉加泽里还看了老三那血肉模糊的脑袋一眼，对人们说："顺便到老王那里报个案，告诉他不用着急，我哪都不去，就在这里等他来抓。"

他还对村长说："你他妈的什么事不管，算什么村长？"

救人的汽车开走了，还有很多人围绕着他，都保持着敬畏的沉默。已经发生的事情全都在他的意料之外，但他心里却感到无比的畅快。天朗气清，星光璀璨，银河在他头顶的天空中缓缓旋转。倒是他哥哥把这感觉给全部破坏了，他哆哆嗦嗦地拉住弟弟："你把他打死了吗？"

拉加泽里说："我只知道他该打。打没打死我不知道。"

哥哥哭了，一边哭，一边又开始埋怨了："你惹下大祸了！日子刚刚好过，你又惹了这么大的祸，你就不知道忍一忍吗？"

拉加泽里知道，自己就因为出生在这样一个家庭，忍受过的东西真是太多太多了。忍受一个懦弱兄长的埋怨与唠叨，忍受他莫名其妙的惊恐，忍受失学与失恋双重的痛苦，在双江口镇上整整忍受了两年欺辱与白眼……他真的想喊一声："忍一忍，忍一忍，你忍得住吗？"

但他对着这张苍白的脸什么都喊不出来，有的只是伤心与厌倦，他仰起脸来，看见眼中的泪光放大了星星，在这晴朗的夜晚闪烁得更加璀璨。他不想回家，但警察到来肯定还有很长时间。这时，崔巴噶瓦出现了。只有他的眼里流露出哀悯的神情，他说："孩子，来吧。"

他就跟着崔巴噶瓦去了。

哥哥还哀哀地跟在后面，拉加泽里说："你回家去吧，那些钱够你们花了，以后，你也不用害怕人家欺负你了。"

哥哥就站住了，慢慢地落在了他们的身后。

两个人走到桥上，河面闪烁不定，水波大声喧腾。

两个人走上山坡，水声落在身后，开败的杜鹃花散发甘甜的朽腐味，更为清新的是一枝两枝早开的野樱桃。

那个晚上，两个人一直没有说话。或者说，两个人只是用眼睛说话。老人重新把火塘点燃，调好一壶浓酽的油酒，你一杯我一杯慢慢饮用。

这时，自己过去女友的母亲一声不吭，就像过去机村的女人们为将要出远门的男人——父亲、丈夫、情人、兄弟、儿子——收拾东西一样出出进进：皮褥子、衬衫、皮靴、干肉、盐……拉加泽里从脸上挤出一点笑容，想说点什么，但他什么都没有说，只把一大杯酒倾进了喉咙。老太太坐在这些东西跟前捂住脸哭了。她没有哭出声来，但泪水从她干枯的指缝间流溢出来。然后，她又站起身来，往褡裢里装进了一只手电筒。

天慢慢亮了。

他又听见了隐约的哭声，那是他亲生母亲找到这里来了。老太太起身迎住了她，两只干枯的手紧攥在一起。

崔巴噶瓦清清嗓子，大声说："好妹子，不用伤心，你养了个有出息的好娃娃！"

拉加泽里很开心地看到母亲真的擦去了泪水。母亲从家里带来了很多东西，两个老妇人用这些东西做了一顿丰盛的早餐。吃完早餐，两个人来到门外，放眼望去，通往机村的公路上静悄悄的，警察还没有出现。这回拉加泽里走在前头，崔巴噶瓦跟在后面，往那片每年按规矩轮伐，一茬茬长得整整齐齐的薪柴林去了。两个人在那片薪柴林前坐下来，隐在林子中间的画眉们此起彼伏地鸣叫。

机村人听得懂这叫声：

"天——晴——了！"

"天——晴——了！"

在这样的好天气里，山坡上所有萌生了新叶的树木都闪烁着亮眼的绿光。特别是崔巴噶瓦说还有着泉水根子的地方，那一簇劫后犹生的落叶松的绿光更是清新晶莹，仿佛玉石一样。

这时，拉加泽里突然大叫一声："铁手！"

"什么？"

"糟了，我让铁手去砍那些树！"

"什么？！"

"今天，铁手要去砍那些树，是我昨天吩咐他的。"

"昨天？你知道我今天去那些树上挂寄魂幡！"

"我知道后下山找铁手，就遇到哥哥要去跳河了！我马上去找他！"

但是来不及了，远处的路上扬起了尘土，然后，两辆警车出现了，不一会儿，就听到呜里哇啦的警笛声了。崔巴噶瓦笑了，他拍拍拉加泽里的脸："他不敢去了。"

但是，这个时候，那些落叶松中最挺拔最翠绿的那一棵，摇晃着，摇晃着倒下了。

崔巴噶瓦脸上出现了惊讶与不解的表情："为什么？因为这树值很多的钱吗？"

拉加泽里摇了摇头，但他不想解释，事到如今，任何的解释都没有意义了。他甚至笑了笑，说："这下，我也是一个很坏很坏的人了。"

老人摇摇头，说："我不知道，我不知道。"

"要是有人来调查是谁砍了落叶松，请你老人家告诉他们，是我，不是铁手干的！"

老人跌脚道："你们这些人，谁都会干！"

拉加泽里长吁了一口气："我该走了，他们接我来了。"

崔巴噶瓦的神情又是一片黯然，哑了声说："走吧。"

在山坡上那个安静的院落门口，拉加泽里站在低一点的地方，让母亲亲吻自己的额头。

母亲眼睛湿了，嘴唇却是干枯的。

十九

拉加泽里径直就往警车跟前去了。

警察老王说："好小子，你犯法了，但干得好。"

"老三死了吗？"

老王没有直接回答："其实，你用不着这样，只要把知道的事情说出来，把好事交给老子来干！"

在村子里，哥哥跟嫂子相跟着："好弟弟，我们跟妈妈等你回来！"

他心里想，就是回来，母亲也不在了，但说心里话，他心里并没有多少留恋与牵挂。他不知道是因为给他们留下了大半箱子钱，还是自己对这个家庭本来就没有太深的感情。

老王说："一个晚上，什么话都该说够了，走吧，这个时候就不要这么婆婆妈妈了。"

拉加泽里就伸出手来，老王一歪脑袋，一个警察上来给他扣上了手铐，老王却骂道："那么紧干什么？松一点！"

就像那些录像片里演的一样，一个警察上来，把他推到警车跟前，摁住他的脑袋，他弯下腰，面前就是警车后座那小小逼仄的空间。他坐进去，两个警察一左一右在他两边。老王坐在前座上，突然间有些喘不上气来了。他的身体像猫一样蜷起来，蜷起来，两只手颤抖不止，当紧绷的身子松弛下来，人已经晕过去了。见这情景，两个县城来的刑警不知怎么处理，而跟老王同一个镇子的拉加泽里见到这样的情形已经不是一次两次了。

他叫："解扣子，解扣子！"

两个警察就解开他扣到颈下的扣子。

他又叫："药！药！"

警察们并不知道要什么药，也不知道药在什么地方。只好打开了他的手铐，拉加泽里放平了汽车座椅，让他呼吸顺畅，从他口袋里掏出常用的喷雾剂往他口里一阵猛喷。隔了一会儿，老王眼皮动了动，再隔一会儿，老王眼皮又动了一动，然后，他深深叹口气醒过来了。

他们让老王就那样在座椅上躺了十多分钟。

拉加泽里重新戴上手铐，警车这才离开了机村。

老王虚弱地说："好像做梦一样，我从悬崖上掉下去，掉下去，老是到不了底，后来，是谁伸出双大手把我拖回来了。"

警察们都说："要不是刚抓的这个犯人，大家都不知道怎么抢救。"

老王从前座上转过头来，笑笑，说："我就那样往下掉，身子飘起来，像是片从鸟身上脱下来的羽毛，那么轻……身子一轻，人就舒服了。唉，一活回来，身子又重得要命！小子，活着都不容易，都累得很哪！"

拉加泽里没有答话，自己还年轻，自己眼下是身体轻盈而心灵沉重。

老王就对那些警察说："你们看见了，一个罪犯抢救一个警察，这肯定算是一件功劳。"

同车的警察都表示同意。老王笑了，又扭回头来对拉加泽里说："妈的，你小子运气好，救活一个警察跟打伤一个罪犯相比，可能功比过大！"

这句话透出一个信息，更秋家老三虽然被他像打棒球一样击打了脑袋，但他还活着。但他并不特别高兴。他觉得自己已经很累很累了。他也希望自己能够像老王一样昏迷过去，也坠入一个能使身体与灵魂都飞扬起来的梦境。他闭上眼睛，果然就在摇摇晃晃的车中很快睡着了。直到进了镇，警察使劲摇晃他的身子，他才慢慢醒过来。差不多整个镇子的人都聚集起来，看他被警察挟着手臂从警车上下来。警察带着他穿过人群，穿过一张张熟悉的面孔。就在一夜之间，这些面孔都有了陌生之感。就是检查站那些朋友和仍然手捧着茶杯一言不发的李老板的面孔也有了陌生之感。旅馆里的小姐、贸易公司办事处那些称为客户经理的小姐，还有降雨人都有陌生之感。只有机村人的面孔不给他陌生之感。这是身任锯木厂总经理的老二阴沉的面孔。这个世界上，很多人来来去去，出现又消失，只有机村会永远深陷在大山的皱褶之中，只有真正的机村人不管相互喜欢还是仇恨，都会永远待在一起。拉加泽里看到老二阴沉的面孔和仇恨的目光，他朝老二露出了一丝隐约的笑容，他满意地看到，这个凶横的家伙，眼里也透出了一丝恐惧。

终于，他们穿过围观的人群进到了执勤点里面。老王上来打开他的手铐。拉加泽里有点害怕，问："我干的事情，你问什么，我答什么，不要再打我了。"他有些吃惊地听见，自己的嗓音突然之间就嘶哑了。

"害怕了？"

他有些羞怯地一笑："我嗓子哑了。"

"妈的，我听见你嗓子哑了。但还是要问你话。"

"问吧。"

"坐端正。"

"好。"

"姓名？"

"你们知道。"

"姓名？！"

他马上乖乖地回答了。

老王说："什么事情都有个规矩，只要依规矩来，事情就好办了。"

其实，警察们问了那么多话，翻来覆去就一个意思，他挥动那么结实的木棍击打别人的脑袋，是不是早就想好要杀人了。他们问这些话，有人在灯下做着记录，还有一台录音机也打开了。而老王在屋子里踱来踱去，并不断往嘴巴里喷射着那雾状的药物。讯问结束，警察把记在纸上的话念了一遍给他听，拿来印泥让他按上手印，合上本子，把录音机也关上了。老王擦去汗水，说："好了。"

拉加泽里就站起身来，说："走吧。"

反而是老王问："上哪？"

"监狱。"

"看来你还真着急啊。该去的时候会去的，现在还只是案子的调查阶段。"

老王自己在床上躺下来，那些警察要去饭馆里吃午饭，他们就把他铐到了老王的床头。呆坐了一会儿，听着附近锯木厂锋利的锯子唰唰地分解木头的声音，这两三个月令人高度兴奋的经历梦一样过去了，他的身体松弛下来，再也没有什么能够去操心的事情了。木然的脑袋膨胀，膨胀，沉沉的让他昏昏欲睡了。

他猛然惊醒过来，不是听到了声音惊醒过来，而是猛然惊醒之后，侧耳倾听，才听到了那些声音。先是有人高声喊叫，然后，有人奔跑，更多更高的喊叫，老王也醒了，翻身起来坐直了身子。这突然而起的声音却又陷入了沉寂。镇上什么声音都没有。连锯木厂那些不知疲倦、运行不止的锯子也停下来了。静得甚至能听到这个季节一天天涨起来的河水的声音。

这声音让他想起，没有双江口这个镇子和这个名字时，这个地方老的名字：轻雷。

这时喊声又起，更多人在奔跑，在喊叫。然后，一声枪响，空气震动一下，一切又静止下来。

老王说："不是对人，是对天开枪。"

又过了一会儿，反剪了双手的铁手被人推进了屋子，老二一脸得意跟在警察后面。铁手看一眼拉加泽里，说："完了。"

老二扑进屋子里，喊道："铁手，是钢牙指使的！"

拖拉机也被开进执勤点的院子，上面是几段截成两米多长的落叶松木。那木头真是漂亮：赭红色的皮，匀直的干，截口上的木纹清晰圆满。

老二得意地大叫："这是落叶松，国家保护的珍稀植物！"

拉加泽里只觉得疲惫不堪，他对警察说："老二说得对，树是我砍的，我雇铁手的拖拉机帮我拉到镇上来。"

老王说："小子，什么话都想清楚了再说。"

"是我干的，你放了铁手。"

"妈的，你说放人就放人，你是警察还是老子是警察！"老王变了脸，转向铁手，"你给老子讲老实话。"

铁手别过脸，不看拉加泽里，说："树是钢牙砍的，我就是帮他用拖拉机拉到锯木厂来。"

老王又喘不上来了，他往嘴里喷了些药剂，把拉加泽里推进了那个没有窗户的房间。他把电警棍杵在拉加泽里的胸口上："小子，老子看你打了坏人想帮你一把，你倒敢跟老子装好汉，就不要怪我不客气了。"

警棍一放电，拉加泽里就倒向了墙角，老王自己那脸容，也像是被电着了一般："你不是叫钢牙吗？老子今天要一颗颗给你撬下来……"话没说完，老王自己就喘得不行了。

拉加泽里说："想收拾我，还是换个人吧，你都没有力气了。"

老王好不容易喘过气来："小子，你把我弄糊涂了，你说自己到底是好人还是坏人吧。"

拉加泽里摇摇头，说："我只知道自己是违反了法律的人。"

他被老王关在审讯室里的时候，镇子上的好些人都来看他，检查站的本佳来了，李老板来了，降雨人也来了。他们都让警察挡在了外面。他们带来的东西，也都被退回去了。机村村长也来了，把上百村民摁了手印，要求上级对这个年轻人从轻发落的请愿书递上。警察拒绝接受。他们只负责侦察，不判案，这样的材料要递给法院。这天晚上，他又被押上了警车，这回是往县城的看守所转移了。路上，坐在前座上的老王半睡半醒。坐在左边的警察转了脸去看着窗外，往他手里塞了张纸条。纸条上只有一句话："你要做个真正的钢牙。"他认识这是本佳的字。他笑笑，像电影里的特务一样，把纸条塞到嘴里吃掉了。那个警察从窗玻璃里看着他，也笑了一笑。

到了县城，拉加泽里建议先把老王送到医院，老王哼哼了几声，却没有反对。于是，他们就先去了医院。医院里推出来一架带轮子的床，老王被人架上去，躺平了，又要人把大衣垫在脑袋下面，他要人把拉加泽里带到他面前："小子，李老板说他没看错人，他说就算自己有儿子，所能做的也不过如此。他叫你放心，死前会替你家里做好安排。"

拉加泽里没有说话，因为这样的时候，他实在不知该讲些什么。老王说："小子，你进去了还可以出来，我这一进去，可能就出不来了。"

拉加泽里眼里有了些泪光，被门廊上的灯照着，闪出不一样的光亮，老王笑了："这小子有点良心，记住，以后要把路走端正了。"

拉加泽里并不觉得自己什么时候就把路走偏了。对他这样的人来说，并没有很多道路可以随意地选择，他只是看到一个可以迈出步子的地方就迈出了步子，可以迈出两步就迈出两步，应该迈出三步就迈出三步。他无从看到更远的地方。无法望远的人，自然也就无从判别方向。

二十

所有这一切都是十五年前的事情了。

十五年后，拉加泽里刑满释放了。他在长途汽车站买票，车站的路线图上居然没有了双江口镇这样一个地方。拉加泽里怕自己看得不够清楚，又掏出眼镜戴上，把那路线图细细看了一遍，的确，图上已经没有了那个名字。他想，是那个地方换了名字吧。他会看地图，他的手指顺着表示公路的蜿蜒红线滑动，到了那个两条河流交汇之处，那里，连原来地图上曾经标示镇子存在的小圆圈也消失不见。然后，他的手指继续滑行，机村还在原来的地方。

他要买机村的票，售票员告诉他，要到那个地方必须多出几块钱，买到达玛山隧道口的票。当然，他可以提前在机村下车。

还没有到机村，在那个过去叫作轻雷，又曾经叫过双江口镇的地方，拉加泽里下车了。一道高大漂亮的斜拉索大桥同时跨越了一大一小的两条河流，宽敞平整的柏油公路过了桥往机村去了。

只是，那个曾经的镇子已经消失得干干净净了。那条穿过镇子爬上雪山的公路上也长满了浅浅的野草。野草之间，是雨水冲刷出的许多沟槽。拉加泽里肩挎着一个大包，走在这些浅草中间。公路两边，当年那些迅速矗立聚集起来的房子都没有了踪迹。路边荒草与灌丛四合，有些地方，甚至伸展出白桦那漂亮修长的树干。一时间，他有些恍然，不知道是十五年时间真把所有东西消灭得这么干净，还是根本就没有过十五年前那段时间。但他分明看到，十五年前那个镇子，当满载木材的卡车驶过时，立即就尘土飞扬。现在，绿野四合，轻风过处，阳光在树丛和草地上闪烁不定，清脆悠远的鸟鸣在山间回荡。但他还是看见飞驰的卡车扬起的尘土飘散、降落，镇子上所有建筑中最为低矮的那个修车店前，那个年轻的店老板端坐着，围着帆布围裙，用锉刀一下下锉着手中展开的胶皮。在他前面不远，隔着马路，是李老板的茶馆，然后依次是某贸易公司办事处，之间，是那间客车车厢改装成的录像厅。警察老王推开锈迹斑驳的铁门从里面出来，有些喘不上气来，他说："呸！黄色录像！"小姐们就哄笑起来。大白天，小姐们无事可干，在旅馆门口的树荫下摆了一桌麻将。小姐们一笑，正在露天玩着台球的几个附近村庄的年轻人也一齐大笑。有人笑得高兴了，就把手里刚刚喝空的啤酒瓶摔碎在地上。加油站死寂一片，两支加油枪斜挂在墙上。公路从加油站旁边拐一个急弯，爬上了一下子变得陡峻的山坡。加油站对面，曾经有过一个水文站。有那么一段时间，只要天上聚集起乌云，水文站前那辆涂着迷彩的车子就会揭去帆布炮衣，向着天上嗖嗖地发射催雨的火箭。当然，重要的是镇子东头的木材检查站，那是这个镇子形成的原因。检查站把住镇子的入口。两排房子就在路口两边。中间，一根红白两色环环相间的粗大栏杆。栏杆升起来，栏杆降下去，这一升一降就决定了许多带着发财梦想的人的命运。他记得，失忆的罗尔依站长还会在嘴里含着一只口哨，在起起落落的栏杆前挥动一红一绿两面三角形的旗帜。这镇上还有什么呢？对了，还有他离开镇子前刚刚建成的锯木厂。现在，那片草木特别茂盛的地方正是当年锯木厂所在的地方，因为那么多的锯末腐烂在地下，成了最好的肥料。

这是一个奇怪的现象，在所有人类居住过活动过，然后又遗弃的地方，恢复植被后长出的草与周围环境大不相同。这些草木更茂盛，更荒芜，更凶蛮，更加杂乱无章：木本的接骨木、忍冬、多刺的蔷薇，草是宽叶片的牛蒡、牛耳大黄、水芹菜、荨麻、大火草，这些都是山野中不漂亮的植物，它们也自惭形秽一样只生在一些偏僻的角角落落。奇怪的是，但凡人留下一个废墟，这些草木就会在其间疯长起来。它们在强烈的日光下散发出的沉闷气息，让人有些喘不上气。他用脚上的靴子把那些长疯的草一丛丛踩倒，开出一条狭窄的路来，走到这些草木深处去了。从这些草木底下，他看到了一点残墙。他还找到了修车店所在的地方，的确是什么都没有了，只有两只锈蚀殆尽的轮胎钢圈，半陷在浮土里还保持着一个大致的轮廓。他只用脚轻轻碰了一碰，那钢圈就像泥坯一样垮掉了。钢铁腐烂了，也会散发出一点略带甘甜的水果味道。

拉加泽里在掩没了双江口镇的荒草中穿行累了，重新回到路边。他有点激动，却远没到想象中那种程度。他背倚着一株树坐下来。闭上眼睛，就想起镇上那些人。警察老王、失忆的罗尔依、验关员本佳、降雨人，当然还有茶馆的李老板。想起这些，他好像听到一声深沉的叹息。他睁开眼睛，除了亮晃晃的阳光，什么都没有看见。他闭上眼睛，这声音又响了一下。他听出来，这不是叹息，这是欲起犹止的风小小地摇晃了一下树，那些紧密的叶子互相摩挲着传递这小小的震荡时发出的声音。

峡谷在炎热的午间照例会起风，受热的空气从谷底上升，高处的冷空气下来补充，风就起来了。风摇动了所有的树，所有树都晃动着叶片，整个山谷就充满了大海涨潮一样的声响。不用睁开眼睛，就用耳朵听听这林涛的声音，他就知道，也就这么十多年时间，当人类一旦停下了刀斧，还没有失去活力的草木不仅掩没了曾经的小镇，同时，也正顽强地重新云覆盖山野。绿色的喧哗在这幽深的山谷里重新显得浩大无边。

他居然靠着树干睡着了。睡着之前，听林涛在周围哗啦啦鼓荡，他甚至模模糊糊地想，睡着吧，睡着了就可以看见他们了。但他只是睡着了，他一个人都没有梦见。后来，风停了。突然降临的寂静把他惊醒过来。他想该是回机村的时候了，当这念想涌上心头，他又感到一阵迷惘：回机村？他想回机村吗？只是一个人必须回到一个什么地方，而这个地方就是机村罢了。所以，他走到那个新的漂亮的大桥头，又倚着一株树坐了下来，还说了声："我回来了。"

这话是对谁说的呢？

当年，更秋家老三死在了医院。照理说，打死人就要判处死刑，但是，失忆的罗尔依突然恢复记忆，跑到医院，指认在病床上奄奄一息的老三是冲击关口、撞伤执法人员的凶犯，当天夜里，老三就咽气了。人们都说，老三不是拉加泽里打死的，而是罪行暴露，吓死了。这样，拉加泽里才能在十五年过后，走出了监狱。

当年，判决书下来，要从看守所转移到监狱去了。法院问人犯有什么要求。他要求回双江口镇上看看，却被拒绝了。一旦判处了徒刑，外面的人们就可以来看他了。恢复了记忆的罗尔依站长来了，他说："好小子，老子一醒，你的命就保住了。"

本佳鼓励他在里面参加自考大学："先好好表现，然后就可以提出申请。"

本佳还说："你一去，就会收到我寄给你的教材。"

老王没有来，老王躺在医院里动了手术，但也好不过来了。狱警说，省城来了大记者采访，老王一死，就要成为鞠躬尽瘁的模范警察，成为榜样了。经过这么大官司的拉加泽里，已经懂得很多法律法规了，他说："他不能当先进，他搞刑讯逼供。"

"他一辈子换了十几个地方，都很艰苦，领导说，那样的地方，就算什么都不干，只要安心待着，就是大功劳！"

降雨人来送了他一套崭新的迷彩服。李老板没来，他已经起不了床了。他托降雨人捎来的口信是："人情太大，就成了负担，还是相忘于江湖吧。"

这时的拉加泽里，已经很懂得人应该如何通脱了。他耸耸肩，叹息一声："我也真是没有办法报答他了。"

他没有想到，已经在医学院读到二年级的前女友会来看他。看看那双通红的眼睛，知道来的时候她就在一路哭泣。来了，什么话都没有说，她又哭起来了。

拉加泽里笑了："哭也没用，就不要哭了吧。"

前女友就不哭了。

"崔巴噶瓦说，你有新的男朋友了。"

前女友并不回答这个问题，她一脸忧戚的神色，说："你杀了人，晚上睡觉时不要害怕。你杀的是坏人。"

"我不害怕。"

"我都不忍心想，害怕会折磨你。"

"我真不害怕。"

一辆短途的班车停下了，司机探出头来喊："伙计，去什么地方，这是最后一班车了。"汽车前挡玻璃后摆着一个牌子，写着终点站是达玛山隧道口。

拉加泽里没有起身，说："我去机村，不去你去的地方。"

司机看着售票姑娘笑了："告诉他，达玛山隧道口就是机村。"

"我看过地图，中间隔着几公里距离。"

司机觉得这个人不是有毛病，就是有意找碴，但还是耐下心来说："那也是先到机村啊。"

拉加泽里挥挥手，又回到树前坐下来，看着大巴启动，过桥，转过弯，消失在山野中间了。卡车把他的视线引向了远处，他这才发现，被绿色掩没的不止是当年热闹一时的双江口镇，使机村深藏其间的起伏群山，也一样被翠绿的植物重新覆盖了。虽然不是当年那些挺立几百上千年的松、杉、柏、桦，但这些以灌木为主的次生林也能很好地保持水土，有了这个基础，成材的树木可以很快生长起来。这十五年，他在监狱里拿了两个本科学位，其中一个就是关于森林环保的。进监狱前挣的钱，除了给了兄长的，自己还多少存了一些。当然，他在监狱里就听说，现在，那样一笔钱根本就不算什么了。但也足够他重新开始干点什么吧。现在可以办公司了，他就办一个公司在群山里重新播种那些最终会长得高大挺拔的松、杉、柏、桦吧。

这么想着的时候，天慢慢黑下来了。峡谷里热空气流逸，冷空气填充，又起风了。林涛声就在他的脑子中轰轰作响。他就顶着这一脑子轰轰烈烈的声音坐到天黑。风停止时，天上已经满是星光。四周的树林与草丛中，萤火虫飞舞，有鸟在梦境边缘偶尔啼叫。然后，他听到了当年镇子的声音。关门、开窗、招呼牌局、录像厅里的枪炮声、旅馆里小姐的笑声、警报声、睡得最早的李老板洗了脚往马路上泼水的那哗然一声、载重卡车的喇叭声……他睁开眼，真的有强烈的车灯晃在了脸上，好像真的是十五六年前，一辆需要修补轮胎的卡车停在了修车店前。

但这只是他恍然之间的感觉而已。是一辆面包车开到了跟前。车子关掉了大灯，司机走到他面前，说："你是我叔叔吗？"

拉加泽里对这问话有些茫然。

小伙子肯定地说："你就是我叔叔。"

他想起，十五年前出事的那天，一个刚上小学的娃娃哭得跟他没出息的父亲一样："你是……"一时间，他竟然拿不准该叫那个懦弱的人是哥哥还是直呼他的名字。

小伙子笑了："我是。他叫我来接你。"

坐上车，拉加泽里才问："他为什么不来？"

"他害怕，说没脸见你，说要跑到山林里藏起来。"

拉加泽里想笑一下，但没笑出来，便问："崔巴噶瓦呢？"

"还在。"

"他的林子呢？"

"你看现在到处都是林子，还退耕还林，机村以前开的地，好多都又种上树了。觉尔郎峡谷那边也都……"

"我问你崔巴噶瓦的林子。"

侄儿嘿嘿一笑："看我就是管不住嘴，那轮伐的薪柴林要成旅游景点了，那天林业局跟旅游局专门来开了会，规定全村都要恢复以前伐薪的传统，那些林子要开辟成生态旅游的景点。"

"真有人来看？"

"我这车就靠拉游客挣钱！"侄儿笑笑，"哎，叔叔，现在的林业局局长是你的老朋友本信，你去找他帮我说说情……"

拉加泽里竖起了指头，侄儿乖巧地一笑，说："叔叔刚回来，不能马上就提这些事，对吧？"

车内陷入了沉默，车灯光柱所到之处，他看到眼前晃过各种带着荧光的交通标志牌和其他警示标志：林区禁止烟火、禁止采摘野花、禁止捕杀野生动物。然后是高低不一的丛丛树影。他想说，老家的山野变得漂亮了，但他没说。就这样一路前行，也没有感觉时间的快慢，然后一块牌子出现在眼前：机村。绿底牌子上的白字闪着莹莹的亮光。那样柔和而飘忽的光亮，使机村在他心里顿生出亲切之感。车灯暗下来，星光之下，机村那些庄稼地，那些参差聚集的房子的轮廓出现在眼前。他长叹一声："回来了。"

下车前，他回头看看后面空空的车厢，后面的空间里，只有隐约的光亮。他恍然觉得，好些当年镇上的人都坐在后面，有警察老王、检查站长罗尔依，当然，还有可以用胡琴声拉出林涛声响的李老板。当侄子停下车拉开车门，拉加泽里又回了一次身，真的看见他们微笑着说："对，小子，你回来了。"

电　话

　　手机出现的时候，机村没有电话已经很久了。

　　还没有人民公社的时候，机村就有了一部电话。黑黑的机身，同样颜色的话筒放在机身上方的一把叉子上，电话铃叮叮一响，拿起话筒来，就可以开口说话，再把话筒放回到叉子上，任那边喊破喉咙，这边就什么也都听不到了。必须说清楚的是，听到不想听的话，就放下话筒，是机村少数几个有资格接电话的人，偶尔会有却从未实现的想象。上面牵了几十公里长的线，安了这么一部电话，就是方便传达各种指示，人家讲话的时候你还敢放下？

　　那部曾经的电话安置在生产队仓库里。

　　仓库是一座大房子。大房子里隔出许多间小仓房，里面装着或者没有装小麦与豆子。在那些小间仓房之间，就算是生产队的办公室了。开个小一点的会什么的，就在这个地方了。窗户下面，那部电话像只哑巴猫一样趴在桌上。遇到特殊的情况，还要有人不分昼夜守在电话机旁。守？不对。又不是一个猎人下了套子等猎物伸着脖子钻进来。守电话有一个专门的词，一个外边传进来的词：值班。

　　北京城里要发布最新最高指示了，要发表什么呢？不知道，那就派人值班，等电话铮铮然响起。要预防地震了，也要派人守着电话。还有两三次，说是从天上空投下来美蒋特务，民兵们四处站上岗哨，更是要派人值班。当然，没有一次抓到过特务。只有一次从树林里找到了一个被松树枝杈戳破的大气球。气球下听说挂了不少传单。传单上写了什么？嘘——这样的事情可不敢随便打听呀！那样的时候，电话一晚上铮铮然响个十遍八遍。仓库门口站着表情十分严肃的持枪民兵，那铃声会让人产生心惊肉跳的感觉。

还有一次大家都不知道会有什么事情发生，不要说电话机有拿枪的人守着，从城里、从镇上逶迤而来的每一根电线杆子下，都站了一个人。持枪的民兵不够用，妇人小孩都拿着木棍与长刀，整夜地站立在电线杆下。电线横过夜空，凛凛然泛着冷光。有风吹动的时候，那电线还会像被拨动的琴弦一样，嗡嗡作响。那声音流淌，就是在说着什么吧。但说的什么？没有一个人知道。第二天，也是电话铮铮响过，话筒里只传来简单的两个字："撤岗！"

如果只为这两个字，为什么兴师动众守这么一个晚上？村干部一个严厉的眼神，把别人的好奇心压下去，同时也把自己心头的疑问压下去了。

之后不久，电话慢慢就没有什么用处了。公社变成了乡，有些东西某一天就突然没有了。就说广播吧，某个早上，村民们总觉得有什么不对头的地方。什么地方不对头呢？真还一时想不过来，就是感到什么地方不大对头，跟以往大不一样。第三天早上了，才有某人的脑瓜子突然醒过神来，大叫一声："喇叭！"

于是，所有人都恍然大悟，是高挂在村中广场上的高音喇叭没有响起。十多年了，每天开始的标志都是喇叭里响起那支乐曲。这乐曲是那么熟悉，喇叭里不播放了，还在人们脑瓜里自动播放，哇啦作响。有人想起这事应该给上面的广播站报告，就跑到仓库去打那台电话。但是，拿起电话来，听筒里没有了嗡嗡的电流声，无论如何转动摇把，话筒还是没有一点声响。这时才发现，不只是喇叭，不知什么时候，电话也断掉了。断掉就断掉吧，机村人总不能因为没有了喇叭与电话就不过自己的日子了吧。地分给你了，你就好好种地过活吧。不想种地，现在弄点什么去卖，也是可以的，那你就弄点东西到镇上去换钱吧。还要什么广播跟电话？

日子真的还就过下去了。而且，还过得一天比一天实在，一天比一天好起来了。

也有少数机村人一下子觉得出了大事了，没有电话与广播人们怎么知道外面的消息呢？过了一段时间，机村人也就习惯了，该知道的事情总是会传到耳朵里来的。

再说了，一个山里农民真的要靠那么多外部的消息生活吗？

有个老年人看到那些游手好闲的年轻人说："现在的人就是知道别人的事太多，干自己的事情太少了。"

这话当然受到了见多识广者的批评。

他的反应很简单，他说："屁。"

有人说，这一来，就不知道北京开了什么会了。他说："屁。人家又不请你去开会。"

他儿子也来反驳他："你也不知道美国人怎么用机器养牛的。"

这个人叫夏佳绛措，他还是说："屁，美国人又不雇你去用机器养牛。"这个人不但不喜欢有电话与喇叭的日子，还不喜欢送孩子上学。问他理由，还是那个简单的字："屁。"然后说出理由，"我不要娃娃变成眼睛朝天看不清脚下的家伙。"

他这话出来，人们一时间还找不到什么理由来反驳他。过去，机村的年轻人好好干活，表现积极，就有可能被上面看上，招工招干，过上不一样的日子，变成每七天就有一个星期天。星期天没事可干，就把本色的衣裳洗得发白的爱卫生的上等人。但现在不行了。现在，从蛇变成龙只有一条路，上学。问题跟着就来了，上学并不保证每个人都能实现梦想。少部分人成龙上天，大部分人考不上中专，更考不上大学，依然回到村里来了。依理想家们的描画，这些人回到村庄就是新农民了：有文化、有知识，会像那些宣传画里画的一样，背着喷雾器往果树上喷洒农药，培育良种，开着机器收割庄稼。但画里的情景并未在机村出现。

他们成了上不沾天下不着地的人：不会干也不想干农活，幻想在路上捡到大块的金子；喜欢镇上的酒馆却不喜欢镇上的人，镇上的人不喜欢他们，也害怕他们。他们眼神里总是交织着迷茫和仇恨的光芒。他们把被警察抓住挨过暴打，在拘留所里蹲过几个晚上视为一种光荣的纪录。最重要的是，他们不再喜欢自己的村庄，却又必须生活在这个村庄。

村里人嘲笑这些家伙，抱负很大本事很小。什么抱负呢？也就是有一天突然发财，除了这个，一个人还能有什么样的抱负呢？这些家伙弄到一点钱，就在镇上把自己灌醉，让人不知道他们怎样接近自己的目标。某天，这些家伙从镇上喝了酒歪歪倒倒地回来时，大家发现，夏佳绛措的儿子没有回来，都摇摇头，说："又去吃不要钱的饭了。"

这是说，又一个愤世嫉俗的年轻人把自己折腾到监狱里去了。

年轻人反驳说："老师怎么会进监狱呢？他只是走了。"

夏佳绛措说："走了？能走到什么地方去？有本事他就考上大学了。"

年轻人说："没见过这么不心痛儿子的爹。"

"我也没有见过你们这样没出息的儿子。"

"知道我们为什么叫你儿子老师吗？"

"因为他知道有人用机器喂牛，用飞机撒种子？"

夏佳绛措稍稍放下心来，至少他知道，儿子是到远方去了。虽然他并不知道远方在什么地方，要一年还是两年才能走到。结果儿子到了五年头上还没有回来。

夏佳绛措嘴巴是很硬的，他说："好，到底是我的儿子，做不成大事就不肯回来！"他说硬话的时候，她的女人却在哭泣。背着人，夏佳绛措的口气软下来了："哭吧，哭吧，我都想哭，这死要面子的杂种是饿死在外面了！"

就在村里那些浪荡子都收了心，认了命，过起了与没上过学的农民一样的日子的时候，大家都以为这个人已经永远消失的时候，这家伙却从外面回来了。

这家伙真是发达了。

他居然包一辆出租车开了几百公里，一直把车开到了村里。开到了村中广场还不算，还要一直开到家门跟前。他只带了一个包回来。包里装的什么？他打开包时，已经进了家门，外人没法看见。据说是一包钱。一整包钱！夏佳绛措在村子里四处现身，对此说法却不置可否。他说："他妈妈高兴得很，以为死了的儿子回来了嘛。"

夏佳绛措与村里人闲话时，有人跑来告诉他："你儿子包了仁钦家的拖拉机，叫人到镇上买酒，买菜，说要招待全村的人！"

"他要高兴就让他去吧！"

"他自己不去，让仁钦家的老三去办这些事情，这小子，他怎么放心让他去办这样的正事！"

夏佳绛措哈哈一笑："在这些娃娃面前，他真称得上是老师了！"

在机村，老一批的浪荡子们心灰意冷过起了平常日子时，新一批的浪荡子又顶上来了，他们是前辈们的侄子或兄弟。仁钦家与夏佳家是老表，仁钦家老三是新一批浪荡子的首领。这里说着话，村里一帮浪荡子全部跳上拖拉机大呼小叫地去了。

"这些家伙能办成什么正事？有了钱还不先在镇上把自己灌醉了。"

不到半天时间，这些家伙就把办酒席的货品全部办回来了。他们从拖拉机上搬下来整箱整箱的酒，但他们嘴里没有一点酒气，说话时舌头没有打结，走路时脚步也没有踉跄。

"神了，夏佳绛措，你儿子神了！"

第二天是个好天气，夏佳家、夏佳的老表家、夏佳的堂弟家、夏佳的亲家家的锅灶都热气腾腾地忙乎开了。夏佳绛措那从天而降的儿子指挥着年轻人在广场上摆开了一圈的桌子。中午，全村人都已入座，姑娘们绯红了脸穿梭着上酒上菜。

大家都望着夏佳绛措父子，意思是要他们说点什么。夏佳绛措看看儿子："不给乡亲们说两句？"

那家伙挥挥手，说："你说。"

夏佳绎措就讲开了，看那开头的架势，就是要讲好长一篇的样子，于是，他儿子就说一句："不要让菜凉了。"

老家伙哈哈一笑："好吧，看，再不听话的儿子都会懂事。我啊，不是老说少为娃娃们操心嘛，好了，请吧！"

大家就坦头吃开了。

夏佳绎指吃得很少，只是一口一口抿着杯中酒，他一直在观看这壮观的场面。他儿子甚至根本就没动过筷子，也没动酒杯，也和他一样在观看。

筷子终于慢下来时，一个陌生的声音响了起来。声音并不大，但大家都听到了，碗筷的叮当声、咀嚼声、交谈声立即就停了下来。那声音还在继续。大家都抬起头来用眼睛寻找这声音的来源。

夏佳绎措满意地看到大家的眼睛都集中在了儿子身上。他儿子做出一副吃惊的表情，说："咦？"然后，慢慢地从贴胸的口袋里掏出了一个东西。他从那东西上面扯出了一根收音机天线一样闪闪发光的铁条，然后，打开那东西的盖子贴在耳边，嘴里说："喂？"

"喂喂！"

"喂——"

马上就有人意会到了："电话？"

还是村里那帮坏小子们见多识广，得意扬扬地喊道："手机！"

"手提电话！"

"电话？可是没有线……"

"屁话，有线还叫手提电话？！"

"手机！"

大家争论着的时候，那家伙嘴里嘀嘀咕咕离开酒席走到一边去了。大家都扭过身去看他。他对着电话说话时，好像那边讲话的人就站在他面前，脸上表情丰富，手上动作繁多。那架势，让年岁大的人想起以前工作组领导在台子上讲话时的派头。他这一讲，就讲了十多分钟时间。因为他一边讲话，还一边踱着步，从广场的这头踱到了那头，又从那头踱回到酒席跟前，然后，他做了一个再见的手势，啪嗒一声关上了电话。

他把电话装回衣袋，坐回父亲身边，说了句什么。

夏佳绎措说："他就是接个电话，大家不要管他，请吧！"

但他一下子拿出这么个新鲜的玩意儿来，叫大家怎么能"不要管他"？大家的兴趣不可能不集中在电话上面。夏佳绎措觉得自己有责任替大家把话说出来，于是，他问儿子："是很远的地方打来的吧？"

这家伙说出了一个地名。大家都沉默半晌，然后恍然大悟，那个地名是传说中才出现过的一个地方。那是印度的一个胜地。

"真有那个地方？"

"有那个地方。"

"你去过？"

"我去过很多地方。"

大家还想问下去，这时，那只手机又在他主人贴胸的口袋里像只鸟一样叫了起来，他还是那样一副满不在乎的派头，站起身来掏出手机，拔出天线，啪嗒一声打开翻盖，说："喂！"

然后，就踱到一边去了。不过，这回他没有踱得很远，就又踱了回来。他手里握着关上了盖子的手机，说："大家继续，没什么大事，一个朋友折进去了。"

夏佳绎措当然是大家的代言人："什么叫折进去了？"

"倒霉了，下台了，关到拘留所了。"

"谁？"

"说了你们也不认识，一个局长。"

"局长？！"

从众人的眼神就能看出来，现在他们不但把他当成一个有钱人，不但把他当成一个见多识广的人，也把他当成一个门路很广也很野的人了。他的表情很轻松："当官的收了不该收的钱，运气不好，折进去了。"然后，他放低了声音对父亲说："从此以后，就没有人再敢说你的风凉话了。"

对着想知道后一句话的人们，夏佳绛措只是眉开眼笑。

这时，送他来的那台出租车开来了，这家伙连句告别的话都没有说，好些喝得身子发沉的人还未来得及站起身来，他就坐上车绝尘而去了。

然后，酒席慢慢就散了。到了第二天早上，看见空空荡荡的广场，看见蓝瓦瓦的不挂着一丝云彩的天，昨天的情景像是梦里才出现过了。当夏佳绛措出现在人们的视野里，他走路的姿态，说话的样子，眼里的神采都有了些说不清楚的变化，人们知道，他儿子真的可能是提了一口袋的钱回家来了。这年头，突然一下就富起来的事情，在机村也不是一家两家了。

村子里新一茬的浪荡子一下子变得趾高气扬了。谁也不敢说，某一天，其中的某一个，不会突然一下就发达了。

这不，还不到一年呢，仁钦家的老三也带回来了一部手机。他还没有打开手机，就突然明白，机村这么深的山沟里收不到手机信号。那么，夏佳舅舅的儿子，他的表哥在广场上接听电话，就是假装的了。他没有把这个秘密说出来。他知道，不用人家打电话，也可以让手机发出响铃声。他不是表哥，没有那么大的胆子去显摆。他能明白的道理，至少跟他一伙的兄弟们也能明白。他们也只是不说破罢了。至少，那个拿手机在没有信号的地方假打的家伙，真给他们这些浪荡子长了面子。他们再四处浪荡的时候，耳朵边上没有了那么多抱怨，他们家人眼里甚至会流露出期盼的目光。

而那个夏佳绛措，在路上碰见，虽然什么也不说，却会重重地拍拍他们的肩膀，脸上露出一种很知心的微笑。

三年又很快过去了。新的浪荡子们并没有谁摊上好运气，于是，好些人就显出浪子回头的样子了。

夏佳绛措的儿子突然一下又在村里出现了。他是晚上回的家。第二天，临走的时候才出现在全村人面前。他没有再大摆宴席，也没有拿出手机在众人面前接听电话。他只是把仁钦家的老三叫到自己和父亲跟前，吩咐几句什么，又重重拍拍表弟的肩头就离开了。村里人说，前次回来，他那派头有点装出来的感觉，这回，这个人是真有了不起的派头了。

夏佳绛措有些伤感，不再有兴趣向好奇的人们转叙儿子临别说了些什么。村里人也说，他妈的，这个人也真有点有个不得了的儿子的派头了。

于是，大家的眼光都落在了他表弟身上。表弟说："表哥留给舅舅一部手机，说有要紧事就给他打电话。叫我帮着舅舅打！"说着，他掏出了那部手机，他打开手机的翻盖，按动了几个键子，手机里就传出了悦耳的铃声。

"接电话！"

"这是手机自己唱歌，不是听到了电话！"

三天不到，夏佳绛措就想打电话了。但仁钦家的老三不干："表哥说了，有要紧的事才打，你没有要紧的事情。"

"家里人不放心，想听听他的声音。"

年轻人拿出了浪荡子们对情感一类东西不屑一顾的派头，眼睛望着别处，嘴里只发出一个声音："屁。"

"什么？你说什么?!"夏佳绛措睁大了眼睛。

仁钦家的老三却无所谓地微笑："你爱说的那个字，舅舅。"说完就转身走开了。夏佳绛措对着他的背影大摇其头，接着脸上又漾出了笑意，"这小子，跟他表哥一样！"

身后有人搭话："怎么样，这些年轻人连你都不放在眼里。"

"屁。"他也只简单回了一个字。

后来，他想，什么时候才有要紧事给儿子打电话呢？一个种地的农民有什么要紧事呢？庄稼受灾了，奶牛没有配上种。有了钱，这些本来要命的事都不是事了。那还有什么是要紧事？那就只有他爹跟娘要死了。但现在隔那日子还远得很呢。而且，真是死到临头了，又怎么打得动电话呢。仁钦家的老三告诉他，手机在村子里打不通，要爬到村子背后的山梁上，一直爬到看得见镇子的山梁上，在那里，不会拐弯的信号就会从镇上传过来了。

"可是，你表哥上次不是在村里打的吗？"

年轻人道："那是为了给你长脸！"

倒是表弟自己跑到山梁上，给表哥打过一次手机。手机通了，话筒里沉默良久，终于传来的声音却疲惫不堪："喂。"完全不像那个衣锦还乡的家伙的声音。

"表哥，是我！"

又是沉默良久："我说过，没有要紧事不要打电话。"

"舅舅说，除非他要死了，不然就永远听不到你的声音了。"

"他比你聪明。"

"表哥，下次回来带我出去吧！"

话筒里的声音更疲惫："不要再浪荡了，好好过安生日子吧。我回来光鲜过了，不回来了。除非是老爹老娘要死了。"

"表哥！"

"不要再说了，你手里的机子里预存的话费不多，再打，下次真有事时就打不成了。"

"我知道你上次回来是假打！"

"我已经假打过了，你再假打就不灵了。"说完，那边就挂断了电话。再打，话筒里传来的是机器说话的声音："对不起，你所拨打的号码已关机……"

再打还是机器那一字一板的声音重复着同一句话。山风吹来，出过汗的背上有些发冷，有泪水从这个年轻人脸上潸然而下。

丹巴喇嘛

那时节，丹巴刚进庙没有几年，一个小扎巴（学僧）而已，哪里够得到喇嘛（上师）的分上。

那时节，年近三十的丹巴眉眼疏朗，身长七尺，跟着上密院大学问的阿西喇嘛学法。对那些深奥教法正是一时明了，一时懵懂的关键时节，只等某个时机一到，就可以得到点化了。但他已经没有机会了。一九五七年，拉萨高高宫殿里的大喇嘛们，刚在城里响了一点枪炮，就往外国跑路。这样，与拉萨隔着千山万水的僧人们的日子就到头了，政府一纸禁令下来，全都结束了"寄生虫生活"，还俗返回家乡放牧种地，过自食其力的普通劳动者生活了。

僧人们还没有全部离开，拆除寺院的队伍已经动手了。昔日的清静之地一时尘土蔽天。丹巴有些激动，一来因为每天做功课的大殿和大殿里供奉的巨大佛像正轰然倒塌，一来，对新社会里的新生活的某种想象也激荡着他的心怀。

他请一个民兵进来，把行李检查一遍，以免还夹带走了"从事邪恶宗教活动的经书与器具"。该动身了，平常脸上总是浮现着若有若无笑意的阿西喇嘛却哭了起来。阿西喇嘛个子不高，小圆脸细眼睛，六十多岁的人了，小圆脸上的皮肤越发显得明亮光洁，而显出的颜色是精心擦拭过的铜器的颜色。阿西喇嘛哭了，细眼睛里泪水蜿蜒而下，大张的嘴里却没有一点声音。

看着这情景，丹巴心里却有些想笑的意思。他说："好啦，好啦，你是怕走不动这几十里长路吗？我已经把毛驴备下了。"

阿西喇嘛脸上的泪水还在潜然而下，丹巴有些不耐烦了："我晓得你操心今后佛也不能求，菩萨也不能求，没有依靠了。以后，我们都是庄稼人了，你不会干活，也干不动了，我就把你当亲爹养着吧！"

上师的嘴张得更大，更多的泪水潜然而下，丹巴说："掌嘴，我错了，喇嘛一生持戒，当我爹就是毁了清白，再说我老爹已经过世了，你就算他的兄弟，我的亲伯伯吧！我供养你！"阿西喇嘛还在流泪，无声哭泣的嘴巴已然闭上了。

丹巴把打好的包袱摞起来背在身上，转身就把阿西喇嘛抱在了毛驴背上，然后，牵着毛驴，迈开长腿离开寺院了。这个时候，是夏天的尾巴，在高原上，已经很有秋天的意味了。溪边的柳树梢头已经显露出浅浅的黄色。穿过柳树林时，腿轻轻一碰，已经结实的凤仙花籽荚，啪一声爆裂开，细细的籽实很有劲道地四处飞溅。春天里分了群去传宗接代的云雀与野鸽子卸下了轮回中的重负，重新合了群，在天空中轻盈地飞翔。

这时，妥妥帖帖地坐在毛驴背上的阿西喇嘛却发出了悲声，丹巴刚好起来的心情又坏了："又怎么了，师傅？"

"我是为你，你是差一点就要被点化了呀！"

"我看还是不点化的好，点化什么用，你能点化人，有什么用？"静下来仔细检点自己，说这话的时候，不只是对上师，而是对无往不利的教法本身，也算是生出恶意了。但有什么办法呢？平常被百万次万万次膜拜着、祈求着、供养着的巨大佛像，被一根绳子拴着颈子，反叛了的信众们奋力一拉，就轰然倒地，非但没有显示什么奇迹，反而粉碎在地上，露出许多金粉下面的泥巴。虽然如此，丹巴还是因自己话中的恶意而吃惊了。但他回身一看，师傅却已经闭上了嘴巴，眼皮下面也不见泪水挂下的痕迹。

丹巴回身说："回到机村，我就不能再叫你上师了，我就叫你伯伯了。"

上师的小圆脸上漾开了若有若无的笑意。

"泥菩萨倒了，你这样子倒像是一尊菩萨。"

在以后有些艰难的日子里，丹巴还看到上师哭过两次。两次都跟放牧的羊群有关。一个人念经打坐加冥想了大半辈子，老到这把年纪，还能干些什么活呢？差不多什么活都不能干了。早上，丹巴先把伯伯扶上驴背，然后把羊群赶上山坡。天气好的时候，就让伯伯和羊群待在一起，自己离开去干点别的事情。一次，他离开草地，进到树林里去采一点刚露头的野菜。刚刚走进林子，就听到三四天都不会讲一句话的伯伯发出了凄厉的哭声。

他马上赶回来，只见一只鹰正在天上盘旋而去，在那只鹰的利爪间，一只刚出生不久的小羊羔正在奋力挣扎，同时发出凄厉的惨叫。伯伯嘴里正发出小羊羔一样凄厉的哭嚎。在这个恃强凌弱的尘世之上，大羊是豺狼的目标，小羊是鹰隼的目标。鹰拍击着宽大有力的翅膀，越飞越远，小羊的叫声就在蓝天下慢慢消失了。伯伯也是慢慢闭上了嘴巴。

丹巴说："鹰飞来的时候，你要大声吼叫，它就不敢扎下来了。"

丹巴还说："你总不可能是一生下来，就是寺院里的小和尚吧，你在俗家时，这样的事情还是知道的吧？"

前喇嘛的脸上又浮现出浅浅的笑意，天真茫然的眼光落在他身上，使他不好再说什么了。丹巴叹口气，再往林子里去了。鹰再次飞临，再次乘着厉风猛扑而下，再次攫去一只小羊羔的生命时，伯伯没有再哭泣，但他也没有能够对鹰发出恐吓的吼叫。以后，丹巴就不带他上山放羊了。每天，太阳一出来，老喇嘛就走出屋子，静静地坐在屋檐下，古铜色的小圆脸被太阳照得闪闪发光。那人的身子一日日瘦小，那脑袋与脸却越发精致而光滑。偶尔，他会动一下身子，拿一把扫帚打扫村里的道路，有时，还会去填平小桥两头路上的坑洼。丹巴说："这样很好，又积功德，又做了劳动的样子。"

喇嘛摇摇手，若有若无的笑容又浮到脸上，依然不肯开口说话。

"我知道你不是哑巴。"

就这样差不多过了十年。"文化大革命"了。城里来的洋红卫兵和村子里的土红卫兵闯进两个前僧人的家里，细细翻过了一遍，想找到点什么证明他们贼心不死的东西，却是一样跟宗教有关的东西都没有找见："就那老东西自己像尊肉菩萨！"

丹巴这下可担心了，这些家伙见菩萨就毁，不要把这肉菩萨也给灭了。但他们咋呼一阵，就像一团内藏着雷鸣与电闪的云团一样又倏然卷走了。那年冬天下了雪。雪一下，就无休无止。人很难出门，更关键的是，羊也出不了圈。每天，都有几头羊无声无息地倒在羊圈门前。丹巴把一只只死羊剥了，把剥下的羊皮用竹竿撑开，一张一张竖在烧得旺旺的火塘跟前。也就七八天时间吧，整个屋子里都塞满了羊皮，火苗一升起来，整个屋子里就弥漫开一种热烘烘的血腥味。活物的血腥味是浓烈的，死皮上的血腥味却是淡薄的。丹巴自己有点受不了这种味道了，他说："也许，明天我该把这些东西换一个地方。"

伯伯端坐着一动不动，没有说话。

"伯伯，我在问你话呢。你受得了，我可是受不了了。"

这时，伯伯突然咧开嘴呜呜地哭了。这回，他的哭声像是暗夜里掠过屋顶的风声，呜呜呻吟。

然后，伯伯说话了。他说："我受不了可以走，你受不了，我也没有办法，我也不能度化你了。"

丹巴当下起身，把那些干透的羊皮和半干的羊皮搬到了屋外。他还用柏枝把屋子熏过了一遍："伯伯，你说话了。以后，你每天都跟我说几句话吧。"

伯伯又说了一句："睡了吧，你明天还有事。"

丹巴就起身去睡了。这一夜，他没有睡好，思前想后的，还听到那些羊皮在寒气中上冻时发出打鼓一样的声响。就在这个夜晚，伯伯就坐在火塘边上过去了。他的身子还端坐在火塘边，但当久雪初晴后的太阳从窗口斜射在他身上时，就像有谁推了他一把，侧着身子就倒下去了。脸上的金属光芒消失了，顷刻之间，那张光滑无比的脸像一个丢失了水分的苹果，变得皱皱巴巴。

处置遗体时，丹巴没有流泪，他只是念叨："你等不得了，你不要我侍候你了。再等等，说不定就好起来了。"

待到一冬天的雪化尽，去年的枯草丛中又萌生出蓬勃新芽，羊群又开始产羔壮大。这时，正值壮年的丹巴差点迷失于一个女人的身体。很显然，是那个女人看上了身长七尺有余，眉眼疏朗清爽的丹巴。春天，羊群到了换毛的季节，生产队要忙过春耕才能来修剪。羊子经过那些齐身高的灌丛时，大团的羊毛就留在了那些灌木枝子上。好多天了，女人就跟在羊群后面捡拾那些留在树枝上的羊毛。

"丹巴，你为什么不自己也捡一点羊毛，一块多钱一斤哪！"

丹巴不说话，注意到这个名叫央宗的女人弯下身子时，袍襟下的臀部动人的浑圆。

央宗的嘴唇湿漉而红润，她说："你看见过我的娃娃吧。"

丹巴点点他那嗡嗡叫的头，央宗说："娃娃的父亲，昨天上我家求婚来了。"

这样的话，丹巴就接不上茬了。

央宗的声音更加柔和："你说，我嫁不嫁给他。"

丹巴有些气冲冲地想："妈的，你们都有娃娃了，难道不该嫁给他？"

这时，央宗坐到他身边来了，她把围裙中包着的羊毛拣出来，支使着丹巴把口袋打开，她说："丹巴，你知不知道自己是个漂亮的喇嘛？"

丹巴怕冷一样牙关轻叩，咯咯作响。

央宗看他一眼，眼里有勾魂摄魄的东西百回千转："丹巴呀，庙子倒了，师傅也不在了，有妙意的只是女人的身体了！"

丹巴脑子里轰然一声，抡起胳膊就把女人抱在怀里了。女人的身子就瘫软在他的怀里，这里扶起来，那里又软下去，一时间让丹巴手忙脚乱，气喘吁吁。央宗这才星眼半开，斜觑着他，娇声说："棒小伙，你是累着了，还是急着了？"

这挑逗的话让丹巴警觉到自己的生疏与她的老练，脑子里就像是有只钹锵然一声，一股凉意从头顶直贯而下。

冷的丹巴看着热的丹巴。

两颗象牙白的乳房在眼前轻轻震颤，女人整个都热起来了，她喃喃说："我把自己给你，我把自己的一辈子都给你，我不要那个水性杨花的坏蛋！"

丹巴脑子深处又是锵然一声钹响，整个人都清醒过来了。身体一下就僵直了。

以后，闲来无事，这情景还会时时浮现眼前，使得热起来的丹巴不断考验那个冷的丹巴。冷的丹巴让他背诵一些静心的经咒，冷的丹巴还让他想象一个女人老得不堪时的样子，想他怎样有了一群面孔脏污、啼饥号寒的娃娃，热的丹巴终于偃旗息鼓，不再蠢蠢欲动了。更重要的是，此后没有几年，形势一变，"宗教活动有限度恢复"，他又回到寺院去了。上师去了，毛驴还在。毛驴用有点悲戚的眼睛看他时，他恍然觉得像是上师的眼睛藏在后面，似笑非笑，欲言未言。父母早已过世，他把这几年积存的多数东西都留给了两个成家的妹妹，往毛驴背上放上一个褡裢，自己背上一个包袱，又重新踏上自己的僧人之路了。离开村子，经过溪上过去上师常去打扫与修补的桥头时，竟然有好几个同村的人在他面前跪伏下来。其中有自己的亲妹妹，有背上背着第四个娃娃的央宗，她们抬头看他时，都已经泪流满面。丹巴的眼睛也湿了起来。

他一路走去，心里暗想，要修成无上的功力，把这些跟自己血肉相关的众生超度出苦涩艰难的轮回。

回到庙里的情景也一点也不符合他的想象。一片废墟上，大殿正在修建。早期那数百僧众已经寥落不堪。好多人不在了。好多人还乡后真成了俗人，娶妻生子，重返寺院，也是斩不断的尘缘。谁又相信一个未曾开悟与点化的扎巴（学僧）反倒持身谨严，等到了这一天。人们开玩笑说："就这一点，你就够资格是一个喇嘛（上师）了！"

每个人劫难中的经历从四方传来，信众和众僧人是真心诚意地叫他丹巴喇嘛了。有时，丹巴惶恐无地，自己胸无点墨，怎么配做上师？有时，丹巴却又信心满满，觉得天朗气清，山水人世和佛的无边教法都浑浑莽莽，满盈在心间。过去的寺院广场还是一片青碧的草地。草地那一头，一片嘈杂之声，未来大殿的墙在升高，木工石工忙活成一片。草地另一片，毛驴在那里悠闲地觅食嫩绿的青草。丹巴拉张垫子坐在草地上，半闭着眼，倾斜的阳光化解成七色的光谱，上师那小圆脸上的淡淡笑容浮现在眼前。望着修得越来越高的大殿，他想，其实，修行悟道也未必要什么华美庄严金碧辉煌的大殿。住持却为寺院修建的事情找他来了。本来，寺院的恢复政府有专门的款项，但是寺院自己扩大了规模，于是，工程进行到一多半，就缺钱少料了。

让过座，住持说："看，你在修行，我却要忙这些很俗的事情啊。"

丹巴就觉得有些羞愧不安，住持说："机村木头多，还要烦劳你回去募集些才好。"丹巴回村去，真就弄来了两卡车的木头。住持说："方圆三百里地的黑头藏民，就数机村人能干。"

"我倒是没有觉得。"丹巴说。

住持摇摇手："咦，你看，没有哪个村有那么多人在城里当干部。所以，还要劳烦你到县城，到州府走上一遭，建庙的事才刚开了个头呢。"

丹巴说："大家都叫我喇嘛了，可我读经与修行上，都荒疏得很呢。再说佛祖自己，悟出正道，也不是在庙里，而是在树下啊！"

住持就叹道："咦！没有庄严丛林，如何引来众生的崇敬？"

丹巴就到县城，请村里当了干部的人写了要钱的报告，人家又写了引荐信，让他去州府找某某跟某某。居然，真的就申请下来一大笔款子。这一回，住持也很认真地叫他喇嘛了。丹巴吃惊了："不是要考过了试，灌过了顶，才是喇嘛吗？"

住持含笑，只叹了一声："咦！"

别的僧人却说："哦，丹巴，原来你回到俗世时学了很好的交际！"

丹巴的心就乱了。而这个乱，正是修行人的大忌。他想定住自己的心，一时间却还真不容易。晚上做梦的时候，那群羊又漫开在青青的山坡上，那个牧羊的丹巴向穿袈裟的丹巴露出了讥讽的笑容。

寺院的建筑工程无休无止，大殿建成后，接着还有护法神殿、接引殿、藏经楼、上密院、下密院、时轮金刚院，一面浅山坡上，一片金顶璀璨夺目。十多年了，寺院的建造工程终告一个段落。僧人们心不在经卷，精力都投射在寺院一天天成就的庄严气象之上。可以这样说，这个寺的僧人，每一个都可以独立建立一座寺院了。他们不仅懂得了寺院建筑的营造法度，并谙熟了从政府、公司、信众那里筹集善款的种种关节。这个过程中，丹巴真的是出力不少。最后一次，他还坐上了庙里的丰田吉普车，去城里要回来一笔款子，给整个寺院建立起了自来水系统。这时，寺院里头已经叫他做强佐喇嘛了。"强佐"是藏语的音译，如果翻成"襄佐"那就音义俱现了。丹巴就是主持财务方面的"襄佐"。在藏语里头，其实相当于财务总管，但丹巴不是。丹巴只是顶着这么个虚名，不断去到城里，活动回来那些款子，得到一句肯定的话，大笔的款子打到寺院的银行户头上，他连钱的样子都没见过。

他依然是这个寺庙里最穷困的喇嘛，因为不过手钱财，又没有学问，没有资格给信众襄灾祈福，更没有众多徒弟的供养。

转眼之间，他已经是六十多岁的人了。

住持说："这么多年，你辛苦了，现在该好好将养了。"

丹巴谢过了主持，回到大庙旁边自己小小的僧寮里，静坐下来，不禁自己也叹了一声："咦！"叹出来后，只觉得齿根生冷。想起人家叫过他喇嘛，但他不是真正的喇嘛。人家也叫过他"襄佐"，但他哪里襄了什么佐了什么。不过是一次次地去麻烦机村那些在政府里面掌着印章的人罢了。而在回到机村牧羊的那些日子，他没有给任何人添过麻烦。村里的乡亲也因为他持身谨严而敬重于他。

住持因为造就了如此一座庄严宏大的寺院而声名远播，四处云游。

寺院里，上密院下密院时轮金刚学院，诵经声响起像湖波拍岸，红衣喇嘛们吹响法号时，天上的行云也悬停在了蓝天与寺院的金顶之间。而丹巴拿在手里的还是几十年前，十几岁当学僧时的那些初阶经卷。

冬天了，夜深人静时，山下冰封的湖面上，传来冰盖在严寒中因膨胀而开裂的声音。丹巴捧着这些经卷，想起了自己认作伯伯的上师，试着让自己的脸上也浮起他那种有无之间的笑意。但他脸上的那难以捉摸的笑容，有些讥讽吗？他一个人待着，没有人看见。他自己会看见，从里面看见吗？也没有人知道。这样的夜里，湖上冰盖咔咔地开裂，宽大的裂缝从湖的这一岸贯穿到那一岸。雾气蒸腾的湖水从冰裂缝中翻涌上来，又被迅速冻住了。早上起来，远远望去，湖上蜿蜒一线，是昨夜湖水曾经翻沸的明晰痕迹。每一年，连着这样几个晚上，湖面就彻底封冻了。静夜里再次响起湖冰开裂的声音时，已经是春天的暖风揭开湖上冰盖的时候了。

云游四方的住持也回来了。

住持宣布，寺院还将建立一个"曼巴"学院——传统的藏医学院。

丹巴自己去住持那里要求去城里申请款项，住持把他的手拉过来，放在自己另一只柔软肥厚的手心里，轻轻捏住："丹巴，我不忍心让你再辛苦奔波了，你就安安心心念经修行吧。往后再有事情，我就不劳动你了。"后来，丹巴知道，建立医学院的款项，来自一个制药公司，这个公司正在开发一种传统藏药，医学院建成的时候，公司的新药也上市了，医学院和住持给新药加持的画面也出现在了这种新药的广告纸上。

这是秋天的事情，丹巴决定上庙后的山洞里闭关修行。岁月蹉跎，他已经没有了在学识上日益精进的可能，剩下的，就是苦修一途了。传说，得道的上师米拉日巴曾经对苦求秘法的弟子露出了自己的屁股。上师的屁股马蹄般坚硬，而且伤痕累累，这是他长期在坚硬的岩石上打坐的结果。米拉日巴对弟子说："这个秘法如此珍贵，以至于我不能拿出来轻易示人！"不知道丹巴喇嘛有没有听见过这个故事，但他终于是怀着坚定的心情去山洞里修行去了。

修行喇嘛的命运如何？这是寺院持守的众多秘密中的一个。修行洞窟密布的那些山峰，已经掩盖在斑驳的白雪之下。

而在百余里外的机村，当年差点委身于丹巴的央宗坐在温暖的火塘边，儿女们在闲话收成与各种新鲜的事情，她却突然打了一个寒噤。

她说："咦——那个人已经去了。"

"谁？"

她幽幽一声叹息，没有说话。

第六部

空　　山

一

机村人又听见了一个新鲜的词：博物馆。

放在过去，他们会好奇地问：博物馆，那是个什么东西？但现在，他们不再露出天真而又愚笨的神情提出这样的问题了。这世界新事物层出不穷，没见过真身，问到答案，只能得到似是而非的印象。还不如免开尊口，等到那事物显出全形，不管懂与不懂，也就叫得出它的名字了。事物的懂与不懂，好像就在于能否叫得出名字。何况，现在出现的新鲜玩意，远不是早年间出现的马车啦，拖拉机啦，诸如此类的那么简单了。有时候新词出现还不是指一种东西，而是……而是……某种……现象。

当然，博物馆不是现象。

这个新词是驼子的儿子林军从县城带回来的。

那阵子，这个老实人揽到一单好活，两天一次开着小卡车去县城给隧道工程指挥部拉一次菜蔬粮食之类的生活用品，几百上千人的工地，每天都要消耗不少东西。

这个老实人，早上出去，一个多小时到县城，帮着指挥部后勤主任采购，又载着货上山，每个工程队卸下一点，到卡车空了，就开车回家。他也不去热闹地方，比如村子里这个酒吧。这是冬天将尽的时候，人们正闲得发慌，男人们大都聚到酒吧来，要个一瓶两瓶酒，在露天的台子上捅几杆台球。这时，每天太阳升起的路线都会比前一天更靠近北方，阳光自然也就比前一天温暖一点。山上的雪线开始升高，冰冻了一冬的地开始变得松软。人们就这样懒洋洋地喝着酒等待春天，看河上的冰开始融化，看柳树桦树僵硬的枝条变得柔软，顺带也看见林军开着他那墨绿色的小卡车来来去去。每一次，林军把车停在村中广场上，就快步回家。有时，他也往酒吧这边张望一下，露出个说不上所以然的笑容，然后，还是转身回家。这个举止在村里人看来，总是有点奇怪。有时，他回来得早，还会在黄昏里，把三岁的儿子架在肩膀上走出村子，在村外田地间的小路上转上一圈。有时，他还会突然一下猛然奔跑，嘴里发出电视里才有的飞机俯冲、机枪扫射的声音，吓得儿子在他肩上哇哇大哭。他只好把儿子从肩上放下来，坐在路坎上，露出一脸忧戚的神情。然后，手牵着儿子，一脸落寞地在四合而来的夜色中回家。好在，当他走进村子，即便人们想看个究竟，他那一脸落寞神色也融入夜色之中，让人无法窥见了。

在机村人听到这个词的这一天，林军停好车，脱离了他惯常的路线，直奔酒吧来了。闲散的酒客们都坐直了身子，看他向大家这边走来。有人叫大家不要看他："他不是不想来，起初没来，后来就不好意思来了。"

"你看现在，他有不好意思的样子吗？"

的确，从远处看去，他平常总是显得拖沓的步伐，这时却一下下走得那么紧凑有力，没有一点犹疑不决的意思。

"那是自己给自己壮胆，不要看他。"

大家想想也是这么个道理，就都把脸转向别处，但眼角都忍不住不时要扫一扫他走来的身影，看他是不是半路上信心顿失，转身回家了。但他还是迈着紧凑的步伐向这里走来了。于是，大家也都转过脸来，看他满脸红光，露出一口白牙走近了大家。

直到走到酒吧宽大的回廊下那两张台球桌边，他像是猛踩了一脚身体内部的急刹车，身体摇晃一下，很突然地站住了。拿着什么东西的手也猛然一下子藏在了身后。

还是酒吧主人若无其事地说："来了。"

他才放松了一点，突然一下把身后拿着的东西举到大家面前，说："博物馆！我老爹进博物馆了！"

"我知道什么是博物馆，上来吧。"

林军脸孔通红，一步一步走上了那宽大回廊前的九级台阶，等他走到廊子上的众人中间时，那气喘吁吁的样子，像是比爬了一趟村后的达尔玛山还要艰难。也有人想问他刚才他说他父亲进了什么地方，却没有好意思张开口来。他父亲已经死去好些年了，一个活人怎么会知道死人去了什么地方？再说，死人能去的无非是三个地方，地狱、天堂和等待轮回转生的中阴之地，但他明明说了另外一个地方。

除了酒吧主人，还有一个人能听懂他所说的那个字眼。这个人就是短暂回乡的我。

我说："好啊，他老人家终于进去了。"

这话一出口，林军紧张的身子松懈下来，软得都有些站立不住的样子了。他又说了一遍："我老爹进博物馆了。"

我从他手里接过那一摞彩色的宣传纸，并把一杯酒放在他面前，他就慢慢坐下了。

这一来，所有人都把眼光落在了我的身上，还有好几个人围过来。我打开这些宣传纸，知道县城那座废弃多年的寺庙改造成了一个民俗博物馆，最近又在其中开辟出了一间展室，陈列红军长征经过这一带时的一些真真假假的文物。这些宣传纸，准确地说是十几页彩色印刷的小册子，正是这个展室的说明书。最末的一页，有一张表格，罗列了当年流落此地的红军伤病员的名字，其中出现了驼子和机村的名字。上面写的是驼子的大名，林登全。

驼子生林军这个尾生儿时，都年近六十了。那时，他受着旧伤与内心痛苦的双重折磨，总是哼哼唧唧地说："我要死了，我要死了。"但就是这个一脸死灰的人，又让他老婆生下个儿子。他老婆见了乡亲就说："造孽呀，羞死人了！"

林军激动不已："看，我老爹的名字印在书上了。"

大家想有所反应，却无法做出恰当的反应，因为没有谁的名字曾经被印在书上，也就无从知道名字被印在了书上是种什么样的感觉，只能齐刷刷地看着他，有些别扭地做出惊喜的样子。林军走到墙边，手顺着窗框画了一个圈："那张表挂在墙上，比这个窗户还大，写老爹的名字的字，一个一个，比火柴盒还大！"

众人也无从知道如果自己的名字用火柴盒那么大的字印在墙上是什么样的感觉，却都张开嘴发出了赞叹："嚯，嚯嚯……"

他又抓住我的手，说："我老爹进博物馆了！"

其实，我也无话可说，对于一个已经躺在地下多年的人，这又有什么特别的意义呢？但我还是被他的情绪感染了："是的，他老人家真的进博物馆了！"

林军却现出了颓丧的神情："可惜他自己已经不能知道了。"

"是啊，要是他活着时就进去，你老爹脸上会有多少光彩啊！"

林军离开后，大家都来问我博物馆是个什么东西。我想了半天，也没想到一个确切的说法。还是酒吧主人拉加泽里说："博物馆是一种房子，把不该忘记的东西放在里面。"

这已经不是大家心里总是有所忌惮的年代了，所以马上有人说俏皮话："我们也没在脑子里盖那么一座房子，但我们谁会忘记驼子呢？"

"我们当然不会忘记，但以后的人呢？"我说。

"好呀，政府越来越有钱，以后不会在每个人脑子里都盖这么一个大房子吧！"

也有人很认真地发出了疑问："以后的人要记住机村曾经有个驼子干什么呢？"

这句话让大家都陷入了沉思，想起驼子的种种好处，想起驼子的种种不幸，也想起驼子好些让人哭笑不得的事情来。唉，那人是在世道刚刚好起来的时候，伤心而死了。然后，大家都低头去看林军散发的小手册。那一共十几页的彩印纸，除了封面封底，除了领导写的话，关于展室内容的，也就七八个页面。其中，红军长征经过此地的路线图啊，旧驳壳枪啊，手雷啊，刻在石崖上的标语，烈士照片等等，又占去多半页面。最后两三页，是当地藏民参加红军并且在解放后进了北京，或者打回来做过当地领导人的照片与介绍；最后一页，才是让林军激动万分的那张表格，表格有十好几兰，林登全——也就是他老爹驼子的名字——只在其中占了一行：林登全，一格；原红四方面军某部战士，一格；因伤掉队，一格；曾任本县某乡某村支部书记，最后一格。

而我眼前，却是活生生一个爱土地爱得要死的农民的形象。当他所有行为符合这个形象，他是令人肃然起敬的那个前辈，但只要当他的行为脱离一个老实巴交的农人的轨迹，就是可恨可笑复又可悲的人了。反正，机村没有一个人能够想象出驼子作为一个英勇的红军战士冲锋陷阵是个什么模样。他从骨子里就不是一个勇敢的人。他儿子林军也不是。但从他儿子生出来那一天起，他就希望儿子能参加中国人民解放军，成为一个光荣的军人。所以，他才名叫林军。林军是我的同龄人。我们中学毕业回乡不久，他就因为父亲身份的关系穿上了军装。那时，他的驼子父亲是多么光耀啊！背北过去挺直了许多，那双总是浑浊的风泪眼，也发出明亮的光芒。而且，还从什么地方弄了顶军帽来神气活现地戴在头上。

他看见我们这些人，常说的一句话就是："我家林军来信了。"

他还爱说："我们家林军是野战军。"

"野战军？"

"就是大部队！主力！人那个多，排起队行军，领头的都爬上山头了，尾巴还在山下原地踏步！"

机村只有两三百号人，从来没有全体排起来行过军，但是看过电影，那时的电影里，总有行军打仗的图像，于是就有人说："跟电影里一样！"

驼子却对这种说法嗤之以鼻："电影布才多宽，我说的队伍，那个长！"他甚至摇晃着戴着一顶大帽子的小脑袋说："算了，跟你们这些没见过世面的乡巴佬，再说都是枉然！"然后，他就眯缝起永远被泪水里的盐分渍得通红的眼睛去看蜿蜒而去的山脉，好像真的看见了行军队伍走在上面，而他儿子，就昂首挺胸走在中间。后来，我考上学校离开了机村。再后来，中国军队杀出南边的国界，教训越南鬼子去了。

假期，我回到村子里，驼子拉住我，一双手颤抖不止："林军打越南鬼子去了！"他老婆却在一边低声哭泣："我的儿子，我的儿子……"

驼子想喝止哭泣的女人，却不能奏效，转身背上双手，尽量地挺直了腰背，说："越南鬼子，越南鬼子……我儿子打越南鬼子去了！"

那场战争好像刚刚开始就结束了。我再次回到村子里的时候，林军已经回来了。那一年，我们这些年轻人从报纸，从电台听到了多少荡气回肠的英雄故事！更没有想到的是，到学校来做英雄事迹报告的年轻军人，竟是过去中学时代比我们高一年级的校篮球队员。我想，也许林军也在另外的地方做他的英雄报告吧？

毕业后我分配到比机村更为偏远的地方，两年后才有了探家的资格。想不到，一进村口，第一个碰见的人就是林军。他一头乱发，被细雨淋湿了，乱七八糟地贴在脑门上，旧军装已经很破旧了。他背着一个背篓，上面盖着青翠的桦树枝条，我鼻子里闻到了新鲜蘑菇的气息。

两个人在狭窄的村道上撞见，一时间都显得有些慌乱。只是林军的慌乱程度远远超过了我。我慌乱是没想到远征的军人会以这样一种形象出现在我眼前。那么，我在机村肯定显得光鲜的干部模样当然也能使他更加慌乱。

我听见自己发出的声音犹疑不定："林军。"

他看我的时候，脸上没有一点表情。我又叫了他一声。后来，我想自己叫他的时候声音里不该包含那么浓重的惊讶。他一低头，挤开我，消失在细细雨线后的浓雾中。

弟弟告诉我，林军提前复员，"打仗时害怕，尿裤子了"。邻村有个跟他同时入伍同时上前线的，去年是县武装部用吉普车送回来的，已经当上连长了。我想再见见林军，直到离开村子却再也没有看见。也是这一年吧，驼子死在了丰收在望却没人收割的麦地里。村子里还有一种说法，真正把驼子气死的，其实不是丰收的麦子无人收割，而是他尾生儿子在部队丢人的表现。对此，机村也很有些年轻人感到十分愤怒，觉得这也是丢了机村人的脸。倒是老人们宽宏大量，对着枪口，林中之王豹子都要害怕呢。也有人说，幸好现在不搞"文化大革命"了，不然，这个家伙就死定了。

时间过得真快，一晃眼十多年过去，大家把这些事情都慢慢淡忘了。

<h1 style="text-align:center">二</h1>

那天黄昏的晚霞烧红了大半个天空，太阳一落山，气温猛烈下降，空气清新而冷冽。大家因为议论博物馆什么的，才一直待到这个时候。拉加泽里已经吩咐时服务员一桌桌算账，准备结束这一天的生意了。

就在这时候，村后的山根前亮起了火光。

其实早就有人看到了烟与淡淡的火光，因为不想打断大家那么兴趣盎然的闲话，才没有声张。漫天彤红的晚霞燃烧到后来，把自己也烧得乌黑一片。天一黑下来，那一下子明亮了许多的火光就被大家都看见了。

那是驼子坟墓所在的地方。于是，大家明白过来，林军是到坟前去告诉他老爹那个流落红军的名字进博物馆的事情了。大家又在酒吧里坐了下来，等两个腿快的家伙前去打探。去的人很快就回来了，说见林军正把一堆散给了大家的那种说明书在坟前烧化。

去的人说完这一切，还很夸张地打一个寒噤，说："妈呀，我好害怕。"那寒噤打得有些夸张，但他那恐惧却是真实的。机村死了人，并不时兴土葬，所以见了坟堆，就会害怕。不是害怕别的，就是害怕冒出地面来的那堆零乱而凄凉的土石。在机村人的感觉里，那么一堆非自然的东西会生出一种特别的意味，让人感到害怕——不是完全的害怕，而是在害怕与厌恶之间很鬼魅阴森的感受。如果机村存在了五百年，那这五百年里，也只是在后三四十年里才出现了表示有一个死人睡在下面的坟墓。灵魂逸出后，皮囊就没有什么用处了。或者火葬，在炽烈的火焰中化为灰烬；或者天葬，用肉身做此生最后的一次施舍与供养。肉身陨灭时，灵魂已经奔赴来生去了。

解放后，机村就有坟墓出现了。起初，是病伤而死的伐木工人埋在了当地，后来，机村大火，那几个死于扑火的机村人成了机村最早被土葬的人。这样一来，那些坟墓所在之地，就成了禁忌之地，人们一般不会涉足这种地方。机村人没有祭坟的习俗，所以，那些土石相杂堆垒而起的坟冢也像记忆一样慢慢地在风风雨雨中日渐平复。而那些汉族伐木人的坟冢，也因为伐木场的迁移，被人日渐遗忘，被树木与青草抹去了痕迹。只有驼子的坟还在，年年有他的家人按远方的规矩垒上新土，有时还插上白色的纸幡。那日子过去后，那些白纸在雨水中零落黯淡，被风撕扯下来，四处飘散。

这样的习惯，机村人并不特别喜欢。这些年形势宽松了，老百姓又可以谈论此生之外的存在，林家人再去上坟，就有人委婉提醒："他不在那石堆下面了。"

"离开的人，就该慢慢忘记了。"

林家人也是机村人，自然明白这样的劝告是什么意思。清明也不再去堆垒被风雨剥蚀的坟冢，只是到了年关，随大家去庙里在佛前替亡灵点一盏灯，请喇嘛念几篇祝祷的经文。这就符合了机村人对于死亡的观念。死就是干干净净从这个世界上消失，不留一丝一毫的牵绊在这个尘世。

但是，这一天，林军又到父亲的坟前，焚化那些彩色的，某一张上某一栏表格中印着他父亲名字的纸片。

纸片的余烬燃烧着，被风吹起，带着火焰在空中飘舞一阵，变成一团更为轻盈的灰烬，无声地落向了地面。不知道他从那个地方带回来了多少这样的小册子，大家都张望了差不多半个小时，他还在燃烧那些纸片。

有人就不耐烦了 "妈的，这个傻瓜真的是没完没了了！"

酒吧主人拉加泽里说："不能再烧了，再烧要把林子引燃了！"

大家齐齐向祭坟处跑去。但见林军口里念念叨叨跪在坟前。和他跪在一起的女人与两个孩子却惊惧不已。阴阳两隔，他神神道道地越界与死人说话，好像那死人某个时刻真能拱破封土，从地下钻出来一般。见到来人，女人与孩子都哭了起来，显然不是对墓中死人悲痛的怀念，而是庆幸终于从怖惧的气氛中得到了解脱。

有人也弯腰在墓前鞠了一个躬，我也鞠了一个。我住在城里，而且，中国外国的墓地去过不少。但我还是更明白一个机村人此时的感受。我说："好了，林军，你要是相信人进了博物馆，那就不在这里了。"

"真的？"林军问我，夜色很深了，他的脸在我面前模糊一片，但两个大眼睛却辉映着光芒。

"一个……"我迟疑了半晌，不知该说一个人还是一个鬼魂，"一个……难道可以同时在两个地方？还是让女人和孩子回家去吧，别把他们吓着了。"

"自己的亲人，他们不会害怕。"

"但你看看，他们是不是害怕了。"

有人用手电照着他女人带着两个孩子解脱似的逃开的背影，林军也就无话可说了。

达瑟已经一身酒气了，说："走，大家再去陪林军喝两杯，庆祝一下，我们机村的老支书终于搬到大房子里去了。"

这个晚上，我给大家讲博物馆是什么，费了好多口舌，历史啦，纪念啦，记住过去就像手握着一面明镜可以看见未来啦之类的，好多好多说法。这不只是为了让大家明白一个新词，我想还是出于驼子的名字给印进那个表格所引起的感慨。不是关于历史，而是对一个小人物命运深深的感慨。很显然，听众们都被酒和我的话弄得昏昏沉沉了。最后，倒是让达瑟做了一个失之草率、简单却能让大家明了的总结："就是一个大房子，不是真正的人，而是他们的照片跟名字住在里面！"

大家的酒好像立即就醒了一半，齐齐地说："哦！"

白天被太阳晒融而变得柔软的冰雪、土地和树木，这时正重新变得坚硬，空气因为冷冽而显得特别清新。

几杯酒下肚，林军把手袖在怀里，抬起迷茫的双眼："我就想告诉老爹一声，我想他会高兴的。"

"你这么做没错。"

"我知道自己又做错了，两个娃娃那么害怕。他们为什么害怕自己的爷爷？"

达瑟就冷笑："你不是机村人吗？"

"我是。"

"我看你不是。"

"我是！"

"那你就该知道，他们不怕爷爷，他们怕那该死的土包！一个人的灵魂怎么会待在那么冰凉黑暗的地方！"

一个人想要讲太多道理的时候，就会遇上自己说不清、别人也听不明白的难堪处境，刚把我从难堪中解脱出来的达瑟自己又陷入了这样的解说困境，并让别人来解围。黑暗中看不清说话的人，但话却说得分明："除非他是一个鬼！"

机村人也认为这世上有鬼，但无非是某人去了，灵魂因为苦主自身的某种缘故不能顺利转入另一轮回，就出来作祟。作祟的手法往往雷同，并且无一例外，都会被某菩萨或某活佛用了法术，收摄或超度了。而且，这些鬼都居无定所，总是阴冷的风一样来来去去。这些比起后来传入机村的鬼故事简直就太不丰富生动了！

这些新传入的鬼故事主角都住在坟墓里。

前面说过，以前的机村没有坟墓，自然也没有跟坟墓有关的恐怖故事。我做过一点小小的调查，这故事最早是工作组带来的。后来，伐木场的工人们又围绕机村四周的新坟增添了一些。那回工作组来，说是毛主席号召不要害怕牛鬼蛇神，而且要打倒牛鬼蛇神，方法就是学习一本书。这本书叫《不怕鬼的故事》。听故事而不让人斗人，这是受大家欢迎的。每天晚上，不光是村里的青壮年，连小孩和很久不出门的老人，都会早早跑到村小教室里靠近火炉的地方占一个暖和的位置，把自己安顿舒服了，来听不怕鬼的故事。其实就是听鬼故事。其中好多的鬼，都是月白风清或月黑风高之夜从坟地里钻出来的。这些鬼真是种类繁多，性格各异：哀怨的，促狭的，幽默和不幽默的，阴毒的，地主婆一样一言不发并且始终不肯抬头的，工作组干部一样喋喋不休像得了话痨的，把掉了的脑袋捧在手里的，肠子像腰带一样缠在身上的，舌头吐出来比蛇信还要冰凉的，眼珠掉在外面像是两大滴泪水的，总而言之，那个鬼世界简直把全体机村人都迷住了，那真是一个远比眼下这越来越整齐划一的生活丰富好多好多倍的世界！

过去要是念报纸上的社论，相当于半个故事那么长时间，火炉周围的人已经睡着了，而坐在门边暗影里的人早已开溜。但这不怕鬼的故事（主讲的人无意中也往往把重点放在讲鬼为主的前一多半，后一部分反而大同小异，不够吸引人）效果却适得其反。讲完一个故事，大家都往屋子中央挤挤，要求再讲一个。

"为什么还要听一个？"

"好听！"

这是老实话，也有人讲出了更老实的话："害怕！外边那么黑，不敢回家了。"

"没那么黑，出月亮了！"

"影子拖在身后，鬼一样，更加害怕！"

"为什么不向故事里不怕鬼的好汉学习？"

大家都笑："就是学习了才害怕的嘛！"

终于，还是响应号召的共青团员们壮了胆，唱着歌走出门去，大家又都争先恐后夺门而出，怕一个人落在关了灯的黑屋子里了。而且，村子里开始有些稀奇古怪的鬼故事流传。

所有这些都恍如梦境，都好像是上辈子的故事了。伐木场迁走后，机村再也未添新坟，过去的旧坟都渐渐平复，鬼故事流传一阵也就偃旗息鼓了。前年，修筑达尔玛山隧道时，隧道塌方牺牲了几个工人，都拉到县城火化，骨灰则运回各自的老家去了。电视里播放追悼会上一个死去工人的母亲哭倒在骨灰盒前，引起了机村人的长吁短叹。

三

该说说机村人常常聚会的这个酒吧了。

我们置身其中的这个世界，不管是好的事物，还是不好的事物，即将出现的时候，都是有前奏的。

马车、公路与隧道的出现是这样，水电站、电话、喇叭、输电线和无线发射塔的出现是这样，从来没有做过的生意出现也是这样。砍树挣钱的时候，就有了隐隐的传说，说是栽树也是可以挣钱的。自己看厌了雪山与峡谷，而且随着气候变化，那些雪山消融得越来越厉害的时候，就有传言说，远方的人来看一眼这些雪山与被摧残过的峡谷也可以挣钱。这些传说一传就传了十多二十年，有些人不愿再等待，一闭眼死去了，更多的人还活着，却早已把传言忘在了脑门后边。不料有一天，城里人真的成群结队开始出现在峡谷中，带着望远镜、照相机、防晒油、氧气袋，络绎不绝地出现在这个与世隔绝了成千上万年的峡谷中。峡谷有多远，他们就能走多远。

有些人走累了，口渴了，要找个地方坐下来，解解乏，就问："喂，老乡，村子里有茶馆吗？"

机村人就摇头。

"那么，有酒吧吗？"

游客没有想到机村人会点头，也不会想到机村真的有一个酒吧。

就像好多事物的出现都是必然的，但对机村和机村人来说，在这个时间和与之相关的一切陡然加速，弄得人头晕目眩的时候，没有任何前奏，机村这个酒吧就出现了。

至今人们也想不明白，为什么需要一个酒吧。

只要有酒，坐在家里的火塘边或者林边草地上喝个一醉方休，喝得载歌载舞就可以了。为什么要一个专门的地方饮酒作乐？如果你问这样一个问题，不动脑子的机村年轻人会跟你急，意思是为什么城里人到山里来游山玩水，都需要人预先造好酒吧，机村就不可以自己有个洋气的地方。有脑子的人的话会不一样，说，有这么一个地方嘛，机村人空闲了，就可以坐下来，话说当年。

能够有一个地方坐下来话说当年，每一个过来人都能借着酒兴谈机村这几十年的风云变幻，恩怨情仇，在我看来，其实是机村人努力对自己的心灵与历史的一种重建。因为在几十年前，机村这种在大山皱褶中深藏了可能有上千年的村庄的历史早已是草蛇灰线，一些隐约而飘忽的碎片般的传说罢了。一代一代的人并不回首来路。不用回首，是因为历史沉睡未醒。现在人们需要话说当年，因为机村人这几十年所经历的变迁，可能已经超过了过去的一千年。

所以，他们需要一个聚首之处，酒精与话题互相催发与激荡。

当我坐在他们中间，看到黑色的闪光公路从峡谷中飘逸地滑过，看到为了远方游客的观瞻而把自己打扮得有点过于花哨的村庄建筑，我也觉得，乡亲们关于酒吧存在理由的那些说道都是成立的。

但那都是酒吧出现后，人们才搜肠刮肚挖掘出来这么些理由。

而它最初的出现，是连它的主人都没有想到的一个偶然。虽然，今天，关于这一地区的旅游指南上，总是登载着这无名酒吧的大幅照片。木头的墙，木瓦的顶，厚实的木头地板，木头的桌子，与硬邦邦的长条靠背椅。在这一片木头老旧的原色中，是涂着艳丽油漆的粗大柱子与门窗。绿色的柱子，黄色的门窗。好看吗？旅游指南上说，这样的配色在城里是不可思议的，但是那么大气的风景中，也该有那样不讲道理的颠覆性的东西。

酒吧的主人最初是想铲掉这些油漆的，有人告诉他这样的用色是不协调不本朴的，但是旅游书籍和网站上有更多人喜欢这种不讲道理的东西，所以，每一年冬天一过，酒吧的主人都要拎着油漆罐子重刷上一遍，让已经黯淡的颜色重新焕发出新鲜的光亮。油漆这东西在机村人这里，也是一种新事物。最初，机村人没有从美观的角度来认识这一事物。酒吧主人最初给这些柱子刷上油漆，也只是为了防虫蚁。油漆刺鼻的味道使他认为可以把木头里的虫蚁闷死，同时，这黏稠的汁液无孔不入，封死了虫蚁们再次潜入的缝隙与孔道，让它们失去了在腐朽的木头中建立自己王国的可能。于是，这座曾经摇摇欲坠的木头建筑又日趋稳固了。

即使给门窗与柱子刷上了油漆，主人也没有想过要在这里搞出来一个酒吧。虽然，他这个新派人物，有空的时候，会自己开上客货两用的皮卡，上山，穿过隧道，在觉尔郎风景区的游客中心去坐一阵酒吧。坐在高大的落地玻璃后面，眼前展开的是峡谷壮阔的美景，面前桌子上，杯中啤酒泡沫慢慢迸散。有时，他会一口把杯中的泡沫全部吸干，那么，杯中就只剩下微黄的安静液体了。太阳西下，落日明亮的余晖从另一面落地玻璃墙上射进店堂，他会戴上墨镜，把椅子转动一下，一动不动地看着眼前夕阳衔山的辉煌景象，看太阳最后的余晖给那些大树撑开的宽大树冠勾勒出一道明亮的金边。归巢的鸟都变成一只只黑影投射到树上。等到厅堂里亮起灯光，等到疲惫而又兴奋的游客从野外归来闹哄哄地挤进酒吧，他就摘下墨镜，在柜台上结了酒钱，开车穿过隧道回村子里去了。即便后来自己酒吧的生意日渐红火，他也保持着这个习惯。即便游览峡谷的游客要穿过隧道专门来这里喝上两杯，他会开着车到游客中心的酒吧去坐上一阵。

总是有人问："你到那里有什么好看的？"

他不会回答。

但是问话的人还是会问："像城里的游客一样看风景？"

他的眼睛里含着笑意，但他不说话。

"看树？你也学城里人一样看树？"

"对，看树。"

"也看天上的云彩？"

问烦了，他说："请告诉我哪里才没有这么饶舌的人。"

愿意像城里人一样看云的乡村酒吧主人就是拉加泽里。刑满释放后，他在林业局局长本佳的帮助下成立了一个林木公司，这座著名的乡村酒吧原先是国营林场的房子，已经闲置多年了。林业局鼓励植树造林恢复植被，把这座房子借给了他。这是一座大房子，大房子里还套着小房子。小房子一半是仓库，剩下一半分隔成可以住好几个人的独立房间。他自己占了光线最好的一个套间。外面竖着一个书橱，是他的办公室，里面放一架钢丝床，再拉上几根铁丝，挂上干净不干净的衣服，就是他的卧室了。拉加泽里穿鞋很讲究，所以，他在卧室的墙上搞了一个架子，上面摆放着各种色泽各种质地的登山鞋和高筒军靴。没事的时候，他就坐在宽大的门廊上打理那些靴子。机村人说："这个人一天洗一次脸，却要擦三次靴子。"

穿上擦亮的靴子时，他的身上也焕发出一种特别的光彩。这时，人们才如梦初醒般地发现，他是一个美男子，结实匀称的身板，挺直的腰身，青乎乎的腮帮，沉静的面容，坚定而略带忧郁的眼神。

这是个人们总要为一些新鲜的东西而激动、而生出许多盼望的时代，而他这个人，什么新鲜的东西都能赶上，却像是什么新鲜的东西都不盼望，"像是过去的机村人一样"。就像那些新东西是自己非要找他不可一样。

是的，从前机村人是不盼望什么的，如果没有上千年，至少也有几百年，机村人就这样日复一日，在河谷间的平地上耕种，在高山上的草场放牧，在茂密的森林中狩猎。老生命刚刚陨灭，新的生命又来到了世上。但新生命的经历不会跟那些已然陨灭的老生命有什么两样。麦子在五月间出土，九月间收割。雪在十月下来，而听到春雷的声音，听到布谷鸟鸣叫，又要到来年的五月了。森林里有老树轰然倒下，那只是让密集的森林得以透进一片阳光，而这阳光又让在厚厚的枯叶与苔藓下沉睡了上百年的种子苏醒过来，抽出新芽。

达瑟说："真是啊，以前的人，这么世世代代什么念想都没有，跟野兽一样。"

拉加泽里说："人就是动物嘛。"

拉加泽里的林木公司慢慢扩大，雇员也慢慢增多，特别到了春天，下种栽苗的季节，还要临时增加一些人手，拉加泽里就在这座房子前接出了一段宽三米多的带顶的门廊，并在门廊上布置了结实的桌子与椅子，本意是公司职工休息时，有个喝点奶茶或啤酒的地方。不想，门廊搭好没有几天，达瑟就来了，懒洋洋地靠在椅子上，说："老板，机村人的房子可不是这样。"

拉加泽里依然忙着跟手下人交代事情，验点仓库里的货物。

达瑟便噼噼啪啪地敲打桌子，直到老板叫人给他端来一杯啤酒。起身时，这个家伙说："你真想山上长满好看的大树？"

这是一个无须回答的问题，因为他已经栽下去几万棵树苗了。所以拉加泽里没有回答这个问题，而是开玩笑说："树长得慢，等它们都长到可以在树上建一个树屋的时候，我们都不在了。"

"那时，机村人不用在树上储备干草了。"达瑟微微扬扬下巴，长着稀疏而零乱胡须的下巴所指的那个方向，公路边的加油站出现在视线里，"耕地的拖拉机只喝油。"

"但人们还要喝牛奶，还要吃干酪与酥油，所以，牛还要吃草。等到杉树长大了，上面还是要储藏给牛过冬的干草。"

"万一到时候，吃的东西也由机器造出来呢？"

"这就是你盼望的事情？"

达瑟摇晃着竖起的指头，正色说："别对我说这个字眼。我什么都不盼望，我就喜欢有这么个专门喝酒的地方。"

"你是说酒吧？穿过燧洞就是风景区游客中心，那里有。那些三四五颗星的饭店里也有。"

"我这个穷光蛋，喝酒都要赊账，他们不肯赊账，那些高级饭店，我这样的人走到门口就叫保安拦住了。还是来你这里喝吧。"

拉加泽里未置可否："反正你想喝的时候就过来吧。"

"这算什么，像这样，我成个蹭白食的人了。"

第二天，达瑟又带了新的人来。来了，叫人先拍了钱在桌子上，喊："老板，啤酒！"

拉加泽里只好叫人上酒，却不肯收钱。本来，天气好的时候，这伙人都聚在村里的小卖部前的空地上喝酒。小卖部是还在监狱的更秋家老五的老婆开的。拉加泽里说："各位乡亲，这瓶算是我请大家的，完了，还是去老地方喝吧。"

大家却不肯就此罢休，喝了一瓶又要第二瓶。开初只有两三个人，喝到后来，竟然有二三一个人了。再喝，连在村里闲逛照相的游客也走到廊子上来，一边打开手提电脑翻看刚拍下的照片，一边头也不抬地喊：“老板，酒。”

拉加泽里想解释说这不是酒吧，却被达瑟抢在前头：“好，马上，马上！”达瑟还建议游客不要喝城里到处都有的啤酒，“来一点家酿青稞白酒，尝那么一点点。”

“好啊！”

达瑟知道拉加泽里请工人时都要备一些村里家酿的白酒。拉加泽里只好把白酒上到客人面前。游客端起酒杯，喝了小小一口，皱着眉头品咂一阵，又喝一口，皱着的眉头舒展开来，说：“像伏特加?!”

“我觉得像墨西哥甘蔗酒。”

达瑟摇头，说：“咦，是我们机村人自己酿的青稞烧酒！”

游客掏出张百元大钞，拉加泽里找不开，游客倒豪爽，说：“有找头放着，明天还来，就喝这种烧酒。”

至此，拉加泽里的酒吧就算开张了。而且，那热闹的程度一天赛过一天。达瑟是每天必到的常客，他对拉加泽里说：“看看，我给你拉来了多少喝酒的客人。”

“喝吧，我不会因为你不付酒钱就往外轰你！”拉加泽里说，“想坐酒吧，哪天我们一起去景区坐坐吧，我请你！”

达瑟脸上马上放出光芒：“好啊，明天大家都要去景区看热闹，我就坐你的车去吧！”

拉加泽里摇摇头，说：“我不想去看什么稀奇。”

四

第二天，不只是达瑟，机村差不多一半的人都拥到景区去了。景区新开了一个游乐项目：悬崖跳伞。到时将有直升机和降落伞这样稀奇的东西出现。直升机把人运到觉尔郎峡谷的悬崖上面，那些人就从那万仞绝壁上纵身一跃，扑向下面的深渊，等到峡谷里的观众发出惊惧而刺激的叫声，他们身上五彩的降落伞打开来，飘飘悠悠顺着气流一直滑翔到很远的地方。据说那些跳伞的人要交好多钱，才能被直升机载到悬崖顶上那么纵身一跃。

那天，机村有百多号人都到景区去了。

每到一个地方，机村人都习惯早起。这是以前去乡政府所在的镇子时养成的习惯。机村到镇上有几十里地。那是一个重要的地方。机村人去那里开会，去百货公司买东西，去卫生所看病，去供销社卖采挖的药材，去照相馆照一张相片，或者什么事情都不干，就在能看到些生人面孔的街道上逛逛。每去一次，都必须天不亮就吃饱了上路。然后，在将近夜半时回到村子里来。那时整个村子都睡熟了，但有人回来的这家人不会睡觉，火塘烧得旺旺地等着那人打开院门，给家人带回一两样礼物和镇子上新鲜的见闻。那时，我的礼物可能是父亲带回来的几颗糖果，一支圆珠笔，塑料皮的笔记本，当然，我还得到过一支竹笛。

如今，达尔玛山隧道开通后，从机村到觉尔郎景区只有十多公里路程了，其中，有六公里是在灯火明亮的幽深隧道中穿行。而且，现在村里有足够的大小不一的面包车、卡车载着全村人去那个地方。但他们还是很早就去了。

他们到时，直升机还停在草地中央一块刚刚浇铸成的混凝土场地上。草地上的晨露还没被晒干。场子周围是塑胶带拉出来的临时隔离圈，观众只能站在圈子的外边。圈子开口处，是索波和一个保安在守卫，来了人，有胸牌的就放进去，他们是领导，什么运动协会会长、副会长、秘书长，记者，旅行社代表。还有直升机的驾驶员，两个人走出来，戴着头盔，小巧的无线话筒从头盔里伸出来横在嘴前。他们的出现引起了一片欢呼。五六个穿得五颜六色的跳伞者出现时，也引起了同样的欢呼。直升机机翼旋转起来，然后，就那么直直地升到空中。直升机发出巨大的声响，在人们头顶悬停了片刻，然后，轰然一声，一侧身子，飞往高处去了。飞机上升的同时，往下吹出一股强劲的旋风，把拉成隔离圈的塑胶带吹飞了。

那个界线一消失，大家就争先恐后地往前挤，特别是机村人，更显得横蛮强悍，把好些正往前挤的游客都吓退了。事后想想，要挤到中间去干什么？直升机已经起飞了，除了那块湿漉漉的草地，还有草地中央那块水泥地，中间有什么呢？什么都没有。景区领导就指着索波："你！那些老百姓是哪里来的？是你的老乡吧？让他们退回去。"

问题是，一下挤进圈子的有好几百人，并不光是机村人。

索波现出为难的表情，但他还是扬起手："大家都退回去！退到圈子外面去！"

任何人都知道，遇到这样的场面，这样的命令或呼吁都毫无意义。

还有机村人喊："索波，你那么扬着手干什么，你把我们当成牛群在轰吗？"

后面好事者发一声喊，更多的人往里一使劲，圈里的人想站也站不住，跌跌撞撞往前又蹿了好几步。

索波只好无奈地看看领导，领导不高兴地把脸别开了。

这时，突然又有人发一声喊，精瘦的索波下意识挡在了肥硕的领导面前，但这回人们没有再往里挤，而像突然炸窝的蜂群一样四散开来。原来，坐直升机上到绝壁顶端的人，伸展开四肢纵身一跃，扑向了下面雾气萦绕的深渊。人们都发出惊惧刺激的叫声，四散开去，各自去追逐空中的目标了。索波没有心思去看那些表演。只要他在风景区一天，就不会缺少看到这些新鲜事情的机会。再新鲜的事情多次重复，也就像从来就与天地同在一样，不再新奇了。

领导们还坐在临时摆放的那一圈椅子上，他们得等直升机和那些跳伞的人回来，景区领导和那个什么运动协会的会长再讲上几句，这个景区新上马项目的开张仪式才告结束。

索波也找了张空椅子坐下来，仰头去看蓝天下撑开的色彩鲜艳的大伞。

领导更不高兴了，但他不说，有下面的科长跑过来说："怎么就坐下了，还不去把隔离圈再拉起来？"

索波站起身来，嘴里却多了一句："反正飞机下来，旋风又要吹散。"

科长说："老头，叫你干你就干，吹不吹散不是你管的！"

也许就是这句多余的话导致了后来的事情。但这都是后来想到的。当时他只是想，自己这些年是越来越唠叨了。想想年轻的时候，哪有这么些废话。垦荒队撤走后，自己孤身一人待在峡谷中，除了对着日渐荒芜的新垦地说过心痛的话，除了对着常常游走在湖边的鹿群说过羡慕它们美丽自在的话，除了自己身上某个地方不对，说过诅咒疾病的话，他已经非常习惯以无边的沉默来面对这个世界了。

仪式结束后，人们四散开去，领导陪着一干重要人物去游客中心的餐厅了。科长落在后面，对他说："领导吃完饭有话跟你谈，你在游客中心外面等着。"

他就往游客中心去了。在那里他还碰到了来看热闹的机村乡亲，好些人并不理会他。一来，是记着他以前干的那些不招人喜欢的事情；二来，人们也有些嫉妒他一点不费力气就在景区找到了一份工作，而机村大部分上过初中高中的年轻人，都无法在景区服务人员的招考中过关。偏偏没人想过，他一个人待在峡谷里差不多有十年时间；也没有人想过，景区筹备处刚刚成立，修路盖房，他什么都干过。但他没有心思跟人去理论这一大堆事情，自己在食堂买一个盒饭吃了，等着领导出来跟他谈话。他想，肯定又是批评他对于机村人过于宽大，面对自己的乡亲不能很好地执行景区的管理规则。

他不是唯命是从的人，他多次对他们说明，这个地方，祖祖辈辈就是机村人自己的地盘，他们出出进进，都要依那么多规矩，怕是不太合适。

"你的意思是他们就应该这样，他们就永远要这样？"

"我不是这个意思。"

"那是什么意思！"

"我是说机村人会这么想事情，我的意思是要让他们慢慢改。"改什么呢？就是有事没事，不要跑到景区来闲逛，不要哪里热闹就凑到哪里起哄。"如果不来就心里痒痒，能不能请他们穿得干净体面一点。"

他想，今天的谈话无非又是这一套说辞。

这时，达瑟正摇摇晃晃地经过他面前。现在，机村的年轻人大都穿得跟游客一样，T恤、棒球帽、登山鞋、滑雪衫，不能穿得干净体面的正是达瑟这样岁数跟境况的人了。他想叫达瑟一声，但没有张口，因为领导就要找他谈话，他不想跟他们最不愿看见的那类机村人待在一起。所以，他就任达瑟从自己跟前走过去了。他想不通，当年那样一个书呆子，怎么变成一个酒鬼了。但他不能想这个问题，再想下去，他就会想起自己怎样奉命带了民兵去围捕达瑟死去多年的朋友。他使劲地闭上眼睛，这样，那些接踵而至的回忆就被挤到脑子外面去了。命运让他对一切都不能敏感，内心与脑子都要像来来往往的人看见的那个保安一样表情木然。

直到听见旁边酒吧传来的吵闹声，他还是保持着这种木然的表情。

但争吵声越来越大，而且，很明显听得出来机村人用汉语跟人吵架时那种浊重凶狠的腔调。这使他不得不过去。

过去一看，是达瑟要进酒吧，却被人挡在了门外。四散闲逛的机村人怎么会放弃这样的热闹场合呢，马上就围拢过来，开始起哄了。于是，两边就吵起来了。虽然现在顿巴协拉家两个儿子和一个女儿的古歌组合，每天晚上都在这个酒吧表演重新配器与精练了词汇的峡谷古歌，虽然景区的管理者中也有好些藏族人，但这样的冲突一爆发，在大家的理解中就是机村人和景区人的冲突，更是藏族人与汉族人的冲突。绝大多数情况下，无论是在外来的游客眼中，还是当地人的心目中，汉与藏，已经不是血缘的问题，而是身份的问题。身份上升成为政府的雇员，成为穿滑雪衫的游客，就是汉；反之就是另外的族类了。比如林军这样的机村人，他是地道的汉族人。但走出机村，他就是藏人。他也以为自己是藏人。只有回到机村，他又感到自己是个孤独的汉人了。闲话打住，却说这天游客中心酒吧门口一下聚起来很多人，而且阵营分明：景区对机村。并把索波夹在了中间。大家都怀着不太善意的企图看他做什么表示。

索波清了清嗓子，不是因为威严，而是因为紧张，才开口问为什么吵架。

答说，这个人来过好多次，喝了酒，却没有钱。

达瑟已经喝过酒，胆子就偏大，硬要往里闯，口口声声说这本是机村人的地方，不能因为你们在这里围了四面墙，就成了你们的地方。他说："要是刨去下面的地皮，难道你们的房子可以挂在天上？那些降落伞挂在天上，不是也要落到地上来吗？"

围观的机村人就哄然大笑，给达瑟叫好。

景区这边的人就用责难的眼光看着索波，好像这些不讲道理的机村人都是他亲自招来的。但他压住了火气，对老板说今天让达瑟进去，喝了多少酒，我付钱，我请他客。

老板偏偏不让："恰好今天不行，上面吩咐过了，要接待重要客人，他这个样子……"说话的人看着索波脸一点点沉下来，没有把后面的话说出来，但意思谁都明白，这么一个衣衫不整、邋邋遢遢的人，不该进入这样的场所。心里一直窝着火的索波的脾气一下上来了，说："我请他，他是我的客人，让我们进去。"

"你可以进去，但他不可以。"应门小姐也没有一点退让的意思。

"我就是要让他进去！"

看他脸上阴沉的神情，小姐有点害怕了。就在这时，吃完饭出来的领导、跳伞者和记者一干人来到酒吧前。领导把客人让了进去，留在后面的科长说："老乡们，下回吧，今天这里是包场！客人要听古歌演唱。"

这下大家好像就自觉理亏一样散去，把索波一个人晾在太阳地里了。但是科长没有走开，拍拍门口松树下的长椅，对索波说："坐吧。"

索波坐下，科长自己却站着，看一眼达瑟，又看看索波："我看你有些犯糊涂了。"

"我只是想请老乡喝一杯酒。"

"大家都要维护景区形象，讲过多少次，你记得吗？算了，不说这个了，你多少岁了？"

索波想想，记不得自己确切的岁数："六十多一点点吧。"

"嚯，六十多一点点！知不知道，为了精简机构，我们很多干部五十岁就离岗休息了。"

索波想说自己哪是当干部的命啊，年轻时，跟着上面的号召，干了那么多对不起人的糊涂事，想的就是当上干部，最终却成了这个景区临时聘用的保安。如今，他瘦长的身子已经有些佝偻了，穿着一身保安服装，整个人都显得有些滑稽，特别是他那尖顶的小脑袋，戴上保安的大盖帽，更增强了这种喜剧效果。

科长又拍了拍长椅的靠背："我忙得很，这样吧，我也不想再批评你了，再说这也是领导的意思，明天你去人事部一趟。"

在这景区这么多年，索波当然知道这去人事部一趟是什么意思。他马上反应过来，上面要解雇他了。他说："我保护了景区的鹿群……"

科长挥挥手，走开了。他又追上去几步："我还保护了景区的森林……"

科长再次挥挥手，进入酒吧，厚重的木门就密密实实地在索波面前关上了。

五

就这样，风景区管理局将索波遣散了。当保安时，他的工资是九百块钱。人事部告诉他，以后管理局还补贴他每月两百块钱。"因为大家都记着你当年保护森林与鹿群的功劳"，这句话竟让他有些感动，因为有人记得他在这个世界竟然也有一点功劳。部长问他还有什么要求。他的要求是再住两三天，要去湖边跟他的鹿群告个别。他要再去爬一次当年他和垦荒队根据古歌探出的悬崖古道。原来，那个古代小王国的人们进出峡谷的秘密通道就是把一些山洞打通，在岩壁后面，筑出了一条狭窄的隧道。如今这是景区一个热门的景点。见他这么容易对付，部长慷慨地说："再给你发一个月全额工资，不用上班，想上哪里看看，就上哪里看看！"

其实，他也无处想去，除了爬一次古道，每天他都去看湖边的鹿群。就像过去一样，他对着鹿群打了一个口哨，但很多年轻的鹿都因为吃惊而跑开了，只有几头老家伙转身向他走来。就在湖边，他伸出手中一小束刚采的嫩草，看鹿走到面前，嗅嗅他的手，然后伸出粉红的舌头，把青草卷进了口中。他又从口袋里掏出盐，摊在手上，几头鹿都挤过来，温软的舌头一下一下掠过他的手心，心里什么地方被一下一下地触动，让他差点流下来泪水。但他没让泪水流出来，他只是说："伙计们，我要走了，我要回机村去了。以后，我就再也见不到你们了。"

鹿子像羊一样咩咩地叫了几声，摇着短短的尾巴悠闲地走开了。

他想不到，临走，上面还吩咐保安队全体人员跟他聚了一次餐，上了酒，还有很多的菜。让他不禁佩服现在的领导做事就是这样漂亮。不像过去，自己这样的傻啦吧唧、上面说什么都相信的人，什么事情都做尽做绝。但这么想又有什么屁用，什么屁用都没有了。

临走那天，顿巴协立家在游客中心驻唱的古歌组合三兄妹请他在酒吧坐了一个晚上。他们在台上演唱，索波坐在台下喝他们堆在自己面前的半打啤酒。演唱完毕，三兄妹下来跟他坐在一起，告诉他，景区要资助他们去参加全国的一个歌手比赛。酒劲让索波脑袋嗡嗡作响，他想，和他彼此讨厌的领导做事情就是比当年的领导漂亮。

现在给自己取了新名字的妹妹说："大叔，我们要出名了！"

"出名？"

"那时，我们就不用在这里演唱了。我们在电视里唱！"

"那我就看不见你们了。"

"我们送你一台电视，那样你就可以看见了！"

"不用送我东西，我老了，挣了钱自己留着，该给自己准备嫁妆了！"

依娜神采飞扬，她光洁的额头闪闪发光，她高声大嗓地说："我不要嫁人，我要歌唱，我要歌唱！"闪闪发光的姑娘站起身来，高举起双手时露出了丰润腰肢上的肚脐，"我要歌唱！"

酒客们回应以热烈的口哨和欢呼。

索波是在一个有月光的晚上回来的。走进村口，就听见全村的狗都叫了起来。但是却没有人因为狗叫声出来看上一眼。要在过去，他领导的民兵，早就提枪四处察看了。那时人们很少四处走动，警惕性很高的民兵们操演的机会并不多。现在，人们开始四处走动。有事的人们四处自由走动，没事可干的人，也四处走动，再没有背枪的民兵查验路条了。为了不让人以后议论自己是偷偷摸摸回到村子里来的，他想最好暗地里闪出一个人，用当年民兵严厉的口吻喝问："干什么的?!"

他答应一声，机村人都会知道他回来了。有气要出的，有账要了的，都可以找上门来了。

但没有人出来，狗叫了一阵，也偃旗息鼓了。有生人出现，狗不叫几声，没有履行狗的职责；再叫，主人要骂大惊小怪。现在，村子里一天见到的生人的数量都要超过见到熟人的数量了。狗真要认真地叫，早把肺挣破了。他转身看看，一个人也没有，只有停止吠叫的狗在左右张望，然后，就看见自己拖在身后的影子。月光很淡薄，影子也很淡薄，薄到好像步子稍快一点，那影子就会被风吹散。

他回到自己已经空置多年的老房子里，听见檐口的巢里鸟在梦呓，霉臭而呛人的尘土味充满了鼻腔。这座石头外壳的房子外面看起来还很坚固，但在里面，每走动一步，那些椽子、横梁与桁架，都在轧轧作响。他不想开灯，不想看到灯光下这久未收拾的屋子里的破败景象。但他还是开了灯，因为他需要让机村人知道他回来了。他不能让机村人笑话自己半夜回来连灯都不敢开。他开了灯，又站到窗前，把筑巢在窗棂上的一对野鸟惊飞起来。两只鸟扑棱棱飞起来，发出很夸张的惊叫，在夜空里转着圈子，他只好关了电灯，让那对那么容易受惊的野鸟又飞了回来。

他在暗夜里站在窗前，看着外面稀薄月光笼罩的世界，听见那对归巢的鸟在互相安慰。在觉尔郎峡谷那么多年，除了花草树木，与他终日相处的就是这些生灵了。他似乎已经能听懂它们彼此的交谈。

那两只鸟，尖嗓门说："害怕呀，吓死了呀。"

粗嗓门说："不怕，不怕，这家人的电灯抽风才亮了一下。"

"该不是老太婆的魂魄回来了？"

"可她是多好的老太婆啊，天天都把新鲜的吃食摆在窗台上。"

"可她死了……我怕……"其实，那鸟婆娘并不特别害怕，只是已经睡意蒙眬也不忘记撒娇罢了。

鸟丈夫也睡意深重了，咕哝说："……哦……不……怕……"

索波想再让电灯抽一下风，但他没有。鸟夫妻的对话让他想起去世多年的母亲。人已经去了，想有多少用处？不如不想。他这个念头是对的，一阵音乐声飘来，让他的注意力转移了方向。音乐不是高音喇叭里涌出来的，村广播站早就消失了。

那是人在演奏。是当地说唱英雄故事的说唱艺人的六弦琴声。一阵节奏明快的乐声过后，歌声响起来，那是关于觉尔郎古国传奇的古歌。琴声引起一个人声，一个人声引出更多的人声。低沉的吟唱声在月光笼罩的地方弥漫开来，像一片比月光稍亮的亮光，一阵比月光稍沉的轻烟。这些歌,有人天天在游客中心的舞台上演唱,但那演唱与这演唱截然不同。这是机村人自己在为自己吟唱,没有那些花哨的拔高的炫技,没有口哨与掌声。一段唱毕后是一片深深的带着回想的静默。在这静默中,他看见歌声传来的那个地方,那座房子一半沉浸于夜色,一半被灯光照亮。村子,还有村子四周的山野已经沉沉睡去了。但那座房子灯光闪亮,没有听从月光的安抚,那么激动地醒着,而且还大声歌唱。

歌唱的间歇,那些静默四处弥散,走到比灯光、比歌声更远的地方,笼罩了山岗与河流,当然也笼罩了村庄。

就这样,在回到机村的第一个晚上,他就被吸引到酒吧去了。当他抬脚越过月光与那片灯火的边界时,他的感觉像过去的战争电影一样。一个潜行的人突然被强烈的探照灯光所照亮。他闭上眼睛,接下来,夺命的机关枪声该响起来了。但枪声并未响起。他睁开眼睛,看见机村的男人们围着一张张桌子,端着酒杯热烈交谈。

没有人注意到他的出现。

他又试水一般淌着灯光往前走了几步,这时,正放下手中报纸的达瑟看见了他。这家伙先是一脸惊奇,然后,笑容慢慢浮到了他的脸上:"索波!"

他声音并不大,但所有人都听到了,嗡嗡的交谈声立即停下来,所有人的眼光都驾着灯光向他蜂拥而来,扎在身上像是密集的箭镞一样。他一边艰难地往前走,一边想起古歌里吟唱一个牺牲的将领:"利箭扎满了他的身体,他伸开双臂,颤动的箭杆仿佛要再次发射……"

人们都站起来,看这个离开机村那么多年的人慢慢走近,慢慢走到门廊下那九级木梯前,一步步走上了门廊,脸上的肌肉紧绷,目光凶狠又躲闪,一屁股坐在了一张椅子上面。

达瑟迎上去:"索波?"

"我不是鬼魂。"

达瑟大笑起来:"听听,他说他不是鬼魂,就是说他也相信有鬼魂了！"

拉加泽里把达瑟划拉到身后，将一罐啤酒打开，放在了他的面前，他说："欢迎你。"

"你是谁？"

"你不认识我。"

"你是机村人，我看得出来，但我不知道……"

"是，你不知道，你当大队长的时候，我还是小孩子，我是拉加泽里，我哥哥是……"

索波举举手，意思是知道了，不必说下去了。很多人的名字，都会令他生出愧疚之情，他当然不希望别人说下去了。拉加泽里就住了口，在他对面坐下了。

坐了好一会儿，他也不开口说话。拉加泽里说声自便，起身坐到另外一张桌上去了。

达瑟一仰脖子喝下一大杯啤酒，狠狠抹去了嘴唇上的泡沫，声音也变得尖利了："索波你还敢回来？！"

索波就深深地低下头，说："我就是机村人，我只好回来。"

"你杀死了我的朋友！"

索波抬起头，张开嘴，想说什么却又咽回到肚子里，又把头深深地低下了，没有说话。

"你还带人拆掉了我的树屋，毁掉了我的书。"

现场一片静默，大家看着这一切，希望有什么事情发生，但什么事情都没有发生。要是过去，白刀子进去，红刀子出来，一段恩怨就了结清楚了。而索波低头坐在那里，也是一副引颈受戮的模样。对方没有回应，达瑟浑身颤抖着，叫着那个死去多年的猎人的名字，呜呜地哭了。

索波又坐了一阵，然后猛然起身，喝干了啤酒，说："我知道还有要算账的人，我累了，明天再来。"

离开酒吧的时候，他却觉得一身轻松，跟来酒吧时的情形完全两样了。不管是好事还是坏事，总算有了个开头，有了开头就行了，怕的就是事情永不开头，而让人心里愁烦。

六

这是五十年来机村人常常挂在嘴边的话题，就是盼望什么或不盼望什么。

最初，是来到机村的工作队向人们宣传，时代变迁了，祖国建设一日千里，人们应该有很多盼望。他们还一一罗列出这些盼望。有些盼望画在宣传画上，有些盼望写在文件里。但不论这些盼望的形式如何，承诺是一致的：当那些盼望一一实现，人们无忧无虑，生活在一种叫作"共产主义"的天堂。过去的机村人只知道一种天堂，那是佛经里说的天堂。佛经的天堂富丽堂皇，金沙铺地，银汁为溪，珊瑚为树，水晶为房，但人们除了影子一样飘来飘去，却没有特别的生趣。倒是共产主义天堂的描述更具可爱的烟火气："楼上楼下，电灯电话。"饭食方面的土豆跟牛肉，机村人倒是吃过好几代人了，只是顿数上还嫌稀少罢了。

这天中午，拉加泽里和公司里的人吃了饭，坐在门廊上端起一杯啤酒慢慢啜饮，脑子里却想到如上这些问题。想这个问题的时候，他面前的桌子上还放着本县地方志专家写的书，那个人他认识，是他上中学时的地理老师。老师是自治州政协委员，喜欢看《参考消息》，喜欢讲美国法国日本这种国家的事情。这本书是个背了三四架相机的游客扔在这里的。有好几天，那本书就让风吹着啪啪嗒嗒地翻过去，又让风吹着啪啪嗒嗒地翻回来，却没有一个人理会。他也鼓励公司员工看书，但看的都是技术方面的书。如何测定土壤成分，松毛线虫病的防治对策，混生与单一林木群落的优劣比较，等等。没有人看这样的闲书。拉加泽里之所以看了这本书，是因为风把那本书翻来翻去的时候他看见了那个熟悉的作者名字，这激起了他的好奇心。他对侄儿说，看看那书里写了些什么？他侄儿就坐下来翻看那本书，看了不多一会儿，就发出了夸张的声音："嗨，书里有机村的名字！机村被写到这书里了！"

机村会被写在一本书里，这值得让一个机村人的声音变得夸张。

"拿过来我看看！"

侄儿却把拿书的手背在了身后，说："现在我晓得你该给我一个什么职务了！"他侄儿跟他在公司里干，已经很长时间。早先，小伙子想当副总经理，他没有吭气；后来侄儿又自己想了一个什么主任的名头，当叔叔的也没有同意。但小伙子在这个事情上头一直是非常坚持的。

"我帮你看了材料，我是你的秘书！总经理秘书！"

拉加泽里沉下脸，侄儿就把书递到了他手上。

是的，这本小册子里提到了机村，但着重说的是隧道那一头，那个古歌里的王国，如今名声越来越大的风景区。看了这些文字，拉加泽里想，妈的，要是没有那个地方，机村这个地方就不存在了一样！仔细想想，机村跟四周山野里那么多长久地深陷于蒙昧时代的村落一样，没有确切的记忆。是有一些传说，但那些传说，大多也是讲山那边那个早已陷落的小小古国。机村人一直生存到今天，却连一点像样的记忆都没有留下。他想，要是那个时候的人也像今天这个时代的人盼望这个又盼望那个，并且因此而振奋复又失望的话，应该是有故事会流传下来的。比如，他拉加泽里的经历就已经变成故事在四周的村庄里流传了。当他走到镇子上，人们会在后面指指点点。

"哦，就是那个发了大财又进了监狱的人。"

"就是那个失去了女医生的男人！"

"听说那个女医生敢用电钻把人脑袋打开！"

想到这些，他深深地皱起了眉头，对侄儿说："那么，过去的人真的就除了传宗接代，吃饱肚子，什么都不想，什么都不干？"

"那还要干什么？"

"那就不会有故事流传下来了。"他差不多得出了自己的结论。

佤儿却摇头，说："这是达瑟问题。"

这是一个机村人自己创造出来，流传了二十多年的词：达瑟问题。意思是像过去在树屋上看书的达瑟想的问题，也是一个泥腿子不该想的问题。这样的问题对于一个机村人来说，造成的后果必定是：非疯即傻。

佤儿因此有些忧心忡忡，拉加泽里丢开书本，说："我也就是那么一说罢了。"

这时，达瑟又出现了。

他来不奇怪，奇怪的是，他是和索波一起的。索波第一次出现，他就声称有账要算，索波也承认有账未算，人们则等着看这账是怎么个算法。想不到两个人却朋友一样走在一起，而且形影不离了。

想看台好戏的人们有些失望，但很快就接受了两个仇人变为朋友的现实。这件事情固然有些离奇，但要是因此就大惊小怪，那这个时代让人惊奇的事情就太多太多了。

虽然都是一个村子的人，拉加泽里跟索波两个机村的传奇人物彼此间并不熟识。所以，刚刚见面两个人都有些生分。很长时间都没有说一句话，要么眼望着别处，要么一心对付杯中的啤酒。但那只是刚开始的时候，等索波跟达瑟来酒吧多了，这种生分的感觉就消失了。

这一天，三个人坐在门廊上，气氛早不再像开初那么尴尬沉闷了，大家也不说话，但那种闲适松弛的意味就像风中起伏的麦田，那起起伏伏的美丽，不用睁眼都可以看到，就像这看花节期间四野里流溢的花香，猎狗一样轻轻掀动一下鼻翼就可以闻到。还是达瑟想起什么，嘿嘿笑了："妈的，说起来有谁会相信呢，这么屁大一个小村子，你们两个大男人二三十年了从来没有讲过一句话！"

拉加泽里说："我在监狱里。"

"我在保护区。"索波说。

两个人同时说："所以，始终不得见面。"

索波又说："好多年人们都在说你在消失的镇子上开的小店。"

"补轮胎的店。"

"那你差不多就是以前的铁匠了。"

"你到底还是回村子里来了。"

索波脸上突然又出现了愤激的情绪："妈的，这个世道，但凡混得好的都离开了这该死的地方，只有我这样的人，什么地方都去不了，只好回来。"

达瑟说："不是有那么多城里人到这里来吗？"

"你他妈闭嘴吧，伙计，只有你我这样的人才会回到村子里来，回来把一身肉慢慢烂掉！"

拉加泽里的侄儿过来插嘴："不对！我叔叔这么成功怎么也回来？"

索波笑笑："小子，我不想说得罪你叔叔的话，那样我们就没地方喝酒说话。要是连这样的地方都没有一个，那真是没劲透了！"

这些话让拉加泽里听了，不禁有些心中悲凉。挥挥手让侄儿干活去了。

人们说，要不是这个酒吧开张，索波同志都不会再开口说话了。是的，他们称呼索波的时候，用的就是"同志"这个词，明显的是语含讥刺。甚至当外来的游客坐到这个酒吧来领略乡村风味，某个因为喝多了显得过分热心的家伙一一向外地人介绍机村这些人物时，介绍到索波的时候，他会很郑重地说：这位是索波同志。

游客会很奇怪：这么多人怎么就一个同志？

对啊，机村就他一个同志。

即便这样，索波也不说话。尽管他第一次坐到酒吧来是相当艰难，但他毕竟还是坐到酒吧那宽大的门廊上来了。尽管坐在被酒精、被不时变换的话题弄得激动不已的人群中间，他还是一副遗世孤立的样子。连领他来的达瑟也不知道怎样让他融入这种热烈的气氛中。

　　每每遇到这种情形，达瑟就找拉加泽里："不要让大家把他晾在一边。"

　　"没有人能把一个人晾在一边。"

　　"你的意思是他自己？"

　　"难道不是？"

　　这差不多是每次索波一脸落寞坐在酒吧时，拉加泽里和达瑟都会有的一番对话。

　　当然，每到这个时候，拉加泽里会叫人再给他加一瓶啤酒，还有一句话："这瓶是我们老板赠送的。"

　　这样如此往复十几次后，一天，等客人都散尽了，总是率先离去的索波却还待在座位上，他掏出一卷钱放在桌子上，咳嗽了两声才开口："小子，每晚一瓶，有好几十瓶了吧，算算，这是钱。"

　　"那是我赠送的。"

　　索波突然笑了，学着风景区游客中心的侍应生的腔调，用普通话说："先生，这是我们老板赠送的。"

　　"是我赠送的。"

　　"少在老子面前玩这些学来的新花招，烦！"

　　是啊，当年虽然玩的是政治，阶级斗争，也是学来的新花招，他真是一点也没有少玩。于是，拉加泽里弯下腰说："是，是，不是老板赠送，是晚辈请前辈的。"

　　索波脸上的表情还有些凶狠："要是今天你不收这钱，就每天晚上都要'赠送'了。"

　　"没问题。"

　　这时，达瑟却插进来拍手："好，好，索波终于跟人说话了。"

　　本来，索波说出那些话来，全仗着那么一股凶巴巴的劲头，给达瑟这么一搅和，那股好不容易憋出来的气焰瞬间就消失了。他坐在椅子上，立即就显得局促不安。再说话时，神情已经很犹疑了："你还是把酒钱结清了吧。以后，我不想来了，这里是年轻人的天下，我一个老头子来凑什么热闹呢？"

"我喜欢上年纪的人来这里坐坐。"

"？"

"上年纪的人故事多，有意思。"

"我可不想说什么故事给人开心，算钱吧。"

拉加泽里就真把酒钱给算了。

索波起身时，似乎有些不舍，走到门廊边，脚都踏上了九级木梯的最高一级，却又回身过来问道："我去觉尔郎峡谷的时候，你还是个孩子吧。"

"我看到过你在社员大会上……讲话。"

索波眼里迅速闪过一道亮光，警惕的也是兴奋的："你是说骂人吧？"

达瑟又插进来："你不要生气，他不是这意思。"

索波伸手把站在两人中间的达瑟划拉开："我知道他是什么意思。"

拉加泽里说："那时候，你骂人可真是厉害。"

索波回到村里，已经从一个大家记忆中的厉害角色，变成一个头发花白的家伙。他母亲已经去世多年，在机村就他孤身一人了。所以，过去的事情尽管人们还耿耿于怀，但也没有人忍心再跟他理论了。他们假装什么事情都未曾发生。而在机村很多流传下来的故事中，相当大一部分就是关于复仇的故事。复仇的意思就是你干了什么坏事，就有人不会把你忘记，就像干了什么有功德的事情，上天都看在眼里，最终会赐你福报一样。只有像是拉加泽里兄长那样不好不坏的人，才十分容易被人忘记。索波做好了准备，那些当年自己开罪过的人会来找自己理论。机村人的理论其实非常简单。打上一架，或者，干脆，锋利而坚硬的刀从人柔软的身体刺进去，血流出来，被刺的人以更柔软的姿势倒下，然后，眼睛望着天空，身子慢慢冷下去，从柔软变得僵硬了。这个倒下的人，从恩怨当中解脱出来，而那个把擦干净的刀插回刀鞘的人明白，一个新的故事重新开篇，直到有一天，自己也像眼下这个人一样倒在地上，天空的流云在失神的眼中慢慢旋转。

其实，机村人更愿意把他忘记掉。愿意他永远地待在那个与世隔绝的峡谷里，孤独地看护着那些当年辛苦开垦出来的庄稼地，日复一日，与鹿群争夺地里的庄稼。人们愿意把他当成一个因苦行而清赎自己罪过的人。这个时代，仇恨也变得复杂，变得暧昧不明了。这个人待在那与世隔绝的峡谷深处，是唯一能使事情变得简单的方法。但是，这个时代的力量是那么强大，谁曾想象过，设计院有那么精妙的算法，施工队有那么强大的机器，两三年时间，就钻出了这样一条长长的隧道，那峡谷成了一条坦途上游客云集的地方。游客一来，这个苦行人就无法待在那个地方了。

索波长叹一声："是，现在我回来了，等着大家来骂我出气，却一个人都没有等到，反倒有个小子天天请我喝酒。"他还说，"唉，要是过去，人家一刀把我宰了就痛快了。只是现在不兴这个了。"

"现在兴请喝酒。"

索波又重新回来坐下，敲敲桌子："小子，那就请我喝一杯吧。"

喝得多了，他说："我都想哭一鼻子。"

"那你就哭吧。"

达瑟说："你不能哭，你是男子汉，你怎么能哭呢？"

"你是说我是个硬心肠的人吧，是啊，那时候我的心肠怎么那么硬，现在却又硬不起来了？"

"你变回你自己了。"

"呸，一个人走了背运，走在下坡路上时，反倒是变回自己了，天下哪有这样的道理。"

"那时少数人走运，大多数人不走运，天下也没有那样的道理！"

"我想不通……"

"其实你早就想通了。好，好，就算你没有想通，那也请天天过来喝酒，慢慢地想通吧。"

从此，索波再来酒吧，遇到投缘的人，他的话也就一天天多起来了。

而且，就算达瑟把他第一天回到村子里手足无措的样子当成笑话来讲，他还是安然地坐在硬木椅子上，只是做出有点生气的样子罢了。

七

一杯清凉的酒下肚，认死理的达瑟，说话不知轻重的达瑟对拉加泽里开口了："对我们说说你在监狱里的事情吧。"

拉加泽里转脸去看不远处的麦田。麦苗刚出土不久，罩在地上像一片若有若无的绿色轻烟："我不想老去回忆往事，不如看看手边有些什么事情可干。"他拿过啤酒瓶，把每个人的杯子续满，"索波大叔，你说对吧？"

索波笑笑："你在里面念了不少书？"

拉加泽里点头："念了不少。"

达瑟摇晃着脑袋："告诉你，在机村，念书是没有什么用处的。"他当然有资格说这样的话，因为他曾经有过很多书。大家都知道，他有过那么多书，把它们装在马车上，拉了几百里路回到机村，然后高藏于漂亮的树屋之上。但他并不能深入地研读它们。那些书只是他一份特别的骄傲。这份骄傲足够他来到拉加泽里的公司，大模大样地坐在门廊上，敲敲桌子："嘿，叫你们老板赏杯啤酒！"

足够他喝了一次，又来第二次。喝到第三次时，他自己也觉得这底气有些不够用了，他对自己有点生气。靠着那点愤怒的支撑，他用指关节叩着桌子说："干脆开个酒吧，这样，我们就有聚会的地方了。"

拉加泽里摇头。

"小子，不，老板，你是怕我付不起钱？"

这个老头可能真掏不出常来喝酒的钱。但他自己把这话说出来，就是不让人提这个茬。再说拉加泽里不得不承认，他喜欢村里这个前辈。于是他说："我是种树的公司，开个酒吧干什么呢？要想喝酒了，过来喝两杯就是了。"

"你不挂个酒吧的牌子，我就不好意思常来了。"

拉加泽里说："再说这也不像个开酒吧的地方。"

的确，除了这个后加的门廊上的几张原色木桌和靠墙的长条靠背椅有点酒吧的味道，这座大房子本身就是一座仓库。这座方方正正的大房子空间轩敞，支撑房顶的桁架都是上好松木，交互之处用粗大的螺栓拧紧。大房子中还有几间向南向东开着窗户的小房间，做了林木公司的宿舍兼办公室。这几间屋子最多占去了大房子四分之一的空间。剩下的空间，堆积着化肥、草帘、喷雾器、树种……这天，他们喝酒的时候，拉加泽里手下的人正在屋子里边给临时的雇工分发工具：一只篮子、一把锄头或一柄弯刀，外加一双帆布的劳保手套。领到工具的人，每个人报上领取树苗的数字：一百，两百，或者一百六十棵杉木树苗。管事的把数字填入表格，再发给每人一张条子。雇工们拿着条子来到门廊下面的装满小树苗的卡车跟前，凭条子领取树苗。成捆的树苗根上围着新鲜的黑土，稚嫩的针叶散发出淡淡的清香。机村周围当年那些泥石横流的山坡，早已绿意盎然，但都是自然生长的灌木与箭竹，可以保持水土，缺少的是可以成材的乔木。国营伐木场撤销后，曾留下部分工人在采伐迹地上种植树苗，成效却不明显。除了交通沿线，有些连片的小树林作为样板，很多年过去了，机村四周的群山中并未见他们栽种的树木连缀成片。后来，营林队也就无声无息地消失了。拉加泽里下决心，自己的公司栽一棵就要成活一棵，今年的计划是三万棵。县林业局送了一万棵苗，剩下的两万棵他自己掏钱。

发放完树苗，目送工人们上了山坡，他才拍拍手，在宽大的门廊上坐了下来。

他坐在廊子上，那座四方形的木头房子就矗立在他后面。

这房子是他成立林木公司时，县林业局借给他的。房子闲置多年，粗大的柱子里已经生了虫子。那时，公司没有雇一个人，除了哥哥与侄儿偶尔过来帮忙，他自己凿开柱头，往虫洞里灌注药粉。然后，他像在监狱里工作时一样，用报纸折一顶帽子，手拎着一只罐子，往封闭了洞口的柱子上刷上油漆。他又用了几天时间，借来喷雾器，撬开地板往下面的夹层间喷洒鼠药。然后，他锁上房门，自己也消失了。几天后回来，不仅虫子与老鼠消灭了，刺鼻的油漆味与农药也消失得干干净净。只是那时，这座房子还没有他现在坐着的这半圈带雨棚的门廊。

现在，他的公司已经有了固定的职员，更有眼下招募来栽树的临时雇工，五天时间，已经栽下去一万多棵树苗了。

拉加泽里安坐廊子上，背后方正的木头房子正被早晨的太阳晒得雾气腾腾，那里屋顶木瓦上的霜花正在迅速蒸发。

看看廊子边沿几张也凝结了一点霜花的桌子，他突然笑了，想自己竟然还是一个酒吧老板。想到这个，他从屋子里拎出油漆罐子，在黄油漆的门上写了三个英文字母：BAR。

他想，达瑟再来的时候会问这是什么意思。

果然身后就响起了他的声音："喂，小子，这是什么意思？"

"你要的意思。"

"我要的什么意思？"

"英语，酒吧的意思。"拉加泽里不是要显摆他懂得一点英语，而是想，反正机村也没人懂得英文，写上这几个字母，算是遂了达瑟的心愿，但对别的人来说，其实并没有打出酒吧的招牌。因为他开了酒吧后，达瑟又老是要他挂上一个正式的招牌。

"英语，好吧，英语就英语吧，旅游的人在游客中心有酒吧。他们坐在那里喝着啤酒隔着玻璃……"

拉加泽里冷不丁地插上一句："还有人鼻子上插着氧气管……"

达瑟也笑了："是有吸着氧气来看风景的人，但我们这里用不着，我们不看雪山，也不看峡谷，我们就看着这个该死的村子，这些房子，这些土地，看着公路上来来去去的汽车，而且不用隔着厚厚的玻璃。我们坐在农民自己的酒吧里了！"

遂了他的心愿，达瑟这张嘴还有说道："当老板就是好，手下人干活，自己坐着消消停停地喝着啤酒。"

这话让拉加泽里哭笑不得。自己正忙前忙后，是这个不速之客不请自到，而且要他请喝啤酒，现在却又说出这样的风凉话来，你说是个什么道理?! 全机村的人都知道达瑟这张臭嘴，任谁都不敢轻易招惹他。想想当年那个拉了一马车书回村子里来的年轻人，想想那个把这些书藏在树屋之上，脑子里充满了奇思妙想的有志青年，大家都不觉得是同一个人了。

当年的青年人已经渐渐老去，成了一个话题让机村人有空闲的时候来话说当年。

有胆子大的人问他："当年躲树上看书的人是你自己，还是现在才是你自己?"

对于诸如此类的问题，他会翻翻眼睛，懒得作答。只有喝醉了酒，他才会大声说："没读过书吗? 书上说，这就是生活！"

其实，不读书的人也知道这个道理，一个人的变化当然是因为生活的缘故。但当个人的变化远大于生活的变化，那也就是一道特别的景观了。县林业局有个爱炒股的干部，说什么事都拿机村人听说过但并不懂得的股市打比方。他说，股价成长超过了经济的成长，这叫泡沫。他说，生活也能像股市一样制造出泡沫。

达瑟无端地喜欢这句话，他端起杯子，一口饮尽，指着自己鼻尖上沾着的正在迸裂的啤酒泡泡说："对，我就是这个东西。生命，你，我，他，每个人的生命，都他妈的是这种很快消散的泡泡！"这一来，大家就都噤口，这个人说的似乎又是来自书上的话了。

当年，达戈死在熊的怀里，悲伤绝望的达瑟却还活着。人活在机村，却像是消失了一般。一个曾经让人注目的人消失的方式并不一定要像索波一样隐居到山高谷深之处，最好的消失就是混同在苦度生涯的芸芸众生中间。达瑟不看书了，不再胡思乱想，不再把这些胡思乱想梦呓一样挂在嘴上，跟祖祖辈辈的村里人一样，达瑟就这样从机村人的视野里消失了。直到他两个儿子慢慢长大。在村里上学，到县城上学，因为考不上大学成为这个村里新一代的浪荡子。跟达瑟同时代的年轻人，会从这游手好闲的浪荡子眼里看到那种无所依凭却又若有所思的眼神，想起他们父亲年轻时的样子。

几年前，达尔玛山隧道单线开通，庆功剪彩仪式上，在庆典上讲完话的副省长从隧道口下来，见了机村的牌子就叫停车。浩荡的车队停下来，副省长问这是不是某某老领导的出生地。他说的那个领导就是达瑟的叔叔。大家都说是。副省长兴致更高："那我有个同学在这个村里！"

机村竟然有人和副省长同过学！

副省长想了想，想起了他的名字："达瑟！"

"对，有个达瑟！"

"上学上到一半跑回来的！"

"是，才上到一半他就跑回来了！"

"我去看看他！"

陪同的县乡干部就有些为难，这个人生活得可不怎么样，不会做生意，侍弄庄稼也算不上好手，不是下面干部愿意拿出来让上面领导看见的那种农民。不是老实恭敬侍弄庄稼的老农民，也不是脑子活络的新农民。

副省长当下明白这个老同学可能生活得不怎么样，就让秘书像逢年过节慰问困难群众一样备了一份礼：五百元的红封、烟叶、大米和一床新被子，去了达瑟家。不知此前副省长是怎么想象自己老同学当今的生活，当他看到被人从地里叫回来的达瑟，一双手上糊满了泥巴，脸上的表情激动而又木讷，热情立即就消失了。但他还是伸出手，只是达瑟自己把那双脏手缩回去了。达瑟转身就往家走，让副省长一行跟在后面。来人一下就塞满了他家的屋子。他其实记不起来副省长说了些什么。好像说起过他已经离休并已过世的叔叔，还说了他们的同学生活，也问了他现在的生活状况。他只记得火塘里火老烧不旺，茶还没有烧开，副省长一行又呼啦啦离开了。屋子里静下来，他听着那一行人远去，穿过了村子，在公路上，前导的警车拉响了警报器，一路呜呜哇哇地远去了。这时，他的脸上出现了非常凶恶的表情，这个一向老实巴交对人和善的家伙开始痛骂他老婆是笨蛋，是蛊药婆现世，用邪恶的巫术魇住了他家旺盛的火塘，以至于没能烧出一壶香气四溢的热茶，来款待他尊荣的同学。

那队汽车的声音消失了，剩下一堆慰问品放在窗户下面，窗台上，还放着一瓶五粮液。这是副省长个人送给他的礼品。

也就是从那一天起，消失多年的达瑟又在人们视野里复活了。复活过来的人是一个全新的形象。过去，他是个沉默的人。沉默着跟他那些书本待在一起，当那些书本毁弃以至于消失，其沉默就失去了依凭，他当然就要从机村人的视野里消失了。在一个人们都没有想象到，连自己也没有想象到的时候，这个人复活过来了。那天，副省长同学离开后，他开始咒骂自己的老婆。第一句咒骂出口的时候，他自己都愣住了。如果不是这辈子，那也是这二十多年来第一次骂人。他觉得老婆会因为委屈而哭泣，会掩住脸冲出屋外，像村里很多受了委屈的女人一样藏在林子中不肯回家。有性情乖戾的女人，会跑到传说中的蛊药猫出没之地，等待古怪刻薄的灵异附体，出来作祟人间。他女人起初也有点吃惊，随即，她的眼中就流露出了恭敬的神情。这使他的身体有过电般的感觉，转而开始责骂自己两个游手好闲的儿子。两个儿子听到消息赶回家，刚刚进门，正好迎面碰上他的詈骂。自己当年那么喜欢书，不想却养了两个读不进书的不争气的东西。两个儿子一个留着女人般的长发，一个剃了光头，露出打架留下的月牙形的伤疤。看到这对凶神站到面前，达瑟有点害怕了。但是，没有办法，恶毒的话跟飞溅的唾沫星子一样都无法收回了。他痛快地骂着，手却老想伸出去，把那些飞溅往儿子脸上的唾沫揽将回来。两兄弟不明所以地彼此看看，笑了起来，说："我们老爸也是有脾气的人啊！"

他们一说话，就像有人扳下了观光索道的刹车，溜索上顺畅滑行的缆车突然一下就悬停在半空里了。

两个儿子笑了："骂人很舒服是不是啊，老爸？"

他想了想，是有种很舒服的感觉。

"那你以前为什么不骂？"

他也不知道自己为什么不骂。朋友之死让他意志消沉了？没有从书本里看到这个世界真正的门道而深深失望了？知道自己离开学校回到村里，是一种宿命安排，而且最终听命于这样的安排？他不知道。但他知道，一开口骂人，自己竟领略到了一种特别的畅快。

"老子现在开始骂了！"

"你也打不动人，要是嗓子发痒，想骂几声就骂吧。"

不只是骂人，很多年不喝酒的他又喝上酒了。年轻时候，他是不大喝酒的。因为消受不起醉酒的难受劲。头痛、恶心、在人前像条病狗一样趴在地上呕吐、迈开步子时如临深渊般的一身虚汗。而且，年轻时候的酒大多都是跟他死去的猎人朋友喝的。朋友死去之后，他就不喝酒了。甚至当他的藏书拆散了，被风像雪片一样卷在空中飘荡不已时，他也没有喝酒。现在他开喝了。达瑟家现在算是机村最穷的人家之一，人们叹息说，他要再喝上酒，就指望不上有出头之日了。酒吧没开张的日子，差不多每天都能在更秋家老五老婆开的小卖部前看到他的身影。有钱的时候，自己买酒。没钱的时候，就在那里等着买酒的人。酒吧开张，他就再也不用到小卖部去了。和年轻时不同了，现今他喝醉了酒不再难受，却有一种飘逸自由的感觉。一身正渐渐僵硬的骨头重新变得轻灵活泛。在村子里飘飘忽忽行走，熟悉的村子会稍显得有些新鲜而陌生，这是因为他自己神志有些恍惚了。这天黄昏，从酒吧回家，竟碰到一个白胡子老人站在他的面前。

"老人家，挡住我路了。"

老人手扶拐杖站到了一边，结果，他还是歪着身子撞上了人家院子的栅栏。

他笑："老人家，你使法术把路变窄了。"

耳背的老人们都大声说话："你不认得人了！"

他还笑："我不害怕。"村里过去有种迷信，人在日落后遇到白胡子的一脸和善的老人家，那就是距死期不远，是上天派来的接引，先行来把心魄摄走。所以达瑟说："你是接引神，但我不害怕。"

"我不是接引。"

"那你挡在路上干什么？"

"我在自己家门前来走走路，看看晚霞。"

那天的晚霞确实非常漂亮。每年夏天，白天下过了骤雨，天一晴开，黄昏时霞光就异常绚烂，变幻万千。"好啊，老人家，你要不是我的接引，那就跟我来吧，我带你去一个叫人高兴的地方。"那天黄昏，天本该早就黑尽了，绚烂的霞光还把村子照耀得亮亮堂堂。那天，很多人比往常早到了酒吧，都坐在宽大的廊子上看漫天的彩霞。这时，人们看见那个白胡子老人走在前面，而已经微醉的达瑟脚步飘忽跟在后面穿过寂静的村子往酒吧来了。

那个白胡子老人不是什么接引神，而是已经一年多都不出门的格桑旺堆。村子里总是传说，这个人马上就要不行了。但过些时候，他又能出现在大家面前。而且，他死而复生后出现的方式总是有些突然。有时，他突然出现在桥头，捡起一块块碎石填补雨水在木头桥面与土路的接口处冲刷出的缺口。缺口深时，还需要孙子把午餐送到桥头。他就安安静静地坐在一株开花的丁香树下，喝一点乳酪，用软和的面饼蘸一点蜂蜜。有时，一清早打开了门窗，见一场大雪无声地掩盖了村庄、原野与道路，这时，早起背水的女人发现通往井泉的道路已经被人清扫过了，又是这个老人家扶杖坐在井泉边上，微张着掉光了牙齿的嘴巴，好像在倾听着什么，脸上是孩提般天真而喜悦的神情。听到来人的脚步，他会大声问候："姑娘们，早啊！"

所以当望见他的身影，没有人感到惊奇。这个老人，要是他打算在黄昏时再次现身，那当然应该是在这种因为绚烂霞光而显得不太平常的黄昏了。

当然也有人问："他来干什么？来帮助服务员清洗酒杯？"

但马上有更多的声音一起呵斥："闭嘴！"

那人立马就噤口了。再说难听的话，就要被众人驱逐了。不知不觉间，在这个酒吧，正在形成一种没有规矩的规矩，说话做事太没规矩，太不像机村人的家伙，会被大家驱离这个地方。什么样的人是机村人呢，没有人能说出个道道。但大家似乎心里都知道，机村人大概该是个什么模样。

霞光下走着的两个人还没到，这里就已经腾出来地方了。两个人落了座，达瑟面前上的是酒，老人面前是乳酪。老人端杯吸了一口，鼻尖上沾了小小的一团白点，说："我要酒。"

围过来的人们都笑了，都喊："老板，酒！"

老人浅浅喝一口啤酒，眯细的眼睛里发出一星很尖利的亮光。

这时，达瑟说话了："伙计们，来跟我干一杯吧。我要走了，接引神来接我了。"

众人大笑。

"你们不相信，那我给你们讲个故事吧。你们晓不晓得人民公社时索波之前还有一个大队长。"这个大家当然知道，一来，年纪大点的就是那个时代过来的人，对年轻人来说，酒吧里百谈不厌的话题，还不就是这小小村庄过去那些事情。于是，大家都说，不听了，不听了，耳朵起茧子了。不就是正当壮年的格桑旺堆晚上出门，遇见一个不认识的白胡子老人，立即就生病吐血，差一点就活不过来了。达瑟睁大了眼睛，指着坐在面前，鼻尖上还沾了一星乳酪的老人说："那就是接引神，他来了！"

众人再次大笑，因为他醉得神志不清，认不出坐在他面前的白胡子老人就是格桑旺堆。

老人耳背，看见所有人大笑时表情夸张的嘴与脸，也听见一点笑声，自己也笑了。老人这时其实也不大认得人了，只是拉了一个眼熟的人，说："大家都很高兴啊。"

他拉住的人是索波："咦，好像你不太高兴。"

遇到这种高兴的情形，索波总是无端地沉重，想起自己执掌着这个村庄大权时，这样的聚会场合不会有这样开心的笑声。而且，他也使格桑旺堆大队长很不高兴。但老人已经认不出他了，只是看他眼熟，就拉住他的袖口，说："大家都高兴，你也要高兴。"他又问："他们笑什么哪？"

"有人喝多了，不认识人，把你看成接引神了。"

格桑旺堆摇手："咦，世道一安宁，就没有这些神神鬼鬼的东西了！"

"那你当年真的看见接引神了？"

老人眼里如针尖一样的亮光黯淡下去，摇摇头说："我……好多事我都记不起来了。"

见老人神志恍惚，大家的注意力就又转移到了达瑟身上，问他大白天在哪里喝多了。他说是在小卖部喝的。马上就有人说他在酒吧总是蹭酒喝，身上有了钱，也不请请大家，自己跑到小卖部喝醉了。急得他涨红了脸辩解，说是小卖部老板主动赊给他喝的。白酒，半斤装的一小瓶。好酒。三十块钱。小卖部老板是更秋家老五的老婆。当年虽然案由不同，老五跟拉加泽里前后脚被判了刑。老五判刑后，几兄弟就帮她开了这个小卖部。烟、酒、糖、茶、盐。拉加泽里的酒吧生意起来后，她的酒生意就受了影响。在她看来，这真是旧仇未去又添新恨啊。但一个女人对此又有什么办法呢。她唯一能做的就是怀揣着刻毒的心情，念一些恶毒的咒语，常常对着酒吧方向说：呸呸！真的，这个苦命的女人脸上的表情也变得日益阴郁恶毒了。没有酒吧的时候，达瑟是从来不能在她店里赊到一两酒的。她说："省长赏了你一瓶酒，你就可以到处喝酒了，呸！"

当达瑟从此不再出现在她小店前时，她又感到不自在了。

所以，这天，她自己叫住了经过店前的达瑟，主动赊了一瓶酒给达瑟。达瑟喝下二两酒，人就飘飘忽忽了，剩下的酒喝没喝完也不知道，但他知道自己欠了三十块钱。但他还记得店主人的话，她丈夫减了刑期，马上就要回来了。怨毒的女人还说，既然村里人那么喜欢酒吧，那她丈夫回来，他们也开一个。钱不能让那个人赚光，风头更不能让那个人抢光了。

达瑟转述这些事情时，更秋家老大老二的儿子也在酒客中间，听见了拉加泽里说，要是老五回来要开酒吧，他就不开了。他说："我就好好栽树，现在我们这些人不去祸害，山野自己就重新变绿了，但少了大树还是不够好看。"

八

更秋家老五真的刑满释放回来了。

旁边人对拉加泽里说，无论如何，应该跟老五见上一面。

拉加泽里自己也是这么想的，但他确实不知道，两个刑满释放的仇人该如何见面。请他到酒吧来坐坐，一醉泯恩仇，还是磨快了刀子别在腰里等这家伙来上门算账。这些天，喝酒的人老在讲过去的那些复仇故事。毒药、捕兽陷阱、长途跟踪、面对面决斗、未能复仇者临终嘱托让儿孙继承复仇遗志、仇人得了善终但后人遭到诅咒，等等，等等，好像机村人的祖先们除此之外就没干过别的事情。喝了酒，这些复仇故事的主角的影子在血管里窜来窜去，越来越快，在人内心最幽暗之处闪烁着刀光。这让拉加泽里有些害怕。当年挥舞起结实的木棒击打在柔软人体上的痛快感觉早已消失殆尽了。据说老五一回来就扬言，自己也要品尝一下这样的手感。而且，还听好事者说，他一直在拿刀修削一根栎木棒子。但老五却一直没有露面。更秋家几兄弟在村子里走动时也不提他们兄弟的事情。

不想两个人见面，却是那样的平淡无奇。

是乡派出所的警察带着老五来到了酒吧。十几年过去了，拉加泽里没有想到更秋家老五会是这样一副模样。看上去，他要比实际年纪苍老十岁，手脚也有些哆嗦。

拉加泽里想不到自己的第一句话是："你都这么老了。"

"你怕我杀不了你了？"

"是。"拉加泽里掏出防身的刀子扔在了桌子上，下面人马上就倒上酒来。

老五伸手抓过那把刀子，眼里闪出凶狠的光芒。旁边的警察只是伸手一拍他的手腕，刀就从他手里掉下去，扎在杉木地板上摇摇晃晃。警察说："你杀不了人了！法律也不允许你杀人！"

他还是说出了那个好多人这些天都在念叨的词："复仇。我要复仇。"

拉加泽里见了他这样子，不禁心生愧疚，但嘴上还是不肯示弱："我一直等着呢。"

警察说："复仇？现在是什么时代了！如果你在监狱里还没有待够，那马上就让你回去！"

老五低下头："凭什么他活得这么滋润，我就这么倒霉！"

"凭什么？凭他在监狱里把自己改造好了，你在里面的表现可不怎么好！从今往后，不但不能再有什么复仇的念头，你还要向他好好学习，重新做人！"这话是向着老五说的，但拉加泽里听来却很不舒服。自己没有改造也是好人，坐了牢是真，可说不上什么改造！

想不到老五突然流下了泪水，说："我这样子，都怪他！现在这样，想复仇也不能够了！"

拉加泽里心里不忍，真觉得自己有了什么罪过，满上酒，嘴上还是说："你成了这样子打什么紧？恶有恶报！我也坐了十多年牢，国家已经帮你家报了仇了！要是你还嫌不够，你儿子一天天大了，等我老了，让他来杀我吧！现在，喝酒，算我给你赔礼了！"

老五也就端起酒喝了，放下酒杯时叹了口气："本来，我们是可以做朋友的啊！"

两个警察是来对刑满释放犯做后续工作的，不失时机地说："还不是当年滥砍乱伐，违法犯罪，才得了这个不好的结果嘛！"

老五说："对，我杀不了你，让我儿子来杀你！"

警察说："那你儿子就要死在专政机关的枪口下了！"

"不准砍树，不准这个，不准那个，连让儿子报仇都不准了?!"

"现在是文明社会了，在里面没有讲过吗？我们从农奴社会跃进到社会主义社会，那些落后野蛮的风俗都该抛弃了！"

拉加泽里知道，两个警察是来做工作，让他们两个化解冤仇的，更知道他们说的都是大道理，但同情心却偏在了老五这边："好了，两位警官，这些道理我们在里面听了十几年，听够了。"

老五当然也感觉得出来，说："妈的，你为什么不恨我？"

"我也很奇怪。"

"求求你恨我吧。"

"为什么？"

"那样我就能找你报仇，我报不了，让儿子来报！"

拉加泽里说："你儿子就想唱歌，当歌星，不想替他老子报仇！"

老五一脸茫然："那就不报了？"

两个警察听了哈哈大笑，放下心来，开上吉普车回乡里去了。

第二天，更秋家几兄弟到酒吧来了。他们全都阴沉着脸坐在那里一言不发。拉加泽里知道是怎么回事了。果然，老五说："要是我不报仇，我们更秋家的人丢不起这个脸。"

"那你们肯定商量好了，现在就开始吗？"拉加泽里说，"我不用跟谁商量，开始吧。"

老二发话了："老五是因病才得到假释，你知道他干不过你。"

拉加泽里喝干了一瓶啤酒，他把瓶子捏在手里："那怎么办？总不能我自己给自己一刀，那你们更秋家就更要丢人现眼了。老五确实是不行了，是你们几兄弟谁替他出头，还是等他儿子长大？"

那几个兄弟都阴沉着脸一言不发。

拉加泽里说："老五，那就等你儿子长大吧。"

老五看看他那几个村里人都不敢招惹的兄弟，缓慢但却坚定地摇了摇头，说："我不要要我儿子再进牢房。"

拉加泽里把一大杯酒放在了老五面前："我以为你的兄弟们会替你出头呢。"

老五就转身去看他那些表情凶狠的兄弟，但他们一个个都把脸转开了。他看着他们转过脸去，把杯子里的酒，都倒进了喉咙。酒吧里的人们都聚集过来，以为要看到一场好戏上演，也有人暗暗打定主意要帮拉加泽里一把，毕竟，这几兄弟在机村称霸的时间有点太过长久了。都以为当他们放下手里的酒杯，会有一个人从身上拔出刀来。但是他们没有。他们只是放下了酒杯，却没有拔出刀子。老二说："妈的，凭什么复仇还要坐牢，要是像过去，复仇不用坐牢，这个人都已经死过三次了！"

就有人起哄，说："那也不合规矩，复仇只能是一次，不能三次！"

老二又说："老五还有儿子呢，还轮不到我们。"说完，就率先走出酒吧宽大的廊子，脚上的靴子，脚底下的地板都咕吱咕吱地响。但他的话却没有他的脚步这么有分量。老二一走，老大也跟着离开了，老四和老六却坐着不动。也没有拒绝拉加泽里新上的酒。拉加泽里给酒吧里每个客人都上了一杯威士忌，他举起杯子，对老五说："虽说是时代变了，法律禁止私自来了却旧仇，我也坐了十多年的监牢，但老五若还心有不甘，我当着乡亲们的面保证，等他三年！三年中，若他或他儿子要了我的命，大家不必报官！过了三年，我就要请求法律保护了！"

老五说："为什么是三年？你以为再过三年我就变得跟过去一样强壮了？再等三年我儿子就长成壮小伙了？"

"对，三年！三年时间还不够长吗？你以为天天等待别人来复仇是好受的事情吗?!"

老五说："我答应过警察，你知道……"

拉加泽里把手中的杯子摔得粉碎，对着还坐在座位上喝酒的更秋兄弟喊叫道："但是他们没有听到！老子为这事坐了那么多年牢！现在你们听清楚，老子就等三年！"

九

自从协拉家在景区酒吧坐堂的古歌三人组参加电视大赛得了名次，他们已经在省城扎下根。有公司出钱替他们出了唱片，村里人好多次在电视里看到他们参加演唱会的镜头。这一来，机村好些有点嗓子的年轻人，都蓄起长发，穿上长靴，要当歌星了。更秋家老五的儿子也是其中之一。他们也搞了一个三人组，去景区试唱失败了，回来想到拉加泽里酒吧里演唱。拉加泽里找了几个人听听，无奈他们学着景区口味歌唱家乡是天堂，没来由地就欢快无比的歌并不讨机村人喜欢。

"小伙子们，家乡要有这么好，你们就不会想唱着歌跑到外面去了！"

"天上的神仙也不会一天到晚这么高兴得要死。"

"哦，你们看，无论走了多远多久，倒霉蛋们总是要一个个地回来，而那些稍微发达的家伙，有几个走了回来？这就是可爱的家乡？"

拉加泽里当然也是赞同这种看法的。应该说，他也是那些离开很久还要回来的倒霉蛋中的一个，他也不喜欢年轻人把歌唱变得这样虚情假意："这样的歌，只好唱给游客听，自己人是听不进去的。"但他还是掏钱赞助三个年轻人买了架子鼓和吉他。因为他们想离开机村的强烈愿望又是他非常理解的。

这天，老五和拉加泽里一直就坐在廊子上喝酒，晚上，村里人来了，大家又继续喝酒，一直喝到大醉而归。

第二天，酒吧再进酒都是从老五家的小卖部了。整箱整箱的啤酒、红酒，后来，酒吧甚至从老五家购进家酿的青稞酒。老五在监狱待了这么多年，当年蛮横无理的人，身体与精神都倒了。拉加泽里这么做，不像是一笔生意，倒像是变着法子接济他了。这事例被一个几次来机村考察，在酒吧里听了很多故事的女博士写进了她的论文，题目叫作《古老情感与行为模式的坍塌》，副标题更长，叫作《以机村为例，旁观藏人复仇故事与复仇意识之消解》。机村人读不懂这样的文章。达瑟看了，连标题也读不通顺。大家觉得拉加泽里应该读懂，但他并没做出读懂的样子。村里人还把女博士也看成那些来自外面跟他上床的女朋友之一，但他对此不置可否。他对人家议论他跟外面女人上床不置可否，对他为什么不成家的议论也不置可否。

这个答案很简单，他依然对当年的女同学不能忘怀。女同学已经是有名的医生，早已成家，她女儿假期回家来看外公外婆，也会到酒吧来坐坐，给机村人讲些城里的事情。客人们有时会故意当着拉加泽里的面问她母亲的情况，但拉加泽里一点都不会显山露水。倒是那把头发染成暗红色、把肚脐和腰都露在外面的姑娘，大大咧咧来问他："拉加叔叔，他们说你是我妈的初恋情人，真的吗？"

拉加泽里不说话。

"那就是真的了！"小姑娘拍着手高兴地喊道。

"回去问你外公吧。"

"我不敢。"

搞田野考察的女博士好奇了："你不是谁都不怕吗？"

小姑娘嘟了嘴："他像个神灵一样。"

女博士来了好奇心，挎上装着录音机和照相机的包："这么多机村人我都走访过，却没见过他老人家，走，我们去看看他。"说完，就拉着小姑娘的手离开了酒吧。拉加泽里望着这女人的背影叹了口气。女博士身上就是有种什么东西都不容分说的劲头。她要，就必定要得到。她要人开口说话，人家就开口说话。她醉意蒙眬，眼睛像月光一样迷离时，就会向他伸出手来，他自己不会反抗，只会乖乖地跟随，到一个她要去的地方。但是，转瞬之间，身体柔软暖热的女子又变回了女博士，说话简洁，眼光干练。

"对了，那个机村故事很有意思，请再重复一遍。"

"酷！这个说法很酷，我是说你们机村人关于树神崇拜的说法。"

"是的，中国人关于家乡的歌唱是有很虚假的成分，但让乡村的农民说出来，就非常别致了！"

现在，女博士拉着小姑娘的手走了。拉加泽里就想象城里来的一大一小的女人出了村子，二桥过河，正爬上那道夹路有着很多柳树与几株丁香的缓坡，然后，她们就站在了院子的树篱跟前。他想，路上，女博士可能会问："神灵一样是想形容一个人什么样的状态？"

但女博士并没有问这个问题，在她们面前，树篱门开着，崔巴噶瓦老人安坐在院子中央的太阳底下，其实，他已经没有力量这么坐着了，他是靠身子四周那些柔软的垫子围住，才能保持这样的姿势。像机村的少数老人，他变老的时候，不是身体佝偻，一脸皱纹；他是老人们当中的另一种老法：身子好像渐渐缩小，脸上的皮肤却越来越紧绷光滑，泛出铜色，表情像金属铸像一样安详。

小姑娘欢叫一声："外公。"

那个铜铸般闪闪发光的脸上露出一丝迷茫的笑意。

女博士说："老人家。"

这时，那张脸上的表情已经收回去，又像铜像般纹丝不动了。

"怎么，你外公他听不见了？"

"他听得见！"小姑娘又压低了声音说，"我妈妈说，他得了失忆症，每天都会忘掉一些过去的事情。"

女博士说："我来晚了。"

老人却突然说话了，声音中气十足："不晚，你们赶上了我家的晚饭。"

"吃饭前我还想请教你几个问题，老人家。"

"嚯，问题？"老人好像提起了兴致，但随即他就摇头，"可是，我忘了。"

"我只问两个。"

"问吧。"

女博士的问题很大，一个是机村最近的复仇事件，一个是旧社会的人不懂环保却又能保护森林。

老人的兴趣却已经转移了，他的耳朵轻轻颤动，喃喃地说："听，要起风了。"这时还没有一丝风，但只过了一小会儿，山坡上的树枝就慢慢晃动起来，闪烁在片片树叶上的阳光也随之动荡起来。

倒是小姑娘突然问女博士："姐姐，要是拉加叔叔真娶了我妈妈，那我是不是比现在更漂亮？"

"奇怪的问题。"

"不奇怪，拉加叔叔就是比我爸爸漂亮。"

"你爸爸更有学问。"

"这我知道，所以我妈才要了现在的爸爸，但我只是说漂亮。"

"你想没想过，那样生下的人，就不是你了！"

"怎么不是我？肯定是我！"

晚上，女博士做完看来已忘记与拉加泽里仇恨的老五的访谈，酒吧客人渐渐散去，月明星稀之时，她再次把拉加泽里带到了床上。这次，她恢复女博士的姿态晚了一些。风狂雨骤之后，她没有马上穿衣起床。她对拉加泽里说："打开窗户吧，这么好的月光。"

窗户打开，月光不但泻进了屋子里，甚至还影影绰绰地照亮了小半张床。女博士讲了白天小姑娘的问题，说："假设我也结了婚，生了孩子，她也来这个地方，说不定也会问这样的问题。"

"为什么？"

"跟你的初恋情人一样，孩子的父亲肯定比你有文化有地位，却没有你强壮漂亮。"

"那你该跟我生孩子，再另外给他找一个爸爸。"

"我知道你生气了。"

"我没有生气。"

"生气了也不肯承认 你的自尊心太强了。"

"你还是看不起机村人，看不起农民。"

博士跳下床，动作利索地穿好了衣裳："机村的姑娘要是这样跑到你床上来，全村人都会骂她下贱，我不怕这个，你也可以看不起我啊，也许你心里就是这么想的。"博士都走到门口了，又返身回来，俯下身在他脸上亲亲，笑了，"我都要笑我自己，怎么会生气，有什么气好生呢？你说是不是，好了，乖乖睡吧，晚安。"

拉加泽里知道，这其实是为他这样的露水男人不值得生气的意思。他想说句什么，人家已经关上门出去了。

博士在床上还告诉他，小姑娘胆大到竟敢问过自己的母亲同样的问题，要是拉加泽里是她的父亲，自己是不是更漂亮一些。博士还告诉他，那当母亲的总是假装没有听见。拉加泽里想：除此之外，难道她还能给未曾实现的生活一个确切的答案吗？

十

我是在异国旅行时，强烈感觉到机村有事。

我想，是达瑟死了。

我不能预知生死，但是，那些日子里，我老想到达瑟。看到什么新奇的景象都想要向他倾诉，想要告诉他。那是 1996 年的盛夏，我在美国访问，一有机会就离开那些正在访问的大学与城市，想办法到乡村旅行。去看异国白人的村庄，黑人的村庄，印第安人的村庄，甚至夏威夷那些岛屿深处，去寻访当地土著民族，我是想知道，所有这些村庄终将走在怎样一条路上；我想知道，村庄里的人们，最后的归宿在什么地方。

我看了很多，想了很多，当然没有确定的答案，倒是确实激发出连绵不绝的希望与回想。回想那个叫作机村的中国村庄。于是，我开始在一个大学校园里动笔写作达瑟的故事。我想，除了机村那所简陋至极的小学校，把我引到了机村人想往中从未有过的状况上来的，就是达瑟藏在树上的那些书。我只被允许到他树屋上去过有限的几次，抚摸过那几本百科全书烫金的书名，看到过书里头那些彩色的图片：禽鸟、花卉、树木、海洋与岛屿，甚至是赤裸着身子的男人与女人。加上达瑟那些听来不知所云的话语，使我相信打开文字的迷宫，我们就会弄懂这个世界的秘密。但那些日子，在异国的土地上，我那么强烈地想把所见所闻告诉他，好像不马上告诉，就什么都来不及了。

当年，那株大树被人伐倒，那些书从树上摔下来，像是倾覆的鸟巢里四散在地上的鸟卵和杂乱的羽毛。他们伐倒这棵树，因为传来一种制作肥料的方法：砍倒大树，堆砌起来，从林边铲来草皮覆盖其上，再点一把火，大树与草根都燃成了灰烬，肥沃的森林黑土则烧成了砖红色。这些灰烬与红木据说都是上等的肥料。民兵们并没有把树上掉下来的书扔进火堆，他们只是扯了些来包裹烟卷，然后，就弃置不顾了。

然后，一个晚上，那些书本就消失了。有人说，是达瑟自己将那些书本藏起来了。也有人说，是村里的好心人趁夜黑把那些书归拢了，悄悄放在了达瑟家门前。无论如何，那些书就这样永远地从我们所有人眼前消失了。

是的，当我在相距遥远的异国，开始书写达瑟故事的时候，突然有一种强烈的预感，达瑟要死了。我就在这样的心境中又待了十三天，回到国内，立即就驾车进山，回机村来了。

回到村子，我坐在酒吧里，很久，中午直到下午，索波、林军、更秋兄弟、那拨蓄了长发想当歌星的年轻人，都相继在这里露面，就是没有达瑟的身影。这时我才开口问酒吧老板："达瑟死了吗？"

"还剩一口气，但活不久了。"

"他得了什么病？"

"我想他没有病，他只是自己不想活了。"

"为什么？"

"为什么？为什么？你也跟女博士一样，什么都要问个究竟。要真是这样的话，人老问自己这些问题，真会活不下去了。"

"你说他到底为什么想死？"

"我说了不要什么事都要问个为什么！"

但我还是要问个究竟。"听说他两个儿子盗割电缆……"

"是啊，让风景区坐缆车的游客挂在半空里两个小时！"

"坐监狱了？"

"跑了！"

"他很生气吧？"

"他不生气，他早就不为什么具体的事情生气了。"

"他老婆出家当尼姑了？"

"可怜的女人，她对两个儿子和达瑟都死了心，就出家了。"

要说，这些年，机村人的日子真的是一天好过一天了，达瑟家却每况愈下。树屋倒下，那些书不知所踪后，达瑟就不再是当年那个达瑟了。有一种说法，让他爱上那些书，是个小人在他脑中作怪。那个作怪的小人，没用几年，就把达瑟的脑力与心力都消耗得一干二净，活着的达瑟不过就是一具行尸走肉罢了。

我继续当讨厌的包打听。"听说本来你们还计划做些新的事情。"

"是啊，刚商量来着。"

"那他……"

"他还能说话，你就去问他自己吧。"

这样一来，我就无法开口说话了，我从来没有碰见过这样的局面，我害怕面对一个对生活绝望、只是渴望死神降临的人。我要过当过赤脚医生的表姐去看看他。表姐如今在村里开了个小诊所，她摇摇头说："喂他药，都吐出来，不用去看，没有用了。"

这话听了让人痛彻心扉。

表姐说："也许你可以劝劝他。"

我劝这个可怜人什么呢？一个对生活彻底绝望的人，一个只是一心等待着死神的人，你能劝他什么？

但我终于还是去了。

情形却不是想象中的那么凄惨。达瑟坐在一个从拖拉机上拆下来的座椅上，在窗户下面那一方阳光中间。平常纷乱的头发掖到了圆顶帽子里，手脸都比平常干净，因此也显得更加苍白，皮下蓝色的血管清晰可见。看见我出现，他的脸上出现了浅浅的笑意。他对表姐说："我说过，这家伙不会不来见我一面。"

他还对拉加泽里说："也许，这个人才能跟你一起干点什么。"

"可是你已经答应过我了。"

"喝了你那么多酒，我能做什么，就是顺着意思让你高兴高兴。那天，我本来是来告别的，但你提起那件事，我就只好让你高兴高兴了。"他有些累了，喘了一阵，又说，"其实，我也看见，大家伙的日子是越过越好了，只是我累了，就像喇嘛对我老婆说的一样，我受到天谴了。"说出"天谴"这样严重的字眼，他的脸上反倒露出了骄傲的神情。

看来，这些日子，他说这些疯狂的话已经太多了，表姐他们都退了出去，只留下我一个人在他跟前。他闭上的眼睛慢慢睁开，说："嗨！"

我说："达瑟。"

"小子，美国人是这么打招呼吗？"

我说："美国人就这么打招呼。"

他说："那美国人就跟电影里一样了。我就觉得他们跟电影里是一样的。"

我不明白他的意思。

他说："他们也会为一些稀奇古怪的原因惹老天爷不高兴。"

"他们叫'上帝'。"

"他们的老天爷不反对他们看书吧？"

"你为什么问这个问题？"

他说："小子，给我搞点水来。"我端给他一碗水，但他摇头，说，"不，拿个干净的东西，取点干净清凉的新鲜泉水来，我也趁这机会休息一下，虽然很快我就要永远休息了，但我还是趁这机会再休息一下。"

我从村中那丛老柏树围绕着的井泉边取水，用了一个桦树皮水瓢。回来时，他睡着了，我甚至以为他已经死去了。但他颈子上淡蓝色的血管还在缓缓跳动，面容也没有醒着时那么安详。然后，他醒来，说："水。"

我喂他喝下两勺子水，他满意地叹口气："啊，灵魂飞出肉体，被风吹着，就是这么清凉吗？"

这是我无从回答的问题，我读过的书都说没有灵魂这东西。

他说："我要走了。"

这时，我的固执劲头上来了，我说："你要死了。"

"你是说其实我是没有地方可去吧？"

我点了点头。

他喘一阵气，说："我不怪你，是我那些书开的头，把你变成了这样的人。"

"是你那些书开的头。"

"可你才从书里得了好处。"他笑了，"喇嘛对我可怜的女人说，我想从书里窥见神意，但我是凡人，所以，得到如此不好的下场。因为我没有听从命运的安排。"

我说："现在凡人都从书里了解世界。"

"那是现在。"

我想，那些依靠诵念自己都未必通达的各种经咒的脑满肠肥的喇嘛，非常愿意看到一个研读了他们门派经卷之外的书本并曾试图思考一下这个世界的人落到达瑟这样的下场。

他又喝了一口清凉的泉水，眼神与想要表达的欲望一点也不像一个因绝望而垂死的人："你说机村有多少年了。"

"不知道，应该有一千年了吧。"

"除了喇嘛和尚，有自己认字读书的人吗？"

没有。真的没有。甚至顿巴协拉家世代都在歌唱的觉尔郎峡谷中那个失落古国的时候，古歌里出现了一些当时古国人所崇拜的神灵，后来也被喇嘛们强行替换成佛教的神。有个坚持按古词演唱的歌者协拉因此被流放到了遥远的地方。

"所以，我肯定要触怒神灵。"

"不是喇嘛们？"

"神灵是喇嘛们的，他们当然要更加愤怒了。"

达瑟正在屋子里靠洁净清凉的泉水延续着生命，我们这些随时准各为他送终的人已经暗示过他了，既然他对这个世界已无所期盼，并且早就承认世界的奥秘之门并未因为其拥有一些书本而向他訇然洞开，也就不必再苟延残喘了。

但他说："我知道你们的意思，但我总不能掐死自己。"他说这些话时，都十分温顺平和。

于是，又有了一种看法，说世间也有一种奇人，生时不能开悟，但朴拙固执也是一种成就，等他用泉水洗净了腹腔内部，他会变成一个透明人，即身为神，佛祖也给这样的人留有一条升天的门道。只不过，这条门道难得一开，即使打开也开得非常非常狭窄罢了。

十一

达瑟等死的时候，达尔玛山隧道的复线工程开通了。

指挥部就在距机村几里地的地方，那其实是一个上千人的镇子，只不过这种镇子迅速建起，又会很快消失罢了。但现在，这个镇子上应有尽有，在那些巨大的工程机械之间，是略显低矮的临时建筑。但临时建筑群里什么都有，礼堂、整齐的宿舍、餐厅、球场、浴室、超市、网吧、KTV、麻将馆、饭馆。我回机村的第二天，林军请我去这个镇子的饭馆吃饭。我没想到这个人会请我吃饭。但我对他却有足够强烈的好奇心。虽然我讨厌这些短命的镇子。这么多年了，这种镇子不时在机村附近的什么地方出现，存在三五年，又迅速消失。出现的时候轰轰烈烈，消失的时候，也有种迫不及待的劲头，好像所有一切刚刚开始人们就已经深深厌倦。那么，永远不动的机村呢？那些离开的人中间，有的甚至会跑到报纸和电视上去，把在这山间小镇上的短暂生活描述成一种过去的荣光。那时，我就想问，那么永远不动的机村呢？当然不会有人回答这样的问题。时代潮流滚滚向前，如果谁提出这样的问题，那么洪流过后，他就会像一条被水流遗弃的鱼，惊讶自己为何独自待在干涸的河滩。

但我还是去了。我们在饭馆里落座的时候，那些巨大的工程机械正从完工的隧道复线上撤下来，轰轰作响，威风凛凛，排列到镇子进口处的空地上，把这个空地围成一个暂时的广场。在没有被机械围出的那一边，身穿着整齐工装、头戴着红色安全帽的工人们正在用角钢装配一个宽大的舞台。他们给那个舞台铺上厚厚的杉木板，又在杉木板上铺开红色的地毯，在舞台旁边，巨大的灯光架正在竖立起来。再过两天，这里，要来省里的官员，要来报纸和电视记者，更要来很多歌星影星。热闹的庆典过后，这个镇子就消失了。那些临时建筑大部分都可以拆解，装上卡车，去另一个需要在大山幽暗的肚子里开出一个深深洞穴的地方。而这个地方，不出几年，就被荒草与灌木丛淹没了。

林军倒上酒，自己连灌了三杯。

"他们会拆得干干净净的，以前那些镇子迁走，还会留下点东西，现在除了无用的水泥地面，什么都不会剩下。"他说，"以前他们还留下一些坟墓，现在，他们连坟墓也不留下，都送到城里的火葬场，烧成骨灰，送走了。"

"这样好，留下坟墓，谁也不会回来探望，慢慢就变成一个乱石堆了。"

"还让人害怕。"

"是，我们当地人不习惯坟墓。"

"那你看见我父亲的坟墓害怕吗？"

我终于知道他请我喝酒的目的了。我想说，我们这些认识他父亲的人不会害怕，但以后不认识他的人，看见的就是一个乱石堆，他们是不是害怕，我就不知道了。但我没有开口，我等他说话。

"知道吗？我父亲进博物馆了。"

我想纠正他，说那是一个展室，还不是永久性的博物馆。但我还是没有说话。而且，我没有摇头，而是点头。

接下来，我们喝了一阵闷酒。这期间，那些从隧道工地上撤下来的工程机械轰轰然络绎不绝地开进即将举行隆重的庆功典礼的临时会场。吊车伸出长臂，把巨大的灯具和音箱吊到钢架的顶端。这时，林军说："我想请你帮个忙。"

"你说。"

"帮我写个申请，给县里。"

"你说。"

"把我爸的坟迁到县上的烈士陵园。"

我想说驼子支书不是烈士，说出口来却是："这个你也会写啊！"

"你写得好嘛！"

"好吧，要是你觉得写得好就行的话。"

"你是说不行吗？"

我没有回答他这个问题，我转移了话题："听说上战场前也要写申请，哦，就是请战书！"

"要写，打越南人的时候，我也写过，用手指上的血写。"我让他提起了往事，使他的眼睛中布满了迷惘的神情，"可是我不会打仗，跑起来就不会打枪，打枪时就不会跑动！我自己也不相信，我不会打仗。"

我有点讨厌自己扮演的这种角色，他的眼光已经让我因怜惜而心生痛楚了，但我还是一脸漠然地问："不会打仗？"

"所以，部队上前线时，我就被留下了，所以，我就早早复员回乡了。但不是胆小，我就是不会。可这总归是不光彩的事情吧。好多年来，村子里人说我胆小，不敢上战场，我也不说什么。我写了血书……我要说的不是这个。这么多年，我一直在想，可能我爸爸当红军时也不会打仗，不然，他就走完长征了。"他压低了声音，说，"他不是被敌人打伤的，他自己没有把手榴弹扔出去，自己把自己炸伤了。"

我想自己是机村唯一一个听到这个说法的人，但我一点都不吃惊。以前，说驼子是红军，我总觉得什么地方不像，至少是跟想象不太一样，但是这么一来，倒是跟他那哀戚怨怼的形象吻合起来了。

"你怎么知道，他自己告诉你的？"

"没有。他发烧说胡话说出来的。说一次，我们不相信，说了好多次，家里人都相信了。"

"没有看不起他？"

"我妈说我们要可怜他。"

"怜悯。"

"我妈也要我的女人可怜我。"

这下，我心中的痛楚与怜悯之情有些难以自抑了，我说："好，我帮你写申请，还帮你向县上领导反映，把你父亲搬进烈士陵园。"

为了这个，林军又跟我干了一大杯酒。回村子的时候，他的小卡车冲出公路，陷到了排水沟里。我们俩都趴在车里休息了一会儿，才把车倒出来，继续上路，回到了机村。把车从沟里倒出来的时候，林军又对我说："我的事情只说给你一个人听过，你不要对别人说。"

我以为他接下来会说不要写在你的书里，但他没有说。如果他说了，我也是会答应的。但他只是擦去被撞出来的牙血，又继续开车上路了。

他又说："嗨，大家都说，只有倒霉蛋才会回到村子里来，有出息的，出去就不再回来了。但你为什么老是回来？"

"回来看看。"

他总是显得迟钝的目光一下锐利起来："要是不写小说，你就不会常常回来了？"

对这个问题，我无从回答，机村人怎么看我是一回事，在我生活的城市里，写小说的人差不多也是倒霉蛋的同义词。但我又该怎样来解释这一切？我这次回来，是因为达瑟就要死了。但我们迟早也是会死去的。生命无来由地来了，又去了。其意义何在，除了人家教给我们的那些，自己是真的要感到茫然了。

这时，车子已经开到机村，他停下车说："好了，你就不要为我那些傻话心烦了。"

林军在自己家院子里停车时，我已经坐在了拉加泽里的酒吧。

我说："后天，工程指挥部要搞竣工典礼了。"

酒吧主人说："我知道，协拉家的古歌三人组也要到典礼上来演唱，他们家里已经得到通知了。"

这事也早在村子里传开了，都说，不得了，现在协拉三兄妹演唱一次的报酬是八万块钱；而且，身后还各有一个助理照顾侍候着。这让村里能唱两嗓子的年轻人更是躁动不安了。

复线工程通车典礼那天，整个机村差不多都出动了，只有拉加泽里、索波和达瑟留在村里。达瑟在屋子里等待死亡。拉加泽里、索波和我三个人坐在酒吧那宽大的廊子上，眼望着村庄与原野，听见音乐声随风断断续续地从山上会场那里飘下来。我们三人共饮一壶现在已经很少有人饮用的家酿淡酒。这时令已是六月的尾末，沉郁的绿意让整个峡谷更显得幽深漫长。达尔玛山的主峰在村子西北方向闪烁着晶莹的雪光。村庄四周的庄稼地里，风吹拂着正在拔节抽穗的麦苗，风和光在玩着光与影的游戏。风用力把麦地变成波浪荡漾的湖的样子，然后，阳光降落在上面，像成群的精灵，轻轻地跳跃舞蹈在道道浪峰之上。地里的麦浪就这样起起伏伏，明明暗暗地晃动在三个男人的面前。其实，地里的麦浪早就没有他们感觉到的那么美好壮观了。地里湖水一样晃荡着无边无际的麦浪，那是人民公社那个一切都整齐划一的时代的故事了。宽广的麦浪消失已经有二十年了。当公社改为了乡，生产大队又改回到村，连片的地块又划出复杂的边界。这些年，交通情况日渐改善。机村以及周围的村落都是三百公里外的省城的反季节蔬菜基地了。在划成小块的土地上，这一块是番茄，正伸展了长长的须蔓攀上木架，要在高处去开花结果；那一块是洋白菜，低低匍匐在地，怕羞一样，每一张叶片都不肯打开，而是互相牵扯着紧紧包裹。绿意深重的是辣椒，浅淡的是莴苣。生产这些东西，收入是种麦子的好几倍。但还是有人会像种植记忆一样种上一小块地的麦子，在一年之中这最美好的季节里，招摇在这些蔬菜瓜果中间。三个人坐在门廊上远远观望的其实就是这么一小片麦田，只是心境把这片麦田无限放大，让记忆中的麦浪依然在眼前晃荡。

淡酒的味道跟水差不了多少，但还顶着一个酒的名目。喝这样的酒，能显示出一种曾经沧海，对酒有没有酒味都已毫不在乎的劲头。

"呸，除了水腥味，我的舌头上就没有一点酒的味道。"

"舌头上酒的味道是什么样的？"

"就是有好几十根针同时扎你的舌头。"

索波抿了一口酒，闭眼想了想，一本正经地说："好像也有两三根。"

三个人都笑了，但笑得都很节制，不抖动身体，不放开声音，只是咧开嘴，扬扬眉毛，做出一个笑的样子来就够了。

三个人都放下手中的酒杯，嘴里嚼着炒豌豆，高坐在酒吧的门廊上看地里翻沸不已的麦浪。机村传统的房子没有这样的门廊，这个门廊的前身也是个搞典礼时搭建的铺过红地毯的临时舞台。上面有领导讲过话，演员唱过歌跳过舞。有个演员唱着歌从半米高的台子上跳下去，走到观众中一边歌唱一边握手，除了达尔玛山隧道指挥部的工人，觉尔郎风景区的干部，还有几个机村人也跟那个歌星握了手。不是自己去握歌星的手，而是伸出手等着歌星来轻轻地捏了一下。那是拉加泽里从监狱里出来的第二年，是他造林公司成立的头一年。庆典结束后，他把那个临时搭建的舞台上的木料和构件都买了下来。他用这些钢构件和结实的厚木板加宽了这个门廊，使这座仓库变成现在这样一个奇怪而不协调的样子。加上那些鲜艳油漆刷出来的门窗与柱子，使这座建筑有种奇怪的效果，使得好多游客把照相机对准了它。照片拿回去放在网上，发在杂志上，这座奇怪的凑合起来的建筑变成了有名的酒吧。

我们坐在这个酒吧里，拉加泽里指指山上，那个山腰曾经有一个湖存在的地方，说："那个湖应该重现。"

"哪个湖？"

"那个传说有一对金野鸭的湖。"

"那怎么可能呢？"

"我上去过几次，泉眼还在，只要用一道堤坝把当年炸出的缺口封住就可以了。"

"那要多少钱？"

"钱没有问题，我想办法。"

"有钱也该找个老婆了。找老婆就要盖房子，生娃娃，上学，这些都是要花钱的。"

拉加泽里开玩笑："那我就找个有钱的老婆。"

"你真的要做这件事？"

"我要你们帮我看看行不行。"

索波说："我这个人，除了让你的酒吧热闹，别的想帮也帮不上。"

"好啊，我一忙起来，酒吧这一摊子事手下人都熟了，栽树这档子事就请你牵头了。"

索波伸出双手，端详一阵，轻轻笑了，说："这双手砍了多少树，现在又要栽树了。小子，你会发一双白帆布手套给我？过去砍树，我们可是光着双手的。"

"大叔，戴上一双白手套，你肯定就神气多了。"

"是啊，过去砍树的时候，工人戴手套，农民没有手套，这身份一眼就看出来了！"

"现在我们不是也戴着手套工人一样劳动了吗？"

"日子是一天天好过了，但想起人要分成三六九等，到底不是叫人高兴的事情啊！"索波说，"嗨，要是达瑟不这样，就可以帮你照看酒吧了。"

"也许，我们该问问崔巴噶瓦。"

拉加泽里叹口气："可惜他老人家什么都记不得了。哎！我也是，怎么没有早一点想起这件事情来呢？我早就该想起来的。"

这时，隧道中的庆典结束了，从山上飘然而下，曲折蜿蜒成一道新的景观的柏油公路上出现了很多小汽车。车队在村口停下来，县里乡里的领导们簇拥着一个大领导往村子里走来。大家都认识这个领导。他就是达瑟早年在民族干部学校的同学，如今的副省长。省领导兴致勃勃，气宇轩昂，他说："这么有特色的酒吧，如今我们的农村里也有酒吧了。"

大家都在那宽大的廊子上坐下来。领导说："咦，我那老同学怎么不来照个面？"

县长说："肯定是他不好意思。"

"那我们去看看他！"

坐在一边的索波说："达瑟死了。"

"怎么死的？生了什么大病？"

拉加泽里说："没生什么了不得的病，他就是不想活了。"

这一来，领导们就没法接上话头了，这是一个严重的话题，不宜展开的话题，一个人居然不想活下去，死了。领导们是习惯于四处解决问题的，想来肯定未曾遇到过这样的问题。于是，全体静默，好像在为逝者默哀。后来，还是副省长对县领导说："家属有什么困难，你们帮助一下。"

于是，一行人就这样默然离开了。

林军说："达瑟还没死呢，领导接见一下，说不定他就不想死了。"

索波说："你以为，达瑟是你，是我啊。"

林军想想，似乎也无话可说。

十二

那天晚上，酒吧热闹极了。协拉家出了名的古歌三人组结束了在庆典上的演唱，回到村子里来了。加上村子里正在学他们样子的两三个组合，架子鼓一阵紧过一阵，吉他弹得琴弦发烫，他们故意嘶哑了嗓子的演唱让每个人都觉得自己嗓子发痒。

我坐了一阵，出来在灯光未曾照亮的树荫下看见了老五，我问他为什么不去喝上一杯。他说已经喝了，喝多了。而且，他吐了。老五自己有些不好意思。他说，不是不能喝，是不能边喝边听那么激烈的歌唱，这才吐了。其实所有人都知道，他的身体垮了，差不多逢酒必醉。他问我是不是也不习惯这样的歌唱，我没有说我不喜欢这样的歌唱。这样的歌唱的粗犷与欢欣都是依从了外部世界的想象而显得特别夸张，并且因为夸张而显得做作虚假。但我不能说这话，那等于是阻止年轻人前行的路途。所以，我不能回答。我只是说，我想在安静的地方四处走走。

其实，我是想去看看达瑟。我还专门去取了清凉的泉水。我才发现，已经有好几个人在那里了。索波也在。醉了酒的老五也到这里来了。看到我，达瑟的眼睛闪烁一下，迅即又黯淡下去。我把清凉的泉水放在他身边，然后才坐下来。他们在谈另外的话题。索波说："这些天，达瑟喜欢我们在他身边谈些村子里的事情。"

"那现在谈什么事情？"

"老五让人给他讲老辈人复仇的故事。"

于是，就有人讲了一个故事。这个故事就是索波家和更秋家的。那是前几辈子的事了，多少辈子呢，不知道。反正是前几辈子。这个仇隔了两代才得到了结。为什么呢？索波家一直人丁不旺，但又欠着更秋家的命债，就叫大活佛出面，给了很多银圆，让这单丁寄命一条。再下一代，索波家真就生下三个儿子，大儿子成人不久，就给更秋家在路上设伏干掉了。这两家才了结了这个宿仇，又在这个村子里相安无事了。

讲完这个故事，对那个时代又感觉生疏而久远的人们都叹息说："也是有规有矩的嘛。"

老五说："我头痛，一想事情就头痛。"

"你想什么？又想报仇的事？"

"我报不了，警察让我半个月就汇报一次思想。"老五这话不假。他是因为身体不好，给假释出来的，派出所警察常常上他家去做思想工作。

"可是你有儿子，拉加泽里又没有儿子。"

"他连婚都不结，我儿子找谁去，难道等他老得动不了才去杀他，让人笑话。"

当然，更多的人指出，过去复仇是没人管，现在政府把这些事都管起来，老百姓就不用为此劳心费神了。

这时，连眨动一下眼皮都觉得费劲的达瑟说话了："老五怎么能找一个自己在赎罪的人复仇呢？"

没人想到糊涂一世的达瑟会在这时说出这么有道理的话来，但他只是张开嘴，喘口气，说："水。"

有人把一碗水端到他跟前。碗里斜倚着一支短短的空心麦草管，他从那管子轻轻啜饮一小口，轻轻把碗推开，眼睛又慢慢闭上了。

这一来，话题又转到了拉加泽里身上。大家替他算账，这个人到底有多少钱。因为大家知道，这个人栽树是不赚钱的。而且，他当年的朋友，如今的林业局局长本佳告诉过他，并不是说他栽了树，这些树就是他的。因为山是国家的，所以山上附着的一切东西都是国家的。土地表面的草与树与流水，下面值钱的金银铁矿，也都是国家的。但这个家伙，这么些年来，每年春天都雇人栽树，已经栽下好多万棵了。这些栽下的杉树与松树的幼苗，生长的劲头争不过灌木与荒草，最初两年还要花费人工芟割妨碍生长的荒草与灌木。这家伙有文化，还按着书上说的办法，雇着十几个工人给树苗施肥，打除虫剂，完全是侍候庄稼的办法。

村子里人笑话他是个赔钱老板，同时传说他有很多钱。传说当年那个李老板给他留下了很多钱。他用的就是这笔大钱。更让人想不到的，他不想开而开起来的酒吧却帮他天天赚钱。

"做好事的人老天都帮他，你不能再动那个念头了，老五。"

"共产党的天下，过去的规矩早不管用了。"

老五就捂着脸哭了起来，大家也不劝他。虽说时代变了，但毕竟是第一个有仇不能报的人哪，伤心一下也是应该的。这时，达瑟又睁开了眼睛，说："老五兄弟，你过来。"

他就乖乖地坐过去了。

达瑟睁开眼睛，示意他喝自己碗里的泉水。老五端起碗，一口气喝了。喝完，吐了口长气，便止住了哭泣。达瑟笑了，说："这水败火。"

达瑟还说："这些天我老在想我把那些书埋在什么地方了，就是想不起来。"

"书！你是把那些书藏起来了？"

"我把书装进箱子，藏起来了。开初，我不去想，后来就想不起来了，找不到了。"他竟然对着索波有些得意地笑了，"你们民兵没有想到，我把那些书藏起来了，机村没有人知道，我把那些书藏起来了！"

"那你藏在什么地方？"

"那次我也病了一场，病好过后，我就什么都记不得了。连把书藏起来这事都忘记了。"他说，"真的，我现在想起来，我是把那些书藏起来了。"

"都晓得你没有把书看懂，你还想它们干什么呢？"

达瑟好像又昏昏沉沉地睡过去了。大家又聊开了别的话题，这时，达瑟突然开口："你们对领导说我已经死了？"

大家都把目光转向林军，这个老实人辩解道："人家是副省长，总能帮上一点忙。"

有人叹口气："他要帮的人太多太多，反倒顾不过来了。"

达瑟笑了："这是句聪明的话。"他又看着索波说，"这世道真是变化大，本来该索波说你的话，偏偏如今的索波说的是我的话。"

索波说："耐心一点吧，也许等到他们把所有该帮的人都帮完了，就该想到我们这些，我们这些……咦，林军，你父亲在世时，是怎么叫我们这些庄稼人的？"

"泥腿子。"

"对，泥腿子，等到把所有的人都帮完了，就该轮到我们这些泥腿子了。所以，我们得有等上两三辈子的耐心。"

达瑟又笑了："瞧，索波也学会说俏皮话了。"

拉加泽里把话题拉了回来，他说："我想该告诉达瑟，我们打算把当年炸开的湖封上口子，就又有一个湖了。"

"要多长时间？"

"今年做些准备，明年春天就可以开工。"

"等水关起来，重新成了湖，山上长满树，那对飞走的金野鸭又要飞回来了。不过，我等不到了。"

"你可以不死，你可以等，你也可以一起来干，我付工钱。"

"等我死了，也许我那两个浪荡子会回心转意，那就请带着他们干吧。"

沉重的气氛笼罩下来，大家都不再说话。外面月光很好，在从酒吧那边传来的激烈欢快的音乐声中轻轻地像水波一样颤动不已。

还是老实人林军开口："你是在等两个儿子回来吗？明天我就去找他们。"

达瑟说："水。"

有人就把水碗凑到他嘴边，屋子里那么安静，只听到他从麦草茎里吸水时发出的嗞嗞声响。他喝了水，喘了口气，说："我不等他们，我只是想趁脑子清楚，能把书埋在什么地方想起来。"

"想起了，那些书就送给你。"他对我说，"那时，你是多么稀罕我那些书啊！"

他又要求："给我换碗新鲜的水。"

马上有人下楼跑到井泉边打来新鲜的泉水。达瑟又喝了。他脸上浮现出迷茫的笑容："我要死了吗？"

都知道他要死了，但当他发出如此疑问时，大家都说："你不会死。"

这倒帮助他非常肯定地说："我要死了。我死了，你们不要把我埋在地下，那么黑，那么冷，我害怕。我不害怕死，我害怕埋在地下。"他还带着幽默的口吻说，汉族人死了，埋在土堆里，让虫子吃；藏族人死了，送到天葬台上，让鹰吃。他说："还是让鹰飞来把我吃掉。不要留一个土堆，让人害怕。"

林军很认真地说：'我们不会害怕。"

"我是说胆小的人，相信有鬼的人，他们都会害怕。我知道，你其实是说你父亲的坟墓。"

"你害怕吗？"

"他是好人，我不害怕。"

"一个人经过那里，真的有点害怕。"这话是老五说的。

"好了，不说了．我要休息了，你们都请回吧。"

达瑟下逐客令了。大家都纷纷起身，我想留下来陪他，但他说："都走，明天再见吧。"

这是大家听见达瑟说的最后一句话。

十三

第二天，我都走到达瑟家门口了，却突然有些害怕。害怕突然面对的是一具没有了生气的尸体，便转身去叫拉加泽里一起去看他。

在酒吧，却遇见那个从村里人口中听说过很多次的女博士，当然，我也读到过她一些文化考察的文章。女博士不如我想象的那么精悍，倒显得有些娇小，这娇小使她平常的外貌也有了某种动人的味道。她去机村附近那些村子转了一圈回来，坐在酒吧里一边在电脑上整理照片，一边跟拉加泽里聊天。整理照片时她坐着，说话的时候，她把手插在裤袋里站在桌前。

　　见了我，也不等主人介绍，女博士就伸出手来了。虽然我跟她来自同一个城市，但她还是不自觉地流露出那种没来由的优越感。那种表情，那种意味我并不喜欢。我们都谈到了读过彼此的文章，但言语之间难免夹枪带棒，意味深长。弄得拉加泽里把我拉到一边，问我为什么不喜欢女博士。

　　我的答复是反问他，为什么要喜欢，为什么要跟他一样喜欢。

　　两个人一来一往，话语间都带上了火气。就在这时，行动起来总是有些迟缓的林军却急匆匆地向我们这里奔来。我立即明白发生什么事情了。从这里，可以看见达瑟家的房子，我下意识地抬头望望天空，并没有看见什么东西从屋顶升起，也没有看见什么东西在天上盘桓。只觉得阳光落在木瓦覆盖的屋顶上有些晃眼。我一屁股坐下来。愤怒的拉加泽里顺着我的目光望去，看见了匆匆奔来的林军，说："那人走了。"

　　果然，等林军奔到了廊下，气喘吁吁地说："那人走了。"

　　从这点看，林军也算是一个道地的机村人了。因为他没有说达瑟的名字，而是说"那人"。机村人认为，一个人咽下最后一口气，就把活着时的名字也一起带走了。他就是一个消失了的人。说起他时，就不再提这个人的名字了。如果逝者是一个非凡的人，那么，他的名字也要很多年后，才从口传故事和歌吟中缓缓地再次出现。所以，他说："那人走了。"现在，他是"那人"，等把肉身打发了，名字再次转换，称谓再次转变，叫作"往生者"。那意思是这个人已经投入到灵魂无穷尽的轮回之道了。

　　大家都站起身来，往逝者家里去。好奇心极强的女博士拉住拉加泽里："那人是谁？"

　　这恰好是拉加泽里不能回答的问题。她又拉住了我："这也是某种禁忌吗？"至少现在不是满足博士求知欲的时候，我加快脚步走到她前面去了。

"那人"走得非常干净，非常安详。

他苍白的脸瘦削，细腻，像是得到了这个世界某种答案的平静的样子。这让我们大家也感到心中安详。除了女人们细细啜泣几声，男人们都很平静。索波镇定地给年轻人分派工作，一路去寻找他的两个儿子，一路去庙里请喇嘛来清敛尸身并念经护佑即将往生的灵魂。也有争论，那就是要不要派人去知会他已经出家为尼的老婆。男人们做不了决断时，还是妇人们派出了自己的信使。信使是我那略通医道的表姐。死者生病时，得到我表姐最多的关照。大家围着火塘坐下来，死者依然保持着昨天晚上朋友们来陪夜聊天时半倚半坐的姿势，阖着双眼安坐在中间。

女博士举起相机，被拉加泽里伸手摁住了。但她很顽强，当话题展开，人们注意力稍有转移，她就想对那个无言倚坐者举起相机。如是几次，人们的脸色就慢慢变得严峻了，都有要赶她出去的意思，因为这种场合本也不允许女人在场。还是拉加泽里说："她是博士，她来了解我们的事情，往外宣传，对我们搞旅游有好处。"女博士的确也写了好多文章，夸奖机村的山水与风俗，也就是旅游和所谓小资杂志上常见的说到边鄙之地的那种文章。当然，拉加泽里也把相机从她手里夺过来，吩咐一个小子送回到酒吧去了。女博士只是稍微安生了一会儿，又拿出了笔记本，埋头书写起来。她那种固执劲，其实有某种轻蔑的意思，可是，机村的男人们没有再次愤怒，反而对她有了某种歉疚之感。

大家开始说这个人的故事。这个人已经没有了名字。但大家都在讲他的故事，讲他本来可以是一个国家干部，讲他读了很多读不懂的书。特别是讲到他失去书本后的困窘潦倒的种种情状时，都笑了起来。

都赞叹："那是个奇人啊！"

"奇人！"

这些年，本土佛教的崇拜慢慢有些退潮。但论到生死，人们脑子里基本还都是佛教因果轮回的观念。所以，大家都相信，一个灵魂，在无尽的轮回中以这样的方式到尘世上来经历一遭，是有一种特别意义在的。大家相信，这样混沌而又超脱的活法，一定指向了生命某种深奥的秘密。佛法某些隐晦的指引可能就包含在了这样奇异的人生中间，只是我们依然蒙昧而不得真解。而经历者本人，在他靠喝着清净泉水存活的时间里，已然显现出了悟某些秘密的样子，但他并未与我们分享。不过，大家还是因此感到欣慰，能够与一个奇人同时生活，也是一种难有的功德。

听了这些言论，女博士很兴奋，她奋笔疾书的同时，不断地清着嗓子，都知道这是这个调查者将要发问的表示。这天，她清了很多次嗓子，才终于发问："你们说他……"

"他?!"

"也就是达瑟……"

"喔——"大家用这种声音表示抗议。

女博士明白过来，她有些不安地看了还安坐在乡亲们中间，却已失去了自己名字的那人一眼，说："对不起，是'那人'。你们为什么觉得那人的一生可能比你们更有意义？"

大家面面相觑，无法回答。

女博士用手中的笔指向我："都说不上来，那你来说说。"

我想愤怒，但我觉得自己也没有足够的力量，于是我说："我也说不上来。"

"这么说吧，"她移动屁股下面的坐垫，与我靠近一些，压低了声音说，"那人不是什么都没做，更准确地说是什么都没有做成，为什么这样的生命会被大家看得更有意义？"

我的愤怒有点力量了："你觉得医学院的教授会在葬礼过程中解剖逝者的尸体吗？"

我以为这句话很有力量，会让这个人羞愧难当，但她口气很平静，她说："如果你认为这个时间不太恰当，那我们另找时间来讨论。"

喇嘛们到来了。我们退出屋子。

我看了达瑟最后一眼。我是一个怀疑论者。虽然我也有慈悲之心，希望一个灵魂能以不同的生命形式永远轮转，但我同时还会想，即便真有轮回之事，但我们不知前世，更不知后世，那这样的轮转对只能感知此生的我们又有什么意义呢？所以，我可以把那个失去生命的肉身仍然叫作达瑟，而在心里对他说再见，心里不禁对他，而且也对我们本身脆弱无常的生命充满了悲悯之感。

喇嘛们正在摆开神秘而古怪的法器，我对那具依然端坐不动、面容苍白僵硬的肉身说："达瑟，再见。"

因为，当我们再回来时，他的肉身就会被收拾成另外一番模样了。我不知道他们会不会认真地清洗他，给他穿上新的衣服。因为经常摆弄尸体的人并不像我们一样对尸体那么恭敬。他们会将尸体盘曲成僧人们打坐的那种姿势：双腿盘坐，两手下垂放在膝盖之上，然后，用崭新的白布包裹起来。如果这个尸身已经僵硬了，据说喇嘛掌握一种专门的经咒能使尸身立即柔软。但现在他们处置的这个死人，本来就是坐着吞咽下人世间最后一口空气的，想来包裹起来不太费力。

索波对我说："这是一种好的死法。"

"那以后你就坐在那里，不断给自己灌凉水就可以了。"老五是想开个玩笑，但他那张脸不会做什么表情，一点也听不出玩笑的味道。

索波看他一眼："我年轻的时候，也跟你一样，说好话的时候脸上都带着凶狠的表情。"

然后，大家就到河边草地上搭帐篷去了。待会儿，喇嘛们做一通法事，就会把那具尸体移到帐篷里来。一个灵魂捐弃了肉身，那么，这具肉身就不应该再占据活人的空间，所以要尽快从生人还要居住的房子里搬出来。这边刚刚搭好帐篷，他们就把那具白布包裹的东西搬出来了。

老五说："他妈的他们也太快了。"

"太快是什么意思？"

"太快就是喇嘛没把该念的经念完。"

"喇嘛是念经度人的。"

"如今念经不是度人，是挣钱。"

"老五，你还是管住嘴巴，积点功德吧。"

老五说得没错，在帐篷里一角安置好尸体，喇嘛们围圈坐下，击鼓朗吟，自有能干人替他们安排膳食，筹措给喇嘛们的报酬。

表姐从尼姑庵回来了，达瑟的老婆没有回来。她捎回来一句话："这个人心地善良，却一生受苦，须知受苦也是一种功德，唯愿这对他来生是有益的。"她还捎回来几斤茶叶和两百块钱，是给喇嘛们的布施，叫他们多多念经，帮过世的苦命人早转来世。

可是已经到了第三天，出去通知他两个儿子的人还没有消息。正是大夏天，那肉身再放着就要腐坏，就要臭不可闻了。现在，已经需要不断在尸体旁点燃气味强烈的薰香，才能使讨厌的苍蝇稍微离开一点。这个晚上，全村人都来了，替达瑟守灵。天将黎明，启明星刚刚升上地平线，那具肉身就被搬到了林军的小卡车上。如今村子里已经没什么年轻人了。能读书的上了大学，上了中专，上了职业学校。不能读书的，也在村里待不住，贩药，当保安，当饭店服务员，当司机，在城里民俗村里唱歌跳舞。最后，卡车里坐上了村里的十多个男人，就是这些人送那人到一百多公里外的天葬场去。

车摇摇晃晃开动了，女博士背着一个登山包追来，非常利索地攀上了卡车。她显得非常兴奋，对拉加泽里说："去天葬台，这么好的机会，我一定不会放弃。"

拉加泽里把脸别到一边，他知道大家并不欢迎女博士也来送人远行。

女博士也感觉到了不太友好的气氛，她辩解似的指指倚在车厢角落的那个柳条筐，说："我也是他的朋友，他活着时，机村的事情数他跟我说得最多。"

车厢一角，柳条筐里，那个白布包裹的躯体也像我们一样随着卡车的颠簸摇摇晃晃。

"他是不是就这样摇晃着身子给你讲那些他都想不明白的事情？"

这句话让大家都禁不住低声地笑了。

女博士很生气："你们这是对死者不恭敬。"

"我们喜欢他，想让他也跟着我们笑笑。"

好像是应和这句话，卡子颠簸时，白布里的人又使劲摇晃了两下。

大家又笑了。这时，天已经大亮，虽然是夏天，但高原的清晨，空气相当冷冽，人们口中呼出的热气都变成了一股股白烟。女博士转过身去看远处清晰起来的风景，她有些生气，所以，嘴里冒出更浓烈的白烟。

驶上过去叫轻雷，现在叫双江口的河口地方，一辆飞驰而来的越野车戛然一声刹在了桥的中间。达瑟的一个儿子从车上跳了下来。他攀上车帮，伸头看看白布包裹的那个人。随即跳下车去。他围着车转了一圈，又攀上了车帮，脸上惊疑与迷茫的神情交相出现："真的？"

索波点点头，没有说话。

小伙子跳进车厢，眼睛谁都不看，也不去碰那个死人："我找到工作了。我一边给药材老板开车，一边学着做生意。学会了，我就带着弟弟一起做。"他说，"我真蠢，我以为他会一直活着，一直等到我们正经做事。"

拉加泽里拍拍小伙子的肩膀："能这样，我们大家都很高兴了。"

小伙子终于忍不住，泪水盈满了眼眶。

车里的老板也攀上了车厢，看看柳条筐里那个包裹严实的人，问："他的父亲？"

老板对着那人抬抬帽子，说："这小伙子要是能用心，又跟着我，能学好，能学到本事！"

"那我们就把他托付给你了，死人听了这话也会高兴的。"

老板要小伙子留下来送父亲一程，但机村的风俗，亲人是不会去天葬台看到亲人肉身的陨灭的。

小伙子咬咬牙，哭了，说："我还要把弟弟找回来，让他学做正经事情！"

小卡车又重新启动了，车开出好一段，开出了桥头上曾经的那个镇子，穿过群山，开往北方空旷的高地，小伙子才从车上跳了下去。大家看到，他抱着路旁的一棵树，头撞着树干，树上的鸟都惊飞起来。

拉加泽里对女博士说："你会把这故事写下来吗？"

"我感兴趣的不是这样的题材，生离死别，浪子回头，这样的故事太老套。我关心文化，文化的符号，文化的密码。"女博士回头对我说，"也许，这是你感兴趣的东西。"

不知为什么，女博士总是让我不太高兴，所以我说："这是生活，人的生活，人的生活大于文化。"

女博士说："嚯。"

我没有再说话，她又想张嘴说什么，我把手指竖在嘴边，也许是我的表情有些过于严峻，她把什么话咽回到肚子里去了。

这时，那辆在桥上与我们碰面的越野车从车后的尘土中拱出来，紧紧跟随着，车子在山道上盘旋着，旋转，旋转，向上，向上，直到山口。我们停下车来，过去的驿道也从这里翻越山口，攀上这个山口的人，再往前，就算离开了家乡。所以，都会转过身子做短暂或漫长的回望。我们没有下车，只是让车子停下来，做片刻停留。后面相跟着的车也停下来。再往前，耸峙的群山渐趋平缓，几条高大的山脉伸展出去，渐渐融入平旷无垠的草原，仿佛深长的叹息，余音邈远。

小卡车又开动了，跟在后面的越野车没有再开动，就停在山口，差不多半个小时后，我们回望山口，还能看见车窗玻璃反射着阳光。

终于登上了天葬台。出乎我们意料的是，这里竟然聚集了这么多身挎相机的游客。两个着紫红僧服的年轻天葬师在距天葬台一百多米处划出一条界线，让好奇心强烈的游客们停下脚步。我们的卡车也停下来，索波和林军抬起柳条筐，把人送到天葬师操刀的地方。我们在草地上坐下来，风在四周振动着经幡猎猎作响。不断有盘旋于高空的秃鹫收起宽阔的翅膀，落在天葬台上方的高丘顶上。两个年轻的天葬师正徒劳地阻止游客们拍照。显然没有什么效果。女博士也端起了相机。

拉加泽里说："人家不准照相。"

但女博士显得很激动，对准秃鹫群噼噼啪啪地按动快门。

天葬师赶过来："不准照相。"

女博士置若罔闻，跑开去寻找新的角度。

把人送去的林军跟索波回来了，和我们坐在草地上，听风振动着经幡的声响。

山丘顶上的秃鹫群一拥而下。这些生灵飞在天上的时候那么舒展，但用脚行走时却笨拙而蹒跚。它们用半张的翅膀支撑着对鸟来说过于巨大的身躯蹒跚着一拥而下，就像一片灰色的浊流，片刻之间就把那具经过分解的尸体淹没了。

是我们该离开的时候了，等这些秃鹫飞走，那个人真的就完完全全地消失了，就像从来没有来过这个世界一样，什么东西都没有在这个世界留下。

但是女博士没有回来。

我们又坐了一会儿，天葬师回来了，他捎来一个口信："你们的朋友说让你们自己先走，晚上她到住的地方来找你们。"

离开了天葬台。我们在附近镇上的小旅馆住下来。大家都沉默无言，我推开窗户望外面的天空，看见那些鹰正乘着气流盘旋而上。

这个晚上，女博士没有回来。第二天早上，我们问拉加泽里要不要再等等，他摇摇头，对林军笑笑："把你的汽车开过来吧。"

路上，我和乡亲们分手，我将经过自治州州府，再回到省城。那天下午散步，我想去寻访一下当年达瑟就读过的民族干部学校，但现在已经没有这个学校了。原来是学校的那个地方现在是一个巨大的工地，黄昏的天幕下，耸立着好几座高高的塔吊。回到酒店，在大堂里我看见了一个熟悉的身影，一时间却又想不起是谁。这个人抽着烟，和几个常在本地电视里露脸的人物寒暄，然后一起往宴会厅去了。这时，我想起他来了。降雨人！当年，他们住在那个已经消失的双江口镇上，穿着迷彩服，开着火箭炮车，向着天空中停蓄起来的乌云嗵嗵地开炮，为的是河里多流一点水给下游那些缺水的地方。他们还在那镇子上建起一座水文站，每天记录河水的流速流量，随时观察河流的涨涨落落。我知道他们到来的时候，却不知道他们是什么时候离开的。因为，我拿到大学的录取通知书离开了，后来，那个突然出现的镇子又突然消失了。

镇子消失了，但镇子上的一些故事却在附近的乡村流传着。降雨人也是这些故事中常常出现的一个形象鲜明的人物。

我在大堂里徘徊一阵，如果降雨人吃完饭出来，我想跟他认识一下。但我又问自己，见这个人干什么？谈当年一个机村少年人对他们新奇而又神秘的印象？或者告诉他，拉加泽里已经服满了刑期，回到村子里来了？或者告诉他，当年他居住过的那个镇子已经消失多年了？再想想，却又无趣，就回房睡觉了。明早，还要赶早班车回省城呢。

早上的车站，被黎明的光线和灯光照耀着，有种特别打不起精神的味道，我爬上车，把帽子盖在脸上，遮住那讨厌的灰蒙蒙的灯光，又睡着了。后来，有人用手指捅我的胸膛，然后，又揭掉了我的帽子。是女博士得意扬扬地站在我面前，她说："嗨！真的是你！"

她和我的邻座换了位子，在我身边坐下来。见我老不说话，她说："我没有想到你们对那件事情那么在意。"

"什么事情？"

"就是天葬呀！我想不到你的内心里也有那么深的禁忌！"

我没有说话，也说不出什么道理来。既然有这么一种风习，让人看看又有何妨呢？再说她也不是第一次看见的人。录像、照片、文字，都有过了，在不同的媒体上都有过了。我能说什么，但是，她当时的那种难以抑止的好奇依然让人感到好像是受到了某种冒犯。

她说："如果要我说对不起的话，我可以表示歉意。"

我说："看不看是一回事，怎么看又是一回事。"

"怎么看?! 我对你们的文化一直是非常友好的，我想你看过我写的文章！"

我告诉她我的确看过她那些言过其实的文章。

"言过其实，什么叫言过其实?"

"就是赋予事实以并不存在的意义，即便全是往美好的方向理解，我也不喜欢。比如你怎么看天葬?"

她说："除了过程有点残酷，其实很环保，想想中国这么多人，每个死人都占一块地，太可怕了。"

"还有呢? 也许你已经写了文章。"

她的确已经写了文章，我打开她递过来的笔记本，看见了这样的文字："灵魂乘上了神鹰的翅膀——观天葬记。"

我合上本子，还给她。我说："灵魂在那些切得零零碎碎的骨肉里吗? 那灵魂也是那么零零碎碎的吗?" 我觉得自己显得凶巴巴的，就放缓了口气说，"如果按本土的观点，灵魂在肉身去到天葬台前就已经脱离了。"

她并不生气，只是显出很无辜的样子："我也采访了天葬师。"

"他这么告诉你的?"

"我把文章的题目告诉他。他说，这样说很好。"

轮到我叹口气，说："算了吧，这样的讨论不会有什么结果。"

她笑了，说："你真是一个固执的人。"

我又把帽子拉到脸上，说："你说，这时他们在干什么呢?"

女博士说："拉加泽里告诉过我，回去，他要去看看李老板的坟。他说，这个人对他有恩。你知道这个故事吗?"

十四

车回到双江口时，拉加泽里叫停车，大家也都随着下了车，站在那座漂亮的大桥上看了一阵两河汇合处水流相激涌起雪白的大浪。拉加泽里便掉头往以前曾经有过一个热闹镇子的地方去了。在那些荒草、灌木丛和残墙之间穿行时，他告诉大家这里过去是加油站、检查站关口、旅馆、他的补胎店，当然还有锯木厂跟李老板的茶馆。

李老板并没有那么快死去。他又挣扎着活了一年多，那时，镇子已经开始萧条了。临死之前，他给监狱里的拉加泽里去了一封信，里面是一大笔存款的凭单。简短的信里说，自己也坐过牢，所以不会觉得坐牢有多么可怕。信里还说，这笔钱不是送给他的。自己有了很多钱才发现钱对自己没有什么用处，既不能拯救生命，更不能带来温暖。现在，那个爱钱的人就要死了，想想只能把这钱托付给他。

他们在荒草蔓生的地方找到了那座差不多已经平复的坟墓。站在墓前，拉加泽里说："我种树用的都是他的钱。他在信里说，总有一天人们会开始在山上栽种树木，那时，希望我把这笔钱捐出来，捐给栽树的人。"

他点了一支烟放在那土堆跟前："我现在开了公司自己栽树了。已经栽了好几万棵树，那些小树长起来，真的是非常好看。我也不知道你能不能看见。"

大家离开那坟墓的时候，林军说："按汉族规矩，这时应该把这坟墓修整一下。"

"他已经不在了，留个土堆干什么呢？"

"好让人想起他来。"

"想一个已经往生的人干什么？"

"记住他。"

"记住他干什么？"

这样的追问方式，不要说老实的林军，就是哲学家想必也难以回答。

拉加泽里说："但愿以后的人看见树时会想起他。"

拉加泽里又去拜见崔巴噶瓦。

老人家身体还好，就是脑子里空空荡荡，差不多把一生的经历都忘掉了。他安坐在太阳下面，整个头颅像一个铜雕一样闪烁着亮光。

拉加泽里说："记得山上那有金野鸭的湖吧？"

老人笑着问："你是谁？"

"要是那湖重新蓄满水，金野鸭会飞回来吗？"

老人看看天空："野鸭？"

拉加泽里再去拜会另一个老人。他就是前大队长格桑旺堆。他没有崔巴噶瓦年纪大，但身体衰弱得出不了家门了。他一头白色的头发纷披着，说："栽树的年轻人来了。"

拉加泽里开始说自己的计划，老人一直保持着脸上的笑容，最后却说："年轻人，你说什么我没有听见。"

他那同样白发纷披的老伴说："老东西耳朵背，你要对他喊。"

拉加泽里想喊，但想到这么一来，好像是事情还没有做，就想让全世界都听见，让上天的神灵都听见，所以，始终不能把嗓门提到应有的高度。最后，他不得不喊出来："我们要筑一道坝，让山上的湖水重现！"

这回，老人听见了，他抓住拉加泽里的手，哭了。他的头低下来，脖子像折断了一样无力地垂在胸前，他口中发出呜噜呜噜的声音。他说："也许我这老东西还能看到。"

第二天，拉加泽里就带人上山了。但山上的情形并不如他们想象的那样，只要砌起一道厚实的墙，把炸出的豁口堵上就可以了。当年，湖水飞泻而下，把炸开的豁口扩大了好多倍，加上后来雨水不断冲刷，已经把当年的湖盆削去了大半。两三百米长的一面斜坡要筑起一道堤坝，可不是件容易的事情。到底需要多少财力与人力，他们估算不出来。这样的事情要请工程师来测量估算。他们下了山，一行人回到酒吧，却见一个人迎过来，笑眯眯地站在了拉加泽里面前。

他称拉加泽里是老朋友。

拉加泽里却回不过神来。

"想想，双江口；再想想，嗖嗖，放火箭！"

"降雨人！"

"对！降雨人！"

"降雨人！"

"我现在是水电勘探设计队队长！选地方修水电站！"

"选了什么地方？"

"双江口！在那里修一道高坝，把两条河的水都拦起来，想想能发多少电！你们县里就不用担心不砍木头没有财政收入了！"

"你测量过了？"

"那地方我那么熟，还用再去测量？"

"那么大的水都能关起来？"

他得到了肯定的回答。那天，拉加泽里和降雨人都喝醉了。他说："看来，要想干好事，老天都挡不住！现在，老天就送你给我帮忙来了。"

降雨人问他是什么样的事。

"放心，我已经不干违法的事了，是好事。明天，把你的人，你的仪器全都带上。"

降雨人笑了："明天星期六，我们可以帮忙。"

其实没用到一天时间，他们就把那地方测量完了。撤下山来，就坐在酒吧里，不等吃完晚饭，就把该挖多少土方，炸多少岩石，用多少水泥，修多高多厚的墙都算清楚了。降雨人说："其实也不用算，只是不算出来你不心甘。"

"为什么不用算出来？"

"朋友，你没有那么多的钱。"

"多少？"

"毛算，三百万出头吧。"

拉加泽里招呼测量队的人吃饭，菜式很丰富，还上了好酒。降雨人拍着拉加泽里的肩头，说："你小子大气，锻炼出来了。"

拉加泽里举起杯中酒，一饮而尽："我还出得起那么多钱。"

降雨人说："告诉我，修这个堤坝干什么？"

"看看，我栽的树已经比我跟李老板贩走的树多很多了，我要让那里有过的湖重现在人们眼前。"

降雨人说："等等，我问问你的朋友们吧。"

他问林军："你愿意帮他？"

"愿意。"

他问索波："你也愿意帮他？"

"我们愿意那个湖还在自己的山上。"

他问老五："你也肯帮？"

"反正没事可干，就跟他干吧。"

"我可知道你们的过节，你不恨他？"

老五摸摸脑袋："他们说，我和他都变成好人了。"

降雨人说："好，那我也会帮你们的！"

"你怎么帮？"

降雨人大笑，他也喝多了，勾勾指头要拉加泽里过去："小子，过来。"如今的拉加泽里好歹也是个老板了。老板自然就有老板的架子，没有人这么随随便便勾勾指头就让他过去。所以，降雨人这种手势让他不大舒服，所以他就假装没有看见。但是，降雨人解开了妨碍呼吸的衬衣扣子，斜倚在椅子上，再次勾了勾指头："小子，不要假装没有看见，过来！”

拉加泽里就走了过去。

降雨人说："弯下腰，听我跟你说句悄悄话。"

拉加泽里眼里已经冒出火苗了，但降雨人又催了："我叫你弯下腰听我说话。"

"我这样听得见。"

"那样的话，所有人都听见了。"

"那就叫所有人都听见。"拉加泽里半弯下的腰又直了起来。

降雨人再次哈哈大笑："真的不是当年镇上那个小子了。好，好！"

大家喊起来："有什么话说来大家听听吧。"

降雨人站起身来，叫部下发动了停在廊子下的越野车："不，不，有些话是不能随便对众人讲的。不过，这个拉加泽里是个有财运的人，是个人家愿意给他帮忙的人，也许你们该选他当你们的村长！"他摇摇晃晃地走下台阶时，还回过身来，对拉加泽里摇晃着手指，"真的，你是个有运气的人。"

那车都开出去了，又突然掉头开回来，两盏雪亮的车头灯把这酒吧照得透亮。这时，大家才发现，天正下着小雨，细细的雨丝被强烈的灯光照耀着闪闪发光。他们看不见强烈灯光背后的人，只听见降雨人喊："嗨，小子，把那堤坝筑起来吧，图纸过几天就给你送来！"

然后，那车差不多是在原地转了一个圈，眨眼之间，就消失在被细雨弄得更加浓重的夜色中了。那车的消失真的就在眨眼之间，不知是那车真的快，还是酒让人的脑子变慢。第二天早上起来，拉加泽里忍着宿醉的头疼，在廊子上来回踱步。廊子下面，还留着清晰的车辙。降雨人是有什么话要告诉他。但自己为什么不能弯下腰去？那么，那些话他还会告诉自己吗？早晨起来，他就抱着胳膊这么想。那车辙被太阳一晒，已经变得坚硬了。他走下廊子，站在那辙印上，想。第三天早上起来，那辙印又被淅淅沥沥的雨淋得模糊不清了。这时，一股悲伤的情绪笼上了心头。已经有好多年，他都让自己不要受到这种情绪的伤害。但在这么一个空气清冽的早晨，在他最不提防的时候，这种情绪还是侵入到他心里去了。雨依然在下，他仰起脸，让细细的雨脚落在鼻尖，落在眼窝，他听到自己叫了一声"妈妈"。可母亲已经在他坐牢的时候就去世了。

雨依然在下。

他回到廊子上坐下，邮车来了，开到廊子跟前，邮递员也不下车，把一捆邮件扔在他脚前。上面派发给这个村子的报纸和学习材料中夹杂着两封邮件：一本杂志，一张唱片。杂志上很多漂亮的风景图片，他知道，里面有一篇女博士的文章。他想，这次是说天葬，果然，他一看标题，就知道说的是天葬。看看那标题，意思是说天葬是为了让死人的灵魂借鹰翅去到天上。他撇撇嘴，这不是真的，但总归说的是好话。机村人都会说，是好话就行了。但他想到有一个人会生气，那个人就是出生在机村却又远离了机村的我。他想起我看到这种文章时的厌烦样子，又撇撇嘴，笑了。然后，是那张唱片，是协拉家出了名的三人组寄回来的。他们算是寄对了地方，寄给酒吧，等于是给村里每户人家都寄了一张。

他叫服务生过来，把唱片塞进音响。一段悠长的吉他声后，激烈的鼓点敲起来，敲起来，又落下去时，突然爆出了一声呐喊：

> 雨水落下来了，落下来了！
> 打湿了心，打湿了脸！
> 牛的脸，羊的脸，人的脸！
> 雨水落下来，落在心的里边——和外边！

没有再唱美丽家乡，而是祈愿，那鼓点便一下一下，落在他心坎之上。这时，奶牛正从各家的牛栏里出来，冒雨出村，明亮的雨水从它们耸动的肩胛上无声地滑落下来。

十五

多少年了，机村这样的村庄，自身已经没有什么能使自己激动的事件发生了。大部分时候，村庄是平静的，但这种平静不是一场雨水过后，太阳照亮绿树，沃土散发熏人气息的那种平静，丰盈而且满溢。如果那宁静突然被打破，一定是自己忍俊不禁，发出了舒服至极的呻吟。

阳光跳跃在麦浪之上会发出这样的声音。

风拂过波光粼粼的宽阔水面也会发出这样的声音。

盐融化于茶，最后潜行到血液中也是这样的声音。

如今的村庄，只是通信电缆、柏油公路经过的一个地方。

一个个村庄，相对那些飞驰而过的电流和汽车而言，只是经过的一个地方，一个无须停留的地方。时代驾着电流和汽车飞奔向前，这些村庄，只是停留在那里，被经过，被遗忘。于是，村庄自己也感到困倦了。如今村庄的平静，只是因为疲乏的失望。

机村这样的村庄已经不会发生什么能使自己真正激越起来的事情了。就是拉加泽里要修一道堤坝使曾经的色嫫措①重现的消息，也只是使他平常亲近的几个朋友激动起来。只有索波这个如今已顶着一头花白头发的老头，身上又重现了当年做民兵排长时那样的激情。每天晚上，当村子里的人都聚集到酒吧的时候，他会一个桌子又一个桌子宣说这个计划。他说："我很激动，我真的很激动。想想，那个消失多年的湖水又要重现了！"

"我们不激动，不就是把一些水关起来吗？"

"那不是一般的水，那是色嫫措！"

_____

① 措，有时也写作"错"，在藏语里意为"湖"。——编者注

"既然如此，当年你们为什么又要费那么大的劲把它炸掉呢？"

话到如此，索波就无话可说了。但不过两天，他又赔着笑脸，坐在桌边开始游说了。人家就问："给工钱吗？多少钱一天？"

"拉加泽里是自己掏钱做好事，你们怎么还谈工钱？"

"不谈工钱我们吃什么？"

"喂，老人家，知道不知道，要修水电站了！"

"水电站？小子，我们修过水电站，你头上的灯不是我们的水电站发出来的吗？"

"是很大的水电站！"

"多大？"

"水坝比我们见过的所有悬崖都高！关起来的水，比我们见过的所有湖面都大！"

"那跟你有什么关系？色嫫措是我们自己的！"

很多人都为降雨人带来的大电站的消息莫名激动起来。但那电站跟机村有什么关系呢？好像没人想过这个问题。看见降雨人指挥的勘探设计队带着仪器在山上山下四处出没，也有人拦在路上想要打探消息，但勘探队的人都笑笑，并不回答。问得多了，人家不耐烦了，回一句："知道这个对你有什么用处？"

所有这些事情都在拉加泽里的眼皮底下进行，但他全不理会。他不出来阻止索波，他也不跟人谈他的计划。但他已经开始行动了。降雨人已经把帮他设计的堤坝图纸送来了。他把那些图纸张挂在自己那个小房间里。有好奇心重的人溜进去想看个究竟，但没有看到湖的重现。只是一些横横竖竖的线，只是那些线蓝莹莹的颜色本身倒还好看。他已经在酒吧后面盖起了一座临时仓库。每天，都有卡车从县城运来水泥，堆放在仓库里面。他还在酒吧前面悬挂起一个纸板，上面写上了求购砂石的文字。马上，就有村里人在村子下方河道里各自圈出了采挖砂石的地盘。此前，达尔玛山修筑隧道，以及公路局给公路铺柏油路面时，他们就是这么干的。拉加泽里去河边看了一圈。回来,只跟其中两家订了合同。另外三家不干,晚上来喝酒,就要跟他论个究竟:"难道我们挖出来的不是同一条河里的东西?"

"是同一条河里的东西,我们也是同一个村子的乡亲。"

"那你为什么不要我们的?"

他是在理的。不要的那三家,一家在桥梁下面,会挖空了桥基;另两家靠着高耸的河岸,挖空了下面,大片山体就要崩塌到河里。其中一家就是更秋家的。老二就来责问他。

责问不是责问,而是有点威胁的意味:"你是要跟我们别扭到底了?"

"随你们怎么想,我就是担心山体会塌下去。"

"这么大的山,塌一小块又有什么关系?"

"难看。"

"难看?就为这个?"

"就为这个。难看。"

"小子,你记住。"

"我记性好。"

降雨人再来的时候,拉加泽里也把心中的疑问问出来:"修那么大的电站干什么?"

"防洪。蓄水。下游水多时把水关起来,下游缺水时把水放下去。当然,主要是发电。"

"发电干什么?"

"挣钱,很多钱。"

"谁挣钱?"

"谁投资谁挣钱。"

"那我们有什么好处?"

"你们当地的政府有税收。有了税收政府就不用砍木头了。"

"我是问你对我们老百姓有什么好处。政府总不会分钱给我们。"

降雨人就无话可说了:"你操这个心干什么?"

"我没操心,我就是想问问。"

"那我告诉你这件事对你有好处你信不信?"

"你知道我不是说自己一个人。"

"兄弟,政府的钱怎么花,这不是你我能管的事情,但水电站修起来总是有些好处的吧。"降雨人被他弄得有些沉重的表情又变得轻松了,他笑着说,"反正这对你是件好事情。"

"对我?"

"我只能说这么多,你那件事情要赶快上手。"

他说明年开春就马上开工,今年主要是准备材料。降雨人告诉他,最好是今年开工,能弄多少弄多少。他就立即张罗着准备开工。这是1998 年。1997 年长江大水后,机村所在这一片山区,自然就成了国家长江上游天然林保护的重点地区。降雨人离开不久,他接到县林业局的通知,他被评为植树造林的模范,要去省里开会。于是,就去省城,在电视镜头下,走上灯光刺眼的舞台,从领导手里接过了一座玻璃奖杯。回来后,县林业局局长本佳请他吃饭。分管林业的副县长也来了。三杯酒后,自然会问他有什么要求,需要上面帮助解决什么困难。

他说没什么困难。

本佳就说:"干了那么大的事,怎么没有困难?"

他就很艰难地说出一个字:"钱。"

这个字出口,领导脸上的表情就变了,说:"唉!这就是我们最为难的地方啊!"领导说,他做的事情很好,但太超前了,国家都还没有相关政策出台,他就干在前面了。而且,这树算谁的还不知道。因为树是栽在国家的土地上。照理说,这树就是国家的树了。将来长大成材,栽树的人也不一定能动一棵半棵。

"我栽下了,就不想动它们。要钱也是想栽更多的树。"

"要不，我们也超前一点，为了栽更多树，每年你可以从长大的树中伐掉一点，这样来筹措资金。"

"可是，在我们这个地方，那些树要成材，至少也要三五十年，那时候，有钱我也没有用处了。"

领导又举起酒杯，说："日子难过年年过，事情难办天天办。到时候总会有办法。"

副县长走后，本佳怪他不该给领导出这样的难题。有难处点到为止，怎么能一句话把领导逼到死角，连个弯都转不过来。

"除了这个，我还有什么困难？"

"你跟更秋几兄弟的事情，不也需要上面给你撑腰吗？"

但他觉得，与更秋兄弟的过节，那是一件事情，而不是一个困难。他觉得复仇的事不会发生了。如果真要发生，那也没有办法，这是做一个机村人命里带来的东西，谁也不得超脱。

他回村后，告诉下面人副县长哪一天会来视察工作，还可能帮助他们解决困难。但是，到了那个日子，上面却没有来人。这个约定的日子过了十天，还是没有见到副县长的影子。本来，拉加泽里想好了，副县长一来，也请他剪个彩，他的堤坝工程也可以开工了。这期间，双江口将建一个大型电站的消息早已传开。这个消息不是来自降雨人，而是来自村里那些有人在县里、在州里当干部的人家。那些人家，还有跟那些人家有至亲关系的人家，都一致行动起来。也就十来天时间，至少有七八家人开始扩建自己的房子了，有些人家是在两层三层的楼上加盖一层，有些人家靠着旧寨楼的山墙，开出新的地基，让旧楼每层都多出两个宽大的房间。开初，大家都不太明白这几家人为什么会一齐动手扩大房子。还是他们自己人在酒吧喝高了吐露出真相。双江口电站修起来后，关起来的河水一直涨上来，机村将被全部淹掉。

"大水把机村淹掉？！"

"是的，全部淹掉！"

"那你们还盖房子干吗？怕鱼虾没有地方居住吗？"

酒醉的人知道走漏了重大消息，马上闭嘴再也不肯出声了。

"天哪，机村造了什么孽，要让大水淹掉?!"

放在过去，人或村庄遭了什么大的灾难，红衣喇嘛们会说，那是因果之链上某种宿债到了偿还之期，却无从回答是偿付怎样的宿债。而在今天问这样的问题，就更没有人回答了。没过几天，大半个村子都动起来，要加盖自己的房子。有些马上动工，没有动工的人家，是主人出门去远处的村子里请木匠和石匠去了。近处的匠人已经被人请光了，只好开上拖拉机，骑上骡子去更远的地方。

盗伐买卖木头的风潮过去，差不多陷于疯狂的机村平静下来也不过十年出头，又一次陷入了一种特别的疯狂。连多年浪荡在外的达瑟家两兄弟都回来了；给药材老板当帮手的那一个开着老板的车回来，他竟然在一辆只能乘坐五个人的车中塞进了八个石匠和四个木匠！还能把他弟弟挤在这些人中间。

如今在酒吧里，每个夜晚，人们都在计算，当水电站的堤坝筑好，蓄积的河水倒流回来时，每一家人会拿到政府多少钱的赔付。房子、猪圈、牛栏、土地、果树，一项项算下来，有人舌头伸出嘴外都差点缩不回去了。乖乖，到时候政府要赔那么多钱！这笔账算下来，政府要赔机村人几千万元！乖乖，花大钱筑高坝把一个村子淹掉，等于是用水来淹掉几千万元！这么一算账，拉加泽里的酒吧生意爆好，不等晚上，就被机村人把座位占满。那些从隧道那头的风景区过来体验一下异族乡村风情的游客都没有了地方。

这么一来，拉加泽里的工程就不能如期开工了。家家户户都在修房子，他已经雇不到足够的人手了。除了他自己，唯一按兵不动的就只剩索波一个了。林军开上小卡车去远处找石匠了，老五自己还没动作，就被几个兄弟叫来叫去，忙得不可开交了。细想起来，这情景甚至不像是真的，就这么十来天时间里，方圆两三百里内四乡八里的石匠和木匠都集中到机村来了。请到手艺人的人家，都在杀猪宰羊，整个村子突然就一派热闹兴奋的节日气氛了。喇嘛们也结队出现在村子里，虽说现在人对宗教已经没有过去虔诚，但遇到破地修屋这样的大事，也还要按老规矩办上一办。喇嘛们念了经收拾了摊子，接受了施主的供养回到庙子里去。那些匠人晚上也往酒吧里来。拉加泽里的酒吧真还就没有地方。还是更秋兄弟主意多，当下就在老五的小卖部前搭起雨篷，摆上桌子，开张卖酒了。那就成了匠人们临时的酒吧。老五还来找拉加泽里借了一百个酒杯。

这情景让索波很生气，叫拉加泽里拿纸笔来，他要写一封信给县里，反映这个严重的问题。他真的非常愤怒，他说："要是放在以前，这是什么？这是破坏社会主义建设！我说，你写！"

拉加泽里坐着不动。

老头用手敲着桌子："你为什么不动？"

"我不想把全村人都得罪了。你还想让全村人都恨你吗？"

索波嘴还很硬："好吧，你不敢写，我会找人写的！"

拉加泽里给他倒杯酒，不再理会他了。他走到一边去，明白降雨人说他修那堤坝将会赚到大钱是什么意思了。但他举目望望高处青翠山坡上那片伤疤似的豁口，难道将来电站的回水会涨到那么高的地方？如果到了那样一个高度，不要说机村，连山上的刚刚建成的隧道也要被淹没了。他想，降雨人这个朋友也不过是给他一点暗示，让他也像村里人一样加盖房子，以便获得更多的赔付罢了。他想，这个朋友的暗示也太转弯抹角，让人无法明白过来。再说，他在村里没有自己的房子。这个公司宿舍、仓库兼酒吧是从林业局借来的。这些天，侄子也被叫回家去扩建房子了。他摇摇头，说："疯了。"

他不太相信，这些人真的能从政府手里拿到他们盘算中那么大笔大笔的赔付。政府像神一样是看不见的东西。看得见的只是政府里的人。那些觉得自己法力无边的人怎么会甘心情愿就让一帮愚蠢的百姓给敲诈了呢？神是好的，给神当翻译的喇嘛们就不一定了。政府是好的，在政府那么多高位上坐着的人就不一定了。林军请了匠人回来的那个晚上，拉加泽里对他说了自己的想法。但林军说："要是政府真的赔了呢？"

"你是说明天早上升上天空的不是太阳是月亮？"

"那你说怎么办？我就什么都不干？"

索波敲着桌子对林军说："想想，你父亲是什么人！他活着是不会让你这么干的！"

"可是他老人家已经不在了。"林军说，但他又转脸来对拉加泽里说，"也许，他老人家真要不高兴了。"

这意思是要让他来拿主意了。这时，拉加泽里又犹豫了，万一到时候真的又赔付了呢。他只能说："这样，你就备石料，但不要下地基，也不砌墙，等等看。要是政府管，你再盖。要是政府不管，这些石料我买下来，反正山上建坝用得上。"

十六

工作组又来到机村了！

如今的工作组前面加了两个字：联合。县、乡两级联合，国土、水利、农委、公安部门联合。联合工作组进村居然没有了住宿的地方，因为四乡请来的匠人把各家各户都挤得满满当当。联合工作组又撤了回去。三天后，重新进驻机村，自己带来了宽大的帐篷，带了煤气罐和铁灶。两顶帐篷四周是床铺，中间是长条的会议桌，会议桌上还摆上两台电脑。还有一顶帐篷是厨房兼饭堂。

不只是工作组名字跟过去不同，工作方式也大不相同。来了，也不开群众大会。前几天，只干一件事情，从村口开始，一家一家给房子拍照录像，一家一家地不管你新地基开在哪里，拿尺子把旧房子四围丈量了，晚上，也不去酒吧，而在帐篷把记在本子上的数字敲进电脑。这样干了一个星期，就已经弄得村里人心里七上八下了。这才通知村委会的人，也不交代什么，就叫他们按派出所的户籍登记本一个个点户主到帐篷里来谈话。

谈话也很简单：打开电脑，你家有效的宅基地截止于某年某月某日前丈量下来是多少平方，你家房屋的有效面积截止于某年某月某日前是几层几间，现在正式确认，并将据此由国土部门颁发有效证件。现在请签字，不会汉字，会藏文也可以，藏文也不会，那就按上手印。反正签了字的也要按上手印。签字或手印用扫描仪扫描了，清清楚楚地出现在电脑屏幕上。请确认，这是你的字迹或手印吗？确认，请按这里。电脑叮当一声，谢谢，这份记录已经正式生效了。

联合工作组的每个人工作都一丝不苟，也不像过去的工作组要么疾言厉色，要么热情洋溢，他们脸上没有特别的表情。他们提出又一个问题：你从什么地方什么人那里听说要把机村淹没在水库底下？但你要不想回答，也不会逼你，还会说，关于这个问题，你没有什么可说的是吗？那也就签个字，谢谢。这回签字是在派出所的询问笔录上面。接下来还有问题，而且是一个问题紧跟着一个问题：为什么突然决定扩建房子？看见人家也这么干？那么是看见谁先这么干？最后一个问题：扩建房子干什么？家里突然人口多得住不下了？不知道？请在笔录上签字。谢谢。这么一来，虽然谁都不敢在口头上吐露一个字，扩建工程就停下来了。那些匠人整天在村子里四处闲逛。又过了两天，那些匠人突然就从村子里消失了，就像他们从来没有在这个村子里出现过一样。

更秋家老五来拉加泽里的酒吧归还了杯子。

拉加泽里说："来一杯。"

老五摇手，神情却有些惊惶不安。他说："我又犯错了，他们不会把我抓回去吧？"

拉加泽里说："是啊，假释并不是真正的刑满释放。"

老五说："请给我一杯酒。"

"你说请？更秋兄弟也会说这个字了？"

"我两个哥哥说，你现在不像仇人，倒像个朋友。"

"哦?!"

"但是还有兄弟说仇人就是仇人，仇人不能变成朋友。"

拉加泽里倒了酒，说："那就还是仇人吧。"

"你说他们会把我抓回去吗？"

"你该问派出所监管你的警察，我不知道。"

"我想立个功，也许这样政府就不会怪罪我了。"

"你他妈能立个什么功？"

老五就放低了声音对拉加泽里说："有人想闹事！"

"他们是谁？"

老五就说了某某，某某，还有某某某某，自然也有他兄弟在中间，领头的是那几户在县里州里有干部的人家。"他们不在这里闹，他们到州里省里去闹！"

"那你还怕什么？"

老五笑了："政府都取了那么多证据了，还想去闹事……我那么多年牢就白坐了。"

"你也不劝劝你的兄弟们。"

"劝不动啊！哎，你说我该不该去向政府汇报？"

"你自己的事，我管不着。"

"就请你拿个主意！"

"这样的事我没有主意！"

后来，拉加泽里也不去过问老五有没有找工作组反映过这个情况。但联合工作组却没有什么动静。也没见老五所说那些人走出机村去什么地方。倒是工作组忙乎了一段时间，就消消停停地放了假，好多人回了城里，留下的人，拿鱼竿下河垂钓，游客一样拿了相机四处照相。晚上，放松下来的他们也到酒吧来坐下了。喝了酒，有那么多人想请他们，但这些家伙都平心静气地自己付账。有人交谈，也不拒绝。谈酒，谈天气，也谈村子里的事：反季节蔬菜的销售、隧道那边景区游客溢出到周边做乡村风情游的数量、新恢复植被的长势、年轻人在外面混世界的种种传闻，就是绝口不提电站的事，更不提此行的目的是什么。村里上点岁数的人就说，现在的工作组，其实比以前那些厉害多了；并且因为他们如此的不动声色而内心忐忑。也有会错意的，觉得工作组这么故弄玄虚也是没有别的法子，以为这么一来就把胆小的乡巴佬们吓住了。可要知道，如今的农民也不是他们想象的那么没有见识了。于是，又有话流传出来，说："法不治众，大家都干，上面把谁都奈何不了，法律管坏人，却不是制服全体老百姓的。"

甚至有人把这话拿到酒吧里来说，当着工作组的人说，人家也没有什么特别反应。

有人因此更加不安，有的人会出了另外的意："他们出了两招，没把人吓住，想不出什么新招来了。"

索波因此很生工作组的气，他说："要在以前，他妈这些想占国家便宜的人，哼！"

拉加泽里不高兴他这么说话："大叔，你还想念以前哪？"

索波不好意思了："哪是怀念从前？是这些人把我气昏头了！"

见工作组半撤半留，没有了进一步动作的意思，好像是商量好了似的，睡了一个晚上醒来，太阳还没有升起来，有十多户人家又一起开工了。之前那些消失的匠人怎么回到村子里来的，都没有人知道。这已经是七月近底的事情了，高原峡谷中轰轰烈烈的夏天已近尾声。这天早晨有霜，村子里村子外那些花草都裹上了盐晶一样的薄薄霜花。在如此清新冷冽的空气里，斧子斫伐木头的声音，锤子敲击石头的声音显得特别清脆，也传得特别遥远，连河岸对面的崖壁都起了空旷的回声。工作组又出动了，他们面容不再平静，有被藐视的愤怒，有临战时的兴奋与紧张。他们拿着摄像机照相机再次出去，把这些场面都拍摄下来了。

不到一个小时，工作组就忙活完了。他们回到帐篷里洗脸吃饭。整个村子也突然一下安静下来。起了大早的匠人们到主人家里去吃早饭。早饭都很丰盛。这是匠人们一天力气的最初来源。整个村子也在等待，要看看工作组有什么新的动作。直到太阳升起老高，把花草上的薄霜晒成了晶莹的露珠，村子还被一种特别的寂静笼罩着。

索波来到了酒吧的廊子上，前面不远，就是工作组的帐篷。帐篷门开着，里面好像有人影在晃荡，但他们就是不肯露出脸来。索波对站在身边的林军说："你怎么不干了？"

林军笑笑，说："不能干了。"

老五也没再干，他有些莫名兴奋，说："要出事，要出事，要出事了。"他还跑到帐篷跟前偷窥了一番，回来，在桌前坐下，把双手抱在胸前："他们都这个样子坐在桌子跟前。"

索波不服气："他们就这样什么都不干？"

老五鼓起眼睛："我怎么知道。"

这时，村子里某个地方，锤子又落在了石头之上，发出一声响亮。然后，又静止了一阵，然后，又是两声，三声。就像是野兽探头出洞，伸出来，缩回去，再伸，再缩，没感觉危险，这才钻出洞来伸展开肢体。接着更多的同类也钻了出来。如此这般，一阵小心翼翼的试探后，那十几家人就算是正式开工了。这时，却听得轰然一声，像是地雷爆炸，然后，真的有一片烟尘从村子里某幢房子背后升了起来。

全村人都往那个地方奔去，原来是达瑟家那座失修多年的老房子有堵墙，因为新挖地基而失去支撑，轰然倒塌了。两个雇工被埋了半个身子在乱石下面，大呼小叫。那两兄弟一身尘土，一脸呆傻。还是工作组的人指挥着把这两个人刨出来，简单包扎了，叫人护送往城里医院去了。

一阵忙乱过后，人们的注意力才转移到房子上面。那幢房子塌去的是大半堵西墙，从一楼直到三楼洞开了，就像是一个人被揭去了小半个身子的表皮，把里面的五脏六腑裸呈在众人眼前。而且，那些裸呈的部分都空空荡荡，就像是一个人身体打开，却缺少了很多的东西。这房子就是个空壳，不但没有家家户户这些年都添置下的电视机、洗衣机、奶油分离器，连照例有的传统家具也都破旧而且残缺不全了。全村人都知道已经往生的男主人心思多半不在过好眼下的日子，也知道这两个儿子四处浪荡，未能使这个家重新兴旺，但当一座里面比外面看上去还要老旧，还要残破不堪的房子呈现在大家面前，还是吃惊不小。

不要说外人了，就是两兄弟站在那里，看到房子内部破败萧索的景象也惊呆了。弟弟抱着头慢慢蹲在了地上，他又突然站起身来，穿过人群，加快了脚步，然后，开始奔跑，越跑越快，穿过村子里那些曲里拐弯的石头巷子，从围在那座令人难堪的房子的人群眼前消失了。他奔跑着经过了村子里的其他人，经过了村中广场，经过了已经兴旺了好几年的酒吧。他拼命奔跑，像是逃跑，又像是追逐。他跑到那条从山上隧道口那里飘逸而下的公路边上，早上的太阳把路边的金属护栏照得亮光闪闪。他站在公路中央，伸展开双臂，跳上急停在他面前的卡车，从机村人面前消失了。

但他哥哥站着没动，他想说什么，但没说出来，只是反复向天空举起双手，然后他独自一人，不是从门口，而是从墙壁倾覆处，走进了自己离弃许久的家。突然，他又举着双手，张着嘴喊叫着什么从屋子里跑了出来。

这让众人都很难过，可怜这小子刚刚走上正道，遇上这么一档子事，疯了。他跑出来，脸上悲喜交加。他摇晃着索波的肩膀："书！他的书！"

"书?!"这个人不是疯了，就是被他父亲未曾往生的魂灵附体了。

他跑到每一个曾经对他父亲友善的人面前："书，他的书。"以后的日子里，每一个被他摇晃过肩膀的人都在人前感到某种荣耀。林军、老五、索波、拉加泽里都在这些荣耀的人中间。他拉着拉加泽里的手又从缺口处跑进屋子里，然后，大家都听到这小子撕心裂肺的哭声。过了一会儿，拉加泽里一头一脸的尘土走了出来，他手里真的捧着一大本书。他站到阳光下，用衣袖慢慢拂去书上的尘土，书本封面上烫金的字样又放出了光彩。

于是，很多人想起这座房子曾经的主人，禁不住都眼眶一热，落下了泪水。

那天，所有人都敛声静息，从屋子一道夹墙里把达瑟当年藏在树上的书搬到楼上。他那痛哭得再也发不出声音的儿子伸出手臂，想把那些书都深揽在怀中。这时索波拿起铁锹，往开挖的新地基里填土。于是，差不多所有的人都加入进来。清理塌下来的碎石与木头，从别的地方把新的石料运来，这回机村人不要请来的石匠与木匠帮忙。他们自己往腰间拴上了围裙，拿起了匠人们的工具。那墙很快就一层层往上了。到了一定高度，另外的人们已经新做好窗框抬来安上。各家各户备下来招待匠人的美食都搬到了这有着庄严气氛的工地上。这是不可思议的一天，不到太阳落山，那堵倒下的墙就砌好了。那豁口最后封口时，大家看到，那小子已经从父亲留下的那堆书旁站起来了，一本本翻看那些书。有人喊了一嗓子："小子，你可不像你老子认得那么多字啊！"

那小子只是看看，看墙一点点在面前升高，最后消失在大家面前。当最后一块石头填过了最后的空当，最后一道缝糊上麦草拌成的黄泥，突然有人说："好了，这不守规矩的小子也只好乖乖地从门口进出了。"

那个浪荡子自己真的从门里冲出来，手里摇晃着一个皱巴巴的笔记本："他写的书！他写的书！"

"谁写的书？"

"我老爸写的书！"

那一幕，是那奇特一天的高潮。这时红霞染红的天空慢慢黯淡下去，人们也就慢慢四散回家了。

十七

现在，人们说往生的达瑟那样的奇人绝不是平白无故出现的。

可他的灵魂已经飞走——如果人真有灵魂的话，他的肉身已经在这个世界上消失得无影无踪。

正是有他，才让机村好多人逃脱了一场因贪欲而起的灾难。那些逃脱灾难的，偏偏是他在世时对他漠不关心，甚至嘲弄不已的人家。

据说——都是据说，工作组已经掌握了充足的材料，证明机村这次扩建房屋是一次有组织有预谋的行动；据说那天警察和武警已经开到半路上来了，时机一到警察就冲进村子里，照名单对一些人采取强制措施，武警布置在村外，如果出现极端情况，就会进村支援；据说水库将要淹没机村的消息是在州县政府里工作的机村籍干部透露的，扩建房屋以获得政府更多赔付的主意也是他们出的。

据说——那天，这几个机村籍的干部都被通知到县城集中到招待所里，他们就晓得坏菜了。晓得要是机村人真和工作组和警察较起真来，他们的铁饭碗就砸了。

但是，就在那个当口，达瑟家年久失修的老房子一面墙崩塌了。人们只用了一天时间，就在夜色降临前把那堵墙重新砌起来。工作组那些出身于农村，有点体力的人也参与其中。工作组其他人员则在观察，当夜色降临的时候，他们发现，那些雇了匠人的人家，悄悄打发四乡请来的匠人连夜上路了。于是，一个电话到县里，那几个机村籍的干部才被叫到食堂吃了饭，并得到通知回到各自单位反省认识。

拉加泽里、索波、林军们又聚到酒吧。

这天酒吧很清静，好多人家都忙着打发请来的匠人，没空到这里来谈闲话。只有达瑟家那浪荡子跟着几个长辈毕恭毕敬，一副幡然悔悟的样子。他表示，要留在村子里好好侍弄庄稼，好好守着父亲留下来的书。

"你守着这书有什么用？它们认识你，你不认识它们。"

"那我就好好守着这房子。"

拉加泽里说：'是该回来了，把你家的庄稼地弄弄，荒成那样子，真是丢农民的脸。"

"我想跟你干。"

"跟我干可挣不到钱，你先侍弄庄稼地，弄得好了，就跟我来干。"

"可是，我……不会侍弄庄稼……"

"种庄稼有什么难？只要把土地和庄稼都当宝贝，只要你不怕辛苦。"林军叹息一声，"以前的人是没有土地，现在的人有了土地却不知道宝贝了。"他叹息的时候，脸上出现了七七八八的皱纹，让人想起了他父亲怨天尤人时的表情。那倒真是一个把土地当成宝贝的人啊。弄得在场的人都有些莫名的感动。只有那浪荡子不为所动，坚持对拉加泽里说："我还是跟着你干吧。"

"那意思就是说，你还是嫌侍弄庄稼辛苦。"

他低下头去不再说话。

"那你跟我学什么？栽树？开酒吧？还是别的……"

"什么都学，你让我学什么我就学什么！"

"现在把你老子写的书拿出来吧。"

那小子就把一个皱巴巴的笔记本掏出来，放在大家面前。拉加泽里搓热了双手，才拿起那本子来郑重打开。里面的内容非常零乱。有关植物学的，只是一两行字："这种树机村也有。栎，栎树。崔巴噶瓦的宝贝。"

"杜鹃鸟叫，咕嘟花开了。咕嘟，我们的名字。书上的名字是杓兰。"

也有从来没有对人说过的想法："很多药草，可以发明一种药。心痛药。心痛，心脏痛，又不是心脏痛。"还有抄自书上的森林腐殖土的营养成分表。那些字母符号描得比小学生还要难看。

这些文字，是拉加泽里可以懂得的；但另外还有些梦呓似的东西，就是他看不懂的了。比如："书和喇嘛都说，神住在天上。我看见神住在树叶中间。太阳照亮树叶，他就出现。风吹树叶，他也出现过。"诸如此类，等等。拉加泽里翻看了一阵，提到了我的名字，他说："也许那家伙回来会看懂一点吧。"

但他马上又说："等等，这里有一首诗。真是有一首诗。"

"写的什么？"

"雨水，雨水落下来了……"拉加泽里又说，"等等，等等……"然后，他惊叫一声，"我听过这首诗！天哪，我真的听到过这首诗。"他站起身来，原地转了几圈，"我听到过，我听到过！对，我想起来了！"他跑进屋子里取来了古歌三人组的唱片，放进机器里，然后喇叭里传出来了那三兄妹最不甜腻的歌唱——或者说，那三兄妹，一个在吟唱，一个在呻吟，一个则是在嘶喊：

> 雨水落下来了，落下来了！
>
> 打湿了心，打湿了脸！
>
> 牛的脸，羊的脸，人的脸！
>
> 雨水落下来，落在心的里边——和外边！
>
> 苍天，你的雨水落下来了！

如是循环往复，歌词和本子上写的一模一样。拉加泽里叫人拿来那一大本名片夹，翻出来古歌三人组的名片："打电话，我有话问他们！"

打电话的人把无线话筒拿来："是他们的经纪人接的，不肯叫他们。"果然，电话里礼貌而固执的声音："先生，有什么事情请跟我讲。"

"老子不是什么先生，是他们老家的人！"

"请告诉我你是他们什么人，他们在休息，要知道不能随便什么事情都去打扰他们。"

拉加泽里差点就要摔了电话，但要是这么随便一摔，就不是现在的拉加泽里了。他把话筒举到空中，示意吧台上的人放大音响的声音："听到了吗？"

"是我们的歌。"

"那么，让他们告诉我这歌词是怎么来的？"

"先生，我可以告诉你，是他们自己的创作……"

"闭嘴，让他们自己来说！"这下，他才摔了电话。他又示意人拿来了那张唱片的封面，里面的夹页上其实未署词作者的名字，而是简单标以机村民歌。三兄妹并未像经纪人声称的那样，把这歌词归入自己名下，他的怒气才消失了。他又看到了另一首诗。这是一首没有写完的诗：

> 它们来了。
>
> 我害怕。
>
> 来了，从树子的影子底下，
>
> 来了，那么多，
>
> 在死去豹子的眼睛里面。
>
> 我看见了，我的朋友没有看见。
>
> 来了，从云彩的……
>
> ……害怕。

"他说他害怕，害怕什么？"拉加泽里问，"你们说，他害怕什么？"

问这话时，他有指尖掠过利刃那种痛楚：这个人居然还会生活在某种恐惧底下。

这时，电话响了。古歌三人组打来的。他们说，歌词是达瑟念给他们听的。某一天，在景区他们驻唱的酒吧，达瑟喝醉后，说给他们听的。电话里说："他说我们那些歌是唱给外面人听的，不是自己的歌。"电话里说，他问他们，歌里唱家乡美丽无比犹如天堂，那么，什么地方有羊群洁白像云彩一样，什么地方花香四溢犹如天堂，什么样的天堂里还装着这么多的焦虑与忧伤？三兄妹回答他说，那么多歌都是这么唱的，所以自己也就这么唱。于是，达瑟念出了这些诗句。

这当然招来了责问："那为什么不在唱片上写上他的名字？"

"那天他说是他写的。"

"可是你们不相信对吗？"

"我们是有点不信。"

"所以你们就不写？"

"第二天再问他，他就什么都不记得了。"在电话里，三兄妹说，他甚至有些害怕，说我怎么会写出这样的东西。他看着那几行文字，双眼发出夜里的猫头鹰那样锐利的光芒，但只在片刻之间，那明亮的光芒就涣散了，他说："我想不起来，我想不起来了。我真会写下这样的东西吗？"

他对人家提出这样的问题，而人家正是想拿同样的问题来问他。

其实，三兄妹一直也没拿这当回事情，直到有一天，这几行诗让一个作曲家看见，连声称好，而且，想要见这个作者一面。他们借回乡的机会又找达瑟，这次，达瑟急切地问："真是我念给你们听的？"得到肯定的答复后，他说，"那你们帮我想想，我有没有告诉你们我写了以后，把这东西藏在了什么地方？"

三兄妹只能摇头。在他们的回忆中，达瑟表现得非常绝望，他说，他把很多书和一个本子藏起来，藏在什么地方却再也想不起来了。他说："没有人用木棒敲打过我的脑袋，但我的脑袋还是糊涂了，我想把那件事情全部忘掉，真的就全部忘掉了。"

拉加泽里在电话里告诉他们，那个本子找到了。

那边兴奋莫名："里边肯定还有这样的好歌词！"

拉加泽里说："没有了。"

"那你们再找找！"

拉加泽里啪嗒一声放下了话筒。

几天后，达瑟儿子拿来一张五千块钱的汇款单给拉加泽里看。拉加泽里又给三兄妹打了电话，还是经纪人接的，不过马上就叫三兄妹接了电话，拉加泽里问："那是歌词的钱？"

对方回答说是：'我们付的是高价。音乐学院的教授给我们写歌，也就是这个价钱。"

拉加泽里没有答话。

那边问："你说多了还是少了？"

他再次放下了电话。他确实不知道一首歌该值多少钱。他只是觉得达瑟的命都搭在这几行文字里边，却变成了汇款单上这么一个数字。晚上大家来喝酒，他还对索波说："妈的，五千块钱！"

他不太相信，看起来有很多意味的一件事情，让这么一张汇款单子给简单干脆地了结干净了。

第二天，工作组找拉加泽里谈话，说他在这次未遂事件中表现出很高觉悟，要他出来竞选村长。

但他没有答应："就因为我没有加盖房子？"

得到肯定的回答，他笑了："那是因为我没有房子。"

对方又告诉他他在事件向良好的方向转化上起了很好的作用。他想对他们说，自己还有重要的事情要干，但他没说。

他还想说，干一个即将消失的村庄的村长没什么意思，但他还是没说。他只是站起身来，走出了工作组办公的帐篷。

十八

机村再次热闹起来，这也是这个村子消失前最后的热闹了。

伐木场迁走留下的荒地上，又盖起大片房子。房子前后都停满了大型机械。那其实是一个比机村大上两三倍的镇子。当年双江口荒废了的镇子遗址上很快就建起了一个更大的镇子。当年，伐木场建成用了两年多时间，双江口镇形成的时间就更为漫长，甚至可以说，就在因为国家政策调整而突然消失的前夜，这个镇子还在不断扩展。这一回，一切都加快了，不过一个月时间，两个比过去更气派的镇子就成形了。推土机隆隆作响，整平了土地，吊车竖起了水泥电杆，戴黄色头盔，穿红色工装的工人被挖掘机的大铲高高举起，从电杆上接下电线、电灯线和电话线。山溪水被管子引下来，又分支成更多小管子，埋入地下，重新露头时，是在每一幢组装起来的房子里，在房子之间的公共厕所里，一个个龙头锃然有光，轻轻一拧，清凉的山泉水就哗啦啦奔涌而出。机村人在这两个镇子的建筑工地上来回穿梭。他们赞叹，为了这么快、这么精密准确地建起一个崭新的镇子。以前，他们说什么不可思议的事情，说这一切就像做梦一样。但这种景象早在他们梦境之外了。就像达瑟在笔记本里写的："这么凶，这么快，就是时代。"——现在，机村人处于某种难以理喻的境况下时，就会想到那个刚刚发现的达瑟的本子，就要想想，那个本子里是否有什么话可以援引。

两块牌子在镇子中心最为气派的建筑门口悬挂起来。

一块，双江口电站工程指挥部，挂在双江口镇。

一块，坝区路桥工程指挥部的牌子，挂在机村旁的镇子上。

让机村人难以理解的是，这两个镇子建起不久，就要拆掉。他们问过了镇子上的建筑工人，这两个镇子会存在多少年。他们得到了两个答案。双江口镇五年，最多六年，而机村旁边的镇子最多两年。机村人的问题是，为什么这种注定要拆掉的镇子还要铺上那么平整结实的水泥路面？为什么要建那么宽大的礼堂，中间挂着漂亮的巨大灯盏，那些灯都打开时，还照着礼堂里那么宽大的舞台？

接着，电站水库淹没区的路桥改建工程开工了，隆隆的爆破声打破了山谷里的宁静。

　　将来的公路开在半山腰上，往下十米，就是将来水库的淹没线。那样看来，将来的机村，将被淹没在二十多米深的水下。有人在酒吧里说，昨天晚上他梦魇了，压在身上的让人喘不过气也发不声来的，不是机村人梦魇时压在身上的怪兽或魔鬼，而是水，很多的水，像冰一样，一块块从天而降，<u>重重叠叠要把人压成薄薄一片</u>。那人说，他是在被水压成薄薄一片时才漂到水上来了。

　　"然后呢？"

　　"压力一消失，我就醒过来了。"

　　林军说："那你发明了一种新的梦魇。"

　　拉加泽里说："不是发明，是预感。"

　　索波深深叹气，说："看来机村是真的要叫水淹没了。"

　　林军对拉加泽里说："再帮我写个报告，把我老爹的坟迁到县城的烈士墓去。不能把他老人家淹在水下。"

　　拉加泽里点点头，表示同意："上面同不同意我就不知道了。"

　　"他们能让他进博物馆，为什么不能进烈士墓？"

　　"你知道烈士是什么意思吗？"

　　林军当然知道，但他脑子里一旦有了一个想法，哪怕这想法再离奇，也很难改变了。

　　老五却说："你老爹已经转生了，那下面就几根骨头罢了。"

　　"那几根骨头就是我老爹。"

　　"你还是个汉族人啊。"

　　"你闭嘴吧，反正我不能让我老爹的骨头淹在那么重的水下。"

　　女博士在本子上写下些什么，对她的同伴说："不一样的文化观念真是有趣。人死后的遗蜕——对，我愿意用这个词——到底有没有意义？在这个村子，原住民觉得没有意义，但林军，这个第二代移民，还是家乡的——也是我们的观念，认为具有意义。其实，说意义不准确，其实是这副遗蜕能不能代表活着的那个人。"

这话题激起了她称之为助手的那个人的兴趣："你的意思其实是说，相信遗蜕——暂且就用你的说法——"

"够了！"林军一拍桌子，"等你死了，睡在地下变成了几根骨头，再自己去讨论吧。"

两个人这才噤了声。沉默了一阵，还是女博士装出若无其事的样子，笑笑，说："对不起，我们不说了，虽然这件事情真的很有意思，我们不说了。"

女博士很懂得怎么对付机村人，当她用这种逆来顺受的语气说话，机村人无论占理不占理，都要觉得惭愧了。换一个人肯定会说："算了，你爱扯淡就扯吧。"

林军却依然沉着脸："你闭嘴最好。"

女博士举起手，向着天空做了一个这些人不可理解的手势，说："好，好，只是顺便说说，我们关心的是更重大的题目。"她停顿一下，想要引发悬念。当她刚刚出现在机村，拿着本子和录音笔走村串户时，这一招每每奏效。所有正面提问会触动他们禁忌的问题，经过这么一下，哗啦一下，就让他们自己把话匣子打开了。无知的人们总是好奇的。无知的人们也总是急于展示的。但是，这一回，这一招没有奏效。有了送达瑟天葬时那过于好奇与兴奋的表现，她的那些招数就效力大减了。

大家都以为她再也不会出现，但她还是出现了。而且带来了助手。她说："的确是一个重大的题目。"

人们都没有说话。有人从吧台旁的木桶里拿了一大罐啤酒，一一地给大家满上。杯子里泡沫剧烈地翻涌起来，又迅疾无声地消散了，把新鲜啤酒的香气弥散到空气中间。

女博士清清嗓子说："我想谈谈环保的问题。"

索波说："环保不是问题，是事情。姑娘，不是谈，要做，你就留下来帮拉加泽里栽树吧。"

女博士又露出了要让机村人感到惭愧的那种笑容，说："大叔，环保不只是栽树！政府要修水电站，用高高的堤坝把大河拦断，还要淹没这么多地方，做过环境评估没有？"她看两个同伴一眼，做了一个非常有力的手势，"没有！"停顿一下，出一口长气，"后果就不是几棵树的问题了。"

这一来，无知而好奇的机村人就被镇住了，他们收敛了脸上漫不经心的表情，都朝这张桌子把身子倾斜过来。

女博士把两个助手介绍给大家，一个是鱼类学硕士，一个是气象学硕士："大家想听，就让他们两个给你们讲讲。"

于是一个人讲了鱼，先讲这一带河里有多少种鱼。其中多少是土著，永远在某一段河里世世代代待着不动。听众就点评，是机村人。还有种类不多的鱼，每年一定的时候，从几千里远的大江里一路洄游，洄游到比机村的河流还小、还远的沟沟汊汊，然后，又在一定的时候顺流而下，回到原先出发的地方。那个地方，江海相交，水与天连。听众又议论，那就是这些修路人、修电站的人吗？不对，他们来了也会离开，但不一定回到原来的地方，更不会在一定的时候定期归来。那是女博士这样的人吗？但她神出鬼没，也没有准确的时间。大家想想，这么循着一定线路准时来去的，就只有邮递员了，但也只是开着小卡车从县城到机村不断来去罢了。而那么一条鱼却在几千里路上来来去去。想想那样的漫漫长途，机村人不禁都要对那鱼的宿命叹一声可怜。这么来去的生灵，机村人熟悉的是春秋季都会途经他们头顶的候鸟。过去，机村半山有湖的时候，一些飞累的鸟群会落在湖上休息几天。那个湖消失后，它们只是某个季节里飞过村子上头高高天空中的一些模糊影子了。但机村真的没有人知道，在那些熟视无睹的水下，竟然有那么多的鱼悄无声息艰苦卓绝地秋去春来。

鱼类学硕士摘下眼镜，用纸巾擦拭着，拖长了声音说："可惜，水坝一起来，阻断了江流，那些鱼就再也不能洄游到产卵地了。"

老五说："那有什么，反正我们从来都没有看见过它们。"

索波说："这些可怜的家伙可以少走些路了，早些转生了。"

气象学硕士又谈了水库修起来后，当地的气候可能会发生巨大的变化。什么样的变化呢？他并不知道，他说，这种评估要在电脑上建立一个模型，运转很长时间，要很多人，更要很多钱，所以，他并不知道变化的结果是什么。但他说："变化是肯定的。"

"万一变好了呢？"这话是达瑟那个已经幡然悔悟的浪荡子说的。

硕士很有力地反问："万一变坏了呢？"

大家笑了："妈的，到时候，我们的村子都没有了，还管这个干什么！"

拉加泽里心里本来是靠在女博士一边的，他也不喜欢这个水电站。因为路桥工程指挥部属下的公司一开工，连续的爆破和机械巨大的力量，使这些年恢复了植被的山体重新变得百孔千疮。他的小公司这些年来栽下来刚刚成林的树，大部分都在公路线下，未及被未来的水淹没，已经被炸，被挖，被崩塌的土石方掩埋去六七成了。剩下的那些，也被施工区里滚滚的尘土遮掩，失去往日里那青翠可喜的颜色了。虽然，每一棵树都得到了赔付——前提是他要用这些赔付在将来的淹没线上栽更多的树——但是，他并没有打算栽一辈子的树，想到那些新栽下的树还要好多年才能长大，他心里就非常焦躁了。

但他们不谈这个。

他们谈鱼，谈自己也说不准的天气，与他心中的焦灼毫无关联。于是，他也就是一个机村人了。

女博士对他很失望："我以为你跟他们是不一样的。"

"我就跟他们一样。"他说这话时，不只是对女博士，也带上了对自己刻薄的恶意。

降雨人却对他这种表现大加赞赏："这就对了，朋友！他们的话没用。这些人我见得多，最多写几篇文章，出个风头，弄点小名气，却什么都不能改变。"

拉加泽里觉得事情未必就是降雨人说的那个样子，但他也提不出什么反驳的理由来，而且，即便有理由，他也不想反驳了。因为，像达瑟本子上说的那样，该夹的东西"这么凶，这么快"，连停下来想想怎么招架的工夫都没有，就已经不容置疑，也无从更改了。

降雨人住在双江口镇上，是设计队队长。他经过机村时特意停下车来，交代拉加泽里，该是让那个消失的湖泊重现的工程开工的时候了。

"既然有那么大的一个湖要出现，还要一个小湖干什么？"

降雨人叹气，拍他的肩膀："你他妈不是个多愁善感的人哪！"

但他这阵子真的多愁善感起来了："村子都要消失了，要个湖来给谁看？"

降雨人的口气斩钉截铁："明天，你就带着人上山开工！"

那时，工作组怕余波未平，没有完全撤退，还留了一顶帐篷，四五个人，没有什么事情，他们就听音乐，看书，因为不受欢迎，不像刚来的时候，还到村子里去四处闲逛。但酒吧他们是要去坐的。所以，也就东一句西一句听见了女博士和两个助手的谈话。一天，三个人被请进了帐篷，两个小时后，他们从帐篷里出来，就一言不发都收拾行装了。

然后，就是告别。

拉加泽里坐在屋子里看书，女博士眼睛红红地出现在门口。

"你哭了？"

"我哭了，我为什么要哭？"她走近拉加泽里，但没有像过去一样投入他的怀中，而是伸手轻轻转动着他胸前的扣子，温热的呼吸丝丝缕缕吹拂着，有些幽怨地说，"这次走了，就不会再来了。"

拉加泽里想伸手搂住她的肩膀，但他终于没有做出这样的动作。

纽扣还在转动。"真是徒劳无功，谁能把你们这些人唤醒过来？"

拉加泽里心里的柔情消退了。"人只能自己醒来，被人叫醒，又会昏睡过去。"

纽扣的线脚终于拧断了。"等我老了，要写一本书，要把你写到书里。"

十九

色嫫措工程开工时，已经将近冬天，村里人已经忙活完地里的收成了。

如今的机村大面积种植蔬菜：这个节候下来的是莴苣、萝卜、土豆和洋白菜。这些都是为遥远的省城种植的反季节蔬菜。省城说远也不远，三百多公里路，如今公路宽阔平坦了，也就五六个小时车程，但一旦置身于机村，还是觉得那个地方比一千公里还要遥远。小乡村与大都会之间那种巨大差异，心理距离仍然超过了实际的物理空间。每年到了这个时候，机村人雇车把蔬菜运到省城出卖，内心里总有几分为难。但今年不同了，两个工程指挥部率几千人马来到机村，蔬菜还在地里，就已经被后勤处提前认购了。工程处不仅认购了这年的收成，把未来几年的收成也全部预订了。这下，不必再过一个个关口去省城卖菜了，菜农们这些日子走起路来都觉得一身轻松。所以，拉加泽里刚带手下人把过去到色嫫措的旧路清理出来，工程还没有正式开始，村子里大多数的人都到齐了。而且，各家各户大多愿意把扩建房屋未遂的材料贡献出来。

这完全在他意料之外。开工的时候，他就准备好了要忍受乡亲们的嘲笑。就像他对降雨人说的那样："村子都要消失了，还要个色嫫措干什么！"

"什么是湖？没有了村子，那不就是一坑水吗？"

可是没有人说这样的话。人们忙完地里最后一点活，把一年的收成在工程指挥部后勤处领了钞票，就都陆续上山来了。他们一整天都在原来湖岸被炸开的地方向下挖掘。中午，都不回家，大家坐在原先是湖岸的枯黄草地上吃午餐。每家准备的都是最长力气的吃食。大块肉叉在刀尖上烤得嗞嗞冒油，香气飘出很远，惹得狐狸从洞里钻出来，像被迷了魂窜到人群边上，又吓得跑回林中，隐身不见后，这才发出不甘的嚎叫。

原先以为，炸开的湖岸是坚硬的岩石，但开挖下去，却有厚厚的土层。大概有三米深才见到了岩石。降雨人交代过，重新封堤，基础一定要挖到岩石。不仅如此，基础还要尽量往两边扩展，要让将来墙体与牢靠的山体有更多的连接。一个星期以后，深挖到青色岩层的地基往两边延伸了。当地基往两边各延伸了有六十多米时，降雨人到工地上来了一次。这家伙戴着一顶红色的头盔，手里提一把长长的尺子，不断地在地基的断面上这里敲敲，那里戳戳，那模样真是神气活现。

他说："还往两边挖，下周六休息时我再来看看。"

下周六他又来了。依然是上次来时那副神气活现的派头。他在地基尽头蹲下身来，对着土层左看右看。这么看了还不够，他又跪在地上，用尺子撬起一撮土，左右端详，甚至放在舌尖上尝了一尝。看到他这副煞有介事的模样，跟在他后头的一群机村人都哄笑起来。但他不管这个，把锄头塞到拉加泽里手上："这里，对，往下挖。"

拉加泽里挖了几锄，他跪下去，把那些浮土刨开，拿在手上是一块灰黑的碎陶片。然后，他激动起来："小子，知道这是什么吗？"

不等回答，他又举起陶片："老乡们，谁知道这是什么？"

谁都知道那是一只罐子的碎片，但人家这么一问，再这么回答，就会显得愚蠢了。人家发了问，要的答案肯定不会如此简单。

还是老五愣头愣脑地说："一个破罐子呗。"

"说对了！是一个破罐子。谁知道是什么时候的吗？"

这个问题，就真的没有人答上来了。只有索波说："过去在觉尔郎峡谷开荒地，后来景区盖房子修路，都挖出来过！"

"老乡们！"降雨人用手里的尺子敲击那个陶片，却是尺子发出了声响，灰黑的陶片反而闷声不响。

大家都笑了起来，但很快就止住了笑声。

"这块东西，起码三千年，知道不知道，三千年！"

人就一世一世地活着，既不知前生，也不理未来。三千年的一块陶片也无非是一世一世活着的什么人使用过的。

"很可能，三千年前，用过这罐子的人就是机村人的祖先！"

说到祖先，就像是念动了一道咒语，那块陶片就不仅只是一只破罐子上的某一个部分了。这块刚从厚厚的土层下刨出来的湿乎乎的陶片，就从一个人手上又传到另一个人手上。有人抚摸这块陶片，有人拿到这东西时，感觉自己身子都通上了电流一样哆嗦一下。这是块被三千年前的人手赋予了形状，又让火烧炼得坚硬的泥巴。这块泥巴埋回到地里这么多年，又重新被时光和水分浸泡软了。每一只手触碰，都会让它掉下细细的一块。

于是，传递它的人都在叮嘱："小心。"

"小心。"

"小心。"

降雨人又让人把刚才挖出陶片的地方用浮土掩埋起来。他用尺子戳着地基断面上的土层，对拉加泽里说："朋友，看出点什么名堂来没有？"

拉加泽里看见了，土是一层一层的。每一层的厚薄松紧与颜色都不太一样。

"看看这一层。"

拉加泽里看了，都是细密的黄土。

"朋友，我知道你看书，但你没看过考古的书，这层土是夯土，是人工铺了，又夯实的。"

"说明什么？"

"说明什么，是墙！"

"墙？"

"说明这里可能有过一个古代的村庄！"

拉加泽里和众人转身四面环顾，脸上依然一片茫然。此地过去是湖。湖的四周密布着生长了千百年，仿佛与天地同在的茂密森林。后来，湖水消失了，原始森林差不多被砍伐殆尽。如今新生的树林正茁壮成长，林下依然满布着三四十年了尚未完全朽腐的桌面大的树桩，很难想象在这样的地面下曾经存在过一个村庄。

好多人都拿起了工具，要把土层打开。如果地底下掩藏着遥远的过去，那么，就把地层打开，把那个秘密揭示出来。但是，他们的行动被制止了。

降雨人摇晃着拉加泽里的肩膀："你知道这必须由专业的队伍来干。"

这个道理拉加泽里是懂得的，他说了一句话："时光的宝盒不能就这么随意打开。"

大家都觉得这是一句很他妈装腔作势，但很他妈有劲头的话。达瑟的儿子言简意赅，说："这话说得好霸道。"

于是，机村人重现湖水的工程停顿下来了。消息通过工作组上报到县里，大家能做的事情就是坐在酒吧等待。机村有俗话：山里的野物是狗撵出来的，肚子里的话是酒撵出来的。酒水下肚不多会儿，闲聊声就嗡嗡然弥漫开来。突然有人做出恍然大悟的样子：村子都要消失了，还要去让湖水重现，明明是一件糊涂事嘛，为什么偏偏是拉加泽里这样的聪明人带头去干？

酒吧寂静下来，没有人能够回答，有人回答也不会开口，要听那人自己说出答案。

"天意！"

"天意？！"

那人对着天空高擎起酒杯："就是为了让我们发现祖先的村庄！"

坐在初冬和暖阳光下抬头望天。天就那么样地蓝着，丝丝缕缕的云彩就那么样地浮在天上。初冬时节晴朗天空都是这个样子，不像有什么特别意思要暗示或显现。尽管如此，好多人还是把脸仰向了天空。因为他们只是受一种暗藏在内心深处的情愫的倾促，和拉加泽里去干那件让已经干涸了二十多年湖泊重现的事情。村子的确是要消失了。十几公里外的双江口镇上，过去机村人叫作轻雷的那个地方，那么多钢筋编出了水坝的骨架，浇铸下去的水泥迅速凝固，那坝体就节节升高。那个坝升多高，关起来的水就能升多高。以后的这片天空下，这样的阳光照耀着的就是一片银光闪烁的浩渺大湖了。那么，还要那么一个小湖干什么？让那些南飞的候鸟在那里短暂落脚？如果所有人都不能回答为什么要如此这般，那自然就只能归因于上天的神秘指引了。

但是，也有人不去望天，他们觉得拉加泽里应该知道。拉加泽里说："我和索波、达瑟闲聊时想起来的，他们也说这是个不坏的主意。"

"就是让色嫫措重现？"

"对啊，我想，那会让重新有了森林的机村更漂亮一点。"

"但是后来……"

"后来，我也没想过不干。"

"为什么？"

"我没想过这个事情。"

他侄子凑过身子来，附在他耳边轻声问道："降雨人没对你说过什么？"

"他觉得我的主意很好，只是催促我早点动手。"

他侄儿哈哈大笑，宣称自己知道了。他说，因为降雨人手里那些勘测仪器早就照到了地下的宝贝。所以才这么热心，帮着画图，催促开工，还不失时机地出现在工地上。侄儿终于推导出自己的结论，得意地提高了嗓门："我叔叔怎么会有这么有能耐的朋友！"

拉加泽里发现，自己不喜欢这个侄儿。过去是不喜欢自己的哥哥，而哥哥的儿子也不能让自己喜欢。而他们是自己在这个村庄仅有的亲人。一股悲凉之感袭上了内心。

侄儿又把嘴凑到他耳边，小声但又有意让旁边人听见："叔叔，你要小心，你的朋友是不是借我们的手挖他的宝贝。"

拉加泽里好不容易才克制住自己，没有抬手就给这自作聪明的小子一个重重的耳光。他没有抬手，只是心中觉得寂寞而悲伤。他坐着不动，让达瑟的儿子回家把他爹留下的百科全书搬来。有两三个小时，他都坐在那里一动不动，翻看那一本本厚重的书。他手里拿着土里挖出来的那块因为失去了水分而变得灰白的陶片，不断和书中的图片对比，翻到某个词条时，口中还低低地念念有词。当傍晚时分峡谷里冷热空气迅速交换而产生的风开始呼呼劲吹的时候，他啪嗒一下合上了书本。然后，直起身来，走到廊前。他冷峻的目光把想凑过身来的侄子逼回去了。

还是索波问："书上是怎么说的？"

他说："就算那些土罐子一点没碎，也不是特别值钱的东西！"说这话时，他语气凶狠，他这话是说给谁听呢？

索波说："伙计，你知道我没有问你这个。"

他缓了口气，说："降雨人说得对，如果下面真有一个村庄，那可能就是三千年前的村庄。"

"也就是我们祖先的村庄？"

他摇摇头，说："这个我就不知道了，还是等考古队来吧。"

第二天，考古队还没有出现。大家还是聚在酒吧里，拉加泽里继续翻看百科全书。这种书头绪很乱，不会一口气讲一个事情。看完一段话，要回到前面的目录，查到下一个相关的词，在几千几百页上，又翻到一段话，把刚才的话头接续下去。书上讲了，为什么古代的村庄会在高处，而现在的村庄却到了低矮的地方。那是因为河流，河流曾经在原先村庄下面，现在村庄上面的某个地方。后来，河流"深切"——书上就是这个说法——深切了峡谷，造就了曾经的河岸上的一块块"台地"，一级、两级、三级、四级，层层向下。河流造成的台地，是山间的人们修筑居所之地，更是可供农耕的肥沃之地。他大致懂得了这样的意思，但却无法明白地转述给大家。他就起身走到河边。这时的河水已经很清瘦。但湍急的水流下，还是隐隐然能感到沙石缓慢地移动。水流冲激石头与岸边的树根，飞溅起阵阵细密的水花，清新冰冷的气息刺激得人神清气爽。他从这里沿河而上，经过磨坊。磨坊里飘出谁家新磨麦面的香味。他再往上走，走到村里的小水电站。电站的闸口还关着。水流在闸口冲激，翻涌起来，散开成一个晶莹冰冷的扇面。他坐在那里，然后，猛然站起身来，拉开了闸门，那个水晶般的扇面倏然一下就从眼前消失了，变成一道一尺多高的水头，在平整光滑的渠道里哗哗推进。他快步走在渠上，跟着那道水头，直到发电机房。水冲转了水轮机后，跌入了下面的深洞。他打开机房门，等到水轮机转速很高，机房里仪表盘上的指针都高扬起来，用双手推上了电闸。嗡然一声，他感到电流疾速而去，把整个机村都点亮了。

发电员从村里奔到电站，看到他坐在椅子上泪流满面。

"为什么？"

拉加泽里说："河。"

"河怎么了。"

这回，拉加泽里哭出声来了。他想自己懂得了河流造就大地万物的秘密。他突然就想起降雨人拿着铁尺指点那些土层的神气样子，想到他的朋友，知道那么多世界秘密的人该是多么充实和幸福啊。他还想起了达瑟，当年不厌其烦地翻看那些百科全书时，一定在某一个瞬间也曾经解开并洞悉了这个世界某一角落的秘密。

发电员子承父业，是首任发电员瘸子的儿子，他小心翼翼地问："是你的侄子叫你伤心了吗？"

因为这句话，拉加泽里觉得这是个好小子。

那天黄昏，他在村子上方的小岗上坐了很久，当年，这里曾经有一株树，达瑟藏书的树，这里也曾经有过几座伐木工人的坟墓。如今这些土丘都在风吹雨打中失去了轮廓，几株白杨树光秃秃的枝干直刺天空。周围是驼子支书和索波带着全村人开垦出来的土地，已经播种好多季庄稼。就在他双脚下边一点，有降雨人的设计队栽下的木桩，上面写着红漆大字：淹没线。那么，这个小丘将来会是一个岛，像顶帽子浮在水上。于是，他说："好啊。"

"什么？"

发电的小子还跟着他。

他笑了："好就是好。"

天黑了，如水的夜色从低处的谷底向上弥散，节节升高，使人联想到水也是这样慢慢升高，一点一点，就把眼前很多景物都淹没了。石头、树丛、蜿蜒的小路、立在公路旁的各种标志牌，然后，是村庄，先是村子中央那小小的广场，然后是房子，一层一层在视线里消失。最后，黄昏浓重的阴影淹过几座斜坡形屋顶上的灰色木瓦，村庄就从眼前消失了。奇妙的是，这时，已经落到了西边山峰后的太阳爆发出这一天里最后的耀眼光芒，把浮在如水夜色上的巨大树冠，积雪的山峰照得透亮。明亮的光线同样投射到了小丘顶上，他感觉到，自己被紫红色的光线照亮，然后洞穿。

他感觉自己就是一堆尘埃，光线射来，是一股风，正将这堆尘埃一点点吹散。

二十

两天后，来了文物局的几个人。

他们上了山，又叫人挖出些碎陶片，又把那土层断面录了像，每一层土都取了样，当天就回城里去了。

又过了十多天，考古队终于来了。

他们直接就在山上当年的湖盆里扎下营盘。扎营那一天，机村全村人都出动了，帮考古队把帐篷、测量工具、发电机、灯、行军床、睡袋、锅碗瓢盆、书、工作服、煤气灶和炸弹一样的大肚子煤气罐搬上山。他们还搬了好些空箱子上去。这些木箱大小不一，四角上包着锃亮的铁皮。有人在路上休息时打开箱子，里面只有一块块的泡沫板跟软和的海绵。看来这些箱子是要装东西回去的。什么东西呢？一猜就知道，是地下挖出的宝贝。

"是文物，不是宝贝。"

"就是宝贝。"

"宝贝不一定是文物，文物也不一定是宝贝。"

村里还为考古队杀了两头羊。

第二天，他们就开工了。他们有一种小小的钻探机器。这机器用一个小管子打洞。打深了，把那管子拔出来，从里面敲出一筒筒的土。那些土样搬在草地上，一节一节，呈现出不同的颜色与质地。十几个洞里钻出来的土样摆放得整整齐齐，然后，他们拿着放大镜，坐在可折叠的帆布椅子上，围着那些土样开了一个会。很快，就把需要发掘的范围圈定出来。考古队长对机村人说："我们需要十几个人手。"

岂止是十几个人手，机村人都出动了。光是站着就把圈定的区域站满了。

"我们付不出这么多人的工钱。"考古队长说，"这种工程量，我们最多只能付二十个人的工钱，三十块钱一天。"

机村人爽快答应，不管多少人干，考古队只需要付那么多工钱。"这些钱交给我们的酒吧老板，晚上大家有啤酒喝就可以了。"

那些日子，机村人真的是干得热火朝天。自从人民公社解散以来，有二十年了，机村再也没有出现过这种全村人在一起集体劳动的场面了。特别是年轻人，真是干得热火朝天。索波看了这场面，想起当年集体垦荒的场景，也有些激动，说："大家的劲使在一起，这才是一个村子嘛。"

大家都有与他同样的感觉，都点头称善。

他又说："当年常常是这样的啊！"

马上就有人反驳："那不一样！还不是饿着肚子让你敲着钟催到地里去的。"

索波笑笑，自己说："也不用晚上开会提高觉悟了。"

这个季节，地已经开始上冻了。挖开最初的表面时，那些草根与树根交织的土块，翻起来，已经有了凝结的霜花。太阳升起来，晒化了那些霜花，肥沃的森林黑土那种特别的气息就在空气中弥漫开来了。表土挖开后，考古队叫停，让大家换了工具，铲干净浮土，录了像，再挖下一层。"不是一下子挖个洞，是这样子，一层一层地把土揭开。"

机村人自嘲："挖了一辈子土，还要叫人教怎么使唤锄头了！"

每一天，都是考古队叫挖就挖，叫停就停，叫小心就小心。每一层土都规整地堆放在不同的地方，堆好的土还喷些水，用帆布仔细盖上。后来很多年，机村人都会谈论那场雪。那些土一层层揭开，形成了个几亩大、两米多深半圆的坑。考古队的人面容严肃起来。他们一严肃庄重，天空的颜色也变了。然后，那些白色的云变灰变黑，然后，天空变成了灰黑的颜色，慢慢从头顶压将下来。平时总是盘旋着升上高空的鹰也飞起来了，低飞一阵，就收起巨大的翅膀，停在了高大的杉树顶上。

揭开最后一片土层的时候来到了。

机村的人们都从坑里退出来，环立在四周。看考古队员们下到坑底，戴上手套，拿手中的小铲轻轻地刮起一点土，用一把刷子扫开。又掘开，又扫去。看他们郑重其事的样子，围观的村人却看不出什么门道。风声渐渐紧起来，摇动着正在重新成林的树，发出波浪相逐般的喧哗。那天，机村的人们感到了时间。有人说那时间太短，就像是一眨眼之间。更多人的感受是等待得太久太久，好像受了若干世的熬煎。其间，只有一筐一筐的浮土被运到坑外。

当考古队员们直起身爬到坑外，机村人看出了分晓，两座房屋的地基赫然出现在眼前。没有门、窗、墙，也没有屋顶，但所有人都看出了那是两座屋子的遗址：四角上木柱留下的孔洞，被人踩实的地面，地面中央还半掩着木炭碎屑与灰烬的火塘，墙角上歪倒的破碎陶罐，大约是门口的地方，还有斧头形状的石片……旁边也是一座房子的遗址，只是大小有些微的差别。考古队员再次下到坑里，小心翼翼用镊子夹了一些破陶罐里的东西在玻璃瓶里，然后，封口，然后，仔细在瓶子上贴上纸条，然后，在纸条上写下郑重的文字。

而这两个屋子的遗址，还只是那深坑的一角。

考古队长说："这的确是一个古代的村庄！"

"是我们的祖先吗？"

"如果还能发掘那时的墓葬，做个 DNA 检测，就可以知道了。"

这时，有人悄声说："是祖先的村庄。"这个人的道理是，今天机村人家里都有的铜罐，正是那些双耳窄肩的陶罐的样子。

拉加泽里想起了自己从百科全书上看来的知识，问考古队长："真的是河流把山切下去了？"

考古队长有些诧异地看他一眼，说："对，河流曾经就在下面，就像现在的河在现在机村的下面。"

"人为什么不一直住在这里，而要跟随河流到下面去？"

"原因很多，一切靠以后的发掘证据说话，不能妄加推测。"

大家都转在坑边，静默无声，像一群肃穆的雕像。无论如何，现今的机村人相信，这就是他们祖先的村庄。

这时，天空飘起了雪花。

考古队指挥人们用帆布把那巨大的坑整个覆盖起来，那雪就下来了。雪下得很猛，就像头顶上的天空里的云絮在往下崩塌。雪不是一片一片，而是一团一团落在地上。

人们跑到山下时，积雪已经可以没住脚面了。

女人们回家，男人们都聚到了酒吧。

那天很冷，他们发明了一种把啤酒加热的喝法。

雪一直下。有好多年，雪都没有这样下过了。外面人说，这是气象变化、全球升温的结果。机村人的说法是，森林砍得太多，空气干燥了，风大了，没有那么多水升到天上去，自然也没有那么多的水从天上降下来。但这一天，十多年都没有见过的大雪从天上不断降落下来。雪使四野寂静，雪使空气滋润，雪使人生出一种蓬松轻盈的感觉。

老五说："祖先们的时候，总是下这样的大雪吧。"

没有人能够回答。

有人开始哼哼地歌唱，不是古歌，是那首如今流传甚广的机村人自己写、自己唱的新歌《雨水落下来了》：

> 雨水落下来了，落下来了！
> 打湿了心，打湿了脸！
> 牛的脸，羊的脸，人的脸！
> 雨水落下来，落在心的里边——和外边！
> 苍天，你的雨水落下来了！

人们或者端着酒杯，或者互相扶着肩膀，摇晃着身子歌唱。滋润洁净的雪花从天而降。女人们也被歌声吸引，来到了酒吧，一起来饮酒歌唱。久违了！大家共同生活在一个小小村庄的感觉！

> 雨水落下来，落在心的里边——和外边！
> 苍天，你的雨水落下来了！

复活了！一个村子就是一个大家的感觉！所以，他们高唱或者低吟，他们眼望着眼，心对着心，肩并着肩，像山风摇晃的树，就那样摇晃着身子，纵情歌唱。

就这样直到雪霁云开，皎洁的月亮悬挂在天上。老天知道，这些人他们的内心此时像雪花般柔软，他们的脑子像一只啤酒杯子，里面有泡沫丰富的液体在晃荡。当一个人站起来，众人都站起来；当一个人走在前面，所有人都相随而来；当一个人伸出手，所有人都手牵着手，歌唱着，踏着古老舞步，在月光下周行于这个即将消失的村庄。

第二天，村子里最大的几口锅被抬出来，架到冷寂已久的村中广场。杀猪宰牛，全村大宴！山上的考古队请来了，双江口镇上的降雨人和他领导的设计队请来了，留在村里的工作组也请来了，甚至，已经升任副县长的本佳也带着县里乡里的人来了。副县长还打电话请隧道那一头风景区管理局的局长也来参加这一场乡村盛宴。

四野一片洁白，雪后的冷风把姑娘们的脸吹得彤红，她们在广场和酒吧之间滑溜溜的路上来回奔忙，把新出锅的菜肴传递到酒吧待客的桌上。

考古队长心情激动："可以肯定，这是一个新石器时代晚期的村庄！"而且，当陪坐的机村男人们喃喃说那是自己祖先的村庄时，他也没有表示反对。他漫长的考古生涯中，还从来没有见过，一个遗址的发掘，对一群人的感情有如此巨大的震荡。他只是审慎地说："还需要进一步的证据，不过，证据会出现的。"

他这么一说，就有人高叫："喝酒！喝酒！"

于是，差不多所有人都无法不一醉方休。村里人甚至用两只宽大的椅子把年岁最大的格桑旺堆和崔巴噶瓦抬到酒吧来了。格桑旺堆头脑清楚，但身子虚弱不堪，被紧紧地包裹在棉衣和皮袄中间，只露出一张瘦脸，哆嗦着嘴唇，说："我上不去了。"

崔巴噶瓦身体康健，他对每一个走到面前的人说："孩子，亲亲我。"

男人们都和他碰触一下额头，听他发出孩子般满足的笑声。

轮到拉加泽里了，大家都听到他变了一个字，说："儿子，亲亲我。"这就足够让心肠柔软的女人躲到屋角去擦拭泪水了。

第二天，副县长叫人把工作组帐篷里的炉子生旺，把机村的人召集起来，宣布了移民方案。

机村海拔上升八十多米，迁到原先色嫫措所在的台地上。他说，本来计划是等水库的水起来，在那里搞一个水上旅游新村。鉴于最新的考古发现，新机村增设一个古代村落博物馆，用一个大的钢铁拱顶的透光建筑把整个遗址覆盖起来。整个机村要成立一个全体村民参加的股份公司。那时的村长就是股份公司的董事长。

宣布散会时，激动的村民们一哄而散，都急着把这消息告诉给家人。

最后，只留下不多的几个人在帐篷里，本佳看着拉加泽里说："告诉我，你有什么想法？"

拉加泽里知道，本佳是要他主动出来竞选这个未来的董事长。

但他说："我有两个要求。"

本佳走到他身边，坐下来，还拍拍他的肩膀："说吧，我会帮助你的。"

拉加泽里有些惆怅。这一拍，不再有当年那种朋友情谊，而是一种领导居高临下将要施恩于人的味道。

他说："有两座坟想迁到县里。"

"坟。"

他低下头，有些嗫嚅，但还是把话说了出来："一座，是老红军林登全，他家里不愿意将来被水淹了。还有一座，是当年镇上的……李老板，将来也要被……"

本佳挥挥手制止了他，披衣走到帐篷门口，望着外面正在阳光下融化的雪野，说："我以为是多大的事情。这些小事，叫下面办了就是。今天要谈的是发展，是大事！"

拉加泽里又说："林登全的儿子想让他父亲进烈士墓……"

"你扫不扫兴，你知道我要跟你谈什么事情吗？"

"我知道。"

"你不识抬举！"副县长摇了摇手，放缓了口气，"我跟你生什么气，来吧，我们还是来谈谈将来。"

拉加泽里长吁了一口气，虽然让领导生气了，但他还是把要谈的话谈了出来，而且，副县长也没有拒绝。于是，他坐直了身子，说："好吧，谈谈将来。"

这时，大雪又从天空深处降落下来。

雪落无声。掩去了山林、村庄，只在模糊视线尽头留下几脉山峰隐约的影子，仿佛天地之间，从来如此，就是如此寂静的一座空山。

喇　叭

　　工作组，小商贩，伐工场的工人，他们刚刚来到机村时，都特别小心翼翼，其谨慎有加的态度尤其体现在语言方面。

　　"请问，这个东西用你们的话怎么说？我们的话是这样说的。对，这个东西就是收音机。你们话里没有这个？好，那我们来学这个词：收——音——机——'

　　虽然最后是机村人讲了他们带来的语言，开始的时候，他们的的确确会学着讲一些机村的"土话"。而在机村人结结巴巴、词不达意地使用汉语的时候，他们总是持鼓励的态度："对，就这么说。对，你讲得太好了。要不是你年纪大了，再学一阵，都可以在夜校里当老师了。"

　　他们这么一说，衮佳斯基就高兴起来。

　　衮佳斯基是村里的妇女主任。她之所以当上这个主任，当然是由于共产党一来才吃香的苦出身。作为村里数一数二的穷人家的主妇，她真是吃尽了百般苦头的人哪。穷字一上身，这个人基本上就不招人待见了。衮佳斯基却一直人缘不错。这都因为她乐天的性格。她不像穷主妇那样抱怨自己老实的丈夫，打骂不听话的孩子，更不会诅咒命运的多舛。冬天，缺少御寒的衣物，她把一群孩子拢在火塘边上，还能曼声歌唱。一个陌生人走进村子，她的问候是最热情的问候，她的笑脸是最开心的笑脸。当上了妇女主任，该管个什么事情呢？她不知道，她就自己去一家又一家门口吆喝大家快来夜校识字上课。

别人吆喝不灵，她一吆喝，大家都乐呵呵地出现了。

工作组的领导这时成了耐心的教员，领着一群粗手笨脚的农民挤坐在村小学里娃娃们狭小的桌椅中间，念："人，人，人民的——人。"

衮佳斯基也端坐在下面。教员转身往黑板上写字，她四下里看看，又想想，突然就爆发出一串欢畅响亮的笑声。她的笑声很具感染力。她的笑声一起，别人也就跟着一起欢笑。教员一脸惶惑转过身来，大家的笑声就止住了。但她又笑了好几声，才捂住自己的肚子说："哎呀，哎呀。老师，你看，这些家伙本来就笨，一认字，一念书，样子就更笨更蠢了。"

大家看看自己粗笨的身子挤坐在小小桌椅间的样子，想想自己念着那些字眼时那茫然的神态，又都笑了起来。

教员本来是想发点小脾气的，但这些笑声太有感染力了，所以，这个严肃的年轻人也跟着大家笑了起来。

在地头休息时，她拿一根木棍两下就画出了那个"人"字，却皱着眉头苦苦思索："哎，这是人民的人，还是人民的民？"

她一个一个人问，答案都不一致。问到最后一个人，那个人说："你没问以前，我好像知道，你一问，我就不知道了。"

那个人是她的女儿。她的女儿身上没有她的伶俐与热情劲儿。她女儿做什么事情都闷声不响。像她这种闷声不响的人往往都爱有事无事皱紧了眉头，但她女儿本来就稀疏的眉毛从来就分得很开。有舌头歹毒的人就说了："缺心眼。"她也不往心里去，这不，当女儿这么回答，妈妈也说："真是缺心眼。"

女儿也是淡淡一笑，并没有不高兴的表示。

那只是以前的事情，后来，女儿就郑重其事地对妈妈说："你不能再这么说我了。"

"嚯！长心眼了。"

"我都当共青团员了，我不缺心眼。"

"你老娘受穷吃苦，倒叫你得了好处了。"

"是我自己努力的。"

"这倒不假，我们家没有做事不上心的人。"

"你听过城里的广播吗？"

"屁话，我没去过城里，怎么听过城里的——什么？"

"广播。"

"广——播？那是什么东西？"

女儿笑了，稀疏的眉毛更显稀疏："你的声音太奇怪了。"

衮佳斯基开心地笑了："我女儿像汉人一样笑话我讲的汉话了。"这一开心，就把该问广播是什么这茬给忘记了。

女儿却紧追不舍："村里要建广播站，你给工作组说说，我要当站长！"

"我给说说？"

"他们喜欢你，爱听你说话！"

她真的就给工作组讲了。工作组也就真的同意了。工作组对她女儿说："那就去镇上把器材领回来吧。"

"——？"

"哦，忘了你听不懂这话，器材就是广播站的那些东西！哎，你去了也说不清楚，就把这张条子交上去，他们就知道了。"

她笑了："不就是喇叭嘛！"

次仁措就回家取些干粮，腰里缠根背东西的绳子就上路了。这时，距第一个工作组来到机村都有十多年时间了。大家都不那么陌生，都不那么礼数周全了。工作组这个懂些藏语的家伙看着次仁措远去的背影，摇摇头说："湖，一个湖怎么会走得动呢？"次仁措这个"措"，在藏语里，就是湖泊的意思。

次仁措从镇上背回来的两只喇叭很快就坏了，春天安装好，夏天就被雷电打哑了。但她去的那一趟，留下来的故事至今都还在流传。在比机村宽广一万倍的地方流传。只是，今天，那故事不叫故事，而叫段子。故事里的她，也面目模糊，连名字都没有剩下。这只是一个汉族人嘲笑藏族人，或者藏族人自嘲说不好汉话的段子了。

段子说，一个藏族姑娘背着高音喇叭走在路上，一辆卡车在窄窄的公路上急驰而至，她避让不及，差点就给卷到车轮下去了。于是，她急赤白脸地抱怨卡车司机："去你妈的司机，喇叭也不吹，你的脚差点把我的脚踩坏了！"

司机就问："那你背的喇叭也是吹的？"

她就答不上来了。

司机打开车门，说："不是'吹'，是这样，是'按'！"

不是次仁措真的以为这些喇叭都是像唢呐一样，要鼓着腮帮子才能吹响，而是自己的母语里没有这么个词。她把机村土语里能弄响喇叭那个词直翻成汉语，那真就是"吹"。

她说："对，是'按'。"

"那你背着喇叭要去干什么？"

她擦去一脸涔涔的汗水："回村里办广播站！"

"你的喇叭怎么响？"

"按！"

司机哈哈大笑，他正要去机村拉木头，就把她捎回村里了。当然，这个段子还有一个不太善良的版本。是背喇叭的姑娘请求搭一段便车，司机只是想开一个玩笑，就说："我凭什么要搭你？"

姑娘想了想，认真地说："我妈妈是妇女主任！"

这话惹恼了司机，说一声"呸"，砰然一声关上车门，卡车轰鸣而去，把想搭车的姑娘淹没在了车尾飞扬的黄尘中间。

后来，机村有汉话学得很好的人，在什么地方听到这个段子，还会说："嗨，那个傻瓜就是我们村的姑娘。"

其实，这时的次仁措已经是这家伙婶子辈的人物了。当时，她从镇子上背回来的不只是两只高音喇叭，还有两台跟收音机差不多的机器。机器上面还有一只蒙了层红布的话筒。话筒旁边还有一只按时响铃的闹钟。这些东西是她分三趟从镇子上背回来的。广播站长的事情其实非常简单。每天早晨闹钟一响，就把机器上两个旋钮打开，高挂在村中的喇叭吱吱尖叫几声，歌唱的声音、人讲话的声音就顺着电线从镇子上跑过来，在喇叭里响起来了。

村中广场本来是空荡荡的。小学校建立后，有了一副高耸的篮球架。次仁措从镇上背回来了那两只高音喇叭后，就对大队长说："喇叭不能放在地上，要挂在高的地方。"

大队长问："那你得告诉我，用什么挂在高的地方？"

衮佳斯基说："不就是栽一根旗杆吗？"

大队长说："看，还是当妈的说话爽快。"

这下，在广场的另一头，竖起了一根比篮球架高过两三倍的旗杆。两只喇叭用铁丝紧紧地扭结在上面。那根旗杆后来成了小学生们玩晕倒游戏的地方。这个晕倒游戏是从主人公叫作阿古顿巴的故事里听来的。阿古顿巴是穷人里的聪明人。他用聪明捉弄那些自以为比他更聪明的人。他曾得罪了一所非常神圣的寺院里的喇嘛，被他们驱逐和追打。他出寺庙，逃到广场上来时，已经累得不行了，扶着广场上的旗杆喘气，并且急中生智，对追上他的喇嘛高喊："不得了，不得了，旗杆要倒了。"

旗杆顶上的经幡早被强劲的风扯得七零八落，从下面望上去，高高的旗杆直刺入蓝空，上面有白云飘过时，旗杆下的人感到的不是白云飘动，而是旗杆在倾倒。故事里的喇嘛们真的上了阿古顿巴的当，一齐伸手去扶摇摇欲坠的旗杆。阿古顿巴得以逃之夭夭。

一天早上，广播完出来，次仁措来到广场上，早上的阳光晃得她细眯着眼。她走到旗杆下面。旗杆高耸向蓝汪汪的天空。上面两只喇叭光滑的金属表面闪烁着刺眼的光芒。风激荡在喇叭口里，喇叭里面什么东西轻轻震荡着嗡嗡作响。这光芒、这声音都让次仁措姑娘感动不已。让她想到，是自己出了大力，机村才有了这么神气的东西。她扶着旗杆，向上仰望。几只鸽子从天上旗杆顶上飞快地掠过，村子里的人都下地干活去了。她突然有一种冲动，想让喇叭响起来，高声大嗓地为她一个人歌唱。这时，一团白云飘到了旗杆上面，云彩遮住了太阳，喇叭上的光芒消失了，但里面的什么东西仍在嗡嗡作响。就在这时，她明显地感到了旗杆开始倾倒，旗杆顶上的云彩飞快地滑动，这情景使得她头晕目眩，一下子瘫倒在地上。后来，人们说，现在的娃娃，没有听过反封建以前的故事，不然就不会晕倒了。

女人们知道，要是次仁措不在姑娘们流血的日子，她也就不会晕倒在那里了。

下了课的小学生们从课堂上蜂拥而出时，她正挣扎着要站起身来。想想晕倒时那种陶醉的，意识迷离，身子松软的感觉，她招招手，叫过来两个孩子，叫他们扶住了旗杆，顺着旗杆去看天上的云彩。于是，孩子们就都会玩这个晕倒的游戏了。

次仁措还有一个愿望，想从喇叭里听听自己的声音，但她不敢这么做。有时，不在广播时间，工作组的人，或者大队领导跑来，说："把广播打开。"

她就旋转那两个按钮，把机器上的话筒放在领导面前，他们就随随便便地在里面讲开了。

好几次，次仁措自己梳好了头，用水漱了好几遍口，关紧门，坐在话筒跟前，也叽叽哇哇说上几句，说藏话，说汉话，甚至说广播里那种叫普通话的汉话，但她知道，没有把机器的旋钮打开，她的话只有自己能够听见。再后来，她有了相好，次仁措在广播上的心思慢慢就淡了。再后来，她有了自己的女儿。女儿不像她，像外婆。外婆很高兴："像我好，像我比像你好。"

次仁措看女儿的眉眼，也看出母亲身上那种洒脱伶俐的劲头。

女儿洒脱伶俐得差觉都睡不安生。广播响起时，女儿更是大声地哭个不停。这时，次仁措会低声抱怨："这喇叭太吵了。"

衮佳斯基就开心地笑："好外孙女啊，这喇叭是你妈妈自己背回来的呀！"

次仁措自己也就跟着笑了起来。

女儿跌跌撞撞学走路时，舞动的小手像是应着喇叭里音乐的节奏。"咦，小宝贝会跳舞，莫非将来要进州文工团当演员！"

机村人迷信，认为太聪明伶俐的小孩子不容易养大。为什么如此呢，这是鬼神世界一套复杂的法则所决定的，人呢，只能想出一些简单的办法来对付。比如起一个不太好的名字。衮佳斯基就给外孙女起了一个名字，衮介。这是乞丐的意思。次仁措听了可不太高兴。她说，要是旧社会还差不多，新社会了，我的女儿怎么可能去要饭呢？但衮加斯基对着外孙女儿叫一声："乞儿。"那小家伙竟然咯咯地笑出声来了。看来她自己也喜欢这个名字。

老姐妹听了，笑骂道："你这个疯婆子，过去穷，人家这么叫一声，你生气好几天，如今不愁吃穿了，给外孙女起个名倒叫作乞儿了！"

衮佳斯基怀里抱着外孙女，一脸喜气，却放低了声音："嘘，住嘴，下面的话不要叫鬼神听到！"

然后，她把襁褓中的婴儿放在地上，转身就走开了。

婴儿吮着自己的指头，大大的眼睛里倒映出天上的流云，并不知道外婆把她扔在路口渐行渐远。那老姐妹在背后大喊："嗨！疯婆子，你的外孙女！"

衮佳斯基并不回头。

老姐妹醒过神来，这个家伙，起了个烂名字欺鬼哄神不算，还把外孙女扔在路口，让她发现，让她捡到，于是，她宝贝的外孙女就是一个可怜的弃儿，任是什么硬心肠的鬼祟都不忍再加害于她了。

于是，她喊："谁的孩子，我捡到了一个孩子！"

这么一喊，远去的衮佳斯基飞快地转身回来，飞快地从她怀中抢过自己的宝贝外孙女："送给我，送给我吧，这可怜的娃娃！"

襁褓里的衮介抗议一般大哭起来。

"她不干，她说她不是弃儿！"

衮介更起劲地哇哇大哭。

"她哪像个弃儿，好吃好喝好侍候的娃娃才能哭得这么起劲！"

这时，高挂在旗杆上的喇叭吱吱哇哇地响起来。这不是正常的广播时间。正常的广播时间是早上起床的时候，和一家人围坐在一起准备夜饭的时候，现在正是中午刚过一点的时候，喇叭就吱吱地响起来。在两个老太婆的经验里，那就是有什么重大的事情发生了。以前，广播这样响起的时候，是毛主席又在北京城里说了什么话了。但是，他老人家去世了。前次广播在正常时间之外响起，正是播送他老人家去世的消息。现在，喇叭里还是没有传出人说话的声音，只是那吱吱哇哇的电流声刺得人身上发麻。

两个老太婆互相盯着对方："咦？"

襁褓中的婴儿一下停止了哭泣，看那样子，是在仔细倾听喇叭里那些刺耳的声音。然后，广播里的男女开始朗声说话，然后，是雄壮的歌唱。衮佳斯基心里有些不安，就抱着孩子跑到广播站门口，招手让次仁措出来："又发生什么事情了？"

次仁措说："没事。公布新国歌。"

"新国歌？国歌是什么？"

"……"这样的问题，次仁措却答不上来。

衮佳斯基说："上面怎么会让你这样的笨蛋当广播员。"

次仁措站在广播站门口，拿出公事公办的口吻："没事就带着孩子回家去吧。"

衮佳斯基连死带生有过十个娃娃，从来不把生养孩子当成多大个事情，但自打有了这么个外孙女，整个人都变了，不是村里的妇女主任，而是一个孩子的外婆了。过去，她喜欢用公事公办的口吻跟人说话，现在却容忍了女儿用这样的口吻对自己说话，抱着外孙女乖乖地回家去了。

路上，遇到爱听收音机的百事通还问："国歌是什么？"

这个人因为爱听收音机，爱把收音机里听来的东西搬弄给人听，所以得了百事通这么一个雅号。百事通就给他哼了一段国歌的旋律。衮佳斯基讥笑道："这个调子我也会唱。我是问你为什么新国歌还是老的调子。"

"改说辞了呗。"

"改什么说辞？"

"以前的说辞说的是打仗的事，现在不打仗了，现在要说建设四个现代化了。说的事情不一样了！"

老太婆释然地笑了："原来是这么回事情啊。"她转而对外孙女说，"听见吧，你一来世上，连国歌里的老词都改了。"

这孩子就咯咯地笑个不停。

老太婆说："嘿，这孩子怕是赶上好时候了。"

"可是现在收音机里播的东西不好听了。建了多少工厂，搞了多少生产，这有什么好听的。还是以前，又挖出了特务，又斗争了大官那些事好听。"

正是为了在收音机里找好听的消息，百事通开始收听台湾、美帝和苏修的广播，那里面尽是好听刺激的消息。村里人向他打听收音机里有什么新消息的时候，他当然会说建设了多少新工厂，今年比往年多打了多少粮食的好消息。见大家显出不感兴趣的样子，他自己就不打自招，说："其实也有好听的消息，只不过不能告诉你们。"

大家就去问专管广播的次仁措，收音机里是不是会有好听的消息，只能听不能说。

次仁措缓缓摇头。等人们走散后，她才醒过神来："吓，该不是他在收听敌台？"

于是，百事通就成了反革命分子，被抓走了。临上公安局的吉普车时，百事通脸色惨白，他对围观的村人们说："这下你们不会笑话我是个说瞎话的人了吧，可我也不是什么反革命啊！"

次仁措一个人待在广播站里，不敢出现在众人面前。她想对老娘解释一下，老娘却把外孙女放在她面前，带着一脸不屑的神情走开了。这时，小衮介已经咿呀学语，从襁褓里解放出来，跌跌撞撞地学走路了。公安临走时，还把百事通的收音机交给了广播站。次仁措趴在桌子跟前，悄声饮泣。衮介坐在地上，不断摆弄那些旋钮，终于，她碰到了收音机的开关。收音机面板上的红灯亮了，没有高高的天线，收音机接收不到信号，喇叭里始终只有电流静静的咝咝声。这样的声音心情复杂的次仁措不可能听见。如果能听见，这声音又会有什么特别的意味呢？

少不更事的小衮介趴在收音机面前，一直在寻找那微弱而又固执的声音来源。她竟然弄灭了那盏小红灯，然后，小手抠破了喇叭的纸盆，纸盆中央，是喇叭晶晶亮的金属小圆心，她把小手放在那小圆心上，微弱的电流使那纽扣大小的东西细细振动着。小女孩咯咯笑了。她抬起头来，第一次清晰地叫出来："阿妈。"

次仁措没有听见。

小女孩又叫了一声："阿妈。"

这回，次仁措听见了。她擦干泪眼，看见小女孩站在自己跟前，手里举着从喇叭上抠下来的晶晶亮的金属小圆心，叫道："阿妈。"

而地上的收音机，已经不复是收音机的样子了。

次仁措抱紧了女儿，眼里的热泪再次潸然而下。她不想再放什么广播了。但她还坚持着，母亲告诉她，要不想干这事了，也需要等个恰当的时机向上面反映，不能说不干就不干。但是，她不用再等什么恰当的时机了。一天早上，她在规定的时间走进广播站，打开机器，里面却没有传出什么声音。她跑到屋子外面，高高旗杆上的喇叭里，只有风吹过一样呼呼的声音。让想，可能是线路坏了。因为以前也出现过这样的状况。但过了十天半月，打开机器，喇叭里还是没有什么动静。听从镇上回来的人说，那里的喇叭也偃旗息鼓，没有声响了。

以后好多年，有人去查过这个县新修的志书，里面有村村通广播的日子，但却没有什么时候村村的广播喇叭不再响起的日子。

也是以后好多年，札村的觉尔郎峡谷正在旅游开发中。衮介长大了，成了村子里第一个接受导游培训的姑娘。她从县上回来，胸着用红缎带挂着一块贴着自己相片的牌子，手里提着一只无线话筒。这时，衮佳斯基已经老眼昏花了，仔细端详了半天，她才说："原来是一只喇叭。"

外孙女举起喇叭来，没有讲话，她拨弄了上面一个开关，喇叭里就传出了电子音乐声。

次仁措说："你小时候就爱喇叭呢。"

老太太讥笑道："跟你一样？"

次仁措一副恍然大悟的样子，一拍双手说："我想起来了，那次，在广播站，她第一声说话不是叫'阿妈'！"

"——？"

"——？！"

"她是说，'喇叭'！"

番茄江村

查考字典，番茄不是中国的本土植物。

这种也叫西红柿的漂亮东西更不是机村的本土植物。

机村那些蔬菜种植户，当省城来的大卡车拉走了地里的蔬菜，在农业银行的储蓄所走了一遭，腰上缠着的钱袋还很饱满，自然就会来到小酒馆里，叫菜的声音也很有底气："酒！大份的番茄汁烧牛排！"好像他们跟这东西已经打了几十辈子的交道，其实，这种植物在机村落脚生根，开花结果还不到三年时间。

当然，机村人知道这个东西还要早那么十几二十年。到底是十几年，还是二十年，经历其事的人们已经记得不是太清楚了。不是他们的脑子记不住东西，而是觉得没有这个必要。某种东西消失了，某种东西出现了，谁也不是历史学家，也不分清这出现与消失是偶然还是必然。

只有书呆子达瑟琢磨过这个问题。"番茄，"他皱着眉头说，"你们看，这个番茄的'番'，指的就是我们这些人嘛。"

"呆子又在说胡话了。"

达瑟可不管这个，顾自按着自己的思路说下去："问问老年人，过去汉人可不叫我们藏族，而是叫'西番'。就是这个番茄的'番'。"

如今，机村的年轻人都上过学，也识得字，却没人有兴趣去深究。但的确有人回去问了，也得到了确实答案。过去，也就是解放前，人家是把这一方的人叫作"西番"。一解放，实行了新的民族政策，这种称呼就消失了，西番就改唤作藏族了。人们的这番考据功夫已经偏离了达瑟的思路。他想的是，既然有这个番字，说明这个东西的出处，就该是在这个地方。本来，他曾经拥有的百科全书上说得一清二楚，这东西是如何从印第安人的美洲传布到整个世界。但是，一个农民，如何能够长久拥有一套百科全书呢？艰辛的生活早把他的树上的书屋和那些书都摧毁殆尽了。这些年，日子一天天好过起来，偶尔，他的书瘾会发作一下，那也是青年时代激越情怀的遥远回声了。算了，就不说那些曾经如何被宝贝的书是如何零落与毁损了。只说，达瑟靠着这个名称推断番茄这个东西本该是出自西番之地，也就是机村这样的地方了。

且不说这个考据大有谬误，但说人们见了他努力思考的怔忡模样，不禁叹息，说："眼看日子舒心消停一点，他的老毛病又要犯了。"

达瑟和大家一起大口喝酒，却用怜悯的眼光看着发出同情之声的伙伴。

酒酣耳热之时，江村一个人不声不响，想着什么事，突然自己就笑起来。

大家都说："嚯，肯定是想起你的番茄罐头了。"

江村真的是想起番茄罐头的故事了。他笑道："真是奇怪得很，那阵觉得味道那么奇怪的东西，怎么一下就这么顺口了呢？"

那是江村自己十二三岁时的事情。那时，和他同龄的孩子都在准备考县里的中学，他却已经离开了学校，一个人四处游荡，经常两三天不回家，他老爹也不着急。这家伙说："反正读了中学回来也要这么浪荡，不如现在就去。早浪荡早收心，还来得及做一个好农民。"

而且，江村每次回家，不但自己没有饿饭，还总能从怀里掏出点什么东西带回家。在有些人家，孩子根本不敢拿这些来路不明的东西回家。但江村老爹不管这个。他反而说："好，这孩子顾家。"

这些浪荡的孩子去什么地方呢？其实也就一个地方。从机村顺着支线公路出去一段，在河口交汇之处，公路的支线与干线也交汇了。这里，往东去是乡政府所在的镇子，往西走十几里，公路翻越一座雪山，盘山公路狭窄陡峭。那时，不但路不好，路上的卡车性能也不怎样。刚一上坡道，汽车引擎就哭泣般呜呜嘶叫。那速度就不用提了。机村的野孩子们不知怎么发现了这个地方，无事可干时，喜欢走了长路到这里来与汽车赛跑。在好几个路段，他们甚至能够跑到汽车前面。这个游戏竟然一批传一批，伴随了机村好几拨好勇斗狠的半大小子。他们来到路上，倾听着远方隐隐传来的马达声，然后，一声喇叭，汽车驾驶窗的玻璃上闪烁着阳光，从弯道处拱了出来。上坡了，在平路上飞驰时拖着的烟尘尾巴在蓝空下慢慢消散。

半大小子们就站在路边，等汽车开过，然后，一阵猛跑，终于跑到了汽车前面。在一个弯道上，汽车爬行得更慢了，他们就站在公路中央，对着挡风玻璃后面司机模糊不清的脸绽开得意的笑容。司机可不管这个，死死地踏着油门，让卡车呜呜嘶叫着往山上爬。他们要等到卡车都到眼前了，才一下子跳到路边。如是几个回合，又走长路回到村子里边。回家路上那份无聊与厌烦就不用提了。直到有一天，一个胆大的家伙爬到了卡车上面，并从上面掀下来一只木箱。木箱砰然砸在路上，那么大的声音把小子们吓得够呛，他们四散奔逃进路边幽深的树林，紧伏在地上。咚咚的心跳声震得耳朵生疼。卡车并没有停下。他们来到路上，看到箱子已经裂开。里面一些玻璃瓶子也裂开了，里面流出乌黑的浆汁。首先伸手蘸来尝试的大叫："止咳糖浆！"

果然是止咳糖浆。大家一哄而上，吃得满嘴满脸。然后，躺在山坡上慢慢回忆刚刚结束的这个过程中所有的细节。于是，一个生动的故事出现了，生动的故事成了这群小子骄傲的资本。

江村不属于这伙人。他年纪尚小。又过了几年，他才站到那段盘山公路上。他也遵守着过去那些半大小子们流传下来的规矩：只弄吃的东西。他就遇到了番茄。第一辆车来了，他爬上去，掀开篷布，是一车厢整整齐齐的麻袋。他用刀挑开袋子，是盐。他跳下车，把舌尖上的咸盐吐在地上。舌尖上的苦咸味还没有过去，第二辆车就来了。他又上去了。这回，是一车留着很大缝隙的板条箱。他掀不动箱子，就用刀子起开箱盖，里面是白铁的小圆罐头。他揣了几罐在怀里，从车上跳了下来。他还特意跑到路边，向着后视镜里的司机挥手。他虽然是第一次来到这路上，但这所有的一切都是故事里听得烂熟的细节了。这一切司机都是知道的，但还是不管不顾地踩着油门把车轰轰地往山口开。

江村从车上弄下来的是几个番茄酱罐头。

罐头上的彩色包装真是漂亮：画中的红色果子红彤彤水汪汪。江村从来就没有看到过这样完美无瑕的果子：樱桃的质感，草莓的颜色，苹果的形状，自然应该把这个世界上所有果子的美味集于一身了。光想想这个，江村已经迫不及待了。手上的铁皮罐子密封得无懈可击，让他无从下手。他自然想到了刀子，这才发现，刀子落在了车上。而车已经翻越过山口了。要是他能忍耐，那就可以揣着罐头回到村子里。但他怎么等得及呢。于是，他用石头砸那罐头。只是轻轻一下，罐头就瘪下去了。再砸，这里瘪下去，那边却又鼓胀起来。他手里的力道加大了，狠劲地砸了三四下之后，铁皮的某一处裂开了。从裂缝中间，紫红色的酱汁冒了出来。他不知道罐头里不是完整的果子，而是怨恨自己大意丢了刀子，只能得到果子的汁液。他把嘴凑到裂缝边猛吸了一口，轻轻的一团黏稠就滑到了胃里，什么味道呢？他没有尝到，只是鼻子好像闻到了一种奇怪的气味。怎么样的奇怪呢？他也说不上来。反正很陌生，也很新鲜。是那些新事物——塑料啦，油漆啦，尼龙袜子啦，诸如此类的事物的气味。当然更是那些机村人从来不吃或没有吃过的东西——豆腐皮蛋的气味。

这回，他慢慢地吮吸，这下嘴巴里充满了从未品尝过的味道。

他有些失望，画上的果子那么漂亮，但是，味道却并不如想象的那样，而是……很……闪烁不定，很……像梦境虚幻的微光。

带着那种味道的奇异感觉,他揣上罐头走在回村的路上了。

他把不敢带回家的罐头埋在了村外一棵树下。晚上睡觉前,他走到门外,看见了稀薄月光下那株大树的朦胧影子。睡觉前,他把两个字描在了手心里,明天好去问达瑟。

当写着这两个字的手掌摊开来时,达瑟很奇怪:"你在哪里看到这字的?不认识怎么会写?"

"我不告诉你。"

达瑟说:"番茄。"

"番——?"

"番茄。"

"番——茄?"

"对,番茄。"

"番茄!"

"对。"

江村嘴里一直念着那水果的名字,从苔藓底下把罐头起出来。他嘿嘿一笑,说:"伙计,我认识你了。我知道你叫什么名字了?"边说,他用刀子起开了罐头盖子,并叫了一声:"番茄!"

呈现在眼前的不是画片上完美无瑕的果子,仍然是一团黏稠的紫红色酱汁。这使他失望之极。

十几年了,每一次江村讲起这番茄的故事时,大家都像是第一次听见一样,大笑着用手拍打着桌子。什么东西一旦现身过,以后就会频繁出现了。很快,江村就在镇上的饭馆里见到了那东西。和他一道的人至今还想得起来,隔着橱窗,他像遇见老熟人一样大叫道:"番茄!"

他们尝试这东西和鸡蛋烩炒在一起的味道,和白菜煮在汤里的味道,最后,还习惯了把这东西当苹果一样生吃的味道。

农技员还常常说这东西的营养是如何丰富,但机村人在这个问题上并不考究。但是,那个农技员最初要在机村找一户人家试种番茄时,的确费了不少功夫。农技员说机村土壤的酸碱度，机村夏天的气温与日照，机村昼夜的温差，种植番茄是再合适不过的了。大家都对农技员说，你还是去找江村吧，他跟番茄有缘。但是江村不干。他说："我知道，那是一个难对付的东西。而且，我也不喜欢它那怪怪的、说不出名字的味道。"

农技员说："不要你喜欢，要城里人喜欢。"

终于，他好像给了农技员多大一个恩典，划出一块地试种一下。因为公路主线正在改道。改道后的公路主线不再翻越那个山头，而是从机村经过，并通过一条五公里长的隧道，穿过觉尔郎峡谷旅游区。夏天，番茄撑开了宽大的叶片，并不漂亮的花开过以后，青绿的果子一天天长大。硕大的果子，压得植株都要折断了。农技员指点他下种，松土，间苗，施肥。农技员还强迫他疏掉了植株上太密集的果子。就在隧道通车那天，他那些番茄也变红了。好像这些果子也跟机村人一样为这件事情兴奋不已。不久，真的有省城里来的蔬菜公司出很好的价钱买走了他全部的番茄。

第二年，他就是机村种植番茄的师傅了。遇到不懂的问题，他就去县里农技员那里咨询一番。当机村好几户人家地里的番茄都长出累累果实的时候，他睡不着觉了。要是省城那个蔬菜公司不来怎么办。农技员让他放心，但他的确放心不下。于是，农技员就让他去了一趟省城。看见了公司的大房子和四处去拉菜的卡车队。他放心了，回来，在县城和农技员一起在饭馆里小酌。江村说："我给你讲讲我第一次遇到番茄的故事吧。"

"好啊。"

他就讲了起来。故事还没有讲完，讲到他在手心里写上那两个不认识的字，让达瑟辨认时。他自己笑了起来。他用手掌拍打着桌子，笑道："这就是他们为什么说我跟这个东西有缘分，这就是为什么你让我成了机村的番茄师傅！"

农技员只是又给他满上了一杯酒，说："干！"

江村却很奇怪："你为什么不笑？"

"这个故事我早就听过了。"然后，农技员自己也大笑起来。

人是出发点，也是目的地

——第七届华语文学传媒大奖受奖辞

谢谢华语传媒大奖直接让作家本人以自己的名字来得到这个奖项。

过去得奖，我不太觉得跟自己有太大的关系，因为那些奖项总是给予某一部具体的作品。你走上领奖台时，感觉好像是那本书懒得出席，而派出的一个代表。虽然那本书是你自己的作品，出自你的笔下。但在我感觉中，得奖的不是我，而是某一本书，或者某一篇小说。我没有因为得奖而特别高兴过，并不是因为什么特别高妙的原因。我在另一次的得奖演说中说过这样的话：故事从我脑子里走出来，到了电脑磁盘里，又经过打印机一行行流淌到纸上。那是十多年前。随着网络的普及，连打印这个过程也省略了。一个"发送"的指令，这本书就如此轻易而神秘地离开了。从此，这本书就不再属于我了。她开始了自己的历程，踏上了自己的命运之旅。我不知道别的作家是不是有过这样的感觉，我却深深感到，从此，我对她将来的际遇是无能为力了。作家的责任是写出好作品，但作家不能给书本的命运提供一个万全的保险。在此点上，作家和他的书只能听凭好运气的光临。一个作家所能保证的，就是在写作的过程中做最大的努力，这是我有自信的一个方面，自信是因为奉献了全部的心智真诚。同时，我却无力也不愿为作品以后的际遇而承担责任。于是，当一本书得了某个奖项，我都归因于这本书的好运气。她遇到了那么多喜欢她的人，而不是我。我这个写作了她的人，未必就有那么讨人喜欢。或者说，写作者如果要忠于一个作家的职责，也许还会制造出一些对立面，而不是让所有人都与自己站在同一个立场上。正是因为这样一个原因，当我代表某一个作品去登上领奖台时，我的确不是显得那么欢欣鼓舞。

但是，今天登上这个领奖台有些不同。一个作家当然是因为创作的作品而享受奖励，但毕竟，这一次，至少在形式上，我的感觉是这个奖项直接给予了作家本人，而让他的作品藏在了这个人的后面。我直接感到我的劳动得到了肯定。于是，这一次，我真切地想要对使我得奖的机构与评委表示深切的谢意！

在今天这样一个时代，不只是知识分子，就是一般识文断字的读书人，眼光都越来越向外。外国的思想，外国的生活方式，外国的流行文化，差不多事无巨细无所不知，对于巴黎街边一杯咖啡的津津有味，远超过对于中国自身现实的关注。而中国深远内陆的乡村与小镇，边疆丛林与高旷地带少数族群的生活，却越来越遗落在今天的读书阶层，更准确地说是文化消费阶层的视野之外。所以，我对自己关于深远内陆与少数族群的书写，还能得到这样的关注、这样的肯定、这样的支持而感到宽慰。尤其是，这种肯定来自一个有影响力的媒体，来自一些一直在进行负责的社会文化批评的评委，更使我深感荣幸。我特别想指出的是，有关藏族历史、文化与当下生活的书写，外部世界的期待大多数时候会基于一种想象。想象成遍布宗教上师的国度，想象成传奇故事的摇篮，想象成我们所有生活的反面。而在这个民族内部也有很多人，愿意做种种展示（包括书写）来满足这种想象，让人产生美丽的误读，把青藏高原上这个民族文明长时期的停止不前，描绘成集体沉迷于一种高妙的精神生活的自然结果。特别是去年（即 2008 年）拉萨"3·14 事件"发生后，在国际上，这种"美丽"的误读更加甚嚣尘上。尤其使人感到忧虑的是，那样的不幸事件发生后，在国内，在民间，一些新的误解正在悄然出现——虽然并不普遍，但确实正在出现。这些误解会在民间，在不同民族的人民中间，布下互不信任的种子。在很多年前，我就说过，我的写作不是为了渲染这片高原如何神秘，渲染这个高原上的人们生活得如何超然世外，而是为了祛除魅惑，告诉这个世界，这个族群的人们也是人类大家庭中的一员。他们最最需要的，就是作为人，而不是神的臣仆而生活。他们因为蒙昧，因为弄不清楚尘世生活如此艰难的缘故，而把自己的命运无条件托付给神祇已经上千年了。上个世纪以来，地理与思想的禁锢之门被渐渐打开，这里的大多数人才得以知道，在他们生活的狭小世界之外还有一个更为广大、更为多姿多彩，因而也就更复杂，初看起来更让人无所适从的世界。而他们跨入全新生活的过程，必定有更多的犹疑不决，更多的艰难。尘世间的幸福是这个世界上绝大多数人的目标，全世界的人都有一个共识：不是每一个追求福祉的人都能达到目的，更不要说，对很多人来说，这种福祉也如宗教般的理想一样难以实现。于是，很多追求这些幸福的人也只是饱尝了过程的艰难，而始终与渴求的目标距离遥远。所以，一个刚刚由蒙昧走向开化的族群中那些普通人的命运，理应从这个世界得到更多的理解与同情。我想，我所做的工作的主要意义就在于此：呈现这个并不为人所知的世界中，一个一个人的命运故事。

我所以强调以个人命运为对象的叙事方式，首先当然是因为这是一个小说家必然的方式，但更重要的是，我并不认为，一个僧侣，或者别的什么人，有资格合情合理合法地代表这个神秘帷幕背后的世界上的所有人民。只有那些一个一个的个体，众多个体的集合，才可能构成一个族群，一种文化的完整面貌；只有这种集合，才能真正地充实一个概念。可悲的是，无论是在中国，还是中国那个被叫作西藏的地方，总是少数人天然地成为所有人的代言。而这些代言，往往是出于一己之私，或者身处其中的利益集团的需要，任意篡改与歪曲族群与文化这些概念的内涵。

我自己就曾经生活在故事里那些普通的藏族人中间，是他们中的一员。我把他们的故事讲给这个世界上更多的人。民族、社会、文化甚至国家，不是概念，更不是想象。在我看来，就是一个一个人的集合，才构成那些宏大的概念。要使宏大的概念不至于空洞，不至于被人盗用或篡改，我们还得回到一个一个人的命运，看看他们的经历与遭遇，生活与命运，努力或挣扎。对于一个小说家来说，这几乎就是他的使命，是他多少有益于这个社会的唯一的途径，也是他唯一的目的。当然，还有很多因素会吸引一个小说家，我们讲述故事所依凭的那种语言的秘密，自在的也是强大的自然，看似稳定却又流变不居的文化，当然还有前述那些宏大的概念，但人才是根本。依一个小说家的观点看，去掉了人、人的命运与福祉，那些宏大概念是没有任何意义的。所以，对一个小说家来说，人是出发点，人也是目的地。在我的理解中，小说家是这样一种人：他要在不同的国度与不同的种族间传递讯息，这些讯息林林总总，但归根结底，都是关于沟通与了解，而真实，是沟通与了解最必需的基石。很多时候，看到外界对于我脱胎其中的文化的误读仍在继续，而在这个文化内部，一些人努力提供着不全面的材料，来把外界的关注引导到错误方向，我会对自己的工作感到绝望。但绝望不是动摇。这种局面正说明，需要有人来做这种恢复全貌的工作，即描绘普通人在这种文化中真实的生存境况的工作。而今天得到的这个奖项，正是对我所从事的工作的最大的理解与支持。我要在此对于这种同情与支持再次表达深切的谢意。

今天，在得到一个享有美誉的文学奖项的眷顾时，我更要感谢文学。

对我来说，文学不是一个职业，一种兴趣爱好。文学对我而言，具有更为深广的意义：她是我自我教育、自我提升的途径；是我从自我狭小的经验通往广大世界，进而融入大千世界的唯一方式。我生长于荒僻的乡村，上过学，但上过的小学、初中和中等师范都是最不正规的那一种。上小学和初中是在"文革"中间，上师范是1978—1980年。大家知道，那时的学校应该没有给学生提供什么好的世界观——甚至可以说，那种教育一直在教我们用一种扭曲的、非人性的眼光来看待世界与人生，让我带着这种不正确的世界观走入了生活。而且在那时，我置身其中的生活似乎也不会给一个年轻人好的指引。社会上只有少部分人在自觉排除过去的年代注入体内的毒素，更多人以为因这些毒素而发着低烧是一种正常的状态。好在那时，我遭逢了文学。不是当时流行的文学。那些尘封在图书馆中的伟大的经典重见天日，而在书店里，隔三岔五，会有一两本好书出现。没有人指引，我就独自开始贪婪的阅读。至今我也想不明白，自己怎么就能把那些夹杂在一大堆坏书和平庸书中的好书挑选出来。大家知道，我自己来自一个宗教压倒一切的文化。但是，在众神与凡人之间，那么多的神职人员却让人对宗教失去了信仰。但在回首往事时，我曾想过，真的在天上有一种巨大的意志，在冥冥之中给予人超越凡尘的帮助吗？那个时候，我并没有想过要当一个作家。我只是贪婪地阅读，觉得这种阅读是一种很好的自我教育。在我周围，至多是有善良的人，但没有伟大的人。但在书的背后，站立着一个一个的巨人，在夜深人静的时候，他们就会站出来，站在台灯的暗影里，指引我，教导我。也许是有些矫枉过正了，以后，我拒绝过很多再次走进学校的机会。这当然是来自我过去的经验。但我很放心，把自己交给文学，让文学来教育我，提升我。

在我的经验中，大多数人都在为生存而挣扎，而争斗，但文学让我懂得，人生不只是这些内容，即便最为卑微的人，也有着自己的精神向往。而精神向往，并不是简单地把自己托付给中介机构一样的神职人员或者另外什么人，就可以平稳地过渡到无忧无虑、无始无终的天国，而是在自己的内心生出能让自己温暖，也让旁人感到安全与温馨的念想，让她像一朵花结为蓓蕾，悄然开放，然后，把众多的种子撒播在那些荒芜的土地上。

文学的教育使我懂得，家世、阶层、文化、种族、国家这些种种分别，只是方便人与人互相辨识，而不应当是树立在人与人之间的不可逾越的界限。当这些界限不只标注于地图，更横亘在人心之中时，文学所要做的，是寻求人所以为人的共同特性，是跨越这些界限，消除不同人群之间的误解、歧视与仇恨。文学所使用的武器是关怀、理解、尊重与同情。文学的教育让我不再因为出身而自感卑贱，也不再让我因为身上的文化因子，以热爱的名义陷于褊狭。

文学的教育使我懂得，自己的写作，首先是巩固自己的内心，而不是试图去教育他人。文学是潜移默化的感染，用自己的内心的坚定去感染，而不是用一些漂亮的说辞。

我不想说，我和自己的同时代人一样，接受的是一种蔑视美、践踏美的教育，至少，那是一种没有审美内容的教育，或者说，是以粗暴、以强力、以仇恨为美的教育。我自己也曾用这样的眼光来打量这个世界，是文学让我走出这个内心的牢狱，让我能够发现并欣赏这个世界上的美，在美还不普遍的时代心怀着对美更高的憧憬。

我这样说，当然包括感谢文学让我成为一个作家，改变了我的命运。但更重要的是，文学关于人类普遍命运的教育，关于增添人性光辉的教育，关于给这个世界增加更多美好的教育，关于一个人应该有丰沛而健康情感的教育，把我这样一个生长于蒙昧而严酷环境中，因而缺乏对人生与世界正确情怀的人，变成了一个大致正常的人。如果说，我对将来的自己还有更大的信心，也是因为相信，通过文学这个途径，我将吸取到更多的人类的精神成果，相信通过这样的学习与吸收，自己将变得更加正常，更加进取，更加健康。

——2009 年 4 月

一部村落史，几句题外话

——代后记

这是一座村庄的历史。

一座村庄的当代编年史，从上个世纪的五十年代到九十年代。

这半个世纪，中国进行了史无前例的社会实验——从政治到经济。这场实验，目的在于改变人，也改变社会面貌。中国乡村，在国家版图上无论是紧靠中心还是地处僻远，都经历了革命性变革，与种种变革带来的深刻涤荡。

我自己出生于一个偏远的村庄，在处于种种涤荡的、时时变化的乡村中成长。每一次变革都带来痛苦，每一次变革都带来希望。

即便后来拜教育之赐离开了乡村，我也从未真正脱离。因为家人大多都还留在那里，他们的种种经历，依然连心连肺。而我所能做的，就是为这样的村庄写下一部编年史。

所以，这部小说的主角是一座村庄。

我给这座村庄另起了一个名字：机村。"机"，是一个藏语词的对音。"机"，也不是一个标准的藏语词，而是藏语里一种叫嘉戎语的方言里的词。意思是种子，或根子。

是的，乡村是我的根子。乡村是很多中国人的根子。乡村也是整个中国的根子。因为土地和粮食在那里，很多人的生命起源也在那里。虽然今天人们正大规模迁移到城市，但土地与粮食依然在那里。

当我决定要写一部编年史时，发现自己不能沿着熟悉的路径，写一部传统的长河小说。这五十年中，无论是政治运动还是经济浪潮的冲击，都使得在乡村中，没有一个人或一种人，或一个家族，像长河小说中那样始终处于舞台的中心。在政治运动的冲击下，在经济潮流的激荡中，乡村不断破碎，又不断重组。断裂，修复，再断裂，再修复……这个过程，至今还在继续。在这个过程中，那些顺应新形势的人或主动或被动，不断登场，又不断被淘汰。所以，如果我要以变化的村庄为主角，就得随时去踪迹那些因时因势成为中心，或者预示着乡村变迁方向的新的人物。如果这样，这部小说将不会有一个完整的结构。以破碎的结构对应不断重组的乡村，形式本身都成了某种隐喻。小说初版时，人民文学出版社的宣传给这种破碎一个好听的命名：花瓣式结构。花瓣是空间的，向心的。而编年史是线性的，有始无终的。这也是今天中国乡村变迁的真实图景。

所以，这部小说只好写成互相衔接的六个故事，每个故事都是人的命运，也是乡村的命运。每个故事都各有主角。这样写完了觉得还不够，我又写了十二个小故事。六个关于新的事物，六个关于与新社会适应或者不相适应的人物。

写下这些文字前两小时，我还在一个正式宣布脱贫的村子中行走，身上还带着养鸡合作社鸡场的味道，还带着公司加农户的蔬菜大棚中那些圣女果的味道。乡村为中国发展牺牲自己的时代正在过去，城市反哺乡村的时代开始到来。但在我小说结束的那个时间点，这还只是一个渺远的希望，但乡村已然看见了一点救赎的希望。

写完这部小说，已经又过去了十几年的时间。当年的希望已经不再是那么渺茫。

机村是一个藏族村庄。

但不是一个异族文化样本。

虽然，要写那样一个乡村的命运，自然要写出文化所遭逢的挑战与改变。但文化不是最重要的方面，民族也不是。今日乡村的普遍命运是不分文化，不分民族的。从世界范围看，甚至是不分国家的。今天乡村面临的变迁是整个国家的，甚至是世界性的。

我无意用这部小说提供一幅文化风情画。

这部小说也不是旧乡村的一曲挽歌。

我不是一个一味怀旧的人，而是深知一切终将变化。

我只是对那些为时代进步承受过多痛苦、付出过多代价的人们深怀同情。因为那些人是我们的亲人、同胞，更因为他们都是和我们一样的——人。

看起来具有强烈的特殊性的机村，其实也蕴含着更多的普遍性。

很长时间以来，中国的文学，但凡涉笔到汉族之外的族群，在绝大多数读者、批评者那里，都不会被当成是真正的中国经验、中国故事的书写。写入宪法的中国是一个多民族国家，这样一个现实，在中国知识界还未成为一个真切的认知。他们的认识还是封建气息浓重的大一统的归化观，所以对他们而言，但凡关涉少数民族生活的书写，至多提供了一个多样性的文化样本，只具有文化人类学研究的意义。而我以为，只有把这些非汉族的人民也当成真正的中国人，只有充分认识到他们的生活现实也是中国的普遍现实，他们的未来也是中国未来的一部分，这才是现代意义上真正的"天下观"。唯其如此，各民族的知识分子，才能使优势的一方不陷于自大，以为只有汉民族才是真正的中国；也才能使弱势的一方不堕入褊狭，以为无论如何也不会成为真正的中国。只有这样双向地警醒与克服，我们才会有一个完整的中国观，才会建立起一种超越性的国家共识。

在这一点上，中国知识分子迄今并未提供有价值的识见。

乡村在时代变迁中，付出的另一个代价，是自然环境的毁败。这也是中国普遍现实之一种。在我写下的机村故事中，有大量篇幅，都涉及森林的消失。

离开故乡后，有很多年，我都不情愿回到故乡的村子。最重要的原因，就是不忍心看到那些森林的消失，山野的荒芜。当年，涉笔这些森林的毁败时，我心里的痛楚，甚至会比写下乡亲们艰难的生活更为强烈。但在上世纪九十年代末，中国社会从政府到民间对此都有了足够的警醒。所以，小说里有了一个人物，一个毁败过森林，又开始维护森林的人物。这是乡村的一种自我救赎。这是一直处于被动状态中的乡村的觉醒。我很高兴捕捉到了这样的希望之光。这是我真实的发现，而非只是为小说添上一个光明的尾巴。

现在，我每次回乡，都看到年逾八旬的父亲，尽力看顾着山林。那些残留的老树周围，年轻的树苗壮成长，并已郁闭成林。从清晨到傍晚，都有群鸟在歌唱。

出家门几十米，我就坐在了荫庇着我儿时记忆的高大云杉的阴凉中，听到轻风在树冠上掠过，嗅到浓烈的松脂的清香。如今，我也不用再担心，这些树会有朝一日在刀斧声中倒下。

这部小说首版的名字叫《空山》。

这名字总让人想起王维的诗，但我写下这个名字时并没有那么从容闲适的出世之想。那时的现实还让人只看到破碎的痛楚，而不是重构的蓝图。从佛教传入中国以来，一个中国人不管是不是真的佛教徒，好多时候，"空"都是一种精神安慰。今天打算重版此书时，我更看到那些艰难过程的意义。所以，才给这部小说一个新的名字：《机村史诗》。

美国批评家哈罗德·布鲁姆说："倘若遵照荷马、维吉尔、弥尔顿创作史诗的标准，我们现今已没有可称为史诗的体裁。"但他又在他名为《史诗》的批评集中，把《白鲸》《追忆似水年华》和《源氏物语》这样的作品也纳入了史诗的范畴。他以《圣经》中雅各为例，重新定义了史诗："英勇地整夜搏斗，拖住死亡天使，以求赢取更长生命的赐福。"从这个意义上说，中国乡村在那几十年经历重重困厄而不死，迎来今天的生机，确实也可称为一部伟大的史诗。

——2017 年 7 月 11 日

一本书打开一个世界

欢迎订购、合作

订购电话：0571-85153371

服务热线：0571-85152727

KEY-可以文化　　浙江文艺出版社　　京东自营店

关注 KEY-可以文化、浙江文艺出版社公众号，
及浙江文艺出版社京东自营店，随时获取最新图书资讯，
享受最优购书福利以及意想不到的作家惊喜